SCIENCE-FICTION
Collection dirigée par Jacques Goimard

ROBERT JORDAN

LE CRÉPUSCULE DU MONDE

II

TOURMENTES

Traduit de l'américain
par Arlette Rosenblum

RIVAGE/FANTASY

Titre original :
THE SHADOW RISING

Si vous souhaitez recevoir régulièrement notre zine **« Rendez-vous ailleurs »**, écrivez-nous à :

« Rendez-vous ailleurs »
Service promo Pocket
12, avenue d'Italie
75627 PARIS Cedex 13

PRESSECO
PAPIER RECYCLÉ
NATURE PROTÉGÉE

ISBN : 2-266-12176-6

Robert Jordan

Robert Jordan est un Sudiste comme on n'en fait plus. Né en 1948 à Charleston (Caroline du Sud) sous le nom de James Oliver Rigney, initié par son père à la chasse et à la pêche et revenu vivre dans sa ville natale après un détour à la Citadelle – le célèbre collège militaire – d'où il sortit diplômé de physique et, un détour plus lointain au Vietnam, d'où il ramena beaucoup de médailles. Il a commencé en 1977 une carrière d'écrivain qui, à travers le roman historique,

[illegible]

[illegible] a aimé, depuis 1980, [illegible]
à la fantasy [illegible]

TOURMENTES

DU MÊME AUTEUR
CHEZ *POCKET*

LA ROUE DU TEMPS

L'INVASION DES TÉNÈBRES

1. LA ROUE DU TEMPS
2. L'ŒIL DU MONDE

LA GRANDE CHASSE

1. LE COR DE VALÈRE
2. LA BANNIÈRE DU DRAGON

LE MAÎTRE DU MAL

1. LE DRAGON RÉINCARNÉ
2. LE JEU DES TÉNÈBRES

Dédié à
Robert Marks

Écrivain, professeur, érudit, philosophe,
ami et source d'inspiration

L'Ombre s'élèvera et s'étendra d'un bout à l'autre de la terre, elle assombrira chaque pays jusqu'en ses moindres recoins, et il n'y aura plus ni Lumière ni sécurité. Et lui qui sera né de l'Aube, né de la Vierge selon la Prophétie, il avancera les mains pour se saisir de l'Ombre et le monde criera dans les souffrances qui seront le prix du salut. Gloire éternelle au Créateur et à la Lumière, gloire éternelle à celui qui va renaître. Puisse la Lumière nous garder de lui.

Extrait des : *Commentaires sur le Cycle de Karaethon*
Sereine dar Shamelle Motara
Sœur-Conseillère de Comaelle, Haute et Puissante Reine de Jaramide (environ 325 AD, la Troisième Ère)

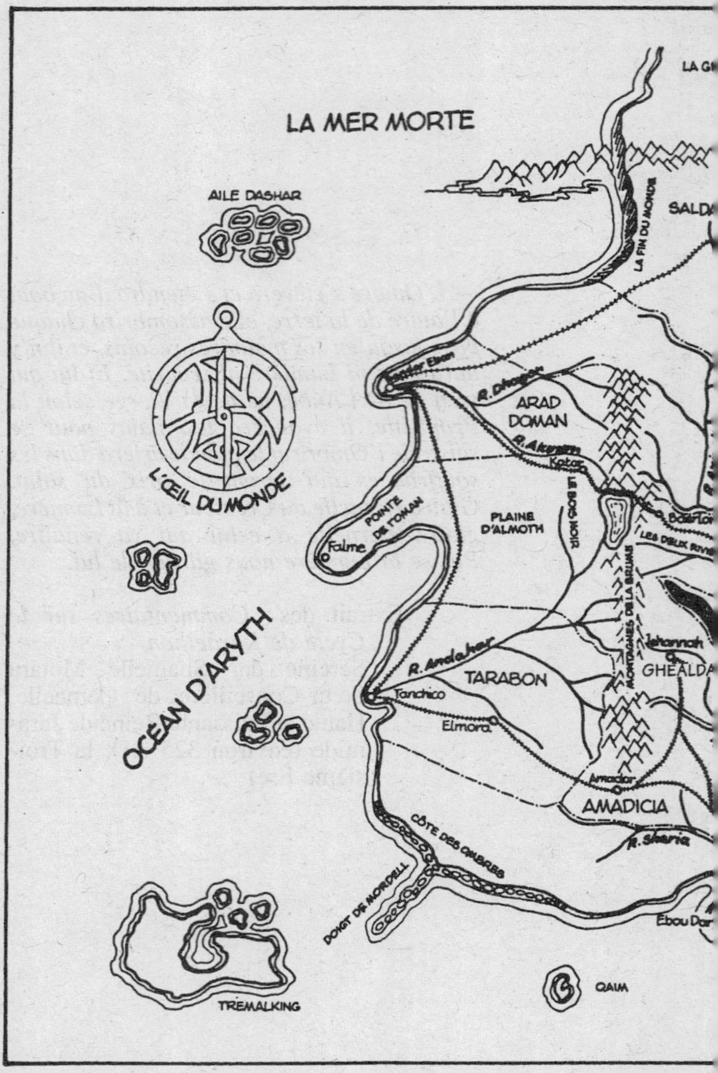
LA MER MORTE
AILE DASHAR
L'ŒIL DU MONDE
OCÉAN D'ARYTH
TREMALKING
QAIM
LA FIN DU MONDE
Bandar Eban
R. Dhagan
ARAD DOMAN
R. Akeren
Kator
LE BOIS NOIR
PLAINE D'ALMOTH
POINTE DE TOMAN
Falme
MONTAGNES DE LA BRUME
Jehannah
R. Andahar
TARABON
Tanchico
Elmora
Amador
AMADICIA
CÔTE DES OMBRES
DOIGT DE MORDELL

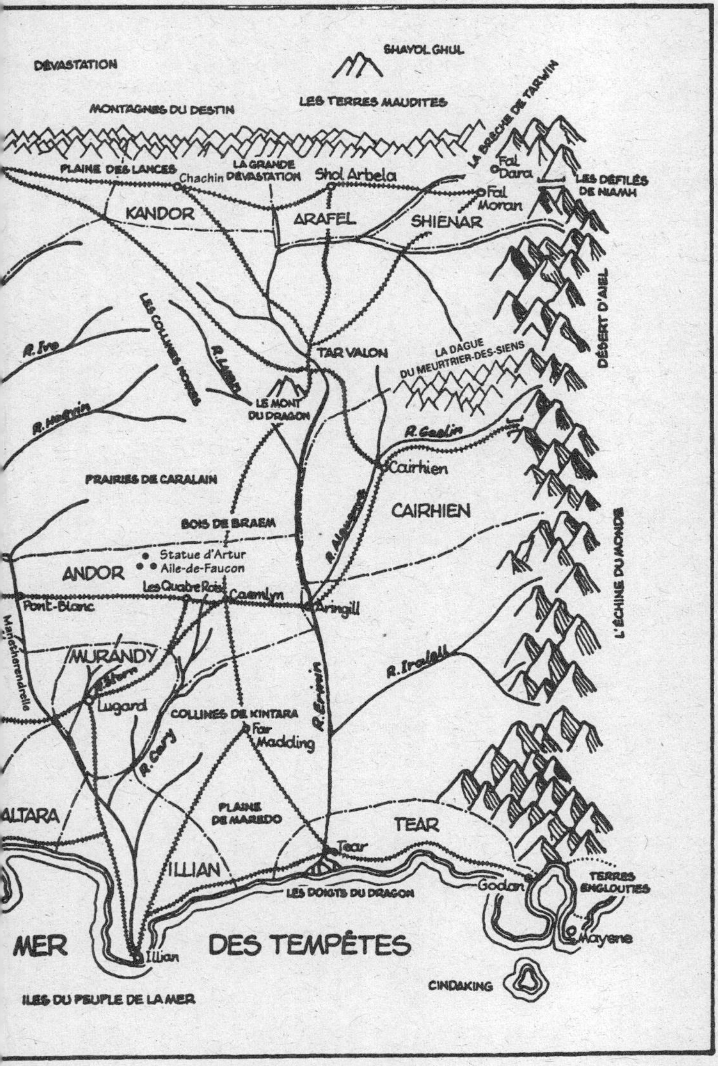
DÉVASTATION
SHAYOL GHUL
LES TERRES MAUDITES
MONTAGNES DU DESTIN
LA BRÈCHE DE TARWIN
PLAINE DES LANCES
Chachin
LA GRANDE DÉVASTATION
Shol Arbela
Fal Dara
LES DÉFILÉS DE NIAMH
Fal Moran
KANDOR
ARAFEL
SHIENAR
DÉSERT D'AIEL
LES COLLINES NOIRES
R. Ivo
TAR VALON
LA DAGUE DU MEURTRIER-DES-SIENS
LE MONT DU DRAGON
R. Gaelin
Cairhien
PRAIRIES DE CARALAIN
CAIRHIEN
BOIS DE BRAEM
Statue d'Artur
Aile-de-Faucon
ANDOR
Les Quatre Rois
Caemlyn
Aringill
Pont-Blanc
L'ÉCHINE DU MONDE
Manetherendrelle
MURANDY
R. Iralell
Lugard
R. Erinin
COLLINES DE KINTARA
Far Madding
R. Cary
ALTARA
PLAINE DE MAREDO
TEAR
Tear
ILLIAN
LES DOIGTS DU DRAGON
Godan
TERRES ENGLOUTIES
Mayene
MER DES TEMPÊTES
Illian
CINDAKING
ILES DU PEUPLE DE LA MER

Résumé du volume précédent *(La montée des orages)*

Min arrive à Tar Valon avec l'intention d'annoncer à l'Amyrlin la disparition de Rand, puis de partir le rejoindre. Cela ne se réalisera pas.

À peine entrée à la Tour Blanche, elle est assaillie par des visions prémonitoires de batailles, de sang et de mort où figure même l'Amyrlin, qui décide de la garder avec l'espoir qu'elle distinguera parmi les Aes Sedai, en particulier de l'Ajah Noire, celles vouées en secret au Seigneur de l'Ombre comme les treize qui se sont enfuies avec de précieux talismans. Ceux-là mêmes que l'Amyrlin a chargé Elayne, Egwene et Nynaeve de récupérer, expliquant leur absence de la Tour par une prétendue « pénitence » accomplie dans un lieu qu'elle refuse de divulguer.

Elles sont à Tear, bien sûr, libérées par Mat et Juilin Sandar, le preneur-de-larrons, d'un cachot où les avaient enfermées celles qu'elles poursuivaient – dans le même temps que Rand a conquis *Callandor* et la forteresse de la Pierre avec le soutien des Aiels. Tandis qu'elles interrogent Joiya et Amico, deux des Aes Sedai de l'Ajah Noire capturées lors de ces combats, pour savoir où sont les onze autres, Rand cherche dans les livres anciens une indication sur la stratégie à adopter maintenant qu'il est reconnu comme le Dragon Réincarné.

Moiraine s'énerve de cette perte de temps, redoutant qu'il tombe sous la coupe de Lanfear, la plus puissante des Réprouvés, qui veut subjuguer Rand, à ses yeux incarnation du premier Dragon Lews Therin Talamon qu'elle prétend aimer – lui ou le surcroît de puissance que lui donnerait leur alliance. Déjà une bulle maléfique échappée du Shayol Ghul a attaqué les trois *ta'veren* : Perrin par sa hache, Mat par les personnages dessinés sur les cartes à jouer qui se matérialisent subitement et Rand par son reflet sorti des miroirs de sa chambre. Qu'ils s'en soient tous tirés vivants ne dissuade pas Perrin d'éloigner sa bien-aimée Faile de cette ville dangereuse.

Une aventure glorieuse à vivre ailleurs serait un bon appât pour inciter Faile à partir, mais la rumeur que recueille Perrin concerne son pays natal : les Blancs Manteaux ont envahi les Deux Rivières et veulent le pendre pour venger la mort de deux des leurs qu'il a tués en état de légitime défense.

Afin de sauver parents et gens de son village, Perrin se résout à se livrer. Il demandera à Loial de le guider dans les Voies pour gagner du temps. Faile, par ruse et malgré lui, ira dans ces Voies magiques. Ils s'engageront dans ces chemins obscurs au risque d'être victimes du Vent Noir destructeur d'âmes, avec les trois Aiels, leurs seuls compagnons.

Egwene, quasiment fiancée à Rand depuis l'enfance, lui déclare ne plus l'aimer que comme un frère, laissant ainsi le champ libre à Elayne qui est éprise de Rand. Elayne n'a pas oublié les leçons de sa mère, la reine d'Andor, sur la façon de gouverner et elle profite de leurs nombreux tête-à-tête pour lui transmettre ce qu'elle sait.

Les onze de l'Ajah Noire se trouvent-elles à Tanchico comme l'a suggéré Amico, en quête de cet objet inconnu capable de dompter le Dragon Réincarné ? Pour le vérifier, Egwene explore le Monde des Rêves et rencontre ainsi Amys, une Sagette aielle qui l'invite à la rejoindre pour lui enseigner l'art d'être une Rêveuse.

De son côté, Mat est taraudé par l'envie de quitter Tear et d'échapper au Pouvoir. Egwene lui indique l'existence d'un seuil de pierre, un *ter'angreal* entreposé dans les caves de la forteresse, mais le met en garde : quiconque le franchit a le droit de poser trois questions à ceux qu'il rencontrera de l'autre côté, à condition d'éviter toute allusion au Ténébreux. Mat risque le tout pour le tout. L'essence des réponses énigmatiques qu'il reçoit est qu'il doit se rendre à Rhuidean ou mourir. Rhuidean est la cité sacrée des Aiels au cœur de leur Désert.

Rand aussi a franchi le portail, comme Moiraine. Sa réaction, ses compagnons ne l'apprendront que lors d'une séance solennelle où il promulgue l'envoi des troupes dans le Cairhien pour mettre fin à la guerre civile et distribuer du blé au peuple affamé, et où il annonce son départ, fixant *Callandor* dans le sol de la Pierre par un charme jusqu'à son retour.

Où va Rand ? À l'endroit même où sont convoquées l'Aielle Aviendha et Moiraine par une lettre signée d'Amys et de trois autres Rêveuses de la Terre Triple : Rhuidean.

C'est un long cortège que Rand emmène à la « Cité dans les nuages » par le plus court trajet : une Pierre Porte magique.

Aux quatre Sagettes qui les accueillent, Rand demande selon l'antique formule la permission de se rendre à Rhuidean. Mat pénétrera avec lui dans la chape de brouillard pesant sur la cité. En attendant Rand qui doit entrer seul dans une forêt de colonnes de verre au centre de Rhuidean, Mat aperçoit le *ter'angreal* jumeau du portail de Tear. Bien décidé à obtenir les réponses aux questions qui le tarabustent, il n'hésite pas à franchir celui-là. Au péril de sa vie.

25. La Route vers la Lance

Sans hésiter devant la première rangée de colonnes, Rand se força à s'engager entre elles. Pas question de reculer à présent, de regarder en arrière. *Ô Lumière, qu'est-ce qui est censé se produire ici ? Qu'est-ce que ce lieu peut réellement faire ?*

Transparentes comme le verre de la plus belle qualité, épaisses peut-être d'un pied et distantes de plus d'une toise et demie au moins les unes des autres, les colonnes se dressaient comme une forêt à la brillance intense toute en cascades de reflets, de rayonnements et de drôles d'arcs-en-ciel. L'air était plus frais ici, assez pour qu'il regrette de ne pas avoir de surcot, mais la même poussière sablonneuse recouvrait la pierre blanche lisse sous ses bottes. Aucune brise ne soufflait et pourtant chaque cheveu, chaque poil de son corps, même sous sa chemise, s'agitait il ne savait sous quelle influence.

Devant lui et sur sa droite, il distinguait tout juste un homme vêtu dans les tons gris et bruns des Aiels, raide et immobile telle une statue dans ces clartés changeantes. Ce devait être Muradin, le frère de Couladin. Rigide et immobile ; *quelque chose* se passait. Ce qu'il y avait de bizarre, étant donné la luminosité aveuglante, c'est que Rand distinguait avec netteté le visage de l'Aiel. Les yeux écarquillés au regard fixe, les traits tendus, la bouche frémissant sur l'ébauche d'un rictus de colère. Quel que fût ce qu'il voyait, cela ne lui plaisait pas. Toutefois, Muradin avait du moins survécu jusqu'ici. S'il le pouvait, Rand aussi. L'Aiel se trouvait à cinq ou six toises en avant, au maximum. Se demandant pourquoi lui et Mat n'avaient pas vu Muradin entrer, il avança encore d'un pas.

Il allait derrière des yeux, ayant conscience d'un corps mais ne le maîtrisant pas. Le propriétaire de ces yeux était tapi souplement parmi de gros blocs de roche roulés au flanc d'une montagne aride, sous un ciel embrasé par le soleil, et regardait d'étranges constructions à demi achevées – *Non ! Moins qu'à demi. C'est Rhuidean mais sans brouillard et juste commencée –*, les regardait avec dédain. Il s'appelait Mandein, âgé de quarante ans et jeune pour un chef d'enclos. L'individualité s'estompa ; la fusion s'opéra. Il *était* Mandein[1].

« Tu dois accepter », dit Sealdre mais, pour le moment, il ne lui prêta pas attention.

Les Jenns avaient fabriqué des engins pour puiser de l'eau et la déverser dans de grands bassins de pierre. Il avait livré des batailles pour moins d'eau que n'en contenait un de ces réservoirs, auprès desquels passaient des gens comme si l'eau n'avait pas d'importance. Une étrange forêt de verre se dressait au centre de toutes leurs activités, scintillant au soleil et, à côté, le plus grand arbre qu'il avait vu de sa vie, d'au moins trente toises de haut. Leurs édifices en pierre avaient l'air conçus pour abriter chacun une place forte entière, un enclos entier, une fois terminés. De la folie. Cette Rhuidean était impossible à défendre. Non pas que quiconque attaquerait les Jenns, évidemment. La plupart des gens

1. Afin d'être définitivement reconnu comme le Dragon Réincarné, Rand al'Thor a dû se rendre à Rhuidean, cité sacrée des Aiels dans le Désert, et entrer dans une forêt de colonnes de verre. Là, chaque pas en avant le ramène dans le passé et il « voit par les yeux de ses ancêtres » les phases cruciales de l'histoire des Aiels se succéder à rebours jusqu'aux temps originels – et cela « dans la peau » (pour ainsi dire) de Mandein, Rhodric, Jeordam, Lewin, Adan Jonai et Charn.

évitaient les Jenns de même qu'ils évitaient les maudits Perdus qui erraient en quête du chant susceptible selon eux de faire renaître les jours anciens disparus.

Un cortège sorti de Rhuidean serpentait vers la montagne, quelques douzaines de Jenns et deux palanquins, chacun porté par huit hommes. Il y avait assez de bois dans l'un de ces palanquins pour fabriquer une douzaine de sièges de chef. Il avait entendu dire qu'il y avait encore des Aes Sedai parmi les Jenns.

« Tu dois accéder à ce qu'ils demanderont, mon mari », reprit Sealdre.

Il la regarda alors, saisi pendant un instant par l'envie de passer les mains à travers ses longs cheveux blonds, revoyant la jeune fille rieuse qui avait déposé à ses pieds la couronne nuptiale en le priant de l'épouser. Pourtant, elle était grave à présent, déterminée et soucieuse. Il demanda : « Les autres viendront-ils ?

— Certains. La plupart. J'ai parlé à mes sœurs dans le rêve et nous avons toutes eu le même rêve. Les chefs qui ne viennent pas et ceux qui ne consentent pas... Leurs enclos périront, Mandein. Dans trois générations, ils seront devenus poussière et leurs places fortes et leurs troupeaux appartiendront à d'autres enclos. Leurs noms seront oubliés. »

Il n'aimait pas qu'elle parle aux Sagettes d'autres enclos, même en rêve. Mais ce que rêvaient les Sagettes se réalisait. Quand elles savaient, c'était exact. « Reste ici, lui dit-il. Si je ne reviens pas, aide nos fils et nos filles à maintenir l'enclos uni. »

Elle lui effleura la joue. « D'accord, ombre de ma vie. Toutefois, n'oublie pas. Accepte, il le faut. »

Mandein fit un signe et cent formes voilées le suivirent le long de la pente, allant comme des ombres de rocher en rocher, arcs et lances prêts, gris et bruns se fondant dans le paysage desséché, disparaissant même à ses yeux. C'étaient tous des hommes ; il avait laissé toutes les femmes de l'enclos maniant la lance avec les hommes restés auprès de Sealdre. Si la situation tournait mal et qu'elle veuille mener quelque tentative insensée pour le sauver, les hommes la suivraient probablement ; par contre, les femmes la reconduiraient à la place forte quelle que soit sa décision, pour protéger la place et l'enclos. Il l'espérait du moins. Parfois, elles se montraient plus acharnées que les hommes, et plus téméraires.

Le cortège de Rhuidean s'était immobilisé sur la platière d'argile craquelée quand il arriva au bas de la dernière pente. D'un geste il indiqua à ses hommes de s'arrêter et poursuivit sa marche seul en abaissant son voile. Il eut conscience que d'autres hommes descendaient de la montagne à sa droite et à sa gauche, avançant sur le sol durci, venant d'autres directions. Combien ? Cinquante ? Peut-être cent ? Des visages qu'il s'attendait à voir étaient absents. Sealdre avait raison, comme d'habitude ; certains n'avaient pas cru au rêve de leurs Sagettes. Il y avait des visages qu'il n'avait jamais vus auparavant et des visages d'hommes qu'il avait tenté de tuer, d'hommes qui avaient tenté de le tuer. Du moins aucun n'était-il voilé. Tuer en présence d'un Jenn était presque aussi détestable que de tuer un Jenn. Il espéra que les autres s'en souviendraient. Qu'un seul se conduise en traître et les voiles seraient mis en place ; les guerriers que chaque chef avait amenés accourraient des montagnes, et cette argile sèche serait transformée en boue sanglante. Il s'attendait presque à sentir d'un moment à l'autre une lance entre ses côtes.

Même en s'efforçant de guetter cent sources possibles de mort, c'était difficile de ne pas regarder les Aes Sedai tandis que les porteurs déposaient sur le sol leurs chaises minutieusement sculptées. Des femmes à la chevelure si blanche qu'elle était presque transparente. Des visages sans âge dont la peau donnait l'impression qu'un coup de vent la déchirerait. Il avait entendu dire que les années n'imprimaient pas leur marque sur les Aes Sedai. Quel âge devaient avoir ces deux-là ? Qu'avaient-elles vu ? Se rappelaient-elles quand son grand-père Comran avait pour la première fois découvert un *stedding* ogier dans le Rempart du Dragon et commencé à commercer avec ses habitants ? Ou peut-être même quand l'aïeul de Comran, Rhodric, avait pris la tête des Aiels pour aller tuer les hommes aux chemises de fer qui avaient traversé le Rempart du Dragon ? Les Aes Sedai tournèrent les yeux vers lui – bleu vif et brun très très foncé, les premiers yeux sombres qu'il découvrait – et donnèrent l'impression de sonder son crâne, de sonder ses pensées. Il eut l'intuition d'avoir été choisi entre tous et ne comprit pas pourquoi. Avec un effort, il s'arracha à ces deux regards qui le connaissaient mieux qu'il ne se connaissait lui-même.

Un homme maigre aux cheveux blancs, grand encore que voûté, sortit du groupe des Jenns et s'avança, escorté de deux femmes grisonnantes qui pouvaient être sœurs, avec les mêmes yeux verts enfoncés dans l'orbite et la même façon de pencher la tête quand elles regardaient quelque chose. Le reste des Jenns fixait avec malaise le sol plutôt que les Aiels, mais pas ces trois-là.

« Je suis Dermon, déclara l'homme d'une voix forte et grave, le regard scrutateur de ses yeux bleus aussi ferme que celui de n'importe quel Aiel. Voici Mordaine et Narisse. » Il désigna du geste tour à tour les deux femmes qui l'accompagnaient. « Nous parlons au nom de Rhuidean et des Aiels Jenns. »

Il y eut des remous parmi les hommes assemblés autour de Mandein. La plupart n'appréciaient pas plus que lui que les Jenns se prétendent aiels. « Pourquoi nous avez-vous fait venir ici ? » répliqua-t-il d'un ton impérieux, bien qu'il eût la langue qui brûlait d'avoir à admettre cette convocation.

Au lieu de répondre, Dermon dit : « Pourquoi n'avez-vous pas d'épée ? » Ce qui suscita des murmures de colère.

« C'est interdit, répliqua Mandein d'une voix grondante. Même les Jenns devraient le savoir. » Il leva ses lances, toucha le poignard à sa ceinture, l'arc sur son dos. « Voilà qui suffit comme armes à un guerrier. » Les murmures devinrent approbateurs, y compris quelques-uns venant d'hommes qui avaient juré de le tuer. Ils n'y manqueraient pas, si l'occasion se présentait, mais ils approuvaient ce qu'il avait dit. Et ils semblaient se satisfaire de le laisser parler, avec ces Aes Sedai qui les observaient.

« Vous ignorez pourquoi », dit Mordaine, et Narisse ajouta : « Il y a trop de choses que vous ignorez. Pourtant il faut que vous sachiez.

— Que voulez-vous ? questionna Mandein avec hauteur.

— Vous. » Dermon embrassa du regard les Aiels, signifiant ainsi que ce mot les englobait tous. « Celui qui prendra le commandement parmi vous doit venir à Rhuidean pour apprendre d'où nous venons et pourquoi vous ne portez pas d'épée. Qui ne peut apprendre ne vivra pas.

— Vos Sagettes vous ont parlé, dit Mordaine, sinon vous ne seriez pas ici. Vous êtes au courant de ce que cela coûtera à ceux qui refusent. »

Charendin se fraya un chemin jusqu'au premier rang, dardant des regards furieux alternativement sur Mandein et sur les Jenns. C'est Mandein qui était responsable de cette longue cicatrice froncée sur sa figure ; ils avaient failli se tuer l'un l'autre trois fois. « Rien que venir à vous ? dit Charendin. N'importe lequel d'entre nous qui vient à vous sera chef des Aiels ?

— Non. » Le mot fut émis ténu comme un murmure mais assez puissamment pour atteindre toutes les oreilles. Il avait été prononcé par l'Aes Sedai aux yeux noirs assise dans sa chaise sculptée avec une couverture sur les jambes comme si elle avait froid sous le soleil ardent. « Celui-là viendra plus tard, reprit-elle. La pierre qui ne tombe jamais tombera pour annoncer sa venue. Du sang mais pas élevé par le sang, il arrivera à Rhuidean à l'aube et vous liera ensemble par des liens que vous ne pourrez rompre. Il vous réunira et vous détruira[1]. »

1. La pierre est le nom de la forteresse de Tear (restée jusque-là imprenable), dont Rand vient de s'emparer. Voir *La montée des orages*.

Quelques chefs d'enclos esquissèrent un mouvement comme pour partir, mais aucun ne s'éloigna de plus de trois ou quatre pas. Chacun avait écouté la Sagette de son enclos. *Accepte ou nous serons anéantis comme si nous n'avions jamais existé. Accepte ou nous nous détruirons nous-mêmes.*

« C'est une ruse », cria Charendin. Sous le regard impassible des Aes Sedai, il baissa la voix mais elle garda encore un accent de colère. « Vous voulez avoir la haute main sur les enclos. Les Aiels ne plient le genou devant ni homme ni femme. » Il secoua la tête, évitant le regard des Aes Sedai. « Devant personne, termina-t-il entre ses dents.

— Nous ne recherchons pas à exercer de domination, leur dit Narisse.

— Nos jours sont comptés, poursuivit Mordaine. Viendra celui où les Jenns n'existeront plus et vous seuls demeurerez afin de rappeler l'existence des Aiels. Vous devez perdurer, sinon tout aura été fait pour rien et sera à jamais réduit à néant. »

Le ton uni dont elle parlait, sa calme assurance, réduisit Charendin au silence, mais Mandein avait encore une question à poser. « Pourquoi ? Si vous connaissez votre sort, pourquoi faire ceci ? » Il eut un geste vers les constructions qui s'élevaient au loin.

« C'est notre dessein, répliqua tranquillement Dermon. Nous avons cherché cet emplacement pendant de longues années et maintenant nous le préparons, encore que ce ne soit pas pour le but que nous avions envisagé à l'origine. Nous agissons comme nous le devons et gardons la foi. »

Mandein examina l'expression de son vis-à-vis. Elle ne témoignait d'aucune peur. « Vous êtes un Aiel », conclut-il et, quand quelques-uns des autres chefs eurent une exclamation étouffée, il éleva la voix. « Je vais aller chez les Aiels Jenns.

Le sang est le sang aiel. Rand est un Aiel élevé par Tam al'Thor qui est d'un autre sang, celui de Manetheren.

— Il ne vous est pas permis de venir armé à Rhuidean », dit Dermon.

Mandein éclata de rire devant la témérité de cet homme. Demander à un Aiel de se déplacer sans armes. Se débarrassant des siennes, il s'avança. « Conduisez-moi à Rhuidean, Aiel. J'égalerai votre courage. »

Rand cligna des paupières à cause du scintillement des lumières. Il *avait été* Mandein ; il sentait encore le mépris pour les Jenns se transformer en admiration. Les Jenns étaient-ils des Aiels ou non ? Ils avaient la même apparence physique, grands, avec des yeux clairs dans un visage hâlé par le soleil, vêtus de la même façon à l'exception des voiles qu'ils ne portaient pas. Par contre, il n'y avait pas d'armes parmi eux sauf de simples couteaux passés à la ceinture, convenant pour travailler. Un Aiel sans armes, cela n'existait pas.

Il se trouvait plus avant dans les colonnes que ne pouvait le justifier un seul pas, et plus proche de Muradin que tout à l'heure. Le regard fixe de l'Aiel s'était chargé d'une colère noire.

La poussière gréseuse crissa sous les bottes de Rand quand il se mit en marche.

Son nom était Rhodric et il avait près de vingt ans. Le soleil était une bulle dorée dans le ciel, mais il gardait son voile devant sa figure et ses yeux aux aguets. Ses lances étaient prêtes – une dans sa main droite, trois avec son petit bouclier en peau de bœuf dans l'autre – et lui-même était prêt. Jeordam était en bas sur la platière aux herbes brunies au sud des collines, où la plupart des arbustes étaient chétifs et flétris. La chevelure du vieil homme était blanche, comme cette chose appelée neige dont parlaient les anciens, mais son regard était perçant et surveiller les creuseurs du puits qui remontaient des outres pleines n'occuperait pas toute son attention.

Des montagnes s'élevaient au nord et à l'est, la chaîne du nord haute, aiguë et blanche aux pointes mais basse par rapport aux monstres de l'est. Ces montagnes-là donnaient l'impression que le monde tentait de toucher les cieux, et peut-être qu'il les touchait en effet. Était-ce de la neige, ce blanc ? Il ne le découvrirait pas. Face à cela, les Jenns devaient décider d'obliquer vers l'est. Ils avaient suivi au nord ce mur de montagnes pendant de longs mois, traînant avec peine leurs chariots derrière eux, essayant de faire abstraction des Aiels qui les suivaient. Du moins y avait-il eu de l'eau lors de la traversée d'une rivière, encore que pas en grande quantité. Voilà des années que Rhodric n'avait pas vu un cours d'eau impossible à franchir à gué ; la plupart n'étaient que des lits d'argile fendillée à distance des montagnes. Il espérait que les pluies reviendraient et feraient tout reverdir. Il se rappelait un temps où le monde était vert.

Il entendit les chevaux avant de les apercevoir, trois hommes chevauchant dans les collines brunes, vêtus de longues chemises de cuir recouvertes de disques de métal cousus dessus, deux avec des lances. Il connaissait celui qui était en tête, Garam, fils du chef de la ville qui se trouvait juste hors de vue dans la direction d'où venaient les cavaliers, et guère plus âgé que lui. Ils étaient aveugles, ces citadins. Ils ne se rendaient pas compte de la présence des Aiels qui s'ébrouaient après leur passage, puis reprenaient leur immobilité qui les rendait presque invisibles dans le paysage brûlé par le soleil. Rhodric abaissa son voile ; il n'y aurait pas de combat mortel à moins que les cavaliers n'en prennent l'initiative. Il ne le regrettait pas – pas précisément – mais il n'arrivait pas à se fier à des hommes qui habitaient dans des maisons et dans des villes. Il y avait eu trop de batailles avec les gens de cette sorte. Les récits disaient qu'il en avait toujours été ainsi.

Garam arrêta sa monture, saluant de sa main droite levée. C'était un homme mince aux yeux noirs, comme ses deux compagnons, mais tous les trois avaient l'air endurants et compétents. « Ohé, Rhodric. Est-ce que les vôtres ont fini de remplir leurs outres d'eau ?

— Je vous vois, Garam. » Il garda un ton uni et

neutre. Cela le mettait mal à l'aise, ces hommes montés sur des chevaux, plus encore que le fait qu'ils portaient des épées. Les Aiels avaient des bêtes de somme, mais être assis sur un cheval avait quelque chose de pas naturel. Les jambes suffisaient bien. « Nous n'en sommes pas loin. Votre père nous retire-t-il l'autorisation de prendre de l'eau sur ses terres ? » Aucune autre ville n'avait jamais accordé cette permission auparavant. Il fallait se battre pour avoir de l'eau si des hommes étaient proches, exactement comme pour le reste, et s'il y avait de l'eau il y avait des hommes à proximité. Ce ne serait pas facile de combattre ces trois-là à lui seul. Il modifia sa posture pour être prêt à danser et vraisemblablement mourir[1].

« Non, il ne la retire pas », répliqua Garam. Il n'avait même pas remarqué le changement de position de Rhodric. « Nous avons une source abondante dans la ville et mon père dit qu'après votre départ nous aurons les nouveaux puits que vous avez creusés jusqu'à ce que nous nous en allions nous-mêmes. Seulement votre grand-père paraissait désirer savoir quand les autres se mettraient en route et c'est fait. » Il appuya un coude sur le devant de sa selle. « Dites-moi, Rhodric, sont-ils vraiment le même peuple que vous autres ?

— Ils sont les Aiels Jenns ; nous, les Aiels. Nous sommes le même peuple, sans l'être. Je ne peux pas l'expliquer davantage, Garam. » Il ne le comprenait pas réellement lui-même.

« Dans quelle direction sont-ils partis ? » demanda Jeordam.

Rhodric s'inclina calmement devant son grand-père ; il avait entendu un bruit de pas, le son d'une botte souple, et l'avait identifié comme étant celui d'un Aiel. Par contre, les citadins n'avaient pas remarqué l'approche de Jeordam et, sous le coup de la surprise, ils tirèrent brusquement sur leurs rênes. Ce n'est que la main vive-

1. Les Aiels, on s'en souvient, appellent le combat « la danse ». Ils ne se battent pas, ils « dansent la danse des lances ».

ment dressée de Garam qui empêcha les deux autres d'abaisser leurs lances. Rhodric et son grand-père attendirent.

« Vers l'est, dit Garam quand il eut repris la maîtrise de sa monture. Pour franchir l'Échine du Monde. » Il désigna les montagnes qui perçaient le ciel.

Rhodric tressaillit, mais Jeordam questionna avec sérénité : « Qu'est-ce qui se trouve de l'autre côté ?

— Le bout du monde, pour autant que je le sache, répliqua Garam. Je ne suis pas sûr qu'il y ait une voie permettant de traverser. » Il hésita. « Les Jenns ont des Aes Sedai avec eux. Des douzaines, à ce que j'ai entendu dire. Ne vous sentez-vous pas mal à l'aise de voyager près d'Aes Sedai ? On raconte que le monde était différent jadis et qu'elles l'avaient détruit. »

Rhodric garda un visage impassible, mais les Aes Sedai le rendaient très nerveux. Elles n'étaient que quatre, pas des douzaines, cependant elles suffisaient pour lui remémorer des récits prétendant que les Aiels avaient fait défaut aux Aes Sedai d'une manière que personne ne connaissait. Les Aes Sedai devaient être au courant ; elles avaient rarement quitté les chariots des Jenns depuis un an qu'elles étaient arrivées mais, quand cela se produisait, elles regardaient les Aiels avec de la tristesse dans les yeux. Rhodric n'était pas le seul à essayer de les éviter.

« Nous gardons les Jenns, déclara Jeordam. Ce sont eux qui voyagent avec les Aes Sedai. »

Garam hocha la tête comme si cela rendait la situation différente, puis se pencha de nouveau en avant et parla plus bas. « Mon père a pour conseillère une Aes Sedai, bien qu'il s'efforce de le cacher à la ville. Elle dit que nous devons quitter ces collines et nous en aller dans l'est. Elle dit que les rivières desséchées se remettront à couler et que nous bâtirons une grande cité près de l'une d'elles. Elle dit beaucoup de choses. J'ai entendu raconter que les Aes Sedai projettent de construire une cité – elles ont trouvé des Ogiers qui la bâtiront pour elles. Des Ogiers ! » Il secoua la tête, s'arrachant aux légendes pour revenir à la réalité. « Croyez-vous qu'elles ont de nouveau l'intention de régner sur le monde ? Les Aes Sedai ? Je pense que nous devrions les tuer avant qu'elles ne nous anéantissent de nouveau.

— Vous devez agir selon ce que vous estimez être le mieux. » La voix de Jeordam ne donnait aucune indication sur son avis personnel. « Il faut que je prépare les miens à traverser ces montagnes. »

L'homme aux cheveux bruns se redressa sur sa selle, visiblement déçu. Rhodric le soupçonna d'avoir souhaité obtenir l'aide des Aiels pour tuer les Aes Sedai. « L'Échine du Monde, dit brusquement Garam. Elle a un autre nom. D'aucuns l'appellent le Rempart du Dragon.

— Un nom approprié », répliqua Jeordam.

Rhodric contempla les énormes montagnes dans le lointain. Un nom approprié pour les Aiels. Leur nom secret, révélé à personne, était le Peuple du Dragon. Il ne savait pas pourquoi, il savait seulement qu'il n'était prononcé à haute voix que lorsqu'on recevait ses lances. Qu'est-ce qui se trouvait derrière ce Rempart du Dragon ? Au moins des gens à combattre. Il y en avait toujours. Dans le monde entier, il n'y avait que les Aiels, les Jenns et des ennemis. Seulement ça. Des Aiels, des Jenns et des ennemis.

Rand absorba une grande goulée d'air avec un bruit de raclement comme s'il n'avait pas respiré depuis des heures. Des anneaux de lumière éclatante à brûler les yeux remontaient le long des colonnes qui l'entouraient. Les mots résonnaient toujours dans son esprit. Des Aiels, des Jenns et des ennemis ; voilà le monde. Ils ne se trouvaient pas à ce moment-là dans le Désert, certainement. Il avait vu – vécu – une époque qui précédait l'arrivée des Aiels dans leur Terre Triple.

Il était encore plus près de Muradin. Les yeux de l'Aiel se tournaient de-ci de-là avec malaise et il semblait lutter pour ne pas faire un autre pas.

Rand avança.

Assis avec souplesse sur ses talons au flanc tout blanc de la colline, Jeordam observait sans s'inquiéter du froid cinq personnes qui se dirigeaient lourdement vers lui. Trois hommes drapés dans une cape, deux femmes en robe volumineuse, marchant avec peine dans la neige. L'hiver aurait dû être terminé depuis longtemps d'après les Anciens, mais aussi ils disaient que les saisons n'étaient plus ce qu'elles avaient toujours été. Ils prétendaient aussi que la terre avait coutume de trembler et que les montagnes se soulevaient ou s'effondraient comme l'eau dans un étang de l'été quand on y jette un caillou. Jeordam ne le croyait pas. Il avait dix-huit ans, était né dans les tentes et c'était la seule existence qu'il connaissait. La neige, les tentes et le devoir de protéger.

Il abaissa son voile et se redressa avec lenteur, s'appuyant sur sa longue lance, pour ne pas effrayer les gens des chariots, pourtant ils s'arrêtèrent quand même subitement, les yeux fixés sur la lance, sur l'arc suspendu en travers de son dos et sur le carquois à sa ceinture. Aucun ne paraissait plus âgé que lui-même. « Vous avez besoin de nous, Jenns ? cria-t-il.

— Vous nous appelez ainsi par dérision, riposta un grand gaillard au nez mince, mais c'est exact. C'est nous les seuls vrais Aiels. Vous avez abandonné la Voie.

— C'est un mensonge ! répliqua Jeordam d'un ton cassant. Je n'ai jamais tenu une épée en main ! » Il respira à fond pour se calmer. Il n'avait pas été posté ici pour se mettre en colère contre des Jenns. « Si vous êtes perdus, vos chariots sont par là. » Il désigna le sud avec sa lance.

Une femme posa la main sur le bras de Nez-Mince et parla tout bas. Les autres acquiescèrent d'un signe et, finalement, Nez-Mince aussi, encore qu'avec réticence. Elle était jolie, avec des mèches folles blondes s'échappant du châle sombre drapé autour de sa tête. Se tournant vers Jeordam, elle dit : « Nous ne sommes pas perdus. » Elle l'examina soudain, comme si elle le voyait pour la première fois, et resserra son châle autour d'elle.

Il hocha la tête ; il n'avait pas pensé qu'ils l'étaient.

Les Jenns s'arrangeaient généralement pour éviter toute personne des tentes même quand ils avaient besoin d'aide. Le petit nombre qui ne le faisait pas venait seulement en désespoir de cause, pour l'assistance qu'il ne trouvait pas ailleurs. « Suivez-moi. »

Les tentes de son père étaient installées à un peu plus d'une demi-lieue à travers les collines, des formes basses en partie recouvertes par la dernière chute de neige, accrochées aux pentes. Les siens regardèrent les nouveaux arrivants avec méfiance mais n'interrompirent pas leurs activités, que ce soit cuisiner, vérifier les armes ou échanger des boules de neige avec un enfant. Il était fier de son enclos, comptant près de deux cents personnes, le plus grand des dix camps éparpillés au nord des chariots. Les Jenns ne semblèrent guère impressionnés, toutefois. Cela l'irritait qu'il y ait tellement plus de Jenns que d'Aiels.

Lewin sortit de sa tente – un homme grand, grisonnant, au visage dur ; Lewin ne souriait jamais, disait-on, et Jeordam ne l'avait effectivement jamais vu sourire. Peut-être l'avait-il fait avant que la mère de Jeordam meure d'une fièvre, mais Jeordam ne le croyait pas.

La jeune femme blonde – son nom était Morine – raconta une histoire voisine de ce à quoi Jeordam s'attendait. Les Jenns avaient commercé avec un village, un endroit avec une palanque en rondins, ensuite des hommes du village étaient venus dans la nuit, reprenant ce qui avait été troqué, prenant davantage. Les Jenns étaient toujours persuadés qu'ils pouvaient se fier aux gens qui vivaient dans des maisons, étaient toujours convaincus que la Voie les protégerait. Les morts furent énumérés – des pères, une mère, des premiers-frères. Les captives – des premières-sœurs, une mère-sœur, une fille. Cette dernière surprit Jeordam ; c'est Morine qui parla amèrement d'une fille de cinq ans enlevée pour être élevée par une autre femme. L'examinant avec plus d'attention, il ajouta mentalement quelques années à son âge.

« Nous les ramènerons », promit Lewin. Il saisit le

faisceau de lances qui lui étaient tendues et en planta la pointe dans le sol. « Vous pouvez rester avec nous si vous le désirez, pour autant que vous êtes prêts à vous défendre et à nous défendre aussi nous autres. Si vous restez, vous ne serez plus jamais acceptés parmi les chariots. » Sur quoi Nez-Mince tourna les talons et se hâta de partir par le chemin d'où ils étaient venus. Lewin continua ; c'était rare qu'un seul s'en aille à ce stade. « Que ceux qui désirent nous accompagner à ce village prennent une lance. Mais rappelez-vous, si vous prenez la lance pour vous en servir contre des hommes, vous serez obligés de demeurer chez nous. » Sa voix et son regard étaient de pierre. « Vous serez tenus pour morts aux yeux des Jenns. »

Un des hommes qui n'étaient pas partis hésita, mais chacun arracha finalement une lance du sol. Ainsi que Morine. Jeordam la regarda bouche bée et même Lewin cilla.

« Vous n'êtes pas forcée de prendre une lance rien que pour rester, lui dit Lewin, ou pour que nous ramenions les vôtres. Prendre la lance signifie une volonté de combattre, pas seulement de vous défendre. Vous pouvez la poser ; il n'y a pas de honte.

— Ils ont emporté ma fille », répliqua Morine.

À la stupeur de Jeordam, Lewin marqua à peine une hésitation avant de consentir d'un signe de tête. « Il y a un temps pour tout. Pour tout. Soit. » Il commença à taper légèrement des hommes sur l'épaule, à travers le camp, les choisissant pour se rendre à ce village entouré d'un rempart en troncs d'arbre. Jeordam fut le premier désigné ; son père l'avait toujours désigné en premier depuis le jour où il avait été assez âgé pour manier une lance. Il n'aurait pas voulu qu'il en soit autrement.

Morine se heurtait à des difficultés avec la lance dont la hampe s'entortillait dans sa longue jupe.

« Vous n'êtes pas obligée de venir, lui dit Jeordam. Aucune femme ne l'a jamais fait avant. Nous vous ramènerons votre fille.

— J'ai l'intention de sortir Kirine de là-bas moi-même, répliqua-t-elle d'un ton farouche. Vous ne m'en empêcherez pas. » Une femme obstinée.

« Dans ce cas, vous devez vous habiller de cette façon. » Il désigna du geste ses chausses et sa propre tunique gris-brun. « Vous ne pouvez pas marcher de nuit en tout terrain avec une robe. » Il lui ôta la lance avant qu'elle ait le temps de réagir. « Le maniement de la lance ne s'apprend pas facilement. » Les deux hommes qui étaient venus avec elle, s'efforçant gauchement d'obéir aux instructions qui leur étaient données et manquant de peu s'emmêler les jambes, en étaient la preuve. Il trouva une hachette et retrancha à la hampe de la lance une longueur de trois pieds. Laissant quatre pieds, y compris près d'un pied de fer pointu. « Frappez avec. Rien que cela. Donnez simplement un coup avec le fer. La hampe est utilisée pour bloquer, aussi, mais je vais vous trouver quelque chose à utiliser comme bouclier que vous tiendrez dans l'autre main. »

Elle le regarda bizarrement. « Quel âge avez-vous ? » questionna-t-elle, ce qui était encore plus curieux. Il le lui dit et elle se contenta de hocher pensivement la tête.

Au bout d'un moment, il demanda : « L'un de ces hommes est-il votre mari ? » Ils trébuchaient encore sur leurs lances.

« Mon mari a déjà pris le deuil de Kirine. Il se soucie davantage des arbres que de sa propre fille.

— Les arbres ?

— Les Arbres de Vie. » Comme il la regardait toujours d'un air interdit, elle secoua la tête. « Trois petits arbres plantés dans des tonneaux. Ils s'en préoccupent presque autant que d'eux-mêmes. Ils ont l'intention de les mettre dans la terre quand ils auront trouvé un lieu sûr ; ils disent qu'alors les anciens jours renaîtront. Ils. Je dis “ils”. D'accord. Je ne suis plus une Jenn. » Elle soupesa la lance raccourcie. « Voici mon mari, maintenant. » Le dévisageant attentivement, elle questionna : « Si quelqu'un vole votre enfant, parlerez-vous de la Voie de la Feuille et des souffrances envoyées pour nous mettre à l'épreuve ? » Il secoua la tête et elle reprit :

« Je pensais bien que non. Vous ferez un excellent père. Enseignez-moi à me servir de cette lance. »

Une drôle de femme, mais jolie. Il reprit la lance en main et commença à lui apprendre, démontrant par le geste au fur et à mesure ce qu'il expliquait. Réduite à cette courte hampe, la lance se maniait avec prestesse et agilité.

Morine l'observait avec ce curieux sourire, mais la lance absorbait l'attention de Jeordam. « J'ai vu votre visage dans le rêve », dit-elle à mi-voix, seulement il ne l'entendit pas vraiment. Avec une lance comme celle-ci, il serait plus rapide qu'un homme avec une épée. En esprit, il voyait les Aiels triomphant de tous les hommes armés d'épée. Personne ne pourrait leur résister. Personne.

Des lumières lançaient des éclairs à travers les colonnes de verre et aveuglaient à demi Rand. Muradin ne le précédait que d'un pas ou deux, le regard fixé droit devant lui, les dents apparentes sous les lèvres retroussées, grondant silencieusement. Les colonnes les ramenaient en arrière dans le passé immémorial des Aiels. Les pieds de Rand se mouvaient d'eux-mêmes. En avant. Et en arrière dans le temps.

Lewin ajusta devant son visage le voile qui le protégeait de la poussière et scruta en contrebas le petit camp où les braises d'un feu mourant luisaient encore sous une marmite de fer. Le vent lui apporta une odeur de ragoût à demi brûlé. Des monticules de couvertures entouraient les braises au clair de lune. Il n'y avait pas de chevaux en vue. Il regretta de ne pas avoir apporté de l'eau, mais seuls les enfants y avaient droit sauf aux repas. Il se rappelait vaguement une époque où il y avait eu davantage d'eau, où les journées étaient moins brûlantes et poussiéreuses, où le vent ne soufflait pas continuellement. La nuit n'apportait qu'un léger soulagement, échangeant un soleil de plomb rouge sombre contre du froid. Il se drapa plus étroitement dans la cape en peaux de chèvre sauvage dont il se servait comme couverture.

Ses compagnons se rapprochèrent en rampant, empaquetés comme lui, délogeant des cailloux et marmottant au point qu'il était sûr qu'ils allaient réveiller les hommes d'en bas. Il ne s'en plaignit pas ; il n'était pas plus habitué qu'eux à cela. Des voiles anti-poussière masquaient leurs traits, mais il devinait qui était qui. Luca, avec sa carrure une fois et demie plus large que celle de quiconque ; il aimait jouer des tours. Gearan, grand et sec comme une cigogne et le meilleur coureur parmi les chariots. Charlin et Alijha, se ressemblant comme des reflets à part l'habitude qu'avait Charlin de pencher la tête de côté quand il était soucieux, comme il l'était à présent ; leur sœur Colline était en bas dans ce campement. Et Maigrane, la sœur de Lewin.

Quand les sacs où les jeunes filles rangeaient le produit de leur cueillette avaient été retrouvés sur un terrain bouleversé par une lutte, tous les autres étaient prêts à prendre le deuil et à continuer de mener leur train-train quotidien comme tant de fois auparavant. Même le grand-père de Lewin. Si Adan avait su ce que les cinq projetaient, il les en aurait empêchés. Tout ce à quoi se bornait Adan maintenant, c'est marmonner qu'il fallait rester fidèle aux Aes Sedai que Lewin n'avait jamais vues, cela et s'efforcer de maintenir en vie les Aiels. Les Aiels en tant que peuple, mais pas un Aiel donné. Pas même Maigrane.

« Ils sont quatre, chuchota Lewin. Les jeunes filles sont de ce côté du feu. Je vais les réveiller – sans bruit – et nous nous éclipserons avec elles pendant que les hommes dorment. » Ses amis s'entre-regardèrent, hochèrent la tête. Il supposait qu'ils auraient dû établir un plan avant, mais la seule chose qu'ils avaient eue dans l'idée était d'aller chercher leurs sœurs et comment quitter les chariots sans que personne les aperçoive. Il n'avait pas été certain qu'ils pourraient suivre ces hommes ou les trouver avant qu'ils atteignent leur village, un rassemblement de huttes grossières d'où les Aiels avaient été chassés à coups de pierre et de bâton. Il n'y aurait rien à faire si les ravisseurs étaient arrivés jusque là-bas.

« Et s'ils se réveillent ? demanda Gearan.

— Je ne laisserai pas Colline », répliqua Charlin d'un ton brusque, en même temps que la riposte plus calme de son frère : « Nous les remmenons avec nous, Gearan.

— Oui », confirma Lewin. Luca enfonça un doigt dans les côtes de Gearan, et Gearan acquiesça.

Se frayer un chemin dans l'obscurité n'était pas facile. Des brindilles rendues cassantes par la sécheresse se brisaient sous leurs pieds ; cailloux et gravillons dévalaient la pente sèche devant eux. Plus Lewin s'efforçait de se déplacer silencieusement, plus il semblait bruyant. Luca tomba dans un buisson épineux qui le reçut avec fracas, mais il réussit à s'en extraire sans plus qu'une respiration haletante. Charlin glissa et dérapa à mi-chemin du bas de la pente. Pourtant rien ne bougea au-dessous d'eux.

À la lisière du campement, Lewin marqua une pause, échangeant des regards anxieux avec ses amis, puis y entra sur la pointe des pieds. Sa respiration résonnait comme le tonnerre dans ses oreilles, aussi fort que les ronflements provenant de l'une des quatre grandes masses. Il se figea comme les ronflements rudes s'interrompaient et qu'une des masses se soulevait. Elle se réinstalla, le ronflement recommença et Lewin se remit à respirer.

Il s'accroupit avec précaution près d'un des plus petits tas et rejeta de côté une couverture grossière en laine raide de crasse. Maigrane leva vers lui un regard fixe, la figure marquée par des coups et enflée, sa robe déchirée jusqu'à n'être plus que des lambeaux. Il plaqua la main sur sa bouche pour l'empêcher de crier, mais elle continua simplement à contempler le vide sans même cligner des paupières.

« Je vais te dépecer comme un porc, gamin. » Un des gros tas bascula sur le côté et un homme à la barbe hirsute, aux vêtements sales, se leva, le long poignard dans sa main luisant faiblement au clair de lune, reflétant la lueur rouge des braises. Il donna un coup de pied aux deux masses qui l'encadraient, provoquant des grognements et des remuements. « Exactement comme un porc. Peux-tu crier comme un cochon qu'on égorge, gamin, ou vous autres ne savez que prendre vos jambes à votre cou ?

— Va », dit Lewin, mais sa sœur, les yeux sans expression, ne bougea pas. Fébrile, il la saisit aux épaules, tira pour essayer de la propulser vers l'endroit où les autres attendaient. « Va-t'en ! » Elle sortit des couvertures toute raide, presque un poids mort. Colline était éveillée – il l'entendait geindre – mais elle semblait être en train de ramener encore plus étroitement autour d'elle ses couvertures sales, dans une tentative pour s'y dissimuler. Maigrane restait sur place, ne regardant rien, ne voyant rien.

« Paraît que vous n'en êtes même pas capables. » La bouche distendue dans un sourire, l'homme contournait le feu, le poignard tenu bas. Les autres s'asseyaient dans leurs couvertures maintenant, riant, savourant l'attraction.

Lewin ne savait que faire. Il ne pouvait pas laisser sa sœur. Tout ce qu'il pouvait, c'était mourir. Peut-être cela donnerait-il à Maigrane une chance de s'enfuir. « Va-t'en, Maigrane ! Je t'en prie, pars ! »

Le barbu se rapprochait, prenant son temps, avec un petit rire étouffé, jouissant de sa lente progression.

« Noooooooooooooon ! » Charlin surgit de la nuit comme un bolide, referma les bras autour de l'homme au poignard, l'entraîna au sol. Les autres hommes se levèrent d'un bond. L'un d'eux, sa tête rasée luisant dans la clarté lunaire, brandit une épée pour tailler Charlin en pièces.

Lewin n'aurait pas pu dire comment cela se fit. Sans qu'il s'en soit vraiment rendu compte, il se retrouva balançant la lourde marmite par son anse de fer ; elle frappa la tête rasée avec un craquement retentissant.

L'homme s'effondra comme si ses os avaient fondu. Déséquilibré, Lewin trébucha en essayant d'éviter le feu et tomba à côté, lâchant la marmite. Un homme brun aux cheveux réunis en tresses leva à son tour une épée, prêt à l'embrocher. Il recula sur le dos en s'aidant des pieds et des mains, telle une araignée, les yeux sur la pointe aiguë de l'épée, ses doigts cherchant frénétiquement quelque chose pour parer l'attaque de l'homme, un bâton, n'importe quoi. Sa paume rencontra du bois arrondi. Il le ramena en avant d'une secousse, le poussa contre l'homme au rictus hargneux. Les yeux noirs de celui-ci se dilatèrent, l'épée lui échappa ; le sang jaillit de sa bouche. Pas un bâton. Une lance.

Les mains de Lewin lâchèrent précipitamment la hampe dès qu'il comprit ce que c'était. Trop tard. Il rampa à reculons pour éviter l'homme qui s'effondrait, le considéra en tremblant. Un homme mort. Un homme qu'il avait tué. Le vent semblait soudain très froid.

Au bout d'un instant, il s'avisa de s'étonner qu'un des autres ne l'ait pas tué. Il fut surpris de voir le reste de ses amis là autour des braises. Gearan, Luca et Alijha, tous haletant, le regard farouche au-dessus de leur voile protecteur contre la poussière. Colline émettait toujours des petits sanglots convulsifs de dessous ses couvertures et Maigrane était toujours debout, les yeux fixes. Charlin à genoux, ramassé sur lui-même, serrait ses bras autour de lui. Et les quatre hommes, les gens du village... Lewin contempla l'une après l'autre les formes sanglantes immobiles.

« Nous... les avons tués. » La voix de Luca tremblait. « Nous... Que la Lumière nous prenne en pitié maintenant. »

Lewin se traîna jusqu'à Charlin et toucha son épaule. « Es-tu blessé ? »

Charlin tomba. Du rouge humide luisait sur ses mains qui agrippaient le manche du poignard enfoncé dans son ventre. « J'ai mal, Lewin », murmura-t-il. Il fut secoué d'un frisson et ses yeux perdirent leur éclat.

« Qu'est-ce que nous allons faire ? demanda Gearan. Charlin est mort et nous... Ô Lumière, qu'avons-nous fait ? Que faisons-nous ?

— Nous remmènerons nos sœurs aux chariots. » Lewin ne pouvait détacher les yeux du regard vitreux de Charlin. « Voilà ce que nous allons faire. »

Ils récupérèrent tout ce qui était utile, la marmite et les poignards, principalement. Les objets en métal étaient rares à obtenir. « Autant que nous les prenions, dit rudement Alijha. Ils les ont certainement volés à quelqu'un comme nous. »

Toutefois, quand Alijha s'apprêta à ramasser une des épées, Lewin l'en empêcha. « Non, Alijha. Ceci est une arme, fabriquée pour tuer des gens. Elle ne sert pas à autre chose. » Alijha ne dit rien, parcourut simplement des yeux les quatre cadavres, regarda les lances que Luca entourait avec des couvertures pour transporter dessus le corps de Charlin. Lewin refusa de regarder les hommes du village. « Une lance peut mettre de la nourriture dans les marmites, Alijha. Une épée, non. C'est interdit par la Voie. »

Alijha gardait toujours le silence, mais Lewin eut l'impression qu'il souriait d'un air sarcastique derrière son voile. Pourtant, quand ils finirent par s'éloigner dans la nuit, les épées demeurèrent auprès des tisons mourants et des cadavres.

Le retour en portant la civière improvisée où gisait Charlin fut une longue marche dans l'obscurité, tandis que de temps en temps le vent soufflait en rafales qui soulevaient des nuages de poussière étouffante. Maigrane avançait en trébuchant, les yeux fixés droit devant elle ; elle ne savait pas où elle était ni qui ils étaient. Colline semblait à moitié terrifiée, même par son propre frère, sursautant si quelqu'un la touchait. Ce n'était pas ainsi que Lewin avait imaginé leur retour. Dans son esprit, les jeunes filles riaient, heureuses de retourner aux chariots ; ils riaient tous. Pas transportant le cadavre de Charlin. Pas rendus muets par le souvenir de ce qu'ils avaient fait.

La clarté des feux de cuisine apparut, puis les chariots, les harnais déjà étalés pour que les hommes prennent leur place au lever du soleil. Personne ne quittait l'abri des chariots après la tombée de la nuit, de sorte que Lewin fut surpris de voir trois silhouettes se précipiter vers eux. La chevelure blanche d'Adan se détachait dans la nuit. Les deux autres étaient Nerrine, la mère de Colline, et Saraline, la sienne et celle de Maigrane. Lewin abaissa son voile avec un mauvais pressentiment.

Les femmes se précipitèrent vers leurs filles en leur tendant les bras dans un geste de réconfort et avec de doux murmures. Colline se laissa aller dans l'étreinte de sa mère avec un soupir de joie ; Maigrane parut à peine remarquer Saraline qui était près de fondre en larmes à la vue des ecchymoses sur la figure de sa fille.

Adan regarda les jeunes gens d'un air sombre, les rides permanentes creusées par le souci sur son visage plus profondes. « Au nom de la Lumière, que s'est-il passé ? Quand nous avons découvert que vous aviez disparu aussi... » Sa voix s'éteignit quand il vit la civière où était Charlin. « Que s'est-il passé ? » répéta-t-il, comme s'il redoutait la réponse.

Lewin ouvrit la bouche lentement, mais Maigrane parla la première. « Ils les ont tués. » Elle regardait fixement dans le vide, sa voix aussi naïve que celle d'un enfant. « Les mauvais hommes nous ont fait du mal. Ils... Alors Lewin est venu et les a tués.

— Il ne faut pas dire des choses comme ça, petite, dit Saraline avec douceur. Tu... » Elle s'interrompit, examina les yeux de sa fille, puis se tourna d'un air hésitant vers Lewin. « Est-ce... ? Est-ce vrai ?

— Nous y avons été obligés, répondit Alijha d'un ton affligé. Ils ont essayé de nous tuer. Ils ont tué Charlin. »

Adan recula d'un pas. « Vous avez... tué ? Tué des *hommes* ? Et le Pacte ? Nous ne nuisons à personne. Personne ! Il n'existe pas de raison assez bonne pour justifier que l'on tue un autre être humain. Aucune !

— Ils s'étaient emparés de Maigrane, grand-père, dit Lewin. Ils s'étaient emparés de Maigrane et de Colline et les avaient frappées. Ils...

— Il n'existe aucune raison ! répliqua Adan d'une voix tonnante en frémissant de rage. Nous devons accepter ce qui vient. Nos souffrances sont envoyées pour mettre à l'épreuve notre fidélité. Nous acceptons et endurons ! Nous n'assassinons pas ! Vous ne vous êtes pas écartés de la Voie, vous l'avez abandonnée. Vous n'êtes plus des Da'shains. Vous êtes corrompus et je ne veux pas que les Aiels soient corrompus par vous. Quittez-nous, étrangers. Assassins ! Vous n'êtes pas les bienvenus dans les chariots des Aiels. » Il tourna le dos et partit à longues enjambées comme s'ils n'existaient plus. Saraline et Nerrine se mirent en route à sa suite, guidant les jeunes filles.

« Mère ? » dit Lewin qui tressaillit lorsqu'elle regarda en arrière et lui jeta un coup d'œil glacial. « Mère, je t'en prie...

— Qui es-tu, toi qui m'appelles ainsi ? Ôte ta face de devant moi. J'ai eu un fils, naguère, qui avait ces traits. Je ne désire pas les voir sur un tueur. » Et elle entraîna Maigrane derrière les autres.

« Je suis toujours aiel », cria Lewin, mais ils continuèrent imperturbablement à s'éloigner. Il eut l'impression d'entendre Luca pleurer. Le vent se mit à souffler, soulevant de la poussière, et il voila son visage. « Je suis un Aiel ! »

Des lumières dardaient violemment leurs éclats dans les yeux de Rand. La souffrance de ce qu'avait perdu Lewin l'affectait encore et son esprit travaillait frénétiquement. Lewin n'avait pas été armé. Il ne savait pas se servir d'une arme. Tuer le terrifiait. C'était incompréhensible.

Il se trouvait presque côte à côte avec Muradin maintenant, mais ce dernier ne se rendait pas compte de sa présence. L'expression hargneuse de Muradin était un rictus ; de la sueur perlait sur sa figure ; il frémissait comme s'il avait envie de s'enfuir.

Les pieds de Rand l'emportèrent en avant – et en arrière dans le passé.

26. Les Vrais Fidèles

En avant dans l'espace, en arrière dans le passé.

Allongé dans le creux sablonneux, Adan serrait contre lui les enfants de son fils défunt qui étaient secoués de sanglots, leur cachant les yeux contre sa tunique en piètre état. Des larmes coulaient aussi sur sa figure mais silencieusement, tandis qu'il regardait avec prudence par-dessus le bord de la dépression. À cinq et six ans, Maigrane et Lewin avaient le droit de pleurer ; Adan était surpris d'avoir lui-même encore des larmes.

Quelques-uns des chariots brûlaient. Les morts gisaient à l'endroit où ils étaient tombés. Les chevaux avaient déjà été emmenés, sauf ceux encore attelés à un petit nombre de chariots dont le contenu avait été déversé sur le sol. Pour une fois, il ne prêta pas attention aux objets emballés dans des caisses que les Aes Sedai avaient confiés aux soins des Aiels, tombés pêle-mêle par terre. Ce n'était pas la première fois qu'il voyait cela, ou des Aiels morts, mais cette fois-ci il ne s'en souciait pas. Les hommes avec les épées, les lances et les arcs, les hommes qui avaient perpétré le massacre, chargeaient ces chariots vides. Avec des femmes. Il suivit des yeux Rhea, sa fille, qui était poussée brutalement avec d'autres à l'intérieur d'un chariot, entassées comme des bêtes par des tueurs hilares. La dernière de ses enfants. Elwin mort de faim à dix ans, Sorelle à vingt ans d'une fièvre annoncée par les rêves qu'elle avait eus et Jaren qui s'était jeté du haut d'une falaise à dix-neuf ans quand il avait découvert l'an dernier qu'il était capable de canaliser. Marind, ce matin.

Il avait envie de hurler. Il avait envie de se précipiter là-bas pour les empêcher d'enlever son dernier enfant. Les en empêcher, d'une manière ou d'une autre. Et s'il y courait vraiment ? Ils le tueraient et emmèneraient quand même Rhea. Ils tueraient aussi bien les enfants. Certains de ces corps étendus dans leur sang étaient petits.

Maigrane se cramponnait à lui comme si elle pressentait qu'il songeait à la laisser et Lewin se raidit comme s'il voulait s'agripper plus fort mais se jugeait trop âgé. Adan leur passa la main sur les cheveux et tint leurs visages pressés contre sa poitrine. Néanmoins, il se força à guetter jusqu'à ce que les chariots s'éloignent entourés par des cavaliers poussant des cris de triomphe, à suivre du regard les chevaux qui étaient déjà presque hors de vue en direction des montagnes embrumées fermant l'horizon.

Alors seulement il se mit debout, détachant de lui les enfants. « Attendez-moi ici, leur dit-il. Attendez que je revienne. » Se tenant étroitement enlacés, ils avaient levé vers lui une face blême marbrée de larmes, hoché la tête d'un air hésitant.

Il se dirigea vers un des cadavres, le remit sur le dos avec précaution. On aurait pu croire que Siedre dormait, son expression exactement pareille à ce qu'elle était à côté de lui quand il se réveillait chaque matin. Cela le surprenait toujours de remarquer du gris dans sa chevelure d'or roux ; elle était son amour, sa vie, à jamais jeune et nouvelle pour lui. Il s'efforça de ne pas regarder le sang qui imprégnait le devant de sa robe ni la blessure béante sous ses seins.

« Maintenant, que comptes-tu faire, Adan ? Dis-le-nous ! Quoi ? »

Il écarta de la figure de Siedre des mèches éparses – elle aimait avoir une apparence soignée – et se redressa, se tournant avec lenteur pour affronter le groupe apeuré, irrité. Sulwin en était le meneur, un homme de haute taille aux yeux enfoncés dans l'orbite. Il avait laissé pousser ses cheveux, ce Sulwin, comme pour dissimuler qu'il était un Aiel. Bon nombre avaient agi de même. Cela n'avait produit aucun effet, ni sur ces derniers pillards ni sur ceux qui les avaient précédés.

« Je me propose d'enterrer nos morts et de continuer notre marche, Sulwin. » Ses yeux se reportèrent sur Siedre. « Quelle autre solution ?

— Continuer, Adan ? Comment pouvons-nous continuer ? Il ne reste plus de chevaux. Il n'y a presque plus d'eau, plus de nourriture. Nous n'avons plus que des chariots pleins d'objets que les Aes Sedai ne viendront jamais chercher. Que sont-ils, Adan ? Que sont-ils pour que nous gâchions notre vie à les traîner à travers le monde, en ayant même peur d'y toucher ? Nous ne pouvons pas continuer comme avant !

— Si, nous le pouvons ! répliqua Adan d'une voix tonnante. Nous y arriverons ! Nous avons des jambes ; nous avons un dos. Nous tirerons les chariots, si besoin est. Nous accomplirons fidèlement notre devoir ! » Il éprouva un choc en voyant son propre poing brandi. Un poing. Sa main tremblait quand il l'ouvrit et la rabaissa contre son flanc.

Sulwin recula d'un pas, puis lui tint tête avec ses compagnons. « Non, Adan. Nous sommes censés trouver un endroit où nous serons en sécurité et c'est bien l'intention de quelques-uns d'entre nous. Mon grand-père avait coutume de me rapporter des histoires qu'il avait entendues étant enfant, des récits d'un temps où nous vivions en sûreté et où les gens venaient nous entendre chanter. Nous voulons trouver un lieu où nous n'aurons rien à craindre et chanterons de nouveau.

— Chanter ? répéta Adan d'un ton ironique. J'ai entendu ces vieux contes, moi aussi, disant que les chants aiels étaient merveilleux, mais tu ne les connais pas plus que moi, ces anciennes chansons. Les chants ne sont plus et les jours d'autrefois non plus. Nous ne renoncerons pas à notre devoir envers les Aes Sedai pour courir après ce qui est perdu à jamais.

— Quelques-uns d'entre nous, si, Adan. » Les autres derrière Sulwin acquiescèrent de la tête. « Nous sommes résolus à trouver cet endroit de paix. Et aussi les chants. Nous les trouverons ! »

Un fracas retentit et la tête d'Adan tourna vivement. D'autres camarades de Sulwin déchargeaient un des chariots et une large caisse plate était tombée, s'éventrant à moitié et laissant voir ce qui ressemblait à un chambranle de portail en pierre rouge sombre polie. D'autres chariots étaient en train d'être vidés, également, et par plus que des amis de Sulwin. Au moins un quart des gens qu'il voyait s'affairaient à débarrasser les chariots de tout ce qui n'était pas de l'eau ou des aliments.

« N'essaie pas de nous en empêcher », l'avertit Sulwin.

Adan contraignit de nouveau son poing à se détendre. « Vous n'êtes pas des Aiels, déclara-t-il. Vous trahissez tout. Quoi que vous soyez, vous n'êtes plus des Aiels.

— Nous observons la Voie de la Feuille autant que toi, Adan.

— Partez ! ordonna Adan avec véhémence. Partez ! Vous n'êtes pas des Aiels ! Vous êtes perdus ! Perdus ! Je ne veux plus vous voir ! Partez ! » Sulwin et les autres trébuchaient dans leur hâte à s'écarter de lui.

Son cœur se serra plus encore quand il passa en revue du regard les chariots et les morts gisant parmi les débris. Tant de cadavres, tant de blessés qui gémissaient tandis qu'on les soignait. Sulwin et ses compagnons de perdition prenaient des précautions en déchargeant. Les hommes avec les épées avaient éventré les caisses jusqu'à ce qu'ils aient compris qu'elles ne contenaient ni or ni nourriture. La nourriture était plus précieuse que l'or. Adan examina le chambranle de pierre, les tas écroulés de figurines en pierre, les formes bizarres en cristal debout au milieu des boutures de chora en pot dont les partisans de Sulwin n'avaient pas l'usage. Y en avait-il qui servaient à quelque chose ? Était-ce pour ça qu'ils étaient fidèles ? Si oui, eh bien, soit. Certains pouvaient être sauvés. Pas moyen de déterminer ce que les Aes Sedai considéraient comme le plus important, mais une partie pouvait être sauvée.

Il vit Maigrane et Lewin qui se raccrochaient à la jupe de leur mère. Il se sentit content que Saraline fût en vie pour s'occuper d'eux ; son dernier fils, le mari de Saraline, le père des enfants, avait succombé à la toute première flèche, ce matin. Certains pouvaient être sauvés. Il sauverait les Aiels, quoi qu'il en coûte.

Il s'agenouilla, prit Siedre dans ses bras. « Nous sommes toujours fidèles, Aes Sedai, murmura-t-il. Combien de temps devrons-nous demeurer fidèles ? » Appuyant la tête sur la poitrine de son épouse, il pleura.

Des larmes brûlaient les yeux de Rand ; il forma des lèvres sans bruit le nom « Siedre ». La Voie de la Feuille ? Ce n'était pas une croyance aielle. Il ne parvenait pas à réfléchir clairement ; il pouvait à peine réfléchir. Les lumières tournoyaient de plus en plus vite. À côté de lui, Muradin ouvrait la bouche dans un hurlement muet ; l'Aiel avait les yeux exorbités comme s'il assistait à la mort de tout. Ils avancèrent ensemble.

Jonai se tenait au bord de la falaise, regardant vers l'ouest par-dessus l'eau étincelant au soleil. À cent lieues dans cette direction se trouvait Comelle. S'était trouvée Comelle. Comelle avait été accrochée aux montagnes dominant la mer. À cent lieues à l'ouest, où évoluait maintenant la mer. Si Alnora vivait encore, peut-être aurait-ce été plus facile à supporter. Sans les rêves d'Alnora, il ne savait pas trop où aller ni que faire. Sans elle, il ne se souciait guère de vivre. Il était conscient de chacun de ses cheveux gris quand il se détourna pour rejoindre péniblement les chariots qui attendaient à un quart de lieue de là. Moins de chariots, à présent, et montrant des signes d'usure. Moins de gens aussi, quelques milliers alors qu'ils avaient été des dizaines de mille. Pourtant encore trop nombreux pour les chariots qui restaient. Personne ne voyageait plus dedans désormais, sauf les enfants pas assez âgés pour marcher.

Adan vint à sa rencontre au premier chariot, grand jeune homme aux yeux bleus dont le regard exprimait une appréhension hors de la commune mesure. Jonai s'attendait toujours à voir Willin s'il regardait assez vite par-dessus son épaule. Seulement Willin avait été chassé, évidemment, voilà bien des années, quand il avait commencé à canaliser malgré ses efforts pour s'en abstenir. Le monde comptait encore en excès des hommes qui canalisaient ; on était obligé d'expulser les garçons témoignant de ce don. On y était contraint. N'empêche, il regrettait de ne pas avoir ses enfants auprès de lui. Quand Ésole était-elle morte ? Si petite pour être couchée dans un trou hâtivement creusé, épuisée par une maladie qu'il n'y avait aucune Aes Sedai pour guérir.

« Des Ogiers, père », annonça Adan avec agitation. Jonai se doutait que son fils avait toujours cru que ses récits concernant les Ogiers n'étaient que cela, des contes. « Ils sont venus du nord. »

C'est vers une bande en piteux état qu'Adan le conduisit, pas plus de cinquante, les joues creuses, le regard triste, les oreilles terminées en huppe affaissées. Il s'était accoutumé aux traits tirés des siens, à leurs vêtements râpés et raccommodés, mais ce fut un choc pour lui de constater la même chose chez les Ogiers. Cependant, il avait charge d'âmes et un devoir à remplir envers les Aes Sedai. Depuis quand n'avait-il pas vu d'Aes Sedai ? Depuis juste après la mort d'Alnora. Trop tard pour Alnora. L'Aes Sedai avait guéri les malades possédant encore un souffle de vie, emporté une partie des *sa'angreals* et poursuivi son chemin, avec un rire amer quand il lui avait demandé où trouver un lieu sûr. Sa robe était rapiécée et l'ourlet du bas usé. Il n'était pas certain qu'elle avait tous ses esprits. Elle prétendait qu'un des Réprouvés avait été seulement à demi piégé ou peut-être même pas ; Ishamael avait gardé son emprise sur le monde, disait-elle. Elle devait être aussi folle que ce qui restait d'Aes Sedai masculins.

Il se contraignit à reporter son attention vers les Ogiers qui se tenaient là, vacillant sur leurs grandes jambes. Ses pensées s'égaraient trop depuis la mort d'Alnora. Ils avaient dans leurs mains du pain et des bols. Il fut choqué d'éprouver un sursaut de colère à l'idée que quelqu'un avait partagé leurs maigres provisions. Combien des siens pouvaient se nourrir avec ce que consomment cinquante Ogiers ? Non. Partager était de règle. Donner sans restriction. Cent personnes ? Deux cents ?

« Vous avez des boutures de chora », dit un des Ogiers. Ses doigts épais effleurèrent avec douceur les feuilles trifoliées des deux plants en pot attachés au côté d'un chariot.

« Un petit nombre, répliqua Jonai d'un ton bref. Elles meurent, mais les anciens prélèvent de nouvelles boutures avant. » Il n'avait pas de temps à perdre avec des arbres. Il devait s'occuper d'un peuple. « Les conditions sont-elles mauvaises dans le nord ?

— Bien mauvaises, répondit une Ogière. La dévastation des terres a progressé vers le sud et il y a des Myrddraals et des Trollocs.

— Je pensais qu'ils étaient tous morts. » Donc pas le nord. Ils ne pouvaient pas obliquer vers le nord. Le sud ? La Mer de Jeren se trouvait à dix journées au sud. Ou elle n'y était plus ? Il était fatigué. Si fatigué.

« Vous êtes venus de l'est ? » questionna un autre Ogier. Il essuya son bol avec un croûton de pain qu'il avala. « Comment est-ce, dans l'est ?

— Dangereux, répliqua Jonai. Peut-être moins pour vous, par contre. Voici dix – non, douze jours, des gens ont emmené un tiers de nos chevaux avant que nous ayons pu nous échapper. Nous avons dû abandonner des chariots. » Il en était affligé. Des chariots laissés derrière eux, avec ce qu'ils contenaient. Les objets, que les Aes Sedai avaient confiés aux Aiels, abandonnés. Que ce ne fût pas pour la première fois rendait le fait encore plus douloureux. « Presque tous ceux que nous rencontrons prennent quelque chose, ce qu'ils veulent. Toutefois, ils ne se conduiront peut-être pas de cette façon avec des Ogiers.

— Peut-être », dit une Ogière comme si elle n'y croyait pas. Jonai n'était pas certain d'y croire non plus ; aucun endroit sûr n'existait. « Savez-vous où il y a un des *steddings* ? »

Jonai la regarda avec surprise. « Non. Non, je l'ignore mais, voyons, vous pouvez repérer les *steddings*.

— Nous avons fui si loin, si longtemps », dit un Ogier à l'arrière du groupe et un autre ajouta d'une voix de basse empreinte de tristesse : « La terre a tellement changé.

— J'estime qu'il nous faut trouver rapidement un *stedding* ou mourir, reprit la première Ogière. J'en éprouve le besoin... dans tout mon être. Nous devons trouver un *stedding*. C'est impératif.

— Je ne peux pas vous aider », répondit tristement Jonai. Il se sentait oppressé. Le pays changeait au point de n'être plus reconnaissable, continuait à changer de sorte que la plaine traversée l'an dernier pouvait être des montagnes aujourd'hui. La Dévastation gagnait du terrain. Des Myrddraals et des Trollocs vivaient toujours. Des gens qui volaient, des gens avec des faces bestiales, des gens qui ne respectaient pas les Da'shains ou ignoraient qu'ils existaient. Il pouvait à peine respirer. Les Ogiers, perdus. Les Aiels, perdus. Tout perdu. L'oppression devint de la douleur et il s'affaissa sur les genoux, plié en deux, s'étreignant la poitrine. Un poing s'était refermé sur son cœur et le serrait.

Adan s'agenouilla à côté de lui avec inquiétude. « Père, qu'y a-t-il ? Que se passe-t-il ? Que puis-je faire ? »

Jonai réussit à saisir le col effrangé de son fils et à rapprocher du sien son visage. « Emmène... les nôtres... au sud. » Il avait à forcer les mots à sortir de sa bouche entre des spasmes qui semblaient lui arracher le cœur.

« Père, tu es celui qui...

— Écoute. Écoute ! Emmène-les... au sud. Emmène... les Aiels... en lieu sûr. Respecte... le Pacte. Protège... ce que les Aes Sedai... nous ont donné... jusqu'à ce qu'elles... viennent le chercher. La Voie... de la Feuille. Tu dois... » Il avait essayé. Que Solinda Sedai la comprenne. Il avait essayé. Alnora.

Alnora. Le nom cessa de résonner, la souffrance s'apaisa dans la poitrine de Rand. Incompréhensible. Cela n'avait pas de sens. Comment ces gens pouvaient-ils être des Aiels ?

Les colonnes émettaient des vibrations aveuglantes. L'air remuait, en tourbillons.

À côté de lui, la bouche de Muradin se distendait dans un effort pour crier. L'Aiel griffait son voile, griffait sa figure, laissant de profondes égratignures sanglantes.

Un autre pas en avant.

Jonai se hâtait dans les rues désertes, essayant de ne pas voir les bâtiments écroulés et les arbres – les choras – morts. Tous morts. Du moins la dernière des épaves d'utilcars avait été enlevée. Des répliques du tremblement de terre ébranlaient encore le sol sous ses pieds. Bien sûr, il portait son costume de travail, son *cadin'sor,* encore que le travail qui lui avait été attribué n'eût aucun rapport avec celui pour lequel il avait été formé. Il avait soixante-trois ans, était dans la force de l'âge, pas encore au stade des cheveux gris, mais il se sentait un vieil homme fatigué.

Personne ne s'opposa à son entrée dans la Chambre de l'Assemblée des Serviteurs ; il n'y avait personne à la grande colonnade du vestibule pour poser des questions ou pour accueillir quiconque. Beaucoup de gens allaient vivement de-ci de-là à l'intérieur, les bras pleins de papiers ou de boîtes, le regard anxieux, mais nul ne lui adressa même un coup d'œil. D'eux émanait une sensation de panique, croissant petit à petit chaque fois que le sol remuait. Affligé, il traversa le vestibule et monta rapidement le vaste escalier. De la boue maculait les marches de pierre d'un blanc argenté. Personne ne pouvait prendre le temps d'y remédier. Peut-être que personne ne s'en souciait.

Point ne fut besoin de frapper à la porte qu'il cherchait. Non pas une des grandes portes dorées donnant accès à une salle de réunion, mais une porte simple, n'attirant pas l'attention. Cependant, il se glissa silencieusement à l'intérieur et fut content de sa discrétion. Une demi-douzaine d'Aes Sedai étaient debout autour de la longue table en train de discuter, apparemment sans remarquer quand le bâtiment tremblait. C'étaient toutes des femmes.

Il frissonna en se demandant si des hommes participeraient jamais de nouveau à un conseil tel que celui-ci. Quand il vit ce qu'il y avait sur la table, le frisson devint un frémissement horrifié. Une épée de cristal – peut-être un objet ayant un rapport avec le Pouvoir, peut-être seulement un ornement ; il n'avait aucun moyen de le déterminer – maintenait en place la Bannière au Dragon de Lews Therin Meurtrier-des-Siens étalée comme une nappe et tombant jusqu'à terre. Son cœur se serra. Qu'est-ce que cela faisait ici ? Pourquoi n'avait-elle pas été détruite et le souvenir de ce maudit homme aussi ?

« À quoi sert votre Prédiction, criait presque Oselle, si vous êtes incapable de nous dire quand ! » Ses longs cheveux noirs oscillaient tant elle vibrait de colère. « Le sort du monde repose là-dessus ! L'avenir ! La Roue elle-même ! »

Deindre la dévisagea de ses yeux bruns avec un calme plus habituel aux Aes Sedai. « Je ne suis pas le Créateur. Je ne peux dire que ce que je prévois.

— Paix, mes sœurs. » Solinda était la plus sereine de toutes, sa robe en streith ajustée à l'ancienne mode une simple brume bleu clair. Les cheveux rougeoyant comme le soleil qui lui tombaient jusqu'à la taille étaient presque de la même teinte que ceux de Jonai. Dont le grand-père dans sa jeunesse avait été à son service, mais elle semblait moins âgée que lui-même ; elle était une Aes Sedai. « Le temps des querelles entre nous est passé. Jaric et Haindar arriveront ici tous les deux demain.

— Ce qui signifie que nous ne pouvons pas nous permettre de commettre des erreurs, Solinda.

— Nous devons savoir...

— Y a-t-il une chance que... ? »

Jonai cessa d'écouter. Elles le verraient quand elles y seraient prêtes. Il n'était pas le seul dans la pièce en dehors des Aes Sedai. Someshta était assis contre le mur près de la porte, grande forme apparemment en lianes et feuilles tressées, dont la tête dépassait légèrement celle de Jonai même dans cette position. Une fissure couleur du brun de ce qui est flétri et du noir de ce qui est calciné remontait le long de la face du Nym et creusait un sillon dans l'herbe verte de sa chevelure – et, quand il regarda Jonai, ses yeux noisette paraissaient anxieux.

Lorsque Jonai le salua d'un signe de tête, il tâta la fissure et fronça les sourcils. « Est-ce que je vous connais ? questionna-t-il à mi-voix.

— Je suis votre ami », répliqua Jonai d'un ton attristé. Il n'avait pas vu Someshta depuis des années, mais il avait entendu parler de cette affaire. La plupart des Nyms étaient morts, il l'avait appris. « Vous m'avez porté sur vos épaules quand j'étais petit. Ne vous en souvenez-vous plus ?

— Des chants, dit Someshta. Y avait-il des chants ? Tant de choses ont disparu. Les Aes Sedai disent que certaines reviendront. Vous êtes un Enfant du Dragon, n'est-ce pas ? »

Jonai tiqua. Ce nom avait causé bien du malheur, alors même qu'il était inexact. Mais combien de citoyens à présent croyaient que les Aiels Da'shains avaient jadis servi le Dragon et nul autre Aes Sedai ?

« Jonai ? »

Il se retourna au son de la voix de Solinda, plia le genou en la voyant qui s'approchait. Les autres discutaient toujours, mais plus calmement.

« Tout est prêt, Jonai ? dit-elle.

— Tout, Aes Sedai. Solinda Sedai... » Il hésita, respira à fond. « Solinda Sedai, certains d'entre nous souhaitent rester. Nous pouvons servir, encore.

— Êtes-vous au courant de ce qu'il est advenu des Aiels à Tzora ? » Il hocha la tête et elle soupira, étendant la main pour caresser ses cheveux courts comme s'il était un enfant. « Certes oui, vous servez. Vous autres Da'shains avez plus de courage que... Dix mille Aiels se tenant par le bras et chantant, pour tenter de rappeler à un fou ce qu'ils étaient et ce que lui-même avait été, pour tenter de le ramener à la raison avec leurs corps et un chant. Jaric Mondoran les avait tués. Le regard figé à la façon de qui considère une énigme, il les avait massacrés et eux n'avaient cessé de resserrer les rangs et de chanter. On m'a dit qu'il avait écouté le dernier Aiel durant près d'une heure avant de l'abattre. Puis Tzora a brûlé, en une énorme flamme qui a consumé pierre, métal et chair. Il y a une nappe de verre à la place où jadis s'était dressée la deuxième plus grande ville du monde.

— Beaucoup de gens avaient eu le temps de s'enfuir, Aes Sedai. Les Da'shains leur en avaient procuré le répit nécessaire. Nous n'avons pas peur. »

La main de Solinda se crispa douloureusement sur ses cheveux. « Les habitants ont déjà abandonné Paaren Disen, Jonai. D'autre part, les Da'shains ont encore un rôle à jouer, si seulement Deindre était capable de voir assez loin pour expliquer lequel. En tout cas, j'ai l'intention de sauver quelque chose ici, et ce quelque chose c'est vous.

— Comme vous voudrez, acquiesça-t-il à contrecœur. Nous prendrons soin de ce que vous avez confié à notre garde jusqu'à ce que vous vouliez les reprendre.

— Bien sûr. Les choses que nous vous avons données. » Elle lui sourit et desserra sa prise, caressant encore une fois ses cheveux avant de joindre les mains. « Vous transporterez ces... objets... jusqu'en lieu sûr, Jonai. Déplacez-vous sans cesse, allez toujours de l'avant jusqu'à ce que vous trouviez un endroit sûr, où personne ne pourra vous faire de mal.

— Comme vous voudrez, Aes Sedai.

— Et Coumin, Jonai ? S'est-il calmé ? »

Il ne savait pas comment éviter de lui répondre ; il aurait préféré se couper la langue. « Mon père se cache quelque part dans la ville. Il a essayé de nous convaincre de... résister. Il ne voulait pas écouter, Aes Sedai. Il ne voulait pas. Il avait trouvé un vieux javelot électrique quelque part et... » Il fut incapable de continuer. Il s'attendait à ce qu'elle soit en colère, mais elle avait les yeux brillants de larmes.

« Observez le Pacte, Jonai. Si les Da'shains perdent tout le reste, veillez à ce qu'ils observent la Voie de la Feuille. Promettez-le-moi.

— Naturellement, Aes Sedai », répliqua-t-il, choqué. Le Pacte était les Aiels et les Aiels étaient le Pacte ; abandonner la Voie serait renoncer à ce qu'ils étaient. Coumin était une aberration. Il avait été bizarre dès l'enfance, à ce qu'on disait, pratiquement pas du tout aiel, encore que personne n'ait compris pourquoi.

« Partez maintenant, Jonai. Je tiens à ce que vous soyez loin de Paaren Disen d'ici demain. Et souvenez-vous-en... continuez votre marche sans relâche. Maintenez les Aiels sains et saufs. »

Encore agenouillé, il s'inclina, mais elle était déjà de nouveau entraînée dans la discussion.

« Pouvons-nous faire confiance à Kodam et à ses compagnons, Solinda ?

— Il le faut, Oselle. Ils sont jeunes et inexpérimentés, mais à peine touchés par la souillure et... Et nous n'avons pas le choix.

— Alors nous agirons comme nous y sommes obligées. L'épée devra attendre. Someshta, nous avons une tâche pour le dernier des Nyms, si vous l'acceptez. Nous vous avons trop demandé ; à présent, nous sommes contraintes de demander plus encore. »

Jonai effectua sa sortie en saluant cérémonieusement tandis que le Nym se levait, le haut de sa tête effleurant le plafond. Déjà absorbées par leurs projets, elles ne le regardaient pas, mais il leur rendit néanmoins ce dernier hommage. Il ne croyait pas qu'il les reverrait jamais.

Il quitta la Chambre de l'Assemblée des Serviteurs au pas de course, sans ralentir jusqu'à la sortie de la ville où attendait le grand rassemblement. Des milliers de chariots sur dix files longues de près de deux lieues, des chariots bourrés de provisions de bouche et de tonnelets d'eau, des chariots remplis d'objets emballés dans des caisses que les Aes Sedai avaient confiées aux Aiels – *angreals, sa'angreals* et *ter'angreals* – toutes ces choses qui avaient à être mises hors d'atteinte d'hommes pris de folie quand ils utilisaient le Pouvoir Unique. Naguère, il y aurait eu d'autres moyens de les transporter – des utilcars, des tout-sols, des giroptères et d'énormes aéro-gros-porteurs. À présent, on devait se contenter de chevaux et de chariots réunis avec peine. Parmi les chariots se tenaient les gens, assez pour peupler une ville mais peut-être tous les Aiels demeurés vivants dans le monde.

Une centaine vinrent à sa rencontre, hommes et femmes, les délégués qui voulaient savoir si les Aes Sedai avaient accordé à certains l'autorisation de rester. « Non », leur dit-il. Quelques-uns se rembrunirent, accueillant la réponse de mauvaise grâce, et il ajouta : « Nous devons obéir. Nous sommes des Da'shains et nous devons obéir aux Aes Sedai. »

Ils se dispersèrent lentement pour retourner à leurs chariots et il eut l'impression d'entendre mentionner le nom de Coumin, mais il ne pouvait pas s'en laisser ébranler. Il se hâta vers son propre chariot, à la tête de l'une des files du centre. Les chevaux étaient tous énervés par les secousses qui faisaient osciller le sol par intervalles.

Ses fils étaient déjà installés sur le siège – Willim, quinze ans, tenant les rênes, et Adan, dix ans, à côté de lui, tous les deux la bouche fendue jusqu'aux oreilles par un sourire d'excitation. La petite Ésole jouait avec une poupée ; elle était couchée sur le haut de la toile attachée par-dessus leurs possessions – et, plus important, ce que leur avaient confié les Aes Sedai. À part les jeunes et les très vieux, il n'y avait pas de place pour que les autres voyagent en chariot. Une douzaine de boutures de choras bien racinées, dans des pots d'argile, étaient posées derrière le siège, pour être plantées quand ils trouveraient un endroit où demeurer en sécurité. Quelque chose d'un peu ridicule à emporter, peut-être, mais aucun chariot ne partait sans ses boutures en pot. Reliquat d'une époque depuis longtemps révolue ; symbole d'une ère plus heureuse à venir. Les gens ont besoin d'espoir, et de symboles.

Alnora attendait à côté de l'attelage, ses cheveux noirs soyeux qui dévalaient autour de ses épaules lui rappelaient la première fois où il l'avait aperçue jeune fille. Seulement le souci avait gravé des rides autour de ses yeux maintenant.

Il réussit à lui sourire, dissimulant l'inquiétude qui étreignait son propre cœur. « Tout ira bien, épouse aimée. » Elle ne répondit pas et il ajouta : « As-tu rêvé ?

— Pas récemment, murmura-t-elle. Tout ira bien, tout ira bien et toutes choses iront bien. » Avec un sourire timide, elle lui effleura la joue. « Avec toi, je sais qu'il en sera ainsi, époux de mon cœur. »

Jonai leva le bras au-dessus de sa tête et l'agita, le signal se propagea le long des files de chariots. Avec lenteur, ceux-ci s'ébranlèrent, les Aiels quittaient Paaren Disen.

Rand secoua la tête. C'était trop. Les souvenirs se bousculaient. L'air semblait empli d'éclairs en nappes. Le vent soulevait la poussière gréseuse en une danse de tourbillons. Muradin avait creusé avec ses ongles de profonds sillons dans son visage ; il s'attaquait maintenant à ses yeux. Avancer encore.

Coumin s'agenouilla à la lisière du terrain labouré, dans ses vêtements de travail, tunique et chausses d'un gris tirant sur le brun, de forme simple, avec des bottes souples lacées, côte à côte avec d'autres comme lui tout autour du champ, dix hommes des Aiels Da'shains espacés de deux longueurs de bras, puis un Ogier. Il apercevait le champ suivant entouré de la même façon, derrière les soldats avec leurs javelots électriques assis sur les utilcars. Un giroptère patrouillait en bourdonnant au-dessus de leurs têtes, meurtrière guêpe de métal noir contenant deux hommes. Il avait seize ans et les femmes avaient décidé que sa voix était enfin assez grave pour qu'il se joigne au chant des semailles.

Les soldats le fascinaient, de même qu'ils fascinaient les hommes et les Ogiers, à la façon d'un serpent venimeux au coloris éclatant. Ils *tuaient.* Charn, l'aïeul de son père, prétendait que jadis il n'y avait pas eu de soldats, mais Coumin ne le croyait pas. Sans soldats, qui empêcherait les Cavaliers de la Nuit et les Trollocs de venir massacrer tout le monde ? Évidemment, Charn soutenait qu'alors il n'y avait pas non plus de Myrddraals ni de Trollocs. Ni de Réprouvés, ni d'Engeances de l'Ombre. Il contait beaucoup de récits qu'il affirmait remonter à une époque précédant les soldats, les Cavaliers de la Nuit et les Trollocs, où – disait-il – le Ténébreux Seigneur de la Tombe avait été mis à l'écart et personne ne connaissait son nom, ni le mot « guerre ». Coumin était incapable d'imaginer un monde pareil ; la guerre sévissait depuis longtemps déjà quand il était né.

Il aimait les histoires de Charn même s'il ne pouvait se résoudre à les croire, mais certaines valaient au vieil homme des froncements de sourcils et des semonces. Comme lorsqu'il affirmait avoir dans le temps servi une des Réprouvés. Pas n'importe laquelle, mais Lanfear en personne. Autant se targuer d'avoir servi Ishamael. Si Charn tenait à inventer des histoires, Coumin aurait aimé qu'il dise avoir servi Lews Therin, le célèbre chef lui-même. Bien sûr, tout le monde demanderait pourquoi il ne servait pas maintenant le Dragon, mais cela vaudrait mieux que la situation présente. Coumin n'aimait pas la façon dont les gens de la ville regardaient Charn lorsqu'il disait que Lanfear n'avait pas toujours été malfaisante.

Des remous à l'autre bout du champ l'avertirent qu'un des Nyms approchait. La silhouette imposante, dépassant n'importe quel Ogier de la tête, des épaules et du buste, s'avança sur la terre ensemencée et Coumin n'avait pas besoin de voir pour être sûr qu'il laissait des empreintes pleines de pousses. C'était Someshta, entouré par des nuages de papillons blancs, jaunes et bleus. Des murmures joyeux montèrent des groupes de citadins et des gens à qui ces champs appartenaient, rassemblés pour assister à la cérémonie. Chaque champ aurait son Nym, à présent.

Coumin se demanda s'il pourrait questionner Someshta à propos des récits de Charn. Il lui avait parlé une fois, et Somestha était assez âgé pour savoir si Charn disait la vérité ; le Nym était plus vieux que quiconque. Certains affirmaient que les Nyms ne mouraient jamais, pas tant que les plantes poussaient. Toutefois, ce n'était pas le moment de songer à interroger un Nym.

Ce sont les Ogiers qui commencèrent, comme c'était approprié, se redressant pour chanter, d'une ample voix de basse grondante pareille au chant de la terre. Les Aiels se relevèrent, leurs voix mâles entonnant leur propre chant, la plus grave plus haute que celles des Ogiers. Cependant les chants s'entrelacèrent et Someshta prit ces fils et les tissa dans sa danse, survolant les sillons à grands bonds, les bras écartés, les papillons voltigeant autour de lui, se posant sur le bout de ses doigts étendus.

Coumin entendait le chant des semailles dans les autres labours, entendait les femmes taper dans leurs mains pour encourager les hommes, leur rythme les battements de cœur d'une vie nouvelle, toutefois il n'en avait que vaguement conscience. Le chant s'était emparé de lui et il avait quasiment la sensation que c'était lui-même et non les sons qu'il émettait que Someshta tissait dans la terre et autour des graines. Qui n'étaient plus des graines, d'ailleurs. Des pousses de zemaïs couvraient le champ, plus hautes partout où le pied du Nym s'était posé. Aucune maladie cryptogamique n'attaquerait ces plants, ni aucun insecte ; semences chantées, elles finiraient par devenir deux fois hautes comme un homme et rempliraient les greniers de la ville. C'était pour cela qu'il était né, ce chant et les autres chants de semailles. Il ne regrettait pas que les Aes Sedai l'aient éliminé quand il avait dix ans, sur le motif qu'il n'avait pas l'étincelle nécessaire. Recevoir la formation d'un Aes Sedai aurait été merveilleux, mais sûrement pas plus que ce moment.

Le chant s'éteignit peu à peu, les Aiels le soutenant jusqu'à la fin. Someshta esquissa encore quelques pas de danse après que les dernières voix se furent tues et on eut l'impression que le chant résonnait encore faiblement tant qu'il dansa. Puis Somestha s'arrêta, et ce fut fini.

Coumin eut la surprise de constater que les gens de la ville n'étaient plus là, mais il n'eut pas le temps de se demander où ils étaient partis ni pourquoi. Les femmes arrivaient, rieuses, pour féliciter les hommes. Il faisait partie des hommes à présent, il n'était plus un gamin, ce qui n'empêchait pas que les femmes alternativement l'embrassaient sur la bouche et lui ébouriffaient les cheveux, de courts cheveux roux.

C'est alors qu'il aperçut le soldat, à seulement deux ou trois pas, qui les observait. Il avait déposé quelque part son javelot et sa cape de guerre ventilante, mais il portait encore son heaume, pareil à une tête d'insecte monstrueux, dont les mandibules masquaient son visage bien que sa visière noire fût levée. Comme s'il se rendait compte qu'il attirait encore l'attention, le soldat ôta son heaume, découvrant un jeune homme brun qui n'avait guère plus de quatre ou cinq ans de plus que Coumin. Les yeux marron du soldat se fixèrent sur les siens sans ciller, et Coumin frissonna. Le visage n'avait que quatre ou cinq ans de plus, pourtant ces yeux... Mais aussi le soldat avait dû être sélectionné pour commencer son entraînement à dix ans. Coumin se réjouit que cette sélection soit épargnée aux Aiels.

Un des Ogiers, Tomada, s'approcha, ses oreilles terminées par une huppe inclinées en avant dans un mouvement marquant la curiosité. « Avez-vous des nouvelles, guerrier ? J'ai vu de l'agitation parmi les utilcars pendant que nous chantions. »

Le soldat hésita. « Je suppose que je peux vous le dire, bien que cela ne soit pas confirmé. Il nous est parvenu un rapport annonçant que Lews Therin avait attaqué le Shayol Ghul ce matin dès l'aube, à la tête des Compagnons. Quelque chose a interrompu les communications, mais le rapport dit que le Puits menant au cul-de-basse-fosse a été scellé, avec la plupart des Réprouvés emmurés derrière. Peut-être tous.

— Alors c'est terminé, murmura Tomada. Enfin terminé. La Lumière soit louée.

— Oui. » Le soldat regarda autour de lui, l'air soudain désemparé. « Je le suppose. Je suppose... » Il examina ses mains puis les laissa retomber le long de son corps. Il donnait l'impression d'être fatigué. « Les gens d'ici n'ont rien eu de plus pressé que de commencer à fêter ça. Si la nouvelle est exacte, cela pourrait bien durer plusieurs jours. Je me demande si... ? Non, ils ne voudront pas que des soldats se joignent à eux. Et vous ?

— Pour ce soir, peut-être, dit Tomada. Par contre, nous avons encore trois villes à visiter avant d'avoir bouclé notre circuit.

— Bien sûr. Vous avez encore du travail à faire. Vous avez ça. » Le soldat jeta de nouveau un coup d'œil autour de lui. « Il y a toujours des Trollocs. Même si les Réprouvés ont disparu, il reste encore les Trollocs. Et les Cavaliers de la Nuit. »

Hochant la tête pensivement, il repartit vers les utilcars.

Tomada ne paraissait pas ému du tout, naturellement, mais Coumin se sentait aussi frappé de stupeur que le jeune soldat. La guerre était terminée ? À quoi ressemblerait le monde sans la guerre ? Soudain, il éprouva le besoin de parler à Charn.

Des bruits de réjouissances lui assaillirent les oreilles

avant qu'il atteigne la cité – des rires, des chants. Les cloches du beffroi de l'hôtel de ville commencèrent à carillonner à toute volée. Les habitants dansaient dans les rues, hommes, femmes et enfants. Coumin se faufilait entre eux, le cherchant du regard. Charn avait choisi de rester dans l'une des auberges où les Aiels s'étaient logés au lieu de venir assister au chant des semailles – même les Aes Sedai ne pouvaient plus grand-chose pour les douleurs de ses vieux genoux – mais il serait sûrement sorti pour cette célébration.

Tout à coup, quelque chose frappa Coumin en plein sur la bouche et ses jambes s'affaissèrent ; il se redressait avec peine sur les genoux avant de se rendre compte qu'il était tombé. La main portée à sa bouche s'en retira ensanglantée. Il leva les yeux pour trouver debout devant lui un habitant de la ville qui se frottait le poing, la mine courroucée. « Pourquoi avez-vous fait cela ? » demanda-t-il.

Le citadin cracha sur lui. « Les Réprouvés sont morts. Morts, vous entendez ? Lanfear ne vous protégera plus. Nous allons vous chasser, vous tous qui serviez les Réprouvés tout en prétendant être de notre côté, et vous infliger à votre sacrée bande le même traitement qu'à ce vieux fou. »

Une femme tirait l'homme par le bras. « Viens, Toma. Viens et garde tes sottises pour toi ! Veux-tu que les Ogiers t'arrêtent ? » Subitement rappelé à la prudence, l'homme la laissa l'entraîner au milieu de la foule.

Coumin se releva péniblement et se mit à courir, sans se soucier du sang qui coulait sur son menton.

L'auberge était déserte, silencieuse. Il n'y avait même pas l'aubergiste, ni la cuisinière, ni ses marmitons. Coumin traversa la maison au pas de course en appelant : « Charn ? Charn ? *Charn ?* »

Dehors dans la cour du fond, peut-être. Charn aimait s'asseoir sous les myrtes derrière l'auberge pour raconter ses anecdotes du temps de ses jeunes années.

Coumin franchit à toute allure la porte de derrière et

trébucha, tombant sur le nez. C'était une botte vide sur laquelle le bout de son pied avait buté. Une des bottes de cérémonie rouges que Charn portait tout le temps, maintenant qu'il ne participait plus aux chants. Quelque chose incita Coumin à regarder en l'air.

Le cadavre aux cheveux blancs de Charn pendait à une corde passée par-dessus la poutre maîtresse, un pied nu, celui dont il avait perdu la botte en se débattant, les doigts d'une main emprisonnés à son cou quand il avait tenté de se dégager de la corde.

« Pourquoi ? dit Coumin. Nous sommes Da'shains. Pourquoi ? » Il n'y avait personne pour répondre. Serrant la botte contre sa poitrine, il s'agenouilla, les yeux levés vers Charn, tandis que l'assaillait le vacarme des réjouissances.

Rand frissonnait. La lumière provenant des colonnes était une brume bleue chatoyante qui donnait l'impression d'être compacte, de lui arracher les nerfs du corps. Le vent hurlait, vaste tourbillon aspirant. Muradin avait réussi à se voiler ; de ses orbites sanglantes sortait un regard aveugle au-dessus du voile noir. L'Aiel remuait la mâchoire et de l'écume sanguinolente dégouttait sur sa poitrine. Continuer à avancer.

Charn se glissait adroitement sur le côté de la vaste avenue bondée sous les ramures des choras, dont les feuilles trilobées répandaient paix et contentement dans l'ombre de bâtiments argentés qui touchaient le ciel. Une ville sans choras serait aussi morne qu'un désert. Des utilcars circulaient avec un ronronnement discret le long de l'avenue et un grand aéro-gros-porteur filait dans le ciel, emportant des habitants à Comelle ou Tzora ou quelque part ailleurs. Lui-même utilisait rarement les gros-porteurs – s'il avait besoin de se rendre à une grande distance, une Aes Sedai voyageait habituellement avec lui – mais ce soir il en emprunterait un, pour se rendre à M'jinn. Aujourd'hui, c'était son vingt-cinquième jour anniversaire et, ce soir, il avait l'intention d'accepter la dernière demande en mariage de Nalla. Il se demanda si elle serait surprise ; il la faisait lanterner depuis un an, car il n'avait pas envie de se fixer. Cela impliquerait de transférer son allégeance à Zorelle Sedai, à qui Nalla était attachée, mais Mierin Sedai avait déjà donné son accord.

Il tourna le coin d'une rue et eut juste le temps de voir un homme à la forte carrure, au teint sombre, avec une barbe étroite comme le voulait la mode, avant que l'épaule de l'homme le projette à terre sur le dos, la tête rebondissant sur la chaussée de sorte qu'il vit des points brillants. Il resta là gisant sur le sol, étourdi.

« Regardez où vous allez », s'écria le barbu avec irritation en rajustant son gilet rouge et donnant une pichenette à la dentelle de ses poignets. Ses cheveux noirs lui tombaient jusqu'aux épaules mais, sur la nuque, étaient rassemblés en queue-de-cheval. C'était également la dernière mode, d'aussi près que quelqu'un qui n'avait pas prêté le serment du Pacte se risquait à imiter les Aiels.

La femme blonde qui l'accompagnait posa la main sur son bras, sa robe de streith blanche miroitante devenant plus opaque sous l'effet de l'embarras qui s'était brusquement emparé d'elle. « Jom, regarde ses cheveux. C'est un Aiel, Jom. »

Se tâtant le crâne pour vérifier s'il était fêlé, Charn passa ses doigts à travers sa chevelure d'or roux coupée court. Il donna une secousse à la mèche plus longue sur sa nuque au lieu de remuer la tête. Une bosse, pensa-t-il, mais pas plus.

« Oui, en effet. » La consternation se substitua à la colère chez l'homme. « Pardonnez-moi, Da'shain. C'est moi qui aurais dû me montrer plus prudent. Laissez-moi vous aider à vous relever. » Il joignait déjà le geste à la parole et remettait Charn debout. « Ça va ? Permettez que j'appelle une voiture pour vous emmener où vous vous rendez.

— Je n'ai rien, citoyen, dit Charn d'une voix conciliante. La faute est mienne. » Certes, à se précipiter de cette façon. Il aurait pu blesser cet homme. « Vous ai-je fait mal ? Je vous en prie, pardonnez-moi. »

L'homme ouvrit la bouche pour protester – les citoyens n'y manquaient jamais ; ils semblaient croire que les Aiels étaient en verre filé – mais avant qu'il ait eu le temps de proférer un mot, le sol ondula sous leurs pieds. L'air ondula aussi, en vagues qui se propageaient. L'homme regarda autour de lui d'un air hésitant, enveloppant son épouse et lui-même dans sa cape à la dernière mode en étoffe ventilante de sorte que leurs têtes semblaient planer sans corps. « Qu'est-ce que c'est, Da'shain ? »

D'autres qui avaient vu la chevelure de Charn se groupaient anxieusement autour de lui, des questions semblables aux lèvres, mais il ne s'en préoccupa pas, sans même être effleuré par l'idée qu'il se montrait discourtois. À la vérité, il commença à se frayer un chemin dans la foule, le regard fixé sur le Sharom ; la sphère blanche, d'un diamètre de mille pieds, planait à une hauteur égale au-dessus des coupoles bleu et argent du Collam Daan.

Mierin avait dit que c'était aujourd'hui le grand jour. Elle affirmait avoir trouvé une nouvelle source pour le Pouvoir Unique. Les Aes Sedai des deux sexes seraient en mesure de puiser à la même source, non plus à des moitiés distinctes. Ce que les hommes et les femmes pourraient réaliser étant unis serait encore plus imposant maintenant qu'il n'y aurait plus de différences. Et aujourd'hui elle et Beidomon y puiseraient pour la première fois – la dernière fois que des hommes et des femmes œuvreraient ensemble en usant d'un Pouvoir différent. Aujourd'hui.

Ce qui ressemblait à un minuscule éclat de quelque chose de blanc sortit en tournoyant du Sharom dans un jet de feu noir ; il descendit, avec une lenteur trompeuse, à peine discernable. Puis une centaine de gouttes giclèrent autour de l'énorme sphère blanche. Le Sharom s'ouvrit comme un œuf qui se casse et commença à s'abaisser, à choir, un enfer d'obsidienne. Une obscurité se propagea à travers le ciel, absorbant le soleil dans une nuit surnaturelle, comme si la clarté de ces flammes était synonyme de ténèbres. Des gens hurlaient, hurlaient de tous les côtés.

Dès le premier jaillissement de feu, Charn s'élança aussi vite que ses jambes pouvaient le porter en direction du Collam Daan, mais il savait qu'il arriverait trop tard. Il avait juré de servir les Aes Sedai et il arrivait trop tard. Des larmes ruisselèrent sur ses joues tandis qu'il courait.

Clignant des paupières pour dissiper les taches qui altéraient sa vision, Rand se pressa la tête entre ses mains. L'image persistait dans son cerveau, cette énorme sphère, ce brûlot couleur d'ébène qui tombait. *Ai-je vraiment vu percer le trou dans la prison du Ténébreux ? Vraiment ?* Debout à la lisière des colonnes de verre, il contempla l'*Avendesora. Un arbre appelé chora. Une ville sans choras est un désert. Et maintenant il n'en reste qu'un.* Les colonnes miroitaient dans la clarté bleue provenant de la coupole de brouillard au-dessus, mais une fois encore la lumière semblait n'être que de brillants reflets. Il n'y avait aucun signe de Muradin ; il n'avait pas l'impression que l'Aiel était sorti de cette forêt de verre. Ou en sortirait jamais.

Soudain quelque chose attira son regard, en bas dans les branches de l'Arbre de Vie. Une forme qui se balançait lentement. Un homme, pendu par le cou à une corde passée sur un poteau calé en travers de deux branches.

Avec un rugissement inarticulé, il courut à l'arbre, saisissant le *saidin,* l'épée de flamme se matérialisant dans ses mains quand il bondit et sabra la corde. Lui et Mat heurtèrent les dalles blanches poussiéreuses avec un double choc sourd. Le poteau ébranlé se libéra et tomba avec fracas à côté d'eux ; pas un poteau en réalité, mais une curieuse lance à hampe noire avec une courte lame d'épée au lieu d'une pointe en fer, légèrement incurvée et tranchante d'un seul côté. Rand n'en aurait pas été plus impressionné si elle avait été en or et en *cuendillar* incrustés de saphirs et de gouttes-de-feu.

Laissant aller épée et Pouvoir, il arracha la corde du cou de Mat et appuya une oreille sur le thorax de son ami. Rien. Avec l'énergie du désespoir, il déchira vivement la tunique et la chemise de Mat, cassant le lien de cuir auquel était accroché un médaillon d'argent sur la poitrine de Mat. Il jeta de côté le médaillon, écouta de nouveau. Rien. Pas de battement de cœur. Mort. *Non ! Il vivrait si je ne l'avais pas laissé me suivre ici. Je ne peux pas me résigner à ce qu'il soit mort !*

Il rassembla toute sa force pour marteler du poing la poitrine de Mat, écouta. Rien. Il recommença à frapper, écouta. Oui. Là. Une faible pulsation. Sûrement. Très faible, très lente. Et en train de ralentir. N'empêche, Mat vivait toujours malgré la marque violet foncé autour de son cou. Le maintenir en vie était encore possible.

Rand s'emplit à fond les poumons et contourna Mat à quatre pattes pour lui souffler dans la bouche aussi vigoureusement que possible. Souffla. Souffla encore. Puis il sauta à califourchon sur Mat, empoigna la ceinture de ses chausses et le souleva, décollant ses hanches du pavage. Hissa et laissa retomber, trois fois, puis retourna lui insuffler de l'air dans la bouche. Il aurait pu canaliser ; il aurait peut-être réussi à obtenir un résultat de cette façon. Le souvenir de cette adolescente dans la forteresse de la Pierre[1] le retint. Il voulait que Mat vive. Qu'il vive, non pas qu'il soit une marionnette mue par le Pouvoir. Naguère au Champ d'Emond, il avait vu Mante Luhhan ranimer un jeune garçon qui avait été découvert flottant dans la rivière de la Source du Vin. Ainsi donc il souffla et souleva, souffla et souleva et pria.

Brusquement, Mat tressaillit, toussa. Rand s'agenouilla à côté de lui tandis qu'il portait les deux mains

1. Cf. chapitre 10 de *La montée des orages*.

à sa gorge et roulait sur le côté, aspirant l'air dans un râle douloureux.

Mat effleura d'une main le fragment de corde et frissonna. « Ces maudits... fils... de chèvre, marmotta-t-il d'une voix rauque. Ils ont essayé... de me tuer.

— Qui donc ? » questionna Rand en jetant alentour un coup d'œil méfiant. Les palais à demi bâtis autour de la vaste place encombrée d'objets lui renvoyèrent son regard. Assurément, Rhuidean était déserte à part eux deux. À moins que Muradin ne se trouve encore en vie, quelque part.

« Les gens... de l'autre côté... de ce... portail tors. » Déglutissant avec peine, Mat se mit sur son séant et prit une longue aspiration tremblante. « Il y en a un ici aussi, Rand. » Il continuait à donner l'impression d'avoir eu la gorge écorchée.

« Tu as pu le franchir ? Ont-ils répondu aux questions ? » Ce serait utile. Il avait désespérément besoin d'autres réponses. Mille questions et trop peu de réponses.

« Pas de réponses, répliqua Mat d'une voix rauque. Ils trichent. Et ils ont essayé de me tuer. » Il ramassa le médaillon, une tête de renard en argent qui remplissait presque sa paume et, au bout d'un instant, il le fourra dans sa poche avec une grimace. « Du moins aurai-je tiré d'eux quelque chose. » Ramenant à lui la curieuse lance, il laissa ses doigts courir le long de la hampe noire. Une ligne d'une étrange écriture cursive s'étendait d'un bout à l'autre, encadrée à chaque extrémité par un oiseau en métal incrusté dans le bois de la hampe et plus noir que ce bois. Des corbeaux, Rand pensa que c'était. Une autre couple de corbeaux était gravée sur la lame. Avec un rude rire sarcastique, Mat se remit debout, s'appuyant à demi sur la lance, la lame d'épée commençant juste au niveau de sa tête. Il ne prit pas la peine de lacer sa chemise ou de boutonner sa tunique. « Je garderai ça aussi. Leur plaisanterie, mais je la garderai.

— Une plaisanterie ? »

Mat hocha la tête. « Ce qui est inscrit.

"Ainsi est rédigé notre traité ; ainsi est conclu l'accord.
La pensée est la flèche du temps ; le souvenir ne s'efface
[jamais.
Ce qui a été demandé est donné. Le prix est payé."

« Une bonne blague, tu vois. Je les découperai en tranches avec leur propre trait d'esprit si jamais j'en ai l'occasion. Je leur donnerai de quoi *penser* et *se souvenir.* » Il grimaça et se passa énergiquement la main à travers les cheveux. « Par la Lumière, ce que j'ai mal à la tête. Elle tourne, comme si elle avait dedans mille petites bribes de rêve dont chacune est une aiguille. Crois-tu que Moiraine y fera quelque chose si je le lui demande ?

— J'en suis sûr », répliqua lentement Rand. Mat devait terriblement souffrir s'il quémandait l'aide de l'Aes Sedai. Il regarda de nouveau la hampe noire de la lance. L'inscription était masquée en partie par la main de Mat, mais pas totalement. Quelle que fût cette écriture, il n'avait aucune idée de ce qu'elle signifiait. Comment Mat l'avait-il comprise ? Les fenêtres vides de Rhuidean le dévisageaient d'un air moqueur. Elles semblaient proclamer : nous cachons encore bien des secrets. Plus que tu n'en sais. Pires que tu ne le penses. « Retournons maintenant, Mat. Peu m'importe que nous traversions la vallée dans la nuit. Comme tu l'as dit, nous aurons moins chaud. Je ne tiens pas à rester ici plus longtemps.

— Cela me convient très bien, dit Mat en toussant. Pour autant que nous pourrons boire de nouveau à cette fontaine. »

Rand régla son pas sur celui de Mat, qui était lent au début, car il boitillait en se servant de la drôle de lance comme d'un bâton de marche. Il s'arrêta un instant pour regarder les deux figurines représentant un homme et une femme tenant chacun une sphère de cristal, mais il ne les emporta pas. Pas encore. Pas avant longtemps, s'il avait de la chance.

Quand ils eurent laissé la place derrière eux, les palais inachevés dressés le long de la rue avaient un aspect menaçant, leurs sommets dentelés comme les remparts de grandes forteresses. Rand embrassa le *saidin,* bien qu'il ne vît aucune menace réelle. C'est qu'il la ressentait, comme si des regards meurtriers s'enfonçaient dans son dos. Rhuidean était paisible et déserte, sans ombre dans la clarté bleue de sa voûte de brume. La poussière jonchant les rues ondulait dans le vent... Le vent. Il n'y avait pas de vent.

« Oh, que je me réduise en braises, marmotta Mat. Je crois que nous voilà partis pour avoir des pépins, Rand. C'est ce que je gagne à rester en ta compagnie. Tu m'entraînes toujours dans des situations impossibles. »

Les ondulations se rapprochaient avec une rapidité grandissante pour former des lignes d'épaisseur croissante qui frémissaient encore.

« Peux-tu marcher plus rapidement ? questionna Rand.

— Marcher ? Sang et cendres, je peux courir. » Inclinant la lance en travers de sa poitrine, Mat joignit le mouvement à la parole et s'élança dans un pas de galop vacillant.

Courant à côté de lui, Rand appela de nouveau à lui son épée, sans trop savoir ce qu'il pouvait en faire contre des rangs de poussière palpitant toujours, sans trop savoir ce dont il aurait réellement besoin. Ce n'était que de la poussière. *Non, fichtre non. C'est une de ces bulles. Le mal du Ténébreux, flottant le long du Dessin, à la recherche de fichus* ta'verens. *Je suis sûr que c'est ça.*

Tout autour d'eux, la poussière ondulait et frémissait en masse de plus en plus compacte, se rassemblant et se resserrant. Soudain, juste devant eux, une forme se leva dans le bassin d'une fontaine à sec, la forme dense d'un homme, sombre et aux traits indistincts, avec des doigts comme des serres tranchantes. Il bondit sur eux en silence.

Rand réagit d'instinct – la Lune se lève sur l'Eau – et l'épée du Pouvoir fendit cette silhouette noire. En un clin d'œil elle ne fut plus qu'un épais nuage de poussière, retombant avec lenteur sur le pavé.

Toutefois, d'autres la remplacèrent, des silhouettes sans visage accourant de tous côtés, pas deux semblables, mais toutes avec des serres cherchant à atteindre leur proie. Rand dansa les figures d'attaque au milieu d'elles, sa lame décrivant des mouvements compliqués en l'air, laissant derrière elle flotter des atomes de poussière. Mat maniait sa lance comme un bâton de combat, un tourbillonnement indistinct, mais jouait en même temps de la lame en forme d'épée comme s'il s'était exercé depuis toujours avec cette arme. Les créatures mouraient – ou du moins retombaient en poussière – mais elles étaient en nombre et rapides. Du sang coulait sur le visage de Rand et la vieille blessure dans son flanc le brûlait, sur le point de se rouvrir. Du rouge aussi marbrait la figure de Mat et s'étendait le long de sa poitrine. Trop nombreuses et trop agiles.

Vous ne mettez pas en pratique la dixième partie de ce dont vous êtes déjà capable. C'est ce que Lanfear lui avait dit. Il rit en dansant les postures d'attaque et de parade. Apprendre d'un des Réprouvés. Il pouvait s'en tirer, encore que pas de la façon qu'elle envisageait. Oui, il le pouvait. Il canalisa, tissa des fils de Pouvoir et expédia une trombe au milieu de chaque forme noire. Elles explosèrent en nuages de poussière qui lui valut une quinte de toux. Aussi loin que portait son regard, de la poussière planait dans l'air.

Haletant et secoué par une toux sèche, Mat s'appuya sur sa lance à hampe noire. « Est-ce toi qui as réussi ça ? demanda-t-il d'une voix essoufflée en essuyant le sang qui lui brouillait la vue. Il était temps. Si tu savais comment, pourquoi ne pas l'avoir fait aussitôt ? »

Rand s'apprêtait à rire – *Parce que je n'y ai pas pensé. Parce que je n'ai su comment que lorsque je l'ai eu fait* – mais le rire se figea dans sa bouche. La poussière retombait et, quand elle se posait sur le sol, elle commençait à onduler. « Cours, s'écria-t-il. Il faut que nous sortions d'ici. Cours ! »

Côte à côte, ils foncèrent vers le brouillard, sabrant sur leur passage les lignes de poussière qui semblaient s'épaissir, leur donnant des coups de pied, n'importe quoi pour les empêcher de se souder. Rand lança des tourbillons tournoyer follement dans toutes les directions. Maintenant, la poussière éparpillée commençait à se rassembler en frémissant, avant même d'atteindre le sol. Les deux continuèrent à courir, pénétrant dans le brouillard, le traversant et émergeant dans une clarté indécise aux ombres nettement définies.

Le côté douloureux, Rand se retourna vivement, prêt à essayer la foudre ou le feu, n'importe quoi. Rien ne sortit du brouillard à leur poursuite. Peut-être cette brume était-elle un mur pour ces formes sombres. Peut-être les retenait-elle à l'intérieur. Peut-être... Il ne savait pas. Cela lui était égal, au fond, du moment que ces choses ne pouvaient pas les suivre.

« Que je brûle, murmura Mat d'une voix rauque, nous avons passé là-dedans la nuit entière. Le soleil est sur le point de se lever. Je ne pensais pas que cela avait duré aussi longtemps. »

Rand examina le ciel. Le soleil n'avait pas encore atteint le haut des montagnes ; un halo d'une luminosité aveuglante soulignait la dentelure des cimes. De longues ombres recouvraient le fond de la vallée. *Il sortira de Rhuidean à l'aube et vous liera ensemble avec des liens que vous ne pouvez rompre. Il vous réunira et il vous détruira.*

« Retournons là-haut sur la montagne, dit-il sobrement. On doit nous attendre. » *M'attendre.*

27. Dans les Voies

L'obscurité des Voies restreignait la lumière projetée au bout de sa perche par la lanterne de Perrin à une flaque de clarté nettement délimitée autour de lui et de Gaul. Le grincement de sa selle, le cliquetis crissant des sabots sur la pierre ne semblaient pas résonner au-delà de cette zone éclairée. De l'air n'émanait aucune odeur ; rien. L'Aiel marchait à longues foulées aisées près de Steppeur, l'œil fixé sur le reflet à peine visible des lanternes du groupe de Loial devant eux. Perrin refusait de l'appeler le groupe de Faile. Nonobstant leur réputation, les Voies ne paraissaient pas inquiéter Gaul. Pour sa part, Perrin était incapable de s'empêcher de tendre l'oreille, comme il l'avait fait depuis près de deux jours, ou ce qui passait pour un jour dans ce lieu de ténèbres. Ses oreilles seraient les premières à percevoir le son qui signifiait qu'ils allaient tous mourir ou pire, le son d'un vent qui se lève où jamais vent n'a soufflé. Pas du vent mais le *Machin Shin*, le Vent Noir qui dévorait les âmes. Il ne pouvait se retenir de songer que voyager par les Voies était une folie inqualifiable mais, quand la nécessité commande, ce qui est fou change.

La faible lueur devant s'immobilisa et il tira sur ses rênes au milieu de ce qui avait tout l'air d'un antique pont de pierre enjambant une totale obscurité, antique à cause des brèches dans les parapets, les trous et cratères déchiquetés peu profonds parsemant la chaussée. Très probablement, il était là depuis près de trois mille ans, mais il donnait l'impression d'être sur le point de s'écrouler. Peut-être à l'instant.

Le cheval de bât vint se presser derrière Steppeur : les animaux échangèrent un hennissement et roulèrent les yeux avec malaise en regardant l'obscurité alentour. Perrin savait ce que les chevaux ressentaient. Quelques personnes en plus comme compagnie auraient enlevé un peu du poids de cette nuit sans fin. Toutefois, il ne se serait pas rapproché des lanternes qui étaient en avant même s'il avait été seul. Non et risquer une répétition de ce qui s'était produit sur cette première Île, juste après avoir franchi la Porte de la Voie à Tear. Il gratta avec irritation sa barbe bouclée. Il ne savait pas à quoi il s'était attendu mais pas à...

La lanterne oscilla au bout de sa perche quand il mit pied à terre et conduisit Steppeur et le cheval de bât jusqu'à l'Indicateur, une haute dalle de pierre blanche couverte d'incrustations d'argent cursives évoquant vaguement des lianes et des feuilles, toute corrodée comme éclaboussée par de l'acide. Il ne pouvait les lire, évidemment – Loial aurait à le faire ; c'était l'écriture des Ogiers – et, au bout d'un instant, il la contourna pour examiner l'Île. C'était la même que celles qu'il avait vues, avec un parapet en pierre blanche à hauteur de poitrine, de simples courbes et ronds imbriqués selon un dessin complexe. De loin en loin, des ponts coupaient le parapet qui s'arquait dans le noir, ainsi que des rampes sans garde-fou montant ou descendant sans rien pour les soutenir à ce qu'il voyait. Il y avait des fissures partout, des trous déchiquetés et des cratères peu profonds comme si la pierre pourrissait. Quand les chevaux étaient en marche, sous leurs sabots s'entendait un crissement de pierre qui s'écaille. Gaul sondait les ténèbres sans nervosité apparente mais, aussi bien, il ne connaissait pas ce qui pouvait se trouver là-bas. Perrin, lui, ne le savait que trop.

Quand Loial et les autres arrivèrent, Faile sauta aussitôt à bas de sa jument noire et marcha droit sur

Perrin, les yeux rivés sur son visage. Il regrettait déjà de lui avoir causé de l'inquiétude, mais elle n'avait nullement l'air inquiète. Il aurait été incapable de dire quelle était son expression, sinon qu'elle était figée.

« As-tu décidé de m'adresser directement la parole au lieu de parler à la cantona... ? »

La gifle qu'elle lui assena de toute la force de son bras alluma trente-six chandelles devant ses yeux. « À quoi pensais-tu en fonçant ici comme un sanglier ? lui cracha-t-elle pratiquement à la figure. Tu n'as aucune considération. Aucune ! »

Il respira lentement à fond. « Je t'ai déjà demandé de ne pas faire ça. » Les yeux obliques et sombres de Faile se dilatèrent comme s'il avait proféré quelque chose d'exaspérant. Il se massait la joue quand sa deuxième gifle l'atteignit de l'autre côté, lui décrochant presque la mâchoire. Les Aiels observaient la scène avec intérêt et Loial avec les oreilles pendant en pantenne.

« Je t'ai dit de ne pas faire ça », reprit-il d'une voix grondante. Le poing de Faile n'était pas très gros, mais le coup qu'elle lui décocha dans le bas des côtes chassa la plupart de l'air de ses poumons, le poussant à se replier de biais sur lui-même, et elle balança de nouveau son poing en arrière. Avec une sorte de feulement, il la saisit par la peau du cou et...

Ma foi, c'était sa faute à elle. Sans aucun doute. Il lui avait demandé de ne pas le frapper, il le lui avait dit. Sa propre faute. Il était surpris, toutefois, qu'elle n'ait pas cherché à dégainer un de ses poignards ; elle avait l'air d'en avoir sur elle autant que Mat.

Elle avait été furieuse, naturellement. Furieuse contre Loial pour avoir voulu intervenir ; elle pouvait se tirer d'affaire seule, merci beaucoup. Furieuse contre Baine et Khiad pour n'être pas intervenues ; elle avait été déconcertée quand elles avaient déclaré qu'elles ne pensaient pas qu'elle tiendrait à les voir s'interposer dans une querelle qu'elle-même avait suscitée. *Quand on choisit de se battre,* avait souligné Baine, *on doit en assumer les conséquences, victoire ou défaite.* Par contre, elle n'avait absolument plus semblé fâchée contre lui. Il en avait été désarçonné. Elle s'était contentée de le dévisager, ses yeux noirs brillants de larmes contenues, ce qui lui avait donné un sentiment de culpabilité, lequel sentiment l'avait en fin de compte irrité. Pourquoi se sentirait-il coupable ? Était-il censé rester là sans réagir tandis qu'elle le frapperait à cœur joie ? Elle avait enfourché Hirondelle et se tenait en selle très raide, se refusant à prendre une attitude plus détendue, le regardant avec une expression indéchiffrable. Cela le rendait très nerveux. Il regrettait presque qu'elle n'ait pas sorti un poignard. Presque.

« Les voilà qui repartent », dit Gaul.

Perrin se trouva brusquement ramené à l'instant présent. L'autre lumière avançait en effet. Puis elle s'immobilisa.

L'un d'eux avait remarqué que sa lumière ne les suivait pas encore. Probablement Loial. Faile se soucierait comme d'une guigne qu'il se perde et les deux Aielles avaient tenté par deux fois de le persuader d'aller avec elles un peu à l'écart. Il n'avait pas eu besoin du léger mouvement de tête négatif de Gaul pour décliner l'invitation. Il incita du talon Steppeur à avancer, menant par la longe le cheval de bât.

L'Indicateur ici était plus ponctué de trous que la majeure partie de ceux qu'il avait vus, mais il n'y jeta qu'un coup d'œil en passant. La lumière des autres lanternes commençait déjà à descendre le long d'une des rampes en pente douce, et il suivit avec un soupir. Il avait horreur des rampes. Bordée seulement par l'obscurité, elle s'abaissait en tournant sur elle-même, sans rien de discernable au-delà de la clarté restreinte de la lanterne qui se balançait au-dessus de sa tête. Quelque chose lui disait que tomber de cette rampe serait une chute sans fin. Steppeur et le cheval de bât se maintenaient au milieu sans qu'il soit besoin de les y inciter et même Gaul évitait le bord. Pire, quand la rampe aboutit à une autre île, il n'y avait pas moyen d'échapper à la conclusion qu'elle se situait juste au-dessous de celle qu'ils venaient de quitter. Il fut content de constater que Gaul regardait en l'air, content de ne pas être le seul à se demander ce qui maintenait les Îles dans leur position et si on pouvait encore s'y fier.

Les lanternes de Loial et de Faile s'étaient de nouveau arrêtées près de l'Indicateur, aussi cessa-t-il d'avancer une fois de plus, juste à la sortie de la rampe. Cependant les autres ne se remirent pas en marche. Au bout de quelques instants, la voix de Faile appela : « Perrin. »

Il échangea un regard avec Gaul et l'Aiel haussa les épaules. Elle n'avait plus parlé à Perrin depuis qu'il...

« Perrin, viens ici. » Pas d'un ton impératif, exactement, mais pas non plus d'un ton de prière.

Baine et Khiad étaient assises nonchalamment sur leurs talons près de l'Indicateur et Loial et Faile étaient à cheval, à côté, leur perche à lanterne en main. L'Ogier tenait la longe de leurs bêtes de somme ; les huppes de ses oreilles remuaient nerveusement comme son regard allait alternativement de Faile à Perrin. Elle, d'autre part, paraissait complètement absorbée par l'ajustement de ses gants d'équitation, en souple cuir vert avec des faucons dorés brodés sur le dessus. Elle avait aussi changé de robe. La nouvelle était coupée de la même façon, avec un col droit et une jupe divisée en deux jupes étroites, mais elle était en soie brochée vert foncé et semblait en quelque sorte souligner sa poitrine. Perrin ne lui connaissait pas cette robe.

« Qu'est-ce que tu veux ? » demanda-t-il avec méfiance.

Elle leva les yeux comme surprise de le voir, pencha la tête pensivement, puis sourit comme si cela lui revenait juste à l'idée. « Oh, oui. Je voulais me rendre compte si tu pouvais apprendre à venir quand j'appelle. » Son sourire s'agrandit ; ce devait être parce qu'elle avait entendu ses dents grincer. Il se frotta le nez ; une légère odeur fétide régnait ici.

Gaul rit tout bas. « Autant essayer de comprendre le soleil, Perrin. Il existe, simplement, et il n'a pas à être compris. On ne peut pas vivre sans lui, mais il exige un prix. Ainsi en va-t-il avec les femmes. »

Baine se pencha pour chuchoter à l'oreille de Khiad et les deux rirent. À la manière dont elles les regardaient, lui et Gaul, Perrin n'eut pas l'impression qu'entendre ce que ces jeunes femmes trouvaient si drôle lui plairait.

« Il ne s'agit pas de cela du tout », rectifia Loial de sa voix de basse, les oreilles frémissant de colère. Il adressa à Faile un regard accusateur, qui ne la troubla nullement ; elle lui décocha un vague sourire et retourna à ses gants dont elle recommença à ajuster avec soin chaque doigt. « Je suis désolé, Perrin. Elle a insisté pour que ce soit elle qui vous appelle. La raison, la voici. Nous y sommes. » Il désigna la base de l'Indicateur, d'où partait une large ligne blanche trouée de nids-de-poule, filant non pas vers un pont ou une rampe mais vers l'obscurité. « La Porte de la Voie de Manetheren, Perrin. »

Perrin hocha la tête sans rien dire. Il n'allait pas suggérer qu'ils suivent cette ligne, ça non, pour que Faile le tance en le taxant de chercher à reprendre la direction des opérations. Il se frotta de nouveau le nez machinalement ; cette odeur fétide presque imperceptible était irritante. Il n'allait même pas présenter la suggestion la plus rationnelle. Si elle voulait commander, libre à elle. Or elle resta en selle à tripoter ses gants, attendant visiblement qu'il parle afin de pouvoir placer quelque remarque piquante. Elle aimait ironiser ; lui préférait dire ce qu'il pensait. Agacé, il fit tourner Steppeur avec l'intention de continuer son chemin sans elle ou Loial. La Ligne conduisait à la Porte de la Voie et il était capable d'ôter lui-même la feuille de l'*Avendesora.*

Soudain son oreille capta un cliquetis de sabots dans la pénombre et l'odeur fétide s'identifia instantanément dans son esprit. Il cria : « Trollocs ! »

Gaul pivota d'un mouvement souple et enfonça une lance dans la poitrine bardée d'une cotte de mailles noire d'un Trolloc à museau de loup qui s'élançait dans la zone éclairée, brandissant une épée à lame en forme de faux ; du même mouvement aisé, l'Aiel libéra la pointe de sa lance et s'effaça de côté pour laisser s'effondrer l'énorme masse. Cependant d'autres surgissaient à sa suite, toutes avec des têtes de bouc et des défenses de sanglier, des becs cruels et des cornes torses, avec des épées courbes, des haches d'armes à un tranchant et un dard, des lances à crochet dans le genre des vouges ou pertuisanes. Les chevaux dansèrent et hurlèrent.

Levant haut la lanterne au bout de sa perche – l'idée d'affronter ces choses dans le noir lui donnait des sueurs froides – Perrin tâtonna frénétiquement à la recherche d'une arme, la brandit pour l'assener sur une face déformée par un mufle aux dents aiguës. Il fut surpris en se rendant compte qu'il avait libéré le marteau des liens qui l'attachaient à ses fontes mais, si ce marteau n'avait pas le tranchant de la hache, dix livres d'acier maniées par un bras de forgeron furent capables de faire reculer d'un pas trébuchant le Trolloc qui criait et plaquait les mains sur une face écrasée.

Loial frappa sa lanterne contre une tête à cornes de bouc et la lanterne se fracassa ; inondé d'huile en feu, le Trolloc s'enfonça en bramant dans le noir. L'Ogier mania comme un fléau la perche massive, une baguette dans ses grosses mains, mais une baguette qui s'abattait avec des craquements secs d'os brisés. Un des poignards de Faile surgit dans un œil qui n'était que trop humain au-dessus d'un mufle armé de défenses. Les Aiels dansaient la danse des lances et ils avaient trouvé vaille que vaille le temps de se voiler. Perrin martelait encore et encore. Un tourbillon de mort qui dura... Une minute ? Cinq ? Cela parut une heure. Mais subitement les Trollocs gisaient à terre, ceux qui n'étaient pas déjà morts se débattant dans les affres de l'agonie.

Perrin emplit d'air ses poumons ; son bras droit lui donnait l'impression que le poids du marteau allait l'arracher. Il y avait une sensation de brûlure sur son visage, quelque chose de moite suintait le long de son flanc, et aussi sur sa jambe, où l'acier trolloc avait pénétré. Chacun des Aiels avait au moins une tache humide qui assombrissait leurs vêtements aux teintes de brun et de gris et Loial avait une entaille sanglante dans la cuisse. Les yeux de Perrin se détournèrent tout de suite d'eux à la recherche de Faile. Si elle était blessée... Elle était en selle sur sa jument noire, un poignard en main prêt à être lancé. À sa surprise, elle s'était arrangée pour ôter ses gants et les caler soigneusement dans sa ceinture. Il ne voyait pas de blessure sur elle. Avec toute cette odeur de sang – humain, ogier, trolloc – il aurait risqué de ne pas déceler celle du sien si elle saignait, mais il connaissait son odeur et de Faile n'émanait pas celle de souffrance d'une blessure. Les Trollocs ne supportaient pas les éclairages forts ; ils ne s'adaptaient pas facilement. Très vraisemblablement, la seule raison expliquant qu'ils soient toujours vivants et les Trollocs morts était ce brusque passage de l'obscurité à la lumière.

Ce fut tout le répit qu'ils eurent, un instant de sursis, assez long pour jeter un coup d'œil alentour, pour reprendre haleine. Avec le vacarme d'une centaine de livres d'os tombant dans un énorme broyeur, un Évanescent sauta dans l'espace éclairé, son regard sans yeux un regard mortel, son épée noire scintillant comme un éclair. Les chevaux crièrent et tentèrent de prendre le mors aux dents.

Gaul parvint tout juste à détourner cette lame avec son bouclier, perdant une tranche sur le côté comme si les épaisseurs de cuir de bœuf n'étaient que du papier. Des flèches se plantèrent dans la poitrine du Myrddraal. Baine et Khiad avaient glissé leurs lances sous le harnais qui soutenait sur leur dos l'étui de leur arc et se servaient de cet arc de corne. Encore des flèches, transformant la poitrine du Demi-Homme en pelote à épingles. La lance de Gaul s'élançant, frappant. Un des poignards de Faile se dressa soudain dans ce masque lisse d'une blancheur de larve. L'Évanescent ne voulait pas tomber, ne voulait pas cesser d'essayer de tuer. Seules les plus folles esquives empêchaient son épée d'entrer en contact avec les chairs.

Perrin découvrit les dents inconsciemment dans un grondement. Il haïssait les Trollocs parce qu'ils étaient les ennemis de son sang, mais le Jamais-Né... ? Cela valait la peine de mourir pour tuer un Jamais-Né. *Enfoncer mes dents dans sa gorge... !* Sans se soucier s'il gênait le tir de Baine et de Khiad, il guida Steppeur plus près du dos du Jamais-Né, forçant des rênes et des genoux le cheval louvet réticent à se rapprocher. À la dernière seconde, la créature se détourna brusquement de Gaul, apparemment insoucieuse du fer de lance qui pénétra entre ses épaules et ressortit sous sa gorge, et leva vers Perrin ce regard sans yeux qui insufflait la terreur dans l'âme de tous les hommes. Trop tard. Le marteau de Perrin s'abattit, écrasant également tête et regard.

Même à terre et virtuellement décapité, le Myrddraal s'agitait toujours, ferraillant au hasard avec sa lame forgée dans le Thakandar. Steppeur recula en dansant, hennissant avec nervosité, et soudain Perrin eut l'impression d'avoir été aspergé d'eau froide. Cet acier noir infligeait des blessures que même les Aes Sedai trouvaient difficiles à guérir et il s'était avancé à l'étourdie. *Mes dents dans sa... Par la Lumière, il faut que je me maîtrise. Il le faut !*

Il percevait encore des bruits étouffés provenant de l'obscurité à l'autre bout de l'Île, le battement de pieds en forme de sabots d'animal, le crissement de bottes, des respirations rauques et des murmures gutturaux. Encore des Trollocs ; combien, il était incapable de le dire. Dommage qu'ils n'aient pas été liés au Myrddraal, pourtant peut-être hésiteraient-ils à attaquer sans lui pour les conduire. Les Trollocs étaient habituellement des lâches dans leurs façons d'agir, préférant les fortes chances de leur côté et des proies faciles. Pourtant, même sans un Myrddraal, ils pouvaient finir par se remonter suffisamment le moral pour revenir à la charge.

« La Porte de la Voie, dit-il. Nous devons sortir avant qu'ils décident quel parti prendre sans ça. » Il utilisa le marteau ensanglanté pour désigner l'Évanescent qui se débattait toujours. Faile fit aussitôt tourner Hirondelle et il en fut tellement surpris qu'il s'exclama : « Tu ne vas pas discuter ?

— Pas quand tu parles avec bon sens, répliqua-t-elle avec vivacité. Pas quand tu parles avec bon sens. Loial ? »

L'Ogier partit en tête sur sa haute monture aux boulets hérissés de crins. Perrin conduisit Steppeur à reculons derrière Faile et Loial, marteau en main, encadré par les Aiels, tous maintenant avec leur arc bandé. Des sabots et des bottes traînant sur le sol suivaient dans le noir, et des marmottements rauques dans une langue trop rude pour des bouches humaines. Reculant encore et encore, avec les murmures qui se rapprochaient, qui s'efforçaient de se redonner du courage.

Un autre son parvint à Perrin, comme de la soie glissant sur de la soie. Il en frémit jusqu'aux os. Plus puissant, un lointain souffle de géant qui s'exhalait, croissant en force, s'abaissant, croissant encore. « Dépêchez-vous ! cria-t-il. Dépêchez-vous !

— Je me dépêche, dit sèchement Loial. Je... Ce bruit ! Est-ce que c'est... ? Que la Lumière illumine nos âmes et que la main du Créateur nous protège ! Elle s'ouvre. Elle s'ouvre ! Il faut que je passe le dernier. Sortez ! Sortez ! Mais pas si... Non, Faile ! »

Perrin se risqua à jeter un coup d'œil par-dessus son épaule. Les deux battants d'une porte apparemment en feuilles vivantes s'ouvraient, laissant apparaître une région montagneuse comme vue à travers du verre fumé. Loial avait mis pied à terre pour enlever la feuille d'*Avendesora* et débloquer la porte, et Faile avait en main les longes de leurs bêtes de somme et les rênes de l'énorme monture de Loial. Avec un appel précipité, « Suivez-moi ! Vite ! », elle avait enfoncé ses talons dans les flancs d'Hirondelle et la jument de Tear s'était élancée vers l'ouverture.

« Après elle, dit Perrin aux Aiels. Dépêchez-vous ! Vous ne pouvez pas combattre cela. » Avec sagesse, ils n'hésitèrent qu'un fragment de seconde avant de se retourner, Gaul saisissant la bride du cheval de somme. Steppeur arriva à la hauteur de Loial. « Pouvez-vous la verrouiller d'une manière ou d'une autre ? La bloquer ? » Une nuance de fébrilité s'était introduite dans les marmottements rauques ; les Trollocs avaient maintenant reconnu aussi le bruit. Le *Machin Shin* approchait. Vivre impliquait de sortir des Voies.

« Oui, dit Loial. Oui. Mais allez. Allez ! »

Perrin força Steppeur à reculer vivement vers la Porte, pourtant, avant de s'être rendu compte de ce qu'il faisait, il avait rejeté la tête en arrière et poussé un hurlement de dérision et de défi. *Stupide, stupide, stupide !* N'empêche, il garda les yeux fixés vers cette obscurité noire comme poix et fit franchir à reculons le seuil de la Porte à sa monture. Une ondulation glacée le parcourut cheveu par cheveu, poil par poil, et le temps s'allongea à l'infini. Le choc de quitter les Voies le secoua, comme s'il était passé en une enjambée d'un galop effréné à l'arrêt complet.

Les Aiels étaient encore en train de se retourner pour être face à la Porte de la Voie, déployés sur la pente une flèche encochée, au milieu de buissons bas et d'arbres de montagne rabougris, des pins, des sapins et des lauréoles au tronc tordu par le vent. Faile était juste en train de se relever de l'endroit où elle avait été éjectée de la selle d'Hirondelle et la jument noire la caressait du nez. Sortir au galop d'une Porte des Voies était au moins aussi périlleux que d'y entrer à la même allure ; elle avait eu de la chance de ne pas se rompre le cou et de n'avoir pas rompu celui de sa jument. Le grand cheval de Loial et la bête de somme de Faile tremblaient comme si on les avait frappés entre les yeux. Perrin ouvrit la bouche et Faile lui lança un regard assassin, le mettant au défi d'émettre le moindre commentaire, peut-être moins encore un empreint de compassion. Il eut une grimace sarcastique et garda sagement le silence.

Brusquement, Loial jaillit comme un bolide de la Porte, sautant hors d'un miroir d'argent terni avec son reflet grandissant derrière lui, et roula sur le sol. Presque sur ses talons, deux Trollocs apparurent, cornes et museau de bélier, bec d'aigle et crête de plumes – mais, avant qu'ils soient à moitié sortis de la surface miroitante, elle devint noire comme la suie, bouillonnant et formant saillie, collée à eux.

Des voix chuchotèrent dans la tête de Perrin, un millier de voix démentes entremêlées lui griffant l'intérieur du crâne. *Un sang amer. Du sang si amer. Buvez le sang, broyez l'os. Faites craquer l'os et sucez la moelle. Moelle amère, doux les cris. Des cris chantants. Chantez les cris. Âmes minuscules. Âmes âcres. Engloutissez-les. Si plaisante la souffrance.* Sans arrêt.

Poussant des cris d'horreur, hurlant, les Trollocs frappaient cette noirceur bouillonnant autour d'eux, s'évertuaient à coups de griffe de se libérer tandis qu'elle les aspirait de plus en plus profondément, jusqu'à ce que seule demeure une main velue, aux doigts s'agitant frénétiquement, puis il n'y eut plus que de l'obscurité, qui saillait à l'extérieur, cherchant. Avec lenteur, les battants de la Porte apparurent, glissant l'un vers l'autre, comprimant la noirceur de telle sorte qu'elle recula entre eux vers l'intérieur. Les voix dans la tête de Perrin finirent par se taire. Loial se précipita pour replacer vivement non pas une mais deux feuilles trilobées au milieu des myriades de feuilles et de lianes. La Porte de la Voie redevint de pierre, une portion de mur, minutieusement travaillé de sculptures au dessin complexe, se dressant seule sur le flanc d'une montagne aux arbres clairsemés. Parmi les myriades de feuilles et de lianes il y avait non pas une mais deux feuilles de l'*Avendesora.* Loial avait replacé à l'extérieur la feuille trilobée de l'intérieur.

L'Ogier poussa un profond soupir de soulagement. « C'est le mieux que je puisse faire. Elle ne s'ouvrira que de ce côté à présent. » Il adressa à Perrin un regard à la fois anxieux et ferme. « Il m'aurait été loisible de la bloquer pour toujours en ne replaçant pas les feuilles, mais je ne veux pas détruire une Porte, Perrin. Nous avons créé les Voies et les avons entretenues. Peut-être seront-elles purifiées un jour. Je ne peux pas détruire une Porte de Voie.

— Ça ira », lui dit Perrin. Les Trollocs s'étaient-ils dirigés vers cette Porte ou la rencontre n'avait-elle été due qu'au hasard ? Dans l'un et l'autre cas, cela suffirait.

« Est-ce que c'était... ? » commença Faile d'une voix mal assurée. Puis elle s'arrêta afin de s'éclaircir la gorge. Même les Aiels paraissaient secoués, pour une fois.

« Le *Machin Shin,* répondit Loial. Le Vent Noir. Une créature de l'Ombre ou bien une chose née de la propre souillure des Voies – personne ne le sait. Je plains les Trollocs. Même eux. »

Perrin n'était pas très sûr d'être de cet avis, quand serait-ce pour avoir subi une telle fin. Il avait vu ce que les Trollocs laissaient quand ils avaient mis la main sur des humains. Les Trollocs mangeaient de tout, pour autant que c'était de la viande et, parfois, ils aimaient garder leur viande vivante tout en la dépeçant. Il ne voulait pas se laisser aller à s'apitoyer sur des Trollocs.

Les sabots de Steppeur crissèrent sur la terre gréseuse qu'ils écrasaient quand Perrin le fit tourner pour voir où ils étaient.

Des montagnes coiffées de nuages se dressaient tout autour ; c'était la perpétuelle présence de ces nuages qui leur donnait leur nom, les Montagnes de la Brume. L'air était frais à cette altitude, même en été, surtout en comparaison avec le Tear. Le soleil de fin d'après-midi se trouvait juste au-dessus des pics de l'ouest, étincelant sur les torrents descendant vers la rivière qui coulait au fond de la longue vallée au-dessous. La Manetherendrelle, c'est le nom qu'elle portait une fois sortie des montagnes et beaucoup plus loin à l'ouest et au sud, mais Perrin avait grandi en appelant Rivière Blanche la section qui suivait la lisière sud de la région des Deux Rivières, une longueur infranchissable de rapides qui brassaient son flot en écume. La Manetherendrelle. Les Eaux de la Demeure dans les Montagnes.

Où apparaissait de la roche nue dans la vallée au-dessous ou sur les pentes environnantes, elle scintillait comme du verre. Jadis une cité s'était élevée là, occupant vallée et montagnes. Manetheren, cité de flèches hardies et de fontaines jaillissantes, capitale d'une grande nation portant le même nom, peut-être la plus belle ville du monde, à en croire les antiques récits des Ogiers. Disparue à présent sans laisser de trace, à l'exception de la Porte des Voies quasi indestructible qui était située dans le bosquet ogier. Réduite par le feu en roche stérile plus de deux mille ans auparavant, pendant que les Guerres trolloques sévissaient encore, détruite par le Pouvoir Unique après la mort de son dernier roi, Aemon al Caar al Thorin, dans sa dernière bataille sanglante contre l'Ombre. Le Champ d'Aemon, les hommes avaient appelé cet endroit, où maintenant se situait le village dit le Champ d'Emond.

Perrin frissonna. C'était il y a longtemps. Les Trollocs étaient venus une fois depuis, lors de la Nuit de l'Hiver[1] plus d'un an auparavant, la nuit précédant celle où lui, Rand et Mat avaient été contraints de fuir dans le noir en compagnie de Moiraine. Cela aussi semblait remonter à bien longtemps maintenant. Cela ne pouvait plus se reproduire, avec la Porte des Voies verrouillée. *Ce sont les Blancs Manteaux dont il faut que je me soucie, pas des Trollocs.*

Deux faucons aux ailes blanches tournaient en cercle au-dessus de l'autre bout de la vallée. Les yeux de Perrin discernèrent tout juste l'éclair d'une flèche qui s'élançait en l'air. Un des faucons tourna sur lui-même et tomba, et Perrin fronça les sourcils. Pourquoi abattre un faucon ici dans les montagnes ? Au-dessus d'une ferme, s'il convoitait les poules ou les oies, mais ici, à cette altitude ? Pourquoi même y aurait-il quelqu'un dans ces parages ? Les habitants des Deux Rivières se tenaient à l'écart des montagnes.

L'autre faucon aux ailes blanches fondit vers

1. Cf. *La Roue du Temps*, premier volume du cycle.

l'endroit où son compagnon était tombé mais, subitement, il reprit son essor avec une hâte désespérée. Une nuée noire de corbeaux jaillit des arbres, l'entourant dans une mêlée sauvage et, quand ils se branchèrent de nouveau, le faucon avait disparu.

Perrin se força à reprendre son souffle. Il avait déjà vu des corbeaux, et d'autres oiseaux, attaquer un faucon qui s'approchait trop de leur nid, mais il ne pouvait se persuader que la situation cette fois était aussi simple. Les corbeaux avaient surgi à peu près à l'endroit d'où était partie la flèche. Des corbeaux. L'Ombre se servait parfois d'animaux comme espions. En général, de rats et d'autres qui se nourrissaient de charognes. En particulier de corbeaux. Il avait des souvenirs très vifs d'avoir fui devant de vastes vols de corbeaux qui l'avaient pourchassé comme s'ils étaient doués d'intelligence.

« Qu'est-ce que tu regardes ? demanda Faile qui ombragea ses yeux de la main pour scruter le bas de la vallée. Qu'est-ce que c'était que ces oiseaux ?

— Rien que des oiseaux », répliqua-t-il. *Peut-être était-ce vrai ? Je ne peux pas terrifier tout le monde à moins d'avoir une certitude. Pas alors qu ils tremblent encore à cause du* Machin Shin.

Il se rendit compte qu'il avait toujours en main son marteau ensanglanté, gluant du sang noir du Myrddraal. Ses doits tâtèrent du sang en train de sécher sur sa joue, feutrant sa courte barbe. Quand il mit pied à terre, il sentit que son côté et sa jambe le brûlaient. Il dénicha une chemise dans ses fontes pour essuyer le marteau avant que le sang de l'Évanescent corrode le métal. Dans un instant, il découvrirait s'il y avait quoi que ce soit à craindre dans ces montagnes. Si c'était plus que des hommes, les loups le sauraient.

Faile commença à lui déboutonner sa tunique.

« Qu'est-ce que tu fais ? demanda-t-il d'un ton bref.

— Je soigne tes blessures, rétorqua-t-elle du tac au tac. Je ne tiens pas à ce que tu me saignes à mort sur les bras. Ce serait bien de toi, de mourir et de me laisser le travail de t'enterrer. Tu n'as aucune considération. Tiens-toi tranquille.

— Merci », dit-il à mi-voix, et elle parut surprise.

Elle l'obligea à tout enlever sauf son caleçon pour pouvoir nettoyer ses blessures, les enduire de baume sorti de ses bagages. Il ne voyait pas l'estafilade sur sa joue, bien sûr, mais elle semblait petite et peu profonde, encore que fâcheusement proche de son œil. Cependant l'entaille en travers de son flanc gauche avait plus d'une main de long, suivant le trajet d'une côte, et le trou qu'une lance avait creusé dans sa cuisse droite était profond. Faile dut le refermer avec des points de suture, au moyen d'une aiguille et de fil tirés de son matériel de couture. Il le supporta stoïquement ; ce fut elle qui grimaça à chaque point. Elle bougonna d'un ton coléreux pendant tout le temps où elle s'activa, notamment tandis qu'elle lui enduisait la joue de sa pommade noire cuisante, presque avec l'air que c'était elle la blessée et lui qui en était le responsable, pourtant elle fixa les pansements autour de ses côtes et de sa cuisse avec une main légère. Le contraste était surprenant, entre la délicatesse de son toucher et la fureur de ses grommellements. Vraiment déconcertant.

Tandis qu'il revêtait une chemise propre et des chausses de rechange tirées de ses fontes, Faile resta immobile à palper la fente dans le côté de sa tunique. À deux doigts de plus vers la droite et il n'aurait jamais quitté l'Île. Perrin tapa des pieds pour les caler dans ses bottes et tendit la main vers sa tunique – qu'elle lui lança à la figure.

« Inutile de t'imaginer que je vais recoudre ça pour toi. J'ai cousu pour toi tout ce que j'ai l'intention de coudre ! Tu m'entends, Perrin Aybara ?

— Je n'ai pas demandé...

— Inutile de te l'imaginer ! Point final ! » Elle s'éloigna à grands pas pour aider les Aiels à s'occuper d'eux-mêmes et de Loial. C'était un groupe bizarre, l'Ogier sans sa culotte bouffante, Gaul et Khiad qui s'observaient comme deux chats ne se connaissant pas,

Faile appliquant son onguent et posant des pansements en lui lançant des regards accusateurs. Qu'était-il censé avoir commis à présent ?

Perrin secoua la tête. Gaul avait raison, conclut-il ; autant essayer de comprendre le soleil.

Même sachant ce qu'il avait à accomplir maintenant, il hésitait, surtout après ce qui s'était passé dans les Voies, avec l'Évanescent. Une fois, il avait vu un homme qui avait oublié qu'il était humain [1]. La même chose risquait de lui arriver. *Imbécile. Tu n'as qu'à tenir bon encore quelques jours. Simplement jusqu'à ce que tu trouves les Blancs Manteaux.* Et il lui fallait savoir. Ces corbeaux.

Il envoya son esprit à travers la vallée en quête des loups. Il y avait toujours des loups là où il n'y avait pas d'hommes et, s'ils étaient à proximité, il pouvait leur parler. Les loups évitaient les humains, se désintéressaient d'eux autant que possible mais ils détestaient les Trollocs, qu'ils considéraient comme des choses pas naturelles, et éprouvaient à l'égard des Myrddraals une haine méprisante trop profonde pour être maîtrisée. Si des Engeances de l'Ombre hantaient les Montagnes de la Brume, les loups l'en avertiraient.

Seulement il ne découvrit pas de loups. Aucun. Ils auraient dû être là, dans ces lieux inhabités. Il apercevait des cerfs qui viandaient au fond de la vallée. Peut-être était-ce simplement qu'il n'y avait pas de loups à proximité suffisante. Ils pouvaient communiquer à une certaine distance, mais même un peu plus d'une demi-lieue représentait un trop grand éloignement. Peut-être la distance était-elle moindre dans les montagnes. Bien possible.

Son regard balaya les cimes coiffées de nuages et se posa sur l'autre extrémité de la vallée, d'où étaient apparus les corbeaux. Peut-être trouverait-il des loups demain. Il ne voulait pas penser à l'autre possibilité.

1. Cf. *Le dragon réincarné* (*La Roue du Temps*, vol. 5), ch. 7.

28. À la Tour de Ghenjei

Avec la nuit si proche, ils n'avaient pas d'autre choix que camper là sur la montagne près de la Porte de la Voie. En deux camps. Faile insista là-dessus.

« Plus question de ça, lui répliqua Loial avec un ton contrarié dans sa basse grondante. Nous sommes sortis des Voies et j'ai tenu mon serment. C'est fini. » Faile arbora une de ses expressions d'entêtement, menton haut et poings sur les hanches.

« Laissez tomber, Loial, dit Perrin. Je m'installerai là-bas un peu plus loin. » Loial jeta un coup d'œil à Faile, qui s'était tournée vers les deux Aielles dès qu'elle avait entendu Perrin accepter, puis il secoua sa grosse tête et esquissa un mouvement comme pour rejoindre Perrin et Gaul. Perrin lui indiqua de rester où il était, d'un geste discret qu'il espéra qu'aucune des jeunes femmes ne remarquerait.

Le « un peu plus loin », il le mesura court, moins de vingt pas. La Porte de la Voie était peut-être verrouillée, mais il y avait toujours les corbeaux et ce qu'ils pouvaient présager. Il voulait être à proximité en cas de besoin. Si Faile y trouvait à redire, qu'elle ne s'en prive pas. Il était tellement préparé à opposer une sourde oreille à ses récriminations qu'il s'irrita de son silence.

Sans tenir compte des élancements dans sa jambe et son côté, il dessella Steppeur et déchargea le cheval de somme, entrava les deux bêtes et leur mit une musette avec quelques poignées d'orge et de l'avoine. Il n'y avait évidemment rien à brouter par ici. Quant à ce qu'il y avait, par contre... Il banda son arc et le posa en travers de son carquois près du feu, libéra la hache de son attache à sa ceinture.

Gaul se joignit à lui pour entretenir le feu et ils prirent un repas de pain, de fromage et de bœuf séché, mangé en silence et arrosé d'eau. Le soleil glissa derrière les montagnes, silhouettant les pics et teignant en rouge le dessous des nuages. Des ombres couvrirent la vallée et l'air commença à devenir vif.

Perrin se débarrassa les mains des miettes et extirpa de ses fontes son bon manteau de laine verte. Peut-être s'était-il habitué à la chaleur de Tear davantage qu'il ne le croyait. Les jeunes femmes ne mangeaient assurément pas en silence autour de leur feu entouré d'ombre ; il les entendait rire et les bribes qu'il comprenait dans de ce qu'elles disaient lui enflammaient les oreilles. Les femmes parlent de n'importe quoi ; elles n'ont aucune retenue. Loial s'était écarté d'elles autant qu'il le pouvait tout en demeurant dans la clarté et il s'efforçait de se plonger dans un livre. Elles ne se rendaient vraisemblablement même pas compte qu'elles causaient de la gêne à l'Ogier ; elles pensaient probablement avoir assez baissé la voix pour que Loial n'entende pas.

Murmurant pour lui-même, Perrin alla se rasseoir auprès du feu en face de Gaul. L'Aiel semblait ne pas remarquer la fraîcheur de l'air. « Connaissez-vous des histoires drôles ?

— Des histoires drôles ? Sur le moment, je n'en ai pas en tête. » Les yeux de Gaul se tournèrent à demi vers l'autre feu, et les rires. « J'en raconterais si je le pouvais. Le soleil, vous vous souvenez ? »

Perrin éclata d'un rire bruyant et força sa voix pour qu'elle porte. « Certes oui. Ah, les femmes ! » L'hilarité dans l'autre camp s'éteignit un instant puis s'éleva de nouveau. Cela leur apprendrait. Il y en a d'autres qui savent rire. Perrin regarda fixement le feu d'un œil morne. Ses blessures le faisaient souffrir.

Peu après, Gaul dit : « Cette région ressemble davantage à la Terre Triple que la plupart des terres humides. Trop d'eau encore et les arbres sont trop grands et trop nombreux, mais elle n'est pas aussi bizarre que les endroits appelés forêts. »

Le sol était pauvre ici où Manetheren avait péri par le feu, les arbres dispersés à de grandes distances les uns des autres tous rabougris au tronc épais, aux formes curieusement inclinées par le vent, aucun haut de plus de trente pieds. Perrin songea qu'il n'avait jamais vu paysage aussi désolé.

« J'aimerais pouvoir visiter un jour votre Terre Triple, Gaul.

— Peut-être y viendrez-vous, quand nous en aurons fini ici.

— Peut-être. » Pas de grandes chances, bien sûr. Aucune, en réalité. Il aurait pu le dire à l'Aiel, mais il ne voulait pas en parler maintenant, ni y penser.

« C'est ici qu'était Manetheren ? Vous êtes du sang de Manetheren ?

— Oui, Manetheren était ici, répliqua Perrin. Et je suppose que je suis de son sang. » C'était difficile de croire que les petits villages et les fermes tranquilles des Deux Rivières abritaient les derniers héritiers du sang de Manetheren, mais c'est ce qu'avait dit Moiraine. Le sang ancien coule avec force dans le pays des Deux Rivières, voilà ce qu'elle avait dit. « Cela remonte loin, Gaul. Nous sommes des fermiers, des bergers ; pas une grande nation, pas de vaillants guerriers. »

Gaul eut un léger sourire. « Puisque vous l'affirmez. Je vous ai vus danser la danse des lances, vous et Rand al'Thor et celui qu'on appelle Mat. Mais si vous l'affirmez. »

Perrin modifia sa posture avec malaise. À quel point avait-il changé depuis qu'il avait quitté son foyer ? Lui, et Rand, et Mat ? Pas en ce qui concernait ses yeux, les loups ou le don de canaliser de Rand ; il ne se préoccupait pas de ça. Quelle partie de leur être intime était restée identique ? Mat était le seul à paraître simplement lui-même, pour ne pas dire plus que jamais. « Vous connaissez Manetheren ?

— Nous en savons plus sur votre monde que vous ne l'imaginez. Et moins que nous ne le croyons. Longtemps avant d'avoir franchi le Rempart du Dragon, j'avais lu des livres apportés par des colporteurs. J'étais au courant des "bateaux", des "rivières" et des "forêts", ou je le pensais. »

Gaul les prononçait comme des termes d'une langue étrangère. « C'est comme ça que je me représentais une "forêt". » Il désigna du geste les arbres disséminés, nanisés par rapport à la hauteur qu'ils auraient dû avoir. « Croire une chose n'est pas la rendre vraie. À propos du Cavalier de la Nuit et de la progéniture du Flétrisseur-des-feuilles ? Estimez-vous que c'est pure coïncidence qu'ils soient arrivés près de cette Porte des Voies ?

— Non. » Perrin soupira. « J'ai vu des corbeaux, au bout de la vallée. Peut-être n'étaient-ils que cela, mais je ne suis pas prêt à tabler là-dessus, pas après l'apparition des Trollocs. »

Gaul hocha la tête. « Ce pouvait être des Yeux de l'Ombre. Si on prévoit le pire, toutes les surprises sont agréables.

— Une bonne surprise ferait bien mon affaire. » Perrin chercha de nouveau des loups et, de nouveau, ne trouva rien. « Je serai peut-être capable de découvrir quelque chose ce soir. Peut-être. S'il se produit quoi que ce soit ici, vous pourriez être obligé de me donner des coups de pied pour me réveiller. » Il se rendit compte de la bizarrerie de ce qu'il disait, mais Gaul se contenta de hocher encore la tête. « Gaul, vous n'avez jamais parlé de mes yeux, ni même ne les avez regardés deux fois. Aucun des Aiels non plus. » Il savait qu'ils luisaient maintenant comme de l'or à la clarté du feu.

« Le monde est en train de changer, répondit Gaul à mi-voix. Rhuarc et Jheran, mon chef de clan à moi – les Sagettes aussi – ils ont essayé de le dissimuler, mais ils étaient inquiets quand ils nous ont envoyés franchir le Rempart du Dragon à la recherche de Celui qui Vient avec l'Aube. Je pense que le changement ne sera peut-être pas celui auquel nous avons toujours cru. J'ignore en quoi il sera différent, mais il le sera. Le Créateur nous a mis dans la Terre Triple pour nous former autant que pour nous punir de notre crime mais que sera ce pour quoi nous avons été formés ? » Il secoua la tête subitement, d'un air morose. « Colinda, la Sagette de la place forte des Sources Chaudes, me dit que je réfléchis trop pour un Chien de Pierre et Bair, la Sagette la plus âgée des Shaarads, menace de m'envoyer à Rhuidean quand Jheram mourra, que je le veuille ou non. À côté de tout cela, Perrin, quelle importance a la couleur des yeux d'un homme ?

— J'aimerais que chacun sur terre pense de cette façon. » Les rires avaient finalement cessé autour de l'autre feu. Une des Aielles – Perrin n'aurait pas su dire laquelle – s'était chargée de monter la première garde, le dos à la clarté, et les autres s'étaient installées pour dormir. La journée avait été fatigante. Le sommeil serait facile à trouver, et le rêve dont il avait besoin. Il s'étendit à côté du feu, s'entourant de son manteau. « N'oubliez pas. Réveillez-moi à coups de pied si besoin est. »

Le sommeil s'empara de lui alors que Gaul acquiesçait encore d'un signe de tête, et le rêve survint aussitôt.

C'était le jour et il se tenait seul près de la Porte de la Voie, qui avait l'air d'une longueur de mur élégamment sculpté, surprenant dans ce paysage montagneux. À part cela, il n'y avait aucun signe qu'un être humain ait jamais posé le pied sur cette pente. Le ciel était beau et clair et une brise légère montant de la vallée lui apporta l'odeur de cerfs et de lapins, de cailles et de tourterelles, mille odeurs distinctes, d'eau, de terre et d'arbres. C'était le rêve de loup.

Pendant un instant, la sensation qu'il était un loup l'envahit. Il avait des pattes et... *Non !* Il se passa les mains sur lui, soulagé de trouver seulement son propre corps dans sa tunique et sa cape. Et la large ceinture à laquelle était normalement suspendue sa hache, mais avec le marteau à demi engagé dans le passant.

Il en fronça les sourcils et, à sa surprise, pour un temps bref, la hache surgit à la place du marteau, immatérielle et floue. Brusquement, le marteau réapparut. S'humectant les lèvres, Perrin espéra qu'il resterait. La hache était peut-être une arme plus efficace, mais il préférait le marteau. Il ne se rappelait pas qu'un incident de ce genre se soit déjà produit, qu'il y ait eu des changements, mais il ne connaissait guère cet étrange endroit. Si on pouvait appeler ça un endroit. C'était le rêve de loup et des choses curieuses y arrivaient, sûrement aussi curieuses que dans un rêve ordinaire.

Comme si penser à ces bizarreries en avait suscité une, un coin de ciel sur le fond des montagnes s'assombrit subitement, devint une fenêtre sur un autre lieu. Rand se tenait au milieu de tourbillons de vent tempétueux, riant à gorge déployée, quasiment d'un rire de fou, les bras levés, et de petites formes se laissaient porter sur ces tourbillons de vent, rouge et or, pareilles à l'être inconnu sur la bannière du Dragon ; des yeux cachés observaient Rand et rien ne permettait de savoir s'il s'en rendait compte. La « fenêtre » bizarre s'éclipsa, seulement pour être remplacée par une autre plus éloignée, où Nynaeve et Elayne s'avançaient prudemment dans un paysage tourmenté de bâtiments tordus, plongés dans l'ombre, chassant un animal dangereux. Perrin n'aurait pas su dire comment il était au courant que cette bête était dangereuse, mais il en avait conscience. Ce spectacle disparut et une autre tache noire se répandit dans le ciel. Mat, debout sur une route qui bifurquait devant lui. Il jeta une pièce en l'air, s'engagea le long d'un des embranchements et, soudain, se retrouva coiffé d'un chapeau à large bord et marchant en s'aidant d'un bâton muni d'une courte lame d'épée. Une autre « fenêtre », et Egwene et une femme aux longs cheveux blond pâle le regardaient avec stupeur tandis que derrière elles la Tour Blanche s'effondrait pierre par pierre. Puis elles disparurent, elles aussi.

Perrin respira à fond. Il avait déjà eu ce genre de visions, là dans le rêve de loup, et il pensait qu'elles étaient réelles jusqu'à un certain point ou contenaient une indication quelconque. Quoi qu'il en soit, les loups ne les percevaient jamais. Moiraine avait suggéré que le rêve de loup était la même chose que ce qui s'appelait *Tel'aran'rhiod*, puis n'avait rien voulu ajouter. Il avait entendu par hasard Egwene et Elayne discuter de rêves, un jour, mais Egwene en savait déjà trop sur lui et les loups, peut-être autant que Moiraine. Ce n'était pas un sujet dont il pouvait s'entretenir, même avec elle.

Il y avait une personne à qui il aurait pu parler. Il aimerait trouver Elyas Machera, l'homme qui l'avait présenté aux loups. Elyas devait être au courant de ces choses-là. Au moment où il songea à lui, il capta son propre nom murmuré faiblement dans le vent mais, quand il tendit l'oreille, seul bruissait le vent. Un son isolé. Ici, il n'y avait que lui, Perrin.

Il appela « Sauteur ! » à haute voix puis mentalement : *Sauteur !* Le loup était mort et, pourtant, pas mort ici. Le rêve de loup était l'endroit où allaient les loups à leur mort en attendant de renaître. C'était plus que cela, pour les loups ; ils donnaient en quelque sorte l'impression d'être conscients du rêve même à l'état de veille. L'un était presque aussi réel – peut-être aussi réel – que l'autre à leurs yeux. « Sauteur ! » *Sauteur !* Mais Sauteur ne vint pas.

Il perdait son temps. Il avait une raison d'être là et autant valait se mettre à l'œuvre. Descendre jusqu'à l'endroit d'où il avait vu les corbeaux s'envoler prendrait, au mieux, des heures.

Il avança d'un pas – le paysage autour de lui se brouilla – et son pied atterrit près d'un ruisseau étroit sous des sapins-ciguë rabougris et des saules de montagne, que dominaient des pics couronnés de nuages. Pendant un instant, il regarda avec stupeur. Il se trouvait à l'extrémité de la vallée opposée à la Porte des Voies. En fait, il était à l'endroit exact qu'il voulait atteindre, le point d'où avaient surgi les corbeaux, et la flèche qui avait tué le premier faucon. Cela ne lui était encore jamais arrivé. En apprenait-il davantage sur le rêve de loup – Sauteur avait toujours dit qu'il était ignorant – ou était-ce différent, cette fois-ci ?

Il exécuta le pas suivant avec une prudence accrue, mais ce fut seulement un pas. Rien ne témoignait de la présence d'un archer ou de corbeau, pas d'empreintes, pas de plumes, pas d'odeurs. Perrin ne savait pas à quoi il s'était attendu. Il ne pouvait pas y avoir de traces à moins qu'ils n'aient été aussi dans le rêve. Par contre, s'il réussissait à rencontrer des loups dans le rêve, ils l'aideraient à découvrir leurs frères et leurs sœurs dans le monde éveillé, et ces loups seraient en mesure de lui indiquer la présence éventuelle d'Engeances de l'Ombre dans les montagnes. Peut-être qu'en allant plus haut les loups entendraient son appel.

Fixant son regard sur le pic le plus élevé qui bordait la vallée, juste au-dessous des nuages, il avança d'un pas. Le monde s'estompa et il fut sur le flanc de la montagne, les ondoyantes masses blanches des nuages à moins de trente pieds au-dessus de sa tête. Involontairement, il éclata de rire. C'était amusant. D'ici il voyait la vallée dans toute son étendue.

« Sauteur ! » Pas de réponse.

Il sauta sur la montagne suivante, en lançant son appel, puis sur la suivante, ainsi de suite, en direction de l'est vers les Deux Rivières. Sauteur ne répondait pas. Plus inquiétant, Perrin ne sentait pas non plus d'autres loups. Il y avait toujours des loups dans le rêve de loup. Immanquablement.

Il se hâta de pic en pic dans une course que sa vitesse rendait floue, appelant, fouillant du regard. Les montagnes étaient désertes au-dessus de lui, à part des cerfs et d'autres bêtes sauvages. Pourtant, de temps à autre se voyaient des témoignages d'existence humaine. D'antiques témoignages. Par deux fois, des formes sculptées géantes occupaient presque entièrement une pente montagneuse et, ailleurs, d'étranges lettres anguleuses de douze pieds de haut avaient été gravées en creux sur une falaise un soupçon trop lisse et verticale. Les intempéries avaient gommé les visages des statues et des yeux moins perçants que les siens auraient pu prendre les lettres elles-mêmes pour l'œuvre du vent et de la pluie. Montagnes et falaises cédèrent la place aux Collines de Sable, vastes ondulations de dunes où étaient disséminés des herbes rêches et des arbustes coriaces, jadis le rivage d'une vaste mer avant la Destruction du Monde. Et soudain il aperçut un autre homme, au sommet d'une colline de sable.

L'homme était trop loin pour être distingué nettement, simplement un gaillard de haute taille aux cheveux noirs, mais certainement pas un Trolloc ou quoi que ce soit de la sorte, en tunique bleue avec un arc dans le dos, penché au-dessus d'il ne savait quoi sur le sol car c'était dissimulé par les broussailles basses. Toutefois, il émanait de lui une sensation de familiarité.

Le vent se leva et Perrin capta vaguement son odeur. Une odeur froide, c'était la seule façon de la décrire. Froide et pas vraiment humaine. Soudain, il eut dans la main son propre arc, une flèche encochée, et le poids d'un carquois plein tira sur sa ceinture.

L'autre homme leva la tête, vit Perrin. Une seconde, il hésita puis tourna les talons et devint un éclair fonçant au loin dans les collines.

Perrin bondit à l'endroit où il s'était tenu, contempla ce qui avait occupé le gaillard et, sans réfléchir, le poursuivit, laissant derrière lui le cadavre à demi dépouillé d'un loup. Un loup mort dans le rêve de loup. C'était impensable. Qu'est-ce qui pouvait tuer un loup ici ? Quelque chose de maléfique.

Sa proie courait devant lui à enjambées qui dévoraient des lieues, jamais plus que tout juste en vue. Quittant les collines et traversant les fourrés du Bois de l'Ouest avec ses fermes éparpillées, franchissant des terres cultivées, un quadrillage de champs clos de haies et de bosquets, dépassant la Colline-au-Guet. Le spectacle des rues désertes dans le village couvrant la colline de ses maisons coiffées de chaume, et de l'air abandonné des fermes, produisait un drôle d'effet, mais Perrin ne quittait pas de l'œil l'homme fuyant devant lui. Il s'était tellement bien habitué à cette poursuite qu'il n'éprouva pas de surprise quand une foulée de géant l'amena sur la rive gauche de la rivière Taren et la suivante au milieu de collines arides sans arbre ni herbe. Il courait en direction du nord-est, par-dessus ruisseaux et routes, villages et rivières, uniquement attentif à l'homme qui le précédait. La région devint plate et herbue, avec çà et là des bosquets qui en rompaient la monotonie, sans le moindre signe de vie humaine. Puis quelque chose scintilla en avant, étincelant sous le soleil, une tour de métal. Sa proie fila comme un trait vers elle et disparut. Deux bonds y amenèrent aussi Perrin.

Elle culminait à deux cents pieds, cette tour, et en avait quarante d'épaisseur, luisante comme de l'acier poli. Elle pouvait être aussi bien une colonne pleine en métal. Perrin longea par deux fois sa circonférence sans discerner d'ouverture. L'homme – si c'était un homme – y avait pénétré d'une manière ou d'une autre. Il n'avait qu'à trouver le moyen d'en faire autant.

Arrête ! C'était un afflux d'émotion brute que traduisait ainsi l'esprit de Perrin. *Arrête !*

Il se retourna tandis qu'un magnifique loup gris qui lui arrivait à la ceinture, sa fourrure mêlée de poils blancs et couturée de cicatrices, se posait sur le sol comme s'il venait de descendre d'un bond du haut du ciel. Ce qui pouvait fort bien être le cas. Sauteur avait toujours envié l'aptitude des aigles à voler et, ici, il était aussi capable de voler. Les yeux jaunes se croisèrent.

« Pourquoi devrais-je m'arrêter, Sauteur ? Il a tué un loup. »

Les hommes ont tué des loups et les loups ont tué des hommes. Pourquoi la colère t'enflamme-t-elle la gorge comme un incendie, cette fois-ci ?

« Je ne sais pas, dit lentement Perrin. Peut-être parce que cela s'est passé ici. Je ne savais pas qu'on pouvait tuer un loup ici. Je croyais que les loups étaient en sécurité dans le rêve. »

Tu donnes la chasse au Sanguinaire, Jeune Taureau. Il est ici en chair et en os et il est en mesure de tuer.

« En chair et en os ? Tu veux dire pas seulement en train de rêver ? Comment peut-il être ici en chair et en os ? »

Je l'ignore. C'est une chose dont le vague souvenir remonte à bien longtemps, qui se représente comme beaucoup d'autres. Des produits de l'Ombre hantent maintenant le rêve. Des créatures de Fléau-du-Cœur. Il n'y a pas de sécurité.

« Ma foi, il est à l'intérieur pour le moment. » Perrin examina la tour de métal lisse. « Si je réussis à découvrir comment il est entré, j'en finirai avec lui. »

Quel petit insensé de fourrer la patte dans un nid de frelons. Cet endroit est funeste. Tout le monde le sait. Et tu voudrais poursuivre le mal dans le mal. Le Sanguinaire peut tuer.

Perrin hésita. Une sensation d'irrévocabilité imprégnait les émotions que suscitait dans son esprit le mot « tuer ». « Sauteur, qu'advient-il d'un loup qui meurt dans le rêve ? »

Le loup demeura silencieux un moment. *Si nous mourons ici, nous mourons définitivement, Jeune Taureau. Je n'affirmerais pas qu'il en est de même pour toi, mais je crois que oui.*

« Un endroit dangereux, archer. La Tour de Ghenjei est un lieu qui ne convient pas aux humains. »

Perrin se retourna vivement, levant à demi son arc avant de voir la femme qui se tenait à quelques pas de là, ses cheveux blonds rassemblés en une tresse épaisse tombant jusqu'à sa taille, presque comme les coiffaient les femmes aux Deux Rivières mais nattés de façon plus compliquée. Ses vêtements avaient une allure bizarre, une courte tunique blanche et des chausses volumineuses en fine étoffe jaune pâle resserrées à la cheville audessus de bottes basses. Sa cape noire semblait cacher sur le côté quelque chose qui lançait de temps en temps des reflets d'argent.

Elle bougea et le scintillement métallique disparut.

« Vous avez des yeux perçants, archer. Je l'ai pensé dès que je vous ai vu. »

Depuis combien de temps l'observait-elle ? C'était déconcertant qu'elle se soit approchée sans qu'il l'entende. Au moins Sauteur aurait-il dû l'avertir. Le loup était couché dans l'herbe qui montait à hauteur du genou, le nez sur ses pattes de devant, le regardant avec attention.

Cette personne lui semblait vaguement familière, néanmoins Perrin était certain qu'il se serait souvenu d'elle s'il l'avait déjà rencontrée. Qui était-ce, pour figurer dans le rêve de loup ? Ou s'agissait-il aussi du *Tel'aran'rhiod* de Moiraine ? « Êtes-vous une Aes Sedai ?

— Non, archer. » Elle rit. « Je suis seulement venue vous avertir, malgré les prescriptions. Une fois que l'on a pénétré dedans, il est assez difficile de ressortir de la Tour de Ghenjei dans le monde des humains. Ici, c'est pratiquement impossible. Vous avez le courage d'un porte-drapeau que d'aucuns disent se confondre avec la témérité. »

Impossible d'en sortir ? Ce gaillard – le Sanguinaire – était sûrement entré. Pourquoi le faire s'il ne pouvait repartir ? « Sauteur affirmait aussi que c'était dangereux. La Tour de Ghenjei ? Qu'est-ce que c'est ? »

Ses pupilles se dilatèrent et elle jeta un coup d'œil à Sauteur, qui était toujours allongé dans l'herbe sans s'inquiéter d'elle, observant Perrin. « Vous parlez aux loups ? Voilà une chose depuis longtemps passée à l'état de légende. Ainsi c'est pour cela que vous êtes ici. J'aurais dû m'en douter. La tour ? C'est un portail, archer, qui donne sur les royaumes des Aelfinns et des Eelfinns. » Elle prononça ces noms comme s'il était censé les reconnaître. Devant la mine interdite de Perrin, elle ajouta : « Avez-vous jamais joué aux Renards et aux Serpents ?

— Tous les enfants y jouent. Du moins dans les Deux Rivières. Seulement ils y renoncent quand ils sont devenus assez mûrs pour comprendre qu'il n'est pas possible de gagner.

— Sauf si l'on enfreint les règles du jeu, répliqua-t-elle. "Du courage pour fortifier, du feu pour aveugler, de la musique pour étourdir, du fer pour lier."

— C'est une citation du refrain du jeu. Je ne comprends pas. Quel rapport a-t-il avec cette tour ?

— Il explique la méthode pour gagner malgré les serpents et les renards. Ce jeu est un souvenir d'anciennes circonstances et de la façon de les affronter. Peu importe aussi longtemps que vous vous tenez à l'écart des Aelfinns et des Eelfinns. Ils ne sont pas mauvais à la façon de l'Ombre, mais ils diffèrent tellement des êtres humains que cela revient pratiquement au même. On ne peut pas se fier à eux, archer. N'approchez pas de la Tour de Ghenjei. Évitez le Monde des Rêves si vous le pouvez. Des êtres maléfiques y rôdent.

— Comme l'homme que je poursuivais ? Le Sanguinaire.

— Un nom fort approprié pour lui. Ce Sanguinaire n'est pas âgé, archer, mais le mal qu'il incarne remonte loin dans le temps. » Elle parut presque s'appuyer légèrement sur quelque chose d'invisible ; peut-être ce machin argenté qu'il n'avait pas réussi à distinguer nettement. « Je crois vous en dire beaucoup. Je ne comprends pas pourquoi je me suis mise à parler. Bien sûr. Êtes-vous *ta'veren*, archer ?

— Qui êtes-vous ? » Elle en connaissait long apparemment sur la tour et le rêve de loup. *Mais elle était surprise que je puisse m'entretenir avec Sauteur.* « Je vous ai rencontrée auparavant, je pense.

— J'ai déjà enfreint un trop grand nombre de prescriptions, archer.

— Prescriptions ? Quelles prescriptions ? » Une ombre tomba sur le sol derrière Sauteur et Perrin se retourna vivement, furieux d'être de nouveau pris par surprise. Il n'y avait personne là. Pourtant il l'avait vue ; l'ombre d'un homme avec les poignées de deux épées saillant au-dessus de ses épaules. Un il ne savait quoi dans cette image sollicita sa mémoire.

« Il a raison, dit la femme derrière lui. Je ne devrais pas vous adresser la parole. »

Quand il revint vers elle, elle avait disparu. Aussi loin que portait son regard, il n'y avait que de la prairie et des bosquets épars. Et la luisante tour argentée.

Il fronça les sourcils à l'intention de Sauteur, qui avait finalement levé la tête de ses pattes. « C'est étonnant que tu ne sois pas attaqué par des tamias, marmotta Perrin. Qu'est-ce que tu en dis, d'elle ? »

D'elle ? Une « elle » ? Sauteur se leva et regarda autour de lui. *Où ?*

« Je lui parlais. Ici même. Juste maintenant. »

Tu émettais des bruits à l'intention du vent, Jeune Taureau. Il n'y avait pas de elle ici. Personne à part toi et moi.

Perrin se gratta la barbe avec irritation. Elle avait bien été là. Il n'avait pas parlé tout seul. « Des choses bizarres peuvent se produire ici, commenta-t-il pour lui-même. Elle était de ton avis, Sauteur. Elle m'a recommandé de ne pas m'approcher de cette tour. »

Elle est sage. Il y avait un élément de doute dans cette pensée ; Sauteur n'était toujours pas persuadé que « elle » ait été là.

« Me voilà rudement loin de ce que je comptais faire », murmura Perrin. Il expliqua la nécessité pour lui de trouver des loups dans les Deux Rivières, ou dans les montagnes autour, mentionna la présence des corbeaux et celle des Trollocs dans les Voies.

Quand il eut fini, Sauteur demeura silencieux un long moment, sa queue touffue abaissée et raidie. Finalement... *Évite ton ancien foyer, Jeune Taureau.* L'image que l'esprit de Perrin appelait « foyer » était celle du terrain qu'une meute marque pour sien. *Il n'y a pas de loups là-bas à présent. Ceux qui s'y trouvaient et qui ne se sont pas enfuis sont morts. Le Sanguinaire marche dans le rêve là-bas.*

« Il faut que j'aille chez moi, Sauteur. J'y suis obligé. »

Sois prudent, Jeune Taureau. Le jour de la Dernière Chasse approche. Nous courrons ensemble dans la Dernière Chasse.

« Oui », dit Perrin tristement. Ce serait bien qu'il vienne ici lorsqu'il mourrait ; il était déjà à moitié loup, s'il se fiait à l'impression qu'il avait parfois. « Je dois partir maintenant, Sauteur. »

Puisses-tu faire bonne chasse, Jeune Taureau, et qu'elle te donne beaucoup de louveteaux.

« Au revoir, Sauteur. »

Il ouvrit les yeux dans la lueur indécise de tisons mourants sur le flanc de la montagne. Gaul était assis sur ses talons juste au-delà de l'espace éclairé, observant la nuit. Dans l'autre camp, Faile était debout, prenant son tour de garde. La lune planait au-dessus des montagnes, changeant les nuages en ombres couleur de perle. Perrin estima qu'il avait dormi deux heures.

« Je vais veiller un moment », dit-il en rejetant sa cape de côté. Gaul acquiesça d'un signe et se coucha sur le sol à l'endroit même où il se trouvait. « Gaul ? » L'Aiel redressa la tête. « La situation risque d'être pire que je ne pensais dans les Deux Rivières.

— Cela arrive souvent, répliqua Gaul à voix basse. Ainsi va la vie. » L'Aiel se réinstalla calmement pour dormir.

Le Sanguinaire. Qui était-il ? Qu'était-il ? Des Engeances de l'Ombre à la Porte de la Voie, des corbeaux dans les Montagnes de la Brume et cet homme nommé Sanguinaire dans les Deux Rivières. Impossible que ce soit une coïncidence, si fort qu'il le souhaite.

29. Retour au pays

Le trajet jusqu'au Bois de l'Ouest qui lui avait demandé peut-être une demi-douzaine d'enjambées environ dans le rêve de loup, pour sortir des montagnes et traverser les Collines de Sable, dura trois longues journées à cheval. Les Aiels n'avaient aucun mal à les accompagner à pied, mais en fait les bêtes elles-mêmes ne pouvaient pas aller vite sur ce terrain tout en montées et en descentes comme il était. Les blessures de Perrin en train de guérir le démangeaient terriblement ; le baume de Faile paraissait efficace.

Dans l'ensemble, le voyage se passa en silence, rompu plus souvent par le glapissement d'un renard qui chassait ou le cri retentissant d'un faucon que par les paroles des uns ou des autres. Du moins ne virent-ils plus de corbeaux. Il eut plus d'une fois l'impression que Faile était sur le point d'approcher de lui sa jument, sur le point de dire quelque chose, mais chaque fois elle se retint. Il en fut content ; il mourait d'envie de lui parler, mais alors s'il se retrouvait en train de se réconcilier avec elle ? Il se morigéna d'en avoir envie. Elle avait dupé Loial, elle l'avait dupé lui-même. Elle allait rendre tout pire, rendre tout plus pénible. Il aurait voulu pouvoir l'embrasser de nouveau. Il aurait voulu qu'elle décide qu'elle en avait assez de lui et s'en aille. Pourquoi fallait-il qu'elle soit si entêtée ?

Elle et les deux Aielles restaient entre elles, Baine et

Khiad marchaient chacune d'un côté d'Hirondelle quand l'une ou l'autre n'avançait pas en éclaireur. Parfois elles échangeaient des murmures, après quoi elles évitaient de le regarder d'une façon si marquée qu'elles auraient aussi bien pu lui jeter des cailloux. Loial chevauchait en leur compagnie à la requête de Perrin, malgré le fait que de toute évidence cela le bouleversait jusqu'au tréfonds. Les oreilles de Loial frémissaient comme s'il souhaitait n'avoir jamais entendu parler des humains. Gaul paraissait trouver la situation follement amusante ; chaque fois que Perrin le regardait, il avait un petit sourire en coin.

Quant à lui, Perrin, il voyageait le cœur étreint par l'inquiétude et gardait son arc bandé en travers du grand arçon de sa selle. Cet homme appelé Sanguinaire rôdait-il dans les Deux Rivières seulement dans le rêve de loup, ou hantait-il aussi le monde éveillé ? Perrin se doutait que cette dernière hypothèse était la bonne et que le Sanguinaire était celui qui avait tué le faucon sans raison. C'était une complication supplémentaire dont il se serait bien passé, en plus des Enfants de la Lumière.

Sa famille habitait une vaste ferme à plus d'une demi-journée du Champ d'Emond, presque aux abords du Bois Humide. Son père et sa mère, ses sœurs et son frère le petit dernier. Paetram devait avoir maintenant neuf ans et s'opposer avec plus de vigueur que jamais à s'entendre traiter de bébé. Deselle, aux douze ans rondelets et Adora, seize ans, probablement prête à natter ses cheveux. L'oncle Edward, le frère de son papa, et la tante Madge, corpulents et se ressemblant presque comme deux gouttes d'eau, et leurs enfants. Tante Neain, qui se rendait immanquablement le matin sur la tombe de l'oncle Carlin, et la grand-tante Ealsin, qui ne s'était jamais mariée, avec son nez en pointe aiguë et son regard plus aigu encore pour découvrir ce que fricotait tout un chacun à des lieues à la ronde. Une fois devenu l'apprenti de Maître Luhhan, il ne les avait vus que les jours de fête ; la distance était trop grande pour des visites impromptues et il y avait toujours des travaux à exécuter. Si les Blancs Manteaux étaient à la recherche de membres de la famille Aybara, ils étaient faciles à trouver. C'étaient eux dont la responsabilité lui incombait, non pas ce Sanguinaire. Ses possibilités d'action avaient leurs limites. Protéger les siens et Faile. Voilà son premier devoir. Puis venaient le village, les loups et en dernier ce Sanguinaire. Un seul homme n'était pas en mesure de se charger de tout.

Le Bois de l'Ouest croissait sur un sol pierreux hérissé d'affleurements de roc couverts de ronces, une terre rude très boisée avec peu de fermes ou de sentiers. Il avait parcouru ces forêts denses dans sa prime jeunesse, seul ou avec Rand et Mat, chassant à l'arc ou à la fronde, posant des collets pour les lapins ou simplement allant de-ci de-là pour le plaisir de se promener. Les écureuils à la queue touffue babillant dans les arbres, les grives tachetées qui chantaient sur une branche, imitées par des moqueurs aux ailes noires, les cailles au dos bleu qui jaillissaient des buissons devant les voyageurs – tout évoquait son pays pour Perrin. L'odeur même de la terre que soulevaient les sabots des chevaux évoquait un souvenir familier.

Il aurait pu se diriger tout droit vers le Champ d'Emond mais, à la place, il obliqua plus au nord à travers la forêt, traversant finalement la large voie malaisée appelée la Route de la Carrière au moment où le soleil baissait vers la cime des arbres. Pourquoi « carrière », personne ne le savait dans les Deux Rivières, et elle ne ressemblait guère à une route, seulement à une trouée coupe-feu envahie par les herbes dont on ne remarquait même pas qu'elle était sans arbres jusqu'à ce que l'on voie les ornières envahies d'herbes créées par des générations de chariots et de charrettes. Quelquefois, des fragments de vieux pavés remontaient en surface. Peut-être avait-elle conduit à une carrière pour Manetheren.

La ferme que cherchait Perrin était située non loin de la route, derrière des rangées de pommiers et de poiriers où les fruits étaient formés. Il sentit la ferme avant de la voir. Une odeur de brûlé ; pas récente, cependant une année entière n'aurait pas atténué cette puanteur.

Il arrêta son cheval à la lisière des arbres et resta assis à regarder avant de se forcer à pénétrer dans ce qui avait été la ferme al'Thor, le cheval de somme traînant derrière son louvet. Seule demeurait debout la bergerie aux murs de pierre, sa porte à claire-voie ouverte et pendant par un seul gond. La cheminée noire de suie jetait une ombre oblique sur le tas carbonisé des poutres de la maison d'habitation. L'écurie et l'abri où séchait le tabac n'étaient plus que cendres. Les mauvaises herbes avaient envahi le champ de tabac et le potager, et le jardin avait l'air d'avoir été piétiné ; la plupart de ce qui n'était pas laîche ou chiendent gisait brisé et jauni.

Il ne songea même pas à encocher une flèche. L'incendie datait de bien des semaines, le bois brûlé lissé et terni par les pluies tombées depuis. Près d'un mois était nécessaire pour que les liserons et autres plantes grimpantes et rampantes atteignent cette taille. Ils avaient même recouvert la charrue et la herse restées au bord du champ ; de la rouille se voyait sous les étroites feuilles pâles.

Néanmoins, les Aiels cherchèrent avec soin, lances en arrêt et œil aux aguets, examinant le terrain et fouillant les cendres. Quand Baine sortit des ruines de la maison en les escaladant, elle regarda Perrin et secoua la tête. Du moins Tam al'Thor n'était-il pas mort là.

Ils savent. Ils savent, Rand. Tu aurais dû venir. Il eut bien du mal à se retenir de lancer Steppeur au galop, le maintenant tout le long du chemin à cette allure jusqu'à la ferme des siens. Ou du moins essayant de l'y maintenir ; même Steppeur serait tombé mort avant d'aller à cette distance aussi vite. Peut-être ceci était-il l'œuvre des Trollocs. Si c'était le cas, peut-être que les siens exploitaient toujours leur ferme, toujours sains et saufs. Il aspira longuement, mais l'odeur de brûlé supplantait toutes les autres.

Gaul s'arrêta à côté de lui. « Les responsables de ça sont partis depuis longtemps. Ils ont tué quelques moutons et ont dispersé les autres. Quelqu'un est venu plus tard rassembler le troupeau et l'emmener en direction du nord. Deux hommes, je crois, cependant les empreintes sont trop anciennes pour en être sûr.

— Est-ce que quelque chose indique qui a fait ça ? »

Gaul secoua la tête. Ç'aurait pu être l'œuvre des Trollocs. Bizarre, d'avoir envie d'aboutir à pareille conclusion. Et ridicule. Les Blancs Manteaux connaissaient son nom et connaissaient aussi celui de Rand, apparemment. *Ils connaissent mon nom.* Il contempla les cendres de la ferme al'Thor et Steppeur bougea sous l'impulsion des rênes qui frémissaient dans ses mains tremblantes.

Loial avait mis pied à terre à la lisière du verger, mais sa tête était encore dans les branches des arbres fruitiers. Faile se dirigea vers Perrin, scrutant son visage, sa jument avançant à pas délicats. « Est-ce... ? Connais-tu les gens qui habitaient ici ?

— Rand et son père.

— Oh. Je pensais que cela pouvait être... » Le soulagement et la sympathie dans sa voix suffisaient à compléter la phrase. « Ta famille vit-elle près d'ici ?

— Non », répliqua-t-il d'un ton sec et elle eut un mouvement de recul comme si elle avait reçu une gifle. Pourtant elle ne le quittait pas des yeux, attendant. Quelle attitude serait-il contraint d'adopter pour l'éloigner ? Pire que ce dont il se sentait capable, puisqu'il n'y avait pas déjà réussi.

Les ombres s'allongeaient, le soleil était descendu jusqu'au sommet des arbres. Il fit pivoter Steppeur, tournant grossièrement le dos à la jeune femme. « Gaul, nous allons devoir camper près d'ici ce soir. Je veux partir de bonne heure demain matin. » Il glissa un coup d'œil par-dessus son épaule. Faile rejoignait Loial, se tenant avec raideur sur sa selle. « Au Champ d'Emond, on saura... » Où se trouvaient les Blancs Manteaux, de sorte qu'il pourrait se livrer avant qu'ils causent du mal à sa famille. Si tout allait bien pour les siens. Si la ferme où il était né n'était pas déjà comme celle-ci. Non. Il devait arriver à temps pour l'empêcher. « On saura où en est la situation.

— De bonne heure, donc. » Gaul hésita. « Vous ne l'écarterez pas. Celle-ci est presque une *Far Dareis Mai* et, quand une Vierge de la Lance vous aime, si vite que vous couriez vous ne lui échappez pas.

— Laissez-moi m'inquiéter de Faile. » Il adoucit le ton de sa voix ; ce n'était pas Gaul dont il tenait à se débarrasser. « De très bonne heure. Pendant que Faile sera encore en train de dormir. »

Les deux campements, sous les pommiers, furent silencieux cette nuit-là. À plusieurs reprises, l'une ou l'autre des Aielles était restée à regarder le petit feu auprès duquel lui et Gaul étaient assis, mais un ululement de hibou et le piétinement des chevaux étaient tout ce qu'on entendait. Perrin fut incapable de dormir et il y avait encore une heure avant que l'aube se lève, la pleine lune étant en train de se coucher, quand lui et Gaul s'éloignèrent discrètement, l'Aiel ne faisant aucun bruit avec ses bottes souples et les sabots des chevaux n'étant guère plus bruyants. Baine, ou peut-être Khiad, les regarda partir. Il n'aurait pas su dire laquelle c'était, mais elle ne réveilla pas Faile, et il en fut reconnaissant.

Le soleil était déjà bien haut quand ils sortirent du Bois de l'Ouest un peu au-dessous du village, au milieu d'empreintes de charrettes et de sentiers, la plupart bordés par des haies ou des murettes de pierre brute. De la fumée montait en panaches gris légers comme des plumes au-dessus des cheminées des fermes, les maîtresses de la maison s'affairant, d'après l'odeur, à cuire la fournée de pain matinale. Des hommes étaient disséminés dans les champs de tabac ou d'orge, et des jeunes garçons gardaient dans les pâturages des troupeaux de moutons à la figure noire. Quelques personnes remarquèrent leur passage, mais Perrin maintint Steppeur à un trot rapide avec l'espoir qu'aucune n'était assez près pour le reconnaître ou s'étonner de la bizarrerie des vêtements de Gaul, ou de ses lances.

Des gens devaient être aussi sur pied au Champ

d'Emond et il contourna donc de loin le village en direction de l'est pour l'éviter, pour éviter les rues en terre battue et les toits de chaume agglutinés autour du Pré Communal où la Source du Vin jaillissait d'un affleurement de roche avec assez de force pour renverser un homme et donnait naissance à la Rivière de la Source du Vin. Des dégâts dont il se souvenait, survenus lors de la Nuit de l'Hiver l'an passé, les maisons brûlées et les toits carbonisés, tout avait été rebâti et réparé. C'était comme si les Trollocs n'étaient jamais revenus. Il pria intérieurement que nul n'ait à revivre cette épreuve-là. L'*Auberge de la Source du Vin* se trouvait pratiquement à l'extrémité est du Champ d'Emond, entre le Pont-aux-Charrettes dont les solides madriers enjambaient les eaux bondissantes de la Rivière de la Source du Vin et d'énormes antiques fondations de pierre au milieu desquelles avait poussé un chêne majestueux. Sous ses branches épaisses étaient installées des tables où les gens s'asseyaient par les après-midi de beau temps et regardaient les jeux de boules. Si tôt dans la matinée, les tables étaient vides, naturellement. Il n'y avait que quelques maisons plus loin à l'est. L'auberge elle-même était en rocs de la rivière pour le rez-de-chaussée, avec un premier étage blanchi à la chaux formant saillie tout autour du bâtiment et une douzaine de cheminées se dressant au-dessus d'un toit de tuiles rouges brillantes, l'unique toit de tuiles à des lieues à la ronde.

Attachant Steppeur et le cheval de bât à un poteau près de la cuisine, Perrin jeta un coup d'œil à l'écurie coiffée de chaume. Il entendait des hommes s'affairer à l'intérieur, probablement Hu et Tad enlevant la paille souillée des stalles où Maître al'Vere hébergeait l'attelage de grands et puissants dhurrans qu'il louait pour tirer les lourdes charges. Des sons montaient également de l'autre côté de l'auberge, le murmure de voix sur le Pré, le cacardage d'oies, un roulement de charrette. Ce qu'il y avait sur les chevaux, il le laissa ; ce serait une halte brève. Il indiqua du geste à Gaul de le suivre et se précipita à l'intérieur, son arc à la main, avant qu'un des palefreniers sorte.

La cuisine était déserte, les deux fourneaux de fonte et tout sauf une cheminée froids, bien que flottât encore dans l'air l'odeur de cuisson. Du pain et des gâteaux au miel. L'auberge avait rarement des hôtes sauf quand des négociants arrivaient de Baerlon pour acheter de la laine ou du tabac ou, une fois par mois, un colporteur quand la neige ne rendait pas la route impraticable, et les habitants du village qui viendraient vider une chope ou prendre un repas plus tard dans la journée étaient au travail chez eux à cette heure-ci. Il pouvait y avoir quelqu'un, pourtant, aussi Perrin longea-t-il sur la pointe des pieds le petit couloir conduisant de la cuisine à la salle commune et il entrouvrit légèrement la porte pour jeter un coup d'œil à l'intérieur.

Il avait vu cette salle carrée un millier de fois, avec sa cheminée en galets de rivière occupant la moitié d'une paroi, dont le manteau arrivait à la hauteur d'une épaule d'homme, la boîte à tabac en fer-blanc luisant de Maître al'Vere et sa précieuse pendule posée sur le linteau. Elle semblait en quelque sorte plus petite que naguère. C'est sur les chaises à haut dossier groupées devant l'âtre que se réunissait le Conseil du Village. Les livres de Brandelwyn al'Vere étaient installés sur une tablette en face de la cheminée – il fut un temps où Perrin avait été incapable d'imaginer rassemblés en un seul endroit plus de livres que ces quelques douzaines de volumes, pour la plupart défraîchis – et des tonneaux d'ale et de vin s'alignaient le long d'un autre mur. Scratch, le chat jaune de l'auberge, dormait comme d'habitude étalé sur l'un d'eux.

À l'exception de Bran al'Vere et de son épouse Marine, en longs tabliers blancs, qui astiquaient l'argenterie et les étains de l'auberge à l'une des tables, la salle commune était vide. Maître al'Vere était un homme corpulent à la large carrure, avec une peu abondante couronne de cheveux gris ; Maîtresse al'Vere était mince, l'air maternel, avec une épaisse tresse grisonnante passée par-dessus une épaule. D'elle émanait une bonne odeur de pain sous laquelle perçait un parfum de roses. Perrin se les rappelait comme des gens souriants, mais à présent les deux avaient un air préoccupé et le froncement de sourcils du Maire n'avait sûrement aucun rapport avec la coupe d'argent qu'il tenait dans ses mains.

« Maître al'Vere ? » Il ouvrit d'une poussée le battant et entra. « Maîtresse al'Vere. C'est Perrin. »

Ils se dressèrent d'un bond, renversant leurs chaises et faisant sursauter Scratch. Maîtresse al'Vere plaqua ses mains sur sa bouche ; elle et son mari étaient rendus béants de surprise autant par sa vue que par celle de Gaul. Cela suffit pour que Perrin passe avec embarras son arc d'une main dans l'autre. Surtout quand Bran se précipita vers une des fenêtres de devant – il se déplaçait avec une surprenante légèreté pour un homme de sa masse – et retroussa vivement de côté les rideaux fins que l'on accroche en été aux fenêtres pour regarder dehors, comme avec l'intention de vérifier s'il y avait d'autres Aiels au-dehors.

« Perrin ? murmura Maîtresse al'Vere d'un ton incrédule. Oui, c'est toi. J'ai failli ne pas te reconnaître à cause de cette barbe et... Ta joue. As-tu été... ? Egwene est-elle avec toi ? »

Perrin tâta avec embarras l'estafilade à demi cicatrisée en travers de sa joue, regrettant de ne pas avoir fait sa toilette ou du moins de ne pas avoir laissé dans la cuisine l'arc et la hache. Il n'avait pas réfléchi que son aspect risquait de les effrayer. « Non, ceci n'a aucun rapport avec elle. Elle ne court aucun danger. » Moins de danger, peut-être sur la route du retour à Tar Valon qu'encore à Tear avec Rand, mais saine et sauve dans les deux cas. Il se dit qu'il devait donner à la mère d'Egwene un peu plus que cette maigre réponse. « Maîtresse al'Vere, Egwene étudie pour devenir Aes Sedai. Nynaeve aussi.

— Je sais, répliqua-t-elle à mi-voix en touchant la poche de son tablier. J'ai trois lettres d'elle venant de

Tar Valon. D'après ce qu'elle écrit, elle en a envoyé d'autres, et Nynaeve au moins une, mais trois seulement d'Egwene nous sont arrivées. Elle parle un peu de son instruction qui, je dois l'avouer, donne l'impression d'être très pénible.

— C'est ce qu'elle souhaite. » Trois lettres ? Un sentiment de culpabilité l'incita à esquisser un haussement d'épaules gêné. Il n'avait écrit à personne, pas depuis les petits mots qu'il avait laissés pour prévenir ses parents et Maître Luhhan le soir où Moiraine l'avait emmené du Champ d'Emond. Pas une seule lettre.

« Il faut croire, mais pas ce que j'avais envisagé pour elle. Il ne s'agit pas de quelque chose dont je me risquerai à parler à grand monde, voyons, n'est-ce pas ? Elle annonce qu'elle s'est fait des amies, du moins, de gentilles jeunes filles à ce qu'il paraît. Elayne et Min. Les connaissez-vous ?

— Nous nous sommes rencontrés. Je pense qu'on pourrait les dire gentilles, en effet. » Qu'avait raconté Egwene dans ces lettres ? Rien de bien détaillé, évidemment. Que Maîtresse al'Vere imagine ce qu'elle voudra ; il n'avait pas l'intention de lui donner sujet de se mettre en souci pour ce qu'elle n'était pas en mesure de changer. Ce qui était passé était passé. Egwene se trouvait maintenant relativement en sécurité.

S'avisant soudain que Gaul restait là sans broncher, il se dépêcha de le présenter. Bran cilla quand Gaul fut déclaré Aiel et fronça les sourcils devant ses lances et le voile noir tombant de sa *shoufa* sur sa poitrine, mais sa femme se contenta de déclarer : « Soyez le bienvenu au Champ d'Emond, Maître Gaul, et à l'*Auberge de la Source du Vin.*

— Puissiez-vous avoir toujours de l'eau et de l'ombre, Maîtresse-du-toit, répliqua cérémonieusement Gaul en s'inclinant devant elle. Je sollicite la permission de défendre votre toit et votre enclos. »

Elle hésita à peine avant de répliquer comme si c'était exactement ce qu'elle avait l'habitude d'entendre. « Demande gracieuse. Toutefois, vous devez me laisser décider quand ce sera nécessaire.

— Comme vous voudrez, Maîtresse-du-toit. Votre honneur est le mien. » De dessous sa cape, Gaul sortit une salière de table en or, une coupelle en équilibre sur le dos d'une figurine de lion exécutée avec talent, et la lui tendit. « J'offre à votre toit ce petit cadeau de la part d'un hôte. »

Marine al'Vere se comporta comme pour n'importe quel cadeau, dissimulant au mieux sa stupeur. Perrin doutait que l'on trouve dans les Deux Rivières l'égal de cet objet, en tout cas pas en or. La monnaie d'or était plutôt rare dans la région et plus encore les ornements en or. Il espéra qu'elle ne découvrirait jamais que celui-ci avait été dérobé dans la Pierre de Tear ; du moins aurait-il parié que c'était le cas.

« Mon garçon, déclara Bran, peut-être devrais-je dire “Bienvenue au pays”, mais pourquoi ce retour ?

— J'ai entendu parler des Blancs Manteaux, messire », répondit simplement Perrin.

Le Maire et son épouse échangèrent des regards graves et Bran reprit : « Une fois encore, pourquoi ce retour ? Tu ne peux rien empêcher, mon garçon, ni changer quoi que ce soit. Mieux vaut que tu partes. Si tu n'as pas de cheval, je t'en donnerai un. Si tu en as, remonte en selle et va-t'en vers le nord. Je pensais que les Blancs Manteaux gardaient Taren-au-Bac... T'ont-ils donné cette décoration sur ta figure ?

— Non. C'est...

— Alors peu importe. Si tu as franchi leurs lignes sans anicroche en venant, tu n'en auras pas en t'en allant. Leur camp est là-haut sur la Colline-au-Guet, mais leurs patrouilles peuvent être n'importe où. Fais cela, mon garçon.

— N'attends pas, Perrin, ajouta Maîtresse al'Vere avec douceur mais fermeté, de ce ton qui aboutissait habituellement à ce que les gens se conforment à ce qu'elle ordonnait. Pas même une heure. Je vais te préparer un en-cas. Du pain frais et du fromage, du jambon et du rôti de bœuf, des cornichons. Il faut que tu partes, Perrin.

— Je ne peux pas. Vous savez qu'ils me recherchent, sinon vous ne voudriez pas que je m'en aille. » Et ils n'avaient émis aucune réflexion à propos de ses yeux, même pas pour demander s'il était malade. Maîtresse al'Vere avait été à peine surprise. Ils étaient au courant. « Si je me livre, je peux donner un coup d'arrêt à une partie de ce qui arrive. Je peux mettre ma famille... » Il sursauta comme la porte se rabattait en claquant pour laisser entrer Faile, suivie par Baine et Khiad.

Maître al'Vere passa la main sur sa calvitie ; même en remarquant l'habillement des Aielles et en les identifiant avec Gaul, il semblait seulement un peu surpris qu'elles soient des femmes. Il avait surtout l'air irrité par cette intrusion. Scratch se dressa sur son séant pour observer avec méfiance tous ces étrangers. Perrin se demanda si le chat le considérait également comme tel. Il se demanda aussi comment elles l'avaient trouvé et où était Loial. N'importe quoi pour éviter de se demander comment s'y prendre maintenant avec Faile.

Elle lui accorda peu de temps pour réfléchir, elle se planta devant lui, les poings sur les hanches. Elle réussit ce tour particulier aux femmes de produire l'impression d'être plus grande qu'elle n'était en vibrant de pure indignation. « Te livrer ? Te livrer ! Avais-tu projeté cela depuis le début ? Oui, n'est-ce pas ? Triple idiot ! Ton cerveau s'est congelé, Perrin Aybara. Ce n'était déjà que des muscles et des poils, mais à présent ce n'est même plus ça. Si les Blancs Manteaux sont à ta recherche, ils te pendront si tu te livres. Pourquoi te recherchent-ils ?

— Parce que j'ai tué des Blancs Manteaux. » Les yeux baissés sur elle, il ne tint pas compte de l'exclamation étouffée de Maîtresse al'Vere. « Ceux le soir où je t'ai rencontrée et deux avant cela. Ils sont au courant pour ces deux-là, Faile, et ils estiment que je suis un Ami du Ténébreux. » Elle apprendrait cela assez tôt. Obligé d'en fournir la raison, il aurait pu lui expliquer pourquoi, s'ils avaient été seuls. Au moins deux Blancs Manteaux, Geofram Bornhald et Jaret Byar, subodoraient en partie ses liens avec les loups. Ils étaient loin de tout savoir mais, pour eux, ce peu suffisait. Un homme qui fréquentait des loups devait être un Ami du Ténébreux. Peut-être que l'un d'eux, sinon les deux, était ici avec les Blancs Manteaux. « Ils croient que c'est vrai.

— Tu n'es pas plus que moi un Ami du Ténébreux, murmura-t-elle âprement. Le soleil serait d'abord un Ami du Ténébreux.

— Cela ne change rien, Faile. Il faut que je fasse ce que je dois faire.

— Espèce de grand dadais à la tête vide ! Tu n'as pas à faire une stupidité pareille ! Cervelle d'oison ! Essaie de le faire et je te pendrai de mes propres mains !

— Perrin, dit Maîtresse al'Vere paisiblement, voudrais-tu me présenter à cette jeune femme qui a une si haute opinion de toi ? »

Faile devint rouge comme un coquelicot en se rendant compte qu'elle n'avait pas prêté attention à Maître et Maîtresse al'Vere. Elle commença à exécuter des révérences élégantes et présenta des excuses gracieuses. Baine et Khiad agirent comme Gaul, demandant la permission de défendre le toit de Maîtresse al'Vere et lui donnant une petite coupe d'or ornée de feuillages ainsi qu'un moulin à poivre en argent très travaillé plus gros que les deux poings réunis de Perrin et surmonté par une créature imaginaire moitié cheval moitié poisson.

Bran al'Vere écarquillait les yeux et fronçait les sourcils, se frottait la tête et parlait entre ses dents. Perrin capta plus d'une fois le mot « Aiel » prononcé sur un ton incrédule. Le Maire ne cessait aussi de jeter des coups d'œil vers les fenêtres. Ne se demandant pas s'il y avait encore d'autres Aiels ; il avait été surpris d'apprendre que Gaul était un Aiel. Peut-être craignait-il de voir arriver des Blancs Manteaux.

Par contre, Marine al'Vere prit la situation comme allant de soi ; elle traita Faile, Baine et Khiad comme n'importe quelles autres voyageuses qui venaient à l'auberge, compatit avec elles sur les fatigues qu'on endure en voyage, complimenta Faile sur sa tenue de cheval – une robe en soie bleu foncé, cette fois-ci – et confia aux Aielles combien elle admirait la couleur et l'éclat de leurs cheveux. Perrin soupçonnait fort Baine et Khiad, au moins de ne pas trop savoir que penser d'elle, mais en un temps record, avec une sorte de calme fermeté maternelle, elle avait installé les trois jeunes femmes à une table avec des serviettes humides pour débarrasser mains et visages de la poussière du voyage et boire à petites gorgées le thé contenu dans une grosse théière à raies rouges dont il se souvenait bien.

Ç'aurait pu être amusant de voir ces jeunes femmes intraitables – il incluait sans réserve Faile – soudain empressées à assurer Maîtresse al'Vere qu'elles avaient tout ce qu'il leur fallait et même davantage, à demander s'il n'y avait rien dont elles puissent se charger pour l'aider, elle se donnait trop de mal, les unes et les autres avec de grands yeux d'enfant et autant de chances qu'un enfant de lui résister. Ç'aurait été amusant si elle ne les avait pas rameutés aussi, lui et Gaul, les poussant avec autant de fermeté vers la table, insistant pour que les mains et les figures soient propres avant qu'ils obtiennent une tasse de thé. Pendant ce temps-là, Gaul arborait un petit sourire ; les Aiels avaient un curieux sens de l'humour.

À sa surprise, elle n'accorda pas le moindre bref regard à son arc ou à sa hache, ni aux armes des Aiels. Les gens des Deux Rivières s'armaient rarement même d'un arc et elle insistait toujours pour que cet arc soit mis de côté avant que quiconque prenne place à une de ses tables. Toujours. Par contre, aujourd'hui, elle n'en tint aucun compte.

Une autre surprise lui échut quand Bran plaça près du coude de Perrin une coupe d'argent avec de l'eau-de-vie de cidre, pas la petite rasade que les hommes buvaient en général à l'auberge, juste assez pour recouvrir la dernière phalange du pouce, mais à moitié pleine. Quand il était parti, il se serait vu offrir du cidre sinon du lait, ou peut-être du vin largement allongé d'eau, une demi-coupe avec un repas ou une coupe pleine un jour de fête. C'était un plaisir d'être considéré comme un adulte, toutefois il se contenta de la garder en main. Il était habitué au vin, à présent, mais il buvait rarement quelque chose de plus fort.

« Perrin, déclara le Maire en prenant un siège à côté de sa femme, personne ne te croit un Ami du Ténébreux. Personne doté de bon sens. Il n'y a pas de raison pour que tu te laisses pendre. »

Faile acquiesça d'un vigoureux signe de tête, mais Perrin ne lui prêta pas attention. « Je ne changerai pas d'avis, Maître al'Vere. Les Blancs Manteaux me veulent et, s'ils ne m'obtiennent pas, ils se tourneraient vers le premier Aybara qu'ils peuvent trouver. Les Blancs Manteaux n'ont pas besoin de grand-chose pour décider que quelqu'un est coupable. Ce ne sont pas des gens commodes.

— Nous le savons », murmura Maîtresse al'Vere.

Son mari contempla ses mains qu'il avait posées sur la table. « Perrin, ta famille n'est plus là.

— Plus là ? Vous voulez dire que la ferme est déjà brûlée ? » Le poing de Perrin se resserra autour de la coupe en argent. « J'espérais arriver à temps. J'aurais dû m'en douter, je suppose. Trop de temps a passé avant que je sois au courant. Peut-être puis-je aider mon père et l'oncle Edward à reconstruire. Chez qui habitent-ils ? Je veux les voir d'abord, au moins. »

Le visage de Bran se crispa et sa femme lui caressa l'épaule dans un geste de réconfort.

« Ils sont morts, mon garçon, annonça Bran d'une seule haleine.

— Morts ? Non. Ils ne peuvent pas... » Perrin fronça les sourcils car quelque chose d'humide se répandait sur sa main, il contempla la coupe écrasée avec l'air de s'inquiéter de savoir d'où elle venait. « Je suis désolé. Je n'avais pas l'intention de... » Il tira sur la paroi d'argent aplatie, essayant de la forcer avec ses doigts à reprendre sa forme. Cela ne marcha pas. Évidemment non. Très précautionneusement, il posa la coupe abîmée au milieu de la table. « Je la remplacerai. Je peux... » Il s'essuya la main sur sa cotte et s'aperçut soudain qu'il caressait la hache suspendue à sa ceinture. Pourquoi tout le monde le dévisageait-il de cette façon bizarre ? « Vous êtes sûr ? » Sa voix paraissait lointaine. « Adora et Deselle ? Paet ? Ma mère ?

— Tous, lui dit Bran. Tes tantes et tes oncles aussi, et tes cousins. Tous ceux qui habitaient la ferme. J'ai aidé à les enterrer, mon garçon. Sur cette colline basse, celle avec les pommiers. »

Perrin porta son pouce à sa bouche. Quelle idiotie de se couper avec sa propre hache. « Ma mère aime les fleurs de pommier. Les Blancs Manteaux. Pourquoi voulaient-ils... ? Que je me réduise en braises, Paet n'avait que neuf ans. Les filles... » Son ton était neutre. Il songea qu'il aurait dû mettre de l'émotion dans ces mots. Un peu d'émotion.

« C'étaient les Trollocs, dit vivement Maîtresse al'Vere. Ils sont revenus, Perrin. Pas comme quand tu es parti, ils n'ont pas attaqué le village mais ils ont sévi dans la campagne. La plupart des fermes sans voisins proches ont été abandonnées. Personne ne se risque dehors la nuit, même près du village. C'est la même chose en bas à la Tranchée-de-Deven et là-haut à la Colline-au-Guet, peut-être à Taren-au-Bac. Les Blancs Manteaux, si mauvais soient-ils, représentent notre seule protection réelle. Ils ont sauvé deux familles que je connais quand les Trollocs ont attaqué leurs fermes.

— Je désirais... j'espérais... » Il ne parvenait pas à se rappeler ce qu'il avait désiré. Quelque chose à propos des Trollocs. Il n'avait pas envie de se souvenir. Les Blancs Manteaux protégeant les Deux Rivières ? Cela suffisait presque à lui donner envie de rire. « Le père de Rand. La ferme de Tam. C'étaient les Trollocs, ça encore ? »

Maîtresse al'Vere ouvrit la bouche, mais Bran la devança. « Il a le droit de savoir la vérité, Marine.

C'étaient les Blancs Manteaux, Perrin. Là et chez les Cauthon.

— Les parents de Mat également. Ceux de Rand, de Mat et les miens. » Bizarre. Il parlait du ton dont il se demanderait si la pluie allait tomber. « Sont-ils morts, eux comme les autres ?

— Non, mon garçon. Non, Abell et Tam se cachent quelque part dans le Bois de l'Ouest. Et la mère et les sœurs de Mat... Elles sont vivantes aussi.

— Elles se cachent ?

— Inutile d'entrer dans les détails, dit rondement Maîtresse al'Vere. Bran, apporte-lui une autre coupe d'eau-de-vie. Et tu la boiras, celle-là, Perrin. » Son mari resta assis, mais elle se contenta de lui jeter un coup d'œil irrité et poursuivit : « Je t'offrirais bien un lit, mais ce n'est pas sans risque. Il y en a qui sont tout prêts à courir à la recherche du Seigneur Bornhald s'ils découvrent que tu es ici. Eward Congar et Hari Coplin rampent devant les Blancs Manteaux comme des chiens couchants, avides de plaire et de dénoncer des gens, et Cenn Buie ne vaut guère mieux. Et Wit Congar colportera des ragots, lui aussi, si Daise n'y met pas bon ordre. C'est elle la Sagesse, à présent. Perrin, mieux vaut partir. Crois-moi. »

Perrin secoua lentement la tête ; cela faisait trop à assimiler. Daise Congar la Sagesse ? Cette femme était un vrai bouledogue. Les Blancs Manteaux protégeaient le Champ d'Emond. Hari, Eward et Wit collaboraient. On ne pouvait pas attendre grand-chose d'autre des Congar ou des Coplin, mais Cenn Buie siégeait au Conseil du Village. Le Seigneur Bornhald. Donc Geofram Bornhald était là. Faile le regardait, les yeux dilatés et humides. Pourquoi serait-elle au bord des larmes ?

« Cela ne se borne pas là, Brandelwyn al'Vere, intervint Gaul. Votre visage le dit.

— C'est exact, acquiesça Bran. Non, Marine, ajouta-t-il d'une voix ferme quand elle secoua brièvement la tête. Il a le droit de savoir la vérité. Toute la vérité. » Elle se croisa les mains avec un soupir ; Marine al'Vere obtenait pratiquement toujours que prévale sa volonté – sauf quand la figure de Bran était rigide, comme maintenant, avec les sourcils profondément froncés en forme de soc de charrue.

« Quelle vérité ? » questionna Perrin. Sa mère aimait les fleurs de pommier. « Pour commencer, Padan Fain est avec les Blancs Manteaux, répliqua Bran. Il se fait appeler Ordeith à présent et il ne répond pas quand on l'interpelle par son nom, mais c'est lui, qu'il prenne tant qu'il veut ses grands airs.

— C'est un Ami du Ténébreux », commenta Perrin distraitement. Adora et Deselle se mettaient toujours des fleurs de pommier dans les cheveux au printemps. « De son propre aveu. Il avait amené les Trollocs, la Nuit de l'Hiver. » Paet aimait grimper dans les pommiers ; il vous bombardait avec des pommes du haut des branches quand vous ne le regardiez pas.

« Tiens donc, dit le Maire d'un ton âpre. Voilà qui est intéressant. Il a une certaine situation d'autorité chez les Blancs Manteaux. Nous avons appris pour la première fois leur présence ici après qu'ils avaient brûlé la ferme de Tam. C'était l'œuvre de Fain ; il dirigeait les Blancs Manteaux qui s'en étaient chargés. Tam en a criblé de flèches quatre ou cinq avant de filer dans les bois et il est arrivé à la ferme des Cauthon juste à temps pour les empêcher de prendre Abell, mais ils ont arrêté Natti et les jeunes filles. Et Haral Luhhan et Alsbet aussi. Je pense que Fain les aurait fait pendre, si ce n'est que le Seigneur Bornhald ne l'a pas autorisé. Non pas, d'ailleurs, qu'il les ait relâchés. Ils n'ont pas été molestés, pour autant que j'ai pu le découvrir, mais ils sont prisonniers dans le camp des Blancs Manteaux là-haut, sur la Colline-au-Guet. On ne sait trop pourquoi, Fain nourrit de la haine contre toi, Rand et Mat. Il a offert cent pièces d'or pour n'importe quel parent de vous trois ; deux cents pour Tam et Abell. Et le Seigneur Bornhald paraît s'intéresser particulièrement à toi. Quand une patrouille de Blancs Manteaux vient ici, il l'accompagne en général et pose des questions sur toi.

— Oui, dit Perrin. Naturellement. C'est bien de lui. » Perrin des Deux Rivières qui frayait avec des loups. Un Ami du Ténébreux. Fain aurait pu leur raconter le reste. *Fain, avec les Enfants* de *la Lumière ?* C'était une pensée lointaine. Mieux que de réfléchir aux Trollocs, toutefois. Il esquissa une grimace en regardant ses mains, les força à rester immobiles sur la table. « Ils vous protègent des Trollocs. »

Marine al'Vere se pencha vers lui, l'air désapprobateur. « Perrin, nous avons besoin des Blancs Manteaux. Oui, ils ont incendié la ferme de Tam et celle d'Abell, ils ont arrêté des gens et ils parcourent le pays en paradant comme s'ils possédaient tout ce qu'ils voient, mais Alsbet, Natti et les autres sont indemnes, seulement emprisonnés, et on doit réussir à arranger ça. Le Croc du Dragon a été dessiné sur quelques portes, mais personne à part les Congar et les Coplin n'y prête attention et ce sont probablement eux les auteurs de ces graffitis. Tam et Abell peuvent rester cachés jusqu'à ce que les Blancs Manteaux s'en aillent. Ils devront partir tôt ou tard. Par contre, aussi longtemps qu'il y a des Trollocs ici, nous avons besoin d'eux. Comprends-le, je t'en prie. Ce n'est pas que nous préférerions les avoir plutôt que toi, mais ils nous sont nécessaires et nous ne voulons pas qu'ils te pendent.

— Vous appelez cela être protégés, Maîtresse-du-toit ? dit Baine. Si vous demandez au lion de vous protéger contre les loups, vous avez seulement choisi de finir dans un ventre au lieu d'un autre.

— Ne pouvez-vous assurer vous-mêmes votre protection ? ajouta Khiad. J'ai vu Perrin se battre, et Mat Cauthon et Rand al'Thor. Ils sont du même sang que vous. »

Bran poussa un profond soupir. « Nous sommes des paysans, des gens simples. Le Seigneur Luc parle d'organiser les hommes pour lutter contre les Trollocs, mais cela implique de laisser sa famille sans protection pendant que l'on s'en va avec lui et personne n'aime beaucoup cette idée. »

Perrin se sentait la tête brouillée. Qui était le Seigneur Luc ? Il posa la question et Maîtresse al'Vere y répondit.

« Il est arrivé à peu près en même temps que les Blancs Manteaux. C'est un Chasseur en Quête du Cor de Valère. Tu connais l'histoire, *La Grande Quête du Cor* ? Le Seigneur Luc pense que le Cor de Valère est quelque part dans les Montagnes de la Brume au-dessus des Deux Rivières. Seulement il a renoncé à ses recherches à cause de nos problèmes. Le Seigneur Luc est un parfait gentilhomme, avec les manières les plus raffinées. » Lissant ses cheveux, elle arbora un sourire approbateur ; Bran la regarda du coin de l'œil et émit un grognement morose.

Des Chasseurs en Quête du Cor. Des Trollocs. Des Blancs Manteaux. Le pays des Deux Rivières ne semblait plus guère être le même qu'il avait quitté. « Faile aussi est un Chasseur en Quête du Cor. Connais-tu ce Seigneur Luc, Faile ?

— J'en ai assez », annonça-t-elle. Perrin se rembrunit comme elle se levait et contournait la table dans sa direction. Lui saisissant la tête, elle pressa son visage contre son estomac. « Ta mère est morte, dit-elle à mi-voix. Ton père est mort. Tes sœurs sont mortes, et ton frère. Ta famille est morte et tu n'y peux rien changer. Assurément pas en mourant toi-même. Laisse-toi aller à ton chagrin. Ne le retiens pas à l'intérieur où il risque de s'envenimer. »

Il la prit par les bras dans l'intention de l'écarter et voilà que, sans qu'il se rende bien compte pourquoi, ses doigts se crispèrent jusqu'à ce que cette étreinte fût la seule chose l'empêchant de s'effondrer. C'est alors seulement qu'il s'aperçut qu'il pleurait, qu'il sanglotait contre sa robe à la façon d'un bébé. Que devait-elle penser de lui ? Il ouvrit la bouche pour dire que ce n'était rien, pour s'excuser de cet instant de faiblesse, mais ce qui en sortit fut : « Je n'ai pas pu venir ici plus vite. Je n'ai pas pu... je... » Il serra les dents pour se forcer à se taire.

« Je sais, murmura-t-elle en lui caressant les cheveux

exactement de même qu'elle l'aurait fait à un enfant. Je sais. »

Il voulait s'arrêter de pleurer mais plus elle disait tout bas des mots compatissants plus il pleurait comme si en passant doucement sur sa tête les mains de Faile obligeaient ses larmes à sortir.

30. Au-delà du chêne

La tête pressée contre le buste de Faile, Perrin perdit le compte du temps qu'il passa à pleurer. Des images de sa famille traversèrent ses pensées, son père souriant en lui montrant comment tenir un arc, sa mère qui chantait tout en filant de la laine, Adora et Deselle le taquinant quand il s'était rasé la première fois, Paet regardant avec émerveillement un jongleur il y avait longtemps, un dimanche. Les images d'une file de tombes froides et solitaires. Il pleura jusqu'à ce qu'il n'eût plus de larmes. Quand il finit par s'écarter de Faile, les deux étaient seuls à l'exception de Scratch qui se léchait le poil sur le tonneau d'ale. Il fut content que les autres ne soient pas restés à le regarder. C'était déjà assez pénible avec Faile là. En un sens, il était content qu'elle ne soit pas partie ; il aurait seulement aimé qu'elle n'ait ni vu ni entendu.

Prenant ses mains dans les siennes, Faile s'installa dans le fauteuil voisin. Elle était si belle, avec ses yeux légèrement obliques, immenses et sombres, et ses hautes pommettes. Il ne savait pas comment il allait pouvoir compenser la façon dont il l'avait traitée ces quelques derniers jours. Nul doute qu'elle imaginerait un moyen de le lui faire payer.

« As-tu renoncé à l'idée de te livrer aux Blancs Manteaux ? » demanda-t-elle. Rien dans sa voix n'indiquait qu'elle venait de le regarder pleurer comme un bébé.

« Apparemment, cela ne servirait à rien. Ils pourchasseront le père de Rand et celui de Mat quoi que je décide. Ma famille... » Il dégagea vivement ses mains de celles de Faile, mais elle sourit au lieu de tiquer. « Il faut que je libère Maître Luhhan et sa femme, si je peux. Et la mère et les sœurs de Mat ; je lui ai promis de veiller sur elles. Et agir de mon mieux contre les Trollocs. » Peut-être ce Seigneur Luc avait-il des idées. Du moins la Porte des Voies était-elle fermée ; d'autres Trollocs n'arriveraient plus par là. Il tenait particulièrement à s'occuper des Trollocs. « Je ne peux mener à bien rien de tout cela si je les laisse me pendre.

— Je suis très heureuse que tu le comprennes, lui répliqua-t-elle ironiquement. Plus d'intentions saugrenues de m'expédier ailleurs ?

— Non. » Il s'arma de courage pour affronter la tempête, mais elle hocha simplement la tête comme si ce seul mot était ce qu'elle attendait et pas plus qu'elle ne voulait. Une petite chose, rien qui vaille la peine d'en discuter. Elle allait le faire payer cher.

« Nous sommes cinq, Perrin, six si Loial est d'accord. Et si nous pouvons trouver Tam al'Thor et Abell Cauthon... Sont-ils aussi habiles que toi à se servir d'un arc ?

— Plus que moi, dit-il avec sincérité. Bien davantage. »

Elle décocha à son adresse un léger hochement de tête incrédule. « Donc huit au total. Un commencement. Peut-être d'autres se joindront-ils à nous. Et il y a aussi le Seigneur Luc. Il souhaitera probablement prendre les choses en main mais, s'il n'a pas le cerveau fêlé, peu importe. Encore que tous ceux qui ont prêté le Serment du Chasseur ne soient pas dotés de bon sens. J'en ai rencontré qui se croyaient la science infuse et qui étaient têtus comme des mulets par-dessus le marché.

— Je sais. » Elle lui jeta un coup d'œil perçant et il réussit à s'empêcher de sourire. « Que tu as connu des gens de cet acabit, je veux dire j'en ai vu deux, un jour, rappelle-toi.

— Oh, ceux-là. Eh bien, il nous reste à espérer que

le Seigneur Luc n'est pas un menteur vantard. » L'expression de ses yeux devint absorbée et ses doigts se resserrèrent sur ceux de Perrin, pas de façon douloureuse mais plutôt comme si elle essayait de lui infuser sa force à elle en plus de la sienne. « Tu auras envie de voir la ferme de ta famille, ton foyer. Je t'accompagnerai, si tu m'acceptes.

— Quand je pourrai, Faile. » Pas maintenant, toutefois. Pas encore. S'il regardait ces tombes sous les pommiers maintenant... C'était bizarre. Il avait toujours considéré sa force comme allant de soi et à présent il découvrait qu'il n'était pas fort du tout. Bah, il en avait fini avec les déluges de larmes de bébé. C'était grand temps de se mettre à l'œuvre. « Le plus urgent d'abord. Trouver Tam et Abell, je suppose. »

Maître al'Vere passa la tête dans l'embrasure de la salle commune et entra complètement quand il les vit assis séparément. « Il y a un Ogier dans la cuisine, annonça-t-il à Perrin d'un air sidéré. Un Ogier. Qui boit du thé. La plus grande tasse ressemble à... » Il leva deux doigts à la façon dont il aurait tenu un dé à coudre. « Peut-être que Marine pouvait feindre d'être habituée à ce que des Aiels entrent ici tous les jours, mais elle a failli s'évanouir quand elle a vu ce Loial. Je lui ai donné une double ration d'eau-de-vie et elle l'a avalée comme de l'eau. Elle a toussé à en mourir ; elle ne boit rien de plus fort que du vin, habituellement. Je crois qu'elle en aurait englouti une deuxième si je la lui avais offerte. » Il pinça les lèvres et affecta de l'intérêt pour une tache inexistante sur son long tablier blanc. « Es-tu d'aplomb maintenant, mon garçon ?

— Je vais bien, messire, répliqua vivement Perrin. Maître al'Vere, ce n'est pas possible que nous demeurions ici beaucoup plus longtemps. Il y a un risque que quelqu'un avertisse les Blancs Manteaux que vous m'avez hébergé.

— Oh, il n'y en a pas beaucoup capables de ça. Pas tous les Coplin, ni même quelques-uns des Congar. » Mais il ne suggéra pas qu'ils restent.

« Savez-vous où je trouverai Maître al'Thor et Maître Cauthon ?

— Quelque part dans le Bois de l'Ouest, habituellement, dit Bran lentement. C'est tout ce que je sais de sûr. Ils se déplacent. » Nouant ses doigts sur sa vaste panse, il inclina de côté sa tête couronnée d'une frange grise. « Tu ne pars pas, n'est-ce pas ? Bien. J'avais averti Marine que tu ne t'en irais pas, mais elle ne me croit pas. Elle estime que mieux vaut que tu t'en ailles – mieux pour toi – et comme la plupart des femmes elle est certaine que tu te rangeras à son avis si elle parle assez longuement.

— Oh, comment, Maître al'Vere ? dit Faile gracieusement. Pour ma part, j'ai toujours constaté que les hommes étaient des êtres raisonnables qui avaient seulement besoin de se voir indiquer le meilleur chemin pour le choisir. »

Le Maire la gratifia d'un sourire amusé. « Vous allez donc convaincre Perrin de partir, d'après ce que je comprends ? Marine a raison, c'est la décision la plus sage, s'il désire échapper au nœud coulant. Le seul motif qui justifie de rester est que parfois un homme est incapable de s'enfuir. Non ? Bah, sans doute êtes-vous le meilleur juge. » Il feignit de ne pas voir son expression revêche. « Viens, mon garçon. Allons annoncer la bonne nouvelle à Marine. Serre les dents et accroche-toi à tes intentions, parce qu'elle ne renoncera pas à tenter de te faire changer d'avis. »

Dans la cuisine, Loial et l'Aiel étaient assis en tailleur par terre. Il n'y avait évidemment pas dans l'auberge de siège assez vaste pour l'Ogier. Il était assis un bras appuyé sur la table de la cuisine, assez grand dans cette position pour regarder Marine al'Vere droit dans les yeux. Bran avait exagéré la petitesse de la tasse dans les mains de Loial mais, à y regarder de plus près, Perrin s'aperçut que c'était un bol à soupe blanc émaillé.

Maîtresse al'Vere s'efforçait toujours de son mieux de feindre de juger normaux les Aiels et l'Ogier, s'affairant avec un plateau de pain, de fromages et de pickles, s'assurant que tous mangeaient, mais ses yeux s'écarquillaient chaque fois qu'ils se posaient sur Loial, bien qu'il s'efforçât de la mettre à l'aise avec des compliments sur ce qui sortait de son four. Ses oreilles à huppe s'agitaient nerveusement quand elle le regardait et elle sursautait chaque fois que ces huppes frémissaient, son épaisse tresse grisonnante tressautant vigoureusement. Que cela continue quelques heures, ils risquaient fort de s'envoyer mutuellement au lit avec une crise de tremblements.

Loial poussa un soupir de soulagement profond et caverneux à la vue de Perrin et posa sa tasse – son bol – de thé sur la table, mais la seconde suivante son large visage s'affaissa dans une expression de tristesse. « Je suis navré d'apprendre votre deuil, Perrin. Je partage votre chagrin. Maîtresse al'Vere... » Ses oreilles s'agitèrent vivement même sans qu'il tourne les yeux vers elle, et elle sursauta de nouveau. « ... m'a annoncé que vous alliez partir, maintenant que plus rien ne vous retient ici. Si vous le désirez, je chanterai pour les pommiers avant notre départ. »

Bran et Marine al'Vere échangèrent un regard surpris et le Maire porta même un doigt à son oreille pour la curer.

« Merci, Loial. Je vous en serai reconnaissant, quand ce sera le moment, mais j'ai une tâche à accomplir avant de pouvoir m'en aller. » Maîtresse al'Vere posa le plateau sur la table avec un claquement sec et le dévisagea, néanmoins il continua, expliquant ses projets, quelque schématiques qu'ils soient : trouver Tam et Abell et délivrer les gens que les Blancs Manteaux retenaient prisonniers. Il ne mentionna pas les Trollocs, bien qu'il eût aussi de vagues plans à ce propos. Peut-être pas tellement vagues que cela. Il n'avait pas l'intention de quitter le pays tant qu'il y aurait un Trolloc ou un Myrddraal vivant dans les Deux Rivières. Il enfonça ses pouces derrière sa ceinture pour s'empêcher de caresser sa hache. « Ce ne sera pas facile, conclut-il. J'apprécierai votre compagnie, mais je comprendrai si vous désirez reprendre la route. Ceci n'est pas votre bataille, et vous avez connu assez de désagréments en restant auprès des gens du Champ d'Emond. Et vous n'écririez pas grand-chose de votre livre ici.

— Ici ou là-bas, c'est le même combat, je pense, répliqua Loial. Le livre peut attendre. Peut-être vous consacrerai-je un chapitre.

— J'ai dit que je vous accompagnais, annonça Gaul sans avoir été questionné. Je ne voulais pas dire jusqu'à ce que le voyage devienne périlleux. Je vous dois une dette de sang. »

Baine et Khiad adressèrent un regard interrogateur à Faile et, quand elle eut acquiescé d'un signe, firent part aussi de leur décision de rester.

« Stupidement obstinés, tous tant que vous êtes, déclara Maîtresse al'Vere. Plus que probable que vous finirez à la potence, les uns et les autres, si vous vivez jusque-là. Vous le savez, n'est-ce pas ? » Comme ils se contentaient de la regarder, elle détacha son tablier et l'ôta en le passant par-dessus sa tête. « Eh bien, puisque vous êtes assez inconscients pour rester, je suppose qu'il vaut mieux que je vous montre où vous cacher. »

Son mari parut surpris par la soudaineté de son revirement, mais il se ressaisit vite. « Peut-être dans la vieille infirmerie, je pense, Marine. Personne ne va jamais par là-bas maintenant et je crois qu'elle a encore la majeure partie de son toit. »

Ce qui était toujours appelé la nouvelle infirmerie, où l'on emmenait les gens pour les soigner si leur maladie était contagieuse, se dressait à l'est du village, derrière le moulin de Maître Thane, depuis la tendre enfance de Perrin. La vieille, dans le Bois de l'Ouest, avait été pratiquement détruite au cours d'une terrible tornade à cette époque-là. Perrin se la rappelait à demi enfouie sous les plantes grimpantes et les ronces, avec des oiseaux qui nichaient dans ce qui subsistait du chaume et d'un terrier de blaireau sous les marches de l'entrée de derrière. Ce serait une bonne cachette.

Maîtresse al'Vere lui jeta un vif coup d'œil, comme

stupéfaite qu'il y ait pensé. « Elle ira, je suppose. Pour ce soir, du moins. C'est là que je vais les conduire.

— Ne te donne pas cette peine, Marine. Je peux bien m'en charger, si Perrin ne se rappelle pas le chemin.

— Tu oublies parfois que tu es le Maire, Bran. Tu attires l'attention ; les gens se demandent où tu vas et ce que tu fabriques. Pourquoi ne pas demeurer ici et, si d'aucuns viennent à entrer, veiller à ce qu'ils repartent avec l'idée que tout est normal. Il y a du ragoût de mouton dans la marmite, ainsi que du potage aux lentilles qui a juste besoin d'être réchauffé. Attention, ne parle à personne de l'infirmerie, Bran. Mieux vaut qu'on ne se souvienne même pas qu'elle existe.

— Je ne suis pas idiot, Marine, répliqua-t-il avec raideur.

— Je le sais bien, mon ami. » Elle caressa la joue de son mari mais son regard affectueux se durcit en allant de Bran aux autres. « Vous causez vraiment des embarras », marmonna-t-elle avant de donner ses instructions.

Ils devaient se déplacer en groupes moins importants pour ne pas attirer l'attention. Elle traverserait seule le village et les rejoindrait dans les bois à l'autre bout. Les Aiels lui assurèrent qu'ils trouveraient le chêne fendu par la foudre qu'elle avait décrit et se glissèrent dehors par la porte de derrière. Perrin le connaissait, un arbre énorme, à un quart de lieue au-delà de la lisière du village, qui avait l'air d'avoir été fendu à la hache par le milieu et pourtant continuait vaille que vaille à vivre et même à prospérer. Il était certain de pouvoir se rendre sans encombre droit à l'infirmerie, mais Maîtresse al'Vere insista pour que tous se retrouvent au chêne.

« Si tu circules seul, Perrin, la Lumière sait sur quoi tu risques de tomber. » Elle leva les yeux vers Loial, à présent debout, ses cheveux ébouriffés effleurant les poutres du plafond – et poussa un soupir. « J'aimerais vraiment que nous puissions arranger quelque chose pour votre taille, Maître Loial. Je sais que le temps est chaud, mais cela vous ennuierait-il de porter votre manteau avec le capuchon ? Même de nos jours, la plupart des gens sont vite convaincus qu'ils ne voient pas ce qu'ils voient si ce n'est pas ce à quoi ils s'attendent, mais s'ils aperçoivent votre visage... Non pas que vous ne soyez pas fort bien de votre personne, certes, mais vous ne passerez jamais pour quelqu'un des Deux Rivières. »

Le sourire de Loial fendit son visage en deux sous son large nez en forme de boutoir. « La journée ne semble nullement trop chaude pour une cape, Maîtresse al'Vere. »

Étant allée prendre un léger châle en tricot avec une frange bleue, elle accompagna Perrin, Faile et Loial jusqu'à l'écurie pour les voir partir et, pendant un instant, tous leurs efforts pour rester inaperçus parurent voués au néant. Cenn Buie, pareil à un assemblage de vieilles racines tordues, examinait les chevaux avec des yeux en trou de vrille. En particulier la grande monture de Loial, aussi massive que l'un des dhurrans de Bran. Cenn se grattait la tête en contemplant l'énorme selle sur le puissant animal.

Ses yeux s'écarquillèrent quand ils se posèrent sur Loial, et la mâchoire de Cenn tremblota. « Tr... Tr... Trolloc ! réussit-il enfin à proférer.

— Cesse de jouer les vieilles ganaches, Cenn Buie », ordonna d'un ton ferme Marine en s'écartant de côté pour attirer sur elle l'attention du couvreur. Perrin garda la tête baissée, passant son arc en revue, et ne bougea pas. « Est-ce que je me tiendrais sur le seuil de la porte de service de ma propre maison avec un Trolloc ? » Elle émit un reniflement dédaigneux. « Maître Loial est un Ogier, comme vous l'auriez reconnu si vous n'étiez pas un sot acariâtre qui préfère ronchonner plutôt que de regarder ce qui est sous son nez. Nous sortons et n'avons pas le temps d'être retardés par des gens comme vous. Allez à vos affaires et laissez nos clients tranquilles. Vous savez parfaitement que Corinne Ayellin vous tanne depuis des mois à cause du travail bâclé que vous avez exécuté sur son toit. »

Cenn prononça à la muette le mot « Ogier », silencieux et clignant des paupières. Pendant un instant, il donna l'impression d'être sur le point de se secouer pour défendre son ouvrage, mais alors son regard se tourna vers Perrin et devint aigu. « Lui ! C'est lui ! On te cherche, jeune drôle, propre à rien, qui t'enfuies avec des Aes Sedai et deviens un Ami du Ténébreux. C'était quand nous avons eu des Trollocs la première fois. Maintenant te voilà de retour et eux aussi. Tu vas me raconter que c'est une coïncidence ? Qu'est-ce qu'ils ont, tes yeux ? Tu es malade ? Tu as une espèce de maladie de là-bas que tu nous rapportes pour nous tuer tous, comme si les Trollocs ne suffisaient pas ? Les Enfants de la Lumière vont te régler ton compte. Tu verras s'ils ne s'en chargent pas. »

Perrin sentit que Faile se tendait et posa précipitamment la main sur son bras quand il se rendit compte qu'elle sortait un poignard. Qu'est-ce qu'elle pensait à faire ? Cenn était un vieil imbécile irascible, mais ce n'était pas une raison pour se servir d'un poignard. Elle secoua la tête avec exaspération mais, du moins, s'en tint là.

« Cela suffit, Cenn, dit Marine d'un ton sec. Gardez cela pour vous. Ou avez-vous commencé à courir chez les Blancs Manteaux raconter des bobards, comme Hari et son frère Darl ? Je soupçonne fort pourquoi les Blancs Manteaux sont venus farfouiller dans les livres de Bran. Ils en ont emporté six et ont chapitré Bran sous son propre toit en parlant de blasphème. Du blasphème, excusez du peu ! Parce qu'ils n'étaient pas d'accord avec ce qu'il y avait dans un livre. Vous avez de la chance que je ne vous oblige pas à les lui remplacer. Ils ont fouiné dans toute l'auberge comme des forcenés. À la recherche d'autres *écrits blasphématoires*, qu'ils ont dit, comme si on allait cacher un livre. Ils ont sorti tous les matelas des lits, vidé mes armoires à linge. Vous pouvez vous féliciter que je ne sois pas venue vous chercher pour vous ramener ici et remettre les choses en ordre. »

Cenn se repliait sur lui-même un peu plus à chaque

phrase, tant et si bien qu'il avait l'air d'essayer de hausser ses épaules osseuses par-dessus sa tête. « Je ne leur ai rien dit, Marine, protesta-t-il. Simplement parce qu'une personne mentionne... C'est que, voilà, je me suis juste trouvé dire par hasard, juste en passant... » Il se secoua, évitant toujours le regard de Marine mais retrouvant un peu de son attitude précédente. « J'ai l'intention de porter ceci devant le Conseil, Marine. Lui, j'entends. » Il pointa un doigt noueux vers Perrin. « Nous sommes tous en danger tant qu'il est là. Si les Enfants de la Lumière découvrent que vous l'hébergez, ils pourraient bien nous en rendre responsables, nous autres, alors il ne sera plus question d'armoires mises sens dessus dessous.

— C'est une affaire qui concerne le Cercle des Femmes. » Marine drapa de nouveau son châle sur ses épaules et vint se poster nez à nez avec le couvreur en chaume. Il était légèrement plus grand qu'elle, pourtant son soudain air de gravité solennelle lui donnait l'avantage. Il bredouilla, mais elle ne lui laissa pas placer un mot. « L'affaire du Cercle, Cenn Buie. Si vous pensez que ce n'est pas le cas – si vous osez même penser à me traiter de menteuse – allez faire marcher votre langue. Soufflez un mot des affaires du Cercle des Femmes à quiconque, y compris le Conseil du Village...

— Le Cercle n'a pas le droit d'intervenir dans les affaires du Conseil, cria-t-il à pleine gorge.

— ... et vous verrez si votre épouse ne vous oblige pas à coucher dans l'étable. Et à manger ce que laissent vos vaches laitières. Vous estimez que le Conseil prend le pas sur le Cercle ? J'enverrai Daise Congar vous convaincre de changer d'avis, si vous avez besoin d'être convaincu. »

Cenn tiqua, ce qui n'avait rien d'étonnant. Si Daise Congar était la Sagesse, elle le forcerait probablement à ingurgiter des potions au goût infect chaque jour de l'année prochaine, et Cenn était trop menu pour l'en empêcher. Alsbet Luhhan était la seule femme du Champ d'Emond plus grande que Daise, et Daise n'était pas particulièrement portée à la bonté et son caractère était assorti. Perrin ne parvenait pas à se la représenter en Sagesse ; Nynaeve piquerait probablement une crise quand elle découvrirait qui l'avait remplacée. Nynaeve avait toujours été persuadée qu'elle-même ne recourait qu'à de gracieux appels au bon sens.

« Pas besoin de devenir désagréable, Marine, murmura Cenn d'un ton conciliant. Vous voulez que je me taise, je me tairai. N'empêche, Cercle des Femmes ou pas, vous nous exposez nous autres à ce que les Enfants de la Lumière nous tombent dessus. » Marine se contenta de hausser les sourcils et, au bout d'un instant, il s'éclipsa en grommelant à voix basse.

« Bravo, dit Faile quand Cenn disparut au coin de l'auberge. Je crois que j'ai besoin que vous me donniez des leçons. Je ne réussis pas à m'y prendre avec Perrin moitié aussi bien que vous avec Maître al'Vere et ce bonhomme. » Elle sourit à Perrin pour montrer qu'elle plaisantait. Du moins espéra-t-il que c'est ce que ce sourire signifiait.

« Il faut savoir quand leur tenir la bride haute, répliqua machinalement la bonne dame, et quand on ne peut que leur lâcher la bride. Les laisser agir à leur tête quand ce n'est pas important rend plus facile de les en empêcher quand cela le devient. » Elle suivait des yeux Cenn en fronçant les sourcils, sans prêter réellement attention à ce qu'elle disait, sauf peut-être lorsqu'elle ajouta : « Et on devrait en attacher certains dans leur stalle et ne plus les sortir de l'écurie. »

Perrin se hâta de dire son mot. Faile n'avait certes pas besoin de conseil de ce genre. « Tiendra-t-il sa langue, à votre avis, Maîtresse al'Vere ? »

Elle hésita une seconde avant de répondre : « Je le crois. Cenn est né avec une rage de dents qui n'a qu'empiré à mesure qu'il prenait de l'âge, mais il n'est pas comme Hari Coplin et cette bande-là. » Néanmoins, elle avait hésité.

« Mieux vaudrait nous mettre en route », déclara-t-il. Personne n'éleva d'objection.

Le soleil était plus haut qu'il ne s'y attendait, il avait déjà dépassé son zénith, ce qui impliquait que la plupart des gens étaient rentrés pour déjeuner. Les rares personnes encore dehors, principalement des gamins gardant les moutons ou les vaches, s'affairaient à manger ce qu'ils avaient apporté avec eux enveloppé dans un torchon, trop absorbés par leur repas et trop éloignés des chemins de terre pour prêter grande attention aux passants. Pourtant Loial attira quelques regards étonnés en dépit du profond capuchon qui dissimulait sa figure. Même sur Steppeur, Perrin arrivait juste à la poitrine de l'Ogier sur sa haute monture. Pour ceux qui les voyaient de loin, ils devaient avoir l'air d'un adulte et de deux enfants, tous à cheval sur des poneys, menant des poneys de charge à la longe. Assurément pas un spectacle courant, mais Perrin espérait que c'était ce qu'ils pensaient voir. Des bavardages attireraient l'attention. Il devait éviter cela jusqu'à ce qu'il ait libéré Maîtresse Luhhan et les autres. Si seulement Cenn se tenait coi. Lui aussi avait rabattu sur sa tête le capuchon de son manteau. Cela risquait également de provoquer des commentaires, mais pas autant que si l'on apercevait sa barbe et comprenait qu'il n'avait rien d'un enfant. Au moins la journée n'était-elle pas particulièrement chaude. Après le Tear, on aurait presque cru être au printemps, pas en été.

Il n'eut pas de peine à trouver le chêne fendu, les deux moitiés écartées formant une grande fourche dont la surface interne était noire et dure comme fer, le sol nu sous les épaisses branches rameuses. Traverser simplement le village était beaucoup plus rapide que le contourner, Maîtresse al'Vere attendait donc déjà, rajustant son châle avec un soupçon d'impatience. Les Aiels étaient là également, assis sur leurs talons sur l'humus que formait le mélange de vieilles feuilles de chêne et de coquilles de glands dont les écureuils avaient rongé la graine, Gaul à l'écart des deux jeunes femmes. Les Vierges de la Lance et Gaul se surveillaient mutuellement presque avec autant d'attention que les bois environnants. Perrin ne doutait pas qu'ils avaient atteint cet endroit sans être remarqués. Il aurait bien voulu avoir ce talent ; il savait se déplacer en silence assez bien dans les bois, mais les Aiels semblaient ne pas se soucier qu'ils soient en forêt, en rase campagne ou en ville. Quand ils ne voulaient pas être vus, ils trouvaient un moyen de ne pas l'être.

Maîtresse al'Vere insista pour qu'ils fassent le reste du chemin à pied, affirmant que le sous-bois était trop broussailleux pour aller à cheval. Perrin n'était pas de cet avis, mais il mit pourtant pied à terre. Certes, ce n'était pas commode de conduire des gens à cheval quand on était soi-même à pied. En tout cas, il avait la tête pleine de projets. Il avait besoin de jeter un coup d'œil au camp des Blancs Manteaux là-haut sur la Colline-au-Guet avant de décider comment délivrer Maîtresse Luhhan et les autres. Et où se cachaient Tam et Abell ? Ni Bran ni Maîtresse al'Vere ne l'avaient dit ; peut-être l'ignoraient-ils. Si Tam et Abell n'avaient pas déjà sorti de là-bas les prisonniers, la tâche n'était pas facile. Néanmoins, il devait s'arranger pour l'accomplir. Ensuite, il pourrait reporter son attention sur les Trollocs.

Aucun habitant du village n'était venu par là depuis des années et le sentier avait disparu, cependant les grands arbres avaient réduit dans une large mesure le développement des broussailles. Les Aiels avançaient silencieusement avec les autres, accédant à la demande insistante de Maîtresse al'Vere qu'ils demeurent groupés. Loial émettait des murmures approbateurs devant des chênes majestueux ou des pins et des lauréoles particulièrement hauts. De temps en temps, un moqueur ou un rouge-gorge chantait dans les arbres et, une fois, Perrin sentit un renard qui les regardait passer.

Soudain, il perçut des effluves humains qui n'avaient pas été là une seconde auparavant, il entendit un faible bruissement. Les Aiels se ramassèrent sur eux-mêmes les lances en arrêt, sur leurs gardes. Perrin porta la main à son carquois.

« Tranquillisez-vous, s'écria Maîtresse al'Vere d'une voix pressante en faisant signe de baisser les armes. Je vous en prie, tranquillisez-vous. »

Brusquement, deux hommes étaient là, devant, un grand brun svelte à gauche, l'autre petit, trapu et grisonnant à droite. L'un et l'autre tenaient un arc avec une flèche encochée, qu'ils n'avaient qu'à lever pour tirer, un carquois contrebalançant l'épée sur leurs hanches. L'un et l'autre portaient une cape qui donnait l'impression de se fondre dans le feuillage environnant.

« Des Liges ! s'exclama Perrin. Pourquoi ne pas nous avoir prévenus qu'il y avait des Aes Sedai ici, Maîtresse al'Vere ? Maître al'Vere non plus n'en a pas parlé. Pourquoi ?

— Parce qu'il l'ignore, répliqua-t-elle vivement. Je n'ai pas menti quand j'ai dit que c'était une affaire du Cercle des Femmes. » Elle se tourna vers les deux Liges, lesquels ne s'étaient ni l'un ni l'autre tant soit peu détendus. « Tomas, Ihvon, vous me connaissez. Déposez ces arcs. Vous savez que je n'amènerais ici personne ayant de mauvaises intentions.

— Un Ogier, énuméra l'homme aux cheveux gris, des Aiels, un homme aux yeux jaunes – celui que les Blancs Manteaux recherchent, naturellement – et une jeune femme violente avec un poignard. » Perrin jeta un coup d'œil à Faile ; elle avait en main une lame prête à être lancée. Cette fois-ci, il était d'accord avec elle. Ceux-là étaient peut-être des Liges, mais ils n'avaient nullement l'air de vouloir déposer leurs arcs pour le moment ; leurs visages auraient aussi bien pu être sculptés dans une enclume. Les Aiels paraissaient sur le point de commencer à danser la danse des lances sans attendre de se voiler. « Un groupe étrange, Maîtresse al'Vere, poursuivit le Lige plus âgé. Nous verrons. Ihvon ? » Le svelte hocha la tête et disparut dans le sous-bois ; Perrin l'entendait à peine s'éloigner. Les Liges se déplaçaient aussi silencieusement que la mort quand ils le voulaient.

« Qu'est-ce que cela signifie, une affaire du Cercle des Femmes ? questionna-t-il impérieusement. D'accord, les Blancs Manteaux causeraient des ennuis s'ils étaient au courant de la présence d'Aes Sedai, alors vous ne voudriez pas en parler à Hari Coplin, mais pourquoi garder le secret vis-à-vis du Maire ? Et de nous ?

— Parce que nous l'avions convenu », rétorqua Maîtresse al'Vere d'un ton irrité. Son irritation semblait se répartir à part égale entre Perrin et le Lige qui les surveillait toujours – il n'y avait pas d'autre terme plus approprié – avec peut-être un petit reste pour les Aes Sedai. « Elles se trouvaient à la Colline-au-Guet quand les Blancs Manteaux sont arrivés. Personne ne savait qui elles étaient excepté le Cercle de là-bas qui nous les a confiées pour les cacher. À tout le monde, Perrin. Quand seulement peu de gens sont au courant, c'est la meilleure façon de garder un secret. La Lumière me préserve, je connais deux femmes qui ont cessé de partager le lit de leur mari de peur de parler dans leur sommeil. Nous étions d'accord que cela reste secret.

— Pourquoi avez-vous décidé de changer ? questionna le Lige grisonnant d'une voix rude.

— Pour ce que je considère de bonnes et suffisantes raisons, Tomas. » À la façon dont elle rajusta son châle, Perrin soupçonna qu'elle espérait que le Cercle – et les Aes Sedai – serait également du même avis. Selon la rumeur, les membres du Cercle étaient encore plus dures entre elles-mêmes qu'envers le reste du village. « Où mieux te cacher, Perrin, qu'avec des Aes Sedai ? Voyons, tu n'as pas peur d'elles, pas après être parti d'ici avec une d'elles. Et... Tu le découvriras bien assez tôt. Fie-toi à moi, voilà tout.

— Il y a Aes Sedai et Aes Sedai », répliqua Perrin. Cependant celles qu'il considérait comme les pires, celles de l'Ajah Rouge, n'attachaient pas de Lige à leur personne ; les membres de l'Ajah Rouge n'aimaient guère les hommes. Ce Tomas avait des yeux noirs dont le regard ne vacillait pas. Ils pouvaient lui sauter dessus ou mieux encore simplement s'en aller, mais le Lige transpercerait sûrement d'une flèche le premier à faire quelque chose qui lui déplairait et Perrin aurait volontiers parié qu'il avait d'autres dards sous la main faciles à encocher. Les Aiels semblaient de cet avis ; ils avaient toujours l'air d'être prêts à bondir à tout instant dans n'importe quelle direction, mais ils avaient également l'air de pouvoir rester figés sur place jusqu'à ce que le soleil se refroidisse. Perrin tapota l'épaule de Faile. « Tout ira bien.

— Naturellement », répondit-elle en souriant. Elle avait rangé son poignard. « Si Maîtresse al'Vere le dit, je la crois. »

Perrin espéra qu'elle avait raison. Il ne se fiait pas à autant de gens qu'auparavant. Pas aux Aes Sedai. Et peut-être même pas à Marine al'Vere. Par contre, peut-être aussi que ces Aes Sedai l'aideraient à combattre les Trollocs. Il accorderait sa confiance à quiconque lui prêterait assistance pour ça. Seulement jusqu'à quel point pouvait-il compter sur des Aes Sedai ? Elles avaient leurs mobiles personnels pour agir quand elles agissaient ; les Deux Rivières étaient pour lui son pays natal mais pour elles, qui sait, rien qu'un palet sur un jeu de mérelles. Faile et Marine al'Vere, toutefois, paraissaient ne pas avoir de doutes et les Aiels attendaient. Pour l'heure, visiblement, il n'avait guère le choix.

31. Assurances

Ihvon revint au bout de quelques minutes. « Allez-y, Maîtresse al'Vere », se contenta-t-il de dire avant que lui et Tomas disparaissent de nouveau tous les deux dans les broussailles sans même un bruissement de feuille.

« Ils sont très bons, murmura Gaul, qui regardait toujours autour de lui avec suspicion.

— Un enfant pourrait se cacher là-dedans », lui dit Khiad en donnant une tape à une branche de sureau. N'empêche qu'elle observait le sous-bois aussi attentivement que Gaul.

Aucun des Aiels ne paraissait très tenté de poursuivre le chemin. Pas réticents, à proprement parler, et certainement pas saisis de crainte, mais nettement pas empressés. Perrin espérait déterminer un jour ce que les Aiels ressentaient à l'égard des Aes Sedai. Un de ces jours. Lui-même n'était pas particulièrement enthousiaste aujourd'hui.

« Allons voir vos Aes Sedai », dit-il d'un ton bourru à Maîtresse al'Vere.

La vieille infirmerie était encore plus délabrée qu'il ne s'en souvenait, un bâtiment sans étage et sans plan architectural défini dont les murs penchaient dangereusement, la moitié des pièces ouvertes au ciel, dont par l'une d'elles se dressait un tupelo de quarante pieds. La forêt la cernait de tous les côtés. Un épais filet de plantes grimpantes et de ronces serpentait sur les parois, couvrait de verdure ce qui subsistait du toit de chaume ; il songea que c'était peut-être tout ce qui maintenait l'ensemble debout. La porte principale, pourtant, était dégagée. Il perçut une odeur de chevaux et un faible arôme de haricots et de jambon mais, chose curieuse, pas de fumée de bois.

Ils attachèrent leurs bêtes à des branches basses et suivirent Maîtresse al'Vere à l'intérieur, où des fenêtres drapées de lianes ne laissaient entrer qu'une faible clarté. La pièce de devant était grande et dépourvue de meubles, avec de la poussière dans les coins et quelques toiles d'araignée qui avaient échappé à un nettoyage manifestement précipité. Quatre rouleaux de couchage étaient installés par terre, avec des fontes de selle et des ballots soigneusement ficelés contre le mur et, dans l'âtre de pierre, une petite marmite lâchait les odeurs de nourriture en train de cuire malgré l'absence de feu. Une marmite plus petite semblait contenir de l'eau pour le thé, presque bouillante. Deux Aes Sedai les attendaient. Marine al'Vere plongea vivement dans une révérence et se lança dans une cascade nerveuse d'introductions et d'explications.

Perrin appuya le menton sur son arc. Il reconnaissait ces Aes Sedai. Vérine Mathwin, bien en chair, le visage carré, du gris striant ses cheveux bruns en dépit des joues lisses sans âge des Aes Sedai, appartenait à l'Ajah Brune et, comme toutes les Brunes, apparemment absorbée la moitié du temps dans la quête de connaissances, vieilles et oubliées ou modernes. Cependant, parfois, ses yeux noirs démentaient cette expression rêveuse et absente, comme à présent, où ils passaient à côté de Marine jusqu'à lui avec un regard perçant comme un clou. Elle était l'une des deux Aes Sedai en dehors de Moiraine dont il était certain qu'elles étaient au courant au sujet de Rand, et il se doutait qu'elle en savait davantage sur lui-même qu'elle ne s'en donnait l'air. Son regard reprit cette légère expression distraite tandis qu'elle écoutait Marine mais, pendant un instant, ce regard l'avait pesé sur la balance, incorporé dans ses propres plans. Il aurait à se montrer très prudent en sa présence.

L'autre, une svelte femme aux cheveux noirs, vêtue d'une tenue de cheval en soie vert sombre qui contrastait nettement avec la simple robe brune de Vérine, tachée d'encre aux manchettes, il ne lui avait jamais parlé et ne l'avait vue qu'une fois. Alanna Mosvani appartenait à l'Ajah Verte, si sa mémoire était bonne, et c'était une belle femme à la longue chevelure noire et aux yeux sombres pénétrants. Ses yeux se tournèrent aussi vers lui pendant qu'elle écoutait Marine. Quelque chose qu'avait dit Egwene lui revint. *Il y a des Aes Sedai qui ne devraient rien savoir à propos de Rand et qui s'intéressent beaucoup trop à lui. Elaida, par exemple, et Alanna Mosvani. Elles ne m'inspirent confiance ni l'une ni l'autre.* Peut-être valait-il mieux suivre l'exemple d'Egwene jusqu'à preuve du contraire.

Il dressa l'oreille quand Marine annonça, encore sur un ton d'appréhension : « Vous demandiez de ses nouvelles, Vérine Sedai. Des nouvelles de Perrin, j'entends. Des trois garçons, mais Perrin en particulier. Vous l'amener paraissait la façon la plus simple de l'empêcher de se faire tuer. Le temps manquait vraiment pour le demander d'abord. Dites que vous comprenez...

— Ne vous inquiétez pas, Maîtresse al'Vere, interrompit Vérine d'un ton apaisant. Vous avez agi exactement comme il le fallait. Perrin est maintenant entre de bonnes mains. Je vais aussi savourer la chance d'en apprendre davantage sur les Aiels, et c'est toujours un plaisir de s'entretenir avec un Ogier. Je vous mettrai à contribution, Loial. J'ai trouvé des choses fascinantes dans les livres des Ogiers. »

Loial lui adressa un sourire enchanté ; tout ce qui concernait les livres semblait le ravir. Gaul, par contre, échangea avec Baine et Khiad un regard circonspect.

« C'est parfait tant que vous ne recommencez pas, déclara Alanna avec autorité. À moins... Vous êtes seul ? » Elle questionnait Perrin d'une voix qui exigeait une réponse, et sur-le-champ. « Est-ce que les deux autres sont revenus aussi ?

— Pourquoi êtes-vous là ? rétorqua-t-il du tac au tac.

— Perrin ! s'exclama sévèrement Maîtresse al'Vere. En voilà une façon de parler ! Tu as peut-être pris de mauvaises manières en vagabondant de par le monde, mais tu n'as qu'à les perdre maintenant que tu es de retour dans ton pays.

— Ne vous tourmentez pas, lui dit Vérine. Perrin et moi sommes de vieux amis maintenant. Je le comprends. » Ses yeux noirs le fixèrent un instant en scintillant.

« Nous nous occuperons de lui. » La phrase sèche d'Alanna paraissait à double entente.

Vérine sourit et tapota l'épaule de Marine. « Mieux vaut que vous retourniez au village. Nous n'avons pas besoin qu'on se demande pourquoi vous allez dans les bois. »

Maîtresse al'Vere acquiesça d'un signe de tête. S'arrêtant près de Perrin, elle posa la main sur son bras. « Tu sais que tu as ma sympathie, dit-elle avec douceur. Rappelle-toi seulement que te faire tuer ne servira à rien. Obéis aux instructions que te donneront les Aes Sedai. » Il marmonna une réponse évasive qui parut cependant la satisfaire.

Après le départ de Maîtresse al'Vere, Vérine dit à son tour : « Vous avez aussi notre sympathie, Perrin. Si quoi que ce soit avait été en notre pouvoir, nous n'aurions pas manqué d'agir. »

Il n'avait pas envie de parler de sa famille maintenant. « Vous n'avez toujours pas répondu à ma question.

— Perrin ! » Faile réussit à imiter presque à la perfection le ton de Maîtresse al'Vere, mais il n'y prêta pas attention.

« Pourquoi êtes-vous ici ? Cela paraît une drôle de coïncidence. Les Blancs Manteaux et les Trollocs, et vous deux qui êtes là comme par hasard au même moment.

— Ce n'est nullement une coïncidence, répliqua

Vérine. Ah, l'eau du thé est prête. » L'eau cessa de bouillir tandis qu'elle se mettait à s'affairer de-ci de-là, jetant une poignée de feuilles dans la marmite, indiquant à Faile d'aller chercher des timbales en métal dans un des ballots rangés contre le mur. Alanna, les bras croisés sous ses seins, ne quittait pas Perrin des yeux, le feu de leur regard en contradiction avec la froideur de son visage. « D'une année à l'autre, poursuivit Vérine, nous trouvons de moins en moins de jeunes filles à qui il soit possible d'enseigner à canaliser. Sheriam estime que nous avons peut-être passé les trois mille dernières années à éliminer ce talent de l'humanité en neutralisant tous les hommes en mesure de canaliser que nous découvrons. La preuve, à ce qu'elle dit, est le très petit nombre d'hommes que nous repérons. Tenez, même il y a cent ans, les archives indiquent un chiffre de deux ou trois par an, et cinq cents ans avant... »

Alanna s'éclaircit gravement la gorge. « Que pouvons-nous faire d'autre, Vérine ? Les laisser devenir fous ? Suivre le projet aberrant des Blanches ?

— Je ne crois pas, répliqua calmement Vérine. Même si nous découvrions des femmes désireuses de porter des enfants engendrés par des hommes neutralisés, rien ne garantit que ces enfants seraient capables de canaliser ou seraient des filles. J'ai bien suggéré que, si elles voulaient augmenter les effectifs, les Aes Sedai soient celles à avoir les enfants ; elles-mêmes, en fait, puisque ce sont elles qui avaient été les premières à proposer cette idée. Alviarine n'a pas été amusée.

— Ça ne m'étonne pas d'elle », commenta Alanna en riant. Ce soudain éclat de gaieté, coupant court au regard de feu de ses yeux noirs, était surprenant. « J'aurais aimé voir sa tête.

— Son expression était... intéressante, dit la Sœur Brune d'un ton rêveur. Calmez-vous, Perrin. Je vais vous donner le reste de votre réponse. Du thé ? »

S'efforçant d'effacer de son visage les marques de son irritation, il se retrouva assis sur le plancher, son arc à côté de lui et un gobelet en métal plein de thé fort à la main. Tous étaient assis en cercle au milieu de la pièce. Alanna poursuivit l'explication de leur présence, peut-être pour éviter la tendance de l'autre Aes Sedai à s'écarter du sujet.

« Ici dans les Deux Rivières, où je doute qu'aucune Aes Sedai soit venue en mille ans, Moiraine a déniché deux jeunes femmes qui non seulement pouvaient recevoir une formation les mettant à même de canaliser, mais encore en avaient la faculté native, et elle avait entendu parler d'une troisième qui était morte faute d'avoir pu apprendre par elle-même.

— Sans compter trois *ta'veren,* murmura Vérine dans sa timbale.

— Avez-vous une idée, continua Alanna, du nombre de villes et de villages que nous devons ordinairement visiter pour trouver trois jeunes filles avec ce talent inné ? L'étonnant est que cela nous ait demandé si longtemps pour venir en chercher d'autres. Le vieux sang est très fort ici dans les Deux Rivières. Nous n'étions que depuis une semaine à la Colline-au-Guet quand les Enfants de la Lumière sont arrivés, et nous avions eu grand soin de révéler qui nous étions seulement au Cercle des Femmes de là-bas, pourtant même ainsi nous avons repéré quatre jeunes filles qui peuvent être instruites et une enfant qui, je pense, a ce don de naissance.

— C'était difficile d'en être sûres, ajouta Vérine. Elle n'a que douze ans. Ni les unes ni les autres n'ont de loin le potentiel d'Egwene ou de Nynaeve, cependant ce nombre est rien de moins que remarquable. Il y a en a encore peut-être deux ou trois juste autour de la Colline-au-Guet. Nous n'avons pas eu le loisir d'examiner les jeunes filles ici ou plus au sud. Taren-au-Bac a été une déception, je dois le dire. Trop d'échanges de sang avec l'extérieur, je suppose. »

Perrin dut reconnaître que c'était une bonne explication. Néanmoins elle ne répondait pas à toutes ses questions ni n'apaisait tous ses doutes. Il changea de position, allongeant sa jambe. Le coup de lance dans sa cuisse le faisait souffrir. « Je ne comprends pas pourquoi vous vous cachez ici. Les Blancs Manteaux arrêtent des innocents et vous restez assises là. » Loial parla à voix basse, un grondement sourd. Perrin capta « mettre en colère des Aes Sedai » et « nid de frelons », mais il persista à leur décocher ses critiques. « Pourquoi ne faites-vous pas quelque chose ? Vous êtes des Aes Sedai ! Que je sois réduit en cendres, pourquoi ne faites-vous rien ?

— Perrin ! s'exclama Faile d'un ton désapprobateur avant d'adresser un sourire d'excuse à Vérine et à Alanna. Pardonnez-le, je vous prie. Moiraine Sedai l'a gâté. Elle est douce de caractère, je suppose, et elle lui passe tout. Ne soyez pas fâchées contre lui, s'il vous plaît. Il se conduira mieux. » Elle lui jeta un coup d'œil sévère, indiquant que ce propos était destiné autant à ses oreilles qu'aux leurs, ou davantage. Il lui rendit un regard empreint de sa propre colère. Elle n'avait pas le droit de se mêler de cela.

« Douce ? répéta Vérine en clignant des paupières. Moiraine ? Je ne m'en étais jamais aperçue. »

Alanna intima d'un geste le silence à Faile. « Vous ne comprenez assurément pas, dit l'Aes Sedai à Perrin d'une voix tendue. Vous ne comprenez pas les restrictions qui nous sont imposées dans notre action. Les Trois Serments ne sont pas simplement des mots. J'ai amené avec moi dans cette contrée deux Liges. » Les Vertes étaient la seule Ajah à attacher plus d'un Lige à leur personne ; quelques-unes, avait-il entendu dire, en avaient même trois ou quatre. « Les Enfants de la Lumière ont surpris Owein qui traversait un champ à découvert. J'ai senti toutes les flèches qui l'ont frappé jusqu'à ce qu'il meure. Je l'ai senti mourir. Aurais-je été là-bas, j'aurais pu le défendre, et me défendre moi-même, avec le Pouvoir. Par contre, je ne peux pas l'utiliser pour me venger. Les Serments ne le permettent pas. Les Enfants de la Lumière sont pratiquement aussi exécrables que peuvent l'être les hommes, à l'exception des Amis du Ténébreux, mais ce ne sont pas des Amis du Ténébreux et pour cette raison ils n'ont rien à craindre du Pouvoir sauf en cas de légitime défense. Quels que soient nos efforts pour tirer sur la corde, elle ne s'allonge pas au-delà.

— Quant aux Trollocs, ajouta Vérine, nous en avons liquidé un certain nombre et deux Myrddraals, mais il y a des limites. Les Demi-Hommes sont capables de déceler plus ou moins le canalisage. Si nous agissons en sorte que cent Trollocs nous tombent dessus, il n'y a vraiment pas grand-chose à faire sinon prendre la fuite. »

Perrin se gratta la barbe. Il aurait dû s'y attendre, aurait dû savoir. Il avait vu Moiraine affronter des Trollocs, et il avait une idée de ce dont elle était capable ou non. Il se rendit compte qu'il avait pensé à la façon dont Rand avait tué tous les Trollocs dans la forteresse de la Pierre, seulement Rand était plus fort que l'une ou l'autre de ces Aes Sedai, probablement plus fort que les deux réunies. Bah, qu'elles l'aident ou pas, il n'en conservait pas moins l'intention de liquider tous les Trollocs dans les Deux Rivières. Après avoir libéré la famille de Mat et les Luhhan. S'il y réfléchissait avec suffisamment d'attention, il trouverait bien un moyen. Sa cuisse était horriblement douloureuse.

« Vous êtes blessé. » Posant sa timbale sur le sol, Alanna traversa la pièce pour s'agenouiller près de lui et lui prit la tête dans les mains. Un fourmillement le parcourut. « Oui. Je vois. Vous ne vous êtes pas fait cela en vous rasant, à ce qu'il paraît.

— C'étaient les Trollocs, Aes Sedai, expliqua Baine. Quand nous sommes sortis des Voies dans la montagne. » Khiad lui effleura le bras et elle s'interrompit.

« J'ai bloqué la Porte de la Voie, ajouta vivement Loial. Personne ne la franchira à moins qu'elle ne soit ouverte de ce côté.

— Je me doutais que ce devait être par là qu'ils venaient, murmura Vérine à demi pour elle-même. Moiraine avait bien dit qu'ils utilisaient les Voies. Tôt ou tard, cela nous posera un vrai problème. »

Perrin se demanda comment elle jugeait la situation à présent.

« Les Voies, répéta Alanna qui lui tenait toujours la tête. Des *ta'veren* ! De jeunes héros ! » Elle prononça ces mots d'une façon qui les rendait approbateurs et proches de l'imprécation, les deux en même temps.

« Je ne suis pas un héros, lui répliqua-t-il avec flegme. Les Voies étaient le chemin le plus court pour arriver ici. Voilà tout. »

La Sœur Verte continua comme s'il n'avait pas ouvert la bouche. « Je ne comprendrai jamais pourquoi l'Amyrlin vous a laissés tous trois partir où vous vouliez. Elaida était dans tous ses états à cause de vous trois et elle n'était pas la seule, juste la plus véhémente. Avec les sceaux[1] en train de céder et la Dernière Bataille qui approche, la dernière chose dont nous ayons besoin est trois *ta'veren* égaillés dans la nature. J'aurais attaché une ficelle à chacun de vous, je vous aurais même liés par serment de Lige. » Il essaya de se dégager, mais elle resserra l'étreinte de ses doigts et sourit. « Je n'ai pas encore perdu le respect des coutumes au point de lier un homme contre sa volonté. Pas encore totalement. » Il n'était pas sûr qu'elle en était tellement loin ; le sourire n'atteignait pas ses yeux. Elle tâta l'entaille à demi guérie sur sa joue. « Trop de temps a passé depuis que ceci a été fait. Même la Guérison laissera une trace maintenant.

— Je n'ai pas besoin d'être joli garçon », marmonna-t-il – juste assez en forme pour accomplir ce qu'il devait – et Faile éclata de rire.

« Qui t'a dit ça ? » s'écria-t-elle. Chose surprenante, elle échangea un sourire avec Alanna.

Perrin fronça les sourcils, se demandant si elles se moquaient de lui mais, avant qu'il ait pu prononcer un mot, la Guérison l'assaillit, lui donnant l'impression de se transformer en glace. Tout ce dont il fut capable fut

1. Les sceaux apposés sur la prison du Ténébreux.

de suffoquer. Les quelques instants qui s'écoulèrent avant qu'Alanna le laisse aller parurent éternels.

Quand il retrouva son souffle, la Sœur Verte avait la tête aux cheveux couleur de flamme de Baine entre ses mains, Vérine s'occupait de Gaul et Khiad testait son bras gauche, le balançant d'avant en arrière avec une expression satisfaite.

Faile prit la place d'Alanna à côté de Perrin et lui caressa la joue du doigt, le long de la cicatrice sous son œil.

« Une marque de charme, dit-elle avec un léger sourire.

— Une quoi ?

— Oh, seulement un propos familier aux femmes d'Arad Doman. Ce n'était qu'une réflexion en l'air. »

En dépit de son sourire, ou peut-être à cause de lui, il fronça soupçonneusement les sourcils. Elle se moquait bien de lui, mais il ne comprenait pas exactement de quelle façon.

Ihvon se glissa dans la pièce, chuchota à l'oreille d'Alanna et s'esquiva de nouveau au-dehors sur ce qu'elle lui murmura. Quelques instants après, le raclement de bottes sur le perron annonça d'autres arrivées.

Perrin se dressa d'un bond quand Tam al'Thor et Abell Cauthon apparurent sur le seuil, arc en main, avec les habits froissés et la barbe de deux jours mêlée de gris d'hommes qui ont couché à la dure. Ils avaient chassé ; quatre lapins pendaient à la ceinture de Tam, trois à celle d'Abell. C'était évident qu'ils s'attendaient à voir les Aes Sedai et aussi des visiteurs, mais ils contemplèrent avec ébahissement Loial, plus de moitié plus grand qu'aucun d'eux, avec ses oreilles terminées en huppe et son large nez en forme de boutoir. Un bref changement d'expression sur le visage buriné et ouvert de Tam à la vue des Aiels montra qu'il les reconnaissait.

Toutefois, le regard de Tam ne se posa qu'un instant pensivement sur eux avant de se tourner vers Perrin, et Tam sursauta quasiment aussi brusquement que pour Loial. C'était un homme vigoureux à la large carrure bien qu'ayant une chevelure presque entièrement grise, le genre d'homme que seul un tremblement de terre peut renverser et à qui il faut plus qu'un séisme pour le bouleverser. « Perrin, mon garçon ! s'exclama-t-il. Rand est-il avec toi ?

— Que devient Mat ? » ajouta vivement Abell. Il avait l'apparence d'un Mat plus âgé et grisonnant, mais avec des yeux plus sérieux. Un homme que les années n'avaient guère épaissi et dont la démarche était agile.

« Ils vont bien, leur répondit Perrin. Ils sont à Tear. » Il aperçut du coin de la paupière le coup d'œil de Vérine ; elle était parfaitement au courant de ce que Tear représentait pour Rand. Alanna ne semblait guère prêter attention à ce qui se disait. « Ils m'auraient accompagné si ce n'est que nous ne savions pas que la situation ici était tellement grave. » C'était vrai sur ces deux points, il en était sûr. « Mat passe son temps à jouer aux dés – et à gagner – et à embrasser les dames. Rand... Ma foi, la dernière fois que j'ai vu Rand, il portait une tunique de luxe et avait à son bras une jolie jeune fille blonde.

— C'est bien de mon Mat, commenta Abell avec un petit rire.

— Peut-être vaut-il mieux qu'ils ne soient pas venus, dit Tam plus lentement, étant donné la présence des Trollocs. Et celle des Blancs Manteaux... » Il haussa les épaules. « Tu sais que les Trollocs sont de retour ? » Perrin hocha affirmativement la tête. « Cette Aes Sedai avait-elle raison ? Moiraine. En avaient-ils après vous, les trois garçons, le soir de cette Nuit de l'Hiver ? Avez-vous fini par découvrir pourquoi ? »

La Sœur Brune lui adressa un regard recommandant la prudence. Alanna était apparemment absorbée à fouiller dans ses sacs de selle, mais il pensa qu'elle écoutait maintenant. Pourtant ce n'est pas à cause d'elles deux qu'il hésita. Il ne voyait pas comment dire à Tam que son fils était capable de canaliser, que Rand était le Dragon Réincarné. Comment pouvait-il annoncer à quelqu'un une chose pareille ? À la place, il déclara :

« Il vous faudra questionner Moiraine. Les Aes Sedai ne vous expliquent pas plus qu'elles n'y sont obligées.

— J'avais remarqué », répliqua Tam d'un ton sarcastique.

L'une et l'autre Aes Sedai écoutaient sans aucun doute à présent et ne s'en cachaient pas. Alanna haussa un sourcil dans une mimique glaciale à l'adresse de Tam, et Abell changea de pied comme s'il pensait que Tam y allait un peu fort, mais ce n'est pas un regard réprobateur qui suffisait pour déstabiliser Tam.

« Si nous allions bavarder dehors ? proposa Perrin aux deux hommes. J'ai besoin d'air. » Il voulait parler sans être écouté et observé par des Aes Sedai, mais il ne pouvait guère le dire.

Tam et Abell ne demandaient pas mieux et étaient peut-être aussi désireux que lui d'échapper à la surveillance de Vérine et d'Alanna, mais d'abord il y avait à régler la question des lapins qu'ils tendirent tous à Alanna.

« Nous avions l'intention d'en garder deux pour nous, dit Abell, mais vous avez plus de bouches à nourrir, semble-t-il.

— Ce n'est pas nécessaire. » La Sœur Verte donnait l'impression d'avoir déjà dit cela souvent.

« Nous aimons payer pour ce que nous recevons, répliqua Tam sur le même ton. Les Aes Sedai ont eu l'amabilité d'user d'un peu de Guérison pour nous, ajouta-t-il à l'adresse de Perrin, et nous voulons accumuler du crédit au cas où nous en aurions de nouveau besoin. »

Perrin hocha la tête. Il comprenait fort bien que l'on ne veuille pas accepter un cadeau d'Aes Sedai. « Le don d'une Aes Sedai cache toujours un piège », proclamait le vieux dicton. Eh bien, il savait que c'était vrai. Par contre, peu importait que l'on accepte le cadeau ou qu'on le paie ; les Aes Sedai réussissaient de toute façon à y insérer leur piège. Vérine le regardait avec un léger sourire comme si elle comprenait ce qu'il pensait.

Quand les trois hommes s'apprêtèrent à sortir, armés

de leurs arcs, Faile se leva pour les suivre. Perrin secoua la tête à son adresse et, chose surprenante, elle se rassit. Il se demanda si elle n'était pas souffrante.

Après un arrêt pour que Tam et Abell admirent Steppeur et Hirondelle, ils s'engagèrent sous les arbres. Le soleil plongeait en biais vers l'ouest, allongeant les ombres. Ses aînés le plaisantèrent un peu sur sa barbe, mais ne soufflèrent mot de ses yeux. Curieusement, l'omission ne l'inquiéta pas. Il avait des sujets de tracas plus importants que de voir quelqu'un trouver ses yeux bizarres.

En réponse à Abell qui demandait si cette « chose-là » était pratique pour filtrer le bouillon, il frotta sa barbe et dit d'un ton neutre : « Faile l'aime bien.

— Oh-ho, répliqua Tam avec un petit rire. C'est la jeune femme, n'est-ce pas ? Elle a l'air pleine de feu, mon petit gars. Elle va te faire passer des nuits blanches à essayer de discerner où tu en es.

— Il n'y a qu'un moyen de s'y prendre avec cette sorte-là, commenta Abell en hochant la tête. Laisse-lui croire qu'elle mène la barque. De cette façon, quand c'est important et que ton avis diffère du sien, d'ici qu'elle se remette du choc tu auras arrangé les choses à ton goût et ce sera trop tard pour qu'elle obtienne que tu les changes à force de te harceler. »

Cela ressemblait étrangement, aux yeux de Perrin, à ce que Maîtresse al'Vere avait dit sur la manière de s'y prendre avec les hommes. Il se demanda si Abell et Marine avaient jamais confronté leurs opinions. Peu probable. Peut-être qu'essayer avec Faile en valait la peine. À ceci près qu'elle paraissait avoir gain de cause dans tous les cas.

Il jeta un coup d'œil par-dessus son épaule. L'infirmerie était presque cachée par les arbres. Ils avaient besoin d'être loin des oreilles des Aes Sedai. Il écouta attentivement, respira à fond. Un pivert martelait un tronc d'arbre quelque part dans le lointain. Il y avait des écureuils dans les branches couvertes de feuilles au-dessus de leurs têtes et un renard était passé par là depuis peu avec sa proie, un lapin. En dehors d'eux trois, il n'y avait pas d'odeur humaine, rien qui révèle la présence d'un Lige qui se dissimule pour écouter. Peut-être était-il trop prudent mais, bonnes raisons ou non, il ne parvenait pas à digérer la coïncidence que ces deux Aes Sedai soient des femmes qu'il connaissait déjà, l'une en qui Egwene n'avait pas confiance et l'autre à qui lui-même n'était pas certain de se fier.

« Vous habitez ici ? demanda-t-il. Avec Vérine et Alanna ?

— Sûrement pas, répliqua Abell. Comment un homme pourrait-il dormir avec des Aes Sedai sous le même toit ? Ce qu'il en reste.

— Nous avions pensé que ce serait une bonne cachette, commenta Tam, mais ils étaient ici avant nous. J'imagine que ces Liges nous auraient tués tous les deux si Marine et quelques autres membres du Cercle des Femmes n'avaient pas été sur place à ce moment-là. »

Abell eut une grimace. « À mon avis, ce qui les en a empêchés, c'est que les Aes Sedai ont appris qui nous étions. Qui étaient nos fils, plutôt. Pour mon goût, elles témoignent de trop d'intérêt pour vous, les garçons. » Il hésita, tripotant son arc. « Cette Alanna a laissé échapper que vous étiez *ta'veren*. Tous les trois. J'ai entendu dire que les Aes Sedai ne peuvent pas mentir.

— Je n'en ai vu aucun signe chez moi, objecta Perrin en se forçant à sourire. Ni chez Mat. »

Tam lui jeta un coup d'œil comme il ne mentionnait pas Rand – il allait devoir apprendre à mieux mentir s'il voulait garder ses secrets et ceux des autres – mais ce que répliqua son aîné fut : « Peut-être est-ce simplement que tu ne sais pas quoi chercher. Comment se fait-il que tu voyages avec un Ogier et trois Aiels ?

— Le dernier colporteur que j'aie rencontré prétendait que des Aiels se trouvaient de ce côté-ci de l'Échine du Monde, intervint Abell, mais je ne l'ai pas cru. Selon lui, il y avait des Aiels dans le Murandy, tenez-vous bien, ou peut-être dans l'Altara. Il n'était pas très sûr de l'endroit exact, mais loin du Désert des Aiels.

— Si j'ai ces compagnons de voyage, cela n'a pas de rapport avec être *ta'veren*, expliqua Perrin. Loial est un ami qui est venu pour m'aider. Gaul est aussi un ami, à mes yeux. Baine et Khiad accompagnent Faile, pas moi. C'est assez compliqué mais simplement dû au hasard. Rien à voir avec être *ta'veren.*

— Eh bien, quelle qu'en soit la raison, les Aes Sedai s'intéressent à vous, garçons, reprit Abell. Tam et moi, nous sommes allés jusqu'à Tar Valon, l'an dernier, à la Tour Blanche, pour essayer de découvrir où vous étiez. Nous avons eu du mal à en dénicher une qui admette qu'elle connaissait vos noms. La Gardienne des Chroniques nous a expédiés sur un bateau partant en aval, nos poches pleines d'or et nos têtes pleines de vagues assurances, presque avant que nous ayons eu le temps de lui tirer une révérence. L'idée que la Tour puisse utiliser Mat d'une façon ou d'une autre ne me plaît guère. »

Perrin aurait voulu pouvoir répondre au père de Mat qu'il ne se passait rien de ce genre, mais il n'était pas certain de proférer un aussi gros mensonge sans se trahir. Moiraine ne surveillait pas Mat parce qu'elle aimait son grand sourire ; Mat était impliqué dans les intrigues de la Tour aussi avant que lui-même, peut-être davantage. Eux trois avaient un fil solidement accroché à la patte et la Tour tenait ces fils.

Un silence s'installa entre eux, jusqu'à ce que Tam finisse par dire à mi-voix : « Mon garçon, au sujet de ta famille, j'ai de tristes nouvelles.

— Je sais », répliqua vivement Perrin, et ils furent de nouveau frappés de mutisme, chacun contemplait ses bottes. Le silence était ce qui était nécessaire. Quelques instants pour s'arracher aux émotions pénibles et à la gêne d'en avoir la trace visible sur le visage.

Des ailes battirent et, en levant la tête, Perrin aperçut un grand corbeau qui se posait dans un chêne à cinquante pas de là, ses yeux noirs en vrille braqués sur les trois hommes. Sa main plongea vers son carquois mais, alors même qu'il approchait l'empennage de sa joue, deux flèches firent tomber le corbeau de son perchoir. Tam et Abell étaient prêts à tirer de nouveau, fouillant du regard les arbres et le ciel à la recherche d'autres oiseaux noirs. Il n'y avait rien.

Le trait de Tam avait atteint le corbeau à la tête, ce qui n'était ni une surprise ni un accident. Perrin n'avait pas menti quand il avait dit à Faile que ces deux hommes étaient meilleurs tireurs que lui à l'arc. Personne dans les Deux Rivières n'égalait le tir de Tam.

« Immondes, ces bêtes-là », murmura Abell en posant un pied sur l'oiseau pour dégager sa flèche. Il en nettoya la pointe dans la terre et la rangea dans son carquois. « Ils sont partout, de nos jours.

— Les Aes Sedai nous avaient avertis, dit Tam, ils espionnent pour les Évanescents, et nous avions passé le mot. Le Cercle des Femmes aussi. Personne n'y a pourtant prêté grande attention jusqu'à ce qu'ils se mettent à attaquer les moutons, leur crevant les yeux, en tuant quelques-uns. La tonte sera déjà assez maigre cette saison sans ça. Non pas que ce soit bien important, je suppose. Entre les Blancs Manteaux et les Trollocs, je doute que nous voyions des négociants intéressés par notre laine cette année.

— Il y a un imbécile qui en a perdu ce qu'il avait de bon sens, ajouta Abell. Peut-être plus d'un. Nous avons trouvé toutes sortes d'animaux morts. Des lapins, des cerfs, des renards, y compris un ours. Tués et laissés à pourrir. La plupart abandonnés sans même être dépouillés de leur fourrure. C'est un homme, ou plusieurs, pas des Trollocs ; j'ai découvert des empreintes de bottes. Un homme de forte taille mais trop petit pour un Trolloc. Une honte et du gâchis. »

Le Sanguinaire. Le Sanguinaire ici et pas seulement dans le rêve de loup. Le Sanguinaire et des Trollocs. L'homme dans le rêve lui avait semblé familier. Perrin rejeta de la terre et des feuilles sur le corbeau mort avec la pointe de sa botte. Il y aurait largement le temps de s'occuper des Trollocs plus tard. Une vie entière si besoin était. « J'ai promis à Mat de veiller sur Bode et

Eldrin, Maître Cauthon. Est-ce que ce sera difficile de les libérer, elles et les autres ?

— Oui, difficile », répéta Abell avec un soupir tandis que ses traits s'affaissaient. Soudain, il parut son âge et davantage. « Terriblement difficile. Je me suis approché suffisamment pour voir Natti, après qu'ils l'avaient arrêtée, elle marchait hors de la tente où on les garde tous. Je la voyais – avec quelque deux cents Blancs Manteaux entre nous. J'ai été un peu imprudent et l'un d'eux m'a atteint d'une flèche. Si Tam ne m'avait pas ramené ici chez les Aes Sedai...

— C'est un camp important, expliqua Tam, juste au-dessous de la Colline-au-Guet. Sept ou huit cents hommes. Des patrouilles nuit et jour, en majeure partie centrées entre la Colline-au-Guet et le Champ d'Emond. S'ils se déployaient davantage, cela nous faciliterait les choses mais, à part une centaine d'hommes environ à Taren-au-Bac, ils ont pratiquement abandonné le reste des Deux Rivières aux Trollocs. La situation est mauvaise autour de la Tranchée-de-Deven, à ce que j'ai appris. Une nouvelle ferme brûlée presque toutes les nuits. Sortir de là Natti et les autres sera dur et, après, il nous faudra espérer que les Aes Sedai les laisseront rester ici. Ces deux-là ne regardent pas d'un bon œil quiconque est au courant de l'endroit où elles se trouvent.

— Il y aura sûrement quelqu'un qui les hébergera, protesta Perrin. Ne me dites pas que tout le monde vous tourne le dos. On ne vous prend pas réellement pour des Amis du Ténébreux ? » Alors même qu'il prononçait cette phrase, il se rappela Cenn Buie.

« Non, pas ça, répliqua Tam, à part quelques abrutis. Bon nombre de gens nous offriront un repas ou une nuit dans la grange, quelquefois même un lit, mais il faut que tu comprennes qu'ils sont mal à l'aise à l'idée de prêter assistance à quiconque est pourchassé par les Blancs Manteaux. Ils ne sont pas à blâmer pour autant. Les conditions de vie sont terriblement dures et la plupart des hommes s'efforcent de s'occuper de leur famille du mieux qu'ils peuvent. Demander à quelqu'un de prendre chez lui Natti et ses filles, Haral et Alsbet... Eh bien, ce pourrait être trop demander.

— J'avais une meilleure opinion que ça des habitants des Deux Rivières », dit Perrin entre ses dents.

Abell réussit à esquisser un faible sourire. « La plupart ont l'impression d'être coincés entre deux meules, Perrin. Ils espèrent seulement ne pas être broyés en farine entre les Blancs Manteaux et les Trollocs.

— Ils devraient cesser d'espérer et réagir d'une manière ou d'une autre. » Pendant un instant, Perrin se sentit penaud. Il n'avait pas vécu ici ; il n'avait aucune idée de ce que c'était. N'empêche, il avait raison. Tant que les gens se retrancheraient derrière les Enfants de la Lumière, ils seraient contraints d'accepter tout ce que voudraient les Enfants, que ce soit s'emparer de livres ou arrêter des femmes et des jeunes filles. « Demain, j'irai jeter un coup d'œil à ce camp des Blancs Manteaux. Il doit y avoir un moyen de les en sortir. Et, une fois qu'ils seront libres, nous pourrons nous occuper des Trollocs. Un jour, un Lige m'a dit que les Trollocs appelaient le Désert des Aiels “La Terre de la Mort”. J'ai l'intention de leur faire donner ce nom aux Deux Rivières.

— Perrin », commença Tam qui s'interrompit, l'air troublé.

Perrin savait que ses yeux captaient la lumière, là dans l'ombre sous le chêne. Il avait le visage comme sculpté dans le roc.

Tam soupira. « D'abord, nous allons nous charger de Natti et des autres. Ensuite, nous pourrons décider quelle action adopter à l'égard des Trollocs.

— Ne te laisse pas ronger par ça, mon petit, dit Abell à mi-voix. La haine peut grandir au point de ne rien laisser d'autre en toi.

— Rien ne me ronge, leur répondit Perrin d'un ton calme. J'ai simplement l'intention de faire ce qu'il est nécessaire de faire. » Il passa un pouce sur le tranchant de sa hache. Ce qu'il était nécessaire de faire.

Dain Bornhald se tenait très droit sur sa selle quand les cent qu'il avait emmenés en patrouille approchèrent de la Colline-au-Guet. Moins de cent à présent. Onze selles supportaient, attachés en travers, des cadavres enveloppés dans leur manteau et vingt-trois autres de ses hommes étaient blessés. Les Trollocs avaient monté une adroite embuscade ; elle aurait réussi contre des soldats moins bien entraînés, moins aguerris que les Enfants. Ce qui le troublait, c'est que c'était sa troisième patrouille attaquée en force. Pas une rencontre due au hasard – pas tomber sur des Trollocs en train de tuer et d'incendier mais se trouver affronter un assaut en règle. Et seulement des patrouilles qu'il commandait personnellement. Les Trollocs s'efforçaient d'éviter les autres. Ce fait posait des questions inquiétantes et les réponses qu'il trouvait ne fournissaient pas de solutions.

Le soleil baissait. Quelques lumières apparaissaient déjà dans le village qui couvrait du haut en bas la colline avec des toits de chaume. L'unique toit de tuiles se tenait à la crête de cette colline, coiffant le *Sanglier Blanc,* l'auberge. Un autre soir, il y serait monté pour un gobelet de vin, malgré le silence inquiet qui s'abattait à la vue d'une cape blanche avec un soleil d'or rayonnant. Il buvait rarement, mais il était parfois content de se trouver parmi des gens autres que les Enfants ; au bout d'un certain temps, ils oubliaient jusqu'à un certain point sa présence et recommençaient à rire et bavarder entre eux. Un autre soir. Ce soir, il voulait être seul pour réfléchir.

De l'activité régnait autour des cent chariots ou plus, aux vives couleurs, rassemblés à moins d'un quart de lieue du pied de la colline, hommes et femmes vêtus de teintes encore plus éclatantes que celles de leurs chariots examinant les chevaux et les harnais, chargeant des choses qui se trouvaient çà et là dans le camp depuis des semaines. Apparemment, le Peuple Voyageur entendait se conformer à son nom, probablement dès l'aube.

« Farran ! » Le centenier trapu éperonna sa monture pour se rapprocher et Bornhald désigna d'un signe de tête la caravane des Tuatha'ans. « Informe le Chercheur que s'il désire emmener son peuple ailleurs, ils doivent s'en aller vers le sud. » Ses cartes indiquaient que la Taren n'était franchissable qu'à Taren-au-Bac, mais il avait commencé à apprendre à quel point elles étaient anciennes dès qu'il eut traversé la rivière. Personne ne quitterait les Deux Rivières pour peut-être prendre son unité au piège tant qu'il aurait la possibilité de l'empêcher. « Et, Farran ? Inutile d'utiliser les bottes ou les poings, oui ? Les paroles suffiront. Ce Raen a des oreilles.

— À vos ordres, Seigneur Bornhald. » Le centenier avait l'air seulement un peu contrarié. Il salua en portant à sa poitrine à hauteur du cœur sa main fermée recouverte d'un gantelet, fit pivoter son cheval en direction du camp des Tuatha'ans et fonça au galop. Cela ne lui plaisait pas, mais il obéirait. Quelque mépris qu'il avait pour le Peuple Voyageur, c'était un bon soldat.

La vue de son propre camp fournit à Bornhald un moment de fierté, les longues rangées bien nettes de tentes blanches coniques, les piquets d'attache pour les chevaux alignés avec précision. Même ici dans ce coin du monde abandonné de la Lumière, les Enfants restaient fidèles à eux-mêmes, ne se permettant aucun manquement à la discipline. Ce pays était abandonné de la Lumière. Les Trollocs le démontraient. S'ils incendiaient des fermes, cela signifiait seulement que quelques individus étaient purs. Quelques-uns. Les autres s'inclinaient et disaient : « Oui, mon Seigneur », « Comme vous le désirez, mon Seigneur », puis n'en faisaient qu'à leur tête dès qu'il avait le dos tourné. De plus, ils cachaient une Aes Sedai. Leur deuxième jour sur la rive sud de la Taren, les Enfants avaient tué un Lige ; son manteau aux couleurs changeantes en était une bonne preuve. Bornhald détestait les Aes Sedai qui manigancent avec le Pouvoir Unique comme si avoir causé une fois la Destruction du Monde ne suffisait pas. Elles recommenceraient si on ne les en empêchait pas.

Sa bonne humeur passagère disparut comme la neige de printemps.

Son regard chercha la tente où étaient enfermés les prisonniers sauf pour une brève période d'exercice chaque jour, un à la fois. Aucun n'essaierait de s'enfuir alors que cela impliquait de laisser les autres derrière. Non pas que cette fuite compterait plus d'une douzaine d'enjambées – un garde était posté à chaque extrémité de la tente et une douzaine de pas dans n'importe quelle direction amenaient à vingt autres Enfants – mais il voulait réduire au maximum les incidents. Un incident en amène d'autres. S'il devenait nécessaire de traiter durement les prisonniers, cela risquait de provoquer du ressentiment dans le village au point que des mesures seraient obligatoires pour y remédier. Byar était stupide. Lui – et d'autres, en particulier Farran – voulait soumettre les prisonniers à la question. Bornhald n'était pas un Inquisiteur et il n'aimait pas utiliser leurs méthodes. Et il n'avait pas l'intention non plus de laisser Farran approcher de ces jeunes filles, même si elles étaient des Amies du Ténébreux, comme Ordeith le prétendait.

Amis du Ténébreux ou pas, il avait de plus en plus conscience que tout ce qu'il voulait réellement c'était un seul Ami du Ténébreux. Plus que les Trollocs, plus que les Aes Sedai, il voulait Perrin Aybara. Il n'accordait guère de crédit aux prétentions de Byar que cet homme avait partie liée avec des loups, mais Byar avait expliqué assez clairement que Aybara avait conduit le père de Bornhald dans un piège tendu par des Amis du Ténébreux, avait conduit Geofram Bornhald à sa mort sur la Pointe de Toman aux mains des séides seanchans du Ténébreux et leurs alliées, les Aes Sedai. Peut-être, si aucun des Luhhan ne parlait bientôt, peut-être laisserait-il Byar en faire à sa tête avec le forgeron. Ou celui-ci craquerait ou ce serait sa femme quand elle y assisterait. L'un d'eux lui donnerait les moyens de trouver Perrin Aybara.

Quand il mit pied à terre devant sa tente, Byar était là qui l'attendait, raide et squelettique comme un épouvantail. Bornhald jeta un coup d'œil dégoûté vers un beaucoup plus petit rassemblement de tentes à l'écart des autres. Le vent soufflait de cette direction et il sentit l'odeur de l'autre camp. Ils ne tenaient pas propres leurs piquets d'attache, ni eux-mêmes. « Ordeith est de retour, semble-t-il, hein ?

— Oui, mon Seigneur Bornhald. » Byar s'interrompit et Bornhald le regarda d'un air interrogateur. « Ils signalent une escarmouche avec des Trollocs vers le sud. Deux morts. Six blessés, à ce qu'ils prétendent.

— Et qui sont les morts ? questionna Bornhald d'une voix posée.

— L'Enfant Joelin et l'Enfant Gomanes, mon Seigneur Bornhald. » Le visage aux joues creuses de Byar ne changea pas d'expression.

Bornhald retira lentement ses gantelets renforcés d'acier sur le dessus. Les deux qu'il avait envoyés accompagner Ordeith, pour voir ce qu'il faisait dans ses incursions vers le sud. Il prit soin de ne pas élever la voix. « Mes compliments à Maître Ordeith, Byar, et... Non ! Pas de compliments. Dites-lui, en propres termes, que je veux avoir ses os décharnés devant moi maintenant. Dites-le-lui, Byar, et amenez-le quand bien même vous devriez l'arrêter, lui et aussi ces scélérats dégoûtants qui déshonorent les Enfants de la Lumière. Allez. »

Bornhald retint sa colère jusqu'à ce qu'il soit à l'intérieur de sa tente, le pan formant porte rabattu, puis il balaya d'un revers de main les cartes et l'écritoire posées sur sa table pliante, avec un grondement furieux. Ordeith devait le prendre pour un imbécile. Deux fois il avait envoyé des hommes avec ce bougre et deux fois ils avaient été les seuls morts dans « une escarmouche avec des Trollocs » qui ne laissait à présenter aucun blessé parmi les autres. Toujours au sud. Cet individu était obsédé par le Champ d'Emond. Eh bien, lui-même aurait pu installer son camp là-bas, si ce n'était que pour... Inutile, maintenant. Il avait les Luhhan ici. Ils lui donneraient Perrin Aybara d'une manière ou d'une autre. La Colline-au-Guet était un bien meilleur emplacement s'il était obligé de se rendre rapidement à Taren-au-Bac. Les considérations militaires passaient avant les considérations personnelles.

Pour la millième fois, il se demanda pourquoi le Seigneur Capitaine Commandant l'avait envoyé ici. Les gens n'étaient apparemment pas différents de ceux qu'il avait vus ailleurs dans cent endroits. À part que seuls les habitants de Taren-au-Bac se montraient enthousiastes pour se débarrasser de leurs propres Amis du Ténébreux. Les autres regardaient avec une obstination morose quand le Croc du Dragon était griffonné sur une porte. Un village connaissait toujours ses indésirables ; il était toujours prêt à se purifier, avec un peu d'encouragement, et les Amis du Ténébreux se trouvaient à coup sûr balayés en même temps que ceux dont il souhaitait le départ. Pas ici, par contre. Le dessin noir d'un croc aigu sur une porte aurait aussi bien pu être du blanc de chaux badigeonné de frais pour tout l'effet réel qu'il avait. Et les Trollocs ? Pedron Niall était-il au courant que les Trollocs arriveraient quand il avait rédigé ces ordres ? Comment l'aurait-il su ? Mais alors pourquoi avait-il envoyé assez d'Enfants de la Lumière pour mater une petite rébellion ? Et pourquoi, au nom de la Lumière, le Seigneur Capitaine Commandant lui avait-il infligé la présence d'un fou homicide ?

La porte de la tente se rabattit de côté et Ordeith entra d'un pas conquérant. Son beau surcot gris était brodé d'argent, mais couvert de taches. Son cou décharné était sale aussi ; saillant de son col, il lui donnait l'air d'une tortue. « Bonne soirée à vous, mon Seigneur Bornhald. Une agréable bonne soirée et splendide. » L'accent de Lugard était prononcé aujourd'hui.

« Qu'est-il arrivé à l'Enfant Joelin et à l'Enfant Gomanes, Ordeith ?

— Une chose vraiment terrible, mon Seigneur. Quand nous avons rencontré les Trollocs, l'Enfant Gomanes avec bravoure... » Bornhald le frappa en plein visage avec ses gantelets. L'homme osseux chancela, porta une main à sa lèvre fendue, examina le rouge sur ses doigts. Le sourire de sa face n'était plus moqueur. Il était vipérin. « Oubliez-vous qui a signé ma commission, petit seigneur ? Que je dise un mot et Pedron Niall vous pendra avec les tripes de votre mère après vous avoir tous les deux écorchés vifs.

— C'est-à-dire si vous êtes en vie pour dire ce mot, hein ? »

Ordeith gronda, se ramassant sur lui-même comme une bête sauvage, des bulles de salive aux lèvres. Il s'ébroua avec lenteur, se redressa lentement. « Nous devons œuvrer ensemble. » L'accent de Lugard avait disparu, remplacé par un ton plus imposant, plus autoritaire. Bornhald préférait la voix sarcastique avec l'accent du Lugard au mépris légèrement mielleux, à peine voilé dans celle-ci. « L'Ombre est partout autour de nous ici. Pas seulement les Trollocs et les Myrddraals. Ce sont les moins importants. Trois ont été engendrés ici, des Amis du Ténébreux destinés à bouleverser le monde, leur naissance programmée par le Ténébreux depuis mille ans ou davantage. Rand al'Thor. Mat Cauthon. Perrin Aybara. Vous connaissez leurs noms. En cet endroit ont été déchaînées des forces qui dévasteront le monde. Des créatures de l'Ombre parcourent la nuit, corrompant le cœur des hommes, empoisonnant leurs rêves. Fouaillez ce pays. Fouaillez-le et ils viendront. Rand al'Thor. Mat Cauthon. Perrin Aybara. » Il prononça le dernier nom d'une façon presque caressante.

Bornhald reprit son souffle avec peine. Il ignorait comment Ordeith avait découvert ce qu'il voulait ici ; un jour, le personnage avait simplement révélé qu'il savait. « J'ai couvert ce que vous aviez fait à la ferme Aybara...

— Fouaillez-les. » Il y avait une note de démence dans cette voix imposante, et de la sueur sur le front d'Ordeith. « Écorchez-les et les trois viendront. »

Bornhald força sa propre voix. « Je l'ai couvert parce que j'y étais obligé. » Il n'avait pas eu le choix. Si la vérité avait été révélée, il aurait eu affaire à davantage que des regards moroses. La dernière chose dont il avait besoin était une révolte ouverte en plus des Trollocs. « Mais je n'excuserai pas le meurtre d'Enfants de la Lumière. Vous m'entendez ? Que faites-vous donc que vous ayez besoin de cacher aux Enfants ?

— Doutez-vous que l'Ombre soit prête à tout ce qui est nécessaire pour me barrer la route ?

— Quoi ?

— En doutez-vous ? » Ordeith se pencha en avant, l'air concentré. « Vous avez vu les Hommes Gris [1]. »

Bornhald hésita. Cinquante des Enfants autour de lui, au milieu de la Colline-au-Guet, et personne n'avait remarqué les deux avec leurs poignards. Il avait eu les yeux posés sur eux et ne les avait pas vus. Jusqu'à ce qu'Ordeith les tue tous les deux. Le maigre petit bonhomme s'était acquis à cause de cela une considération énorme. Plus tard, Bornhald avait enterré profondément les poignards. Ces lames avaient paru être en acier mais y toucher brûlait comme du métal fondu. La première terre jetée dessus dans la fosse avait sifflé et émis de la vapeur. « Vous croyez qu'ils en avaient après vous ?

— Oh, oui, mon Seigneur Bornhald. Après moi. N'importe quoi pour m'annihiler. L'Ombre elle-même veut m'annihiler.

— Cela n'explique toujours pas l'assassinat...

— Je dois faire ce que je fais en secret. » C'était un murmure, presque un sifflement. « L'Ombre peut entrer dans l'esprit des humains pour me trouver, entrer dans les pensées et les rêves des hommes. Aimeriez-vous mourir dans un rêve ? Cela peut arriver.

— Vous êtes... fou.

— Donnez-moi les coudées franches et je vous donnerai Perrin Aybara. Voilà ce que requièrent les ordres de Pedron Niall. Laissez-moi les mains libres et je placerai Perrin Aybara dans les vôtres. »

1. Ces « Hommes Gris », dits aussi Sans-Âme et Non-Morts, se sont déjà manifestés dans le chapitre 15 du *Dragon réincarné* et le chapitre 9 du volume 7 de *La Roue du Temps, La montée des orages.*

Bornhald resta longtemps silencieux. « Je ne veux pas vous regarder, finit-il par dire. Sortez. »

Quand Ordeith fut parti, Bornhald frissonna. Qu'est-ce que le Seigneur Capitaine Commandant mijotait avec cet homme ? Mais si cela mettait Perrin Aybara en son pouvoir... Jetant ses gantelets, il commença à fourrager dans ses affaires. Quelque part il avait une gourde d'eau-de-vie.

L'homme qui se faisait appeler Ordeith, qui pensait même parfois à lui-même comme étant Ordeith, se faufila furtivement entre les tentes des Enfants de la Lumière, observant avec défiance les hommes aux manteaux blancs. Des outils utiles, des instruments ignorants, mais à qui il ne fallait pas se fier. En particulier Bornhald ; peut-être faudrait-il se débarrasser de celui-là, s'il devenait trop gênant. Byar serait beaucoup plus facile à manipuler. Mais pas encore. D'autres choses étaient plus importantes. Quelques soldats inclinèrent respectueusement la tête quand il passa. Il leur montra les dents dans ce qu'ils prirent pour un sourire amical. Des ustensiles, et des imbéciles.

Ses yeux parcoururent d'un regard rapide et avide la tente contenant les prisonniers. Ils pouvaient attendre. Pour un moment encore. Un petit peu plus longtemps. Ils n'étaient que des hors-d'œuvre, de toute façon. Un appât. Il aurait dû se retenir à la ferme Aybara, mais Conway Aybara lui avait ri au nez et Joslyne l'avait traité de petit idiot à l'esprit mal tourné pour avoir dit que son fils était un Ami du Ténébreux. Eh bien, ils avaient appris ce qu'il en coûtait, hurlant, brûlant. Malgré lui, il ricana sous cape. Des hors-d'œuvre.

Il sentait quelque part là-bas, dans le sud, vers le Champ d'Emond, un de ceux qu'il haïssait. Lequel ? Peu importait. Rand al'Thor était le seul qui comptait vraiment. Il l'aurait su si c'était al'Thor. La rumeur ne l'avait pas encore attiré, mais elle y réussirait. Ordeith frissonna de désir. Elle devait y parvenir. Il fallait propager d'autres récits en dépit des sentinelles de Bornhald à Taren-au-Bac, d'autres nouvelles des ravages subis par les Deux Rivières, qui iraient jusqu'aux oreilles de Rand al'Thor et s'imprimeraient dans son cerveau comme au fer rouge. D'abord al'Thor, puis la Tour, pour ce dont ils l'avaient dépouillé. Il récupérerait tout ce qui lui revenait de droit. Les choses s'étaient déroulées avec la précision d'une belle horloge, même avec Bornhald se mettant en travers, jusqu'à ce qu'apparaisse cet autre avec ses Hommes Gris. Ordeith frotta ses doigts osseux à travers ses cheveux graisseux. Pourquoi ses rêves ne pouvaient-ils au moins lui appartenir ? Il n'était plus une marionnette, manipulée de-ci de-là par des Myrddraals et des Réprouvés, par le Ténébreux lui-même. C'est lui qui tirait les fils à présent. On ne pouvait pas l'arrêter, on ne pouvait pas le tuer.

« Rien ne peut me tuer, marmotta-t-il avec une mine farouche. Pas moi. J'ai survécu depuis les Guerres Trolloques. » Du moins une partie de lui-même. Il eut un rire aigu, percevant une note de folie dans ce rire saccadé, le reconnaissant, ne s'en souciant pas.

Un jeune officier des Blancs Manteaux le regarda en fronçant les sourcils. Cette fois, les dents découvertes d'Ordeith ne ressemblaient en rien à un sourire et le garçon aux joues duveteuses eut un mouvement de recul. Ordeith poursuivit sa route rapide dans un traînement furtif des pieds.

Des mouches bourdonnaient autour de ses tentes à lui et des yeux méfiants moroses fuyaient les siens. Par contre, les épées étaient tranchantes et l'obéissance instantanée et aveugle. Bornhald pensait que ces hommes étaient encore les siens. Pedron Niall le croyait aussi, croyait qu'Ordeith était sa créature docile. Les imbéciles.

Repoussant d'une saccade le rabat de sa tente, Ordeith entra pour examiner son prisonnier, écartelé entre deux piquets assez robustes pour retenir un attelage tirant un chariot. Une forte chaîne d'acier vibra quand il la vérifia, mais il avait calculé combien il en fallait, puis avait doublé le compte. Une bonne chose.

Une boucle de moins et ces solides anneaux d'acier se seraient rompus.

Avec un soupir, il s'assit au bord de son lit. Les lampes étaient déjà allumées, plus d'une douzaine, ne laissant aucun coin d'ombre nulle part. L'intérieur de la tente était aussi clair qu'en plein midi. « Avez-vous réfléchi à ma proposition ? Acceptez et vous partez librement. Refusez... je sais comment faire souffrir votre espèce. Je peux vous faire hurler le temps d'une agonie qui n'en finit pas. À jamais agonisant, à jamais hurlant. »

Les chaînes tintèrent sous l'effet d'une secousse ; les pieux profondément enfoncés dans le sol craquèrent. « Très bien. » La voix du Myrddraal résonnait comme de la peau de serpent desséchée qui s'effrite. « J'accepte. Relâchez-moi. »

Ordeith sourit. L'autre le prenait pour un idiot. Il apprendrait. Eux tous apprendraient. « D'abord, régler la question de... dirons-nous, des conventions et de l'accord. » À mesure qu'il parlait, le Myrddraal commença à être baigné de sueur.

32. Des Questions qui se posent

« Il ne faut pas que nous tardions à partir pour la Colline-au-Guet, annonça Vérine le lendemain matin, alors qu'au-dehors le soleil levant ne donnait encore au ciel qu'une couleur de perle, ne lambinez donc pas. » Perrin leva les yeux de son porridge froid et croisa un regard ferme ; l'Aes Sedai comptait bien être obéie sans discussion. Au bout d'un instant, elle ajouta d'un air pensif : « N'allez pas vous imaginer que cela implique mon aide pour réaliser n'importe quelle folie. Vous êtes un jeune homme qui trompe son monde. Ne vous avisez pas de me jouer des tours. »

Tam et Abell s'arrêtèrent la cuillère à mi-chemin de la bouche et échangèrent un regard surpris ; manifestement, ils étaient allés de leur côté et les Aes Sedai d'un autre jusqu'à présent. Au bout d'un instant, ils se remirent à manger, toutefois avec une expression soucieuse. Ils se gardèrent d'élever des objections. Tomas, sa cape de Lige déjà rangée dans ses fontes, dardait sur eux – et sur Perrin – un regard fixe, le visage dur, comme s'il s'attendait à des protestations et entendait les étouffer dans l'œuf. Les Liges exécutaient ce qui était nécessaire pour qu'une Aes Sedai en fasse à sa volonté.

Elle avait l'intention d'intervenir, bien sûr – les Aes Sedai n'y manquaient jamais – cependant qu'elle soit là où il pouvait la voir valait mieux que la laisser derrière son dos. Éviter complètement de se trouver enchaîné dans des complications d'Aes Sedai était pratiquement impossible quand elles décidaient de se mêler de quelque chose ; le seul parti à prendre était de tenter de les utiliser en même temps qu'elles vous utilisaient, d'être sur ses gardes et d'espérer pouvoir s'esquiver à temps si elles étaient résolues à vous fourrer la tête la première, comme un furet, dans un terrier de lapin. Parfois, le terrier se révélait celui d'un blaireau, ce qui était pénible pour le furet.

« Vous seriez aussi la bienvenue », dit-il à Alanna, mais elle lui adressa un regard glacial qui lui cloua le bec tout net. Elle avait dédaigné le porridge et se tenait près d'une des fenêtres voilées par des plantes grimpantes, regardant à travers cet écran feuillu.

Il était incapable de déterminer si elle appréciait son projet d'une expédition de reconnaissance. Déchiffrer ce qu'elle pensait semblait presque impossible. Les Aes Sedai étaient censées incarner la sérénité en personne, une sérénité imperturbable, et c'était le cas pour elle, mais Alanna se livrait à des éclats de colère ou lançait des traits d'humour alors qu'on y était le moins préparé, comme des éclairs de chaleur qui crépitent et disparaissent aussitôt. À certains moments, elle le regardait de telle façon que si elle n'avait pas été une Aes Sedai il aurait cru qu'elle l'admirait. À d'autres, il aurait aussi bien pu être un mécanisme complexe quelconque qu'elle songeait à démonter pour découvrir comment il fonctionnait. Même Vérine lui damait le pion sur ce plan-là ; la plupart du temps elle était carrément indéchiffrable. Déroutant, à l'occasion, mais du moins n'avait-il pas à se demander si elle allait savoir comment rajuster ses pièces pour le reconstituer.

Il aurait aimé pouvoir faire rester Faile ici – ce n'était pas la même chose que la tenir à l'écart, l'idée était qu'elle soit à l'abri des Blancs Manteaux – mais elle avait cette façon obstinée de serrer les mâchoires et une lueur menaçante dans ses yeux en amande. « Je me réjouis d'avance de voir un peu de ton pays. Mon père élève des moutons. » Elle avait un ton résolu, elle n'allait pas rester, sauf s'il l'attachait.

Pendant un instant, il fut près d'envisager cette solution. D'autre part, le danger des Blancs Manteaux ne devait pas être tellement grand ; il avait seulement l'intention aujourd'hui de jeter un coup d'œil. « Je le croyais marchand, dit-il.

— Il élève aussi des moutons. » Des taches rouges s'épanouirent sur ses joues ; peut-être que son père était un homme pauvre et nullement un marchand. Il ne comprenait pas pourquoi elle racontait des craques mais, si elle en avait envie, il n'essaierait pas de la contrer. Gênée ou pas, elle ne paraissait quand même pas moins décidée à imposer sa volonté.

Il se rappela la méthode de Maître Cauthon. « Je ne sais pas ce que tu en verras. Quelques fermes sont peut-être occupées à tondre, je suppose. Probablement pas différemment de chez ton père. En tout cas, je serai content de ta compagnie. » La stupéfaction peinte sur sa figure quand elle se rendit compte qu'il ne discuterait pas valait presque l'inquiétude causée par sa venue avec lui. Peut-être Abell avait-il la bonne recette.

Avec Loial, ce fut une autre paire de manches.

« Mais je tiens à en être, protesta l'Ogier quand il s'entendit annoncer qu'il ne le pouvait pas. Je tiens à aider, Perrin.

— Vous serez trop en évidence, Maître Loial », dit Abell et Tam ajouta : « Nous avons besoin de ne pas attirer l'attention plus qu'il n'est inévitable. » Les oreilles de Loial s'affaissèrent tristement.

Perrin l'entraîna à l'écart, aussi loin des autres que la pièce le permettait. Les cheveux en broussaille de Loial effleurèrent les poutres du toit jusqu'à ce que Perrin lui fasse signe de se pencher. Perrin souriait, avec juste l'air de l'amadouer. Il espéra que c'est ce que les autres penseraient.

« Je voudrais que vous gardiez un œil sur Alanna », dit-il presque dans un chuchotement. Loial sursauta et il saisit l'Ogier par la manche, toujours la bouche fendue bêtement presque d'une oreille à l'autre. « Souriez, Loial. Nous ne parlons de rien d'important, d'accord ? » L'Ogier esquissa un sourire mal assuré. Duquel il faudrait se contenter. « Les Aes Sedai font ce qu'elles font pour leurs raisons personnelles, Loial. » Et ce pouvait être ce à quoi on s'attendait le moins, ou pas du tout ce qu'on était persuadé que c'était. « Qui sait ce qu'elle irait se mettre en tête ? J'ai eu assez de surprises depuis mon arrivée au pays et je ne veux pas que s'y ajoute une de sa façon. Je ne compte pas que vous l'en empêchiez, seulement que vous notiez ce qui sort de l'ordinaire.

— Merci du peu, marmotta Loial d'un ton caustique, ses oreilles tressautant. Vous ne croyez pas que mieux vaudrait laisser simplement les Aes Sedai agir comme elles l'entendent ? » Facile à dire pour lui ; les Aes Sedai étaient dans l'impossibilité de canaliser dans un *stedding* ogier. Perrin se contenta de le regarder et, au bout d'un instant, l'Ogier soupira. « Je suppose que non. Oh, d'accord. Je ne pourrai jamais dire qu'être près de vous n'est pas... intéressant. » Se redressant, il passa un doigt épais sous son nez et déclara aux autres : « Je suppose qu'en effet j'attirerais les regards. Eh bien, cela me donnera une chance de travailler sur mes notes. Je ne me suis pas occupé de mon livre depuis des jours. »

Vérine et Alanna échangèrent un coup d'œil indéchiffrable, puis tournèrent vers Perrin deux regards jumeaux soutenus. Impossible de savoir ce à quoi l'une et l'autre songeaient.

Les bêtes de somme devaient être laissées sur place, naturellement. Des chevaux de bât provoqueraient sûrement des commentaires, évoquant un long voyage ; personne dans les Deux Rivières ne s'éloignait beaucoup de chez soi à la meilleure des époques. Alanna arborait un léger sourire satisfait en les observant quand ils sellèrent leurs montures, sans doute convaincue que les bêtes et les bannes le liaient à la vieille infirmerie, à elle et à Vérine. Elle aurait une drôle de surprise, si on en venait là. Il avait vécu assez souvent sur ce que contenait une simple sacoche de selle depuis qu'il était parti de chez lui. D'ailleurs, il s'était débrouillé avec seulement ce qu'il avait dans son escarcelle et les poches de son surcot.

Il se redressa après avoir serré la sangle de selle de Steppeur et sursauta. Vérine le regardait avec une expression entendue, pas du tout vague, comme si elle savait ce qu'il pensait et en était amusée. Il trouvait cela assez désagréable quand c'était Faile qui avait cet air-là, mais de la part d'une Aes Sedai c'était cent fois pire. Le marteau attaché avec son rouleau de couchage et ses sacoches de selle paraissait toutefois la déconcerter. Il fut réjoui qu'il y ait quelque chose qu'elle ne paraissait pas comprendre. D'autre part, il se serait bien passé qu'elle soit intriguée à ce point-là. Qu'est-ce qu'un marteau pouvait avoir de fascinant pour une Aes Sedai ?

Avec seulement les chevaux de selle à préparer, ils furent prêts à partir en moins de rien. Vérine avait un hongre brun quelconque, aussi simple aux yeux inexpérimentés que son costume, mais sa large poitrine et sa croupe robuste suggéraient qu'il avait autant d'endurance que le gris aux yeux féroces de son Lige, grand et élégant. Steppeur renâcla à l'adresse de l'autre étalon, jusqu'à ce que Perrin caresse l'encolure de son louvet. Le gris était plus discipliné – et tout aussi prêt à se battre si Tomas le lui permettait. Le Lige contrôlait sa bête avec les genoux autant qu'avec les rênes, les deux semblaient presque un seul être.

Maître Cauthon examina le cheval de Tomas avec intérêt – les montures entraînées pour la guerre, on n'en voyait pas beaucoup dans cette contrée – mais celui de Vérine obtint un hochement de tête approbateur au premier coup d'œil. Il comptait parmi les plus fins connaisseurs en chevaux des Deux Rivières. Nul doute que c'est lui qui avait choisi les animaux à longs poils que lui et Maître al'Thor montaient, pas aussi élevés au garrot que les autres, mais vigoureux, avec une allure qui indiquait de la vitesse et de l'endurance.

Les trois Aiels se coulèrent en avant quand le groupe

se mit en route vers le nord, à longues enjambées qui les emportèrent rapidement hors de vue dans la profondeur des bois, les ombres du petit matin longues et bien nettes dans l'éclat du soleil levant. De temps en temps apparaissait au milieu des arbres une vision brève de gris et de brun, probablement à dessein, pour que les autres sachent qu'ils étaient là. Tam et Abell prirent la tête, l'arc en travers du haut pommeau de leurs selles, avec Perrin et Faile derrière, Vérine et Tomas fermant la marche.

Perrin se serait bien passé d'avoir les yeux de Vérine posés sur son dos. Il les sentait entre ses omoplates. Il se demanda si elle était au courant pour les loups. Pas rassurante comme pensée. Les Sœurs Brunes étaient censées connaître des choses ignorées des autres Ajahs, des choses obscures, des connaissances du passé. Peut-être savait-elle comment il pourrait éviter de se perdre, de perdre ce qu'il y avait d'humain en lui, au contact des loups. Faute de retrouver Elyas Machera, elle resterait peut-être sa meilleure chance. Il n'avait qu'à lui faire confiance. Ce qu'elle connaissait, il y avait des chances qu'elle l'utilise, certainement pour assister la Tour Blanche, probablement pour aider Rand. Seulement l'ennui, c'est qu'aider Rand n'entraînerait pas obligatoirement ce que lui souhaitait maintenant. Tout aurait été beaucoup plus simple sans Aes Sedai.

La plupart du temps, ils chevauchaient en silence, à part les bruits de la forêt, écureuils et piverts ou par intervalles un chant d'oiseau. À un moment donné, Faile jeta un coup d'œil en arrière. « Elle ne te causera aucun mal », dit-elle, sa douceur de ton contrastant violemment avec la lueur farouche brillant dans ses yeux noirs.

Perrin cilla. Elle avait l'intention de le protéger. Contre une Aes Sedai. Il ne la comprendrait jamais, ni ne saurait à quoi s'attendre. Parfois, elle était aussi déconcertante que les Aes Sedai.

Ils sortirent du Bois de l'Ouest à un peu plus d'une lieue au nord du Champ d'Emond, alors que le soleil s'élevait au-dessus des arbres à l'est, de la hauteur de son disque. Des taillis épars – principalement des lauréoles, des pins et des chênes – les séparaient des champs les plus proches où des haies bordaient les cultures d'orge et d'avoine, de tabac et de hauts herbages destinés à devenir du foin. Chose curieuse, il n'y avait personne en vue, pas de fumée montant des cheminées des fermes de l'autre côté des champs. Perrin connaissait les gens qui vivaient là, les al'Lora dans deux des grandes maisons, les Barster dans les autres. Des travailleurs assidus. Si ces maisons avaient eu des habitants, ceux-ci seraient depuis longtemps en train de s'affairer à leurs tâches. Gaul agita le bras à la lisière d'un bosquet, puis disparut sous les arbres.

Perrin donna du talon contre le flanc de Steppeur pour avancer à la hauteur de Tam et d'Abell. « Ne devrions-nous pas rester à couvert aussi longtemps que possible ? Six personnes à cheval ne passent pas inaperçues. » Ils maintinrent leurs montures à un bon pas régulier.

« Pas grand monde pour nous remarquer, mon garçon, répliqua Maître al'Thor, tant que nous nous tenons à l'écart de la Route du Nord. La plupart des fermes proches des bois ont été abandonnées. En tout cas, ces temps-ci on ne s'aventure pas seul, pas loin de son propre seuil. À l'heure actuelle, on ne regarde pas deux fois dix personnes qui voyagent en groupe, quoique la majeure partie des gens se déplacent en chariot quand ils s'y décident.

— Cela nous prendra déjà presque toute la journée pour arriver à la Colline-au-Guet sans essayer de parcourir la distance à travers les bois, dit Maître Cauthon. Ce serait un peu plus rapide par la route, mais avec plus de risque aussi de rencontrer des Blancs Manteaux. Plus de risque que quelqu'un nous dénonce en échange des récompenses promises. »

Tam acquiesça d'un signe de tête. « Mais nous avons aussi des amis par ici. Nous comptons nous arrêter vers midi à la ferme de Jac al'Seen pour laisser souffler les chevaux et nous dégourdir les jambes. Nous atteindrons la Colline-au-Guet quand il restera encore assez de clarté pour voir.

— Il y en aura suffisamment », commenta Perrin d'un ton distrait ; l'obscurité n'était jamais trop opaque pour lui. Il se retourna sur sa selle afin d'examiner les fermes. Abandonnées mais pas incendiées, pas pillées d'après ce qu'il distinguait. Des rideaux étaient encore accrochés aux fenêtres. Des fenêtres pas brisées. Les Trollocs se plaisaient à casser les choses et les maisons vides étaient une invitation. De hautes herbes folles avaient poussé au milieu de l'orge et de l'avoine, mais les champs n'avaient pas été piétinés. « Les Trollocs ont-ils attaqué le bourg proprement dit du Champ d'Emond ?

— Non, ils n'y sont pas allés, répondit Maître Cauthon d'un ton empreint de gratitude. Notez bien qu'ils n'auraient pas eu la partie facile dans ce cas-là. On a appris à être sur nos gardes depuis l'avant-dernière Nuit de l'Hiver. Il y a un arc derrière chaque porte, des lances et autre armement. De plus, les Blancs Manteaux descendent patrouiller jusqu'au Champ d'Emond tous les deux ou trois jours. Pour autant que je sois furieux de l'admettre, ils maintiennent les Trollocs à distance. »

Perrin secoua la tête. « Avez-vous une idée du nombre de Trollocs ?

— Un, c'est déjà trop, grommela Abell.

— Peut-être deux cents, énonça Tam. Peut-être plus. Probablement davantage. » Maître Cauthon parut surpris. « Réfléchis, Abell. Je ne sais pas combien les Blancs Manteaux en ont tués, mais les Liges déclarent qu'eux et les Aes Sedai en ont liquidé près de cinquante, ainsi que deux Évanescents. Cela n'a pas réduit la quantité d'incendies dont nous entendons parler. J'estime que le chiffre doit être plus important, mais calcule toi-même. » L'autre en convint tristement d'un signe.

« Alors pourquoi n'ont-ils pas attaqué le Champ d'Emond ? questionna Perrin. Si deux ou trois cents survenaient en pleine nuit, ils auraient des chances de brûler le village en totalité et de disparaître avant que les Blancs Manteaux là-haut sur la Colline-au-Guet en soient même informés. Encore plus facile pour eux de frapper la Tranchée-de-Deven. Vous avez dit que les Blancs Manteaux ne descendent pas jusque là-bas.

— Un coup de chance », répliqua Abell entre ses dents, mais sa voix était troublée. « Voilà ce que c'est. Nous avons été chanceux. Qu'est-ce que cela pourrait être d'autre ? A quoi veux-tu en venir, mon garçon ?

— Ce à quoi il veut en venir, déclara Faile qui s'était rapprochée d'eux, c'est qu'il doit y avoir une raison. » Hirondelle, sa jument, était suffisamment plus grande que les chevaux des Deux Rivières pour lui permettre de regarder Tam et Abell droit dans les yeux, et le regard qu'elle leur adressa elle le fit ferme. « J'ai vu les suites des raids trollocs dans la Saldaea. Ils pillent ce qu'ils ne brûlent pas, ils tuent ou emmènent les gens et les animaux, tous ceux ou tout ce qui n'est pas protégé. Des villages entiers ont disparu, les mauvaises années. Ils recherchent les endroits où les défenses sont les plus faibles, où ils peuvent tuer le plus de monde. Mon père... » Elle s'interrompit brusquement, respira à fond et poursuivit : « Perrin a vu ce que vous auriez dû voir. » Elle lui adressa un brusque sourire de fierté. « Si les Trollocs n'ont pas attaqué vos villages, ils ont une raison.

— J'y ai bien pensé, répliqua calmement Tam, mais je ne parviens pas à comprendre pourquoi. Jusqu'à ce que nous le sachions, la chance est une réponse aussi bonne qu'une autre.

— Peut-être est-ce un piège », déclara Vérine qui les avait rejoints. Tomas était resté encore un peu en arrière, fouillant de ses yeux noirs avec autant de persévérance qu'un Aiel la campagne qu'ils traversaient. Le Lige surveillait aussi le ciel ; il y avait toujours le risque d'un corbeau. Pratiquement sans un temps d'arrêt, le regard inquisiteur de Vérine alla de Perrin à ses deux aînés. « Des nouvelles de troubles permanents, des nouvelles concernant des Trollocs, attireront les yeux sur les Deux Rivières. L'Andor enverra sûrement des soldats, et peut-être aussi d'autres pays à cause de Trollocs aussi loin dans le sud. C'est-à-dire si les Enfants de la Lumière laissent filtrer des nouvelles, évidemment. Je soupçonne que les Gardes de la Reine Morgase ne seraient guère plus heureux de trouver autant de Blancs Manteaux que de trouver des Trollocs.

— La guerre, murmura Abell. Ce que nous avons est déjà pénible, mais vous parlez de guerre.

— Cela se pourrait bien, approuva Vérine. Cela se pourrait. » Fronçant les sourcils d'un air préoccupé, elle extirpa de son escarcelle une plume à pointe d'acier et un petit carnet relié en toile, puis ouvrit un petit étui accroché à sa ceinture qui contenait une bouteille d'encre et un sablier. Essuyant distraitement la plume sur sa manche, elle se mit à jeter des notes dans son carnet en dépit de la difficulté d'écrire en étant à cheval. Elle semblait complètement inconsciente du malaise qu'elle avait pu provoquer. Peut-être l'était-elle réellement.

Maître Cauthon ne cessait de murmurer « La guerre » d'un ton interrogateur et Faile posa une main réconfortante sur le bras de Perrin, une expression de tristesse dans les yeux.

Maître al'Thor se contenta de grogner ; il avait participé à une guerre, d'après ce que Perrin avait entendu dire, bien que sans apprendre exactement où ni comment. Seulement quelque part en dehors des Deux Rivières, où il était parti étant jeune homme, revenant des années plus tard avec une épouse et un enfant, Rand. Peu de gens des Deux Rivières quittaient leur pays. Perrin doutait qu'ils sachent réellement ce qu'était une guerre, excepté ce qu'ils en avaient appris par des colporteurs ou des marchands avec leurs gardes et leurs conducteurs de chariot. Cependant, lui savait. Il avait vu la guerre à la Pointe de Toman. Abell avait raison. Ce qu'ils avaient chez eux était assez pénible, mais n'approchait pas de la guerre.

Il garda le silence. Peut-être Vérine était-elle dans le vrai. Et peut-être désirait-elle simplement qu'ils cessent de se casser la tête. Si le harcèlement des Deux Rivières par les Trollocs était un appât, ce devait être un appât pour Rand, et les Aes Sedai devaient le savoir. C'était un des problèmes avec les Aes Sedai ; elles vous donnaient des « si » et des « peut-être » jusqu'à ce que vous soyez sûr qu'elles vous ont dit tout net ce qu'elles avaient seulement suggéré. Eh bien, si les Trollocs – ou ce qui les avait envoyés, plutôt : un des Réprouvés, qui sait ? – pensaient prendre Rand au piège, ils auraient à se contenter de Perrin à la place – un simple forgeron au lieu du Dragon Réincarné – et il n'avait pas l'intention de tomber dans le moindre piège.

Ils chevauchèrent en silence toute la matinée. Dans cette région, les fermes étaient éparses, distantes parfois d'un quart de lieue sinon davantage. Toutes étaient abandonnées, les champs étouffés par les mauvaises herbes, les portes de grange se balançant dans un souffle de brise errante. Une seule avait été incendiée et il n'en restait que les cheminées, des doigts noircis par la suie qui pointaient hors des cendres. Les gens qui étaient morts là – des Ayellin, cousins de ceux qui habitaient dans le Champ d'Emond – avaient été enterrés près des poiriers derrière la maison. Le petit nombre qui avait été retrouvé. Il avait fallu insister pour qu'Abell en parle et Tam s'y était refusé. Ils avaient l'air de croire que cela le bouleverserait. Il savait ce que mangeaient les Trollocs. N'importe quoi qui était de la chair. Il caressa machinalement sa hache jusqu'à ce que Faile lui prenne la main. Pour une raison quelconque, c'est elle qui paraissait ébranlée. Il avait pensé qu'elle connaissait les Trollocs mieux que cela.

Les Aiels se débrouillaient pour ne pas être visibles même entre deux taillis, sauf quand ils le désiraient. Lorsque Tam commença à obliquer vers l'est, Gaul et les deux Vierges de la Lance changèrent de direction en même temps que le groupe.

Comme l'avait prédit Maître Cauthon, la ferme al'Seen apparut alors que le soleil n'avait pas encore atteint son zénith. Il n'y avait pas d'autre ferme en vue, néanmoins quelques panaches de fumée grise largement éloignés les uns des autres montaient de cheminées tant au nord qu'à l'est. Pourquoi s'accrochaient-ils, isolés comme cela ? Si des Trollocs survenaient, leur seul espoir était que des Blancs Manteaux passent à proximité au même moment.

Alors que la vaste ferme était encore minuscule dans le lointain, Tam s'arrêta et incita du geste les Aiels à les rejoindre, puis il leur suggéra de dénicher un endroit pour attendre jusqu'à ce que le groupe quitte la ferme. « Ils ne bavarderont pas sur le compte d'Abell ou du mien, expliqua-t-il, mais vous trois ferez marcher les langues en dépit de la meilleure volonté du monde. »

C'était le moins qu'on en puisse dire, étant donné leur habillement bizarre, leurs lances et le fait que deux d'entre eux étaient des femmes. Ils avaient chacun un lapin suspendu à côté de leur carquois et comment ils avaient réussi à prendre le temps de chasser tout en se maintenant en avant des chevaux, Perrin ne le comprenait pas. À remarquer d'ailleurs qu'ils paraissaient moins fatigués que les chevaux.

« D'accord, dit Gaul. Je vais découvrir un coin où manger mon déjeuner et guetter votre départ. » Il tourna les talons et s'éloigna aussitôt d'une démarche élastique. Baine et Khiad échangèrent un coup d'œil. Au bout d'un instant, Khiad haussa les épaules et elles l'imitèrent.

« Ne sont-ils pas ensemble ? questionna le père de Mat en se grattant la tête.

— C'est une longue histoire », répliqua Perrin. Cela valait mieux que de lui raconter que Khiad et Gaul pouvaient fort bien décider de s'entre-tuer à la suite d'une vengeance. Il espérait que le serment de l'eau gardait sa valeur. Il devrait se souvenir de demander à Gaul ce qu'était un serment de l'eau.

La ferme al'Seen figurait parmi les plus vastes existant aux Deux Rivières, avec trois hautes granges et cinq hangars où faire sécher le tabac. Le parc aux murs de pierre, plein de moutons à face noire, était aussi étendu que certaines pâtures, et des cours fermées par des barrières maintenaient séparés des vaches laitières tachetées de blanc et des bœufs de boucherie noirs. Des porcs grognaient avec satisfaction dans leur enclos, des poules se promenaient partout et il y avait des oies blanches sur un étang de belle taille.

La première chose bizarre que Perrin remarqua fut les jeunes garçons sur les toits en chaume de la maison et des granges, au nombre de huit ou neuf, avec des arcs et des carquois. Ils alertèrent par leurs appels les gens en bas dès qu'ils aperçurent les cavaliers, et des femmes firent rentrer précipitamment les enfants avant de s'ombrager les yeux pour distinguer qui arrivait. Des hommes se rassemblèrent dans la cour de la ferme, les uns avec des arcs, d'autres avec des fourches et des serpes tenues comme des armes. Trop de gens. Beaucoup trop, même pour une ferme aussi importante que celle-ci. Il adressa un regard interrogateur à Maître al'Thor.

« Jac a accueilli chez lui la famille de son cousin Wit, expliqua Tam, parce que la ferme de Wit est trop proche du Bois de l'Ouest. Et celle de Flann Lewin après que leur ferme a été attaquée. Les Blancs Manteaux ont chassé les Trollocs avant que plus que ses écuries soit brûlé, mais Flann a décidé qu'il était temps de partir. Jac est un brave homme. »

Quand ils pénétrèrent dans la cour de la ferme et que Tam et Abell furent reconnus, des hommes et des femmes se pressèrent autour avec des sourires et des murmures de bienvenue tandis qu'ils mettaient pied à terre. Ce que voyant les enfants jaillirent de la maison, suivis par les femmes qui les surveillaient et d'autres qui s'étaient affairées à la cuisine et s'essuyaient les mains sur leur tablier. Toutes les générations étaient représentées, depuis Astelle al'Seen, au dos courbé mais usant de sa canne pour écarter les gens de son chemin plutôt que pour s'appuyer dessus en marchant, jusqu'à un nourrisson au maillot dans les bras d'une jeune femme plus que corpulente au brillant sourire.

Le regard de Perrin dépassa la forte jeune femme

souriante ; puis sa tête se retourna subitement. Quand il avait quitté les Deux Rivières, Laila Dearn était une svelte jeune fille capable de continuer à danser après avoir mis trois garçons sur les rotules. Seuls les yeux et le sourire étaient les mêmes. Il frissonna. À un moment donné, il avait rêvé d'épouser Laila et chez elle ce sentiment avait été tant soit peu partagé. En fait, elle l'avait nourri plus longtemps que lui. Heureusement, elle était trop joyeusement absorbée par son bébé et le gaillard encore plus massif qu'elle qui était à côté. Perrin reconnut aussi cet homme qui l'accompagnait. Natley Lewin. Ainsi Laila était maintenant une Lewin. Bizarre. Nat n'avait jamais su danser. Remerciant la Lumière de l'avoir échappé belle, Perrin chercha des yeux Faile.

Il la découvrit jouant distraitement avec les rênes d'Hirondelle tandis que la jument fourrait son nez sur son épaule. Toutefois, elle était trop occupée à sourire d'un air admiratif à Wil al'Seen, un cousin du côté de la Tranchée-de-Deven, pour prêter attention à sa bête, et Wil lui rendait son sourire. Un beau gars, Wil. Ma foi, il avait un an de plus que Perrin mais était trop joli garçon pour ne pas paraître jeunet. Quand Wil venait au Champ d'Emond à la danse, les jeunes filles le contemplaient toutes en soupirant. Exactement comme Faile à présent. Certes, elle ne soupirait pas, mais son sourire était approbateur, sans contredit.

Perrin alla passer un bras autour d'elle, reposant son autre main sur sa hache. « Comment vas-tu, Wil ? » demanda-t-il en souriant de toutes ses dents. Inutile de laisser Faile croire qu'il était jaloux. Non pas qu'il le fût, non, non.

« Bien, Perrin. » Les yeux de Wil se détournèrent des siens et rebondirent sur la hache, en même temps qu'une expression de malaise se peignait lentement sur sa figure. S'abstenant de ramener son regard sur Faile, il s'éloigna en hâte pour rejoindre le groupe dont Vérine était le centre.

Faile leva la tête vers Perrin, les lèvres pincées, puis

lui saisit la barbe d'une main et lui secoua doucement la tête. « Perrin, Perrin, Perrin », murmura-t-elle.

Il n'était pas très sûr de ce qu'elle entendait par là, mais il jugea plus sage de ne pas poser de question. Elle-même avait l'air de ne pas savoir si elle était fâchée ou – serait-ce possible que ce soit « amusée » ? Mieux valait ne pas la pousser à décider.

Wil n'était pas le seul à regarder ses yeux avec méfiance, naturellement. Tous apparemment, jeunes ou vieux, hommes ou femmes, sursautaient la première fois qu'ils croisaient son regard. La vieille Maîtresse al'Seen le tâta du bout de sa canne et ses vieux yeux noirs s'écarquillèrent de surprise quand il émit un grognement. Peut-être pensait-elle qu'il n'était pas réel. Cependant personne ne dit rien.

On n'avait pas tardé à emmener les chevaux dans une des écuries – Tomas conduisit lui-même son cheval gris ; l'étalon ne paraissait pas vouloir que quelqu'un d'autre touche les rênes – et tout le monde, excepté les garçons sur les toits, s'était entassé dans la maison, la remplissant quasi totalement. Des adultes s'alignaient dans la grande salle sur deux rangs, les Lewin et les al'Seen mêlés sans ordre ou hiérarchie particulière, les enfants dans les bras de leur mère ou relégués derrière les grandes personnes qui se pressaient sur le seuil des portes pour voir à l'intérieur de la salle et obligés de regarder entre leurs jambes.

Du thé fort et des chaises de paille à haut dossier furent apportés pour les arrivants, toutefois Vérine et Faile eurent droit à des coussins brodés. Vérine, Tomas et Faile provoquaient une importante effervescence. Des murmures emplissaient la salle tel un cacardage d'oies, et chacun contemplait ces trois-là comme s'ils portaient une couronne ou allaient se mettre à exécuter des tours. Les étrangers étaient toujours un objet de curiosité dans le pays des Deux Rivières. L'épée de Tomas soulevait en particulier des commentaires, proférés dans un chuchotement que Perrin percevait sans peine. Les épées n'étaient pas chose courante dans cette contrée, ou ne l'avaient pas été avant la venue des Blancs Manteaux. Les uns pensaient que Tomas était un Blanc Manteau, d'autres un seigneur. Un gamin qui arrivait à peine plus haut que la ceinture d'un adulte parla de Liges avant d'être réduit au silence par les moqueries de ses aînés.

Dès que les hôtes furent installés, Jac al'Seen se campa devant la vaste cheminée de pierre, un homme massif à large carrure avec moins de cheveux que Maître al'Vere et ce qu'il avait juste aussi gris. Une pendule tictaquait sur la tablette derrière sa tête entre deux grands gobelets d'argent, témoignage de sa réussite en tant que fermier. Les bavardages se turent quand il leva la main, encore que son cousin Wit, quasiment son jumeau à ceci près qu'il n'avait plus de cheveux du tout, et Flann Lewin, un échalas noueux à chevelure grise, aient déjà fait taire leurs familles.

« Maîtresse Mathwin, noble Dame Faile, déclara Jac en s'inclinant gauchement. Vous êtes les bienvenues ici, pour aussi longtemps que vous le désirez. Je dois cependant vous mettre en garde. Vous connaissez les ennuis que nous avons dans le pays. Ce serait mieux pour vous que vous vous rendiez directement au Champ d'Emond ou à la Colline-au-Guet et que vous y restiez. Ils sont trop importants pour être attaqués. Je vous conseillerais bien de quitter complètement les Deux Rivières, mais je me suis laissé dire que les Enfants de la Lumière interdisent à tout le monde la traversée de la Taren. J'ignore pourquoi, mais c'est une réalité.

— Pourtant, il y a tant de beaux récits dans les campagnes, répliqua Vérine en clignant doucement des paupières. Je n'en apprendrais aucun si je demeurais dans un village. » Sans mentir d'un mot, elle se débrouillait pour donner l'impression qu'elle était venue aux Deux Rivières à la recherche d'anciennes anecdotes, exactement comme Moiraine l'avait fait en un temps qui paraissait à présent tellement lointain. Son anneau au Grand Serpent était rangé dans son escarcelle, toutefois Perrin doutait qu'aucune des personnes ici présentes sache ce qu'il représentait.

Elisa al'Seen lissa son tablier blanc et adressa un sourire grave à Vérine. Bien qu'ayant les cheveux moins gris que ceux de son mari, un air maternel sur son visage marqué de rides, elle semblait plus âgée que Vérine. Il y avait de fortes chances pour qu'elle le pense aussi. « C'est un honneur d'avoir sous notre toit quelqu'un de savant, cependant Jac a raison, affirma-t-elle d'un ton ferme. Vous êtes sincèrement la bienvenue ici mais, quand vous partirez, il faudra vous rendre immédiatement dans un village. Voyager n'est pas sûr. Cela vaut aussi pour vous, noble Dame, ajouta-t-elle à l'intention de Faile. Les Trollocs ne sont pas quelque chose que deux femmes devraient affronter avec seulement une poignée d'hommes comme protection.

— J'y réfléchirai, répliqua calmement Faile. Je vous remercie de votre amabilité. » Elle but son thé à petites gorgées, aussi détachée que Vérine qui avait recommencé à écrire dans son carnet, levant seulement les yeux pour sourire à Elisa et murmurer : « Il y a tant de contes dans le pays. » Faile accepta le biscuit au beurre d'une jeune al'Seen qui esquissa une révérence et rougit comme un coquelicot, tout en considérant Faile avec des yeux écarquillés d'admiration.

Perrin sourit sous cape. Dans son costume de cheval en soie verte, tous croyaient Faile de noble naissance et il devait reconnaître qu'elle assumait le rôle à merveille. Quand elle le voulait. Cette petite jeune fille aurait été moins admirative si elle l'avait vue dans une de ses crises de colère, où sa langue aurait écorché vif un conducteur de chariot.

Maîtresse al'Seen se tourna vers son mari en secouant la tête ; Faile et Vérine n'allaient pas se laisser persuader. Jac se tourna vers Tomas. « Pouvez-vous les convaincre ?

— Je vais où elle me le dit », répliqua Tomas. Assis là une tasse de thé à la main, le Lige semblait néanmoins sur le point de tirer au clair son épée.

Maître al'Seen soupira et porta ailleurs son attention. « Perrin, la plupart d'entre nous vous ont rencontré à un moment ou un autre, là-bas au Champ d'Emond. Nous vous connaissons, peu ou prou. Nous vous connaissions du moins avant que vous ne vous soyez enfui l'an dernier. Nous avons entendu des choses troublantes, mais je suppose que Tam et Abell ne seraient pas avec vous si elles étaient vraies. »

L'épouse de Flann, Adine, une femme bien en chair avec l'air satisfaite d'elle-même, eut un reniflement sec. « J'ai aussi entendu dire certaines choses sur Tam et Abell. Et sur leurs fils, qui se sont sauvés avec des Aes Sedai. Avec des Aes Sedai ! Une douzaine ! Vous vous rappelez tous comment le Champ d'Emond a été incendié de fond en comble. La Lumière sait ce qu'ils ont pu devenir. J'ai entendu dire qu'ils avaient kidnappé la petite al'Vere. » Flann secoua la tête avec résignation et jeta à Jac un regard d'excuse.

« Si tu crois cela, riposta Wit ironiquement, tu croiras n'importe quoi. J'ai causé avec Marine al'Vere il y a deux semaines et elle a dit que sa fille était partie de son propre mouvement. Et il n'y avait qu'une Aes Sedai.

— Qu'est-ce que tu insinues, Adine ? » Elisa al'Seen planta les poings sur ses hanches. « Explique-toi. » Il y avait plus qu'une suggestion de « Je te mets au défi » dans sa voix.

« Je n'ai pas dit que je le croyais, protesta énergiquement Adine, simplement que je l'avais entendu raconter. Il y a des questions qui se posent. Les Enfants ne se sont pas lancés sur la trace de ces trois-là en tirant leurs noms hors d'un chapeau.

— Si tu écoutais, pour changer, déclara Elisa d'un ton ferme, tu entendrais peut-être une réponse ou deux. » Adine s'occupa à réarranger la tombée de sa jupe mais, si elle parla entre ses dents, elle se garda de continuer la discussion.

« Quelqu'un a-t-il autre chose à dire ? » questionna Jac avec une impatience à peine dissimulée. Aucun des assistants ne soufflant mot, il continua : « Perrin, personne ici ne vous prend pour un Ami du Ténébreux, pas plus que nous ne le croyons de Tam ou d'Abell. » Il lança un regard sévère à Adine et Flann posa la main sur l'épaule de sa femme ; elle demeura silencieuse, mais ses lèvres se tordaient convulsivement en formant les mots qu'elle se retenait de prononcer. Jac marmotta à part soi avant de poursuivre. « Même ainsi, Perrin, je pense que nous avons le droit d'apprendre pourquoi les Blancs Manteaux proclament ce qu'ils prétendent. Ils vous accusent, vous, Mat Cauthon et Rand al'Thor, d'être des Amis du Ténébreux. Pourquoi ? »

Faile ouvrit la bouche dans un mouvement de colère, mais Perrin lui fit signe de se taire. Son obéissance le surprit à tel point qu'il la dévisagea un instant avant de répondre. Peut-être qu'elle était réellement malade. « Il ne faut pas grand-chose aux Blancs Manteaux, Maître al'Seen. Si vous ne vous confondez pas en salamalecs et si vous les évitez, vous devez être un Ami du Ténébreux. Si vous ne dites pas ce qu'ils désirent, ne pensez pas ce qu'ils désirent, vous devez être un Ami du Ténébreux. J'ignore pourquoi ils estiment que Rand et Mat en sont. » C'était la vérité pure et simple. Si les Blancs Manteaux savaient que Rand était le Dragon Réincarné, cela leur suffirait, mais ils ne pouvaient en aucun cas l'avoir appris. En ce qui concernait Mat, il était dans l'ignorance la plus totale. C'était probablement l'œuvre de Fain. « Pour ma part, j'ai tué quelques-uns d'entre eux. » Par extraordinaire, les hoquets de surprise qui résonnèrent tout autour de la salle ne lui causèrent pas de crispation intérieure, non plus que la pensée de ce qu'il avait fait. « Ils avaient tué un ami à moi et m'auraient tué aussi. Je n'ai pas jugé possible de les laisser faire. Voilà tout.

— Je comprends que vous ne l'ayez pas voulu », répliqua lentement Jac. Même avec les Trollocs dans les parages, les gens des Deux Rivières n'étaient pas habitués à ce qu'on tue. Quelques années auparavant, une femme avait assassiné son mari parce qu'elle souhaitait qu'un autre homme l'épouse ; c'était la dernière fois que quelqu'un avait péri de mort violente aux Deux Rivières, à la connaissance de Perrin. Jusqu'à l'arrivée des Trollocs.

« Les Enfants de la Lumière sont très habiles dans une chose, commenta Vérine. Rendre soupçonneux les uns des autres des gens qui ont été des voisins leur vie entière. » Tous les gens de la ferme la regardèrent et quelques-uns hochèrent la tête en signe d'approbation au bout d'un instant.

« Ils ont un homme avec eux, à ce que j'ai entendu dire, reprit Perrin. Padan Fain. Le colporteur.

— Je sais, répliqua Jac. J'ai appris qu'il se fait appeler par un autre nom, présentement. »

Perrin acquiesça d'un signe. « Ordeith. Mais Fain ou Ordeith, lui c'est un Ami du Ténébreux. Il l'a reconnu, il a avoué avoir amené les Trollocs dans la Nuit de l'Hiver l'an dernier. Et il chevauche de pair avec les Blancs Manteaux.

— Facile à vous de le prétendre, le rabroua sèchement Adine Lewin. On peut traiter n'importe qui d'Ami du Ténébreux.

— Alors qui croyez-vous ? intervint Tomas. Ceux qui sont arrivés il y a plusieurs semaines, qui ont arrêté des gens que vous connaissez et incendié leurs fermes ? Ou un jeune homme qui a grandi ici même ?

— Je ne suis pas un Ami du Ténébreux, Maître al'Seen, déclara Perrin, mais si vous souhaitez que je parte, je partirai.

— Non », répliqua vivement Elisa en jetant à son mari un coup d'œil éloquent. Et à Adine un regard glacial qui l'incita à ravaler ce qu'elle s'apprêtait à dire. « Non. Vous êtes le bienvenu dans cette maison pour tout le temps qu'il vous plaira d'y rester. » Jac hésita, puis confirma son accord d'un mouvement de tête. Elle s'approcha de Perrin et posa les mains sur ses épaules. « Vous avez notre sympathie, reprit-elle avec douceur. Votre père était un brave homme. Votre mère était mon amie et une femme de valeur. Je sais qu'elle voudrait que vous restiez avec nous, Perrin. Les Enfants passent rarement de ce côté et, s'ils viennent, les garçons sur le toit nous avertiront largement à temps pour vous cacher dans le grenier. Vous serez en sécurité ici. »

Elle le pensait. Elle le pensait sincèrement. Et, quand Perrin se tourna vers Maître al'Seen, ce dernier acquiesça de nouveau. « Merci, dit Perrin d'une voix étranglée. Seulement j'ai... des choses à faire. Des choses dont je dois m'occuper. »

Elle sourit, en lui tapotant gentiment l'épaule. « Naturellement. Prenez seulement bien garde que ces choses ne vous... causent pas de mal. Bon, au moins puis-je vous laisser aller votre chemin avec l'estomac plein. »

Il n'y avait pas assez de tables dans la maison où installer tout le monde pour le repas de midi, de sorte que de grands bols de ragoût d'agneau furent distribués à la ronde avec des morceaux de pain croustillant et des recommandations de ne pas en laisser tomber et chacun mangea où il se trouvait, assis ou debout. Ils n'avaient pas encore fini de manger quand un garçon dégingandé aux poignets sortant de ses manches et avec un arc plus grand que lui entra d'un bond. Perrin pensa que c'était Win Lewin, mais sans en être sûr ; les garçons grandissent vite à cet âge. « C'est le Seigneur Luc, s'exclama le garçon maigrelet avec excitation. Le Seigneur Luc arrive. »

33. Une Nouvelle Texture dans le Dessin

Le seigneur en personne suivait presque sur les talons du jeune garçon, un homme d'âge mûr, grand et large de carrure, avec un visage dur aux traits anguleux et une chevelure roussâtre où des mèches formaient des ailes blanches sur ses tempes. Il y avait de l'arrogance dans ses yeux bleu foncé, et il incarnait le noble personnage jusqu'au bout des ongles dans son habit vert élégamment taillé à volutes dorées discrètement brodées sur les manches, avec des gants travaillés au fil d'or. Des motifs d'or enveloppaient aussi le fourreau de son épée et ornaient le haut de ses bottes reluisantes. À l'action simple de franchir le seuil d'une longue foulée il donnait une sorte de majesté. Perrin le méprisa au premier regard.

Tous les al'Seen et les Lewin se précipitèrent en masse pour accueillir le seigneur – hommes, femmes et enfants se pressant autour de lui avec des sourires, des saluts et des révérences, faisant assaut de babillages concernant l'honneur de sa présence, l'immense honneur de la visite d'un Chasseur du Cor. C'est ce qui semblait les griser le plus. Un seigneur sous le même toit qu'eux était peut-être un sujet d'exaltation, mais un de ceux qui avaient juré de partir en quête du fabuleux Cor de Valère – cela tenait de la substance des récits légendaires. Perrin ne pensait pas avoir jamais vu les gens des Deux Rivières courber l'échine devant qui que ce soit, mais ceux-là en étaient bien près.

Ce Seigneur Luc l'acceptait visiblement comme son dû, pas plus, peut-être moins. Et fastidieux à subir, par-dessus le marché. Les gens de la ferme ne semblaient pas s'en apercevoir, ou seulement ne se rendaient pas compte de ce qu'était cette expression de légère lassitude, ce sourire quelque peu condescendant. Ils s'imaginaient simplement qu'ainsi se conduisent les seigneurs. De fait, bon nombre adoptaient cette attitude, mais Perrin était impatienté que ces gens – les gens de son pays – l'acceptent.

Quand le brouhaha commença à s'apaiser, Jac et Elisa présentèrent leurs nouveaux hôtes – tous sauf Tam et Abell qui l'avaient déjà rencontré – au Seigneur Luc de Tchiendelna, disant qu'il leur donnait des conseils sur la façon de se défendre contre les Trollocs, qu'il les avait encouragés à tenir tête aux Blancs Manteaux, à résister. Des murmures d'acquiescement approbateurs fusèrent dans le reste de la salle. Si les Deux Rivières avaient eu à choisir un roi, le Seigneur Luc aurait été soutenu par la totalité des al'Seen et des Lewin. Il le savait, aussi. Cependant son apparente suffisance ennuyée ne dura pas longtemps.

Au premier coup d'œil sur la figure aux joues lisses de Vérine, Luc se raidit tant soit peu, son regard se portant sur les mains de Vérine si vite que beaucoup n'avaient pas dû le remarquer. Il faillit laisser choir ses gants brodés. Boulotte et vêtue modestement, elle pouvait passer pour une paysanne, mais c'était clair qu'il reconnaissait le visage toujours jeune d'une Aes Sedai quand il en voyait un. Il n'était pas particulièrement satisfait d'en voir un ici. Une crispation plissa le coin de son œil gauche quand il écouta Maîtresse al'Seen qualifier « Maîtresse Mathwin » « une érudite de l'étranger ».

Vérine lui sourit comme si elle était à moitié endormie. « Un plaisir, murmura-t-elle. La Maison de Tchiendelna. Où est-ce ? La sonorité évoque les Marches.

— Rien d'aussi important, répliqua aussitôt Luc en lui adressant un bref salut circonspect. Au Murandy, en fait. Une Maison de second rang mais ancienne. » Pendant le reste des présentations, il parut détacher d'elle son regard à contrecœur.

Tomas, il lui jeta à peine un coup d'œil. Il devait savoir que c'était le Lige de « Maîtresse Mathwin », pourtant il le chassa de son esprit sur-le-champ aussi clairement que s'il l'avait crié sur les toits. C'était purement et simplement étrange. Si fort que Luc fût avec cette épée, nul n'est assez fort pour ne faire aucun cas d'un Lige. Arrogance. Le gaillard en avait pour dix hommes. Il le prouva avec Faile, du moins du point de vue de Perrin.

Le sourire que Luc lui dédia était certes davantage que plein d'assurance ; il était familier aussi et sans contredit chaleureux. À la vérité, ce sourire était beaucoup trop admiratif et trop chaleureux. Il lui prit la main dans les deux siennes pour s'incliner et plongea le regard dans ses yeux comme s'il essayait de voir au travers de son crâne. Pendant un instant, Perrin crut qu'elle allait le traiter par le mépris mais, au contraire, elle répondit au regard appuyé du seigneur avec un simulacre de froideur rougissante et un léger salut de la tête.

« Moi aussi, je suis un Chasseur en Quête du Cor, mon Seigneur, dit-elle d'une voix un brin haletante. Pensez-vous le trouver ici ? »

Luc cilla et lâcha sa main. « Peut-être, noble Dame. Qui sait où pourrait se trouver le Cor ? » Faile parut légèrement étonnée – peut-être déçue – par son soudain manque d'intérêt.

Perrin se composa une expression neutre. Si elle avait envie de sourire à Wil al'Seen et de rougir pour des imbéciles de seigneurs, libre à elle. Alors comme ça, Luc avait envie de savoir où était le Cor de Valère ? Il était caché quelque part dans la Tour Blanche, voilà où. Il fut tenté de le dire à cet individu, rien que pour le voir grincer des dents sous le coup de la frustration.

Si Luc avait été surpris de découvrir qui étaient ses

autres compagnons dans la maison des al'Seen, sa réaction à l'égard de Perrin fut pour le moins singulière. Il sursauta à la vue de la figure de Perrin ; le choc se peignit à la vitesse de l'éclair dans son regard. Lequel choc s'estompa en un instant, masqué derrière une morgue aristocratique, à part un frémissement incontrôlé au coin d'une paupière. L'ennui, c'est que cela n'avait pas de sens. Ce n'était pas la couleur jaune de ses yeux qui avait déconcerté Luc ; il en était certain. À croire plutôt que cet individu le connaissait et était ahuri de le voir ici, mais jamais de sa vie il n'avait rencontré ce Luc. Qui plus est, il aurait parié que Luc avait peur de lui. Absolument incompréhensible.

« C'est le Seigneur Luc qui a suggéré que les garçons montent sur le toit, déclara Jac. Aucun Trolloc ne s'approchera sans que ces gamins donnent l'alarme.

— Une alarme qui vous alertera combien de temps avant ? » rétorqua ironiquement Perrin. C'était ça un exemple des conseils du grand Seigneur Luc ? « Les Trollocs voient dans le noir comme les chats. Ils défonceront les portes à coups de pied et vous sauteront dessus, avant que vos garçons aient ouvert la bouche pour crier un avertissement.

— Nous faisons de notre mieux, rétorqua Flann d'un ton sec. Cessez de tenter de nous effrayer. Il y a des enfants qui écoutent. Le Seigneur Luc propose au moins des suggestions utiles. Il était chez moi la veille du jour où les Trollocs sont venus, vérifiant que j'avais bien posté chacun comme il le fallait. Sang et cendres ! Sans lui, les Trollocs nous auraient tous massacrés. »

Luc ne parut pas entendre l'éloge qui lui était décerné. Il observait Perrin avec circonspection tout en s'affairant avec ses gants, les insérant derrière la boucle d'or en forme de tête de loup de son ceinturon. Faile l'observait, elle aussi, en fronçant légèrement les sourcils. Il ne lui prêtait aucune attention.

« Je croyais que c'étaient les Blancs Manteaux qui vous avaient sauvé, Maître Lewin. Je croyais qu'une patrouille de Blancs Manteaux était arrivée juste à temps pour chasser les Trollocs.

— Eh bien, effectivement. » Flann passa la main à travers ses cheveux gris. « Mais le Seigneur Luc... Si les Blancs Manteaux n'avaient pas passé par là, nous aurions risqué... Lui, au moins, il n'essaie pas de nous affoler, conclut-il entre ses dents.

— Ainsi donc il ne vous affole pas, reprit Perrin. Moi, les Trollocs me terrifient. Et les Blancs Manteaux refoulent les Trollocs pour vous. Quand ils le peuvent.

— Vous voulez tresser des couronnes aux Blancs Manteaux ? » Luc fixait sur Perrin un regard glacé, comme s'il dénonçait une erreur flagrante. « Qui prenez-vous pour responsable du Croc du Dragon griffonné sur les portes des gens ? Oh, leurs mains ne tiennent jamais le bout de charbon de bois, mais l'incitation vient d'eux. Ils entrent dans les demeures de ces bonnes gens en posant des questions et exigeant des réponses comme si le toit au-dessus de leurs têtes était à eux. Je déclare que ces gens sont leurs propres maîtres, pas des chiens aux ordres des Blancs Manteaux. Qu'ils patrouillent dans la campagne – bon, d'accord – mais il faut leur barrer l'entrée des maisons et leur signifier à qui est la terre qu'ils foulent. Voilà ce que je dis. Si vous avez envie d'être le chien couchant des Blancs Manteaux, ne vous gênez pas, mais ne refusez pas à ces braves gens leur droit à être libres. »

Perrin rendit à Luc regard pour regard. « Je ne nourris aucune affection pour les Blancs Manteaux. Ils veulent me pendre, ou bien n'en avez-vous pas entendu parler ? »

Le seigneur de haute stature cligna des paupières comme s'il l'ignorait, ou peut-être l'avait oublié dans son ardeur à contrer Perrin. « Alors que proposez-vous de faire, exactement ? »

Perrin lui tourna le dos et alla se placer devant la cheminée. Il n'avait pas l'intention de discuter avec Luc. Que chacun écoute. Assurément, tous le regardaient. Il dirait ce qu'il pensait, sans plus. « Vous êtes obligés de vivre sous la protection des Blancs Manteaux, obligés d'espérer qu'ils maintiendront les Trollocs à distance, d'espérer qu'ils arriveront à temps si les Trollocs attaquent. Pourquoi ? Parce que chaque homme s'efforce de se cramponner à sa ferme ou d'en rester le plus près possible s'il n'y parvient pas. Vous êtes dispersés en cent petits groupes, comme des grappes de raisin mûr prêtes à être cueillies. Tant que vous demeurez dans cette situation, tant que vous aurez à prier que les Blancs Manteaux empêchent les Trollocs de faire de vous du vin à force de vous piétiner, vous n'aurez pas d'autre choix que de les laisser poser n'importe quelle question qu'ils veulent, exiger n'importe quelle réponse qu'ils désirent. Vous êtes obligés de regarder sans broncher des innocents entraînés en prison. Ou bien y a-t-il ici quelqu'un qui pense que Haral et Alsbet Luhhan sont des Amis du Ténébreux ? Natti Cauthon ? Bodewhin et Eldrin ? » Le regard d'Abell parcourut la salle, défiant quiconque de formuler l'esquisse d'un oui, mais c'était inutile. Même l'attention d'Adine Lewin se concentrait sur Perrin. Luc l'examinait en fronçant les sourcils entre deux coups d'œil pour jauger les réactions des gens entassés dans la salle.

« Je sais qu'ils n'auraient pas dû arrêter Natti, Alsbet et les autres, déclara Wit, mais c'est du passé. » Il passa une main sur son crâne chauve et tourna la tête vers Abell d'un air troublé. « À part obtenir d'eux qu'ils relâchent tout le monde, je veux dire. Ils n'ont arrêté personne depuis, à ma connaissance.

— Vous pensez que cela signifie que c'est fini ? rétorqua Perrin. Croyez-vous réellement qu'ils se contenteront des Cauthon et des Luhhan ? De deux fermes incendiées ? Qui d'entre vous sera le suivant ? Peut-être parce que vous aurez prononcé les mots qu'il ne fallait pas, ou simplement pour servir d'exemple. Ce pourrait être les Blancs Manteaux qui approchent une torche de cette maison au lieu des Trollocs. Ou encore le Croc du Dragon sera griffonné une nuit sur votre porte. Il y a toujours des gens pour croire à ce genre de chose. » Bon nombre d'yeux se tournèrent vivement vers Adine, qui passa d'un pied sur l'autre en courbant l'échine. « Même si cela revient seulement à saluer humblement tous les Blancs Manteaux qui passent, avez-vous envie de vivre de cette façon ? Vous et vos enfants ? Vous êtes à la merci des Trollocs, à la merci des Blancs Manteaux et à la merci de quiconque nourrit des griefs contre vous. Tant que l'un aura prise sur vous, les trois l'auront aussi. Vous vous cachez dans la cave avec l'espoir qu'un chien enragé vous protégera d'un autre, avec l'espoir que les rats ne se faufileront pas dans le noir pour vous mordre. »

Jac échangea un coup d'œil soucieux avec Flann et avec Wit, puis avec les autres hommes présents dans la grande salle, et ensuite demanda d'une voix lente : « Si vous estimez que nous n'appliquons pas la bonne solution, qu'est-ce que vous suggérez ? »

Perrin ne s'attendait pas à cette question – il était persuadé qu'ils se mettraient en colère – mais il continua à exprimer le fond de sa pensée. « Rassemblez les vôtres. Rassemblez vos moutons et vos vaches, vos poules, tout. Rassemblez-les et conduisez-les dans un endroit où ils auront une chance d'être à l'abri. Allez au Champ d'Emond. Ou à la Colline-au-Guet, puisque c'est plus près, quoique cela vous mette juste sous les yeux des Blancs Manteaux. Tant qu'il y a vingt personnes ici et cinquante ailleurs, vous êtes une proie pour les Trollocs. Si vous êtes des centaines ensemble, vous avez une chance et une chance qui ne dépend pas de vous incliner devant les Blancs Manteaux. » Ce qui provoqua l'explosion à laquelle il s'était attendu.

« Abandonner complètement mon domaine ! » cria Flann par-dessus le « Vous êtes fou ! » de Wit. Les paroles déferlaient les unes sur les autres, jaillissant de leurs bouches et de celles de frères et de cousins.

« Partir pour le Champ d'Emond ? Alors que je suis trop loin pour faire plus que de jeter un coup d'œil aux champs tous les jours à présent !

— Les herbes vont tout envahir !

— Je ne sais déjà pas quand je vais moissonner !
— ... si les pluies viennent... !
— ... essayer de reconstruire... !
— ... le tabac va pourrir... !
— ... faudrait laisser la tonte... ! »

Le poing de Perrin claquant sur la tablette de la cheminée les interrompit net. « Je n'ai pas vu de champ piétiné ou brûlé, ni une maison ou une grange incendiées à moins qu'il n'y ait eu des gens dedans. Ce sont les gens après qui en ont les Trollocs. Et s'ils les brûlent, d'ailleurs ? On peut semer une nouvelle récolte. La pierre, le mortier et le bois, cela peut se reconstruire. Pouvez-vous reconstruire ça ? » Il désigna le nourrisson de Laila qui serra le bébé contre sa poitrine, dardant sur lui un regard furieux comme s'il avait menacé lui-même l'enfant. Toutefois, les coups d'œil qu'elle lança à son mari et à Flann étaient effrayés. Un murmure anxieux s'éleva.

« Partir, murmura Jac en secouant la tête. Je ne sais pas, Perrin.

— C'est à vous de choisir, Maître al'Seen. La terre sera toujours là quand vous reviendrez. Les Trollocs ne peuvent pas emporter ça. Demandez-vous si cela vaut aussi pour votre famille. »

Le murmure devint un brouhaha. Bon nombre de femmes affrontaient leurs maris, surtout celles qui avaient un enfant ou deux avec elles. Aucun des hommes n'avait l'air de les contredire.

« Un plan intéressant », déclara Luc en dévisageant Perrin. D'après son expression, impossible de dire s'il l'approuvait. « J'observerai avec intérêt ce qu'il deviendra. Et maintenant, Maître al'Seen, je dois me mettre en route. Je ne m'étais arrêté que pour voir comment vous alliez. » Jac et Elisa l'accompagnèrent jusqu'à la porte, mais les autres étaient trop préoccupés par leurs discussions pour lui prêter attention. Luc partit les lèvres pincées. Perrin eut le sentiment que ses sorties étaient en général aussi imposantes que ses arrivées.

Jac revint du seuil de la maison droit vers Perrin.

« C'est un plan hardi que vous avez là. Je dois reconnaître que je ne suis pas très enthousiasmé par l'idée de quitter ma ferme, mais vous parlez raison. Par contre, je ne sais pas ce que les Enfants vont en conclure. Ils m'ont l'air de gens soupçonneux. Ils pourraient bien penser que nous complotons tous quelque chose contre eux si nous nous rassemblons.

— Qu'ils le pensent donc, répliqua Perrin. Un village plein de gens peut appliquer le conseil de Luc et leur dire de s'occuper ailleurs de leurs affaires. Ou croyez-vous préférable de rester vulnérables simplement pour conserver les bonnes grâces des Blancs Manteaux, pour ce qu'elles sont ?

— Non. Non, je comprends votre point de vue. Vous m'avez convaincu. Et tous les autres aussi, à ce qu'il semble. »

Cela se révélait exact. Le murmure des discussions diminuait, pour la simple raison que l'accord était général. Même Adine, qui rassemblait ses filles en leur lançant haut et fort l'ordre d'empaqueter leurs affaires immédiatement. Elle alla même jusqu'à gratifier Perrin d'un signe de tête marquant une approbation réticente.

« Quand avez-vous l'intention de partir ? demanda Perrin à Jac.

— Dès que j'aurai réussi à ce que chacun soit prêt. Nous pouvons arriver chez Jon Gaelin sur la Route du Nord avant le coucher du soleil. Je raconterai à Jon ce que vous m'avez dit et on descendra tous au Champ d'Emond. C'est préférable à la Colline-au-Guet. Si nous voulons échapper aux Blancs Manteaux aussi bien qu'aux Trollocs, mieux vaut ne pas nous installer sous leur nez. » Jac gratta d'un doigt son étroite couronne de cheveux gris. « Perrin, je n'imagine pas que les Enfants feraient réellement du mal à Natti Cauthon et ses filles ou aux Luhhan, mais cela m'inquiète. Qu'ils se mettent en tête que nous complotons, sait-on jamais ce qui se passera ?

— J'ai l'intention de les délivrer dès que possible,

Maître al'Seen. Et n'importe qui d'autre que les Blancs Manteaux arrêteront, d'ailleurs.

— Un plan hardi, répéta Jac. Allons, je ferai bien de hâter le départ si je dois nous amener chez Jon au coucher du soleil. Que la Lumière vous accompagne, Perrin.

— Un plan d'une très grande hardiesse », commenta Vérine qui s'était approchée au moment où Maître al'Seen s'en allait précipitamment en criant des ordres pour que des chariots soient sortis des remises et que les gens emballent ce qu'ils pouvaient porter. Elle examinait Perrin avec intérêt, la tête penchée sur le côté, mais pas moins d'intérêt que Faile, près d'elle. Faile le considérait comme si elle ne l'avait encore jamais vu.

« Je me demande pourquoi tout le monde ne cesse d'appeler ça comme ça, répliqua-t-il. Un plan, je veux dire. Ce Luc racontait des sottises. Défier les Blancs Manteaux sur le seuil de sa porte. Poster des gamins sur le toit pour guetter les Trollocs. Une couple de voies ouvertes au désastre. Je me suis contenté de le souligner. Ils auraient dû adopter ce parti-là dès le début. Cet homme... » Il se retint de dire que Luc l'irritait. Pas en présence de Faile. Elle risquait de s'y méprendre.

« Naturellement, déclara Vérine avec aisance. Je n'avais pas eu l'occasion de le voir faire effet avant aujourd'hui. Ou peut-être l'ai-je eue sans m'en rendre compte.

— De quoi parlez-vous ? Voir quoi faire effet ?

— Perrin, quand nous sommes arrivés, ces gens étaient prêts à se maintenir ici à tout prix. Vous avez stimulé leur bon sens et donné un coup de fouet à leurs émotions, mais croyez-vous que les mêmes paroles venant de moi les auraient conduits à changer d'avis ? Ou venant de Tam ou d'Abell ? Mieux que nous autres, vous devriez savoir à quel point les gens des Deux Rivières peuvent se montrer obstinés. Vous avez changé le cours que, sans vous, les événements auraient suivi dans les Deux Rivières. Avec quelques mots proférés avec... irritation ? En vérité, les *ta'veren* attirent pour de bon la vie des autres dans le dessin de leur propre existence. Fascinant. J'espère vraiment avoir l'occasion d'observer de nouveau Rand.

— Quoi qu'il en soit, murmura Perrin, c'est pour le mieux. Plus il y a de monde dans un seul endroit, plus il y a de sécurité.

— Évidemment. Rand a bien l'épée, je présume ? »

Il fronça les sourcils, mais aucune raison n'empêchait de l'informer. Elle était au courant pour Rand et elle savait ce que Tear devait signifier. « Oui, il l'a.

— Tenez-vous sur vos gardes avec Alanna, Perrin.

— Comment ? » Les subits changements de sujet de l'Aes Sedai commençaient à le dérouter. Surtout quand elle entreprenait de lui dire de faire ce à quoi il avait déjà pensé, et pensé à en garder le secret vis-à-vis d'elle. « Pourquoi ? »

L'expression de Vérine ne se modifia pas, mais ses yeux noirs eurent soudain le regard aigu et brillant d'un œil d'oiseau. « Il y a beaucoup de... projets à la Tour Blanche. Tous ne sont pas malveillants, tant s'en faut, mais c'est parfois difficile d'en être sûr avant qu'il soit trop tard. Et même les plus bienveillants laissent souvent se rompre quelques fils dans le tissage, quelques roseaux se briser et être jetés de côté quand il s'agit de tresser un panier. Un *ta'veren* serait un roseau utile dans n'importe quel nombre de plans possibles. » Tout aussi brusquement, elle parut un peu étourdie par le remue-ménage autour d'elle, plus à l'aise plongée dans un livre ou ses pensées que dans le monde réel. « Oh, par exemple ! Maître al'Seen ne perd pas de temps, n'est-ce pas ? Je vais voir s'il peut disposer de quelqu'un pour aller chercher nos chevaux. »

Faile frissonna quand la Sœur Brune s'éloigna. « Parfois, les Aes Sedai me mettent... mal à l'aise, murmura-t-elle.

— Mal à l'aise ? répéta Perrin. La plupart du temps, elles me rendent à moitié mort de peur. »

Elle eut un rire léger et commença à jouer avec un bouton de son surcot, sur lequel elle fixait attentivement les yeux. « Perrin, je... je me suis conduite comme une idiote.

— Que veux-tu dire ? » Elle leva brièvement les yeux – elle était sur le point d'arracher le bouton – et il ajouta précipitamment : « Tu es l'une des personnes les moins bêtes de ma connaissance. » Il serra les mâchoires pour ne pas ajouter « la plupart du temps » et fut content d'y avoir réussi quand elle sourit.

« C'est très gentil à toi de le dire, mais j'ai été stupide. » Elle tapota le bouton et s'attaqua à son surcot qu'elle rajusta – ce dont il n'avait nul besoin – et lissa ses revers – qui n'en avaient pas besoin non plus. « Tu étais tellement ridicule, reprit-elle en boulant les mots, simplement parce que ce jeune homme me regardait... franchement, il a bien trop l'air d'un gamin ; pas du tout comme toi... que j'ai eu l'idée d'exciter ta jalousie... rien qu'un peu... en feignant... juste feignant... d'être attirée vers le Seigneur Luc. Je n'aurais pas dû. Veux-tu me pardonner ? »

Il s'efforça de trier cet enchevêtrement de mots. Une bonne chose qu'elle juge Wil un gamin – s'il essayait de laisser pousser sa barbe, elle serait probablement clairsemée – mais elle n'avait pas mentionné la façon dont elle avait rendu son regard à Wil. Et si son attirance vers Luc n'était qu'une feinte, pourquoi avait-elle rougi de cette façon ? « Bien sûr que je te pardonne », répliqua-t-il. Une lueur menaçante brilla dans les yeux de Faile. « Je ne pense pas qu'il y ait quoi que ce soit à pardonner. » La lueur scintilla d'une façon peut-être même plus menaçante. Qu'attendait-elle qu'il réponde ? « M'excuseras-tu ? Quand j'ai cherché à te faire partir, j'ai dit des choses que je n'aurais pas dû. Me pardonneras-tu cela ?

— Tu as dit des choses qu'il fallait pardonner ? » déclara-t-elle avec douceur, et il comprit qu'il se trouvait en terrain mouvant. « Je ne vois pas lesquelles, mais je vais les prendre en considération. »

En considération ? Elle s'exprimait là comme une noble dame ; peut-être son père travaillait-il pour quelque seigneur, de sorte qu'elle pouvait étudier la façon dont s'exprimaient les dames. Il ne devinait pas où elle voulait en venir. Il ne le découvrirait que bien trop tôt, il en était certain.

Ce fut un soulagement de se remettre en selle sur Steppeur, au milieu du tohu-bohu des bêtes que l'on attelait aux chariots et des gens qui discutaient de ce qu'ils pouvaient ou ne pouvaient pas emporter, des enfants qui couraient après les poules et les oies et leur liaient les pattes pour les charger sur les voitures. De jeunes garçons conduisaient déjà le bétail vers l'est et d'autres poussaient les moutons hors de leur parc.

Faile ne parla pas de ce qui avait été dit à l'intérieur. En vérité, elle lui sourit et compara l'élevage des moutons ici avec ce qui se pratiquait dans la Saldaea, puis, quand une des jeunes filles lui apporta un bouquet de petites fleurs rouges, des cœurs-de-nymphe-émue, elle essaya d'en glisser quelques-unes dans sa barbe, riant à ses efforts pour l'en empêcher. Bref, elle le mit sur des charbons ardents. Il avait besoin d'une nouvelle conversation avec Maître Cauthon.

« Que la Lumière vous accompagne, lui dit de nouveau Maître al'Seen juste comme ils s'apprêtaient à s'éloigner, et veillez sur les garçons. »

Quatre des jeunes gens avaient décidé d'aller avec eux, sur des chevaux à longs poils loin d'être aussi bons que ceux que montaient Tam et Abell. Perrin se demanda pourquoi c'était lui qui était censé veiller sur eux. Tous étaient plus âgés que lui, encore que pas de beaucoup. Wil al'Seen était l'un d'eux, avec son cousin Ban, un des fils de Jac qui avait pris toute la longueur de nez de cette famille, et deux des Lewin, Tell et Dannil, qui ressemblaient tellement à Flann qu'ils auraient pu être ses fils au lieu de ses neveux. Perrin avait tenté de les dissuader de venir, surtout quand tous avaient clairement signifié qu'ils tenaient à aider à délivrer des Blancs Manteaux les Cauthon et les Luhhan. Ils semblaient croire qu'il s'agissait d'entrer à cheval dans le camp des Enfants de la Lumière et d'exiger le retour de tous. Jeter notre défi, selon l'expression de Tell qui avait presque fait dresser les cheveux sur la tête de Perrin. Trop de contes de ménestrel. Trop écouté des imbéciles comme Luc. Il soupçonnait Wil d'avoir une autre raison, bien que s'efforçant de feindre que Faile n'existait pas, mais ses compagnons n'étaient déjà pas de fameuses recrues.

Personne d'autre n'éleva d'objections. Tam et Abell semblaient seulement se préoccuper qu'ils sachent tous se servir des arcs dont ils étaient armés et puissent se tenir sur un cheval ; quant à Vérine, elle se contentait d'observer en inscrivant des notes dans son petit carnet. Tomas avait l'air amusé et Faile s'affairait à tresser une couronne avec les cœurs-de-nymphe-émue, qui se révéla être destinée à Perrin. Poussant un soupir, il accrocha les fleurs au pommeau de sa selle. « Je prendrai soin d'eux de mon mieux, Maître al'Seen », promit-il.

À un quart de lieue de la ferme al'Seen, il se crut bien près d'en perdre un ou deux sur-le-champ, quand Gaul, Baine et Khiad surgirent brusquement d'un hallier, allongeant le pas pour les rejoindre. En perdre par les lances aielles. Wil et ses amis jetèrent un coup d'œil aux Aiels et se mirent précipitamment à encocher une flèche ; sans ralentir, les Aiels eurent leurs lances en arrêt et leur visage voilé. Expliquer la situation demanda quelques minutes. Gaul et les deux Vierges de la Lance semblèrent trouver la plaisanterie excellente quand ils eurent compris, riant à gorge déployée, ce qui déconcerta les Lewin et les al'Seen autant que de découvrir que les trois étaient des Aiels et deux de ces trois des femmes. Wil ébaucha un sourire à l'adresse de Baine et de Khiad, qui échangèrent un regard et un bref hochement de tête. Perrin ne comprit pas ce que cela présageait, mais il décida de ne pas s'en mêler sauf si Wil avait l'air d'être en danger d'avoir la gorge tranchée. Il serait temps d'intervenir si l'une des Aielles tirait son poignard. Cela apprendrait peut-être à Wil ce qu'il en coûte de distribuer des sourires.

Il avait l'intention de continuer leur route le plus vite

possible jusqu'à la Colline-au-Guet mais, à environ un quart de lieue au nord de la ferme al'Seen, il vit une des fermes qui émettaient ces panaches dispersés de fumée. Tam les maintenait assez loin pour que les gens autour des bâtiments soient seulement des formes indistinctes. Sauf pour les yeux de Perrin ; il aperçut des enfants dans la cour. Et Jac al'Seen était le voisin le plus proche. L'avait été jusqu'à aujourd'hui. Il hésita, puis guida Steppeur vers la ferme. Non pas que cela ait des chances d'aboutir à des résultats positifs, mais il se devait d'essayer.

« Qu'est-ce que tu fais ? questionna Tam en fronçant les sourcils.

— Je vais leur donner le même conseil qu'à Maître al'Seen. Cela ne demandera qu'une minute. »

Tam acquiesça d'un signe de tête et les autres tournèrent avec lui. Vérine observait pensivement Perrin. Les Aiels se détachèrent du groupe peu avant la ferme pour attendre en direction du nord, Gaul courant légèrement à part des Vierges de la Lance.

Perrin ne connaissait pas les Torfinn, ni réciproquement, pourtant à sa surprise, une fois passée l'excitation de voir des inconnus, de dévisager Tomas, Vérine et Faile, ils écoutèrent et commencèrent à atteler des chevaux à deux chariots et à une paire de charrettes à hautes roues avant que lui et ses compagnons poursuivent leur route.

Trois fois encore, il s'arrêta quand leur chemin les amenait près de fermes, une fois cinq proches les unes des autres. Cela se passait toujours de la même façon. Les habitants protestaient qu'ils ne pouvaient pas abandonner leur ferme comme ça mais, chaque fois, il laissait derrière lui un branle-bas de préparation de paquets et le rassemblement des animaux de la ferme.

Quelque chose d'autre aussi se produisit. Il ne pouvait empêcher Wil et son cousin, ou les Lewin, de parler avec les jeunes gens de ces domaines. Leur nombre s'augmenta de treize de plus, des Torfinn et des al'Dai, des Ahan et des Marwin, armés d'arcs et montés sur un assortiment disparate de petits chevaux et de bêtes de labour, tous impatients d'arracher les prisonniers aux Blancs Manteaux.

Cela ne se passa pas aussi en douceur, c'est certain. Wil et les garçons de la ferme al'Seen n'apprécièrent nullement qu'il mette les nouveaux venus au courant pour les Aiels, les privant du plaisir qu'ils escomptaient à les voir sursauter. Ils sursautèrent bien plus qu'assez pour son goût et la façon dont ils examinaient chaque buisson, plus encore chaque peuplement d'arbres, signalait sans ambiguïté qu'ils étaient persuadés, quoi qu'il en dise, que d'autres Aiels devaient se trouver dans les parages. Au début, Wil essaya d'en imposer aux Torfinn et à leurs camarades sous prétexte qu'il avait été le premier à se joindre à Perrin – un des premiers, du moins, reconnut-il quand Ban et les Lewin dardèrent sur lui des regards furibonds – alors qu'eux étaient venus plus tard.

Perrin y mit fin en les divisant en deux groupes d'à peu près la même taille et en plaçant Dannil et Ban à la tête de chaque groupe, non sans susciter aussi d'abord quelque mécontentement. Les al'Dai pensaient que les chefs devaient être choisis d'après leur âge – Bili al'Dai étant l'aîné d'un an – alors que d'autres proposaient Hu Marwin comme étant le meilleur traqueur et Jaim Torfinn le meilleur tireur, tandis que Kenley Ahan s'était rendu souvent à la Colline-au-Guet avant l'arrivée des Blancs Manteaux et savait donc se diriger dans le village. Ils semblaient tous s'imaginer qu'il s'agissait d'une partie de plaisir. La phrase de Tell parlant de jeter un défi fut répétée plus d'une fois.

Finalement, Perrin fut pris contre eux d'une colère froide et les força à s'arrêter dans un pré entre deux boqueteaux. « Il ne s'agit pas d'un jeu ni d'une danse de Bel Tine. Obéissez ou rentrez chez vous. Je me demande d'ailleurs à quoi vous êtes bons et je n'ai pas l'intention d'être tué parce que vous vous imaginez savoir ce que vous faites. Maintenant, en ligne et plus un mot. On croirait à vous entendre le Cercle des Femmes réuni en assemblée dans une armoire. »

Ils obtempérèrent, se formant en deux colonnes derrière Ban et Dannil. Wil et Bili arboraient un air mécontent, mais ils gardèrent pour eux ce qu'ils avaient à objecter. Faile esquissa un signe de tête approbateur à l'adresse de Perrin, ainsi que Tomas. Vérine observait la scène avec un visage paisible, indéchiffrable, pensant sans doute qu'elle voyait un *ta'veren* à l'œuvre. Perrin ne vit pas l'utilité de lui expliquer qu'il s'était simplement efforcé de s'inspirer de ce qu'aurait dit un natif du Shienar qu'il connaissait, un guerrier nommé Uno, encore que Uno se serait sûrement exprimé en termes plus énergiques.

Les fermes commencèrent à apparaître avec davantage de fréquence à mesure qu'ils se rapprochaient de la Colline-au-Guet, rassemblées en hameaux de plus en plus voisins jusqu'à se succéder sans interruption comme aux alentours du Champ d'Emond, un patchwork de champs limités par des haies ou des murs en pierre que séparaient des ruelles étroites, des sentiers piétonniers et des voies carrossables. Même avec leurs arrêts aux quatre fermes, il y avait encore du jour, encore des paysans travaillant à leurs cultures et des adolescents ramenant du pâturage pour la nuit moutons et gros bétail. Ces temps-ci, personne ne laissait ses animaux dehors.

Tam suggéra à Perrin de cesser ses avertissements aux gens et il en convint à regret. Par ici, ils se seraient tous dirigés vers la Colline-au-Guet et auraient alerté les Blancs Manteaux. Une vingtaine de cavaliers passant par des chemins écartés attiraient suffisamment l'attention, bien que la plupart des fermiers aient eu l'air trop occupés pour leur accorder plus qu'un coup d'œil. Néanmoins, il faudrait le faire tôt ou tard, et le plus tôt serait le mieux. Tant que les paysans restaient isolés dans la campagne et dépendants de la protection des Blancs Manteaux, ceux-ci avaient un pied dans les Deux Rivières qu'ils renonceraient peut-être difficilement à abandonner.

Perrin guettait avec vigilance le moindre signe de patrouilles des Blancs Manteaux mais, à l'exception d'un nuage de poussière dans la direction de la Route du Nord se déplaçant vers le sud, il n'en vit pas. Au bout d'un moment, Tam proposa de descendre de cheval et de conduire les montures par la bride. À pied, les risques d'être repérés étaient moindres, et les haies, et même les murettes de pierre, les abritaient un peu.

Tam et Abell connaissaient un petit bois qui offrait une bonne vue du camp des Blancs Manteaux, un enchevêtrement de chênes, de tupélos et de lauréoles couvrant trente à quarante mille pas à un peu moins d'un quart de lieue au sud-ouest de la Colline-au-Guet et donnant sur une portion de terrain découvert. Ils y pénétrèrent par le sud en se dépêchant. Perrin espéra que personne ne les avait vus s'y engouffrer, personne pour s'étonner pourquoi ils n'en ressortaient pas et se perdre en commentaires.

« Restez ici, ordonna-t-il à Wil et aux autres jeunes gens qui attachaient leurs chevaux aux branches. Gardez vos arcs à portée et soyez prêts à partir au galop si vous entendez un appel. Mais ne bougez pas à moins de m'entendre crier. Et s'il y en a un qui fait du bruit, je lui cognerai sur le crâne comme sur une enclume. Nous sommes ici pour observer, pas pour attirer sur nous les Blancs Manteaux en piétinant comme des taureaux aveugles. » Palpant leurs arcs avec nervosité, ils acquiescèrent d'un signe de tête. Peut-être commençaient-ils à se rendre compte dans quoi ils s'étaient engagés. Il fallait compter avec le risque que les Enfants de la Lumière ne soient pas enchantés de découvrir des gens des Deux Rivières chevauchant en groupe armé.

« As-tu été soldat ? questionna Faile à voix basse, avec curiosité. Quelques... gardes de mon père parlent de cette façon.

— Je suis un forgeron. » Perrin rit. « J'ai simplement entendu des soldats. En tout cas, cela marche apparemment. » Même Wil et Bili observaient avec malaise les alentours et osaient à peine bouger.

Se faufilant d'arbre en arbre, lui et Faile suivirent Tam et Abell jusqu'à l'endroit où les Aiels étaient déjà assis sur leurs talons près de la lisière nord du bois. Vérine se trouvait là aussi et Tomas, naturellement. Les broussailles formaient un mince écran de feuilles, suffisant pour les masquer mais pas gênant pour observer.

Le camp des Blancs Manteaux s'étendait au pied de la Colline-au-Guet comme un vrai village. Des centaines d'hommes, certains en armure, se déplaçaient entre de longs alignements de tentes blanches, avec à l'est et à l'ouest des pieux où étaient attachés sur cinq rangs des files de chevaux. Des bêtes que l'on dessellait et pansait indiquaient que des patrouilles terminaient leur journée, tandis qu'une double colonne d'environ cent cavaliers, impeccables de tenue et de précision, s'allongeait en direction du Bois Humide à un pas relevé, les lances toutes inclinées au même angle. De distance en distance autour du camp, des sentinelles en cape blanche marchaient de long en large, la lance posée sur l'épaule comme une hallebarde, leurs casques bien astiqués étincelant sous les rayons obliques du soleil couchant.

Un bruit sourd parvint aux oreilles de Perrin. En plein ouest vingt cavaliers surgirent, arrivant au galop de la direction du Champ d'Emond, se hâtant vers les tentes. De la direction où lui et les autres étaient venus. Auraient-ils tardé de quelques minutes et ils auraient sûrement été vus. Un cor résonna et les hommes commencèrent à se diriger vers les feux de cuisine.

Sur un côté, à l'écart, était installé un camp bien plus restreint, ses tentes plantées au petit bonheur. Certaines s'affaissaient contre leurs cordes. De ceux qui habitaient là, la majeure partie étaient absents à présent. Seuls quelques chevaux remuant la queue pour chasser des mouches, attachés à une courte longe, indiquaient qu'il y avait des gens là. Pas des Blancs Manteaux. Les Enfants de la Lumière étaient beaucoup trop rigoureux sur la question de la bonne tenue pour ce camp-là.

Entre le petit bois et les deux séries de tentes s'étendait un terrain couvert d'herbe et de fleurs des champs. Vraisemblablement les fermiers du pays avaient l'habitude de s'en servir comme pâturage. Pas maintenant, toutefois. C'était un espace passablement plat. Des Blancs Manteaux galopant comme cette patrouille le couvriraient en une minute.

Abell attira l'attention de Perrin vers le plus grand camp. « Tu vois cette tente presque au milieu, avec une sentinelle postée à chaque extrémité ? Tu la distingues ? » Perrin hocha la tête. Le soleil bas projetait des ombres nettes en direction de l'est, mais il voyait suffisamment. « C'est là que sont Natti et ses filles. Et les Luhhan. Je les ai vus sortir et rentrer. Un à la fois et toujours avec un garde, même pour aller aux latrines.

— Nous avons essayé trois fois de nous faufiler dans la nuit, dit Tam, mais ils surveillent étroitement le périmètre du camp. La dernière fois, nous nous sommes retirés de justesse. »

Autant essayer de fourrer sa main dans une fourmilière sans se faire mordre ou piquer. Perrin s'assit au pied d'un grand lauréole avec son arc sur ses genoux. « J'ai besoin d'y réfléchir un moment. Maître al'Thor, voulez-vous installer Wil et ces gars ? Assurez-vous qu'aucun d'eux ne se mette en tête de retourner chez lui au galop. Aussi bien, ils se dirigeraient sans réfléchir droit vers la Route du Nord et nous aurions sur le dos cinquante de ces Blancs Manteaux qui viendraient s'enquérir de ce qui se passe. S'il y en a qui ont eu la précaution d'apporter des provisions, vous pourriez veiller à ce qu'ils mangent quelque chose. Au cas où nous devrons fuir, nous risquons de demeurer en selle le restant de la nuit. »

Brusquement, il se rendit compte qu'il donnait des ordres mais, quand il voulut s'excuser, Tam sourit et déclara : « Perrin, tu as pris les choses en main chez Jac. Ce n'est pas la première fois que j'ai suivi un homme plus jeune que moi capable d'imaginer ce qu'il faut faire.

— Tu t'en tires très bien, Perrin », conclut Abell avant que ses deux aînés retournent sous le couvert du bois.

Perplexe, Perrin se gratta la barbe. Il avait pris les choses en main ? À présent qu'il y songeait, ni Tam ni Abell n'avaient décidé quoi que ce soit depuis le départ de la ferme al'Seen, ils avaient seulement offert des suggestions et l'avaient laissé trancher. Aucun non plus ne l'avait appelé « mon petit gars » depuis ce moment-là.

« Intéressant », commenta Vérine. Elle avait sorti son petit carnet. Il aurait aimé avoir une chance de lire ce qu'elle avait écrit.

« Vous allez encore m'avertir de ne pas me conduire comme un imbécile ? » questionna-t-il.

Au lieu de répondre, elle murmura d'un ton méditatif : « Il sera encore plus intéressant de voir ce que vous ferez ensuite. Je ne peux pas dire que vous ébranlez le monde dans ses fondations, comme Rand al'Thor, mais les Deux Rivières sont en train de bouger, c'est certain. Je me demande si vous avez une idée de la direction où vous les menez.

— J'ai l'intention de libérer les Luhhan et les Cauthon, lui rétorqua-t-il avec humeur. C'est tout ! » À part les Trollocs. Il laissa sa tête s'appuyer en arrière sur le tronc du lauréole et ferma les yeux. « Tout ce que je fais, c'est ce que je dois faire. Les Deux Rivières resteront là où elles ont toujours été.

— Naturellement », répliqua Vérine.

Il l'entendit s'éloigner, elle et aussi Tomas, les escarpins et les bottes se posant à pas feutrés sur le sol couvert des feuilles de l'an dernier. Il ouvrit les paupières. Faile suivait les deux du regard, avec une expression loin d'être ravie.

« Elle ne te laissera pas en paix », marmotta-t-elle. La couronne de cœurs-de-nymphe tressée qu'il avait laissée sur sa selle pendait de la main de Faile.

« Les Aes Sedai ne renoncent jamais », lui dit-il.

Elle l'attaqua avec un regard de défi. « Je suppos que tu as l'intention d'essayer de les sortir de là ce soir. »

Il fallait que ce soit exécuté maintenant. Parce qu'il avait donné son avertissement à la ronde et que les gens savaient qui le leur avait donné. Peut-être que les Blancs Manteaux ne se revancheraient pas sur les prisonniers. Peut-être. Sa confiance dans la miséricorde des Blancs Manteaux n'allait pas au-delà de la distance où il pourrait jeter un cheval. Il adressa un coup d'œil à Gaul qui hocha la tête.

« Tam al'Thor et Abell Cauthon se déplacent bien pour des natifs des Terres Humides, mais ces Blancs Manteaux ont le cou trop raide pour détecter ce qui bouge dans le noir, à mon avis. Je pense qu'ils s'attendent à ce que leurs ennemis arrivent en nombre et dans un endroit où on peut les apercevoir. »

Khiad adressa à l'Aiel un regard amusé de ses yeux gris. « As-tu donc l'intention de te déplacer comme le vent, Chien de Pierre ? Ce sera divertissant de voir un Chien de Pierre essayer de marcher d'un pas léger. Quand moi et ma sœur-de-lance nous aurons délivré les prisonniers, peut-être reviendrons-nous te chercher si tu es trop vieux pour retrouver ton chemin. » Baine lui effleura le bras et elle dévisagea avec surprise la jeune femme à la chevelure couleur de flamme. Au bout d'un instant, elle rougit un peu sous son hâle. Les deux reportèrent leur attention sur Faile, qui observait toujours Perrin, maintenant tête dressée et bras croisés.

Il respira profondément. S'il lui disait qu'il ne voulait pas qu'elle vienne, Baine et Khiad ne viendraient presque certainement pas non plus. Elles continuaient à souligner par leur attitude qu'elles étaient les alliées de Faile, pas les siennes. Aussi bien était-ce également l'opinion de Faile. Peut-être qu'à eux deux seuls, lui et Gaul, ils pourraient réussir, mais il ne voyait pas comment l'obliger à rester si elle s'y refusait. Faile étant Faile, les chances seraient qu'elle se faufile à leur suite. « Tu te tiendras près de moi, ordonna-t-il d'un ton ferme. Je veux sauver des prisonniers, pas en abandonner un autre sur place. »

Rieuse, elle se laissa choir à côté de lui et nicha son épaule sous le bras de Perrin. « Demeurer près de toi paraît une bonne idée. » Elle lança la couronne de fleurs rouges sur sa tête et Baine eut un petit rire.

Il releva les yeux ; il réussissait juste à voir le bord de ce machin. Il devait avoir l'air ridicule. Néanmoins, il n'y toucha pas.

Le soleil descendait aussi lentement qu'une perle dans du miel. Abell apporta du pain et du fromage – plus de la moitié de ces aspirants héros ne s'étaient finalement munis d'aucune provision – et ils mangèrent et attendirent. La nuit tomba, illuminée par une lune déjà haute mais obscurcie par des nuages filant dans le vent. Perrin attendit. Des lumières s'éteignirent dans le camp des Blancs Manteaux et aussi dans la Colline-au-Guet, et il n'y avait plus que des fenêtres éclairées éparses sur la butte par ailleurs noire, alors il rassembla Tam, Faile et les Aiels autour de lui. Le visage de chacun était bien visible, en ce qui le concernait. Vérine se tenait assez près pour écouter. Abell et Tomas se trouvaient avec les autres natifs des Deux Rivières, veillant à ce qu'ils ne fassent pas de bruit.

Il se sentait un peu gêné de donner des instructions et, par conséquent, les simplifia. Tam devait avoir tout son monde en selle prêt à partir à l'instant où Perrin reviendrait avec les prisonniers. Les Blancs Manteaux se précipiteraient à leurs trousses dès qu'ils découvriraient ce qui se passait, donc une cachette était nécessaire. Tam en connaissait une, une ferme déserte à la lisière du Bois de l'Ouest.

« Tâchez de ne tuer personne, si c'est possible, recommanda Perrin aux Aiels. Les Blancs Manteaux seront déjà assez échauffés de perdre leurs prisonniers. Ils mettront le feu au soleil s'ils perdent aussi des hommes. » Gaul et les Vierges de la Lance acquiescèrent en silence comme si cette perspective les réjouissait. Bizarres, ces gens-là. Ils se fondirent dans la nuit.

« Soyez prudent, lui dit tout bas Vérine tandis qu'il suspendait son arc sur son dos. *Ta'veren* ne signifie pas immortel.

— Tomas pourrait être une aide, vous savez.

— Croyez-vous qu'un de plus changerait les choses ? répliqua-t-elle d'un ton rêveur. Du reste, j'ai d'autres tâches à lui confier. »

Secouant la tête, il sortit du petit bois et s'aplatit à quatre pattes, presque au ras du sol, dès qu'il eut dépassé les broussailles. Faile l'imita à côté de lui. L'herbe et les fleurs sauvages étaient assez hautes pour les masquer. Il fut content que Faile ne puisse voir sa figure. Il avait terriblement peur. Pas pour lui-même, mais s'il arrivait quelque chose à elle...

Pareils à deux autres ombres mouvantes projetées par la lune, ils rampèrent en terrain découvert, s'arrêtant au signal de Perrin à dix pas environ de l'endroit où les sentinelles marchaient de long en large, leurs capes blanches luisant au clair de lune, à une courte distance de la première rangée de tentes. Deux arrivèrent face à face presque devant eux, marquant le pas et s'arrêtant.

« Il fait nuit et tout va bien, annonça l'un. Que la Lumière nous illumine et nous protège de l'Ombre.

— Il fait nuit et tout va bien, répliqua l'autre. Que la Lumière nous illumine et nous protège de l'Ombre. »

Tournant sur leurs talons, ils s'éloignèrent au pas cadencé, sans regarder ni à droite ni à gauche.

Perrin attendit que chacun d'eux ait parcouru une douzaine d'enjambées, puis effleura l'épaule de Faile et se dressa, s'autorisant à peine à respirer. Il n'entendait pas non plus sa respiration à elle. Presque sur la pointe des pieds, ils se hâtèrent au milieu des tentes, se baissant de nouveau dès qu'ils eurent dépassé les premières. Des hommes ronflaient à l'intérieur, ou marmonnaient dans leur sommeil. À part cela, le silence régnait dans le camp. Le martèlement des bottes des sentinelles était nettement audible. Le relent de bois mouillé des feux de cuisine qui avaient été éteints flottait dans l'air, ainsi que l'odeur de la toile de tente, des chevaux et des hommes.

Il indiqua en silence à Faile de le suivre. Les cordes des tentes formaient des pièges dans le noir pour des pieds imprudents. Par contre, lui les distinguait et il traça pour eux deux un chemin sûr au milieu de ces cordes.

Il avait en tête l'emplacement de la tente des prisonniers, et il se dirigea avec précaution vers elle. Près du centre du camp. Un long trajet pour l'atteindre, un long trajet pour en revenir.

Le crissement de bottes sur le sol et un cri indistinct de Faile l'incitèrent à se retourner vivement juste à temps pour être renversé par l'assaut d'une grande masse en cape blanche, un homme aussi puissant que Maître Luhhan lui-même. Des doigts de fer s'enfoncèrent dans sa gorge tandis qu'ils roulaient tous les deux à terre. Perrin saisit d'une main le menton de l'homme, repoussant sa tête en arrière, s'efforçant de se dégager de dessous lui. Il essaya de desserrer l'étreinte sur sa gorge, martelant les côtes de son adversaire avec son poing, obtenant des grognements et pas d'autre effet évident. Le sang rugissait dans ses oreilles ; sa vision rétrécit, du noir l'envahissant par le côté. Il tâtonna à la recherche de sa hache, mais ses doigts étaient engourdis.

Soudain l'homme eut un sursaut et s'effondra sur lui. Perrin rejeta de côté la forme inerte et respira à pleins poumons le doux air nocturne.

Faile se débarrassa d'un tronçon de bois à brûler et se massa le côté de la tête. « Il n'estimait pas que je valais la peine de se méfier de moi, à part m'assommer, chuchota-t-elle.

— Un idiot, chuchota Perrin en retour. Mais un idiot à poigne. » Il allait conserver la marque douloureuse de ces doigts sur son cou pendant des jours. « Tu te sens bien ?

— Naturellement. Je ne suis pas une figurine de porcelaine. »

Il supposait que non, à vrai dire.

Il traîna vivement l'homme inconscient qu'il adossa

contre la paroi d'une tente avec l'espoir que personne ne le découvrirait de sitôt, le dépouilla de sa cape blanche, puis lui lia les mains et les pieds avec les cordes d'arc de rechange qu'il avait. Un mouchoir trouvé dans la poche du gaillard servit de bâillon. Pas très propre, mais c'était sa faute pleine et entière. Faisant passer son arc par-dessus sa tête, Perrin drapa la cape sur ses épaules. Si quelqu'un d'autre les apercevait, on le prendrait peut-être pour un des leurs. La cape avait un nœud doré marquant un rang sous le soleil rayonnant. Un officier. Encore mieux.

Il avançait maintenant entre les tentes ouvertement, et vite. Dissimulé ou pas, ce gaillard pouvait être découvert d'un instant à l'autre et l'alarme donnée. Faile courait à son côté comme son ombre, inspectant le camp avec autant de vigilance que lui, en quête de signes de vie. Les ombres mouvantes projetées par la lune obscurcissaient les espaces entre les tentes même pour ses yeux à lui.

En approchant de la tente-prison, il ralentit, afin de ne pas alerter les sentinelles ; un homme en cape blanche se tenait à cette extrémité et la pointe luisante de la lance d'un autre se dressait au-dessus du toit pointu de la tente.

Soudain, cette pointe disparut. Pas un bruit. Elle tomba simplement.

Le temps d'un battement de cœur, deux taches obscures se transformèrent subitement en Aiels voilés, aucun des deux assez grands pour être Gaul. Avant que le garde ait réagi, l'une des Vierges bondit et lui assena un pied en plein visage. Il s'affaissa sur les genoux et l'autre Vierge pivota sur elle-même, ajoutant son propre coup de pied. Le garde s'effondra comme un sac de farine. Se ramassant sur elles-mêmes, les Vierges inspectèrent les alentours, lance en arrêt, pour vérifier si elles avaient alerté quelqu'un.

À la vue de Perrin en cape blanche, elles faillirent l'attaquer, jusqu'à ce qu'elles repèrent Faile. L'une secoua la tête et murmura à l'autre, qui eut l'air de rire sous cape.

Perrin se remontra qu'il ne devrait pas éprouver de contrariété, mais d'abord Faile le sauvait de la mort par strangulation et maintenant elle lui évitait d'avoir le foie transpercé d'un coup de lance. Pour quelqu'un qui était censé conduire une opération de secours, jusqu'ici il se montrait vraiment brillant.

Rejetant de côté la porte de la tente, il passa la tête à l'intérieur où régnait une pénombre encore plus épaisse qu'au-dehors. Maître Luhhan dormait couché en travers de l'entrée de la tente, les femmes blotties ensemble au fond. Perrin plaqua une main sur la bouche de Haral Luhhan et, quand celui-ci ouvrit brusquement les paupières, plaça un doigt devant ses propres lèvres. « Réveillez les autres, dit Perrin à voix basse. Sans bruit. Nous vous emmenons hors d'ici. » Une lueur apparut dans les yeux de Maître Luhhan, témoignant qu'il le reconnaissait, et il acquiesça d'un signe de tête.

Sortant à reculons de la tente, Perrin dépouilla de sa cape la sentinelle étendue à terre. L'homme respirait toujours – le souffle rauque et jaillissant d'un nez complètement cassé avec un glouglou de bulles – mais d'être manipulé ne le tira pas de l'inconscience. Ils devaient se hâter maintenant. Gaul était là, avec la cape de l'autre sentinelle. Les trois Aiels observaient prudemment les autres tentes. Faile dansait pratiquement sur place dans son impatience.

Quand Maître Luhhan fit sortir son épouse et les autres femmes, tous sondant avec nervosité les parages au clair de lune, Perrin drapa en hâte une des capes autour du forgeron. Ce n'était pas à sa taille et de loin – Haral Luhhan semblait avoir été fabriqué avec trois troncs d'arbre – mais il fallait s'en contenter. L'autre cape alla envelopper Alsbet Luhhan. Elle n'était pas aussi massive que son mari, cependant elle rivalisait encore pour la carrure avec la plupart des hommes. Son visage rond exprima d'abord la surprise, puis elle hocha la tête ; elle retira à la sentinelle à terre son casque conique et s'en coiffa, l'enfonçant avec vigueur pardessus sa tresse épaisse. Les deux sentinelles, ils les ligotèrent et les bâillonnèrent avec des bandes découpées dans une couverture, puis les déposèrent dans la tente.

Repartir discrètement par le chemin pris en venant était impossible ; Perrin l'avait su dès le début. Même si Maître et Maîtresse Luhhan avaient su se déplacer assez silencieusement – ce dont il doutait – Bode et Eldrin se serraient l'une contre l'autre sous le coup de cette incroyable délivrance. Seuls les doux murmures de leur mère les empêchaient de fondre déjà en larmes de soulagement. Il l'avait prévu. Des chevaux étaient nécessaires, à la fois pour s'éloigner vite du camp et pour emporter tout le monde ensuite. Il y avait des chevaux à l'attache aux piquets.

Les Aiels les précédaient tels des fantômes, il suivait avec Faile, les Cauthon venaient derrière, Haral et Alsbet fermaient la marche. Aux yeux indifférents d'un passant, du moins, ils avaient l'air de trois Blancs Manteaux escortant quatre femmes.

Les chevaux à l'attache étaient gardés, mais seulement sur le côté opposé aux tentes. En somme, pourquoi les garder contre les hommes qui les montaient ? Cela rendrait certes plus aisée la tâche de Perrin. Ils n'eurent qu'à se diriger vers l'alignement de chevaux le plus proche des tentes, chaque animal maintenu en place par un simple hackamore, et en détachèrent chacun un, sauf les Aiels. La partie la plus difficultueuse fut de hisser Maîtresse Luhhan à califourchon ; Perrin et Maître Luhhan durent s'y mettre à eux deux, tandis qu'elle ne cessait de tenter de rabattre sa jupe pour couvrir ses genoux. Natti et ses filles se débrouillèrent sans peine pour enfourcher leurs montures, ainsi que Faile bien sûr. Les sentinelles censées surveiller les chevaux continuaient leurs rondes cadencées, annonçant l'une et l'autre que rien ne se passait dans la nuit.

« Quand j'en donnerai l'ordre », commença Perrin et quelqu'un dans le camp proféra un appel, puis le proféra de nouveau plus fort, un cor résonna et des soldats jaillirent des tentes en criant. Qu'ils aient découvert la fuite des prisonniers ou l'homme inanimé qui l'avait attaqué, peu importait. « Suivez-moi ! s'exclama Perrin en enfonçant ses talons dans les flancs du hongre noir qu'il avait choisi. En route ! »

Ce fut une fuite éperdue, mais il s'efforça d'avoir l'œil sur tous. Maître Luhhan était presque aussi mauvais cavalier que son épouse, les deux rebondissaient de-ci de-là, bien près de tomber tandis que leurs chevaux galopaient. Bode ou bien Eldrin criait à pleins poumons, d'excitation ou de terreur. Par chance les sentinelles ne s'attendaient pas à des ennuis à l'intérieur du camp. Un homme en cape blanche qui sondait la pénombre se retourna juste à temps pour se rejeter hors du chemin des chevaux lancés à fond de train, avec un cri presque aussi aigu que ceux de la petite Cauthon. D'autres cors retentirent derrière eux et des appels qui avaient nettement la sonorité de commandements martelèrent la nuit, bien avant qu'ils atteignent le couvert du petit bois. Qui n'offrait guère d'abri à présent.

Tam avait tout son monde à cheval comme Perrin l'avait demandé. Ou ordonné. Il s'élança directement du hongre sur Steppeur. Il n'y avait que Vérine et Tomas à ne pas quasiment tressauter comme des ludions sur leur selle ; leurs chevaux étaient les seuls à ne pas danser, contaminés par la nervosité de leurs cavaliers. Abell voulait étreindre sa femme et ses filles toutes les trois en même temps, tous riant et pleurant. Maître Luhhan s'efforçait de serrer toutes les mains qu'il pouvait atteindre. Chacun, excepté les Aiels, Vérine et son Lige, échangeait avec les autres des congratulations, comme si c'était terminé.

« Tiens, Perrin, c'est toi ! » s'exclama Maîtresse Luhhan. Son visage rond avait un drôle d'air sous le heaume posé de guingois à cause de sa tresse. « Qu'est-ce que tu as donc sur la figure, jeune homme ? Je suis on ne peut plus reconnaissante envers toi, mais je ne t'admettrai pas à ma table ressemblant à un...

— Pas de temps pour ça », répliqua-t-il, sans tenir compte de son expression scandalisée. Elle n'était pas une femme que les gens se risquaient à interrompre, mais les cors des Blancs Manteaux sonnaient à présent quelque chose en dehors d'une alarme, une brève note répétée, aiguë et insistante. Un ordre quelconque. « Tam, Abell, emmenez Maître Luhhan et les femmes à cette cachette que vous connaissez. Gaul, accompagnez-les. Faile aussi. » Cela ajouterait Baine et Khiad. « Ainsi que Hu et Haim. » Ce devait être suffisant pour assurer la sécurité. « Déplacez-vous en silence. L'absence de bruit vaut mieux que la rapidité, pour un petit moment en tout cas. Mais partez maintenant. »

Ceux qu'il avait nommés se dirigèrent vers l'ouest sans discussion, si ce n'est que Maîtresse Luhhan, cramponnée des deux mains à la crinière de son cheval, le regarda droit dans les yeux avec une expression comminatoire. C'est l'absence de protestations de la part de Faile qui le stupéfia, suffisamment pour qu'il mette un moment avant de s'apercevoir qu'il avait appelé Maître al'Thor et Maître Cauthon par leur prénom.

Vérine et Tomas étaient restés et Perrin dévisagea l'Aes Sedai attentivement. « Aucune chance d'un peu d'aide de votre part ?

— Pas à la façon dont tu l'entends, peut-être, répliqua-t-elle calmement comme si le camp des Blancs Manteaux n'était pas en effervescence à juste un quart de lieue. Mes raisons aujourd'hui ne sont pas différentes d'hier. Toutefois, je pense qu'il pourrait pleuvoir dans... disons... une demi-heure. Moins même. Une violente averse, je crois. »

Une demi-heure. Perrin grogna et se tourna vers les jeunes gens des Deux Rivières qui étaient encore là. Pratiquement vibrant du désir de s'élancer à corps perdu, ils serraient leur arc avec une énergie qui leur blanchissait les jointures. Il espéra qu'ils s'étaient souvenus les uns et les autres d'emporter au moins des cordes d'arc de rechange puisqu'il allait pleuvoir. « Nous, leur dit-il, nous allons entraîner ailleurs les Blancs Manteaux pour que Maîtresse Cauthon et Maîtresse Luhhan et les autres puissent s'en aller sans risque. Nous les attirerons vers le sud par la Route du Nord jusqu'à ce que nous les ayons distancés sous la pluie. S'il y en a parmi vous qui préfèrent se retirer, mieux vaut qu'ils parlent dès maintenant. » Quelques mains se déplacèrent sur les rênes, mais ils furent unanimes à demeurer en selle, les yeux fixés sur lui. « Très bien, donc. Braillez comme si vous aviez perdu la tête afin qu'ils nous entendent. Égosillez-vous jusqu'à ce que nous arrivions à la route. »

Poussant un hurlement, il fit tourner Steppeur et piqua des deux vers cette route. Au début, il n'était pas vraiment certain qu'ils suivraient, pourtant leurs clameurs déchaînées noyèrent son hurlement et le fracas des sabots de leurs montures. Si les Blancs Manteaux n'entendaient pas ça, c'est qu'ils étaient sourds.

Tous ne s'arrêtèrent pas de crier quand ils atteignirent la terre battue de la Route du Nord et s'engagèrent dans la nuit à bride abattue en direction du sud. Quelques-uns riaient et ululaient. Perrin secoua de ses épaules la cape blanche et la laissa choir. Les cors retentirent de nouveau, un peu plus faiblement à présent.

« Perrin, l'interpella Wil en se penchant en avant sur le cou de son cheval, quel est le programme maintenant ? Quel programme ensuite ?

— Nous entamons la chasse aux Trollocs ! » lança Perrin par-dessus son épaule. À la manière dont redoublèrent les rires, il ne pensa pas qu'ils le croyaient. Toutefois il sentait peser sur son dos le regard de Vérine. Elle savait. Le tonnerre dans le ciel nocturne résonna en écho au roulement des sabots des chevaux.

34. Celui qui Vient avec l'Aube

Les ombres de l'aurore rétrécirent et pâlirent tandis que Rand et Mat traversaient d'un pas de course alourdi le fond aride de la vallée encore plongée dans l'ombre, laissant derrière eux Rhuidean qu'enveloppait le brouillard. La sécheresse de l'air annonçait la chaleur à venir mais, en fait, la brise légère semblait fraîche à Rand, sans son surcot. Cela ne durerait pas. Le plein jour darderait bien assez vite sa brûlure sur eux. Ils se hâtaient de leur mieux dans l'espoir de devancer la chaleur, toutefois il n'avait pas l'impression qu'ils y réussiraient. Leur mieux n'était pas très rapide.

Mat avançait en traînant péniblement les pieds ; une tache sombre se déployait en éventail sur la moitié de sa figure et son surcot qui pendait ouvert laissait voir sa chemise délacée collée à sa poitrine par encore du sang en train de sécher. De temps en temps, il effleurait délicatement la large meurtrissure autour de sa gorge, presque noire maintenant, en grommelant entre ses dents, et il trébuchait souvent, se rattrapant en s'appuyant sur sa drôle de lance à hampe couleur d'ébène et se tenant la tête. Pourtant, il ne se plaignait pas, ce qui était mauvais signe. Mat se lamentait interminablement pour des bobos ; s'il était silencieux à présent, cela signifiait qu'il avait vraiment mal.

La vieille blessure à demi cicatrisée dans le flanc de Rand lui donnait l'impression que quelque chose se forait un passage au travers, et les entailles sur son visage et sa tête étaient cuisantes ; néanmoins tout en progressant à laborieuses enjambées, à demi replié sur son côté douloureux, il ne pensait guère à ses propres souffrances. Il avait l'esprit trop préoccupé par la pensée du soleil qui se levait derrière lui et des Aiels qui attendaient sur la pente nue de la montagne devant. Il y avait de l'eau et de l'ombre là-haut – et de l'aide pour Mat. Le soleil levant derrière, les Aiels devant. L'aube et les Aiels.

Celui qui Vient avec l'Aube. Cette Aes Sedai qu'il avait vue, ou rêvé avoir vue, devant Rhuidean – elle avait parlé comme si elle avait le don de prédire l'avenir. *Il vous liera ensemble. Il vous réunira et vous détruira.* Des mots prononcés sur le ton de la prophétie. Les détruire. Les Prophéties disaient qu'il détruirait de nouveau le monde. L'idée l'horrifiait. Peut-être pouvait-il, du moins, échapper à cette partie-là, mais la guerre, la mort et la destruction avaient déjà jailli sous ses pas. Le Tear était le premier endroit dans ce qui semblait une très longue période où il n'avait pas laissé derrière lui le chaos, des hommes agonisants et des villages ravagés par l'incendie.

Il se surprit à souhaiter pouvoir enfourcher Jeade'en et s'enfuir aussi vite que l'étalon serait capable de l'emporter. Ce n'était pas la première fois. *Mais je ne peux pas m'enfuir,* songea-t-il. *Je dois le faire parce qu'il n'existe personne d'autre qui soit en mesure de s'en charger. Je le fais ou c'est le Ténébreux qui triomphe.* Rude dilemme, mais le seul offert. *Par contre, pourquoi détruirais-je les Aiels ? Comment ?*

Cette dernière pensée le glaça. Cela ressemblait trop à accepter qu'il le fasse, qu'il devait le faire. Il ne voulait pas causer du mal aux Aiels. « Par la Lumière, s'exclama-t-il âprement. Je ne désire détruire personne. » Sa bouche était de nouveau comme tapissée de poussière.

Mat lui jeta un coup d'œil en silence. Un coup d'œil méfiant.

Je ne suis pas encore fou, se dit Rand farouchement.

Là-haut sur la pente, les Aiels bougeaient dans les trois camps. La froide réalité était qu'il avait besoin d'eux. Voilà pourquoi il avait commencé à l'envisager, lorsqu'il avait découvert pour la première fois que le Dragon Réincarné et Celui qui Vient avec l'Aube étaient vraisemblablement une seule et même personne. Il aurait besoin de gens en qui il puisse avoir confiance, de gens qui le suivent pour un autre motif que par peur de lui ou désir avide de puissance. Des gens qui n'avaient pas l'intention de l'utiliser à leurs propres fins. Il avait accompli ce qui était requis et maintenant il se servirait d'eux. Parce qu'il y était obligé. Il n'était pas encore fou – il ne pensait pas l'être – mais nombreux seraient ceux qui le taxeraient de folie avant qu'il en ait fini.

Ils n'avaient pas encore entamé l'ascension du Chaendaer quand le plein soleil aveuglant les rattrapa, sa chaleur frappant comme une massue. Rand escalada la pente accidentée aussi vite qu'il en était capable, avec ses creux, ses remontées et ses rugueux affleurements de roc ; sa gorge avait oublié sa dernière gorgée d'eau, et le soleil séchait sa chemise aussi vite que la sueur l'humidifiait. Mat n'avait pas besoin non plus d'être exhorté. Il y avait de l'eau là-bas. Bair se tenait devant les tentes basses des Sagettes, une outre dans les mains, luisante de condensation. Passant la langue sur ses lèvres craquelées, Rand était sûr qu'il en distinguait le scintillement.

« Où est-il ? Que lui avez-vous fait ? »

Cette apostrophe vociférée arrêta net Rand. L'homme à la chevelure couleur de flamme, Couladin, était debout au sommet d'un épais pouce de granite qui saillait du flanc de la montagne. D'autres du clan des Shaidos étaient groupés autour de sa base, tous regardant Rand et Mat. Quelques-uns étaient voilés.

« De qui parlez-vous ? » lui cria Rand. Sa voix était rendue croassante par la soif.

De fureur, les yeux de Couladin s'exorbitèrent.

« Muradin, homme des Terres Humides ! Il est entré deux jours avant vous, pourtant vous sortez d'abord. Il ne peut pas avoir échoué là où vous avez survécu ! Vous devez l'avoir assassiné ! »

Rand crut entendre un appel provenant des tentes des Sagettes mais il n'eut même pas le temps de ciller que Couladin se redressait comme un serpent et projetait un javelot droit sur lui. Deux autres filèrent comme l'éclair à sa suite, lancés par les Aiels à la base du pouce de granite.

D'instinct, Rand attira à lui le *saidin* et l'épée forgée dans le feu. La lame tournoya dans ses mains – Tourbillon sur la Montagne ; parade bien nommée – et fendit en deux une couple de hampes de javelot. La lance noire de Mat décrivant un cercle réussit de justesse à dévier la troisième.

« La preuve ! beugla Couladin. Ils sont entrés armés dans Rhuidean ! C'est interdit ! Regardez le sang sur eux ! Ils ont tué Muradin ! » Il n'avait pas fini de parler qu'il jeta une autre courte lance, et cette fois ce fut une parmi douze.

Rand se rejeta de côté, juste conscient de Mat bondissant en sens inverse, pourtant même avant d'arriver au sol les javelots se dirigèrent vers l'endroit où s'était tenu Rand, se heurtant mutuellement. Roulant sur lui-même pour se remettre debout, il trouva les javelots tous plantés dans le sol rocheux. Dans un cercle parfait entourant l'endroit d'où il avait sauté. Pendant un instant, même Couladin parut pétrifié de stupeur.

« Arrêtez ! » cria Bair qui descendit en courant lors de ce moment d'immobilité. Sa longue jupe volumineuse ne l'entravait pas plus que son âge ; elle bondissait en descendant la pente comme une jeune fille en dépit de ses cheveux blancs, et une jeune fille en furie par-dessus le marché. « La paix de Rhuidean, Couladin ! » Sa voix grêle avait la dureté d'un bâton de fer. « Par deux fois maintenant tu as tenté de la rompre. Une fois encore et tu es banni ! Je t'en donne ma parole ! Toi et n'importe qui d'autre lèvera la main ! » Elle s'arrêta dans une glissade face aux Shaidos, l'outre levée comme si elle avait l'intention de les assommer avec. « Qui en doute n'a qu'à brandir une arme ! celui-là sera privé d'ombre selon la Convention de Rhuidean, il se verra dénier accueil, asile ou tente. Son propre enclos le pourchassera comme une bête sauvage ! »

Certains Shaidos se dévoilèrent précipitamment – quelques-uns – mais Couladin ne fut pas dissuadé. « Ils sont armés, Bair ! Ils sont allés armés à Rhuidean ! C'est... !

— Silence ! » Bair secoua le poing à son adresse. « Tu oses parler d'armes ? Toi qui romps la paix de Rhuidean et qui tues le visage nu aux yeux du monde ? Ils n'ont pas emporté d'armes avec eux ; je l'atteste. » Elle tourna le dos délibérément, mais le regard qu'elle jeta sur Rand et sur Mat était à peine plus doux que celui dont elle avait gratifié Couladin. Elle tiqua devant l'étrange lance à lame d'épée de Mat en disant entre ses dents : « As-tu trouvé cela dans Rhuidean, mon petit ?

— Elle m'a été donnée, *ma vieille dame,* répliqua Mat dans un grommellement rauque. J'ai payé pour et j'entends la garder. »

Elle eut une aspiration dédaigneuse. « Vous avez l'air, tous les deux, de vous être roulés dans des herbes-couteaux. Qu'est-ce... Non, vous me le raconterez plus tard. » Examinant l'épée de Rand forgée par le Pouvoir, elle frissonna. « Débarrassez-vous de ça. Et montrez-leur les signes avant que cet imbécile de Couladin tente de nouveau de leur monter la tête. Dans l'humeur où il est, il entraînerait son clan entier hors la loi sans sourciller. Vite ! »

Un court instant, il la regarda sans comprendre. Signes ? Puis il se rappela ce que Rhuarc lui avait montré une fois, la marque d'un homme qui a survécu à Rhuidean. Laissant disparaître l'épée, il délaça le poignet de sa manche gauche qu'il remonta jusqu'au coude.

Autour de son avant-bras s'enroulait une forme semblable à celle qui se trouvait sur la bannière du Dragon, une silhouette sinueuse à crinière dorée, recouverte d'écailles rouge et or. Il s'y attendait, bien sûr, mais ce fut néanmoins un choc. Cette chose semblait faire partie de sa peau, comme si cette créature inexistante s'était d'elle-même installée en lui. Son bras ne lui donnait pas une impression différente de l'ordinaire, et pourtant les écailles scintillaient au soleil comme du métal bruni ; il lui sembla que s'il touchait cette crinière dorée autour de son poignet il en sentirait sûrement chaque poil rude.

Il brandit en l'air son bras dès qu'il fut nu, bien haut pour que Couladin et les siens le voient. Des murmures s'élevèrent parmi les Shaidos et Couladin proféra un grondement inarticulé. Autour de la saillie de granite, la foule augmentait à mesure que d'autres Shaidos sortaient en courant de leurs tentes. Rhuarc se tenait un peu plus haut sur la montagne avec Heirn et ses Jindos ; ils observaient avec méfiance les Shaidos, et Rand avec une expression d'attente que ne diminua pas son bras levé. Lan était à mi-chemin entre les deux groupes, les mains posées sur la garde de son épée, la mine évoquant l'imminence d'un orage.

Au moment où Rand se rendit compte que les Aiels escomptaient quelque chose de plus, Egwene et les trois autres Sagettes qui dévalaient en hâte la montagne arrivèrent auprès de lui. Les Sagettes paraissaient décontenancées d'avoir eu à se dépêcher et tout aussi furieuses que Bair. Amys dirigea ses regards de colère sur Couladin tandis que Mélaine la blonde considérait Rand d'un air de reproche. Seana semblait seulement prête à écraser des cailloux entre ses dents. Egwene, une écharpe drapée autour de ses cheveux et étalée sur ses épaules, dévisageait Mat et lui-même moitié avec consternation moitié comme si elle avait pensé ne plus jamais les revoir.

« Idiot, marmotta Bair. *Tous* les signes. » Lançant l'outre à Mat, elle saisit le bras droit de Rand et retroussa sa manche, mettant au jour le reflet identique de la créature sur son avant-bras gauche. Son souffle, une seconde retenu, s'exhala en un long soupir. Elle semblait en équilibre sur le fil d'un rasoir entre le soulagement et l'appréhension. C'était indubitable ; elle avait espéré voir la seconde marque, mais elle en était effrayée. Amys et les deux autres Sagettes poussèrent presque exactement le même soupir. C'était bizarre de voir des Aielles éprouver de la crainte.

Rand faillit rire. Non pas qu'il était amusé. *Par deux fois et deux fois encore il sera marqué.* C'est ce que disaient les Prophéties du Dragon. Un héron imprimé au fer rouge dans chaque paume et maintenant ceux-ci. Une de ces curieuses créatures – des Dragons, comme les appelaient les Prophéties – était censée être *pour les souvenirs perdus.* Rhuidean avait certes pourvu à cela, l'histoire perdue des origines des Aiels. Et l'autre était *pour le prix qu'il doit payer*[1].

Quand devrais-je payer ? se demanda-t-il. *Et combien devront payer avec moi ?* D'autres y avaient toujours été contraints, même quand il avait essayé d'être le seul à payer.

Qu'elle eût ou non de l'appréhension, Bair n'hésita pas avant de dresser aussi ce bras au-dessus de la tête de Rand et de proclamer d'une voix forte : « Regardez ce qui n'a jamais été vu auparavant. Un *Car'a'carn* a été choisi, un chef des chefs. Né d'une Vierge de la Lance, il est venu de Rhuidean à l'aube, selon la prophétie, afin d'unir les Aiels ! L'accomplissement de la prophétie a commencé ! »

Les réactions des autres Aiels ne ressemblèrent en rien à ce que Rand imaginait. Couladin le dévisagea, encore plus haineusement qu'avant si c'était possible, puis sauta à bas de la saillie de granite, remonta la pente à grands pas et disparut dans les tentes des Shaidos. Les Shaidos eux-mêmes se dispersèrent les uns après les autres, jetant à Rand un coup d'œil indéchiffrable avant de retourner à leurs tentes. Heirn et les guerriers de l'enclos jindo, avec à peine une hésitation, agirent de

1. Cf. *Le Dragon réincarné, La Roue du Temps*, vol. 5.

même. En quelques minutes, seul restait Rhuarc, le regard tourmenté. Lan se dirigea vers le chef de clan ; d'après son expression, le Lige pouvait aussi bien n'avoir pas vu Rand du tout. Rand ne savait pas trop à quoi il s'était attendu, mais c'était sûrement à autre chose que ça.

« Que je brûle ! » s'exclama Mat entre ses dents. Il parut s'apercevoir pour la première fois qu'il tenait l'outre dans ses mains. Libérant d'une secousse le bouchon, il souleva haut le sac en peau, laissant l'eau gicler sur sa figure presque autant que dans sa bouche. Quand il finit par l'abaisser, il considéra de nouveau les marques sur les bras de Rand et hocha la tête en répétant « Que je brûle ! » en poussant vers lui le sac clapotant.

Rand contemplait les Aiels avec consternation, mais il fut plus que content de boire. Les premières gorgées lui firent mal au gosier tant il était sec.

« Qu'est-ce qui vous est arrivé ? questionna Egwene. Muradin vous a attaqués ?

— Il est interdit de parler de ce qui se produit à Rhuidean, rappela Bair d'un ton cassant.

— Pas Muradin, dit Rand. Où est Moiraine ? Je m'attendais à ce qu'elle soit la première à nous accueillir. » Il se frotta la figure ; des écailles noires de sang séché se détachèrent et tombèrent sur sa main. « Pour une fois, cela me sera égal qu'elle ne demande pas ma permission avant de me Guérir.

— À moi aussi », ajouta Mat d'une voix rauque. Il oscilla, se soutenant avec sa lance, et appuya le talon de sa paume contre son front. « J'ai la tête qui tourne. »

Egwene eut une grimace. « Elle est toujours dans Rhuidean, je suppose. Mais puisque vous en êtes finalement sortis, peut-être qu'elle aussi s'en sortira. Elle est partie juste après vous. Comme Aviendha. Vous êtes tous restés absents si longtemps.

— Moiraine est allée à Rhuidean ? questionna Rand, incrédule. Et *Aviendha* ? Pourquoi donc... ? » Brusquement, il prit conscience de ce qu'elle avait dit d'autre. « *Si longtemps,* qu'est-ce que tu entends par là ?

— Nous sommes au septième jour, répondit-elle. Le septième depuis que vous êtes tous descendus dans la vallée. »

L'outre lui tomba des mains. Seana la ramassa vivement avant qu'à peine plus qu'une petite partie de son contenu, si précieux dans le désert, s'égoutte le long de la pente rocheuse. C'est à peine si Rand le remarqua. Sept jours. N'importe quoi pouvait s'être produit en sept jours. *Ils pourraient m'avoir rattrapé, avoir deviné ce que je projette. Il faut que j'agisse. Vite. Il faut que je les devance. Je ne suis pas parvenu jusqu'ici pour échouer.*

Tous avaient les yeux fixés sur lui, même Rhuarc et Mat, l'anxiété peinte sur leurs visages. Et la circonspection. Pas étonnant. Qui savait ce qu'il pourrait faire ou s'il était encore sain d'esprit ? Seul le masque menaçant de Lan n'avait pas changé.

« Je t'avais bien dit que c'était Aviendha, Rand. Nue comme au jour de sa naissance. » La voix de Mat avait un pénible accent rauque et ses jambes ne semblaient pas trop solides.

« Combien de temps avant que Moiraine revienne ? » questionna Rand. Si elle était entrée en même temps, elle devrait revenir rapidement.

« Si elle n'est pas revenue le dixième jour, répliqua Bair, elle ne reviendra pas. Personne n'est jamais revenu après dix jours. »

Encore trois jours, peut-être. Trois jours de plus alors qu'il en avait déjà perdu sept. *Qu'ils arrivent donc maintenant. Je n'échouerai pas !* Il se retint avec peine de laisser ses traits prendre un air farouche. « Vous savez canaliser. L'une de vous, en tout cas. J'ai vu comment vous aviez refoulé Couladin. Guéririez-vous Mat ? »

Amys et Mélaine échangèrent des regards qu'il ne put que qualifier de tristes.

« Nos voies ont suivi d'autres directions, répondit Amys avec regret. Il y a des Sagettes capables de ce que vous demandez, jusqu'à un certain point, mais nous ne sommes pas parmi elles.

— Qu'entendez-vous par là ? s'exclama-t-il avec colère. Vous canalisez comme des Aes Sedai. Pourquoi ne pouvez-vous pas Guérir comme elles ? Vous avez commencé par refuser qu'il aille à Rhuidean. Estimez-vous pouvoir le laisser mourir parce qu'il y est allé ?

— Je survivrai », dit Mat, mais ses yeux étaient crispés par la souffrance.

Egwene posa la main sur le bras de Rand. « Toutes les Aes Sedai ne sont pas en mesure de Guérir parfaitement, expliqua-t-elle d'un ton apaisant. Les meilleures Guérisseuses appartiennent à l'Ajah Jaune. Sheriam, la Maîtresse des Novices, ne réussit à guérir rien de plus grave qu'un bleu ou une coupure légère. Il n'y a pas deux femmes qui aient exactement les mêmes Talents ou compétences. »

Ce ton irrita Rand. Il n'était pas un gamin de mauvaise humeur qu'il fallait calmer. Il regarda les Sagettes en fronçant les sourcils. Qu'elles ne puissent ou ne veuillent, lui et Mat seraient obligés d'attendre Moiraine. Si elle n'avait pas été tuée par cette bulle de mal, par ces créatures de poussière. Cette bulle devait être dissipée à présent ; celle de Tear n'avait finalement pas duré. *Elles ne lui auraient pas barré la route. Elle pouvait passer à travers en canalisant. Elle sait ce qu'elle fait ; elle n'a pas à y réfléchir petit à petit comme moi.* Mais alors pourquoi n'était-elle pas de retour ? Et d'abord pourquoi y était-elle allée et pourquoi ne l'avait-il pas vue ? Sotte question. Cent personnes pouvaient se trouver dans Rhuidean sans être aperçues. Trop de questions et aucune réponse avant son retour, il le craignait. Si elle revenait.

« Il y a des herbes et des onguents, dit Seana. Venez à l'abri du soleil et nous soignerons vos blessures.

— À l'abri du soleil, murmura Rand. Oui. » Il se conduisait comme un malappris, mais cela lui était égal. Pourquoi Moiraine était-elle entrée dans Rhuidean ? Il ne comptait pas qu'elle cesse de le pousser dans la direction qu'elle jugeait la meilleure et que le Ténébreux emporte ce qu'il pensait lui-même. Si elle était là-bas, pouvait-elle avoir eu une influence sur ce qu'il avait vu ? L'avoir modifié d'une certaine manière ? Si même elle se doutait de ce qu'il préparait...

Il prit la direction des tentes jindos – les gens de Couladin ne lui offriraient vraisemblablement pas d'endroit pour se reposer – mais Amys le tourna vers la platière située plus haut où étaient plantées les tentes des Sagettes. « Ils ne se sentiraient peut-être pas à l'aise avec vous parmi eux pour le moment présent », dit-elle. Rhuarc qui l'avait rejointe acquiesça d'un signe de tête.

Mélaine jeta un coup d'œil à Lan. « Ceci ne vous concerne pas, *Aan'allein.* Vous et Rhuarc, emmenez Matrim et...

— Non, coupa Rand. Je veux qu'ils viennent avec moi. » En partie parce qu'il désirait obtenir des réponses du chef de clan, en partie par pure obstination. Ces Sagettes étaient résolues à l'entraîner au bout d'une laisse, exactement comme Moiraine. Il n'était pas disposé à s'y résigner. Elles s'entre-regardèrent, puis consentirent d'un signe comme accédant à une requête. Si elles s'imaginaient qu'il se montrerait un garçon docile parce qu'elles lui donnaient un bonbon, elles se trompaient. « J'aurais cru que vous seriez avec Moiraine », dit-il à Lan, sans se préoccuper des Sagettes et de leurs consentements mimés.

Une expression d'embarras s'esquissa fugitivement sur le visage du Lige. « Les Sagettes se sont arrangées pour dissimuler son départ presque jusqu'au crépuscule, répliqua-t-il avec gêne. Alors elles m'ont... convaincu que la suivre ne servirait à rien. Elles ont dit que, même si j'y allais, je ne la découvrirais pas avant qu'elle soit déjà sur le chemin du retour et que, alors, elle n'aurait pas besoin de moi. Je ne suis plus certain que j'aurais dû les écouter.

— Les écouter ! » s'exclama Mélaine avec un rire sec. Ses bracelets d'ivoire et d'or cliquetèrent comme elle rajustait son châle avec irritation. « Fiez-vous à un homme pour se donner des airs raisonnables. Vous seriez presque certainement mort et très probablement vous l'auriez tuée aussi.

— Mélaine et moi avons été obligées de l'immobiliser la moitié de la nuit avant qu'il obéisse », dit Amys. Son petit sourire était un brin amusé, un brin mi-figue mi-raisin.

Le visage de Lan aurait aussi bien pu être sculpté dans des nuées d'orage. Pas étonnant, si les Sagettes avaient utilisé le Pouvoir sur lui. Qu'est-ce que Moiraine fabriquait là-bas ?

« Rhuarc, reprit Rand, comment suis-je censé unifier les Aiels ? Ils ne veulent même pas me regarder. » Il leva un instant ses avant-bras nus ; les écailles du Dragon scintillèrent sous le soleil ardent. « Ceux-ci proclament que je suis Celui qui Vient avec l'Aube, mais pratiquement tout le monde s'est défilé dès que je les ai montrés.

— C'est une chose de savoir qu'un jour ou l'autre une prophétie s'accomplira, répliqua lentement le chef de clan, et une autre de voir cet accomplissement commencer sous ses yeux. Il est dit que vous referez des clans un seul peuple, comme au temps jadis, mais nous nous sommes battus entre nous presque aussi longtemps que nous avons combattu le reste du monde. Et plus encore attend certains d'entre nous. »

Il vous liera ensemble et vous détruira. Rhuarc devait avoir entendu cela, aussi. Et les autres chefs de clan, ainsi que les Sagettes si elles avaient pénétré elles aussi dans cette forêt de colonnes de verre étincelantes. À condition que Moiraine n'ait pas arrangé une vision spéciale pour lui. « Est-ce que tout le monde voit les mêmes choses au sein de ces colonnes, Rhuarc ?

— Non ! intervint Mélaine, la voix cassante. Taisez-vous ou renvoyez *Aan'allein* et Matrim. Partez aussi, Egwene.

— Ce n'est pas permis, ajouta Amys d'une voix juste un peu plus douce, de parler de ce qui a lieu dans Rhuidean, sauf avec ceux qui y ont été. » Un tout petit peu plus doucement, peut-être. « Même ainsi, il n'y en a guère qui en parlent, et rarement.

— J'ai l'intention de changer ce qui est permis et ce qui ne l'est pas, leur déclara Rand avec calme. Vous devez vous y accoutumer. » Il entendit Egwene murmurant qu'il aurait besoin d'une bonne gifle et lui adressa un large sourire. « Egwene peut rester, elle aussi, puisqu'elle l'a demandé si gentiment. » Elle lui tira la langue, puis rougit quand elle se rendit compte de ce qu'elle venait de faire.

« Le changement, dit Rhuarc. Tu sais qu'il apporte du changement, Amys. C'est nous demander quel changement et comment il se produira qui nous rend comme des enfants seuls dans le noir. Puisqu'il est inévitable, commençons-le tout de suite. Pas deux des chefs de clan à qui j'ai parlé n'ont vu les choses de la même façon, Rand, ou exactement les mêmes choses, jusqu'au partage de l'eau et l'assemblée où la Convention de Rhuidean a été conclue. En est-il de même pour les Sagettes, je l'ignore, mais je m'en doute. Je pense que c'est une question d'hérédité. Je crois que j'ai vu par les yeux de mes ancêtres et vous par ceux des vôtres. »

Amys et les autres Sagettes, la mine farouche, gardaient un silence obstiné. Mat et Egwene avaient l'un et l'autre l'air interdit. Seul Lan ne paraissait pas écouter du tout ; ses yeux avaient un regard comme tourné vers l'intérieur, sans doute à cause de son inquiétude concernant Moiraine.

Rand lui-même se sentait un peu bizarre. Voir par les yeux de ses ancêtres. Il savait depuis quelque temps que Tam al'Thor n'était pas son vrai père, qu'il avait été découvert nouveau-né sur les pentes du Mont-Dragon après la dernière bataille majeure de la Guerre des Aiels. Un nouveau-né avec sa mère morte, une Vierge de la Lance. Il avait invoqué son ascendance aielle quand il avait demandé à entrer dans Rhuidean, mais c'était seulement à présent qu'il prenait pleinement conscience du fait. Ses ancêtres. Les Aiels.

« Alors vous avez vu aussi Rhuidean qui commençait

juste à être construite, dit-il. Et les deux Aes Sedai. Vous... avez entendu ce que l'une d'entre elles a annoncé. » *Il vous détruira.*

« J'ai entendu. » Rhuarc semblait résigné, comme un homme qui a appris qu'on allait lui couper la jambe. « Je sais. »

Rand changea de sujet. « Qu'est-ce que "le partage de l'eau" ? »

Les sourcils du chef de clan se haussèrent sous l'effet de la surprise. « Vous ne l'avez pas reconnu ? Mais aussi je ne vois pas pourquoi vous l'auriez fait ; vous n'avez pas grandi avec les récits d'autrefois. D'après les histoires les plus anciennes, depuis le jour où avait commencé la Destruction du Monde jusqu'à celui où nous avons mis pour la première fois le pied sur la Terre Triple, il n'y a eu qu'un peuple qui ne nous a pas attaqués. Un seul peuple nous a accordé de l'eau librement quand elle était nécessaire. Il nous a fallu longtemps pour découvrir qui il était. C'est fini, maintenant. Le gage de paix a été détruit ; les tueurs d'arbre nous ont craché à la face.

— Le Cairhien, dit Rand. Vous parlez du Cairhien, de l'*Avendoraldera* et de Laman qui a coupé l'Arbre.

— Laman a reçu la mort comme châtiment, répliqua Rhuarc d'une voix neutre. Les briseurs de serment ont été tués. » Il regarda Rand de côté. « Certains, Couladin par exemple, y voient une preuve que nous ne pouvons pas nous fier à quelqu'un qui n'est pas aiel. C'est en partie pourquoi il vous déteste. En partie. Il estimera que votre sang et les traits de votre visage sont des mensonges. Ou prétendra qu'ils en sont. »

Rand secoua la tête. Moiraine parlait parfois de la complexité de la Dentelle du Temps, le Dessin d'une Ère, tissée par la Roue du Temps avec le fil des vies humaines. Si les ancêtres des Cairhienins n'avaient pas permis aux Aiels d'avoir de l'eau trois mille ans auparavant, alors Cairhien n'aurait jamais reçu le droit d'utiliser la Piste de la Soie, avec une bouture de l'*Avendesora* comme gage. Pas de gage et le Roi Laman n'aurait pas eu d'Arbre à couper ; il n'y aurait pas eu de Guerre des Aiels ; et lui-même n'aurait pas pu naître sur la pente du Mont-Dragon pour être emporté et élevé dans le pays des Deux Rivières. Combien d'autres points-carrefours comme celui-ci, où une seule décision dans un sens ou dans l'autre avait influé sur le tissage du Dessin pour des milliers d'années ? Mille fois mille minuscules embranchements, mille fois autant encore, tous tirant d'une saccade le Dessin vers un tracé différent. Lui-même était un embranchement vivant, et peut-être aussi Mat et Perrin. Ce qu'ils faisaient ou ne faisaient pas provoquerait des répercussions qui telles des ondulations se propageraient au fil des années, au fil des Ères.

Il regarda Mat qui montait la pente en boitillant avec l'aide de sa lance, tête baissée et paupières crispées par la souffrance. *Le Créateur n'avait pas dû réfléchir quand il a placé l'avenir sur les épaules de trois paysans. Je ne peux pas le laisser choir. Il faut que je porte ce fardeau, quoi qu'il en coûte.*

Aux tentes basses sans parois latérales des Sagettes, les femmes se courbèrent pour entrer avec des murmures parlant d'eau et d'ombre. C'est tout juste si elles ne traînèrent pas Mat après elles ; preuve à quel point il souffrait de sa tête et de son cou, non seulement il obéit, mais il obéit en silence.

Rand allait les suivre, mais Lan posa une main sur son épaule. « L'as-tu vue là-bas ? questionna le Lige.

— Non, Lan. Je suis désolé, je ne l'ai pas vue. Si quelqu'un peut s'en tirer sain et sauf, c'est bien elle. »

Lan émit un son inarticulé et retira sa main. « Prends garde à Couladin, Rand. J'en ai déjà vu de son espèce. L'ambition lui brûle dans le ventre. Il sacrifierait le monde pour la réaliser.

— *Aan'allein* a raison, commenta Rhuarc. Les Dragons sur vos bras n'auront pas d'importance si vous êtes mort avant que les chefs de clan apprennent leur existence. Je vais m'assurer que quelques-uns des Jindos de Heirn soient toujours auprès de vous jusqu'à ce que nous arrivions aux Rocs Froids. Même ainsi Couladin tentera de susciter des désordres, et les Shaidos, au moins, le suivront. Peut-être d'autres, également. La Prophétie de Rhuidean annonçait que vous seriez élevé par des étrangers à notre sang, cependant Couladin pourrait bien ne pas être le seul à ne voir qu'un homme des Terres Humides.

— Je tâcherai de couvrir mes arrières », répliqua Rand avec un soupçon d'ironie contenue. Dans les contes, quand quelqu'un accomplissait une prophétie, tout le monde s'écriait « Ô merveille ! » ou quelque exclamation du même ordre et voilà tout, à part disposer des traîtres. La vie réelle ne semblait pas se dérouler de cette façon.

Quand ils pénétrèrent sous la tente, Mat était déjà assis sans surcot ni chemise sur un coussin rouge à glands dorés. Une femme en robe blanche à capuchon avait fini de laver le sang sur son visage et commençait juste à nettoyer sa poitrine. Amys serrait un mortier de pierre entre ses genoux et malaxait un onguent avec un pilon, tandis que Bair et Seana penchaient ensemble la tête sur des herbes infusant dans une marmite d'eau bouillante.

Mélaine eut une grimace à l'adresse de Lan et de Rhuarc, puis fixa sur Rand le regard froid de ses yeux verts. « Mettez-vous torse nu, ordonna-t-elle d'un ton bref. Les entailles sur votre tête ne semblent pas trop graves, mais laissez-moi examiner ce qui vous oblige à vous ratatiner sur vous-même. » Elle frappa sur un petit gong de cuivre et une autre femme vêtue d'une robe blanche entra par le fond de la tente en se courbant, une cuvette d'argent fumante dans les mains et des serviettes sur le bras.

Rand prit place sur un coussin, se forçant à se tenir le buste droit. « Ce n'est rien qui doive vous inquiéter », assura-t-il à Mélaine. La seconde femme en blanc s'agenouilla gracieusement à côté de Rand et, résistant à ses efforts pour prendre la serviette humide qu'elle essorait au-dessus de la bassine, elle commença à laver son visage avec douceur. Il se demanda ce qu'elle était. Elle paraissait aielle, mais elle ne se conduisait certes pas comme telle. Ses yeux gris exprimaient une humilité résolue.

« C'est une blessure ancienne, expliqua Egwene à la Sagette blonde. Moiraine n'a jamais réussi à la Guérir totalement. » Son coup d'œil à l'adresse de Rand signifiait que la simple courtoisie aurait exigé que cette précision vienne de lui. Cependant, d'après le regard échangé entre les Sagettes, il pensa qu'elle en avait déjà dit plus qu'assez. Une blessure qu'une Aes Sedai ne pouvait pas guérir ; une énigme pour elles. Moiraine semblait en savoir sur son compte davantage que lui-même, et il avait du mal à s'en tirer dans ses rapports avec elle. Intriguer les Sagettes rendrait peut-être les rapports plus faciles.

Mat sursauta quand Amys se mit à faire pénétrer son onguent dans les estafilades de sa poitrine. L'effet du remède allait-il de pair avec son odeur que Mat avait alors une bonne raison pour tressaillir, songea Rand. Bair fourra sous le nez de Mat une tasse en argent. « Buvez, *jeune homme.* Si quelque chose peut soulager vos maux de tête, c'est bien la racine de timsin et la feuille-tomenteuse. »

Il l'avala sans hésiter ; un frisson et une grimace s'ensuivirent. « Au goût cela ressemble à l'intérieur de mes bottes. » Mais il s'inclina devant elle tout en restant assis, dans un salut assez cérémonieux pour un Tairen à part qu'il n'avait pas de chemise, et qu'il gâta un peu par son sourire spontané. « Je vous remercie, Sagette. Et je ne demanderai pas si vous avez ajouté quelque chose pour lui donner ce... goût... mémorable. » Le rire léger de Bair et de Seana pouvait être provoqué parce qu'elles avaient effectivement additionné quelque chose ou parce qu'elles s'en étaient abstenues, en tout cas apparemment Mat avait trouvé comme d'habitude un moyen de se rendre sympathique à ces femmes. Même Mélaine lui accorda un bref sourire.

« Rhuarc, dit Rand, si Couladin a l'intention de soulever des difficultés, j'ai besoin de le gagner de vitesse. Comment m'y prendre pour mettre au courant les autres chefs de clan ? À mon sujet. Au sujet de ceux-là. » Il bougea ses bras où s'enroulaient les Dragons. La femme en blanc près de lui, qui nettoyait à présent la longue entaille dans son cuir chevelu, évita délibérément de les regarder.

« Il n'existe pas de protocole précis, répliqua Rhuarc. Comment cela se pourrait-il pour une chose qui ne se produira qu'une fois ? Quand une assemblée de chefs de clan doit être convoquée, il y a des lieux où s'applique quelque chose de semblable à la Paix de Rhuidean. Le plus proche des Rocs Froids, le plus proche de Rhuidean est l'Alcair Dal. Vous serez en mesure de montrer là les preuves aux chefs de clan et d'enclos.

— *L'Al'cair Dal ?* dit Mat d'un ton interrogateur avec une accentuation subitement différente. Le Bol d'Or ? »

Rhuarc acquiesça d'un signe de tête. « Un canyon rond, bien qu'il n'ait rien de doré. Il y a une corniche à une extrémité et un homme qui se tient là peut être entendu de tous ceux qui se trouvent dans le canyon sans avoir à élever la voix. »

Rand regarda d'un air sombre les Dragons sur ses avant-bras. Il n'était pas le seul à avoir été marqué d'une certaine manière dans Rhuidean. Mat ne prononçait plus par moments quelques mots de l'Ancienne Langue sans savoir ce qu'il disait. Depuis Rhuidean, il comprenait, bien que ne paraissant pas s'en rendre compte. Egwene observait Mat. D'un air pensif. Elle avait passé trop d'heures avec des Aes Sedai.

« Rhuarc, pouvez-vous envoyer des messagers aux chefs de dan ? dit-il. Combien de temps cela prendra-t-il pour les convier tous à l'Alcair Dal ? Que faut-il pour s'assurer qu'ils viendront ?

— Des messagers mettront des semaines, et d'autres semaines seront nécessaires pour que tous soient rassemblés. » Le geste de Rhuarc engloba les quatre Sagettes. « Elles peuvent parler à chaque chef de clan dans ses rêves en une nuit, à chaque chef d'enclos. Et toutes les Sagettes, afin qu'aucun d'eux ne s'imagine simplement avoir rêvé.

— J'apprécie ta confiance que nous sommes capables de déplacer des montagnes, ombre de mon cœur, commenta Amys, caustique, en s'installant près de Rand avec son onguent, mais elle ne suffit pas. Il faudra plusieurs nuits pour accomplir ce que tu suggères, avec peu de repos pendant ces nuits. »

Rand lui saisit la main comme elle s'apprêtait à appliquer sur sa joue la mixture à l'odeur aigre. « Le ferez-vous ?

— Êtes-vous si pressé de nous anéantir ? » fut sa riposte, puis elle se mordit les lèvres, mortifiée, comme la femme encapuchonnée de blanc de l'autre côté de Rand sursautait.

Mélaine tapa deux fois dans ses mains. « Laissez-nous », ordonna-t-elle sèchement, et les femmes en blanc s'inclinèrent et sortirent avec leurs cuvettes et leurs serviettes.

« Vous m'aiguillonnez comme des crochets de bardane sur la peau, dit Amys à Rand amèrement. Quels que soient les ordres qu'elles ont reçus, ces femmes discuteront maintenant de ce qu'elles ne devraient pas connaître. » Elle dégagea sa main, commença à frotter l'onguent pour qu'il pénètre avec peut-être plus d'énergie que nécessaire. L'odeur de l'onguent n'était rien auprès de la cuisante sensation de brûlure qu'il provoquait.

« Je n'ai pas l'intention de vous aiguillonner, expliqua Rand, mais le temps presse. Les Réprouvés sont libres de leurs mouvements, Amys, et s'ils découvrent où je suis et ce que je projette... » Les Aielles n'eurent pas l'air surprises. Savaient-elles déjà ? « Neuf vivent toujours. Un nombre encore trop grand, et ceux qui ne désirent pas me tuer pensent qu'ils peuvent se servir de moi. Je n'ai pas de temps à perdre. Si j'avais idée d'un moyen pour amener tous les chefs de clan ici maintenant et pour les décider à m'accepter, je l'utiliserais.

— Qu'est-ce donc que vous projetez ? » La voix d'Amys était aussi dure que l'expression de ses traits.

« Demanderez-vous – direz-vous – aux chefs de venir à l'Alcair Dal ? »

Elle soutint son regard pendant un long moment. Quand elle finit par hocher la tête en signe d'acquiescement, ce fut à contrecœur.

Donné ou non à contrecœur, cet assentiment le soulagea d'une partie de sa tension. Sept jours de perdus n'étaient rattrapables d'aucune manière, mais peut-être pouvait-il éviter d'en perdre davantage. Toutefois, Moiraine, toujours dans Rhuidean avec Aviendha, le retenait ici. Il lui était absolument impossible de l'abandonner.

« Vous connaissez ma mère », reprit-il. Egwene se pencha en avant, aussi attentive que lui, et Mat secoua la tête.

La main d'Amys s'immobilisa sur le visage de Rand. « Je l'ai connue.

— Parlez-moi d'elle. Je vous en prie. »

Elle reporta son attention sur l'estafilade au-dessus de son oreille ; si un regard rembruni avait le pouvoir de Guérir, Rand n'aurait pas eu besoin de son onguent. Finalement, elle dit : « L'histoire de Shaiel, telle que je la sais, commence alors que j'étais encore *Far Dareis Mai,* plus d'une année avant que je renonce à la lance. Un certain nombre d'entre nous étaient allées ensemble presque jusqu'au Rempart du Dragon. Un jour, nous avons aperçu une femme, une jeune femme blonde des Terres Humides, vêtue de soie, avec des chevaux de bât et une belle jument qu'elle montait. Un homme, nous l'aurions tué, bien entendu, mais elle n'avait pas d'armes en dehors d'un simple poignard à la ceinture. Il y en a qui voulaient la renvoyer nue vers le Rempart du Dragon... » Egwene cilla ; elle semblait continuellement surprise par la dureté des Aiels. Amys poursuivit sans s'arrêter « ... toutefois elle avait l'air d'être en quête de quelque chose. Curieuses, nous l'avons suivie, jour après jour, sans nous laisser voir d'elle. Ses chevaux moururent, ses provisions s'épuisèrent, son eau, mais elle ne s'en retourna pas. Elle avança en trébuchant jusqu'à ce qu'elle tombe sans pouvoir se relever. Nous avons décidé de lui donner de l'eau et de lui demander pourquoi elle était là. Elle était près de la mort et une journée entière passa avant qu'elle soit capable de parler.

— Son nom était Shaiel ? dit Rand comme elle hésitait. D'où venait-elle ? Pourquoi se rendre ici ?

— Shaiel, répliqua Bair, était le nom qu'elle s'était choisi. Elle n'en a jamais prononcé un autre pendant le temps où je l'ai connue. Dans l'Ancienne Langue, il signifie la Femme qui Est Prédestinée. » Mat hocha la tête en confirmation, ne paraissant pas se rendre compte de son geste ; Lan l'observa pensivement au-dessus d'une timbale en argent pleine d'eau. « Il y avait de l'amertume chez Shaiel, au commencement », conclut-elle.

S'asseyant sur ses talons à côté de Rand, Amys acquiesça d'un signe. « Elle parlait d'un enfant abandonné, un fils qu'elle aimait. Un mari qu'elle n'aimait pas. Où, elle ne voulait pas le dire. Je ne crois pas qu'elle se soit jamais pardonnée d'avoir laissé l'enfant. Elle ne disait pas grand-chose de plus qu'elle n'y était forcée. C'est nous qu'elle cherchait, les Vierges de la Lance. Une Aes Sedai appelée Gitara Moroso, qui avait le don de Prophétie, lui avait dit que le malheur s'abattrait sur son pays et sur son peuple, peut-être sur le monde, à moins qu'elle n'aille vivre parmi les Vierges de la Lance, sans prévenir personne de son départ. Elle devait devenir l'une d'elles et elle ne pourrait pas retourner dans son propre pays avant que les Vierges se rendent à Tar Valon. »

Elle eut un mouvement de tête marquant la perplexité. « Vous devez comprendre à quel point cela paraissait extravagant à l'époque. Les Vierges de la Lance à Tar Valon ? Pas un Aiel n'avait franchi le Rempart du Dragon depuis le jour où nous avions atteint la Terre Triple. Il s'en fallait encore de quatre ans avant que le crime de Laman nous amène dans les Terres Humides.

Et à coup sûr jamais personne qui n'était pas une Aielle n'était devenue Vierge de la Lance. Certaines d'entre nous crurent que le soleil lui avait tourné la tête. Toutefois, elle avait une volonté de fer et nous nous sommes retrouvées vaille que vaille acceptant de la laisser essayer. »

Gitara Moroso. Une Aes Sedai avec le Don de Prophétie. Il avait entendu ce nom quelque part, mais où ? Et il avait un frère. Un demi-frère. En grandissant, il s'était demandé ce que ce serait d'avoir un frère ou une sœur. Qui, et où ? Mais Amys poursuivait.

« Presque toutes les jeunes filles rêvent de devenir une Vierge de la Lance et apprennent au moins les rudiments concernant le maniement de l'arc et de la lance, le combat avec les mains et les pieds. Même ainsi, celles qui franchissent le pas et épousent la lance découvrent qu'elles ne savent rien. Ce fut plus dur pour Shaiel. L'arc, elle le connaissait bien, mais elle n'avait jamais couru plus loin qu'un quart de lieue. Une fillette de dix ans pouvait la battre à la course, et elle ne savait même pas quelles plantes indiquent la présence d'eau. Pourtant elle avait persévéré. Au bout d'un an elle avait prononcé ses vœux à la lance, elle était une Vierge, adoptée dans l'enclos chumaï des Taardads. »

Et par la suite elle était allée à Tar Valon avec les Vierges, pour mourir sur les pentes du Mont-Dragon. Une demi-réponse, laissant de nouvelles questions. Si seulement il avait pu voir son visage.

« Vos traits ont quelque chose d'elle », commenta Seana comme si elle lisait dans ses pensées. Elle s'était assise en tailleur avec une petite coupe en argent contenant du vin. « Moins de Janduin.

— Janduin ? Mon père ?

— Oui, répliqua Seana. À l'époque, il était chef de clan des Taardads, le plus jeune qu'il y ait jamais eu. Toutefois, il avait une façon d'être, un charisme. Les gens l'écoutaient et ne demandaient qu'à le suivre, même ceux qui n'étaient pas de son clan. Il avait mis fin aux dissensions entre les Taardads et les Nakaïs qui duraient depuis deux cents ans et conclu une alliance non seulement avec les Nakaïs mais aussi avec les Reyns, et les Reyns n'étaient pas bien loin d'entamer une guerre à mort. Il avait presque terminé aussi la lutte entre les Shaarads et les Goshiens et y serait parvenu si Laman n'avait pas coupé l'Arbre. En dépit de sa jeunesse, c'était lui qui conduisait les Taardads et les Nakaïs, les Reyns et les Shaarads, en quête du prix du sang de Laman. »

C'était. Donc il était mort maintenant, lui aussi. La figure d'Egwene exprimait la compassion ; Rand feignit de ne pas la voir ; il ne voulait pas de compassion. Pourquoi éprouverait-il un sentiment de perte pour des gens qu'il n'avait jamais rencontrés ? Néanmoins, il l'éprouvait. « Comment Janduin est-il mort ? »

Les Sagettes échangèrent des regards hésitants. Finalement, Amys déclara : « C'est au début de la troisième année des recherches pour trouver Laman que Shaiel avait constaté qu'elle était enceinte. Selon les lois, elle aurait dû retourner dans la Terre Triple. La lance est interdite à une Vierge quand elle porte un enfant. Seulement Janduin était incapable de lui interdire quoi que ce soit ; aurait-elle demandé la lune pour orner un collier qu'il aurait essayé de la lui donner. Alors elle était restée et, pendant la dernière bataille devant Tar Valon, sa trace a été perdue, perdue aussi celle de l'enfant. Janduin ne se pardonnait pas de ne pas l'avoir obligée à respecter la loi.

— Il a renoncé à sa place de chef de clan, continua Bair. Personne encore n'avait jamais fait cela. On lui a rétorqué que cela ne se pouvait pas, mais il est tout simplement parti. Il est allé au nord avec les jeunes guerriers chasser les Trollocs et les Myrddraals dans la Dévastation. Une démarche qu'adoptent les jeunes têtes brûlées, et les Vierges de la Lance avec moins de bon sens qu'une chèvre. Cependant, ceux qui étaient revenus ont annoncé qu'il avait été tué par un homme. Ils ont raconté que Janduin avait prétendu que cet homme ressemblait à Shaiel et il n'avait pas voulu lever sa lance quand l'homme l'a transpercé. »

Mort, donc. Tous les deux morts. Il ne perdrait jamais son affection pour Tain, ne cesserait jamais de penser à lui comme à son père, mais il aurait aimé avoir vu Janduin et Shaiel, juste une fois.

Egwene s'efforça de le réconforter, bien sûr, à la façon des femmes. Inutile de tenter de lui faire comprendre que ce qu'il avait perdu était quelque chose qu'il n'avait jamais eu. Comme souvenirs de parents il avait le rire tranquille de Tam al'Thor et, plus floue, la douceur des mains de Kari al'Thor. C'est tout ce qu'un homme peut désirer ou dont il peut avoir besoin. Elle semblait déçue, même un peu fâchée contre lui, et les Sagettes paraissaient partager jusqu'à un certain point son sentiment, depuis l'air carrément désapprobateur de Bair jusqu'à l'aspiration dédaigneuse par le nez de Mélaine et le rajustement ostentatoire de son châle. Les femmes ne comprenaient jamais. Rhuarc et Mat, si ; ils le laissaient tranquille, comme il le souhaitait.

Pour une raison quelconque, il n'eut pas envie de manger quand Mélaine ordonna qu'on apporte la nourriture, il alla donc s'étendre au bord de la tente, un des coussins sous son coude, d'où il pouvait observer la pente et la ville enveloppées de brouillard. Le soleil embrasait la vallée et les montagnes environnantes, brûlant les ombres. L'air qui entrait par vagues dans la tente donnait l'impression de jaillir d'un four ouvert.

Au bout d'un moment, Mat vint le rejoindre, vêtu d'une chemise propre. Il s'assit sans rien dire près de Rand, scrutant la vallée au-dessous, l'étrange lance calée sur son genou. De temps en temps, il tâtait l'écriture cursive gravée dans la hampe noire.

« Comment va ta tête ? » questionna Rand, et Mat sursauta.

« Je... je n'en souffre plus. » Il écarta d'un geste brusque ses doigts qui effleuraient la gravure, croisa lentement les mains dans son giron. « Plus autant, en tout cas. Quelle que soit la mixture qu'elles ont préparée, elle a produit de l'effet. »

Il redevint silencieux et Rand n'insista pas. Lui-même n'avait pas envie de bavarder non plus. Il sentait presque le temps passer, grains de sable dans un sablier tombant un à un, avec une interminable lenteur. Pourtant tout semblait vibrer, aussi, les grains de sable prêts à se déverser en torrent. Ridicule. Il était simplement affecté par la brume de chaleur miroitante s'élevant du roc nu de la montagne. Les chefs de clan n'arriveraient pas un jour plus vite à l'Alcair Dal si Moiraine surgissait devant lui à l'instant. Ils n'étaient d'ailleurs qu'une partie, et peut-être la moins importante. Un peu plus tard, il remarqua Lan assis avec aisance sur ses talons au sommet de la saillie de granite que Couladin avait utilisée, sans se soucier du soleil. Le Lige, lui aussi, observait la vallée. Encore un qui n'avait pas envie de parler.

Rand refusa aussi un repas au milieu du jour, bien qu'Egwene et les Sagettes aient tenté tour à tour de l'inciter à manger. Elles prirent apparemment son refus assez calmement mais, quand il suggéra de retourner à Rhuidean à la recherche de Moiraine – et d'Aviendha, aussi bien – Mélaine explosa.

« Espèce de fou ! Aucun homme ne peut entrer deux fois dans Rhuidean. Même vous n'en ressortiriez pas vivant ! Oh, mourez de faim si ça vous tente ! » Elle lui jeta à la tête une demi-boule de pain. Mat la saisit au vol et commença calmement à manger.

« Pourquoi désirez-vous que je vive ? lui demanda Rand. Vous êtes au courant de ce qu'a dit cette Aes Sedai devant Rhuidean. Je vous anéantirai. Pourquoi ne complotez-vous pas avec Couladin pour me tuer ? » Mat s'étrangla et Egwene planta les poings sur ses hanches, prête à délivrer un sermon, mais Rand gardait son attention fixée sur Mélaine. Au lieu de répondre, elle darda sur lui un regard furieux et quitta la tente.

C'est Bair qui prit la parole. « Tout le monde croit connaître la Prophétie de Rhuidean ; seulement ce que ces gens savent est ce que les Sagettes et les chefs de clan leur ont répété depuis des générations. Pas des mensonges, mais pas la vérité entière. La vérité risque de briser le plus fort des hommes.

— Quelle est la vérité entière ? » insista Rand.

Elle jeta un coup d'œil à Mat, puis répliqua : « Dans ce cas, l'entière vérité, la vérité révélée uniquement aux Sagettes et aux chefs de clan jusqu'ici, est que vous êtes notre perte. Notre perte et notre salut. Sans vous, pas un membre de notre peuple ne survivra à la Dernière Bataille. Peut-être même pas jusqu'à cette Ultime Bataille. Telle est la prophétie, et la vérité. Avec vous... "Il répandra le sang de ceux qui s'appellent les Aiels comme de l'eau sur du sable et il les brisera telles des brindilles sèches, pourtant le reste d'un reste il le sauvera, et ce reste vivra." Une rude prophétie, mais cette terre n'a jamais été une terre accueillante. » Elle affronta son regard sans ciller. Une terre dure, et une femme dure.

Il se roula sur lui-même pour reprendre sa position première et se remit à observer la vallée. Les autres partirent, sauf Mat.

Au milieu de l'après-midi, il repéra finalement une silhouette gravissant la montagne, progressant péniblement. Aviendha. Mat avait eu raison, elle était bien nue comme au jour de sa naissance. Et témoignant qu'elle avait subi quelques effets du soleil, elle aussi, tout aielle qu'elle soit ; c'étaient seulement ses mains et son visage qui étaient bronzés, le reste de sa personne était indubitablement ponceau. Il fut content de la voir. Elle ne l'aimait pas mais seulement parce qu'elle était persuadée qu'il s'était mal conduit envers Elayne. Le plus simple des mobiles. Pas à cause d'une prophétie ou d'un sort funeste, pas pour les Dragons sur ses bras ni parce qu'il était le Dragon Réincarné. Pour une raison humaine banale. Il attendait presque avec plaisir ces froids regards de défi.

Quand elle l'aperçut, elle se figea sur place et il n'y avait rien de froid dans ses yeux pers. Son regard donnait l'impression que le soleil était froid ; lui, Rand, aurait dû être réduit en cendres sur place.

« Heu... Rand ? appela tout bas Mat. Je ne pense pas que je lui tournerais le dos si j'étais toi. »

Un soupir de lassitude lui échappa. Bien sûr. Si elle était entrée au milieu de ces colonnes de verre, elle savait. Bair, Mélaine, les autres – tous avaient eu des années pour s'y habituer. En ce qui concernait Aviendha, c'était une blessure fraîche sans croûte de cicatrisation. *Pas étonnant qu'elle me déteste à présent.*

Les Sagettes se précipitèrent au-dehors à la rencontre d'Aviendha et l'entraînèrent vivement sous une autre tente. Quand Rand la revit, elle portait une volumineuse jupe brune et un corsage blanc vague, avec un châle ramené sur ses bras. Elle n'avait pas l'air ravie de cet habillement. Elle le vit qui la regardait et la fureur peinte sur ses traits – la pure colère instinctive – suffit pour qu'il se détourne.

Les ombres commençaient à s'allonger jusqu'aux montagnes d'en face quand Moiraine apparut, tombant et se redressant en chancelant pour continuer à grimper, aussi brûlée par le soleil qu'Aviendha. Il fut stupéfait de voir qu'elle n'avait pas non plus de vêtements sur elle. Les femmes étaient folles, voilà tout.

Lan sauta à bas de l'éperon rocheux et descendit en courant la rejoindre. Il la souleva dans ses bras et remonta au pas de course le long du flanc de la montagne, peut-être plus vite qu'il n'avait descendu, et tour à tour il jurait ou appelait les Sagettes. La tête de Moiraine était renversée sur son épaule. Les Sagettes sortirent pour se charger d'elle, Mélaine lui barrant de son corps le passage quand il voulut les suivre dans la tente. Lan fut laissé dehors à arpenter le sol de long en large, se tapant un poing dans l'autre paume.

Rand se roula sur le dos et contempla le toit bas de la tente. Trois jours de gagnés. Il aurait dû se réjouir que Moiraine et Aviendha soient de retour saines et sauves, mais son soulagement concernait entièrement les jours non perdus. Le temps était de première importance. Il devait être en mesure de choisir son propre terrain. Peut-être le pouvait-il encore.

« Qu'est-ce que tu vas faire maintenant ? questionna Mat.

— Quelque chose qui devrait te plaire. Je vais enfreindre les règles.

— Non, je voulais te demander si tu ne casserais pas la croûte ? Moi, j'ai faim. »

Rand ne put s'empêcher d'éclater de rire. Casser la croûte ? Peu lui importait de ne plus jamais rien manger. Mat le considéra comme s'il était fou. Pas fou. Pour la première fois, *quelqu'un* allait apprendre ce qu'impliquait qu'il était le Dragon Réincarné. Il enfreindrait les règles d'une manière à laquelle *personne* ne s'attendait.

35. Rudes Leçons

Le Cœur de la Pierre dans le *Tel'aran'rhiod* était tel qu'Egwene se le rappelait dans le monde réel, d'énormes colonnes de grès rouge poli se dressant jusqu'à un plafond très haut et, sous la vaste voûte centrale, *Callandor* enfoncée dans les dalles claires du sol. Seuls manquaient les gens. Les lampes dorées n'étaient pas allumées. Cependant il y avait une espèce de lumière, en quelque sorte faible et vive à la fois, qui paraissait provenir de partout en même temps ou de nulle part. C'était souvent comme ça à l'intérieur des maisons dans le *Tel'aran'rhiod*

Ce à quoi elle ne s'attendait pas, c'est à voir cette jeune femme qui se tenait au-delà de l'épée scintillante en cristal et qui sondait les ombres blafardes entre les colonnes. La façon dont elle était vêtue stupéfia Egwene. Les pieds nus, un ample pantalon de soie brochée jaune. Au-dessus d'une large ceinture d'un jaune plus soutenu, elle était complètement nue à l'exception de chaînes dorées suspendues à son cou. De petits anneaux d'or en rangées chatoyantes ornaient ses oreilles et, ce qu'il y avait d'encore plus surprenant, un autre perçait son nez avec une fine chaîne où étaient accrochés des médaillons allant de l'anneau de nez à l'un des anneaux de l'oreille gauche.

« Elayne ? » appela Egwene d'une voix étranglée, s'enveloppant dans son châle comme si c'était elle qui ne portait pas de corsage. Elle s'était costumée en Sagette, cette fois-ci, sans raison particulière.

La Fille-Héritière bondit et, quand elle reprit pied sur le sol en face d'Egwene, elle était vêtue d'une sage robe vert pâle avec un col montant brodé et de longues manches terminées en pointes qui pendaient sur ses mains. Pas de boucles d'oreilles. Pas d'anneau de nez. « C'est ainsi que s'habillent les femmes du Peuple de la Mer quand elles sont au large, se hâta-t-elle de dire en rougissant comme un coquelicot. Je voulais voir quelle impression cela donnait et ici me paraissait l'endroit le plus adéquat. Somme toute, je ne pouvais pas m'y risquer à bord du bateau.

— Et quelle impression cela donne ? questionna Egwene avec curiosité.

— Une impression de froid, à franchement parler. » Elayne balaya du regard les colonnes environnantes. « Et aussi que des gens vous observent même quand il n'y a personne. » Brusquement, elle éclata de rire. « Pauvre Thom et pauvre Juilin. Ils ne savent plus où poser les yeux, la plupart du temps. La moitié de l'équipage comprend des femmes. »

Examinant elle aussi les colonnes, Egwene haussa les épaules avec malaise. C'est vrai qu'elles avaient la sensation d'être observées. Sans doute simplement parce qu'elles étaient les seules personnes dans la Pierre. Nul ayant accès au *Tel'aran'rhiod* ne pouvait s'attendre à trouver quelqu'un à observer ici. « Thom ? Thom Merrilin ? Et Juilin Sandar ? Ils sont donc avec vous ?

— Oh, Egwene, Rand les a envoyés. Rand et Lan. Eh bien, en fait, Moiraine a dépêché Thom, mais Rand a envoyé Maître Sandar. Pour nous aider. Nynaeve est dans tous ses états à cause de ça, à cause de Lan, seulement elle ne veut rien laisser paraître. »

Egwene réprima un petit sourire. C'est Nynaeve qui était dans tous ses états ? La figure d'Elayne rayonnait et sa robe avait de nouveau changé, avec un décolleté beaucoup plus profond, apparemment sans qu'elle s'en rende compte. Le *ter'angreal*, l'anneau de pierre tors, aidait la Fille-Héritière à atteindre aussi facilement qu'Egwene le Monde des Rêves, par contre il ne conférait pas de pouvoir de maîtrise. Cela, il fallait l'apprendre. Des pensées fugitives – l'apparence qu'elle aimerait avoir pour Rand, par exemple – changeaient encore les choses pour Elayne.

« Comment va-t-il ? » La voix d'Elayne était un curieux mélange de détachement voulu et d'appréhension.

« Bien, je pense », répondit Egwene. Elle donna un compte rendu complet. Les Pierres Portes et Rhuidean – ce qu'elle savait d'après ce qu'elle avait entendu ; ce qu'elle avait réussi à déduire d'après les propos selon lesquels il avait vu par les yeux de ses ancêtres – l'étrange créature de la Bannière du Dragon imprimée sur les avant-bras de Rand, la révélation de Bair qu'il était le destin funeste des Aiels, la convocation des chefs de clan à l'Alcair Dal. Une convocation dont Amys et les autres Sagettes devaient être à ce moment même en train de se charger ; elle l'espérait ardemment. Elle raconta même l'étrange histoire des vrais parents de Rand d'une façon plus brève. « Je ne sais pas, pourtant. Depuis, il se conduit plus bizarrement que jamais, et Mat à peine moins. Je ne veux pas dire qu'il est fou, mais... Il est aussi dur que Rhuarc ou Lan, sur certains plans en tout cas ; peut-être davantage. Il projette quelque chose, je pense – quelque chose dont il entend garder le secret vis-à-vis de tout le monde – et il a hâte de s'y mettre. C'est inquiétant. Parfois j'ai le sentiment qu'il ne voit plus les gens, seulement des pions sur un échiquier. »

Elayne n'en parut pas soucieuse, en tout cas pas à ce sujet. « Il est ce qu'il est, Egwene. Un roi, ou un général, n'a pas toujours la latitude de prendre les individus en considération. Quand un souverain doit faire ce qui est bon pour une nation, cela arrive que quelques-uns soient meurtris par ce qui est mieux pour tous. Rand est un roi, Egwene, même sans nation à moins que tu ne comptes le Tear, et s'il ne fait rien pour ne nuire à personne, il finira par nuire à tous. »

Egwene exprima son dédain en aspirant fortement par les narines. C'était peut-être logique, mais elle n'était pas obligée de l'approuver. Les gens étaient des gens et ils devaient être traités comme tels. « Il y a encore autre chose. Certaines Sagettes sont capables de canaliser. Je ne sais pas combien, mais je soupçonne qu'elles ne sont pas rares, qui canalisent jusqu'à un certain degré. D'après ce que m'a dit Amys, elles trouvent jusqu'à la dernière les femmes qui en ont de naissance la faculté. » Aucune Aielle ne mourait en essayant de s'exercer seule à canaliser sans même savoir ce qu'elle tente de faire ; il n'y a pas d'irrégulière chez les Aielles. Les hommes qui apprenaient qu'ils étaient en mesure de canaliser avaient un sort plus sinistre ; ils se rendaient dans le nord, à la Grande Dévastation et peut-être au-delà, aux Terres Maudites et au Shayol Ghul. Ils appelaient cela *Aller tuer le Ténébreux*. Aucun ne survivait assez longtemps pour devenir fou. « Aviendha possède l'étincelle, en l'occurrence. Elle sera très forte, je pense. Amys le pense aussi.

— Aviendha, répéta Elayne songeuse. Bien sûr. J'aurais dû m'en douter. J'avais éprouvé d'emblée le même sentiment d'affinité pour Jorine que pour elle. Et pour toi, d'ailleurs.

— Jorine ? »

Elayne esquissa une grimace. « J'avais promis de garder son secret et, à la première occasion, je laisse aller ma langue. Bah, je ne pense pas que tu lui nuiras, à elle ou à ses sœurs. Jorin est Pourvoyeuse-de-Vent sur le *Danseur-sur-les-vagues,* Egwene. Elle sait canaliser et quelques autres des Pourvoyeuses-de-Vent aussi. » Elle jeta un coup d'œil aux colonnes qui les entouraient et son encolure lui remonta soudain jusqu'au menton. Elle rajusta un châle de dentelle foncée qui ne s'était pas trouvé là un instant auparavant, couvrant ses cheveux et ombrageant son visage. « Egwene, tu ne dois le répéter à personne. Jorin craint que la Tour n'essaie de les forcer à devenir Aes Sedai ou ne tente de les asservir d'une façon quelconque. J'ai promis de faire mon possible pour empêcher que cela se produise.

— Je ne dirai rien », répliqua lentement Egwene. Des Sagettes et des Pourvoyeuses-de-Vent. Des femmes capables de canaliser parmi les unes et les autres, et aucune qui ait prêté les Trois Serments, liée par le *ter'angreal* d'assermentement. Les Serments étaient censés inciter les gens à se fier aux Aes Sedai, ou du moins à ne pas craindre leur pouvoir, mais les Aes Sedai étaient toujours obligées le plus souvent d'agir en secret. Les Sagettes – et les Pourvoyeuses-de-Vent, elle l'aurait volontiers parié – avaient des places d'honneur dans leurs sociétés, sans être liées soi-disant pour les rendre inoffensives. Cela donnait matière à réflexion.

« Nynaeve et moi, nous sommes aussi en avance sur l'horaire prévu, Egwene. Jorine m'a enseigné à modeler le temps qu'il fait – tu n'imagines pas la dimension des flux d'Air qu'elle peut tisser ! – et, à nous deux, nous avons propulsé le *Danseur-sur-les-vagues* aussi vite qu'il soit jamais allé, et c'est vraiment vite. Nous devrions être à Tanchico d'ici trois jours, peut-être deux, d'après Coine. C'est la Maîtresse-des-Voiles, la capitaine. Dix jours de Tear à Tanchico, peut-être. En comptant les haltes pour parler à tous les vaisseaux des Atha'an Miere que nous voyons. Egwene, le Peuple de la Mer pense que Rand est leur Coramoor.

— Ah, oui ?

— Coine a mal interprété une partie de ce qui s'est passé à Tear – elle présume que les Aes Sedai servent Rand à présent, d'abord ; Nynaeve et moi, nous avons jugé préférable de ne pas la détromper – mais dès qu'elle l'annonce à une autre Maîtresse-des-Voiles, elles sont prêtes à répandre la nouvelle et à se mettre au service de Rand. Je crois qu'elles feront n'importe quoi qu'il leur demandera.

— J'aimerais que les Aiels soient aussi bien disposés, commenta Egwene avec un soupir. Rhuarc estime que certains d'entre eux pourraient fort bien refuser de le reconnaître, en dépit des Dragons de Rhuidean. Il y en a un, un homme appelé Couladin, dont je suis sûre qu'il tuerait Rand dans la minute s'il en avait la moindre occasion. »

Elayne avança d'un pas. « Tu veilleras à ce que cela ne se produise pas. » Ce n'était ni une question ni une prière. Il y avait une lueur menaçante dans ses yeux bleus et un poignard dégainé dans sa main.

« Je m'y efforcerai de mon mieux. Rhuarc lui donne des gardes du corps. »

Elayne parut apercevoir pour la première fois le poignard et sursauta. L'arme disparut. « Il faut que tu m'enseignes ce que t'apprend Amys, Egwene. C'est déconcertant de voir des choses apparaître et disparaître ou de constater tout à coup que je porte des vêtements différents. Cela se produit sans que je le veuille.

— Entendu. Quand j'en aurai le temps. » Elle n'était déjà restée que trop longtemps dans le *Tel'aran'rhiod*. « Elayne, si je ne suis pas là quand nous sommes censées nous rencontrer la prochaine fois, ne t'inquiète pas. J'essaierai ; mais je ne serai peut-être pas en mesure de venir. N'oublie pas d'avertir Nynaeve. Au cas où je ne serais pas là, vérifiez ensuite chaque nuit suivante. Je ne manquerai pas plus d'une ou deux nuits, j'en suis sûre.

— Puisque tu le dis, acquiesça Elayne d'un ton dubitatif. Cela demandera sûrement des semaines pour découvrir si Liandrin et les autres sont ou non dans Tanchico. Thom a l'air de croire que la ville sera plongée dans un grand désordre. » Son regard se dirigea vers *Callandor* enfoncée à moitié dans le sol. « Pourquoi a-t-il fait ça, à ton avis ?

— Il a expliqué que cela obligera les Tairens à lui rester fidèles. Tant qu'ils savent l'épée là, ils savent obligatoirement qu'il sera de retour. Peut-être a-t-il raison. Je l'espère.

— Oh, je croyais... qu'il était peut-être... furieux à cause de... quelque chose. »

Egwene la regarda en fronçant les sourcils. Cette

soudaine timidité ne ressemblait nullement à Elayne. « Furieux à cause de quoi ?

— Oh, rien. Une idée comme ça. Egwene, je lui ai donné deux lettres avant de quitter Tear. Sais-tu comment il y a réagi ?

— Non, je ne sais pas. Écrivais-tu quelque chose qui te paraît susceptible de l'avoir irrité ?

— Bien sûr que non. » Elayne eut un rire gai ; d'une gaieté forcée. Sa robe se métamorphosa subitement en drap de laine sombre, assez épais pour un rude hiver. « J'aurais été idiote d'écrire pour le mettre en colère. » Ses cheveux s'envolèrent dans toutes les directions, comme une couronne irrégulière. Elle ne s'en rendit pas compte. « J'essaie de l'inciter à m'aimer, en somme. Rien qu'un essai pour qu'il m'aime. Oh, pourquoi les hommes ne sont-ils pas simples ? Pourquoi s'arrangent-ils pour causer tant de difficultés ? Du moins est-il loin de Berelain. » La laine redevint de la soie, avec une encolure encore plus profonde que la première fois ; ses cheveux chatoyaient sur ses épaules avec un éclat auprès duquel le miroitement de la soie n'était rien. Elle hésita en se mordant la lèvre inférieure. « Egwene ? Si tu en trouves l'occasion, voudrais-tu lui expliquer que je pensais ce que je disais dans... Egwene ? Egwene ! »

Quelque chose happa Egwene. Le Cœur de la Pierre s'amenuisa jusqu'à disparaître dans l'obscurité comme si elle était entraînée au loin par la peau du cou.

Egwene s'éveilla en sursaut, le cœur battant, les yeux fixés sur le toit bas de la tente assombrie par la nuit au-dessus de sa tête. Juste un peu de clair de lune entrait par les côtés relevés. Elle était étendue sous ses couvertures – le Désert était aussi froid la nuit qu'il était brûlant le jour et le brasero qui exhalait l'odeur douceâtre du crottin sec en train de brûler ne donnait guère de chaleur – sous ses couvertures où elle s'était couchée pour dormir. Mais qu'est-ce qui l'avait ramenée de force ?

Subitement, elle prit conscience de la présence d'Amys, assise en tailleur à côté d'elle, enveloppée d'ombres. Le visage de la Sagette voilé de ténèbres semblait aussi sombre et menaçant que la nuit.

« Est-ce vous qui avez fait ça, Amys ? s'exclama-t-elle avec colère. Vous n'avez pas le droit de me manipuler de-ci de-là comme un objet. Je suis une Aes Sedai de l'Ajah Verte... » – ce mensonge lui venait aisément aux lèvres à présent. « ... et vous n'avez pas le droit... »

Amys l'interrompit avec sévérité : « Au-delà du Rempart du Dragon, dans la Tour Blanche, vous êtes une Aes Sedai. Ici, vous êtes une élève ignorante, une enfant écervelée qui rampe au milieu d'un nid de vipères.

— Je sais que j'ai dit que je n'irais pas au *Tel'aran'rhiod* sans vous, répliqua Egwene en s'efforçant d'adopter un ton raisonnable, mais... »

Quelque chose empoigna ses chevilles, lui hissa les pieds en l'air ; les couvertures furent rejetées, sa chemise s'affala en tas dans ses aisselles. Elle était suspendue la tête en bas, la figure au niveau de celle d'Amys. Furieuse, elle s'ouvrit à la *saidar*- et se trouva bloquée.

« Vous vouliez vous en aller seule, reprit Amys d'une voix basse et sifflante. Vous avez été avertie, mais vous êtes partie quand même. » Ses yeux semblaient luire dans le noir, d'un éclat de plus en plus vif. « Sans une pensée pour ce qui pourrait être aux aguets. Il y a dans les rêves des choses qui ont de quoi ébranler le plus brave des cœurs. » Autour des yeux pareils à des braises bleues, ses traits fondirent, s'étirèrent. Des écailles bourgeonnèrent à l'emplacement de la peau ; ses mâchoires s'allongèrent, hérissées de dents acérées. « Des choses qui dévorent le cœur le plus vaillant », déclara-t-elle dans un feulement.

Egwene hurla, s'acharna en vain contre l'écran qui la tenait à l'écart de la Vraie Source. Elle tenta de marteler cette horrible face, cette chose qui ne pouvait être Amys, mais elle ne savait quoi saisit ses poignets, l'étira de toute sa longueur tendue et frémissante en l'air. Tout ce dont elle fut capable, ce fut de pousser un cri perçant quand ces mâchoires se refermèrent sur son visage.

Hurlante, Egwene se dressa sur son séant, agrippant ses couvertures. Avec un effort sur elle-même, elle réussit à refermer la bouche d'un coup sec, mais elle demeura impuissante contre les frissons qui la secouaient de la tête aux pieds. Elle se trouvait dans la tente – ou bien non ? Il y avait Amys, assise en tailleur dans l'ombre, dans un halo de *saidar* – ou était-ce bien elle ? Avec l'énergie du désespoir, elle s'ouvrit à la Source et faillit crier quand elle se heurta de nouveau à la barrière. Rejetant les couvertures de côté, elle rampa à quatre pattes sur la couche de tapis superposés, éparpilla à deux mains ses vêtements soigneusement pliés. Elle avait une dague que l'on portait à la ceinture. Où était-elle ? Où ? Là !

« Asseyez-vous avant que je vous administre un remède pour les vapeurs et la nervosité, fut l'ordre acerbe d'Amys. Vous n'en aimerez pas le goût. »

Egwene se retourna à genoux, la courte dague tenue à deux mains ; lesquelles auraient tremblé si elles n'avaient pas été serrées sur le manche. « Est-ce réellement vous, cette fois ?

— Je suis moi-même, maintenant et aussi tout à l'heure. Les rudes leçons sont les meilleures. Avez-vous l'intention de me poignarder ? »

Hésitante, Egwene rengaina la dague. « Vous n'avez pas le droit de...

— J'ai tous les droits ! Vous m'avez donné votre parole. Je ne savais pas que les Aes Sedai pouvaient mentir. Si je dois vous instruire, je dois être sûre que vous ferez ce que je dis. Je ne veux pas voir une élève à moi se couper elle-même la gorge ! » Amys soupira ; le halo de brillance autour d'elle se dissipa, ainsi que la barrière entre Egwene et la *saidar*. « Je ne peux pas vous entourer d'un écran plus longtemps. Vous êtes bien plus forte que moi. Dans le domaine du Pouvoir Unique, vous l'êtes. Vous avez été bien près d'abattre mon écran.

Cependant si vous êtes incapable de tenir votre parole, je ne peux pas affirmer que j'aie envie de vous instruire.

— Je tiendrai ma parole, Amys. Je le promets. Toutefois, il faut que je retrouve mes amies dans le *Ter'aran'rhiod*. Je le leur avais promis aussi. Amys, elles pourraient avoir besoin de mon aide, de mon avis. » L'expression d'Amys n'était pas facile à distinguer dans le noir, mais Egwene ne la voyait pas s'adoucir. « Je vous en prie, Amys. Vous m'en avez déjà tellement appris. Je crois que je serais en mesure de les rejoindre où qu'elles soient, à présent. Je vous en prie, ne cessez pas quand il y en a tant encore pour moi à apprendre. Quoi que vous désiriez que je fasse, je le ferai.

— Tressez vos cheveux, répliqua Amys d'une voix neutre.

— Mes cheveux ? » répéta Egwene indécise. Cela ne présentait certes aucun inconvénient, mais pourquoi ? Elle les laissait libres à présent, tombant au-dessous de ses épaules, pourtant il n'y avait pas si longtemps qu'elle avait presque éclaté d'orgueil le jour où le Cercle des Femmes avait décrété qu'elle était en âge de porter ses cheveux tressés en une seule natte comme celle de Nynaeve. Au pays des Deux Rivières, une natte signifiait qu'on était assez âgée pour être considérée comme une adulte.

« Une tresse sur chaque oreille. » La voix d'Amys était toujours comparable à un roc plat. « Si vous n'avez pas de rubans à natter dans les tresses, je vous en donnerai. C'est ainsi que se coiffent les fillettes chez nous. Les filles trop jeunes pour être obligées de tenir parole. Quand vous m'aurez prouvé que vous tenez la vôtre, vous pourrez cesser de vous coiffer de cette façon. Par contre, si vous me mentez de nouveau, je vous obligerai à couper court vos jupes et je vous trouverai une poupée à avoir avec vous. Quand vous déciderez de vous conduire en adulte, vous serez traitée en adulte. Donnez votre accord, sinon je ne vous enseigne plus rien.

— Je le donnerai si vous m'accompagnez quand je devrais aller retrouver...

— Acceptez, *Aes Sedai* ! Je ne conclus pas de marché avec des enfants ou qui est incapable de tenir sa parole. Vous vous conformerez à ce que j'ordonne, accepterez ce que je choisis de donner, et pas davantage. Ou sinon allez vous faire tuer toute seule. Je... ne veux pas... y prêter la main ! »

Egwene était contente de la pénombre ; celle-ci masquait son air offusqué. Elle avait effectivement donné sa parole, mais ceci était tellement injuste. Personne ne cherchait à chambrer Rand par des prescriptions ridicules. D'accord, peut-être qu'il était différent. En tout cas, elle n'était pas sûre de désirer échanger les édits d'Amys pour les aspirations de Couladin à lui planter une lance dans le corps. Mat n'accepterait certainement pas de se plier à des règles édictées par d'autres gens. Néanmoins, *ta'veren* ou pas, Mat n'avait rien à apprendre. Son unique obligation était d'exister. Très probablement, il refuserait d'apprendre quoi que ce soit si l'occasion se présentait, à moins que cela n'ait un rapport avec les jeux d'argent ou des mystifications. Elle-même voulait apprendre. Cela semblait parfois une soif inextinguible. Quelle que soit la quantité absorbée, elle ne parvenait pas à l'étancher. Cela ne rendait toujours pas la situation équitable. *Ainsi va la vie,* songea-t-elle tristement.

« J'y consens, déclara-t-elle. Je ferai ce que vous ordonnerez, accepterai ce que vous donnerez, et pas davantage.

— Bien. » Après une longue pause, comme si elle attendait de voir ce qu'Egwene voudrait dire de plus – elle eut la sagesse de se taire – Amys ajouta : « J'ai l'intention d'être sévère avec vous, Egwene, mais pas sans une bonne raison. Que vous pensiez que je vous ai déjà enseigné beaucoup démontre seulement combien peu de connaissances vous aviez pour commencer. Vous êtes dotée d'une grande capacité naturelle pour le rêve ; il y a de fortes chances pour qu'un jour vous devanciez de loin n'importe laquelle d'entre nous. Par contre, si vous n'apprenez pas ce que je peux vous enseigner – ce que nous quatre pouvons vous enseigner – vous ne développerez jamais pleinement ce don. Il est plus que probable que vous ne vivrez pas assez longtemps pour y parvenir.

— Je m'y appliquerai, Amys. » Elle pensa avoir réussi à feindre au mieux la soumission. Pourquoi cette femme ne disait-elle pas ce qu'elle souhaitait entendre ? Si Egwene ne pouvait pas aller seule au *Tel'aran'rhiod* alors Amys devait venir aussi quand elle irait retrouver Elayne la prochaine fois. Ou ce sera peut-être Nynaeve cette fois-là.

« Bien. Avez-vous quelque chose à ajouter ?

— Non, Amys. »

La nouvelle pause dura plus longtemps ; Egwene attendit aussi patiemment que possible, les mains croisées dans son giron.

« Vous savez donc garder pour vous vos exigences quand vous le voulez, finit par commenter Amys, même si cela vous oblige à vous trémousser comme une chèvre qui a la gale. Est-ce que je me trompe sur la cause ? Je peux vous donner un onguent. Non ? Très bien. Je vous accompagnerai quand vous devrez rejoindre vos amies.

— Merci », répliqua Egwene pincée. Une chèvre avec la gale, vraiment !

« Au cas où vous n'auriez pas écouté quand je vous ai avertie au début, apprendre ne sera ni facile ni rapide. Vous estimez que vous avez travaillé ces jours-ci. Préparez-vous maintenant à réellement y consacrer vos efforts et votre temps.

— Amys, j'apprendrai autant que vous pourrez m'enseigner et je travaillerai aussi dur que vous voudrez mais entre Rand et les Amis du Ténébreux... Le temps d'apprendre risque de devenir un luxe et ma bourse une bourse vide.

— Je sais, répliqua Amys d'un ton las. Il nous bouleverse déjà. Venez. Vous en avez perdu assez de ce temps avec vos enfantillages. Il y a des affaires de femmes à discuter. Venez. Les autres attendent. »

Pour la première fois, Egwene s'avisa que les couvertures de Moiraine étaient désertes. Elle tendit la main vers sa robe, mais Amys dit : « Ce ne sera pas nécessaire. Nous n'allons pas loin. Jetez une couverture sur vos épaules et venez. J'ai déjà beaucoup travaillé pour Rand al'Thor, et je dois continuer quand nous en aurons terminé. »

Se drapant dans une couverture avec hésitation, Egwene sortit derrière son aînée dans la nuit. Qui était vraiment froide. La peau transformée en chair de poule, elle sauta d'un pied nu sur l'autre en avançant sur un sol pierreux bien près de paraître de la glace. Après la chaleur du jour, la nuit était aussi froide que le cœur d'un hiver au pays des Deux Rivières. Son haleine se muait en buée transparente devant sa bouche, immédiatement absorbée par l'air. Froid ou pas, l'air était toujours sec.

À l'arrière du camp des Sagettes se dressait une petite tente qu'elle n'avait pas encore vue, basse comme les autres, mais aux côtés rabattus jusqu'à terre et strictement assujettis par des piquets tout autour. À sa surprise, Amys commença à se déshabiller, et lui indiqua de faire de même. Serrant les dents pour les empêcher de claquer, elle imita lentement l'exemple d'Amys. Quand l'Aielle eut rejeté ses vêtements jusqu'au dernier, elle resta là comme si la nuit n'était pas glaciale, aspirant à longs traits et battant des bras avant de se baisser finalement et d'entrer. Egwene se précipita à sa suite avec empressement.

La chaleur humide la frappa comme un coup de bâton entre les deux yeux. La sueur jaillit par tous ses pores.

Moiraine était déjà là, ainsi que les autres Sagettes et Aviendha, toutes nues et transpirant, assises autour d'un vaste chaudron de fer rempli jusqu'au bord de pierres noires de suie. Du chaudron comme des pierres s'exhalait une chaleur ardente. L'Aes Sedai paraissait pratiquement remise de son épreuve, néanmoins il y avait une tension autour de ses yeux qui ne s'y trouvait pas auparavant.

Tandis qu'Egwene cherchait avec précaution un endroit où s'asseoir – pas de tapis entassés les uns sur les autres, ici ; seulement du sol rocheux – Aviendha écopa avec le creux de sa paume de l'eau dans un petit chaudron et jeta cette eau dans le grand. L'eau se transforma en vapeur avec un sifflement, ne laissant pas même une trace humide sur les pierres. Aviendha avait une expression revêche. Egwene comprit ce qu'elle ressentait. À la Tour, les novices étaient toujours chargées de corvées ; elle n'aurait pas su dire ce qu'elle détestait le plus, frotter les planchers plutôt qu'astiquer les marmites ou vice versa. Cette tâche-ci était bien loin d'être aussi pénible.

« Nous devons discuter de ce qu'il faut faire au sujet de Rand al'Thor, déclara Bair quand Amys fut assise, elle aussi.

— Faire à son sujet ? répéta Egwene, alarmée. Il a les signes. Il est celui que vous cherchiez.

— C'est lui, dit Mélaine d'un air peu amène en écartant de sa figure moite de longues mèches de cheveux dorés aux reflets roux. Nous devons tenter de veiller à ce que le plus grand nombre possible des nôtres survivent à sa venue.

— Tout aussi important, commenta Seana, nous devons assurer qu'il survive pour accomplir le reste de la prophétie. » Mélaine lui jeta un regard irrité et Seana ajouta patiemment : « Sinon aucun de nous ne survivra.

— Rhuarc disait qu'il désignerait des Jindos comme gardes du corps, reprit lentement Egwene. A-t-il changé d'avis ? »

Amys secoua la tête. « Non pas. Rand al'Thor dort dans les tentes jindos, avec cent hommes éveillés pour qu'il se réveille aussi. Cependant les hommes voient les choses différemment de nous. Rhuarc le suivra, s'opposera peut-être à lui à propos de décisions qu'il estime mauvaises, mais il n'essaiera pas de le guider.

— Croyez-vous qu'il a besoin de l'être ? » Ce qui provoqua un haussement de sourcils chez Moiraine, mais Egwene ne s'en préoccupa pas. « Il a fait ce qu'il avait à faire sans être guidé jusqu'ici.

— Rand al'Thor ne connaît pas nos habitudes, répliqua Amys. Il y a cent erreurs qu'il risque de commettre et ainsi de tourner contre lui un chef ou un clan, de les inciter à voir en lui un natif des Terres Humides au lieu de Celui qui Vient avec l'Aube. Mon mari est un brave homme et un bon chef, mais il n'est pas un conciliateur, entraîné à persuader des gens en colère de déposer leurs lances. Nous devons avoir quelqu'un près de Rand al'Thor qui puisse lui chuchoter à l'oreille quand il semble sur le point de s'engager dans le mauvais chemin. » Elle ordonna d'un signe à Aviendha de jeter encore de l'eau sur les pierres brûlantes ; la jeune femme obéit avec une grâce morose.

« Et nous devons le surveiller, intervint sèchement Mélaine. Nous devons avoir une idée de ce qu'il a l'intention de faire avant qu'il agisse. L'accomplissement de la Prophétie de Rhuidean a commencé – il ne peut pas s'interrompre avant la fin, d'une manière ou d'une autre – mais j'ai l'intention de veiller à ce que survivent autant des nôtres que possible. Comment y parvenir dépend de ce que Rand al'Thor a en tête. »

Bair se pencha vers Egwene. Elle paraissait être tout os et tendons. « Vous le connaissez depuis l'enfance. Est-ce qu'il vous parlera de ses projets ?

— J'en doute, lui répondit Egwene. Il n'est plus confiant comme avant. » Elle évita de regarder Moiraine.

« Nous le dirait-elle s'il lui révélait effectivement ses intentions ? objecta vigoureusement Mélaine. Je ne veux pas déclencher de polémique ici, mais Egwene et Moiraine sont des Aes Sedai. Ce qu'elles recherchent peut ne pas être ce que nous cherchons.

— Nous avons servi jadis des Aes Sedai, dit simplement Bair. À l'époque, nous avons failli à notre tâche. Peut-être sommes-nous destinées à servir de nouveau. » Mélaine rougit, visiblement gênée.

Moiraine ne donna aucun signe qu'elle le voyait, ni

d'ailleurs qu'elle avait entendu ce qu'avait dit Mélaine. En dehors de cette tension autour des yeux, elle semblait d'un calme de glace. « J'aiderai autant que c'est en mon pouvoir, dit-elle froidement, mais j'ai peu d'influence sur Rand. Pour le présent, il tisse le Dessin selon sa propre initiative.

— Alors nous devons le surveiller de près et espérer, conclut Bair avec un soupir. Aviendha, tu iras chaque matin retrouver Rand al'Thor quand il se réveille et ne le quitteras plus jusqu'à ce qu'il revienne le soir à ses couvertures. Reste à côté de lui aussi près que les cheveux sur sa tête. Ta formation devra se faire quand nous en aurons le temps, j'en ai peur ; ce sera un fardeau pour toi, ces deux tâches, mais impossible à éviter. Si tu lui parles – et surtout l'écoutes – tu ne devrais pas avoir de difficultés pour demeurer auprès de lui. Peu d'hommes renvoient une jolie femme qui leur prête l'oreille. Peut-être laissera-t-il échapper quelque chose. »

Aviendha s'était raidie au fur et à mesure des paroles de Bair. Lorsque celle-ci eut fini, elle riposta : « Non ! » Un silence de mort s'établit et tous les yeux se tournèrent vers elle, mais elle rendit regard pour regard avec défi.

« Non ? répéta à mi-voix Bair. Non. » Elle semblait retourner dans sa bouche un mot étrange.

« Aviendha, dit gentiment Egwene, personne ne vous demande de trahir Elayne, seulement de parler à Rand. » L'ancienne Vierge de la Lance parut encore plus résolue peut-être à se trouver une arme.

« Est-ce la discipline qu'apprennent à présent les Vierges ? s'exclama sèchement Amys. Dans ce cas, tu apprendras que nous enseignons une discipline plus stricte. S'il existe une raison qui t'empêche de rester auprès de Rand al'Thor, donne-la. » L'air de défi d'Aviendha perdit un peu de sa fermeté et elle marmonna de façon inaudible. La voix d'Amys devint coupante : « J'ai dit : donne-la !

— Je n'ai aucune sympathie pour lui ! s'écria Aviendha. Je le déteste ! Je le déteste ! » Egwene ne l'aurait-elle pas mieux connue, elle l'aurait crue proche des larmes. Toutefois sa réplique la choqua ; sûrement Aviendha ne le pensait pas pour de bon.

« Nous ne te demandons pas de l'aimer ou de le prendre dans ton lit, expliqua Seana d'une voix acide. Nous *t'ordonnons* de *l'écouter* et tu obéiras !

— Enfantillage ! s'exclama avec mépris Amys. Quelle sorte de jeunes femmes le monde produit-il de nos jours ? Est-ce qu'*aucune* de vous n'atteint l'âge adulte ? »

Bair et Mélaine furent encore plus rudes, la plus âgée menaçant d'attacher Aviendha sur le cheval de Rand en lieu et place de la selle – elle donnait l'impression que ce serait littéralement le cas – et Mélaine suggérant qu'au lieu de dormir Aviendha devrait peut-être passer la nuit à creuser des trous puis à les remplir pour s'éclaircir les idées. Ces menaces n'étaient pas proférées pour la contraindre, Egwene s'en rendit compte ; ces femmes s'attendaient à être obéies et avaient l'intention de l'être. Tout labeur inutile que s'attirerait Aviendha serait pour s'être montrée têtue. Cette obstination parut diminuer devant quatre paires d'yeux de Sagettes pesant sur elle – elle prit une posture plus défensive et, d'assise sur ses talons, elle passa à se planter sur ses genoux – mais elle continuait à tenir bon.

Egwene se pencha pour poser la main sur l'épaule d'Aviendha. « Vous m'avez dit que nous étions premières-sœurs et je crois que nous le sommes. Le ferez-vous pour moi ? Pensez que c'est veiller sur Rand pour Elayne. Vous avez aussi de l'affection pour elle, je le sais. Vous lui expliquerez qu'elle dit avoir pensé ce qu'elle écrivait dans ses lettres. Rand sera heureux de l'entendre. »

Le visage d'Aviendha se contracta. « Je le ferai, répliqua-t-elle en s'affaissant sur elle-même. Je veillerai sur lui pour Elayne. Pour Elayne. »

Amys se secoua. « Sottises. Tu le surveilleras parce que nous te l'avons ordonné, jeune fille. Si tu estimes que tu as une autre raison, tu découvriras que tu t'es lourdement trompée. Encore de l'eau. La vapeur diminue. »

Aviendha projeta une autre poignée d'eau sur les pierres comme si elle projetait une lance. Egwene fut contente de voir qu'Aviendha recouvrait son mordant, mais elle songea qu'elle devrait la mettre en garde quand elles seraient seules. Avoir du caractère était une fort bonne chose, mais il y avait des femmes – ces quatre Sagettes, par exemple, et Siuan Sanche – en présence de qui tenir la bride haute à son tempérament était une réaction de bon sens. On pouvait s'insurger à gorge déployée toute la journée contre le Cercle des Femmes, et l'on finissait encore par exécuter quand même ce que voulait le Cercle, en regrettant de n'avoir pas gardé bouche close.

« Maintenant que cette question est réglée, dit Bair, jouissons en silence de ce bain de vapeur pendant que nous le pouvons. Il y a encore beaucoup à faire pour certaines d'entre nous cette nuit et d'autres nuits suivantes, si nous devons convoquer un rassemblement à l'Alcair Dal pour Rand al'Thor.

— Les hommes découvrent toujours des moyens de fournir du travail aux femmes, commenta Amys. Pourquoi Rand al'Thor serait-il différent ? »

Le silence s'établit dans la tente à l'exception du sifflement quand Aviendha jetait encore de l'eau sur les pierres brûlantes. Les Sagettes étaient assises les mains sur les genoux, respirant profondément. C'était vraiment tout à fait agréable, délassant même, cette chaleur humide, cette sensation purifiante de la sueur glissant sur la peau. Egwene estima que cela valait bien la peine de perdre un peu de sommeil.

Toutefois, Moiraine ne semblait pas détendue. Elle contemplait le chaudron d'où s'élevait la vapeur comme si elle distinguait autre chose, bien loin.

« Était-ce pénible ? questionna très bas Egwene, de façon à ne pas déranger les Sagettes. Rhuidean, je veux dire ? » Aviendha leva vivement les yeux, mais se retint d'intervenir.

« Les souvenirs s'effacent », répliqua Moiraine tout aussi bas. Elle ne se détourna pas de sa vision lointaine et sa voix était assez froide pour annihiler la chaleur de l'air. « La plupart ont déjà disparu. Certaines choses, je les connaissais déjà. D'autres... La Roue tisse selon sa volonté et nous sommes seulement le fil du Dessin. J'ai consacré ma vie à trouver le Dragon Réincarné, à trouver Rand et à veiller à ce qu'il soit prêt à affronter la Dernière Bataille. Je prendrai soin que cela soit fait, quoi qu'il en coûte. Rien ni personne ne peut être plus important que cela. »

Secouée d'un frisson bien qu'en nage, Egwene ferma les yeux. L'Aes Sedai ne souhaitait pas être réconfortée. C'était un bloc de glace, pas une femme. Egwene se réinstalla pour tenter d'éprouver de nouveau cette sensation plaisante. Elle se doutait que de tels moments seraient rares et espacés dans les jours à venir.

36. Fausses Directions

Les Aiels avaient levé le camp de bonne heure et étaient loin de Rhuidean alors que le soleil qui n'avait pas encore surgi dessinait toujours nettement la silhouette des montagnes dans le lointain. Ils contournèrent le Chaendaer en trois groupes, descendant jusqu'à des platières raboteuses qu'interrompaient des collines, de hauts pitons rocheux et des buttes dont le sommet plat formait table, gris et brun avec toutes les nuances intermédiaires, striées de longues spirales teintes en rouge et ocre. De temps en temps, une vaste arche naturelle dressait sa masse indistincte à mesure qu'ils progressaient vers le nord-ouest, ou d'énormes étranges blocs de roc en équilibre instable, toujours sur le point de s'effondrer. De quelque côté que regardait Rand, des montagnes déchiquetées se dressaient à l'horizon. Tous les débris restant de la Destruction du Monde semblaient rassemblés dans ce lieu dénommé le Désert des Aiels. Aux endroits où le sol dur n'était pas de glaise craquelée, jaune ou brun ou d'un ton intermédiaire, il était pierreux et nu, et partout rompu par des ravins et des bas-fonds desséchés. La végétation éparpillée était clairsemée et basse, buissons épineux et plantes sans feuilles hérissées de pointes ; les quelques fleurs, blanches, rouges ou jaunes surprenaient dans leur isolement. Par-ci par-là, des plaques d'herbes rêches couvraient le sol et, rarement, se dressait un arbre rabougri qui devait avoir des épines ou des piquants. Comparés au Chaendaer et à la Vallée de Rhuidean, ces endroits paraissaient presque luxuriants. L'air était si transparent, la terre si aride que Rand avait l'impression de voir à des lieues de distance.

Cependant cet air n'était pas moins sec, la chaleur pas moins implacable, avec le soleil une masse d'or en fusion haut dans un ciel sans nuages. Rand avait drapé une *shoufa* autour de sa tête pour tenter d'échapper au soleil et il buvait souvent à l'outre posée sur la selle de Jeade'en. Chose curieuse, avoir sur lui son surcot apportait un soulagement ; il n'en transpirait pas moins, mais sa chemise restait humide sous la laine rouge, ce qui le rafraîchissait un peu. Mat utilisait une bande d'étoffe pour nouer un large mouchoir autour de sa tête, comme une espèce de coiffe bizarre qui lui couvrait la nuque, et il ne cessait de s'ombrager les yeux pour les abriter de la clarté éblouissante. Il portait la hast-épée estampillée aux corbeaux comme une lance, le talon de la hampe calé dans son étrier.

Leur groupe comprenait environ quatre cents Jindos ; Rand et Mat chevauchaient en tête à côté de Rhuarc et de Heirn. Les Aiels allaient à pied, naturellement, leurs tentes et une partie du butin récolté à Tear sur des mulets et des chevaux de bât. En avant, une partie des Vierges de la Lance jindos étaient déployées en éclaireurs et des Chiens de Pierre suivaient, formant l'arrière-garde, la colonne principale encadrée par des yeux vigilants, des lances en arrêt et des arcs où des flèches étaient encochées. En principe, la Paix de Rhuidean s'appliquait jusqu'à ce que ceux qui s'étaient rendus au Chaendaer soient revenus à leurs places fortes mais, comme Rhuarc l'expliqua à Rand, on avait connu des cas où des erreurs s'étaient produites – et les excuses et le prix du sang ne sortaient pas les victimes de leur tombe. Rhuarc estimait visiblement fort probable une erreur cette fois-ci, certainement en partie à cause du groupe des Shaidos.

Les terres du clan shaido étaient situées au-delà de celles des Taardads Jindos, dans la même direction en venant du Chaendaer et elles longeaient les Jindos sur une distance d'environ un huitième de lieue. D'après Rhuarc, Couladin aurait dû attendre encore un jour que son frère revienne. Que Rand ait vu Muradin après qu'il s'était arraché les yeux ne changeait rien ; dix jours étaient le délai fixé. Partir plus tôt, c'était abandonner quiconque était entré dans Rhuidean. Pourtant, Couladin avait ordonné aux Shaidos de plier leurs tentes dès qu'il avait constaté que l'on chargeait les bêtes de somme des Jindos. Les Shaidos s'étaient maintenant mis en marche avec leurs propres éclaireurs et arrière-garde, apparemment ne s'occupant pas des Jindos, mais l'espace entre les deux clans ne dépassait jamais beaucoup plus que trois cents pas. C'était l'usage d'avoir des témoins de peut-être une demi-douzaine de clans les plus importants quand un homme cherchait à obtenir les insignes d'un chef de clan, et la suite de Couladin était au moins deux fois plus nombreuse que les Jindos. Rand subodorait que le troisième groupe, à mi-chemin entre Shaidos et Taardads, était la raison pour laquelle cet intervalle ne diminuait pas subitement et violemment.

Les Sagettes allaient à pied, comme tous les autres Aiels, y compris ces hommes et ces femmes étranges vêtus de coules blanches que Rhuarc appelait des *gai'shains* et qui conduisaient leurs bêtes de somme. Pas exactement des serviteurs, mais Rand craignait fort de n'avoir pas bien compris les explications de Rhuarc à propos d'honneur, d'obligation et de captifs ; Heirn avait été encore plus déroutant, comme s'il s'efforçait d'expliquer pourquoi l'eau était mouillée. Moiraine, Egwene et Lan chevauchaient en compagnie des Sagettes, ou du moins c'est ce que faisaient les deux jeunes femmes. Le Lige maintenait son destrier un peu à l'écart du côté des Shaidos, les surveillant d'aussi près que le paysage tourmenté. De temps en temps, Moiraine ou Egwene, ou bien encore les deux, mettaient pied à terre pendant un moment pour s'entretenir avec les Sagettes. Rand aurait donné jusqu'à son dernier sou pour entendre ce qu'elles disaient. Elles regardaient souvent dans sa direction, des coups d'œil rapides qu'il n'était sans doute pas censé remarquer. Pour une quelconque raison, Egwene s'était coiffée en deux tresses, où des bouts de ruban rouge étaient entrelacés comme les porte une fiancée le jour des noces. Il ne savait pas pourquoi. Il avait émis une remarque à leur sujet avant de quitter le Chaendaer – il les avait simplement mentionnées – et elle lui avait quasiment rabattu le caquet de la belle manière.

« Elayne est la femme qu'il vous faut. »

Interdit, il regarda Aviendha. Dont les yeux pers avaient repris leur expression de défi avec toujours sous-jacente une antipathie déclarée. Elle attendait devant la tente quand il s'était réveillé ce matin et ne s'était guère éloignée de lui de plus de trois pas depuis. Visiblement, les Sagettes l'avaient placée là pour l'espionner, et visiblement il n'était pas censé s'en rendre compte. Elle était jolie et il était jugé assez bête pour ne pas voir plus loin. Sans doute était-ce la véritable raison qui l'avait incitée à porter une jupe maintenant et à n'être armée que d'un petit poignard à la ceinture. Les femmes semblaient croire les hommes naïfs. À la réflexion, aucun Aiel n'avait commenté son changement de vêtements, mais même Rhuarc évitait de la regarder trop longtemps. Ils connaissaient probablement pourquoi elle était là, ou ils se doutaient du plan des Sagettes et ne désiraient pas en parler.

Rhuidean. Il ignorait toujours pourquoi elle s'y était rendue ; Rhuarc avait murmuré « affaires de femmes », répugnant manifestement à en discuter à portée des oreilles d'Aviendha. Étant donné la façon dont elle restait collée au côté de Rand, cela impliquait de ne pas en discuter du tout. Aucun doute que le chef de clan écoutait à présent, ainsi que Heirn et tous les Jindos à distance suffisante pour entendre. Difficile parfois d'en juger avec les Aiels, mais il pensait qu'ils avaient l'air amusés. Mat sifflait entre ses dents, regardant avec ostentation n'importe quoi sauf eux deux. Même ainsi, c'était la première fois qu'elle lui adressait la parole.

« Que voulez-vous dire ? » questionna-t-il.

Sa jupe volumineuse ne la gênait pas dans sa marche à côté de Jeade'en. Non, elle ne marchait pas. Elle avançait de l'allure de qui traque une proie. Si elle avait été un félin, elle aurait fouetté l'air de sa queue. « Elayne est une native des Terres Humides, votre propre race. » Elle secoua la tête avec arrogance. La courte mèche de cheveux que portaient les guerriers aiels sur la nuque était absente chez elle. L'écharpe enroulée autour de ses tempes dissimulait presque entièrement sa chevelure. « Exactement la femme qu'il vous faut. N'est-elle pas belle ? Son dos est droit, ses membres souples et forts, ses lèvres pareilles à des pommes d'amour mûres. Ses cheveux sont de l'or filé, ses yeux des saphirs bleus. Sa peau est plus douce que la soie la plus fine, sa poitrine ronde et bien dessinée. Ses hanches sont... »

Il l'interrompit fébrilement, les joues enflammées. « Je sais qu'elle est jolie. Qu'est-ce que vous faites ?

— Je la décris. » Aviendha leva vers lui un visage réprobateur. « L'avez-vous vue dans son bain ? Je n'ai pas besoin de la décrire si vous l'avez vue...

— Je ne l'ai pas vue ! » Il aurait aimé ne pas avoir une voix aussi étranglée. Rhuarc et les autres écoutaient de toute évidence, leur absence d'expression trop marquée pour ne pas masquer de l'amusement. Mat roula les yeux avec un large sourire espiègle.

La jeune femme se contenta de hausser les épaules et de rajuster son châle. « Elle aurait dû l'organiser. Par contre, moi je l'ai vue et j'agirai comme sa proche-sœur. » L'insistance qu'elle y mit semblait dire que sa « proche-sœur » à lui aurait agi de même ; les coutumes aielles étaient bizarres, mais cela c'était aberrant ! « Ses hanches...

— Arrêtez ça ! »

Elle lui décocha du coin de la paupière un regard indigné. « Elle est la femme qu'il vous faut. Elayne a déposé son cœur à vos pieds en guise de couronne de mariée. Croyez-vous que quelqu'un dans la Pierre de Tear l'ignore ?

— Je ne veux pas parler d'Elayne », lui répliqua-t-il

d'un ton énergique. Sûrement pas si elle avait l'intention de continuer dans le même registre. À cette idée, son visage s'enflamma de nouveau. Peu importait donc à cette jeune femme ce qu'elle disait ou qui l'entendait !

« C'est approprié pour vous de rougir alors que vous la repoussez quand elle vous a dévoilé son cœur. » La voix d'Aviendha était dure et méprisante. « Deux lettres qu'elle vous a écrites, révélant tout comme si elle s'était dévêtue sous le toit de votre mère. Vous l'attirez dans les coins pour des baisers, puis la rejetez. Elle pensait chaque mot de ces lettres, Rand al'Thor ! Egwene me l'a affirmé. Elle pensait chaque mot. Quelles sont vos intentions à son égard, natif des Terres Humides ? »

Rand se passa la main dans les cheveux, ce qui l'obligea à redraper sa *shoufa*. Elayne pensait vraiment chaque mot ? Dans les deux lettres ? L'une contredisait l'autre pratiquement point par point ! Tout à coup, il sursauta. *Egwene* l'avait mise au courant ? Au courant des lettres d'Elayne ? Les femmes discutaient donc de ces choses-là entre elles ? Combinaient-elles ensemble la meilleure méthode pour désorienter un homme ?

Il se rendit compte que Min lui manquait. Min ne lui avait jamais donné l'impression qu'il était un imbécile. Oh, bon, pas plus d'une ou deux fois. Et elle ne l'avait jamais insulté. Oui, d'accord, elle l'avait traité plusieurs fois de « berger ». Néanmoins, il se sentait à l'aise en sa compagnie, en paix, d'une curieuse façon. Elle ne lui inspirait jamais le sentiment d'être le dernier des idiots, comme Elayne et comme Aviendha.

Son silence parut augmenter – si c'était possible – l'irritation de la jeune Aielle. Parlant entre ses dents, avançant du pas dont elle aurait voulu piétiner quelque chose, elle ajusta et rajusta son châle une demi-douzaine de fois. Finalement, ses bougonnements cessèrent. À la place, elle commença à le regarder fixement. Tel un vautour. Il se demanda comme elle s'y prenait pour ne pas trébucher et tomber sur le nez.

« Pourquoi me dévisagez-vous de cette façon ? questionna-t-il d'un ton bref.

— J'écoute, Rand al'Thor, puisque vous désirez que je garde le silence. » Elle étira les lèvres dans un sourire autour de dents serrées. « N'êtes-vous pas content que je vous écoute ? »

À Mat, qui se trouvait de l'autre côté d'Aviendha, il jeta un coup d'œil auquel Mat répondit en secouant la tête. Comprendre les femmes était impossible. Rand essaya d'envisager ce qui l'attendait, mais c'était difficile de se concentrer avec les yeux de la jeune femme. rivés sur lui. De beaux yeux, s'ils n'avaient pas été remplis d'animosité, mais il souhaitait du fond du cœur qu'elle porte son attention sur autre chose.

Abritant ses yeux de l'éclat aveuglant du soleil, Mat s'efforçait de son mieux d'éviter de regarder Rand et l'Aielle qui marchait entre leurs chevaux. Il n'arrivait pas à comprendre pourquoi Rand la tolérait. Aviendha était assez jolie, certes – plus que simplement jolie, surtout maintenant où elle était habillée d'un semblant de vêtements convenables – mais avec une langue de vipère et un caractère qui faisaient paraître Nynaeve douce. Il était bien content que ce soit Rand qui l'ait sur le dos et pas lui.

Il retira le mouchoir qui était sur sa tête, essuya la sueur sur sa figure, puis le renoua en place. La chaleur et cet éternel soleil dans les yeux commençaient à lui taper sur les nerfs. N'existait-il donc nulle part dans ce pays ce qu'on appelle de l'ombre ? La sueur irritait ses blessures. Il avait refusé la Guérison la veille au soir, quand Moiraine l'avait réveillé après qu'il s'était enfin endormi. Quelques entailles étaient un prix modique pour éviter que le Pouvoir s'exerce sur soi et la tisane au goût infect des Sagettes avait apaisé son mal de tête. Bon, plus ou moins, en tout cas. Ce dont il souffrait d'autre, il ne pensait pas que Moiraine pouvait y remédier et il n'avait pas l'intention de lui en parler avant de l'avoir bien compris lui-même. S'il y parvenait. Il n'avait même pas envie d'y réfléchir.

Moiraine et les Sagettes l'observaient. Observaient

Rand en réalité, il le supposait, mais cela revenait au même pour lui. Chose surprenante, la blonde aux reflets roux, Mélaine, était montée sur Aldieb, en croupe derrière l'Aes Sedai, se tenant gauchement en équilibre les bras passés autour de la taille de Moiraine tout en lui parlant. Il ne savait pas que les Aiels montaient même à cheval. Une très jolie femme, Mélaine, avec ces yeux verts pleins de feu. À part, évidemment, qu'elle canalisait. Il faudrait être complètement stupide pour s'empêtrer dans des relations avec une de ces femmes qui canalisent. Changeant d'assiette sur la selle de Pips, il se remontra que ce que faisaient les Aielles ne le concernait pas.

Je suis allé à Rhuidean. J'ai accompli ce que ces espèces de créatures serpentines m'ont dit que je devais accomplir. Et qu'en avait-il tiré ? *Cette sacrée lance, un médaillon en argent et... je pourrais partir maintenant. Si j'ai le moindre bon sens, je partirai.*

Il pourrait partir. Essayer de trouver le chemin pour sortir du Désert – avant de mourir de soif ou d'insolation. Il le pourrait si Rand ne l'attirait pas toujours à lui, ne le retenait. Le moyen le plus facile de s'en assurer était simplement d'essayer de partir. Examinant le morne paysage, il esquissa une grimace. Du vent se leva – il donnait l'impression d'avoir passé au-dessus d'un fourneau de cuisine surchauffé – et de petits tourbillons engendraient des nuages de poussière jaune en forme d'entonnoir courant sur le sol fendillé. Dans le lointain, les montagnes miroitaient dans la brume de chaleur. Peut-être valait-il mieux demeurer ici un peu plus longtemps.

Une des Vierges de la Lance qui était partie devant en éclaireur, revint au pas gymnastique et se plaça à la hauteur de Rhuarc pour lui parler à l'oreille. Elle décocha un sourire rapide à Mat quand elle eut fini et il s'affaira à extirper une bardane de la crinière de Pips. Il ne se souvenait que trop bien d'elle, une jeune femme rousse nommée Dorindha, ayant environ l'âge d'Egwene. Dorindha était une de celles qui l'avaient entraîné à découvrir ce qu'était le Baiser des Vierges. Elle avait recueilli le premier gage. Ce n'est pas qu'il ne tenait pas à soutenir son regard, et certes pas qu'il en était incapable ; débarrasser votre cheval des bardanes et autres gratterons était important.

« Des colporteurs, annonça Rhuarc quand Dorindha fut repartie en courant d'où elle était venue. Des chariots de colporteurs, venant dans cette direction. » Il n'en paraissait pas enchanté.

Par contre, Mat se rasséréna considérablement. Un colporteur offrait peut-être la chance qu'il guettait. Si le bonhomme connaissait le chemin pour entrer, il connaissait celui pour sortir. Il se demanda si Rand se doutait de ses réflexions ; l'expression de Rand était devenue aussi impénétrable que celle de n'importe quel Aiel.

Les Aiels avaient légèrement accéléré l'allure – les compagnons de Couladin imitèrent pratiquement sans tergiverser les Jindos et le groupe des Sagettes ; leurs propres éclaireurs avaient dû probablement les avertir aussi – une allure assez rapide pour que les chevaux soient obligés de se maintenir à un pas plus vif. Le soleil ne gênait pas du tout les Aiels, pas même les *gai'shains* enfouis sous leur coule blanche. Ils avançaient avec souplesse sur le terrain accidenté.

Moins d'une demi-lieue suffit pour qu'apparaissent en vue les chariots, une douzaine et demie, en file les uns derrière les autres. Tous portaient les marques d'un voyage pénible, avec des roues de rechange attachées partout. En dépit d'une couche de poussière jaune, les deux premiers ressemblaient à des boîtes peintes en blanc sur roues, ou à de petites maisons, y compris avec un escalier de bois à l'arrière et une cheminée de métal sortant du toit. Les trois derniers, tirés par des attelages de vingt mulets, n'avaient l'air que d'énormes barriques, blanches aussi, sans doute remplies d'eau. Les chariots qui se trouvaient entre ceux-ci et ceux de tête auraient aisément passé pour des chariots de colporteur des Deux Rivières, avec de hautes roues aux rayons robustes et des grappes de marmites tintinnabulantes et de choses dans de grands sacs en filet suspendues tout le long des hautes capotes rondes en toile.

Les charretiers tirèrent sur les rênes dès qu'ils aperçurent les Aiels, attendant que les colonnes s'approchent. Un homme corpulent en surcot gris clair avec un chapeau noir à large bord descendit de l'arrière du premier chariot et resta planté à regarder, ôtant son chapeau à calotte plate de temps en temps pour s'essuyer le front avec un grand mouchoir blanc. S'il était nerveux en voyant peut-être quinze cents Aiels déferlant vers lui, Mat ne l'en blâmait pas. Ce qu'il y avait d'étrange, c'étaient les expressions des Aiels les plus proches de Mat. Rhuarc, qui avançait au pas gymnastique devant le cheval de Rand, avait un air menaçant et Heirn des traits durs qui auraient cassé des pierres.

« Je ne comprends pas, dit Mat. On croirait que vous allez tuer quelqu'un. » Ce qui aurait certes réduit ses espoirs à néant. « Je pensais qu'il y avait trois sortes de gens que vous les Aiels laissez venir ici dans le Désert ; les colporteurs, les ménestrels et le Peuple Voyageur.

— Les colporteurs et les baladins sont les bienvenus », répliqua sèchement Heirn. Si c'était là un accueil amical, Mat ne tenait pas à voir des Aiels se montrer le contraire d'accueillants.

« Et le Peuple Voyageur ? » questionna-t-il avec curiosité. Comme Heirn demeurait silencieux, il ajouta : « Les Rétameurs ? les Tuatha'ans ? » Le visage du chef se fit encore plus dur avant qu'il reporte son attention sur les chariots. Aviendha jeta à Mat le coup d'œil qu'elle aurait adressé à un idiot.

Rand approcha Jeade'en de Pips. « Si j'étais toi, je ne parlerais pas des Rétameurs aux Aiels, conseilla-t-il à voix basse. C'est... un sujet délicat.

— Si tu le dis. » Pourquoi les Rétameurs seraient-ils un sujet délicat ? « À ce qu'il me semble à moi, ils se montrent déjà assez chatouilleux avec ce colporteur. Colporteur ! Je me souviens de négociants qui arrivaient au Champ d'Emond avec moins de chariots.

— Il est entré dans le Désert », dit Rand avec un

petit rire intérieur. Jeade'en secoua la tête et se mit à danser sur place. « Je me demande s'il en sortira. » Le sourire sarcastique de Rand ne se reflétait pas dans ses yeux. Parfois Mat en venait presque à souhaiter que Rand décide une fois pour toutes s'il était fou ou non. Presque.

À trois cents pas des chariots, Rhuarc ordonna d'un signe une halte et lui et Heirn continuèrent seuls. Du moins, c'est ce qui semblait avoir été l'idée de Rhuarc mais Rand incita du talon son étalon pommelé à avancer derrière eux, et l'inévitable garde du corps de cent Jindos suivit. Mat les accompagna sans hésiter. Si Rhuarc renvoyait ce bonhomme, il ne voulait pas rater la chance de partir avec lui.

Couladin jaillit au pas de course d'entre les Shaidos. Seul. Peut-être voulait-il agir comme Rhuarc et Heirn en avaient eu l'intention, mais Mat soupçonnait qu'il tenait à souligner qu'il allait seul là où Rand avait besoin de cent gardes. Au début, on aurait cru que Moiraine viendrait aussi, mais il y eut un échange de paroles entre elle et les Sagettes, et toutes demeurèrent où elles étaient. Observant, néanmoins. L'Aes Sedai mit pied à terre, jouant avec quelque chose de petit qui scintillait, et Egwene et les Sagettes se groupèrent autour d'elle.

En dépit de sa façon de s'éponger la figure, le gros bonhomme en surcot gris n'avait, de près, pas l'air inquiet, bien qu'ayant sursauté quand des Vierges de la Lance se dressèrent soudain comme jaillissant du sol et encerclèrent ses chariots. Les charretiers, des hommes au masque dur avec plus que leur content de cicatrices et de nez cassés, paraissaient prêts à ramper sous leur siège ; c'étaient des chiens errants en comparaison des loups aiels. Le colporteur se ressaisit aussitôt. Il n'était pas gras en dépit de ses dimensions ; cette corpulence était du muscle. Rand et Mat sur leurs chevaux eurent droit à des coups d'œil empreints de curiosité, mais il repéra immédiatement Rhuarc. Le bec crochu qu'il avait pour nez et des yeux sombres obliques donnaient à sa face carrée basanée un air de prédateur qui ne s'adoucit pas quand il arbora un grand sourire et ôta son chapeau à large bord d'un geste circulaire pour s'incliner dans un salut. « Je suis Hadnan Kadere, déclara-t-il, colporteur. Je cherche les Rocs Froids, mes bons sires, mais je suis prêt à commercer avec tout le monde. J'ai beaucoup de belles... »

Rhuarc l'interrompit comme avec un couperet glacé. « Vous vous dirigez bien loin des Rocs Froids ou de n'importe quelle place forte. Comment se fait-il que vous soyez venu à cette distance du Rempart du Dragon sans avoir pris un guide ?

— Je ne le sais vraiment pas, messire. » Kadere ne perdit pas son sourire, mais les coins de sa bouche se crispèrent quelque peu. « J'ai voyagé au vu et au su de tous. Ceci est ma première visite à la Terre Triple aussi loin au sud. J'ai pensé qu'ici il n'y avait peut-être pas de guides. » Couladin émit un reniflement sonore de dédain, fit tournoyer avec indolence une de ses lances. Kadere voûta le dos comme s'il sentait déjà l'acier se glisser dans son corps massif.

« Il y a toujours des guides, reprit sèchement Rhuarc. Vous avez de la chance d'être parvenu aussi loin sans en avoir eu un. De la chance de n'être pas mort ou de ne pas retourner à pied vers le Rempart du Dragon vêtu de votre seule peau. » Un sourire contraint découvrit brièvement les dents de Kadere, et le chef de clan poursuivit : « De la chance de nous rencontrer. Auriez-vous continué encore un jour ou deux dans cette direction que vous seriez arrivé à Rhuidean. »

Le visage du colporteur devint blême. « J'avais entendu dire... » Il s'arrêta pour déglutir. « Je l'ignorais, mes bons sires. Vous devez le croire. Je n'aurais pas agi ainsi délibérément. Ni par hasard, ajouta-t-il précipitamment. Que la Lumière illumine la vérité de mes paroles, mes bons sires, je ne l'aurais pas voulu !

— C'est bien, lui dit Rhuarc. Les sanctions sont sévères. Accompagnez-moi jusqu'aux Rocs Froids. Il ne faudrait pas que vous vous perdiez de nouveau. La Terre

Triple est dangereuse pour ceux qui ne la connaissent pas. »

La tête de Couladin se dressa dans un mouvement de défi. « Pourquoi pas avec moi ? s'exclama-t-il d'une voix coupante. Les Shaidos sont les plus nombreux ici, Rhuarc. Selon la coutume, il voyage avec moi.

— Es-tu devenu chef de clan sans que je l'aie vu ? » Le Shaido roux flamboyant s'empourpra, mais Rhuarc n'en témoigna aucune satisfaction, il continua simplement à parler de ce même ton calme. « Le colporteur veut se rendre aux Rocs Froids. Il voyagera avec moi. Les Shaidos qui t'accompagnent pourront traiter avec lui en cours de route. Les Taardads ne sont pas privés de colporteurs au point de tenter de les garder pour eux-mêmes. »

La face de Couladin devint d'un ponceau plus accentué, pourtant il modéra sa voix, quand bien même l'effort la fit grincer. « J'installerai mon camp près des Rocs Froids, Rhuarc. Celui qui Vient avec l'Aube concerne *tous* les Aiels, pas uniquement les Taardads. Les Shaidos, eux aussi, suivront Celui qui Vient avec l'Aube. » Il n'avait pas reconnu que ce « Celui » était Rand, Mat en eut conscience. Rand qui examinait les chariots ne paraissait pas écouter.

Rhuarc resta silencieux un instant. « Les Shaidos seront les bienvenus sur les terres des Taardads, s'ils arrivent pour suivre Celui qui Vient avec l'Aube. » Et cela aussi pouvait s'interpréter de deux façons.

Pendant tout ce temps, Kadere s'était épongé la figure, se voyant probablement pris au milieu d'une bataille entre Aiels. Il ponctua d'un profond soupir de soulagement l'invitation de Rhuarc. « Merci, mes bons sires. Merci. » Vraisemblablement pour ne pas l'avoir tué. « Peut-être aimeriez-vous voir ce que mes chariots ont à offrir ? Quelque chose en particulier qui vous plairait ?

— Plus tard, répliqua Rhuarc. Nous nous arrêterons pour la nuit à la Halte d'Imre, alors vous aurez le loisir de montrer vos marchandises. » Couladin s'éloignait déjà à grandes enjambées, dès qu'il avait entendu le nom de la Halte d'Imre, quoi qu'ait représenté ce nom. Kadere s'apprêta à se recoiffer de son chapeau.

« Un chapeau », dit Mat en rapprochant Pips du colporteur. S'il était contraint de rester un peu plus longtemps dans le Désert, du moins pouvait-il abriter ses yeux de ce maudit soleil. « Je donnerai un marc d'or pour un chapeau comme celui-ci.

— D'accord ! » s'écria une voix féminine mélodieuse et voilée.

Mat jeta un coup d'œil alentour et sursauta. La seule femme en vue à part Aviendha et les Vierges de la Lance venait du deuxième chariot, mais elle n'avait certes rien de commun avec cette voix, une des plus enchanteresses qu'il avait entendues. Rand la regarda en fronçant les sourcils et secoua la tête, non sans raison. D'un pied plus petite que Kadere, elle devait peser autant sinon davantage. Des bourrelets de graisse masquaient presque ses yeux, empêchant de distinguer s'ils étaient obliques ou non ; quant à son nez, c'était une hache qui rapetissait par contraste celui du colporteur. En robe de soie crème tendue à craquer sur son corps massif, avec une mantille de dentelle blanche soulevée au-dessus de sa tête par des peignes d'ivoire sculpté plantés dans de longs cheveux noirs dépourvus de finesse, elle se déplaçait avec une légèreté déconcertante, presque comme une des Vierges de la Lance.

« Une belle offre, reprit-elle avec ce timbre musical. Je suis Keille Shaogi, colporteuse. » D'un geste vif, elle ôta le chapeau des mains de Kadere et le leva vers Mat. « Solide, mon bon sire, et presque neuf. Vous aurez besoin d'un de ce genre pour survivre à la Terre Triple. Ici, un homme peut mourir... » Les doigts boudinés claquèrent avec une sécheresse de coup de fouet. « ... comme ça. » Son soudain éclat de rire avait la même qualité caressante et profonde que sa voix. « Ou une femme. Un marc d'or, vous avez dit. » Quand il hésita, ses yeux à demi enfouis lancèrent des éclairs d'un noir de corbeau. « J'offre rarement à qui que ce soit deux fois de suite une bonne affaire. »

Une drôle de femme, pour dire le moins. Kadere ne protesta pas en dehors de la plus fugitive des grimaces. Si Keille était son associée, pas besoin de se demander qui avait le pas sur l'autre. Et si le chapeau évitait à la tête de Mat de griller, il valait bien ce prix-là en ce qui le concernait. Elle mordit le marc tairen qu'il lui donna avant de lâcher le couvre-chef. Ô miracle, il était de la bonne taille. Et, si sous ce large bord ne régnait pas plus de fraîcheur, au moins offrait-il un ombrage bienvenu. Le foulard alla dans la poche de son surcot.

« Quelque chose pour le reste d'entre vous ? » La grosse femme parcourut des yeux les Aiels, murmurant : « La belle enfant » à l'adresse d'Aviendha avec les dents se découvrant dans ce qui aurait pu être un sourire. À Rand, elle dit : « Et vous, bon sire ? » Cette voix émanant de ce visage produisait un contraste désagréable, surtout quand elle prenait ce ton d'une suavité de miel. « Rien pour vous protéger de cette terrible terre ? » Faisant tourner Jeade'en pour examiner les charretiers, Rand se contenta de secouer la tête. Avec cette *shoufa* autour de son visage, il avait vraiment l'air d'un Aiel.

« Ce soir, Keille, dit Kadere. Nous ouvrons notre commerce ce soir, dans un endroit appelé la Halte d'Imre.

— Nous commençons ce soir, tiens donc. » Elle contempla longuement la colonne des Shaidos et plus longuement encore le groupe des Sagettes. Elle pivota brusquement sur ses talons pour se diriger vers son chariot, disant par-dessus son épaule à l'autre colporteur : « Alors pourquoi gardes-tu ces bons sires debout ici ? En route, Kadere. En route. » Rand la regarda s'éloigner en secouant de nouveau la tête.

Là-bas près de son chariot se trouvait un ménestrel. Mat cligna des paupières, pensant que la chaleur lui avait joué un tour, mais le personnage ne disparut pas, c'était un homme aux cheveux bruns, d'âge mûr, portant la traditionnelle cape de son métier aux pièces volantes multicolores. Il observait le rassemblement avec appréhension jusqu'à ce que Keille le pousse devant elle pour gravir les marches menant à l'entrée du chariot. Kadere regarda le chariot blanc de Keille avec moins d'expression qu'un des Aiels avant de se rendre à grands pas dans le sien. En vérité, de drôles de gens.

« As-tu vu le ménestrel ? » demanda Mat à Rand, qui acquiesça vaguement d'un signe de tête, absorbé dans l'examen de la file de chariots comme s'il en apercevait pour la première fois de sa vie. Rhuarc et Heirn retournaient déjà vers le reste des Jindos. Les cent qui entouraient Rand attendaient patiemment, partageant leur attention entre lui et tout ce qui pouvait dissimuler ne serait-ce qu'une souris. Les cochers commençaient à rassembler leurs rênes, mais Rand ne bougeait pas. « Bizarres, ces colporteurs, tu ne trouves pas, Rand ? Bah, je suppose qu'il faut être bizarre pour s'aventurer dans le Désert. Regarde-nous. » Ce qui provoqua une grimace chez Aviendha, mais Rand ne paraissait pas avoir entendu. Mat voulait qu'il dise quelque chose. N'importe quoi. Ce silence était démoralisant. « Est-ce que tu aurais imaginé qu'escorter un colporteur soit un tel honneur que Rhuarc et Couladin se disputent à ce sujet ? Est-ce que tu comprends quelque chose à ce *ji'é'toh ?*

— Vous êtes stupide, marmonna Aviendha. Cela n'a rien à voir avec le *ji'e'toh.* Couladin essaie de se conduire comme un chef de clan. Rhuarc ne peut l'admettre que jusqu'à ce qu'il – qu'à moins qu'il soit allé à Rhuidean. Les Shaidos voleraient des os à un chien – ils voleraient les os et le chien – néanmoins même eux méritent un véritable chef. Et à cause de Rand al'Thor nous devons permettre à un millier d'entre eux de planter leurs tentes sur nos terres.

— Ses yeux, dit Rand sans détacher son regard des chariots. Un homme dangereux. »

Mat fronça les sourcils. « Les yeux de qui ? De Couladin ?

— Les yeux de Kadere. Toute cette transpiration, ce

teint qui devient blême. Pourtant ses yeux n'ont jamais changé. On doit toujours observer les yeux. Pas l'apparence générale.

— Bien sûr, Rand. » Mat raffermit son assiette sur sa selle, souleva à demi ses rênes comme pour se remettre en marche. Peut-être que le silence n'était pas si désagréable, finalement. « On doit observer les yeux. »

Rand porta son attention vers les sommets des aiguilles rocheuses et des buttes les plus proches, tournant la tête de côté et d'autre. « C'est le temps, le danger, murmura-t-il. Le temps pose des pièges. Je dois éviter les leurs tandis que je tends les miens. »

Il n'y avait rien là-haut de discernable pour Mat en dehors de quelques massifs de broussailles et çà et là un arbre chétif. Aviendha regarda en fronçant les sourcils les hauteurs, puis Rand en rajustant son châle. « Des pièges ? » répéta Mat. *Ô Lumière, faites qu'il me donne une réponse qui ne soit pas absurde.* « Qui tend des pièges ? »

Rand le dévisagea pendant un instant comme s'il ne comprenait pas la question. Les chariots des colporteurs s'ébranlaient, escortés au pas de course allongé par des Vierges de la Lance, tournant pour suivre les Jindos quand ils passèrent rapidement, imités par les Shaidos. D'autres Vierges partirent en avant comme éclaireurs. Seuls les Aiels autour de Rand ne bougèrent pas ; quant au groupe des Sagettes, il s'attardait en regardant et, d'après les gestes d'Egwene, Mat pensa qu'elle voulait les rejoindre pour savoir ce qui se passait.

« Tu ne peux pas le voir ni le sentir », finit par répondre Rand. Se penchant légèrement vers Mat, il déclara dans un chuchotement audible, comme s'il jouait la comédie : « Nous chevauchons avec le mal, à présent, Mat. Prends garde à toi. » Il avait de nouveau ce sourire crispé en regardant les chariots défiler lourdement devant lui.

« Tu crois que ce Kadere est néfaste ?

— Un homme dangereux, Mat – les yeux sont toujours révélateurs, toutefois, qui sait ? Bah, quelle raison ai-je de me mettre en souci avec Moiraine et les Sagettes qui exercent leur vigilance pour moi ? Et nous ne devons pas oublier Lanfear. Y a-t-il jamais eu d'homme sur qui tant d'yeux veillent ? » Brusquement, Rand se redressa sur sa selle. « C'est commencé, dit-il à mi-voix. J'aimerais avoir ta chance, Mat. C'est commencé et impossible de tourner bride maintenant, de quelque côté que s'abatte la hache. » Hochant la tête pour lui-même, il fit partir son pommelé derrière Rhuarc, Aviendha marchant à bonne allure à côté de lui, les cent Jindos leur emboîtant le pas.

Mat fut assez content de suivre aussi. Cela valait mieux que d'être laissé en plan ici, certes. Le soleil flamboyait haut dans un ciel bleu pur. Il y avait encore un bon bout de trajet à parcourir avant le coucher du soleil. Cela avait commencé ? Qu'est-ce que Rand voulait dire par là, ça avait commencé ? Cela avait débuté dans Rhuidean ; ou mieux au Champ d'Emond lors de la Nuit de l'Hiver l'an passé. « Chevaucher avec le mal ? » et « pas possible de tourner bride » ? Et Lanfear ? Rand marchait sur le fil du rasoir maintenant. Pas de doute à avoir là-dessus. Il fallait trouver un moyen de sortir du Désert avant qu'il soit trop tard. De temps en temps, Mat examinait les chariots des colporteurs. Avant qu'il soit trop tard. Si trop tard ce n'était pas déjà.

37. La Halte d'Imre

Le soleil se trouvait encore à plus d'une fois sa hauteur au-dessus de la ligne d'horizon dentelée à l'ouest quand Rhuarc annonça qu'Imre, où il avait l'intention de séjourner pour la nuit, se trouvait seulement à environ un quart de lieue de là.

« Pourquoi nous arrêter déjà ? questionna Rand. Il reste encore des heures de jour. »

C'est Aviendha, qui marchait du côté de Jeade'en opposé à celui où était le chef de clan, qui répondit, du ton méprisant qu'il en était venu à attendre d'elle. « Il y a de l'eau à la Halte d'Imre. Mieux vaut camper auprès d'un point d'eau quand l'occasion se présente.

— Et les chariots des colporteurs ne pourront aller beaucoup plus loin, ajouta Rhuarc. Quand les ombres s'allongeront, ils devront s'arrêter ou commencer à casser des roues ou les jambes des mulets. Je ne veux pas les laisser en arrière. Je ne peux me passer de personne pour les surveiller, alors que Couladin le peut. »

Rand se retourna sur sa selle. Flanqués maintenant par les *Duadhe Mahdi'in* jindos, les Chercheurs d'Eau, les chariots progressaient péniblement à quelques centaines de pas sur le côté, en cahotant, soulevant un haut panache de poussière jaune. La plupart des ravins étaient trop encaissés ou trop profonds, ce qui obligeait les conducteurs à les contourner, de sorte que la caravane suivait un trajet sinueux comme un serpent ivre. Des jurons retentissants planaient au-dessus de la ligne onduleuse, la plupart reportant le blâme sur les bêtes. Kadere et Keille étaient toujours dans leurs chariots peints en blanc.

« Non, dit Rand, vous n'avez pas besoin de ça. » Il rit tout bas malgré lui.

Sous le large bord de son nouveau couvre-chef, Mat le regardait d'un air bizarre. Il lui sourit d'une façon qu'il espérait rassurante, mais l'expression de Mat ne se modifia pas. *Il va devoir se prendre lui-même en charge,* songea Rand. *L'enjeu est trop important.*

Cette idée de se tenir sur ses gardes lui fit s'aviser qu'Aviendha le dévisageait, son châle drapé autour de sa tête pratiquement à la manière d'une *shoufa.* Il se redressa de toute sa taille. Moiraine avait peut-être recommandé à la jeune femme de le soigner, mais il avait l'impression qu'elle attendait de le voir tomber. Sans aucun doute, elle trouverait cela amusant, l'humour chez les Aiels étant ce qu'il était. Il aurait aimé penser qu'elle était irritée d'être engoncée dans une robe et obligée de le surveiller, mais l'éclair furieux dans ses yeux était trop personnel pour y croire.

Pour une fois, Moiraine et les Sagettes n'étaient pas du tout en train de les regarder. À mi-chemin entre les Jindos et les Shaidos, Moiraine et Egwene marchaient en compagnie d'Amys et des autres, toutes les six les yeux fixés sur quelque chose dans les mains de l'Aes Sedai. Qui captait la lumière du soleil couchant et scintillait comme une pierre précieuse. Lan chevauchait derrière au milieu des *gai'shains* et des bêtes de somme, comme si elles l'avaient renvoyé.

La scène mit Rand mal à l'aise. Il s'était habitué à être le centre de l'attention pour celles-là. Qu'avaient-elles découvert de plus intéressant ? Sûrement pas quelque chose dont il pouvait se réjouir, pas avec Moiraine, probablement pas avec Amys ou les autres. Toutes avaient leurs plans pour lui. Egwene était la seule d'entre elles qui lui inspirait pleinement confiance. *Ô Lumière, j'espère que je peux toujours me fier à elle.* Le seul être en qui il pouvait avoir totalement confiance était lui-même. *Quand le sanglier débouche du taillis, il n'y a plus que toi et ton épieu.* Son rire avait une note d'amertume, cette fois-ci.

« Vous trouvez amusante la Terre Triple, Rand al'Thor ? » Le sourire d'Aviendha était juste un bref éclair de dents blanches. « Riez tant que vous en avez la possibilité, natif des Terres Humides. Quand cette terre commencera à vous briser, ce sera un châtiment approprié pour le traitement que vous infligez à Elayne. »

Pourquoi cette jeune femme ne cessait pas de s'acharner ? « Vous n'avez témoigné aucun respect pour le Dragon Réincarné, lança-t-il sèchement, mais rien ne vous empêche d'essayer d'en témoigner un peu à l'égard du *Car'a'carn.* »

Rhuarc gloussa de rire. « Un chef de clan n'est pas un roi des Terres Humides, Rand, pas plus que le *Car'a'carn.* Le respect existe – bien que les femmes en montrent aussi peu qu'elles l'osent sans en encourir la peine – mais n'importe qui peut parler à un chef. » N'empêche qu'il fronça les sourcils en direction de la jeune femme de l'autre côté de la monture de Rand. « Certaines dépassent les bornes de l'honneur. »

Aviendha devait avoir compris que cette dernière phrase était destinée à ses oreilles ; son visage devint de pierre. Toutefois, elle continua à marcher à grandes foulées, sans rien dire de plus, les poings serrés le long de son corps.

Deux des éclaireuses de la Lance apparurent, courant à fond de train. Visiblement, elles n'étaient pas ensemble ; l'une se dirigea droit vers les Shaidos, l'autre vers les Jindos. Rand la reconnut, une jeune femme blonde nommée Adeline, belle mais à l'expression sévère, avec une cicatrice formant une fine ligne blanche sur sa joue hâlée par le soleil. Elle était une de celles qui étaient entrées dans la forteresse de la Pierre à Tear, bien que plus âgée que la plupart de ses compagnes de la Lance là-bas, avec peut-être dix ans de plus que lui-même. Le bref regard qu'elle posa sur Aviendha avant de s'arrêter près de Rhuarc, un mélange égal de curiosité et de sympathie, hérissa Rand. Si Aviendha avait accepté de se livrer à de l'espionnage pour le compte des Sagettes, elle ne méritait certes aucune sympathie. Sa compagnie à lui n'était pas aussi désagréable que ça. Lui, Adeline le traita comme s'il n'existait pas.

« Il s'est passé quelque chose à Imre, dit-elle à Rhuarc, le débit rapide et saccadé. Personne n'est en vue. Nous sommes restées cachées sans nous approcher.

— Bien, répliqua Rhuarc. Préviens les Sagettes. » Soupesant machinalement ses lances, il recula jusqu'au corps principal des Jindos. Aviendha parla entre ses dents, pinçant sa jupe entre ses doigts, manifestement désireuse de se joindre à Rhuarc.

« Je crois qu'elles sont déjà au courant », commenta Mat tandis qu'Adeline se hâtait vers le groupe des Sagettes.

D'après l'agitation des femmes entourant Moiraine, Rand déduisit qu'il avait raison. Elles parlaient visiblement toutes à la fois. Egwene s'ombrageait les yeux, observant Adeline ou lui-même, l'autre main devant sa bouche. Comment elles avaient appris la nouvelle était une question à poser plus tard.

« Quel genre de chose a pu se passer ? » demanda-t-il à Aviendha. Se parlant toujours à elle-même, elle ne répondit pas. « Aviendha ? Quel genre d'ennui ? » Rien. « Que la Lumière vous brûle, femme, vous pouvez répondre à une question simple ! Quel genre d'ennui ? »

Elle rougit, mais sa réponse fut prononcée d'une voix calme. « Très probablement une razzia, pour des chèvres ou des moutons ; des troupeaux des unes ou des autres ont pu être conduits à Imre pour paître, plus vraisemblablement des chèvres, à cause de l'eau. Ce doit être l'œuvre des Chareens, l'enclos de la Montagne Blanche, ou les Jarras. Ce sont les plus proches. À moins que ce ne soit un enclos des Goshiens. Les Tomanelles sont trop éloignés, je pense.

— Y aura-t-il un combat ? » Il attira à lui le *saidin* ; le délicieux afflux du Pouvoir l'envahit. La souillure rance s'infiltra en lui et une nouvelle giclée de sueur jaillit de tous ses pores. « Aviendha ?

— Non. Adeline l'aurait dit si les pillards étaient encore là. Le troupeau et les *gai'shains* sont loin à présent. Nous ne pouvons pas récupérer le troupeau parce que nous sommes obligés de vous accompagner. »

Il se demanda pourquoi elle ne parlait pas de ramener les captifs, les *gai'shains*, mais il ne s'attarda pas à y réfléchir. L'effort de se tenir droit en selle tout en maîtrisant le *saidin*, de ne pas s'affaisser et d'être balayé par le flot du Pouvoir, laissait peu de place à la réflexion.

Rhuarc et les Jindos s'étaient élancés dans une course rapide, se voilant déjà la face, et Rand suivit plus lentement. Aviendha lui décochait des regards noirs d'impatience, mais il maintint Jeade'en à un trot rapide. Il n'avait pas l'intention de se précipiter au galop dans le piège de quelqu'un d'autre. Du moins Mat n'était-il pas pressé ; il hésita, les yeux fixés sur les chariots des colporteurs, avant de pousser Pips au petit galop. Rand n'avait pas accordé un regard aux chariots.

Les Shaidos restèrent en arrière, ralentissant l'allure jusqu'à ce que les Sagettes se remettent en marche. Bien sûr. C'était la terre des Taardads. Couladin se moquait pas mal que quelqu'un se livre à des pillages ici. Rand espéra que les chefs de clan pourraient être rassemblés rapidement à l'Alcair Dal. Comment réussirait-il à unir des gens qui se battaient tout le temps les uns contre les autres ? Le moindre de ses soucis pour le moment.

Quand la Halte d'Imre fut enfin en vue, ce fut en quelque sorte une surprise. Quelques troupes de chèvres blanches à longs poils, largement écartées les unes des autres, broutaient des touffes d'herbe rudes et même les feuilles de buissons épineux. Au début, il ne distingua pas la bâtisse en pierre brute adossée à la base d'une haute butte ; l'appareil rustique se fondait avec l'arrière-plan à la perfection et plusieurs buissons d'épines avaient pris racine sur la terre recouvrant le toit. De dimensions modérées, cette bâtisse avait pour fenêtres des meurtrières et seulement une porte, à ce qu'il apercevait. Au bout d'un instant, il repéra une autre construction, pas plus grande, nichée sur une corniche quelque vingt pas plus haut. Une fissure profonde derrière la maison de pierre montait de la base de la butte jusqu'à la corniche ; il n'y avait pas d'autre moyen évident d'atteindre la corniche.

Rhuarc qui se tenait debout bien visible, son voile abaissé, à quatre cents pas environ de la butte, était le seul Jindo à la ronde. Ce qui ne signifiait pas, bien entendu, que les autres ne se trouvaient pas là. Rand arrêta son cheval à côté de lui et mit pied à terre. Le chef de clan continua à examiner les bâtisses en pierre.

« Les chèvres, dit Aviendha d'une voix inquiète. Des pillards n'auraient laissé aucune chèvre. La plupart sont parties, mais on croirait presque que le troupeau a été laissé à l'abandon.

— Depuis des jours, acquiesça Rhuarc sans quitter des yeux les bâtiments, ou il en serait resté davantage Pourquoi personne ne sort-il ? On devrait être en mesure de voir ma figure et de me reconnaître. » Il se mit en marche et n'émit aucune objection quand Rand le rejoignit en conduisant Jeade'en par la bride. Aviendha avait la main sur le poignard de sa ceinture et Mat, à cheval derrière, tenait cette lance à hampe noire comme s'il s'attendait à en avoir besoin.

La porte était en bois juste dégrossi, constituée de planches étroites et courtes. Quelques-unes des solides pièces qui en formaient l'armature étaient rompues, tailladées à coups de hache. Rhuarc hésita un instant avant de la pousser pour l'ouvrir. Il jeta à peine un coup d'œil à l'intérieur avant de se retourner pour observer les alentours.

Rand passa la tête par l'ouverture. Il n'y avait personne. Le dedans, la lumière se déversant à flots en forme de barres par les meurtrières, formait une salle unique et manifestement pas une demeure, juste un endroit pour que les gardiens de troupeaux s'y abritent et se défendent s'ils étaient attaqués. Pas d'ameublement, ni tables ni chaises. Un foyer ouvert surélevé se dressait sous un trou à fumée noir de suie dans le toit. La vaste fissure au fond avait des marches creusées dans la roche grise. La salle avait été mise à sac. Matelas, couvertures, marmites, tous jonchaient le sol de pierre éparpillés au milieu de coussins et d'oreillers éventrés. Un liquide avait été projeté sur tout, sur les murs, même sur le plafond, et était devenu noir en séchant.

Quand Rand comprit ce que c'était, il se rejeta brusquement en arrière, l'épée forgée par le Pouvoir surgissant entre ses mains avant même qu'il y pense. Du sang. Tellement de sang. Un massacre avait été perpétré ici, le plus barbare qu'il pouvait imaginer. Rien ne bougeait au-dehors à part les chèvres.

Aviendha ressortit aussi vite qu'elle était entrée. « Qui ? questionna-t-elle d'un ton incrédule, ses grands yeux pers emplis d'indignation. Qui aurait fait ça ? Où sont les morts ?

— Des Trollocs, murmura Mat. Cela me paraît l'œuvre de Trollocs. »

Elle eut un bref rire sec de mépris. « Les Trollocs ne viennent pas dans la Terre Triple, natif des Terres Humides. Pas à plus d'une lieue ou deux au-dessous de la Dévastation, du moins, et encore pas souvent. J'ai entendu dire qu'ils appellent la Terre Triple la Terre-où-l'on-meurt. Nous donnons la chasse aux Trollocs, homme des Terres Humides ; ils ne nous pourchassent pas. »

Rien ne bougeait. Rand laissa disparaître l'épée, repoussa le *saidin*. Ce fut dur. Le charme du Pouvoir suffisait presque à surmonter la sensation de corruption de la souillure, la pure joie de vivre presque suffisante pour qu'il ne s'en soucie plus. Mat avait raison, quoi qu'en dise Aviendha, mais cela datait d'un certain temps et les Trollocs n'étaient plus là. Des Trollocs. dans le Désert, à un endroit où il devait venir. Il n'était pas assez stupide pour s'imaginer que c'était une coïncidence. *Par contre, si eux pensent que je le suis, peut-être se laisseront-ils aller à être négligents.*

Rhuarc fit signe aux Jindos d'approcher – ils donnèrent l'impression de surgir du sol – et peu après les autres apparurent, les Shaidos, les chariots des colporteurs et le groupe des Sagettes. La nouvelle de ce qui avait été découvert se répandit vite et, parmi les Aiels, la tension devint palpable. Ils se mouvaient comme s'ils s'attendaient à être attaqués à chaque instant, peut-être par les leurs. Des éclaireurs s'égaillèrent dans toutes les directions. Les cochers dételèrent leurs mulets en regardant autour d'eux, apparemment prêts à plonger sous leurs chariots au premier cri.

Pendant un moment, on se serait cru dans une fourmilière en pleine activité. Rhuarc s'assura que les colporteurs alignaient leurs chariots à la lisière du camp jindo. Couladin se rembrunit, puisque cela impliquait que les Shaidos désireux de traiter avec les colporteurs devaient entrer chez les Jindos, mais il ne discuta pas. Peut-être que même lui se rendait compte qu'à présent cela pourrait conduire à une danse des lances. Les tentes des Shaidos se dressèrent à deux cents toises à peine, avec comme d'habitude les Sagettes entre les deux camps. Les Sagettes inspectèrent l'intérieur du bâtiment, ainsi que Moiraine et Lan, mais s'ils aboutirent à une conclusion, ils ne la communiquèrent à personne.

L'eau d'Imre se révéla être une minuscule source au pied de la fissure dans la roche, alimentant une nappe profonde à peu près ronde – ce que Rhuarc appelait un réservoir – qui avait moins de deux pas de diamètre. Assez pour les bergers, assez pour que les Jindos remplissent quelques-unes de leurs outres. Aucun Shaido ne s'approcha ; en terre taardade, les Jindos avaient la priorité pour ce qui était de l'eau. Apparemment, les chèvres trouvaient le liquide dont elles avaient besoin uniquement dans les feuilles épaisses des buissons épineux. Rhuarc affirma à Rand qu'il y aurait bien davantage d'eau à la halte du lendemain soir.

Kadere provoqua une surprise tandis que les conducteurs des chariots déharnachaient leurs attelages et allaient remplir des seaux aux chars à eau. Quand il sortit de sa roulotte, une jeune femme brune l'accompagnait, en robe de soie rouge et escarpins de velours rouge plus appropriés pour un palais que pour le Désert. Une légère écharpe rouge drapée presque comme une *shoufa* et un voile ne fournissaient aucune protection contre le soleil et ne servaient certes à rien pour dissimuler un clair et beau visage en forme de cœur. Cramponnée au bras musculeux du colporteur, elle avançait d'une séduisante démarche onduleuse quand il l'emmena voir la salle éclaboussée de sang ; Moiraine et les autres étaient parties à l'endroit où les *gai'shains* dressaient le camp des Sagettes. Lorsque le couple ressortit, la jeune femme frissonnait gracieusement. Rand fut sûr que c'était de la comédie, de même qu'il était sûr qu'elle avait demandé à voir cette salle de boucherie. Son affectation de répulsion dura en tout deux secondes, puis elle se mit à examiner avec intérêt les Aiels.

Il se révéla que Rand en personne était l'un des spectacles qu'elle désirait contempler. Kadere avait l'air prêt à la ramener au chariot, mais au lieu de cela elle l'entraîna jusqu'à Rand, le sourire tentateur sur ses lèvres pleines bien visible derrière son voile diaphane. « Hadnan m'a raconté qui vous êtes », dit-elle d'une voix de gorge. Quand bien même elle était suspendue au bras du colporteur, ses yeux noirs détaillaient Rand hardiment. « Vous êtes celui dont parlent les Aiels. Celui qui Vient avec l'Aube. » Keille et le ménestrel sortirent du deuxième chariot et se tinrent côte à côte à distance, les observant. « Apparemment, en effet, dit-il.

— Étrange. » Son sourire devint d'une espièglerie audacieuse. « J'aurais cru que vous seriez plus beau. » Tapotant la joue de Kadere, elle soupira. « Cette chaleur terrible est tellement fatigante. Ne reste pas trop longtemps. »

Kadere ne parla que lorsqu'elle eut gravi les marches et fut rentrée dans la roulotte. Son chapeau avait été remplacé par une longue écharpe blanche attachée au sommet de sa tête, et dont les pans lui tombaient dans le cou. « Veuillez pardonner Isendre, mon bon sire. Elle est... trop hardie, parfois. » Sa voix était d'une apaisante douceur, mais ses yeux avaient tout de ceux d'un oiseau de proie. Il hésita, puis reprit : « J'ai appris d'autres choses. J'ai appris que vous aviez retiré *Callandor* du Cœur de la Pierre. »

Les yeux de cet homme gardaient la même expression. S'il était au courant pour *Callandor*, il savait que Rand était le Dragon Réincarné, il savait qu'il était en mesure de manier le Pouvoir. Et ses yeux ne changeaient pas. Un homme dangereux. « J'ai entendu dire que l'on ne doit rien croire de ce que l'on entend et seulement la moitié de ce que l'on voit, répliqua Rand.

— Une règle sage, reprit Kadere au bout d'un instant. Toutefois, pour accomplir de grandes choses, un homme doit avoir une croyance quelconque. La foi et la connaissance préparent le terrain pour la grandeur. La connaissance est peut-être ce qu'il y a de plus précieux. Nous recherchons tous l'or de la connaissance. Votre pardon, bon sire. Isendre n'est pas une femme patiente. Peut-être aurons-nous une autre occasion de converser ensemble. »

Avant qu'il ait fait trois pas, Aviendha dit à voix basse d'un ton dur : « Vous appartenez à Elayne, Rand al'Thor. Regardez-vous de cette façon toutes les femmes qui se présentent devant vos yeux, ou seulement celles qui se promènent à demi nues ? Si j'ôte mes vêtements, me contemplerez-vous ainsi ? Vous appartenez à Elayne ! »

Il avait oublié qu'elle était là. « Je *n'appartiens* à personne, Aviendha. Elayne ? Elle n'a pas l'air de savoir dans quel sens elle doit prendre une décision.

— Elayne a mis son cœur à nu devant vous, Rand al'Thor. Si elle ne vous l'a pas démontré dans la Pierre de Tear, ces deux lettres ne vous ont-elles pas dit son sentiment ? Vous êtes à elle et à personne d'autre. »

Rand abandonna la partie et s'éloigna d'elle à grands pas. Du moins, il essaya. Elle s'élança sur ses talons, ombre désapprobatrice dans l'éclat aveuglant du soleil.

Les épées. Les Aiels avaient peut-être oublié pourquoi ils ne s'armaient pas d'épées, mais ils avaient gardé leur mépris pour elles. Des épées pourraient inciter Aviendha à le laisser en paix. Il partit à la recherche de Lan dans le camp des Sagettes et demanda au Lige de l'observer pendant qu'il travaillait les figures d'escrime. Bair était la seule des quatre en vue et, sans contredit, une expression de contrariété creusa les rides de son visage. Egwene n'apparaissait nulle part, elle non plus. Moiraine arborait une mine calme comme un masque, ses yeux noirs neutres ; il n'aurait pas su dire si elle approuvait.

Il n'avait pas l'intention d'offenser les Aiels, il s'installa donc avec Lan entre les tentes des Sagettes et celles des Jindos. Il se servit d'une des épées d'entraînement que Lan transportait dans ses bagages, un faisceau de lattes assemblées de façon assez lâche en guise de lame. Toutefois, le poids et l'équilibrage étaient justes et il pouvait s'oublier dans l'élan pareil à une danse pour passer d'une posture à l'autre, l'épée d'entraînement vivante entre ses mains, une partie de lui-même. C'était ainsi, d'ordinaire. Aujourd'hui, le soleil était une fournaise dans le ciel qui asséchait force et humidité. Aviendha s'était assise sur ses talons, de côté, et serrait ses genoux contre sa poitrine en ne le quittant pas des yeux.

Finalement, à court de souffle, il laissa retomber ses bras.

« Tu as perdu de la concentration, lui dit Lan. Tu dois t'y cramponner même quand tes muscles fondent en eau. Perds ta concentration et ce jour-là tu meurs. Et ce sera probablement du fait d'un petit paysan qui a une épée dans les mains pour la première fois. » Il eut un sourire subit, étrange sur ce visage de pierre.

« Oui. Bah, je ne suis plus un petit paysan, n'est-ce pas ? » Ils avaient acquis des spectateurs, encore qu'éloignés. Des Aiels étaient alignés à la lisière des campements aussi bien jindos que shaidos. La masse drapée de tissu crème de Keille se dressait au milieu des Jindos, le ménestrel auprès d'elle dans sa cape aux pièces de cent couleurs. Lequel choisir ? Il ne tenait pas à ce qu'ils le voient les observer. « Comment les Aiels se battent-ils, Lan ?

— Avec rigueur, dit le Lige sans ambages. Ils ne perdent jamais leur concentration. Regarde. » De la pointe de son épée il traça sur l'argile durcie et craquelée un cercle et des flèches. « Les Aiels changent de tactique selon les circonstances, mais en voici une qui a leur préférence. Ils progressent en colonne, répartis en quatre groupes. Quand ils rencontrent un ennemi, le premier quart l'assaille pour le clouer sur place. Le deuxième et le troisième décrivent un large cercle pour attaquer les flancs et l'arrière. Le dernier quart attend en réserve, souvent sans même observer le combat, sauf leur chef. Quand une faiblesse se manifeste – une trouée, n'importe quoi – la réserve frappe là. Fini ! » Son épée s'enfonça dans un cercle déjà transpercé par des flèches.

« Comment pare-t-on cela ? questionna Rand.

— Avec difficulté. Quand tu entres pour la première fois en contact – tu ne repéreras pas les Aiels avant qu'ils attaquent à moins que la chance soit avec toi – envoie immédiatement des cavaliers pour briser, ou en tout cas retarder, leurs attaques de flanc. Si tu maintiens le gros de tes forces à l'écart et bats l'assaut de front, alors tu peux te retourner vers les autres et les battre aussi.

— Pourquoi voulez-vous apprendre comment combattre les Aiels ? s'exclama Aviendha. N'êtes-vous pas Celui qui Vient avec l'Aube, destiné à nous unir et à nous ramener tous aux splendeurs d'autrefois ? D'ailleurs, si vous voulez savoir comment vous battre avec des Aiels, questionnez un Aiel, pas un homme des Terres Humides. Sa méthode ne vaut rien.

— Elle a donné de temps en temps d'assez bons résultats pour les Hommes des Marches. » Les bottes souples de Rhuarc faisaient très peu de bruit sur le sol sec. Il portait sous le bras une outre d'eau. « On témoigne toujours de l'indulgence envers qui souffre d'une déception, Aviendha, mais il y a des limites à la bouderie. Tu as renoncé à la Lance pour ton devoir envers le peuple et le sang. Un jour, sans doute, tu feras faire à un chef de clan ce que tu veux au lieu de ce que lui veut mais si, à la place, tu es la Sagette de la plus petite place forte du plus petit enclos des Taardads, le devoir demeure et les accès de mauvaise humeur ne sont pas de mise pour y faire face. »

Une Sagette. Rand se traita d'idiot. Voilà pourquoi elle s'était rendue à Rhuidean, naturellement. Cependant, il n'aurait jamais pensé qu'Aviendha choisirait de renoncer à la lance. En tout cas, cela expliquait certes pourquoi elle avait été désignée pour l'espionner. Il se retrouva soudain en train de se demander si elle pouvait canaliser. Depuis la Nuit de l'Hiver [1], c'était à croire que Min était la seule femme dans sa vie qui en était incapable.

Rhuarc lui lança l'outre où clapotait de l'eau. Cette eau tiède glissa dans sa gorge comme du vin rafraîchi. Il s'efforça de ne pas en renverser sur sa figure, pour ne pas en gâcher, mais c'était difficile.

« Je m'étais dit que vous aimeriez peut-être apprendre à manier la lance », annonça Rhuarc quand Rand abaissa enfin l'outre de peau à moitié vide. Pour la première fois, Rand remarqua que le chef de clan ne portait que deux lances et une paire de boucliers. Pas des lances d'entraînement si même il en existait, un pied d'acier acéré formait la pointe de chacune d'elles.

Bois ou acier, ses muscles imploraient du repos. Ses jambes voulaient qu'il s'asseye et sa tête avait envie de s'étendre. Keille et le ménestrel étaient partis, mais il y avait encore des Aiels des deux camps qui les observaient. Ils l'avaient vu s'exercer avec une épée objet de mépris, quoique en bois. C'étaient ses compatriotes. Il ne les connaissait pas, mais ils étaient siens dans davantage qu'un sens. Aviendha aussi le regardait toujours, l'air furieuse comme si elle le blâmait de ce que Rhuarc l'avait rabrouée. Non pas qu'elle pesât en quoi que ce

1. Cf. vol. 1 de *La Roue du Temps*.

soit sur sa décision, bien sûr. Les Jindos et les Shaidos regardaient, voilà ce qui comptait.

« Cette montagne devient parfois terriblement pesante[1], dit-il avec un soupir en prenant des mains de Rhuarc une lance et un bouclier. Quand a-t-on une chance de la déposer un instant ?

— Quand on meurt », répondit simplement Lan.

Forçant ses jambes à bouger – et essayant de ne plus penser à la présence d'Aviendha – Rand se mit en posture de combattre Rhuarc. Il n'avait pas l'intention de mourir encore. Non, pas avant longtemps.

Adossé contre une haute roue dans l'ombre d'un des chariots des colporteurs, Mat jeta un coup d'œil à la file de Jindos qui observaient Rand. Tout ce qu'il en voyait pour le moment était leur dos. Ce garçon était complètement fou de se démener par cette température. N'importe qui de sensé chercherait à se protéger un peu du soleil, à trouver quelque chose à boire. Il changea de position dans l'endroit abrité où il était assis et, plongeant son regard dans la chope d'ale qu'il avait achetée à l'un des conducteurs de chariot, il esquissa une grimace. L'ale n'avait pas bon goût quand elle était aussi chaude que du bouillon. Du moins était-ce du liquide. La seule autre chose qu'il avait achetée, en dehors du chapeau, était une pipe au tuyau court, avec un fourneau incrusté d'argent, niché maintenant dans la poche de sa cotte avec sa blague à tabac. Faire des affaires n'était pas sa préoccupation première. Sauf pour traiter de sa sortie du Désert, une marchandise que les chariots des colporteurs ne paraissaient pas présentement avoir à offrir.

Leur commerce allait bon train, sauf en ce qui concernait l'ale ; les Aiels ne rechignaient pas à cause de sa température, mais apparemment ils la trouvaient trop

1. Un dicton que Lan a enseigné à Rand : *La mort est plus légère qu'une plume, le devoir plus lourd qu'une montagne.* (Cf. *La bannière du dragon*, p. 369)

faible. La plupart étaient des Jindos, cependant il y avait un flot constant de Shaidos venant de l'autre camp. Couladin et Kadere restèrent longtemps en conférence, néanmoins sans aboutir à un accord puisque Couladin repartit les mains vides. Kadere ne devait pas être enchanté d'avoir perdu sa clientèle ; il regarda s'éloigner Couladin avec ses yeux d'aigle et un Jindo qui cherchait à obtenir son attention dut l'interpeller trois fois avant qu'il l'entende.

Les Aiels n'offraient pas grand-chose en matière de monnaie sonnante et trébuchante, mais les colporteurs et leurs gens ne lanternaient pas pour accepter des coupes d'argent, des figurines en or ou de belles tapisseries provenant du pillage de Tear, et les escarcelles aielles dégorgeaient des pépites d'or et d'argent à la vue desquelles Mat se redressa subitement sur son séant. Un Aiel qui perdait aux dés pouvait fort bien jouer alors de ses lances. Il se demanda où étaient situées les mines. Si un homme pouvait trouver de l'or, un autre le pouvait aussi. Toutefois, extraire de l'or devait requérir pas mal de travail. Avalant une longue gorgée d'ale tiède, il se radossa contre la roue du chariot.

Ce qui se vendait et ce qui ne se vendait pas – et à quel prix – était intéressant. Les Aiels n'étaient pas des naïfs qui donnaient, disons, une salière en or en échange d'un rouleau d'étoffe. Ils connaissaient la valeur des choses et marchandaient ferme, mais ils avaient des idées précises sur ce qu'ils désiraient. Les livres partaient immédiatement, tout le monde n'en voulait pas, mais les Aiels qui en voulaient prirent jusqu'au dernier ceux que contenaient les chariots. Les dentelles et les velours disparaissaient aussitôt présentés pour d'étonnantes quantités d'argent et d'or, et les rubans pas pour moins ; par contre les plus belles soieries étaient laissées de côté. La soie était moins chère dans l'est, à ce qu'il entendit un Shaido répliquer à Kadere. Un conducteur de chariot à la carrure puissante et au nez cassé essaya de tenter une Vierge de la Lance des Jindos avec un bracelet en ivoire sculpté. Elle en sortit de sa bourse un plus large, plus épais et plus travaillé et lui offrit de lutter avec lui pour les deux. Il hésita avant de refuser, ce qui démontra à Mat qu'il était encore plus bête qu'il n'en avait l'air. Les aiguilles et les épingles s'arrachaient, mais les chaudrons et la plupart des couteaux suscitèrent des sourires de mépris. Les forgerons aiels exécutaient un meilleur travail. Tout changeait de mains, depuis les flacons de parfum et les sels de bains jusqu'aux barillets d'eau-de-vie. Le vin et l'eau-de-vie atteignaient de bons prix. Il fut surpris d'entendre Heirn demander du tabac des Deux Rivières. Les colporteurs n'en avaient pas.

Un des conducteurs s'efforçait avec persévérance mais sans succès d'intéresser les Aiels à une lourde arbalète incrustée d'or. L'arbalète plut à Mat, toutes ces incrustations de lions en or avec ce qui semblait des rubis en guise d'yeux. Petits, mais des rubis quand même. Bien sûr, un bon arc de guerre au pays des Deux Rivières pouvait tirer six flèches tandis qu'un arbalétrier en serait encore à retendre sa corde au moyen de la roue pour lancer son deuxième trait. Évidemment, la portée était plus grande grâce à une arbalète de cette dimension, de cent pas au moins. Avec deux hommes n'ayant rien à faire qu'à mettre une arbalète armée de son carreau entre les mains de chaque arbalétrier et de robustes piquiers pour maintenir à distance la cavalerie...

Esquissant une grimace, Mat laissa sa tête retomber contre les rayons de la roue. C'était arrivé de nouveau. Il devait sortir du Désert, s'éloigner de Moiraine, s'éloigner de n'importe quelle Aes Sedai. Peut-être retourner pendant un moment chez lui. Peut-être arriverait-il là-bas à temps pour aider à liquider ces ennuis avec les Blancs Manteaux. *Guère de chance, à moins que je ne parte par ces damnées Voies ou encore une autre damnée Pierre Porte.* Cela ne résoudrait d'ailleurs pas ses problèmes. D'abord, il n'y avait pas dans le Champ d'Emond des réponses à ce que sous-entendaient ces êtres serpentins en parlant d'épouser la Fille des Neuf Lunes ou de mourir et revivre. Ou de Rhuidean.

À travers son surcot, il frotta le médaillon à tête de renard en argent, de nouveau suspendu à son cou. La pupille de l'œil du renard était un cercle minuscule divisé par une ligne sinueuse, un côté lisse et brillant, l'autre assombri par un procédé quelconque. L'antique symbole des Aes Sedai, avant la Destruction du Monde. La lance à hampe noire, à la pointe en forme d'épée marquée de deux corbeaux, il la prit à côté de lui où elle était appuyée et la posa en travers de ses genoux. Encore une œuvre d'Aes Sedai. Rhuidean n'avait fourni aucune réponse, seulement d'autres questions et...

Avant Rhuidean, sa mémoire avait été pleine de trous. En revenant en arrière dans son esprit à cette époque-là, il était capable de se rappeler être allé vers une porte le matin et être parti le soir, mais rien entre. À présent, il y avait quelque chose entre, bouchant tous ces trous. Des rêves éveillés ou ce qui y ressemblait fort. C'était comme s'il pouvait se souvenir de danses et de batailles, de rues et de villes, dont il n'avait rien vu en réalité, dont il n'était pas certain qu'aucune avait existé, tels cent fragments de souvenirs provenant de cent hommes différents. Mieux valait peut-être les considérer comme des rêves – un peu mieux – pourtant il y figurait aussi sûrement que dans n'importe lequel de ses souvenirs personnels. Les batailles étaient les plus nombreuses et parfois elles s'imposaient à lui d'une façon subreptice, à la façon de l'arbalète. Il se retrouvait examinant une portion de terrain et envisageant d'y dresser une embuscade, ou de se protéger contre une embuscade, ou encore comment placer une armée en formation de bataille. C'était dément.

Sans regarder, il suivit du doigt l'écriture cursive gravée dans la hampe noire de la lance. Il savait la lire aussi couramment que celle d'un livre maintenant, bien qu'il lui ait fallu tout le trajet de retour jusqu'au Chaendaer pour s'en rendre compte. Rand n'avait rien dit, mais il se doutait qu'il s'était trahi, là-bas dans Rhuidean. Il connaissait désormais l'Ancienne Langue, qui avait filtré tout entière de ces rêves comme à travers un tamis. *Par la Lumière qu'est-ce qu'ils m'ont fait ?*

« *Sa souvraya niende misain ye,* dit-il à haute voix. Je suis perdu dans mon propre esprit.

— Un érudit, en ce temps et en cette Ère. »

Mat leva les yeux et découvrit le ménestrel qui l'observait de ses yeux noirs enfoncés dans les orbites. Le personnage était d'une taille au-dessus de la moyenne, d'âge plutôt mûr et probablement séduisant pour les femmes mais avec une curieuse façon craintive de pencher la tête comme s'il essayait de vous regarder de biais.

« Seulement quelque chose que j'ai entendu une fois », déclara Mat. Il devrait se montrer plus prudent. Si Moiraine décidait de l'expédier à la Tour Blanche pour qu'on l'observe, on ne le laisserait jamais en ressortir. « On entend des bribes par-ci par-là et on les retient. Je connais quelques phrases. » Cela masquerait les erreurs qu'il serait assez stupide pour commettre.

« Je suis Jasin Natael. Un ménestrel. » Natael n'exécuta pas d'envolée de cape à la façon de Thom ; il aurait aussi bien annoncé qu'il était charpentier ou charron. « Vous permettez que je me joigne à vous ? » Mat indiqua d'un signe de tête le sol à côté de lui, et le ménestrel plia les jambes, calant sa cape sous son corps pour s'asseoir dessus. Il paraissait fasciné par les Jindos et les Shaidos qui fourmillaient autour des chariots, la plupart encore armés de leurs lances et de leur bouclier. « Des Aiels, murmura-t-il. Ce n'est pas ce à quoi je me serais attendu. J'ai encore du mal à y croire.

— Voilà des semaines que je suis avec eux, dit Mat et je ne suis pas certain d'y croire moi-même. Drôles de gens. Si une des Vierges de la Lance vous demande de jouer au Baiser des Vierges, mon conseil est de refuser. Courtoisement. »

Natael fronça les sourcils d'un air interrogateur. « Vous menez une vie fascinante, semble-t-il.

— Que voulez-vous dire ? questionna Mat avec circonspection.

— Voyons, vous ne pensez pas que c'est un secret ? Il n'y a pas beaucoup d'hommes qui voyagent en compagnie d'une... Aes Sedai. Cette femme Moiraine Damodred. Et aussi Rand al'Thor. Le Dragon Réincarné. Celui qui Vient avec l'Aube. Qui sait combien de prophéties il est censé accomplir ? Un compagnon de voyage peu ordinaire, certes. »

Les Aiels avaient bavardé, bien sûr. N'importe qui l'aurait fait. N'empêche, c'était un peu déroutant qu'un inconnu parle ainsi de Rand. « Il me convient fort bien pour le moment. S'il vous intéresse, parlez-lui. Pour ma part, je préférerais ne pas me l'entendre rappeler.

— Peut-être irai-je. Plus tard, peut-être. Parlons de vous. J'ai cru comprendre que vous avez pénétré dans Rhuidean où personne sauf des Aiels n'est allé depuis trois mille ans. C'est là-bas que vous avez eu ça ? » Il avança la main vers la lance sur les genoux de Mat, mais la laissa retomber quand Mat éloigna légèrement la hampe. « Très bien. Racontez-moi ce que vous avez vu.

— Pourquoi ?

— Je suis un ménestrel, Matrim. » Natael avait la tête penchée de côté de cette façon gênée, mais sa voix révélait qu'il était irrité d'avoir à s'expliquer. Il souleva un pan de sa cape aux pièces multicolores comme pour fournir une preuve. « Vous avez vu ce que personne n'a vu sauf une poignée d'Aiels. Quels poèmes ne pourrai-je composer avec les spectacles que vos yeux ont vus ? Je vous en ferai même le héros, si vous le désirez. »

Mat eut un rire sec. « Je n'ai aucune envie d'être un sacré héros. »

Toutefois, il n'y avait aucune raison de garder le silence. Amys et cette bande pouvaient bien rabâcher qu'on ne devait pas parler de Rhuidean, mais il n'était pas aiel. D'autre part, ce serait peut-être rentable d'avoir chez les colporteurs quelqu'un qui le considère avec un peu de bienveillance, quelqu'un qui soit en position de placer un mot en sa faveur en cas de besoin.

Il raconta l'expédition à partir du moment où avait

été atteinte la muraille de brouillard jusqu'à celui où il était sorti, passant sous silence certains détails. Il n'avait pas l'intention de parler à qui que ce soit de ce *ter'angreal* en forme de seuil tors, et il préférait oublier cette poussière se rassemblant en créatures qui avaient tenté de le tuer. Cette étrange cité aux immenses palais suffisait sûrement, ainsi que l'*Avendesora.*

L'Arbre de Vie, Natael glissa vite dessus, mais il questionna Mat sans relâche à propos du reste, réclamant de plus en plus de détails, depuis la sensation éprouvée en traversant ce brouillard et combien de temps avant de parvenir à la couleur de cette lumière qui ne produisait pas d'ombre à l'intérieur, jusqu'aux descriptions de la moindre des choses que Mat se rappelait avoir vues sur la vaste place au cœur de la cité. Celles-là, Mat les décrivit à contrecœur ; un mot de trop et il se retrouverait en train de mentionner des *ter'angreals* – et qui sait où cela risquait d'aboutir ? Même ainsi, il absorba la dernière goutte de l'ale tiède et continua son récit jusqu'à en avoir la gorge sèche. Cela manquait plutôt d'intérêt à la façon dont il le racontait, comme s'il s'était contenté d'entrer et d'attendre pendant que Rand s'en allait, puis était ressorti, mais Natael semblait déterminé à découvrir le détail le plus insignifiant. Il rappela alors Thom à Mat ; parfois Thom se concentrait sur vous comme s'il se proposait de vous soutirer tout ce que vous aviez à l'intérieur.

« Est-ce que c'est ça que tu es censé faire ? »

Mat sursauta malgré lui au son de la voix de Keille, dure sous ses accents suaves. Cette femme lui mettait les nerfs en pelote et maintenant elle avait l'air prête à lui arracher le cœur, et celui du ménestrel aussi.

Natael se redressa. « Ce jeune homme vient de me raconter les choses les plus fascinantes sur Rhuidean. Tu trouveras cela incroyable.

— Nous ne sommes pas ici pour Rhuidean. » La phrase avait jailli d'un ton aussi coupant que l'arête de la lame de couteau qu'elle avait comme nez. Du moins ne dardait-elle des regards furieux que sur Natael à présent.

— Je te dis...

— Tu ne me dis rien.

— N'essaie pas de me faire taire ! »

Sans se préoccuper de Mat, ils s'éloignèrent le long des chariots, discutant à voix basse, gesticulant avec violence. Keille semblait avoir été réduite à un silence réfrigérant quand ils disparurent dans sa roulotte.

Mat frissonna. Il n'arrivait pas à concevoir de partager un logement avec cette femme. Ce serait comme de vivre avec un ours qui a un abcès à une dent. Isendre, par contre. Ce visage, ces lèvres, cette démarche qui tangue. S'il réussissait à l'éloigner de Kadere, elle trouverait un jeune héros – les créatures de poussière pouvaient avoir dix pieds de haut pour elle ; il lui donnerait tous les détails qu'il serait capable de se rappeler ou d'inventer – un héros jeune et beau plus à son goût à elle qu'un vieux colporteur compassé. Cela valait la peine d'y réfléchir.

Le soleil glissa au-dessous de l'horizon et des petits feux de fagots d'épines mettaient des flaques de clarté jaune entre les tentes. Les odeurs de cuisine envahissaient le campement ; du chevreau rôtissait avec des poivrons séchés. Le froid avait aussi envahi le campement, le froid de la nuit dans le Désert. C'était comme si le soleil avait emporté toute la chaleur avec lui. Mat ne s'était pas attendu une seconde à souhaiter avoir une cape épaisse quand il avait préparé ses affaires pour quitter la Pierre. Peut-être que les colporteurs en avaient une. Peut-être que Natael jouerait la sienne aux dés.

Il mangea au feu de Rhuarc avec Heirn et Rand. Et Aviendha, naturellement. Les colporteurs étaient là, Natael près de Keille et Isendre pour ainsi dire enroulée autour de Kadere ou à peu de chose près. Séparer Isendre de ce bonhomme au nez crochu se révélerait peut-être plus difficile qu'il ne l'avait espéré – ou plus aisé. Toute collée à Kadere qu'elle fût ou non, ses yeux s'embuaient pour Rand et pour nul autre. On aurait cru qu'elle lui avait déjà fait tondre les oreilles, un mouton marqué pour le troupeau de son propriétaire. Ni Rand ni Kadere n'y prêtaient apparemment attention ; le colporteur ne détachait pratiquement pas les yeux de Rand. Aviendha l'avait remarqué et foudroyait Rand du regard. Du moins le foyer donnait-il un peu de chaleur.

Quand le chevreau rôti fut terminé – ainsi qu'une espèce de bouillie mouchetée de jaune à la saveur plus relevée qu'on ne s'y serait attendu à la voir – Rhuarc et Heirn remplirent des pipes à court tuyau, et le chef de clan demanda une chanson à Natael.

Le ménestrel eut l'air démonté. « Voyons, bien sûr. Bien sûr. Laissez-moi apporter une harpe. » Sa cape ondoya dans la sèche brise froide quand il disparut vers le chariot de Keille.

À coup sûr, le personnage était bien différent de Thom Merrilin. Thom sortait à peine de son lit sans flûte ou harpe ou les deux. Mat tassa du tabac dans sa pipe ciselée d'argent et il tirait avec satisfaction des bouffées de sa pipe quand Natael revint et prit une pose digne d'un roi. Cela, c'était comme Thom. Pinçant une corde, le ménestrel commença.

« Doux sont les vents, comme les doigts du printemps.
Douces les pluies, comme les larmes du ciel.
Douces les années qui passent dans l'allégresse
Sans jamais annoncer de tempêtes à venir,
Sans jamais annoncer les ravages des tourbillons,
La pluie de l'acier et le tonnerre des batailles,
La guerre qui brise le cœur. »

C'était *Le Gué de Midean.* Un chant d'autrefois ; de Manetheren, hasard singulier, et d'une guerre d'avant les Guerres Trolloques. Natael s'en tirait fort plaisamment ; rien à voir avec les récitals vibrants de Thom, bien sûr, mais les mots en flots rythmés attirèrent un cercle épais d'Aiels à la lisière de la zone éclairée par le feu. Aedomon le scélérat avait conduit les Saferis à s'abattre sur Manetheren qui ne se doutait de rien, pillant et incendiant, chassant tout devant eux jusqu'à ce que le Roi Buiryn réunisse les forces de Manetheren, et les hommes de Manetheren avaient affronté les Saferis au Gué de Midean, sans lâcher pied pendant trois jours de bataille acharnée bien que nettement surpassés en nombre, cependant que la rivière coulait rouge et que les vautours noircissaient le ciel. Le troisième jour, leurs effectifs s'amenuisant, l'espoir s'affaiblissant, Buiryn et ses guerriers avaient franchi le gué pour se livrer à un assaut héroïque, ils s'étaient enfoncés au cœur de la horde d'Aedomon, dans le but de refouler les ennemis en tuant Aedomon lui-même. Or des forces trop importantes pour être repoussées les avaient encerclés, pris au piège, enserrés de plus en plus sur eux-mêmes. Groupés autour de leur roi et de la bannière à l'Aigle Rouge, ils avaient continué à combattre, refusant de se rendre même quand leur destin devint évident.

Natael chanta que leur courage avait ému même le cœur d'Aedomon si bien qu'à la fin, en leur honneur, il avait permis à ceux qui restaient debout de partir librement, remmenant son armée au Safer.

« Ils retraversèrent l'eau rouge sang,
marchant tête haute.
Pas de capitulation, ni d'arme ni d'épée,
Pas de capitulation, de cœur ou d'âme.
Honneur à eux, jusqu'à la fin des temps,
Honneur que connaîtra l'Ere entière. »

Il pinça le dernier accord et les Aiels sifflèrent pour marquer leur approbation, frappant de la lance leur bouclier de peau, quelques-uns poussant des youyous.

Cela ne s'était pas passé comme ça, évidemment. Mat pouvait se rappeler – *Ô Lumière, je n'y tiens pas !* Mais le souvenir se présentait quand même – avoir conseillé à Buiryn de ne pas accepter l'offre, s'être entendu dire en réponse que la plus mince chance valait mieux que pas de chance du tout. Aedomon, sa luisante barbe noire pendant sous les mailles d'acier qui lui voilaient le visage, avait fait reculer ses piquiers, avait attendu qu'ils se soient débandés et aient presque atteint le gué avant que les archers dissimulés se dressent et que la cavalerie charge. Quant à retourner au Safer... Mat n'y croyait pas. Son dernier souvenir au gué était ses efforts pour ne pas perdre pied, dans la rivière jusqu'à la taille avec trois flèches à travers le corps, mais il y avait eu quelque chose plus tard, un fragment. La vision d'Aedomon, la barbe maintenant grise, s'abattant au cours d'un combat violent dans une forêt, tombé de son cheval qui se cabrait, la lance lui transperçant le dos plantée là par un adolescent imberbe, dépourvu d'armure. Cela, c'était pire à supporter que ne l'avaient été les trous dans sa mémoire.

« Vous n'avez pas aimé ce chant ? » dit Natael.

Il fallut un moment à Mat pour se rendre compte que le ménestrel s'adressait non pas à lui mais à Rand. Ce dernier se frictionna les mains, les yeux fixés sur le petit feu, avant de répondre. « Je ne suis pas certain que ce soit sage de se fier à la générosité d'un ennemi. Qu'en pensez-vous, Kadere ? »

Le colporteur hésita, jeta un coup d'œil à la femme accrochée à son bras. « Je ne pense pas à ce genre de chose, finit-il par dire. Je pense aux profits, pas aux batailles. » Keille éclata d'un rire vulgaire. Du moins jusqu'à ce qu'elle voie le sourire d'Isendre, condescendant envers une femme dont on tirerait trois comme elle ; alors ses yeux noirs lancèrent des éclairs menaçants derrière ces plis de graisse.

Soudain des cris d'alarme retentirent dans le noir derrière les tentes. Les Aiels se voilèrent le visage et, peu après, des Trollocs surgirent de la nuit, faces à boutoir et têtes à cornes, dominant les humains de leur haute taille, hurlant et brandissant des épées courbes comme des faux, frappant à coups de lances munies d'un croc et de tridents à barbelure, taillant à la hache de guerre. Des Myrddraals s'avançaient parmi eux, tels de redoutables serpents sans yeux. Cela ne prit que le temps d'un souffle, mais les Aiels se battirent comme s'ils avaient eu une heure pour se préparer, accueillant la charge dans un voltigement de leurs lances.

Mat eut vaguement conscience de cette épée de flamme surgie subitement dans la main de Rand, mais alors lui-même fut aspiré dans le tourbillon, maniant sa lance à la fois comme une lance et comme un bâton de combat, y allant d'estoc et de taille, la hampe virevoltant en attaques et parades. Pour une fois, il fut content de ces souvenirs de rêve ; le maniement de cette arme ne lui posait aucun problème et il avait besoin de la moindre ressource d'habileté qu'il pouvait trouver. Tout était chaos démentiel.

Des Trollocs se dressaient devant lui et s'affaissaient sous un coup de sa lance, ou d'une lance aielle, ou tournaient vivement les talons dans le brouhaha des cris, de hurlements et de cliquetis d'acier. Des Myrddraals l'affrontaient, leurs lames noires heurtant son acier estampillé de corbeaux avec des éclats de lumière bleue comme des éclairs en nappe, l'affrontaient et disparaissaient dans le tumulte. Par deux fois, une courte lance filant au ras de sa tête atteignit des Trollocs qui allaient le frapper dans le dos. Il plongea la pointe en forme de courte épée dans la poitrine d'un Myrddraal et crut qu'il allait mourir quand le Myrddraal ne tomba pas et au contraire sourit de ses lèvres exsangues, le regard sans yeux insufflant la peur dans les os de Mat, puis brandit son épée. Un instant après, le Demi-Homme tressaillait sous l'assaut de flèches aielles qui s'enfonçaient en lui et le transformaient en pelote à épingles, tressaillait juste le temps indispensable à Mat pour s'écarter d'un bond de cette chose qui tombait en essayant encore de l'embrocher, d'embrocher n'importe quoi.

Une douzaine de fois, la hampe noire dure comme fer de la lance écarta au tout dernier moment un assaut trolloc. Elle était l'œuvre d'Aes Sedai et Mat en était content. La tête de renard sur sa poitrine semblait palpiter de froid comme pour lui rappeler qu'elle aussi portait la marque des Aes Sedai. En ces instants-là, cela lui était égal ; si de l'œuvre d'Aes Sedai était nécessaire pour le maintenir en vie, il était prêt à suivre Moiraine comme un jeune chien.

Il n'aurait pas su dire si cela avait duré des minutes ou des heures mais, soudain, on ne voyait plus un Myrddraal ou un Trolloc encore debout, et pourtant des cris et des hurlements dans le noir annonçaient des poursuites. Morts et mourants jonchaient le sol, Aiels et Engeances de l'Ombre, les Demi-Hommes se débattant toujours. Des gémissements emplissaient l'air, parlant de souffrances. Soudain Mat se rendit compte que ses muscles étaient comme de l'eau et que ses poumons étaient en feu. Haletant, il se laissa glisser à genoux, appuyé sur sa lance. Des flammes métamorphosaient en fournaise trois des chariots bâchés de toile des colporteurs, l'un avec un conducteur cloué sur le côté par une lance trolloque, et quelques-unes des tentes brûlaient. Des clameurs provenant du campement shaido et des embrasements trop importants pour être des feux de camp disaient qu'ils avaient été attaqués eux aussi.

Son épée flamboyante toujours à la main, Rand s'approcha de l'endroit où Mat était agenouillé. « Est-ce que ça va ? » Aviendha le suivait comme son ombre. Elle avait déniché quelque part une lance et un bouclier, avait relevé un coin de son châle pour se voiler le visage. Même en jupe, elle avait l'air redoutable.

« Oh, je vais bien, marmotta Mat en se redressant péniblement. Rien comme une petite danse avec les Trollocs pour vous préparer à dormir. N'est-ce pas, Aviendha ? » Découvrant sa figure, elle lui adressa un petit sourire. Cette femme y avait probablement pris grand plaisir ! Il transpirait de la tête aux pieds ; il se demanda si la sueur n'allait pas geler sur lui.

Moiraine et Egwene étaient apparues avec deux des Sagettes, Amys et Bair, circulant au milieu des blessés. Les convulsions de la Guérison suivaient l'Aes Sedai, mais parfois elle se contentait de secouer la tête et poursuivait son chemin.

Rhuarc s'approcha à grands pas, la mine sévère.

« Mauvaises nouvelles ? » demanda Rand à mi-voix.

Le chef de clan émit un son indistinct. « À part des Trollocs ici où ils ne devraient pas être, pas à moins de deux cents lieues sinon davantage ? Peut-être. Une cinquantaine de Trollocs ont attaqué le campement des Sagettes. Suffisamment pour le conquérir s'il n'y avait pas eu Moiraine Sedai et de la chance. Toutefois, apparemment, les Shaidos ont été assaillis par un nombre moins important que celui qui nous est tombé dessus, alors que cela aurait dû être le contraire puisque leur camp est le plus grand. Je penserais presque qu'ils ont subi cet assaut uniquement pour les empêcher de venir à notre aide. Non pas que ce soit une chose sur laquelle on puisse compter avec les Shaidos, mais les Trollocs et les cavaliers de la Nuit ne sont pas censés le savoir.

— Et s'ils étaient au courant qu'une Aes Sedai se trouvait avec les Sagettes, commenta Rand, cette attaque a peut-être été voulue pour la tenir à l'écart, elle aussi. J'amène des ennemis avec moi, Rhuarc. Souvenez-vous-en. Où que je sois, mes ennemis ne sont jamais loin. »

Isendre sortit la tête de la première roulotte. Peu après, Kadere passa à côté d'elle et descendit, alors elle rentra la tête et referma derrière lui la porte peinte en blanc. Il s'immobilisa pour regarder le carnage, des ombres mouvantes peintes sur sa figure par le flamboiement de ses chariots en feu. C'est le groupe autour de Mat qui retint le plus son attention. Les chariots ne paraissaient pas l'intéresser du tout. Natael descendit aussi de la roulotte de Keille, parlant à cette dernière qui était restée à l'intérieur, mais les yeux fixés sur Mat et les autres.

« Quels imbéciles, murmura Mat à demi pour lui-même. Se cacher dans les roulottes, comme si cela faisait une différence pour un Trolloc. Ils auraient aussi bien pu rôtir tout vifs.

— Ils sont encore vivants », répliqua Rand, et Mat se rendit compte qu'il les avait remarqués, lui aussi. « C'est toujours important, Mat, qui reste en vie. C'est comme aux dés. Tu ne peux pas gagner si tu ne joues pas et tu ne peux pas jouer si tu es mort. Qui sait quel jeu jouent les colporteurs. » Il eut un rire muet et l'épée de feu disparut de ses mains.

« Je vais aller attraper un peu de sommeil, déclara Mat qui s'éloignait déjà. Réveille-moi si les Trollocs reviennent. Ou, mieux, laisse-les me tuer dans mes couvertures. Je suis trop fatigué pour me réveiller de nouveau. » Rand versait nettement du côté de la folie. Peut-être que cette soirée convaincrait Keille et Kadere de tourner bride. Auquel cas, il avait l'intention de les accompagner.

Rand laissa Moiraine l'examiner, parlant bas pour elle-même, bien qu'il n'eût aucune blessure. Étant donné le si grand nombre qui en avait reçu, elle ne pouvait pas lui consacrer la force nécessaire pour le débarrasser de sa fatigue au moyen du Pouvoir.

« C'est toi qui étais visé par ça », lui dit-elle, au milieu du chœur de gémissements des blessés. Les Trollocs étaient traînés à l'écart dans le noir par les chevaux de bât et les mulets des colporteurs. Les Aiels avaient apparemment l'intention de laisser les Myrddraals où ils gisaient jusqu'à ce qu'ils aient cessé de remuer, afin d'être sûrs qu'ils étaient réellement morts. Le vent s'était mis à souffler en rafales, telle de la glace sans eau.

« Vraiment ? » répliqua Rand. Les yeux de Moiraine étincelèrent à la lueur du feu avant qu'elle reparte vers les blessés.

Egwene vint le trouver, elle aussi, mais pour lui chuchoter d'un ton farouche : « Quoi que tu fasses pour la bouleverser, arrête ! » Le coup d'œil qu'elle jeta derrière lui à Aviendha ne laissait pas de doute sur la personne à qui elle pensait, et elle s'éloigna pour aider Bair et Amys avant qu'il ait eu le temps de répondre qu'il n'avait rien fait. Elle avait l'air ridicule avec ces deux nattes où étaient tressés des rubans. Les Aiels paraissaient être de son avis ; quelques-uns d'entre eux souriaient dans le dos d'Egwene.

Trébuchant, frissonnant, il s'en alla vers sa tente. Il ne s'était encore jamais senti aussi fatigué. L'épée avait failli ne pas se matérialiser. Il espérait que c'était à cause de la fatigue. Tantôt rien ne se manifestait quand il cherchait à puiser à la Source et tantôt le Pouvoir se refusait à exécuter ce qu'il voulait mais, presque depuis le début, l'épée surgissait pratiquement sans qu'il y pense. Et voilà qu'à un moment comme celui-là entre tous... Ce devait être la fatigue.

Aviendha insista pour le suivre jusqu'à la tente et, quand il s'éveilla le lendemain matin, elle était assise au-dehors en tailleur, toutefois sans la lance ni le bouclier. Espionne ou pas, il fut content de la voir. Du moins savait-il qui et ce qu'elle était, et ce qu'elle ressentait à son égard.

38. Faces cachées

Le Jardin des Brises Argentées était non pas un jardin mais une imposante taverne spécialisée dans le vin, beaucoup trop vaste à la vérité pour être qualifiée de simple taverne, au sommet d'une colline se dressant au centre de Calpène, celle des trois péninsules de Tanchico située la plus à l'ouest au-dessous du Grand Cercle. Une partie de son nom, du moins, était due aux brises s'introduisant par bouffées à l'endroit où des balustrades et des colonnes de marbre poli veiné de vert remplaçaient un des murs sauf à l'étage supérieur. Des rideaux de soie huilée dorée pouvaient être abaissés en cas de pluie. La colline descendait en pente raide de ce côté-là et, par-dessus des dômes et des toits en flèche blancs, les tables installées le long des balustrades offraient un panorama dégagé du vaste port plus bondé de navires que jamais. Tanchico avait besoin de tout, follement, et il y avait de l'or à gagner – jusqu'à ce que l'or et le temps s'épuisent.

Avec ses lampes dorées et ses plafonds incrustés d'ornementations de cuivre astiquées jusqu'à prendre le même éclat que le précieux métal, avec ses serveuses et ses serveurs sélectionnés pour leur grâce, leur beauté et leur discrétion, le *Jardin des Brises Argentées* avait été la taverne la plus chère de la cité avant même les troubles. Maintenant, elle était hors de prix. Pourtant ceux qui maniaient d'énormes sommes continuaient à la fréquenter, ceux qui se mêlaient de pouvoir et d'influence, ou qui se l'imaginaient. D'un certain point de vue, les affaires abondaient moins que naguère ; selon d'autres, davantage.

Des murettes entouraient chaque table, formant des îlots disséminés sur les dalles vert et or du sol. Chaque murette, percée à jour de motifs sculptés comme de la dentelle afin qu'aucun curieux ne puisse écouter sans être vu, était juste assez haute pour dissimuler qui rencontrait qui au coup d'œil machinal des passants. Même ainsi, les clients étaient généralement masqués, surtout ces derniers temps, et quelques-uns avaient un garde du corps à côté de leur table, masqué aussi pour éviter d'être reconnu si le client était prudent. Et privé de langue, disait la rumeur, pour les plus prudents. Aucun garde n'était armé de façon visible ; la propriétaire du *Jardin des Brises Argentées,* une belle femme d'âge indéterminé nommée Selindrine, n'autorisait pas le port d'armes une fois le seuil de la rue franchi, maintenant. Ce règlement n'était pas enfreint, du moins ouvertement.

De sa table habituelle contre la balustrade, Egeanine observait les navires dans le port, en particulier ceux qui étaient sous voiles. Ils lui donnaient envie de se retrouver sur un pont, en train de donner des ordres. Elle ne s'était jamais attendue à ce que le devoir l'amène à ceci.

Inconsciemment, elle rajusta le masque de velours qui cachait le haut de sa figure ; elle se sentait ridicule avec ce machin-là, mais c'était nécessaire de se fondre jusqu'à un certain point dans l'ambiance générale. Le masque – bleu pour être assorti à sa robe de soie au col montant – la robe elle-même et ses cheveux noirs qui s'étaient à présent allongés jusqu'à ses épaules, étaient le maximum dont elle se sentait capable. Passer pour originaire du Tarabon n'était pas nécessaire – Tanchico regorgeait de réfugiés, pour une bonne part des étrangers retenus là par les troubles – et, de toute manière, cela la dépassait. Ces gens-là étaient des animaux ; ils n'avaient pas de discipline, pas d'ordre.

À regret, elle détourna du port son regard vers son compagnon de table, un individu à l'étroit visage de fouine avec un sourire avide. Le col élimé de Floran Gelb ne cadrait pas avec le *Jardin des Brises Argentées,* et il essuyait continuellement ses mains sur son surcot. Elle leur donnait toujours rendez-vous ici, à ces petits bonshommes patelins avec qui elle était forcée de traiter. C'était pour eux une récompense – et pour elle un moyen de les maintenir mal à l'aise. « Qu'avez-vous pour moi, Maître Gelb ? »

S'essuyant de nouveau les mains, il souleva et mit sur la table un sac en grossière toile de jute, l'observant avec anxiété. Elle laissa pendre le sac à côté d'elle avant de l'ouvrir. Un *a'dam* en métal argenté se trouvait à l'intérieur, un collier et un bracelet réunis par un lien astucieusement travaillés et assemblés. Elle ferma le sac et le posa sur le sol. Cela en faisait trois que Gelb récupérait, plus que n'importe qui d'autre.

« Très bien, Maître Gelb. » Une petite bourse passa à l'autre bout de la table ; Gelb l'escamota sous son surcot comme si elle contenait la couronne de l'Impératrice au lieu d'une poignée de pièces d'argent. « Et avez-vous autre chose ?

— Ces femmes. Celles que vous vouliez que je cherche ? » Elle s'était habituée au débit rapide de ces gens, mais elle aurait préféré qu'il ne s'humecte pas les lèvres de cette façon. Cela ne le rendait pas plus difficile à comprendre, mais c'était déplaisant à voir.

Elle avait bonne envie de lui répondre qu'elle ne s'y intéressait plus. Seulement c'était une partie des raisons de sa présence à Tanchico, finalement ; peut-être même à présent l'unique raison. « Qu'avez-vous à dire sur elles ? » Qu'elle eût même l'idée de se soustraire à son devoir la poussa à parler plus sèchement qu'elle n'en avait eu l'intention, et Gelb tressaillit.

« Je... je pense en avoir trouvé une autre.

— Vous êtes sûr ? Il y a eu des... erreurs. »

Le terme « erreur » était un euphémisme. Près d'une douzaine de femmes ne ressemblant que vaguement aux descriptions avaient été des désagréments qu'elle pouvait ignorer une fois qu'elle les avait vues. Par contre, cette dame noble, réfugiée d'États dévastés par la guerre. Gelb l'avait enlevée en pleine rue, s'imaginant gagner davantage en l'amenant sur place qu'en disant où elle se trouvait. À sa décharge, la Dame Leilwin correspondait de près à l'une des femmes que recherchait Egeanine, mais elle lui avait spécifié qu'elles ne parlaient avec aucun accent connu de lui, et certainement pas celui du Tarabon. Egeanine n'avait pas voulu tuer cette femme, pourtant même à Tanchico quelqu'un aurait peut-être prêté l'oreille à son histoire. Leilwin était partie en pleine nuit, ligotée et bâillonnée, à bord d'un des bateaux rapides transportant le courrier ; elle était jeune et jolie et quelqu'un trouverait pour elle une meilleure utilisation que lui trancher la gorge. Mais Egeanine n'était pas venue à Tanchico pour dénicher des servantes pour le Sang [1].

« Pas d'erreur, Maîtresse Elidar, dit-il vivement avec ce sourire bref comme l'éclair découvrant toutes ses dents. Pas cette fois-ci. Mais... j'ai besoin d'un peu d'or. Pour être certain. Pour approcher suffisamment près. Quatre ou cinq couronnes ?

— Je paie pour des résultats, lui répliqua Egeanine d'un ton ferme. Après vos... erreurs, vous avez de la chance d'être quand même payé. »

Gelb se passa nerveusement la langue sur les lèvres. « Vous aviez dit... Au début, vous aviez dit qu'il y aurait quelques pièces de monnaie pour ceux qui seraient capables d'accomplir des sortes de missions *spéciales.* » Un muscle se crispa dans sa joue ; ses yeux jetèrent des coups d'œil rapides à la dentelle des claustras de pierre protégeant les trois côtés de la table comme si quelqu'un pouvait écouter derrière et sa voix baissa jusqu'à un

1. Le Sang, c'est-à-dire l'aristocratie des Seanchans, descendants des armées envoyées à la conquête des terres situées de l'autre côté de l'Océan d'Aryth par Artur Aile-de-Faucon : in *La bannière du dragon,* vol. 4 de *La Roue du Temps.*

chuchotement rauque. « Allumer une émeute, par exemple ? J'ai entendu une rumeur – par un bonhomme qui est valet du Seigneur Brys – à propos de l'Assemblée et du choix de la nouvelle Panarch. Je pense qu'elle est peut-être bien fondée. L'homme était ivre et, quand il s'est rendu compte de ce qu'il avait dit, il a failli souiller ses chausses. Même si elle est fausse, elle bouleverserait Tanchico.

— Croyez-vous vraiment qu'il soit nécessaire de payer pour susciter des troubles dans cette ville ? » Tanchico était un fruit pourrissant prêt à tomber au premier coup de vent. L'ensemble de ce malheureux pays l'était. Un instant, elle fut tentée d'acheter sa « rumeur ». Elle était censée être une négociante en toutes marchandises ou informations qui se présentaient, et elle en avait même vendu quelques-unes. Cependant, traiter avec Gelb l'écœurait. Et ses propres doutes l'effrayaient. « Ce sera tout, Maître Gelb. Vous savez comment entrer en contact avec moi si vous en découvrez encore un autre. » Elle effleura le sac en toile grossière.

Au lieu de se lever, il resta assis à la dévisager, s'efforçant de voir à travers son masque. « De quelle région êtes-vous, Maîtresse Elidar ? La façon dont vous parlez, d'une voix douce qui avale les syllabes – mille pardons ; soit dit sans vouloir vous offenser – je n'arrive pas à vous situer.

— Ce sera tout, Gelb. » Peut-être était-ce le ton d'officier, ou peut-être le masque ne parvenait-il pas à cacher le regard glacial, mais Gelb se leva d'un bond, plongeant dans des révérences et balbutiant des excuses tandis qu'il tâtonnait pour ouvrir la porte ménagée dans la paroi ajourée.

Elle resta assise là après son départ, lui donnant le temps de quitter le *Jardin des Brises Argentées*. Au-dehors, quelqu'un le suivrait, pour s'assurer qu'il n'attendait pas avec l'intention de la prendre en filature. Ces cachotteries et dissimulations la dégoûtaient ; elle souhaitait presque que quelque chose ruine son déguisement et lui offre une honnête bagarre à visage découvert.

Un nouveau vaisseau entrait majestueusement en bas dans le port, un rakeur du Peuple de la Mer avec ses mâts immenses et ses nuages de voiles. Elle avait examiné un rakeur capturé, mais elle aurait donné pratiquement n'importe quoi pour sortir en mer avec l'un d'eux, tout en s'attendant à ce qu'un équipage du Peuple de la Mer soit nécessaire pour obtenir le maximum du navire. Les Atha'an Miere se montraient obstinés quand il était question de prononcer les serments ; ce ne serait pas aussi bien si elle était obligée d'acheter un équipage. Acheter un équipage entier ! La quantité d'or apportée par les courriers pour qu'elle le distribue lui montait à la tête.

Ramassant le sac de jute, elle s'apprêtait à se lever, puis se rassit précipitamment à la vue d'un homme à la solide et large carrure qui quittait une autre table. Des cheveux noirs, tombant jusqu'aux épaules, et une barbe qui laissait nue la lèvre supérieure encadraient le visage rond de Bayle Domon. Il n'était pas masqué, bien sûr ; il exploitait une flotte d'une douzaine de caboteurs entrant et sortant de Tanchico et apparemment se souciait comme d'une guigne que l'on sache ses tenants et aboutissants. Masquée. Son cerveau. fonctionnait de travers. Il ne pouvait pas la reconnaître derrière un masque. Néanmoins, elle attendit qu'il ait disparu avant d'abandonner sa table. Il faudrait peut-être disposer de cet homme s'il devenait un danger.

Selindrine reçut l'or qu'elle lui tendait avec un sourire gracieux et murmura le souhait qu'Egeanine continue à lui accorder sa clientèle. Ses cheveux bruns tressés en douzaines de fines nattes, la propriétaire du *Jardin des Brises Argentées* était vêtue de soie blanche moulante, presque assez mince pour une tenue de serveuse, et de l'un de ces voiles transparents qui donnaient toujours à Egeanine envie de demander aux Tarabonaises quelles danses elles savaient exécuter. Les danseuses de *shea* portaient des voiles presque identiques et pratiquement guère plus. Néanmoins, songea Egeanine en se dirigeant vers la rue, cette femme possédait une vive intelligence, sinon elle ne réussirait pas à manœuvrer au milieu des hauts-fonds de Tanchico, satisfaisant toutes les factions sans s'attirer l'inimitié d'aucune.

Une illustration de cette conclusion était l'homme de haute taille en cape blanche, aux tempes grises mais aux traits et au regard durs, qui passa à côté d'Egeanine et fut accueilli par Selindrine. À hauteur de poitrine, la cape de Jaichim Carridin s'ornait d'un soleil d'or rayonnant, avec quatre nœuds dorés au-dessous et une crosse rouge de berger derrière. Un Inquisiteur de la Main de la Lumière, un officier de haut grade chez les Enfants de la Lumière. Le concept même des Enfants indignait Egeanine, un corps militaire qui ne devait de comptes qu'à lui-même. Cependant Carridin et ses quelques centaines de soldats avaient un certain pouvoir dans Tanchico, où n'importe quelle sorte d'autorité semblait la plupart du temps absente. La Garde Civile ne patrouillait plus dans les rues et l'armée – ses membres qui restaient encore fidèles au Roi – était trop occupée à protéger les forteresses autour de la ville. Egeanine remarqua que Selindrine ne regarda même pas l'épée sur la hanche de Carridin. Oui, à n'en pas douter, il exerçait du pouvoir.

Dès qu'elle eut mis le pied dans la rue, ses porteurs se dégagèrent du groupe des leurs qui attendaient leurs clients et accoururent avec sa chaise, tandis que ses gardes du corps l'entouraient étroitement, lance en main. C'était une troupe mal assortie, quelques-uns coiffés de calottes d'acier, trois revêtus de chemises de cuir sur lesquelles étaient cousues des écailles d'acier ; des hommes au visage rude, peut-être bien ayant déserté l'armée mais conscients qu'avoir en permanence le ventre plein et de l'argent à dépenser dépendait de sa sécurité permanente à elle. Même les porteurs avaient de robustes poignards et, de leurs ceintures-écharpes, pointaient des gourdins. Personne ayant l'air de posséder de la fortune n'osait mettre le nez dehors sans être gardé. En tout cas, aurait-elle eu le désir de s'y risquer, cela n'aurait fait qu'attirer l'attention sur elle.

Les gardes frayèrent sans peine un passage à travers la cohue. Les flots de foule reculaient et tourbillonnaient dans les rues étroites qui serpentaient à travers les collines de la ville, créant des espaces vides autour des chaises à porteurs entourées de gardes du corps. On voyait très peu de voitures. Les chevaux étaient devenus une extravagance.

Usé était le seul adjectif convenant pour décrire ces masses fourmillantes, usé et à bout de nerfs. Visages usés, vêtements usés et des yeux trop brillants, fiévreux, désespérés, espérant alors qu'ils savaient qu'il n'y avait plus d'espoir. Beaucoup avaient abandonné la partie, accroupis contre les murs, blottis sur le seuil des portes, épouses, maris, enfants se cramponnant les uns aux autres, non pas simplement usés mais en loques et dépourvus d'expression. Parfois, ils retrouvaient assez de force pour quémander auprès d'un passant une pièce de monnaie, un croûton de pain, n'importe quoi.

Egeanine garda les yeux fixés droit devant elle, se fiant par nécessité aux gardes du corps pour déceler s'il y avait du danger. Croiser le regard d'un mendiant impliquait que vingt d'entre eux se précipitaient avec espoir autour de sa chaise à porteurs. Jeter une pièce de monnaie en attirait cent qui s'agglutinaient avec supplications et sanglots. Elle dépensait déjà une partie de l'argent apporté par les cargos courriers pour subventionner une soupe populaire, exactement comme si elle appartenait au Sang. Elle frissonna à la pensée de ce que provoquerait la découverte de cet acte outrepassant son rang. Autant enfiler une robe de brocart et se raser la tête.

Tout cela pourrait être remis en ordre une fois que Tanchico tomberait, avec tout le monde nourri, tout le monde mis à sa place. Et elle pourrait abandonner robes et choses pour lesquelles elle n'avait ni expérience ni goût personnel, retourner à son navire. Le Tarabon, au moins, et peut-être également l'Arad Doman étaient prêts à s'effondrer au moindre contact, comme de la soie carbonisée. Pourquoi la Puissante Dame Suroth se retenait-elle d'agir ? Pourquoi ?

Nonchalamment carré dans son fauteuil, les pans de sa cape étalés sur les bras sculptés, Jaichim Carridin observait les nobles du Tarabon qui occupaient les autres sièges du salon particulier. Ils étaient assis avec raideur dans leurs surcots brodés d'or, la bouche serrée sous des masques imaginativement travaillés pour ressembler à des têtes de faucons, de lions et de léopards. Il avait bien d'autres sujets qu'eux pour se ronger d'inquiétude, mais il parvenait à affecter une attitude calme. Deux mois s'étaient écoulés depuis qu'il avait été informé de la découverte d'un sien cousin écorché vif dans sa chambre à coucher, trois depuis que la plus jeune de ses sœurs, Dealda, avait été enlevée au beau milieu de son festin de noces par un Myrddraal. L'intendant de la famille avait écrit une lettre incrédule, affolé par les tragédies qui s'abattaient sur la Maison Carridin. Deux mois. Il espérait que Dealda était morte rapidement. On disait que les femmes ne conservaient pas longtemps leur raison entre les mains des Myrddraals. Deux mois entiers. N'importe qui d'autre que Jaichim Carridin en aurait eu des sueurs de sang.

Chaque homme tenait un gobelet en or rempli de vin, mais il n'y avait pas de serveurs présents. Selindrine s'était occupée d'eux avant de se retirer en affirmant qu'ils ne seraient pas dérangés. Il n'y avait, en vérité, personne d'autre à cet étage, le plus élevé du *Jardin des Brises Argentées*. Deux hommes qui étaient venus avec les nobles – membres de la Garde du Corps du Roi, à moins que Carridin ne se soit lourdement trompé – se tenaient au pied de l'escalier pour garantir la permanence de leur tranquillité.

Carridin dégusta son vin à petites gorgées. Aucun des Tarabonais n'avait touché au sien. « Ainsi donc, reprit-il d'un ton léger, le Roi Andric désire que les Enfants de la Lumière aident à restaurer l'ordre dans la cité. Nous ne nous laissons pas souvent impliquer dans les affaires intérieures des nations. » Pas ouvertement. « Certes, je ne me rappelle pas semblable requête. Je ne sais pas ce que dira le Seigneur Capitaine Commandant. » Pedron Niall dirait de faire le nécessaire et de s'assurer que les Tarabonais savaient qu'ils étaient en dette envers les Enfants, de s'assurer qu'ils la payaient intégralement.

« Le temps vous manque pour requérir des instructions à Amador », répliqua d'un ton pressant un homme au masque de léopard à taches noires. Aucun ne s'était présenté par son nom, mais Carridin n'en avait pas besoin.

« Ce que nous demandons est nécessaire, déclara un autre d'un ton cassant, son épaisse moustache sous un masque de faucon lui donnant l'aspect d'un hibou insolite. Vous devez comprendre que nous ne formulerions pas cette demande à moins qu'elle ne soit d'une extrême nécessité. Nous devons avoir de l'unité, pas davantage de division, hein ? Il existe de nombreux éléments de dissension, même dans Tanchico. Ils doivent être supprimés si on ne veut ne serait-ce qu'un espoir d'imposer la paix dans les campagnes.

— La mort de la Panarch a rendu les choses très difficiles », ajouta le premier qui avait parlé.

Carridin souleva un sourcil interrogateur. « Avez-vous déjà découvert qui l'a tuée ? »

Son hypothèse personnelle était qu'Andric en personne avait commandité l'acte, étant persuadé que la Panarch favorisait un des prétendants rebelles au trône. Le Roi avait peut-être vu juste, mais il avait constaté, après avoir convoqué ce qu'il avait pu de l'Assemblée des Seigneurs – bon nombre d'entre eux se trouvaient avec l'un ou l'autre des groupes rebelles égaillés dans le pays – qu'ils se montraient remarquablement réticents pour ratifier son choix. Quand bien même la Dame Amathera n'aurait pas partagé présentement le lit d'Andric, l'élection du Roi et de la Panarch était le seul pouvoir réel que possédait l'Assemblée et elle ne semblait pas désireuse d'y renoncer. Les difficultés concernant la Dame Amathera n'étaient pas censées être connues. Même l'Assemblée se rendait compte que cette nouvelle risquait de déclencher des émeutes.

« Un des fous qui ont juré fidélité au Dragon, certainement, déclara l'homme à l'apparence de hibou en tirant vigoureusement sur sa moustache. Aucun Tarabonais de souche ne voudrait nuire à la Panarch, hein ? » Il avait presque l'air d'y croire.

« Bien sûr », acquiesça Carridin avec aisance. Il but une autre gorgée de vin. « Si je dois prendre possession du Palais de la Panarch pour l'ascension de la Dame Amathera, il me faut l'apprendre du Roi en personne. Sinon, cela risque de paraître que les Enfants de la Lumière sont en quête de pouvoir au Tarabon, alors que tout ce que nous recherchons est, comme vous le dites, la fin de la division et la paix sous la Lumière. »

Un autre léopard plus âgé, au menton carré, des mèches blanches striant ses cheveux blond foncé, éleva la voix d'un ton glacial. « J'ai entendu dire que Pedron Niall cherche l'unité contre les Sectateurs du Dragon. L'unité sous son commandement, n'est-ce pas ?

— Le Seigneur Capitaine Commandant ne recherche pas le pouvoir, expliqua Carridin d'une voix aussi glaciale. Les Enfants servent la Lumière, comme tous les hommes de bonne volonté.

— Il est hors de question que le Tarabon soit soumis en quoi que ce soit à Amador, protesta le premier léopard. Hors de question ! »

Des approbations coléreuses montèrent sourdement de presque tous les fauteuils.

« Évidemment non, dit Carridin comme si cette idée ne lui avait jamais effleuré l'esprit. Si vous désirez mon assistance, je la donnerai – dans les conditions que j'ai mentionnées. Si vous ne la souhaitez pas, il y a toujours du travail pour les Enfants. Servir la Lumière n'a jamais de fin, car l'Ombre guette partout.

— Vous aurez des garanties signées et scellées par le Roi », annonça un homme grisonnant au masque de lion, les premiers mots qu'il avait proférés. C'était, naturellement, Andric lui-même, bien que Carridin ne fût pas censé le savoir. Le Roi ne pouvait pas conférer avec un Inquisiteur de la Main de la Lumière sans que cela soulève des commentaires, pas plus qu'il ne pouvait se rendre dans une taverne, même le *Jardin des Brises Argentées*.

Carridin inclina la tête. « Quand elles seront entre mes mains, je m'assurerai du Palais de la Panarch et les Enfants supprimeront tous... les éléments de dissension... qui tenteraient de s'opposer à l'investiture. Sous la Lumière, je le jure. » La tension s'évapora visiblement des Tarabonais ; ils se renversèrent leur gobelet dans le gosier comme pour la remplacer par le vin, même Andric.

En ce qui concernait la population du Tarabon, ce serait les Enfants qui recueilleraient le blâme pour les tueries inévitables, pas le Roi, ni l'armée du Tarabon. Une fois qu'Amathera serait investie par la Couronne et le Bâton de l'Arbre, quelques membres de plus de l'Assemblée se joindraient peut-être bien aux rebelles mais, si les autres reconnaissaient qu'ils ne l'avaient pas élue, la nouvelle mettrait le feu à Tanchico. Quant à ce que raconteraient ceux qui s'étaient enfuis – eh bien, les rebelles répandaient toutes sortes de mensonges séditieux. Et le Roi ainsi que la Panarch du Tarabon danseraient l'un et l'autre au bout de fils que Carridin pourrait confier à Pedron Niall pour en faire ce qui lui plairait.

Pas un butin aussi intéressant qu'il l'aurait été quand le souverain du Tarabon régnait sur plus de quelques centaines d'arpents autour de Tanchico, cependant ce butin pourrait redevenir magnifique. Avec l'aide des Enfants – une légion ou deux au moins seraient nécessaires ; pas uniquement les cinq cents hommes dont disposait Carridin – les Sectateurs du Dragon pourraient être écrasés, les divers rebelles vaincus, même la guerre avec l'Arad Doman poursuivie avec succès. L'Arad Doman était dans une situation pire que le Tarabon, à ce que Carridin avait entendu dire.

À la vérité, il ne se souciait guère que le Tarabon tombe sous la domination des Enfants, ou Tanchico, ou une partie. Il y avait une conduite à tenir, des tâches à exécuter qu'il avait toujours menées à bien, mais c'était difficile de penser à quoi que ce soit d'autre en dehors du jour où sa propre gorge serait tranchée. Peut-être souhaiterait-il du fond du cœur qu'elle le soit. Deux mois entiers depuis les dernières nouvelles.

Il ne resta pas à boire avec les Tarabonais, il prit congé aussi brièvement qu'il le put. S'ils en furent offensés, ils avaient trop besoin de lui pour le montrer. Selindrine le vit descendre, et un palefrenier amenait son cheval devant la porte quand il atteignit la rue. Il lui jeta une pièce de cuivre, puis éperonna le hongre noir pour qu'il parte à un petit galop rapide. Dans les rues sinueuses, les piétons déguenillés s'écartaient devant lui, ce qui était tant mieux ; il n'était pas sûr qu'il l'aurait remarqué s'il avait piétiné l'un d'entre eux. Non pas que c'eût été une perte. La ville était pleine de mendiants ; il pouvait à peine respirer sans inhaler une puanteur de crasse et de vieille sueur rance. Tamrin devrait les rassembler et les jeter dehors ; que les rebelles du pays se débrouillent avec eux.

C'est le pays qui le préoccupait, pas les rebelles. Ils pouvaient être matés assez facilement, après que commence à se répandre que celui-ci ou celui-là était un Ami du Ténébreux. Et une fois qu'il aurait réussi à en livrer quelques-uns à la Main de la Lumière, ils se présenteraient devant tout le monde et confesseraient qu'ils vénéraient le Ténébreux, mangeaient des enfants, tout et n'importe quoi qu'ils avaient reçu l'ordre de dire. Les rebelles ne dureraient pas longtemps après cela ; les prétendants encore en course se découvriraient seuls en se réveillant. Par contre, les Sectateurs du Dragon, les hommes et les femmes qui s'étaient ouvertement déclarés pour le Dragon Réincarné, ne seraient pas atteints par une accusation d'être Amis du Ténébreux. La plupart des gens les considéraient déjà comme tels, pour avoir juré de suivre un homme capable de canaliser.

C'est l'homme qu'ils avaient juré de suivre qui était le problème, l'homme dont ils ne connaissaient même pas le nom. Rand al'Thor. Où était-il ? Une centaine de bandes de Sectateurs du Dragon là-bas, deux au moins assez importantes pour être qualifiées d'armées, qui livraient bataille à l'armée du Roi – ce qui en restait, toujours fidèle à Andric, qui se battaient contre les rebelles, lesquels s'activaient à lutter les uns contre les autres aussi souvent que contre Andric ou les Sectateurs du Dragon – pourtant Carridin n'avait pas de renseignements sur celle de ces bandes qui hébergeait Rand al'Thor. Il pouvait être sur la Plaine d'Almoth ou dans l'Arad Doman, où la situation était la même. Auquel cas, Jaichim Carridin était selon toute probabilité un homme mort.

Au palais sur la péninsule de Verana qu'il avait réquisitionné pour l'usage de quartier général des Enfants, il lança ses rênes à l'une des sentinelles en cape blanche et entra à grands pas sans leur rendre leur salut. Le propriétaire de cette élégante abondance de dômes clairs, de flèches ajourées, de jardins ombragés, avait revendiqué le Trône de la Lumière, et personne ne se plaignait de cette occupation. Moins que tout autre le propriétaire ; ce qui restait de sa tête ornait encore une pointe de fer au-dessus de l'Escalier des Traîtres, sur la péninsule de Maseta.

Pour une fois, Carridin jeta juste un coup d'œil aux beaux tapis du Tarabon, à l'ameublement incrusté d'or et d'ivoire, aux cours intérieures à fontaine où l'eau rejaillissait avec un bruit rafraîchissant. Les vastes couloirs à lampes dorées et les hauts plafonds couverts de délicates volutes d'or ne l'intéressaient nullement. Ce palais égalait les plus beaux de l'Amadicia, sinon les plus grands, pourtant ce qui occupait présentement la première place dans ses pensées était l'eau-de-vie forte dans la pièce qu'il avait choisie pour bureau.

Il avait franchi à moitié un tapis inestimable, tout en dessins bleus, écarlates et or, les yeux fixés sur le meuble sculpté qui contenait un flacon en argent d'eau-de-vie de premier choix, quand il se rendit soudain compte qu'il n'était pas seul. Une femme en robe moulante rouge clair se tenait près des hautes fenêtres étroites donnant sur un des jardins où des arbres projetaient leur ombre, ses cheveux couleur de miel rassemblés en fines tresses qui lui descendaient aux épaules. Un bout de voile vaporeux ne servait à rien pour cacher son visage. Jeune et jolie, avec une bouche en cerise et de grands yeux bruns, elle n'était pas une servante, pas habillée de cette façon.

« Qui êtes-vous ? questionna-t-il avec irritation. Comment êtes-vous entrée ici ? Sortez immédiatement ou je vous fais jeter dans la rue.

— Des menaces, Bors [1] ? Vous devriez être plus accueillant envers un visiteur, hein ? »

Ce nom le secoua de la tête aux talons. D'instinct, il avait tiré son épée, s'était fendu en direction de sa gorge.

Quelque chose le saisit – l'air transformé en gelée rampante – quelque chose le força à tomber à genoux, l'enveloppa du cou aux pieds. Se resserra autour de son poignet jusqu'à ce que les os crissent ; sa main s'ouvrit brusquement et son épée tomba. Le Pouvoir. Elle utilisait sur lui le Pouvoir Unique. Une sorcière de Tar Valon. Et si elle connaissait ce nom...

« Vous rappelez-vous, dit-elle en se rapprochant, une réunion où Ba'alzamon est apparu en personne et nous a montré les visages de Matrim Cauthon, de Perrin Aybara et de Rand al'Thor ? » Elle cracha pratiquement ces noms, en particulier le dernier ; ses yeux auraient foré des trous dans de l'acier. « Vous voyez ? Je sais qui vous êtes, oui ? Vous avez voué votre âme au Puissant Seigneur des Ténèbres, Bors. » Son rire soudain avait le tintement de clochettes argentines.

La sueur jaillit sur la face de Carridin. Pas seulement une de ces sorcières de Tar Valon qu'il méprisait. L'Ajah Noire. Elle appartenait à l'Ajah Noire. Il avait

1. Cf. *Le Cor de Valère*, vol. 3 de *La Roue du Temps*.

cru que ce serait un Myrddraal qui viendrait le chercher. Il avait cru avoir encore du temps. Davantage de temps. Pas déjà. « J'ai essayé de le tuer, balbutia-t-il. Rand al'Thor. J'ai essayé ! Seulement je ne peux pas le découvrir. Je ne peux pas ! J'ai été averti que les membres de ma famille seraient tués si j'échouais, un par un. J'ai reçu la promesse d'être le dernier ! J'ai des cousins, encore. Des neveux. Des nièces. J'ai une autre sœur ! Il faut que vous me donniez encore du temps ! »

Elle était là qui le regardait avec ces yeux marron perçants, souriant avec cette petite bouche ronde, l'écoutant expliquer précipitamment où Vanora pouvait être trouvée, où était située sa chambre à coucher, qu'elle aimait se promener à cheval seule dans la forêt au-delà de Carmera. Peut-être que s'il criait, quelques-uns des gardes viendraient. Peut-être qu'ils pourraient la tuer. Il ouvrit la bouche plus grand – et cette épaisse gelée invisible s'y infiltra, forçant ses mâchoires à s'écarter jusqu'à ce qu'elles grincent dans ses oreilles. Les narines dilatées, il aspira frénétiquement de l'air. Il pouvait encore respirer, mais il était incapable de crier. Tout ce qui sortait, c'étaient des gémissements étouffés, comme les plaintes d'une femme qui se lamente derrière des murs. Il aurait voulu hurler.

« Vous êtes très amusant, finit par dire la femme aux cheveux couleur de miel. Jaichim. Voilà un nom approprié pour un chien, je pense. Aimeriez-vous être mon chien, Jaichim ? Si vous êtes un très bon chien, je vous permettrai peut-être un jour de regarder mourir Rand al'Thor, hein ? »

Il fallut un moment pour que ce qu'elle disait soit compris. S'il devait voir mourir Rand al'Thor, elle n'allait pas... Elle n'allait pas le tuer, l'écorcher vif, faire toutes ces choses évoquées par son esprit qui auraient transformé en délivrance d'être dépouillé vivant de sa peau. Des larmes roulèrent sur sa figure. Des sanglots de soulagement le secouèrent, pour autant qu'il pouvait remuer, enserré tel qu'il l'était comme dans un étau. Cet étau disparut brusquement et il s'effondra sur les mains et sur les genoux, pleurant toujours. Il était incapable de s'arrêter.

La femme s'agenouilla à côté de lui et enlaça une main dans ses cheveux, lui releva la tête. « Maintenant vous m'écouterez, hein ? La mort de Rand al'Thor est pour plus tard et vous la verrez seulement si vous êtes un bon chien. Vous allez transférer vos Blancs Manteaux dans le Palais de la Panarch.

— Co-comment le sav-savez-vous ? »

Elle lui secoua la tête d'un côté à l'autre, sans douceur. « Un bon chien ne questionne pas sa maîtresse. Je jette le bâton ; vous rapportez le bâton. Je dis "tuez", vous tuez. Oui ? Oui. » Son sourire fut juste une brève apparition des dents. « Il y aura de la difficulté à s'emparer du Palais ? La Légion de la Panarch est là-bas, mille hommes, qui dorment dans les vestibules, les salles d'exposition, les cours. Vous n'avez pas un aussi grand nombre de Blancs Manteaux.

— Ils... » Il dut s'arrêter pour déglutir. « Les Légionnaires ne réagiront pas. Ils croiront qu'Amathera a été choisie par l'Assemblée. C'est l'Assemblée qui...

— Ne m'ennuyez pas, Jaichim. Peu importe si vous tuez l'Assemblée entière pour autant que vous occupez le Palais de la Panarch. Quand déménagerez-vous ?

— Cela... cela demandera trois ou quatre jours pour qu'Andric donne les garanties.

— Trois ou quatre jours, murmura-t-elle à moitié pour elle-même. Très bien. Un petit délai supplémentaire ne causera pas d'inconvénient. » Il se demandait quel était ce délai dont elle parlait quand elle détruisit le peu d'assurance qui lui restait. « Vous prendrez le commandement du Palais et vous renverrez les beaux soldats de la Panarch.

— C'est impossible », dit-il d'une voix entrecoupée, et elle lui tira la tête en arrière avec une telle brutalité qu'il ne sut pas si c'est son cou qui se romprait en premier ou son cuir chevelu qui se décollerait. Il n'osa pas résister. Mille aiguilles invisibles le picotèrent, sur le visage, la poitrine, le dos, les bras, les jambes, partout.

Invisibles, mais pas moins réelles pour autant, il en était sûr.

« Impossible, Jaichim ? dit-elle à mi-voix. Impossible est un mot que je n'aime pas entendre. »

Les aiguilles s'enfoncèrent plus profondément ; il gémit, mais il était obligé d'expliquer. Ce qu'elle voulait était réellement impossible. Il haleta dans sa précipitation. « Une fois investie du titre de Panarch, Amathera commandera à la Légion. Si je tente de m'emparer du Palais, elle la lancera contre moi et Andric l'aidera. Je ne suis absolument pas en mesure de résister à la Légion de la Panarch et à ce qu'Andric peut prélever sur les garnisons des forts du Cercle. »

Elle l'examina si longuement qu'il commença à transpirer. Il n'eut pas l'audace de se reculer, à peine se risqua-t-il même à cligner des paupières ; ces mille petites piqûres d'aiguille répétées ne le permettaient pas.

« La Panarch sera neutralisée », finit-elle par dire. Les aiguilles disparurent, et elle se redressa.

Carridin se releva, lui aussi, s'efforçant de retrouver son aplomb. Peut-être un marché pouvait-il être conclu ; cette femme semblait à présent disposée à écouter parler raison. Ses jambes tremblaient d'émotion, mais il affermit de son mieux sa voix. « Même si vous parvenez à influencer Amathera... »

Elle lui coupa la parole. « Je vous ai dit de ne pas poser de questions, Jaichim. Un bon chien obéit à sa maîtresse, hein ? Je vous le promets, si vous questionnez, vous me supplierez de trouver un Myrddraal pour se distraire avec vous. Vous me comprenez ?

— Je comprends », répliqua-t-il d'une voix morne. Elle continua à le dévisager et au bout d'un moment il comprit vraiment. « J'agirai comme vous l'ordonnez... maîtresse. » Son bref sourire approbateur le fit rougir. Elle se dirigea vers la porte, lui tournant le dos comme s'il était réellement un chien, et un chien édenté. « Quel... ? Quel est votre nom ? »

Cette fois, son sourire fut gracieux, et moqueur. « Oui. Un chien devrait connaître le nom de sa maîtresse. Je m'appelle Liandrin. Par contre, ce nom ne doit jamais franchir les lèvres d'un chien. Si cela se produisait, je serais très mécontente de vous. »

Quand la porte se referma derrière elle, il se dirigea en titubant vers un siège à haut dossier incrusté d'ivoire et s'y effondra. L'eau-de-vie, il la laissa où elle était ; à la façon dont son estomac était noué, elle le ferait vomir. Qu'est-ce qui pouvait bien intéresser cette femme dans le Palais de la Panarch ? Un ordre de questions dangereux, peut-être, mais même s'ils servaient le même maître, il ne pouvait qu'éprouver de la répulsion pour une sorcière de Tar Valon.

Elle n'en savait pas autant qu'elle le croyait. Avec les garanties du Roi en sa possession, il pouvait écarter de sa gorge Tamrin et l'armée par la menace de révélations, et Amathera de même. Toutefois, ils avaient encore la possibilité de soulever la populace. Et le Seigneur Capitaine Commandant se montrerait peut-être plus que désapprobateur de toute l'affaire, s'imaginerait peut-être qu'il était en quête de pouvoir pour lui-même. Il laissa tomber sa tête dans ses mains, se représentant Niall signant son arrêt de mort. Ses propres hommes l'arrêteraient et le pendraient. S'il pouvait organiser la mort de la sorcière... mais elle avait promis de le protéger des Myrddraals. Il eut de nouveau envie de pleurer. Elle n'était même pas présente, pourtant elle gardait son emprise sur lui plus étroitement que jamais, des mâchoires d'acier refermées sur ses deux jambes et un nœud coulant bien ajusté autour du cou.

Un moyen de s'en sortir devait exister mais, quelle que fût la solution envisagée, il voyait seulement un autre piège mortel.

Liandrin parcourut les couloirs comme un fantôme, évitant sans peine domestiques et Blancs Manteaux. Quand elle sortit par une petite porte de derrière dans une allée étroite derrière le palais, le jeune soldat de haute taille posté là en sentinelle la considéra avec un mélange de soulagement et de malaise. La petite ruse de Liandrin pour que quelqu'un s'ouvre à ses suggestions – une brève dose du Pouvoir sous forme d'ordre – n'avait pas été nécessaire avec Carridin, mais avait aisément convaincu cet imbécile qu'elle devait être autorisée à entrer. La mine gracieuse, elle lui fit signe de se rapprocher et de se pencher. Le stupide grand flandrin se fendit d'un large sourire comme s'il s'attendait à un baiser, un sourire qui se figea quand la fine dague de Liandrin s'enfonça dans son œil.

Elle bondit agilement en arrière comme il tombait, sac de chair sans consistance. Il ne parlerait pas d'elle maintenant, même par accident. Pas une tache de sang ne souillait sa main. Elle regretta de ne pas avoir l'habileté de Chesmal à tuer avec le Pouvoir, ou même le talent moindre de Rianna. Bizarre que le don de tuer avec le Pouvoir, d'arrêter un cœur ou de forcer le sang à bouillir dans les veines, soit si étroitement lié au don de Guérir. Elle-même ne pouvait Guérir guère autre chose que des écorchures ou des contusions ; non pas qu'elle s'y intéressât le moins du monde.

Sa chaise à porteurs, laquée de rouge et incrustée d'ivoire et d'or, attendait au bout de l'allée et, avec elle, ses gardes du corps, une douzaine de colosses avec des airs de loups affamés. Une fois dans les rues, ils frayèrent sans peine un chemin dans la foule, leurs lances assommant quiconque n'était pas assez prompt à s'écarter. Ils étaient tous voués au Puissant Seigneur des Ténèbres, bien sûr, et s'ils ne connaissaient pas exactement qui elle était, ils savaient que d'autres hommes avaient disparu, des hommes qui n'avaient pas été capables de servir convenablement.

La maison qu'elle et les autres avaient prise, deux étages de pierre et de plâtre blanc au toit plat qui s'étalaient au flanc d'une colline à la base de Verana, la péninsule la plus à l'est de Tanchico, appartenait à un négociant qui avait aussi prêté serment au Puissant Seigneur de l'Ombre. Liandrin aurait préféré un palais – un jour peut-être elle aurait le Palais du Roi sur la Maseta ; elle avait grandi en contemplant avec envie les palais des Seigneurs, mais pourquoi se contenterait-elle de l'un d'eux ? – pourtant en dépit de ses préférences, rester cachées encore un certain temps était raisonnable. Les imbéciles de Tar Valon ne pouvaient en aucune manière soupçonner qu'elles se trouvaient dans le Tarabon, mais la Tour devait toujours les chercher et les chiens de manchon de Siuan Sanche pouvaient chercher une piste n'importe où.

Des grilles donnaient accès à une petite cour devant le bâtiment sans fenêtres sauf à l'étage supérieur. Laissant là gardes du corps et porteurs, elle entra vivement. Le négociant avait fourni quelques serviteurs ; tous liés par serment au Puissant Seigneur, leur avait-il assuré, mais en nombre juste suffisant pour s'occuper des onze femmes qui allaient rarement à l'extérieur. L'une d'entre eux, une belle et robuste femme aux cheveux noirs tressés appelée Gyldine, balayait les carreaux rouges et blancs du vestibule quand Liandrin entra.

« Où sont les autres ? questionna-t-elle impérieusement.

— Dans le salon de devant. » Gyldine désigna du geste la porte ogivale à deux battants sur la droite comme si Liandrin ne savait pas où c'était.

La bouche de cette dernière se pinça. La femme ne s'était pas inclinée dans une révérence ; elle n'avait utilisé aucun titre de respect. D'accord, elle ignorait qui était réellement Liandrin, mais Gyldine comprenait certainement qu'elle était d'un rang assez élevé pour donner des ordres et être obéie, pour avoir envoyé ce gros négociant multipliant les courbettes embarquer sa famille vers un taudis quelconque. « Vous êtes censée nettoyer, oui ? Pas restée plantée sur place ? Eh bien, nettoyez ! Il y a de la poussière partout. Si je trouve un grain de cette poussière ce soir, espèce de vieille chipie, je vous ferai taper dessus à coups de bâton ! » Elle serra brusquement les dents. Elle avait imité depuis si longtemps la manière, dont parlaient les nobles et les riches qu'elle oubliait parfois que son père avait vendu des fruits sur une brouette, cependant lorsqu'elle était en colère le langage de la populace lui sortait involontairement de la bouche. Trop de stress, trop de temps d'attente. Avec un dernier « Au travail ! » lancé avec hargne, elle entra dans le salon en poussant le battant qu'elle claqua derrière elle.

Les autres n'étaient pas *toutes* là, ce qui l'irrita plus encore, mais elles étaient assez nombreuses. Eldrith Jhondar au visage rond était assise à une table incrustée de lapis-lazuli au-dessous d'une tenture suspendue au mur plâtré de blanc, et prenait avec soin des notes dans un manuscrit détérioré ; par moments, elle nettoyait machinalement le bec de sa plume sur la manche de sa robe de laine sombre. Marillin Gemalphin était assise près d'une des étroites fenêtres, ses yeux bleus fixés rêveusement sur le minuscule jet d'eau au tintement musical dans une petite cour au-dehors, grattant d'un geste nonchalant derrière les oreilles un chat de gouttière décharné, apparemment inconsciente des poils qu'il semait sur toute sa robe de soie verte. Elle et Eldrith appartenaient l'une et l'autre à l'Ajah Brune mais, si Marillin découvrait jamais qu'Eldrith était la raison pour laquelle les chats perdus qu'elle ramenait à la maison disparaissaient continuellement, il y aurait de la bagarre.

Elles avaient été des Brunes. C'était parfois difficile de se rappeler qu'elles ne l'étaient plus ou qu'elle-même n'était plus une Rouge. Elles demeuraient encore trop marquées par ce qui les avait désignées naguère comme membres de leur première Ajah même à présent qu'elles étaient ouvertement vouées à l'Ajah Noire. Par exemple les anciennes Vertes. Jeaine Caide au cou de cygne et à la peau cuivrée portait les robes de soie les plus moulantes et les plus transparentes qu'elle pouvait trouver – blanche, aujourd'hui – et disait en riant qu'il fallait se contenter de ces robes, puisque rien dans le Tarabon n'était à disposition pour que les hommes vous remarquent. Jeaine était originaire de l'Arad Doman ; les Domanies avaient une réputation détestable à cause de leurs vêtements scandaleux. Asne Zeramene, avec ses yeux noirs obliques et son nez imposant, paraissait presque sage en tenue gris clair au col montant, à la coupe simple, mais Liandrin l'avait entendue regretter plus d'une fois d'avoir laissé derrière elle ses Liges. Quant à Rianna Andomeran... Des cheveux noirs avec une mèche blanche comme neige au-dessus de l'oreille gauche encadraient un visage exprimant la froide assurance arrogante que seule pouvait montrer une Blanche.

« C'est fait, annonça Liandrin. Jaichim Carridin amènera ses Blancs Manteaux au Palais de la Panarch et en prendra pour nous le commandement. Il ne sait pas encore que nous aurons des invitées... naturellement. » Il y eut quelques grimaces ; changer d'Ajah n'avait certes pas modifié les sentiments d'aucune envers des hommes haïssant les femmes capables de canaliser. « Il y a un détail intéressant. Il était convaincu que j'étais là pour le tuer. Parce qu'il n'était pas arrivé à tuer Rand al'Thor.

— Cela n'a pas de sens, commenta Asne en fronçant les sourcils. Nous devons le lier, le dompter, pas le tuer. » Elle éclata soudain d'un petit rire de gorge et se renversa au fond de son fauteuil. « S'il existe un moyen de le dompter, je ne rechignerais pas à le lier à moi. C'est un fort beau jeune homme, d'après le peu que j'ai vu. » Liandrin eut un reniflement de mépris ; elle n'avait absolument aucun goût pour les hommes.

Rianna secoua la tête d'un air soucieux. « Cela a un sens inquiétant. Les ordres donnés par la Tour à nous étaient clairs, pourtant il est également clair que Carridin en a d'autres. Je ne peux considérer comme hypothèse qu'une dissension parmi les Réprouvés.

— Les Réprouvés », marmonna Jeaine, en croisant étroitement les bras ; la mince soie blanche moula ses seins de façon encore plus révélatrice. « Que valent les promesses que nous dirigerons le monde quand le Puissant Seigneur reviendra si nous sommes d'abord écrasées entre des Réprouvés guerroyant entre eux ? Qui croit donc que nous pouvons résister à l'un d'entre eux ?

— Le malefeu. » Asne regarda autour d'elle, ses noirs yeux obliques recelant un éclair de défi. « Le malefeu détruira même un des Réprouvés. Et nous avons le moyen de le faire jaillir. » Un des *ter'angreals* qu'elles avaient enlevés de la Tour, une baguette noire cannelée de trois pieds de long, avait cette propriété. Aucune d'elles ne connaissait la raison pour laquelle elles avaient reçu l'ordre de la prendre, même pas Liandrin. Il y avait trop de *ter'angreals* comme ça, emportés parce qu'on le leur avait dit, sans que des raisons soient fournies, mais certains ordres devaient être exécutés. Liandrin aurait aimé qu'elles aient été en mesure de conserver ne serait-ce qu'un *angreal.*

Jeaine eut une brève aspiration bruyamment dédaigneuse par le nez. « Si l'une d'entre nous savait le manier. Ou auriez-vous oublié que l'unique test que nous avons osé tenter a failli me tuer ? Et a brûlé un trou dans les deux flancs du bateau avant que je parvienne à l'arrêter ? Cela nous aurait joliment été utile d'être noyées avant d'atteindre Tanchico.

— Quel besoin avons-nous du malefeu ? répliqua Liandrin. Si nous pouvons asservir le Dragon Réincarné, que les Réprouvés réfléchissent à la façon dont ils traiteront avec nous. » Subitement, elle eut conscience d'une autre présence dans la pièce. La femme appelée Gyldine en train d'essuyer une chaise sculptée au dossier bas dans un coin. « Femme, qu'est-ce que vous fabriquez ici ?

— Le ménage. » La femme aux cheveux noirs tressés se redressa avec indifférence. « Vous m'avez dit de nettoyer. »

Liandrin faillit frapper avec le Pouvoir. Faillit. Seulement Gyldine n'était pas au courant qu'elles étaient des Aes Sedai. Qu'avait entendu cette femme ? Rien d'important. « Allez trouver le cuisinier, s'exclama-t-elle avec une rage froide, et dites-lui qu'il vous assène des coups d'étrivière. Avec force ! Et vous n'aurez rien à manger jusqu'à ce que la poussière, elle ait complètement disparu. » Encore. Cette femme l'avait encore une fois fait parler comme quelqu'un de bas étage.

Marillin se leva, caressant le nez du chat de gouttière

avec le bout du sien, et tendit l'animal à Gyldine. « Veillez à ce qu'il ait une assiette de crème quand le cuisinier en aura fini avec vous. Et un peu de ce délicieux agneau. Coupez-le-lui en petits morceaux ; il n'a plus beaucoup de dents de reste, le pauvre. » Gyldine la regardait sans ciller et elle ajouta : « Y a-t-il quelque chose que vous ne comprenez pas ?

— Je comprends. » La bouche de Gyldine était pincée. Peut-être avait-elle effectivement compris ; elle était une servante, pas leur égale.

Liandrin attendit un moment après son départ, le chat couché dans ses bras, puis ouvrit brutalement un des battants. Le vestibule était désert. Gyldine n'espionnait pas. Liandrin n'avait pas confiance dans cette femme. Mais aussi elle ne voyait personne en qui elle avait confiance.

« Nous devons nous préoccuper de ce qui nous concerne, dit-elle sèchement en refermant la porte. Eldrith, avez-vous découvert un nouvel indice dans ces pages ? Eldrith ? »

La jeune femme bien en chair sursauta, puis jeta un coup d'œil effaré à la ronde en clignant des paupières. C'était la première fois qu'elle levait la tête du manuscrit jauni en lambeaux. Elle parut surprise de voir Liandrin. « Comment ? Un indice ? Oh ! Non. C'est déjà difficile de s'introduire dans la Bibliothèque du Roi ; si j'en extrayais ne serait-ce qu'une page, les conservateurs le sauraient immédiatement. Mais, si je me débarrassais d'eux, je ne trouverais rien. Cet endroit est un labyrinthe. Non, j'ai déniché ceci dans une librairie proche du Palais du Roi. C'est un traité intéressant sur... »

Embrassant la *saidar*, Liandrin envoya les pages s'éparpiller sur le sol. « À moins que ce ne soit un traité sur l'asservissement de Rand al'Thor, qu'il brûle donc ! Qu'avez-vous appris au sujet de ce que nous cherchons ? »

Eldrith regarda les papiers épars en clignant des paupières. « Eh bien, c'est dans le Palais de la Panarch.

— Vous avez appris cela il y a deux jours.

— Et ce doit être un *ter'angreal.* Tenir en bride une personne sachant canaliser oblige à user du Pouvoir et, puisque c'est une utilisation particulière, cela implique qu'il faut un *ter'angreal.* Nous le trouverons sûrement dans la salle d'exposition ou peut-être parmi la collection de la Panarch.

— Quelque chose de nouveau, Eldrith. » Avec un effort, Liandrin parvint à rendre sa voix moins aigre. « Avez-vous découvert un élément nouveau ? N'importe quoi ? »

La jeune femme aux joues rondes cligna des yeux, hésitante. « À vrai dire... Non.

— Peu importe, déclara Marillin. D'ici quelques jours, une fois qu'ils auront investi leur précieuse Panarch, nous pourrons commencer à chercher et devrions-nous examiner tous les chandeliers, nous le trouverons. Nous en sommes à deux doigts, Liandrin. Nous allons mettre en laisse Rand al'Thor et lui apprendre à faire le beau et à se rouler sur le ventre.

— Oh, oui, dit Eldrith avec un sourire de contentement. En laisse. »

Liandrin l'espérait bien. Elle était lasse d'attendre, lasse de se cacher. Que le monde la connaisse. Que les gens plient le genou comme la promesse en avait été faite quand elle avait pour la première fois renié d'anciens serments pour en prononcer de nouveaux.

Egeanine sentit qu'elle n'était pas seule dès qu'elle entra dans sa petite maison par la porte de la cuisine, mais elle laissa choir négligemment son masque et le sac de jute sur la table et se dirigea vers le seau d'eau posé près de la cheminée de brique. En se penchant pour prendre la louche de cuivre, sa main droite plongea dans un creux bas d'où deux briques avaient été retirées derrière le seau ; elle se retourna d'un bond en se redressant, une petite arbalète à la main. Longue d'un pied au maximum, cette arme n'avait ni grande puissance ni grande portée, mais Egeanine la maintenait toujours prête à tirer, et la tache sombre à la pointe acérée du carreau d'acier tuerait en l'espace d'un battement de cœur.

Si l'homme adossé nonchalamment dans l'angle de la pièce vit l'arbalète, il n'en témoigna rien extérieurement. Il avait une chevelure claire et des yeux bleus, il était d'âge mûr et bel homme, encore que trop mince pour son goût à elle. Manifestement, il l'avait observée par la fenêtre grillagée à côté de lui quand elle avait traversé la cour étroite. « Pensez-vous que je vous menace ? » dit-il au bout d'un instant.

Elle reconnut l'accent familier de son pays, mais elle n'abaissa pas l'arbalète. « Qui êtes-vous ? »

En guise de réponse, il plongea soigneusement deux doigts dans l'escarcelle accrochée à sa ceinture – apparemment, il était quand même capable de voir – et en sortit quelque chose de petit et de plat. Elle lui fit signe de le poser sur la table et de reculer de nouveau.

C'est seulement quand il fut de retour dans le coin de la cuisine qu'elle s'approcha suffisamment pour ramasser ce qu'il avait mis là. Sans le quitter des yeux ni cesser de le viser avec l'arbalète, elle leva l'objet à bonne hauteur pour l'examiner. Une petite plaque d'ivoire encadrée d'or, où étaient gravés un corbeau et une tour. Un corbeau, le symbole de la Famille Impériale ; la Tour des Corbeaux, symbole de la justice impériale.

« Normalement, cela devrait suffire, lui dit-elle, mais nous sommes loin du Seanchan, dans un pays où le bizarre est presque banal. Quelle autre preuve pouvez-vous donner ? »

Avec un sourire d'amusement silencieux, il ôta son surcot, délaça sa chemise et l'enleva. Sur chaque épaule il y avait le tatouage du corbeau et de la tour.

La plupart des Chercheurs de la Vérité portaient les corbeaux aussi bien que la tour, mais pas même quelqu'un qui oserait voler une plaque de Chercheur ne voudrait avoir sur lui cette marque. Arborer les corbeaux, c'était être la propriété de la famille impériale. Une vieille histoire datant d'environ trois cents ans racontait qu'un seigneur et une dame, tous deux jeunes, s'étaient tatoués dans un moment d'ivresse. Quand l'Impératrice de l'époque l'avait appris, elle les avait fait amener à la Cour des Neuf Lunes et mis à nettoyer les sols. Ce type devait être un de leurs descendants. La marque du corbeau s'imprimait à jamais.

« Mes excuses, Chercheur, dit-elle en déposant l'arbalète. Pourquoi êtes-vous ici ? » Elle ne demanda pas de nom ; quelque nom qu'il donne pouvait être le sien ou un autre.

Il la laissa tenir la plaque tandis qu'il se rhabillait sans se presser. Un rappel subtil. Elle était un capitaine et lui un bien que l'on possède comme une marchandise, mais il était aussi un Chercheur et, selon la loi, il pouvait de sa propre autorité lui appliquer la question. De par la loi, il avait le droit de l'envoyer acheter la corde pour la ligoter afin qu'il la soumette ici même à la question et il s'attendrait à ce qu'elle revienne avec la corde. Fuir un Chercheur était un crime. Refuser de coopérer avec un Chercheur était un crime. Jamais de toute son existence elle n'avait envisagé un acte criminel, pas plus qu'elle n'avait songé à un acte de trahison envers le Trône de Cristal. Seulement s'il posait les questions qu'il ne fallait pas, exigeait les réponses qu'il ne fallait pas... L'arbalète était toujours près de sa main et Cantorin était bien loin. Des pensées extravagantes. Des pensées dangereuses.

« Je sers la Puissante Dame Suroth et le *Corenne*[1], pour l'Impératrice, dit-il. Je vérifie les progrès des agents que la Puissante Dame a placés dans ces pays. »

Vérifie ? Qu'y avait-il à vérifier et par un Chercheur de la Vérité ? « Je n'ai entendu parler de rien de ce genre par les navires courriers. » Le sourire de l'autre s'accentua et elle rougit. Bien sûr, les équipages ne parleraient pas d'un Chercheur. Pourtant, il répondit tout en laçant sa chemise.

« Il ne faut pas aventurer les bateaux courriers dans

1. *Le Corenne,* c'est-à-dire le Retour. Cf. *La bannière du dragon* (vol. 4) et *La montée des orages* (vol. 7).

mes expéditions. J'ai pris passage sur le vaisseau d'un contrebandier du pays, un homme appelé Bayle Domon. Son bâtiment fait escale dans chaque port entre le Tarabon et l'Arad Doman.

— J'ai entendu parler de lui, dit-elle avec calme. Tout va bien ?

— Maintenant, oui. Je suis heureux que vous, au moins, appliquiez convenablement vos instructions. Parmi les autres, seuls les Chercheurs les comprennent. C'est regrettable qu'il n'y ait pas plus de Chercheurs avec les *Hailenes.* » Replaçant sa tunique sur ses épaules, il cueillit la plaque de Chercheur qu'elle tenait dans sa main. « Le retour des *sul'dams* qui avaient déserté a été cause d'une certaine perturbation. Ces désertions ne doivent pas devenir de notoriété publique. Mieux vaut leur disparition pure et simple. »

C'est seulement parce qu'elle avait eu un peu de temps pour réfléchir qu'elle fut en mesure de garder des traits calmes. Des *sul'dams* avaient été laissées à terre dans la débâcle de Falme, lui avait-on dit. Il se peut que quelques-unes aient déserté. Ses directives, données par la Puissante Dame Suroth en personne, avaient été de renvoyer au Seanchan toutes celles qui pouvaient être trouvées, qu'elles veuillent y retourner ou non et, si ce n'était pas possible, de les liquider. Ce dernier point n'avait semblé qu'une solution inéluctable à l'alternative. Jusqu'à maintenant.

« Je regrette que ces pays ne connaissent pas le kaf, reprit-il en s'installant à la table. Même à Cantorin, seul le Sang a encore du kaf. Du moins quand j'en suis parti. Peut-être des bateaux de ravitaillement sont-ils arrivés du Seanchan depuis. Du thé devra faire l'affaire. Préparez-moi du thé. »

Elle se retint de justesse de le jeter à bas de son siège. L'homme était un esclave. Et un Chercheur. Elle mit du thé à infuser. Et le lui servit, debout à côté de sa chaise avec la théière pour maintenir sa tasse pleine. Elle fut surprise qu'il ne lui demande pas de revêtir un voile et de danser sur la table.

Elle fut enfin autorisée à s'asseoir, après avoir été chercher une plume, de l'encre et du papier, mais seulement pour esquisser des cartes de Tanchico et de ses dispositifs de défense, pour dessiner chaque cité et bourg dont elle avait la moindre connaissance. Elle établit la liste des diverses armées en campagne, ce qu'elle en savait de leur force et de leur loyauté, ce qu'elle avait déduit de leurs dispositions.

Quand elle eut terminé, il fourra le tout dans sa poche, lui ordonna d'envoyer le contenu du sac de jute par le prochain bateau courrier et partit avec un de ces sourires amusés qu'il avait, en disant qu'il reviendrait peut-être d'ici quelques semaines vérifier où elle en était de sa mission. Elle resta assise à la même place un long moment après son départ. Chaque carte qu'elle avait dessinée, chaque liste qu'elle avait dressée était le double de documents expédiés depuis longtemps par bateaux courriers. La contraindre à recommencer en entier pendant qu'il l'observait, bien possible que ce soit une punition pour l'avoir obligé à montrer ses tatouages. Les gardes des Vigiles de la Mort affichaient leurs corbeaux ; les Chercheurs rarement. Peut-être était-ce ça. Du moins n'était-il pas descendu au sous-sol avant qu'elle arrive. Ou bien si ? Avait-il seulement attendu qu'elle en parle ?

Le robuste cadenas de fer pendait apparemment intact sur la porte dans le couloir au-delà de la cuisine, mais on disait que les Chercheurs savaient ouvrir les portes sans clefs. Sortant celle qui était dans son escarcelle, elle ouvrit le cadenas et descendit les marches étroites.

Une lampe posée sur une étagère éclairait la cave au sol en terre battue. Rien que quatre murs de brique, débarrassés de tout ce qui pourrait faciliter une évasion. Un faible relent émanant du seau hygiénique flottait dans l'air. Du côté opposé à la lampe, une femme en robe crasseuse était assise d'un air abattu sur quelques couvertures de laine grossière. Sa tête se releva au bruit des pas d'Egeanine, des yeux sombres craintifs et suppliants. Elle avait été la première *sul'dam* qu'Egeanine avait trouvée. La première, la seule. Egeanine avait pratiquement cessé de chercher, après avoir découvert Béthamine. Et Béthamine était restée dans cette cave depuis, tandis que les bateaux courriers arrivaient et repartaient.

« Quelqu'un est-il descendu ici ? questionna Egeanine.

— Non. J'ai entendu des pas au-dessus, mais... Non. » Bethamine avança les mains. « Je vous en prie, Egeanine. Tout ceci est une erreur. Vous me connaissez depuis dix ans. Ôtez-moi cette chose-là. »

Un collier d'argent encerclait son cou, attaché par une épaisse laisse d'argent à un bracelet du même métal qui était accroché à une patère à moins d'une demi-toise au-dessus de sa tête. Le lui passer au cou avait été presque un hasard, simplement un moyen de l'immobiliser pendant quelques instants. Et alors elle avait réussi à assommer Egeanine pour essayer de s'enfuir vers la liberté.

« Si vous me l'apportez, je le ferai », répliqua Egeanine avec humeur. Elle était en colère à cause de bien des choses, pas de Béthamine. « Apportez ici l'*a'dam* et je l'enlèverai. »

Béthamine frissonna, laissa retomber ses mains. « C'est une erreur, chuchota-t-elle. Une horrible méprise. » Pourtant elle n'esquissa pas un mouvement vers le bracelet. Sa première tentative de fuite l'avait laissée se tordant sur le sol au rez-de-chaussée, convulsée par des nausées, et avait figé de stupeur Egeanine.

Les *sul'dams* faisaient obéir les *damanes* – les femmes capables de canaliser – au moyen de l'*a'dam*. C'étaient les *damanes* qui canalisaient, pas les *sul'dams*. Un *a'dam* n'avait cependant que la maîtrise d'une femme qui pouvait canaliser. Aucune autre femme, et pas un homme – les jeunes gens ayant cette faculté étant naturellement exécutés – rien qu'une femme qui canalise. Une femme qui possédait ce talent et qui avait le collier au cou ne pouvait se déplacer que de quelques pas sans que son bracelet soit passé au poignet d'une *sul'dam* pour compléter la liaison.

Egeanine se sentait très lasse quand elle remonta l'escalier et referma à clef la porte. Elle avait envie de boire un peu de thé, elle aussi, mais le peu que n'avait pas absorbé le Chercheur était froid, et elle ne se sentait pas le courage d'en préparer d'autre. À la place, elle s'assit et sortit l'*a'dam* du sac de jute. Pour elle, c'était simplement de l'argent artistement articulé ; elle ne pouvait pas s'en servir, et il ne pouvait lui nuire à moins que quelqu'un ne la frappe avec.

Rien que d'avoir ce seul contact avec un *a'dam*, convaincue qu'il n'avait pas la faculté de la diriger, suffisait à lui provoquer un frisson dans le dos. Les femmes en mesure de canaliser étaient des animaux dangereux plutôt que des êtres humains. C'étaient elles qui avaient Détruit le Monde. Elles devaient être maîtrisées, sinon elles réduiraient tout un chacun en esclavage à leur profit. C'est ce qui lui avait été enseigné, ce qui avait été enseigné dans le Seanchan depuis un millier d'années. Bizarre que cela ne semble pas s'être produit ici. Non. Cet enchaînement d'idées était ridicule, dangereux.

Elle remit l'*a'dam* dans le sac et rangea ce qui avait servi pour le thé afin de se calmer l'esprit. Elle avait le goût de l'ordre et une petite satisfaction émanait de ranger la cuisine. Sans s'en être rendu compte, elle se retrouva préparant une théière pour elle-même. Elle ne voulait pas penser à Béthamine, car cela aussi était dangereusement stupide. S'installant à la table, elle fit fondre du miel dans une tasse de thé aussi noir que possible. Pas du kaf, mais cela irait aussi.

En dépit de ses dénégations, en dépit de ses supplications, Béthamine canalisait. D'autres *sul'dams* le pouvaient-elles ? Est-ce pour cette raison que la Haute et Puissante Dame Suroth voulait que soient tuées celles qui avaient été laissées à Falme ? Impensable. Impossible. Les vérifications annuelles d'un bout à l'autre du Seanchan découvraient toutes les jeunes filles possédant en elles l'étincelle du canalisage : chacune était rayée du registre des citoyens, rayée des archives familiales, emmenée pour devenir une *damane* au cou enserré d'un collier. Les mêmes épreuves décelaient les jeunes filles capables d'apprendre à porter le bracelet de la *sul'dam*. Aucune femme n'échappait à ce test annuel jusqu'à ce qu'elle soit assez âgée pour avoir commencé à canaliser si l'étincelle était présente. Comment même une seule pouvait-elle être prise pour une *sul'dam* quand elle était *damane* ? Pourtant Béthamine était là dans la cave, retenue par un *a'dam* comme par une ancre.

Une chose était certaine. Les éventualités présentes étaient virtuellement redoutables. Cette affaire impliquait le Sang, et les Chercheurs. Peut-être même le Trône de Cristal. La Puissante Dame Suroth oserait-elle cacher un renseignement de cette sorte à l'Impératrice ? Un simple capitaine de vaisseau risquait de mourir dans des hurlements pour un froncement de sourcils déplacé en cette compagnie, ou de se retrouver esclave à la suite d'un caprice. Il lui fallait en savoir davantage si elle espérait éviter la Mort des Dix Mille Larmes. Pour commencer, cela impliquait de distribuer davantage d'argent à Gelb et autres traîne-savates fureteurs comme lui, découvrir d'autres *sul'dams* et vérifier si l'*a'dam* les enchaînait. Au-delà de ça... Au-delà, elle naviguait parmi des récifs inexplorés sans marin tenant la ligne de sonde à l'avant.

Posant la main sur l'arbalète, qui gisait encore là avec son trait mortel, elle se rendit compte qu'il y avait autre chose de certain. Elle n'allait pas laisser les Chercheurs la tuer. Pas simplement pour aider la Puissante Dame Suroth à garder un secret. Peut-être pour aucune raison. C'était une pensée frôlant périlleusement la trahison, mais elle refusait de s'écarter.

39. Une Coupe de vin

Quand Elayne monta sur le pont avec ses affaires soigneusement emballées, le soleil couchant semblait juste effleurer l'eau à l'entrée du port de Tanchico et l'on capelait les ultimes puissantes haussières pour amarrer et parer à tout événement *Danseur-sur-les-vagues* au bord d'un bassin plein de navires, un parmi beaucoup d'autres le long de cette péninsule la plus à l'ouest de la cité. Quelques membres de l'équipage ferlaient les dernières voiles. Au-delà des longs quais, la ville escaladait des collines, d'un blanc éclatant, avec ses toits en forme de flèches ou de coupoles, dont les girouettes polies scintillaient. À peut-être un quart de lieue au nord, elle distinguait de hauts murs arrondis ; le Grand Cercle si ses souvenirs étaient exacts.

Suspendant son ballot à la même épaule que son écritoire de cuir, elle rejoignit Nynaeve près de la passerelle, avec Coine et Jorine. Cela paraissait presque bizarre de voir les sœurs de nouveau totalement habillées, en corsage de brillante soie brochée qui était assorti à leur pantalon large. Les boucles d'oreilles et même les anneaux de nez, elle s'y était habituée, et la belle chaîne d'or en travers de la joue hâlée de chacune de ces femmes ne la faisait pratiquement plus sourciller.

Thom et Juilin se tenaient à l'écart avec leurs ballots personnels, l'air un tantinet moroses. Ils avaient tenté de prédire ce qui allait se passer, à partir du moment où le but réel de ce voyage, ou une partie, leur avait été révélé deux jours auparavant. Ni l'un ni l'autre ne semblait estimer que deux jeunes femmes étaient qualifiées – *qualifiées !* – pour rechercher l'Ajah Noire. Une menace proférée par Nynaeve de les transférer sur un autre bateau du Peuple de la Mer, partant en sens inverse, avait étouffé cela dans l'œuf. Du moins avait-elle obtenu l'effet voulu une fois Toram et une douzaine de marins réunis et prêts à les fourrer dans un canot pour les y conduire à la rame. Elayne leur adressa un regard scrutateur. Maussaderie indiquait rébellion ; elles allaient avoir encore du fil à retordre avec ces deux-là.

« Où irez-vous maintenant, Coine ? demandait Nynaeve quand Elayne arriva près d'elles.

— À Dantora et l'Aile Jafar, répondit la Maîtresse-des-Voiles, ensuite à Cantorin et à l'Aile Somera pour répandre la nouvelle au sujet du Coramoor, s'il plaît à la Lumière. Seulement je dois laisser Toram commercer ici, ou il explosera. »

Son mari se trouvait à présent sur les quais, sans ses drôles de lentilles cerclées de fer, torse nu et paré d'une foule d'anneaux, qui parlait avec ardeur à des hommes en pantalon bouffant et cotte brodée aux épaules de dessins en forme de volutes. Chacun de ces Tanchicans portait une calotte cylindrique foncée et un voile transparent devant la figure. Ces voiles étaient ridicules, surtout sur les hommes à moustaches épaisses.

« Que la Lumière vous accorde une bonne traversée, dit Nynaeve en équilibrant ses ballots sur son dos. Si nous découvrons ici un danger qui vous menace avant que vous preniez la mer, nous vous enverrons un message. » Coine et sa sœur avaient l'air remarquablement calmes. Connaître l'existence de l'Ajah Noire ne les troublait guère ; c'était le Coramoor, Rand, qui était important.

Jorine baisa le bout de ses doigts et les pressa sur les lèvres d'Elayne. « S'il plaît à la Lumière, nous nous reverrons.

— S'il plaît à la Lumière », répéta Elayne, reproduisant le geste de la Pourvoyeuse-de-Vent. Le geste paraissait encore bizarre, mais c'était un honneur, aussi, utilisé seulement entre les membres les plus proches d'une famille ou entre ceux qui s'aimaient. La jeune femme du Peuple de la Mer allait lui manquer. Elle avait appris beaucoup et enseigné un peu, également. Jorine saurait certainement beaucoup mieux tisser le Feu à présent.

Quand elles arrivèrent au bas de la passerelle, Nynaeve poussa un soupir de soulagement. Une potion huileuse fournie par Jorine avait apaisé son estomac au bout de deux jours de mer, mais cela n'avait pas empêché qu'elle avait eu les yeux tirés et les lèvres serrées jusqu'à ce que Tanchico soit en vue.

Les deux hommes les encadrèrent immédiatement, sans avoir reçu d'instructions, Juilin ouvrit la marche avec son balluchon sur le dos et son bâton clair d'une épaisseur d'un pouce qu'il tenait à deux mains, ses yeux noirs aux aguets. Thom formait l'arrière-garde, s'arrangeant on ne sait comment pour avoir une apparence redoutable en dépit de ses cheveux blancs, de sa boiterie et de sa cape de ménestrel.

Nynaeve pinça un instant les lèvres mais ne dit rien, ce qu'Elayne jugea sage. Elles n'avaient pas parcouru cinquante pas sur le long quai de pierre qu'elle avait vu autant d'hommes aux paupières plissées, à la face avide qui les examinaient, ainsi que des Tanchicans et d'autres manipulant des caisses, des balles de marchandises et des sacs sur le quai. Elle n'en avait pas peur ; elle en maîtriserait deux ou trois, elle en était sûre. Par contre, elle et Nynaeve avaient dans leurs escarcelles leur anneau au Grand Serpent et prétendre qu'elles n'avaient pas de liens avec la Tour Blanche serait inutile si elle cavalait devant cent personnes. Mieux valait que Thom et Juilin arborent leur mine la plus féroce. Elle n'aurait pas rechigné à être accompagnée de dix de plus juste comme eux.

Un rugissement retentit soudain du haut du pont d'un des voiliers plus petits. « Vous ! C'est bien vous ! » Un homme massif au visage rond, en surcot de soie verte, sauta sur le quai sans se soucier du bâton levé de Juilin et les dévisagea, elle et Nynaeve. Une barbe non assortie de moustaches le désignait comme un natif d'Illian, de même que son accent. Il semblait vaguement familier.

« Maître Domon ? dit au bout d'un instant Nynaeve en tirant d'un coup sec sur sa natte. Bayle Domon ? »

Il acquiesça d'un signe de tête. « Eh que oui. Je ne croyais jamais vous revoir. Je... J'ai attendu à Falme tant que j'ai pu, seulement le moment est venu de choisir entre mettre à la voile ou regarder mon navire brûler. »

Elayne le reconnut alors. Il avait accepté de les emmener hors de Falme, mais cette ville avait été en proie au chaos avant qu'elles réussissent à atteindre son bateau.

« Heureuses de vous rencontrer, répliqua Nynaeve avec froideur, mais excusez-nous, il faut que nous trouvions des chambres dans la cité.

— Ce sera difficile. Tanchico craque de tous ses joints de calfatage. Néanmoins, je connais un endroit où un mot de moi a des chances de vous procurer quelque chose. Je ne pouvais pas m'attarder davantage à Falme, n'empêche que j'estime avoir une dette envers vous. » Domon s'interrompit, avec une subite expression de malaise. « Votre présence ici. Cela va-t-il donc se reproduire comme à Falme ?

— Non, Maître Domon, répondit Elayne à la place de Nynaeve qui hésitait. Bien sûr que non. Et nous serons contentes d'accepter votre aide. »

Elle s'attendait à moitié que Nynaeve proteste, pourtant son aînée se borna à hocher pensivement la tête et à présenter les hommes les uns aux autres. La cape de Thom provoqua chez Domon un haussement de sourcils, par contre, le costume à la mode du Tear de Juilin suscita une expression revêche qui fut payée de la même monnaie. Toutefois, aucun d'eux ne dit quoi que ce soit ; peut-être étaient-ils capables de ne pas manifester dans Tanchico l'animosité existant entre le Tear et l'Illian. Sinon, elle serait obligée de les sermonner fermement.

Domon raconta ce qui était advenu de lui depuis Falme tandis qu'il les accompagnait sur le quai et, en vérité, il avait prospéré. « Une douzaine de bons caboteurs que les collecteurs d'impôts de la Panarch connaissent, déclara-t-il en riant, et quatre navires de haute mer qu'ils ne connaissent pas. »

Il n'en avait guère pu acquérir autant honnêtement dans un laps de temps de cette brièveté. Elle fut choquée de l'entendre parler aussi ouvertement sur un quai plein de monde.

« Eh oui ! Je fais de la contrebande et réalise des bénéfices que je n'avais jamais imaginés. Un dixième du montant des contributions dans la poche des douaniers détourne leurs yeux et scelle leurs bouches. »

Deux Tanchicans avec ces calottes rondes tronquées et ces voiles les croisèrent à pas nonchalants, les mains nouées derrière le dos. Chacun portait une lourde clef de bronze pendant à une chaîne épaisse passée autour de son cou ; elle était visiblement un symbole de fonction. Ils saluèrent Domon avec familiarité. Thom parut amusé, mais Juilin regarda avec une égale indignation Domon et les deux Tanchicans. En tant que preneur-de-larrons, il avait une juste aversion pour ceux qui se gaussaient de la loi.

« Cependant, je ne suis pas persuadé que cela durera longtemps, reprit Domon quand les Tanchicans se furent éloignés. La situation dans l'Arad Doman est bien pire qu'ici et elle est déjà assez mauvaise à Tanchico. Peut-être que le Seigneur Dragon n'a pas encore détruit le Monde, mais il a bien détruit l'Arad Doman et le Tarabon. »

Elayne avait envie de lui envoyer une réplique cinglante, mais ils étaient arrivés au bout du quai et elle le regarda en silence louer des chaises à porteurs et une douzaine d'hommes au visage dur et aux bâtons solides. Des gardes armés d'épées et de lances se tenaient au bout du quai, avec l'allure de mercenaires plutôt que de soldats. De l'autre côté de la large avenue qui longeait la rangée de bassins, des centaines de visages hâves et abattus observaient les gardes. Parfois, les yeux se tournaient brièvement vers les navires, mais la plupart du temps ils étaient fixés sur les hommes qui les empêchaient de gagner ces navires. Elayne frissonna en se rappelant ce que Coine avait dit des gens d'ici qui avaient assiégé son navire, prêts à tout pour acheter un passage qui les emmène n'importe où loin de Tanchico. Quand ces yeux avides se posaient sur les bateaux, une détresse ardente s'y lisait. Elayne était assise avec raideur dans sa chaise brinquebalant à travers les foules derrière les bâtons qui les aiguillonnaient et s'efforça de ne rien regarder. Elle ne voulait pas voir ces visages. Où était leur roi ? Pourquoi ne prenait-il pas soin d'eux ?

Une enseigne au-dessus de la porte de l'auberge aux murs enduits de blanc où Domon les amena, au-dessous du Grand Cercle, annonçait *La Cour aux Trois Pruniers*. La seule qu'aperçut Elayne était la cour ceinte de hauts murs et pavée de dalles de pierre devant l'auberge qui était un cube de trois étages sans fenêtres au rez-de-chaussée et aux fenêtres du haut garnies de grilles en ferronnerie fantaisie. À l'intérieur, la salle commune était bondée d'hommes et de femmes, pour la plupart en costumes de Tanchico, et le bourdonnement des voix couvrait presque l'air joué sur les cordes martelées d'un tympanon.

Nynaeve eut un haut-le-corps à la vue de l'hôtelière, une jolie femme pas beaucoup plus âgée qu'elle avec des yeux marron et des tresses couleur de miel blond, son voile ne cachant pas une bouche charnue en cerise. Elayne sursauta, elle aussi, mais ce n'était pas Liandrin. La jeune femme – son nom était Rendra – connaissait manifestement bien Domon. Avec des sourires accueillants pour Elayne et Nynaeve, et faisant fête à Thom en tant que ménestrel, elle leur donna ses deux dernières chambres à un tarif inférieur – Elayne en eut l'impression – à celui couramment en vigueur. Elayne s'assura qu'elle et Nynaeve aient celle au plus grand lit ; elle avait déjà partagé un lit avec Nynaeve et cette dernière prenait ses aises à coups de coude.

Rendra fournit aussi un dîner dans un salon particulier, présenté par deux jeunes serveurs voilés. Elayne se surprit à contempler une assiette de rôti d'agneau avec de la gelée de pommes épicée et une sorte de longs haricots jaune beurre assaisonnés avec des pignons. Elle fut incapable d'y toucher. Toutes ces faces affamées. Domon mangeait de fort bon appétit, lui avec sa contrebande et son or. Thom et Juilin ne témoignaient pas de réticence non plus.

« Rendra, dit Nynaeve à voix basse, personne ici n'aide les pauvres ? Je suis en mesure de réunir pas mal d'or si c'est nécessaire.

— Vous pourriez faire un don à la soupe populaire de Bayle, répondit l'aubergiste en gratifiant Domon d'un sourire. Ce gaillard évite tous les impôts, mais il s'impose lui-même. Pour chaque couronne dont il graisse des pattes, il en offre deux pour la soupe et le pain destinés aux pauvres. Il m'a même persuadée d'apporter ma contribution, et moi je paie mes impôts.

— Cela coûte moins que les impôts, marmotta Domon en bombant le dos dans un geste de défense. Je récolte un très joli bénéfice. Que la Fortune me pique si je mens.

— C'est bien que vous aimiez aider les gens, Maître Domon », commenta Nynaeve quand Rendra et les serveurs se furent retirés. Thom et Juilin se levèrent avec ensemble pour vérifier qu'ils étaient réellement partis. En s'inclinant à demi, Thom laissa Juilin ouvrir la porte ; le couloir était vide. Nynaeve poursuivit aussitôt : « Nous pourrions aussi avoir besoin de votre aide. »

Le couteau et la fourchette du natif d'Illian cessèrent de couper une bouchée d'agneau. « Comment ? questionna-t-il d'un ton soupçonneux.

— Je ne le sais pas précisément, Maître Domon. Vous avez des bateaux. Vous devez avoir des équipages. Nous aurons peut-être besoin d'yeux et d'oreilles. Il est possible que des membres de l'Ajah Noire soient dans Tanchico et, dans ce cas, nous devons les trouver. » Nynaeve porta à sa bouche une fourchetée de haricots comme si elle n'avait rien dit sortant de l'ordinaire. Ces derniers temps, elle donnait l'impression de parler de l'Ajah Noire à tout le monde. Domon la regarda avec ahurissement puis dévisagea d'un air incrédule Thom et Juilin qui reprenaient place sur leurs sièges. Quand ils firent signe qu'il avait bien entendu, il repoussa son assiette de côté et posa sa tête sur ses bras. Il fut bien près d'encaisser une bourrade assenée par Nynaeve, si la façon dont elle serra les lèvres était une indication, et Elayne ne l'en aurait pas blâmée. Pourquoi éprouvait-il le besoin qu'ils confirment sa parole ?

Finalement, Domon se ressaisit. « Voilà que ça recommence. Tout pareil à Falme de nouveau. Je me demande s'il ne serait pas grand temps pour moi d'emballer mes affaires et de partir. Si je ramène à Illian les navires que j'ai, là-bas aussi je serai un homme riche.

— Je doute que vous vous plaisiez à Illian, lui répliqua Nynaeve d'une voix ferme. J'ai cru comprendre que Sammael gouverne maintenant là-bas, encore que pas ouvertement. Vous risquez de ne pas jouir de votre fortune sous la férule d'un des Réprouvés. » Les yeux de Domon s'exorbitèrent presque, mais elle n'en continua pas moins sans s'arrêter. « Il n'y a plus d'endroits où l'on soit en sécurité. Détalez comme un lapin tant que vous voulez, mais vous n'avez nulle part où vous cacher. N'est-il pas préférable de réagir de votre mieux en homme digne de ce nom ? »

Nynaeve y allait trop fort ; il fallait toujours qu'elle houspille les gens. Elayne sourit et se pencha pour poser la main sur le bras de Domon. « Nous n'avons pas l'intention de vous contraindre à quoi que ce soit, Maître Domon, mais nous aurions vraiment besoin de votre aide. Je suis sûre que vous êtes courageux, sinon vous ne nous auriez pas attendues à Falme tellement longtemps. Nous vous en serons très reconnaissantes.

— Vous pratiquez ça à la perfection. L'une avec un aiguillon de toucher de bœufs, l'autre avec le miel d'une reine. Oh, d'accord. Je veux bien aider dans la mesure de mes moyens. Par contre, je ne promets pas de rester pour un autre Falme. »

Tout en mangeant, Thom et Juilin se mirent à le questionner minutieusement sur Tanchico. Du moins, Juilin s'y prit-il d'une façon détournée, suggérant des questions à Thom concernant les quartiers que fréquentaient voleurs, coupe-bourses et cambrioleurs, les tavernes où ils avaient leurs habitudes et qui achetait les marchandises qu'ils avaient volées. Le preneur-de-larrons soutenait que ces gens-là en savaient souvent davantage que les autorités sur ce qui se passait dans une ville. Il donnait l'impression de ne pas désirer parler directement à ce natif d'Illian et Domon avait un rire sec méprisant chaque fois qu'il répondait à une des questions du natif du Tear posées par Thom. Il ne répondait pas avant qu'elles aient été formulées par Thom. Les propres questions de Thom étaient inattendues, du moins de la part d'un ménestrel. Il se renseignait sur les nobles et sur les factions, sur qui était allié à qui et qui était opposé, sur qui avait des buts avoués et sur ce que leurs actions avaient provoqué, et si les résultats étaient autres que ce qu'ils étaient censés escompter. Absolument pas le genre de questions auxquelles elle s'attendait de sa part, même après toutes leurs conversations à bord du *Danseur-sur-les-vagues*. Il s'était montré assez bien disposé à causer avec elle – il avait même semblé s'y complaire – mais, pourtant, chaque fois qu'elle se croyait sur le point d'apprendre quelque chose concernant son passé, c'est à ce moment-là qu'il s'arrangeait pour qu'elle prenne la mouche et s'en aille à grands pas. Domon répondait à Thom avec plus d'empressement que pour Juilin. Dans l'un et l'autre cas, il donnait l'impression de connaître Tanchico parfaitement, tant ses seigneurs et ses fonctionnaires que la population de ses bas-fonds ; d'après ce qu'il disait, la différence n'était souvent guère sensible.

Une fois que les deux hommes eurent tiré du contrebandier tout ce qu'il savait, Nynaeve appela Rendra pour qu'elle apporte plume, encre et papier, et elle établit une liste avec la description de chacune des Sœurs Noires. Tenant avec précaution les feuillets dans sa grosse main, Domon les étudia en fronçant les sourcils avec malaise comme si c'étaient les femmes elles-mêmes, mais il promit de dire d'ouvrir l'œil à ceux de ses marins qui étaient à quai. Quand Nynaeve lui rappela qu'ils devaient tous être extrêmement prudents, il rit comme si elle avait recommandé de ne pas se passer une épée au travers du corps.

Juilin partit sur les talons de Domon, en faisant tournoyer son bâton clair et en proclamant que la nuit était le meilleur moment pour trouver les voleurs et ceux qui vivent de ces voleurs. Nynaeve annonça qu'elle se retirait dans sa chambre – *sa* chambre ! – pour s'étendre un peu. Elle semblait plutôt chancelante et soudain Elayne comprit pourquoi. Nynaeve s'était accoutumée au balancement du *Danseur* ; à présent, elle avait du mal à s'habituer au sol qui ne bougeait pas. L'estomac de la jeune femme n'était pas un plaisant compagnon de voyage.

Elle-même suivit Thom en bas dans la salle commune, où il avait promis à Rendra de donner un récital. Par extraordinaire, elle trouva un siège à une table libre et des regards froids suffirent à décourager les hommes qui semblaient subitement avoir envie de s'asseoir là. Rendra lui apporta une coupe d'argent pleine de vin qu'elle dégusta à petites gorgées en écoutant Thom qui jouait de la harpe et chantait des chansons d'amour comme *La Première Rose de l'été* et *Le Vent qui secoue le saule* ainsi que des chansons comiques telles *Rien qu'une botte* et *La Vieille Oie Grise.* Ses auditeurs l'appréciaient et tapaient sur les tables pour marquer leur admiration en guise d'applaudissements. Au bout d'un moment, Elayne tapa aussi sur la sienne. Elle n'avait pas bu plus de la moitié de son vin, mais un jeune et beau serveur lui sourit et remplit sa coupe. Tout cela était étrangement passionnant. De sa vie entière elle n'était pas entrée une demi-douzaine de fois dans une salle d'auberge et jamais pour boire du vin et se divertir comme quelqu'un du peuple.

Donnant l'envol à sa cape pour que dansent les pièces multicolores cousues dessus, Thom raconta des histoires – *Mara et les trois Rois sans cervelle* et plusieurs épisodes d'*Anla, la Sage Conseillère* – et récita un long passage de *La Grande Quête du Cor*, le disant de telle sorte que des chevaux semblaient caracoler et des trompettes sonner dans la salle, tandis que des hommes et des femmes se battaient, aimaient et mouraient. Il chanta et récita fort avant dans la nuit, s'arrêtant seulement de temps en temps pour s'humecter le gosier avec une gorgée de vin, tandis que les clients réclamaient à grands cris avec ardeur qu'il continue. La femme qui avait joué du tympanon était assise dans un coin, son instrument sur les genoux et une expression amère sur le visage. Les gens lançaient souvent des pièces de monnaie à Thom – il avait enrôlé un gamin pour les ramasser – et c'était peu probable qu'ils en aient donné autant pour sa musique.

Thom paraissait vraiment dans son élément, avec cette harpe et surtout le récital. Eh bien, c'était un ménestrel ; pourtant il y avait quelque chose en plus. Elayne aurait juré qu'elle l'avait déjà entendu réciter *La Grande Quête* mais sur le mode du Grand Chant, pas sur celui de l'Ordinaire. Comment serait-ce possible ? Il n'était qu'un vieux ménestrel.

Finalement, dans les dernières heures de la nuit, Thom s'inclina dans un ultime envol de cape et se dirigea vers l'escalier accompagné par un grand vacarme de claques sur les tables. Elayne tapa sur la sienne aussi vigoureusement que les autres.

Comme elle se levait pour le suivre, elle glissa et retomba brutalement assise, avec un froncement de sourcils à l'adresse de sa coupe d'argent. Elle était pleine. D'accord, elle avait bu un peu. La tête lui tournait pour une raison quelconque. Oui. Ce charmant jeune homme avec ses yeux bruns attendrissants avait rempli sa coupe de nouveau – combien de fois ? Non pas que ce soit important. Elle ne buvait jamais plus d'une coupe de vin. Jamais. C'était la conséquence d'avoir débarqué du *Danseur-sur-les-vagues* et de se retrouver sur la terre ferme. Elle réagissait comme Nynaeve. Voilà tout.

Se mettant debout avec précaution – et refusant l'offre d'assistance pleine de sollicitude du jeune serveur – elle réussit à monter les marches en dépit de leur façon de se balancer. Sans s'arrêter à l'étage où était la chambre qu'elle partageait avec Nynaeve, elle monta au-dessus et frappa à la porte de Thom. Il l'ouvrit lentement et regarda au-dehors d'un air soupçonneux. Il semblait avoir en main un poignard, qui disparut ensuite. Bizarre. Elle saisit une des longues moustaches blanches.

« Je me rappelle », dit-elle. Sa langue avait des difficultés à se mouvoir convenablement ; les mots étaient... pâteux. « J'étais assise sur votre genou et j'ai tiré votre moustache... » Elle lui imprima un coup sec à titre de démonstration et il tressaillit de douleur. « ... et ma mère s'est penchée par-dessus votre épaule et a ri.

— Je pense qu'il vaut mieux que vous alliez dans votre chambre, répliqua-t-il en s'efforçant de lui ouvrir la main. Je pense que vous avez besoin de dormir un peu. »

Elle se refusa à lâcher prise. En fait, elle semblait l'avoir repoussé à l'intérieur de sa chambre. Par sa moustache. « Ma mère aussi était assise sur votre genou. Je l'ai vu. Je m'en souviens.

— Ce qu'il faut, c'est dormir, Elayne. Vous vous sentirez mieux demain matin. » Il réussit à détacher sa main et tenta de la reconduire à la porte, mais elle se faufilait autour de lui. Le lit n'avait pas de colonnes. Si elle avait eu un montant de lit pour s'y accrocher, peut-être que la pièce cesserait de se soulever dans un mouvement de va-et-vient.

« Je veux savoir pourquoi Maman était assise sur votre genou. » Il recula et elle se rendit compte qu'elle cherchait de nouveau à agripper sa moustache. « Vous êtes un ménestrel. Ma mère ne s'assiérait pas sur le genou d'un ménestrel.

— Allez vous coucher, mon enfant.

— Je ne suis pas une enfant ! » Elle tapa du pied avec colère et faillit tomber. Le sol était plus bas qu'il n'y paraissait. « Pas une enfant. Expliquez-moi. Maintenant ! »

Thom soupira et secoua la tête. Finalement, il répliqua d'un ton contraint : « Je n'ai pas toujours été un ménestrel. J'ai été un barde, à un moment donné. Un barde de cour. À Caemlyn, précisément. Pour la Reine Morgase. Vous étiez une enfant. Votre mémoire vous joue des tours, voilà tout.

— Vous étiez son amant, n'est-ce pas ? » Le tressaillement des paupières de Thom suffit. « Oui, vous l'étiez ! Je l'ai toujours su pour Gareth Bryne. Du moins, je l'ai compris. Mais j'avais toujours espéré qu'elle l'épouserait. Gareth Bryne et vous et ce Seigneur Gaebril dont Mat a dit qu'elle le regarde à présent avec des yeux énamourés et... Combien d'autres encore ? Combien ? Qu'est-ce qui la rend différente de Berelain qui fait tomber dans son lit tous les hommes dont elle prend fantaisie ? Elle n'est pas différente... » Sa vision se brouilla et sa tête résonna comme un tambour. Il lui fallut un instant pour se rendre compte qu'il l'avait giflée. *Giflée !* Elle se redressa de toute sa taille, en regrettant que Thom vacille. « Comment osez-vous ? Je suis la Fille-Héritière d'Andor et je ne permets pas...

— Vous êtes une petite fille pleine de vin comme une outre qui pique une crise de colère, rétorqua-t-il sèchement. Et si jamais je vous entends encore dire quoi que ce soit de pareil au sujet de Morgase, ivre ou sobre, je vous renverse sur mon genou pour une bonne fessée quand bien même vous canalisez ! Morgase est une femme de valeur, et il n'en existe pas de meilleure !

— Vraiment ? » Sa voix chevrotait et elle se rendit compte qu'elle pleurait. « Alors pourquoi avait-elle... ? Pourquoi... » Elle se retrouva sans savoir comment la figure enfouie contre le surcot de Thom, et il lui caressait les cheveux.

« Parce qu'on est bien solitaire quand on est reine, dit-il doucement. Parce que la plupart des hommes attirés par une reine voient en elle le pouvoir, pas une femme. J'ai vu une femme, et elle l'avait compris. Je suppose qu'il en a été de même pour Bryne et aussi ce Gaebril. Il faut que vous le compreniez, mon enfant. Toute personne désire avoir quelqu'un dans sa vie, quelqu'un qui tienne à elle, quelqu'un qu'elle peut chérir. Même une reine.

— Pourquoi êtes-vous parti ? murmura-t-elle contre sa poitrine. Vous me faisiez rire. Je m'en souviens. Vous la faisiez rire aussi. Et vous me promeniez sur votre épaule.

— C'est une longue histoire. » Il eut un soupir oppressé. « Je vous la raconterai une autre fois. Si vous le demandez. Avec de la chance, vous aurez tout oublié demain matin. Il est temps d'aller vous coucher, Elayne. »

Il la guida vers la porte et elle saisit l'occasion pour tirer de nouveau sur sa moustache. « Comme ça, déclara-t-elle avec satisfaction. J'avais l'habitude de tirer dessus comme ça.

— Oui, certes. Pouvez-vous descendre seule ?

— Bien sûr que j'en suis capable. » Elle lui adressa son regard le plus hautain, mais Thom paraissait plus prêt que jamais à l'accompagner dans le couloir. Pour prouver que ce n'était pas nécessaire, elle avança – à pas précautionneux – jusqu'en haut de l'escalier. Il l'observait encore avec inquiétude depuis le seuil de sa chambre quand elle commença à descendre.

Heureusement, elle ne trébucha que quand elle fut hors de sa vue, mais elle passa droit devant sa porte et fut obligée de repartir en sens inverse. La faute en était sûrement à cette gelée de pommes ; elle se doutait qu'elle n'aurait pas dû en manger autant. Lini disait toujours... Elle n'arriva pas à se rappeler ce que disait Lini, mais cela concernait manger trop de sucreries.

Deux lampes brûlaient dans la chambre, une sur la petite table ronde au chevet du lit et l'autre sur le linteau enduit de plâtre blanc de la cheminée au-dessus de l'âtre en brique. Nynaeve était étendue entièrement habillée sur le lit dont elle n'avait pas enlevé le couvre-pieds. Avec ses coudes largement écartés, Elayne le remarqua.

Elle énonça la première pensée qui lui vint en tête. « Rand doit me croire folle. Thom est un barde et Berelain, finalement, n'est pas ma mère. » Nynaeve lui adressa un coup d'œil des plus bizarres. « Je me sens un peu étourdie, je ne comprends pas pourquoi. Un gentil garçon avec de beaux yeux bruns a offert de m'aider à monter.

— Je veux bien parier qu'il l'a fait », répliqua Nynaeve en détachant sèchement chaque mot. Elle se leva et entoura d'un bras les épaules d'Elayne. « Approchez par ici une minute. Il y a quelque chose qu'il vous faut voir, je pense. » Cela se révéla un seau d'eau de réserve près de la table de toilette. « Là. Nous allons nous mettre à genoux toutes les deux pour que vous puissiez regarder. »

Elayne obtempéra, mais il n'y avait rien dans le seau à part son reflet dans l'eau. Elle se demanda pourquoi elle souriait d'une oreille à l'autre de pareille façon. Puis la main de Nynaeve se posa sur sa nuque et sa tête fut dans l'eau.

Battant l'air des mains, elle essaya de se redresser, mais le bras de Nynaeve était comme une barre de fer. On est censé retenir sa respiration sous l'eau. Elayne le savait. Seulement, elle ne parvenait pas à se souvenir comment faire. Elle n'arrivait qu'à se débattre, à avaler de l'eau et à suffoquer.

Nynaeve la redressa, la figure dégoulinante, et elle se remplit les poumons. « Comment... osez-vous, s'exclama-t-elle d'une voix haletante. Je suis... la Fille-Héritière d'... » Elle réussit à pousser un gémissement avant que sa tête replonge dans un jaillissement d'éclaboussures. Empoigner le seau à deux mains et pousser ne servit à rien. Tambouriner des pieds sur le sol ne servit à rien. Elle allait se noyer. Nynaeve allait la noyer.

Après un siècle, elle se retrouva à l'air libre. Des mèches de cheveux trempées lui pendaient devant la figure. « Je crois que je vais vomir », dit-elle du ton le plus ferme qu'elle put prendre.

Juste à temps, Nynaeve sortit de dessous la table de toilette la grande cuvette blanche émaillée et soutint la tête d'Elayne pendant qu'elle recrachait tout ce qu'elle avait jamais mangé dans sa vie. Un an plus tard – eh bien, des heures du moins ; c'est le temps que cela avait paru durer – Nynaeve lui lavait la figure et lui essuyait la bouche, lui bassinait les mains et les poignets. Toutefois sa voix n'exprimait pas la moindre sollicitude.

« Comment avez-vous pu faire ça ? Qu'est-ce qui vous a pris ? Je me serais attendue à ce qu'un imbécile d'homme boive jusqu'à ne plus tenir debout, mais vous ! Et ce soir.

— Je n'ai eu qu'une coupe », marmotta Elayne. Même avec ce jeune serveur qui la remplissait, elle n'en avait pas dû avoir plus de deux. Sûrement pas.

« Une coupe de la taille d'une cruche. » Nynaeve eut un reniflement dédaigneux en l'aidant à se remettre debout. En la hissant sur ses pieds, en réalité. « Êtes-vous capable de rester éveillée ? Je vais à la recherche d'Egwene et je ne me sens pas encore assez sûre de moi pour sortir du *Tel'aran'rhiod* sans que quelqu'un me réveille. »

Elayne la regarda en clignant des paupières. Elles avaient cherché Egwene sans succès tous les soirs depuis qu'elle avait disparu si brusquement lors de cette rencontre dans le Cœur de la Pierre. « Rester éveillée ? Nynaeve, c'est mon tour d'y aller et cela vaut mieux que ce soit moi. Vous savez bien que vous ne pouvez pas canaliser à moins d'être en colère et... » Elle se rendit compte que sa compagne était environnée par le halo de la *saidar*. Et depuis un bon moment, songea-t-elle. Elle avait l'impression d'avoir la tête bourrée de laine ; ses pensées devaient s'y frayer péniblement un chemin. C'est à peine si elle percevait la Vraie Source. « Peut-être vaut-il mieux que ce soit vous. Je resterai éveillée. »

Nynaeve l'examina en fronçant les sourcils, mais finalement acquiesça d'un signe de tête. Elayne tenta de l'aider à se déshabiller, seulement ses doigts se révélèrent peu adroits quand il fallut détacher ces petits boutons. Grommelant entre ses dents, Nynaeve se débrouilla seule. Quand elle n'eut plus que sa chemise, elle enfila l'anneau tors sur le lacet de cuir qu'elle portait autour du cou, à côté d'une bague d'homme, en or et lourde. C'était la chevalière de Lan ; Nynaeve la portait toujours entre ses seins.

Elayne tira un petit tabouret bas en bois près du lit, tandis que Nynaeve s'allongeait de nouveau. Elle se sentait ensommeillée, toutefois assise là-dessus elle ne s'endormirait pas. « Je compterai une heure et je vous réveillerai. »

Nynaeve hocha la tête, puis ferma les paupières, les mains serrées chacune autour des deux anneaux. Au bout d'un moment, sa respiration devint plus profonde.

Le Cœur de la Pierre était complètement désert. Scrutant l'obscurité entre les grandes colonnes, Nynaeve avait fait le tour complet de *Callandor*, qui jaillissait en scintillant des dalles de pierre du sol, avant de se rendre compte qu'elle était encore en chemise, le lacet de cuir suspendu à son cou avec les deux anneaux. Elle fronça les sourcils et, au bout d'un instant, elle portait une robe à la mode du pays des Deux Rivières, en bonne laine brune, et une paire de solides brodequins. Elayne et Egwene trouvaient apparemment ce genre de chose facile, mais ce n'était pas facile pour elle. Lors de précédentes incursions dans le *Tel'aran'rhiod*, il y avait eu des moments gênants, la plupart du temps après que des pensées fugaces concernant Lan lui traversaient l'esprit, seulement changer volontairement de costume demandait de la concentration. Rien que ça – se le rappeler – et sa robe était en soie et aussi transparente que le voile de Rendra. Berelain aurait rougi. Nynaeve n'y manqua pas en pensant que Lan pourrait la voir dans cette tenue. C'est avec effort qu'elle ramena sur elle la laine brune.

Pire, sa colère s'était dissipée – cette petite sotte ; ne se rendait-elle pas compte de ce qui se passait quand on buvait trop de vin ? N'avait-elle jamais encore été seule dans une salle d'auberge ? Ma foi, possible que non – et la Vraie Source pouvait aussi bien ne pas exister en ce qui la concernait. Peut-être était-ce sans importance. Inquiète, elle plongeait son regard dans la forêt d'énormes colonnes de grès rouge, en tournant sur elle-même. Pourquoi Egwene était-elle partie d'ici subitement ?

La Pierre était silencieuse, telle une caverne déserte. Nynaeve entendait le sang battre dans ses oreilles. Pourtant elle sentait entre ses omoplates un picotement comme si quelqu'un l'observait.

« Egwene ? » Son appel se répercuta dans le silence qui régnait au milieu des colonnes. « Egwene ? » Rien.

Elle voulut frotter ses mains sur sa jupe et découvrit qu'elle tenait un bâton terminé par une épaisse protubérance. Voilà qui ne servirait pas à grand-chose. Elle resserra néanmoins sa prise dessus. Une épée serait plus utile – pendant un instant le bâton vacilla, à moitié épée – mais elle ne savait pas manier l'épée. Elle eut un rire intérieur désabusé. Un gourdin valait une épée ici ; l'un et l'autre pratiquement inutiles. Canaliser était le seul vrai moyen de se défendre, cela et prendre ses jambes à son cou. Ce qui ne lui laissait en cet instant qu'un choix.

Elle avait envie de s'enfuir maintenant, avec cette sensation de regard fixé sur elle, mais elle ne lâcherait pas pied si vite. Toutefois, que devait-elle faire ? Egwene n'était pas ici. Elle se trouvait quelque part dans le Désert. À Rhuidean, disait Elayne. Où que cela se situât.

Entre un pas et le suivant, elle fut soudain sur une pente montagneuse, avec un soleil impitoyable qui s'élevait au-dessus d'autres montagnes pointues de l'autre côté de la vallée à ses pieds, rendant brûlant l'air sec.

Le Désert. Elle était dans le Désert. Pendant un instant, ce soleil la surprit, mais le Désert était suffisamment éloigné à l'est pour que l'aube ici corresponde encore à la nuit à Tanchico. Dans le *Tel'aran'rhiod*, cela n'avait de toute façon pas d'importance. Soleil ou pénombre là-bas paraissait sans relation avec le monde réel pour autant qu'elle pouvait le déterminer.

De longues ombres légères couvraient encore presque la moitié de la vallée mais, chose curieuse, une masse de brouillard ondoyait là-bas, ne se dissipant pas en dépit du soleil qui dardait dessus. Des tours majestueuses pointaient hors de cette brume, certaines paraissant inachevées. Une ville. Dans le Désert ?

À force de cligner des yeux, elle distingua aussi une personne dans la vallée. Un homme, encore que ce qu'elle discernait à cette distance fût seulement quelqu'un qui semblait porter des chausses et un surcot bleu vif. Certainement pas un Aiel. Il marchait le long de la lisière du brouillard et s'arrêtait de temps en temps pour le tâter. Elle n'en était pas sûre, mais elle pensa que sa main s'arrêtait court chaque fois. Peut-être n'était-ce pas du tout du brouillard.

« Vous devez partir d'ici, dit une voix de femme d'un ton pressant. Si celui-là vous voit, vous êtes morte ou pire. »

Nynaeve sursauta, pivotant sur elle-même le gourdin dressé, manquant de peu perdre l'équilibre sur la pente.

La femme qui se tenait un peu au-dessus d'elle portait une courte tunique blanche et de volumineuses chausses jaune pâle resserrées sur de courtes bottes. Sa cape ondulait dans une aride rafale de vent. C'est ses longs cheveux blonds, nattés de façon compliquée, et l'arc d'argent dans ses mains, qui incitèrent un nom à jaillir de la bouche de Nynaeve sur un ton incrédule.

« Birgitte ? » Birgitte, héroïne de cent récits, et son arc d'argent avec lequel elle ne manquait jamais son but. *Birgitte,* l'un des héros morts que le Cor de Valère ferait sortir de la tombe pour lutter dans l'Ultime Bataille. « C'est impossible. Qui êtes-vous ?

— Le temps manque, jeune femme. Vous devez partir avant qu'il voie. » D'un seul geste souple, elle sortit du carquois suspendu à sa ceinture une flèche d'argent qu'elle encocha et dont elle rapprocha l'empennage de son oreille en bandant l'arc. La pointe d'argent visait le cœur de Nynaeve. « Allez ! »

Nynaeve s'enfuit.

Elle n'aurait pas su dire comment, mais elle se tenait sur le Pré Communal du Champ d'Emond, le regard fixé sur l'*Auberge de la Source du Vin* avec ses cheminées et son toit de tuile rouge. Des toits de chaume entouraient le Pré, où la Source du Vin jaillissait d'un affleurement rocheux. Ici, le soleil était haut, bien que le pays des Deux Rivières fût loin à l'ouest du Désert. Pourtant, malgré un ciel sans nuages, une ombre profonde pesait sur le village.

Elle n'eut qu'un instant pour se demander comment les habitants se débrouillaient sans elle. Un mouvement bref attira son attention, un éclair d'argent et une femme se dissimulant derrière le coin de la maison proprette d'Ailys Candwin, au-delà de la Rivière de la Source du Vin. Birgitte.

Nynaeve n'hésita pas. Elle courut vers une des passerelles qui enjambaient l'étroit ruisseau impétueux. Ses chaussures martelèrent les planches de bois. « Revenez ici, cria-t-elle. Hé, vous là-bas, revenez me répondre ! Qui était-ce ? Revenez ici ou je vous réduis en chair à pâté ! Je vous cognerai dessus de sorte que vous penserez avoir vécu une aventure ! »

Tournant le coin de la maison d'Ailys, elle ne comptait vraiment qu'à moitié voir Birgitte. Ce à quoi elle ne s'attendait pas du tout, c'est à cet homme en cape noire qui avançait vers elle à une allure accélérée dans la rue en terre battue, à moins de cent pas d'elle. La respiration lui manqua. Lan. Non, mais il avait la même forme de visage, les mêmes yeux. Il s'arrêta, leva son arc et tira. Sur elle. Avec un hurlement, elle se jeta de côté, en s'efforçant péniblement de se réveiller.

Elayne se leva d'un bond, renversant le tabouret qui bascula à la renverse, quand Nynaeve hurla et se dressa sur son séant, les yeux écarquillés.

« Qu'est-ce qui s'est passé, Nynaeve ? Qu'est-ce qui s'est passé ? »

Nynaeve frissonna. « Il ressemblait à Lan. Il ressemblait à Lan et il a tenté de me tuer. » Elle posa une main tremblante sur son bras gauche, où du sang suintait d'une entaille superficielle à deux ou trois doigts au-dessous de son épaule. « Si je n'avais pas sauté, j'aurais été atteinte au cœur. »

Elayne s'assit au bord du lit et examina la coupure. « Ce n'est pas grave. Je vais la nettoyer et la panser pour vous. » Elle regretta de ne pas avoir le don de Guérir ; essayer sans rien y connaître risquait d'empirer les choses. Toutefois, ce n'était réellement guère plus qu'une longue égratignure. Sans compter que sa tête semblait encore pleine de gelée. De gelée frémissante. « Ce n'était pas Lan. Calmez-vous. Qui que ce soit, ce n'était pas Lan.

— Je le sais », riposta Nynaeve d'un ton acide. À peu près de la même voix coléreuse, elle raconta ce qui était arrivé. L'homme qui lui avait tiré une flèche dessus au Champ d'Emond et l'homme dans le Désert ; elle n'était pas sûre qu'il s'agissait du même. Birgitte était déjà assez incroyable.

« Êtes-vous certaine ? insista Elayne. Birgitte ? »

Nynaeve soupira. « La seule chose dont je suis certaine, c'est que je n'ai pas trouvé Egwene. Et que je ne retournerai pas là-bas ce soir. » Elle se tapa du poing sur la cuisse. « Où est-elle ? Que lui est-il arrivé ? Si elle a rencontré cet individu armé de l'arc... Ô Lumière ! »

Elayne eut besoin de réfléchir une minute ; elle avait une folle envie de dormir et ses pensées ne cessaient de vaciller. « Elle a dit qu'elle risquait de ne pas y être quand nous serons censées nous rencontrer de nouveau. C'est peut-être pour cette raison qu'elle est partie si précipitamment. Pourquoi elle ne peut pas... je veux dire... » Cela ne paraissait pas avoir grand sens, mais elle était incapable de s'exprimer d'une façon plus explicite.

« Je l'espère », répliqua Nynaeve avec lassitude. Regardant Elayne, elle ajouta : « Nous ferions mieux de vous mettre au lit. Vous avez l'air prête à tomber par terre. »

Elayne fut reconnaissante qu'on l'aide à se déshabiller. Elle n'oublia pas de panser le bras de Nynaeve, mais le lit était si tentateur qu'elle ne parvenait guère à songer à autre chose. Demain matin, peut-être que la chambre aurait cessé de tournoyer lentement autour du lit. Le sommeil s'empara d'elle dès que sa tête toucha l'oreiller.

Au matin, elle souhaita être morte.

Avec le soleil tout juste apparu dans le ciel, la grande salle était déserte à l'exception d'Elayne. La tête dans les mains, elle contemplait une tasse que Nynaeve avait posée sur la table avant d'aller à la recherche de l'aubergiste. Chaque fois qu'elle respirait, elle la sentait ; son nez s'efforçait de se contracter. Sa tête lui donnait l'impression... Impossible de décrire ce que sa tête ressentait. Lui aurait-on offert de la couper, qu'elle en aurait été reconnaissante.

« Est-ce que vous allez bien ? »

Elle sursauta au son de la voix de Thom et retint avec peine un gémissement. « Je suis très bien, merci. » Parler lui donnait des élancements dans le crâne. Il tortillait une de ses moustaches d'un geste hésitant. « Vos récits étaient merveilleux, hier soir, Thom. Ce que je m'en rappelle. » Elle parvint à émettre un petit rire d'excuse. « Je ne me souviens pas de grand-chose, je le crains, sinon d'être restée assise là-bas à écouter. J'ai dû manger de la mauvaise gelée de pommes. » Elle n'était pas prête à admettre qu'elle avait bu tout ce vin ; elle n'avait toujours aucune idée de la quantité absorbée. Ni qu'elle s'était conduite comme une sotte dans la chambre de Thom. Surtout pas ça. Il sembla la croire, d'après l'air soulagé qu'il eut en s'installant sur une chaise.

Nynaeve apparut et lui tendit un linge mouillé en

s'asseyant. Elle rapprocha aussi d'elle la tasse avec son horrible tisane. Elayne pressa l'étoffe sur son front avec gratitude.

« L'un de vous a-t-il vu Maître Sandar, ce matin ? demanda son aînée.

— Il n'a pas dormi dans notre chambre, répliqua Thom. Ce dont je devrais être satisfait, étant donné les dimensions du lit. »

Comme si cet échange de paroles l'avait appelé, Juilin entra par la porte de la rue, le visage las et son surcot ajusté froissé. Il y avait une marque de coup sous son œil gauche, et ses courts cheveux noirs qui normalement formaient une calotte lisse sur sa tête semblaient avoir été peignés avec ses doigts, mais il souriait quand il se joignit à eux. « Les voleurs dans cette ville ont l'air aussi nombreux que des vairons dans les roseaux et ils sont prêts à parler si on leur paie quelque chose à boire. J'ai bavardé avec deux hommes qui prétendent avoir vu une femme avec une mèche blanche au-dessus de l'oreille gauche. À mon avis, c'est l'une d'elles.

— Elles sont donc ici », commenta Elayne, mais Nynaeve secoua la tête.

« Peut-être. Plus d'une femme peut avoir une mèche blanche dans les cheveux.

— Il était incapable de dire quel âge elle avait, reprit Juilin en masquant un bâillement derrière sa main. Pas d'âge du tout à ce qu'il soutenait. Il a dit en plaisantant qu'elle pourrait bien être une Aes Sedai.

— Vous allez trop vite, le réprimanda Nynaeve d'une voix tendue. Vous ne nous faites pas de bien si vous les attirez jusqu'à nous. »

Juilin rougit violemment. « Je suis prudent. Je n'ai aucune envie que Liandrin remette les mains sur moi. Je ne pose pas de questions ; je parle. Quelquefois de femmes que j'ai fréquentées. Deux hommes ont mordu à l'hameçon de cette mèche blanche et aucun d'eux ne l'a interprété autrement que comme quelques propos insignifiants autour d'une chope d'ale bon marché. Ce soir, peut-être une autre nagera dans mon filet, seulement cette fois ce sera une femme fragile du Cairhien avec de très grands yeux bleus. » Il faisait allusion à Temaile Kinderode. « Peu à peu, je cernerai les endroits où elles ont été vues, jusqu'à ce que je sache où elles sont. Je les trouverai pour vous.

— Ou moi. » Thom disait cela comme s'il pensait que c'était beaucoup plus probable. « Plutôt qu'avec des voleurs, pourquoi n'intrigueraient-elles pas avec des nobles et des hommes politiques ? Un seigneur de cette ville se mettra à agir comme il n'en a pas l'habitude et il me conduira jusqu'à elles. »

Les deux hommes se mesurèrent du regard. D'une minute à l'autre, Elayne s'attendit à ce que l'un d'eux offre de se battre. Ah, les hommes ! D'abord Juilin et Domon, maintenant Juilin et Thom. Il y avait de fortes chances que Thom et Domon s'engagent dans une lutte à coups de poing pour couronner le tout. Les hommes. C'est le seul commentaire qui lui vint à l'esprit.

« Peut-être Elayne et moi réussirons-nous sans aucun de vous, déclara Nynaeve. Nous commencerons nous-mêmes à chercher aujourd'hui. » Ses yeux se détournèrent brièvement vers Elayne. « Du moins, moi. Elayne peut avoir besoin d'un peu plus de repos pour se remettre de... la traversée. »

Posant avec soin sur la table l'étoffe humide, Elayne se servit de ses deux mains pour soulever la tasse posée devant elle. L'épais liquide gris-vert avait un goût pire encore que son odeur. Frémissante, elle se força à continuer d'avaler. Quand le liquide arriva dans son estomac, elle se sentit pendant un instant comme une cape claquant dans la tempête. « Deux paires d'yeux voient davantage qu'une, rétorqua-t-elle à Nynaeve en reposant la tasse vide avec un petit bruit sec.

— Cent paires voient plus encore, s'écria précipitamment Juilin, et si cette anguille native d'Illian envoie vraiment ses hommes enquêter, nous aurons au moins ce nombre-là, en comptant les voleurs et les coupeurs de bourses.

— Je... *nous*... découvrirons ces femmes pour vous

si elles sont trouvables, dit Thom. Il n'y a nul besoin que vous bougiez de l'auberge. Cette ville donne l'impression d'être dangereuse même si Liandrin n'y est pas.

— Sans compter, ajouta Juilin, que si elles sont là elles vous connaissent toutes les deux. Elles connaissent votre visage. Mieux vaut de beaucoup que vous restiez ici à l'auberge, hors de vue. »

Elayne les considérait avec stupeur. Un moment plus tôt, ils avaient essayé de s'intimider mutuellement et voilà qu'ils se liguaient épaule contre épaule. Nynaeve avait eu raison quand elle disait qu'ils causeraient des ennuis. Eh bien, la Fille-Héritière d'Andor n'allait pas se cacher derrière Maître Juilin Sandar et Maître Thom Merrilin. Elle ouvrit la bouche pour les en informer, mais Nynaeve parla la première.

« Vous avez raison », déclara-t-elle avec calme. Elayne la regarda avec des yeux incrédules ; Thom et Juilin eurent l'air surpris et, en même temps, une révoltante expression satisfaite. « Elles nous connaissent, en effet, poursuivit Nynaeve. Je me suis occupée de régler cette question ce matin, je pense. Ah, voici Maîtresse Rendra avec notre petit déjeuner. »

Thom et Juilin échangèrent des coups d'œil déconcertés, mais ils ne pouvaient pas parler en présence de l'aubergiste qui leur souriait à tous sous son voile.

« À propos de ce que je vous ai demandé ? lui dit Nynaeve quand la jeune femme plaça un bol de porridge sucré au miel devant elle.

— Ah, oui. Trouver des vêtements à votre taille pour vous deux ne présentera pas de problème. Et les cheveux – vous avez de si beaux cheveux ; si longs – les relever ne demandera qu'une minute. » Elle palpa ses propres tresses d'or sombre.

L'expression de Thom et de Juilin fit sourire Elayne. S'ils avaient probablement été préparés à soutenir des discussions, ils étaient sans défense quand ils se retrouvaient traités comme quantité négligeable. Sa tête allait réellement un peu mieux ; l'abominable mixture de Nynaeve paraissait efficace. Tandis que Nynaeve et

Rendra débattaient de prix, de coupe et de tissus – Rendra voulait reproduire sa robe moulante, vert pâle aujourd'hui ; Nynaeve y était opposée, mais semblait faiblir – Elayne prit une cuillerée de porridge pour enlever de sa bouche le goût de la tisane. Cela lui rappela qu'elle avait faim.

Il existait un problème qu'aucun d'eux n'avait encore abordé, un problème que Thom et Juilin ignoraient. Si l'Ajah Noire était dans Tanchico, alors y était aussi ce qui mettait Rand en danger. Quelque chose capable de le réduire à l'impuissance par son propre Pouvoir. Découvrir Liandrin et les autres ne suffisait pas. Elles devaient aussi trouver cela. Soudain son bel appétit tout neuf disparut.

40. Chasseur de Trollocs

Les restes de l'averse tombée au petit matin dégouttaient des feuilles des pommiers et un roselin pourpré sautillait le long d'une grosse branche où se formaient des fruits qui ne seraient pas récoltés cette année. Le soleil était haut mais masqué par d'épais nuages gris. Assis par terre en tailleur, Perrin vérifia machinalement la corde de son arc ; les cordes aux brins tordus serré et enduits de cire avaient tendance à se distendre par temps humide. L'orage que Vérine avait déclenché pour les dérober à d'éventuelles poursuites la nuit de la délivrance l'avait surprise, même elle, par sa violence et, à trois reprises, des trombes d'eau s'étaient abattues pendant les six jours suivants. Il pensait que cela faisait six jours. Il n'avait pas réellement réfléchi depuis cette nuit-là, il s'était laissé porter par les événements, réagissant à ce qui se présentait. Le plat de sa lame de hache s'enfonçait dans son flanc, cependant c'est à peine s'il en avait conscience.

Des tertres bas verdoyants témoignaient des générations d'Aybara enterrés là. Les plus anciennes parmi les stèles de bois sculpté, fendillées et presque illisibles, portaient des dates remontant à près de trois cents ans en tête de tombes qui ne se distinguaient pas du sol jamais remué. C'étaient les monticules tassés par les pluies bien qu'à peine couverts d'herbe qui lui crevaient le cœur. Des générations d'Aybara avaient été ensevelies ici, mais sûrement jamais quatorze d'entre eux à la fois. Tante Neain là-bas près de la sépulture plus ancienne de l'oncle Carlin, avec leurs deux enfants à côté d'elle. La grand-tante Ealsin dans la même rangée que l'oncle Eward et tante Magde ainsi que leurs trois enfants, la longue rangée où étaient sa mère et son père. Adora et le petit Paet. Une longue rangée de tertres où la terre nue détrempée se voyait encore à travers les herbes. Il compta au toucher les flèches qui restaient dans son carquois. Dix-sept. Trop avaient été endommagées, valant d'être récupérées uniquement pour leur pointe d'acier. Pas le temps de fabriquer les siennes ; il devrait aller trouver bientôt le spécialiste du Champ d'Emond. Buel Dawtry faisait de bonnes flèches, encore mieux que Tain.

Un faible bruissement derrière son dos l'incita à humer l'air. « Qu'est-ce que c'est, Dannil ? » dit-il sans se retourner.

Il y eut une respiration brusquement suspendue, un instant de surprise inquiète, avant que Dannil Lewin réponde : « La Dame est là, Perrin. » Aucun d'eux ne s'était habitué à ce qu'il sache qui était qui avant de les voir ou dans le noir, mais il ne se souciait plus guère de leurs étonnements.

Il regarda par-dessus son épaule en fronçant les sourcils. Dannil avait l'air plus maigre qu'auparavant ; les paysans ne pouvaient nourrir qu'un nombre donné à la fois, et la nourriture avait oscillé entre festin et famine selon les résultats de la chasse. Famine, le plus souvent. « La Dame ?

— La Dame Faile. Et le Seigneur Luc, aussi. Ils arrivent du Champ d'Emond. »

Perrin se releva avec souplesse et partit à longues enjambées qui obligèrent Dannil à se hâter pour rester à sa hauteur. Il réussit à ne pas regarder la maison. Les poutres charbonneuses et les cheminées pleines de suie qui avaient été la demeure où il avait grandi. Par contre, il examina les arbres à la recherche de ses guetteurs, ceux qui étaient le plus près de la ferme. Voisin comme il l'était du Bois Humide, le terrain abondait en grands chênes et sapins-ciguës, en frênes et en lauriers de belle taille. Le feuillage épais dissimulait bien les garçons – les vêtements de paysan aux couleurs ternes se prêtaient à merveille à se cacher – et même lui eut du mal à les repérer. Il aurait un mot à dire à ceux qui étaient plus loin ; ils étaient censés veiller à ce que personne n'approche sans qu'ils le signalent. Même Faile et ce Luc.

Le camp, dans un grand bosquet où il avait naguère feint de se trouver dans une lointaine contrée sauvage, était un emplacement rudimentaire au milieu des broussailles, avec des couvertures suspendues entre les arbres pour former des abris, et d'autres encore disséminées sur le terrain entre les petits feux de cuisine. Les branches dégoulinaient d'eau ici aussi. La plupart des cinquante hommes du camp, tous jeunes, n'étaient pas rasés, soit pour imiter Perrin soit parce que se raser à l'eau froide était désagréable. C'étaient de bons chasseurs – il avait renvoyé chez eux ceux qui ne l'étaient pas – mais pas accoutumés à passer plus d'une nuit ou deux à la belle étoile. Et pas habitués non plus à ce qu'il leur faisait faire.

Pour le moment, ils étaient groupés bouche bée autour de Faile et de Luc, et seulement quatre ou cinq avaient un arc de guerre à la main. Le reste des arcs était avec le matériel de couchage, ainsi le plus souvent que les carquois. Luc jouait négligemment avec les rênes d'un grand étalon noir, la parfaite personnification de la morgue nonchalante en surcot rouge, le regard froid de ses yeux bleus ne tenant aucun compte des hommes qui l'entouraient. Son odeur tranchait sur celle des autres, froide et distincte, presque comme s'il n'avait rien en commun avec ces hommes, pas même l'humanité.

Faile accourut d'un pas vif à la rencontre de Perrin avec un sourire, sa jupe divisée en deux parties étroites émettant un doux *pfui-pfui* comme la soie grise frottait contre la soie. Elle sentait un faible arôme de savon parfumé aux herbes et son odeur personnelle. « Maître Luhhan avait dit que nous te trouverions ici. »

Il avait l'intention de demander d'un ton sévère ce qu'elle faisait là, mais il se retrouva en train de la prendre dans ses bras et de dire dans ses cheveux : « C'est bon de te voir. Tu m'as manqué. »

Elle le repoussa juste assez pour l'examiner. « Tu as l'air fatigué. »

À cela il ne répondit pas, il n'avait pas le temps d'être fatigué. « Vous avez ramené chacun d'eux sain et sauf au Champ d'Emond ?

— Ils sont à l'*Auberge de la Source du Vin.* » Elle sourit subitement. « Maître al'Vere a déniché une vieille hallebarde et il déclare que si les Blancs Manteaux les veulent ils auront à lui passer sur le corps. Tous sont au village, à présent, Perrin. Vérine et Alanna, les Liges. Feignant d'être quelqu'un d'autre, bien sûr. Et Loial. Il a certes produit un effet sensationnel. Encore plus que Baine et Khiad. » Son sourire fut remplacé par une expression soucieuse. « Il m'a priée de te transmettre un message. Alanna a disparu deux fois sans un mot, une fois seule. Loial a dit qu'Ihvon a paru surpris de découvrir qu'elle était partie. Il a dit que je ne devais en parler à personne d'autre. » Elle étudia son visage. « Qu'est-ce que cela signifie, Perrin ?

— Rien, peut-être. Seulement que je n'ai pas la certitude que je peux me fier à elle. Vérine m'a mis en garde contre elle, mais puis-je me fier à Vérine ? Tu dis que Baine et Khiad sont au Champ d'Emond ? Cela implique, je suppose, qu'il est au courant de ce qu'elles sont. » Il eut un mouvement de tête brusque en direction de Luc. Quelques-uns parmi les hommes l'avaient abordé et lui posaient timidement des questions, et il répondait avec un sourire condescendant.

« Elles sont venues avec nous, répliqua-t-elle lentement. Elles opèrent une reconnaissance autour de votre camp en ce moment. Je ne crois pas qu'elles aient une très haute opinion de tes sentinelles. Perrin, pourquoi ne tiens-tu pas à ce que Luc connaisse la présence des Aiels ?

— J'ai parlé à un certain nombre de gens dont tous les biens ont été brûlés. » Luc était trop loin pour surprendre leur conversation néanmoins il s'astreignit à parler bas. « En comptant celle de Flann Lewin, Luc se trouvait sur cinq des fermes le jour où elles ont été attaquées, ou la veille.

— Perrin, cet homme est un imbécile plein d'arrogance par certains côtés – je l'ai entendu faire allusion à des droits qu'il aurait sur l'un des trônes des Marches, encore qu'il nous ait raconté qu'il était du Murandy – mais tu ne peux pas réellement croire que c'est un Ami du Ténébreux. Il a donné de très bons conseils au Champ d'Emond. Quand j'ai annoncé que tout le monde était là-bas, c'est bien tout le monde que je voulais dire. » Elle secoua sa tête brune dans un geste marquant l'étonnement. « Des centaines et des centaines de gens sont arrivés du sud et du nord, de toutes les directions, avec leurs bestiaux et leurs moutons, tous parlant des avertissements de Perrin Les-Yeux-d'Or. Ton petit village est préparé à se défendre si besoin est, et Luc s'est déplacé partout ces derniers jours.

— Perrin qui ? » s'exclama-t-il avec une grimace. Pour changer de sujet, il reprit : « Venant du sud ? Mais c'est ici le plus au sud où je suis allé. Je n'ai pas parlé à un fermier à plus d'un quart de lieue au-dessous de la Rivière de la Source du Vin. »

Faile lui tira la barbe en riant. « Les nouvelles se répandent, mon beau général. Je pense que la moitié d'entre eux s'attend à ce que tu les organises en armée pour reconduire les Trollocs jusqu'à la Grande Dévastation. Il y aura des récits sur toi dans les Deux Rivières pendant les mille années à venir. Perrin Les-Yeux-d'Or, chasseur de Trollocs.

— Ô Lumière ! » marmotta-t-il.

Chasseur de Trollocs. Bien peu jusqu'à présent justifiait ce titre-là. Deux jours après avoir libéré Maîtresse Luhhan et les autres, le jour suivant le départ de Vérine et de Tomas partis de leur côté, ils avaient trouvé sur leur chemin les ruines encore fumantes d'une ferme, lui et les quinze gars des Deux Rivières qui l'accompagnaient alors. Après avoir enterré ce qu'ils avaient trouvé dans les cendres, suivre les Trollocs fut assez facile, entre le talent de pisteur de Gaul et son propre nez. La forte odeur fétide des Trollocs n'avait pas eu le temps de s'estomper, pas pour lui. Certains des gars étaient devenus hésitants quand ils comprirent que chasser les Trollocs n'était pas de sa part un propos en l'air. S'ils avaient dû aller très loin, il avait dans l'idée que la plupart se seraient esquivés quand personne ne regardait, mais la piste conduisait à un bosquet situé à pas plus d'une lieue. Les Trollocs ne s'étaient pas donné la peine d'aposter des sentinelles – ils n'avaient pas de Myrddraal avec eux pour secouer leur paresse – et les hommes des Deux Rivières savaient suivre une piste en silence. Trente-deux Trollocs périrent, bon nombre dans leurs couvertures sales, transpercés de flèches avant d'avoir pu pousser un cri, moins encore quand c'était à coups d'épée ou de hache. Dannil, Ban et les autres avaient été prêts à célébrer un grand triomphe... jusqu'à ce qu'ils découvrent ce qui remplissait la grande marmite de fer des Trollocs posée dans les cendres du feu. La plupart s'éloignèrent en courant pour vomir, et plus d'un pleura ouvertement. C'est Perrin lui-même qui creusa la tombe. Une seule : il n'y avait pas moyen de savoir ce qui avait appartenu à qui. Quelque blindé qu'il se sentît intérieurement, il n'était pas certain qu'il n'aurait pas réagi de même dans le cas contraire.

Tard le lendemain, aucun n'avait hésité quand il avait relevé une autre piste fétide, ce qui n'empêcha pas quelques murmures d'étonnement concernant ce qu'il suivait jusqu'à ce que Gaul trouve les traces de sabots et de bottes trop grandes pour des êtres humains. Un autre bosquet, proche du Bois Humide, abritait quarante et un Trollocs et un Évanescent, avec des sentinelles de place en place, encore que ronflant à leur poste pour la majorité de ces dernières. Auraient-elles toutes été éveillées que cela n'aurait fait aucune différence. Gaul tua celles qui l'étaient, se glissant entre les arbres comme une ombre, et les hommes des Deux Rivières étaient à présent près de trente. D'ailleurs, ceux qui n'avaient pas vu la marmite en avaient entendu parler ; ils criaient en tirant, avec une satisfaction guère moins sauvage que les hurlements gutturaux des Trollocs. Le Myrddraal tout de noir vêtu avait été le dernier à mourir, un porc-épic aux piquants remplacés par des flèches. Personne n'eut envie de récupérer une flèche sur celui-là, même après qu'il eut cessé de se débattre.

Ce soir-là, la deuxième pluie était tombée, des heures de pluie torrentielle avec un ciel plein de nuages noirs tourbillonnants et d'éclairs en fer de lance. Perrin n'avait pas senti de piste trolloque depuis et le sol délavé n'avait gardé aucune empreinte. La majeure partie de leur temps avait été passée à éviter les patrouilles des Blancs Manteaux, plus nombreuses qu'auparavant à ce que tout le monde disait. Les fermiers à qui Perrin avait parlé racontaient que les patrouilles semblaient vouloir retrouver leurs prisonniers et ceux qui les avaient libérés plutôt que chercher des Trollocs.

Pas mal d'hommes s'étaient assemblés autour de Luc maintenant. Il était assez grand pour que ses cheveux roux apparaissent au-dessus de leurs têtes plus foncées. Il avait l'air de parler et eux d'écouter. Et d'approuver.

« Voyons ce qu'il a à dire », décida Perrin d'un ton peu amène.

Les hommes des Deux Rivières ne s'écartèrent devant Faile et lui qu'avec un peu de sollicitation du doigt. Leur attention était entièrement absorbée par le seigneur au surcot rouge, qui en vérité pérorait d'abondance.

« ... de sorte que le village est à présent parfaitement sûr. Une foule de gens se sont rassemblés pour le défendre. Je dois avouer que je prends plaisir à dormir sous un toit quand je le peux. Maîtresse al'Vere, à l'auberge, sert des repas savoureux. Son pain est parmi les meilleurs que j'aie jamais mangés. Sincèrement, rien ne vaut du pain juste sorti du four et du beurre baratté de frais, se reposer un soir avec une bonne chope de vin ou de la bonne ale brune de Maître al'Vere.

— Le Seigneur Luc disait que nous devrions aller au Champ d'Emond, Perrin », expliqua Kenley Ahan, en frottant son nez rougi avec le dos d'une main sale. Il n'était pas le seul à se trouver dans l'impossibilité de se laver aussi souvent qu'il l'aurait voulu, et pas non plus le seul à être enrhumé.

Luc sourit à Perrin à peu près de la même façon qu'à un chien qu'il s'attendrait à voir exécuter un tour. « Le village est parfaitement sûr, mais il y a toujours besoin de davantage de dos solides.

— Nous pourchassons les Trollocs, répondit Perrin avec calme. Tous n'ont pas encore quitté leurs fermes et chaque bande que nous trouvons et détruisons implique des fermes qui ne brûleront pas et plus de gens avec une chance d'être en sécurité. »

Wil al'Seen partit d'un éclat de rire glapissant. Il n'était pas si joli garçon avec un nez rouge enflé et une barbe de six jours implantée de façon irrégulière. « Nous n'avons pas senti un Trolloc depuis des jours. Sois raisonnable, Perrin. Peut-être bien que nous les avons déjà tous tués. » Il y eut des murmures d'acquiescement.

« Je n'ai pas l'intention de causer des dissensions. » Luc écarta les mains dans un geste candide. « Nul doute que vous avez eu de nombreux grands succès en dehors de ceux dont nous avons entendu parler. Des centaines de Trollocs abattus, je pense. C'est bien possible que vous les ayez tous chassés. Je vous l'affirme, le Champ d'Emond est prêt à vous accueillir tous en héros. Le même doit être vrai à la Colline-au-Guet pour ceux qui habitent là-haut. Y en a-t-il qui sont de la Tranchée-de-Deven ? » Wil hocha la tête et Luc lui tapa sur l'épaule dans un geste de feinte bonne camaraderie. « Un accueil digne d'un héros, sans aucun doute.

— Quiconque désire rentrer chez lui le peut », répliqua Perrin d'une voix égale. Faile lui adressa un froncement de sourcils d'avertissement ; un général n'agit pas de cette façon. Mais il ne voulait avec lui personne qui n'avait pas envie d'y être. D'autre part, il ne voulait pas être un général. « Pour ma part, je ne crois pas que la tâche soit déjà terminée, toutefois c'est à vous de choisir. »

Personne ne le prit au mot, encore que Wil du moins eût l'air prêt à le faire, par contre vingt autres baissèrent les yeux et raclèrent de leurs bottes les feuilles de l'an dernier.

« Eh bien, reprit Luc d'un ton détaché, si vous n'avez plus de Trollocs à pourchasser, peut-être est-il temps de tourner votre attention vers les Blancs Manteaux. Cela ne leur plaît pas que vous, les gens des Deux Rivières, ayez décidé de vous défendre. Et j'ai cru comprendre qu'ils ont l'intention de vous pendre, vous tous ici en particulier, comme hors-la-loi, pour avoir volé leurs prisonniers. »

Une expression anxieuse s'échangea entre bon nombre des garçons des Deux Rivières.

C'est alors que Gaul se fraya un passage à travers la foule, suivi de près par Baine et Khiad. Non pas que les Aiels aient eu à pousser, bien sûr ; les autres s'écartèrent dès qu'ils comprirent qui c'était. Luc regarda Gaul en fronçant les sourcils d'un air pensif, peut-être désapprobateur ; l'Aiel lui rendit son regard avec un visage de marbre. Wil, Dannil et leurs compagnons se rassérénèrent à la vue de l'Aiel ; la plupart s'imaginaient toujours que des centaines d'autres se cachaient quelque part dans les bosquets et les forêts. Ils ne s'interrogeaient jamais sur la raison pour laquelle tous ces Aiels restaient dissimulés, et Perrin s'abstenait évidemment de jamais soulever la question. Si croire à des renforts de quelques centaines d'Aiels les aidait à garder leur courage, tant mieux.

« Qu'avez-vous découvert ? » demanda Perrin. Gaul était parti depuis la veille ; il se déplaçait aussi vite qu'un homme à cheval, plus vite dans les bois, et il voyait davantage.

« Des Trollocs, répliqua Gaul comme s'il signalait la

présence de moutons, qui traversent ce Bois Humide le bien-nommé en direction du sud. Ils ne sont pas plus de trente, et je crois qu'ils ont l'intention de camper en lisière de la forêt et d'attaquer cette nuit. Il y a des fermiers qui n'ont pas voulu quitter leurs terres dans le sud. » Il eut un soudain sourire cruel. « Ils ne m'ont pas repéré. Ils ne seront pas avertis. »

Khiad se rapprocha de Baine. « Il ne marche pas mal, pour un Chien de Pierre, chuchota-t-elle assez fort pour être entendue à vingt pas. Il ne fait guère plus de bruit qu'un taureau boiteux.

— Eh bien, Wil ? questionna Perrin. Veux-tu aller au Champ d'Emond ? Tu pourras te raser et même trouver une fille à embrasser pendant que ces Trollocs souperont ce soir. »

Wil devint rouge comme un coq. « Je serai là où tu seras ce soir, Aybara, répliqua-t-il d'une voix sèche.

— Personne ne songe à rentrer à la maison s'il y a toujours des Trollocs dans les parages, Perrin », ajouta Kenley.

Perrin regarda les autres à la ronde, ne rencontrant que des hochements de tête marquant leur accord. « Et vous, Luc ? Nous serions heureux d'avoir un seigneur et Chasseur en Quête du Cor avec nous. Vous pourriez nous montrer comment on fait. »

Luc esquissa une ébauche de sourire, une entaille dans de la pierre, qui ne se propagea jamais jusqu'à ses yeux bleus et froids. « Je regrette que les défenses du Champ d'Emond aient encore besoin de moi. Je dois veiller à protéger les vôtres, au cas où les Trollocs iraient là-bas en nombre plus important que trente. À moins que ce ne soit les Enfants de la Lumière. Ma Dame Faile ? » Il tendit la main pour l'aider à se mettre en selle, mais elle secoua la tête.

« Je resterai avec Perrin, Seigneur Luc.

— Dommage », murmura-t-il, haussant les épaules comme pour conclure que les femmes avaient des goûts dont mieux valait ne pas discuter. Enfilant ses gants brodés d'un loup, il s'installa avec souplesse sur la selle de l'étalon noir. « Bonne chance à vous, Maître Les-Yeux-d'Or. J'espère que vous tous aurez de la chance. » Avec un demi-salut à l'adresse de Faile, il fit tourner avec ostentation sa haute monture et l'éperonna dans un galop qui força quelques-uns des hommes présents à s'écarter d'un bond de son chemin.

Faile adressa à Perrin un froncement de sourcils qui laissait prévoir un sermon sur l'impolitesse quand ils seraient seuls. Il écouta la course du cheval de Luc jusqu'à ce qu'il ne l'entende plus, puis demanda à Gaul : « Pouvons-nous devancer les Trollocs ? Les attendre quelque part avant qu'ils atteignent l'endroit où ils veulent s'arrêter ?

— Les distances s'y prêtent si nous partons maintenant, répondit Gaul. Ils avancent en ligne droite et sans se presser. Il y a un Coureur de la Nuit avec eux. Ce sera plus facile de les surprendre dans leurs couvertures que de les affronter éveillés. » Il voulait dire que les hommes des Deux Rivières obtiendraient de meilleurs résultats ; il n'y avait pas d'odeur de peur sur lui.

Cette odeur de peur émanait certes de quelques-uns des autres, pourtant personne ne suggéra qu'un affrontement avec des Trollocs debout et sur leurs gardes, avec un Myrddraal par-dessus le marché, pouvait être le meilleur plan. Ils levèrent le camp dès qu'il en donna l'ordre, jetant de l'eau sur les feux et dispersant les cendres, rassemblant leurs quelques marmites et enfourchant leurs chevaux et poneys mal assortis. En comptant les sentinelles – Perrin se rappela qu'il devait leur dire ce fameux mot – ils étaient presque soixante-dix. Sûrement assez pour tendre une embuscade à trente Trollocs. Ban al'Seen et Dannil en menaient chacun la moitié – c'était apparemment la bonne méthode pour éviter les discussions – tandis que Bili al'Dai, Kenley et d'autres étaient à la tête de dix chacun environ. Wil aussi ; ce n'était pas foncièrement un mauvais gars, quand il pouvait s'empêcher de penser à courir le jupon.

Faile amena son Hirondelle au côté de Steppeur

quand ils partirent en direction du sud, les Aiels courant en avant.

« Tu ne te fies absolument pas à lui, dit-elle. Tu crois que c'est un Ami du Ténébreux.

— J'ai confiance en toi, en mon arc et en ma hache », répliqua-t-il. Elle eut l'air attristée et contente à la fois, mais c'était la vérité pure et simple.

Gaul les conduisit vers le sud pendant deux heures avant de tourner dans le Bois Humide, un labyrinthe de hauts chênes, pins et lauréoles, de lauriers touffus et d'oléorésineux coniques, de grands frênes à la cime arrondie, de sorbiers et de saules noirs, avec des fourrés de broussailles où s'entrelaçaient des lambruches. Mille écureuils babillaient sur les branches, et des grives, des pinsons et des mauvis voltigeaient partout. Perrin sentit des cerfs ainsi que des lapins, et des renards. Des ruisselets abondaient, des mares et des étangs bordés de roseaux parsemaient la forêt, souvent dans l'ombre mais parfois dans des clairières, de moins de dix pas de large jusqu'à près de cinquante pour quelques-uns. Le sol était détrempé après toute la pluie qu'il avait reçue et gargouillait sous les sabots des chevaux.

Entre un vaste étang entouré de saules et un ruisseau étroit d'un pas de large, à peut-être une demi-lieue à l'intérieur du bois, Gaul s'arrêta. C'est là que viendraient les Trollocs s'ils continuaient à marcher comme avant. Les trois Aiels disparurent au milieu des arbres pour s'en assurer et revinrent annoncer qu'ils approchaient.

Laissant Faile et une douzaine d'hommes pour surveiller les chevaux, Perrin déploya les autres selon une courbe resserrée, telle une tasse dans laquelle entreraient les Trollocs. Après s'être assuré que chacun était bien caché et savait ce qu'il avait à faire, il se plaça au fond de la tasse, à côté d'un chêne au tronc plus épais que lui-même était grand.

Il fit jouer sa hache dans la boucle qui la retenait à sa ceinture, encocha une flèche et attendit. Une brise légère soufflait sur son visage, s'enflant et s'affaiblissant. Il devrait sentir les Trollocs longtemps avant qu'ils arrivent en vue. Ils viendraient droit sur lui. Touchant de nouveau la hache, il attendit. Des minutes passèrent. Une heure. Davantage. Combien de temps encore avant qu'apparaissent ces Engeances de l'Ombre ? Attendre plus longtemps dans cette humidité et il faudrait changer les cordes des arcs.

Les oiseaux disparurent un instant avant que les écureuils se taisent. Perrin prit une profonde aspiration et fronça les sourcils. Rien. Avec cette brise, il devrait sûrement pouvoir sentir les Trollocs en même temps que les animaux les décelaient.

Une rafale venue d'ailleurs lui apporta la puanteur putride, telles de la sueur et de la pourriture séculaires. Se retournant d'un bond, il cria : « Ils sont derrière nous ! Ralliez-vous à moi ! À moi les Deux Rivières ! » Derrière. Les chevaux. « Faile ! »

Des cris et des appels retentirent de tous les côtés, des hurlements et des clameurs sauvages. Un Trolloc aux cornes de bélier bondit dans la clairière à vingt pas de lui, dressant un grand arc incurvé. Perrin tira l'empennage jusqu'à son oreille et lâcha son trait d'un seul mouvement, prenant une autre flèche dès que la première quitta son arc. Sa large pointe atteignit le Trolloc entre les yeux ; il hurla une fois en tombant. Et sa flèche, de la longueur d'une petite lance, frappa Perrin au flanc comme un coup de masse.

Suffoquant sous le choc, il se courba en deux, laissant échapper l'arc aussi bien que la flèche neuve. La douleur irradiait par vagues depuis la hampe empennée de noir ; cette hampe vibrait quand il respirait et chaque vibration provoquait une nouvelle souffrance.

Deux autres Trollocs sautèrent par-dessus leur compagnon mort, gueule de loup et cornes de chèvre, des formes revêtues de hauberts noirs, une fois et demie plus grandes que Perrin et deux fois plus massives. Donnant de la voix tels des chiens de chasse qui ont acculé leur proie, ils se précipitèrent sur lui, leurs épées courbes brandies.

Il se força à se redresser, serra les dents et rompit à ras de son corps la flèche épaisse d'un pouce, dégagea sa hache et s'élança à leur rencontre. En hurlant, il s'en rendit vaguement compte. Hurlant d'une rage qui voilait ses yeux de rouge. Les Trollocs le dominaient, leur armure hérissée de pointes aux coudes et aux épaules, mais il assena sa hache avec frénésie, comme s'il essayait d'abattre un arbre à chaque coup. Pour Adora. Pour Deselle. « Ma mère ! cria-t-il à pleine gorge. Soyez brûlés ! Ma mère ! »

Soudain, il s'aperçut qu'il s'escrimait sur des formes sanglantes gisant à terre. Grondant, il se contraignit à s'arrêter, tremblant à cause de cet effort autant que de la douleur dans son flanc. On entendait moins de clameurs. Moins de cris aigus. Ne resterait-il que lui ? « Ralliez-vous à moi ! À moi les Deux Rivières !

— Deux Rivières ! » cria quelqu'un fébrilement, à une certaine distance dans les bois détrempés, puis un autre. « Deux Rivières ! »

Deux. Seulement deux. « Faile ! appela-t-il. Ô Lumière, Faile ! »

Du noir apparaissant et disparaissant d'un rapide mouvement régulier entre les arbres annonça un Myrddraal avant qu'il le voie nettement, l'armure noire pareille à un serpent couvrant sa poitrine, la cape d'un noir d'encre que le vent de sa course ne déplaçait pas tombant à la verticale. Quand le Myrddraal fut plus près, il ralentit et avança d'une sinueuse démarche assurée. Son regard sans yeux dans sa face blême frappa Perrin de terreur. « Faile ? » dit le Myrddraal d'un ton railleur. Sa voix donnait au nom une sonorité de cuir brûlé tombant en poussière. « Votre Faile... était délicieuse. »

Poussant un rugissement, Perrin se précipita sur lui. Une épée à lame noire para son premier coup. Et son second. Son troisième. La face d'un blanc de larve de la chose se figea de concentration, mais la chose se mouvait comme une vipère, comme l'éclair. Pour le moment, il la maintenait sur la défensive. Pour le moment. Du sang coula goutte à goutte de son flanc ; son flanc le brûlait comme un feu de forge. Il ne pourrait pas continuer longtemps. Et quand sa force l'abandonnerait, cette épée trouverait son cœur.

Son pied glissa dans la boue brassée sous ses bottes, la lame de l'Évanescent fut brandie en arrière – une épée que sa rapidité rendait floue trancha à demi la tête sans yeux qui retomba sur une épaule dans une fontaine de sang noir. Frappant en aveugle, le Myrddraal s'avança d'un pas chancelant, trébuchant, refusant de mourir complètement, essayant encore instinctivement de tuer.

Perrin se traîna précipitamment hors de son chemin, mais son attention se concentrait sur l'homme qui essuyait tranquillement sa lame avec une poignée de feuilles. La cape aux couleurs changeantes d'Ihvon pendait derrière son dos. « Alanna m'a envoyé à votre recherche. J'ai failli ne pas vous trouver, à la façon dont vous vous déplacez, mais soixante-dix chevaux laissent quand même des empreintes. » Le svelte Lige brun semblait aussi calme que s'il allumait sa pipe devant une cheminée. « Les Trollocs n'étaient pas liés à ça... » Il désigna avec son épée le Myrddraal ; lequel était tombé, mais frappait toujours au hasard « ... ce qui est bien dommage, toutefois si vous pouvez réunir tous les vôtres, ils ne seraient peut-être pas désireux de se mesurer à vous sans un des Sans-Visage pour les aiguillonner. J'estime qu'ils étaient environ une centaine, pour commencer. Un peu moins, maintenant. Vous les avez bien esquintés. » Il se mit à compter tranquillement les ombres sous les arbres, seule l'épée nue dans sa main indiquait qu'il ne s'agissait pas de quelque chose sortant de l'ordinaire.

Pendant un court instant, Perrin resta abasourdi. Alanna le recherchait ? Elle avait envoyé Ihvon ? Juste à temps pour lui sauver la vie. Se secouant, il éleva de nouveau la voix. « À moi les Deux Rivières ! Pour l'amour de la Lumière, ralliez-vous à moi ! Ici ! Ralliez-vous ! Ici ! »

Cette fois, il continua jusqu'à ce que se montrent des

visages familiers, trébuchant au milieu des arbres. Des visages striés de sang, le plus souvent. Des visages marqués, au regard fixe. Quelques hommes en portaient à moitié d'autres, et quelques-uns avaient perdu leur arc. Les Aiels étaient parmi eux, apparemment indemnes si ce n'est que Gaul boitait légèrement.

« Ils ne sont pas venus comme nous nous y attendions », fut tout ce que dit l'Aiel. La nuit était plus froide que nous nous y attendions. Il y a eu plus de pluie que nous nous y attendions. Voilà sur quel ton il le dit.

Faile donna l'impression de se matérialiser avec les chevaux, y compris Steppeur et Hirondelle, et neuf des douze hommes qu'il avait laissés avec elle. Une éraflure déparait une de ses joues, mais elle était vivante. Quand il voulut l'étreindre, elle repoussa ses bras, marmottant avec colère au-dessus de la flèche brisée tandis qu'elle écartait avec précaution son surcot de la hampe épaisse pour voir où elle avait pénétré.

Perrin examina les hommes autour de lui. Ils avaient cessé de venir à présent, cependant des visages manquaient. Kenley Ahan. Bili al'Dai. Teven Marwin. Il se força à nommer les absents, se força à les compter. Vingt-sept. Vingt-sept qui n'étaient pas là. « Avez-vous amené tous les blessés ? demanda-t-il d'une voix morne. Y a-t-il encore quelqu'un là-bas ? » La main de Faile trembla sur son flanc ; son expression en regardant sa blessure, les sourcils froncés, était un mélange d'inquiétude et de fureur. Elle avait le droit d'être en colère. Il n'aurait jamais dû l'entraîner là-dedans.

« Seulement les morts », répondit Ban al'Seen d'une voix aussi morne que son visage.

Wil eut l'air de fixer d'un air sombre quelque chose se trouvant juste hors de portée du regard. « J'ai vu Kenley, dit-il. Sa tête se trouvait dans la fourche d'un chêne, mais le reste était au pied de l'arbre. Je l'ai vu. Son rhume ne le gênera plus maintenant. » Il éternua, et parut surpris.

Perrin eut un profond soupir, qu'il regretta ; la douleur qui lui lancina le côté lui fit serrer les dents. Faile, une écharpe de soie vert et or roulée en tapon dans la paume, essayait de sortir sa chemise de ses chausses. Il lui éloigna les mains en dépit de sa mine menaçante ; le temps manquait pour soigner les blessures à présent. « Les blessés sur les chevaux, ordonna-t-il quand il fut capable de parler. Ihvon, est-ce qu'ils nous attaqueront ? » La forêt semblait trop silencieuse. « Ihvon ? » Le Lige apparut, menant par la bride un hongre gris foncé à l'œil farouche. Perrin répéta sa question.

« Peut-être. Peut-être que non. Laissés à eux-mêmes, les Trollocs tuent ce qui est le plus facile. Sans un Demi-Homme, ils chercheront probablement une ferme plutôt que des gens qui les larderaient de flèches. Assurez-vous que tous ceux qui tiennent debout aient chacun un arc avec une flèche encochée même s'ils n'ont pas la force de bander l'arc. Les Trollocs peuvent décider que l'amusement ne vaut pas le prix à payer. »

Perrin frémit. Si les Trollocs attaquaient, ils s'amuseraient autant qu'à un bal du dimanche. Ihvon et les Aiels étaient les seuls réellement prêts à résister. Ainsi que Faile ; ses yeux noirs flambaient de fureur. Il devait l'emmener en lieu sûr.

Le Lige n'offrit pas son cheval pour les blessés, ce qui était rationnel. Il n'y avait aucune chance que l'animal laisse quelqu'un d'autre le monter, et un cheval entraîné à la guerre avec son maître en selle serait une arme formidable si les Trollocs se représentaient. Perrin tenta de mettre Faile sur le dos d'Hirondelle, mais elle l'en empêcha. « Les blessés, tu as dit, lui rétorqua-t-elle à voix basse. Tu te rappelles ? »

À son grand dépit, elle insista pour qu'il enfourche Steppeur. Il s'attendait à ce que les autres protestent, après qu'il les avait conduits à ce désastre, mais personne ne souffla mot. Il y avait juste assez de chevaux pour ceux qui ne pouvaient pas marcher et ceux incapables de marcher longtemps – à regret, il reconnut qu'il était de ceux-là – si bien qu'il finit par se retrouver en selle. La moitié des autres cavaliers étaient obligés de se cramponner à la leur. Lui se tenait bien droit, serrant les dents pour y arriver.

Ceux qui marchaient ou trébuchaient, et quelques-uns qui allaient à cheval, se cramponnaient à leur arc comme à une planche de salut. Perrin en tenait un, lui aussi, de même que Faile, bien qu'il doutât qu'elle puisse seulement bander un arc de guerre des Deux Rivières. C'étaient les apparences qui comptaient maintenant ; l'illusion qui avait des chances de les tirer d'affaire sains et saufs. Comme Ihvon, sur le qui-vive tel un fouet roulé, les trois Aiels étaient semblables à eux-mêmes, tandis qu'ils se coulaient en avant-garde, leurs lances coincées sous le harnais des carquois dans leur dos, les arcs de corne en main et prêts à tirer. Le reste, lui compris, était un ramassis disparate, ne ressemblant nullement à la bande qu'il avait conduite ici, si confiant et rempli d'orgueil. Pourtant l'illusion réussit aussi bien que la réalité. Pendant le premier quart de lieue à travers les broussailles, des brises errantes lui apportèrent une odeur fétide de Trollocs, le fumet de Trollocs suivant une piste, chassant à l'approche. Puis la puanteur diminua lentement et disparut quand les Trollocs se laissèrent distancer, abusés par un mirage.

Faile marchait à côté de Steppeur, une main sur la jambe de Perrin comme si elle voulait le soutenir. De temps en temps, elle levait la tête vers lui, avec un sourire encourageant mais le front creusé de rides d'inquiétude. Il lui rendit de son mieux son sourire, dans un effort pour lui faire croire qu'il allait bien. Vingt-sept. Il ne pouvait empêcher les noms de défiler dans sa tête. Colly Garren et Jared Aydaer, Dael al'Taron et Ren Chandin. Vingt-sept garçons des Deux Rivières qu'il avait tués avec sa stupidité. Vingt-sept.

Ils empruntèrent le trajet le plus direct pour quitter le Bois Humide, dont ils sortirent au cours de l'après-midi. Préciser à quelle heure tardive était difficile avec le ciel toujours couvert de gris et toutes choses enveloppées d'ombre douce. Des pâturages aux herbes hautes parsemés d'arbres s'étendaient devant eux, avec quelques moutons égaillés çà et là et, dans le lointain, quelques maisons de ferme. D'aucune des cheminées ne montait de fumée ; s'il y avait des gens dans ces maisons, quelque chose de chaud aurait dû cuire dans la cheminée. Le plus proche panache de fumée se voyait à au moins plus d'une lieue.

« Il nous faut trouver une ferme pour la nuit, dit Ihvon. Un endroit où s'abriter au cas où il recommencerait à pleuvoir. Du feu. De la nourriture. » Il regarda les garçons des Deux Rivières et ajouta : « De l'eau et des pansements. »

Perrin se contenta de hocher la tête. Le Lige était mieux placé que lui pour savoir ce qu'il était nécessaire de faire. Le vieux Bili Congar avec sa tête pleine d'ale valait probablement mieux. Il se contenta simplement de laisser Steppeur suivre le gris d'Ihvon.

Avant qu'ils aient franchi beaucoup plus d'un quart de lieue, l'oreille de Perrin capta un faible son de musique, des violons et des flûtes jouant des airs joyeux. Sur le moment, il crut qu'il rêvait, mais alors les autres entendirent aussi, échangeant des regards incrédules, puis de grands sourires de soulagement. De la musique, cela signifiait des gens, et des gens heureux à en croire le son, des gens qui fêtaient quelque chose. Que des gens aient quoi que ce soit à fêter suffit à ce que leurs pas s'accélèrent un peu.

41. Parmi les Tuatha'ans

Un rassemblement de chariots apparut, légèrement plus au sud, pareils à de petites maisons sur roues, hautes boîtes en bois peintes et laquées dans des tons crus de rouge, de bleu, de vert et de jaune, tous disposés approximativement en un vaste cercle autour de quelques chênes aux larges branches. La musique venait de là. Perrin avait entendu dire qu'il y avait des Rétameurs, des membres du Peuple Voyageur, dans les Deux Rivières, mais il ne les avait pas vus jusqu'à maintenant. Des chevaux entravés tondaient les hautes herbes à côté.

« Je vais dormir ailleurs », déclara Gaul d'un ton guindé quand il comprit que Perrin avait l'intention d'aller jusqu'aux chariots, puis il s'éloigna d'une démarche élastique sans ajouter un mot.

Baine et Khiad parlèrent tout bas mais d'une voix pressante à Faile. Perrin en saisit assez pour apprendre qu'elles tentaient de la convaincre de passer la nuit avec elles dans quelque bosquet bien abrité et non avec « les Perdus ». Elles semblaient horrifiées à l'idée d'adresser la parole à des Rétameurs, pour ne rien dire de manger ou de dormir en leur compagnie. La main de Faile se resserra sur sa jambe tandis qu'elle refusait, calmement, fermement. Les deux Vierges de la Lance s'entre-regardèrent, les yeux bleus croisant les gris avec une expression très soucieuse mais, avant que les chariots du Peuple Voyageur soient beaucoup plus près, elles s'en allèrent au pas gymnastique à la suite de Gaul. Toutefois elles avaient apparemment retrouvé une partie de leur entrain. Perrin entendit Khiad suggérer qu'elles incitent Gaul à jouer à un jeu appelé le Baiser des Vierges. Toutes les deux riaient quand elles passèrent hors de portée de voix.

Des hommes et des femmes travaillaient dans le campement, à coudre, raccommoder un harnais, faire la cuisine, laver du linge et des enfants, soulever un chariot pour remplacer une roue. D'autres enfants couraient en s'amusant ou dansaient au son des violons ou des flûtes dont jouaient une demi-douzaine d'hommes. Des plus vieux aux plus jeunes, les Rétameurs portaient des vêtements encore plus colorés que leurs roulottes, dans des combinaisons pénibles pour les yeux qui avaient dû être choisies à l'aveuglette. Aucun homme sain d'esprit n'aurait porté quoi que ce soit approchant ces teintes-là et pas beaucoup de femmes.

Quand la troupe dépenaillée approcha des roulottes, le silence s'établit, les gens se figèrent sur place pour observer d'un air soucieux, les femmes serrèrent contre elles les tout-petits et les enfants coururent se cacher derrière les adultes, regardant à l'abri d'une jambe ou s'enfouissant la figure dans une jupe. Un homme sec et nerveux aux cheveux gris, de petite taille, s'avança et s'inclina gravement, les deux mains appuyées contre sa poitrine. Il portait un surcot bleu vif à col montant et des chausses bouffantes d'un vert qui semblait presque lumineux enfoncées dans des bottes lui montant jusqu'au genou. « Vous êtes les bienvenus près de nos feux. Connaissez-vous le chant ? »

Pendant un instant, s'efforçant de ne pas s'affaisser sur la flèche enfoncée en lui, Perrin ne put qu'ouvrir de grands yeux. Il connaissait cet homme, le Mahdi, ou le Chercheur, de cette bande. *Par quel hasard ?* s'étonna-t-il. *De tous les Rétameurs du monde, par quel hasard serait-ce des gens que je connais ?* Les coïncidences le mettaient mal à l'aise ; quand le Dessin produisait des coïncidences, la Roue semblait forcer les événements.

Je commence à raisonner comme une sacrée Aes Sedai. Il était incapable de rendre le salut, mais il se rappelait le rituel. « Votre accueil me réchauffe l'esprit, Raen, comme vos feux réchauffent la chair, mais je ne connais pas le chant. » Faile et Ihvon lui adressèrent des coups d'œil surpris, mais pas moins que ceux des garçons des Deux Rivières. À en juger par les murmures de Ban, de Tell et d'autres qu'il entendait, il venait juste de leur fournir encore de quoi jaser.

« Alors nous continuerons à chercher, psalmodia l'homme sec et nerveux. Ainsi en a-t-il été, ainsi il en sera, si seulement nous nous rappelons, cherchons et trouvons. » Avec une crispation des traits, il passa en revue du regard les visages ensanglantés qui étaient devant lui, ses yeux se détournant des armes. Les gens du Peuple Voyageur ne touchaient rien qu'ils considéraient comme une arme. « Vous êtes les bienvenus autour de nos feux. Il y aura de l'eau chaude, des pansements et des cataplasmes. Vous savez mon nom, ajouta-t-il en examinant Perrin minutieusement. Bien sûr. Vos yeux. »

L'épouse de Raen était venue le rejoindre comme il parlait, une femme potelée, aux cheveux gris mais aux joues lisses, plus grande que son mari d'une tête. Son corsage rouge, sa jupe jaune vif et son châle à franges vertes blessaient l'œil, mais elle avait l'air maternelle. « Perrin Aybara ! s'exclama-t-elle. Je pensais bien que je connaissais votre figure. Elyas est-il avec vous ? »

Perrin secoua la tête. « Je ne l'ai pas vu depuis longtemps, Ila.

— Il mène une vie de violence, commenta tristement Raen. Comme vous-même. Une vie violente est souillée même si elle est longue.

— N'essaie pas de l'amener à la Voie de la Feuille debout ici, Raen, déclara Ila avec autorité mais non sans gentillesse. Il est blessé. Tous le sont.

— À quoi pensé-je ? » murmura Raen. Élevant la voix, il appela : « Venez, amis. Venez prêter assistance. Ils sont blessés. Venez porter secours. »

Hommes et femmes se rassemblèrent vivement, murmurant leur sympathie en aidant les blessés à descendre de cheval, en guidant les hommes vers leurs roulottes, les portant quand c'était nécessaire. Wil et quelques-uns des autres parurent inquiets qu'on les sépare, mais pas Perrin. La violence était ce qu'il y avait de plus étranger aux Tuatha'ans. Ils ne levaient la main contre personne, même pour défendre leur vie.

Perrin s'avisa qu'il était obligé d'accepter l'aide d'Ihvon pour mettre pied à terre. Descendre de cheval envoyait des décharges de douleur irradiant de son côté. « Raen, dit-il d'une voix légèrement essoufflée, vous ne devriez pas être ici. Nous nous sommes battus contre des Trollocs à pas plus d'une lieue et demie de cet endroit. Emmenez les vôtres au Champ d'Emond. Là-bas ils seront en sécurité. »

Raen hésita – et en sembla surpris – avant de secouer la tête. « Même si je le désirais, les miens ne le voudraient pas, Perrin. Nous nous efforçons de ne pas camper même près du plus petit village, et pas seulement parce que les habitants pourraient nous accuser faussement d'avoir volé ce qu'ils ont perdu ou de vouloir convaincre leurs enfants de trouver la Voie. Là où des hommes ont construit dix maisons côte à côte, il y a virtuellement de la violence. Depuis la Destruction du Monde, les Tuatha'ans le savent. La sécurité réside dans nos chariots et dans le fait de nous déplacer constamment, de toujours chercher le chant. » Une expression plaintive se dessina sur son visage. « Partout nous entendons parler de violence, Perrin. Pas juste ici dans vos Deux Rivières. On sent dans le monde du changement, de la destruction. Assurément, il faut que nous trouvions vite le chant. Sinon, je ne crois pas qu'il sera jamais découvert.

— Vous trouverez le chant », dit sobrement Perrin. Peut-être éprouvaient-ils envers la violence une aversion trop forte pour qu'un *ta'veren* les entraîne à la surmonter ; peut-être même un *ta'veren* ne pouvait-il combattre la Voie de la Feuille[1]. Elle lui avait paru séduisante aussi, à un moment donné. « J'espère sincèrement que vous le trouverez.

— Ce qui sera sera, répliqua Raen. Toutes choses meurent en leur temps. Peut-être même le chant. » Ila passa un bras autour de son mari pour le réconforter, pourtant ses yeux avaient une expression aussi troublée que les siens.

« Venez, dit-elle en essayant de cacher son malaise. Nous devons vous amener à l'intérieur. Les hommes continuent à parler même si leur manteau est en feu. » À Faile, elle dit : « Vous êtes vraiment ravissante, mon enfant. Peut-être devriez-vous vous méfier de Perrin. Je le ne vois jamais qu'en compagnie de belles jeunes filles. » Faile posa sur Perrin un regard perçant, évaluateur, puis s'efforça de n'avoir eu l'air de rien.

Il parvint à aller jusqu'à la roulotte de Raen – jaune décoré de rouge, avec des rayons rouges et jaunes aux hautes roues bordées de rouge, et des malles rouges et jaunes attachées à l'extérieur, arrêtée près d'un feu de cuisine au milieu du camp – mais, quand il posa le pied sur la première marche de bois à l'arrière, ses genoux cédèrent. Ihvon et Raen le portèrent plus qu'à demi à l'intérieur, suivis précipitamment par Faile et Ila, et le déposèrent sur la couchette bâtie à l'avant de la roulotte, où il y avait juste assez de place pour passer près d'elle et atteindre la porte coulissante donnant accès au siège du conducteur.

C'était vraiment comme une maison minuscule, jusqu'aux rideaux roses de deux petites fenêtres de chaque côté. Couché là, il contempla le plafond. Ici aussi, les Rétameurs avaient joué de leurs couleurs ; le plafond était laqué bleu ciel, les placards hauts étaient verts et jaunes. Faile détacha la ceinture de Perrin et enleva sa hache et son carquois pendant qu'Ila fouillait

1. Cf. *La Roue du Temps*, volume 1.

dans un des placards. Perrin se sentait incapable de s'intéresser à ce qu'elles faisaient.

« N'importe qui peut être surpris, déclara Ihvon. Que ce vous soit une leçon, mais ne le prenez pas trop à cœur. Pas même Artur Aile-de-Faucon n'a gagné toutes les batailles.

— Artur Aile-de-Faucon. » Perrin esquissa un rire qui se changea en gémissement. « Oui, réussit-il à dire. Je ne suis certes pas Artur Aile-de-Faucon, hein ? »

Ila regarda le Lige en fronçant les sourcils – ou plutôt regarda son épée ; elle semblait la juger encore pire que la hache de Perrin – et s'approcha du lit avec un paquet de pansements pliés. Une fois qu'elle eut écarté la chemise de Perrin du tronçon de flèche, elle eut une grimace. « Je ne crois pas avoir la compétence pour enlever ça. Elle est enfoncée profondément.

— Barbelée, expliqua Ihvon sur le ton de la conversation. Les Trollocs ne se servent pas très souvent d'arcs mais, quand ils en utilisent, les flèches sont barbelées.

— Dehors, dit d'un ton ferme en s'adressant à lui la femme aux formes rondes. Et toi également, Raen. Soigner les malades n'est pas une affaire d'hommes. Pourquoi ne vas-tu pas voir si Moshea a déjà remis en place cette roue sur son chariot ?

— Bonne idée, répliqua Raen. Nous aurons peut-être envie de partir demain. Il y a eu beaucoup de déplacements cette année, confia-t-il à Perrin. Tout le trajet jusqu'au Cairhien, puis retour au Ghealdan, ensuite remontée vers l'Andor. Demain, je pense. »

Quand la porte rouge se fut refermée derrière lui et Ihvon, Ila se tourna vers Faile, l'air soucieuse. « Si elle est barbelée, je n'ai pas l'impression que je pourrai l'extirper. J'essaierai si j'y suis obligée, mais s'il y a quelqu'un à proximité qui s'y connaît mieux dans ce genre de chose...

— Il y a quelqu'un au Champ d'Emond, lui assura Faile. Par contre, est-ce que ce n'est pas risqué de la laisser dans Perrin jusqu'à demain ?

— Moins que si je le charcutais, peut-être. Je vais

lui mélanger quelque chose à boire pour la douleur, et amalgamer un cataplasme contre l'infection. »

Dardant un regard furieux sur les deux femmes, Perrin s'écria : « Houhou ? Vous vous souvenez de moi ? Je suis ici même. Cessez de discuter par-dessus ma tête. »

Elles le regardèrent pendant un instant.

« Arrangez-vous pour qu'il se tienne tranquille, dit Ila à Faile. Qu'il parle ne présente aucun inconvénient, mais empêchez-le de remuer. Il pourrait aggraver sa blessure.

— J'y veillerai », répondit Faile.

Perrin serra les dents et s'efforça de son mieux de les aider à le débarrasser de son surcot et de sa chemise, mais elles durent se charger de la majeure partie de l'opération. Il se sentait aussi faible que le pire fer forgé, prêt à se courber sous la moindre pression. Quatre pouces de l'épaisse flèche saillaient presque au-dessus de sa dernière côte, sortant d'une entaille ratatinée couverte de sang séché. Elles lui rabaissèrent la tête sur un oreiller, pour une raison quelconque elles voulaient l'empêcher de la regarder. Faile nettoya la blessure pendant qu'Ila préparait son baume avec un pilon dans un mortier tous deux de pierre – de la simple pierre grise et lisse, les premières choses qu'il avait vues dans le campement des Rétameurs sans couleurs éclatantes. Elles entassèrent l'onguent autour de la flèche et enveloppèrent Perrin de bandes pour maintenir la préparation en place.

« Raen et moi, nous coucherons sous la roulotte, ce soir », annonça finalement la Tuatha'ane en s'essuyant les mains. Regardant avec un froncement de sourcils le tronçon de flèche émergeant des bandages de Perrin, elle secoua la tête. « Il fut un temps où je croyais qu'il finirait par trouver la Voie de la Feuille. C'était un gentil garçon, je crois.

— La Voie de la Feuille ne convient pas à tout le monde », répliqua Faile avec douceur, mais Ila secoua de nouveau la tête.

« Elle convient à tous, dit-elle avec autant de douceur et une pointe de tristesse, si seulement ils comprenaient. »

Sur quoi, elle partit et Faile s'assit au bord de la couchette pour éponger le visage de Perrin avec une serviette pliée. Elle ne savait pourquoi, il transpirait abondamment.

« J'ai commis une erreur, dit-il au bout d'un certain temps. Non, le mot est trop faible. Je ne connais pas le terme exact.

— Tu n'as commis aucune erreur, rétorqua Faile d'un ton ferme. Tu as agi comme cela semblait approprié sur le moment. C'était approprié ; je n'arrive pas à imaginer comment ils se sont retrouvés derrière nous. Gaul n'est pas quelqu'un à se tromper sur l'endroit où sont ses ennemis. Ihvon avait raison, Perrin. N'importe qui peut découvrir que les circonstances ont changé sans qu'il le sache. Tu as rallié les membres de la troupe. Tu nous as sortis d'affaire. »

Il secoua la tête avec force, ce qui empira la souffrance de son côté. « Ihvon nous a sortis d'affaire. Ce que j'ai réussi, c'est à ce que vingt-sept hommes soient tués, dit-il amèrement en essayant de se redresser pour la regarder bien en face. Quelques-uns étaient mes amis, Faile. Et j'ai causé leur mort. »

Faile jeta tout son poids sur les épaules de Perrin pour l'obliger à se recoucher. L'aisance avec laquelle elle le maintint à plat donnait la mesure de sa faiblesse. « Il sera temps pour cela demain matin, déclara-t-elle d'un ton ferme en plongeant son regard dans le sien, quand nous aurons à te remettre en selle sur ton cheval. Ce n'est pas Ihvon qui nous a sortis d'affaire ; je ne crois pas qu'il se souciait particulièrement que quiconque s'en sorte en dehors de lui et de toi. Sans toi, ces garçons se seraient égaillés dans toutes les directions et alors nous aurions été traqués jusqu'au dernier. Ils ne seraient pas restés groupés pour Ihvon, un étranger. Quant à tes amis... » Elle se rassit avec un soupir. « Perrin, mon père dit qu'un général peut s'occuper des vivants ou pleurer pour les morts, mais qu'il ne peut pas faire les deux à la fois.

— Je ne suis pas un général, Faile. Je ne suis qu'un imbécile de forgeron qui a cru qu'il pouvait utiliser d'autres personnes pour l'aider à obtenir justice, ou encore une revanche. Je le désire toujours, mais je ne veux plus me servir de quelqu'un d'autre.

— Crois-tu que les Trollocs s'en iront parce que tu as conclu que tes mobiles n'étaient pas assez purs ? » L'emportement dans sa voix incita Perrin à lever la tête, mais Faile la repoussa sur l'oreiller presque avec rudesse. « En sont-ils moins abominables ? As-tu besoin pour les combattre d'une raison plus pure que ce qu'ils sont ? Encore une chose que dit mon père. Le pire péché que puisse commettre un général, plus grave que commettre une erreur, plus grave que perdre une bataille, le pire du pire, c'est d'abandonner les hommes qui dépendent de lui. »

Un coup léger fut frappé à la porte et un svelte Rétameur, jeune et beau, vêtu d'un surcot à rayures rouges et vertes, passa la tête par l'embrasure. Il décocha un sourire à Faile, tout en dents blanches et ruisselant de charme, avant de se tourner vers Perrin. « Grand-père a dit que c'était vous. Je me suis rappelé que c'est d'ici qu'Egwene racontait qu'elle venait. » Il fronça soudain les sourcils d'un air désapprobateur. « Vos yeux. Je vois que vous avez finalement suivi Elyas, pour courir avec les loups. J'étais sûr que vous ne trouveriez pas la Voie de la Feuille. »

Perrin le connaissait ; Aram, le petit-fils de Raen et d'Ila. Il ne lui était pas sympathique ; il souriait comme Wil. « Allez-vous-en, Aram. Je suis fatigué.

— Egwene est-elle avec vous ?

— Egwene est Aes Sedai maintenant, Aram, grommela-t-il, et elle vous arracherait le cœur avec le Pouvoir si vous l'invitiez à danser. Allez-vous-en ! »

Aram cligna des paupières et ferma précipitamment la porte. Avec lui-même au-dehors.

Perrin laissa retomber sa tête en arrière. « Il sourit

trop, marmotta-t-il. Je ne peux pas supporter un homme qui sourit trop. » Faile émit un son étranglé et il l'examina d'un œil soupçonneux. Elle se mordait la lèvre inférieure.

« J'ai quelque chose dans la gorge », dit-elle d'une voix étranglée en se levant précipitamment. Elle se dirigea vivement vers la large tablette au-dessous du pied du lit où Ila avait préparé son onguent et resta le dos tourné vers Perrin, versant de l'eau d'une cruche vert et rouge dans une chope jaune et bleu. « Aimerais-tu aussi quelque chose à boire ? Ila a laissé cette poudre contre la douleur. Elle t'aiderait à dormir.

— Je ne veux pas de poudre, répliqua-t-il. Faile, qui est ton père ? »

Son dos devint très raide. Au bout d'un instant, elle se retourna avec la chope qu'elle tenait à deux mains et une expression indéchiffrable dans ses yeux obliques. Une autre minute s'écoula encore avant qu'elle dise : « Mon père est Davram de la Maison de Bashere, Seigneur de Bashere, de Tyr et de Sidona, Gardien de la frontière de la Dévastation, Défenseur du Centre, Maréchal de Camp de la Reine Tenobia de Saldaea. Et son oncle.

— Par la Lumière ! Qu'est-ce que c'était que toute cette histoire qu'il était marchand de bois ou négociant en fourrures ? Je crois me rappeler qu'il était aussi, à un moment donné, dans le commerce de piments glacés.

— Ce n'était pas un mensonge », riposta Faile sèchement, ajoutant d'une voix plus faible : « Seulement pas... la vérité entière. Les domaines de mon père produisent effectivement du bois en grume et des bois précieux, des piments glacés, des fourrures et encore d'autres choses. Et ses intendants les vendent pour lui, donc il en fait commerce. En un sens.

— Pourquoi ne pas l'avoir dit simplement ? Cacher des choses. Mentir. Tu es une demoiselle noble ! » Il la regarda d'un air accusateur. Il ne s'attendait pas à ça. Un petit négociant comme père, un ancien soldat peut-être, mais pas ça. « Par la Lumière, qu'est-ce que tu fabriques à courir la campagne comme Chasseur en Quête du Cor ? Ne me raconte pas que le Seigneur de Bashere et autres lieux t'a simplement envoyée chercher l'aventure. »

Tenant toujours la chope, elle revint s'asseoir à côté de lui. Pour il ne savait quelle raison, elle regardait très attentivement son visage. « Mes deux frères aînés sont morts, Perrin, l'un en combattant les Trollocs, l'autre d'une chute de cheval à la chasse. Cela a fait de moi l'aînée et cela impliquait que je devais étudier la comptabilité et le commerce. Pendant que mes frères cadets apprenaient à être des soldats, pendant qu'ils étaient préparés à affronter des aventures, j'étais obligée d'apprendre à diriger les domaines ! C'est le devoir de l'aîné. Le devoir ! C'est monotone, aride et ennuyeux. Être enterrée sous des paperasses et des subalternes.

« Quand mon père a emmené avec lui Maedin à la frontière de la Dévastation – il a deux ans de moins que moi – je n'ai pas pu en supporter davantage. On n'enseigne pas aux filles le maniement de l'épée ou l'art de la guerre dans la Saldaea, mais mon père avait nommé comme mon valet de pied un vieux soldat appartenant à son premier commandement, et Eran ne demandait pas mieux que de m'apprendre à me servir de poignards et à me battre avec mes mains. Je crois que cela l'amusait. En tout cas, quand mon père a pris Maedin avec lui, la nouvelle est arrivée que la Grande Chasse était proclamée, alors je... suis partie. J'ai écrit une lettre d'explication à ma mère et je... me suis en allée. Et je suis arrivée à Illian à temps pour prononcer le serment d'un Chasseur... » Ramassant la serviette, elle essuya de nouveau à petits coups la sueur sur sa figure. « Tu devrais dormir, si tu peux, vraiment.

— Je suppose que tu es la noble Dame Bashere ou quelque chose comme ça ? dit-il. Comment en es-tu venue à éprouver de la sympathie pour un simple forgeron ?

— Le mot juste est "aimer", Perrin Aybara. » La fermeté de sa voix formait un net contraste avec la douceur de la façon dont la serviette tapotait son visage. « Et tu n'es pas un forgeron si simple, j'estime. » La serviette s'immobilisa. « Perrin, qu'est-ce que voulait dire ce garçon avec ce “courir avec les loups” ? Raen aussi a mentionné cet Elyas. »

Pendant un instant, il resta paralysé, sans respirer. Il venait de l'admonester parce qu'elle avait gardé des secrets par-devers elle sans lui en parler. Voilà ce qu'il récoltait pour s'être emporté et mis en colère. Frappe un coup de marteau avec précipitation et, en général, tu t'écrases le pouce. Il relâcha lentement l'air de ses poumons et lui expliqua[1]. Comment il avait rencontré Elyas Machera et appris qu'il pouvait parler aux loups. Comment ses yeux avaient changé de couleur, étaient devenus plus perçants, de même que son ouïe et son odorat, comme ceux d'un loup. Il parla du rêve de loup. De ce qui lui arriverait, au cas où il perdrait son emprise sur ce qu'il avait d'humain. « C'est tellement facile. Parfois, surtout dans le rêve, j'oublie que je suis un homme, pas un loup. Si une de ces fois je ne m'en souviens pas assez vite, je *serai* un loup. Dans ma tête, du moins. Une sorte d'image de loup à moitié fausse. Il ne restera plus rien de moi. » Il s'arrêta, s'attendant à ce qu'elle sursaute, s'écarte.

« Si tes oreilles sont réellement fines à ce point-là, commenta-t-elle avec calme, il va falloir que je surveille ce que je dis quand je suis près de toi. »

Il lui saisit la main pour qu'elle cesse ses tapotements. « As-tu entendu quoi que ce soit de ce que j'ai dit ? Que penseront ton père et ta mère, Faile ? Un forgeron demi-loup. Tu es une dame noble ! Ô Lumière !

— J'ai entendu le moindre mot. Mon père approuvera. Il a toujours dit que le sang de notre famille s'affaiblit ; qu'il n'est plus comme dans l'ancien temps. Je sais qu'il me juge terriblement douce. » Elle lui adressa un sourire assez féroce pour convenir à n'importe quel

1. Cf. *La Roue du Temps*, volume 1.

loup. « Bien sûr, maman a toujours souhaité que j'épouse un roi qui fend d'un seul coup de son épée des Trollocs en deux. Je suppose que ta hache suffira, mais pourrais-tu lui dire que tu es le roi des loups ? Je ne pense pas que quelqu'un se présentera pour contester tes prétentions à ce trône. À la vérité, le pourfendage de Trollocs suffira probablement pour maman, mais je crois sincèrement que l'autre lui plairait.

— Par la Lumière ! » dit-il d'une voix enrouée. Elle paraissait presque sérieuse. Non, elle parlait sérieusement. Si même elle ne l'était qu'à moitié, il se demandait si les Trollocs ne vaudraient pas mieux que rencontrer ses parents.

« Tiens, dit-elle en portant la chope d'eau jusqu'aux lèvres de Perrin. Tu as l'air d'avoir la gorge sèche. »

Il avala et de la salive lui jaillit de la bouche sous l'effet du goût amer. Elle avait fait fondre dedans la poudre d'Ila ! Il essaya de s'arrêter, mais Faile lui remplit la bouche et il n'avait pas d'autre choix qu'avaler ou suffoquer. Quand il eut réussi à écarter la chope, elle lui en avait versé dans le gosier la moitié. Pourquoi les médicaments avaient-ils toujours un goût aussi exécrable ? Il soupçonnait les femmes de le faire exprès. Il aurait volontiers parié que ce qu'elles absorbaient elles-mêmes n'avait pas ce goût-là. « Je t'ai dit que je ne voulais pas de ça. Gaaah !

— Ah oui ? Je n'ai pas dû entendre. De toute façon, que tu l'aies dit ou pas, tu as besoin de sommeil. » Elle caressa ses cheveux bouclés. « Dors, mon Perrin. »

Il voulut lui répliquer qu'il l'avait bien dit et qu'elle avait entendu, mais les mots semblaient s'embrouiller autour de sa langue. Ses yeux avaient envie de se fermer. En vérité, il était incapable de les maintenir ouverts. La dernière chose qu'il entendit fut ses doux murmures.

« Dors, mon roi-loup. Dors. »

42. Une Feuille manquante

Perrin était debout à côté des roulottes des Tuatha'ans sous un soleil éclatant, seul, et il n'y avait pas de flèche dans son côté, pas de douleur. Entre les roulottes, du bois à brûler était entassé prêt à être allumé sous des marmites de fer suspendues à des trépieds, et des vêtements étaient accrochés à des cordes à linge ; il n'y avait ni gens ni chevaux. Il ne portait ni surcot ni chemise, seulement un long gilet de cuir de forgeron qui laissait ses bras nus. Ç'aurait pu être n'importe quel rêve, peut-être, si ce n'est qu'il était conscient que c'était un rêve. Et il reconnaissait la sensation du rêve de loup, sa réalité et sa solidité, depuis l'herbe haute autour de ses bottes jusqu'à la brise soufflant de l'ouest qui hérissait ses cheveux bouclés, jusqu'aux frênes et aux sapins-ciguës. Les chariots aux couleurs criardes des Rétameurs, eux, ne paraissaient pas réels ; ils avaient l'air de manquer de substance, ils donnaient l'impression qu'ils pourraient miroiter et disparaître à l'instant. Ils ne restaient jamais longtemps au même endroit, les Rétameurs. Aucune terre ne les retenait.

Se demandant quelle prise cette terre avait sur lui, il posa la main sur sa hache – et baissa les yeux avec surprise. C'est le lourd marteau de forgeron qui était passé dans la boucle de sa ceinture, pas la hache. Il fronça les sourcils ; naguère il aurait opté pour ce choix-là, il avait même cru qu'il l'avait fait, mais sûrement plus maintenant. La hache. Il avait choisi la hache. La tête de marteau devint subitement une lame en demi-lune et une pointe robuste, reprit en un éclair la forme d'un solide cylindre d'acier froid, oscilla de l'une à l'autre forme. Finalement, elle s'immobilisa sous la forme de sa hache, et il laissa son souffle s'exhaler lentement. Voilà qui ne s'était encore jamais produit. Ici, il pouvait modifier des choses à son gré avec facilité, des choses le concernant du moins. « Et je veux la hache, dit-il d'un ton ferme. La hache. »

Il jeta un coup d'œil à la ronde, apercevant juste une ferme au sud, et des cerfs broutant dans le champ d'orge, entouré d'un mur en pierres sèches. Rien n'évoquait des loups, et il n'appela pas Sauteur. Le loup viendrait ou ne viendrait pas, ou même ne l'entendrait pas, mais le Sanguinaire pouvait fort bien être quelque part par là-bas. Un carquois hérissé de flèches pesa brusquement sur sa ceinture à l'opposé de la hache et il avait en main un solide arc de guerre avec une flèche à large pointe encochée. Une longue manicle de cuir recouvrait son avant-bras gauche. Rien ne bougeait excepté ces cerfs.

« Peu de chances que je me réveille bientôt », murmura-t-il entre ses dents pour lui-même. Quelle qu'ait été cette concoction que Faile l'avait forcé à ingurgiter, il en avait été littéralement assommé ; il s'en souvenait aussi nettement que s'il avait regardé par-dessus son épaule. « Me l'a entonné comme si j'étais un nourrisson », grommela-t-il. *Les femmes !*

Il s'élança dans une de ces longues enjambées – le paysage devint flou autour de lui – et atterrit dans la cour de la ferme. Deux ou trois poulets s'égaillèrent, courant comme s'ils étaient déjà retournés à l'état sauvage. Le parc à moutons aux murs en cailloutis était vide, et les deux granges au toit de chaume étaient fermées par un épar. En dépit des fenêtres toujours garnies de rideaux, la maison d'habitation à deux étages avait l'air déserte. Si c'était un vrai reflet du monde éveillé – et le rêve de loup l'était généralement – les gens d'ici étaient partis depuis des jours. Faile avait raison ; son avertissement s'était propagé au-delà des endroits où il était passé.

« Faile », murmura-t-il, perplexe. Fille d'un seigneur. Non, pas seulement un seigneur. Trois fois seigneur, général et oncle d'une reine. « Ô Lumière, cela fait d'elle la cousine d'une reine ! » Et elle aimait un simple forgeron. Les femmes étaient d'une incroyable bizarrerie.

Cherchant à savoir jusqu'où le mot s'était répandu, il décrivit des zigzags plus loin qu'à mi-chemin de la Tranchée-de-Deven, franchissant un quart de lieue ou davantage à chaque enjambée, revenant sur ses pas et entrecroisant sa piste. La plupart des fermes qu'il vit offraient le même aspect désert ; moins d'une sur cinq donnait des signes d'habitation, portes ouvertes et fenêtres à guillotine relevées, lessive accrochée à une corde à linge, des poupées, ou des cerceaux ou encore des chevaux en bois sculpté gisant autour d'un pas de porte. Les jouets surtout lui serraient l'estomac. Même si les gens n'avaient pas cru à son avertissement, il y avait sûrement alentour suffisamment de fermes brûlées pour leur transmettre le même message, entassements de poutres carbonisées, cheminées noires de suie dressées comme des doigts morts rigides.

Comme il se penchait pour redresser une poupée au visage de verre souriant et à la robe brodée de fleurs – une femme avait aimé sa fille pour s'être astreinte à tout ce minuscule travail à l'aiguille – il cligna des paupières. La même poupée était toujours assise sur les marches de pierre brute où il l'avait ramassée. Il tendit la main pour la prendre et, alors, celle qu'il tenait s'estompa et disparut.

Des éclairs noirs dans le ciel l'arrachèrent à sa stupeur. Des corbeaux, vingt ou trente ensemble, volant à tire-d'aile vers le Bois de l'Ouest. Vers les Montagnes de la Brume, où il avait aperçu pour la première fois le Sanguinaire. Il observa froidement les corbeaux qui devinrent des points noirs et disparurent. Puis il se mit en route à leur suite.

De longues enjambées rapides l'emportèrent au rythme de plus d'une lieue chacune, le paysage une masse confuse sauf dans l'instant entre un pas et l'amorce du suivant, jusqu'au Bois de l'Ouest rocheux et touffu, à travers les Collines de Sable couvertes de broussailles, dans les montagnes coiffées de nuages, où les sapins, les pins et les lauréoles étendaient leurs forêts sur les pentes et dans les vallées, pour aboutir à la vallée même où il avait vu pour la première fois l'homme que Sauteur appelait le Sanguinaire, sur le flanc de montagne où il était revenu de Tear.

La Porte des Voies se dressait là, fermée, la feuille de l'*Avendesora* apparemment juste une parmi une myriade d'enchevêtrements sculptés de feuilles et de lianes. Des arbres épars, ratatinés et modelés par le vent, poussaient çà et là dans les rares poches de terre végétale au milieu de la pierre vitrifiée où Manetheren avait été brûlée de fond en comble. Le soleil étincelait sur les eaux de la Manetherendrelle au-dessous. Un léger vent remontant la vallée apporta à Perrin l'odeur de cerfs, de lapins, de renards. Rien ne bougeait à ce qu'il pouvait voir.

Sur le point de partir, il s'arrêta. La feuille d'*Avendesora. Une feuille.* Loial avait verrouillé la Porte des Voies en plaçant les deux feuilles de ce côté-ci. Il se retourna et ses cheveux se hérissèrent sur sa nuque. La Porte des Voies était ouverte, les masses jumelles de ses battants en verdure vivante voletant au gré de la brise, exposant cette surface d'argent mat ; son reflet y miroitait. *Comment ?* se demanda-t-il. *Loial avait verrouillé cette maudite porte.*

Sans se rendre compte qu'il avait franchi la distance, il se trouva soudain juste à la Porte des Voies. Il n'y avait pas de feuille trilobée parmi le fouillis verdoyant sur la face intérieure des deux vantaux. Étrange de penser qu'en ce moment même dans le monde éveillé quelqu'un – ou quelque chose – franchissait le seuil où il se trouvait. Touchant la surface mate, il émit un grognement. Ç'aurait pu aussi bien être un miroir ; sa main glissa dessus comme sur le verre le plus lisse.

Du coin de l'œil, il aperçut subitement la feuille d'*Avendesora* en place à l'intérieur, et il recula d'un bond juste à l'instant où la Porte des Voies commençait à se refermer. Quelqu'un – ou quelque chose – était sorti ou entré. *Sorti. Ce doit être sorti.* Il voulait douter qu'arrivaient encore des Trollocs et des Évanescents dans les Deux Rivières. Les vantaux se réunirent, redevinrent des pans de pierre sculptée.

La sensation d'être surveillé fut le seul avertissement qu'il eut. Il sauta – une image entrevue d'un trait noir filant à l'endroit où s'était trouvée sa poitrine : une flèche – il sauta dans un de ces élans où la vision du monde se brouillait, atterrit sur une pente éloignée et sauta de nouveau, sortant de la vallée de Manetheren pour aboutir dans un peuplement de sapins majestueux, puis repartit. Tout en courant, il réfléchissait à toute allure, se représentait la vallée dans son esprit et cette flèche brièvement entrevue. Elle était venue de cette direction-*là*, à *cet* angle quand elle était arrivée à sa hauteur, donc elle avait dû être décochée de...

Un dernier bond le ramena sur une pente au-dessus de la tombe de Manetheren, où il s'accroupit, arc bandé en main, au milieu de maigres pins drossés par le vent. Au-dessous de lui, parmi les rochers et les arbres rabougris, c'est de là que la flèche avait été tirée. Le Sanguinaire devait se trouver quelque part là en bas. Il devait être là en bas...

Instinctivement, Perrin s'éloigna d'un saut, les montagnes n'étant plus qu'une tache indistincte de gris, de brun et de vert.

« Presque », gronda-t-il. Il avait presque répété son erreur du Bois Humide, pensant de nouveau qu'un ennemi se déplacerait d'une façon qui lui conviendrait, l'attendrait où il le voulait.

Cette fois-ci, il courut de toutes ses forces, en seulement trois enjambées rapides comme l'éclair, jusqu'à la lisière des Collines de Sable, espérant n'avoir pas été vu. Cette fois-ci, il décrivit un large cercle, revenant plus haut sur ce même flanc de montagne, là-haut où l'air était raréfié et froid, où les quelques arbres étaient des buissons au tronc épais distants de cinquante pas ou davantage, là-haut où un homme pourrait s'installer pour en guetter un autre qui avait l'intention de se faufiler jusqu'à l'endroit d'où cette flèche avait été tirée.

Et son gibier était là, cent pas plus bas, chevelure brune et tunique sombre, un homme de haute taille tapi à côté d'un affleurement de granite de la dimension d'une table, son arc à lui à moitié bandé, surveillant avec une patience ardente la pente en contrebas. C'était la première fois que Perrin avait de lui un bon coup d'œil ; cent pas était une petite distance pour ses yeux. La tunique à col montant de ce Sanguinaire avait une coupe usuelle dans les Marches, et son visage ressemblait assez à celui de Lan pour être le frère du Lige. Seulement Lan n'avait pas de frères – aucun membre de sa famille en vie, cela Perrin le savait – et s'il en avait eu ils n'auraient pas été ici. Un homme des Marches, toutefois. Peut-être du Shienar, bien que sa chevelure fût longue, pas rasée jusqu'à un chignon en haut du crâne, et elle était retenue en arrière par une tresse de cuir exactement comme celle de Lan. Il ne pouvait pas être un Malkieri ; Lan était le dernier Malkieri vivant.

D'où qu'il vînt, Perrin n'éprouva aucun scrupule à bander son arc, la large pointe tranchante de sa flèche dirigée vers le dos du Sanguinaire. L'homme s'était mis en embuscade pour essayer de le tuer. Un coup tiré vers le bas pouvait être peu commode.

Peut-être avait-il mis trop de temps ou peut-être l'autre avait-il senti son regard froid mais, soudain, le Sanguinaire devint flou, filant comme un trait vers l'est.

Poussant un juron, Perrin se lança à sa poursuite, trois enjambées jusqu'aux Collines de Sable, une autre dans le Bois de l'Ouest. Au milieu des chênes, des lauréoles et des broussailles, le Sanguinaire semblait avoir disparu.

Perrin s'arrêta, écouta. Silence. Les écureuils et les oiseaux s'étaient tus. Il aspira profondément. Une petite harde de cerfs était passée par là depuis peu. Et un faible soupçon de quelque chose, humain mais trop froid pour un homme, trop dépourvu de sentiments, une odeur qui évoqua pour son esprit quelque chose de connu. Le Sanguinaire était quelque part à proximité. L'air était aussi immobile que la forêt ; pas un souffle de brise pour lui dire de quel côté venait cette odeur.

« Un tour astucieux, Les-Yeux-d'Or, d'avoir verrouillé la Porte des Voies. »

Perrin se raidit, tendant l'oreille. Impossible de dire de quel coin de cette végétation dense venait cette voix. Pas même une feuille ne bruissait.

« Si vous saviez quel nombre d'Engeances de l'Ombre sont morts en essayant de sortir des Voies par là-bas, cela vous réjouirait le cœur. Le *Machin Shin* s'est régalé à cette Porte, Les-Yeux-d'Or. Mais un tour pas assez astucieux. Vous avez vu : la Porte est ouverte maintenant. »

Là-bas, sur la droite. Perrin se faufila au milieu des arbres aussi silencieusement que lorsqu'il avait chassé ici.

« Ce n'étaient que quelques centaines pour commencer, Les-Yeux-d'Or. Juste assez pour déstabiliser ces imbéciles de Blancs Manteaux et assurer que le renégat meure. » La voix du Sanguinaire vibra de colère. « Que l'Ombre me consume si cet homme n'a pas plus de chance que la Tour Blanche. » Brusquement, il gloussa de rire. « Mais vous, Les-Yeux-d'Or, votre présence était une surprise. Il y a ceux qui veulent votre tête au bout d'une pique. Vos précieuses Deux Rivières seront dévastées d'un bout à l'autre pour vous dénicher. Qu'est-ce que vous dites de ça, Les-Yeux-d'Or ? »

Perrin se figea près du tronc noueux d'un grand chêne. Pourquoi cet homme parlait-il autant ? Pourquoi même parlait-il ? *Il m'attire droit vers lui.*

S'adossant au fût épais du chêne, il examina la forêt. Le Sanguinaire *voulait* qu'il approche. Sans doute pour qu'il tombe dans une embuscade. Et lui voulait trouver l'homme et l'égorger. Toutefois, ce pouvait fort bien être lui-même qui mourrait et, dans ce cas, personne ne saurait que la Porte des Voies était ouverte et que des Trollocs arriveraient par centaines, peut-être par milliers. Il se refusait à jouer le jeu du Sanguinaire.

Avec un sourire sans gaieté, il sortit du rêve de loup en s'ordonnant de s'éveiller et...

... Faile passa ses bras autour de son cou et mordilla sa barbe avec de petites dents blanches et pointues, tandis que les violons des Rétameurs jouaient un air vif et passionné autour des feux de camp. *La poudre d'Ila. Je ne peux pas me réveiller !* La conscience qu'il s'agissait d'un rêve s'estompa. En riant, il souleva Faile dans ses bras et l'emporta dans l'ombre, où l'herbe était douce.

S'éveiller fut un lent processus lié à la douleur sourde qui lui tenaillait le côté. La lumière du jour entrait à flots par les petites fenêtres. Une lumière éclatante. Le matin. Il tenta de se redresser sur son séant et retomba avec un gémissement.

Faile quitta d'un bond un tabouret bas ; ses yeux noirs donnaient l'impression qu'elle n'avait pas dormi. « Reste tranquille, dit-elle. Tu t'es assez débattu dans ton sommeil. Je ne t'ai pas empêché de te rouler sur le ventre et de t'enfoncer ce machin jusqu'au bout dans le corps simplement pour te regarder le faire maintenant que tu es réveillé. » Ihvon était debout appuyé contre le chambranle de la porte comme une épée sombre.

« Aide-moi à me lever », dit Perrin. Parler était une souffrance, mais respirer aussi, et il avait à parler. « Je dois aller dans les montagnes. À la Porte des Voies. »

Elle posa la main sur son front, plissant le sien. « Pas de fièvre », murmura-t-elle. Puis, plus énergiquement : « Tu vas au Champ d'Emond, où une des Aes Sedai pourra te Guérir. Pas question que tu ailles te tuer en essayant de galoper jusqu'aux montagnes avec une flèche dans le côté. Tu m'as comprise ? Si j'entends encore un mot au sujet des montagnes ou des Portes des Voies, je demanderai à Ila de préparer quelque chose qui te rendormira et tu voyageras sur une civière. Je ne suis pas sûre que ce ne serait pas indiqué de toute façon.

— Les Trollocs, Faile ! La Porte des Voies est rouverte ! Il faut que je les arrête ! »

Faile n'hésita même pas avant de secouer négativement la tête. « Tu n'y peux rien dans l'état où tu es. C'est le Champ d'Emond pour toi.

— Mais... !

— Pas de mais, Perrin Aybara. Plus un mot là-dessus. »

Il grinça des dents. Le pire est qu'elle avait raison. S'il ne pouvait pas se lever seul d'un lit, comment resterait-il en selle jusqu'à Manetheren ? « Le Champ d'Emond, d'accord », dit-il gracieusement, mais elle n'en renifla pas moins et marmotta quelque chose à propos de « têtu comme une bourrique ». Que voulait-elle ? *Je me suis montré fichtrement aimable, qu'elle brûle pour son entêtement !*

« Ainsi donc il y aura encore des Trollocs », commenta Ihvon d'un air songeur. Il ne demanda pas comment Perrin était au courant. Puis il secoua la tête comme s'il écartait les Trollocs de son esprit. « Je vais dire aux autres que vous êtes réveillé. » Il se glissa dehors, refermant la porte derrière lui.

« Suis-je seul à voir le danger ? marmotta Perrin.

— Je vois une flèche dans toi », répliqua Faile d'un ton ferme.

Ladite lui causa un élancement ; il se retint tout juste de gémir. Et Faile eut un hochement de tête satisfait. Satisfait !

Il voulait se mettre en route immédiatement ; plus tôt il serait Guéri, plus tôt il pourrait veiller à fermer la Porte des Voies, de façon définitive cette fois. Faile insista pour lui donner à manger son petit déjeuner, un potage épais de légumes réduits en purée convenant à un nourrisson dépourvu de dents, une cuillerée à la fois, avec des pauses pour lui essuyer le menton. Elle ne voulut pas lui permettre de s'alimenter lui-même et quand il protestait ou lui demandait d'aller plus vite, elle lui renfonçait les mots dans la bouche avec une cuillerée de bouillie. Elle ne l'autorisa même pas à se débarbouiller tout seul. Lorsqu'elle en arriva à lui brosser les cheveux et à peigner sa barbe, il s'était retranché dans un silence plein de dignité.

« Tu es adorable quand tu boudes », dit-elle. Et lui pinça le nez.

Ila, en corsage vert et jupe bleue ce matin, monta dans la roulotte avec le surcot et la chemise de Perrin, l'un et l'autre nettoyés et raccommodés. À sa grande irritation, il dut laisser les deux femmes l'aider à les enfiler. Il dut même les laisser l'aider à s'asseoir pour les mettre, le surcot déboutonné et la chemise pas rentrée dans ses chausses mais ramassée en tapon autour du tronçon de flèche.

« Merci, Ila, dit-il en palpant les reprises impeccables. C'est du beau travail.

— Certes, acquiesça-t-elle. Faile sait bien manier l'aiguille. »

Faile rougit et il sourit, se souvenant du ton farouche avec lequel elle lui avait signifié que jamais elle ne réparerait ses vêtements. L'éclair dans les yeux de Faile l'incita à tenir sa langue. Quelquefois, le silence est le parti le plus sage. « Merci, Faile », dit-il gravement à la place. Elle rougit encore plus.

Une fois qu'elles l'eurent levé, il gagna assez facilement la porte, mais il dut de nouveau laisser les deux femmes le soutenir à moitié pour descendre les marches de bois. Du moins les chevaux étaient-ils sellés, et tous les garçons des Deux Rivières rassemblés, l'arc attaché sur le dos. Avec le visage et des habits propres, et seulement quelques pansements apparents.

Une nuit chez les Tuatha'ans avait manifestement été bonne pour leur moral aussi, même pour ceux qui paraissaient encore incapables de faire plus que cent pas. L'expression hagarde qu'ils avaient dans les yeux la veille n'était plus qu'une ombre à présent. Wil avait chaque bras passé autour d'une jolie Rétameuse aux grands yeux, naturellement, et Ban Lewin, avec son nez et un pansement autour de la tête qui lui redressait les cheveux en brosse, était de même main dans la main avec une jeune fille, souriant avec timidité. La plupart des autres tenaient des bols d'épais ragoût de légumes et des cuillères, avec lesquelles ils mangeaient goulûment.

« C'est bon, ça, Perrin », commenta Dannil en rendant son bol à une Rétameuse. Elle eut un geste comme pour demander à ce grand échalas s'il désirait un supplément et il secoua négativement la tête mais déclara : « Je crois que je n'en serai jamais rassasié, et toi ?

— J'en ai eu ma suffisance », lui répondit Perrin d'un ton morose. Des légumes en purée et du bouillon.

« Les Rétameuses ont dansé, hier soir, dit Tell, le cousin de Dannil, en écarquillant les yeux. Toutes les femmes non mariées et quelques-unes des mariées ! Tu aurais dû voir ça, Perrin.

— J'ai déjà vu danser des Rétameuses, Tell. »

Apparemment, il n'avait pas éliminé de sa voix ce qu'il avait ressenti en les regardant, car Faile remarqua sèchement : « Tu as vu la tiganza, alors ? Un jour, si tu es sage, je danserai la sa'sara pour toi et te montrerai ce qu'est vraiment une danse. » Ila eut un hoquet de surprise en entendant ce nom et Faile devint d'un cramoisi encore plus soutenu que celui qui avait envahi sa figure dans la roulotte.

Perrin pinça les lèvres. Si cette sa'sara faisait battre plus vite le cœur que les ondulations et balancements de hanches de la danse des Rétameuses – la tiganza, non ? – il serait sans aucun doute enchanté de voir Faile la danser. Il prit soin de poser son regard ailleurs que sur elle.

Raen survint, portant le même surcot vert vif mais des chausses du rouge le plus rouge jamais tombé sous les yeux de Perrin. Cette combinaison lui donnait mal au cœur. « Par deux fois vous avez visité nos feux, Perrin, et pour la deuxième fois vous partez sans festin d'adieu. Il faut que vous reveniez vite afin que nous compensions cela. »

S'écartant de Faile et d'Ila – il pouvait au moins tenir debout seul – il posa la main sur l'épaule de l'homme au corps sec et nerveux. « Accompagnez-nous, Raen. Personne au Champ d'Emond ne vous fera de mal. Au pire, vous serez plus en sécurité qu'ici avec les Trollocs. »

Raen hésita, puis se secoua en murmurant : « Je ne sais pas comment vous pouvez même m'amener à envisager des choses pareilles. » Se retournant, il haussa la voix : « Vous tous, Perrin nous demande de l'accompagner à son village où nous serons à l'abri des Trollocs. Qui désire venir ? » Des visages choqués le dévisagèrent. Quelques femmes rassemblèrent auprès d'elles leurs enfants, et les enfants se cachèrent dans leurs jupes comme si la seule idée les effrayait. « Vous voyez, Perrin ? dit Raen. Pour nous, la sécurité est dans la mobilité, pas dans les villages. Je vous l'assure, nous ne passons pas deux nuits dans le même endroit et nous voyagerons toute la journée avant de nous arrêter de nouveau.

— Cela risque de ne pas suffire, Raen. »

Le Mahdi haussa les épaules. « Votre sollicitude me réchauffe le cœur, mais nous serons en sûreté, si la Lumière le veut.

— La Voie de la Feuille ne consiste pas seulement à s'abstenir de violence, dit Ila avec douceur, mais aussi à accepter ce qui arrive. La feuille tombe en son temps, sans se plaindre. La Lumière nous protégera pour notre temps. »

Perrin aurait voulu discuter avec eux mais, derrière toute la chaleur et la compassion qu'exprimaient leurs traits, il y avait une fermeté de marbre. Il se dit qu'il obtiendrait que Baine et Khiad endossent une robe et renoncent à leurs lances – ou encore Gaul ! – avant de réussir à ce que ces gens cèdent d'un pouce.

Raen serra la main de Perrin et, sur ce, les Rétameuses commencèrent à étreindre les garçons des Deux Rivières, Ihvon aussi, et les Rétameurs se mirent à serrer des mains, tous riant, prodiguant des adieux et souhaitant à chacun un bon voyage, formulant l'espoir qu'ils reviendraient. Presque tous les hommes. Aram se tenait à l'écart, l'air rembruni, les mains enfoncées dans les poches de sa tunique. La dernière fois que Perrin l'avait rencontré, il avait paru avoir une certaine amertume dans sa nature, ce qui était curieux chez un Rétameur.

Les hommes ne se contentèrent pas de serrer la main de Faile, ils l'étreignirent à pleins bras. Perrin garda un front calme quand quelques-uns parmi les plus jeunes se montrèrent d'un enthousiasme excessif, grinçant seulement un peu des dents ; il réussit à sourire. Aucune femme plus jeune qu'Ila ne lui donna l'accolade. D'une manière ou d'une autre, alors même que Faile laissait quelque Rétameur efflanqué en surcot criard jeter ses bras autour d'elle et s'efforcer de la presser jusqu'à l'aplatir, elle montait la garde auprès de lui comme un dogue. Les femmes sans gris dans leurs cheveux jetaient un coup d'œil à sa figure et choisissaient quelqu'un d'autre. Pendant ce temps-là, Wil embrassait apparemment toutes les femmes du campement. De même Ban, avec son nez. Même Ihvon s'en donnait à cœur joie, d'ailleurs. Faile n'aurait que ce qu'elle méritait si un de ces gars-là lui fracturait une côte.

Finalement, les Rétameurs reculèrent, excepté Raen et Ila, ménageant un espace autour des gens des Deux Rivières. L'homme sec et nerveux aux cheveux gris s'inclina solennellement, les mains à la poitrine. « Vous êtes venus en paix. Partez maintenant en paix. Toujours nos feux vous accueilleront. La Voie de la Feuille est paix.

— Que la paix soit toujours avec vous, répondit Perrin, et avec le Peuple Nomade. » *Ô Lumière, faites qu'il en soit ainsi.* « Je trouverai le chant ou un autre trouvera le chant, mais le chant sera chanté, cette année ou une année à venir[1]. » Il se demanda s'il y avait jamais eu un chant ou si les Tuatha'ans avaient entamé leur

1. Cf. chapitre 27 : Un Abri dans la tempête dans *La Roue du Temps*, volume 1.

éternel voyage à la recherche d'autre chose. Elyas lui avait dit qu'ils ne savaient pas quel chant, seulement qu'ils le reconnaîtraient quand ils le découvriraient. *Qu'ils trouvent au moins la sécurité. Au moins cela.* « Comme il le fut jadis, de même il le sera de nouveau, dans les siècles des siècles.

— Dans les siècles des siècles, récitèrent les Tuatha'ans dans un murmure solennel. Dans les siècles des siècles, éternellement. »

Quelques dernières embrassades ou serrements de mains furent échangés à la ronde tandis qu'Ihvon et Faile aidaient Perrin à enfourcher Steppeur. Quelques derniers baisers récoltés par Wil. Et par Ban. Ban ! Et son nez ! D'autres, les gravement blessés, furent soulevés à moitié et hissés sur leurs chevaux, avec les Rétameurs agitant la main comme s'ils saluaient de vieux voisins partant pour un long voyage.

Raen s'approcha et serra la main de Perrin. « Ne voulez-vous pas revenir sur votre décision ? demanda Perrin. Je me rappelle vous avoir entendu dire une fois qu'il y avait de la méchanceté répandue dans le monde. C'est pire à présent, Raen, et c'est ici.

— La paix soit avec vous, Perrin, répliqua Raen en souriant.

— Et avec vous », répondit-il avec tristesse.

Les Aiels ne se montrèrent que lorsqu'ils furent à un bon quart de lieue au nord du campement des Rétameurs. Baine et Khiad examinèrent Faile avant de gagner au pas gymnastique leur poste habituel en éclaireurs. Perrin se demanda à quel danger elles croyaient que Faile s'était exposée chez les Tuatha'ans.

Gaul vint se placer à côté de Steppeur, d'une foulée paisible. Le groupe n'avançait pas très vite, presque la moitié des garçons des Deux Rivières étant à pied. Il jeta un coup d'œil scrutateur à Ihvon, comme d'ordinaire, avant de s'adresser à Perrin. « Votre blessure va bien ? »

Sa blessure lui faisait atrocement mal ; chaque pas de son cheval secouait cette tête de flèche. « Je me sens on ne peut mieux, dit-il sans grincer des dents. Peut-être que nous danserons ce soir au Champ d'Emond. Et vous ? Avez-vous passé une bonne soirée à jouer au Baiser des Vierges ? » Gaul trébucha et manqua de peu tomber sur le nez.

« Qui avez-vous entendu suggérer ce jeu ? demanda l'Aiel à mi-voix, le regard fixé droit devant lui.

— Khiad. Pourquoi ?

— Khiad, murmura Gaul. Cette femme est une Goshien. Goshien ! Je devrais la ramener aux Sources Chaudes comme *gai'shain.* » Les paroles étaient coléreuses, mais pas son ton bizarre. « Khiad.

— Voulez-vous m'expliquer de quoi il s'agit ?

— Un Myrddraal a moins de ruse qu'une femme, déclara Gaul d'une voix neutre, et un Trolloc combat avec plus d'honneur. » Au bout d'un instant, il ajouta tout bas, avec un accent farouche : « Et une chèvre a davantage de bon sens. » Pressant le pas, il courut rejoindre les deux Vierges de la Lance. Il ne leur parla pas, pour autant que Perrin pouvait s'en rendre compte, il se contenta de ralentir pour marcher auprès d'elles.

« Y comprenez-vous quelque chose ? » demanda Perrin à Ihvon. Le Lige secoua la tête.

Faile eut un reniflement de dédain. « S'il songe à leur créer des désagréments, elles le pendront par les pieds à une branche pour qu'il se calme.

— Sais-tu de quoi il s'agissait ? » interrogea Perrin. Elle continua à marcher, sans le regarder ni lui répondre, ce qu'il estima signifier qu'elle l'ignorait. « Je pense que je pourrais retourner au camp de Raen. Voilà longtemps que je n'ai pas vu la tiganza. C'était... intéressant. »

Elle marmonna quelque chose, mais il réussit à l'entendre : « Cela ne te ferait pas de mal à toi aussi d'être pendu par les pieds ! »

Il sourit au sommet du crâne de Faile. « Mais je n'en ai pas besoin. Tu as promis de danser cette sa'sara pour moi. » Elle s'empourpra. « Est-ce qu'elle ressemble à la tiganza ? Je veux dire, sinon, ce n'est pas la peine.

— Espèce d'abruti avec du muscle à la place de cervelle ! s'exclama-t-elle sèchement en dardant sur lui un regard furieux. Des hommes ont déposé leur cœur et leur fortune aux pieds de femmes qui dansaient la sa'sara. Si ma mère se doutait que je la connais... » Ses dents se serrèrent avec un cliquetis comme si elle avait trop parlé, et sa tête vira pour regarder de nouveau droit devant ; l'écarlate de la mortification la couvrait depuis ses cheveux noirs jusqu'à l'encolure de sa robe.

« Alors il n'y a aucune raison pour que tu la danses, dit-il doucement. Mon cœur et ma fortune, pour ce qu'ils valent, sont déjà à tes pieds. »

Faile trébucha, puis rit tout bas et pressa sa joue contre son mollet botté. « Tu es trop malin pour moi, murmura-t-elle. Un jour, je la danserai pour toi et te ferai bouillir le sang dans les veines.

— Tu y arrives déjà », répliqua-t-il, et elle rit de nouveau. Insérant le bras derrière son étrier, elle serra sa jambe contre elle tout en marchant.

Au bout d'un moment, même la pensée de Faile en train de danser – il extrapolait à partir de la danse des Rétameuses ; ce devait être quelque chose qui la surpassait – ne parvint plus à soutenir la concurrence de la souffrance dans son côté. Chaque enjambée de Steppeur causait une douleur atroce. Il se tint bien droit. De cette façon, il avait l'impression de souffrir un tout petit peu moins. Par ailleurs, il ne voulait pas gâcher l'effet positif sur leur moral produit par les Tuatha'ans. Les autres se tenaient droits aussi en selle, même ceux qui, la veille, avaient le dos rond et se cramponnaient à leur pommeau. Et Ban et Dannil et le reste marchaient la tête haute. Il ne voulait pas être le premier à flancher.

Wil se mit à siffler *En revenant chez nous de la Brèche de Tarwin*, et trois ou quatre se joignirent à lui. Au bout d'un moment, Ban commença à chanter d'une voix profonde et claire.

Mon foyer m'attend là-bas,
et la jeune fille que j'ai laissée.

De tout le trésor qui m'attend,
c'est ce que je veux trouver.
Son regard si joyeux et son sourire si doux,
ses embrassades si chaleureuses et sa cheville bien faite,
ses baisers brûlants, ah ! quelle fête.
S'il existe plus grand trésor, ce n'est pas
dans ma pensée qu'il gît.

D'autres unirent leur voix à la sienne au deuxième vers, jusqu'à ce que tous chantent, même Ihvon. Et Faile. Pas Perrin, bien sûr ; on lui avait répété assez souvent que quand il chantait il avait une voix de grenouille que l'on écrase. Quelques-uns adaptèrent même leur marche au rythme de la musique.

Oh, j'ai vu la morne Brèche de Tarwin,
et la horde hurlante des Trollocs.
J'ai affronté de pied ferme l'attaque du Demi-Homme,
et j'ai marché sur la froide frontière de la mort.
Mais, séduisante jeune fille, elle m'attend,
Pour une danse et un baiser sous le pommier...

Perrin secoua la tête. La veille, ils avaient été prêts à courir se cacher. Aujourd'hui, ils chantaient une bataille livrée depuis si longtemps qu'elle n'avait laissé en souvenir que cette chanson dans les Deux Rivières. Peut-être devenaient-ils des guerriers. Ils le devraient, à moins qu'il ne réussisse à clore cette Porte des Voies.

On rencontrait à présent plus souvent des fermes, plus rapprochées, jusqu'à ce qu'ils se trouvent avancer sur un chemin de terre entre des champs bordés par des haies ou des murets bas en pierre brute. Des fermes abandonnées. Ici, personne ne se cramponnait à la terre.

Ils atteignirent la Vieille Route, qui venait du nord et de la Rivière Blanche, la Manetherendrelle, traversait la Tranchée-de-Deven jusqu'au Champ d'Emond, et enfin virent des moutons dans les pâturages, de grandes masses comme le rassemblement de troupeaux d'une douzaine de paysans, avec dix bergers là où naguère il n'y en aurait eu qu'un, et la moitié d'entre eux des adultes.

Ces bergers armés d'arcs les regardaient qui passaient en chantant de toute la force de leurs poumons, ne sachant trop que penser.

Perrin ne sut pas trop que penser non plus à son premier aperçu du Champ d'Emond, et les autres garçons des Deux Rivières de même, d'après la façon dont leur chant s'altéra et se tut.

Les arbres, barrières et haies les plus proches du village avaient carrément disparu, rasés. Les maisons les plus à l'ouest du Champ d'Emond se dressaient naguère au milieu des arbres à la lisière du Bois de l'Ouest. Les chênes et les lauréoles entre les maisons étaient toujours là, mais maintenant l'orée de la forêt en était éloignée de cinq cents pas, à une longue portée d'arc, et des haches résonnaient, maniées par des hommes qui la repoussaient plus loin encore. Rangée après rangée de pieux montant jusqu'à la taille, enfoncés de biais dans le sol, entouraient le village un peu à l'écart des maisons et formaient une haie continue de pointes aiguës, excepté à l'endroit où passait la route. À intervalles derrière les pieux, des hommes se tenaient comme des sentinelles, certains portant des pièces de vieilles armures ou des chemises de cuir où étaient cousus des disques d'acier rouillé, d'aucuns coiffés de vieux casques d'acier bosselés, armés d'épieux à chasser le sanglier, ou de hallebardes dénichées dans des greniers, ou encore de serpes fixées au bout de longues perches. D'autres hommes et des gamins étaient postés avec des arcs sur quelques-uns des toits de chaume ; ils se redressèrent quand ils virent arriver Perrin et ses compagnons et lancèrent des appels à des gens qui se trouvaient en bas.

Le long de la route derrière les pieux, il y avait un dispositif en bois et épaisse corde retorse, avec à côté un tas de pierres plus grosses qu'une tête d'homme. Ihvon remarqua que Perrin l'examinait avec attention quand ils en approchèrent. « Catapulte, dit le Lige. Six, jusqu'à présent. Vos charpentiers ont su quoi faire une fois que Tomas et moi leur avons montré. Les pieux arrêteront un assaut des Trollocs ou des Blancs Manteaux, des uns ou des autres. » Du ton dont il discuterait la possibilité que de la pluie tombe encore.

« Je t'avais bien dit que ton village se préparait à se défendre. » Faile avait un accent de fierté ardente comme si c'était son propre village. « Un peuple dur pour une terre aussi douce. Ces gens pourraient presque être de la Saldaea. Moiraine disait toujours que le sang de Manetheren est encore fort par ici. »

Perrin ne put que secouer la tête.

Les rues à la chaussée en terre battue étaient presque assez peuplées pour passer pour les rues d'une ville, les espaces entre les maisons étaient remplis par des charrettes et des chariots, et par les portes ouvertes et les fenêtres sans leurs volets, il apercevait encore d'autres gens. La foule s'ouvrit devant Ihvon et les Aiels, et un bruissement de murmures les accompagna le long de la rue.

« C'est Perrin Les-Yeux-d'Or.

— Perrin Les-Yeux-d'Or.

— Perrin Les-Yeux-d'Or. »

Il aurait aimé qu'ils ne se conduisent pas de cette façon. Ces gens le connaissaient, certains d'entre eux. À quoi pensaient-ils donc ? Il y avait Neysa Ayellin au visage chevalin qui avait fessé son postérieur de dix ans cette fois où Mat l'avait persuadé de voler une de ses tourtes aux groseilles à maquereau. Et il y avait Cilia Cole aux joues roses et aux grands yeux, la première fille qu'il avait jamais embrassée et toujours plaisamment potelée, et Pel Aydaer, avec sa pipe et sa tête chauve, qui avait appris à Perrin à attraper les truites à la main, et Daise Congar elle-même, une grande femme, large en proportion, qui donnait à Alsbet Luhhan l'air d'être douce, accompagnée de son mari Wit, un homme maigre éclipsé comme d'habitude par son épouse. Et tous le dévisageaient et chuchotaient aux personnes venues d'ailleurs, qui ne savaient peut-être pas qui il était. Quand le vieux Cenn Buie hissa sur son épaule un petit garçon en désignant Perrin du doigt et en parlant avec enthousiasme au gamin, Perrin poussa un gémissement. Ils étaient tous devenus fous.

Les habitants du village suivaient Perrin et ses compagnons, les entouraient, dans un défilé qu'accompagnait une houle de murmures. Des poules couraient dans tous les sens sous les pieds des gens. Des veaux en pleurs et des porcs qui criaient dans des appentis derrière les maisons rivalisaient avec le bruit des humains. Des moutons avaient envahi le Pré Communal et des vaches à robe tachetée noir et blanc broutaient l'herbe en compagnie de troupeaux d'oie, grises et blanches.

Et au milieu du Pré Communal se dressait un grand mât, la bannière blanche bordée de rouge à son sommet ondulait paresseusement, exposant une tête de loup rouge. Il regarda Faile, mais elle fit un signe négatif, aussi surprise que lui.

« Un symbole. »

Perrin n'avait pas entendu Vérine approcher, mais maintenant il captait des murmures étouffés de « Aes Sedai » errant autour d'elle. Ihvon n'avait pas l'air étonné. Les gens contemplaient Vérine avec des yeux pleins de révérence.

« Les gens ont besoin de symboles, reprit Vérine en posant une main sur l'épaule de Steppeur. Quand Alanna a raconté à quelques-uns des villageois quelle peur les Trollocs avaient des loups, tout le monde a paru d'accord que cette bannière était une idée fantastique. Pas vous, Perrin ? » Y avait-il de la sécheresse dans sa voix à présent ? Ses yeux noirs levés vers lui évoquaient des yeux d'oiseau. Un oiseau guettant un ver de terre ?

« Je me demande ce qu'en pensera la Reine Morgase, commenta Faile. Par ici, c'est une partie de l'Aridor. Les reines sont rarement enchantées que des bannières étrangères soient arborées dans leurs royaumes.

— Ce ne sont que des traits sur une carte », lui dit Perrin. C'était bon de rester immobile ; les élancements provoqués par la tête de flèche semblaient s'être un peu calmés. « J'ignorais totalement que nous étions censés être une région de l'Andor jusqu'à ce que j'aille à

Caemlyn. Je doute qu'il y ait beaucoup de gens ici qui le sachent.

— Les souverains ont tendance à croire les cartes, Perrin. » Il n'y avait pas de doute à avoir sur la sécheresse du ton de Faile. « Quand j'étais enfant, des parties de la Saldaea n'avaient pas vu un percepteur d'impôts depuis cinq générations. Une fois que mon père a pu détourner pendant un moment son attention de la Dévastation, Tenobia s'est assurée qu'ils connaissaient qui était leur reine.

— Ici, c'est les Deux Rivières, répliqua-t-il avec un large sourire, pas la Saldaea. » Ils avaient l'air rudement féroces, là-haut dans la Saldaea. Tandis qu'il se retournait vers Vérine, le sourire laissa la place à une expression préoccupée. « Je pensais que vous... dissimuliez... qui vous étiez. » Il ne pouvait pas dire ce qui était le plus inquiétant ; des Aes Sedai là en secret ou des Aes Sedai au grand jour.

La main de l'Aes Sedai s'immobilisa en l'air juste au-dessus de la flèche brisée saillant de son côté. Quelque chose picota autour de la blessure. « Oh, ce n'est pas bon, murmura-t-elle. Coincée dans la côte et de l'infection en dépit de ce cataplasme. Ceci requiert l'assistance d'Alanna, à mon avis. » Elle cligna des paupières et retira sa main ; le picotement disparut aussi. « Quoi donc ? Dissimuler ? Oh ! Après ce qui s'est mis en branle ici à présent, nous pouvions difficilement demeurer cachées. Je suppose que nous aurions pu... nous en aller. Vous n'auriez pas voulu cela, n'est-ce pas ? » De nouveau il y eut ce regard d'oiseau, perçant, méditatif.

Il hésita et finalement soupira. « Je suppose que non.

— Oh, c'est agréable à entendre, dit-elle avec un sourire.

— Pourquoi êtes-vous venue ici, en réalité, Vérine ? »

Elle n'eut pas l'air de l'entendre. Ou ne le voulut pas. « À présent, il nous faut nous occuper de cette chose en vous. Et ces autres garçons ont besoin aussi d'être soignés. Alanna et moi, nous nous occuperons de ce qu'il y a de plus grave, mais... »

Ses compagnons étaient aussi stupéfaits que lui par ce qu'ils avaient trouvé ici. Ban se grattait la tête en contemplant la bannière, et quelques-uns se contentaient de regarder autour d'eux avec étonnement. Toutefois, le plus grand nombre fixaient leur attention sur Vérine, inquiets et les yeux écarquillés ; ils avaient sûrement entendu les « Aes Sedai » murmurés. Perrin lui-même n'échappait pas entièrement à ces regards, il s'en rendit compte, lui qui parlait à une Aes Sedai comme si elle était n'importe quelle femme du village.

Vérine leur rendit examen pour examen, puis soudain, sans paraître jeter un coup d'œil, elle tendit la main derrière elle pour empoigner parmi les assistants une fillette d'environ dix ou douze ans. Laquelle, ses longs cheveux retenus par des rubans bleus, se figea sous le coup de l'émotion. « Tu connais Daise Congar, petite ? demanda Vérine. Eh bien, va lui dire qu'il y a des blessés qui ont besoin des herbes d'une Sagesse. Et dis-lui de se dépêcher. Dis-lui que je ne tolérerai pas ses grands airs. Tu as compris ? File. »

Perrin ne reconnut pas la fillette, mais visiblement elle connaissait Daise, parce qu'elle tressaillit en écoutant le message. Après un instant de réflexion – où elle mit en balance Daise Congar contre une Aes Sedai – la fillette prit ses jambes à son cou et disparut dans la foule.

« Et Alanna s'occupera de vous », conclut Vérine en levant de nouveau vers lui un regard scrutateur.

Il aurait aimé que cette phrase de Vérine ne donne pas l'impression d'avoir un double sens.

43. Prendre soin des vivants

S'emparant de la bride de Steppeur, Vérine conduisit elle-même Perrin à l'*Auberge de la Source du Vin*, la foule reculant pour lui laisser le passage puis se refermant derrière elle. Dannil, Ban et les autres suivirent à cheval et à pied, leurs parents se mêlant maintenant à eux. Ébahis comme ils l'étaient par les changements survenus au Champ d'Emond, les garçons eurent néanmoins l'amour-propre de marcher à grands pas même s'ils boitaient ou de se tenir plus droits en selle ; ils avaient affronté les Trollocs et étaient revenus chez eux. Par contre, les femmes passaient leurs mains sur leurs fils, neveux et petits-fils, souvent ravalant des larmes, et leurs faibles gémissements formaient un doux murmure plaintif. Les hommes au regard tendu s'efforçaient de cacher leur inquiétude derrière des sourires de fierté, tapant sur des épaules et s'exclamant sur les barbes nouvellement commencées, cependant leurs embrassades se transformaient fréquemment en une épaule sur laquelle s'appuyer. Les amies de cœur se précipitaient avec des baisers et des exclamations, à part égale joie et commisération, et les frères et sœurs plus jeunes, indécis, alternativement fondaient en pleurs et ouvraient de grands yeux admiratifs en se cramponnant à un frère que tout le monde semblait tenir pour un héros.

C'étaient les autres voix que Perrin aurait souhaité ne pas entendre.

« Où est Kenley ? » Maîtresse Ahan était une belle femme, avec des fils blancs dans sa tresse presque noire, mais elle avait une expression anxieuse en scrutant les visages et voyant les yeux se détourner. « Où est mon Kenley ? »

« Bili ! appela le vieux Hu al'Dai d'un ton hésitant. Quelqu'un a-t-il vu Bili al'Dai ? »

« ... Hu... ! »

« ... Jared... ! »

« ... Tim... ! »

« ... Colly... ! »

Devant l'auberge, Perrin tomba de la selle dans sa hâte à échapper à ces noms, ne voyant même pas quelles mains le rattrapaient. « Emmenez-moi à l'intérieur ! dit-il d'une voix rauque. À l'intérieur ! »

« ... Teven... ! »

« ... Haral... ! »

« ... Had... ! »

La porte intercepta les gémissements de cœurs affligés et les supplications de la mère de Dael al'Taron pour que quelqu'un lui dise où était son fils.

Dans une marmite trolloque, songea Perrin comme on l'installait dans un fauteuil de la salle commune. *Dans un ventre de Trolloc, où je l'ai mis, Maîtresse al'Taron. Où je l'ai mis.* Faile lui tenait la tête dans ses mains et examinait son visage d'un air soucieux. *Prendre soin des vivants*, se dit-il. *Je pleurerai les morts plus tard. Plus tard.*

« Je vais bien, dit-il à Faile. J'ai eu juste un petit étourdissement en descendant de cheval. Je n'ai jamais été bon cavalier. » Elle ne parut pas le croire.

« Ne pouvez-vous faire quelque chose ? » demanda-t-elle avec insistance à Vérine.

L'Aes Sedai secoua négativement la tête avec calme. « Je pense que mieux vaut pas, mon enfant. Dommage qu'aucune de nous deux ne soit de l'Ajah Jaune, mais Alanna est quand même une bien meilleure Guérisseuse que moi. Mes Capacités s'appliquent à d'autres domaines. Ihvon va la ramener. Attendez avec patience, mon enfant. »

La grande salle de l'auberge avait été transformée en armurerie de fortune. Excepté devant la cheminée, les murs servaient d'appui à une masse compacte de lances de toutes sortes, où se mêlaient par-ci par-là une hallebarde ou une vouge et d'autres armes d'hast aux fers de formes curieuses, beaucoup rongés et décolorés aux endroits où la vieille rouille avait été décapée. Plus surprenant encore, un tonneau près du pied de l'escalier contenait des épées entassées pêle-mêle, la plupart sans fourreau et pas deux pareilles. Tous les greniers à une lieue à la ronde avaient dû être mis sens dessus dessous pour dénicher des reliques couvertes de poussière depuis des générations. Perrin n'aurait pas imaginé qu'il existât cinq épées dans l'ensemble des Deux Rivières. Avant l'arrivée des Blancs Manteaux et des Trollocs, en tout cas.

Gaul prit place d'un côté, près de l'escalier qui montait aux chambres de l'auberge et au logement des al'Vere, observant Perrin, mais nettement conscient de la présence de Vérine et de ses moindres mouvements. De l'autre côté de la salle, surveillant Faile et tous les autres, les deux Vierges de la Lance avaient calé leurs lances dans le creux de leur bras et adopté une pose hanchée qui semblait à la fois nonchalante et prête à bondir. Les trois garçons qui avaient transporté Perrin à l'intérieur passaient d'un pied sur l'autre à proximité de la porte, contemplant avec les mêmes grands yeux lui-même, l'Aes Sedai et les Aiels. C'était tout.

« Les autres, dit Perrin. Ils ont besoin...

— On s'occupera d'eux, interrompit Vérine posément en s'installant à une autre table. Ils aimeront mieux être avec leurs familles. C'est bien préférable d'avoir ceux qu'on aime auprès de soi. »

Perrin ressentit un coup au cœur – l'image des tombes sous les pommiers traversa son esprit – mais il se maîtrisa. *Prends soin des vivants*, se rappela-t-il rudement. L'Aes Sedai sortit sa plume et son encrier et commença à inscrire des notes d'une écriture précise dans ce petit carnet qu'elle avait. Il se demanda si elle se préoccupait du nombre de gens des Deux Rivières qui mouraient du moment que lui vivait, et serait utilisable dans les plans formés par la Tour Blanche pour Rand.

Faile lui pressa la main dans la sienne, mais c'est à l'Aes Sedai qu'elle parla. « Ne devrions-nous pas monter le mettre au lit ?

— Pas encore », lui rétorqua Perrin avec irritation. Vérine leva la tête et ouvrit la bouche, et il répéta d'une voix plus ferme : « Pas encore. » L'Aes Sedai haussa les épaules et retourna à ses écritures. « Est-ce que quelqu'un sait où est Loial ?

— L'Ogier ? » dit un des trois près de la porte. Dav Ayellin était plus trapu que Mat, mais il avait ce même éclair de malice dans les yeux. Il avait aussi cette allure ébouriffée, mal peignée de Mat. Naguère, le peu d'espiègleries que ne commettait pas Mat, Dav s'en chargeait, encore que ce soit en général Mat qui montrait le chemin. « Il est là-bas avec les hommes en train de faire reculer la lisière du Bois de l'Ouest. On croirait que nous abattons son frère chaque fois que nous coupons un arbre, mais il en abat trois avec cette hache énorme qu'il a commandée à Maître Luhhan dans le temps où n'importe qui d'autre en coupe un seul. Si tu as besoin de lui, j'ai aperçu Jaime Thane qui courait les avertir que tu étais arrivé. Je parie qu'ils vont tous venir te jeter un coup d'œil. » Examinant la flèche brisée, il eut une grimace et se frotta le côté par sympathie. « Est-ce que cela fait mal ?

— Assez », dit sèchement Perrin. Venir lui jeter un coup d'œil. *Qu'est-ce que je suis, un ménestrel ?* « Et Luc ? Je n'ai pas envie de le voir, mais est-il ici ?

— Je crains que non. » Le deuxième garçon, Elam Dowtry, frotta son long nez. Il avait à la ceinture une épée qui s'accordait mal avec sa tunique de laine de paysan et l'épi dans ses cheveux ; la poignée avait été récemment enveloppée de cuir brut et le fourreau de cuir était écorché et pelait. « Le Seigneur Luc est parti en quête du Cor de Valère, je pense. Ou peut-être de Trollocs. »

Dav et Elam étaient des amis de Perrin, ou l'avaient été, compagnons de chasse et de pêche, les deux à peu près de son âge, mais leurs sourires d'excitation leur donnaient l'air plus jeunes. Mat ou Rand auraient pu passer pour avoir au moins cinq ans de plus. Peut-être que lui aussi.

« J'espère qu'il reviendra bientôt, poursuivit Elam. Il m'a montré comment me servir d'une épée. Savais-tu qu'il était un Chasseur à la recherche du Cor ? Et un roi, si ses droits étaient reconnus. D'Andor, à ce que j'ai appris.

— L'Andor a des reines, murmura distraitement Perrin en croisant le regard de Faile, pas des rois.

— Donc il n'est pas ici », commenta Faile. Gaul changea légèrement de position ; il avait l'air prêt à partir à la recherche de Luc, ses yeux d'un bleu de glace. Perrin n'aurait pas été surpris que Baine et Khiad se voilent sur-le-champ.

« Non, acquiesça Vérine d'un ton absent, manifestement plus attentive à ses notes qu'à ce qu'elle disait. Non pas qu'il ne se soit pas rendu utile de temps en temps, mais il s'y prend de telle façon qu'il cause des ennuis quand il est là. Hier, avant que personne ne s'aperçoive de ce qu'il faisait, il a conduit une délégation à la rencontre d'une patrouille de Blancs Manteaux et il leur a annoncé que le Champ d'Emond leur était interdit. Apparemment, il leur a dit de ne pas s'en approcher de moins de quatre lieues. Les Blancs Manteaux ne me plaisent pas, mais je ne suppose pas qu'ils en aient été enchantés. Ce n'est pas sage d'éveiller leur hostilité plus qu'il n'est absolument nécessaire. » Elle regarda en fronçant les sourcils ce qu'elle avait écrit et se gratta le nez, sans se rendre compte visiblement qu'elle y laissait une tache d'encre.

Perrin ne se souciait guère des réactions des Blancs Manteaux. « Hier », dit-il d'une voix étouffée. Si Luc était rentré au village hier, ce n'était pas probable qu'il ait une responsabilité dans la présence des Trollocs là où on ne les attendait pas. Plus Perrin réfléchissait à la façon dont cette embuscade avait tourné, plus il se persuadait que les Trollocs avaient été au courant de leurs mouvements à eux. Et plus il avait envie d'en rendre Luc responsable. « Une pierre ne se transforme pas en fromage parce qu'on le désire, marmotta-t-il. Cela n'empêche pas qu'il ait pour moi une odeur de fromage. »

Dav et les deux autres s'entre-regardèrent d'un air indécis. Perrin conclut que le sens de ce qu'il disait ne devait pas paraître clair.

« C'était un groupe de Coplin, principalement, expliqua le troisième garçon d'une voix étonnamment grave. Darl, Hari, Dag et Ewal. Et Wit Congar. Daise l'a tancé de la belle manière à cause de ça.

— J'ai appris qu'ils avaient tous de la sympathie pour les Blancs Manteaux. » Perrin songea que le garçon à la voix de basse ne lui était pas inconnu. Il avait deux ou trois ans de moins qu'Elam et que Dav, pourtant plus grand qu'eux d'un pouce, avec un visage maigre mais une large carrure.

« Ah, ça, oui. » Le jeune gars rit. « Tu les connais. Ils sont attirés par nature vers n'importe quoi susceptible de causer des ennuis à quelqu'un sauf à eux. Depuis que le Seigneur Luc en a parlé, ils sont unanimes pour aller en corps à la Colline-au-Guet signifier aux Blancs Manteaux de quitter les Deux Rivières. Du moins, ils sont pour que d'autres montent là-haut. Je pense qu'ils ont l'intention de rester soigneusement à l'arrière-garde de la délégation. »

Si cette figure avait été poupine et à un demi-pied ou davantage plus près du sol... « Ewin Finngar ! » s'exclama Perrin. Ce n'était pas possible ; Ewin avait été une petite peste empâtée à la voix aiguë qui tentait de s'insinuer parmi les plus âgés chaque fois que ceux-ci se réunissaient. Ce garçon serait aussi costaud que lui-même, sinon davantage, quand il aurait atteint sa taille d'adulte. « C'est bien toi ? »

Ewin hocha la tête avec un sourire jusqu'aux oreilles. « Nous sommes bien renseignés sur toi, Perrin, annonça-t-il de cette surprenante voix de basse, nous savons que tu as combattu des Trollocs et que tu as eu toutes sortes d'aventures de par le monde, à ce qu'on raconte. Je peux encore t'appeler Perrin, n'est-ce pas ?

— Par la Lumière, oui ! » s'exclama sèchement Perrin. Il en avait plus qu'assez de ces histoires d'Yeux-d'Or.

« Je regrette de ne pas être parti avec toi l'an dernier. » Dav se frotta les mains avec ardeur. « Revenir avec des Aes Sedai, des Liges et un Ogier. » À l'entendre, c'étaient des trophées. « Moi, je me suis borné à garder les vaches et à traire les vaches, garder et traire des vaches. Ça et sarcler et casser du bois. Tu es un veinard.

— À quoi cela ressemblait-il ? questionna Elam avec un intérêt passionné. Alanna Sedai a dit que tu étais allé jusqu'à la Grande Dévastation et on m'a raconté que tu as vu Caemlyn et Tear. À quoi ressemble une ville ? Sont-elles vraiment dix fois plus grandes que le Champ d'Emond ? As-tu vu un palais ? Est-ce qu'il y a des Amis du Ténébreux dans les villes ? Est-ce que la Grande Dévastation est réellement pleine de Trollocs, d'Évanescents et de Liges ?

— Est-ce un Trolloc qui t'a laissé cette cicatrice ? » Voix de basse ou pas, la voix d'Ewin vibrait d'une sorte de note aiguë d'excitation. « J'aurais bien aimé avoir une cicatrice. As-tu vu une reine ? Ou un roi ? Je crois que je préférerais voir une reine, mais un roi, ce serait déjà impressionnant. Comment est la Tour Blanche ? Est-elle aussi importante qu'un palais ? »

Faile sourit, amusée, mais Perrin fut consterné par cette avalanche de questions. Avaient-ils oublié les Trollocs venus la Nuit de l'Hiver, oublié les Trollocs dans la campagne environnante en ce moment même ? Elam étreignait le pommeau de son épée comme s'il voulait partir pour la Dévastation sans attendre une minute de plus, Dav grillait d'impatience, les yeux brillants, et

Ewin paraissait prêt à saisir Perrin au collet. L'aventure ? Ils étaient stupides. Pourtant voilà qu'approchaient des temps durs, plus durs que ce que les Deux Rivières avaient connu jusque-là, il en avait peur. Ce ne serait pas mauvais qu'ils jouissent encore un peu de leur reste avant d'apprendre la vérité.

Son côté le faisait souffrir, mais il s'efforça de répondre. Ils parurent déçus qu'il n'ait jamais vu ni la Tour Blanche, ni un roi, ni une reine. Il pensait que Berelain aurait pu suffire comme reine, mais avec Faile présente il n'était pas prêt à en parler. Il évita aussi d'autres sujets ; Falme, l'Œil du Monde, les Réprouvés, *Callandor*. Dangereux, ceux-là, car ils conduisaient inévitablement au Dragon Réincarné. Toutefois, il pouvait leur parler un peu de Caemlyn et de Tear, des pays des Marches et de la Dévastation. Curieux ce qu'ils acceptaient et ce qu'ils n'acceptaient pas. Le paysage corrompu de la Dévastation, qui paraissait pourrir sous vos yeux, ils l'avalaient comme du petit-lait, ainsi que les guerriers du Shienar avec leur chevelure remontée en chignon sur le haut du crâne, ou les *steddings* ogiers où les Aes Sedai ne pouvaient pas exercer le Pouvoir et les Évanescents hésitaient à entrer. Par contre, les dimensions de la Pierre de Tear ou l'immensité des villes...

Quant à ses aventures supposées, il expliqua : « En gros, j'ai juste tenté d'éviter d'avoir le crâne fendu. C'est cela, les aventures, et trouver un endroit pour dormir la nuit et quelque chose à manger. On se serre pas mal la ceinture quand on a des aventures et on dort dans le froid ou l'humidité, quand ce n'est pas les deux. »

Cela ne leur plut pas davantage qu'ils n'estimaient croyable que la Forteresse de la Pierre puisse être grande comme une petite montagne. Il se dit que lui-même ne connaissait pas mieux le monde extérieur avant de quitter les Deux Rivières. Ce qui ne servit pas à grand-chose. Il n'avait pas été naïf à ce point-là. Ou bien si ? L'atmosphère dans la salle commune lui parut étouffante. Il aurait volontiers ôté son surcot, mais bouger semblait un trop grand effort.

« Et Rand et Mat ? questionna Ewin. Puisque cela se résume à avoir faim et à se tremper sous la pluie, pourquoi ne sont-ils pas revenus aussi ? »

Tam et Abell étaient entrés, Tam avec une épée à sa ceinture par-dessus son surcot et les deux portant un arc – chose curieuse, l'épée n'avait pas l'air déplacée sur Tam, en dépit de sa tunique de paysan – aussi Perrin raconta à peu près comme il l'avait déjà raconté : Mat jouant aux dés et se distrayant dans les tavernes et courant le jupon, et Rand dans sa belle tunique avec une jolie blonde à son bras. Il dit qu'Elayne était une damoiselle noble, pensant qu'ils ne croiraient jamais à la Fille-Héritière d'Andor, en quoi il fut justifié quand ils exprimèrent leur incrédulité. Toutefois, l'ensemble les satisfaisait apparemment, c'était le genre de chose qu'ils avaient envie d'entendre, et l'incrédulité diminua légèrement quand Elam fit remarquer que Faile était une dame noble et donnait l'impression d'être fort empressée autour de Perrin. Ce qui fit sourire Perrin ; il se demanda ce qu'ils diraient s'il leur précisait qu'elle était la cousine d'une reine.

Il ne savait pourquoi, Faile n'avait plus l'air amusée. Elle se tourna vers eux avec une attitude qui égalait l'expression la plus hautaine, la plus condescendante et glaciale d'Elayne. « Vous l'avez harcelé suffisamment. Il est blessé. Filez, maintenant. »

Ô stupeur, ils s'inclinèrent gauchement – Dav esquissa une révérence maladroite, se rendant ridicule – et murmurèrent précipitamment des excuses – à l'adresse de Faile, pas à la sienne ! – et se tournèrent pour s'en aller. Leur départ fut retardé par l'arrivée de Loial, qui se courbait dans l'embrasure de la porte, ses cheveux en broussaille effleurant le linteau. Ils contemplèrent l'Ogier presque comme s'ils le voyaient pour la première fois – puis jetèrent un coup d'œil à Faile et continuèrent en hâte leur chemin. Ce froid regard aristocratique qu'elle arborait faisait son effet.

Quand Loial se redressa, sa tête se trouva presque au ras du plafond. Les amples poches de sa tunique étaient gonflées par les habituelles bosses anguleuses que causaient les livres, par contre, il tenait une hache énorme. Son manche était aussi haut que lui et sa tête, en forme de hache à couper le bois, était au moins aussi grosse que la hache d'armes de Perrin. « Vous êtes blessé, s'écria-t-il de sa voix retentissante dès que ses yeux tombèrent sur Perrin. On m'avait dit que vous étiez de retour, mais pas que vous étiez blessé, sinon je serais venu plus vite. »

Perrin sursauta à la vue de la hache. Chez les Ogiers, « mettre un long manche à sa hache » signifiait être irréfléchi ou en colère – les Ogiers donnaient l'impression, on ne sait pourquoi, de penser que c'était à peu près la même chose. Loial avait l'air en colère, ses oreilles terminées par une huppe rejetées en arrière, fronçant le front de sorte que ses sourcils pendants descendaient sur ses joues larges. D'avoir eu à couper des arbres, sans doute. Perrin voulait lui parler seul à seul pour découvrir s'il avait remarqué autre chose concernant les agissements d'Alanna. Ou de Vérine. Il se frotta la figure et fut surpris de la trouver sèche ; il avait la sensation qu'elle était couverte de sueur.

« Il est aussi entêté », déclara Faile en dardant sur Perrin le même regard autoritaire qu'elle avait utilisé pour Dav, Elam et Ewin. « Tu devrais être au lit. Où est Alanna, Vérine ? Si elle doit le guérir, où est-elle ?

— Elle va venir. » L'Aes Sedai ne leva pas les yeux. Elle s'était replongée dans son petit carnet, l'air sombre et pensif, la plume en l'air.

« Il devrait quand même être dans un lit !

— J'aurai le temps pour ça plus tard », répliqua Perrin d'un ton ferme. Il lui sourit pour adoucir les choses, mais cela n'eut comme résultat que de lui donner la mine soucieuse et de l'inciter à murmurer « entêté » de façon à peine audible. Il ne pouvait pas questionner Loial au sujet des Aes Sedai devant Vérine, mais il avait quelque chose d'au moins aussi important à demander.

« Loial, la Porte des Voies est déverrouillée et les Trollocs y passent. Comment est-ce possible ? »

Les sourcils de l'Ogier plongèrent encore plus bas, et ses oreilles s'affaissèrent. « Ma faute, Perrin, dit-il tristement de sa voix de basse. J'ai placé les feuilles d'*Avendesora* toutes les deux du côté extérieur. Ce qui a fermé la Porte de l'intérieur mais, du dehors, n'importe qui pouvait encore l'ouvrir. Les Voies ont été plongées dans le noir depuis bien des générations, cependant nous les avons fait naître. Je n'ai pas pu me résigner à détruire une Porte des Voies. Je suis navré, Perrin. C'est entièrement ma faute.

— Je ne croyais pas possible qu'une Porte puisse être détruite, dit Faile.

— Détruire n'est pas le mot exact auquel je pensais. » Loial s'appuya sur le long manche de sa hache. « Une Porte des Voies a été détruite une fois, moins de cinq cents ans après la Destruction du Monde, d'après Damelle, fille d'Ala fille de Soferra, parce que cette Porte était près d'un *stedding* qui avait été atteint par la Dévastation. Il y a eu au total deux ou trois Portes perdues dans la Dévastation. Seulement, elle a écrit que cela avait été très difficile et avait requis treize Aes Sedai œuvrant ensemble avec un *sa'angreal*. Il y a une autre tentative qu'elle a relatée, par neuf seulement, pendant les Guerres trolloques, qui a endommagé la Porte de telle sorte que les Aes Sedai ont été attirées dans... » Il s'interrompit, ses oreilles se tortillant d'embarras, et frotta avec son poing son grand nez épaté. Tous avaient les yeux fixés sur lui, même Vérine et les Aiels. « Je me laisse entraîner quelquefois, c'est vrai. La Porte. Oui. Je ne peux pas la détruire mais si j'enlève complètement les deux feuilles de l'*Avendesora,* elles mourront. » Cette idée lui arracha une grimace. « Le seul moyen de rouvrir la Porte sera que les Anciens apportent le Talisman de Croissance. Toutefois, je suppose qu'une Aes Sedai pourrait découper un trou dedans. » Cette fois, il frissonna. Endommager une Porte des Voies lui donnait sûrement la même impression que déchirer un livre. Un instant plus tard, il arborait une expression résolue. « Je vais y aller tout de suite.

— Non ! » dit Perrin avec autorité. La tête de flèche le lancinait, mais n'était plus vraiment pénible à supporter. Il parlait trop ; sa gorge était sèche. « Il y a des Trollocs là-haut, Loial. Ils peuvent caser un Ogier dans une marmite aussi bien qu'un humain.

— Mais, Perrin, je...

— Non, Loial. Comment écrirez-vous votre livre si vous partez et êtes tué ? »

Les oreilles de Loial s'agitèrent. « C'est ma responsabilité, Perrin.

— C'est à moi qu'elle incombe, cette responsabilité, répliqua gentiment Perrin. Vous m'avez expliqué ce que vous faisiez avec la Porte des Voies et je n'ai rien suggéré de différent. D'autre part, à la façon dont vous sursautez chaque fois qu'il est question de votre mère, je ne veux pas qu'elle s'en prenne à moi. J'irai dès qu'Alanna m'aura extirpé cette flèche. » Il s'essuya le front, puis examina sa main d'un air soucieux. Toujours pas de sueur. « Puis-je avoir un verre d'eau ? »

Faile fut là en une seconde, ses doigts frais à la place où s'était posée la main de Perrin. « Il brûle ! Vérine, nous ne pouvons pas attendre Alanna. Vous devez... !

— Me voici », annonça l'Aes Sedai à la chevelure brune qui surgit par la porte du fond de la salle, Marine al'Vere et Alsbet Luhhan sur ses talons et Ihvon juste derrière elles. Perrin sentit le picotement du Pouvoir avant que la main d'Alanna remplace celle de Faile et elle ajouta d'une voix calme, sereine : « Transportez-le dans la cuisine. Là-bas, la table est assez grande pour l'allonger dessus. Vite. Il n'y a pas beaucoup de temps. »

La tête de Perrin tournait et, brusquement, il se rendit compte que Loial, après avoir appuyé sa hache près de la porte, l'avait pris dans ses bras et soulevé. « C'est à moi de m'occuper de la Porte, Loial. » *Lumière, que j'ai soif.* « C'est ma responsabilité. »

La tête de flèche ne le faisait plus souffrir autant, mais il se sentait mal partout. Loial le transportait quelque part, se courbant pour franchir les portes. Il y avait Maîtresse Luhhan qui se mordait les lèvres, les yeux plissés comme sur le point de pleurer. Il se demanda pourquoi. Elle ne pleurait jamais. Maîtresse al'Vere paraissait soucieuse, elle aussi.

« Maîtresse Luhhan, murmura-t-il, maman dit que je peux venir pour être l'apprenti de Maître Luhhan. » Non, cela datait de longtemps. C'était... Qu'est-ce qui était ? Il n'arrivait pas à s'en souvenir.

Il était étendu sur quelque chose de dur, écoutant parler Alanna : « ... les barbelures sont coincées dans l'os autant que dans la chair et la tête de flèche s'est tordue. Il faut que je l'aligne avec la première blessure et que je l'extirpe. Si le choc ne le tue pas, je peux alors Guérir le dommage que j'aurai causé en même temps que le reste. Il n'y a pas d'autre moyen. Il est maintenant à l'extrême limite. » Rien à voir avec lui.

Faile abaissait sur lui un sourire mal assuré, le visage à l'envers. Avait-il vraiment pensé une fois que sa bouche était trop grande ? Elle était exactement de bonne dimension. Il voulut lui toucher la joue, mais Maîtresse al'Vere et Maîtresse Luhhan lui maintenaient les poignets il ne savait pourquoi, en pesant dessus de tout leur poids. Quelqu'un aussi était couché en travers de ses jambes et les grandes mains de Loial enveloppaient ses épaules, les pressant à plat sur la table. La table. Oui. La table de la cuisine.

« Mords là-dedans, mon cœur, dit Faile d'une voix lointaine. Cela va faire mal. »

Il voulut lui demander ce qui ferait mal, mais elle lui introduisait de force dans la bouche un bâton entouré de cuir. Il sentit l'odeur du cuir, du styrax et celle de Faile. Viendrait-elle chasser avec lui, s'élancer sur les verdoyantes plaines sans limites à la suite de hardes de cerfs sans nombre ? Un froid glacial le parcourut ; il reconnut vaguement la sensation du Pouvoir Unique. Puis il y eut la douleur. Il entendit le bâton se casser entre ses dents avant que l'obscurité englobe tout.

44. L'Offensive se déclenche

Perrin ouvrit lentement les yeux et contempla le plafond uni en plâtre blanc. Il mit un moment à se rendre compte qu'il était dans un lit à colonnes, couché sur un matelas de plumes avec une couverture sur lui et un oreiller en duvet sous la tête. Une myriade d'odeurs dansaient dans son nez ; les plumes et la laine de la couverture, une oie en train de rôtir, du pain et des gâteaux au miel – des nonnettes – qui cuisaient. Une des chambres de l'*Auberge de la Source du Vin.* Avec la clarté bien reconnaissable d'une matinée ensoleillée entrant à flots par les fenêtres aux rideaux blancs. Le matin. Il tâtonna le long de son côté. Ses doigts rencontrèrent de la peau intacte, mais il se sentait plus faible qu'à aucun autre moment depuis qu'il avait été blessé. Un prix assez modéré, somme toute, et un échange assez honnête. Il se sentait aussi la gorge sèche.

Quand il bougea, Faile se leva d'un bond du fauteuil qu'elle occupait près de la petite cheminée de pierre, rejetant de côté une couverture rouge et s'étirant. Elle avait endossé une tenue de cheval plus sombre avec la jupe divisée en deux jambes étroites, et les faux plis de sa robe en soie grise témoignaient qu'elle avait dormi dans ce fauteuil. « Alanna a déclaré que tu avais besoin de sommeil », dit-elle. Il tendit la main vers la cruche blanche sur la petite table à côté du lit et elle se précipita pour remplir une tasse d'eau et la tint pour qu'il boive.

« Il est nécessaire que tu ne bouges pas d'ici pendant encore deux ou trois jours, jusqu'à ce que tu aies récupéré tes forces. »

Les paroles avaient une consonance normale, à l'exception d'une réticence sous-jacente qu'il discernait tout juste, une crispation au coin des paupières. « Qu'est-ce qui ne va pas ? »

Elle replaça soigneusement la tasse sur la table de chevet et lissa sa robe. « Rien ne va mal. » La tension secrète était encore plus nette.

« Faile, ne me mens pas.

— Je ne mens pas ! répliqua-t-elle d'un ton sec. Je vais te faire apporter un petit déjeuner, et tu as de la chance que je m'occupe de ça, alors que tu me traites...

— Faile. » Il prononça son nom aussi sévèrement que c'était en son pouvoir et elle hésita, sa mine la plus arrogante, menton levé et, œil indigné, se changeant en air inquiet, front plissé, puis redevenant comme avant. Il soutint fermement son regard ; elle ne s'en tirerait pas avec une de ses façons hautaines de grande dame.

À la fin, elle poussa un soupir. « Je suppose que tu as le droit de savoir. N'empêche que tu restes quand même dans ce lit jusqu'à ce qu'Alanna et moi disions que tu peux te lever. Loial et Gaul ne sont plus là.

— Plus là ? » Il cligna des paupières, interdit. « Qu'est-ce que tu entends par là, plus là ? Ils sont *partis* ?

— En un sens. Les sentinelles les ont vus qui s'en allaient ce matin dès le point du jour, s'enfonçant ensemble d'un bon pas dans le Bois de l'Ouest. Aucune d'elles n'en a tiré de conclusion ; ce qu'il y a de certain, c'est qu'aucune n'a essayé de les en empêcher, un Ogier et un Aiel. Je l'ai appris il y a moins d'une heure. Ils parlaient d'arbres, Perrin. Que les Ogiers chantent pour les arbres.

— Les arbres ? grommela Perrin. C'est cette fichue Porte des Voies ! Que je me réduise en braises, je lui ai dit de ne pas... Ils vont se faire massacrer avant d'y arriver. »

Rejetant la couverture, il balança ses jambes par-dessus le bord du lit, se leva en chancelant. Il n'avait rien sur lui, il s'en rendit compte, pas même de caleçon. Mais si elles s'attendaient à le tenir prisonnier sous une couverture, elles se trompaient lourdement. Il voyait tout soigneusement plié sur la chaise à haut dossier près de la porte, avec ses bottes à côté et sa hache suspendue à sa ceinture accrochée à une patère sur le mur. Il s'approcha à pas mal assurés de ses habits et commença à les revêtir aussi vite qu'il le pouvait.

« Qu'est-ce que tu fabriques ? questionna Faile impérieusement. Recouche-toi dans ce lit ! » Un poing sur la hanche, elle le désignait d'un geste autoritaire, comme si son doigt était capable de l'y transporter.

« Ils ne doivent pas être bien loin, lui dit-il. Pas à pied. Gaul ne veut pas monter à cheval et Loial a toujours affirmé qu'il se fiait à ses jambes plus qu'à n'importe quel cheval. Avec Steppeur, je les rattraperai au plus tard à midi. » Enfilant sa chemise par-dessus sa tête, il la laissa flotter au-dessus de ses chausses et s'assit – tomba assis, en réalité – pour mettre ses bottes.

« Tu es fou, Perrin Aybara ! Quelle chance as-tu même de les découvrir dans cette forêt ?

— Je ne me débrouille pas trop mal, moi aussi, pour repérer une piste. Je peux les trouver. » Il lui sourit, mais elle ne marcha pas.

« Tu peux te faire tuer, espèce d'idiot velu ! Regarde-toi. Tu tiens à peine debout. Tu tomberais de ta selle avant d'avoir parcouru un quart de lieue ! »

Masquant l'effort que cela lui coûtait, il se leva et tapa des pieds pour les caler dans ses bottes. Steppeur se chargerait de tout le travail ; il n'avait besoin que de se cramponner. « Quelle sottise. Je suis fort comme un cheval. Cesse donc d'essayer de me mener à la baguette. » Passant son surcot qu'il assujettit d'une secousse des épaules, il décrocha vivement sa hache et sa ceinture. Faile lui agrippa le bras comme il ouvrait la porte et fut entraînée à sa suite, alors qu'elle tentait vainement de le ramener en arrière.

« Parfois, tu as la cervelle d'un cheval, s'écria-t-elle d'une voix haletante. Moins même ! Perrin, écoute-moi. Il faut que... »

La chambre, dans le couloir étroit, n'était qu'à quelques pas de l'escalier descendant à la grande salle déserte, et c'est l'escalier qui le trahit. Quand son genou se plia pour l'abaisser sur la première marche, ce genou continua à se replier ; Perrin bascula tête la première, s'efforçant sans y parvenir d'attraper la rampe, entraînant avec lui Faile qui criait. Roulant sur eux-mêmes, ils heurtèrent marche après marche pour aboutir avec un bruit sourd final contre le tonneau qui se trouvait au pied, Faile gisant étendue de tout son long sur lui. Le tonneau se balança et pivota, secouant les épées qu'il contenait, avant de s'immobiliser avec un dernier cliquetis.

Perrin mit un moment à récupérer assez de souffle pour parler. « Est-ce que tu n'as rien ? » dit-il anxieusement. Elle était étalée sans réaction sur sa poitrine. Il la secoua avec douceur. « Faile, est-ce que tu... ? »

Elle leva lentement la tête et écarta de sa figure quelques courtes mèches de cheveux noirs, puis le dévisagea fixement. « Et toi, est-ce que tu vas bien ? Parce que, dans ce cas-là, je pourrais bien me livrer à des voies de fait sur toi. »

Perrin eut un rire sec ; elle avait probablement plus mal que lui. Il tâta avec précaution l'endroit où avait été enfoncée la flèche, mais ce n'était pas en plus mauvais état que le reste de sa personne. Naturellement, le reste de sa personne donnait l'impression d'être meurtri de la tête à la pointe des pieds. « Ôte-toi de dessus moi, Faile. J'ai besoin d'aller chercher Steppeur. »

Au lieu de quoi, elle saisit son col à deux mains et se pencha très près, jusqu'à ce que leurs nez se touchent presque. « Écoute-moi, Perrin, dit-elle d'un ton pressant. Tu ne... peux... pas... tout... faire. Si Loial et Gaul sont partis fermer la Porte des Voies, tu dois les laisser partir seuls. Ta place est ici. En admettant même que tu sois assez fort – et tu ne l'es pas ! Tu m'entends ? Tu n'es pas assez fort ! – mais le serais-tu que tu ne dois pas les rejoindre. Tu ne peux pas tout faire !

— Tiens, qu'est-ce que vous fabriquez vous deux ? » dit Marine al'Vere. Elle sortait de la porte du fond de la salle en s'essuyant les mains sur son long tablier blanc. Ses sourcils avaient l'air de vouloir se hausser jusqu'à ses cheveux. « Après pareil vacarme, je m'attendais à des Trollocs mais pas à ça. » Elle avait l'air mi-scandalisée mi-amusée.

L'impression qu'ils donnaient, avec Faile couchée sur lui de cette façon, leurs têtes rapprochées, était celle d'un couple jouant à s'embrasser. Sur le sol de la grande salle.

Les joues de Faile s'empourprèrent et elle se releva très vite, en brossant sa robe de la main. « Il est aussi entêté qu'un Trolloc, Maîtresse al'Vere. Je lui ai dit qu'il était trop faible pour se lever. Il faut qu'il retourne se coucher immédiatement. Il doit apprendre qu'il ne peut pas tout faire lui-même, surtout quand il n'est même pas capable de descendre un escalier.

— Oh, ma chère, répliqua Maîtresse al'Vere en secouant la tête, c'est la mauvaise façon de s'y prendre. » Elle se rapprocha de sa cadette et chuchota, mais Perrin entendit chaque mot. « C'était un petit garçon facile à diriger la plupart du temps, si on le prenait judicieusement mais, quand on essayait de le pousser, il se montrait entêté comme pas un dans les Deux Rivières. Les hommes ne changent pas tellement en réalité, ils deviennent plus grands, voilà tout. Si vous allez lui dire ce *qu'il doit* et *ne doit pas* faire, il va sûrement coucher les oreilles et refuser de bouger. Je vais vous montrer. » Marine se tourna vers Perrin avec un sourire rayonnant, sans se soucier de son regard furieux. « Perrin, ne crois-tu pas qu'un de mes bons matelas de plumes vaut mieux que ce sol ? Je t'apporterai une portion de ma tourte aux rognons dès que nous t'aurons bordé dans ton lit. Tu dois avoir faim, après n'avoir rien mangé depuis hier soir. Allons. Pourquoi ne veux-tu pas que je t'aide ? »

Repoussant leurs mains, il se releva seul. Oh, d'accord, avec l'assistance du mur. Il se dit qu'il s'était peut-être bien foulé la moitié des muscles de son corps. Entêté ? Il ne s'était jamais entêté de sa vie. « Maîtresse al'Vere, voulez-vous demander à Hu ou à Tad de seller Steppeur ?

— Quand tu iras mieux, répliqua-t-elle en essayant de le tourner vers l'escalier. Ne crois-tu pas qu'un peu plus de repos ne serait pas de trop ? » Faile prit son autre bras.

« Trollocs ! » Le cri au-dehors arrivait étouffé par les murs, répété par une douzaine de voix. « Des Trollocs ! Des Trollocs ! »

« Aucune raison de te tracasser pour cela aujourd'hui », déclara Maîtresse al'Vere, ferme et apaisante à la fois. Ce qui donna à Perrin envie de grincer des dents. « Les Aes Sedai régleront de la bonne façon la situation. Dans un jour ou deux, nous t'aurons remis sur pied. Tu verras.

— Mon cheval », répliqua-t-il en essayant de se dégager. Elles avaient une prise solide sur les manches de son surcot ; tout ce à quoi il aboutit fut de les balancer d'avant en arrière. « Pour l'amour de la Lumière, cessez donc de me tirailler, que j'aille chercher mon cheval ! Lâchez-moi. »

Voyant son expression, Faile soupira et libéra son bras. « Maîtresse al'Vere, voulez-vous veiller à ce que son cheval soit sellé et amené ici ?

— Mais, ma chère, il a vraiment besoin...

— S'il vous plaît, Maîtresse al'Vere, dit Faile d'un ton résolu. Et mon cheval aussi. » Les deux femmes s'entre-regardèrent comme s'il n'existait plus. À la fin, Maîtresse al'Vere hocha la tête en signe d'assentiment.

Perrin fronça les sourcils en suivant des yeux son dos tandis qu'elle s'éloignait en hâte et disparaissait vers la cuisine et l'écurie. Qu'y avait-il de différent dans la demande de Faile par rapport à la sienne ? Reportant son attention sur elle, il questionna : « Pourquoi as-tu changé d'avis ? »

Tout en lui enfonçant sa chemise dans ses chausses, elle marmonna. Indubitablement, il n'était pas censé entendre assez bien pour comprendre. « Je ne dois pas user du mot "dois", hein ? Quand il se montre trop têtu pour voir clair, il faut que je le mène avec du miel et des sourires, hein ? » Elle lui décocha un regard menaçant qui n'avait sûrement pas de miel dedans, puis brusquement elle changea pour un sourire si gracieux qu'il faillit reculer. « Mon cher cœur, déclara-t-elle d'une voix quasi roucoulante en rajustant son surcot, quoi qu'il arrive là-bas au-dehors, j'espère sincèrement que tu resteras en selle et aussi loin que tu pourras des Trollocs. Tu n'es pas encore d'attaque pour affronter un Trolloc pour le moment, n'est-ce pas ? Peut-être demain. Rappelle-toi, je t'en prie, que tu es un général, un chef et tout autant un symbole pour les tiens que cette bannière là dehors. Si tu te postes à un endroit où les gens peuvent te voir, cela réconfortera le cœur de chacun. Et c'est beaucoup plus facile de se rendre compte de ce que requiert la situation et de donner des ordres quand tu n'es pas toi-même en train de te battre. » Ramassant sa ceinture sur le sol, elle la boucla autour de sa taille, posant avec soin la hache sur sa hanche. Elle battit également des cils à son adresse ! « Je t'en prie, dis que c'est ce que tu feras. S'il te plaît ? »

Elle avait raison. Il ne tiendrait pas deux minutes contre un Trolloc. Et pas plus de deux secondes contre un Évanescent. Et il avait beau avoir mal au cœur de l'admettre, il ne durerait pas une demi-lieue en selle s'il courait après Loial et Gaul. *Espèce de fou d'Ogier. Vous êtes un écrivain, pas un héros.* « D'accord », dit-il. Une impulsion espiègle s'empara de lui. La façon dont elle et Maîtresse al'Vere avaient parlé par-dessus sa tête, et les battements de cils de Faile comme s'il était stupide ! « Je ne peux rien te refuser quand tu souris si joliment.

— Je suis bien contente. » Toujours souriante, elle brossa son surcot, cueillant des peluches qu'il était incapable de distinguer. « Parce que, sinon, et que tu réussisses à survivre, je te jouerai le tour que tu m'as joué ce premier jour dans les Voies. Je ne te crois pas encore assez fort pour m'en empêcher. » Ce sourire lui rayonna au visage, tout vivacité amoureuse et charme. « M'as-tu comprise ? »

Un petit rire lui échappa malgré lui. « Comme qui dirait que mieux vaudrait qu'on me tue. » Elle ne parut pas trouver que c'était drôle.

Hu et Tad, les palefreniers secs comme des cotrets, amenèrent Steppeur et Hirondelle peu après qu'ils sortirent. Tous les autres habitants étaient apparemment rassemblés à l'autre bout du village, au-delà du Pré Communal avec ses moutons, ses vaches et ses oies et cette bannière rouge et blanc arborant une tête de loup qui ondulait dans la brise matinale. Dès que lui et Faile eurent enfourché leurs chevaux, les palefreniers coururent aussi là-bas, sans un mot.

Quoi que fût ce qui se passait, il ne s'agissait manifestement pas d'une attaque. Perrin voyait des femmes et des enfants dans la foule et les cris de « Trollocs » s'étaient atténués en un murmure rappelant le cacardage des oies. Il avançait lentement, ne voulant pas vaciller en selle ; Faile maintenait Hirondelle près de lui et le surveillait. Si elle pouvait changer d'avis une fois sans raison, elle pouvait recommencer et il ne voulait pas de discussion sur l'endroit où il devrait être.

La foule qui jasait comptait apparemment la population entière du Champ d'Emond, habitants du village et fermiers aussi, tous serrés épaule contre épaule, mais ils s'écartèrent pour qu'ils passent, lui et Faile, quand ils virent qui il était. Son nom entra dans les murmures, en général accolé avec Les-Yeux-d'Or. Il repéra aussi le mot « Trolloc », mais sur des tons plus étonnés qu'effrayés. Du haut de Steppeur, il avait un bon coup d'œil par-dessus leurs têtes.

La masse serrée de gens se pressait depuis les dernières maisons jusqu'à la ceinture de pieux aiguisés. La lisière de la forêt, éloignée de près de trois cents toises de l'autre côté d'un champ de souches dépassant à peine le sol, était silencieuse et vide d'hommes munis de hache. Ces hommes formaient un cercle de torses nus couverts de sueur dans la foule autour d'Alanna et de Vérine ainsi que de deux hommes. Jon Thane, le meunier, essuyait du sang sur ses côtés, son menton en galoche plaqué contre sa poitrine pour observer ce que faisaient ses mains. Alanna se redressa auprès de l'autre, un bonhomme aux cheveux poivre et sel que Perrin ne connaissait pas, qui se releva d'un bond et esquissa un pas de danse comme s'il avait du mal à croire qu'il en était capable. Lui et le meunier regardaient tous deux les Aes Sedai avec révérence.

L'affluence autour des Aes Sedai était trop grande pour que quiconque s'écarte devant Steppeur et Hirondelle, mais il y avait de plus petits espaces libres autour d'Ihvon et de Tomas, de chaque côté de leurs chevaux d'armes. On n'avait pas envie de venir trop près de ces animaux aux yeux féroces, qui avaient l'un et l'autre l'air de guetter uniquement l'occasion de mordre ou de piétiner.

Perrin réussit à aller jusqu'à Tomas sans trop de difficultés. « Qu'est-ce qui s'est passé ?

— Un Trolloc. Seulement un. » Bien que le Lige ait parlé sur le ton de la conversation, ses yeux noirs ne s'attardèrent pas sur Perrin et sur Faile mais continuèrent à surveiller presque aussi étroitement Vérine que l'orée de la forêt. « Seuls, ils ne sont généralement pas très malins. Rusés mais pas intelligents. Le groupe des bûcherons l'a mis en fuite avant qu'il ait commis plus de dégâts que tirer un peu de sang. »

D'entre les arbres surgirent en courant les deux Aielles, la tête drapée dans leur *shoufa* et voilée de sorte qu'il était incapable de dire qui était qui. Elles ralentirent pour se faufiler entre les pieux pointus, puis se glissèrent habilement à travers la cohue, les gens se reculant autant que c'était possible, entassés comme ils l'étaient. Quand elles arrivèrent près de Faile, elles avaient ôté leur voile et elle se pencha pour les écouter.

« Peut-être cinq cents Trollocs, lui dit Baine, probablement à pas plus d'un quart de lieue derrière nous. »

Sa voix était calme, mais ses yeux bleu foncé étincelaient d'ardeur. De même les yeux gris de Khiad.

« Je m'en doutais, déclara calmement Tomas. Celui-ci s'est vraisemblablement écarté de la bande pour trouver à manger. Les autres vont arriver bientôt, je pense. » Les Vierges de la Lance acquiescèrent d'un signe de tête.

Perrin indiqua avec consternation la foule. « Ces gens ne devraient pas être ici, alors. Pourquoi ne les avez-vous pas renvoyés ? »

C'est Ihvon, introduisant son cheval gris dans le rassemblement, qui répondit. « Vos compatriotes n'ont pas l'air de vouloir écouter des étrangers, notamment quand ils ont des Aes Sedai à se mettre sous les yeux. Je vous suggérerais de voir ce que vous pouvez obtenir. »

Perrin était sûr qu'ils auraient été en mesure d'imposer une certaine discipline s'ils avaient vraiment essayé. Vérine et Alanna y auraient certainement réussi. *Alors pourquoi ont-ils attendu et me laissent-ils m'en charger s'ils prévoyaient l'arrivée de Trollocs ?* Ç'aurait été facile d'attribuer cette attitude à sa qualité de *ta'veren* – facile, et ridicule. Ihvon et Tomas n'allaient pas laisser des Trollocs les tuer – ou tuer Vérine ou Alanna – jusqu'à ce qu'un *ta'veren* leur dise quoi faire. Les Aes Sedai le manœuvraient, exposant tout le monde au danger, y compris peut-être elles-mêmes. Mais dans quel but ? Il croisa le regard de Faile et elle inclina légèrement la tête, comme si elle savait ce qu'il pensait.

Il n'avait pas le temps d'y réfléchir maintenant. Scrutant la foule, il aperçut Bran al'Vere en conciliabule avec Tam al'Thor et Abell Cauthon. Le Maire avait une longue lance sur l'épaule et un vieux casque rond en acier cabossé sur la tête. Un pourpoint en cuir recouvert de disques d'acier cousus dessus se tendait sur sa masse imposante.

Les trois levèrent la tête quand Perrin poussa Steppeur à travers la cohue jusqu'à eux. « Baine dit que des Trollocs sont en route dans notre direction et les Liges pensent que nous serons probablement attaqués bientôt. » Il fut obligé de crier à cause du bourdonnement incessant des voix. Quelques-uns parmi les plus proches entendirent et se turent ; le silence se propagea sur des vagues de « Trollocs » et « attaque ».

Bran ferma les yeux à demi. « Oui. Cela devait arriver, n'est-ce pas ? Oui, eh bien, nous savons quelle conduite tenir. » Il aurait dû paraître comique, avec son pourpoint prêt à craquer aux coutures et son casque d'acier oscillant quand il hochait la tête, mais il avait seulement l'air résolu. Haussant la voix, il annonça : « Perrin dit que les Trollocs seront ici bientôt. Vous connaissez tous vos places. Dépêchez-vous, maintenant. Vite ! »

La masse de gens remua et s'écoula, les femmes ramenant les enfants vers les maisons, les hommes fourmillant dans tous les sens. La confusion sembla grandir au lieu du contraire.

« Je vais veiller à ce que les bergers rentrent », dit à Perrin Abell qui plongea dans la multitude.

Cenn Buie passa en jouant des coudes au milieu de cette effervescence, utilisant une hallebarde pour conduire Hari Coplin à la mine revêche, Darl frère de Hari et le vieux Bili Congar qui trébuchait comme s'il avait déjà bu son compte d'ale ce matin, ce qui était probablement le cas. Des trois Bili était celui qui paraissait le plus avoir l'intention de se servir de sa lance d'après la manière dont il la tenait. Cenn porta la main à son front à l'adresse de Perrin en une sorte de salut. Bon nombre des hommes aussi. Cela le mettait mal à l'aise. Dannil et les autres garçons, c'était une chose, mais ces hommes-là avaient moitié plus que son âge sinon davantage.

« Tu t'en tires bien, commenta Faile.

— J'aimerais savoir ce que Vérine et Alanna ont concocté, marmotta-t-il. Et j'entends par là pas seulement maintenant. » Deux des catapultes que les Liges avaient fait construire se trouvaient à cette extrémité du village, des engins plutôt carrés plus hauts qu'un homme, tout en poutres massives et cordages solides. Toujours en selle, Ihvon et Tomas surveillaient le fonctionnement du treuil qui abaissait les madriers épais. Les deux Aes Sedai s'intéressaient plus aux grosses pierres brutes, pesant chacune quinze ou vingt livres, qui étaient déposées dans le cuilleron creusé à l'extrémité de ces styles.

« Elles veulent que tu sois un chef, répliqua Faile à mi-voix. C'est ce pour quoi tu es né, je pense. »

Perrin émit un éclat de rire sec. Il était né pour être forgeron. « Je me sentirais nettement mieux si je savais pourquoi elles le veulent. » Les Aes Sedai le regardaient, Vérine la tête penchée, à la façon d'un oiseau, Alanna plus directement et avec un petit sourire. Désiraient-elles l'une et l'autre la même chose et pour la même raison ? Voilà l'un des ennuis avec les Aes Sedai. Il y avait toujours plus de questions que de réponses.

L'ordre s'établit avec une rapidité surprenante. À cette extrémité ouest du village, une centaine d'hommes avaient mis un genou en terre juste derrière les rangées de pieux dressés en hérisson, manipulant avec dextérité lances, hallebarde ou autre arme d'hast fabriquée à partir d'une serpe ou d'une lame de faux emmanchée sur une hampe. Çà et là, il y en avait un qui portait un heaume ou une partie d'armure. En arrière de ces hommes, un nombre deux fois plus élevé formait deux lignes tenant de bons arcs de guerre des Deux Rivières, chacun avec une paire de carquois à la ceinture. De jeunes garçons accouraient des maisons avec des gerbes d'autres flèches que les hommes enfonçaient par la pointe dans le sol devant leurs pieds. Tam dirigeait apparemment les opérations, rectifiant l'alignement et adressant quelques mots à chacun, mais Bran marchait à côté de lui, offrant ses propres encouragements. Perrin ne voyait pas en quoi ils avaient besoin de lui.

À sa surprise, Dannil, Ban et tous les autres garçons qui avaient chevauché avec lui arrivèrent du village au pas accéléré et l'entourèrent, ainsi que Faile, tous avec leur arc. Ils avaient une drôle d'allure, en un sens. Les

Aes Sedai avaient manifestement Guéri ceux qui étaient les plus sérieusement blessés, laissant les moins touchés pour les cataplasmes et les baumes de Daise, de sorte que des garçons qui la veille se cramponnaient péniblement à leur selle marchaient avec entrain, alors que Dannil, Tell et d'autres boitaient encore ou portaient des pansements. S'il fut surpris de les voir, il fut écœuré par ce qu'ils apportaient. Leof Torfinn, le pansement enroulé autour de sa tête formant un bonnet blanc au-dessus de ses yeux creux, avait son arc suspendu dans le dos et, dans les mains, un grand bâton avec une version réduite de la bannière à bordure rouge et dessin d'une tête de loup.

« Je crois que c'est une des Aes Sedai qui l'a fait faire, expliqua Leof quand Perrin demanda d'où elle provenait. Milli Ayellin l'a apporté au papa de Wil, mais Wil n'a pas voulu s'en charger. » Wil al'Seen bomba légèrement le dos.

« Je ne voudrais pas m'en charger non plus », dit sèchement Perrin. Tous rirent comme s'il avait émis une plaisanterie, même Wil au bout d'une minute.

La haie de pieux avait un aspect assez terrifiant mais, d'autre part, semblait un pitoyable obstacle pour arrêter des Trollocs. Peut-être y parviendrait-elle, mais il ne voulait pas que Faile soit là au cas où ils la franchiraient. Quand il la regarda, toutefois, elle avait de nouveau dans les yeux cette expression comme si elle savait ce qu'il pensait. Et que cela ne lui plaisait pas. Essaierait-il de la renvoyer, elle discuterait et se regimberait, refusant d'être raisonnable. Faible comme il l'était actuellement, elle aurait plus de chances de le reconduire à l'auberge que lui de l'y ramener. À la façon dont elle se tenait en selle dans une attitude tellement féroce, elle avait probablement l'intention de le défendre si les Trollocs se frayaient un passage. Il n'avait qu'à la surveiller de près ; voilà tout.

Soudain elle sourit, et il se gratta la barbe. Peut-être savait-elle effectivement lire dans ses pensées.

Le temps s'écoula, le soleil monta lentement, la chaleur du jour alla croissant. Par intervalles, une femme appelait depuis les maisons pour demander ce qui se passait. Ici et là, des hommes s'asseyaient, mais Tam ou Bran se précipitait sur eux avant qu'ils aient replié les jambes et les houspillait pour qu'ils rentrent dans le rang. Guère plus d'un quart de lieue, avait dit Baine. Elle et Khiad étaient assises près des pieux et jouaient à un jeu qui consistait à planter d'une pichenette un poignard dans les dix ou douze pouces de terrain qui les séparaient. Sûrement que si les Trollocs devaient venir, ils seraient arrivés à présent. Il commençait à trouver pénible de rester droit en selle. Conscient du regard attentif de Faile, il raidit le dos.

Un cor sonna, brutal et strident.

« Les Trollocs ! » crièrent une demi-douzaine de voix, et des formes bestiales aux cottes de mailles noires jaillirent du Bois de l'Ouest, hurlant en courant à travers le terrain plein de souches, agitant des épées courbes comme des faux et des haches de guerre, des lances et des tridents. Trois Myrddraals étaient derrière eux sur des chevaux noirs, galopant de droite et de gauche comme s'ils poussaient devant eux la charge des Trollocs. Leurs capes d'un noir intense pendaient immobiles en dépit des galopades ou des virevoltes de leurs montures. Le cor sonnait sans arrêt, acharné, pressant.

Vingt flèches partirent dès qu'apparut le premier Trolloc, le tir le plus puissant trop court de près d'une cinquantaine de toises.

« Arrêtez, espèces d'idiots à cervelle de mouton ! » cria Tam. Bran sursauta et lui adressa un regard surpris, pas moins incrédule que ceux venant des amis et voisins de Tam ; quelques-uns murmurèrent qu'ils n'encaisseraient pas sans broncher ce genre de propos, Trollocs ou pas. Néanmoins, Tam ne tint aucun compte de leurs protestations. « Vous attendez jusqu'à ce que je donne l'ordre, comme je vous l'ai montré ! » Puis, comme si des centaines de Trollocs hurlants ne fonçaient pas sur lui à fond de train, Tam se tourna avec calme vers Perrin. « À cent cinquante toises ? »

Perrin acquiesça vivement d'un signe de tête. Cet homme lui demandait, à lui ? Cent cinquante toises. Avec quelle rapidité un Trolloc pouvait-il parcourir cent cinquante toises ? Il fit jouer sa hache dans son attache. Ce cor sonnait, sonnait encore continuellement. Les hommes armés de lances se tapirent derrière les pieux comme pour se contraindre à ne pas reculer. Les Aiels s'étaient voilés.

La marée hurlante des Trollocs approchait toujours, toutes têtes à cornes et visages à groin ou bec, chacun une fois et demie plus grand qu'un homme, chacun hurlant sa soif de sang. Deux cent cinquante toises. Deux cents. Quelques-uns allaient en avant ventre à terre. Ils couraient aussi vite que des chevaux. Les Aielles avaient-elles vu juste ? Pouvaient-ils n'être que cinq cents ? Ils semblaient être des milliers.

« Prêts ! » cria Tam, et deux cents arcs furent dressés. Les jeunes gens accompagnant Perrin se placèrent précipitamment devant lui à l'imitation de leurs aînés, s'alignant sur cette bannière ridicule.

Cent cinquante toises. Perrin distinguait ces faces difformes, convulsées par la rage et la frénésie, aussi nettement que si elles étaient juste au-dessus de lui.

« Tirez ! » cria Tam. Les cordes des arcs claquèrent comme un énorme coup de fouet. Avec un double fracas du bois des styles contre la garniture de cuir de la poutre de leur socle, les catapultes lancèrent leurs projectiles.

Une pluie de flèches à tête plate et bords tranchants s'abattit au milieu des Trollocs. Des formes monstrueuses tombèrent, mais quelques-unes se relevèrent et poursuivirent leur course en chancelant, harcelées par les Évanescents. Le cor mêlait sa voix à leurs hurlements gutturaux, sonnant l'incitation à avancer pour la mise à mort. Les pierres des catapultes tombèrent parmi eux – et explosèrent en flammes et en fragments, creusant des trous dans leur masse. Perrin ne fut pas le seul à sursauter ; voilà donc ce que les Aes Sedai avaient fait avec les catapultes. Il se demanda avec un coup au cœur ce qui se passerait si on laissait choir une de ces pierres en la déposant dans le cuilleron.

Une autre volée de flèches s'élança, puis une autre et une autre encore, sans relâche, et aussi des pierres des catapultes, bien que sur un rythme moins rapide. Les explosions de feu déchiraient les Trollocs. Les flèches aux pointes tranchantes pleuvaient dru comme grêle sur eux. Et ils continuaient à survenir, criant, hurlant, tombant et mourant, mais toujours s'élançant en avant. Ils étaient près maintenant, suffisamment pour que les archers s'égaillent, ne tirant plus par volées mais choisissant leurs cibles. Les hommes clamaient leur colère, hurlaient à la face de la mort tandis qu'ils tiraient.

Puis il n'y eut plus de Trollocs debout. Seulement un Évanescent hérissé de flèches mais encore avançant en aveugle d'une démarche trébuchante. Les cris aigus d'un cheval de Myrddraal qui se débattait rivalisaient avec les hurlements lamentables de Trollocs tombés à terre et mourants. Le cor avait fini par se taire. Çà et là dans le champ parsemé de souches, un Trolloc se soulevait et retombait. Sous tout ce vacarme, Perrin entendait les hommes haleter comme s'ils avaient couru sur plus de deux lieues. Son propre cœur battait à tout rompre.

Soudain quelqu'un poussa un vigoureux hourra, sur quoi les hommes commencèrent à sauter comme des cabris et à crier de joie, agitant au-dessus de leurs têtes les arcs ou ce qu'ils tenaient et jetant leurs bonnets en l'air. Les femmes sortirent en hâte des maisons, riant et applaudissant, ainsi que les enfants, tous en fête et dansant avec les hommes. Certains accoururent et saisirent la main de Perrin pour la serrer.

« Tu nous as conduits à une grande victoire, mon garçon. » Bran riait en levant la tête vers lui. Il avait son casque perché sur sa nuque. « Je suppose que je ne devrais plus t'appeler comme cela, maintenant. Une grande victoire, Perrin. »

Qui protesta : « Je n'ai rien fait du tout. Je suis simplement resté sur mon cheval. C'est vous qui avez tout fait. » Bran ne l'écouta pas plus qu'aucun des autres. Confus, Perrin se redressa très droit sur sa selle, feignant d'examiner le champ de bataille, et au bout d'un moment on le laissa tranquille.

Tam ne s'était pas joint aux réjouissances ; il se tenait près des rangées de pieux et observait les Trollocs. Les Liges ne riaient pas non plus. Des formes en cotte de mailles noire jonchaient le champ au milieu des souches basses. Il pouvait y en avoir cinq cents. Peut-être moins. Quelques-uns, une poignée, avaient peut-être réussi à regagner la forêt. Aucun corps ne gisait plus près qu'à vingt-cinq toises de la haie hérissée. Perrin découvrit les deux autres Évanescents qui se tordaient sur le sol. Ce qui réglait la question pour les trois. Ils finiraient par admettre qu'ils étaient morts.

Les gens des Deux Rivières entonnèrent une acclamation retentissante en son honneur. « Pour Perrin Les-Yeux-d'Or ! Hourra ! Hourra ! Hourra ! »

« Ils devaient le savoir », murmura-t-il. Faile le dévisagea d'un air interrogateur. « Les Demi-Hommes devaient savoir que cela ne réussirait pas. Regarde là-bas. Même moi, je le vois à présent ; ils devaient s'en rendre compte dès le début. Si c'est tout ce dont ils disposaient, pourquoi ont-ils essayé ? Et s'il y avait d'autres Trollocs là-bas, pourquoi ne se sont-ils pas tous présentés ? Deux fois plus nombreux, nous aurions dû les combattre à la hauteur des pieux. Deux fois plus encore et ils auraient pu forcer le passage jusqu'au village.

— Vous avez un bon jugement inné, commenta Tomas en arrêtant sa monture auprès d'eux. Ceci était un test. Pour voir si vous flancheriez devant une charge, peut-être pour voir avec quelle rapidité vous sauriez réagir, ou comment vos défenses sont organisées, ou peut-être quelque chose qui ne m'est pas venu à l'esprit, mais néanmoins un test. Maintenant, ils voient. » Il désigna le ciel, où un corbeau solitaire survolait le champ. Un corbeau ordinaire se serait posé pour festoyer parmi les morts. L'oiseau acheva un dernier cercle et partit à tire-d'aile vers la forêt. « La prochaine attaque ne se produira pas tout de suite. J'ai aperçu deux ou trois Trollocs qui atteignaient la forêt, donc le récit de ce qui s'est passé se propagera. Les Demi-Hommes auront à les faire se souvenir qu'ils craignent les Myrddraals davantage que la mort. Toutefois, cette attaque aura lieu et elle sera certainement plus forte que celle-ci. Sa puissance dépendra du nombre que les Sans-Visage auront amené par les Voies. »

Perrin eut une grimace. « Lumière ! Et s'il y en a dix mille ?

— Peu vraisemblable », dit Vérine qui s'avança pour caresser la monture de Tomas sur le cou. Le cheval de bataille accepta son contact avec autant de soumission qu'un poney. « Du moins pas immédiatement. Même un Réprouvé ne peut pas emmener un groupe important sans dommage par les Voies, je pense. Un homme seul risque la mort ou la folie entre deux Portes des Voies les plus rapprochées l'une de l'autre, mais... disons... mille hommes ou mille Trollocs attireraient le *Machin Shin* en quelques minutes, une guêpe monstrueuse vers un bol de miel. Il est beaucoup plus probable qu'ils voyagent à pas plus de dix ou vingt ensemble, cinquante au maximum, et les groupes espacés. Bien sûr, restent les questions du nombre de groupes qu'ils amènent et du temps qu'ils laissent s'écouler entre chaque arrivée. Et ils en perdraient de toute façon une partie. Il se pourrait que les Engeances de l'Ombre attirent moins le *Machin Shin* que les humains, mais... Hmmn. Une idée fascinante. Je me demande... » Tapotant la jambe de Tomas à peu près comme elle avait flatté son cheval, elle se détourna, déjà plongée dans ses réflexions. Le Lige incita du talon son cheval à la suivre.

« Si tu t'approches même d'un pas du Bois de l'Ouest, déclara calmement Faile, je te ramène à l'auberge par l'oreille et te fourre moi-même dans ce lit.

— Je n'y songeais pas », mentit Perrin en faisant tourner Steppeur de sorte qu'il avait le dos vers la forêt.

Un homme et un Ogier pourraient passer inaperçus, parvenir aux montagnes sains et saufs. Ils le pourraient. La Porte des Voies devait être close définitivement pour que le Champ d'Emond ait une chance de s'en tirer. « Tu m'as dissuadé d'y aller, tu te rappelles ? » Un autre homme pourrait les trouver, sachant qu'ils étaient là-bas. Trois paires d'yeux monteraient mieux la garde que deux, surtout quand une des paires serait la sienne, alors qu'ici il ne servait vraiment à rien. Ses habits bourrés de paille et montés sur Steppeur auraient le même effet.

Soudain, dominant les cris et le tumulte autour de lui, il entendit des cris plus perçants, une clameur en provenance du sud, près de la Vieille Route.

« Il disait qu'ils ne reviendraient pas de sitôt ! » grommela-t-il en enfonçant ses talons dans les flancs de Steppeur.

45. L'Épée du Rétameur

Perrin traversa le village au galop, suivi de près par Faile, et trouva rassemblés les défenseurs du côté sud qui regardaient en marmonnant par-dessus les champs arasés, certains avec leur arc à demi bandé. Deux chariots bloquaient la trouée que faisait la Vieille Route au milieu des pieux pointus. La plus proche murette basse en pierre encore debout, formant clôture à la limite d'un champ de tabac, était à cinq cents pas de là, sans rien de plus haut entre elle et la ligne de fortification que des chaumes d'orge ; juste avant cette murette, des flèches fichées en terre se dressaient comme autant d'herbes folles. De la fumée s'élevait en volutes dans le lointain, une douzaine ou davantage d'épais panaches noirs, certains assez larges pour être des champs qui brûlaient.

Cenn Buie était là, avec Hari et Darl Coplin. Bili Congar avait un bras autour des épaules de son cousin Wit, l'osseux époux de Daise, qui avait l'air de souhaiter que Bili ne lui souffle pas dans la figure. Aucun n'émettait d'odeur de peur, seulement d'excitation. Et Bili d'ale. Au moins dix à la fois voulurent lui raconter ce qui était arrivé ; quelques-uns à voix plus forte que d'autres.

« Nous aussi, les Trollocs nous ont attaqués, cria Hari Coplin, mais nous leur avons donné une bonne leçon, hein ? » Il y eut des murmures d'acquiescement mais autant sinon plus d'échanges de coups d'œil dubitatifs et de passages gênés d'un pied sur l'autre.

« Nous avons des héros également ici, déclara Darl d'une puissante voix bourrue. Votre bande du bois là-haut, vous n'êtes pas les seuls. » Plus massif que son frère, il avait la même figure étroite de fouine qui était la caractéristique des Coplin, la même bouche serrée comme s'il venait de mordre dans un kaki pas mûr. Quand il pensa que Perrin reportait son attention ailleurs, il lui jeta un regard rancunier. Ce qui ne signifiait pas nécessairement qu'il aurait voulu se trouver face au Bois de l'Ouest ; Darl, Hari et la plupart des gens de leur famille avaient l'esprit tourné de telle sorte qu'ils s'estimaient toujours brimés, quelle que soit la situation.

« Il faut arroser ça ! » annonça le vieux Bili, qui grimaça de désappointement quand personne ne réagit.

Une tête se souleva au-dessus du mur lointain et se rabaissa précipitamment, mais pas avant que Perrin ne voie un surcot d'un jaune éclatant. « Pas des Trollocs, grommela-t-il d'un ton écœuré. Des Rétameurs ! Vous tiriez sur des Tuatha'ans. Ôtez ces chariots du chemin. » Se dressant sur ses étriers, il arrondit ses mains en porte-voix autour de sa bouche. « Vous pouvez venir ! cria-t-il. Tout va bien ! Personne ne vous fera de mal ! J'ai dit de déplacer ces chariots », ordonna-t-il sèchement aux hommes autour de lui qui le dévisageaient avec des airs effarés. Prendre des Rétameurs pour des Trollocs ! « Et allez chercher vos flèches ; vous en aurez besoin pour de bon tôt ou tard. » Avec lenteur, quelques-uns s'ébranlèrent pour obéir, et il cria de nouveau : « Personne ne vous fera de mal ! Tout va bien ! Venez ! » Les chariots s'écartèrent de chaque côté avec des grincements d'essieux qui manquent de graissage.

Quelques Tuatha'ans vêtus de couleurs vives escaladèrent la murette, puis une poignée d'autres, et ils s'avancèrent vers le village, courant à moitié d'une allure hésitante comme s'ils avaient les pieds meurtris, ayant apparemment autant peur de ce qui était devant que de ce qu'il y avait derrière. Ils se regroupèrent les uns contre les autres à la vue d'hommes qui se précipitaient hors du village, sur le point de s'en retourner même quand les gens des Deux Rivières les dépassèrent, en leur jetant des regards empreints de curiosité, pour commencer à arracher les flèches du sol. Cependant, ils continuèrent à avancer en trébuchant.

Perrin se sentit glacé intérieurement. Vingt hommes et femmes, peut-être, quelques-uns portant de petits enfants, et une poignée d'enfants plus grands qui couraient aussi, leurs habits aux couleurs éblouissantes tout déchirés et tachés de terre. Et certains de sang, il s'en rendit compte quand ils approchèrent. Pas davantage. Sur quel nombre que comportait la caravane ? Il y avait Raen, au moins, qui traînait les pieds comme à demi étourdi et guidé par Ila, dont un côté du visage était une meurtrissure noire enflée. Au moins avaient-ils survécu.

Peu avant l'ouverture, les Tuatha'ans s'arrêtèrent, examinant avec indécision les pieux pointus et la masse d'hommes armés. Certains enfants se cramponnèrent à leurs aînés et se cachèrent le visage. Ils exhalaient une odeur de crainte, de terreur. Faile sauta à terre et courut vers eux mais, bien qu'Ila la serrât dans ses bras, elle n'avança pas d'un pas. L'aînée paraissait tirer réconfort de sa cadette.

« Nous ne vous ferons pas de mal », dit Perrin. *J'aurais dû les obliger à venir. Que la Lumière me brûle, j'aurais dû les forcer !* « Vous êtes les bienvenus autour de nos feux.

— Des Rétameurs. » La bouche de Hari se tordit dans une expression méprisante. « Qu'avons-nous à faire d'une bande de Rétameurs voleurs ? Prennent tout ce qui n'est pas cloué. »

Darl ouvrit la bouche, sans doute pour apporter son appui à Hari mais il n'eut pas le temps de parler que quelqu'un dans la foule cria : « Tout comme toi, Hari. Et tu emporteras les clous avec ! » Des rires qui fusèrent çà et là firent se clore d'un coup sec les mâchoires de Darl. Néanmoins, les rieurs se comptaient sur les doigts et ceux qui avaient ri examinaient les Tuatha'ans dépenaillés puis baissaient les yeux avec l'air mal à l'aise.

« Hari a raison ! » cria Daise Congar qui se frayait un chemin sans douceur, repoussant les hommes de côté. « Les Rétameurs volent et pas seulement des objets ! Ils volent des enfants ! » S'ouvrant le passage jusqu'à Cenn Buie, elle lui secoua sous le nez un doigt gros comme le pouce de Cenn. Il recula autant que possible dans la foule ; elle le dominait d'une tête et pesait une fois et demie plus que lui. « Vous êtes censé siéger au Conseil du Village mais, si vous ne voulez pas écouter la Sagesse, j'appellerai le Cercle des Femmes et nous nous en occuperons. » Il y eut des hommes pour hocher la tête en murmurant.

Cenn gratta ses cheveux qui se clairsemaient en regardant la Sagesse de biais. « Aaah... eh bien... Perrin, déclara-t-il lentement de cette voix rugueuse qu'il avait, les Rétameurs ont effectivement une réputation, vous savez, et... » Il s'interrompit pour bondir en arrière comme Perrin faisait pivoter brusquement Steppeur face aux gens des Deux Rivières.

Bon nombre s'écartèrent précipitamment devant le cheval gris louvet, mais Perrin ne s'en soucia pas. « Nous ne renverrons personne, annonça-t-il d'une voix tendue. Personne ! Ou bien avez-vous l'intention d'expédier des enfants aux Trollocs ? » Un des enfants tuatha'ans se mit à pleurer, une lamentation aiguë, et il regretta d'avoir dit cela, mais la figure de Cenn devint rouge betterave et même Daise parut décontenancée.

« Bien sûr que nous allons les accueillir », répliqua le couvreur en chaume d'un ton rogue. Il se retourna vers Daise, tout hérissé comme un coq bantam prêt à se battre contre un mastiff. « Et si vous voulez mêler à cette affaire le Cercle des Femmes, le Conseil du Village aura tôt fait de vous clouer le bec ! Vous verrez ça !

— Vous avez toujours été un vieil imbécile, Cenn Buie, rétorqua Daise avec mépris, est-ce que vous vous imaginez que nous vous laisserions renvoyer des enfants là-bas pour qu'ils tombent entre les pattes des Trollocs ? » La mâchoire de Cenn s'agita furieusement mais il ne put proférer un mot que déjà Daise plaquait une main sur sa poitrine étroite et le rejetait de côté. Esquissant un sourire, elle se dirigea à grands pas vers les Tuatha'ans et passa un bras dans un geste de réconfort autour d'Ila. « Accompagnez-moi, et je veillerai à ce que vous ayez tous des bains chauds et un endroit pour vous reposer. Toutes les maisons sont bondées, mais nous dénicherons un coin pour chacun de vous. Venez. »

Marine al'Vere fendit précipitamment la foule, ainsi qu'Alsbet Luhhan, Natti Cauthon, Neysa Ayellin et d'autres femmes, prenant des enfants par la main ou entourant d'un bras des Tuatha'ans, tançant les hommes des Deux Rivières afin qu'ils les laissent avancer. Non pas que quelqu'un rechignait à présent ; il fallait juste un peu de temps pour qu'un si grand nombre recule en jouant des coudes et ouvre une voie libre.

Faile dédia à Perrin un sourire admiratif, mais il secoua la tête. Ceci n'était pas l'œuvre d'un *ta'veren* ; les gens des Deux Rivières avaient parfois besoin qu'on leur indique le bon chemin, mais alors ils savaient le suivre. Même Hari Coplin, en regardant amener les Rétameurs, n'avait pas la mine aussi revêche que d'ordinaire. D'accord, pas totalement aussi revêche. Inutile d'espérer des miracles.

En passant près de Perrin de sa démarche traînante, Raen leva vers lui des yeux vitreux. « La Voie de la Feuille *est* la bonne voie. Toutes choses meurent en leur temps et... » Il laissa tomber sa voix comme s'il ne parvenait pas à se rappeler ce qu'il allait dire.

« Ils sont venus la nuit dernière », expliqua Ila d'une voix brouillée à cause de sa figure enflée. Ses yeux manquaient presque autant d'éclat que ceux de son mari. « Les chiens nous auraient peut-être aidés à nous échapper, mais les Enfants ont tué tous les chiens et... Nous ne pouvions rien faire. » Derrière elle, Aram frissonnait dans son surcot rayé de jaune, dévisageant tous les hommes armés. La plupart des enfants des Rétameurs pleuraient à présent.

Perrin examina en fronçant les sourcils la fumée qui s'élevait au sud. Pivotant sur sa selle, il en discerna encore au nord et à l'est. Même si la plupart de ces fumées représentaient des maisons déjà abandonnées, les Trollocs avaient eu une nuit très occupée. Combien en fallait-il pour incendier autant de fermes, même en courant de l'une à l'autre et en ne prenant que le temps de jeter une torche enflammée dans une ferme vide ou un champ non surveillé ? Peut-être autant qu'ils en avaient tué aujourd'hui. Qu'en déduire du nombre de Trollocs déjà dans les Deux Rivières ? Cela ne semblait pas possible qu'une seule bande ait accompli tout cela, brûlé toutes ces maisons et détruit aussi la caravane du Peuple Nomade.

Comme son regard tombait sur les Tuatha'ans que l'on guidait vers le village, il éprouva un brusque sentiment de gêne. Ils avaient vu assassiner parents et amis la nuit dernière et le voilà, lui, qui calculait froidement des nombres. Il entendait quelques-uns des Deux Rivières qui murmuraient, cherchant à déterminer quelle fumée représentait quelle ferme. Pour tous ces gens, ces incendies signifiaient des pertes certaines, des vies à refaire s'ils le pouvaient, pas seulement des nombres. Il ne servait à rien ici. Maintenant, pendant que Faile était accaparée par les secours à apporter aux Rétameurs, c'était le moment pour lui de s'en aller à la recherche de Loial et de Gaul.

Maître Luhhan, dans sa tenue de forgeron – gilet et long tablier de cuir –, saisit Steppeur par la bride. « Perrin, il faut que tu m'aides. Les Liges veulent que je forge des éléments pour d'autres de ces catapultes, mais j'ai vingt hommes qui me réclament à grands cris que je leur répare des bouts d'armure que des fous d'aïeux de leurs aïeux ont achetés à des idiots de gardes du corps de négociants.

— J'aimerais vous donner un coup de main, répliqua Perrin, mais j'ai autre chose que je dois faire. D'ailleurs, il y a des chances que je sois rouillé. Je n'ai pas beaucoup travaillé à une forge l'an dernier.

— Par la Lumière, je ne pensais pas à ça. Pas à ce que tu manies le marteau. » Le forgeron paraissait offusqué. « Chaque fois que je renvoie un de ces écervelés l'oreille basse, il revient à la charge dix minutes plus tard avec un nouvel argument. Je n'arrive pas à finir mon travail. Ils t'écouteront. »

Perrin en doutait, s'ils refusaient d'écouter Maître Luhhan. En plus d'appartenir au Conseil du Village, Haral Luhhan était assez fort pour soulever pratiquement n'importe quel homme des Deux Rivières et le jeter dehors si besoin était. Néanmoins, il se rendit à la forge de fortune que Maître Luhhan avait installée sous un hangar bâti de bric et de broc avec un côté ouvert, près du Pré Communal. Six hommes étaient agglutinés près des enclumes récupérées dans la forge que les Blancs Manteaux avaient incendiée, et un autre activait machinalement les gros soufflets de cuir jusqu'à ce que le forgeron le chasse des longues branloires par un grand cri. À la surprise de Perrin, ils obéirent quand il leur dit de s'en aller, sans discours pour les inciter à obéir à la volonté d'un *ta'veren,* juste une simple phrase stipulant que Maître Luhhan était occupé. Sûrement que le forgeron aurait pu obtenir le même résultat, mais il serra la main de Perrin et lui prodigua en abondance des remerciements avant de se mettre à l'ouvrage.

Se penchant du haut de la selle de Steppeur, Perrin attrapa un des hommes par l'épaule, un fermier chauve nommé Get Eldin, et lui demanda de rester pour écarter quiconque d'autre essaierait de déranger Maître Luhhan. Get devait avoir trois fois son âge, néanmoins ce brave homme au visage ridé et tanné se contenta de hocher la tête en signe d'assentiment et se posta près de l'endroit où Haral faisait résonner son marteau sur le fer porté au rouge. À présent, il pouvait partir, avant que Faile survienne.

Il n'eut pas seulement le temps de tourner Steppeur que Bran apparut, lance sur l'épaule et casque en acier sous un de ses bras robustes. « Perrin, il doit y avoir un moyen plus rapide de rameuter les bergers et les bouviers si nous sommes attaqués de nouveau. Abell n'avait réussi à en rallier que la moitié quand ces Trollocs sont sortis du bois. »

C'était facile à résoudre, il suffisait de se souvenir d'un vieux clairon, terni jusqu'à en être devenu presque noir, que Cenn Buie avait accroché à son mur, et de convenir d'un signal de trois longues sonneries que pourrait entendre le berger le plus éloigné. Ce clairon donnerait aussi le signal pour d'autres choses, bien sûr, comme envoyer chacun à sa place si une attaque était attendue. Ce qui conduisit à savoir quand une attaque était attendue. Baine, Khiad et les Liges se montrèrent plus que disposés à aller en reconnaissance, mais quatre ne suffisaient guère, aussi fallut-il trouver des bûcherons et des traqueurs éprouvés et leur fournir des chevaux pour qu'ils arrivent au Champ d'Emond avant les Trollocs qu'ils repéreraient.

Après cela, Buel Dowtry dut être calmé. Le vieux fabricant de flèches aux cheveux blancs, avec un nez à l'arête presque aussi tranchante qu'une tête de flèche plate, savait parfaitement que la plupart des fermiers fabriquaient habituellement eux-mêmes leurs traits, mais il s'opposait dur comme fer à ce que quiconque l'aide ici dans le village, comme s'il était en mesure de remplir à lui seul tous les carquois. Perrin ne savait pas trop comment il apaisa l'énervement de Buel mais il laissa néanmoins l'artisan apprenant gaiement à un groupe de gamins comment fixer et coller les empennages en plumes d'oie.

Edward Candwin, le robuste tonnelier, avait un problème différent. Avec un si grand nombre de gens ayant besoin d'eau, il avait à fabriquer plus de seaux et de fûts qu'il ne pouvait en cercler en plusieurs semaines à lui seul. Lui trouver des mains en qui il avait confiance au moins pour chanfreiner des douves ne fut pas long, mais d'autres gens arrivèrent avec des questions et des problèmes dont ils semblaient croire que seul Perrin avait la réponse, depuis à quel endroit brûler les cadavres des Trollocs jusqu'à était-ce sans danger de retourner à leurs fermes pour sauver ce qu'ils pouvaient. À cette dernière question il répondait par un « non » ferme chaque fois qu'elle était émise – et elle l'était plus souvent qu'une autre par des hommes et des femmes qui regardaient d'un air sombre la fumée s'élevant dans la campagne – mais la plupart du temps il se contentait de demander si le questionneur jugeait cela une bonne solution et lui recommandait d'agir en conséquence. C'était bien rare qu'il eût réellement à trouver une réponse ; les gens savaient ce qu'il y avait à faire ; ils avaient juste cette idée idiote qu'ils devaient le consulter.

Dannil, Ban et les autres le rejoignirent et insistèrent pour chevaucher sur ses talons avec cette bannière, comme si le grand étendard flottant au-dessus du Pré Communal n'était pas assez agaçant, jusqu'à ce qu'il les dépêche pour garder les hommes qui étaient repartis abattre des arbres le long du Bois de l'Ouest. Apparemment, Tam leur avait raconté une histoire concernant quelque chose appelé les Compagnons, en Illian, des soldats qui escortaient le général d'une armée d'Illian et qui étaient envoyés en renfort aux endroits où la bataille était le plus acharnée. Tam, le dernier dont il aurait attendu ça ! Du moins avaient-ils emporté la bannière avec eux. Perrin se sentait complètement ridicule avec ce machin traînant à sa suite.

Au milieu de la matinée, Luc entra au village à cheval, tout arrogance à crinière dorée, hochant légèrement la tête en réponse à quelques acclamations, encore que la raison pour laquelle quelqu'un voulait l'acclamer fût un mystère. Il apportait un trophée qu'il sortit d'un sac de cuir et fit planter au bout d'une lance au bord du Pré Communal pour que tout le monde baye le bec en le regardant. La tête sans yeux d'un Myrddraal. Le compagnon se montrait assez modeste, dans le genre condescendant, mais il laissa échapper en passant qu'il avait tué l'Évanescent quand il avait rencontré une bande de Trollocs. Une escorte admirative l'emmena voir le site de la bataille qui s'était déroulée ici – ils l'appelaient comme ça – où des chevaux traînaient des Trollocs vers de grands bûchers qui envoyaient déjà vers le ciel des colonnes de fumée noire huileuse. Luc fut à son tour complimenteur comme il se devait, n'émettant qu'une ou deux critiques sur la façon dont Perrin avait disposé ses hommes ; c'est ainsi que les gens des Deux Rivières racontaient la chose, Perrin alignant tout un chacun et donnant des ordres qu'il n'avait certes jamais donnés.

À Perrin, Luc adressa un sourire d'approbation protecteur. « Vous avez bien travaillé, mon garçon. Vous avez eu de la chance, évidemment, mais la chance sourit aux débutants, n'est-ce pas. »

Quand il s'éloigna pour se rendre dans sa chambre à l'*Auberge de la Source du Vin,* Perrin dit d'ôter et d'enterrer la tête. Ce n'était pas une chose à contempler, surtout par les enfants.

Au fur et à mesure que la journée s'avançait, les questions continuèrent, jusqu'à ce qu'il se rende soudain compte que le soleil était au zénith, qu'il n'avait rien eu à manger et que son estomac s'en plaignait sans ambages. « Maîtresse al'Caar, répondit-il d'un ton las à la femme à la longue figure qui se tenait près de son étrier, je suppose que les enfants peuvent jouer n'importe où, du moment que quelqu'un veille à ce qu'ils ne dépassent pas les dernières maisons. Par la Lumière, femme, vous le savez. Vous connaissez les enfants sûrement mieux que moi ! Sinon, comment vous êtes-vous débrouillée pour en élever quatre à vous ? » Son plus jeune avait six ans de plus que lui !

Nela al'Caar fronça les sourcils et eut un mouvement de tête impatient qui imprima une secousse à sa tresse striée de gris. Pendant une seconde, il crut qu'elle s'apprêtait à lui sauter au nez pour lui avoir parlé sur ce ton. Il le souhaitait presque, cela le changerait de ces foules empressées à demander son avis sur la manière dont les choses devaient se passer. « Bien sûr que je connais les enfants, répliqua-t-elle. Je préfère seulement m'assurer que nous exécutons les choses conformément à ce que vous désirez. Nous prendrons donc soin qu'ils restent dans les limites du village. »

Il soupira et attendit seulement qu'elle se soit détournée pour tirer sur les rênes de Steppeur et le diriger vers l'*Auberge de la Source du Vin.* Deux ou trois voix l'interpellèrent, mais il refusa d'écouter. Ce qu'il voulait qu'on fasse ! Qu'est-ce qui n'allait pas chez ces gens-là ? Ce n'était pas dans le caractère des gens des Deux Rivières. Sûrement pas dans celui des habitants du Champ d'Emond. Ils tenaient à dire leur mot à propos de tout. Les discussions devant le Conseil du Village, les discussions entre les membres du Conseil devaient en venir aux coups pour provoquer des commentaires. Et si le Cercle des Femmes estimait mener ses propres affaires avec davantage de circonspection, pas un homme n'ignorait ce qu'impliquait la vue de femmes marchant à grands pas, les dents serrées, la tresse à deux doigts de se hérisser comme une queue de chat en colère.

Ce que je veux ? songea-t-il avec humeur. *Ce que je veux, c'est quelque chose à manger, un endroit où personne ne me casserait les oreilles avec des inepties.* Mettant pied à terre devant l'auberge, il chancela et se dit qu'il pourrait ajouter un lit à cette courte liste. Seulement midi, avec Steppeur effectuant tout le travail, et il se sentait déjà las jusqu'à la moelle des os. Peut-être que Faile avait raison, finalement. Peut-être que partir à la suite de Loial et de Gaul était en fait une mauvaise idée.

Quand il entra dans la salle commune, Maîtresse al'Vere lui jeta juste un coup d'œil et le poussa littéralement dans un fauteuil avec un sourire maternel. « Cessez donc de distribuer des ordres pendant un moment, lui déclara-t-elle d'un ton ferme. Le Champ d'Emond saura survivre seul une heure pendant que vous vous remplirez un peu l'estomac. » Elle sortit d'un pas pressé avant qu'il ait eu le temps de répliquer que le Champ d'Emond était parfaitement apte à survivre sans lui du tout.

La salle était presque vide. Natti Cauthon était installée à une table, roulant des bandes qu'elle ajoutait au tas devant elle, mais elle s'arrangeait aussi pour garder un œil sur ses filles, de l'autre côté de la pièce, encore que les deux fussent en âge de se tresser les cheveux. La raison en était évidente. Bode et Eldrin étaient assises de chaque côté d'Aram, encourageant le Rétameur à manger. Lui donnant la becquée, en réalité, et lui essuyant aussi le menton. À la façon dont elles souriaient au petit gars, Perrin fut surpris de ce que Natti ne fût pas à la même table qu'elles, tresses d'adulte ou pas. Le compagnon était beau garçon, il l'admettait ; peut-être mieux de sa personne que Wil al'Seen. C'est manifestement ce que paraissaient penser Bode et Eldrin. Pour sa part, Aram leur rendait de temps en temps leur sourire – elles étaient de jolies jeunes filles rondelettes ; il aurait été aveugle de ne pas le voir et Perrin ne croyait pas Aram insensible à aucune jolie fille – mais il avalait à peine une bouchée sans parcourir d'un regard écarquillé les lances et armes d'hast appuyées contre les murs. Pour un Tuatha'an, ce devait être une horrible vision.

« Maîtresse al'Vere a annoncé que tu t'étais enfin fatigué d'être en selle », dit Faile en jaillissant par la porte de la cuisine. Chose surprenante, elle avait un long tablier blanc comme celui de Marine ; ses manches étaient relevées au-dessus du coude et elle avait de la farine sur les mains. Comme si elle venait juste de s'en apercevoir, elle se débarrassa précipitamment du tablier, s'essuyant les mains en hâte, et le déposa sur le dossier d'une chaise. « Je n'avais jamais encore préparé du pain, reprit-elle en rabaissant ses manches quand elle le rejoignit. C'est plutôt amusant de pétrir la pâte. J'aimerais recommencer un de ces jours.

— Si tu ne boulanges pas, répliqua-t-il, où allons-nous trouver du pain ? Je n'ai pas l'intention de passer ma vie entière à voyager, à payer des repas ou à manger ce que je peux prendre au piège ou abattre d'une flèche ou d'une pierre à fronde. »

Elle sourit comme s'il avait dit quelque chose de très agréable, mais il était absolument incapable de comprendre quoi. « La cuisinière s'en occupera, bien sûr. Une de ses aides, en réalité je suppose, mais la cuisinière la surveillera.

— La cuisinière, marmonna-t-il en secouant la tête. Ou une de ses assistantes. Naturellement. Pourquoi n'y ai-je pas pensé ?

— Qu'est-ce qu'il y a, Perrin ? Tu as l'air soucieux. Je ne crois pas que les dispositifs de défense puissent être plus efficaces à moins qu'il n'y ait un rempart.

— Il ne s'agit pas de cela. Faile, cette histoire de Perrin Les-Yeux-d'Or commence à dépasser les bornes. Je ne sais pas ce qu'on me croit, mais on ne cesse de m'interroger sur ce qu'il faut faire, de demander si c'est bien comme ça, alors que l'on sait déjà ce qu'il y a à faire, alors qu'on pourrait le découvrir en y réfléchissant deux minutes. »

Pendant un long moment, elle examina son visage, une expression pensive dans ses yeux noirs obliques, puis elle répliqua : « Depuis combien d'années la Reine d'Andor a-t-elle affirmé en personne sa souveraineté ici ?

— La Reine d'Andor ? Ma foi, je l'ignore. Cent ans peut-être. Deux cents. Quel rapport cela a-t-il ?

— Ces gens ne se rappellent pas comment on se conduit avec une reine – ou un roi. Ils essaient de trouver la bonne manière. Montre-toi patient avec eux.

— Un roi ? » dit-il d'une voix étouffée. Il laissa sa tête tomber sur ses bras posés sur la table. « Oh, par la Lumière ! »

Avec un rire léger, Faile lui ébouriffa les cheveux. « Eh bien, peut-être pas cela. Je doute fort que Morgase apprécierait. Un chef, au moins. Par contre, elle apprécierait à coup sûr quelqu'un qui lui ramènerait des terres sur lesquelles son trône n'a pas exercé d'autorité depuis cent ans ou davantage. Elle élèverait sûrement cet homme au rang de seigneur. Perrin de la Maison Aybara, Seigneur des Deux Rivières. Cela sonne bien.

— Nous n'avons pas besoin de seigneurs aux Deux Rivières », grommela-t-il à l'adresse de la table de chêne. « Ni de rois ou de reines. Nous sommes des hommes libres !

— Des hommes libres peuvent aussi avoir besoin de suivre quelqu'un, reprit-elle avec douceur. La plupart des gens veulent croire à quelque chose de plus grand qu'eux-mêmes, quelque chose de plus vaste que leurs propres champs. C'est pourquoi il y a des nations, Perrin, et des peuples. Même Raen et Ila se considèrent comme appartenant à quelque chose de plus que leur caravane. Ils ont perdu leurs chariots et la plupart de leurs parents et amis, mais d'autres Tuatha'ans continuent à chercher le Chant et eux aussi le chercheront encore parce qu'ils sont liés à davantage que quelques chariots.

— Qui possède ces choses-là ? » questionna soudain Aram.

Perrin leva la tête. Le jeune Rétameur était debout et contemplait avec malaise les lances alignées le long des murs. « Elles sont à qui en veut une, Aram. Personne ne vous blessera avec l'une d'elles, croyez-moi. » Il n'était pas très sûr qu'Aram le croyait, pas à la façon dont il commença à marcher lentement tout autour de la salle, les mains fourrées dans ses poches, examinant du coin de l'œil lances et hallebardes.

Perrin fut plus que reconnaissant d'attaquer l'assiette de tranches d'oie rôtie que Marine lui apporta, avec des navets, des pois et du bon pain croustillant. Du moins l'aurait-il attaquée si Faile n'avait pas coincé sous son menton une serviette brodée de fleurs et ne lui avait ôté des mains son couteau et sa fourchette. Elle semblait trouver amusant de lui donner la becquée comme Bode et Eldrin avec Aram. Les jeunes Cauthon gloussèrent de rire en le regardant, et Natti et Marine souriaient aussi. Perrin ne voyait pas ce que cela avait de si drôle. Il désirait cependant se prêter au jeu de Faile, même s'il aurait pu manger tout seul plus commodément. Elle ne cessait de l'obliger à tendre le cou pour attraper ce qu'elle avait sur la fourchette.

La lente promenade d'Aram lui fit faire trois fois le

tour de la salle avant qu'il s'arrête au pied de l'escalier pour contempler le tonneau d'épées disparates. Puis il allongea le bras et en extirpa une de la masse, la soupesant avec maladresse. La poignée garnie de cuir était assez longue pour qu'il y place les deux mains. « Puis-je me servir de celle-ci ? » demanda-t-il.

Perrin faillit s'étrangler.

Alanna apparut en haut de l'escalier, avec Ila ; la Tuatha'ane avait l'air épuisée, mais la meurtrissure avait disparu de son visage. « ... Le meilleur remède est le sommeil, disait l'Aes Sedai. C'est le choc subi par son esprit qui l'ébranle le plus, et cela je ne peux pas le Guérir. »

Le regard d'Ila tomba sur son petit-fils, sur ce qu'il tenait, et elle hurla comme si cette lame avait pénétré dans sa chair. « Non, Aram ! Nooooon ! » Elle manqua de peu tomber dans sa hâte à descendre l'escalier et se jeta sur Aram pour tenter de lui arracher l'épée des mains. « Non, Aram, dit-elle d'un ton haletant. Tu ne dois pas. Pose-la. La Voie de la Feuille. Tu ne dois pas ! La Voie de la Feuille ! Je t'en prie, Aram ! Je t'en prie ! »

Aram bondissait de-ci de-là, l'esquivant gauchement, s'efforçant d'éloigner l'épée hors de sa portée. « Pourquoi non ? cria-t-il avec colère. Ils ont tué ma mère ! Je les ai vus ! J'aurais peut-être pu la sauver, si j'avais eu une épée. J'aurais pu la sauver ! »

Ces paroles fendirent le cœur de Perrin. Un Rétameur avec une épée semblait quelque chose contre nature, presque assez pour que ses cheveux se dressent sur sa tête, mais ces paroles... Sa mère. « Laissez-le tranquille, ordonna-t-il plus rudement qu'il n'en avait l'intention. Tout homme a le droit de se défendre, de défendre sa... Il a le droit. »

Aram présenta l'épée à Perrin. « Voulez-vous m'apprendre à m'en servir ?

— Je ne le sais pas moi-même, lui répondit Perrin. Toutefois, vous trouverez sûrement quelqu'un. »

Des larmes ruisselaient sur le visage convulsé d'Ila.

« Les Trollocs m'ont pris ma fille, dit-elle entre des sanglots qui l'ébranlaient de la tête aux pieds, et tous mes petits-enfants sauf un et voilà que vous me l'enlevez aussi. Il est Perdu à cause de vous, Perrin Aybara. Vous êtes devenu un loup dans votre cœur et maintenant vous allez aussi faire de lui un loup. » Elle se détourna et remonta les marches en trébuchant, toujours secouée de sanglots.

« J'aurais pu la sauver ! lui cria Aram. Grand-mère ! J'aurais pu la sauver ! » Elle ne regarda pas une seule fois en arrière et, quand elle disparut au détour du couloir, il s'affaissa contre la rampe en pleurant. « J'aurais pu la sauver, grand-mère. J'aurais pu... »

Perrin se rendit compte que Bode pleurait aussi, la figure dans ses mains, et les autres femmes le dévisageaient en fronçant les sourcils comme s'il avait commis quelque mauvaise action. Non, pas toutes. Alanna l'examinait du haut de l'escalier avec ce calme indéchiffrable des Aes Sedai et l'expression de Faile était presque aussi impénétrable.

Il s'essuya la bouche, jeta la serviette sur la table et se leva. C'était encore temps de dire à Aram de remettre l'épée où il l'avait prise, d'aller implorer le pardon d'Ila. Temps de dire à Aram... quoi ? Que la prochaine fois il ne serait peut-être pas là pour voir mourir ceux qu'il aimait ? Qu'il pourrait bien ne revenir que pour trouver leurs tombes ?

Il posa la main sur l'épaule d'Aram, et le jeune homme tressaillit, se recroquevillant sur l'épée comme s'il s'attendait à ce que Perrin la lui enlève. L'odeur du Rétameur se composait d'un mélange d'émotions – peur, haine, tristesse indicible. Perdu, Ila l'avait appelé. Ses yeux avaient une expression éperdue.

« Lavez-vous la figure, Aram. Puis allez trouver Tam al'Thor. Dites que je lui demande de vous enseigner le maniement de l'épée. »

L'autre leva lentement la tête. « Merci, balbutia-t-il en essuyant avec sa manche les larmes sur ses joues. Merci. Je ne l'oublierai jamais. Jamais. Je le jure. »

Soudain il dressa l'épée devant lui pour baiser la lame droite ; la poignée avait pour pommeau une tête de loup en cuivre. « Je le jure. N'est-ce pas ainsi que l'on pratique ?

— Je le suppose », dit Perrin tristement en se demandant pourquoi il ressentait de la tristesse. La Voie de la Feuille était une belle croyance, comme un rêve de paix, mais comme le rêve elle ne pouvait pas subsister là où il y avait de la violence. Il ne connaissait nulle part où la violence n'existait pas. Un rêve pour un autre homme, pour un autre temps. Une autre Ère peut-être. « Allez, Aram. Vous avez beaucoup à apprendre et le temps risque de manquer. » Bafouillant toujours des remerciements, le Rétameur ne s'attarda pas à se débarbouiller, il sortit aussitôt de l'auberge au pas de course, tenant à deux mains l'épée verticale devant lui.

Conscient de la mine réprobatrice d'Eldrin, des poings que Marine avait plantés sur ses hanches et du froncement de sourcils de Natti, pour ne rien dire des larmes de Bode, Perrin revint vers son siège. Alanna avait quitté sa place en haut de l'escalier. Faile le regarda se saisir de son couteau et de sa fourchette. « Tu désapprouves ? déclara-t-il à mi-voix. Un homme a le droit de se défendre, Faile. Même Aram. Personne ne peut l'obliger à suivre la Voie de la Feuille s'il n'en a pas envie.

— Je n'aime pas te voir souffrir », répliqua-t-elle dans un murmure.

Son couteau qui coupait une bouchée d'oie rôtie s'immobilisa. Souffrir ? Ce rêve n'était pas pour lui. « Je suis seulement fatigué », dit-il et il sourit. Il n'eut pas l'impression qu'elle le croyait.

Il n'avait pas encore eu le temps d'avaler une deuxième bouchée que Bran passa la tête dans l'embrasure de la porte principale. Il s'était de nouveau coiffé de son casque d'acier tout rond. « Des cavaliers arrivent du nord, Perrin. Une quantité de cavaliers. Je pense que ce doit être les Blancs Manteaux. »

Faile partit comme une flèche tandis que Perrin se

levait et, quand il fut dehors à cheval sur Steppeur, avec le Maire se répétant tout bas ce qu'il avait l'intention de dire aux Blancs Manteaux, elle apparut au coin de l'auberge montée sur sa jument noire. Plus de gens couraient vers le nord qu'il n'en restait attentifs à continuer leur tâche. Perrin n'était pas particulièrement pressé. Les Enfants de la Lumière pouvaient fort bien être ici pour l'arrêter. C'était d'ailleurs probablement la raison de leur venue. Il n'avait pas l'intention de les suivre chargé de chaînes, mais il ne tenait pas à demander aux gens de se battre pour lui contre les Blancs Manteaux. Il marcha derrière Bran, se joignant au flot d'hommes, de femmes et d'enfants qui traversaient le Pont-aux-Charrettes enjambant les eaux de la Source du Vin, les sabots de Steppeur et d'Hirondelle claquant sur les planches épaisses. Quelques grands saules poussaient ici le long de la rivière. C'est au pont que commençait la Route du Nord avant de s'éloigner vers la Colline-au-Guet et au-delà. Quelques-uns des panaches de fumée dans le lointain n'étaient plus que de minces traînées, les incendies s'éteignant d'eux-mêmes faute d'avoir encore quelque chose à brûler.

À l'endroit où la route quittait le village, il découvrit deux chariots bloquant la voie et des hommes derrière les pieux aiguisés plantés en biais avec leurs arcs, leurs lances et autres armes, émettant une odeur d'excitation, murmurant entre eux et se pressant les uns contre les autres pour observer ce qui approchait sur la route : une longue double colonne de cavaliers au manteau blanc soulevant un nuage de poussière, leurs casques coniques et leurs hauberts et armures à plates en métal poli brillant au soleil de l'après-midi, les lances à pointe d'acier inclinées toutes au même angle. À leur tête chevauchait un homme plutôt jeune, le dos raide comme un piquet et le visage sévère, qui ne sembla pas totalement inconnu à Perrin. Avec l'arrivée du Maire, les murmures se turent, dans l'attente. À moins que ce ne soit l'arrivée de Perrin qui les fit taire.

À deux cents pas environ de la herse de pieux, l'homme au visage dur leva une main et la colonne s'arrêta tandis que des ordres brefs se répercutaient le long des files. Il poursuivit sa route avec seulement une demi-douzaine de Blancs Manteaux pour escorte, parcourant du regard les chariots, les pieux aiguisés et les hommes derrière. Son attitude aurait suffi à le désigner comme un personnage important même sans les nœuds indiquant son rang au-dessous du soleil flamboyant sur sa cape.

Luc était apparu de quelque part, resplendissant en riche drap rouge et broderie d'or sur son étalon noir à la robe luisante. Peut-être était-ce finalement naturel que l'officier des Blancs Manteaux choisisse de s'adresser à Luc, encore que sans que ses yeux noirs cessent leur inspection. « Je suis Dain Bornhald, annonça-t-il en arrêtant sa monture, Capitaine des Enfants de la Lumière. Vous avez préparé ceci pour nous ? J'ai appris que le Champ d'Emond était interdit aux Enfants, oui ? En vérité un village de l'Ombre s'il est fermé aux Enfants de la Lumière. »

Dain Bornhald, pas Geofram. Un fils, peut-être. Non pas que cela change grand-chose. Perrin supposait que l'un essaierait de l'arrêter aussi bien que l'autre. Effectivement, le regard de Bornhald le dépassa, puis revint brusquement sur lui. Il sembla secoué par une convulsion ; une main recouverte d'un gantelet se plaqua sur son épée, ses lèvres se retroussèrent sur ses dents dans un grondement muet et, pendant un instant, Perrin fut sûr qu'il s'apprêtait à charger, à jeter son cheval sur la barrière hérissée de piquants, pour l'atteindre. Il avait l'air de nourrir une haine personnelle contre Perrin. De près, ce visage dur avait un peu d'avachissement dans les traits, une brillance dans les yeux que Perrin avait l'habitude de voir chez Bili Congar. Il eut l'impression de sentir des relents d'alcool.

L'homme aux joues creuses à côté de Bornhald n'était nullement inconnu. Perrin n'oublierait jamais ces yeux enfoncés dans les orbites, comme d'ardentes braises noires. Grand, décharné, dur comme une enclume, Jaret Byar le dévisageait visiblement avec haine. Que Bornhald fût ou non un fanatique, aucun doute que Byar en était un.

Luc eut apparemment le bon sens de ne pas tenter d'usurper la place de Bran – à la vérité, il paraissait absorbé par l'examen de la colonne en cape blanche maintenant que la poussière se rabattait, révélant d'autres Enfants de la Lumière échelonnés sur la route – mais, au grand scandale de Perrin, Bran lui adressa un coup d'œil – à lui, l'apprenti du forgeron – et attendit qu'il hoche la tête avant de répondre. C'était lui *le Maire* ! Bornhald et Byar remarquèrent manifestement cet échange silencieux.

« Le Champ d'Emond ne vous est pas exactement interdit, déclara Bran, redressé de toute sa taille et sa lance enfoncée dans le sol à côté de lui. Nous avons décidé de nous défendre nous-mêmes et c'est ce que nous avons fait précisément ce matin. Si vous voulez voir notre ouvrage, regardez là-bas. » Il désigna de la main la fumée montant des bûchers de Trollocs. Une odeur douceâtre de chair en train de brûler flottait dans l'air, mais personne à part Perrin ne semblait la remarquer.

« Vous avez tué quelques Trollocs ? releva Bornhald d'un ton méprisant. Votre chance et votre adresse me stupéfient.

— Plus qu'un peu ! cria quelqu'un dans la foule des Deux Rivières. Des centaines !

— Nous avons livré une bataille ! » cria une autre voix, et des douzaines d'autres s'élevèrent en tumulte avec colère :

« Nous les avons combattus et les avons vaincus !

— Où étiez-vous ?

— Nous pouvons nous défendre sans Blancs Manteaux !

— Les Deux Rivières !

— Les Deux Rivières et Perrin Les-Yeux-d'Or !

— Les-Yeux-d'Or !

— Les-Yeux-d'Or ! »

Leof, qui aurait dû monter la garde auprès des bûcherons, se mit à agiter cette bannière rouge à tête de loup.

Bornhald les considérait tous avec des yeux remplis d'une haine violente, mais Byar poussa en avant son hongre bai qui dansait sur place avec un grondement. « Est-ce que vous croyez, vous paysans, savoir ce qu'est une bataille ? s'exclama-t-il dans une sorte de rugissement. La nuit dernière, un de vos villages a été pratiquement rasé par des Trollocs ! Attendez qu'ils viennent vous trouver en nombre et vous souhaiterez que votre mère n'ait jamais embrassé votre père ! » Il se tut sur un geste las de Bornhald, chien entraîné à l'attaque obéissant à son maître, mais ses paroles avaient réduit au silence les gens des Deux Rivières.

« Quel village ? » La voix de Bran était à la fois digne et inquiète. « Nous connaissons tous des gens à la Colline-au-Guet et à la Tranchée-de-Deven.

— La Colline-au-Guet n'a pas été inquiétée, répliqua Bornhald, et je ne sais rien au sujet de la Tranchée-de-Deven. Ce matin, une estafette m'a appris que Taren-au-Bac n'existe à peu près plus. Si vous avez des amis là-bas, bon nombre de gens se sont échappés en franchissant la rivière. Vers l'autre berge de la rivière. » Son visage se crispa momentanément. « Moi-même, j'ai perdu presque cinquante bons soldats. »

La nouvelle suscita quelques murmures gênés ; personne n'aime apprendre ce genre de chose mais, d'autre part, personne ici ne connaissait quelqu'un à Taren-au-Bac. Très probablement personne n'était jamais allé aussi loin.

Luc fit avancer son cheval, l'étalon cherchant à mordre Steppeur. Perrin serra la bride à sa monture avant que les deux commencent à se battre, mais Luc parut ne pas le remarquer ou s'en soucier. « Taren-au-Bac ? répéta-t-il d'une voix sèche. Les Trollocs ont attaqué Taren-au-bac la nuit dernière ? »

Bornhald haussa les épaules. « Je l'ai dit, n'est-ce

pas ? Il semble que les Trollocs aient finalement décidé de razzier les villages. Comme c'est providentiel que vous, ici, ayez été avertis à temps pour préparer ces belles fortifications. » Son regard passa en revue la barricade de pieux aiguisés et les hommes placés derrière avant de se poser sur Perrin.

« Est-ce que l'homme appelé Ordeith se trouvait à Taren-au-Bac cette nuit ? » questionna Luc.

Perrin le considéra avec stupeur. Il ignorait que Luc était même au courant de l'existence de Padan Fain, ou du nom qu'il utilisait maintenant. Cependant, les gens bavardent, surtout quand quelqu'un qu'ils ont connu colporteur revient avec un rang lui donnant de l'autorité chez les Blancs Manteaux.

La réaction de Bornhald fut aussi étrange que la question. Ses yeux étincelèrent d'une haine aussi forte qu'à l'égard de Perrin, mais sa figure pâlit et il passa sur ses lèvres molles le dos de sa main comme s'il avait oublié qu'il portait des gantelets renforcés d'acier sur le dessus. « Vous connaissez Ordeith ? » dit-il en se penchant sur sa selle vers Luc.

Ce fut au tour de Luc de hausser négligemment les épaules. « Je l'ai vu ici et là depuis mon arrivée aux Deux Rivières. Un homme d'aspect sordide, et ceux qui l'accompagnent n'ont pas l'air moins minable. Le genre assez négligent pour permettre à une attaque trolloque de réussir. Était-il là-bas ? Si oui, on peut espérer qu'il est mort à cause de sa folie. Sinon, on espère que vous l'avez ici près de vous, et sous bonne garde.

— Je ne sais pas où il est, riposta Bornhald. Et je m'en moque ! Je ne suis pas venu ici pour parler d'Ordeith ! » Son cheval piaffa nerveusement quand Bornhald tendit une main en avant, désignant Perrin. « Je vous arrête en tant qu'Ami du Ténébreux. Vous serez conduit à Amador et là-bas jugé sous le Dôme de Vérité. »

Byar regarda son capitaine avec une expression incrédule. Derrière la barrière séparant les Blancs Manteaux des hommes des Deux Rivières montèrent des murmures coléreux, des lances et des vouges se dressèrent, des arcs furent bandés. Les Blancs Manteaux qui stationnaient plus loin commencèrent à se déployer en une ligne luisante sous les ordres criés par un gaillard aussi massif dans son armure que Maître Luhhan, insérant leurs lances dans les porte-lances le long de leurs selles, décrochant des arcs courts spéciaux pour cavaliers. À cette distance, ils ne pouvaient guère plus que couvrir la fuite de Bornhald et de ses compagnons, en admettant qu'ils réussissent à s'échapper, mais Bornhald paraissait inconscient du danger et de tout le reste à part Perrin.

« Il n'y aura pas d'arrestations, dit Bran sèchement. Nous l'avons décidé. Plus d'arrestations sans preuve de crime, et des preuves que nous reconnaissons, nous, pour telles. Vous ne me montrerez jamais rien qui me persuade que Perrin est un Ami du Ténébreux, alors vous pourriez aussi bien abaisser votre main.

— Il a trahi mon père qui a trouvé la mort à Falme », hurla Bornhald. Il frémissait de rage. « Il l'a livré aux Amis du Ténébreux et aux sorcières de Tar Valon qui ont assassiné mille Enfants de la Lumière au moyen du Pouvoir Unique ! » Byar acquiesça vigoureusement d'un signe de tête.

Parmi les gens des Deux Rivières, quelques-uns passèrent avec hésitation d'un pied sur l'autre ; la rumeur de ce qu'avaient fait ce matin Vérine et Alanna s'était répandue, et s'était amplifiée en se propageant. Quelle que fût leur opinion de Perrin, cent histoires concernant les Aes Sedai, presque toutes fausses, rendaient facile à croire que des Aes Sedai avaient anéanti mille Blancs Manteaux. Et s'ils croyaient cela, ils pouvaient fort bien en venir à croire le reste.

« Je n'ai trahi personne, déclara Perrin d'une voix forte afin que tous entendent. Si votre père est mort à Falme, ceux qui l'ont tué s'appellent les Seanchans. Je ne sais pas si ce sont des Amis du Ténébreux, mais je sais qu'ils utilisent le Pouvoir Unique quand ils combattent.

— Menteur ! » De la salive s'envola des lèvres de Bornhald. « Les Seanchans sont une invention imaginée par la Tour Blanche pour masquer ses ignobles mensonges ! Vous êtes un Ami du Ténébreux ! »

Bran secoua la tête d'un air dubitatif, repoussant d'un côté son casque en acier pour pouvoir gratter sa frange de cheveux gris. « J'ignore tout de ces... Seanchans ?... de ces Seanchans. Ce que je sais, c'est que Perrin n'est pas un Ami du Ténébreux et que vous n'arrêtez personne. »

La situation, Perrin s'en rendit compte, s'aggravait de minute en minute. Byar le vit et tira sur le bras de Bornhald en chuchotant, mais le Capitaine des Blancs Manteaux ne voulait pas, ou peut-être ne pouvait pas, reculer maintenant qu'il avait Perrin sous ses yeux. Bran et les hommes des Deux Rivières campaient eux aussi sur leurs positions ; ils pouvaient fort bien ne pas accepter que les Blancs Manteaux l'emmènent même s'il avouait tout ce que prétendait Bornhald. À moins que quelqu'un ne jette vite de l'eau, les choses s'embraseraient comme une poignée de paille sèche lancée sur un feu de forge.

Il détestait avoir à réfléchir vite. Loial avait raison. La précipitation conduisait à ce que des gens souffrent. Toutefois, il pensa qu'il y avait une solution en la circonstance. « Voulez-vous retarder mon arrestation, Bornhald ? Jusqu'à ce qu'on en ait fini avec les Trollocs ? Je n'irai nulle part ailleurs avant.

— Pourquoi la retarderais-je ? » La haine aveuglait cet homme. S'il persistait, un grand nombre d'hommes allaient mourir, lui compris très probablement, et il était incapable de le voir. Inutile de le lui expliquer.

À la place, Perrin dit : « N'avez-vous pas remarqué la quantité de fermes qui brûlaient ce matin ? » Il eut un geste circulaire qui engloba l'ensemble des panaches de fumée qui s'amenuisaient. « Regardez autour de vous. Vous l'avez précisé vous-même. Les Trollocs ne se contentent plus de détruire une ferme ou deux chaque nuit. Ils s'en prennent aux villages. Si vous essayez de retourner à la Colline-au-Guet, vous risquez de ne pas y arriver. Vous avez eu de la chance de venir aussi loin. Par contre, si vous restez ici, au Champ d'Emond... » Bran se retourna brusquement vers lui et d'autres lancèrent de bruyants *non* ; Faile se rapprocha à cheval et lui saisit le bras, mais il ne tint compte de personne. « ... vous saurez où je suis, et vos soldats seront cordialement invités à aider à protéger nos défenses.

— Crois-tu que ce soit judicieux, Perrin ? » s'exclama Bran en agrippant l'étrier de Steppeur, tandis que de l'autre côté Faile disait d'un ton pressant : « Non, Perrin ! Le risque est trop grand. Tu ne dois pas – écoute, je t'en prie, pas ça ! – Oh, que la Lumière me réduise en fichues cendres ! Tu *ne dois pas* faire ça !

— Je ne veux pas que des hommes se battent entre eux si je peux l'empêcher, leur répliqua-t-il avec fermeté. Nous n'allons pas exécuter la tâche des Trollocs à leur place. »

Faile lui rejeta pratiquement le bras. Avec un regard menaçant à l'adresse de Bornhald, elle sortit une pierre à aiguiser de son escarcelle et un poignard d'ailleurs, puis elle commença à repasser la lame avec un doux *ouisque-ouisque* évoquant un froissement de soie.

« Hari Coplin ne va plus savoir que penser, à présent », commenta sarcastiquement Bran. Redressant son casque rond, il fit de nouveau face aux Blancs Manteaux et planta en terre le talon de sa lance. « Vous avez entendu ses conditions. Maintenant écoutez les miennes. Si vous entrez dans le Champ d'Emond, vous n'arrêtez personne sans l'accord du Conseil du Village, que vous n'obtiendrez pas, donc vous n'arrêtez personne. Vous n'entrez dans aucune maison à moins d'y avoir été invités. Vous ne causez aucun incident et vous participez à la défense où et quand on vous le demande. Et je ne veux même pas *sentir* un Croc du Dragon ! Acceptez-vous ? Sinon, retournez d'où vous venez. » Byar contemplait cet homme corpulent comme si un mouton s'était dressé sur ses pattes de derrière et avait offert de combattre.

Bornhald ne quittait pas des yeux Perrin. « Entendu, finit-il par dire. Jusqu'à ce que la menace trolloque ait disparu, c'est entendu ! » Obligeant brutalement sa monture à pivoter, il repartit au galop vers la ligne de ses hommes, sa cape neigeuse ondoyant derrière lui.

Tandis que le Maire ordonnait de ranger les chariots de côté, Perrin s'aperçut que Luc le regardait. Le personnage était assis mollement sur sa selle, une main langoureusement posée sur la poignée de son épée, de l'amusement dans ses yeux bleus.

« J'aurais cru que vous objecteriez, commenta Perrin, à la façon dont on m'a dit que vous montiez les gens contre les Blancs Manteaux. »

Luc écarta les mains dans un geste gracieux. « Si ces gens veulent des Blancs Manteaux chez eux, qu'ils aient des Blancs Manteaux. Par contre, vous devriez être prudent, jeune Œil-d'Or. Je sais ce que c'est que de serrer un ennemi dans ses bras. Son épée pénètre plus vite quand il est près. » Avec un éclat de rire, il poussa son étalon à travers la foule, en direction du village.

« Il a raison, déclara Faile qui continuait à aiguiser son poignard sur la pierre. Peut-être que ce Bornhald tiendra sa parole de ne pas t'arrêter, mais qu'est-ce qui empêchera un de ses soldats de t'enfoncer une lame dans le dos ? Tu n'aurais pas dû proposer ça.

— J'y étais obligé, répliqua-t-il. Cela vaut mieux que de faire le travail des Trollocs à leur place. »

Les Blancs Manteaux commençaient à arriver, Bornhald et Byar à leur tête. Ces deux-là dardèrent sur lui un regard d'une haine qui n'avait rien perdu de son intensité, et les autres, chevauchant deux par deux... Des yeux durs et froids dans des faces froides et dures se tournèrent pour le regarder au passage. Ils ne haïssaient pas, mais ils voyaient un Ami du Ténébreux quand ils le voyaient. Et Byar, au moins, était capable de tout.

Il n'avait pas pu agir autrement, mais il pensa que ce ne serait peut-être pas une mauvaise idée de laisser Dannil, Ban et les autres le suivre partout comme ils le désiraient. Il n'allait pas dormir tranquille sans quelqu'un qui garde sa porte. Des gardes. Comme un de ces idiots de seigneurs. Du moins Faile serait-elle contente. Si seulement il parvenait à ce qu'ils perdent cette bannière quelque part !

46. Voiles

La foule était dense dans les rues étroites et sinueuses du Calpène près du Grand Cercle ; les fumées d'innombrables feux de cuisine montant au-dessus des hauts murs blancs en donnaient la raison. Des odeurs âcres de fumée, d'aliments en train de cuire et de vieille sueur rance se répandaient dans l'air matinal humide avec des pleurs d'enfants et les vagues murmures émanant toujours d'une importante masse humaine, bruits dont la réunion suffisait à assourdir les cris aigus des mouettes volant dans le ciel. Les boutiques de ce quartier avaient fermé définitivement depuis longtemps les grilles de fer de leur devanture.

Dégoûtée, Egeanine se frayait à pied un chemin dans cette cohue. C'était terrible que l'ordre ait été assez ébranlé pour que des réfugiés sans un sou vaillant envahissent les cercles et couchent entre les gradins de pierre. Que leurs gouvernants les laissent manquer de nourriture était tout aussi répréhensible. Son cœur aurait dû s'en réjouir – cette populace découragée serait absolument incapable de résister au *Corenne* et, alors, l'ordre convenable pourrait être rétabli – mais elle n'aimait pas voir cela.

La plupart des gens déguenillés autour d'elle semblaient trop apathiques pour s'étonner de côtoyer une femme en tenue de cheval bleue soignée, en soie encore que d'une coupe simple. Des hommes et des femmes en vêtements naguère beaux, à présent sales et froissés, se trouvaient çà et là dans l'affluence, alors peut-être qu'elle ne se singularisait pas de façon trop marquante. Les rares personnes qui paraissaient se demander si ses habits allaient de pair avec des pièces de monnaie dans son escarcelle étaient dissuadées d'agir par la façon compétente dont elle tenait son gros bâton, aussi haut qu'elle. Il lui avait fallu renoncer aujourd'hui à ses gardes du corps et à sa chaise avec ses porteurs. Floran Gelb aurait sûrement compris qu'il était suivi en repérant cet arroi. Du moins cette robe avec sa jupe partagée en deux lui donnait-elle une légère liberté de mouvement.

Ne pas perdre de vue le petit homme à la démarche furtive était facile même dans cette foule, bien qu'ayant à éviter des chars à bœufs ou, de temps en temps, un chariot, plus souvent tiré par des hommes en sueur, le torse nu, que par des animaux. Gelb et sept ou huit compagnons, tous à forte carrure et mine patibulaire, fonçaient dans les rassemblements, suivis par un remous de malédictions. Ces gaillards suscitèrent la colère d'Egeanine. Gelb avait encore l'intention d'essayer un kidnapping. Il avait trouvé trois femmes depuis qu'elle lui avait envoyé l'or demandé, les unes et les autres ne ressemblant que d'assez loin à celles de sa liste, et il s'était répandu en jérémiades pour chacune qu'elle avait rejetée. Elle n'aurait jamais dû le payer pour cette première femme qu'il avait enlevée en pleine rue. La cupidité et le souvenir de l'or avaient apparemment effacé toute trace des reproches cinglants qu'elle lui avait assenés en même temps qu'elle lui donnait la bourse.

Des cris derrière elle lui firent tourner la tête et resserrer sa prise sur son bâton. Un petit espace s'était dégagé, comme toujours quand il y avait un incident. Un homme en surcot jaune naguère élégant et maintenant en loques hurlait à genoux sur la chaussée, agrippant son bras droit à l'endroit où celui-ci était replié dans le mauvais sens. Penchée sur lui dans une attitude protectrice, une femme éplorée vêtue d'une robe verte en haillons criait à un gaillard voilé qui se fondait déjà dans la foule :

« Il demandait seulement une petite pièce ! Il a seulement demandé ! » La foule se remit à tourbillonner autour d'eux.

Avec une grimace, Egeanine se retourna. Et s'arrêta avec un juron qui attira quelques coups d'œil surpris. Gelb et ses compagnons avaient disparu. Se frayant un passage jusqu'à une petite fontaine de pierre où l'eau jaillissait de la bouche d'un poisson de bronze sur le côté d'une taverne au toit plat, elle écarta avec rudesse deux des femmes qui remplissaient des cruches et sauta sur le bord du toit, sourde à leurs jurons indignés. De là-haut, elle pouvait voir par-dessus les têtes de la foule. Des venelles partaient dans toutes les directions, serpentant autour des collines. Des tournants et des bâtiments plâtrés de blanc lui bouchaient la vue à moins de cent pas au mieux, mais Gelb ne pouvait pas être allé plus loin pendant ces brefs instants.

Subitement, elle le découvrit, caché sous un porche profond à trente pas mais se haussant sur la pointe des pieds pour examiner la rue. Les autres furent alors assez faciles à repérer, adossés contre les bâtiments de chaque côté de la rue, s'efforçant de ne pas être remarqués. Ils n'étaient pas les seuls appuyés aux murs mais, alors que le reste courbait le dos d'un air abattu, leurs faces couturées au nez cassé avaient une expression d'attente.

C'est ici qu'il devait donc avoir lieu, leur enlèvement. À coup sûr, personne n'interviendrait, pas plus que lorsque le bras de ce bonhomme avait été cassé. Mais qui ? Si Gelb avait finalement découvert quelqu'un sur la liste, elle pouvait s'en aller attendre qu'il lui vende la femme, attendre l'occasion de voir si un *a'dam* pouvait réellement maîtriser une *sul'dam* autre que Béthamine. Cependant elle n'avait pas l'intention de se retrouver obligée de choisir entre trancher la gorge de quelque malheureuse femme ou l'expédier pour être vendue.

Beaucoup de femmes gravissaient la pente de la rue

en direction de Gelb, la plupart avec ces voiles transparents, leur chevelure tressée. Sans un second coup d'œil, Egeanine en élimina deux en chaise à porteurs, encadrées de chaque côté par des gardes du corps, les voyous à la solde de Gelb ne s'attaqueraient pas à un nombre presque équivalant au leur ni n'affronteraient des épées avec leurs poings. La personne après qui ils en avaient n'aurait pas plus de deux ou trois hommes comme escorte si même autant, et aucun armé. Ce qui semblait inclure toutes les autres femmes qu'elle voyait, en haillons, en robe paysanne terne ou dans ces styles de vêtements plus moulants qu'affectionnaient les femmes du Tarabon.

Soudain deux de celles-ci qui apparaissaient à un lointain coude de la rue en bavardant attirèrent l'attention d'Egeanine. Avec leurs cheveux tressés en fines nattes et les voiles transparents devant leurs visages, elles paraissaient être des Tarabonaises, mais elles n'étaient pas à leur place ici. Ces minces robes scandaleusement drapées, l'une verte et l'autre bleue, étaient en soie, pas en lin ni en drap tissé serré. Les femmes ainsi vêtues allaient en chaise à porteurs ; elles ne marchaient pas, surtout par ici. Et elles ne portaient pas des douelles de tonneau sur l'épaule comme des massues.

Éliminant celle aux cheveux blond-roux, elle examina l'autre. Ses tresses noires étaient d'une longueur inhabituelle, presque jusqu'à sa taille. À cette distance, la femme ressemblait beaucoup à une *sul'dam* nommée Surine. Toutefois, ce n'était pas Surine. Cette femme n'arriverait pas plus haut que le menton de Surine.

Murmurant en sourdine, Egeanine sauta à terre et commença à s'ouvrir un chemin dans la foule qui se bousculait entre elle et Gelb. Avec de la chance, elle arriverait à temps pour mettre le holà à son entreprise. L'imbécile. Quel imbécile cupide à cervelle de fouine !

« Nous aurions dû louer des chaises à porteurs, Nynaeve », dit de nouveau Elayne, se demandant pour la centième fois comment les Tarabonaises s'y prenaient pour parler sans attraper leur voile dans leur bouche. Elle le recracha et ajouta : « Nous allons être obligées de nous en servir. »

Un bonhomme au visage maigre cessa de se glisser à travers la presse dans leur direction quand Nynaeve soupesa sa douelle d'un geste menaçant. « C'est pour cela qu'elles sont faites. » Son expression féroce avait peut-être encouragé la perte d'intérêt du personnage. Elle tripota les tresses noires qui pendaient sur ses épaules et émit un son dégoûté ; Elayne ne savait pas quand elle s'habituerait à ne plus avoir cette grosse natte sur laquelle elle avait l'habitude de tirer. « Et les pieds sont faits pour marcher. Comment pourrions-nous observer ou poser des questions en étant transportées comme des porcs à vendre ? Je me sentirais complètement ridicule dans une de ces chaises stupides. En tout cas, je préfère me fier à moi-même plutôt qu'à des hommes que je ne connais pas. »

Elayne était certaine que Bayle Domon aurait pu procurer des hommes de confiance. Les gens du Peuple de la Mer l'auraient sûrement pu ; elle aurait aimé que *Danseur-sur-les vagues* n'ait pas quitté le port, mais la Maîtresse-des-Voiles et sa sœur avaient été désireuses d'apporter la nouvelle du Coramoor à Dantora et à Cantorin. Vingt gardes du corps lui auraient très bien convenu.

Elle eut l'intuition autant qu'elle sentit que quelque chose effleurait l'escarcelle à sa ceinture ; empoignant d'une main l'escarcelle, elle se retourna vivement en levant sa douelle. La cohue qui s'écoulait s'écarta légèrement d'elle, les gens lui jetant juste un coup d'œil tandis qu'ils jouaient des coudes, mais il n'y avait pas trace de l'aspirant coupeur de bourses. Du moins, elle sentait encore les pièces à l'intérieur. Elle avait pris l'habitude de porter son anneau au Grand Serpent et le *ter'angreal* tors en pierre sur un lacet autour de son cou à l'imitation de Nynaeve après la première fois où elle avait failli perdre une bourse. Depuis les cinq jours qu'elles étaient à Tanchico, elle en avait perdu trois.

Vingt gardes, ce serait parfait. Et une voiture. Avec des rideaux aux fenêtres.

Recommençant à monter lentement la rue en pente à côté de Nynaeve, elle dit : « Puis nous ne devrions pas porter ces robes. Je me rappelle un temps où vous m'aviez affublée d'une robe de paysanne.

— Ces robes sont un bon déguisement, répliqua Nynaeve d'un ton cassant. Nous nous fondons dans le paysage. »

Elayne eut une légère aspiration dédaigneuse par le nez. Comme si des robes plus simples ne se seraient pas insérées encore mieux. Nynaeve refusait d'admettre qu'elle en était venue à aimer avoir sur elle de la soie et de jolies robes. Elayne regrettait simplement que son penchant l'ait entraînée aussi loin. D'accord, on les prenait pour des Tarabonaises – jusqu'à ce qu'elles ouvrent la bouche, en tout cas – mais même avec une encolure bordée de dentelle au ras du menton, cette soie verte étroitement drapée donnait pour le moins la sensation d'être plus révélatrice que n'importe quoi d'autre qu'elle avait endossé jusque-là. Certainement davantage que ce dans quoi elle s'était jamais montrée en public. Nynaeve, par contre, arpentait la rue bondée comme si personne ne les regardait. Eh bien, peut-être que personne ne les regardait effectivement – pas à cause de la façon dont leurs robes étaient ajustées, soit – mais l'impression demeurait, c'était certain.

Leurs chemises auraient été presque aussi décentes. Les joues enflammées, elle tenta de ne plus penser à la façon dont la soie se moulait sur elle. *Arrête ! C'est parfaitement décent. Si, si !*

« Cette Amys ne vous a-t-elle rien dit qui puisse nous aider ?

— Je vous ai répété ce qu'elle a dit. » Elayne soupira. Nynaeve l'avait obligée jusqu'aux premières heures du matin à parler de la Sagette aielle qui accompagnait Egwene dans le *Tel'aran'rhiod* la nuit dernière, puis elle avait recommencé avant qu'elles s'asseyent devant leur petit déjeuner. Egwene, les cheveux tressés en deux nattes pour une raison quelconque et jetant des coups d'œil moroses à la Sagette, n'avait pratiquement rien raconté à part que Rand était en bonne santé et qu'Aviendha veillait sur lui. C'est cette Amys aux cheveux blancs qui avait tenu le dé de la conversation, un sermon sévère sur les dangers du Monde des Rêves qui avait donné à Elayne le sentiment d'être ramenée à l'âge de dix ans, quand sa vieille nourrice Lini l'avait surprise se glissant hors de son lit pour aller voler des bonbons, sermon suivi d'avertissements concernant la concentration et la nécessité de maîtriser ce qu'elle pensait si elle devait entrer dans le *Tel'aran'rhiod.* Comment pouvait-on maîtriser ce que l'on pense ? « Je m'imaginais vraiment que Perrin était avec Rand et Mat. » Cela avait été la plus grande surprise, après l'apparition d'Amys. Egwene semblait avoir cru qu'il se trouvait avec elle et Nynaeve.

« Lui et cette fille sont probablement allés quelque part où il aura la possibilité de travailler en paix comme forgeron », répliqua Nynaeve, mais Elayne secoua la tête.

« Je ne le pense pas. » Elle nourrissait de solides soupçons en ce qui concernait Faile et ne seraient-ils qu'à moitié justifiés Faile ne se contenterait pas d'être l'épouse d'un forgeron. Elle recracha encore une fois le voile. Quel machin stupide.

« Eh bien, où qu'il soit, reprit Nynaeve en tâtant encore une fois ses tresses, j'espère qu'il est sain et sauf, mais il n'est pas ici et il ne peut pas nous aider. Avez-vous même *demandé* à Amys si elle connaissait un moyen d'utiliser le *Tel'aran'rhiod* afin de... ?

Un gros homme au crâne qui se déplumait, vêtu d'un surcot brun élimé, fonça à travers la foule et tenta de jeter des bras épais autour d'elle. Elle ôta d'un geste vif la douelle de son épaule et lui en assena au beau milieu de sa large figure un coup qui le fit reculer en trébuchant, une main appliquée sur un nez qui se trouvait cassé pour au moins la deuxième fois.

Elayne aspirait encore de l'air nécessaire à un cri de

stupeur quand un autre homme, aussi gros et avec une moustache fournie, l'écarta d'une poussée afin d'atteindre Nynaeve. Elle oublia sa peur. Ses dents se serrèrent avec fureur et à l'instant où les mains du malfaiteur touchèrent sa compagne, elle lui abattit sa propre douelle sur le sommet du crâne avec le maximum de force qu'elle réussit à rassembler. Les jambes du gaillard plièrent et il s'écroula face contre terre de la façon la plus satisfaisante.

La foule recula en s'égaillant, personne ne voulant être impliqué dans les ennuis de quelqu'un d'autre. Et assurément personne n'offrit d'aide. Et elles en avaient besoin, Elayne s'en rendit compte. L'homme que Nynaeve avait frappé était toujours debout, la bouche tordue dans une expression de hargne, léchant le sang qui lui coulait du nez, ouvrant et refermant ses mains épaisses comme s'il s'apprêtait à serrer une gorge. Pire, il n'était pas seul. Sept autres hommes se déployaient autour de lui pour couper la moindre voie de retraite, tous sauf un aussi massifs que lui, avec des faces couturées de cicatrices et des mains qui avaient l'air d'avoir été martelées sur de la pierre pendant des années. Un individu maigre aux joues étroites, avec un sourire de renard nerveux, ne cessait de répéter d'une voix haletante : « Ne la laissez pas filer. Elle vaut de l'or, je vous dis. De l'or ! »

Il savait qui elle était. Ceci n'était pas une attaque pour subtiliser une escarcelle ; ils avaient l'intention de se débarrasser de Nynaeve pour enlever la Fille-Héritière d'Andor. Elle sentit que Nynaeve embrassait la *saidar* – si ceci ne la rendait pas assez furieuse pour canaliser, rien n'y parviendrait jamais – et s'ouvrit aussi elle-même à la Vraie Source. Le Pouvoir Unique afflua en elle, un flot délicieux qui l'emplit de la tête aux pieds. Quelques flux d'air tissés par l'une ou l'autre suffiraient à avoir raison de ces malandrins.

Pourtant, elle ne canalisa pas et Nynaeve non plus. À elles deux, elles étaient capables de rosser de la belle manière ces brigands comme l'auraient fait leurs mères.

Néanmoins, elles n'osèrent pas, tant que ce ne serait pas le dernier recours.

Si l'une des femmes de l'Ajah Noire était assez près pour voir, elles s'étaient déjà trahies par l'aura de la *saidar*. Canaliser assez pour ces quelques flux d'air les dénoncerait à une Sœur Noire se déplaçant dans une autre rue à cent pas ou plus loin encore, selon sa force et son degré de sensibilité. C'est ce à quoi elles-mêmes avaient passé la plupart de leur temps ces cinq derniers jours, arpenter la ville en essayant de détecter une femme en train de canaliser, avec l'espoir que cela les conduirait à Liandrin et à ses compagnes.

Il fallait aussi prendre la foule en considération. Quelques personnes continuaient à passer de chaque côté, rasant les murs. Les autres fourmillaient alentour, commençant à trouver d'autres directions où aller. Seule une poignée de gens avouaient en détournant les yeux d'un air gêné remarquer le danger que couraient les deux jeunes femmes. Mais si ces gens voyaient des malabars dispersés comme fétus de paille par rien de visible... ?

Les Aes Sedai et le Pouvoir lui-même n'étaient pas particulièrement en odeur de sainteté dans Tanchico pour le moment, étant donné les vieilles rumeurs à propos de Falme continuant à circuler et de nouveaux propos annonçant que la Tour Blanche soutenait les séides du Dragon dans les campagnes. Ces gens pouvaient s'enfuir s'ils voyaient s'exercer le Pouvoir. Ou s'ameuter. Même si elle et Nynaeve parvenaient à éviter d'être dépecées membre après membre sur place – ce dont elle n'était pas certaine – il n'y avait pas moyen de dissimuler le fait ensuite. Avant que le soleil soit couché, l'Ajah Noire serait au courant de la présence d'Aes Sedai à Tanchico.

Se postant dos à dos avec Nynaeve, Elayne empoigna fermement sa douelle. Elle se sentait une folle envie de rire. Si Nynaeve reparlait même de sortir seules – à pied – elle verrait qui aimait avoir la tête plongée dans un baquet d'eau froide. Du moins aucun de ces voyous ne paraissait pressé d'avoir le crâne fendu comme le gaillard gisant immobile sur le pavé.

« Allez-y, exhorta l'individu au visage en lame de couteau avec un geste des mains en avant. Allez-y ! Ce ne sont que deux femmes ! » Lui-même n'esquissait toutefois aucun mouvement pour se lancer à l'assaut. « Allez-y, je vous dis. Nous n'avons besoin que de celle-là. Elle vaut de l'or, je vous le répète. »

Soudain résonna un violent *clac,* et l'un des voyous s'effondra à genoux, en agrippant avec des mains tremblantes son cuir chevelu fendu, et une femme brune au visage sévère en tenue de cheval bleue passa comme une flèche à côté de lui, se tordit vivement sur elle-même pour assener sur la bouche d'un autre le revers de son poing, lui faucha les jambes avec son bâton, puis lui donna un coup de pied à la tête quand il tomba.

Que du secours soit intervenu était stupéfiant, et encore plus son origine, mais Elayne n'était pas disposée à se montrer difficile. Nynaeve se détacha de son dos avec un rugissement inarticulé et elle-même s'élança en criant : « En avant le Lion Blanc ! » pour taper sur le malandrin le plus proche aussi vite et fort qu'elle en fut capable. Il leva les bras pour parer l'attaque, l'air affolé. Elle poussa de nouveau le cri de guerre d'Andor – *En avant le Lion Blanc !* – et, tournant les talons, il déguerpit.

Riant malgré elle, Elayne pivota sur elle-même à la recherche d'un autre à rosser. Deux seulement n'avaient pas encore fui ou chu par terre. Le premier assaillant, celui au nez cassé, voulut détaler et Nynaeve assena sur son postérieur un ultime coup vigoureux. La femme au visage sévère crocha le bras et l'épaule de l'autre avec son bâton, l'attirant à elle et le haussant en même temps sur la pointe de ses pieds ; debout côte à côte auprès d'elle, il l'aurait dépassée d'une tête et il pesait deux fois plus qu'elle, néanmoins elle le frappa délibérément par trois fois en rapide succession au menton du tranchant de sa main libre. Il eut les yeux qui chavirèrent mais, tandis qu'il s'affaissait, Elayne vit l'homme au visage étroit se relever de la chaussée ; du sang dégouttait de son nez et ses yeux étaient presque vitreux, pourtant il tira un poignard de sa ceinture et plongea vers le dos de la femme brune.

Sans réfléchir, Elayne canalisa. Un poing d'Air envoya culbuter à la renverse l'homme et son poignard. La femme au visage grave virevolta, mais il s'éloignait déjà en rampant à quatre pattes jusqu'à ce qu'il eût recouvré son équilibre et se fût enfoncé dans la cohue plus haut dans la rue. Des gens s'étaient arrêtés pour observer cette bataille bizarre, sans que personne n'ait levé la main pour porter secours excepté la femme brune. Elle-même regardait tour à tour Elayne et Nynaeve d'un air indécis. Nynaeve se demanda si elle avait remarqué que l'individu maigre avait été projeté au sol apparemment par rien.

« Je vous adresse mes remerciements, dit Nynaeve d'une voix légèrement haletante en remettant son voile en place tandis qu'elle approchait de cette femme. Je pense que nous devrions partir d'ici. Je sais que la Garde Civile ne sort pas beaucoup dans les rues, mais je ne tiens pas à expliquer ceci au cas où elle passerait. Notre auberge n'est pas loin. Voulez-vous vous joindre à nous ? Une tasse de thé est le moins que nous puissions offrir à quelqu'un qui a effectivement levé la main pour porter secours à quelqu'un d'autre dans cette ville abandonnée par la Lumière. Mon nom est Nynaeve al'Meara et voici Elayne Trakand. »

La jeune femme hésita visiblement. Elle avait donc bien remarqué. « Je... Ce serait... avec plaisir. Oui. Avec plaisir. » Elle avait une façon d'articuler en liant les mots difficile à comprendre mais en un sens vaguement familière. Elle était très jolie, en réalité, au teint d'autant plus clair à cause de ses cheveux noirs, qui lui touchaient presque les épaules. Un petit peu trop dure de traits pour être appelée une beauté. Ses yeux bleus avaient un regard ferme. Comme si elle avait l'habitude de donner des ordres. Une négociante, peut-être, dans cette robe. « Je m'appelle Egeanine. »

Egeanine n'hésita nullement à partir avec elles par la plus proche rue latérale. La foule se rassemblait déjà autour des hommes à terre. Elayne s'attendait à ce que ces gaillards reprennent conscience pour se retrouver dépouillés de ce qu'ils avaient de valeur, même de leurs vêtements et de leurs bottes. Elle aurait aimé connaître comment ils avaient su son identité, mais il n'y avait pas moyen d'en emmener un avec elles pour le découvrir. À partir de maintenant, c'était décidé, elles auraient des gardes du corps, quoi que dise Nynaeve.

Egeanine n'avait peut-être pas été hésitante, mais elle était mal à l'aise. Elayne le voyait à son expression tandis qu'elles se frayaient un chemin à travers l'affluence. « Vous avez vu, n'est-ce pas ? » demanda-t-elle. La jeune femme trébucha, toute la confirmation dont Elayne avait besoin, et elle ajouta : « Nous ne vous ferons aucun mal. Sûrement pas après que vous êtes venue à notre secours. » Elle eut de nouveau à recracher son voile. Nynaeve ne paraissait pas avoir ce problème. « Inutile de me foudroyer des yeux, Nynaeve. Elle a vu ce que j'ai fait.

— Je le sais, répliqua sèchement Nynaeve. Et c'était ce qu'il fallait faire. Par contre, nous ne sommes pas bien tranquilles dans le palais de votre mère, à l'abri d'oreilles indiscrètes. » Son geste engloba les gens qui les entouraient. Entre le bâton d'Egeanine et leurs douelles de tonneau, la plupart passaient au large. À Egeanine elle déclara : « La plus grande partie des rumeurs que vous avez pu entendre ne sont pas exactes. Peu le sont. Inutile d'avoir peur de nous, mais vous comprendrez qu'il y a des questions dont nous ne désirons pas discuter ici.

— Peur de vous ? » Egeanine eut l'air étonnée. « Je n'avais pas pensé que ce serait nécessaire. Je garderai le silence jusqu'à ce que vous désiriez parler. » Elle tint parole ; elles continuèrent leur chemin sans échanger un mot dans le brouhaha de la foule tout le long de la péninsule jusqu'à la *Cour aux Trois Pruniers*. Elayne avait mal aux pieds à force de tant marcher.

Une poignée d'hommes et de femmes étaient assis dans la salle commune bien qu'il fût tôt, leur vin ou leur ale en main. La femme au tympanon était accompagnée par un homme mince jouant d'une flûte au son aussi grêle que lui. Juilin était installé à une table près de la porte, en train de fumer une pipe à tuyau court. Il n'était pas revenu de son expédition nocturne quand elles étaient sorties. Elayne fut contente de voir que pour une fois il n'avait pas de nouvelle entaille ou meurtrissure ; ce qu'il appelait les bas-fonds de Tanchico semblait encore plus dangereux que la face présentée au monde par la cité. Son unique concession à la mode vestimentaire de Tanchico avait été de remplacer son chapeau de paille plat par une de ces coiffures en feutre sombre coniques qu'il portait perchée à l'arrière de sa tête.

« Je les ai trouvées », dit-il, jaillissant de son banc et ôtant son bonnet avant de voir qu'elles n'étaient pas seules. Il adressa à Egeanine un regard voilé par sa paupière et un petit salut ; elle lui rendit sa politesse par une inclination de tête et un regard aussi circonspect.

« Vous les avez trouvées ? s'exclama Nynaeve. Vous êtes sûr ? Alors, expliquez-vous. Avez-vous avalé votre langue ? » Et elle avec ses recommandations de ne pas parler devant d'autres personnes !

« J'aurais dû dire que j'avais découvert où elles étaient. » Il ne regarda pas de nouveau Egeanine, mais il choisit ses mots avec soin. « La femme à la mèche blanche dans les cheveux m'a conduit à une maison où elle demeurait avec un certain nombre d'autres femmes, bien qu'on n'en ait peu vu dehors. Les voisins pensaient que c'étaient de riches réfugiées de la campagne. Il ne reste plus grand-chose à présent excepté quelques reliefs de nourriture dans l'office – même les domestiques sont partis – mais d'après une chose et une autre, à mon avis, elles ont quitté la maison hier tard dans la soirée ou de bonne heure cette nuit. Je doute qu'elles aient peur de la nuit à Tanchico. »

Nynaeve serrait une poignée de ses fines tresses avec

une force qui lui blanchissait les jointures. « Vous y êtes entré ? » demanda-t-elle d'un ton très égal. Elayne la crut à deux doigts de dresser la douelle qui pendait à son côté.

Juilin parut le penser aussi. L'œil fixé sur la douelle, il répliqua : « Vous savez parfaitement que je ne prends aucun risque avec elles. Une maison vide, si grande soit-elle, a une apparence qui se devine, une impression qu'elle donne. On ne pourchasse pas des voleurs aussi longtemps que je l'ai fait sans apprendre à voir comme eux.

— Et si vous avez déclenché un piège ? » Nynaeve prononça cette phrase d'une voix presque sifflante. « Votre merveilleux talent pour *sentir* les choses s'étend-il aux pièges ? » Le visage basané de Juilin devint légèrement gris ; il s'humecta les lèvres comme pour s'expliquer ou se défendre, mais elle lui coupa l'herbe sous le pied. « Nous parlerons de cela plus tard, *Maître* Sandar. » Ses yeux dérivèrent légèrement dans la direction d'Egeanine ; finalement, elle s'était rappelé qu'il y avait là d'autres oreilles pour entendre. « Dites à Rendra que nous prendrons le thé dans la Salle aux Pluies de Fleurs.

— Le Salon aux Pluies de Fleurs », corrigea doucement Elayne, et Nynaeve lui jeta un coup d'œil noir. Les nouvelles de Juilin avaient mis son aînée de mauvaise humeur.

Il s'inclina profondément, les mains déployées. « Comme vous l'ordonnez, Maîtresse al'Meara, ainsi obéirai-je de tout mon cœur », répliqua-t-il d'un ton sarcastique. Puis il planta son bonnet sur le sommet de son crâne et sortit à grands pas, son dos témoignant avec éloquence de son indignation. Ce devait être pénible de se retrouver recevant des ordres de quelqu'un à qui vous avez naguère tenté de conter fleurette.

« Quel idiot ! grommela Nynaeve. Nous aurions dû les laisser tous les deux sur le quai de Tear.

— C'est votre serviteur ? demanda lentement Egeanine.

— Oui », répliqua sèchement Nynaeve au moment même où Elayne répondait : « Non. »

Elles s'entre-regardèrent, Nynaeve la mine toujours renfrognée.

« Peut-être l'est-il, en un sens », dit Elayne en soupirant, juste à l'unisson du murmure de Nynaeve : « Je suppose qu'il ne l'est pas, à la réflexion.

— Je... vois », dit Egeanine.

Rendra survint avec empressement entre les tables, un sourire sur ses lèvres en cerise derrière son voile. Elayne aurait aimé qu'elle ne ressemble pas autant à Liandrin. « Ah. Comme vous êtes jolies, ce matin. Vos robes, elles sont magnifiques. Ravissantes. » Comme si la jeune femme à la chevelure couleur de miel ne s'était pas occupée autant qu'elles du choix du tissu et de la coupe. La sienne était d'un rouge qui aurait satisfait un Rétameur et carrément pas convenable pour être portée en public.

« Mais vous avez encore fait des bêtises, hein ? Voilà pourquoi le beau Juilin, il arbore cet air furibond. Vous ne devriez pas lui donner tant de soucis. » Un pétillement dans ses grands yeux bruns indiquait que Juilin avait trouvé quelqu'un avec qui flirter. « Venez. Vous prendrez votre thé au frais et en privé. Et si vous êtes obligées de sortir encore vous me permettrez de fournir les porteurs et les gardes, hein ? La jolie Elayne n'aurait pas perdu tant d'aumônières si vous aviez été gardées comme il faut. Ah, mais nous ne parlerons pas de ces choses-là maintenant. Votre thé, il est presque prêt. Venez. » Ce devait être une technique acquise, voilà ce qu'en conclut Elayne ; il fallait apprendre à parler sans manger son voile.

Le Salon aux Pluies de Fleurs, situé au bout d'un court corridor derrière la salle commune, était une petite pièce sans fenêtre avec une table basse et des sièges sculptés garnis de coussins rouges sur lesquels s'asseoir. Nynaeve et Elayne prenaient là leurs repas – avec Thom ou Juilin ou les deux, quand Nynaeve n'était pas en rage contre eux. Les murs de brique enduite de plâtre, où étaient peints un véritable bosquet de pruniers et une pluie de fleurs des mêmes, étaient assez épais pour exclure toute écoute indiscrète. Elayne se débarrassa de son voile pratiquement en l'arrachant et jeta sur la table le bout de tissu léger avant de s'asseoir ; même les Tarabonaises n'essayaient pas de manger ou de boire quand elles portaient ce machin. Nynaeve se contenta de détacher de ses cheveux le sien d'un côté.

Rendra continua son bavardage pendant qu'on les servait, ses sujets sautant d'une nouvelle couturière qui pouvait leur coudre des robes selon la dernière mode dans la soie la plus fine imaginable – elle suggéra à Egeanine d'aller la voir, obtenant pour réponse un regard fixe ; ce qui ne la troubla nullement – aux raisons justifiant qu'elles écoutent Juilin puisque la ville était maintenant bien trop dangereuse pour qu'une femme sorte seule même en plein jour, et à un savon parfumé qui donnerait le plus bel éclat à leurs cheveux. Elayne se demandait parfois comment cette femme dirigeait une auberge avec tant de succès alors qu'elle ne semblait penser qu'à sa chevelure et à ses vêtements. Qu'elle y parvenait était évident ; c'est le comment qui intriguait Elayne. Certes, elle portait de jolis habits ; un tantinet pas entièrement *convenables.* Le serveur qui apporta le thé, les tasses de porcelaine bleue et de tout petits gâteaux sur un plateau était le jeune homme svelte aux yeux noirs qui n'avait cessé de remplir la coupe de vin d'Elayne lors de cette très embarrassante soirée. Et qui avait encore essayé plus d'une fois, bien qu'elle se fût juré intérieurement de ne jamais boire plus d'une coupe à l'avenir. Un beau garçon, mais elle lui adressa son regard le plus détaché, de sorte qu'il fut heureux de quitter la pièce.

Egeanine observait en silence jusqu'à ce que Rendra sorte, elle aussi. « Vous n'êtes pas ce que j'attendais », dit-elle alors, tenant sa tasse en équilibre au bout de ses doigts d'une curieuse manière. « L'aubergiste discourt de frivolités comme si vous étiez ses sœurs et aussi têtes folles qu'elle, et vous la laissez faire. L'homme brun –

il est une sorte de subalterne, je pense – vous nargue. Ce serveur vous dévore des yeux et vous l'autorisez. Vous êtes... des Aes Sedai, n'est-ce pas ? » Sans attendre de réponse, elle tourna ses yeux bleus au regard pénétrant vers Elayne. « Et vous êtes du [1]... Vous êtes de noble naissance. Nynaeve a parlé du palais de votre mère.

— Ce genre de chose ne compte guère dans la Tour Blanche », lui répondit Elayne d'un ton désabusé, en essuyant hâtivement des miettes de gâteau sur son menton. C'était du gâteau très épicé, presque piquant. « Si une reine allait là-bas s'instruire, elle aurait à nettoyer le sol comme n'importe quelle autre novice et à se précipiter pour obéir quand on lui donne un ordre. »

Egeanine hocha lentement la tête. « C'est donc ainsi que vous gouvernez. En commandant les gouvernants. Est-ce que... beaucoup de reines vont recevoir cette instruction ?

— Aucune que je connaisse. » Elayne rit. « Bien que ce soit notre tradition en Andor d'y envoyer la Fille-Héritière. Bon nombre de dames nobles y vont, en réalité, mais elles ne tiennent généralement pas à ce que cela se sache et la plupart repartent sans avoir même réussi à sentir la Vraie Source. Ce n'était qu'un exemple.

— Êtes-vous aussi du... une noble ? » questionna Egeanine, et Nynaeve eut un rire sec.

« Ma mère était une paysanne et mon père élevait des moutons et cultivait du tabac. Rares dans le pays d'où je viens sont ceux qui peuvent vivre sans avoir de la laine et du tabac à vendre. Et vos parents, Egeanine ?

— Mon père était un soldat, ma mère le... un officier sur un bateau. » Pendant un instant, elle but à petites gorgées son thé non sucré en les observant. « Vous cherchez des gens, finit-elle par remarquer. Ces femmes dont a parlé l'homme brun. Entre autres, mon métier est de collecter des informations. J'ai des sources qui me

1. Egeanine se retient de dire qu'elles appartiennent au Sang, terme appliqué à l'aristocratie au pays des Seanchans.

renseignent. Peut-être puis-je vous aider. Je ne prendrais pas de commission, je vous demanderais seulement de m'en dire plus sur les Aes Sedai.

— Vous nous avez déjà beaucoup trop aidées », répliqua précipitamment Elayne qui se rappelait Nynaeve racontant presque tout à Bayle Domon. « J'en suis grandement reconnaissante, mais nous ne pouvons accepter davantage. » Mettre cette femme au courant de l'existence de l'Ajah Noire ou l'impliquer dans l'affaire sans l'y mettre étaient également impensables. « Franchement, nous ne le pourrions pas. »

Devancée alors qu'elle n'avait encore ouvert la bouche qu'à moitié, Nynaeve darda sur Elayne un regard furibond. « J'allais dire la même chose », déclara-t-elle sèchement, puis poursuivant d'un ton plus aimable : « Notre gratitude s'étend assurément à répondre à des questions, Egeanine. Autant que cela nous est possible. » Elle entendait à coup sûr par là qu'il y avait bon nombre de questions dont elles ne possédaient pas les réponses, mais Egeanine l'interpréta différemment.

« Bien sûr. Je ne veux pas m'immiscer dans les affaires secrètes de votre Tour Blanche.

— Vous paraissez très intéressée par les Aes Sedai, reprit Elayne. Je n'en perçois pas l'aptitude en vous, mais peut-être pouvez-vous apprendre à canaliser. »

Egeanine faillit laisser choir sa tasse de porcelaine. « Ce... cela peut *s'apprendre* ? Je ne le... Non. Non, je ne tiens pas à apprendre. »

Son agitation attrista Elayne. Même parmi ceux qui ne craignaient pas les Aes Sedai, beaucoup trop avaient toujours peur d'avoir le moindre rapport avec le Pouvoir. « Qu'est-ce que vous désirez savoir, Egeanine ? »

Avant que la jeune femme ait eu le temps de répondre, un coup sec frappé à la porte fut suivi par Thom, dans la riche cape brune qu'il avait pris l'habitude de mettre quand il sortait. Elle attirait certes moins l'attention que son vêtement de ménestrel aux pièces multicolores. En fait, elle lui donnait une apparence très digne, avec cette crinière de cheveux blancs, encore qu'il aurait pu se brosser un peu plus les cheveux. Elayne conclut qu'elle comprenait ce qui avait attiré d'abord sa mère vers lui. Ce qui n'absolvait pas Thom d'être parti, naturellement. Elle lissa ses traits avant qu'il puisse apercevoir son expression de réprobation.

« On m'a averti que vous n'étiez pas seules », déclara-t-il en adressant à Egeanine un regard circonspect presque identique à celui de Juilin ; les hommes se montraient toujours soupçonneux à l'égard de quiconque ils ne connaissaient pas. « Toutefois j'ai pensé que vous aimeriez apprendre que les Enfants de la Lumière ont investi ce matin le Palais de la Panarch. Les rues commencent à bourdonner de commentaires. Il semble que la dignité de Panarch doit être conférée demain à la Noble Dame Amathera.

— Thom, répliqua Nynaeve d'un ton las, à moins que cette Amathera soit réellement Liandrin, peu m'importe qu'elle devienne Panarch, Roi et Sagesse du pays entier des Deux Rivières tout à la fois.

— Ce qu'il y a d'intéressant, continua Thom qui avança en boitillant jusqu'à la table, c'est que cette rumeur dit que l'Assemblée a refusé de choisir Amathera. Alors pourquoi est-elle désignée ? Ces choses aussi bizarres méritent l'attention, Nynaeve. »

Comme il s'apprêtait à se laisser choir dans un fauteuil, elle dit calmement : « Nous avons une conversation privée, Thom. Je suis sûre que vous vous trouverez mieux dans la salle commune. » Elle avala une gorgée de thé, le regardant par-dessus la tasse en s'attendant visiblement à ce qu'il parte.

Le rouge lui montant au visage, il se redressa sans même s'être complètement assis, mais il ne s'en alla pas sur-le-champ. « Que l'Assemblée ait changé d'avis ou non, cela provoquera vraisemblablement des émeutes. Les rues sont toujours convaincues qu'Amathera a été éliminée. Si vous tenez encore à sortir, vous ne pouvez pas sortir seules. » Il regardait Nynaeve, mais Elayne eut l'impression qu'il avait été sur le point de lui mettre la main sur l'épaule. « Bayle Domon est plongé jusqu'au cou dans cette petite chambre là-bas près des quais à régler ses affaires pour le cas où il serait obligé de partir précipitamment, mais il a accepté de fournir cinquante hommes triés sur le volet, des gaillards coriaces habitués aux bagarres et sachant manier l'épée ou le coutelas. »

Nynaeve ouvrit la bouche, mais Elayne parla la première. « Nous vous en sommes reconnaissantes, Thom, à vous ainsi qu'à Maître Domon. Ayez l'amabilité de lui dire que nous acceptons son offre attentionnée et généreuse. » Croisant le regard péremptoire de Nynaeve, elle ajouta d'un ton significatif : « Je ne veux pas être kidnappée en plein jour dans la rue.

— Non, dit Thom. Nous ne voudrions pas de ça. » Elayne crut entendre un « petite » à demi prononcé en fin de phrase et cette fois il lui toucha l'épaule, un bref effleurement des doigts. « En fait, ajouta-t-il, les hommes attendent déjà dehors dans la rue. J'essaie de trouver une voiture ; ces chaises à porteurs sont trop vulnérables. » Il donna l'impression de savoir qu'il avait outrepassé les bornes en amenant les hommes de Domon avant d'avoir leur accord à elles, pour ne rien dire de cette histoire de voiture sans avoir même esquissé d'abord la moindre demande de leur avis, mais il les affrontait comme un vieux loup aux abois, ses sourcils touffus rapprochés. « Je le... regretterais... personnellement s'il vous arrivait quelque chose. La voiture sera ici dès que je dénicherai un attelage. S'il y a possibilité d'en obtenir. »

Les pupilles dilatées, Nynaeve hésitait manifestement entre se taire ou lui assener une réprimande qu'il n'oublierait jamais de sa vie – et Elayne n'aurait pas hésité à ajouter une admonestation plus douce. Quelque chose de plus modéré ; « petite », vraiment !

Il prit avantage de leur hésitation pour exécuter une révérence digne de n'importe quel palais et s'en aller quand il en avait la chance.

Egeanine avait posé sa tasse et les dévisageait avec consternation. Elayne pensa qu'elles n'avaient pas donné une très bonne illusion d'être des Aes Sedai en laissant Thom les traiter avec tant d'autorité. « Il faut que je parte », dit la jeune femme en se levant et allant prendre son bâton accoté au mur.

« Mais vous n'avez pas posé vos questions, protesta Elayne. Nous vous devons des réponses, à tout le moins.

— Une autre fois, répliqua Egeanine au bout d'un instant. Si c'est permis, je viendrai une autre fois. J'ai besoin d'apprendre à vous connaître. Vous n'êtes pas ce à quoi je m'attendais. » Elles lui assurèrent qu'elles étaient prêtes à la recevoir n'importe quand elles seraient à l'auberge et s'efforcèrent de la convaincre de rester le temps de finir son thé et ses gâteaux, mais elle ne voulut pas démordre qu'elle devait les quitter maintenant.

Après l'avoir raccompagnée à la porte, Nynaeve se planta les poings sur les hanches. « Vous kidnapper ? Si vous l'avez oublié, Elayne, c'est de moi que ces hommes ont tenté de s'emparer !

— Pour vous écarter du chemin afin de pouvoir me capturer, riposta Elayne. Si vous l'avez oublié, je suis la Fille-Héritière d'Andor. Ma mère les aurait rendus riches pour me récupérer.

— Peut-être, marmotta Nynaeve d'un ton indécis. Bah, au moins n'avaient-ils rien à voir avec Liandrin. Ce n'est pas le genre à envoyer une bande de voyous pour essayer de nous fourrer dans un sac. Pourquoi les hommes agissent-ils toujours sans rien demander ? Est-ce que d'avoir du poil qui pousse sur la poitrine leur sape le cerveau ? »

Le brusque changement de sujet ne désorienta pas Elayne. « En tout cas, nous n'avons pas à nous tracasser pour nous procurer des gardes du corps. Vous êtes bien d'accord qu'ils sont nécessaires, même si Thom a effectivement outrepassé ses instructions ?

— Je suppose que oui. » Nynaeve répugnait de façon peu commune à reconnaître qu'elle se trompait. Comme s'imaginer que ces hommes en avaient après elle ! « Elayne, vous rendez-vous compte que nous n'avons toujours rien excepté une maison vide ? Si Juilin – ou

Thom – commet une erreur et se laisse démasquer... Nous devons repérer les Sœurs Noires sans qu'elles s'en doutent, sinon nous n'aurons jamais aucune chance de les suivre jusqu'à cette chose quelle qu'elle soit qui est dangereuse pour Rand.

— Certes, dit Elayne patiemment. Nous en avons déjà discuté. »

Son aînée fixait le vide d'un air sombre. « Nous n'avons pas encore la moindre idée de ce que c'est ou de l'endroit où ça se trouve.

— Certes, oui.

— Même si nous mettions la main en cette minute même sur Liandrin et les autres, nous ne pouvons pas laisser ça en liberté dans la nature, prêt à ce que quelqu'un d'autre s'en empare.

— Bien sûr que oui, Nynaeve. » Se rappelant qu'elle devait être patiente, Elayne adoucit sa voix. « Nous les trouverons. Elles commettront forcément une erreur et entre les rumeurs de Thom, les voleurs de Juilin et les matelots de Bayle Domon, nous serons au courant. »

De contrariée l'expression de Nynaeve devint pensive. « Avez-vous remarqué les yeux d'Egeanine quand Thom a mentionné Domon ?

— Non. Pensez-vous qu'elle le connaît ? Pourquoi ne l'aurait-elle pas dit ?

— Je l'ignore, répliqua Nynaeve avec agacement. Ses traits n'ont pas changé, mais ses yeux... Elle était surprise. Elle sait qui il est. Je me demande ce que... » Quelqu'un toqua doucement à la porte. « Est-ce que tout Tanchico va défiler ici ? » grommela-t-elle en ouvrant d'un geste brusque.

Rendra sursauta en voyant la mine de Nynaeve, mais son éternel sourire réapparut aussitôt. « Excusez-moi de vous déranger, mais il y a cette femme en bas qui vous demande. Pas nommément, mais elle vous a décrites à la perfection. Elle dit qu'elle croit être une de vos relations. Elle... » Cette bouche en cerise se crispa dans une légère grimace. « J'ai oublié de demander son nom. Ce matin, je suis une chèvre sans cervelle. C'est une femme bien habillée, pas encore d'âge mûr. Pas du Tarabon. » Elle eut un léger frisson. « Une femme sévère, à mon avis. La première fois qu'elle m'a vue, elle m'a regardée de la même façon que ma sœur quand nous étions enfants et qu'elle se proposait d'attacher mes tresses aux buissons.

— Ou bien nous auraient-elles découvertes les premières ? » murmura Nynaeve.

Elayne embrassa la Vraie Source instinctivement et éprouva un frémissement de soulagement pour en avoir été capable, pour n'avoir pas été entourée d'un écran qui l'aurait empêchée d'atteindre la Vraie Source sans qu'elle s'en aperçoive. Si la femme en bas appartenait à l'Ajah Noire... Mais dans ce cas-là, pourquoi s'annoncerait-elle ? Même ainsi, elle aurait aimé que l'aura de la *saidar* entoure aussi Nynaeve. Si seulement Nynaeve pouvait canaliser sans avoir besoin d'être en colère !

« Faites-la entrer », ordonna Nynaeve, et Elayne se rendit compte qu'elle était parfaitement consciente de cette lacune – et avait peur. Comme Rendra se détournait pour partir, Elayne commença à tisser des flux d'Air, épais comme des câbles et prêts à lier, des flux d'Esprit pour dresser un écran entre une autre et la Vraie Source. Si cette femme ressemblait tant soit peu à l'une de leur liste, si elle tentait de canaliser une simple étincelle...

La femme qui entra dans le Salon des Pluies de Fleurs, vêtue d'une chatoyante robe de soie noire d'une coupe étrangère, n'était pas quelqu'un qu'Elayne avait déjà vu et ne figurait sûrement pas sur la liste de celles qui avaient accompagné Liandrin. Des cheveux noirs tombant librement sur ses épaules encadraient un beau visage aux traits fermes, aux yeux noirs et aux joues lisses, mais sans l'éternelle jeunesse des Aes Sedai. Souriante, elle referma la porte derrière elle. « Pardonnez-moi, mais je pensais que vous étiez... » L'éclat de la *saidar* l'entoura et elle...

Elayne laissa aller la Vraie Source. Il y avait quelque chose de très dominateur dans ces yeux noirs, dans le halo qui l'entourait, le clair rayonnement du Pouvoir Unique. C'était la femme la plus majestueuse qu'Elayne avait vue de sa vie. Elayne se retrouva pliée précipitamment dans une révérence, rougissant à l'idée qu'elle avait envisagé... Qu'avait-elle envisagé ? Trop difficile de réfléchir.

La femme les examina pendant un instant, puis eut un hochement de tête satisfait et s'avança d'une démarche royale jusqu'à la table, s'installa sur le fauteuil sculpté qui se trouvait au haut bout. « Venez ici, que je puisse vous voir toutes les deux de plus près, ordonna-t-elle d'un ton péremptoire. Approchez. Oui. C'est cela. »

Elayne s'aperçut qu'elle était debout à côté de la table, le regard baissé sur la resplendissante femme aux yeux noirs. Elle espéra que c'était convenable. De l'autre côté de la table, Nynaeve avait agrippé dans son poing un fouillis de ses longues tresses fines, mais elle contemplait la visiteuse avec un air extasié ridicule. Elayne retint un gloussement de rire.

« C'est bien ce que j'en étais venue à penser. Guère plus que de toutes jeunes filles et manifestement loin d'être seulement à demi instruites. Fortes, toutefois ; assez fortes pour être plus que gênantes. Surtout vous. » Elle fixa des yeux Nynaeve. « Vous pourriez devenir quelque chose un jour. Mais vous vous êtes bloquée, n'est-ce pas ? Nous vous l'aurions extirpé quand bien même vous auriez hurlé pour l'avoir. »

Nynaeve empoignait encore solidement ses tresses, mais son visage passa d'un sourire de gamine ravie du compliment à une bouche tremblante de confusion. « Je suis navrée de m'être bloquée, répondit-elle sur un ton presque pleurnichard. J'en ai peur... toute cette puissance... le Pouvoir Unique... comment puis-je... ?

— Gardez le silence jusqu'à ce que je pose une question, dit la femme fermement. Et ne vous mettez pas à pleurer. Vous êtes heureuses de me voir, extatiques. Tout ce que vous désirez, c'est me plaire et répondre avec sincérité à mes questions. »

Nynaeve hocha vigoureusement la tête, arborant un sourire encore plus ravi qu'avant. Elayne se rendit compte qu'elle en faisait autant. Elle était sûre de pouvoir répondre la première aux questions. N'importe quoi pour satisfaire cette femme.

« Bon. Êtes-vous seules ? Y a-t-il d'autres Aes Sedai avec vous ?

— Non », s'écria vivement Elayne en réponse à la première question et tout aussi vite à la seconde : « Il n'y a pas d'Aes Sedai avec nous. » Peut-être devrait-elle préciser qu'elles n'étaient pas non plus exactement des Aes Sedai. Mais ce n'était pas ce qui lui avait été demandé. Nynaeve lui adressa un regard indigné, ses jointures blanchies sur ses tresses, furieuse d'avoir été battue dans la course à la réponse.

« Pourquoi êtes-vous dans cette ville ? dit la femme.

— Nous sommes à la recherche de Sœurs Noires », s'écria Nynaeve en lançant à Elayne un regard de triomphe.

La belle femme rit. « Voilà donc pourquoi je ne vous ai pas senties canaliser avant aujourd'hui. Sage de votre part de rester dans l'ombre quand il y en a onze contre deux. J'ai toujours suivi moi-même cette politique. Que d'autres fous gambadent au vu des foules ; ils peuvent être abattus par une araignée cachée dans les crevasses, une araignée qu'ils voient seulement quand c'est trop tard. Racontez-moi en détail ce que vous avez découvert sur ces Sœurs Noires, la moindre chose que vous connaissez d'elles. »

Elayne débita ce qu'elle savait, luttant de vitesse avec Nynaeve pour parler la première. Ce n'était pas grand-chose. Leur description, les *ter'angreals* qu'elles avaient volés, les meurtres dans la Tour et la crainte qu'il y ait encore là-bas d'autres Sœurs Noires, l'aide qu'elles avaient apportée à l'un des Réprouvés dans Tear avant que la forteresse tombe, leur fuite jusqu'ici à la recherche de quelque chose de dangereux pour Rand. « Elles demeuraient toutes ensemble dans une maison, acheva Elayne haletante, mais elles l'ont quittée hier soir.

— Vous en êtes arrivées bien près, à ce qu'il me semble, conclut lentement la femme. Très près. Des *ter'angreals*. Retournez complètement vos escarcelles sur la table, vos aumônières. » Elles s'exécutèrent, et la femme tria du bout des doigts pièces de monnaie et matériels de couture, mouchoirs et autres broutilles du même genre. « Avez-vous des *ter'angreals* dans vos chambres ? Des *angreals* ou des *sa'angreals* ?

Elayne avait conscience de l'anneau de pierre tors suspendu entre ses seins, mais ce n'était pas la question. « Non », dit-elle. Elles n'avaient aucune de ces choses dans leur chambre.

Repoussant tout loin d'elle, la femme s'adossa à son siège, parlant à mi-voix pour elle-même. « Rand al'Thor. Voilà donc le nom qu'il a maintenant. » Sa figure se plissa dans une brève grimace. « Un homme arrogant qui empestait la piété et la bonté. Est-il toujours le même ? Non, ne vous donnez pas la peine de répondre à ça. Une question futile. Ainsi Bel'al est mort. L'autre m'a l'air d'être Ishamael. Toute sa fierté d'être seulement à moitié capturé, quel que fût le prix – il restait moins d'humanité en lui que chez n'importe lequel d'entre nous quand je l'ai revu ; je pense qu'il se prenait à moitié pour le Grand Seigneur de l'Ombre – tous ses trois mille ans de machinations, et cela finit par un jouvenceau ignare qui lui donne la chasse. Ma méthode est la meilleure. Doucement, doucement, dans l'ombre. Quelque chose pour maîtriser un homme capable de canaliser. Oui, cela doit être cela. » Son regard devint perçant, les examina tour à tour. « Bon. Que faire de vous. »

Elayne attendit patiemment. Nynaeve arborait un sourire ridicule, les lèvres écartées dans une expression d'attente ; d'autant plus saugrenu en comparaison de la façon dont elle crispait les doigts sur ses tresses.

« Vous êtes trop forte pour être gaspillée ; vous pourriez être utile un jour. J'aimerais voir la tête de Rahvin le jour où il vous rencontrera débloquée, déclara-t-elle à Nynaeve. Je vous détournerais bien de cette poursuite où vous vous êtes lancée, si je le pouvais. Dommage que la compulsion soit si limitée. Toutefois, étant donné le peu que vous avez appris, vous êtes trop loin pour les rattraper maintenant. Je suppose qu'il faudra que je passe vous prendre plus tard et que je veille à... refaire votre formation. » Elle se leva et soudain tout le corps d'Elayne fut parcouru de picotements. Elle eut l'impression que son cerveau tremblait ; elle n'eut plus conscience de rien à part la voix de cette femme retentissant d'une grande distance dans ses oreilles. « Vous allez ramasser vos affaires sur la table et, quand vous les aurez remises à leur place, vous ne vous rappellerez rien de ce qui s'est produit ici excepté que je suis venue croyant que vous étiez des amies que je connaissais à la campagne. Je m'étais trompée, j'ai bu une tasse de thé et je suis partie. »

Elayne cligna des paupières et se demanda pourquoi elle rattachait son aumônière à côté de l'escarcelle fixée à sa ceinture. Nynaeve regardait ses propres mains en fronçant les sourcils tout en rajustant son escarcelle.

« Une femme charmante », commenta Elayne en se massant le front. Elle sentait venir un mal de tête. « A-t-elle dit son nom ? Je ne me rappelle plus.

— Charmante ? » La main de Nynaeve se souleva et imprima une rude secousse à ses tresses ; elle regarda sa main comme si celle-ci avait agi de son propre accord. « Je... je ne crois pas qu'elle l'ait dit.

— De quoi parlions-nous quand elle est arrivée ? » Egeanine venait de partir. Qu'était-ce donc ?

« Je me souviens de ce que je m'apprêtais à dire. » La voix de Nynaeve se raffermit. « Nous devons repérer les Sœurs Noires sans qu'elles s'en doutent sinon nous n'aurons jamais aucune chance de les suivre jusqu'à cette chose quelle qu'elle soit qui est dangereuse pour Rand.

— Certes oui », répondit Elayne patiemment. Ne l'avait-elle pas déjà dit ? Bien sûr que non. « Nous en avons déjà discuté. »

Aux portes voûtées qui permettaient de sortir de la petite cour de l'auberge, Egeanine s'arrêta pour examiner les hommes aux traits rudes qui flânaient pieds nus et souvent torse nu parmi les désœuvrés traînant de ce côté de la rue étroite. Ils avaient l'air de savoir se servir des courts sabres d'abordage suspendus à leur ceinture ou passés dans les larges ceintures écharpes qui leur ceignaient la taille, mais aucun de ces visages ne lui était familier. Si l'un d'eux s'était trouvé sur le navire de Bayle Domon quand elle l'avait emmené, lui et son navire, à Falme, elle ne s'en souvenait plus. S'il y en avait eu à bord, c'était à espérer qu'aucun ne ferait le rapprochement entre une femme en tenue d'équitation et la femme en armure qui avait capturé leur vaisseau.

Soudain, elle eut conscience que ses paumes étaient moites. Des Aes Sedai. Des femmes qui maniaient le Pouvoir et qui n'étaient pas convenablement mises en laisse. Elle s'était assise à la même table qu'elles, leur avait parlé. Elles n'étaient nullement ce qu'elle escomptait, elle ne parvenait pas à s'ôter cette idée-là de la tête. Elles avaient la faculté de canaliser, par conséquent elles étaient dangereuses pour l'ordre établi, par conséquent elles devaient porter une laisse par sécurité – et pourtant... Pas du tout ce qu'on lui avait enseigné. Cela pouvait être *appris*. Appris ! Aussi longtemps qu'elle pourrait éviter Bayle Domon – il la reconnaîtrait sûrement – elle devrait être en mesure de revenir ici. Il fallait qu'elle se renseigne davantage. C'était plus que jamais indispensable.

Regrettant de ne pas avoir sur elle un manteau à capuchon, elle empoigna fermement son bâton et commença à remonter la rue, se frayant un passage dans le flot de la cohue. Aucun des marins ne la regarda deux fois, et elle les observait pour s'en assurer.

Elle n'aperçut pas l'homme aux cheveux blonds vêtu d'un costume crasseux à la mode de Tanchico qui s'était plaqué contre la façade crépie de blanc d'une taverne de l'autre côté de la rue. Ses yeux, bleus au-dessus d'un voile d'une propreté douteuse derrière lequel était fixée avec de la colle une moustache épaisse, la suivirent avant de revenir vers la *Cour aux Trois Pruniers*. Il se redressa, traversa la rue, sans tenir compte de la façon irritante dont les gens le coudoyaient. Egeanine avait été sur le point de l'apercevoir quand il s'était oublié au point de casser le bras de cet imbécile. Un appartenant au Sang [1], comme on considérait ces choses-là dans ces terres, réduit à mendier et trop dépourvu d'honneur pour s'ouvrir les veines. Révoltant. Peut-être en apprendrait-il davantage sur ce qu'elle avait en tête, dans cette auberge, une fois que l'on se serait rendu compte qu'il possédait plus d'argent que ne le laissaient supposer ses vêtements.

1. Le Sang, terme que les Seanchans appliquent à la classe dirigeante aristocratique, aux « nobles ». Cet homme est un Seanchan (comme l'indiquent ses yeux bleus) et un agent secret qui surveille Egeanine.

47. Où se vérifie une vision prémonitoire

Les papiers éparpillés sur le bureau de Siuan Sanche ne présentaient guère de réel intérêt pour elle, néanmoins elle s'y consacrait avec persévérance. D'autres se chargeaient de la routine quotidienne de la Tour Blanche, certes, pour permettre à l'Amyrlin de s'occuper des décisions importantes, mais elle avait toujours eu l'habitude de vérifier tous les jours une ou deux choses au hasard, sans prévenir, et elle n'avait pas l'intention d'en changer maintenant. Elle ne voulait pas se laisser distraire par des soucis. Tout se passait comme prévu. Rajustant son étole à rayures, elle plongea avec soin sa plume dans l'encre et cocha un autre total corrigé.

Aujourd'hui, elle examinait des listes d'achats pour la cuisine ainsi que le devis du maçon pour un agrandissement de la bibliothèque. Le nombre effarant de petites malversations que les gens pensaient pouvoir commettre impunément l'ahurissait toujours. Ainsi que le nombre échappant à l'attention des femmes qui étaient chargées de superviser les comptes. Par exemple, Laras semblait croire que surveiller les comptes était une tâche au-dessous d'elle depuis que son titre avait été changé officiellement de simple cuisinière en chef à Maîtresse des Cuisines. D'autre part, Danelle, la jeune Sœur Brune qui était censée avoir l'œil sur Maître Jovarin, le maçon, se laissait très probablement distraire par les livres que le bonhomme ne cessait de lui fournir. C'était la seule façon d'expliquer pourquoi elle ne s'était pas étonnée de la quantité d'ouvriers que Jovarin prétendait avoir engagés après la première cargaison de pierres de Kandor qui venait d'arriver au Port du Nord. Avec pareille masse de main-d'œuvre il pouvait reconstruire la bibliothèque entière. Danelle était simplement trop perdue dans les nuages, même pour un membre de l'Ajah Brune. Peut-être que quelque temps de travail dans une ferme comme pénitence la réveillerait. Laras serait plus difficile à châtier ; elle n'était pas une Aes Sedai, aussi son autorité sur les aides de cuisine, les marmitons et les serveurs risquait d'être trop facilement sapée. Toutefois, peut-être qu'elle aussi pouvait être envoyée pour un « repos » à la campagne. Cela serait...

Émettant un rire sec de dégoût, Siuan jeta sa plume, avec une grimace devant la tache que cela déposa sur une page de colonnes soigneusement totalisées. « Perdre mon temps à décider s'il faut envoyer Laras arracher des mauvaises herbes, marmotta-t-elle. Cette femme est trop grasse pour se pencher aussi bas ! »

Ce n'était pas le poids de Laras qui excitait sa colère, et elle le savait ; Laras n'était pas plus lourde à présent qu'elle ne l'avait jamais été, et cela ne l'avait jamais empêchée de diriger les cuisines. Il n'y avait pas de nouvelles. Voilà ce qui la faisait se trémousser comme un martin-pêcheur à qui l'on a dérobé sa prise. Un message de Moiraine que le petit al'Thor avait *Callandor,* puis rien dans les semaines qui avaient suivi, bien que les rumeurs dans les rues aient déjà commencé à ne plus écorcher son nom. Toujours rien.

Soulevant le couvercle à charnières du coffret en bois noir minutieusement sculpté où elle conservait ses papiers les plus secrets, elle fouilla dedans. Une minuscule protection autour du coffret assurait que nulle autre main que la sienne pouvait l'ouvrir sans risque.

Le premier papier qu'elle sortit était un rapport annonçant que la novice qui avait assisté à l'arrivée de Min avait disparu de la ferme où elle avait été envoyée, ainsi que la femme qui était propriétaire de la ferme.

Qu'une novice s'enfuie n'était pas rare, mais que la fermière soit partie également était inquiétant. Il faudrait retrouver Sahra, c'est certain – elle n'avait pas été assez avancée dans sa formation pour être laissée seule dans la nature – mais il n'y avait pas à proprement parler de raison valable pour garder ce rapport dans le coffret. Il ne mentionnait ni le nom de Min ni la raison pour laquelle la jeune fille avait été envoyée biner des choux, mais elle l'y remit néanmoins. On était à une époque où il fallait prendre des précautions qui auraient paru ridicules en d'autres temps.

Une description d'une réunion dans le Ghealdan pour écouter cet homme qui se disait le Prophète du Seigneur Dragon. Masema, c'était son nom, semble-t-il. Bizarre. Un nom du Shienar. Près de dix mille personnes étaient venues l'écouter proclamer du haut d'un flanc de colline le retour du Dragon, un discours suivi par une bataille avec des soldats essayant de les disperser. En dehors du fait que les soldats avaient eu apparemment le dessous, le détail intéressant était que ce Masema connaissait le nom de Rand al'Thor. Ce papier-là fut replacé d'autorité dans le coffret.

Un rapport qu'aucune trace n'avait encore été découverte de Mazrim Taim. Pas de raison pour que ça se trouve là. Un autre sur l'aggravation de la situation dans l'Arad Doman et le Tarabon. Des navires disparaissaient le long de la côte de l'Océan d'Aryth. Des rumeurs d'incursions de guerriers de Tear dans le Cairhien. Elle s'était habituée à tout fourrer dans ce coffret ; rien de ces choses-là n'avait besoin de rester un secret. Deux Sœurs avaient disparu à Illian, et une autre à Caemlyn. Elle frissonna en se demandant où étaient les Réprouvés. Un trop grand nombre de ses agents étaient devenus silencieux. Il y avait des scorpènes là-bas et elle nageait dans l'obscurité. Ah, le voilà. Le bout de papier fin comme de la soie crépita quand elle le déroula.

La fronde a été utilisée. Le berger tient l'épée.

L'Assemblée de la Tour avait voté comme elle l'escomptait, à l'unanimité et sans qu'il y ait besoin d'user d'intimidation, et moins encore d'invoquer son autorité. Si un homme avait dégagé *Callandor*, il devait être le Dragon Réincarné, et cet homme devait être guidé par la Tour Blanche. Trois Députées de trois Ajahs différentes avaient proposé de garder les plans secrets dans l'Assemblée avant même qu'elle l'ait suggéré ; la surprise a été que l'une d'elles était Elaida, mais évidemment les Rouges voulaient sûrement qu'un homme capable de canaliser soit amarré par des aussières le plus tendues possible. L'unique problème avait été d'empêcher que soit envoyée à Tear une délégation pour le prendre en main – et cela n'avait pas été vraiment difficile, pas quand elle avait été en mesure de dire que cette nouvelle lui avait été envoyée par une Aes Sedai qui avait déjà réussi à s'approcher de cet homme.

Par contre, que faisait-il à présent ? Pourquoi Moiraine n'envoyait-elle pas d'autre nouvelle ? L'impatience était maintenant à ce point concentrée dans l'Assemblée qu'elle s'attendait presque à voir l'air crépiter. Elle maîtrisa sa colère. *Que la Lumière la brûle ! Pourquoi n'envoyait-elle pas de message ?*

La porte s'ouvrit avec fracas et elle se redressa avec fureur comme plus d'une douzaine de femmes entraient dans son bureau, conduites par Elaida. Toutes portaient leur châle, la plupart à franges rouges, mais Alviarin l'imperturbable, une Blanche, était au côté d'Elaida, tandis que Joline Maza, une svelte Verte et la rondelette Shemerin de l'Ajah Jaune les suivaient de près avec Danelle dont les grands yeux bleus n'avaient rien de rêveur. En fait, Siuan vit au moins une représentante de chaque Ajah à l'exception de la Bleue. Quelques-unes avaient l'air nerveuses, mais la plupart arboraient une inexorable détermination, et les yeux noirs d'Elaida reflétaient une assurance austère, triomphante même.

« Qu'est-ce que cela veut dire ? » s'exclama Siuan en rabattant avec un bruit sec le couvercle du coffret noir. Elle se leva d'un bond et contourna le bureau. D'abord

Moiraine et maintenant ça ! « S'il s'agit d'affaires concernant Tear, Elaida, vous êtes trop avisée pour y mêler d'autres personnes. Et vous êtes trop avisée pour pénétrer ici comme si c'était la cuisine de votre mère ! Présentez vos excuses et partez avant que je vous fasse regretter de ne plus être une novice ignorante ! »

Sa rage froide aurait dû les inciter à décamper mais, si quelques-unes passèrent avec malaise d'un pied sur l'autre, aucune n'esquissa un mouvement vers la porte. La petite Danelle lui décocha carrément un sourire suffisant. Et Elaida allongea la main avec calme et retira l'étole rayée des épaules de Siuan. « Vous n'avez plus besoin de cela, déclara-t-elle. Vous n'en avez jamais été digne, Siuan. »

Le choc avait changé en pierre la langue de Siuan. C'était de la folie. C'était impossible. Ivre de rage, elle voulut embrasser la *saidar* et subit son second choc. Une barrière se dressait entre elle et la Vraie Source, comme une paroi de verre épais. Elle dévisagea Elaida d'un air incrédule.

Comme pour se moquer d'elle, l'éclat de la *saidar* rayonna subitement autour d'Elaida. Elle resta debout réduite à l'impuissance tandis que la Sœur Rouge tissait des flux d'Air autour d'elle des épaules à la taille, plaquant ses bras contre ses flancs. Elle pouvait à peine respirer. « Vous devez être folles ! dit-elle d'une voix rauque. Toutes tant que vous êtes ! J'aurai votre peau pour cela ! Relâchez-moi ! » Aucune ne répondit ; elles avaient presque l'air d'ignorer sa présence.

Alviarin feuilletait les papiers sur la table, d'un mouvement vif mais sans précipitation. Joline, Danelle et d'autres commençaient à incliner les livres sur les pupitres, les secouant pour voir si quelque chose tomberait d'entre les pages. La Sœur Blanche siffla de contrariété entre ses dents en ne trouvant pas ce qu'elle cherchait sur la table, puis souleva d'un doigt preste le couvercle du coffret en bois noir. Aussitôt le coffret se transforma en boule de flamme.

Alviarin bondit en arrière avec un cri, secouant une

main où se formaient déjà des ampoules. « Gardé, marmotta-t-elle aussi proche d'une crise de colère que pouvait l'être une Sœur Blanche. Une protection si menue que je ne l'ai sentie que trop tard. » Rien ne restait du coffret et de son contenu à part un tas de cendres grises sur un carré carbonisé dans le dessus de la table.

Le visage d'Elaida ne marqua pas de déception. « Je vous promets, Siuan, que vous me direz chaque mot qui a brûlé, à qui il était destiné et pourquoi.

— Vous devez être la proie du Dragon ! riposta Siuan. Je vous écorcherai vive pour cela, Elaida. J'aurai votre peau à toutes. Vous aurez de la chance si l'Assemblée de la Tour ne vote pas votre neutralisation à toutes. »

Le petit sourire d'Elaida n'éclaira pas son regard. « L'Assemblée s'est réunie il y a moins d'une heure – assez de Députées pour satisfaire nos lois – et par un vote unanime, comme requis, vous n'êtes plus Amyrlin. C'est fait et nous sommes ici pour veiller à ce que ce soit appliqué. »

L'estomac de Siuan devint de glace et une petite voix dans sa tête hurla : *Que savent-elles ? Ô Lumière, jusqu'à quel point sont-elles au courant ? Idiote ! Espèce d'aveugle idiote !* Pourtant, elle garda son expression calme. Ce n'était pas la première mauvaise passe où elle se trouvait acculée. Une fille de quinze ans avec seulement son couteau de pêche, entraînée dans une venelle par quatre voyous aux yeux durs et au ventre plein de vin de basse qualité – cela avait été plus dur à éviter que ceci. C'est ce qu'elle se dit.

« Assez pour satisfaire les lois ? répéta-t-elle ironiquement. Un simple minimum, rempli par vos amies et celles que vous pouvez influencer ou terroriser. » Qu'Elaida ait été capable de convaincre même un nombre relativement faible de Députées suffisait à lui assécher la gorge, mais elle ne voulait pas le laisser voir. « Quand l'Assemblée entière se réunira, avec toutes les Députées, vous comprendrez votre erreur. Trop tard ! Il n'y a jamais eu de rébellion dans la Tour ; dans mille ans d'ici, on utilisera votre sort pour apprendre aux novices ce qui arrive aux rebelles. » Des vrilles de doute se déployèrent sur quelques-uns de ces visages ; il semblait qu'Elaida n'avait pas une autorité aussi absolue sur ses conspiratrices qu'elle le croyait. « Il est temps de cesser de tenter de creuser un trou dans la coque et de se mettre à écoper. Même vous pouvez encore atténuer votre faute, Elaida. »

Elaida attendit avec un calme glacial qu'elle se soit tue. Puis sa gifle lancée à toute volée claqua contre la figure de Siuan, qui chancela, des taches noires et argent dansant devant ses yeux.

« C'en est fini de vous, déclara Elaida. Avez-vous cru que je... que nous vous laisserions détruire la Tour ? Amenez-la ! »

Siuan trébucha comme deux des Sœurs Rouges la poussaient en avant. Retenant avec peine son équilibre, elle darda sur elles un regard furieux, mais alla dans la direction qu'elles avaient imprimée. Qui avait-elle besoin d'avertir ? Quelles que soient les charges contre elle, elle pouvait les réfuter, si on lui en donnait le temps. Même les accusations concernant Rand ; on ne pouvait que lui coller des rumeurs sur le dos, et elle avait joué trop longtemps au Grand Jeu pour être vaincue par des rumeurs. À moins que l'on ait eu Min ; Min pouvait habiller les rumeurs en vérités. Elle grinça des dents. *Que brûle mon âme, je me servirai de ce ramassis comme bouette pour appâter les poissons !*

Dans l'antichambre, elle trébucha de nouveau, mais pas pour avoir été poussée, cette fois-ci. Elle avait à demi espéré que Leane ne se trouvait pas à son poste, mais la Gardienne des Chroniques se tenait comme Siuan, les bras collés au corps, la bouche remuant sans émettre un son, impétueusement, derrière un bâillon d'Air. Elle avait certainement senti que Leane avait été ligotée sans s'en rendre compte ; dans la Tour, on avait constamment conscience de femmes en train de canaliser.

Pourtant, ce n'était pas la vue de Leane qui l'avait

déséquilibrée mais celle de l'homme mince, de haute taille, étendu sur le sol un poignard saillant de son dos. Aldric avait été son Lige depuis près de vingt ans, ne se plaignant jamais quand le chemin de Siuan les maintenait dans la Tour, ne protestant jamais entre ses dents quand le fait d'être le Lige de l'Amyrlin l'envoyait à des centaines de lieues loin d'elle, ce qu'aucun des Gaidins n'aimait.

Elle s'éclaircit la gorge, mais sa voix resta enrouée lorsqu'elle parla. « J'aurai votre peau salée et tendue au soleil pour cela, Elaida. Je le jure !

— Occupez-vous de votre propre peau, Siuan, répliqua Elaida qui s'approcha afin de la regarder droit dans les yeux. Il y a davantage derrière cette histoire que ce qui a été découvert jusqu'ici. Je le sais. Et vous allez me l'expliquer jusqu'au plus petit détail. Jusqu'au... dernier... détail. » Le calme subit de sa voix était plus effrayant que ne l'avaient été tous ses regards durs. « Je vous le promets, Siuan. Emmenez-la en bas ! »

Serrant contre elle des rouleaux de soie bleue, Min entra tranquillement par la Porte Nord vers midi, son sourire minaudier tout prêt pour les gardes à l'emblème de la Flamme de Tar Valon, prêt aussi l'envol gamin qu'Elmindreda imprimerait à sa jupe verte. Elle avait déjà commencé quand elle s'aperçut qu'il n'y avait pas de gardes. La lourde porte renforcée de fer du corps de garde en forme d'étoile était ouverte ; le poste lui-même semblait désert. C'était impossible. Aucune entrée dans le parc de la Tour ne restait jamais non gardée. À mi-chemin de l'énorme flèche d'un blanc d'ivoire de la Tour elle-même, un panache de fumée s'élevait au-dessus des arbres. Il donnait l'impression d'être près des casernements réservés aux jeunes gens qui recevaient l'instruction des Liges. Peut-être l'incendie avait-il attiré les gardes là-bas.

Se sentant néanmoins un peu mal à l'aise, elle s'engagea dans l'allée en terre battue qui traversait la partie boisée du domaine, changeant de bras les rouleaux de soie. Elle n'avait pas vraiment envie d'une nouvelle robe, mais comment refuser quand Laras lui fourrait dans la main une bourse d'argent et lui recommandait de l'utiliser pour cette soie que la forte femme avait vue ; elle soutenait que c'était exactement la couleur pour mettre en valeur le teint d'*Elmindreda.* Qu'elle souhaite ou non mettre son teint en valeur était moins important que conserver les bonnes grâces de Laras.

Un cliquetis d'épées parvint à ses oreilles à travers les arbres. Les Liges devaient exercer leurs élèves avec plus de poigne que d'ordinaire.

Que c'était donc irritant ! Laras et ses conseils de beauté, Gawyn et ses plaisanteries, Galad qui lui adressait des compliments sans jamais s'apercevoir de l'effet produit par son visage et son sourire sur le pouls d'une jeune femme. Était-ce comme cela que Rand voulait qu'elle soit ? La verrait-il pour de bon si elle portait des robes et le contemplait la bouche en cœur comme une gamine sans cervelle ?

Rien ne l'autorise à s'y attendre, pensa-t-elle avec emportement. C'était entièrement sa faute à lui. Sans lui, elle ne serait pas là maintenant vêtue d'une robe ridicule et souriant comme une idiote. *Je m'habille de chausses et d'un surcot, un point c'est tout ! Peut-être mettrai-je une robe de temps en temps – peut-être ! – mais pas pour inciter un homme à me regarder ! Je parie qu'à cette minute il contemple une de ces femmes de Tear avec sa poitrine à moitié à l'air. Je peux avoir une robe comme ça. Imaginons comment il réagira quand il me verra dans cette soie bleue. Je serai décolletée jusque...* À quoi donc pensait-elle ? Ce garçon l'avait privée de sens commun ! L'Amyrlin la gardait ici, inutile, et Rand al'Thor lui troublait la cervelle ! *Qu'il brûle ! Qu'il brûle pour m'avoir réduite à ça !*

Le cliquetis d'épées résonna de nouveau dans le lointain et elle s'arrêta comme une horde de jeunes gens surgissaient d'entre les arbres devant elle, armés de lances et d'épées nues, Gawyn en tête. Elle en reconnut d'autres parmi ceux qui étaient venus étudier avec les

Liges. Des cris s'élevèrent ailleurs dans le parc, une clameur d'hommes en colère.

« Gawyn ! Qu'est-ce qui se passe ? »

Il se retourna brusquement au son de sa voix. L'inquiétude et la peur se lisaient dans ses yeux bleus, et son visage était un masque affirmant sa résolution de ne pas y succomber. « Min. Que faites-vous... ? Quittez le domaine, Min. C'est dangereux. » Une poignée de jeunes gens continuèrent à courir, mais la plupart attendaient Gawyn avec impatience. Min eut l'impression que la majeure partie des élèves des Liges étaient là.

« Dites-moi ce qui arrive, Gawyn !

— L'Amyrlin a été déposée ce matin. Partez, Min ! »

Les rouleaux de soie lui tombèrent des mains. « Déposée ? C'est impossible ! Comment ? Pourquoi ? Au nom de la Lumière, pourquoi ? »

« Gawyn ! » lança un des jeunes gens, et d'autres reprirent son cri en brandissant leurs armes. « Gawyn ! Le Sanglier Blanc ! Gawyn ! »

« Je n'ai pas le temps, répliqua-t-il à Min d'une voix tendue. On se bat partout. Il paraît que Hammar essaie de libérer Siuan Sanche. Il faut que j'aille à la Tour, Min. Partez ! Je vous en prie ! »

Il se détourna et s'élança en courant vers la Tour. Les autres suivirent, hérissés d'armes brandies, certains criant encore : « Gawyn ! Le Sanglier Blanc ! Gawyn ! en avant, les Jeunes ! »

Min les regarda s'éloigner. « Vous n'avez pas dit de quel côté vous étiez, Gawyn », murmura-t-elle.

Les bruits de bataille étaient plus forts, plus nets à présent qu'elle y prêtait attention, et les appels et les cris, le claquement de l'acier contre l'acier semblaient provenir de toutes les directions. Ce vacarme lui donna la chair de poule et des tremblements dans les genoux ; ceci ne pouvait pas se produire, pas ici. Gawyn avait raison. Ce serait de beaucoup le plus sûr, de beaucoup le plus sage, de sortir du domaine de la Tour immédiatement. Seulement impossible de dire quand ou si elle serait autorisée à y revenir, et elle ne voyait pas ce qu'elle pourrait accomplir de bien utile au-dehors.

« Qu'est-ce que je peux réussir de bon à l'intérieur ? » se demanda-t-elle âprement.

Néanmoins, elle ne revint pas vers la porte. Abandonnant la soie où elle gisait, elle s'engagea vivement sous les arbres, en quête d'un endroit où se dissimuler. Elle ne pensait pas que quiconque embrocherait « Elmindreda » comme une oie – avec un frisson, elle regretta de l'avoir formulé de cette façon-là – mais courir bêtement des risques ne servait à rien. Tôt ou tard les combats devraient cesser d'eux-mêmes et d'ici là elle avait besoin de décider quoi faire ensuite.

Dans l'obscurité noire comme poix de la cellule, Siuan ouvrit les yeux, remua, tressaillit et s'immobilisa. Était-ce déjà le matin au-dehors ? L'interrogatoire avait duré longtemps. Elle tenta d'oublier la souffrance dans le luxe de savoir qu'elle respirait toujours. Cependant, la pierre rêche sous elle écorchait les cinglons creusés par les coups de fouet et ses meurtrissures, celles de son dos. La sueur les piquait toutes – elle se sentait une masse compacte de souffrance des genoux aux épaules – et, de plus, lui causait des frissons dans la froideur ambiante. *Elles auraient au moins pu me laisser ma chemise.* L'air sentait la vieille poussière et la terre sèche, la vétusté. Un des cachots. Personne n'avait été enfermé ici depuis l'époque d'Artur Aile-de-Faucon. Pas depuis Bonwhin.

Elle eut une grimace dans le noir ; pas moyen d'oublier. Serrant les dents, elle se redressa en position assise sur le sol de pierre et tâtonna autour d'elle en quête d'une paroi où s'appuyer. Les blocs de pierre du mur étaient frais contre son dos. *Les petites choses,* se dit-elle. *Pense à de petites choses. La chaleur. Le froid. Je me demande quand elles m'apporteront de l'eau. Si elles en apportent.*

Elle ne put s'empêcher de chercher son anneau au Grand Serpent. Il n'était plus sur son doigt. Non pas qu'elle s'attendait à le trouver ; elle avait l'impression de se rappeler quand elles le lui avaient arraché. Tout était devenu vague au bout d'un certain temps. Un flou bienheureux, miséricordieux. Par contre, elle se souvenait de leur avoir tout dit, en fin de compte. Presque tout. Le triomphe de garder par-devers soi un détail ici, un fragment là. Entre deux réponses qu'elle avait hurlées, empressée à répondre si seulement elles voulaient cesser, même un court instant, si seulement... Elle s'enveloppa de ses bras pour freiner ses frissons ; cela ne donna guère de résultat. *Je veux rester calme. Je ne suis pas morte. Je dois me rappeler cela avant tout. Je ne suis pas morte.*

« Ma Mère ? » La voix mal assurée de Leane monta dans l'ombre. « Êtes-vous réveillée, ma Mère ?

— Je suis réveillée », dit Siuan avec un soupir. Elle avait espéré qu'elles avaient relâché Leane, qu'elles l'avaient bannie de la cité. Un sentiment de culpabilité l'étreignit en trouvant un peu de réconfort dans la présence de l'autre femme qui partageait son cachot. « Je suis désolée de vous avoir entraînée là-dedans, ma fill... » Non. Elle n'avait plus le droit de l'appeler ainsi, à présent. « Je suis désolée, Leane. »

Il y eut un long moment de silence. « Est-ce que... vous vous sentez bien, ma Mère ?

— Siuan, Leane. Juste Siuan. » Malgré elle, elle tenta d'embrasser la *saidar*. Il n'y avait rien là. Pas pour elle. Seulement le vide intérieur. Plus jamais. Une vie entière consacrée à un but et maintenant elle était sans gouvernail, à la dérive sur un océan bien plus sombre que ce cachot. Elle frotta une larme sur sa joue, furieuse de l'avoir laissée s'échapper. « Je ne suis plus le Trône d'Amyrlin, Leane. » Un peu de sa colère passa dans sa voix. « Je suppose qu'Elaida sera intronisée à ma place. Si elle n'y est pas déjà. Je le jure, un jour je donnerai cette femme à manger aux brochets ! »

La seule réponse de Leane fut un long soupir désespéré.

Le grincement d'une clef dans la serrure de fer rouillée fit se dresser la tête de Siuan ; personne n'avait songé à huiler le mécanisme avant de les jeter à l'intérieur, Leane et elle, et les parties corrodées refusaient de tourner. Stoïquement, elle se contraignit à se mettre sur pied. « Debout, Leane. Levez-vous. » Au bout d'un instant, elle entendit que sa compagne s'exécutait, marmonnant entre de faibles gémissements.

D'une voix légèrement plus forte Leane déclara : « À quoi bon ?

— Du moins ne nous trouveront-elles pas pelotonnées par terre et en larmes. » Elle tenta de prendre un ton ferme. « Nous pouvons lutter, Leane. Aussi longtemps que nous sommes en vie, nous pouvons lutter. » *Oh, par la lumière, elles m'ont désactivée. Elles m'ont désactivée.*

S'efforçant de vider son esprit, elle serra les poings et tenta de planter fermement ses orteils dans le sol de pierre inégal. Elle aurait aimé que le bruit dans sa gorge ne ressemble pas autant à une plainte.

Min posa ses paquets sur le sol et rejeta sa cape en arrière pour pouvoir manier la clef des deux mains. Deux fois plus longue que sa main, elle était aussi rouillée que la serrure, de même que les autres clefs sur le grand anneau de fer. L'air était froid et humide, comme si l'été n'avait pas pénétré à cette grande profondeur.

« Vite, mon petit », murmura Laras qui tenait la lanterne pour Min et regardait d'un bout à l'autre du couloir de pierre par ailleurs sombre. C'était difficile de croire que cette femme, avec tous ses mentons, avait été une beauté, mais Min la jugeait à coup sûr belle maintenant.

Se débattant avec la clef, elle secoua la tête. Elle avait rencontré Laras alors qu'elle se faufilait discrètement jusqu'à sa chambre pour récupérer la simple tenue de cheval grise qu'elle portait à présent, ainsi que quelques autres affaires. En fait, elle avait trouvé la forte femme qui la cherchait, elle, folle d'inquiétude pour « Elmindreda », s'exclamant sur la chance qu'avait eue Min d'être saine et sauve et proposant même, pour qu'elle le reste, pratiquement rien de moins que de l'enfermer à clef dans sa chambre jusqu'à ce que les troubles soient terminés. Elle ne comprenait pas encore très bien comment Laras lui avait extirpé ses intentions, et elle n'était toujours pas remise du choc éprouvé quand Laras avait annoncé à contrecœur qu'elle l'aiderait. *Une jeune fille entreprenante selon son cœur, en vérité. Ma foi, j'espère qu'elle pourra – comment a-t-elle dit ça ? – m'empêcher de tomber dans la marinade.* Cette sacrée clef refusait de tourner ; elle jeta tout son poids dans l'effort pour l'obliger à bouger.

À la vérité, elle était reconnaissante envers Laras pour plus d'une raison. Ce n'était pas certain qu'elle aurait pu tout préparer seule, ou même en trouver une partie, et sûrement pas si vite. Sans compter que... Sans compter que, lorsqu'elle avait rencontré Laras, elle avait déjà commencé à se dire qu'elle était folle même d'avoir l'idée de faire cela, qu'elle devrait être à cheval et en route pour Tear pendant que l'occasion s'offrait, avant que quelqu'un décide d'ajouter sa tête à celles qui décoraient la façade de la Tour. S'enfuir, elle en avait l'intuition, était le genre de chose qu'elle n'aurait jamais pu oublier. Cela seul l'emplissait suffisamment de gratitude pour n'émettre pas la moindre objection quand Laras ajouta quelques jolies robes à celles qu'elle-même avait déjà emballées. Les fards et les poudres pourraient toujours « se perdre » quelque part. *Pourquoi cette bougre de clef ne tourne-t-elle pas ? Peut-être que Laras réussirait..*

La clef bougea subitement, se retourna avec un claquement si sonore que Min eut peur que quelque chose ne se soit cassé. Mais, quand elle poussa la porte en bois brut, le battant s'ouvrit. Ramassant prestement ses ballots, elle entra dans le cachot de pierre dépourvu de tout mobilier – et s'immobilisa, déconcertée.

La clarté de la lanterne montrait deux femmes revêtues seulement de sombres ecchymoses et de zébrures cramoisies, qui s'abritaient les yeux de cette lumière subite ; néanmoins, pendant un instant, Min ne fut pas sûre que c'étaient bien les deux qu'elle cherchait. L'une était grande avec la peau cuivrée, l'autre plus petite, plus râblée, plus claire de teint. Les visages étaient ceux attendus – presque – et épargnés par ce qui avait été infligé aux deux femmes, donc elle aurait dû être certaine. Par contre, cette apparence d'âge indéfinissable qui caractérisait les Aes Sedai semblait avoir disparu ; Min n'aurait pas hésité à penser que ces femmes avaient au maximum juste six ou sept ans de plus qu'elle et n'étaient pas du tout des Aes Sedai. Son visage s'enflamma de confusion à cette pensée. Elle ne voyait pas d'images, pas d'aura, autour de l'une ou l'autre ; il y avait toujours des images et des auras autour des Aes Sedai. *Arrête,* s'ordonna-t-elle.

« Où... ? » commença l'une d'elles d'un ton songeur, puis elle s'arrêta pour s'éclaircir la voix. « Comment vous êtes-vous procuré ces clefs ? » C'était la voix de Siuan Sanche.

« C'est elle. » Laras avait l'air incrédule. Elle poussa Min d'un doigt épais. « Pressez-vous, petite ! Je suis trop vieille et trop lente pour avoir des aventures. »

Min lui jeta un coup d'œil surpris ; cette femme avait *insisté* pour venir ; elle ne voulait pas être hors du coup, avait-elle dit. Min avait envie de demander à Siuan pourquoi elles deux paraissaient soudain tellement plus jeunes, mais ce n'était pas le moment de poser des questions frivoles. *Je me suis bougrement bien trop habituée à jouer les Elmindreda !* Fourrant un de ses ballots dans les mains de chacune des femmes nues, elle parla rapidement. « Des vêtements. Habillez-vous aussi vite que vous pouvez. Je ne sais pas combien de temps nous avons. J'ai laissé croire au gardien que j'échangerais quelques baisers contre une chance de satisfaire une rancune et, pendant que son attention était détournée, Laras est arrivée par-derrière et lui a assené sur le crâne un rouleau à pâtisserie. J'ignore combien de temps il restera dans les nuages. » Elle se pencha par l'embrasure de la porte pour examiner avec inquiétude le couloir en direction de la salle des gardes. « Mieux vaut nous dépêcher. »

Siuan avait déjà défait son paquet et commençait à enfiler les habits qu'il contenait. À part une chemise de lin, c'étaient des vêtements de laine simples dans des teintes brunes, appropriés pour des paysannes venues à la Tour Blanche consulter les Aes Sedai, bien que les jupes divisées en deux pour monter à cheval aient une allure un peu inhabituelle. Laras s'était occupée de presque tout ce qu'il y avait à coudre ; Min s'était surtout piqué les doigts. Leane couvrait aussi sa nudité, mais elle paraissait plus intéressée par le poignard à courte lame suspendu à sa ceinture que par les habits eux-mêmes.

Trois femmes vêtues sobrement avaient au moins une chance de quitter la Tour sans attirer l'attention. Bon nombre de solliciteurs et de gens cherchant une assistance avaient été bloqués dans la Tour par les combats ; trois de plus sortant de leur cachette seraient au pire reconduites tambour battant jusqu'à la rue. Pour autant qu'on ne les reconnaîtrait pas. Le visage de ses compagnes y aiderait aussi. Personne ne prendrait probablement deux jeunes femmes – apparemment jeunes, du moins – pour l'Amyrlin et la Gardienne des Chroniques. L'ex-Amyrlin et l'ex-Gardienne, se corrigea-t-elle.

« Seulement un garde ? commenta Siuan qui esquissa une grimace en tirant sur des bas épais. Bizarre. On surveillerait mieux que cela un coupe-bourse. » Examinant Laras, elle enfonça les pieds dans les solides souliers. « C'est une satisfaction de voir qu'il y en a qui ne croient pas aux accusations portées contre moi. Quelles qu'elles soient. »

La femme aux formes corpulentes abaissa ses mentons, ce qui lui en fournit un quatrième. « Je suis loyale envers la Tour, déclara-t-elle sévèrement. Ces affaires-là ne me concernent pas. Je ne suis qu'une cuisinière. Cette folle gamine m'a trop bien rappelé que j'avais moi-même été follette dans ma jeunesse. À la réflexion... En vous voyant... Il est temps que je me souvienne que je ne suis pas une svelte jeunesse. » Elle pressa la lampe dans les mains de Min.

Min la rattrapa par son gros bras quand elle se détourna pour partir. « Laras, vous n'allez pas nous dénoncer ? Pas maintenant, après tout ce que vous avez fait. »

La large face de Laras se fendit dans un sourire à demi suscité par ses souvenirs, à demi attristé. « Oh, Elmindreda, vous me rappelez ce que j'étais quand j'avais votre âge. Plein de folies en tête et quelquefois bien près que l'on me passe la corde au cou. Je ne veux pas vous trahir, mon petit, mais je dois vivre ici. Quand sonnera l'Heure Seconde, j'enverrai une servante avec du vin pour le gardien. S'il n'a pas repris ses esprits ou été découvert d'ici là, cela vous procure plus d'une heure. » S'adressant aux deux autres femmes, elle eut soudain le dur air menaçant que Min lui avait vu arborer pour des aides de cuisine et autres de même rang. « Utilisez bien cette heure, vous m'entendez ! Elles ont l'intention de vous confiner dans la souillarde comme laveuses de vaisselle, à ce que j'ai compris, pour qu'elles puissent vous donner en exemple. Peu m'importe – ces choses-là concernent les Aes Sedai, pas les cuisinières ; une Amyrlin en vaut une autre pour moi – mais si vous êtes cause que cette petite est arrêtée, attendez-vous à ce que je vous tanne la peau du lever au coucher du soleil chaque fois que vous ne serez pas la tête plongée dans des marmites grasses ou en train de nettoyer des pots de chambre ! Vous regretterez qu'elles ne vous aient pas coupé la tête avant que j'en aie fini avec vous. Et n'allez pas imaginer qu'elles croiront que j'ai apporté mon aide. Tout le monde sait que je ne m'occupe que de mes cuisines. Tenez-vous-le pour dit et filez ! » Le sourire jaillit de nouveau sur sa figure et elle pinça la joue de Min. « Faites-les se dépêcher, mon petit. Oh, ce que cela va me manquer de ne plus vous parer. Une si jolie petite. » Avec un ultime pinçon vigoureux, elle sortit du cachot dans un dandinement proche du pas gymnastique.

Min se frotta la joue avec irritation ; elle avait horreur que Laras fasse cela. Elle était forte comme un cheval. Près de se retrouver *pendue* ? Quel genre de « jeune fille pleine de vie » avait été Laras ?

Passant avec précaution sa robe par-dessus sa tête, Leane eut un vigoureux reniflement de dédain. « Dire qu'elle puisse vous parler de cette manière, ma Mère ! » Son visage jaillit en haut, la mine furieuse. « Je suis surprise qu'elle ait même prêté assistance si c'est cela son idée.

— Mais elle a aidé, lui dit Min. Souvenez-vous-en. Et je pense qu'elle tiendra sa promesse de ne pas nous dénoncer. J'en suis certaine. » Leane renifla de nouveau.

Siuan drapa sa cape autour de ses épaules. « Cela fait une différence, Leane, que je n'aie plus droit à ce titre. Cela fait une différence quand demain vous et moi pourrions être deux de ses filles de cuisine. » Leane serra ses mains l'une dans l'autre pour les empêcher de trembler et se refusa à la regarder. Siuan poursuivit calmement, encore que d'un ton sec. « J'imagine aussi que Laras tiendra sa parole... en ce qui concerne d'autres points... donc même si cela vous est égal qu'Elaida nous suspende comme une paire de requins pris au filet pour nous exposer à la vue du monde entier, je vous suggère de vous remuer. Pour ma part, je détestais les marmites graisseuses quand j'étais jeune et je ne doute pas que je les détesterais encore. »

Leane se mit d'un air morose à lacer la robe de paysanne.

Siuan reporta son attention sur Min. « Vous serez peut-être moins désireuse de nous aider si je vous préviens que nous avons été l'une et l'autre... désactivées. » Sa voix ne tremblait pas, mais elle était durcie par l'effort de prononcer le mot et son regard était empreint de peine et comme perdu. Ce fut un choc de se rendre compte que tout son calme n'était que de surface. « N'importe quelle Acceptée pourrait nous ficeler toutes les deux dans une presse à vis, Min. La plupart des novices en seraient capables.

— Je sais », répliqua Min, s'efforçant d'éliminer de sa voix la moindre trace de sympathie. La sympathie maintenant risquait d'ébranler ce qu'il restait de sang-froid à ces deux-là, et elle avait besoin qu'elles conservent leur maîtrise d'elles-mêmes. « La nouvelle a été proclamée sur toutes les places de la ville et affichée partout où l'on pouvait clouer un avis. Par contre, vous êtes toujours en vie. » Leane éclata d'un rire amer qu'elle ne releva pas. « Nous serions sages de partir. Ce gardien peut se réveiller ou quelqu'un vérifier ce qu'il fait.

— Allez devant, Min, dit Siuan. Nous sommes entre vos mains. » Au bout d'un instant, Leane eut un bref hochement de tête et s'enveloppa précipitamment dans sa cape.

Dans la salle des gardes au fond du couloir obscur, l'unique gardien gisait étalé par terre, le visage sur le sol poussiéreux. Le casque qui lui aurait épargné une tête douloureuse était posé sur la table de bois rugueux à côté de la seule lanterne fournissant l'éclairage de la pièce. Il semblait respirer normalement. Min ne lui jeta pas plus d'un coup d'œil, bien qu'espérant qu'il n'était pas gravement blessé ; il n'avait pas tenté de tirer sur-le-champ avantage de son offre.

Elle pressa Siuan et Leane de franchir à l'extrémité opposée la porte toute en planches épaisses bardées de larges ferrures, pour gravir l'escalier de pierre étroit. Elles devaient se dépêcher. Passer pour des solliciteuses ne leur épargnerait pas un interrogatoire si on les voyait sortir des cachots.

Elles n'aperçurent plus de gardes, ni personne d'autre, en sortant du tréfonds de la Tour, mais Min se rendit compte qu'elle retenait encore son souffle tant qu'elles n'eurent pas atteint la petite porte qui conduisait dans la Tour proprement dite. L'entrouvrant juste assez pour introduire sa tête dans l'embrasure, elle examina le couloir des deux côtés.

Des lampadaires dorés se dressaient contre les murs en marbre blanc ornés de frises. À droite, deux femmes disparurent hors de vue sans regarder en arrière. L'assurance de leur démarche les désignait comme Aes Sedai même si elle ne distinguait pas leurs visages ; dans la Tour, même une reine se déplaçait d'un pas hésitant. Dans l'autre direction, une demi-douzaine d'hommes s'éloignaient à grandes enjambées, tout aussi nettement des Liges, avec leur grâce de loup et leurs capes qui se fondaient dans le milieu ambiant.

Elle attendit que les Liges soient partis, eux aussi, avant de se faufiler par la porte. « La voie est libre. Venez. Relevez vos capuchons et baissez la tête. Agissez comme si vous aviez un peu peur. » Pour sa part, ce n'était pas une feinte. D'après la façon silencieuse dont les deux femmes la suivirent, elle ne pensa pas qu'elles avaient besoin de feindre, elles non plus.

Les couloirs de la Tour étaient rarement bondés, pourtant à présent ils semblaient déserts. De temps en temps, quelqu'un apparaissait un instant devant elles ou dans un couloir secondaire, mais que ce fût une Aes Sedai, un Lige ou un serviteur, tous se hâtaient, trop absorbés par leurs propres affaires pour remarquer quiconque d'autre. Dans la Tour ne résonnait pas un bruit, non plus.

Puis elles dépassèrent un couloir transversal où des taches sombres de sang séché parsemaient les dalles vert pâle. Deux flaques plus grandes s'étiraient en longues macules, comme si l'on avait tiré des cadavres pour les enlever.

Siuan s'arrêta, le regard fixe. « Qu'est-ce qui est arrivé ? questionna-t-elle impérieusement. Dites-le-moi, Min ! » Leane agrippa le manche de son poignard de ceinture et inspecta les alentours comme si elle s'attendait à une attaque.

« On s'est battu », répondit Min à regret. Elle avait espéré que les deux femmes seraient hors du domaine de la Tour, hors même de la ville, avant de l'apprendre. Elle leur fit contourner les marques sombres, les poussa en avant quand elles voulurent se retourner pour regarder. « Cela a commencé hier, juste après que vous avez été capturées, et cela n'a cessé qu'il y a deux heures environ. Pas complètement.

— Vous voulez dire les Gaidins ? s'exclama Leane. Des Liges, se battant *les uns contre les autres* ?

— Des Liges, les gardes, tout le monde. Les combats ont débuté quand des hommes qui étaient venus en prétendant être des maçons – deux ou trois cents – ont tenté de s'emparer de la Tour juste après l'annonce de votre arrestation. »

Siuan fronça les sourcils. « Danelle ! J'aurais dû comprendre que c'était davantage qu'une faute d'inattention. » Son visage se crispa encore plus, au point que Min crut qu'elle allait peut-être se mettre à pleurer. « Artur Aile-de-Faucon n'y a pas réussi, mais c'est nous-mêmes qui l'avons réalisé. » Au bord des larmes ou pas, sa voix était farouche. « Que la Lumière nous vienne en aide, nous avons ruiné la Tour. » Son long soupir parut la vider de son souffle et aussi de sa colère. « Je suppose, reprit-elle avec tristesse après un court silence, que je devrais me réjouir qu'une partie des gens de la Tour m'aient soutenue, mais je souhaiterais presque qu'ils ne l'aient pas fait. » Min s'efforça de garder un air impassible, mais ces yeux bleus au regard perçant savaient apparemment interpréter le moindre battement de cils. « Ou m'ont-ils soutenue, Min ?

— Certains. » Elle n'avait pas l'intention de lui préciser en quel petit nombre, pas encore. Par ailleurs, elle devait empêcher Siuan de croire qu'elle avait encore des partisans à l'intérieur de la Tour. « Elaida n'a pas attendu de constater si l'Ajah Bleue prendrait ou non votre parti. Il ne reste plus une Sœur Bleue dans la Tour, pas vivante, j'en ai la certitude.

— Sheriam ? questionna anxieusement Leane. Anaiya ?

— Je ne sais pas. Il n'y a plus beaucoup de Vertes non plus. Pas dans la Tour. Les autres Ajahs se sont divisées, d'un côté et de l'autre. La plupart des Rouges sont toujours ici. À ma connaissance, celles qui étaient opposées à Elaida ont fui ou bien sont mortes, Siuan... »

L'appeler de cette façon produisait une sensation bizarre – Leane marmonna en sourdine avec colère – mais lui donner le titre de Mère n'aurait été qu'une moquerie à présent. « Siuan, les accusations affichées contre vous soutiennent que vous et Leane avez organisé l'évasion de Mazrim Taim. Logain s'est échappé pendant les combats et elles vous imputent cela aussi. Elles ne vous déclarent pas nommément Amies du Ténébreux – je suppose que cela se rapprocherait trop de l'Ajah Noire – mais elles n'en sont pas loin. Cependant je crois que tout le monde est censé le comprendre.

— Elles ne veulent même pas admettre la vérité, dit Siuan à mi-voix. Qu'elles ont l'intention de faire exactement ce pour quoi elles m'ont détrônée.

— Amies du Ténébreux ? murmura Leane abasourdie. Elles nous traitent d'... ?

— Pourquoi pas ? soupira Siuan. Que n'oseraient-elles pas après qu'elles ont tant osé ? »

Elles voûtèrent les épaules sous leurs capes et laissèrent Min les conduire comme elle le désirait. Elle aurait bien aimé que leur expression ne soit pas si désespérée.

Alors qu'elles approchaient d'une porte donnant sur l'extérieur, elle commença à respirer plus aisément. Elle avait des chevaux dissimulés dans une partie boisée du domaine, non loin d'une des portes ouest. Demeurait la question de savoir s'il serait réellement facile de sortir, mais une fois qu'elles atteindraient les chevaux elle se sentirait pratiquement libre. Sûrement que les gardes de la porte n'empêcheraient pas trois femmes de partir. Elle ne cessait de se le répéter.

La porte qu'elle cherchait apparut devant – une petite porte aux panneaux sans ornement, ouvrant sur un sentier peu utilisé, juste en face de l'endroit où ce couloir croisait le vaste passage qui décrivait un cercle tout autour de la Tour – et son œil fut attiré par le visage d'Elaida qui suivait majestueusement ce passage, venant dans sa direction.

Les genoux de Min heurtèrent avec un bruit sourd les

dalles du sol et elle se courba, tête baissée et figure cachée par son capuchon, le cœur battant à lui rompre les côtes. *Une solliciteuse, je ne suis que cela. Rien qu'une simple femme qui n'a rien à voir avec ce qui s'est produit. Ô Lumière, je vous en prie !* Elle redressa la tête juste assez pour jeter un regard furtif sous le bord de sa capuche, s'attendant presque à voir une Elaida exultante la dévisageant méchamment.

Elaida continuait sa route d'une allure royale sans un coup d'œil dans la direction de Min, la large étole rayée du Trône d'Amyrlin autour de ses épaules. Alviarin suivait, portant l'étole de Gardienne des Chroniques, blanche pour son Ajah. Une douzaine ou plus d'Aes Sedai suivaient sur les talons d'Alviarin, Rouges pour la plupart, mais Min vit deux châles à franges jaunes, un vert et un brun. Six Liges encadraient le cortège, la main sur la garde de l'épée et les yeux observateurs. Ces yeux effleurèrent les trois femmes agenouillées et ne s'y intéressèrent pas.

Elles étaient agenouillées toutes les trois, Min s'en rendit compte et se rendit compte aussi qu'elle s'était presque attendue à ce que Siuan et Leane se jettent à la gorge d'Elaida. L'une et l'autre avaient relevé la tête suffisamment pour regarder le cortège progresser le long du passage.

« Très peu de femmes ont été désactivées, dit Siuan comme pour elle-même, et aucune n'a survécu longtemps, mais on prétend qu'un moyen de survivre est de trouver quelque chose que l'on désire aussi fortement que l'on désirait canaliser. » Cette expression éperdue avait disparu de ses yeux. « D'abord, j'ai pensé que je voulais étriper Elaida et la suspendre au soleil pour qu'elle sèche. À présent, je sais que je ne désire rien – rien ! – tant qu'arriver au jour où je pourrai dire à cette sangsue qu'elle vivra une longue vie démontrant à d'autres ce qui arrive à quiconque m'accuse d'être une Amie du Ténébreux !

— Ainsi qu'Alviarin, ajouta Leane d'une voix tendue. Ainsi qu'Alviarin.

— Je craignais qu'elles ne sentent ma présence, reprit Siuan, mais il n'y avait rien à déceler pour elles, maintenant. Un avantage d'avoir été... désactivée, à ce qu'il semble. » Leane eut un brusque mouvement de tête, et Siuan déclara : « Nous devons utiliser tous les avantages que nous trouverons. Et en être contentes. » Cette dernière phrase donnait l'impression qu'elle tentait de se convaincre elle-même.

Le dernier Lige disparut au détour du lointain coude du passage et Min ravala la boule qu'elle avait dans la gorge. « Nous parlerons des avantages plus tard », dit-elle d'une voix enrouée et elle s'arrêta pour avaler de nouveau sa salive. « Allons retrouver les chevaux. Ceci a été sûrement le pire. »

En vérité, tandis qu'elles sortaient précipitamment de la Tour sous le soleil de midi, il semblait bien que le pire était passé. Une colonne de fumée montant vers un ciel sans nuages dans l'est du domaine de la Tour était le seul signe qu'il y avait eu des troubles. Des groupes d'hommes se déplaçaient à bonne distance, mais aucun ne se retourna sur les trois femmes quand elles longèrent à pas précipités la bibliothèque, qui était construite comme d'énormes vagues figées dans la pierre. Un sentier s'enfonçait à l'ouest dans le parc vers un bois de chênes et d'arbres à feuilles persistantes qui aurait pu se dresser loin de toute ville. L'allure de Min devint plus légère quand elle trouva les trois chevaux toujours attachés à l'endroit où elle et Laras les avaient laissés, dans une petite clairière environnée de lauréoles et de mélaleuques.

Siuan alla aussitôt vers une robuste jument à la robe à longs poils, de deux mains plus petite que les autres. « Une monture adéquate pour ma situation actuelle. Et elle a l'air plus placide que les deux autres ; je n'ai jamais été bonne cavalière. » Elle caressa le nez de la jument et celle-ci fourra son nez dans sa paume. « Quel est son nom, Min ? Le savez-vous ?

— Béla. Elle appartient à...

— Son cheval. » Gawyn surgit de derrière le vaste

tronc d'un mélaleuque, une main sur la longue garde de son épée. Le sang formait des stries sur sa figure exactement suivant le dessin qu'avait aperçu Min dans sa vision, le premier jour de son retour à Tar Valon. « J'ai compris que vous deviez mijoter quelque chose, Min, quand j'ai vu son cheval. » Ses cheveux blond ardent étaient poissés de sang, ses yeux bleus presque vitreux, mais il avançait vers elles avec aisance, un homme de haute taille avec une grâce féline. Une grâce de chat traquant des souris.

« Gawyn, commença Min, nous... »

Son épée jaillit du fourreau, rejeta en arrière le capuchon de Siuan, le côté tranchant se posa sur le côté de sa gorge, le tout trop rapidement pour que Min ait le temps de suivre ses mouvements. Siuan eut un hoquet audible de surprise et se figea, les yeux levés vers lui, extérieurement aussi sereine que si elle portait encore l'étole.

« Ne faites pas ça, Gawyn ! s'exclama Min d'une voix haletante. Vous ne devez pas ! » Elle esquissa un pas, mais il leva brusquement sa main libre sans la regarder et elle s'arrêta. Il était pareil à un ressort d'acier, prêt à bondir dans n'importe quelle direction. Elle remarqua que Leane avait déplacé son manteau afin de dissimuler une main et pria pour qu'elle ne commette pas la sottise de dégainer son poignard.

Gawyn examina le visage de Siuan, puis hocha lentement la tête. « C'est vous. Je n'en étais pas sûr, mais c'est bien vous. Ce... déguisement ne peut pas... » Il n'avait pas paru bouger, mais les yeux subitement dilatés de Siuan indiquaient qu'une lame aiguisée était appuyée plus fort. « Où sont ma sœur et Egwene ? Qu'avez-vous fait d'elles ? » Ce qui effraya le plus Min, avec cette face au masque sanglant et ces yeux à moitié vitreux, avec son corps tendu au point de presque vibrer et sa main restée en l'air comme s'il avait oublié qu'il l'avait levée, c'est qu'il ne força pas la voix ou n'y mit aucune émotion. Il semblait seulement las, plus las que quiconque elle avait jamais vu dans sa vie.

La voix de Siuan était presque aussi neutre. « La dernière fois que j'ai eu de leurs nouvelles, elles étaient en sûreté et se portaient bien. Je ne peux pas dire où elles sont présentement. Préféreriez-vous qu'elles soient ici, au milieu de cette frénésie dévorante ?

— Pas de discours ambigus d'Aes Sedai, répliqua-t-il d'un ton bas. Dites-moi où elles étaient, sans détour, que je sache que vous dites la vérité.

— Illian, répliqua Siuan du tac au tac. Dans la ville même. Elles étudient avec une Aes Sedai nommée Mara Tomanes. Elles devraient s'y trouver encore.

— Pas à Tear », murmura-t-il. Il réfléchit apparemment là-dessus pendant un instant. Sans transition, il déclara : « On affirme que vous êtes une Amie du Ténébreux. L'Ajah Noire, ce serait ça, n'est-ce pas ?

— Si vous en êtes foncièrement persuadé, répondit avec calme Siuan, alors coupez-moi la tête. »

Min faillit pousser un cri en voyant les articulations des doigts de Gawyn blanchir sur la poignée de son épée. Elle allongea le bras avec lenteur et posa les doigts sur son poignet tendu, attentive à ne pas lui laisser croire qu'elle avait l'intention de faire plus que le toucher. C'était comme de poser les doigts sur un rocher. « Gawyn, vous me connaissez. Vous ne pouvez pas penser que je prêterais assistance à l'Ajah Noire. » Les yeux de Gawyn ne se détournèrent pas une seconde du visage de Siuan, ne cillèrent pas. « Gawyn, Elayne est d'accord avec elle et avec tout ce qu'elle a décidé. Votre propre sœur, Gawyn. » Sa chair était toujours de pierre. « Egwene aussi a confiance en elle, Gawyn. » Le poignet de Gawyn frémit sous ses doigts. « Je le jure, Gawyn. Egwene croit en elle. »

Ses yeux eurent un regard bref vers elle, puis se reportèrent sur Siuan. « Pourquoi ne vous remmènerais-je pas par la peau du cou ? Donnez-moi une raison. »

Siuan lui rendit son regard avec beaucoup plus de calme que Min n'en ressentait. « Vous le pourriez et je suppose que mes efforts pour me débattre ne vous causeraient pas plus de difficultés que ceux d'un chaton. Hier, j'étais une des femmes les plus puissantes du monde. Peut-être la plus puissante. Rois et reines venaient si je les convoquais, même s'ils détestaient la Tour et tout ce qu'elle représente. Aujourd'hui, je crains de n'avoir rien à manger ce soir et d'être obligée de dormir sous un buisson. En l'espace d'un jour j'ai été réduite de l'état de la femme la plus puissante du monde à celui de quelqu'un qui espère trouver une ferme où travailler dans les champs pour survivre. Quoi que vous pensiez de mes actions, n'est-ce pas un châtiment approprié ?

— Peut-être », répliqua-t-il au bout d'un instant. Min poussa un profond soupir de soulagement en le voyant rengainer son épée d'un geste vif. « Mais ce n'est pas pour cette raison que je vais vous laisser partir. Elaida pourrait encore vous décapiter et je ne peux pas permettre cela. Je veux que ce que vous savez soit là si j'en ai besoin.

— Gawyn, dit Min, venez avec nous. » Un homme d'épée formé par des Liges serait utile dans les jours à venir. « De cette façon, vous l'aurez sous la main pour répondre à vos questions. » Le regard de Siuan se détourna vers elle sans réellement quitter le visage de Gawyn et avec une expression pas exactement indignée ; elle n'en insista pas moins. « Gawyn, Egwene et Elayne croient en elle. Ne pouvez-vous croire, vous aussi ?

— Ne demandez pas plus que je ne peux donner, dit-il simplement. Je vais vous conduire jusqu'à la porte la plus proche. Vous ne sortiriez jamais sans moi. C'est tout ce que je peux faire, Min, et c'est davantage que je ne devrais. Votre arrestation a été ordonnée, le saviez-vous ? » Ses yeux se reportèrent vers Siuan. « S'il leur arrive quoi que ce soit, continua-t-il de ce même ton neutre, à Egwene ou à ma sœur, je vous trouverai où que vous vous cachiez et je m'assurerai que vous subirez le même sort. » Il s'éloigna brusquement d'une douzaine de pas et se tint debout les bras croisés, la tête baissée comme s'il ne supportait plus de les regarder.

Siuan leva une main jusqu'à mi-chemin de son cou ; une mince ligne rouge sur la peau blanche marquait l'endroit où l'épée de Gawyn s'était posée. « Je suis restée trop longtemps avec le Pouvoir, commenta-t-elle d'une voix légèrement frémissante. J'avais oublié ce que c'était d'affronter quelqu'un qui a le pouvoir de vous saisir et de vous rompre comme un fil. » Elle examina alors Leane comme si elle la voyait pour la première fois et tâta son propre visage avec l'air de ne pas être sûre de son apparence. « D'après ce que j'avais lu, c'était censé prendre plus longtemps pour disparaître, mais peut-être le traitement brutal d'Elaida y est-il pour quelque chose. Un déguisement, à ce qu'il a dit, et cela peut en servir effectivement. » Elle grimpa maladroitement sur le dos de Béla, tenant les rênes comme si la jument aux longs poils était un étalon plein de feu. « Un autre avantage, semble-t-il, d'avoir... Il faut que j'apprenne à le dire sans sourciller. J'ai été désactivée. » Elle prononça les mots avec lenteur, posément, puis elle hocha la tête. « Voilà. Si Leane est un exemple, j'ai perdu une bonne quinzaine d'années, sinon plus. J'ai connu des femmes qui paieraient n'importe quel prix pour cela. Un troisième avantage. » Elle jeta un coup d'œil à Gawyn. Il avait toujours le dos tourné, mais elle n'en baissa pas moins la voix. « Ainsi qu'une certaine libération de la langue, dirons-nous ? Je n'avais pas pensé à Mara depuis des années. Une amie de jeunesse.

— Allez-vous maintenant vieillir comme le reste d'entre nous ? » demanda Min en se mettant en selle. Mieux valait cela que commenter le mensonge. Mieux valait juste se rappeler qu'elle avait à présent la possibilité de mentir. Leane monta la troisième jument avec virtuosité et lui fit décrire un cercle, testant son allure ; elle avait certainement déjà été à cheval.

Siuan secoua la tête. « À la vérité, je n'en sais rien. Aucune femme désactivée n'a jamais vécu assez longtemps pour le constater. Je compte bien en découvrir le fin mot.

— Avez-vous l'intention de partir, questionna Gawyn d'un ton âpre, ou de rester assises ici à bavarder ? » Sans attendre de réponse, il s'enfonça à grands pas sous les arbres.

Elles incitèrent du talon leurs juments à le suivre, Siuan ramenant bien en avant son capuchon pour dissimuler son visage. Déguisement ou non, apparemment elle ne voulait pas courir de risques. Leane était déjà enfouie aussi profondément que possible dans le sien. Après un instant, Min les imita. Elaida voulait l'arrêter, elle ? Cela signifiait qu'elle était au courant qu'*Elmindreda* était Min. Depuis combien de temps en avait-elle connaissance ? Depuis combien de temps Min allait et venait en se croyant cachée tandis qu'Elaida l'observait et se rengorgeait en riant de sa sottise ? Une pensée à donner le frisson.

Comme elles rattrapaient Gawyn sur une allée recouverte de gravier, une vingtaine de jeunes gens au moins survinrent, avançant à grands pas dans leur direction, certains peut-être de quelques années plus âgés que lui, d'autres guère plus que des adolescents. Min soupçonna que parmi ceux-là il y en avait qui n'étaient pas encore obligés de se raser, du moins pas régulièrement. N'empêche que tous avaient des épées à la ceinture ou dans le dos et trois ou quatre des cottes de mailles. Plus d'un avait un pansement ensanglanté, et la plupart portaient des vêtements tachés de sang. Chacun avait le même regard fixe que Gawyn. En le voyant, ils s'arrêtèrent, plaquant le poing droit sur leur poitrine. Sans ralentir, Gawyn répondit à ce salut par un signe de tête et les jeunes gens se regroupèrent derrière les montures des dames.

« Les étudiants ? murmura Siuan. Ils ont aussi pris part aux combats ? »

Min acquiesça en silence, gardant une figure impassible. « Ils se sont donné le nom de Jeunes.

— Un nom approprié. » Siuan soupira.

« Il y en a qui ne sont encore que des enfants », marmonna Leane.

Min n'avait pas l'intention de leur expliquer que les Liges des Ajahs Bleue et Verte avaient projeté de les libérer avant qu'elles soient désactivées et qu'ils y seraient peut-être parvenus si Gawyn n'avait pas battu le rappel des étudiants, des « enfants » aussi, et ne les avait pas conduits dans la Tour pour s'y opposer. La bataille avait été parmi les plus meurtrières, étudiant contre maître et pas de merci, pas de quartier.

Les vantaux cloutés de bronze de la haute Porte d'Alindrelle étaient ouverts, mais sous haute surveillance. Certains gardes portaient sur la poitrine la Flamme de Tar Valon ; d'autres avaient des vêtements d'ouvriers, ainsi que des cuirasses et des casques mal assortis. Des soldats de la Garde et des individus qui étaient venus déguisés en maçons. Les deux catégories avaient l'air d'hommes durs et pleins de ressource, habitués à leurs armes, mais ils se tenaient à l'écart les uns des autres, se dévisageant avec méfiance. Un officier grisonnant se détacha du groupe des Gardes de la Tour, les bras croisés, et regarda approcher Gawyn et ses compagnons.

« De quoi écrire ! ordonna sèchement Gawyn. Vite !

— Tiens donc, vous devez être ces jeunes dont j'ai entendu parler, dit l'homme aux cheveux gris. Une jolie bande de sacrés petits coqs, mais j'ai ordre de ne laisser personne quitter le domaine de la Tour. Signé par l'Amyrlin en personne. Qui vous croyez-vous pour contremander ça ? »

Gawyn releva lentement la tête. « Je suis Gawyn Trakand d'Andor, répliqua-t-il d'un ton mesuré. Et je veux voir ces femmes sortir ou vous mort. » Les autres Jeunes s'avancèrent derrière lui, se déployant face aux gardes, la main sur leur épée, impassibles, ne se souciant peut-être pas d'être en nombre inférieur.

L'officier grisonnant changea de posture avec malaise et un des gardes murmura : « C'est celui-là qui a tué Hammar et Coulin, à ce qu'on dit. »

Après un instant, l'officier indiqua d'un brusque signe de tête le poste de garde et l'un de ses hommes s'y précipita, revenant avec une écritoire où, à un angle, un bâtonnet de cire à cacheter rouge était allumé dans un support de cuivre. Gawyn le laissa tenir l'écritoire pendant qu'il griffonnait à toute vitesse.

« Voilà qui vous permettra de franchir les postes de surveillance des ponts », dit-il en laissant tomber sous sa signature une goutte de cire rouge. Il pressa dedans avec force l'anneau où était gravé son sceau.

« Vous avez tué Coulin ? demanda Siuan d'un ton froid approprié à sa précédente fonction. Et Hammar ? »

Le cœur de Min se serra. *Taisez-vous, Siuan ! Rappelez-vous qui vous êtes maintenant et taisez-vous !*

Gawyn pivota face aux trois femmes, ses yeux pareils à un brasier bleu. « Oui, répliqua-t-il d'une voix rauque. C'étaient mes amis et je les respectais, mais ils avaient pris parti pour... pour Siuan Sanche et j'ai dû... » D'un geste rude, il fourra le feuillet sur lequel il avait apposé son sceau dans la main de Min. « Partez ! Partez avant que je change d'avis ! » Il assena une claque à sa jument, puis s'élança pour faire de même avec les deux autres comme la monture de Min bondissait entre les vantaux écartés. « Partez ! »

Min laissa sa jument traverser à un trot rapide la vaste place entourant le domaine de la Tour, Siuan et Leane juste derrière elle. La place était déserte, de même que les rues au-delà. Le claquement des sabots de leurs chevaux sur les pavés rendait un son caverneux. Ceux qui n'avaient pas déjà fui la cité se cachaient.

Tout en avançant, elle examina le billet de Gawyn. La goutte de cire rouge portait l'empreinte d'un sanglier en train de charger. « Ceci dit simplement que nous sommes autorisées à partir. Nous pourrions l'utiliser aussi bien pour embarquer sur un navire que pour traverser les ponts. » Ce serait astucieux de prendre une direction que personne ne connaissait, pas même Gawyn. Elle ne pensait pas vraiment qu'il changerait d'avis, mais il était fragile, prêt à se briser au moindre coup porté à faux.

« L'idée pourrait bien être bonne, commenta Leane. J'avais toujours estimé que Galad était le plus dangereux de ces deux-là, mais je ne l'affirmerai plus. Hammar, et Coulin... » Elle frissonna. « Un bateau nous transporterait plus loin, plus vite que ces chevaux.

Siuan secoua la tête. « La plupart des Aes Sedai qui se sont enfuies auront emprunté les ponts, sûrement. C'est le moyen le plus rapide de quitter la ville si l'on vous pourchasse, plus rapide que d'attendre que l'équipage d'un bateau largue les amarres. Il faut que je reste à proximité de Tar Valon si je dois les rassembler.

— Elles ne vous suivront pas, répliqua Leane d'une voix uniforme chargée de signification. Vous n'avez plus droit à l'étole. Plus même au châle ou à l'anneau.

— Même si je ne porte plus l'étole, riposta Siuan d'une façon aussi neutre, je sais encore comment préparer un équipage à affronter une tempête. Et puisque je ne peux plus porter l'étole il faut que je veille à ce qu'on choisisse à ma place la femme qui convient. Je ne laisserai pas Elaida se proclamer Amyrlin et s'en tirer comme ça. Il faut que ce soit quelqu'un de fort dans le Pouvoir, quelqu'un qui voie les choses comme il se doit.

— Alors vous avez l'intention de continuer à aider ce... ce *Dragon* ! s'exclama sèchement Leane.

— Que voudriez-vous que je fasse d'autre ? Me coucher en rond et mourir ? »

Leane frémit comme si elle avait reçu une gifle, et elles chevauchèrent en silence pendant un moment. Tous ces bâtiments fabuleux, pareils à des falaises sculptées par les vents ou à des vagues et à de grands vols d'oiseaux, se dressaient avec un aspect effrayant dans ces rues où ne passait personne à part elles – et un individu solitaire qui surgit devant elles au coin d'une rue, se faufilant d'un porche de maison à un autre comme s'il leur éclairait le chemin. Il ne diminuait pas l'impression de désert, au contraire il l'amplifiait.

« Que pouvons-nous faire d'autre ? » finit par répéter

Leane. Elle était maintenant tassée sur sa selle comme un sac de blé. « Je me sens si... vide. Vide.

— Trouvez quelque chose pour combler ce vide, lui conseilla Siuan d'un ton ferme. N'importe quoi. Cuisinez pour ceux qui ont faim, soignez les malades, trouvez un mari et élevez une pleine maisonnée d'enfants. Moi, j'ai l'intention d'empêcher Elaida de jouir de ses lauriers. Je serais presque capable de lui pardonner si elle estimait sincèrement que j'ai mis la Tour en danger. Je le pourrais, presque. Presque. Mais elle a été rongée par l'envie depuis le jour où j'ai été élue Amyrlin à sa place. C'est ce qui la pousse autant qu'autre chose et pour cette raison-là je veux l'abattre. Voilà ce qui me remplit, Leane. Cela et le fait que Rand al'Thor ne doit pas tomber entre ses mains.

— Peut-être sera-ce suffisant. » La femme au teint cuivré ne paraissait pas convaincue, néanmoins elle se redressa. Le contraste entre son expérience manifeste et l'assiette précaire de Siuan sur la jument plus petite lui donnait l'air de devoir être le chef. « Mais comment même commencer ? Nous avons trois chevaux, les vêtements que nous portons sur le dos et ce que Min a dans sa bourse. Guère suffisant pour défier la Tour.

— Je suis heureuse que vous ne vous soyez pas décidée pour un mari et un foyer. Nous trouverons d'autres... » Siuan esquissa une grimace. « Nous trouverons des Aes Sedai qui ont fui, trouverons ce qui nous est nécessaire. Nous possédons peut-être davantage que vous ne pensez, Leane. Min, qu'est-ce que dit ce sauf-conduit que Gawyn nous a donné ? Mentionne-t-il trois femmes ? Quoi ? Vite, petite. »

Min lança à son dos un regard irrité. Siuan examinait l'homme qui courait devant – un homme bien bâti, aux cheveux bruns, vêtu élégamment mais sobrement dans des teintes marron foncé. Cette femme parlait comme si elle était encore Amyrlin. *Ma foi, je voulais qu'elle retrouve son énergie, non ?*

Siuan se retourna pour la dévisager avec ces yeux bleus au regard pénétrant ; ils ne semblaient pas moins intimidants qu'avant, pour ainsi dire. « Il est permis aux porteurs de quitter Tar Valon avec mon autorisation, cita vivement Min de mémoire. Quiconque les en empêchera devra m'en répondre. Signé...

— Je connais son nom, coupa sèchement Siuan. Suivez-moi. » Elle talonna les flancs de Béla et faillit être désarçonnée quand la jument hirsute prit pesamment l'allure d'un lent galop. Néanmoins, elle se cramponna, rebondissant gauchement et tambourinant avec ses talons pour obtenir plus de rapidité.

Min échangea avec Leane un coup d'œil surpris, et les voilà galopant à sa suite. L'homme regarda en arrière au bruit des sabots qui martelaient la chaussée et se mit lui-même à courir, mais Siuan lui coupa la route avec Béla ; il s'écarta d'un bond de la jument avec un cri étouffé. Min arriva auprès d'eux juste à temps pour entendre Siuan dire : « Je ne pensais pas vous rencontrer ici, Logain. »

Min en resta bouche bée. C'était bien lui. Impossible de se tromper sur ces yeux accablés et ce visage naguère séduisant encadré par les boucles de cheveux bruns tombant jusqu'à ses larges épaules. Exactement qui elles avaient besoin de trouver. Un homme que la Tour recherchait très probablement avec autant d'ardeur que Siuan.

Logain s'affaissa à genoux, comme si ses jambes lasses étaient incapables de le porter plus longtemps. « Je ne peux nuire à personne maintenant, dit-il d'une voix lasse, le regard fixé sur les pavés entre les sabots de Béla. Je voulais juste m'en aller, mourir quelque part en paix. Si seulement vous saviez ce que c'est que d'avoir perdu... » Siuan scia du bridon la bouche de Béla avec colère comme il laissait sa voix s'éteindre ; il ne le remarqua pas et se remit à parler. « Les ponts sont tous gardés. On interdit à quiconque de passer de l'autre côté. On ne me connaissait pas, mais on a refusé de me laisser traverser. Je les ai essayés tous. » Brusquement, il rit, d'un rire fatigué, mais comme si c'était en vérité très drôle. « Je les ai essayés tous.

— Je pense, dit Min avec prudence, que nous devrions partir. Il souhaite probablement éviter ceux *qui doivent le rechercher.* » Siuan lui lança un coup d'œil qui l'incita presque à faire reculer sa monture, regard de glace et menton dressé. Ce n'aurait pas été horrifiant que Siuan ait conservé un peu de l'incertitude dont elle avait témoigné précédemment.

Relevant la tête, l'homme de haute taille les examina l'une après l'autre, avec une expression qui devint lentement soucieuse. « Vous n'êtes pas des Aes Sedai. Qui êtes-vous ? Que voulez-vous de moi ?

— Je suis la femme qui peut vous sortir de Tar Valon, répliqua Siuan. Et peut-être vous permettre de rendre coup pour coup à l'Ajah Rouge. Vous aimeriez avoir l'occasion de vous venger de celles qui vous ont capturé, n'est-ce pas ? »

Un tressaillement parcourut son interlocuteur. « Que dois-je faire ? demanda-t-il lentement.

— Me suivre, répliqua-t-elle. Me suivre et vous rappeler que je suis la seule dans le monde entier qui vous donnera une chance de prendre votre revanche. »

Toujours à genoux, il les observa, la tête renversée, étudiant chaque visage, puis il prit appui pour se relever, les yeux fixés sur Siuan. « Je suis votre homme », dit-il simplement.

L'expression de Leane dénotait autant d'incrédulité qu'en ressentait Min. Au nom de la Lumière, de quelle utilité Siuan pensait-elle que lui serait un homme à la santé d'esprit douteuse qui s'était naguère faussement proclamé le Dragon Réincarné ? À tout le moins, il pouvait les attaquer pour voler une de leurs montures ! Mesurant du regard la grandeur de sa stature, la largeur de sa carrure, Min songea qu'elles seraient sages de garder leur poignard de ceinture à portée de la main. Soudain, pendant un instant, ce flamboiement de halo bleu et or brilla autour de sa tête, annonçant une gloire à venir aussi sûrement que la première fois qu'elle l'avait vu. Elle frissonna. Des visions. Des images.

Elle jeta un coup d'œil par-dessus son épaule à la

Tour, la blanche colonne massive dominant la ville, droite et intacte, pourtant brisée aussi sûrement que si elle gisait en ruine. Elle se laissa remémorer un moment les images qu'elle avait entr'aperçues clignotant autour de la tête de Gawyn. Gawyn agenouillé aux pieds d'Egwene la tête baissée, et Gawyn rompant le cou d'Egwene – d'abord l'une puis l'autre ; comme si l'une ou l'autre représentait l'avenir.

Les choses qu'elle voyait avaient très rarement une signification aussi nette que ces deux-là et elle n'avait jamais auparavant vu ce va-et-vient hésitant, comme si même la vision n'était pas capable d'indiquer laquelle serait le véritable futur. Pire, Min éprouvait un sentiment proche de la certitude que c'est ce qu'elle avait fait aujourd'hui qui orientait Gawyn vers ces deux éventualités.

Malgré le soleil, elle frissonna de nouveau. *Ce qui est fait est fait.* Elle regarda brièvement les deux Aes Sedai – les ex-Aes Sedai – qui observaient maintenant l'une et l'autre Logain comme s'il était un chien dressé féroce, peut-être dangereux, mais utile. Siuan et Leane dirigèrent leurs montures vers le fleuve, Logain marchant à grands pas entre elles. Min suivit plus lentement. *Ô Lumière, j'espère que cela en valait la peine.*

48. Une offre refusée

« Est-ce là le genre de femme qui vous plaît ? » dit Aviendha d'un ton dédaigneux.

Rand abaissa le regard vers elle qui avançait d'une foulée égale à celle de son cheval Jeade'en, à la hauteur de son étrier, en jupe volumineuse, un châle brun replié sur la tête. De grands yeux pers lui lançaient un éclair flamboyant de dessous ce foulard comme si elle regrettait de ne pas avoir encore la lance qui lui avait valu une semonce de Sagettes parce qu'elle s'en était servie lors de l'attaque des Trollocs.

Cela le rendait parfois mal à l'aise, qu'Aviendha aille à pied et lui à cheval, mais il avait essayé de marcher avec elle et ses pieds avaient été reconnaissants qu'il dispose d'un cheval. À l'occasion – de très rares occasions – il avait obtenu qu'elle s'asseye derrière sa selle, en se plaignant qu'il attrapait un torticolis quand il lui parlait. Monter à cheval n'était pas exactement enfreindre une coutume, en fait, cependant le mépris de ne pas se servir de ses propres jambes pour se déplacer la maintenait à pied la plupart du temps. Le rire d'un des Aiels, surtout d'une Vierge de la Lance, même quelqu'un qui se détournait, suffisait pour qu'elle saute aussitôt à bas de Jeade'en.

« Elle est indolente, Rand al'Thor. Faible. »

Il jeta un coup d'œil en arrière au chariot blanc en forme de boîte conduisant le convoi des colporteurs en un serpent à la progression sinueuse et cahotante sur le terrain poussiéreux et accidenté, escorté de nouveau aujourd'hui par des Vierges de la Lance du clan des Jindos. Isendre était là avec Kadere et le conducteur, assise sur les genoux du corpulent colporteur, le menton sur son épaule, tandis qu'il tenait un petit parasol de soie bleue pour l'abriter – et lui aussi – du soleil impitoyable. Même en tunique blanche, Kadere essuyait continuellement son visage basané avec un grand mouchoir, plus affecté par la chaleur qu'elle dans son élégante robe moulante qui était assortie au parasol. Rand n'était pas assez près pour en être sûr, mais il pensait que ses yeux noirs au-dessus de l'écharpe vaporeuse entourant son visage et sa tête étaient fixés sur lui. Elle semblait généralement l'observer. Kadere ne paraissait pas s'en offusquer.

« Je ne pense pas qu'Isendre soit indolente », dit-il calmement en ajustant la *shoufa* autour de sa tête ; elle atténuait quelque peu l'ardeur torride du soleil. Il avait refusé d'endosser toute autre pièce de vêtement aiel, quand bien même beaucoup plus appropriée au climat que sa tunique de drap de laine rouge. Quel que fût son sang, quelles que fussent les marques sur ses avant-bras, il n'était pas un Aiel et il ne voulait pas feindre de l'être. Quoi qu'il soit obligé de faire, il pouvait conserver cette petite marque d'honnêteté. « Non, ce n'est pas la définition que je donnerais. »

Sur le siège du conducteur du deuxième chariot, la grasse Keille et le ménestrel, Natael, se disputaient de nouveau. Natael tenait les guides, bien que ne conduisant pas aussi habilement que l'homme chargé habituellement de cette tâche. Parfois, eux aussi regardaient Rand, de brefs coups d'œil avant de replonger dans leur querelle. Mais aussi tout le monde agissait de même. La longue colonne de Jindos de l'autre côté de Rand, les Sagettes derrière eux, avec Moiraine, Egwene et Lan. Parmi la colonne plus épaisse et plus éloignée des Shaidos, il crut voir des têtes aussi tournées vers lui. Cela ne le surprit pas plus qu'avant. Il était Celui qui Vient avec l'Aube. Tous voulaient savoir ce qu'il ferait. Ils le découvriraient bien assez tôt.

« Indolente, maugréa Aviendha. Elayne n'est pas indolente. Vous appartenez à Elayne ; vous ne devriez pas vous caresser des yeux avec cette fille blanche comme du lait. » Elle secoua la tête dans un mouvement farouche, marmottant à moitié pour elle-même. « Nos façons de vivre la choquent. Elle ne pourrait pas les accepter. En quoi cela m'importe-t-il qu'elle le puisse ? Je ne veux pas de ça ! Cela ne *peut pas être* ! Si c'était en mon pouvoir, je vous prendrais comme *gai'shain* et vous donnerais à Elayne !

— Pourquoi Isendre devrait-elle accepter le mode de vie des Aiels ? »

Le regard des yeux écarquillés qu'Aviendha tourna vers lui exprimait tant de stupeur qu'il faillit éclater de rire. Elle se renfrogna immédiatement comme s'il avait commis quelque chose d'exaspérant. Les Aielles n'étaient vraiment pas plus faciles à comprendre que les autres femmes.

« Vous n'avez rien d'indolent, c'est certain, Aviendha. » Elle devrait voir là un compliment ; cette jeune femme était parfois aussi dure qu'une pierre à aiguiser. « Expliquez-moi encore cette question de Maîtresse-du-toit. Si Rhuarc est chef du clan taardad et chef de la Place Forte des Rocs Froids, comment se fait-il que la place appartienne à son épouse et pas à lui ? »

Elle le dévisagea avec fureur encore un moment, ses lèvres remuant tandis qu'elle parlait tout bas, avant de répondre : « Parce qu'elle est *Maîtresse-du-toit,* espèce de tête de pierre des Terres Humides. Un homme ne peut pas plus posséder un toit qu'il ne peut posséder de terres ! Parfois, vous les habitants des Terres Humides, vous donnez l'impression d'être des barbares.

— Mais si Lian est Maîtresse-du-toit des Rocs Froids parce qu'elle est l'épouse de Rhuarc...

— C'est différent ! Ne comprendrez-vous jamais ? Un enfant le comprend ! » Aspirant profondément, elle ajusta le châle autour de son visage. C'était une jolie jeune femme, à part qu'elle le regardait la plupart du temps comme s'il avait commis un crime envers elle. De quoi il s'agissait, Rand l'ignorait. Bair au visage tanné encadré de cheveux blancs et moins que jamais disposée à parler de Rhuidean, lui avait finalement dit à contrecœur qu'Aviendha *n'était pas* entrée parmi les colonnes de verre ; elle ne le ferait que lorsqu'elle serait prête à devenir Sagette. Alors pourquoi le haïssait-elle ? C'est un mystère dont il aurait aimé avoir l'explication.

« Je vais aborder la question sous un autre angle, lui dit-elle avec humeur. Quand une femme va se marier, si elle n'a pas déjà un toit, sa famille en construit un pour elle. Le jour de son mariage, son nouvel époux l'emporte sur ses épaules loin de sa famille, tandis que ses frères à lui repoussent ses sœurs à elle mais, à la porte, il la dépose sur le sol et lui demande la permission d'entrer. Le toit est à *elle*. Elle peut... »

Ces leçons étaient ce qu'il y avait eu de plus plaisant dans les onze jours et nuits depuis l'attaque trolloque. Non pas qu'elle ait été désireuse de parler au début, en dehors d'une tirade supplémentaire sur son prétendu mauvais traitement à l'égard d'Elayne et après cela un autre sermon gênant destiné à le convaincre qu'Elayne était la femme parfaite. Jusqu'à ce qu'il mentionne en passant à Egwene que, si Aviendha ne voulait même pas lui parler, il souhaitait au moins qu'elle cesse de le dévisager. Dans l'heure suivante, un *gai'shain* en lévite blanche vint chercher Aviendha.

Quoi que les Sagettes aient eu à lui dire, elle réapparut frémissante de fureur pour exiger – exiger ! – qu'il la laisse lui enseigner les mœurs et coutumes des Aiels. Nul doute dans l'espoir qu'il révèle quelque chose de ses projets par les questions qu'il poserait. Après les subtilités vipérines de Tear, la candeur de l'espionnage des Sagettes était rafraîchissante. N'empêche, c'était indubitablement sage d'apprendre ce qu'il pouvait et bavarder avec Aviendha était réellement plaisant, surtout lorsqu'elle semblait oublier qu'elle le méprisait pour il ne savait quelle raison. Certes, chaque fois qu'elle se rendait compte qu'ils avaient commencé à converser comme deux personnes au lieu de vainqueur et de captive, elle avait tendance à se lancer dans une de ses algarades virulentes, comme s'il l'avait attirée dans un piège.

Néanmoins, même avec cela, leurs conversations étaient agréables, certainement en comparaison du reste du trajet. Il avait même commencé à trouver amusantes ses crises de colère, tout en ayant la sagesse de ne pas le lui laisser comprendre. Si elle voyait un homme qu'elle détestait, du moins était-elle trop absorbée par ce sentiment pour voir Celui qui Vient avec l'Aube ou le Dragon Réincarné. Elle voyait juste Rand al'Thor. En tout cas, elle savait ce qu'elle pensait de lui. Pas comme Elayne, avec une lettre qui le faisait rougir jusqu'aux oreilles et une autre écrite le même jour qui lui faisait se demander s'il lui était poussé des crocs et des cornes comme un Trolloc.

Min était bien à peu près la seule femme de sa connaissance qui ne lui embrouillait pas les idées. Seulement elle se trouvait là-bas dans la Tour – en sécurité, au moins – et c'était un endroit qu'il entendait éviter. Parfois, il songeait que la vie serait plus facile s'il pouvait simplement ne plus penser du tout aux femmes. Aviendha avait commencé à s'insinuer dans ses rêves, comme si Min et Elayne ne représentaient pas une calamité suffisante. Les femmes lui mettaient les nerfs en pelote et il avait besoin maintenant de lucidité. De lucidité et de sang-froid.

Il s'avisa qu'il regardait de nouveau Isendre. Derrière l'oreille de Kadere, elle agita ses doigts fuselés à son adresse ; il était sûr que ces lèvres pleines s'arquaient en un sourire. *Oh, oui, dangereuses. Je dois être froid et dur comme de l'acier. De l'acier tranchant.*

Onze jours et nuits se fondant dans le douzième, et rien d'autre n'avait changé. Des jours et des nuits de curieuses formations rocheuses, d'aiguilles de pierre au sommet tabulaire et des buttes saillant d'une terre rompue, boursouflée, hérissée dans tous les sens de montagnes qui semblaient implantées au hasard. Des journées de soleil torride et de vents desséchants, des nuits de froid pénétrant jusqu'à la moelle des os. Tout ce qui poussait avait l'air d'avoir des épines ou des piquants ou encore provoquait des démangeaisons infernales. Certains végétaux, selon Aviendha, étaient vénéneux ; cette liste semblait plus longue que celle des plantes comestibles. La seule eau se trouvait dans des sources et des réservoirs cachés, mais elle désigna les plantes indiquant qu'un trou profond se remplirait par lente infiltration, suffisamment pour maintenir en vie un homme ou deux, et d'autres plantes que l'on pouvait mâcher pour leur pulpe juteuse amère.

Une nuit, des lions tuèrent deux des bêtes de somme des Shaidos, rugissant dans l'obscurité quand ils furent chassés loin de leur proie et disparurent dans les ravins. Un conducteur de chariot dérangea un petit serpent marron pendant qu'ils montaient leur camp le quatrième soir. Un deux-pas, l'appela plus tard Aviendha, et il justifia son nom. Le bonhomme hurla et s'efforça de courir vers les chariots bien que voyant Moiraine se précipiter vers lui ; à la seconde foulée il tomba face contre terre, mort avant que l'Aes Sedai ait eu le temps de descendre de sa jument blanche. Aviendha énuméra les serpents, les araignées et les lézards venimeux. Des lézards venimeux ! Une fois, elle en dénicha un pour lui, épais et long de deux pieds, avec des bandes jaunes le long de ses écailles couleur de bronze. Le plaquant négligemment au sol avec sa botte souple, elle plongea son poignard dans la large tête de la bête, puis le souleva pour qu'il voie le fluide huileux et transparent suintant de crêtes osseuses dans sa bouche. Un *gara,* expliqua-t-elle, pouvait mordre à travers une botte ; il pouvait aussi tuer un taureau. D'autres étaient pires, naturellement. Le *gara* était lent et pas réellement dangereux à moins que l'on ne soit assez stupide pour marcher dessus. Quand elle dégagea sa lame de l'énorme lézard qu'elle jeta de côté, le jaune et le bronze se fondirent aussitôt dans l'argile craquelée. Oh, oui. Ne soyez pas simplement assez bête pour marcher dessus.

Moiraine partageait son temps entre les Sagettes et Rand, tentant comme de coutume, selon cette méthode des Aes Sedai, de le forcer à révéler ses projets. « La Roue tourne comme la Roue le veut », lui avait-elle dit justement ce matin-là, la voix calme et posée, le visage sans âge serein, mais ses yeux noirs ardents quand elle le regarda par-dessus la tête d'Aviendha, « mais un fou peut s'étrangler lui-même dans le Dessin. Prends garde de ne pas tisser de nœud pour ton cou. » Elle s'était procuré une cape claire, presque du blanc de celles des *gai'shains*, qui luisait au soleil, et sous le large capuchon elle portait une écharpe neigeuse humide nouée autour du front.

« Je ne fabrique pas de nœuds coulants pour mon cou. » Il rit, et elle fit tourner Aldieb si vite que la jument faillit renverser Aviendha, repartant au galop vers le groupe des Sagettes, sa cape flottant derrière elle.

« C'est être stupide que de mettre une Aes Sedai en colère, murmura Aviendha en se massant l'épaule. Je ne vous croyais pas stupide.

— Nous aurons simplement à constater si je le suis ou non », dit-il, son envie de rire dissipée. Stupide ? Il y a des risques que l'on doit prendre. « Nous verrons bien. »

Egwene quittait rarement les Sagettes, marchant avec elles aussi souvent qu'elle montait Brume, prenant quelquefois l'une d'elles en croupe pendant un moment sur la jument grise. Il avait finalement conclu qu'elle passait de nouveau pour une Aes Sedai authentique. Amys et Bair, Seana et Mélaine paraissaient l'avoir admis aussi volontiers que les gens de Tear, quoique pas du tout de la même façon. Par moment, l'une ou l'autre discutait avec elle à voix si haute qu'il distinguait presque ce qu'elle disait à plus de cent pas de distance. Cela ressemblait de fort près à leur attitude à l'égard d'Aviendha, quoique concernant cette dernière on aurait dit qu'elles la houspillaient plutôt qu'elles ne raisonnaient, mais aussi bien parfois elles donnaient l'impression également de soutenir avec Moiraine des débats plutôt vifs. En particulier Mélaine à la chevelure dorée comme le soleil.

Au matin du dixième jour, Egwene avait finalement cessé de se coiffer avec ces deux nattes, mais de la façon la plus curieuse. Les Sagettes s'étaient entretenues avec elle pendant un temps infini, à l'écart, tandis que les *gai'shains* pliaient leurs tentes et que Rand sellait Jeade'en. Ne l'aurait-il pas mieux connue, il aurait pensé que la posture d'Egwene tête basse était qu'elle s'essayait à l'humilité, mais ce terme ne pouvait s'appliquer à elle qu'en comparaison avec Nynaeve. Et peut-être avec Moiraine. Soudain Egwene tapa les mains l'une contre l'autre, rit et serra dans ses bras tour à tour chacune des Sagettes avant de défaire précipitamment les tresses.

Quand il demanda à Aviendha ce qui se passait – elle était assise devant sa tente quand il s'était réveillé – elle marmonna d'un ton amer : « Elles ont décidé qu'elle avait assez longtemps... » S'interrompant brusquement, elle le regarda droit dans les yeux, se croisa les bras et déclara d'un ton froid : « C'est une affaire qui concerne les Sagettes, Rand al'Thor. Posez-leur la question si vous le désirez, mais attendez-vous à entendre que cela ne vous regarde pas. »

Egwene avait assez longtemps quoi ? Laissé pousser ses cheveux ? Cela n'avait pas de sens. Aviendha ne voulut rien ajouter d'autre sur le sujet ; à la place, elle racla un fragment de lichen grisâtre sur un rocher et commença à décrire comment l'appliquer en cataplasme sur une blessure. Cette jeune femme adoptait les façons d'être d'une Sagette trop vite au gré de Rand. Les Sagettes elles-mêmes ne se préoccupaient apparemment guère de lui ; évidemment, elles n'en avaient pas besoin, avec Aviendha perchée sur son épaule pour ainsi dire.

Le reste des Aiels, les Jindos en tout cas, devenaient de jour en jour un peu moins réservés, peut-être un peu moins inquiétés par ce que signifiait pour eux Celui qui

Vient avec l'Aube, mais Aviendha était la seule à lui parler longuement. Chaque soir, Lan venait pour qu'ils s'exercent à l'épée et Rhuarc pour lui enseigner le maniement de la lance et la curieuse façon qu'avaient les Aiels de se battre à la fois avec les mains et avec les pieds. Le Lige connaissait un peu ce mode de combat et se joignait aux séances de pratique. La plupart des autres évitaient Rand, en particulier les conducteurs de chariots qui avaient appris qu'il était le Dragon Réincarné, un homme qui savait canaliser ; quand il surprenait à le regarder un de ces individus à la face rude, le gaillard avait pratiquement l'air de contempler le Ténébreux. Toutefois, ce n'était pas le cas de Kadere, ni du ménestrel.

Presque chaque matin au moment du départ, le colporteur venait sur un des mulets qui avaient été attelés aux chariots brûlés par les Trollocs, son teint paraissant encore plus foncé à cause de la longue écharpe blanche attachée sur sa tête et lui pendant sur la nuque. Avec Rand il était toute déférence, mais ses yeux froids à l'expression immuable transformaient son nez aquilin en véritable bec d'aigle.

« Mon Seigneur Dragon », avait-il commencé le matin qui avait suivi l'attaque puis il avait épongé la sueur sur son visage avec le mouchoir toujours à portée de sa main et avait changé d'assiette avec gêne sur la vieille selle en mauvais état qu'il avait dénichée quelque part pour le mulet. « Si je puis me permettre de vous appeler ainsi ? »

Les débris carbonisés des trois chariots rapetissaient dans le lointain au sud, et avec eux les tombes de deux des hommes de Kadere et de beaucoup plus d'Aiels. Les Trollocs avaient été traînés hors des campements et laissés aux charognards, des créatures glapissantes aux grandes oreilles – Rand ne savait pas si c'étaient de grands renards ou de petits chiens ; ils ressemblaient un peu aux deux – et aux vautours au bout des ailes rouge, certains décrivant encore des cercles dans le ciel comme s'ils avaient peur de se poser dans la mêlée au milieu de leurs congénères.

« Appelez-moi comme il vous plaira, lui répondit Rand.

— Mon Seigneur Dragon, j'ai réfléchi à ce que vous disiez hier. » Kadere regarda autour de lui comme s'il craignait que cette conversation ne soit surprise, bien qu'Aviendha fût avec les Sagettes et que les oreilles les plus proches, à cinquante pas de distance ou davantage, aient été celles juchées dans sa propre caravane. En tout cas, il baissa la voix presque jusqu'au murmure et s'essuya nerveusement la figure. Ses yeux n'avaient cependant pas changé. « Ce que vous disiez à propos du savoir qui est précieux parce qu'il prépare le terrain à la grandeur. C'est vrai. »

Rand le dévisagea un long moment, sans cligner des yeux, les traits neutres. « C'est vous qui l'avez dit, pas moi, finit-il par répliquer.

— Eh bien, peut-être que oui. Mais c'est exact, n'est-ce pas, mon Seigneur Dragon ? » Rand acquiesça d'un signe de tête et le colporteur poursuivit, toujours sur le mode du murmure, les yeux toujours se déplaçant pour repérer les oreilles indiscrètes. « Toutefois, le savoir comporte du danger. En donnant plus qu'en recevant. Un homme qui vend des renseignements doit recevoir non seulement son prix mais aussi des garanties. Des assurances et des cautions contre des... répercussions. N'en seriez-vous pas d'accord ?

— Avez-vous des renseignements que vous désirez... vendre, Kadere ? »

L'homme corpulent regarda en fronçant les sourcils son convoi de chariots. Keille était descendue pour marcher un moment en dépit de la chaleur croissante, sa masse gainée de blanc et un châle de dentelle blanche sur les peignes d'ivoire dans ses rudes cheveux bruns. Parfois elle jetait un coup d'œil vers les deux hommes chevauchant ensemble, son expression indéchiffrable à cette distance. C'était toujours étonnant que quelqu'un d'aussi gros se meuve avec autant de légèreté. Isendre était sortie s'asseoir sur le siège du conducteur du premier chariot et observait plus ouvertement, se cramponnant pour s'appuyer à l'angle du chariot peint en blanc qui penchait et cahotait.

« Cette femme finira par causer ma mort, murmura Kadere. Peut-être nous sera-t-il possible d'avoir un autre entretien plus tard, mon Seigneur Dragon, si vous le voulez bien. » Donnant un sec coup de botte au mulet, il trotta vers le chariot de tête et sauta sur le siège du conducteur avec une surprenante agilité, attachant les rênes du mulet à un anneau de fer au coin de la caisse du grand chariot. Lui et Isendre disparurent à l'intérieur et ne ressortirent que lors de la halte pour la nuit.

Il revint le lendemain, et d'autres jours quand il voyait que Rand était seul, faisant toujours allusion à des renseignements qu'il serait désireux de vendre au prix adéquat, si les garanties convenables étaient fixées. Une fois, il alla même jusqu'à dire que tout – le meurtre, la trahison, n'importe quoi – pouvait être pardonné en échange de renseignements et parut de plus en plus nerveux comme Rand refusait de tomber d'accord avec lui. Quel que fût ce qu'il avait à vendre, il cherchait apparemment à obtenir de Rand une immunité totale pour tous les méfaits qu'il avait pu commettre.

« Je ne crois pas que je tienne à acheter des renseignements, lui répondit Rand plus d'une fois. Il y a toujours la question du prix, n'est-ce pas ? Des prix que je ne souhaiterais peut-être pas payer. »

Natael attira Rand à part ce premier soir, après que les feux eurent été allumés et que des odeurs de cuisine commencèrent à se répandre parmi les tentes basses. Le ménestrel semblait presque aussi nerveux que Kadere. « J'ai beaucoup réfléchi à vous, déclara-t-il en scrutant Rand d'un regard de biais, la tête penchée d'un côté. Vous devriez avoir une grande épopée pour raconter votre histoire. Le Dragon Réincarné. Celui qui Vient avec l'Aube. L'Homme d'on ne sait combien de prophéties, dans cette Ère et dans d'autres. » Il ramena sa cape autour de lui, les pièces colorées voltigeant dans la brise. Le crépuscule était bref dans le Désert ; la nuit et le froid tombaient vite et ensemble. « Que ressentez-vous quand vous pensez au destin qui vous est prédit ? Il faut que je sache, si je dois composer cette épopée.

— Ce que je ressens ? » Rand regarda autour de lui le camp, les Jindos se déplaçant parmi les tentes. Combien d'entre eux seraient morts avant qu'il en ait terminé ? « De la fatigue. Je me sens fatigué.

— Ce n'est guère un sentiment héroïque, murmura Natael. Mais auquel on peut s'attendre, étant donné votre destinée. Le monde reposant sur vos épaules, la plupart des gens souhaitant vous tuer si l'occasion s'en présentait, le reste des imbéciles qui pensent vous utiliser, se servir de vous pour atteindre la puissance et la gloire.

— Qu'êtes-vous, Natael ?

— Moi ? Je suis un simple ménestrel. » Il souleva un bord de sa cape couverte de pièces de couleur comme pour le prouver. « Je ne prendrais pas votre place pour tout l'empire du monde, pas avec le sort qui l'accompagne. La mort ou la folie, sinon les deux. *Son sang sur les rochers du Shayol Ghul...* c'est ce que dit le *Cycle de Karaethon,* les Prophéties du Dragon, n'est-ce pas ? Que vous devez mourir pour sauver des idiots qui pousseront un soupir de soulagement à votre mort. Non, je n'accepterais pas cela pour toute votre puissance et davantage.

— Rand, appela Egwene sortant de l'obscurité qui devenait plus intense, sa cape claire drapée autour d'elle, le capuchon tout à fait relevé, nous sommes venues voir comment tu as tenu le coup après ta Guérison et une journée dans cette chaleur. » Moiraine était avec elle, le visage enfoui dans la capuche profonde de sa cape blanche, ainsi que Bair et Amys, Mélaine et Seana, la tête enveloppée dans des châles foncés, toutes l'observant, calmes et froides comme la nuit. Même Egwene. Elle ne possédait pas encore l'air d'immuable jeunesse des Aes Sedai, mais elle en avait les yeux.

Il ne remarqua pas tout de suite Aviendha, restée à

la traîne des autres. Pendant un instant, il crut lire de la compassion sur sa figure mais, si c'en était, cette compassion disparut aussitôt qu'elle s'aperçut qu'il la regardait. Son imagination. Il était vraiment fatigué.

« Une autre fois, reprit Natael en s'adressant à Rand mais en examinant les femmes de cette curieuse manière oblique. Nous parlerons une autre fois. » Avec le plus léger des saluts, il s'éloigna à grands pas.

« Est-ce que l'avenir t'inquiète, Rand ? dit Moiraine à mi-voix quand le ménestrel fut parti. Les prophéties s'expriment dans un langage obscur et imagé. Elles ne signifient pas toujours ce qu'elles semblent annoncer.

— La Roue tourne comme la Roue le veut, lui répliqua-t-il. Je ferai ce que je dois faire. Souvenez-vous-en, Moiraine. Je ferai ce que je dois. » Elle parut satisfaite ; avec les Aes Sedai, c'était difficile à déterminer. Elle ne serait pas satisfaite quand elle serait au courant de tout.

Natael revint le soir suivant, puis celui d'après et un autre soir encore, toujours parlant du poème épique qu'il voulait composer, mais il manifesta une tendance morbide, insistant pour savoir comment Rand entendait affronter la folie et la mort. Son récit devait être une tragédie, apparemment. Rand n'avait certes nul désir d'exposer ses peurs au grand jour ; ce qui était au fond de son cœur et de sa tête devait y rester enfoui. À la fin, le ménestrel sembla se lasser de l'entendre dire : « Je ferai ce que je dois », et cessa de venir. En tout état de cause, il ne voulait pas composer son poème à moins qu'il ne soit imprégné d'affliction. Il avait l'air frustré quand il s'éloigna à grandes enjambées pour la dernière fois, sa cape flottant violemment derrière lui.

Drôle de personnage mais, à en juger d'après Thom Merrilin, les ménestrels étaient tous comme ça. De fait, Natael témoignait d'autres caractéristiques des ménestrels. Par exemple, il avait indéniablement une excellente opinion de lui-même. Rand se souciait peu qu'il s'adresse à lui en lui donnant des titres, mais Natael parlait à Rhuarc – et à Moiraine les quelques fois où il s'était trouvé en sa présence – comme s'il était manifestement leur égal. C'était Thom à la perfection. Et il cessa complètement de jouer pour les Jindos, commençant à passer la majeure partie de ses soirées au camp des Shaidos. Les Shaidos étaient plus nombreux, expliqua-t-il à Rhuarc comme si c'était la raison la plus probante du monde. Un public plus important. Cela ne plut à aucun Jindo, mais il n'y avait rien que même Rhuarc fût en mesure de faire. Dans la Terre Triple, un ménestrel pouvait se livrer à n'importe quoi sauf à un meurtre sans recevoir un seul reproche.

Aviendha passait ses nuits avec les Sagettes et, quelquefois, marchait en leur compagnie une heure ou davantage dans la journée, toutes rassemblées autour d'elle, même Moiraine et Egwene. Au début, Rand crut qu'elles la conseillaient sur la manière de s'y prendre avec lui, comment lui soutirer de la tête ce qu'elles tenaient à savoir. Puis, un jour, avec le soleil en fusion dans le ciel, une boule de feu grosse comme un cheval surgit du néant devant le groupe des Sagettes et s'éloigna en tournant et culbutant, traçant un sillon dans la terre desséchée, puis finalement diminua et s'éteignit.

Quelques-uns parmi les conducteurs de chariot arrêtèrent leur attelage effrayé et renâclant et restèrent à regarder, s'interpellant dans un mélange de peur, d'ébahissement et de jurons grossiers. Des murmures parcoururent la foule des Jindos et ils regardèrent avec des grands yeux, comme les Shaidos, néanmoins les deux colonnes d'Aiels continuèrent leur chemin sans pratiquement s'arrêter. C'est parmi les Sagettes que se manifestait l'excitation. Les quatre se pressèrent autour d'Aviendha, parlant visiblement toutes à la fois, à grand renfort de gesticulations. Moiraine et Egwene, tenant leurs montures par la bride, tentèrent de dire leur mot ; même sans l'entendre, Rand comprit qu'Amys leur déclarait sans ambages de ne pas s'en mêler.

Contemplant le sillon noirci comme creusé à la gouge qui s'étirait droit tel un trait de flèche sur quatre toises, Rand se laissa aller contre le troussequin de sa selle.

Apprendre à canaliser à Aviendha. Bien sûr. Voilà ce qu'elles faisaient. Il essuya la sueur sur son front avec le dos de sa main ; le soleil n'y était pour rien. Quand cette boule de feu s'était matérialisée, il avait instinctivement recherché la Vraie Source. Autant essayer d'écoper de l'eau avec un tamis percé. Toutes ses tentatives pour agripper le *saidin* auraient aussi bien pu être pour saisir de l'air. Un jour, cela risquait de se produire quand il aurait désespérément besoin du Pouvoir. Il devait apprendre, lui aussi, et il n'avait pas de maître. Il devait apprendre pas seulement parce que le Pouvoir le tuerait avant qu'il ait à craindre de devenir fou s'il n'apprenait pas ; il devait apprendre parce qu'il avait besoin d'utiliser le Pouvoir. Apprendre à s'en servir ; s'en servir pour apprendre. Il se mit à rire si fort que certains Jindos le regardèrent d'un air inquiet.

Il aurait aimé avoir la compagnie de Mat n'importe quand pendant ces onze jours et nuits, mais Mat ne venait jamais plus d'une minute ou deux, le large bord de son chapeau à fond plat rabaissé pour s'abriter les yeux, la lance à hampe noire en travers du pommeau de la selle de Pips, avec sa pointe forgée par le Pouvoir, curieusement estampillée de corbeaux, comme une courte lame d'épée incurvée.

« Si ta figure brunit encore au soleil, tu vas te transformer en Aiel », disait-il par exemple en riant ou bien : « As-tu l'intention de passer le reste de ta vie ici ? Il y a un monde entier de l'autre côté du Rempart du Dragon. Le vin ? Les femmes ? Tu te souviens de ces choses-là ? »

Mais Mat avait visiblement l'air anxieux et il était encore moins disposé que les Sagettes à parler de Rhuidean ou de ce qui leur était arrivé là-bas. Sa main se crispait sur cette hampe noire à la seule mention de la cité coiffée d'un dôme de brume, et il prétendait ne rien se rappeler de son voyage à travers le *ter'angreal* – puis il se mettait à se contredire en déclarant : « Évite ce machin-là, Rand. Il n'est pas du tout comme celui qui se trouve dans la Pierre. Ils trichent. Que la Lumière me brûle, j'aurais préféré ne l'avoir jamais vu ! »

La seule fois où Rand mentionna l'Ancienne Langue, il répliqua d'un ton cassant : « Va donc te réduire en cendres, je ne connais rien de cette fichue Langue Ancienne ! » et il repartit au galop droit vers les chariots des colporteurs.

C'est là que Mat passait la majeure partie de son temps, jouant aux dés avec les conducteurs – jusqu'à ce qu'ils se soient rendu compte qu'il gagnait beaucoup plus souvent qu'il ne perdait, qu'il utilise ses dés ou ceux d'un autre – engageant à toute occasion de longues conversations avec Kadere ou Natael, courtisant Isendre. Ce qu'il avait en tête était clair depuis la première fois où il lui avait souri et avait remis en place son chapeau, le matin qui avait suivi l'attaque trolloque. Il s'entretenait avec elle presque chaque soir aussi longtemps qu'il le pouvait et se piqua tant en cueillant des fleurs blanches sur un buisson hérissé d'épines qu'il eut grand-peine à manipuler ses rênes pendant deux jours, ce qui ne l'empêcha pas de refuser que Moiraine le Guérisse. Isendre ne l'encourageait pas, à proprement parler, mais son lent sourire sensuel n'était guère calculé non plus pour le refroidir. Kadere voyait – et ne disait pas un mot, mais parfois ses yeux suivaient Mat comme ceux d'un vautour. D'autres, eux, y allaient de leurs commentaires.

À une heure tardive, un après-midi, tandis qu'on dételait les mulets et montait les tentes et que Rand dessellait Jeade'en, Mat se tenait avec Isendre dans le mince abri contre les rayons solaires que donnait un des chariots à capote de toile. S'en tenait fort près. Rand qui les observait en bouchonnant son pommelé secoua la tête. Le soleil flamboyait bas sur l'horizon et de hautes pyramides rocheuses projetaient de longues ombres sur le campement.

Isendre jouait avec son écharpe diaphane comme si elle songeait vaguement à l'enlever, souriant, ses lèvres pleines avançant légèrement, prêtes pour un baiser.

Encouragé, Mat sourit avec assurance et se rapprocha encore davantage. Elle laissa tomber sa main et esquissa un lent mouvement dissuasif, mais ce sourire provocant ne s'effaça pas. Ni l'un ni l'autre n'entendit Keille approcher, tant elle avait le pas léger en dépit de sa grosseur.

« Est-ce cela que vous voulez, gracieux sire ? Elle ? » Les deux s'écartèrent brusquement au son de sa voix suave et elle eut un rire juste aussi musical, juste aussi bizarre provenant de cette face. « Une bonne affaire pour vous, Matrim Cauthon. Un marc d'or de Tar Valon et elle est à vous. Une garce comme ça ne peut pas en valoir plus de deux, donc c'est vraiment une bonne affaire. »

Mat eut une grimace, l'air d'avoir envie de se trouver n'importe où ailleurs que là.

Isendre, toutefois, se retourna lentement vers Keille, un lynx affrontant un ours. « Vous allez trop loin, la vieille, dit-elle à mi-voix, le regard dur au-dessus de l'écharpe servant de voile. Je ne supporterai plus vos écarts de langage. Faites attention. Ou peut-être aimeriez-vous rester ici dans le Désert. »

Keille eut un rire éclatant, mais il n'y avait pas de gaieté dans les yeux d'obsidienne étincelant au-dessus de ses joues grasses. « Vraiment ? »

Avec un hochement de tête décidé, Isendre dit : « Un marc de Tar Valon. » Sa voix avait une dureté de fer. « Je veillerai à ce que vous ayez un marc d'or de Tar Valon quand nous vous laisserons. Je regretterai seulement de ne pas vous voir essayer de le boire. » Tournant le dos, elle se dirigea à grands pas vers le chariot de tête, sans le moindre balancement de hanches séducteur, et disparut à l'intérieur.

Keille regarda, sa face ronde indéchiffrable, jusqu'à ce que la porte blanche soit refermée, puis elle s'attaqua soudain à Mat qui s'apprêtait à filer discrètement. « Peu d'hommes ont refusé une fois une de mes offres, et moins encore deux fois. Vous devriez vous méfier que je ne m'avise de réagir d'une manière ou de l'autre. »

Riant, elle allongea le bras et lui pinça la joue avec des doigts épais, assez fort pour qu'il grimace, puis elle se tourna vers Rand. « Expliquez-lui, mon Seigneur Dragon. J'ai l'impression que vous avez une certaine expérience des dangers qu'il y a à dédaigner une femme. Cette Aielle qui vous suit partout, avec cette mine coléreuse. J'ai entendu dire que vous apparteniez à une autre. Peut-être se sent-elle dédaignée.

— J'en doute, Maîtresse, dit-il sèchement. Aviendha me planterait un poignard dans les côtes si elle croyait que j'avais pensé à elle sur ce plan-là. »

L'énorme femme rit à gorge déployée. Mat eut un mouvement de recul quand elle allongea de nouveau la main vers lui, mais elle se contenta de tapoter la joue qu'elle avait pincée auparavant. « Vous voyez, bon sire ? Dédaignez l'offre d'une femme et peut-être qu'elle ne s'en formalisera pas, mais peut-être » – elle esquissa le geste d'enfoncer une broche – « ce sera le poignard. Une leçon que n'importe quel homme peut apprendre. Hein, mon Seigneur Dragon ? » S'étouffant de rire, elle s'éloigna précipitamment pour surveiller les hommes qui s'occupaient des mulets.

Se frottant la joue, Mat marmotta : « Elles sont toutes folles », avant de partir, lui aussi. Néanmoins il ne cessa pas de faire la cour à Isendre.

Ainsi en fut-il pendant onze jours et jusqu'au douzième, à travers une terre stérile, durcie par la chaleur. Deux fois, ils virent d'autres haltes, des petites constructions de pierre brute ressemblant beaucoup à Imre, établies pour être défendues facilement contre le flanc à pic d'un piton ou d'une butte. Il y avait dans l'une trois cents moutons au moins et des hommes qui furent aussi stupéfaits d'apprendre l'existence de Rand qu'ils le furent de la présence de Trollocs dans la Terre Triple. L'autre était déserte ; pas victime d'une razzia, simplement inutilisée. À plusieurs reprises, Rand aperçut dans le lointain des chèvres, ou des moutons, ou du bétail à longues cornes et au pelage clair. Aviendha dit que les troupeaux appartenaient à des places fortes voisines, mais il ne vit personne, et en tout cas aucun agencement qui méritait d'être appelé place forte.

Le douzième jour, avec les massives colonnes de Jindos et de Shaidos encadrant le groupe des Sagettes, et les chariots des colporteurs avançant d'une allure chaotique avec Keille et Natael qui se disputaient et Isendre qui observait Rand depuis le giron de Kadere...

« ... et voilà ce qu'il en est, conclut Aviendha en hochant la tête pour elle-même. Vous devez sûrement comprendre maintenant ce que signifie être Maîtresse-du-toit.

— Pas vraiment », avoua Rand. Il se rendit compte que depuis un moment il avait juste écouté le son de sa voix, pas ses paroles. « Toutefois, je suis sûr que cela fonctionne très bien. »

Elle le gratifia d'un grommellement. « Quand vous vous marierez, reprit-elle d'un ton bref, avec les Dragons sur vos bras prouvant votre sang, suivrez-vous les coutumes de votre sang ou exigerez-vous de posséder tout à l'exception de la robe que votre épouse a sur le dos, comme un sauvage des Terres Humides ?

— Cela ne se passe absolument pas comme ça, protesta-t-il, et n'importe quelle femme du pays d'où je viens assommerait l'homme qui le penserait. Par ailleurs, ne croyez-vous pas que cela devrait se régler entre moi et qui je déciderai d'épouser ? » Aviendha se rembrunit encore davantage, pour autant que c'était possible.

À son soulagement Rhuarc qui s'était trouvé à la tête des Jindos revint vers lui à pas rapides. « Nous y sommes, annonça l'Aiel avec un sourire. La Place Forte des Rocs Froids. »

49. La Place Forte des Rocs Froids

Fronçant les sourcils, Rand examina attentivement les alentours. À un quart de lieue en avant se dressait un groupe serré de hautes buttes escarpées, à moins que ce ne fût une énorme butte entaillée par des fissures. À sa gauche, le terrain allait s'étalant en parcelles d'herbes rêches et de plantes où les épines remplaçaient les feuilles, avec çà et là des buissons piquants et des arbres bas, s'élevant en collines arides et plongeant en ravins dentelés, passant d'énormes colonnes de pierre rude à de lointaines montagnes aux sommets profilés en aiguilles. À droite, le paysage était le même, à part que l'argile jaunâtre craquelée était plus plate, les montagnes plus rapprochées. Ç'aurait pu être n'importe quel endroit du Désert qu'il avait vu depuis le Chaendaer.

« Où donc ? » dit-il.

Rhuarc jeta un bref regard à Aviendha qui dévisageait Rand comme s'il avait perdu l'esprit. « Venez. Que vos propres yeux vous montrent les Rocs Froids. » Rejetant sa *shoufa* sur ses épaules, le chef de clan se détourna et partit tête nue à longues foulées droit devant lui vers la paroi rocheuse fissurée.

Les Shaidos s'étaient déjà arrêtés et fourmillaient en commençant à monter leurs tentes. Heirn et les Jindos s'élancèrent d'un pas rapide derrière Rhuarc avec les mulets de bât, se découvrant la tête et poussant des clameurs inarticulées. Les Vierges de la Lance qui escoraient les colporteurs crièrent aux conducteurs de presser leurs attelages et suivirent les Jindos. Une des Sagettes releva ses jupes jusqu'au genou et courut rejoindre Rhuarc – Rand pensa que c'était Amys, d'après ses cheveux clairs, Bair ne pouvait sûrement pas se déplacer avec autant d'agilité – mais le reste du groupe des Sagettes conserva la même allure. Pendant un instant, Moiraine donna l'impression de vouloir se détacher, en direction de Rand, puis hésita, discutant avec une autre des Sagettes, la chevelure toujours dissimulée par son châle. Finalement l'Aes Sedai ramena en arrière sa jument blanche derrière la grise d'Egwene et l'étalon noir de Lan, juste avant les *gai'shains* en longue robe blanche qui entraînaient à la longe les bêtes de somme. Toutefois, ils marchaient dans la même direction que Rhuarc et les autres.

Rand se pencha pour tendre une main à Aviendha. Comme elle secouait la tête, il dit : « S'ils continuent pareil vacarme, je ne pourrais pas vous entendre là en bas. Et si je commets une bourde ridicule parce que je ne comprends pas ce que vous expliquez ? »

Marmonnant indistinctement, elle eut un regard vers les Vierges de la Lance autour des chariots des colporteurs, puis soupira et lui empoigna le bras. Il la souleva, sans tenir compte de son exclamation indignée, et la déposa sur Jeade'en derrière la selle. Chaque fois qu'elle avait essayé de monter seule en croupe, elle avait bien failli l'arracher de sa selle. Il lui donna un instant pour arranger ses jupes volumineuses, qui pourtant, au mieux, laissaient ses jambes découvertes bien au-dessus de ses bottes souples qui s'arrêtaient aux genoux, puis il lança d'un coup de talon son pommelé au petit galop. C'était la première fois qu'Aviendha allait à cheval plus vite qu'au pas ; elle jeta les bras autour de la taille de Rand et s'accrocha à lui.

« Si vous me rendez ridicule devant mes sœurs, homme des Terres Humides... » Elle lança l'avertissement d'un ton hargneux dans le dos de Rand.

« Pourquoi se moqueraient-elles de vous ? J'ai vu

Bair, Amys et les autres chevaucher en croupe derrière Moiraine ou Egwene quelquefois pour bavarder. »

Au bout d'un instant, elle commenta : « Vous acceptez les changements plus aisément que moi, Rand al'Thor. »

Il ne sut pas trop comment l'interpréter.

Quand il amena Jeade'en à la hauteur de Rhuarc, de Heirn et d'Amys, un peu en avant des Jindos qui criaient toujours, il fut surpris de voir Couladin courant à côté d'une foulée aisée, ses cheveux couleur de flamme nus. Aviendha rabaissa la *shoufa* de Rand jusqu'à ses épaules. « On doit entrer dans une place forte avec le visage bien visible. Je vous l'avais dit. Et faire du bruit. Nous avons été aperçus depuis longtemps et on sait qui nous sommes, mais c'est la coutume de montrer que nous n'essayons pas d'investir la place par surprise. »

Il acquiesça d'un signe de tête, mais tint sa langue. Ni Rhuarc ni aucun des trois qui l'accompagnaient n'émettait un son, et Aviendha non plus. D'ailleurs les Jindos vociféraient assez pour être entendus à des lieues à la ronde.

La tête de Couladin se tourna soudain vers lui. Du mépris se peignit brièvement sur cette face brunie par le soleil, et quelque chose d'autre. De la haine et du dédain, Rand en était venu à s'y attendre, mais de l'amusement ? Qu'est-ce que Couladin trouvait d'amusant ?

« Cet imbécile de Shaido », marmotta Aviendha dans son dos. Peut-être avait-elle raison ; peut-être que l'amusement était provoqué parce qu'elle était à cheval. Pourtant Rand ne le crut pas.

Mat accourut au galop, soulevant à sa suite un nuage de poussière brun jaunâtre, le chapeau enfoncé sur sa tête et sa lance appuyée à la verticale sur son étrier comme une pique. « C'est quoi, cet endroit, Rand ? questionna-t-il à pleins poumons pour être entendu malgré les clameurs. Tout ce que ces femmes savent dire, c'est “Plus vite. Plus vite”. » Rand le renseigna et Mat examina en fronçant les sourcils l'énorme face rocheuse de la butte. « On pourrait résister là-dedans pendant des années, je suppose, avec du ravitaillement, mais c'est loin de valoir la forteresse de la Pierre ou le Tora Harad.

— Le Tora quoi ? » dit Rand.

Mat haussa les épaules avant de répondre. « Quelque chose dont j'ai entendu parler, une fois. » Il se dressa sur ses étriers pour regarder en arrière par-dessus la tête des Jindos la caravane des colporteurs. « Du moins sont-ils toujours avec nous. Je me demande dans combien de temps ils auront fini de vendre leurs marchandises et s'en iront.

— Pas avant qu'on soit à l'Alcair Dal. Rhuarc dit que c'est une sorte de foire où se rencontrent les chefs de clan, ne serait-ce qu'à deux ou trois. Avec tous les douze qui viennent, je ne pense pas que Kadere et Keille voudront manquer ça. »

La nouvelle n'eut pas l'air de réjouir Mat.

Rhuarc se dirigea droit vers la plus vaste fissure dans la paroi verticale, de cinq ou six toises de large au maximum, et plongée dans l'ombre par la hauteur de ses versants à pic tandis qu'elle s'enfonçait de plus en plus profondément en décrivant des méandres, noire et même froide sous un ruban de ciel. Se trouver dans tant d'ombre donnait une sensation bizarre. Les clameurs inarticulées des Aiels s'enflèrent, amplifiées entre les parois gris-brun ; quand elles s'interrompirent subitement, le silence, rompu seulement par le clic-clac des sabots des mulets et loin derrière le grincement des roues des chariots, parut impressionnant.

Ils dépassèrent un autre tournant et la fissure s'ouvrit brusquement en un large canyon, long et presque droit. De chaque côté, des youyous aigus jaillirent de la bouche de centaines de femmes. Une foule imposante était alignée le long du chemin, des femmes en jupes volumineuses, un châle drapé autour de la tête, et des hommes portant cotte et chausses gris-brun, le *cadin'sor,* et des Vierges de la Lance aussi, agitant les bras en signe de bienvenue, tapant sur des marmites ou tout ce qui pouvait produire du bruit.

Rand était abasourdi – et pas seulement par ce pandémonium. Les parois de cette vallée étaient vertes, formant d'étroites terrasses qui s'étageaient jusqu'à mi-hauteur de chaque côté. Ce n'étaient pas toutes réellement des terrasses, il s'en rendit compte. De petites maisons en pierre grise ou en argile jaune, au toit plat, semblaient pratiquement entassées les unes au-dessus des autres, en grappes, avec des allées serpentant autour, chaque toit étant un potager de haricots et de courgettes, de poivrons, de melons et de plantes qu'il ne connaissait pas. Des poules couraient en liberté, plus rouges que celles dont il avait l'habitude et une étrange sorte de volaille plus grosse et tachetée de gris. Des enfants, la plupart habillés comme leurs aînés, et des *gai'shains* en robe blanche se déplaçaient entre les rangées de plantes avec de grosses cruches d'argile, apparemment arrosant les plantes une par une. Les Aiels n'avaient pas de villes, lui avait-on toujours dit, mais ceci était au moins un bourg de belle taille, même s'il n'en avait jamais vu d'aussi curieux. Le vacarme était trop fort pour qu'il pose les questions qui lui traversaient l'esprit – par exemple, qu'étaient ces fruits ronds, trop rouges et trop brillants pour être des pommes, sur des arbustes bas aux feuilles claires, ou ces tiges droites à larges feuilles avec de longues et épaisses pousses terminées par des aigrettes jaunes ? Il avait été trop longtemps paysan pour ne pas s'y intéresser.

Rhuarc et Heirn ralentirent l'allure, ainsi que Couladin, mais seulement jusqu'à une marche rapide, glissant leurs lances à travers le harnais soutenant l'étui de leur arc sur le dos. Amys continua à courir en avant, riant comme une gamine, tandis que les hommes poursuivaient leur avance régulière dans le fond de la gorge que bordait la foule, les youyous des femmes de la place forte vibrant dans l'air et noyant presque le fracas sonore des marmites. Rand suivit, comme Aviendha le lui avait dit. Mat paraissait avoir envie de tourner bride et de ressortir aussitôt à cheval du canyon.

À l'autre extrémité de ce canyon, la paroi s'inclinait

vers l'intérieur, formant une profonde poche noire. Le soleil n'en atteignait jamais le fond, avait expliqué Aviendha, et c'est de ces rocs toujours frais que la place forte tenait son nom. Devant la zone d'ombre, Amys était debout avec une autre femme sur un large rocher gris, au sommet lissé en plate-forme.

L'autre femme, svelte dans ses jupes volumineuses, ses cheveux blonds parsemés de blanc aux tempes, liés par une écharpe et tombant jusqu'au-dessous de sa taille, semblait plus âgée qu'Amys, encore que certainement plus que belle femme, avec quelques fines rides au coin de ses yeux gris. Elle était vêtue comme Amys, un simple châle brun sur les épaules, ses colliers et bracelets en or et ivoire sculpté ni plus beaux ni plus riches, mais c'était Lian, la Maîtresse-du-toit de la Place Forte des Rocs Froids.

Les cris aigus au rythme fluctuant diminuèrent jusqu'à s'éteindre complètement quand Rhuarc s'arrêta devant le rocher, un pas plus près que Heirn et Couladin. « Je demande l'autorisation d'entrer dans votre place forte, Maîtresse-du-toit, annonça-t-il d'une voix haute qui portait loin.

— Vous avez mon autorisation, chef de clan », répliqua cérémonieusement et tout aussi nettement la femme blonde. Avec un sourire, elle ajouta d'un ton beaucoup plus chaleureux : « Ombre de mon cœur, tu auras toujours ma permission.

— Je présente mes remerciements, Maîtresse-du-toit de mon cœur. » Ce qui n'avait rien non plus de particulièrement cérémonieux.

Heirn s'avança. « Maîtresse-du-toit, je demande l'autorisation de venir sous votre toit.

— Vous avez mon autorisation, Heirn, répondit Lian au chef trapu. Sous mon toit, il y a de l'eau et de l'ombre pour vous. L'enclos des Jindos est toujours le bienvenu ici.

— Je présente mes remerciements, Maîtresse-du-toit. » Heirn tapa sur l'épaule de Rhuarc et partit rejoindre son clan ; le cérémonial aiel était bref et allait droit au but.

Se rengorgeant, Couladin rejoignit Rhuarc. « Je demande l'autorisation d'entrer dans votre place forte, Maîtresse-du-toit. »

Lian cilla en le regardant d'un air sévère. Un murmure monta derrière Rand, un bourdonnement étonné jailli de centaines de gorges. Une soudaine sensation de danger imprégna l'air. Mat en fut certainement conscient aussi, il assura sa lance dans sa main et se retourna à demi pour voir ce que faisait la masse des Aiels.

« Qu'est-ce qu'il y a ? demanda tout bas Rand pardessus son épaule. Pourquoi ne dit-elle pas quelque chose ?

— Il a posé la question comme s'il était chef de clan, chuchota Aviendha d'un ton incrédule. Cet homme est stupide. Il doit être fou ! Si elle refuse, cela entraînera des ennuis avec les Shaidos et elle y est en droit, pour une insulte pareille. Pas une vendetta – il n'est pas le chef de leur clan, si enflée que soit sa tête – mais des désagréments. » Entre une aspiration et la suivante, la voix d'Aviendha se durcit. « Vous n'avez pas écouté, hein ? Vous n'avez pas écouté ! Elle aurait pu refuser la permission même à Rhuarc, et il aurait été obligé de partir. Cela aurait brisé le clan, mais elle en avait le pouvoir. Elle peut même refuser Celui qui Vient avec l'Aube, Rand al'Thor. Les femmes ne sont pas dépourvues de puissance parmi nous, pas comme vos femmes des Terres Humides qui doivent être reines ou nobles sans quoi il leur faut danser pour un homme si elles souhaitent manger ! »

Il secoua légèrement la tête. Chaque fois qu'il était sur le point de se gourmander d'en avoir appris tellement peu sur les Aiels, Aviendha lui remettait en mémoire combien minces étaient ses connaissances à elle sur quiconque n'était pas aiel. « Un jour, j'aimerais vous présenter au Cercle des Femmes du Champ d'Emond. Ce sera... intéressant... de vous entendre leur expliquer à quel point elles sont privées d'autorité. » Il la sentit remuer contre son dos, dans un effort pour le regarder attentivement et il prit soin de garder une expression neutre. « Peut-être vous expliqueront-elles aussi certaines choses.

— Vous avez mon autorisation », commença Lian – Couladin sourit, s'enflant d'orgueil – « pour pénétrer sous mon toit. De l'eau et de l'ombre seront trouvées pour vous. » De légers hoquets de surprise sortant de centaines de bouches produisirent un grand bruit.

L'homme à la chevelure couleur de feu frémit comme s'il avait été frappé, la face rouge de rage. Il ne semblait pas savoir comment réagir. Il avança d'un pas de défi, les yeux levés vers Lian et Amys, agrippé à ses propres avant-bras comme pour empêcher ses mains de saisir ses lances, puis il pivota sur lui-même et revint à grands pas vers la foule assemblée, dardant de-ci de-là un regard furieux, défiant quiconque de parler. Finalement il s'arrêta non loin de l'endroit d'où il était parti, dévisageant Rand. Des braises n'auraient pas été plus brûlantes que ses yeux bleus.

« Comme quelqu'un de seul et sans amis, chuchota Aviendha. Elle l'a accueilli comme un mendiant. La pire insulte pour lui, et pas une insulte pour les Shaidos. » Subitement, elle assena à Rand un si violent coup de poing dans les côtes qu'il en étouffa un cri. « Remuez-vous, natif des Terres Humides. Vous tenez dans vos mains ce qui me reste d'honneur ; tous sauront que c'est moi qui vous ai instruit ! Remuez-vous ! »

Soulevant vivement une jambe par-dessus sa selle, il se glissa à bas de Jeade'en et s'avança d'un pas rapide près de Rhuarc. *Je ne suis pas un Aiel*, pensa-t-il. *Je ne les comprends pas et je ne peux pas me laisser aller à trop les aimer. Je ne peux pas.*

Aucun des autres hommes n'avait agi ainsi, mais il s'inclina devant Lian ; c'était l'éducation qu'il avait reçue. « Maîtresse-du-toit, je demande l'autorisation de venir sous votre toit. » Il entendit Aviendha ravaler son souffle. Il avait été censé dire l'autre phrase, celle de

Rhuarc. Les yeux du chef de clan se plissèrent d'inquiétude en observant son épouse, et la figure empourprée de Couladin se plissa dans un sourire méprisant. Les légers murmures de l'assistance dénotaient de la perplexité.

La Maîtresse-du-toit examina Rand avec encore plus d'attention qu'elle ne l'avait fait pour Couladin, des cheveux aux bottes et remontant des unes aux autres, la *shoufa* reposant sur les épaules d'une tunique rouge qui n'aurait sûrement jamais été portée par un Aiel. Elle jeta un regard interrogateur à Amys, qui hocha la tête.

« Une telle modestie, déclara lentement Lian, sied à un homme. Rares sont les hommes qui savent où la découvrir. » Étalant ses jupes sombres, elle exécuta une révérence, gauchement – ce n'était pas une chose familière aux Aielles – mais néanmoins une révérence en échange de son salut. « Le *Car'a'carn* a l'autorisation d'entrer dans ma place forte. Pour le chef des chefs, il y a toujours de l'eau et de l'ombre aux Rocs Froids. »

Une autre grande houle de ululements monta des femmes dans la foule mais était-ce pour lui ou pour le cérémonial, Rand l'ignorait. Couladin s'arrêta et lui jeta un regard de haine implacable, puis s'éloigna, bousculant avec rudesse Aviendha qui se laissait glisser maladroitement du dos de l'étalon pommelé. Il se fondit vivement dans la foule qui se dispersait.

Mat qui mettait pied à terre ralentit son mouvement pour le suivre des yeux. « Prends garde à tes arrières avec cet homme-là, Rand, dit-il à mi-voix. Je parle sérieusement.

— Tout le monde me le répète », répliqua Rand. Les colporteurs étaient déjà en train de se préparer à entreprendre leur commerce au centre du canyon et, à l'entrée, Moiraine et le reste du groupe des Sagettes arrivaient au milieu de quelques acclamations et de tambourinements de marmites, mais n'égalant en rien les cris qui avaient accueilli Rhuarc. « Ce n'est pas lui dont j'ai à me soucier. » Ses dangers n'étaient pas les Aiels. *Moiraine d'un côté et Lanfear de l'autre. Quel danger pourrais-je courir de plus grave ?* Cela suffisait presque à lui donner envie de rire.

Amys et Lian étaient descendues du rocher et, à la surprise de Rand, Rhuarc passa un bras autour de chacune d'elles. Les deux étaient grandes, comme semblaient l'être la plupart des Aielles, mais ni l'une ni l'autre n'arrivait plus haut que l'épaule du chef de clan. « Vous avez fait la connaissance de mon épouse Amys, dit-il à Rand. Il faut maintenant que vous fassiez celle de mon épouse Lian. »

Rand se rendit compte que sa bouche en était restée béante et il la referma vivement. Après qu'Aviendha lui avait dit que la Maîtresse-du-toit des Rocs Froids était la femme de Rhuarc et se nommait Lian, il était sûr d'avoir interprété de travers là-bas au Chaendaer tous ces « ombre de mon cœur » entre Rhuarc et Amys. Il avait d'ailleurs d'autres choses en tête à l'époque. Mais ceci...

« Les *deux* ? bredouilla Mat. Ô Lumière ! Deux ! Oh, que je me réduise en braises ! C'est l'homme le plus heureux de la terre ou le pire imbécile depuis la création ! »

Rhuarc remarqua en fronçant les sourcils : « J'avais pensé qu'Aviendha vous enseignait nos coutumes. Elle en a laissé beaucoup de côté, semble-t-il. »

Se penchant pour regarder de l'autre côté de son mari – de *leur* mari – Lian souleva un sourcil interrogateur à l'adresse d'Amys qui répliqua sèchement : « Elle semblait idéale pour lui expliquer ce qu'il a besoin de savoir. C'était aussi quelque chose pour l'empêcher d'essayer de retourner avec les Vierges de la Lance chaque fois que nous avions le dos tourné. À présent, il faut apparemment que j'aie une longue conversation avec elle dans un coin tranquille. Nul doute qu'elle lui a appris à s'exprimer par le langage muet des mains en pratique chez les Vierges de la Lance ou bien à traire un *gara*. »

Rougissant légèrement, Aviendha secoua la tête avec irritation ; ses cheveux sombres aux reflets roux avaient poussé et couvraient ses oreilles, assez longs pour former une frange qui se balançait sous son châle. « Il y avait à parler de choses plus importantes que des mariages. En tout cas, il n'écoute pas.

— Elle a été un bon professeur, intervint vivement Rand. J'ai beaucoup appris par elle sur vos coutumes et la Terre Triple. » Langage des mains ? « Les erreurs que je commets, c'est moi qui en suis responsable, pas elle. » Comment traire un lézard venimeux de deux pieds de long ? Pourquoi ? « Elle a été un bon maître et j'aimerais la garder comme professeur, si cela ne présente pas d'inconvénient. » *Pourquoi, au nom de la Lumière, ai-je dit cela ?* Cette jeune femme pouvait être assez agréable parfois, du moins quand elle s'oubliait ; le reste du temps, elle était comme une bardane sous sa tunique. Cependant du moins savait-il qui les Sagettes avaient désigné pour le surveiller tant qu'elle était là.

Amys l'observait, de ces yeux bleu clair au regard aussi pénétrant que celui d'une Aes Sedai. Aussi bien, d'ailleurs, elle pouvait canaliser ; son visage semblait simplement plus jeune qu'il ne devrait, pas éternellement jeune, mais peut-être qu'elle était autant Aes Sedai qu'une Aes Sedai. « À mon avis, c'est un bon arrangement », conclut-elle. Aviendha ouvrit la bouche, toute hérissée d'indignation – et la referma quand la Sagette déplaça vers elle ce regard. Peut-être Aviendha avait-elle cru son temps avec lui terminé maintenant qu'ils étaient arrivés aux Rocs Froids.

« Vous devez être fatigué après votre voyage », dit Lian à Rand, une expression maternelle dans ses yeux gris. « Et affamé également. Venez. » Son chaud sourire engloba Mat qui restait à la traîne et commençait à regarder en direction des chariots des colporteurs. « Venez sous mon toit. »

Rand alla chercher ses sacoches de selle, laissant Jeade'en aux soins d'une *gai'shain,* qui emmena aussi Pips. Mat contempla une dernière fois les chariots avant de jeter ses sacoches sur son épaule et de le suivre.

Le toit de Lian, sa maison, était situé sur le plus haut niveau du versant ouest du canyon dont la paroi vertigineuse se dressait à cinquante bonnes toises au-dessus. Habitation du chef de clan et de la Maîtresse-du-toit ou non, de l'extérieur elle paraissait être un modeste rectangle de grandes briques d'argile jaune avec d'étroites fenêtres dépourvues de vitres fermées par de simples rideaux blancs, un potager sur son toit plat et un autre sur le devant aménagé sur une petite terrasse séparée de la maison par un sentier, étroit aussi, pavé de dalles de pierre grise. Assez grande pour deux pièces, c'était possible. À part peut-être le gong carré en bronze suspendu à côté de la porte, elle ressemblait beaucoup aux autres bâtiments que pouvait voir Rand, et de ce point de vue privilégié l'entière longueur de la vallée s'étendait au-dessous de lui. Une petite maison, simple. À l'intérieur, c'était tout autre chose.

La partie en brique était une seule vaste salle dont le sol était revêtu d'un carrelage brun rouge, mais ce n'était qu'une partie. Derrière, creusées dans la pierre, se trouvaient encore des salles, hautes de plafond et surprenantes de fraîcheur, avec de larges portes en arc brisé et des lampes d'argent d'où émanait un parfum évoquant des étendues de verdure. Rand ne vit qu'un seul siège à haut dossier et laqué rouge et or, ne paraissant pas souvent utilisé ; le siège du chef, l'appelait Aviendha. Il n'y avait guère davantage de bois à voir, en dehors de quelques coffrets et coffres cirés ou laqués, et des lutrins bas supportant des livres ouverts ; leur lecteur devrait se coucher par terre. Des tapis au tissage complexe recouvraient les sols, ainsi que des couvertures lumineuses entassées en couches épaisses ; il reconnut des motifs du Tear, du Cairhien et de l'Andor, et même de l'Illian et du Tarabon, alors que d'autres dessins étaient inconnus, de larges hachures sans deux couleurs pareilles, ou des carrés creux reliés entre eux dans des tons gris, marron et noirs. Contrastant fortement avec la rude uniformité au-dehors de cette vallée, de la couleur éclatante brillait partout, sur des tapisseries dont il était sûr qu'elles provenaient du versant opposé de l'Échine du Monde – peut-être de la même façon que des tentures avaient quitté la Pierre de Tear – et des coussins de toutes tailles et teintes, souvent ornés de glands ou de franges ou des deux en soie rouge ou or. Çà et là, dans des niches creusées dans les parois, se dressait un vase de fine porcelaine, ou une coupe en argent on un morceau d'ivoire sculpté, en forme d'animal étrange ou autre. C'était donc cela, les « cavernes » dont parlaient les gens de Tear. Ç'aurait pu avoir l'aspect de luxe de mauvais goût de Tear – ou l'aspect criard des Rétameurs – mais au contraire cela donnait une impression de noblesse, majestueuse et simple à la fois.

Avec un petit sourire à l'adresse d'Aviendha pour lui montrer qu'il l'avait bien écoutée, Rand sortit de ses sacoches un cadeau d'hôte, un lion en or délicatement ouvragé. Il provenait d'un pillage dans Tear et avait été acheté à un Chercheur d'Eau jindo mais, s'il était le maître de Tear, peut-être était-ce comme de se voler lui-même. Après un instant d'hésitation, Mat offrit aussi un cadeau, un collier de fleurs en argent façonné à Tear, sans doute originellement de la même provenance et sans doute destiné à Isendre.

« Ravissant, dit Lian avec un sourire en levant haut le lion. J'ai toujours eu un penchant pour l'art de Tear. Rhuarc m'avait rapporté deux pièces il y a de nombreuses années. » Du ton approprié pour une maîtresse de maison se souvenant de cerises en grappe particulièrement exquises, elle dit à son mari : « Tu les avais prises dans la tente d'un Puissant Seigneur juste avant que Laman soit décapité, n'est-ce pas ? Quel dommage que tu ne sois pas allé en Andor. J'ai toujours eu envie d'une pièce d'argenterie andorane. Ce collier est magnifique aussi, Mat Cauthon. »

En l'écoutant accumuler éloge sur éloge des deux cadeaux, Rand dissimula sa stupeur scandalisée. Malgré ses jupes et son expression maternelle, elle était aussi aielle que n'importe quelle Vierge de la Lance.

Lorsque Lian en eut fini, Moiraine et les autres Sagettes arrivèrent avec Lan et Egwene. L'épée du Lige suscita un seul regard désapprobateur, mais la Maîtresse-du-toit lui souhaita chaleureusement la bienvenue après que Bair l'eut appelé *Aan'allein.* Toutefois ce n'était rien à côté de l'accueil qu'elle réserva à Egwene et à Moiraine.

« Vous honorez mon toit, Aes Sedai. » Le ton de Lian donnait l'impression que c'était bien au-dessous de sa pensée ; elle fut fort près de s'incliner devant elles. « Il est dit que nous avons servi les Aes Sedai avant la Destruction du monde et que nous avons failli à notre tâche, ce pour quoi nous avons été envoyés ici dans la Terre Triple. Votre présence indique que peut-être notre péché n'est pas irrémissible. » Évidemment. Elle n'était pas allée à Rhuidean ; apparemment l'interdiction de s'entretenir de ce qui se passe à Rhuidean avec quiconque n'y est pas allé s'appliquait même entre mari et femme. Et entre sœurs-épouses, ou quels que fussent les liens de parenté entre Amys et Lian.

Moiraine voulut aussi offrir à Lian un cadeau, de minuscules flacons de parfum en cristal et argent apportés du lointain Arad Doman, mais Lian écarta les mains dans un geste de refus. « Votre seule présence est un cadeau d'hôte d'une valeur inestimable, Aes Sedai. Accepter davantage serait déshonorer mon toit et moi-même. Je ne pourrais pas supporter cette honte. » Elle semblait parfaitement sincère et bouleversée à l'idée que Moiraine l'oblige à prendre ces parfums. Ce qui était une indication de l'importance relative entre le *Car'a'carn* et une Aes Sedai.

« À votre gré », répliqua Moiraine en replaçant les flacons dans la bourse qu'elle portait à la ceinture. Elle était d'une sérénité de glace dans sa robe de soie bleue, sa cape claire rejetée en arrière. « Votre Terre Triple verra sûrement d'autres Aes Sedai. Nous n'avons jamais eu de raison de venir, auparavant. »

Ce qui parut ne pas enchanter du tout Amys ; quant à Mélaine aux cheveux de feu, elle fixait Moiraine comme une chatte aux yeux verts qui se demande si elle devrait réagir contre l'intrusion d'un gros chien entré par hasard dans sa basse-cour. Bair et Seana échangèrent des regards anxieux, mais n'égalant en rien les deux qui pouvaient canaliser.

Des *gai'shains* survinrent – hommes et femmes pareillement gracieux dans leurs robes blanches à capuchon, leurs yeux baissés témoignant d'une humilité si étrange chez des Aiels – et débarrassèrent Moiraine et Egwene de leurs capes, apportèrent des serviettes humides pour les visages et les mains, ainsi que de minuscules coupes d'argent contenant de l'eau à boire cérémonieusement et finalement un repas, servi dans des jattes et sur des plateaux en argent dignes d'un palais et cependant mangé dans de la vaisselle de terre cuite vernissée à rayures bleues. Les personnes présentes mangeaient couchées par terre, où des carreaux blancs avaient été insérés dans la pierre en guise de table, les têtes ensemble, des coussins sous leurs bustes, disposées comme les rayons d'une roue entre lesquels les *gai'shains* se glissaient pour déposer les plats. Mat cherchait péniblement à s'installer de façon confortable, se tournant d'un côté puis de l'autre sur ses coussins, mais Lan était paresseusement étendu comme s'il avait toujours mangé de cette façon, et Moiraine et Egwene paraissaient presque aussi à leur aise. Nul doute qu'elles s'étaient exercées dans les tentes des Sagettes. Rand trouvait cela peu commode, néanmoins la nourriture elle-même était assez particulière pour accaparer la majeure partie de son attention.

Un ragoût foncé et épicé de chevreau avec des poivrons hachés menu était inhabituel mais guère insolite, et des pois sont des pois partout, ou des courgettes. On ne pouvait en dire autant du pain grossier jaune et friable ou des longs haricots rouge vif mélangés avec les verts, ou un plat de grains d'un jaune d'or mêlés à des petits fragments de rouge charnu qu'Aviendha appelait *zemai* et *t'mat*, ou un fruit bulbeux sucré avec une peau coriace verdâtre qui provenait, dit-elle, de ces plantes épineuses sans feuilles nommées *kardon.* Par contre, tout était succulent.

Il aurait joui davantage du repas si elle ne l'avait pas

gratifié d'une leçon sur tout. Pas sur les sœurs-épouses. Cela était laissé à Amys et Lian, étendues de chaque côté de Rhuarc et se souriant mutuellement presque autant qu'elles souriaient à leur mari. Si elles s'étaient mariées toutes les deux avec lui pour ne pas rompre leur amitié, c'était évident que l'une et l'autre éprouvaient de l'amour pour lui. Rand ne voyait pas Elayne et Min acceptant ce genre d'arrangement ; il se demanda pourquoi il y avait même pensé. Le soleil avait dû lui cuire la cervelle.

Mais si Aviendha abandonna à d'autres cette explication-là, elle lui exposa tout le reste avec un luxe de détails à donner envie de grincer des dents. Peut-être le prenait-elle pour un idiot de ne pas être au courant du système des sœurs-épouses. Tournée sur son côté droit pour être face à lui, elle sourit presque avec grâce en lui disant que la cuillère pouvait être utilisée pour manger le ragoût ou le *zemai* et le *t'mat*, mais ses yeux brillaient d'un éclat révélant que c'était la présence des Sagettes qui l'empêchait de lui jeter un plat de quelque chose à la tête.

« Je ne sais pas ce que je vous ai fait », murmura-t-il. Il avait une conscience aiguë de Mélaine sur son autre côté, qui paraissait absorbée dans sa propre conversation à voix basse avec Seana. Bair ajoutait son mot de temps en temps, mais il pensait qu'elle tendait aussi une oreille vers lui. « Seulement si vous avez tellement horreur d'être mon professeur, vous n'êtes pas obligée de continuer. Cela m'est sorti comme ça. Je suis sûr que Rhuarc ou les Sagettes trouveront quelqu'un d'autre. » Les Sagettes certainement, s'il se débarrassait de cette espionne.

« Vous ne m'avez rien fait... » Elle lui montra ses dents ; si c'était censé être un sourire, c'était bien loin d'être réussi. « ... et vous ne me ferez jamais rien. Vous pouvez toutefois vous allonger de la façon la plus commode pour manger et parler à ceux qui vous entourent. À l'exception de ceux d'entre nous qui sont chargés d'instruire au lieu de partager le repas, naturellement. Il est considéré comme courtois de parler à ceux qui sont de chaque côté de vous. » Derrière son dos, Mat regarda Rand et roula les yeux, visiblement soulagé que pareil traitement lui soit épargné. « À moins que l'on ne soit contraint d'être en face de quelqu'un en particulier, comme quand on est obligé de lui donner des conseils. Prenez votre nourriture avec votre main droite – à moins que vous ne deviez vous appuyer sur ce coude – et... »

C'était une torture, et elle semblait se réjouir de l'infliger. Les Aiels paraissaient attacher un grand prix à l'offrande de cadeaux, peut-être que s'il lui en donnait un... « ... et tous bavardent pendant un moment une fois le repas fini, à moins que l'un de nous n'ait pour mission d'enseigner au lieu de manger, et... »

Du graissage de patte. Cela ne semblait pas juste d'avoir à soudoyer quelqu'un qui l'espionnait mais, si elle avait l'intention de continuer ne serait-ce qu'à moitié sur ce registre, cela en vaudrait la peine pour avoir un peu de répit.

Une fois le couvert débarrassé par les *gai'shains* et des coupes en argent remplies de vin servies, Bair fixa sur Aviendha un regard sévère par-dessus les carreaux blancs, et celle-ci se tut d'un air maussade. Egwene se releva sur les genoux pour étendre le bras par-dessus Mat et lui donner une caresse amicale, mais cela ne suffit apparemment pas. Du moins garda-t-elle le silence. Egwene décocha à Rand un coup d'œil irrité ; soit elle devinait ce qu'il pensait, soit elle le considérait comme coupable d'avoir causé la bouderie d'Aviendha.

Rhuarc sortit sa pipe à court tuyau et sa blague à tabac, remplit le fourneau en le tassant du pouce puis passa la blague de cuir à Mat, qui avait pris sa propre pipe à monture d'argent. « Il y en a qui ont pris au sérieux la nouvelle vous concernant, Rand al'Thor, et rapidement à ce qu'il paraît. Lian me dit avoir appris que Jheran, qui est chef de clan des Aiels Shaarads, et Bael, des Goshiens, sont déjà arrivés à l'Alcair Dal. Erim, des Chareens, est en route. » Il laissa une svelte jeune *gai'shain* allumer sa pipe avec une brindille enflammée.

À la façon dont elle se mouvait, avec une sorte de grâce différente de celle des autres hommes et femmes en lévite blanche, Rand se douta qu'elle avait été une Vierge de la Lance pas très longtemps auparavant. Il se demanda combien de temps elle avait encore à accomplir de son année et un jour de service, humble et soumise.

Mat dédia un large sourire engageant à la jeune femme quand elle s'agenouilla pour allumer sa pipe ; le regard de ses yeux verts qu'elle lui décocha du fond de son capuchon n'était pas soumis du tout et effaça aussitôt le sourire sur le visage de Mat. Irrité, il se roula sur le ventre, un fin ruban bleu montant de sa pipe. C'était vraiment dommage qu'il n'ait pas vu l'expression satisfaite de la jeune femme ou vu cette expression balayée par la rougeur de confusion que provoqua un seul coup d'œil d'Amys ; la jeune femme aux yeux verts s'en fut bien vite avec l'air accablée d'une honte indicible. Et Aviendha, qui détestait tellement d'avoir dû renoncer à la lance, qui se considérait encore comme une sœur-de-lance d'une Vierge appartenant à n'importe quel clan... ? Elle regarda avec colère la *gai'shain* qui s'en allait comme Maîtresse al'Vere aurait considéré avec indignation quelqu'un qui aurait craché par terre. Un peuple bizarre. Egwene était la seule que Rand remarquât avec de la compassion dans les yeux.

« Les Goshiens et les Shaarads », murmura-t-il à l'adresse de sa coupe de vin. Rhuarc lui avait expliqué que chaque chef de clan amènerait quelques guerriers au Bol d'Or, pour l'honneur, et chaque chef d'enclos de même. Le tout additionné, cela se monterait peut-être à un millier pour chaque clan. Douze clans. Douze mille hommes et Vierges de la Lance, en définitive, tous liés par leur étrange sens de l'honneur et prêts à danser la danse des lances si un chat éternuait. Peut-être davantage à cause de la foire. Il leva les yeux. « Il y a entre eux une vendetta, n'est-ce pas ? » Rhuarc et Lan hochèrent l'un et l'autre affirmativement la tête. « Je sais que vous dites que quelque chose comme la Paix de Rhuidean a force de loi à l'Alcair Dal, Rhuarc, mais j'ai vu jusqu'à quel point cette Paix en a imposé à Couladin et aux Shaidos. Peut-être vaut-il mieux que je parte tout de suite. Si les Goshiens et les Shaarads déclenchent une bataille... Ce genre de chose risque de se propager. Je veux *tous* les Aiels derrière moi, Rhuarc.

— Les Goshiens ne sont pas des Shaidos, dit sèchement Mélaine en secouant sa crinière d'or roux comme une lionne.

— Les Shaarads non plus. » La voix ténue de Bair était plus grêle que celle de sa cadette mais n'en était pas moins affirmative. « Jheran et Bael peuvent tenter de s'entre-tuer avant de regagner leurs places fortes, mais pas à l'Alcair Dal.

— Rien de tout cela ne répond à la question de Rand al'Thor, déclara Rhuarc. Si vous allez à l'Alcair Dal avant que la totalité des chefs soient arrivés, ceux qui ne seront pas encore là perdront de leur honneur. Ce n'est pas une bonne façon de vous présenter comme *Car'a'carn* que d'ôter de l'honneur à des hommes à qui vous demanderez de vous suivre. Les Nakais ont le plus long trajet à parcourir. Un mois et tous seront à l'Alcair Dal.

— Moins, corrigea Seana en secouant la tête avec énergie. Je suis allée deux fois dans les rêves d'Alsera et elle dit que Bruan a l'intention de courir sans s'arrêter depuis la place forte de Shiagi. Moins d'un mois.

— Un mois avant que vous partiez, pour plus de sûreté, dit Rhuarc à Rand. Puis trois jours jusqu'à l'Alcair Dal. Peut-être quatre. Tous y seront à ce moment-là. »

Un mois. Il se frotta le menton. Trop long. Trop long, et pas le choix. Dans les contes et récits, les choses se produisaient toujours comme le projetait le héros, apparemment au moment où il le désirait. Dans la vie réelle, cela se passait rarement de cette façon, même pour un *ta'veren* avec une prophétie censée lui préparer la voie. Dans la vie courante, il fallait se débrouiller tant bien que mal et espérer, et avoir de la chance si l'on trouvait davantage qu'un demi-pain quand on avait besoin d'un pain entier. Pourtant, une partie de son plan était de suivre la voie qu'il avait envisagée avec espoir. La partie la plus dangereuse.

Moiraine, étendue entre Lan et Amys, savourait son vin paresseusement à petites gorgées, les paupières presque fermées comme si elle avait sommeil. Il ne le crut pas. Elle voyait tout, entendait tout. Mais il n'avait rien à dire maintenant qu'elle ne devrait pas entendre. « Combien s'abstiendront, Rhuarc ? Ou lèveront les armes contre moi ? Vous l'avez suggéré, mais vous n'avez jamais précisé avec certitude.

— Je ne peux avoir aucune certitude, répliqua le chef de clan sans ôter sa pipe de sa bouche. Quand vous montrerez les Dragons, ils vous reconnaîtront. Il n'y a pas moyen d'imiter les Dragons de Rhuidean. » Les paupières de Moiraine avaient-elles brusquement cligné ? « Vous êtes celui qu'annonce la prophétie. Je vous soutiendrai, et Bruan certainement aussi, et Dhearic des Aiels Reyns. Les autres... ? Sevanna, l'épouse de Suladric, amènera les Shaidos puisque le clan n'a pas de chef. Elle est jeune pour être Maîtresse-du-toit d'une place forte, sans doute mécontente qu'elle n'aura plus qu'un toit au lieu d'une place forte entière quand quelqu'un sera choisi pour remplacer Suladric. Et Sevanna est aussi rusée et déloyale que l'ont toujours été les Shaidos. Toutefois, même si elle ne suscite pas de troubles, vous savez que Couladin le fera ; il se pose en chef de clan et c'est possible que des Shaidos le suivent sans qu'il soit entré dans Rhuidean. Les Shaidos sont assez bêtes pour ça. Han, des Tomanelles, peut se tourner dans n'importe quelle direction. C'est un homme irritable, difficile à connaître, avec qui établir un accord n'est pas commode, et... »

Il s'interrompit comme Lian murmurait très bas : « En existe-t-il d'autre sorte ? » Rand ne pensait pas que le chef de clan avait été censé entendre. Amys dissimula un sourire derrière sa main ; sa sœur-épouse enfouit innocemment son visage dans sa coupe de vin.

« Comme je le disais, reprit Rhuarc avec un regard rembruni et résigné allant de l'une à l'autre de ses épouses, ce n'est pas quelque chose dont je peux être sûr. La plupart vous suivront. Peut-être tous. Peut-être même les Shaidos. Nous avons attendu trois mille ans l'homme qui porte deux Dragons. Quand vous montrerez vos bras, nul ne doutera que vous êtes celui qui a été envoyé pour nous unir. » Et les détruire ; mais il ne mentionna pas cela. « La question est comment vont-ils décider de réagir. » Il se tapota les dents un instant avec le tuyau de sa pipe. « Vous ne changerez pas d'avis et ne revêtirez pas le *cadin'sor* ?

— Et leur montrer quoi, Rhuarc ? Une imitation d'Aiel ? Autant habiller Mat en Aiel. » Mat s'étrangla avec sa pipe. « Je ne veux pas jouer la comédie. Je suis ce que je suis ; ils doivent me prendre comme je suis. » Rand brandit les poings, les manches de sa tunique retombant assez bas pour découvrir les têtes à crinière dorée sur le dos de ses poignets. « Ceux-ci prouvent ce que je suis. S'ils ne suffisent pas, alors rien ne suffira.

— Où as-tu l'intention de "conduire les lances à la guerre encore une fois" ? » questionna soudain Moiraine, et Mat s'étouffa de nouveau, s'arrachant vivement la pipe de sa bouche et la regardant fixement. Les yeux noirs de Moiraine n'étaient plus voilés par ses paupières.

Les mains de Rand se crispèrent convulsivement, au point que ses articulations craquèrent. Essayer de jouer au plus fin avec elle était dangereux ; il aurait dû l'apprendre depuis longtemps. Elle se rappelait chaque mot qu'elle entendait, le classait dans son esprit, le ressortait et l'examinait jusqu'à ce qu'elle sache exactement ce qu'il signifiait.

Il se redressa lentement. Tous le regardaient. Egwene avait une expression encore plus soucieuse que celle de Mat ; par contre, les Aiels se contentaient de l'observer. Parler de guerre ne les bouleversait pas. Rhuarc avait l'air... prêt. Et le visage de Moiraine était tout calme glacé.

« Si vous voulez bien m'excuser, dit-il, je vais aller me promener un moment. »

Aviendha se releva sur les genoux et Egwene se mit debout, mais ni l'une ni l'autre ne le suivit.

50. Pièges

Au-dehors, sur le sentier dallé entre la maison de brique jaune et le potager en terrasse, Rand s'arrêta pour contempler le canyon au-dessous de lui, ne voyant pas grand-chose à part les ombres de l'après-midi envahissant lentement le fond de la vallée. Si seulement il pouvait compter que Moiraine ne le livre pas à la Tour au bout d'une laisse ; il ne doutait pas qu'elle en soit capable, sans se servir une seule fois du Pouvoir, s'il lui cédait d'un pouce. Elle était de force à induire un taureau à passer par un trou de souris sans même que l'animal s'en aperçoive. Elle lui serait utile. *Ô Lumière, je ne vaux pas mieux qu'elle. Utiliser les Aiels. Utiliser Moiraine. Si seulement je pouvais me fier à elle.*

Il se dirigea vers l'entrée du canyon, obliquant vers le bas chaque fois qu'il trouvait un sentier conduisant dans cette direction. Ils étaient tous étroits, pavés de petites pierres, quelques-uns des plus abrupts taillés en marches. Des marteaux en action dans plusieurs forges résonnaient faiblement. Tous les bâtiments n'étaient pas des habitations. Par une porte ouverte, il aperçut plusieurs femmes travaillant à des métiers à tisser, et une autre lui montra une orfèvre qui rangeait ses petites gouges et ses petits marteaux, une troisième un homme devant un tour de potier, les mains dans la glaise et les fours à briques ardents derrière lui. Les hommes et les garçons, sauf les plus jeunes, portaient tous le *cadin'sor,* le surcot et la culotte dans des tons gris et bruns, mais il y avait parfois de subtiles différences entre les guerriers et les artisans, un poignard de ceinture plus court ou pas de poignard du tout, peut-être une *shoufa* sans qu'un voile noir y soit attaché. Toutefois, en regardant un forgeron soupeser une lance à laquelle il venait d'ajuster un fer long d'un pied, Rand eut la certitude qu'il savait utiliser cette arme avec autant d'adresse qu'il en avait mise à la façonner.

Les sentiers n'étaient pas encombrés, mais il y avait une quantité de gens alentour. Des enfants riaient en courant et en jouant ; les fillettes presque autant avec des simulacres de lance qu'avec des poupées. Des *gai'shains* portaient sur la tête de hautes cruches en terre cuite remplies d'eau ou désherbaient les jardins, souvent sous la direction d'un enfant de dix ou douze ans. Des hommes et des femmes accomplissant leurs tâches journalières, pas vraiment bien différentes de ce qu'ils auraient pu faire au Champ d'Emond, que ce soit balayer devant une porte ou réparer un mur. Les enfants lui accordaient à peine un coup d'œil et les *gai'shains* s'évertuaient tellement à s'effacer qu'il était difficile de dire s'ils l'avaient remarqué ou non. Par contre, artisans ou guerriers, hommes ou femmes, les adultes l'observaient avec un air méditatif, une pointe d'attente indécise.

Les très jeunes garçons couraient pieds nus, vêtus de tuniques assez semblables à celles des *gai'shains* mais dans les tons gris-brun du *cadin'sor*, pas blanches. Les fillettes les plus jeunes s'élançaient de-ci de-là les pieds nus aussi, en robes courtes qui parfois ne leur couvraient pas les genoux. Un détail au sujet des filles attira son attention ; jusqu'à une douzaine d'années, elles avaient leurs cheveux répartis en deux nattes, une sur chaque oreille, tressées avec des rubans de couleur vive. Exactement comme était coiffée Egwene. Il devait s'agir d'une coïncidence. Probablement la raison pour laquelle elle avait cessé était qu'une des Aielles lui avait expliqué que c'était le style de coiffure réservé aux petites filles.

Une sotte perte de temps de réfléchir à ça, de toute façon. Pour le moment, il avait une femme dont il devait se préoccuper. Aviendha.

Au fond du canyon, les colporteurs menaient activement leur commerce avec les Aiels qui s'entassaient autour des chariots à capote de toile. Du moins les conducteurs, et Keille, une mantille de dentelle bleue fixée aujourd'hui sur ses peignes d'ivoire, marchandait ferme d'une voix forte. Kadere était assis sur un tonneau retourné dans l'ombre de son chariot blanc, en tunique couleur crème, s'épongeant le visage, ne faisant aucun effort pour vendre quoi que ce soit. Il aperçut Rand et esquissa un mouvement pour se lever avant de se laisser choir de nouveau. Isendre n'était en vue nulle part mais, à la surprise de Rand, Natael était là, sa cape couverte de pièces de couleur entraînant à sa suite une troupe d'enfants et quelques adultes. Apparemment l'attrait d'un public renouvelé et plus large l'avait poussé à quitter les Shaidos. Ou simplement Keille n'avait pas voulu le perdre de vue. Accaparée comme elle l'était par ses transactions, elle trouvait souvent le temps de lui jeter un coup d'œil sévère.

Rand évita les chariots. Des questions posées aux Aiels lui apprirent où étaient allés les Jindos, chacun et chacune au toit de sa société installée ici aux Rocs Froids. Le Toit des Vierges de la Lance se trouvait à mi-pente du versant est du canyon encore brillamment éclairé, un rectangle de pierre grisâtre surmonté d'un jardin sans doute plus grand à l'intérieur qu'il ne le paraissait. Non pas qu'il vît cet intérieur. Deux Vierges assises sur leurs talons à côté de la porte avec lances et boucliers lui en interdirent l'accès, amusées et scandalisées qu'un homme désire entrer, mais l'une accepta de transmettre sa requête.

Quelques minutes plus tard, les Vierges des Jindos et des Neuf Vallées qui étaient allées à la Pierre de Tear sortirent. Et aussi toutes les autres de l'enclos des Neuf Vallées présentes aux Rocs Froids, se rassemblant de chaque côté du sentier et grimpant sur le toit au milieu des rangées de légumes pour regarder, souriant comme si elles escomptaient un divertissement. Des *gai'shains,* des hommes aussi bien que des femmes, suivirent pour leur servir des petites tasses de thé fort ; quelle que fût la règle obligeant les hommes à demeurer au-dehors du Toit des Vierges de la Lance, elle ne s'appliquait évidemment pas aux *gai'shains.*

Après qu'il eut examiné plusieurs offres, Adeline, la Jindo blonde avec la fine cicatrice sur la joue, montra un large bracelet d'ivoire abondamment sculpté de roses. Il le jugea approprié pour Aviendha ; celui qui l'avait créé avait soigneusement inséré des épines parmi les fleurs.

Adeline était grande même pour une Aielle, seulement trop petite d'une main pour le regarder droit dans les yeux. Quand elle apprit pourquoi il le voulait – presque pourquoi ; il dit simplement que c'était un cadeau en remerciement des leçons d'Aviendha, pas un don propitiatoire destiné à adoucir l'humeur de la jeune femme afin qu'il puisse supporter sa compagnie – Adeline jeta un coup d'œil aux autres Vierges. Elles avaient toutes cessé de sourire, l'air impassibles. « Je ne prendrai pas d'argent pour ceci, Rand al'Thor, dit-elle en déposant le bracelet dans sa main.

— Est-ce que cela ne convient pas ? » demanda-t-il. Comment les Aiels envisageaient-ils ce genre de chose ? « Je ne voudrais déshonorer Aviendha d'aucune manière.

— Cela ne la déshonorera pas. » Elle appela d'un geste une *gai'shain* qui portait sur un plateau d'argent un pichet et des tasses de céramique. Remplissant deux tasses, elle lui en tendit une. « Rappelez-vous l'honneur », dit-elle en absorbant une gorgée dans la tasse de Rand.

Aviendha n'avait jamais mentionné quoi que ce soit de ce genre. Pas trop sûr de lui, il but une gorgée de thé amer et répéta : « Rappelez-vous l'honneur. » Cela paraissait ce qu'il y avait de plus prudent à dire. À sa surprise, elle déposa un baiser léger sur chacune de ses joues.

Une Vierge de la Lance plus âgée, aux cheveux gris mais aux traits encore fermes, se présenta devant lui. « Rappelez-vous l'honneur », dit-elle, et elle but une gorgée.

Il dut répéter le rite avec chacune des Vierges qui étaient là, finalement effleurant juste la tasse des lèvres. Le cérémonial aiel était peut-être bref et dépourvu de simagrées inutiles mais, quand on doit répéter un rite avec soixante-dix personnes environ, même des gorgées vous remplissent. Des ombres escaladaient le versant est du canyon quand il réussit à s'en aller.

Il trouva Aviendha près de la demeure de Lian, en train de battre avec vigueur un tapis à raies bleues suspendu à une corde, d'autres empilés à côté d'elle en un tas plein de couleurs. Écartant de son front des mèches de cheveux humides de sueur, elle le dévisagea sans la moindre expression quand il lui tendit le bracelet en disant que c'était un cadeau en échange de son enseignement.

« J'ai donné des bracelets et des colliers à des amis qui n'étaient pas armés de la lance, Rand al'Thor, mais je n'en ai jamais porté un. » Sa voix était parfaitement neutre. « Ces choses-là cliquettent et font du bruit qui trahit votre présence quand vous devez être silencieux. Elles s'accrochent quand vous devez vous déplacer rapidement.

— Mais vous pouvez le porter maintenant que vous allez être une Sagette.

— Oui. » Elle retourna le cercle d'ivoire comme si elle ne savait pas quoi en faire puis, brusquement, elle fourra la main dedans et leva son poignet pour l'examiner. Elle aurait aussi bien pu contempler une entrave.

« S'il ne vous plaît pas... Aviendha, Adeline a dit que cela n'entacherait pas votre honneur. Elle avait même paru approuver. » Il mentionna la cérémonie de dégustation du thé, et elle ferma étroitement les paupières et frémit. « Qu'est-ce qui ne va pas ?

— Elles pensent que vous tentez d'éveiller mon intérêt. » Il n'aurait pas cru que sa voix puisse être aussi dépourvue d'inflexion. Ses yeux n'exprimaient aucune émotion. « Elles vous ont accordé leur approbation, comme si je maniais encore la lance.

— Par la Lumière ! C'est assez simple d'arranger ça. Je ne... » Les yeux d'Aviendha flamboyèrent et il s'interrompit.

« Non ! Vous avez accepté leur approbation et maintenant vous voudriez la repousser ? C'est cela qui me déshonorerait ! Croyez-vous être le premier homme à essayer d'attirer mon attention ? Elles doivent penser ce qu'elles pensent, à présent. Cela n'a pas d'importance. » Avec une crispation du visage, elle empoigna à deux mains la tapette en baguettes tressées. « Allez-vous-en. » Avec un coup d'œil au bracelet, elle ajouta : « Vous ne savez vraiment rien, n'est-ce pas ? Vous ne savez rien. Ce n'est pas votre faute. » Elle paraissait répéter quelque chose qui lui avait été dit, ou essayer de s'en convaincre. « Je suis navrée si je vous ai gâché votre repas, Rand al'Thor. Partez, je vous en prie. Amys dit que je dois nettoyer la totalité de ces couvertures et de ces tapis, quelque temps que cela demande. Cela prendra toute la nuit si vous restez là à parler. » Lui tournant le dos, elle frappa avec violence le tapis rayé, le bracelet d'ivoire tressautant sur son poignet.

Il ne savait pas si les excuses d'Aviendha avaient pour origine son cadeau ou un ordre d'Amys – il inclinait pour cette dernière hypothèse – pourtant elle avait réellement l'air de parler du fond du cœur. Elle n'était certainement pas contente – à en juger par l'âpre grognement d'effort qui accompagnait chaque brutal moulinet de la tapette – mais pas une fois elle n'avait eu l'air hostile. Bouleversée, consternée, furieuse même, mais pas hostile. C'était mieux que rien. Elle finirait peut-être par devenir vivable.

Quand il mit le pied dans l'antichambre au carrelage brun de la maison de Lian, les Sagettes étaient en pleine conversation, toutes les quatre avec leur châle drapé lâchement sur leurs coudes. Elles se turent à son entrée.

« Je vais vous faire conduire à votre chambre, annonça Amys. Les autres ont vu les leurs.

— Merci. » Il jeta un coup d'œil en arrière vers la porte, les sourcils légèrement froncés. « Amys, avez-vous dit à Aviendha de me présenter des excuses pour le dîner ?

— Non. Elle s'est excusée ? » Ses yeux bleus eurent pendant un instant une expression pensive ; il eut l'impression que Bair était sur le point de sourire. « Je ne le lui ai pas ordonné, Rand al'Thor. Des excuses sur commande ne sont pas des excuses.

— Il a seulement été indiqué à cette jeune femme de battre des tapis jusqu'à ce qu'elle ait transpiré un peu de sa mauvaise humeur, indiqua Bair. Quoi que ce soit de plus venait d'elle.

— Et pas dans l'espoir de se soustraire à ses travaux, ajouta Seana. Elle doit apprendre à contrôler sa colère. Une Sagette doit maîtriser ses émotions, et pas ses émotions la dominer. » Avec un léger sourire, elle regarda Mélaine du coin de l'œil. La Sagette blonde pinça les lèvres et aspira dédaigneusement par le nez.

Elles essayaient de le convaincre que désormais Aviendha serait une charmante compagnie. Le croyaient-elles réellement aveugle ? « Vous devez savoir que je suis au courant. À son sujet. Que vous l'avez placée là pour m'espionner.

— Vous n'êtes pas aussi bien informé que vous le pensez », répliqua Amys, qui avait tout d'une Aes Sedai avec les sous-entendus qu'elle n'avait pas l'intention de le laisser déchiffrer.

Mélaine rajusta son châle en le toisant du haut en bas d'une manière méditative. Il connaissait un peu les Aes Sedai ; si elle en avait été une, elle serait de l'Ajah Verte. « J'admets, dit-elle, qu'au début nous avions pensé que vous ne verriez pas au-delà d'une jolie jeune femme et vous êtes assez beau garçon pour qu'elle ait trouvé votre compagnie plus amusante que la nôtre. Nous n'avions pas compté avec l'acidité de sa langue. Ou avec d'autres choses.

— Alors pourquoi tenez-vous tellement à ce qu'elle reste avec moi ? » Il y avait plus d'emportement dans sa voix qu'il ne le souhaitait. » Vous n'imaginez tout de même pas que je vais maintenant lui révéler ce que je ne veux pas que vous sachiez.

— Pourquoi l'autorisez-vous à rester ? questionna calmement Amys. Si vous refusiez de l'accepter, comment pourrions-nous vous y obliger ?

— Au moins, de cette façon, je connais qui est l'espion. » Avoir Aviendha sous ses yeux valait sûrement mieux que se demander lesquels étaient ceux des Aiels qui le surveillaient. Sans elle, il soupçonnerait probablement que toute remarque fortuite de Rhuarc était une tentative pour le sonder. Naturellement, il n'avait aucun moyen de vérifier que ce n'était pas déjà le cas. Rhuarc était marié à l'une de ces femmes. Soudain, il fut content de ne s'être pas confié davantage au chef de clan. Et attristé d'avoir eu cette pensée. Pourquoi avait-il été persuadé que les Aiels seraient plus simples que les Puissants Seigneurs de Tear ? « Je me satisfais parfaitement de la laisser là où elle est.

— Alors nous sommes tous satisfaits », conclut Bair. Il dévisagea d'un air narquois la femme au teint basané. Il y avait dans sa voix un drôle de ton, comme si elle en savait plus long que lui. « Elle ne trouvera pas ce que vous voulez.

— Ce que nous voulons ? » répéta sèchement Mélaine ; ses longs cheveux balayèrent l'air comme elle secouait la tête. « La prophétie annonce que "sera sauvé un reste du reste". Ce que nous voulons, Rand al'Thor, *Car'a'carn,* c'est sauver le plus grand nombre des nôtres que nous pourrons. Quels que soient votre sang et les traits de votre visage, vous n'éprouvez rien pour nous. Je vous ferai comprendre que notre sang est le vôtre quand bien même je devrais poser le...

— Je crois, intervint Amys en lui coupant avec aisance la parole, qu'il aimerait maintenant voir la chambre où il dormira. Il a l'air fatigué. » Elle frappa dans ses mains un coup sec, et une *gai'shain* élancée apparut. « Conduisez cet homme à la chambre qui a été préparée pour lui. Apportez-lui ce dont il a besoin. »

Le laissant planté là, elles se dirigèrent vers la porte, Bair et Seana foudroyant Mélaine du regard, comme des membres du Cercle des Femmes regardant quelqu'un qu'elles comptent réprimander vertement. Mélaine n'en tint pas compte ; quand la porte se referma derrière elles, elle murmurait quelque chose qui ressemblait à « rendre raisonnable cette idiote de fille ».

Quelle fille ? Aviendha ? Elle faisait déjà ce qu'elles voulaient. Egwene peut-être ? Il savait qu'elle étudiait quelque chose avec les Sagettes. Et qu'est-ce que Mélaine était désireuse de « poser » afin de le décider à se prendre pour un Aiel ? *Poser un piège, par exemple ? Idiot. Elle ne dirait pas ouvertement qu'elle avait l'intention de poser un piège. Quel genre de choses est-ce que l'on pose ? Les poules déposent des œufs dans leur nid*, songea-t-il en riant tout bas. Il était las. Trop las pour s'interroger maintenant, après douze journées passées en selle, y compris une partie de la treizième, toutes d'une sécheresse et d'une chaleur de four ; il ne voulait pas imaginer ce qu'il ressentirait s'il avait parcouru cette distance à pied à la même allure. Aviendha devait avoir des jambes de fer. Il avait envie d'un lit.

La *gai'shain* était jolie, en dépit d'une fine cicatrice montant en biais juste au-dessus d'un œil bleu clair jusqu'à des cheveux si pâles qu'ils paraissaient presque en argent. Encore une Vierge de la Lance ; seulement pas pour le moment. « Vous plaît-il de me suivre ? » murmura-t-elle en baissant les yeux.

La chambre où dormir n'était pas la chambre à coucher classique, naturellement. Comme on pouvait s'y attendre, le « lit » consistait en une paillasse épaisse dépliée sur une couche de carpettes aux couleurs brillantes. La *gai'shain* – son nom était Khion – eut l'air choquée quand il demanda de l'eau pour se laver, mais il en avait assez des bains de vapeur. Il était prêt à parier que Moiraine et Egwene n'avaient pas été obligées de s'asseoir dans une tente pleine de vapeur pour faire leur toilette. Khion apporta néanmoins l'eau, bouillante dans une grosse cruche brune prévue pour arroser le jardin, avec une grande jatte blanche en guise de cuvette. Il l'expulsa quand elle offrit de le laver. Quels gens bizarres, tous tant qu'ils étaient !

La pièce était sans fenêtres, éclairée par des lampes d'argent suspendues à des appliques fixées aux murs, mais il savait que la nuit n'était pas encore entièrement tombée quand il eut fini ses ablutions. Peu lui importait. Deux couvertures seulement étaient étendues sur la paillasse, ni l'une ni l'autre particulièrement épaisse. Nul doute une preuve de l'endurance des Aiels. Se souvenant des nuits froides sous les tentes, il remit ses vêtements à l'exception de sa tunique et de ses bottes avant de souffler les lampes et de se glisser sous les couvertures dans une obscurité totale.

Malgré sa fatigue, il ne put s'empêcher de se retourner d'un côté sur l'autre en réfléchissant. Qu'est-ce que Mélaine avait l'intention de poser ? Pourquoi les Sagettes se moquaient-elles qu'il sache qu'Aviendha était leur espion ? Aviendha. Une jolie jeune femme, même si elle était plus hargneuse qu'une mule aux quatre sabots meurtris par des cailloux. Sa respiration se ralentit, ses pensées s'embrumèrent. Un mois. Trop long. Pas le choix. Honneur. Isendre tout sourires. Kadere aux aguets. Piège. Poser un piège. Le piège de qui ? Quel piège. Des pièges. Si seulement il pouvait se fier à Moiraine. Perrin. Leur pays à eux. Perrin nageait probablement dans...

Les yeux fermés, Rand nageait dans l'eau. Agréablement fraîche. Et si fluide. Il avait l'impression de ne s'être encore jamais rendu compte à quel point c'était bon de se sentir mouillé. Il souleva la tête et regarda autour de lui les saules alignés d'un côté de l'étang, le grand chêne à l'autre bout, qui étendait des branches épaisses au-dessus de l'eau qu'elles ombrageaient. Le

Bois Humide. C'était bon d'être au pays. Il avait le sentiment de s'en être absenté ; pour aller où n'était pas très clair, mais sans importance non plus. Jusqu'à la Colline-au-Guet. Oui. Il n'était jamais allé plus loin que là. Frais et humide. Et seul.

Soudain deux corps surgirent comme des bolides, les genoux serrés contre la poitrine, heurtant la surface dans un jaillissement d'éclaboussures qui l'aveuglèrent. Secouant l'eau de ses yeux, il découvrit qu'Elayne et Min lui souriaient, une de chaque côté, juste leurs têtes émergeant de la nappe vert pâle. Deux brasses l'auraient amené jusqu'à chacune. Loin de l'autre. Il ne pouvait pas les aimer les deux à la fois. Aimer ? Pourquoi cette idée lui était donc venue en tête ?

« Vous ne savez pas qui vous aimez. »

Il se retourna d'un seul coup dans un tourbillon d'eau. Aviendha se tenait sur la berge, en *cadin'sor* au lieu d'une jupe et d'un corsage. Néanmoins pas avec de la fureur dans les yeux, juste le regardant. « Venez dans l'eau, dit-il. Je vous apprendrai à nager. »

Un rire musical lui fit tourner la tête vers la rive opposée. La femme qui était là, sa peau blanche nue, était la plus belle jamais vue dans sa vie, avec de grands yeux noirs qui lui donnaient le vertige. Il eut le sentiment qu'il la connaissait.

« Devrais-je vous permettre de m'être infidèle, même dans vos rêves ? » dit-elle. Sans y regarder, il eut conscience pourtant qu'Elayne, Min et Aviendha n'étaient plus là. Cela commençait à être très bizarre.

Elle le contempla pendant un long moment, parfaitement inconsciente de sa nudité. Avec lenteur, elle se dressa sur la pointe des pieds, les bras ramenés en arrière, puis d'un saut parfait plongea dans l'étang. Quand sa tête reparut à la surface, sa brillante chevelure noire n'était pas mouillée. C'était surprenant, sur le coup. Puis elle fut près de lui – avait-elle nagé ou était-elle juste là ? – l'enlaçant des bras et des jambes. L'eau était fraîche, sa chair brûlante.

« Vous ne pouvez pas m'échapper », murmura-t-elle.

Ces yeux noirs semblaient bien plus profonds que l'étang. « Je vais vous procurer du plaisir que vous n'oublierez jamais, endormi ou éveillé. »

Endormi ou... ? Tout bougea, s'estompa. Elle s'agrippa plus étroitement à lui et le flou disparut. Tout redevint comme avant. Des roseaux envahissaient une extrémité de l'étang ; des lauréoles et des pins poussaient presque jusqu'au bord de l'eau à l'autre bout.

« Je vous connais », dit-il lentement. Il le pensait, sinon pourquoi la laisserait-il agir de cette façon ? « Mais je ne... Ceci n'est pas bien. » Il essaya de se dégager d'elle mais aussi vite qu'il lui écartait un bras elle le plaquait de nouveau contre lui.

« Je devrais vous marquer. » Il y avait un accent de férocité dans sa voix. « D'abord cette pâte molle d'Ilyena, et maintenant... Combien de femmes gardez-vous dans vos pensées ? » Soudain ses petites dents blanches s'enfoncèrent dans son cou.

Poussant un hurlement, il la rejeta loin de lui et plaqua une main sur son cou. Elle avait entamé la peau ; il saignait.

« Est-ce ainsi que vous vous distrayez pendant que je me demande où vous êtes passée ? commenta une voix d'homme d'un ton méprisant. Pourquoi devrais-je m'astreindre à quoi que ce soit alors que vous mettez ainsi en danger notre plan ? »

Brusquement, la femme se retrouva sur la berge, vêtue de blanc, sa taille fine ceinte d'une large bande de fils d'argent tissés, des étoiles et des croissants d'argent dans sa chevelure, noire comme au plus profond de la nuit. Le terrain remontait en pente douce derrière elle jusqu'à un bosquet de frênes en haut d'une butte. Il ne se rappelait pas avoir vu de frênes auparavant. Elle affrontait... une épaisse agglomération grise d'air, haute comme un homme. Tout cela... allait en quelque sorte contre le bon sens.

« Le risque, répliqua-t-elle d'un ton sarcastique. Vous redoutez le risque autant que Moghedien, hein ? Vous vous faufilez comme l'Araignée elle-même. Ne vous aurais-je pas extirpé de votre trou, vous seriez toujours caché et guettant quelques bribes à attraper.

— Si vous n'êtes pas capable de maîtriser vos... appétits, dit l'apparence confuse à voix d'homme, pourquoi m'associerais-je avec vous ? Si je dois prendre des risques, je veux une récompense plus importante que tirer les fils d'une marionnette.

— Qu'entendez-vous par là ? » questionna-t-elle d'un ton gros de menaces.

Le corps de brume fut secoué d'une trémulation ; Rand eut en quelque sorte l'intuition que c'était dû à l'hésitation, à la crainte d'en avoir trop dit. Et soudain la forme de brume ne fut plus là. La jeune femme regarda Rand, toujours plongé jusqu'au cou dans l'étang ; sa bouche se crispa d'agacement, et elle disparut.

Il s'éveilla subitement et resta couché sans bouger, scrutant l'obscurité. Un rêve. Mais un rêve ordinaire, ou quelque chose d'autre ? Sortant gauchement une main de dessous ses couvertures, il tâta le côté de son cou, sentit les marques de dents et le mince suintement de sang. Quel qu'ait été ce genre de rêve, elle y était présente. Lanfear. Elle, il ne l'avait pas rêvée. Et cet autre ; un homme. Un froid sourire se dessina sur son visage. *Des pièges partout. Des chausses-trapes pour des pieds sans méfiance. Prendre soin de regarder où je marche désormais.* Tant de pièges. Tout le monde en pose.

Avec un petit rire, il se retourna pour se rendormir – et se figea, retenant son souffle. Il n'était pas seul dans la pièce. *Lanfear.*

Frénétiquement, il chercha à atteindre la Vraie Source. Pendant un instant il redouta que la crainte même le prive de ses moyens. Puis il plana dans le calme froid du Vide, empli par le torrent tumultueux du Pouvoir. Il se leva d'un bond, et s'en servit aussitôt. Les lampes s'allumèrent subitement.

Aviendha était assise en tailleur près de la porte, bouche bée et ses yeux pers allant tour à tour des lampes aux liens, invisibles pour elle, qui l'enveloppaient complètement. Pas même sa tête ne pouvait remuer ; il s'était attendu à quelqu'un debout et le tissage des fils s'étendait bien au-dessus d'elle. Il relâcha aussitôt les flux d'Air.

Elle se releva en hâte, son châle lui glissant presque des bras dans sa précipitation. « Je... je ne crois pas que je m'habituerai un jour à... » Elle désigna les lampes. « De la part d'un homme.

— Vous m'avez déjà vu exercer le Pouvoir. » De la colère suintait à la surface du Vide qui l'entourait. Se glisser en catimini dans sa chambre dans le noir. Le faire à moitié mourir de peur. Elle avait de la chance qu'il ne l'ait pas blessée, tuée accidentellement. « Mieux vaut vous y résigner. Je suis Celui qui Vient avec l'Aube, que vous vouliez l'admettre ou non.

— Ce n'est pas parce...

— Pourquoi êtes-vous ici ? questionna-t-il d'un ton froid.

— Les Sagettes veillent à tour de rôle sur vous au-dehors. Elles avaient l'intention de continuer à veiller dans... » Elle n'acheva pas sa phrase, tandis que le rouge lui montait au visage.

« Où cela ? » Elle se contenta de le regarder, sa figure s'empourprant de plus en plus. « Aviendha, dans quo... » Des Exploratrices-de-rêves. Pourquoi ne s'en était-il jamais avisé ? « Dans mes rêves, acheva-t-il d'un ton âpre. Depuis combien de temps espionnent-elles ce qui se passe dans ma tête ? »

Elle poussa un long et profond soupir. « Je n'étais pas censée vous laisser l'apprendre. Si Bair le découvre... Seana a dit que c'était trop dangereux ce soir. Je ne le comprends pas : je ne peux pas pénétrer dans le rêve sans l'aide de l'une d'elles. Quelque chose de dangereux ce soir, voilà tout ce que je sais. Voilà pourquoi elles veillent à tour de rôle devant la porte de ce toit. Elles sont toutes inquiètes.

— Vous n'avez toujours pas répondu à ma question.

— Je ne sais pas pourquoi je suis ici, murmura-t-elle.

Si vous avez besoin de protection... » Elle jeta un coup d'œil au poignard court qu'elle portait à la ceinture, en effleura le manche. Le bracelet d'ivoire sembla l'irriter ; elle croisa les bras de sorte qu'il fût coincé sous son aisselle. « Je ne pourrais pas vous bien protéger avec un poignard aussi petit et Bair dit que si je m'arme de nouveau d'une lance sans que quelqu'un m'ait d'abord attaquée elle m'écorchera la peau pour en fabriquer une outre. Je ne comprends pas pourquoi je devrais renoncer à dormir pour vous protéger. À cause de vous, j'ai battu des tapis jusqu'il y a moins d'une heure. Au clair de lune !

— Ce n'était pas la question. Depuis combien... » Il s'interrompit brusquement. Il y avait quelque chose dans l'air, une impression de malfaisance. De perversité. Ce pouvait être un effet de son imagination, un reste de son rêve. C'était possible.

Aviendha retint son souffle quand l'épée rouge feu apparut dans ses mains, sa lame légèrement incurvée portant la marque du héron. Lanfear l'avait accusé de n'utiliser que le dixième de ce dont il était capable, pourtant la plupart de ce dixième lui venait par conjecture et tâtonnement. Il ne connaissait pas la dixième partie de ce qu'il pouvait faire. Mais il connaissait l'épée.

« Restez derrière moi. » Il se rendit simplement compte qu'elle dégainait son poignard quand il sortit, les pieds simplement revêtus de ses bas, inaudibles sur les tapis. Curieusement, l'air n'était pas plus froid que lorsqu'il s'était couché. Peut-être ces murs de pierre conservaient-ils la chaleur ambiante, car plus il s'éloignait plus la température baissait.

Même les *gai'shains* avaient dû maintenant regagner leurs paillasses. Les vestibules et les salles étaient silencieux et déserts, la plupart faiblement éclairés par les lampes qui brûlaient encore par endroits. On laissait toujours quelques lampes allumées là où, si elles étaient éteintes, il aurait fait noir comme dans un four en plein midi. La sensation était toujours vague, mais persistait. Une sensation de mal.

Il s'arrêta brusquement, dans la grande embrasure cintrée donnant accès à la salle carrelée de brun formant vestibule d'entrée. Deux lampes d'argent, une à chaque extrémité de cette salle, offraient une faible clarté. Au milieu, un homme de haute taille se tenait la tête penchée sur la femme enveloppée dans ses bras drapés d'une cape noire, la tête renversée en arrière et son capuchon blanc tombé tandis qu'il pressait sa bouche contre sa gorge. Les paupières de Khion étaient presque closes, et elle souriait d'un sourire extasié. Un flot d'embarras glissa à la surface du Vide. Puis l'homme leva la tête.

Des yeux noirs fixaient Rand, trop grands dans une face aux joues creuses ; une bouche plissée aux lèvres rouges s'ouvrit dans une parodie de sourire, découvrant des dents pointues. Khion s'affaissa par terre quand la cape s'ouvrit, se dépliant en deux vastes ailes de chauve-souris. Le Draghkar l'enjamba, des mains blanches se tendant vers Rand, avec des longs doigts fuselés terminés par des griffes. Les griffes et les dents n'étaient cependant pas ce qu'il avait de dangereux. C'est le baiser du Draghkar qui tuait, et pire.

Son chantonnement hypnotique collait étroitement à l'extérieur du Vide. Ces ailes noires pareilles à du cuir se déployèrent pour envelopper Rand quand il s'avança. Une seconde de stupeur brilla dans les immenses yeux noirs avant que l'épée forgée par le Pouvoir fende le crâne du Draghkar jusqu'à l'arête du nez.

Une lame d'acier serait restée bloquée, mais la lame tissée de feu se retira aisément quand la créature tomba. Pendant un instant, du fin fond du cœur du Vide, Rand examina la chose à ses pieds. Ce chant. N'aurait-il pas été protégé par le vide de toute émotion, maintenu objectif et distant, ce chant aurait englué son esprit. Le Draghkar en avait sûrement été persuadé quand Rand s'était approché si spontanément.

Aviendha passa en courant près de lui pour mettre un

genou en terre près de Khion et tâter la gorge de la *gai'shain.*

« Morte, dit-elle en fermant complètement du pouce les paupières à demi closes de la jeune femme. Peut-être cela vaut-il mieux. Les Draghkars dévorent l'âme avant de consommer la vie. Un Draghkar ! Ici ! » De sa pose accroupie, elle darda sur lui un regard furieux. « Des Trollocs à la Halte d'Imre et maintenant un Draghkar ici. Vous apportez de mauvais jours dans la Terre Trip... » Poussant un cri elle se jeta à plat en travers de Khion comme il levait l'épée.

Une barre de feu intense jaillit de son épée et fila au-dessus d'elle pour s'enfoncer dans la poitrine du Draghkar qui obstruait l'ouverture de la porte d'entrée. Explosant en flammes, l'Engeance de l'Ombre hurla en reculant d'un pas chancelant, trébucha en travers du sentier, battant de ses ailes d'où dégouttait du feu.

« Alertez tout le monde », dit Rand calmement. Khion s'était-elle débattue ? Jusqu'où son honneur l'avait-il soutenue ? Cela n'aurait fait aucune différence. Les Draghkars mouraient plus facilement que les Myrddraals, mais à leur manière ils étaient plus dangereux. « Si vous savez comment sonner l'alarme, allez-y.

— Le gong près de la porte...

— Je m'en charge. Éveillez-les. Il y en a peut-être plus de deux. »

Avec un hochement de tête, elle repartit précipitamment d'où ils étaient venus en criant : « Debout les lances ! Réveillez-vous et prenez vos lances ! » Rand sortit au-dehors avec méfiance, l'épée prête, le Pouvoir l'emplissant, l'exaltant. Le rendant malade. Il avait envie de rire, de vomir. La nuit était glaciale, mais il avait à peine conscience du froid.

Le Draghkar en train de brûler était affalé dans le jardin en terrasse, puant la chair grillée, ajoutant la clarté de son feu étouffé à celle de la lune. Un peu plus loin sur le sentier, ses longs cheveux gris déployés en éventail, Seana gisait contemplant le ciel de ses yeux grands ouverts et fixes. Son poignard de ceinture était à côté d'elle, mais elle n'avait eu aucune chance contre un Draghkar.

À l'instant même où Rand saisit la mailloche garnie de cuir suspendue près du gong de bronze carré, un vacarme assourdissant éclata à l'entrée du canyon, appels humains et clameurs trolloques, cliquetis d'acier, hurlements. Il frappa le gong avec vigueur, un coup sonore qui se répercuta le long du canyon, presque aussitôt un autre gong résonna, puis d'autres encore et de douzaines de bouches le cri « Debout, les lances ! ».

Des vociférations confuses s'élevèrent d'en bas autour des chariots des colporteurs. Des rectangles de lumière apparurent, des portes s'ouvrirent brusquement sur les deux chariots en forme de boîtes, d'une blancheur luisante au clair de lune. Quelqu'un criait avec colère là-bas – une femme ; il ne discerna pas qui.

Des ailes battirent l'air au-dessus de lui. Avec une exclamation hargneuse, Rand dressa l'épée ardente ; le Pouvoir Unique flambait en lui et du feu jaillit de la lame en rugissant. Le Draghkar qui s'abattait sur lui explosa en une pluie de débris brûlants qui tombèrent dans l'obscurité en dessous.

« Tenez », dit Rhuarc. Les yeux du chef de clan étaient durs au-dessus de son voile noir ; complètement vêtu, il était armé de ses lances et de son bouclier. Mat était derrière lui, sans surcot, tête nue, la chemise à moitié enfilée dans ses chausses, clignant des yeux d'un air incertain et empoignant avec fermeté des deux mains sa lance au manche noir.

Rand prit la *shoufa* que lui tendait Rhuarc, puis la laissa choir. Une forme aux ailes de chauve-souris décrivit un cercle devant la lune, puis fonça vers le bas à l'autre extrémité du canyon, disparaissant dans l'obscurité. « Ils me cherchent. Qu'ils voient donc ma figure. » Le Pouvoir reflua en lui ; l'épée dans sa main flamboya au point de ressembler à un petit soleil qui l'illuminait. « Ils ne peuvent pas me trouver s'ils ne savent pas où je suis. » Riant, parce qu'ils ne comprenaient pas la plaisanterie, il descendit en courant vers le fracas de la bataille.

Dégageant sa lance de la poitrine d'un Trolloc au groin de sanglier, Mat s'accroupit, fouillant des yeux en quête d'un autre la pénombre allégée par le clair de lune près de l'entrée du canyon. *Que Rand se réduise en braises !* Aucune des formes qu'il voyait bouger n'était assez grosse pour être un Trolloc. *Me fourrant toujours dans ses bougres d'histoires !* De légers gémissements venaient des blessés. Une silhouette obscure qu'il pensa être Moiraine s'agenouilla près d'un Aiel tombé sur le sol. Ces boules de feu qu'elle jetait autour d'elle étaient impressionnantes, presque autant que cette épée de Rand d'où jaillissaient des barres de flamme. Ce machin brillait encore tellement qu'un cercle de lumière entourait Rand. *J'aurais dû rester dans mes couvertures, voilà ce que j'aurais dû faire. La température est bougrement froide et toute cette histoire ne me concerne en rien !* D'autres Aiels commençaient à apparaître, des femmes en jupe venues porter secours aux blessés. Certaines étaient armées de lances ; normalement elles ne participaient pas aux combats mais, une fois que la bataille avait gagné la place forte, elles n'étaient pas restées plantées en spectatrices.

Une Vierge de la Lance s'arrêta près de lui en ôtant son voile. Il ne parvenait pas à distinguer son visage, que brouillaient les ombres projetées par la lune. « Vous dansez bien avec votre lance, Adepte des jeux de hasard. Étrange époque quand les Trollocs viennent aux Rocs Froids. » Elle jeta un coup d'œil à la forme obscure qu'il pensait être Moiraine. « Ils auraient peut-être forcé le passage sans l'Aes Sedai.

— Il n'y en avait pas suffisamment pour ça, dit-il sans réfléchir. Ils étaient censés attirer l'attention par ici. » *Afin que ces Draghkars aient les mains libres pour atteindre Rand ?*

« Je crois que vous avez raison, répliqua-t-elle lentement. Êtes-vous un chef de guerre parmi les natifs des Terres Humides ? »

Il regretta de n'avoir pas su tenir sa langue. « J'ai lu un livre, une fois », marmotta-t-il en s'éloignant. *De bougres de fragments de souvenirs de bougres d'hommes.* Peut-être les colporteurs seraient-ils prêts à s'en aller après cet épisode.

Pourtant, quand il s'arrêta près des chariots, ni Keille ni Kadere n'étaient en vue nulle part. Les conducteurs s'étaient regroupés et se passaient précipitamment de l'un à l'autre des pots remplis de quelque chose avec la même odeur que la bonne eau-de-vie qu'ils avaient vendue, marmottant et aussi émus que si les Trollocs étaient réellement arrivés assez près pour qu'ils les sentent. Isendre se tenait debout en haut des marches donnant accès au chariot de Kadere, regardant d'un air mécontent dans le vide. Même avec ses sourcils froncés, elle était belle derrière cette écharpe aérienne. Il fut content qu'au moins les souvenirs qu'il avait des femmes soient bien les siens.

« Les Trollocs ont eu leur compte », lui annonça-t-il, en s'appuyant sur sa lance pour être sûr qu'elle la remarque. *Inutile de risquer d'avoir la peau trouée, sans en retirer un peu de bon.* Aucun effort ne fut nécessaire pour paraître épuisé. « Le combat a été rude, mais vous êtes en sécurité, maintenant. »

Elle baissa la tête vers lui, les traits impassibles, les yeux luisant au clair de lune telles des pierres sombres polies. Sans un mot, elle tourna les talons et entra dans le chariot, en claquant la porte. Fort.

Mat lâcha un long soupir désabusé et s'éloigna à grands pas de la caravane. Que fallait-il pour faire impression sur cette femme ? Un lit, voilà ce qu'il voulait. Se retrouver sous ses couvertures et laisser Rand se mesurer avec les Trollocs et ces fichus Draghkars. Ce garçon semblait s'y complaire. À l'entendre rire comme ça.

Rand remontait précisément le canyon, le rougeoiement de cette épée comme la clarté d'une lampe autour de lui dans la nuit. Aviendha apparut, courant à sa rencontre les jupes relevées au-dessus des genoux, puis s'arrêta. Laissant retomber ses jupes, elle les lissa et se mit à marcher à côté de Rand, soulevant son châle autour de sa tête. Il ne semblait pas l'avoir remarquée et, elle, son visage avait autant d'expression qu'un caillou. Ils étaient bien appareillés.

« Rand », appela une ombre qui se hâtait. Elle avait la voix de Moiraine, presque aussi mélodieuse que celle de Keille, mais d'une musicalité froide. Rand se retourna, attendit et elle ralentit avant qu'on puisse la distinguer nettement, entrant dans la clarté avec une démarche assez royale pour n'importe quel palais. « La situation devient plus dangereuse, Rand. L'attaque à la Halte d'Imre aurait pu viser les Aiels – peu probable, pourtant possible – mais ce soir les Draghkars avaient été sûrement lancés contre toi.

— Je sais. » Juste comme ça. Aussi calme qu'elle et même plus froid.

Les lèvres de Moiraine se pincèrent et ses mains restèrent trop immobiles sur sa jupe ; elle n'était pas au summum du contentement. « C'est quand on essaie de faire s'accomplir une prophétie qu'elle est la plus dangereuse. Ne l'as-tu pas appris dans Tear ? Le Dessin se tisse autour de toi mais, quand tu tentes de le tisser, même toi tu ne peux pas le fixer. Serre trop les fils du Dessin et la pression monte. Il risque d'exploser follement dans toutes les directions. Qui peut prévoir combien de temps passera avant qu'il s'assagisse et se centre de nouveau sur toi, ou ce qui arrivera avant qu'il parvienne à ce stade ?

— Aussi clair que la plupart de vos explications, commenta Rand sèchement. Qu'est-ce que vous voulez, Moiraine ? Il est tard et je suis fatigué.

— Je veux que tu te confies à moi. Crois-tu que tu as déjà appris tout ce qu'il y a à savoir, un peu plus d'un an après avoir quitté ton village ?

— Non. Je n'ai pas encore tout appris. » À présent, il avait un ton amusé ; parfois Mat doutait qu'il soit aussi sain d'esprit qu'il le paraissait. « Vous voulez que je me confie à vous, Moiraine ? Très bien. Vos Trois Serments ne vous laisseront pas mentir. Affirmez en propres termes que quoi que je vous dise vous n'essaierez pas de me lier les mains, que vous ne susciterez pas d'obstacles d'aucune sorte. Confirmez que vous ne tenterez pas de m'utiliser pour servir les fins de la Tour. Déclarez-le tout net et sans détour afin que je sache que c'est vrai.

— Je ne ferai rien pour t'empêcher d'accomplir ta destinée. C'est à cela que j'ai voué mon existence. Par contre, je ne m'engage pas à rester là à regarder pendant que tu poseras ta tête sur le billot.

— Pas suffisant, Moiraine. Pas suffisant. Mais si je pouvais me confier à vous, je ne vous confierais néanmoins rien ici. La nuit a des oreilles. » Des gens circulaient tout autour dans le noir, cependant aucun assez près pour entendre. « Même les rêves ont des oreilles. » Aviendha tira son châle en avant pour abriter sa figure ; apparemment aussi même une Aielle était sensible au froid.

Rhuarc entra dans la zone de clarté, son voile noir pendant. « Les Trollocs n'étaient qu'une diversion pour les Draghkars, Rand al'Thor. Trop peu nombreux pour qu'il en soit autrement. Des Draghkars qui vous étaient destinés, je pense. Le Destructeur-des-Feuilles ne veut pas que vous viviez.

— Le danger grandit », commenta Moiraine à mi-voix.

Le chef de clan lui jeta un coup d'œil avant de continuer. « Moiraine Sedai a raison. Puisque les Draghkars ont échoué, je crains qu'il ne faille nous attendre aux Sans-Âmes ensuite ; ce que vous appelez les Hommes Gris[1]. Je veux placer des lances autour de vous constamment. Pour une raison quelconque, les Vierges

1. Cf. *Le Dragon Réincarné*, volume 5, ch. 15.

de la Lance se sont portées volontaires pour cette tâche. »

Décidément, Aviendha était sensible au froid. La tête enfoncée dans les épaules, elle avait fourré ses mains sous ses aisselles aussi loin que possible.

« Si elles le souhaitent », répliqua Rand. Sous toute cette apparence de glace, il donnait l'impression d'être légèrement mal à l'aise. Mat ne l'en blâma pas ; lui-même ne se serait pas remis entre les mains des Vierges de la Lance pour toute la soie que transportaient les navires du Peuple de la Mer.

« Elles veilleront mieux que personne d'autre, reprit Rhuarc, puisqu'elles ont réclamé cette mission. Je n'ai pas l'intention de la confier à elles seulement, d'ailleurs. Je ferai monter la garde par tous. Je suis persuadé que ce sera le tour des Sans-Âmes la prochaine fois, mais cela ne signifie pas que cela ne pourra pas être autre chose. Dix mille Trollocs au lieu de quelques centaines.

— Et les Shaidos ? » Mat regretta de ne pas avoir fermé sa grande bouche quand tous tournèrent les yeux vers lui. Peut-être qu'ils ne s'étaient pas rendu compte de sa présence jusqu'à ce moment. N'empêche, il pouvait aussi bien le dire. « Je sais que vous ne les aimez pas mais, si vous pensez qu'il y a réellement un risque d'une attaque plus en force, ne vaudrait-il pas mieux les avoir ici que dehors ? »

Rhuarc émit un son inarticulé peu amène ; de sa part, cela équivalait à un juron chez la plupart des hommes. « Je n'introduirais pas à l'intérieur des Rocs Froids près de mille Shaidos quand bien même le Brûleur-d'herbe viendrait. Je ne le pourrais pas, de toute façon. Couladin et les Shaidos ont plié leurs tentes à la tombée du jour. Nous en sommes bien débarrassés. J'ai envoyé des éclaireurs s'assurer qu'ils quittaient le territoire des Taardads sans emmener avec eux quelques chèvres ou moutons. »

Cette épée disparut de la main de Rand, la brusque absence de sa clarté équivalant à devenir aveugle. Mat ferma énergiquement les paupières pour aider ses yeux à s'adapter mais, quand il les rouvrit, le clair de lune semblait toujours sombre.

« De quel côté sont-ils allés ? questionna Rand.

— Vers le nord, lui dit Rhuarc. Couladin a sans doute l'intention de rejoindre Sevanna qui se rend à l'Alcair Dal, pour l'influencer contre vous. Il a des chances de réussir. La seule raison pour laquelle Sevanna a déposé sa couronne de mariage aux pieds de Suladric au lieu des siens est qu'elle voulait épouser un chef de clan. Néanmoins, je vous ai dit de vous attendre à des ennuis à cause d'elle. Sevanna aime susciter des ennuis. Cela ne devrait pas tirer à conséquence. Si les Shaidos ne vous suivent pas, ce n'est pas une grande perte.

— J'ai l'intention de partir pour l'Alcair Dal, déclara Rand d'une voix ferme. Tout de suite. Je présenterai mes excuses aux chefs qui se sentiraient déshonorés d'être arrivés tardivement, mais je ne laisserai pas Couladin être là-bas avant moi plus longtemps que je ne peux y arriver. Il ne se bornera pas à monter Sevanna contre moi, Rhuarc. Je ne peux pas me permettre de lui laisser un mois pour cela. »

Au bout d'un moment, Rhuarc répliqua : « Peut-être avez-vous raison. Vous apportez des changements, Rand al'Thor. Au lever du soleil, donc. Je vais choisir Dix Boucliers Rouges pour mon honneur et les Vierges de la Lance pourvoiront au vôtre.

— Je veux me mettre en route dès la première lueur de l'aube dans le ciel, Rhuarc. Avec toutes les mains capables de tenir une lance ou de bander un arc.

— La coutume...

— Il n'y a pas de coutumes pour me protéger, Rhuarc. » On aurait pu fendre des rochers avec la voix de Rand, ou déposer une couche de glace sur du vin. « Je dois établir de nouvelles coutumes. » Il eut un rire âpre. Aviendha eut l'air choquée et même Rhuarc cligna des paupières, déconcerté. Seule Moiraine resta impassible, avec cette expression méditative dans les yeux. « Mieux vaudrait prévenir les colporteurs, reprit Rand. Ils ne voudront pas rater la foire mais, s'ils n'empêchent pas ces hommes de continuer à boire, ils seront trop ivres pour manier les guides. Et toi, Mat, est-ce que tu viens ? »

Il n'entendait certainement pas laisser les colporteurs filer sans lui, certainement pas perdre son moyen de sortir du Désert. « Oh, je ne te lâche pas d'une semelle, Rand. » Le pire était que cette réponse semblait être celle qui convenait. *Bougre de* ta'veren *qui me traîne après lui !* Comment Perrin s'était-il dégagé ? *Ô Lumière, ce que j'aimerais être avec lui à cette minute.* « Ma foi, oui, je viens. »

Mettant sa lance sur son épaule, il remonta à grands pas le canyon. Du moins restait-il encore du temps pour dormir un peu. Derrière lui, il entendit Rand rire sous cape.

51. Révélations à Tanchico

Elayne manipulait maladroitement les deux fines baguettes laquées de rouge, essayant de les placer correctement entre ses doigts. *Sursas*, se corrigeat-elle. *Pas des baguettes ; des sursas. Une façon stupide de manger, quel que soit leur nom.*

De l'autre côté de la table dans le Salon aux Pluies de Fleurs, Egeanine regardait en fronçant les sourcils ses propres *sursas*, une dressée à la verticale dans chaque main comme si elles étaient réellement des bâtons. Nynaeve tenait les siennes nichées dans sa main comme le leur avait montré Rendra mais, jusqu'à présent, elle avait réussi à porter jusqu'à sa bouche une seule lamelle de viande et quelques tranches minces de poivrons ; ses yeux avaient une expression de détermination farouche. Un grand nombre de petits bols blancs couvraient la table, chacun rempli de tranches et de minces découpes de viande et de légumes, certaines dans une sauce brune ou claire. Elayne songea qu'il faudrait le reste de la journée pour terminer ce repas. Elle adressa un sourire reconnaissant à l'aubergiste aux cheveux couleur de miel quand cette dernière se pencha par-dessus son épaule pour mettre en bonne position les *sursas.*

« Votre pays est en guerre avec l'Arad Doman, dit Egeanine d'un ton presque de colère. Pourquoi servez-vous les plats de votre ennemi ? »

Rendra haussa les épaules, esquissant une moue derrière son voile ; ce jour-là, elle portait du rouge le plus clair qui soit, et des perles de la même couleur tressées dans ses nattes minuscules cliquetaient légèrement quand elle remuait la tête. « C'est la mode, à présent. *Le jardin des Brises Argentées* l'a lancée il y a quatre jours et maintenant presque tous les clients réclament de la cuisine domanie. Il se pourrait, à mon idée, que ce soit parce que si nous ne parvenons pas à conquérir les Domanis, au moins pouvons-nous conquérir leur façon de se nourrir. Qui sait si à Bandar Eban on ne sert pas l'agneau avec une sauce au miel et des pommes caramélisées, hein ? Dans quatre jours d'ici, ce sera peut-être autre chose. La mode, elle change vite en ce moment et si quelqu'un monte la populace contre celle-ci... » Elle haussa de nouveau les épaules.

« Vous croyez qu'il y aura *encore* des émeutes ? questionna Elayne. À propos du genre de menu que servent les auberges ?

— Les rues, elles sont énervées, répliqua Rendra avec un geste fataliste de ses mains écartées. Qui sait ce qui les enflammera de nouveau ? L'effervescence d'avant-hier, elle est partie d'une rumeur que le Maracru s'était déclaré en faveur du Dragon Réincarné ou bien qu'il était tombé aux mains des séides du Dragon ou encore des rebelles – comment semble n'avoir guère fait de différence – mais est-ce que la populace s'est attaquée aux gens du Maracru ? Non. Les émeutiers se sont répandus dans les rues, ont arraché les passagers de leurs voitures, puis ont incendié la Grande Salle de l'Assemblée. Peut-être la nouvelle arrivera que l'armée, elle a gagné une bataille – ou en a perdu une – et la populace s'en prendra à ceux qui servent de la cuisine domanie. Ou peut-être qu'elle brûlera les entrepôts sur les quais du Calpène. Qui peut savoir ?

— Pas d'ordre convenable », marmotta Egeanine qui inséra énergiquement les sursas entre les doigts de sa main droite. D'après son expression, ces baguettes auraient pu être des poignards dont elle allait se servir pour embrocher ce qu'il y avait dans les bols. Un morceau de viande tomba des sursas de Nynaeve au ras de ses lèvres ; poussant un grognement, elle le rattrapa dans son giron, tamponnant avec sa serviette la soie crème.

« Aah, de l'ordre. » Rendra rit. « Je me rappelle l'ordre. C'est possible qu'il se rétablisse un jour, oui ? Il y en a qui pensent que la Panarch pourrait contraindre la Garde Civile à remplir de nouveau ses obligations mais, si j'étais elle, avec le souvenir de la populace s'ameutant lors de mon investiture... Les Enfants de la Lumière, ils ont tué un très grand nombre de séditieux. Peut-être cela signifie-t-il qu'aucune émeute n'aura plus lieu mais, aussi bien, que la prochaine, elle sera deux fois plus importante ou même dix fois. Je pense que moi, aussi, je voudrais avoir tout près de moi la Garde et les Enfants. Mais autant ne pas parler de ça pour troubler le repas. » Examinant la table, elle eut pour elle-même un hochement de tête approbateur, dans un cliquetis des perles de ses tresses fines. Au moment de se diriger vers la porte, elle s'arrêta avec un petit sourire. « C'est la mode de manger les plats domanis avec les sursas et bien sûr on agit selon ce qui est à la mode. Cependant... personne n'est ici pour vous voir sauf vous-mêmes, oui ? Auriez-vous envie d'avoir les cuillères et les fourchettes, elles sont sous la serviette. » Elle indiqua le plateau au bout de la table. « Régalez-vous. »

Nynaeve et Egeanine attendirent que la porte soit refermée derrière l'aubergiste, puis se sourirent mutuellement et tendirent la main vers le plateau avec une hâte manquant vraiment de dignité. Néanmoins Elayne réussit à saisir la première sa fourchette et sa cuillère ; aucune des autres n'avait jamais eu à manger pendant le peu de minutes dont disposait une novice entre les corvées et les leçons.

« C'est assez savoureux, commenta Egeanine après sa première bouchée, quand on peut s'en mettre sur la langue. » Nynaeve rit avec elle.

Dans les sept jours écoulés depuis la rencontre avec la jeune femme brune au regard bleu pénétrant et à l'accent traînant, elles en étaient venues toutes les deux à éprouver de la sympathie pour elle. C'était un changement revigorant par rapport au bavardage oiseux de Rendra à propos de cheveux, de vêtements et de teints, ou aux regards des gens dans la rue qui avaient l'air prêts à vous couper la gorge pour un sou de cuivre. C'était sa quatrième visite depuis cette première rencontre, et Elayne avait pris plaisir à chacune. Egeanine avait une franchise et un air d'indépendance qu'elle admirait. Elle n'était peut-être qu'une petite négociante dans n'importe quelle affaire qui s'offrait, mais elle pouvait rivaliser avec Gareth Bryne quant à dire ce qu'elle pensait et à ne s'incliner devant personne.

Toutefois, Elayne aurait préféré que ces visites soient moins fréquentes. Ou plutôt qu'elle et Nynaeve aient été plus souvent absentes quand Egeanine venait. C'est que des émeutes quasi permanentes depuis l'investiture d'Amathera rendaient pratiquement impossible de se déplacer en ville en dépit de leur garde rapprochée constituée par les vigoureux marins de Bayle Domon. Même Nynaeve avait dû en convenir après qu'elles avaient été obligées de fuir une pluie de cailloux gros comme le poing. Thom promettait toujours de leur procurer une voiture et un attelage, mais elle n'était pas trop persuadée qu'il cherchait avec beaucoup d'ardeur. Lui et Juilin paraissaient l'un et l'autre insupportablement satisfaits qu'elle et Nynaeve soient clouées à l'intérieur de l'auberge. *Ils reviennent contus ou saignants et ne veulent même pas nous laisser nous cogner un doigt de pied*, songea-t-elle avec une grimace. Pourquoi les hommes estimaient-ils toujours juste de vous protéger mieux qu'ils ne se protégeaient eux-mêmes ?

D'après le goût de la viande, elle soupçonna que Thom serait bien inspiré de regarder ici dans les cuisines s'il désirait trouver des chevaux. L'idée de manger du cheval lui donna mal au cœur. Elle choisit un bol contenant seulement des légumes, des petits morceaux de champignons noirs, des poivrons rouges et une sorte de pousses vertes plumeuses dans une sauce claire piquante.

« De quoi allons-nous parler aujourd'hui ? demanda Nynaeve à Egeanine. Vous avez posé presque toutes les questions auxquelles je peux penser. » Presque toutes celles auxquelles elles savaient répondre, du moins. « Si vous souhaitez en apprendre davantage sur les Aes Sedai, il vous faudra aller à la Tour en tant que novice. »

Egeanine sursauta inconsciemment, comme au moindre mot reliant le Pouvoir à elle. Pendant un moment, elle remua le contenu d'un des petits bols qu'elle contemplait en fronçant les sourcils. « Vous ne vous êtes pas vraiment efforcées, dit-elle lentement, de me dissimuler que vous cherchiez quelqu'un. Des femmes. Si ce n'est pas s'immiscer dans vos secrets, je voudrais demander... » Elle s'interrompit comme un coup était frappé à la porte.

Bayle Domon entra à grands pas sans attendre, une grave satisfaction en conflit avec l'embarras sur sa figure ronde. « Je les ai trouvées », commença-t-il, puis il tressaillit à la vue d'Egeanine. « Vous ! »

Chose stupéfiante, Egeanine renversa son siège en se levant d'un bond et assena son poing dans l'estomac bien rembourré de Domon presque trop vite pour qu'on suive son geste. Quoi qu'il en soit, Domon lui attrapa le poignet dans sa grosse main, opéra une torsion – il y eut un instant troublant où ils eurent l'air de vouloir se crocher mutuellement la cheville avec un pied ; Egeanine tenta de le frapper à la gorge – puis vaille que vaille elle se retrouva la figure contre le sol, la botte de Domon sur son épaule et son bras relevé brutalement contre son genou. Malgré cela, elle dégaina son poignard de ceinture.

Elayne tissa des flots d'Air autour des deux avant même de se rendre compte qu'elle avait embrassé la *saidar,* les figeant sur place. « Qu'est-ce que cela signifie ? questionna-t-elle impérieusement de son ton glacé le plus réussi.

— Comment osez-vous, Maître Domon ? » La voix de Nynaeve était également froide. « Libérez-la ! » Plus chaudement, avec un accent inquiet, elle ajouta : « Egeanine, pourquoi avez-vous tenté de le frapper ? Je vous dis de la libérer, Domon !

— Il ne peut pas, Nynaeve. » Elayne regrettait vraiment que sa compagne ne puisse au moins distinguer les flots sans être en colère. *C'est vrai qu'elle avait la première essayé de le frapper.* « Egeanine, pourquoi ? »

La jeune femme brune gisait les yeux fermés et la bouche pincée ; ses jointures étaient exsangues à force de se crisper sur le manche du poignard.

Domon dardait un regard indigné d'Elayne à Nynaeve, sa drôle de barbe à la mode d'Illian presque hérissée. Sa tête était tout ce qu'Elayne n'avait pas empêché de bouger. « Cette femme, elle est une Seanchane ! » grommela-t-il. Elayne échangea un regard surpris avec Nynaeve. Egeanine ? Une Seanchane ? C'était impossible. Ce devait être impossible.

« En êtes-vous certain ? » demanda Nynaeve d'une voix lente, modérée. Elle semblait aussi abasourdie que se sentait Elayne.

« Je n'oublierai jamais son visage, répliqua Domon d'un ton ferme. Un capitaine dans la marine. C'est elle qui m'a emmené à Falme, moi et mon bateau, prisonniers des Seanchans. »

Egeanine ne tenta rien pour le nier, elle resta seulement allongée là serrant son poignard. Une Seanchane. *Mais j'ai de l'affection pour elle !*

Avec précaution, Elayne repoussa l'entrelacement des flots d'Air jusqu'à ce que la main d'Egeanine qui tenait le poignard soit découverte jusqu'au poignet. « Lâchez-le, Egeanine, dit-elle en s'agenouillant à côté de la jeune femme. Je vous en prie. » Au bout d'un instant, la main d'Egeanine s'ouvrit. Elayne ramassa le poignard et recula, déliant complètement les flots d'Air. « Laissez-la se relever, Maître Domon.

— Elle est seanchane, Maîtresse, protesta-t-il, et dure comme des pointes de fer.

— Laissez-la se relever. »

Protestant entre ses dents, il libéra le poignet d'Egeanine, s'écartant d'elle vivement comme s'il s'attendait à ce qu'elle l'attaque de nouveau. Toutefois la jeune femme brune – la *Seanchane* – se contenta de rester debout. Elle remua l'épaule qu'il avait tordue en le regardant d'un air pensif, jeta un coup d'œil à la porte, puis redressa la tête et attendit avec toute l'apparence du calme. C'était difficile de ne pas continuer à l'admirer.

« Seanchane », grommela Nynaeve. Elle serra une poignée de ses longues tresses, puis regarda sa main d'un drôle d'air et lâcha prise, mais ses sourcils étaient toujours froncés et son regard dur. « Seanchane ! S'insinuer dans notre amitié. Je vous croyais tous repartis d'où vous étiez venus. Pourquoi êtes-vous ici, Egeanine ? Notre rencontre était-elle réellement un hasard ? Pourquoi nous avez-vous recherchées ? Aviez-vous l'intention de nous attirer quelque part où vos sales *sul'dams* pourraient attacher leur laisse autour de notre cou ? » Les yeux bleus d'Egeanine se dilatèrent légèrement. « Oh, oui, lui dit Nynaeve d'un ton acerbe. Nous sommes au courant de ce qu'il en est de vous les Seanchans avec vos *sul'dams* et vos *damanes.* Nous en savons davantage que vous. Vous enchaînez les femmes qui canalisent, mais celles que vous utilisez pour les maîtriser peuvent canaliser aussi, Egeanine. Pour chaque femme capable de canaliser que vous mettez en laisse comme un animal, vous côtoyez tous les jours sans vous en rendre compte dix ou vingt autres.

— Je le sais », dit simplement Egeanine et Nynaeve en demeura bouche bée. Elayne eut l'impression que ses yeux allaient lui sortir de la tête. « Vous le savez ? » Elle respira et poursuivit sur un ton à la limite de la protestation incrédule. « Egeanine, je crois que vous mentez. Je n'ai pas rencontré auparavant beaucoup de Seanchans, et jamais pendant plus de quelques minutes, mais j'ai connu quelqu'un dont ça a été le cas. Les Seanchans ne haïssent même pas les femmes qui canalisent. Ils les tiennent pour des animaux. Vous n'en parleriez pas avec tant d'indifférence si vous le saviez ou même le pensiez.

— Les femmes qui peuvent porter le bracelet sont des femmes qui peuvent apprendre à canaliser, répliqua Egeanine. J'ignorais que cela pouvait s'apprendre – on m'avait enseigné qu'une femme pouvait ou ne pouvait pas – mais je l'ai déduit quand vous m'avez dit que les jeunes filles doivent être guidées si elles n'en ont pas la pratique d'instinct. Puis-je m'asseoir ? » Un tel calme.

Elayne acquiesça d'un signe de tête et Domon remit sur pied le siège d'Egeanine et resta debout derrière pendant qu'elle y prenait place. Le regardant par-dessus son épaule, la jeune femme brune dit : « Vous n'étiez pas un... adversaire... aussi... coriace la dernière fois que nous nous sommes vus.

— À ce moment-là, vous aviez vingt soldats cuirassés sur mon pont et une *damane* prête à réduire en miettes mon navire avec le Pouvoir. Ce n'est pas parce que je peux crocher un requin depuis un bateau que je vais offrir de lutter avec lui dans l'eau. » Fait surprenant, il lui adressa un large sourire en se massant le côté où elle avait dû décocher un coup que n'avait pas remarqué Elayne. « Vous-même n'êtes pas un adversaire aussi commode que je prévoyais que vous le seriez sans votre armure et votre épée. »

D'après ses propres termes, le monde de cette jeune femme avait dû être bouleversé, mais elle l'acceptait avec philosophie. Elayne n'imaginait pas ce qui produirait cela sur le sien, mais elle espéra que si jamais elle le découvrait elle serait capable de l'affronter avec la calme réserve d'Egeanine. *Il faut que je cesse de l'aimer. C'est une Seanchane. Les Seanchans m'auraient passé un collier comme à un animal de compagnie s'ils en avaient eu la possibilité. Ô Lumière, comment cesser d'avoir de l'amitié pour quelqu'un ?*

Nynaeve paraissait ne pas éprouver cette difficulté. Plantant ses poings sur la table, elle se pencha vers Egeanine d'un mouvement si impétueux que ses tresses dansèrent au milieu des petits bols. « Pourquoi êtes-vous ici à Tanchico ? Je croyais que vous vous étiez tous enfuis après Falme. Et pourquoi vous être efforcée de vous insinuer dans notre confiance comme un serpent amateur d'œufs ?

— Cela n'a jamais été mon intention, répliqua Egeanine avec raideur. Tout ce que je désirais de vous, c'était me renseigner sur les Aes Sedai. Je... » Pour la première fois, elle parut hésitante, peu sûre d'elle. Serrant les lèvres, elle reporta son regard de Nynaeve à Elayne et secoua la tête. « Vous n'êtes pas ce que l'on m'a appris. Que la Lumière me vienne en aide, je... j'ai de l'affection pour vous.

— Vous avez de l'affection pour nous. » Nynaeve le répéta sur le même ton que si c'était un crime. « Cela ne répond à aucune de mes questions. »

Egeanine hésita de nouveau, puis redressa la tête, les mettant au défi de se livrer au pire. « Des *sul'dams* avaient été laissées à Falme. Quelques-unes avaient déserté après le désastre. Un petit nombre d'entre nous ont été dépêchés pour les ramener. Je n'en ai trouvé qu'une, mais je me suis aperçue qu'un *a'dam* avait la faculté de la maîtriser. » Voyant les poings de Nynaeve se serrer, elle ajouta vivement : « Je l'ai laissée aller la nuit dernière. Je le paierai très cher si jamais c'est découvert mais, après avoir eu ces conversations avec vous, je ne me sentais pas le cœur de... » Avec une grimace, elle secoua la tête. « Voilà pourquoi je vous ai suivies quand Elayne s'est révélée être ce qu'elle était. Je savais que Béthamine était une *sul'dam.* Constater que l'*a'dam* la maîtrisait, qu'elle était capable de... J'ai voulu connaître, comprendre, ce que sont les femmes qui canalisent. » Elle respira profondément. « Qu'avez-vous l'intention de faire de moi ? » Ses mains, croisées sur la table, ne tremblaient pas.

Nynaeve ouvrit la bouche avec colère et la referma lentement. Elayne devina son embarras. Nynaeve haïssait peut-être Egeanine maintenant, mais qu'allaient-elles en faire ? Il n'était pas évident qu'elle ait commis un crime dans Tanchico et, en tout cas, la Garde Civile ne paraissait se soucier de rien en dehors de sauver sa propre peau collective. Elle était une Seanchane, elle s'était servie de *sul'dams* et de *damanes* mais, d'autre part, elle affirmait avoir remis en liberté cette Béthamine. Pour quel crime la puniraient-elles ? Pour avoir posé des questions auxquelles elles avaient répondu volontiers ? Pour avoir conquis leur sympathie ?

« J'aimerais vous fouetter la couenne jusqu'à ce que vous soyez rouge comme un coucher de soleil », grommela Nynaeve. Brusquement, sa tête se tourna vers Domon. « Vous les avez trouvées ? Vous avez dit que vous les aviez trouvées. Où ? » Il passa d'un pied sur l'autre, en jetant un coup d'œil significatif à la nuque d'Egeanine, les sourcils haussés dans une mimique interrogatrice.

« Je ne crois pas qu'elle soit une Amie du Ténébreux, déclara Elayne alors que Nynaeve hésitait.

— Bien sûr que je n'en suis pas une ! » Le regard d'Egeanine avait une expression farouche et offensée.

Se croisant les bras comme pour s'empêcher de tirer sur ses nattes, Nynaeve darda sur la jeune femme un coup d'œil furieux, puis reporta sur Domon un froncement de sourcils accusateur, de l'air de le juger responsable de cet imbroglio. « Il n'y a nulle part où la mettre sous clef, finit-elle par répondre, et Rendra demanderait sûrement des explications. Allez-y, Maître Domon. »

Il eut un dernier regard dubitatif à l'adresse d'Egeanine. « Au Palais de la Panarch, un de mes hommes a vu deux des femmes sur votre liste. Celle avec les chats et la Saldaeane.

— Êtes-vous certain ? objecta Nynaeve. Au Palais de la Panarch ? J'aimerais que vous les ayez vues vous-même. D'autres femmes que Marillin Gemalphin aiment les chats. Et Asne Zeramene n'est pas la seule originaire de la Saldaea, même dans Tanchico.

— Une femme au visage en lame de couteau, aux yeux bleus avec un gros nez, nourrissant une douzaine de chats dans cette ville où les gens mangent les chats ? En compagnie d'une autre avec ce nez et ces yeux obliques typiques des natifs de la Saldaea ? Ce n'est pas un assemblage si courant, Maîtresse al'Meara.

— Effectivement, acquiesça-t-elle. Mais le Palais de la Panarch ? Maître Domon, au cas où vous l'auriez oublié, cinq cents Blancs Manteaux gardent cet endroit, sous les ordres d'un Inquisiteur de la Main de la Lumière ! Jaichim Carridin et ses officiers au moins doivent reconnaître des Aes Sedai à première vue. Resteraient-ils s'ils constataient que la Panarch héberge des Aes Sedai ? » Il ouvrit la bouche, mais l'argument de Nynaeve porta et rien ne sortit.

« Maître Domon, questionna Elayne, pourquoi donc un de vos hommes était-il au Palais de la Panarch ? »

Il tirailla sa barbe avec embarras et frotta d'un de ses gros doigts sa lèvre supérieure rasée. « Voyez-vous, la Panarch Amathera est connue pour aimer les poivrons glacés, la variété blanche qui est très piquante, et qu'elle-même soit ou non sensible aux cadeaux, les douaniers sauront qui lui en a donné et seront eux-mêmes plus coulants.

— Aux cadeaux ? rétorqua Elayne de son ton réprobateur le mieux réussi. Vous étiez plus franc sur les quais et les aviez appelés pots-de-vin. » Chose surprenante, Egeanine s'était retournée sur son siège pour le dévisager aussi d'un air désapprobateur.

« Que la Fortune me pique, marmotta-t-il, vous ne m'avez pas demandé de renoncer à mon commerce. Et je n'y renoncerais pas au cas où vous le feriez, même pas si vous ameniez ma vieille mère à le demander ! On a le droit d'avoir son commerce. » Egeanine émit un reniflement de dédain et se rassit face à la table.

« Ses pots-de-vin ne sont pas notre problème, Elayne. » Nynaeve paraissait exaspérée. « Je me moque qu'il soudoie la ville entière et entre en contrebande... » Une tape à la porte l'interrompit. Avec un coup d'œil de mise en garde aux autres, elle ordonna sèchement à Egeanine : « Vous, taisez-vous », et éleva la voix. « Entrez. »

Juilin passa par l'embrasure sa tête coiffée de ce ridicule bonnet cylindrique, avec comme d'habitude un froncement de sourcils à l'adresse de Domon. L'estafilade sur sa joue basanée, au sang déjà séché, n'était pas inhabituelle non plus ; les rues étaient maintenant plus dangereuses de jour qu'elles ne l'avaient été la nuit au début. « Puis-je vous parler seul à seule, Maîtresse al'Meara ? demanda-t-il quand il vit Egeanine assise à la table.

— Oh, entrez, lui dit Nynaeve d'un ton brusque. Après tout ce qu'elle a déjà entendu, peu importe si elle en entend un peu plus. Les avez-vous trouvées dans le Palais de la Panarch, vous aussi ? »

Tandis qu'il refermait la porte, il décocha à Domon un regard indéchiffrable, les lèvres pincées. Le contrebandier sourit, en découvrant trop de dents. Pendant un instant, on aurait pu croire qu'ils en viendraient à se battre.

« Alors le natif d'Illian m'a devancé », marmotta Juilin mélancoliquement. Ne s'occupant plus de Domon, il s'adressa à Nynaeve. « Je vous avais dit que la femme à la mèche blanche me conduirait à elles. C'est un détail très distinctif. Et j'ai vu aussi là-bas la Domanie. De loin – je ne suis pas assez fou pour me risquer dans l'eau au milieu d'un banc de brochets – mais je ne peux pas croire qu'il existe une autre Domanie en dehors de Jeaine Caide dans tout le Tarabon.

— Vous voulez dire qu'elles sont bien dans le Palais de la Panarch ? » s'exclama Nynaeve.

L'expression de Juilin ne changea pas, mais ses yeux noirs se dilatèrent légèrement et virèrent brièvement en direction de Domon. « Donc il n'avait pas de preuves, murmura-t-il d'un ton satisfait.

— J'avais des preuves. » Domon évitait de regarder le natif de Tear. « Si vous ne les avez pas acceptées avant que ce pêcheur s'amène, Maîtresse al'Meara, ce n'est pas ma faute. »

Juilin se redressa de toute sa taille, mais Elayne intervint avant que le preneur-de-larrons ait eu le temps de parler. « Vous les avez découvertes l'un et l'autre et vous en avez l'un et l'autre apporté la preuve. Il y a de grandes chances pour qu'aucune n'ait été suffisante sans l'autre. Maintenant, nous savons où sont ces femmes grâce à vous deux. » Peut-être même eurent-ils la mine encore plus déconfite qu'avant. Les hommes se montraient parfois absolument stupides.

« Le Palais de la Panarch. » Nynaeve imprima une secousse à une poignée de tresses, puis rejeta d'un mouvement sec de la tête les longues nattes par-dessus son épaule. « Ce qu'elles cherchent doit être là-bas. Mais si elles l'ont, pourquoi sont-elles encore à Tanchico ? Le palais est immense. Peut-être qu'elles ne l'ont pas encore trouvé. Non pas que ce nous soit d'un grand secours si nous sommes ici dehors pendant qu'elles sont dedans ! »

Thom, comme d'ordinaire, entra sans frapper, repérant d'un seul regard toutes les personnes présentes. « Maîtresse Egeanine, murmura-t-il avec un salut dont sa boiterie ne diminua en rien l'élégance. Nynaeve, si je pouvais vous parler seul à seule, j'ai des nouvelles importantes. »

L'ecchymose fraîche sur sa joue tannée rendit Elayne encore plus furieuse que la nouvelle déchirure dans sa bonne cape marron. Il était trop âgé pour braver les rues de Tanchico. Ou n'importe quelle rue mal famée, à ce compte. C'était temps qu'elle s'arrange pour qu'il ait une pension et un endroit tranquille et confortable où habiter. Plus d'errances de ménestrel de village en village pour lui. Elle y veillerait.

Nynaeve adressa à Thom un regard acide. « Je n'ai pas le temps pour cela maintenant. Les Sœurs Noires sont dans le Palais de la Panarch et, pour autant que je le sache, Amathera les aide à le fouiller de la cave au grenier.

— Je l'ai appris il y a moins d'une heure, dit-il d'un ton incrédule. Comment avez-vous... ? » Il tourna les yeux vers Domon et Juilin, l'un et l'autre encore avec la mine dépitée de gamins qui escomptaient chacun avoir le gâteau pour lui seul.

À l'évidence, il élimina ces deux-là comme étant la source d'information de Nynaeve. Elayne eut grande envie de sourire. Il se flattait tellement d'être au courant de toutes les opinions secrètes, de tous les agissements cachés. « La Tour a ses procédés, Thom, lui dit-elle, distante et mystérieuse. Mieux vaut ne pas étudier de trop près les méthodes des Aes Sedai. » Il se rembrunit, ses épais sourcils blancs se fronçant dans une expression indécise. On ne peut plus satisfaisant. Elle s'avisa soudain que Juilin et Domon la dévisageaient aussi d'un air sombre et, soudain, elle eut bien du mal à ne pas rougir. S'ils parlaient, elle serait vraiment ridicule. Ils finiraient par parler ; les hommes, c'est comme ça. Mieux valait passer là-dessus et espérer. « Thom, avez-vous entendu quoi que ce soit qui indiquerait qu'Amathera est une Amie des Ténèbres ?

— Rien. » Il tira sur une de ses longues moustaches avec irritation. « Apparemment, elle n'a pas vu Andric depuis qu'elle a ceint la Couronne de l'Arbre. Possible que les troubles dans les rues rendent trop dangereux le trajet entre le Palais du Roi et celui de la Panarch. Possible qu'elle ait simplement compris que maintenant son pouvoir à elle égale le sien et ne soit plus aussi accommodante. Pour ne rien dire de ce que sont ses allégeances. » Avec un coup d'œil à la jeune femme brune assise dans le fauteuil, il ajouta : « Je suis reconnaissant de l'aide que vous a apportée Maîtresse Egeanine contre ces voleurs mais, jusqu'à présent, j'avais cru qu'elle était simplement une amie due au hasard. Puis-je demander qui elle est pour être introduite dans cette affaire ? Il me semble me rappeler que vous menaciez de nouer les langues imprudentes, Nynaeve.

— C'est une Seanchane, lui répliqua Nynaeve. Fermez votre bouche sinon vous allez avaler un papillon, Thom, et asseyez-vous. Nous pouvons manger pendant que nous essayons de trouver quoi faire.

— Devant elle ? dit Thom. Une Seanchane ? » Il avait appris par Elayne une partie des événements de Falme – une partie seulement – et il avait certainement entendu les rumeurs ici ; il examina Egeanine comme s'il se demandait où elle cachait ses cornes. Juilin semblait s'étrangler, si ses yeux exorbités étaient une indication ; il devait aussi avoir entendu les rumeurs courant dans Tanchico.

« Proposez-vous que je demande à Rendra de l'enfermer dans un débarras ? questionna calmement Nynaeve. Voilà qui soulèverait des commentaires, non ? Je suis bien certaine que trois grands hommes velus sont capables de protéger Elayne et moi si elle sort de son escarcelle une armée seanchane. Asseyez-vous, Thom, ou mangez debout, mais cessez d'ouvrir des yeux ronds. Vous tous, asseyez-vous. J'ai l'intention de manger avant que cela refroidisse. »

Ils s'exécutèrent, Thom l'air aussi mécontent que Juilin et Domon. Parfois le rudoiement autoritaire de Nynaeve donnait des résultats. Peut-être Rand serait-il plus maniable s'il était rudoyé de temps en temps.

Détournant ses pensées de Rand, elle jugea venu le moment d'apporter une réflexion utile. « Je ne vois pas comment les Sœurs Noires peuvent être dans le Palais de la Panarch sans qu'Amathera le sache, dit-elle en rapprochant son siège sous elle. À mon avis, cela suggère trois possibilités. Une, Amathera est une Amie du Ténébreux. Deux, elle croit qu'elles sont des Aes Sedai. Et trois, elle est leur prisonnière. » Pour une raison quelconque, le hochement de tête approbateur de Thom lui fit chaud au cœur. Ridicule. Même s'il connaissait le Jeu des Maisons, il n'était qu'un barde sans cervelle qui avait tout abandonné pour devenir ménestrel ambulant. « Dans tous les cas, elle les aidera à chercher ce qu'elles veulent trouver, mais il me semble que si elle les croit Aes Sedai nous serions en mesure d'obtenir son aide en lui disant la vérité. Et si elle est prisonnière nous obtiendrions son aide en la libérant. Même Liandrin et ses compagnes ne pourraient se maintenir dans le Palais si la Panarch ordonne qu'il soit évacué, et cela nous permettrait à nous d'avoir les mains libres pour chercher.

— Le problème est de découvrir si elle est alliée, dupe ou captive », conclut Thom en gesticulant avec sa paire de sursas. Il maniait ces bouts de bois à la perfection !

Juilin secoua la tête. « Le vrai problème est d'aller jusqu'à elle, quelle que soit sa situation. Jaichim Carridin a cinq cents Blancs Manteaux postés autour du palais comme des oiseaux-pêcheurs autour des quais. La Légion de la Panarch compte près de deux fois plus d'hommes et la Garde Civile presque autant. Peu des forts autour de la ville ont une garnison moitié aussi nombreuse.

— Nous n'allons pas les combattre, dit sèchement Nynaeve. Cessez de penser avec les poils que vous avez sur la poitrine. C'est le moment de se servir de son intelligence, pas de ses muscles. À mon avis... »

La discussion se poursuivit pendant le repas et continua après que le dernier petit bol eut été vidé. Egeanine offrit même plusieurs observations de poids après être restée silencieuse pendant un temps, sans manger et sans avoir l'air d'écouter. Elle avait un esprit pénétrant et Thom accepta volontiers les suggestions qui allaient dans son sens à lui, rejetant toutefois aussitôt avec obstination celles qui n'avaient pas son adhésion, exactement comme il traitait tous les autres. Même Domon, ce qui était assez surprenant, prit le parti d'Egeanine quand Nynaeve voulut qu'elle se taise. « Elle parle avec bon sens, Maîtresse al'Meara. Seul un imbécile rejette le bon sens, d'où qu'il vienne. »

Malheureusement, savoir où se trouvaient les Sœurs Noires ne servait pas à grand-chose sans connaître si Amathera était de connivence avec elles ; cela ou ce qu'elles cherchaient. À la fin, presque deux heures de discussion n'avaient abouti à guère plus et à quelques propositions concernant les moyens de se renseigner sur Amathera. Lesquels, semblait-il, devaient être mis en œuvre par les hommes avec leur toile d'araignée de contacts entrecroisant ses fils à travers Tanchico.

Aucun de ces espèces d'idiots ne voulait les laisser seules avec quelqu'un appartenant à la nation seanchane – jusqu'à ce que Nynaeve soit suffisamment en colère pour les envelopper tous les trois dans des flots d'Air pendant qu'ils tergiversaient devant la porte. « Ne croyez-vous pas, déclara-t-elle d'un ton glacial, entourée par le halo de la *saidar*, que l'une de nous pourrait lui en faire autant si elle se risquait à dire un mot ? » Elle n'en délivra aucun avant qu'ils aient tous hoché affirmativement la tête, la seule partie de leur personne qu'ils pouvaient remuer.

« Vous imposez une rude discipline à votre équipage, commenta Egeanine dès que la porte se referma derrière eux.

— Silence, Seanchane ! » Nynaeve se croisa les bras avec vigueur ; elle semblait avoir renoncé à tirer sur ces nattes quand elle était furieuse. « Asseyez-vous et taisez-vous ! »

C'était frustrant de rester là à attendre, à regarder les pruniers et la pluie de fleurs peints sur les murs sans fenêtre, à arpenter la pièce ou à suivre des yeux Nynaeve qui l'arpentait, tandis que Thom, Juilin et Domon s'activaient au-dehors. Pourtant, c'était encore plus frustrant quand chacun d'eux revenait par intervalles annoncer qu'une autre piste n'avait mené à rien, qu'un autre fil s'était rompu, écouter ce que les autres avaient appris et repartir aussitôt en hâte.

La première fois que Thom revint – avec une deuxième marque de coup pourpre sur l'autre joue – Elayne dit : « Ne seriez-vous pas plus utile ici, Thom, où vous pourriez entendre les comptes rendus de Juilin et de Maître Domon ? Vous les analyseriez beaucoup mieux que Nynaeve ou moi. »

Il secoua sa folle tête à la crinière blanche tandis que Nynaeve émettait un reniflement de dédain assez fort pour être entendu du couloir. « J'ai un tuyau concernant une maison sur la Verana, où Amathera est censée être allée en cachette plusieurs soirs avant d'être élue Panarch. » Et il s'était éclipsé avant qu'elle ait eu le temps d'ajouter un mot.

Quand il reparut ensuite – boitant visiblement plus, pour annoncer que la maison était la demeure de la vieille nourrice d'Amathera – Elayne prit son ton le plus ferme. « Thom, je veux que vous vous asseyiez. Vous resterez ici. Je me refuse à ce que vous attrapiez du mal.

— Du mal ? répliqua-t-il. Petite, je ne me suis jamais mieux senti de ma vie. Dites à Juilin et à Bayle qu'il y a, paraît-il, une femme nommée Cerindra quelque part dans cette ville qui prétend connaître toutes sortes de sombres secrets sur Amathera. » Et il s'en alla en clopinant, sa cape virevoltant derrière lui. Il avait encore une déchirure dedans. Vieux fou têtu, têtu.

Une fois, des clameurs pénétrèrent les murs épais, des appels brutaux et des cris montant de la rue. Rendra survint d'un pas pressé juste quand Elayne avait décidé d'aller voir elle-même ce qui se passait. « Un peu de tumulte au-dehors. Ne vous dérangez pas. Les hommes de Bayle Domon, ils les tiennent à distance de nous, oui. Je ne voulais pas que vous vous inquiétiez.

— Une émeute ici ? » s'exclama sèchement Nynaeve. Les alentours immédiats de l'auberge avaient été une des quelques zones calmes dans la ville.

« Pas de quoi se tourmenter, répliqua Rendra d'un ton rassurant. Peut-être veulent-ils de la nourriture. Je vais leur indiquer où est la soupe populaire de Bayle Domon, et ils s'en iront. »

Le vacarme s'éteignit au bout d'un moment et Rendra envoya du vin. C'est seulement quand le serveur se retira, avec un air boudeur, qu'Elayne se rendit compte que c'était le jeune homme aux beaux yeux bruns. Il avait commencé à réagir à ses regards les plus glacés comme si c'étaient des sourires. Cet idiot croyait-il qu'elle avait le temps de lui prêter attention maintenant ?

Attendre et faire les cent pas, faire les cent pas et attendre. Cerindra se révéla une cameriste renvoyée pour vol ; nullement reconnaissante de ne pas être emprisonnée, elle était prête à porter contre Amathera n'importe quelle accusation qui lui était suggérée. Un individu qui prétendait avoir la preuve qu'Amathera était une Aes Sedai de l'Ajah Noire affirmait aussi que les mêmes documents démontraient que le Roi Andric était le Dragon Réincarné. Le groupe de femmes qu'Amathera avait coutume de rencontrer en secret étaient des amies qu'Andric méprisait, et la découverte choquante qu'elle finançait plusieurs bateaux de contrebande ne mena nulle part. Presque tous les nobles sauf le Roi lui-même se mêlaient de contrebande. Chaque piste aboutissait à une impasse. Le pire que Thom parvint à découvrir, c'est qu'Amathera avait convaincu deux jeunes et beaux seigneurs que chacun était le véritable amour de sa vie et Andric seulement un moyen pour atteindre un but. D'autre part, elle avait donné des audiences dans le Palais de la Panarch à divers seigneurs à la fois seule et en compagnie de diverses femmes reconnaissables comme étant Liandrin et d'autres sur la liste, et aurait demandé et accepté leur avis concernant ses décisions. Alliée ou prisonnière ?

Quand Juilin revint, trois bonnes heures après le coucher du soleil, faisant tournoyer un bâton de bois strié de l'épaisseur d'un pouce et ronchonnant contre un individu blond qui avait essayé de le détrousser, Thom et Domon étaient déjà affaissés, la mine désolée, sur la table en compagnie d'Egeanine.

« Ce sera une réédition de Falme », grommela Domon à la cantonade. Le solide gourdin qu'il avait acquis quelque part était posé devant lui, et il portait maintenant à la ceinture une courte épée. « Aes Sedai. L'Ajah Noire. Se frotter à la Panarch. Si nous ne trouvons pas quelque chose demain, j'ai la bonne intention de me sortir de Tanchico. Le jour suivant, c'est certain, ma propre sœur me supplierait-elle de rester !

— Demain, dit Thom d'un ton las, les coudes sur la table et le menton sur ses poings. Je suis trop fatigué pour avoir encore les idées claires. Je me suis retrouvé en train d'écouter un blanchisseur attaché au Palais de la Panarch qui prétendait avoir entendu Amathera chanter des chansons paillardes, du genre que l'on entend dans les tavernes les plus mal famées des quais. Je l'ai bel et bien cru.

— Quant à moi, déclara Juilin, retournant une chaise

pour s'y installer à califourchon, j'ai l'intention de continuer à chercher ce soir. J'ai découvert un couvreur qui affirme que la femme qu'il fréquente est aussi une des chambrières d'Amathera. D'après lui, Amathera a renvoyé sans préavis toutes ses caméristes le même soir où elle a été investie Panarch. Il va m'emmener lui parler après qu'il aura fini un travail qu'il a en train dans la maison d'un négociant. »

Nynaeve se dirigea vers le haut bout de la table, les poings sur les hanches. « Vous n'irez nulle part ce soir, Juilin. Vous trois garderez notre porte à tour de rôle. » Les hommes protestèrent avec volubilité, naturellement, tous ensemble.

« J'ai mon commerce dont il faut que je m'occupe et si je dois passer mes journées à poser des questions pour vous...

— Maîtresse al'Meara, cette femme est la première personne que j'ai trouvée qui a vu de ses yeux Amathera depuis qu'elle a été intronisée...

— Nynaeve, je serai difficilement capable de repérer une rumeur demain et moins encore d'en retrouver la source si je passe la nuit à jouer les... »

Elle les laissa épuiser leurs arguments. Quand ils commencèrent à cesser peu à peu de parler, visiblement persuadés de l'avoir convaincue, elle déclara : « Comme nous n'avons nulle part ailleurs où garder la Seanchane, elle dormira avec nous. Elayne, voulez-vous demander à Rendra de faire préparer une paillasse ? Par terre, cela ira très bien. » Egeanine lui jeta un coup d'œil mais ne dit rien.

Les hommes étaient adroitement pris au piège ; soit ils refusaient tout net, et manquaient à leur parole de se plier aux directives de Nynaeve, soit ils continuaient à discuter, avec l'air de se plaindre. Ils la regardèrent de travers, bafouillèrent... et acquiescèrent.

Rendra fut manifestement surprise qu'elles demandent seulement une paillasse, mais accepta l'excuse qu'Egeanine redoutait de se risquer dans les rues la nuit. Elle fut carrément offusquée quand Thom s'installa dans le couloir devant leur porte. « Ces bonshommes, ils ne sont pas entrés malgré leurs efforts. Je vous avais dit que la soupe populaire les inciterait à partir, oui ? Les clients de la *Cour aux Trois Pruniers* n'ont pas besoin de gardes du corps pour leurs chambres.

— J'en suis certaine, lui répondit Elayne en essayant avec douceur de la pousser dehors en même temps que le battant de la porte. C'est que Thom et les autres s'inquiètent tellement. Vous savez comment sont les hommes. » Thom lui décocha un regard d'aigle sous ces épais sourcils blancs qu'il avait, mais Rendra renifla, tombant d'accord qu'en effet elle le savait, et laissa Elayne fermer la porte.

Nynaeve se tourna aussitôt vers Egeanine qui étalait sa paillasse de l'autre côté du lit. « Déshabillez-vous, Seanchane. Je veux m'assurer que vous n'avez pas un autre poignard dissimulé quelque part. »

Egeanine se redressa calmement et enleva ses vêtements jusqu'à sa chemise de lin. Nynaeve visita minutieusement sa robe, puis insista pour fouiller Egeanine à corps aussi, et pas trop délicatement. Ne rien trouver ne parut pas la calmer.

« Les mains derrière le dos, Seanchane. Elayne, attachez-la.

— Nynaeve, je ne pense pas qu'elle...

— Attachez-la avec le Pouvoir, Elayne, riposta rudement Nynaeve, ou je taillerai des bandes dans sa robe et lui ligoterai les mains et les pieds. Rappelez-vous comment elle a arrangé ces individus dans la rue. Vraisemblablement ses propres mercenaires. Elle pourrait probablement nous tuer à mains nues pendant notre sommeil.

— Voyons, Nynaeve, avec Thom dehors...

— C'est une Seanchane ! Une Seanchane, Elayne ! » Elle donnait l'impression de haïr cette jeune femme brune à cause d'un grief personnel, ce qui n'avait pas de sens. Egwene s'était trouvée entre leurs mains, mais pas Nynaeve. La façon dont ses mâchoires étaient crispées indiquait qu'elle entendait obtenir ce qu'elle voulait, avec le Pouvoir ou avec des cordes si elle réussissait à en trouver.

Egeanine avait déjà placé ses poignets ensemble dans le creux de ses reins, accommodante sinon soumise. Elayne tissa un flot d'Air autour et le fixa ; du moins serait-ce plus confortable que des bandes découpées dans sa robe. Egeanine fléchit légèrement les bras, testant ces liens qu'elle ne voyait pas, et frissonna. Aussi facile que de rompre des chaînes d'acier. Haussant les épaules, elle se coucha maladroitement sur la paillasse et tourna le dos aux deux autres.

Nynaeve commença à détacher sa propre robe. « Donnez-moi l'anneau, Elayne.

— Êtes-vous sûre, Nynaeve ? » Elle eut un regard significatif en direction d'Egeanine. La jeune femme ne semblait pas leur prêter attention.

« Elle ne va pas courir nous dénoncer ce soir. » Nynaeve s'interrompit le temps de retirer sa robe par-dessus sa tête, puis s'assit au bord du lit dans sa mince chemise de soie tarabonaise et roula ses bas. « Ce soir est la nuit convenue. Egwene attendra l'une de nous et c'est mon tour. Elle sera inquiète si aucune de nous ne se montre. »

Elayne repêcha dans son corsage le lien de cuir passé autour de son cou. L'anneau de pierre, tout en mouchetures et rayures bleues, marron et rouges, était niché contre le serpent d'or se mordant la queue. Dénouant le lacet juste le temps de donner le *ter'angreal* à Nynaeve, elle le renoua et le remit en place. Nynaeve enfila le *ter'angreal* de pierre avec son propre anneau au Grand Serpent et la lourde chevalière d'or de Lan, les laissa pendre entre ses seins.

« Donnez-moi une heure après que vous serez sûre que je dors, dit-elle en s'allongeant par-dessus le couvre-pieds bleu. Cela ne devrait pas prendre plus longtemps. Et ayez l'œil sur elle.

— Que peut-elle faire ligotée, Nynaeve ? » Elayne hésita avant d'ajouter : « Je ne pense pas qu'elle essaierait de nous nuire si elle était libre.

— Ne vous y risquez pas ! » Nynaeve souleva la tête et darda un regard furieux sur le dos d'Egeanine, puis se réinstalla sur les oreillers. « Une heure, Elayne. » Fermant les yeux, elle remua pour trouver une position confortable. « Cela devrait être plus que suffisant », murmura-t-elle.

Dissimulant un bâillement derrière sa main, Elayne apporta le tabouret bas au pied du lit, d'où elle pouvait surveiller Nynaeve, ainsi qu'Egeanine, bien que cela ne parût guère nécessaire. La jeune femme gisait sur la paillasse les genoux relevés, les mains solidement attachées. La journée avait été étrangement fatigante vu qu'elles n'avaient pas quitté l'auberge. Nynaeve murmurait déjà tout bas dans son sommeil. Avec ses coudes bien écartés.

Egeanine leva la tête et regarda par-dessus son épaule. « Elle me déteste, je crois.

— Dormez. » Elayne étouffa un autre bâillement.

« Vous pas.

— Ne soyez pas trop sûre de vous, dit-elle d'un ton ferme. Vous prenez cela très calmement. Comment pouvez-vous être aussi calme ?

— Calme ? » Les mains de l'autre jeune femme remuèrent involontairement, se tordant dans ses liens d'Air tissé. « Je suis terrifiée au point que j'en pleurerais. » Elle n'en avait pas l'air. Pourtant on sentait que c'était la vérité pure.

« Nous ne vous ferons aucun mal, Egeanine. » Quoi que veuille Nynaeve, elle y veillerait. « Dormez. » Au bout d'un instant, la tête d'Egeanine s'abaissa.

Une heure. C'était juste de ne pas inquiéter Egwene inutilement, mais elle aurait préféré que cette heure se passe à résoudre leur problème plutôt que d'errer en pure perte dans le *Tel'aran'rhiod.* Si elles ne parvenaient pas à découvrir si Amathera était consentante ou captive... *Laissons ça de côté ; je ne vais pas résoudre cette énigme-là ici.* Une fois qu'elles l'auraient découvert, comment s'introduiraient-elles dans le palais avec tous ces soldats partout et la Garde Civile, pour ne rien dire de Liandrin et des autres ?

Nynaeve avait commencé à ronfler doucement, une habitude qu'elle niait encore plus farouchement que celle d'étaler ses coudes. Egeanine paraissait aspirer les longs souffles lents du sommeil profond. Bâillant dans le dos de sa main, Elayne changea d'assise sur le dur siège de bois et commença à imaginer comment s'introduire dans le Palais de la Panarch.

52. Nécessité

Nynaeve demeura immobile un moment dans le Cœur de la Pierre[1] sans le voir, sans penser du tout au *Tel'aran'rhiod.* Egeanine était une Seanchane. Un de ces êtres abominables qui avaient fixé un collier autour du cou d'Egwene et tenté d'en mettre un autour du sien. Cette découverte lui serrait encore l'estomac. Une Seanchane et elle s'était insinuée dans l'affection de Nynaeve. Les véritables amis avaient semblé si rares et si éloignés depuis qu'elle avait quitté le Champ d'Emond. En trouver une autre et la perdre de cette façon...

« Je la déteste pour cela plus que pour le reste, grommela-t-elle en serrant fort ses bras croisés. Elle a suscité en moi de l'affection envers elle, je ne peux pas cesser d'en avoir et je la hais à cause de cela ! » Dit à haute voix, cela n'avait aucun sens. « Je ne suis pas obligée d'être rationnelle. » Elle rit doucement, hochant la tête avec mélancolie. « Je suis censée être une Aes Sedai. » Mais pas rêvasser comme une jeune idiote.

Callandor scintillait, l'épée de cristal saillant hors des pierres qui dallaient le sol sous le vaste dôme, et les massives colonnes de grès rouge se succédaient en files ombreuses dans cette curieuse clarté diffuse qui venait

1. On s'en souvient, c'est la salle centrale de la forteresse de la ville de Tear appelée « la Pierre de Tear ».

de partout. Facile de se rappeler cette sensation d'être observée, de l'imaginer de nouveau. S'il s'était agi avant d'imagination. Si c'en était maintenant. N'importe quoi pouvait se dissimuler là-bas. Un bon gros gourdin apparut dans ses mains tandis qu'elle sondait les espaces entre les colonnes. Où était Egwene ? C'était bien d'elle de la faire attendre. Toute cette obscurité. Pour autant qu'elle le sache, quelque chose pouvait s'apprêter à sauter sur...

« Quelle drôle de robe, Nynaeve. »

Étouffant de justesse un cri aigu, elle pivota lourdement sur elle-même dans un cliquetis métallique, le cœur battant à grands coups. Egwene était de l'autre côté de Callandor avec deux femmes en jupes volumineuses et châles sombres sur des corsages blancs, leur chevelure aux reflets neigeux maintenue par des écharpes repliées leur tombant jusqu'à la taille. Nynaeve s'éclaircit la gorge, avec l'espoir qu'aucune ne le remarque, s'efforça de retrouver un rythme de respiration normal. La prendre par surprise de cette façon !

Une des Aielles, elle l'identifia d'après la description d'Elayne ; le visage d'Amys était beaucoup trop jeune pour ces cheveux-là, mais apparemment ils avaient été argentés même quand elle était enfant. L'autre, mince et osseuse, avait des yeux bleu clair dans un visage hâlé ridé. Ce devait être Bair. La plus inflexible des deux, de l'avis de Nynaeve à présent qu'elle les voyait, non pas que cette Amys eût l'air très... Drôle de robe ? *Je cliquetais ?*

S'examinant, elle eut le souffle coupé. Sa robe ressemblait vaguement à un costume des Deux Rivières ; si les femmes des Deux Rivières portaient des robes confectionnées dans des mailles d'acier, avec des pièces d'armure à plates comme celles qu'elle avait vues au Shienar. Comment les hommes couraient-ils et sautaient-ils en selle revêtus de ces choses-là ? La robe tirait sur ses épaules comme si elle pesait cent livres. Le bon gourdin était maintenant en métal et hérissé de crochets à son extrémité comme une bardane en acier brillant.

Sans toucher sa tête, elle sut qu'elle était coiffée d'une sorte de casque. Rougissant comme un coquelicot, elle se concentra, changea le tout pour de bons vêtements de laine des Deux Rivières et un bâton de marche. C'était agréable d'avoir de nouveau les cheveux tressés selon la coutume en une seule natte ramenée devant par-dessus l'épaule.

« Les pensées vagabondes sont gênantes quand on explore le rêve, commenta Bair d'une ferme voix ténue. Vous devez apprendre à les maîtriser si vous avez l'intention de continuer.

— Je maîtrise très bien mes pensées, merci, répliqua Nynaeve d'un ton tranchant. Je... » Ce n'était pas seulement la voix de Bair qui était ténue. Les deux Sagettes donnaient l'impression d'être... estompées, presque, et Egwene, dans un costume de cheval bleu clair, était à la limite de la transparence. « Qu'est-ce qui se passe avec toi ? Pourquoi as-tu cette apparence ?

— Essayez donc d'entrer dans le *Tel'aran'rhiod* à moitié endormie sur votre selle », dit ironiquement Egwene. Sa silhouette sembla vaciller. « C'est le matin dans la Terre Triple et nous sommes en route. J'ai dû convaincre Amys de me laisser venir quand même, j'avais peur que vous ne soyez inquiètes.

— C'est déjà assez difficile sans le cheval de sommeiller quand on désire être éveillée, commenta Amys. Egwene n'en a pas encore assimilé complètement la technique.

— J'y arriverai », affirma Egwene avec une détermination coléreuse. Elle était toujours trop prompte à agir et entêtée dans son désir d'apprendre ; si ces Sagettes ne la retenaient pas par la peau du cou, il y avait des chances qu'elle se lancerait tête baissée dans toutes sortes d'ennuis.

Nynaeve cessa de se tracasser à propos d'Egwene et des ennuis quand cette dernière se mit à parler de Trollocs et de Draghkars attaquant la Place Forte des Rocs Froids. Seana, une Sagette exploratrice de rêves, parmi les victimes. Rand qui entraînait avec précipitation les

Aiels Taardads vers cet Alcair Dal, apparemment en violation de toute coutume, et dépêchait des messagers pour rameuter d'autres enclos. Le garçon ne confiait ses intentions à personne, les Aiels étaient nerveux et Moiraine était prête à décapiter des clous avec ses dents. La frustration de Moiraine aurait dû lui procurer un certain soulagement – elle avait espéré qu'il réussirait d'une manière ou d'une autre à se soustraire à l'influence de cette femme – si Egwene n'avait pas eu une expression aussi soucieuse.

« Je ne sais pas si c'est de la folie ou un projet bien mûri, conclut Egwene. Je pourrais presque le supporter si j'avais la certitude que c'est l'un ou l'autre. Nynaeve, je dois avouer que ce n'est pas la prophétie ou la Tarmon Gai'don qui m'angoisse pour le moment. Peut-être est-ce bête de ma part, mais j'ai promis à Elayne de veiller sur lui et je ne sais pas comment m'y prendre. »

Nynaeve contourna l'épée de cristal pour passer un bras autour de ses épaules. Du moins donnait-elle la sensation d'être réelle, même si elle ressemblait à un reflet dans un miroir voilé. La santé d'esprit de Rand. Elle n'avait pas le moyen d'y remédier, pas de réconfort à offrir. Egwene était celle qui le voyait là-bas. « Le mieux que tu puisses faire pour Elayne c'est d'inciter Rand à lire ce qu'elle a écrit. Elle s'en inquiète parfois ; elle ne veut pas en parler, mais je pense qu'elle craint d'en avoir dit davantage qu'elle n'aurait dû. S'il la croit complètement assotée, il y a de grandes chances pour qu'il soit dans le même état, ce qui ne causera pas le moindre mal à Elayne. Du moins avons-nous quelques bonnes nouvelles à Tanchico. Quelques-unes. » Toutefois, quand elle se fût expliquée, le « quelques » ne parut pas précisément justifié.

« Ainsi vous ne connaissez toujours pas ce qu'elles cherchent, dit Egwene quand elle eut fini, mais même dans le cas contraire, elles sont dans la place et peuvent encore être les premières à le trouver.

— Pas si je parviens à les en empêcher. » Nynaeve posa sur les deux Sagettes un regard direct, résolu.

D'après ce qu'avait raconté Elayne concernant le peu d'empressement d'Amys à donner autre chose que des conseils, elle aurait besoin d'être ferme dans ses relations avec elles. Les deux Sagettes semblaient si vaporeuses qu'une forte bouffée de vent pouvait les dissiper comme du brouillard. « Elayne pense que vous connaissez toutes sortes d'astuces au sujet des rêves. Existe-t-il un moyen qui me permettrait d'entrer dans les rêves d'Amathera pour vérifier si elle est une Amie du Ténébreux ?

— Stupide gamine. » Les longs cheveux de Bair se balancèrent tandis qu'elle secouait la tête. « Aes Sedai peut-être, mais encore une gamine stupide. Pénétrer dans les rêves de quelqu'un d'autre est très dangereux à moins que cette personne ne vous connaisse et ne vous attende. C'est son rêve à elle, pas comme ici. Là-bas, cette Amathera maîtrisera tout. Même vous. »

Elle avait été persuadée que c'était le bon moyen. Apprendre le contraire était exaspérant. Et « stupide gamine » ?

« Je ne suis pas une gamine », répliqua-t-elle d'un ton cassant. Elle avait envie de tirer d'un coup sec sur sa natte, mais à la place serra un poing contre son côté ; elle ne savait trop pourquoi, tirer sur ses cheveux était devenu curieusement désagréable ces derniers temps. « J'étais la Sagesse du Champ d'Emond avant que je... devienne Aes Sedai... » Elle ne trébuchait plus guère sur ce mensonge maintenant. « ... Et j'ai ordonné à des femmes aussi âgées que vous de s'asseoir et de se taire. Si vous savez comment m'aider, dites-le, au lieu de *stupides* radotages sur ce qui est dangereux. Je reconnais le danger quand je le vois. »

Brusquement, elle se rendit compte que sa natte s'était divisée en deux, une sur chaque oreille, des rubans rouges tressés dedans et formant des houppes au bout. Sa jupe était si courte qu'elle laissait ses genoux à découvert, elle portait un corsage blanc ample comme les Sagettes, et ses bas et ses souliers avaient disparu. D'où ceci provenait-il ? Elle n'avait sûrement pas songé à s'habiller de cette manière. Egwene porta précipitamment sa main à sa bouche. Était-elle sidérée ? Elle ne souriait pas, voyons.

« Les pensées incontrôlées, commenta Amys, sont parfois très embarrassantes, Nynaeve Sedai, jusqu'à ce que vous appreniez à les maîtriser. » En dépit de son ton détaché, ses lèvres se retroussaient dans une expression d'amusement à peine masquée.

Nynaeve garda un visage impassible avec effort. Elles ne pouvaient pas y être pour quelque chose. *C'est impossible !* Elle lutta pour retrouver son premier aspect, et ce fut vraiment une lutte, comme si quelque chose la maintenait telle qu'elle était. Ses joues s'échauffèrent de plus en plus. Soudain, juste au moment où elle était prête à flancher et à demander conseil, ou même de l'aide, ses vêtements et ses cheveux redevinrent tels qu'avant. Elle remua ses orteils avec reconnaissance dans de bonnes chaussures solides. Il s'agissait juste d'une drôle d'idée qui lui avait passé par la tête. En tout cas, elle n'allait pas formuler à haute voix ses soupçons ; elles avaient déjà l'air beaucoup trop amusées comme ça, même Egwene. *Je ne suis pas ici pour un concours ridicule. Je ne veux pas leur donner cette satisfaction.*

« Si je ne peux pas entrer dans son rêve, puis-je l'amener dans le Monde des Rêves ? J'ai besoin d'un moyen pour lui parler.

— Nous ne vous l'enseignerions pas si nous le connaissions, répliqua Amys en rajustant son châle avec humeur. C'est une chose mauvaise que vous demandez, Nynaeve Sedai.

— Elle serait aussi désarmée ici que vous dans son rêve à elle. » La voix ténue de Bair avait une dureté de barre de fer. « Il a été transmis dès le début aux exploratrices-de-rêves que nul ne doit jamais être *amené* dans le rêve. Il est dit que c'était ce que faisait le Ténébreux dans les derniers jours de l'Ère des Légendes. »

Nynaeve, sous ces regards sévères, passa d'un pied sur l'autre ; se rendant compte qu'elle avait un bras autour d'Egwene, elle s'immobilisa. Pas question de laisser Egwene s'imaginer que ces femmes la mettaient mal à l'aise. Ce n'était d'ailleurs pas le cas. Si elle avait pensé à sa comparution devant le Cercle des Femmes avant d'être choisie comme Sagesse, cela n'avait aucun rapport avec les Sagettes. La fermeté était ce qui... Elles la dévisageaient. Pareilles à des formes embrumées ou pas, ces femmes étaient de taille à se battre en duel à regard égal avec Siuan Sanche. En particulier Bair. Non pas qu'elle en fût intimidée, mais elle comprit la nécessité de se montrer raisonnable. « Elayne et moi, nous avons besoin d'aide. L'Ajah Noire est à proximité d'une chose qui risque de nuire à Rand. Si les Sœurs Noires la découvrent avant nous, elles seront en mesure de tenir Rand sous leur coupe. Il nous faut la trouver les premières. S'il vous est possible de nous prêter assistance en quoi que ce soit, n'importe quoi que vous pouvez me dire... Absolument n'importe quoi.

— Aes Sedai, dit Amys, vous savez donner à un appel au secours l'accent d'une requête impérieuse. » La bouche de Nynaeve se pinça – une requête impérieuse ? C'est tout juste si elle n'avait pas supplié. Impérieuse, vraiment ! – mais l'Aielle ne parut pas le remarquer. Ou choisit de ne pas le remarquer. « Toutefois un danger qui menace Rand al'Thor... Nous ne pouvons pas permettre au Ténébreux de s'en emparer. Il y a un moyen.

— Dangereux. » Bair secoua la tête avec vigueur. « Cette jeune femme en connaît moins qu'Egwene quand elle est venue à nous. C'est trop dangereux pour elle.

— Alors peut-être que je pourrais... » commença Egwene, et les deux l'interrompirent d'une même voix.

« Vous devez compléter votre éducation ; vous avez trop tendance à aller au-delà de ce que vous connaissez », dit Bair d'un ton cassant en même temps qu'Amys disait, pas le moins du monde plus aimablement : « Vous n'êtes pas là-bas à Tanchico, vous ne connaissez pas cet endroit et vous ne pouvez pas avoir l'urgente nécessité de Nynaeve. C'est elle le chasseur. »

Sous ces yeux de fer, Egwene céda d'un air boudeur et les deux Sagettes s'entre-regardèrent. Finalement, Bair souleva son châle dont elle entoura son visage ; visiblement, elle se lavait les mains de toute l'affaire.

« C'est dangereux », reprit Amys. Elles en parlaient comme si respirer était dangereux dans le *Tel'aran'rhiod.*

« Je... ! » Nynaeve s'interrompit comme l'expression des yeux d'Amys se durcissait encore ; ce qu'elle n'aurait pas cru possible. Conservant solidement en tête l'image de ses vêtements tels qu'ils étaient – certes, ils n'avaient aucun rapport avec ça ; elle sentait simplement sage de s'assurer que sa robe restait telle quelle – elle modifia ce qu'elle s'apprêtait à riposter. « Je serai prudente.

— La prudence ne sert à rien, lui répliqua Amys sans ambages, mais je ne connais pas d'autre méthode. L'urgente nécessité est la clef. Quand il y a trop de gens dans la place forte, l'enclos doit se diviser, et la nécessité est d'avoir de l'eau pour le nouvel emplacement. Si aucun endroit avec de l'eau n'est connu, l'une de nous peut être appelée à en trouver un. La clef est alors le besoin d'une vallée ou d'un canyon qui convienne, pas trop loin du premier, avec de l'eau. Vous concentrer sur ce besoin vous conduira près de ce que vous voulez. La concentration sur le besoin vous en rapprochera encore. Chaque pas vous amène plus près, jusqu'à ce qu'à la fin vous soyez non seulement dans la vallée mais debout à côté de l'endroit où de l'eau peut être découverte. Cela risque d'être plus pénible pour vous parce que vous ne savez pas exactement ce que vous cherchez, bien que l'urgence du besoin puisse compenser. Et vous connaissez déjà grosso modo où cela se trouve. Dans ce palais.

« Le danger, le voici, et il faut que vous en soyez bien consciente. » La Sagette se pencha vers elle avec une attention soutenue, soulignant chaque mot avec un ton aussi pénétrant que son regard. « Chaque pas est accompli les yeux fermés, en aveugle. Vous ne savez pas où vous serez quand vous ouvrirez les yeux. Et trouver l'eau ne sera d'aucune utilité si vous êtes debout dans un nid de vipères. Les crochets d'un roi de la montagne tuent aussi vite dans le rêve que dans l'état d'éveil. Je pense que ces femmes dont parle Egwene tueront encore plus vite que le serpent.

— Je l'ai fait », s'exclama Egwene. Nynaeve la sentit sursauter quand les yeux des Aielles se tournèrent vers elle. « Avant de vous rencontrer, ajouta-t-elle précipitamment. Avant que nous allions à Tear. »

L'urgente nécessité. Nynaeve éprouva plus de sympathie envers les Aielles maintenant que l'une d'elles lui avait donné quelque chose qu'elle pouvait utiliser. « Vous devez surveiller Egwene de près, leur dit-elle en serrant contre elle sa cadette pour lui signifier que ses paroles étaient inspirées par l'affection. Vous avez raison, Bair. Elle essaiera d'en faire davantage qu'elle n'y est préparée. Elle a toujours été comme ça. » Elle ne comprit pas bien pourquoi c'est dans sa direction à elle que Bair haussa un sourcil blanc.

« Je ne l'ai pas constaté chez elle, dit sèchement Amys. Elle est à présent une élève docile. N'est-il pas vrai, Egwene ? »

La bouche d'Egwene se serra dans une expression inflexible. Ces Sagettes ne la connaissaient pas bien si elles croyaient qu'une native des Deux Rivières se qualifierait de docile. Pourtant, elle ne dit rien. C'était inattendu. Aussi peu commodes que les Aes Sedai, apparemment, ces Aielles.

Son heure s'écoulait et Nynaeve bouillonnait d'impatience d'essayer cette méthode maintenant ; si Elayne la réveillait, il lui faudrait des heures pour se rendormir. « Dans sept jours, dit-elle, l'une de nous te rencontrera de nouveau ici. »

Egwene acquiesça. « Dans sept jours, Rand se sera présenté aux chefs de clan comme Celui qui Vient avec l'Aube et les Aiels le suivront tous. » Les yeux des Sagettes se détournèrent légèrement et Amys rajusta son châle ; Egwene ne s'en aperçut pas. « Seule la Lumière sait ce qu'il entend faire ensuite.

— Dans sept jours, dit Nynaeve, Elayne et moi aurons enlevé à leur bande ce que Liandrin recherche. » Ou alors, très probablement, l'Ajah Noire s'en sera emparée. Ainsi les Sagettes n'étaient pas certaines que les Aiels suivraient Rand davantage qu'Egwene ne l'était de ses projets. Aucune certitude nulle part. Mais inutile aussi d'accabler Egwene de plus de doutes. « La prochaine fois que l'une de nous te reverra, nous les aurons prises au collet et toutes fourrées dans des sacs qu'un fourgon conduira à la Tour pour qu'elles soient jugées.

— Tâchez d'être prudente, Nynaeve. Je sais que ce n'est pas dans votre nature, mais essayez quand même. Répétez aussi à Elayne que je l'ai dit. Elle n'est pas aussi... hardie que vous, mais elle peut ne pas en arriver loin. » Amys et Bair posèrent chacune une main sur l'épaule d'Egwene, et elles disparurent.

Tâcher d'être prudente ? Quelle sotte. Elle était toujours prudente. Qu'est-ce qu'Egwene avait été sur le point de dire à la place de « hardie » ? Nynaeve se croisa étroitement les bras au lieu de tirer sur sa natte. Peut-être était-ce aussi bien qu'elle l'ignore.

Elle se rendit compte qu'elle n'avait pas parlé d'Egeanine à Egwene. Mieux valait, au fond, ne pas réveiller chez Egwene les souvenirs de sa captivité. Nynaeve ne se rappelait qu'avec trop de précision les cauchemars de la jeune fille pendant des semaines après sa libération, où elle se réveillait en hurlant qu'elle ne voulait pas être enchaînée. C'était de beaucoup préférable de laisser cela tomber dans l'oubli. Ce n'était pas comme si Egwene avait jamais besoin de rencontrer cette Seanchane. *Que la Lumière brûle cette femme ! Qu'Egeanine soit réduite en cendres ! Qu'elle brûle !*

« Ce n'est pas utiliser mon temps avec sagesse », dit-elle à haute voix. Les mots se répercutèrent au milieu des hautes colonnes. Maintenant que les autres femmes étaient parties, elles paraissaient encore plus sinistres qu'avant, davantage une cachette pour des observateurs invisibles et des choses qui vous sautent dessus. Le moment était venu de s'en aller.

D'abord, toutefois, elle changea sa coiffure en une chute en houppe de longues tresses fines, sa robe en plis moulants de soie vert foncé. Un voile transparent couvrait son nez et sa bouche, voletant légèrement quand elle respirait. Avec une grimace, elle ajouta des fils de perles de jade nattés dans les petites tresses. Que des Sœurs Noires se servent de leurs *ter'angreals* volés pour entrer dans le Monde des Rêves et la voient dans le Palais de la Panarch, elles la prendraient simplement pour une Tarabonaise qui s'y serait introduite en songe d'une manière plus ordinaire. Quelques-unes la connaissaient de vue, toutefois. Soulevant une poignée de tresses entremêlées de perles, elle sourit. Du miel doré. Elle ne s'était pas rendu compte que c'était possible. *Je me demande à quoi je ressemble. Pourraient-elles encore me reconnaître ?*

Soudain une haute psyché se dressa près de *Callandor.* Dans la glace, ses grands yeux bruns se dilatèrent sous l'effet du choc, sa bouche en cerise s'ouvrit. Elle avait le visage de Rendra ! Ses traits bougèrent d'une forme de visage à l'autre, ses yeux et ses cheveux devenant d'un éclat plus sombre puis plus clair ; avec un effort, elle les fixa à l'image de l'aubergiste. Personne ne saurait qui elle était à présent. Et Egwene qui pensait qu'elle ne savait pas se montrer prudente !

Fermant les yeux, elle se concentra sur Tanchico, sur le Palais de la Panarch, sur sa nécessité. Quelque chose de dangereux pour Rand, pour le Dragon Réincarné, une urgente nécessité... Autour d'elle, le *Tel'aran'rhiod* bougea ; elle le sentit, un glissement et une embardée, et ouvrit les yeux avec empressement pour voir ce qu'elle avait trouvé.

C'était une chambre à coucher, grande comme six réunies de la *Cour aux Trois Pruniers,* les murs de plâtre blanc ornés de frises peintes, des lampes d'or suspendues au plafond par des chaînes dorées. Les hautes colonnes du lit déployaient des branches et des feuilles sculptées formant baldaquin au-dessus des matelas. Une femme qui était encore loin d'avoir atteint l'âge mûr se tenait debout avec raideur, adossée à une des colonnes du lit ; elle était vraiment très séduisante, avec cette même bouche boudeuse que Nynaeve avait adoptée. Sur ses tresses sombres était posée une couronne de feuilles trilobées en or parmi des rubis et des perles, avec une pierre de lune plus grosse qu'un œuf d'oie, et autour de son cou pendait jusqu'à ses genoux une large étole brodée d'arbres tout du long. En dehors de la couronne et de l'étole, elle n'avait sur elle qu'un luisant voile de sueur. Ses yeux craintifs ne quittaient pas la femme étendue confortablement sur un divan bas. Cette autre femme tournait le dos à Nynaeve, aussi floue qu'Egwene l'avait été précédemment. Elle était petite et fluette, ses cheveux noirs flottant sur ses épaules, vêtue d'une robe à jupe évasée en soie jaune clair absolument pas à la mode tarabonaise. Nynaeve n'eut pas besoin de voir son visage pour deviner qu'il avait de grands yeux bleus et une ressemblance avec une tête de renard, ou de voir les liens d'Air plaquant la femme contre la colonne du lit pour comprendre qu'elle regardait Temaile Kinderode.

« ... apprendre autant quand vous utilisez vos rêves au lieu de perdre du temps à dormir, disait Temaile avec l'accent du Cairhien, en riant. Ne vous amusez-vous pas ? Qu'est-ce que je vais vous apprendre ensuite ? Je sais. *J'ai aimé mille matelots.* » Elle agita un doigt en guise d'avertissement. « Attention à apprendre tous les mots convenablement, Amathera. Vous savez que je ne voudrais pas... Qu'est-ce que vous regardez avec cet air hébété ? »

Brusquement, Nynaeve se rendit compte que la femme collée à la colonne du lit – Amathera ? La Panarch ? – la regardait. Temaile remua paresseusement comme s'apprêtant à tourner la tête.

Nynaeve ferma hermétiquement les paupières. Nécessité.

Bouge.

Se laissant aller contre l'étroite colonne, Nynaeve aspira l'air avec autant d'avidité que si elle avait couru huit lieues à la suite, sans même se demander où elle était. Son cœur battait à la façon d'un tambour déchaîné. Parlez-moi d'atterrir dans un nid de vipères ! Temaile Kinderode. La Sœur Noire dont Amico avait dit qu'elle se plaisait à causer de la souffrance, s'y complaisait assez pour avoir suscité un commentaire d'une femme de l'Ajah Noire. Et elle, Nynaeve, incapable de canaliser une étincelle. Elle aurait pu se retrouver décorant une colonne du lit à côté d'Amathera.

Ô Lumière ! Elle se le représenta en frissonnant. *Calme-toi, ma fille ! Tu en es sortie et, même si Temaile t'a vue, elle a vu une femme aux cheveux couleur de miel qui a disparu, simplement une Tarabonaise qui était venue en songe pour un instant dans le* Tel'aran'rhiod. Temaile n'avait sûrement pas eu conscience de sa présence assez longtemps pour sentir qu'elle était capable de canaliser même quand elle n'y parvenait pas ; la faculté était présente et décelable par quelqu'un qui la possédait aussi. Rien qu'un instant. Pas assez longtemps, avec de la chance.

Du moins connaissait-elle maintenant la situation d'Amathera. Cette femme n'était certainement pas l'alliée de Temaile. Cette méthode de recherche avait déjà été payante. Mais pas suffisamment, pas encore. Maîtrisant de son mieux sa respiration, elle regarda autour d'elle.

Des rangées de ces fines colonnes blanches s'alignaient sur toute la longueur et la largeur d'une énorme salle presque aussi large qu'elle était longue, avec des dalles de pierre blanche lisse et brillante en bas et des pendentifs dorés sur le haut plafond. Une épaisse corde de soie blanche faisait tout le tour de la salle sur des pieux montant à mi-corps en bois sombre ciré, sauf là où elle aurait bloqué le passage par les embrasures à double ogive des portes. Des présentoirs et des casiers étaient alignés contre les murs, et des squelettes d'animaux bizarres, avec d'autres vitrines çà et là dans la salle, également entourées d'une corde. La principale salle d'exposition du palais, d'après la description d'Egwene. Ce qu'elle cherchait devait se trouver ici dans cette salle. Son pas suivant n'aurait pas été fait aussi en aveugle que le premier ; il n'y avait certainement pas de vipères, pas de Temaile, ici.

Une belle femme apparut soudain à côté d'une vitrine aux quatre pieds sculptés placée au milieu de la salle. Elle n'était pas originaire du Tarabon, avec sa chevelure sombre ondulant jusqu'à ses épaules, cependant ce n'est pas ce qui stupéfia Nynaeve. La robe de cette femme semblait être de brume, tantôt argentée et opaque, tantôt grise et si fine qu'elle laissait voir nettement ses membres et son corps. De quelque endroit qu'elle provenait en rêve, elle avait assurément une imagination vive pour avoir conçu cette robe ! Même les toilettes scandaleuses domanies dont Nynaeve avait entendu parler n'égalaient sûrement pas celle-ci.

La femme sourit à la vitrine, puis continua à avancer dans la salle, s'arrêtant du côté opposé pour examiner quelque chose que Nynaeve ne parvenait pas à distinguer, quelque chose de noirâtre sur une sellette de pierre blanche.

Fronçant les sourcils, Nynaeve relâcha sa prise sur une poignée de nattes couleur de miel. Cette femme disparaîtrait d'un moment à l'autre ; rares étaient les gens qui se promenaient longtemps en songe dans le *Tel'aran'rhiod.* Bien sûr, peu importait que cette femme la voie ; elle ne figurait certes pas sur leur liste de Sœurs Noires. Et pourtant elle avait pour ainsi dire un air... Nynaeve se rendit compte qu'elle agrippait de nouveau une partie de ses nattes. Cette femme... De son propre mouvement, sa main tira – d'un coup sec – et elle la contempla avec stupeur ; ses jointures étaient blanches, sa main frémissait. C'était presque comme si penser à cette femme... Le bras tressautant, sa main essaya de lui arracher les cheveux du crâne. *Pourquoi, au nom de la Lumière ?*

La femme vêtue de brume se tenait toujours devant

le lointain socle blanc. Le tremblement se propagea du bras de Nynaeve jusqu'à son épaule. Elle n'avait sûrement jamais rencontré cette femme auparavant. Et pourtant... Elle tenta de relâcher la prise de ses doigts ; ils ne se crispèrent que plus fort. Voyons, jamais elle ne l'avait vue. Frissonnant de la tête aux pieds, elle serra autour d'elle le seul bras qu'elle avait de libre. Sûrement... Ses dents ne demandaient qu'à claquer. La femme ressemblait... Elle avait envie de pleurer. La femme...

Des images firent irruption dans sa tête, dans une explosion. Nynaeve s'affaissa contre la colonne voisine comme si ces images avaient une force physique ; ses yeux s'exorbitèrent. Elle revit la scène. Le Salon aux Pluies de Fleurs et cette belle femme robuste entourée par le halo de la *saidar*. Elle-même et Elayne, babillant comme des enfants, s'efforçant d'être la première à répondre, révélant tout ce qu'elles savaient. Combien en avaient-elles dit ? C'était difficile de se rappeler les détails, mais elle se souvenait vaguement d'avoir gardé le silence sur certains points. Non pas qu'elle le voulait ; elle aurait raconté n'importe quoi, fait n'importe quoi qui lui était demandé. Son visage s'enflamma de honte – et de colère. Si elle avait réussi à cacher quelques bribes, c'est seulement parce qu'elle avait été tellement... *empressée !* à répondre à la dernière question qu'elle avait négligé la précédente.

Cela n'a pas de sens, dit une petite voix dans sa tête. *En admettant que ce soit une Sœur Noire que je ne connais pas, pourquoi ne nous a-t-elle pas livrées à Liandrin ? Elle aurait pu. Nous l'aurions suivie comme des agneaux.*

Une rage froide l'empêchait de l'écouter. Une Sœur Noire l'avait manœuvrée comme une marionnette puis lui avait ordonné d'oublier. Et elle avait oublié ! Eh bien, maintenant cette femme allait découvrir ce que c'était que de l'affronter prête et avertie !

Avant qu'elle ait eu le temps d'atteindre la Vraie Source, Birgitte fut soudain à côté de la colonne suivante dans cette courte veste blanche et ce large pantalon jaune resserré aux chevilles. Birgitte ou une femme rêvant qu'elle était Birgitte, avec des cheveux blonds rassemblés en une tresse compliquée. Un doigt appuyé sur les lèvres recommandant le silence, elle désigna Nynaeve puis avec insistance l'une des doubles portes en ogive derrière elles. Un regard impératif dans ses yeux bleus brillants, elle disparut.

Nynaeve secoua la tête. Quelle que fût cette femme, elle n'avait pas le temps. S'ouvrant à la *saidar,* elle se retourna emplie à déborder du Pouvoir Unique et d'une juste colère. La femme vêtue de brume était partie. Partie ! Parce que cette folle de blonde avait détourné son attention ! Peut-être celle-là était-elle encore dans les parages à l'attendre. Enveloppée dans le Pouvoir, elle franchit à grands pas la porte que Birgitte ou la pseudo-Birgitte avait indiquée.

La blonde l'attendait dans un vestibule orné d'un tapis aux couleurs vives où un arôme d'huile parfumée émanait de lampes d'or non allumées. Elle tenait maintenant un arc d'argent, et un carquois de flèches d'argent était suspendu à sa ceinture.

« Qui êtes-vous ? » questionna Nynaeve avec fureur. Elle lui laisserait une chance de s'expliquer, puis elle lui donnerait une leçon qu'elle ne serait pas près d'oublier ! « Êtes-vous la même imbécile qui m'a tiré dessus dans le Désert en prétendant qu'elle était Birgitte ? Je m'apprêtais à apprendre à vivre à un membre de l'Ajah Noire quand vous lui avez permis de s'échapper !

— Je suis bien Birgitte, dit la jeune femme en s'appuyant sur son arc. Du moins est-ce le nom que vous devez connaître. Et la leçon aurait pu vous être appliquée à vous aussi sûrement que dans la Terre Triple. Je me rappelle les vies que j'ai vécues comme si c'étaient des livres lus et relus, celle la plus éloignée moins nette que la plus récente, mais je me souviens bien du temps où j'ai combattu au côté de Lews Therin. Je n'oublierai jamais le visage de Moghedien, pas plus que je n'oublierai la face d'Asmodean, l'homme que vous avez failli déranger à Rhuidean. »

Asmodean ? Moghedien ? Cette femme était une des Réprouvés ? Une Réprouvée dans Tanchico. Et un Réprouvé à Rhuidean, dans le Désert ! Egwene l'aurait certainement mentionné si elle l'avait su. Aucun moyen de l'avertir, pas avant sept jours. La colère – et la *saidar* – se renforça en elle. « Qu'est-ce que vous faites ici ? Je sais que vous avez tous disparu après avoir été appelés par le Cor de Valère, mais vous êtes... » Elle n'acheva pas, un peu troublée par ce qu'elle avait été sur le point de dire, mais l'autre termina pour elle.

« Morts ? Ceux d'entre nous qui sont liés à la Roue, nous ne sommes pas morts comme d'autres le sont. Quel meilleur endroit que le Monde des Rêves pour attendre que la Roue nous tisse dans des vies nouvelles ? » Birgitte se mit soudain à rire. « Je commence à parler comme si j'étais un philosophe. Dans presque toutes les existences dont je me souviens, j'étais née une simple jeune fille qui avait appris le maniement de l'arc. Je suis un archer, rien de plus.

— Vous êtes l'héroïne d'une centaine de contes, reprit Nynaeve. Et j'ai vu le résultat obtenu par vos flèches. Les Seanchanes qui canalisaient ne pouvaient pas vous atteindre. Birgitte, nous avons en face de nous près d'une douzaine de l'Ajah Noire. Avec en plus une des Réprouvés, semble-t-il. Votre aide nous serait utile. »

L'autre esquissa une grimace, d'embarras et de regret. « Je ne peux pas, Nynaeve. Je ne peux rien dans le monde de la chair jusqu'à ce que le Cor de Valère m'appelle de nouveau. Sinon, la Roue m'éjectera de sa toile. Qu'elle retire en ce moment même le fil que je suis, vous trouveriez seulement un nourrisson vagissant contre le sein de sa mère. En ce qui concerne Falme, le Cor nous avait appelés ; nous n'étions pas là-bas comme vous, en chair et en os. Voilà pourquoi le Pouvoir ne nous atteignait pas. Ici, *tout* est partie du rêve et le Pouvoir Unique me détruirait aussi facilement que vous. Plus facilement. Je vous l'ai dit, je suis un archer, un soldat d'autrefois, rien de plus. » Sa natte dorée au tressage compliqué se balança comme elle secouait la tête. « Je ne sais pas pourquoi j'explique. Je ne devrais même pas vous parler.

— Pourquoi donc ? Vous m'avez déjà parlé. Et Egwene pensait vous avoir vue. C'était bien vous, n'est-ce pas ? » Nynaeve fronça les sourcils. « Comment connaissez-vous mon nom ? Comment êtes-vous au courant des choses ?

— Je sais ce que je vois et entends. Je vous ai observée et écoutée chaque fois que j'ai pu vous trouver. Vous et les deux autres jeunes femmes, et le jeune homme avec ses loups. Selon les préceptes, il ne nous est permis de parler à nul de ceux qui sont conscients d'être dans le *Tel'aran'rhiod.* Et pourtant le mal hante le rêve autant que le monde de la chair ; vous qui le combattez m'attirez. Même sachant que je ne peux pratiquement rien, je sens que j'ai envie de vous aider. Pourtant, je ne le peux pas. C'est une violation des préceptes, des préceptes qui m'ont retenue pendant tellement de tours de la Roue que dans mes plus anciens, mes plus faibles souvenirs je suis sûre que j'ai vécu cent fois, ou cent mille. Vous parler viole des préceptes qui ont force de loi.

— Exact », dit une rude voix masculine.

Nynaeve sursauta et faillit réagir avec le Pouvoir. L'homme était brun, fortement musclé, avec les longues poignées de deux épées saillant au-dessus de ses épaules, tandis qu'il parcourait à grandes enjambées les quelques pas d'où il avait apparu à Birgitte. D'après ce qu'elle avait entendu de Birgitte, les épées suffisaient à lui donner le nom de Gaidal Cain mais, alors que la blonde Birgitte au teint clair était aussi belle que dans les récits, lui ne l'était indubitablement pas. En vérité, c'était peut-être l'homme le plus laid que Nynaeve avait jamais vu, le visage large et plat, le nez épais trop gros et sa bouche une balafre, beaucoup trop large. Pourtant, Birgitte lui sourit ; la façon dont elle lui caressa la joue comportait plus que de la simple affection. Ce fut une surprise de constater qu'il était le plus petit des deux.

Trapu et musclé comme il l'était, puissant dans ses mouvements, il donnait l'impression d'être plus grand qu'il ne l'était.

« Nous avons presque toujours été unis, dit Birgitte à Nynaeve sans quitter des yeux ceux de Cain. Habituellement, il naît avant moi – de sorte que je sais que mon temps approche de nouveau quand je ne peux pas le trouver – et habituellement je le déteste à première vue quand il se présente en chair et en os. Par contre, nous finissons presque toujours par être amants ou mari et femme. Une histoire banale, mais je pense que nous l'avons vécue dans mille variations. »

Cain ne tenait pas plus compte de Nynaeve que si elle n'existait pas. « Les préceptes sont édictés pour une bonne raison, Birgitte. Aller contre n'a jamais abouti qu'à des querelles et des ennuis. » Sa voix était vraiment rauque, Nynaeve le constata. Pas du tout comme celle de l'homme des contes.

« Peut-être suis-je incapable de rester les bras croisés quand le mal se déchaîne, reprit à mi-voix Birgitte. Ou peut-être ai-je simplement une grande envie de redevenir chair. Il y a longtemps que nous sommes nés pour la dernière fois. L'Ombre se dresse de nouveau, Gaidal. Elle se manifeste ici. Nous devons la combattre. C'est pour cette raison que nous sommes liés à la Roue.

— Quand le Cor nous appellera, nous combattrons. Quand la Roue nous tissera, nous combattrons. Pas avant ! » Il la fixa d'un air sombre. « As-tu oublié ce que Moghedien t'a promis quand nous avons suivi Lews Therin ? Je l'ai vue, Birgitte. Elle apprendra que tu es ici. »

Birgitte se tourna vers Nynaeve. « Je vous aiderai autant que c'est en mon pouvoir, mais n'espérez pas trop. Le *Tel'aran'rhiod* est tout mon monde à moi et mes capacités d'action ici sont moindres que les vôtres. »

Nynaeve cligna des paupières ; le puissant homme brun, elle ne s'était pas aperçue qu'il avait bougé, mais il se tenait soudain deux pas plus loin, glissant une pierre à aiguiser le long d'une de ses épées avec un doux crissement soyeux. Visiblement, en ce qui le concernait, Birgitte parlait à l'air ambiant.

« Que pouvez-vous me dire sur Moghedien, Birgitte ? Il faut que je me renseigne au mieux pour l'affronter. »

S'appuyant sur son arc, Birgitte fronça les sourcils d'un air pensif. « Affronter Moghedien est difficile et pas seulement parce qu'elle est une Réprouvée. Elle se cache et ne prend aucun risque. Elle attaque uniquement quand elle discerne de la faiblesse et alors n'agit que dans l'ombre. Si elle redoute une défaite, elle s'enfuira ; il n'est pas dans sa nature de combattre jusqu'au bout, même quand cela donne la chance de vaincre. Une chance ne suffit pas à Moghedien. Par contre, ne la sous-estimez pas, c'est un serpent lové dans les hautes herbes, attendant son moment pour mordre, avec moins de compassion que le serpent. Ici surtout, ne la sous-estimez pas. Lanfear a toujours revendiqué le *Tel'aran'rhiod* comme étant son domaine, mais Moghedien était capable d'accomplir beaucoup plus ici que Lanfear, bien que n'ayant pas la force de Lanfear dans le monde de la chair. Je pense qu'elle ne se risquerait pas à tenir tête à Lanfear. »

Nynaeve frissonna, la peur en conflit avec la colère qui lui permettait de garder en elle le Pouvoir. Moghedien. Lanfear. Cette femme parlait des Réprouvés d'un ton si détaché. « Birgitte, qu'est-ce que Moghedien vous a promis ?

— Elle connaissait qui j'étais, alors même que moi je l'ignorais. Comment, je ne sais pas. » Birgitte jeta un coup d'œil à Cain ; il paraissait absorbé par son épée, néanmoins elle baissa la voix. « Elle a promis de me faire pleurer dans la solitude aussi longtemps que tournera la Roue. Elle l'a énoncé comme un événement qui ne s'était simplement pas encore produit.

— Et pourtant vous désirez apporter votre aide.

— Dans la mesure de mes moyens, Nynaeve. Rappelez-vous que je vous ai prévenue de ne pas trop espérer. » Une fois de plus, elle regarda l'homme qui affilait son épée. « Nous nous reverrons, Nynaeve. Si vous êtes prudente et survivez. » Soulevant son arc d'argent, elle alla passer un bras autour des épaules de Cain et lui murmura à l'oreille. Quoi qu'elle ait dit, Cain riait quand ils disparurent.

Nynaeve secoua la tête. Prudente. Tout le monde lui recommandait la prudence. Une héroïne légendaire qui promettait son aide, seulement l'assistance qu'elle prêterait ne se montait pas à grand-chose. Et une des Réprouvés dans Tanchico.

Penser à Moghedien, à la façon dont cette femme s'était jouée d'elle, renforça sa colère jusqu'à ce que le Pouvoir vibre en elle comme le soleil. Elle se retrouva subitement dans la vaste salle où elle était auparavant, espérant presque que l'autre y était revenue. Mais la salle était vide de toute vie à part elle. La fureur et le Pouvoir flambèrent en elle au point de croire que sa peau allait se dessécher et devenir charbonneuse. Moghedien ou n'importe laquelle des Sœurs Noires pouvait déceler sa présence bien plus facilement quand elle détenait le Pouvoir que lorsqu'elle ne l'avait pas, néanmoins elle le conserva. Elle souhaitait presque qu'elles la repèrent afin de s'en servir contre elles. Temaile était encore très probablement dans le *Tel'aran'rhiod.* Si elle retournait dans cette chambre, elle réglerait le compte de Temaile une fois pour toutes. Elle pourrait liquider Temaile – mais mettrait les autres sur leurs gardes. C'était assez pour qu'elle en rugisse de rage.

Qu'est-ce qui avait provoqué le sourire de Moghedien ? Elle se dirigea à grands pas vers la vitrine, une large boîte de verre sur une table sculptée, et regarda à l'intérieur. Six figurines mal assorties étaient disposées en cercle sous la glace. Une femme nue haute de douze pouces qui dansait, reposant en équilibre sur la pointe d'un pied, toute en mouvements fluides, et un berger moins que moitié de sa taille jouant de la cornemuse, sa houlette sur l'épaule et un mouton à ses pieds se ressemblaient autant que n'importe quels autres couples. Toutefois, Nynaeve n'éprouva aucun doute sur ce qui avait attiré le sourire de la Réprouvée.

Au centre du cercle, un chevalet en bois laqué rouge portait un disque grand comme une main d'homme, divisé en deux par une ligne sinueuse, un côté brillant plus blanc que la neige, l'autre plus noir que poix. Il était en *cuendillar,* elle le savait ; elle en avait vu de pareils et on n'en avait jamais fait que sept. Un des sceaux sur la prison du Ténébreux ; un point focal pour un des verrous qui le tenaient à l'écart du monde dans le Shayol Ghul. C'était peut-être une découverte aussi importante que ce qui menaçait Rand. Il fallait que ce sceau soit mis hors de portée de l'Ajah Noire.

Soudain, elle eut conscience de son reflet. Le dessus de la vitrine était en verre de la meilleure qualité, sans bulles, et renvoyait une image aussi nette qu'un miroir, encore que plus pâle. Des plis de soie vert foncé drapaient son corps de sorte qu'ils soulignaient chaque courbe de la poitrine, des hanches et des cuisses. De longues tresses couleur de miel pleines de perles de jade encadraient un visage aux grands yeux bruns et une bouche boudeuse. L'aura de la *saidar* ne se voyait pas, bien sûr. Déguisée de telle sorte qu'elle ne se reconnaissait pas elle-même, elle se déplaçait avec une pancarte où était peinte une inscription proclamant « Aes Sedai ».

« Je sais être prudente », marmotta-t-elle. Cependant elle resta ainsi encore un moment. Le Pouvoir qui l'emplissait était comme de la vie bouillonnant dans ses membres, tous les plaisirs qu'elle avait jamais éprouvés s'insinuant dans sa chair. À la fin, le sentiment d'être sotte ôta suffisamment de force à sa colère pour lui permettre de laisser aller le Pouvoir. Ou peut-être ce sentiment apaisa-t-il sa colère au point qu'elle ne fut plus capable de le retenir.

Qu'il s'agisse de l'une ou l'autre raison, cela ne lui était d'aucun secours dans ses recherches. Ce qu'elle voulait devait être quelque part dans cette salle immense parmi tous ces objets exposés. Détournant les yeux de ce qui ressemblait aux ossements d'un lézard aux dents saillantes long de deux toises et demie, elle ferma les paupières. Nécessité. Danger menaçant le Dragon Réincarné. Nécessité.

Bouge.

Elle se tenait à l'intérieur de la corde de soie blanche courant le long des murs, le bord d'un piédestal de pierre blanche effleurant sa robe. Ce qui était posé dessus n'avait pas l'air très dangereux au premier coup d'œil – un collier et deux bracelets de métal noir articulé – mais elle ne pouvait pas approcher plus près de quelque chose que de cela. *À moins de m'asseoir dessus*, fut sa réflexion caustique.

Elle allongea la main pour y toucher – *Douleur. Chagrin. Souffrance* – et la retira précipitamment, le souffle coupé, les émotions à vif résonnant encore dans sa tête. Même ses faibles doutes disparurent. C'était ce dont l'Ajah Noire s'était mise en quête. Et si c'était toujours posé sur ce piédestal dans le *Tel'aran'rhiod* il était là-bas aussi dans le monde éveillé. Elle les avait gagnées de vitesse. Ce piédestal de pierre blanche.

Se retournant vivement, elle regarda en direction de la vitrine qui contenait le sceau en *cuendillar,* repéra l'emplacement où elle se tenait quand elle avait aperçu pour la première fois Moghedien. Cette femme avait regardé ce piédestal, les bracelets et le collier. Moghedien devait savoir. Mais...

Tout tourna autour d'elle, s'estompa, disparut.

« Réveillez-vous, Nynaeve », marmonna Elayne qui réprima un bâillement en secouant les épaules de la jeune femme endormie. « Cela doit faire une heure maintenant. J'ai besoin d'un peu de sommeil, moi aussi. Réveillez-vous, ou bien je verrai comment vous apprécierez d'avoir la tête dans un baquet d'eau. »

Les yeux de Nynaeve s'ouvrirent d'un seul coup, leur regard levé fixement vers elle. « Si elle connaît ce que c'est, pourquoi ne le leur a-t-elle pas donné ? Si elles savent qui elle est, pourquoi est-elle obligée d'aller dans le *Tel'aran'rhiod* pour le regarder ? Se cache-t-elle aussi d'elles ?

— Qu'est-ce que vous racontez ? »

Ses tresses oscillant dans tous les sens tandis qu'elle se redressait en se tortillant pour s'asseoir appuyée à la tête du lit, Nynaeve tira sur sa chemise de soie jusqu'à ses pieds. « Je vais vous expliquer de quoi je parle. »

La bouche d'Elayne béa de stupeur tandis qu'elle expliquait ce qu'était devenue sa rencontre avec Egwene. Ses recherches au moyen de la nécessité. Moghedien. Birgitte et Gaidal Cain. Le collier et les bracelets de métal noir. Asmodean dans le Désert. Un des sceaux de la prison du Ténébreux dans le Palais de la Panarch. Elayne se laissa choir faiblement au bord du matelas longtemps avant que Nynaeve en vienne à Temaile et la Panarch, mentionnés presque après coup. Et à son changement d'apparence, se déguisant en Rendra. Si l'expression de Nynaeve n'avait pas été tellement sérieuse et lugubre, Elayne aurait pu penser que c'était un des récits les plus extravagants de Thom.

Egeanine, assise en tailleur dans sa chemise de toile, les mains sur les genoux, avait l'air bien près d'être incrédule. Elayne espéra que Nynaeve n'allait pas déclencher une scène parce qu'elle avait détaché les poignets de la jeune femme.

Moghedien. C'était ce qu'il y avait de plus horrifiant. Une des Réprouvés dans Tanchico. Une des Réprouvés tissant le Pouvoir autour d'elles deux, les forçant à tout lui dire. Elayne était incapable de se souvenir de quoi que ce soit. Cette idée suffit à ce qu'elle appuie ses deux mains sur un estomac soudain pris de nausées. « Je ne sais pas si Moghedien – *Ô Lumière, est-elle réellement entrée tout droit et nous a obligées... ?* – se cache de Liandrin et des autres, Nynaeve. Cela cadre avec ce que Birgitte – *Ô Lumière, Birgitte lui donnant* des *renseignements !* – a dit d'elle.

— Peu importe ce que manigance Moghedien, répliqua Nynaeve d'une voix tendue, j'ai l'intention de régler mes comptes avec elle. » Elle se laissa retomber avec lassitude contre la tête de lit sculptée de fleurs. « En tout cas, il faut que nous leur enlevions le sceau ainsi que ce collier et les bracelets. »

Elayne secoua la tête. « Comment des bijoux pourraient-ils être dangereux pour Rand ? Êtes-vous sûre ? Est-ce que ce sont des espèces de *ter'angreal* ? À quoi ressemblent-ils exactement ?

— Ils ressemblent à un collier et à des bracelets, riposta Nynaeve avec exaspération. Deux bracelets articulés fabriqués dans un métal noir quelconque et un large collier comme un col noir... » Ses yeux virèrent vers Egeanine, mais pas plus vite que ceux d'Elayne.

Impassible, la jeune femme brune se mit à genoux pour s'asseoir sur ses talons. « Je n'ai jamais entendu parler d'un *a'dam* fait pour un homme, ou d'un *a'dam* tel que vous le décrivez. Personne n'essaie de maîtriser un homme qui peut canaliser.

— C'est exactement ce à quoi sert celui-ci », dit lentement Elayne. *Oh, par la Lumière, je suppose que j'espérais qu'il n'existait pas*. Du moins Nynaeve avait-elle été la première à le découvrir ; du moins avaient-elles une chance d'empêcher qu'il soit utilisé contre Rand.

Les yeux de Nynaeve se rétrécirent quand elle aperçut les mains libres d'Egeanine, mais elle ne les mentionna pas. « Moghedien doit être la seule au courant. Autrement, cela n'a pas de sens. Si nous pouvons trouver un moyen d'entrer dans le palais, nous prendrons le sceau et le... ce machin. Et si nous arrivons à emmener aussi Amathera, Liandrin et ses camarades se verront cernées par la Légion de la Panarch et la Garde Civile, et peut-être les Blancs Manteaux. Elles ne seront pas toutes capables de se canaliser une sortie à travers ça ! Le problème est de s'introduire sans être repérées.

— J'ai quelques idées là-dessus, répliqua Elayne, mais je crains que les hommes ne soulèvent des objections.

— Laissez-moi m'en occuper, rétorqua avec mépris Nynaeve. Je... » Un bruit de coups retentit dans le couloir, un homme cria ; ce fracas cessa aussi vite qu'il avait commencé, le silence se rétablit. Thom était de garde là dehors.

Elayne s'élança pour ouvrir la porte, embrassant la *saidar* en même temps qu'elle sortait en courant, mais Nynaeve se précipita à bas du lit juste derrière elle, et de même Egeanine.

Thom qui était tombé commençait à se redresser, une main à la tête. Juilin avec son bâton et Bayle Domon avec son gourdin étaient debout au-dessus d'un homme aux cheveux blond clair gisant face contre terre sur le sol, inconscient.

Elayne se hâta vers Thom, essayant avec douceur de l'aider à se relever. Il lui adressa un sourire reconnaissant, mais écarta ses mains avec obstination. « Je vais tout à fait bien, mon petit. » Bien ? Une bosse grossissait sur sa tempe ! « Cet individu longeait le couloir quand, subitement, il m'a donné un coup de pied à la tête. Il en voulait à ma bourse, je suppose. » Simplement comme ça. Un coup de pied sur la tête et il se portait comme un charme.

« Il l'aurait eue, aussi, commenta Juilin, si je n'étais pas venu voir si Thom avait envie d'être remplacé.

— Si moi je n'avais pas décidé », marmotta Domon. Leur hostilité semblait moins concentrée que d'ordinaire.

Il ne fallut qu'une minute à Elayne pour comprendre pourquoi. Nynaeve et Egeanine étaient en chemise dans le couloir. Juilin les reluquait d'un air approbateur qui aurait causé du grabuge si Rendra l'avait surpris, bien qu'il ait au moins tenté de se montrer discret. Domon ne faisait aucun effort pour dissimuler sa franche appréciation d'Egeanine, bras croisés et lèvres plissées d'une façon écœurante tandis qu'il la détaillait de la tête aux pieds.

Les autres jeunes femmes se rendirent vite compte de la situation, mais leurs réactions furent totalement différentes. Nynaeve, dans sa fine chemise de soie blanche, décocha au preneur-de-larrons un regard neutre et rentra à pas dignes dans la chambre, passant ensuite un visage quelque peu empourpré le long de l'embrasure de la porte. Egeanine, dont la chemise de toile était considérablement plus longue et plus épaisse que celle de Nynaeve – Egeanine, qui avait été froide sérénité en devenant prisonnière, qui combattait comme un Lige – Egeanine ouvrit de grands yeux et devint pourpre, avec un hoquet horrifié. Elayne regarda, stupéfaite, la jeune Seanchane pousser un cri mortifié et rentrer littéralement d'un bond dans la chambre.

Des portes s'ouvrirent brusquement et le long du couloir des têtes surgirent ; elles disparurent aussitôt, dans un concert de claquements de battants qui se referment, à la vue d'un homme étendu sur le sol et d'autres debout au-dessus de lui. Des bruits de lourds objets qu'on traîne suggéraient que les gens se barricadaient à l'intérieur de leur chambre avec leur lit ou une armoire.

De longs moments plus tard, Egeanine passa la tête à l'extérieur du côté opposé à Nynaeve, toujours rouge comme un coq jusqu'aux cheveux. Elayne ne comprenait vraiment pas. La jeune femme était en chemise, certes, mais cette chemise la couvrait presque aussi bien que la robe tarabonaise d'Elayne. N'empêche que Juilin et Domon n'avaient pas le droit de lorgner de cette façon. Elle fixa sur ces deux-là un regard qui aurait dû les remettre à leur place immédiatement.

Malheureusement, Domon était trop occupé à glousser et à se frotter la lèvre supérieure pour le remarquer. Du moins Juilin s'en aperçut-il, même s'il poussa un profond soupir selon la coutume des hommes quand ils se considèrent traités injustement. Évitant le regard d'Elayne, il se pencha pour hisser l'individu blond sur son dos. Un assez bel homme, svelte.

« Mais je le reconnais, s'exclama Juilin. C'est lui qui a essayé de me voler. Ou en tout cas c'est ce que j'avais pensé, ajouta-t-il plus lentement. Je ne crois pas aux coïncidences. Pas à moins que le Dragon Réincarné ne soit dans la ville. »

Elayne échangea avec Nynaeve un froncement de sourcils. L'inconnu n'était sûrement pas aux gages de

Liandrin ; l'Ajah Noire n'emploierait pas des hommes pour se faufiler dans les couloirs, pas plus... Pas plus qu'elle n'engagerait les services de voyous des rues. Elayne reporta son regard vers Egeanine avec un air interrogateur. Le regard de Nynaeve était plus impératif.

« C'est un Seanchan, dit Egeanine au bout d'un instant.

— Une tentative de délivrance ? » murmura sèchement Nynaeve, mais l'autre jeune femme secoua la tête.

« Je ne doute pas qu'il me cherchait, mais pas pour me sauver, je pense. S'il sait – ou même soupçonne – que j'ai laissé partir Béthamine librement, il voudrait... avoir une conversation avec moi. » Elayne se douta qu'il s'agissait de plus que d'une conversation, ce qui reçut confirmation quand Egeanine ajouta : « Mieux vaudrait que vous lui tranchiez la gorge. Il risque d'essayer aussi de vous créer des ennuis s'il estime que vous êtes mes amies ou s'il découvre que vous êtes des Aes Sedai. » Le grand contrebandier natif d'Illian lui adressa un coup d'œil choqué et Juilin en resta bouche bée au point que sa mâchoire inférieure tomba presque jusqu'à sa poitrine. Thom, d'autre part, hocha la tête d'une façon pensive troublante.

« Nous ne sommes pas ici pour couper des gorges seanchanes, déclara Nynaeve comme si cette opinion pouvait changer plus tard. Bayle, Juilin, portez-le dans l'allée derrière l'auberge. D'ici qu'il reprenne ses sens, il aura de la chance s'il a encore son caleçon. Thom, allez trouver Rendra et dites-lui que nous voulons du thé fort dans le Salon aux Pluies de Fleurs. Et demandez si elle n'a pas de l'écorce de saule ou de l'acem ; je vais préparer quelque chose pour votre tête. » Les trois hommes la dévisagèrent avec stupeur. « Eh bien, remuez-vous ! ordonna-t-elle d'un ton sec. Nous avons des plans à établir ! » Elle laissa à peine à Elayne le temps de rentrer dans la chambre avant de claquer la porte et de commencer à enfiler sa robe par-dessus sa tête. Egeanine se précipita pour endosser la sienne comme si les hommes la contemplaient encore.

« Le mieux est de feindre de ne pas les voir, Egeanine », dit Elayne. C'était bizarre de conseiller une personne plus âgée que Nynaeve mais, quelque compétente que fût la jeune Seanchane dans d'autres domaines, elle ne possédait visiblement que peu d'expérience des hommes. « Sinon, cela ne fait que les encourager. Je ne sais pas pourquoi, admit-elle, mais c'est comme cela que ça se passe. Vous étiez très décemment couverte. Franchement. »

La tête d'Egeanine émergea en haut de sa robe. « Décente ? Je ne suis pas une servante. Je ne suis pas une danseuse de shea ! » Sa grimace contrariée se changea en mine perplexe. « Il est plutôt bel homme, néanmoins. Je ne l'avais pas envisagé avant sous cet angle-là. »

Se demandant ce qu'était une danseuse de shea, Elayne alla l'aider à mettre ses boutons. « Rendra aura quelque chose à vous dire si vous laissez Juilin flirter avec vous. »

La jeune femme brune la regarda avec surprise pardessus son épaule. « Le preneur-de-larrons ? C'est à Bayle Domon que je pensais. Un homme bien bâti. Mais un contrebandier, ajouta-t-elle avec un soupir de regret. Un transgresseur de la loi. »

Elayne songea que les goûts et les couleurs ne se discutent pas – Nynaeve aimait certainement Lan, et il était beaucoup trop intimidant avec son visage de pierre – mais Bayle Domon ? Cet homme était deux fois plus gros qu'il n'était grand, aussi épais qu'un Ogier !

« Vous papotez comme Rendra, Elayne », lança sèchement Nynaeve. Elle bataillait pour fermer sa robe, les deux mains dans le dos. « Si vous avez fini de dire des bêtises à propos d'hommes, peut-être ne verrez-vous pas d'inconvénient à abandonner pour le moment le sujet de la nouvelle couturière que vous avez sans doute découverte ? Nous devons préparer nos plans. Si nous attendons d'être avec les hommes, ils essaieront de prendre la direction des opérations et je ne suis pas d'humeur à perdre du temps pour les remettre à leur place. En avez-vous déjà fini avec elle ? J'aurais besoin d'aide, moi aussi. »

Attachant rapidement le dernier petit bouton d'Egeanine, Elayne alla avec froideur vers Nynaeve. *Elle* ne jasait pas à propos d'hommes et de robes. Beaucoup moins que Rendra, et de loin. Écartant ses nattes pour dégager son dos, Nynaeve lui adressa un froncement de sourcils quand elle tira avec vigueur sur les deux côtés de la robe de Nynaeve pour introduire les boutons dans les boutonnières. La triple rangée de boutons proches les uns des autres était une nécessité, pas simplement un ornement. Nynaeve, *elle,* se laissait convaincre par Rendra d'adopter les corsages ajustés selon la dernière mode. Puis elle prétendait que *d'autres* passaient leur temps à rêvasser de vêtements. Elle-même, en tout cas, pensait à d'autres choses. « J'ai réfléchi à la manière de nous déplacer dans le palais sans être remarquées, Nynaeve. Nous pourrons être pratiquement invisibles. »

Tandis qu'elle exposait son idée, les froncements de sourcils de Nynaeve s'effacèrent. Nynaeve, pour sa part, avait imaginé un moyen d'entrer dans le palais. Quand Egeanine émit quelques suggestions, Nynaeve pinça les lèvres, mais les notions étaient rationnelles et même Nynaeve ne pouvait pas les rejeter d'emblée. D'ici qu'elles furent prêtes à descendre au Salon des Pluies de Fleurs, elles étaient d'accord sur un plan et n'avaient aucune intention de laisser les hommes en changer un iota. Moghedien, l'Ajah, quiconque avait pris la direction du Palais de la Panarch allait perdre ses conquêtes avant de comprendre ce qui était arrivé.

53. Le prix d'un départ

Seulement trois chandelles et deux lampes éclairaient la salle commune de l'*Auberge de la Source du Vin,* puisque l'approvisionnement en huile aussi bien qu'en chandelles était réduit. Les lances et autres armes n'étaient plus appuyées aux murs ; le tonneau qui avait contenu de vieilles épées était vide. Les lampes étaient posées sur deux des tables qui avaient été poussées l'une contre l'autre devant la haute cheminée de pierre, où Marine al'Vere et Daise Congar ainsi que d'autres appartenant au Cercle des Femmes examinaient des listes des maigres ressources en nourriture restant au Champ d'Emond. Perrin s'efforçait de ne pas écouter.

À une autre table, la pierre à aiguiser de Faile émettait un doux *ouisk-ouisk* régulier comme elle affilait un de ses poignards. Un arc était placé devant elle et un carquois hérissé de flèches suspendu à sa ceinture. Elle s'était révélée un très bon tireur, mais il espérait que jamais elle ne découvrirait que c'était un arc d'enfant ; elle n'avait pas la force nécessaire pour bander un arc de guerre des Deux Rivières, bien que se refusant à l'admettre.

Déplaçant sa hache pour qu'elle ne s'enfonce pas dans son côté, il s'efforça de concentrer son esprit sur ce dont il discutait avec les hommes assis autour de la table avec lui. Non pas que tous aient gardé leur attention fixée là où elle devrait l'être.

« Elles ont des lampes, marmotta Cenn, et nous devons nous contenter de chandelles de suif. » Le vieil homme noueux regardait d'un air indigné la paire de chandelles fichées dans des chandeliers de cuivre.

« Laisse tomber, Cenn, dit Tam d'un ton las, extrayant pipe et blague à tabac coincées derrière son ceinturon. Pour une fois, laisse tomber.

— Si nous avions à lire ou à écrire, déclara Abell d'une voix moins patiente que ses paroles, nous aurions des lampes. » Un bandage entourait ses tempes.

Comme pour rappeler au couvreur qu'il était le Maire, Bran ajusta le médaillon d'argent où figurait une balance qui pendait sur sa vaste poitrine. « Occupe-toi de ce qui est à l'ordre du jour, Cenn. Je ne tolérerai pas que tu fasses perdre son temps à Perrin.

— Je pense seulement que nous devrions avoir des lampes, geignit Cenn. Perrin me le dirait si je lui faisais perdre son temps. »

Perrin soupira ; la nuit essayait de peser sur ses paupières. Il aurait aimé que représenter le Conseil du Village soit le tour de quelqu'un d'autre, Haral Luhhan ou Jon Thane ou Samel Crawe ou n'importe qui sauf Cenn et ses récriminations. Mais aussi, il aurait parfois aimé qu'un de ces hommes se tourne vers lui et dise : « *Ceci est une affaire qui concerne le Maire et le Conseil, jeune homme. Retourne à la forge. Nous te tiendrons au courant de ce que nous aurons décidé.* » Au lieu de cela, ils craignaient de lui faire perdre son temps, ils s'en remettaient à lui. Le temps. Combien d'attaques y avait-il eues pendant les sept jours qui avaient suivi la première ? Il ne le savait plus.

Le pansement sur la tête d'Abell irritait Perrin. Les Aes Sedai ne Guérissaient plus maintenant que les blessures les plus graves ; si un homme pouvait se tirer d'affaire seul, elles ne s'en occupaient pas. Non pas qu'il y eût déjà de nombreux blessés grièvement mais, comme Vérine l'avait souligné sèchement, même une Aes Sedai n'avait qu'une certaine dose de force ; apparemment, leur manège avec les pierres des catapultes en usait autant que la Guérison. Pour une fois, il ne tenait pas à ce que lui soient rappelées les limites de la force des Aes Sedai. Pas beaucoup de blessés graves. Pas encore.

« Où en sont les flèches ? » demanda-t-il. C'est ce à quoi il était censé réfléchir.

« Pas de quoi s'inquiéter, dit Tam en allumant sa pipe à une des chandelles. Nous récupérons encore la plupart de celles que nous tirons, le jour du moins. Ils emportent une quantité de leurs morts pendant la nuit – de la chair pour les marmites, je suppose – et nous perdons celles-là. » Les autres assistants sortaient aussi leur pipe, des escarcelles et des poches de surcot, Cenn marmottant qu'il semblait avoir oublié sa blague à tabac, Bran lui passa la sienne en grommelant, son crâne chauve luisant à la clarté des chandelles.

Perrin se massa le front. Sur quoi avait-il eu l'intention de poser des questions ensuite ? Les pieux. À présent, lors de la plupart des attaques on se battait près des pieux, surtout la nuit. Combien de fois les Trollocs avaient-ils failli rompre le barrage ? Trois ? Quatre ? « Est-ce que tout le monde a une lance ou une arme d'hast quelconque ? Qu'est-ce qui reste pour en fabriquer davantage ? » Il n'eut que du silence en réponse et rabaissa sa main. Les autres le dévisageaient.

« Tu l'as demandé hier, dit Abell gentiment. Et Haral t'a expliqué alors qu'on ne trouverait pas une faux ou une fourche dans le village qui n'ait été transformée en arme. Nous en avons plus que de mains pour les utiliser, à la vérité.

— Oui. Bien sûr. Cela m'était seulement sorti de l'esprit. » Une bribe de conversation dans le Cercle des Femmes parvint à son oreille.

« ... doit pas mettre les hommes au courant, disait Marine à voix basse, comme si elle répétait un avertissement déjà formulé.

— Certes non, riposta Daise avec un rire sec mais pas beaucoup plus fort. Si ces idiots découvrent que les femmes mangent des demi-rations, ils insisteront pour manger comme elles et nous ne pouvons pas... »

Perrin ferma les yeux, essaya de fermer ses oreilles. Évidemment. C'étaient les hommes qui se battaient. Les hommes devaient conserver leurs forces. Simple. Du moins aucune des femmes n'avait encore eu à se battre. Excepté les deux Aielles, naturellement, et Faile, mais elle était assez intelligente pour rester en arrière quand cela en venait à manier des lances au milieu des pieux. Voilà pourquoi il avait déniché cet arc pour elle. Elle avait le courage d'un léopard et plus de courage que deux hommes réunis.

« Je pense qu'il est temps que tu ailles au lit, Perrin, suggéra Bran. Tu ne peux pas continuer comme cela en dormant une heure par-ci une heure par-là. »

Se frottant la barbe avec vigueur, Perrin s'efforça de paraître alerte. « Je dormirai plus tard. » Quand ce sera terminé. « Est-ce que les hommes ont suffisamment de repos ? J'en vois qui s'asseyent quand ils devraient... »

La porte d'entrée s'ouvrit brutalement pour livrer passage au maigre Dannil Lewin qui surgit de la nuit, arc en main, tout couvert de sueur. Il avait sur la hanche une des épées du tonneau ; Tam donnait des leçons de maniement de cette arme quand il en avait le temps et parfois un des Liges aussi.

Avant que Dannil ait pu ouvrir la bouche, Daise s'exclama d'un ton cassant : « As-tu été élevé dans une écurie, Dannil Lewin ?

— Tu pourrais certainement traiter ma porte avec un peu plus de douceur. » Marine partagea son regard significatif entre le maigre arrivant et Daise, histoire de rappeler qu'il s'agissait de sa porte à elle.

Dannil baissa vivement la tête, en s'éclaircissant la gorge. « Pardon, Maîtresse al'Vere, dit-il précipitamment. Pardon, Sagesse. Excusez mon intrusion, mais j'ai un message pour Perrin. » Il se hâta vers la table des hommes comme s'il avait peur que les femmes ne l'arrêtent de nouveau. « Les Blancs Manteaux ont amené un homme qui veut te parler, Perrin. Il refuse de parler à qui que ce soit d'autre. Il est grièvement blessé, Perrin. Ils ne l'ont apporté qu'à la lisière du village. Je ne crois pas qu'il était capable de venir jusqu'à l'auberge. »

Perrin se redressa. « Je viens. » Pas une autre attaque, en tout cas. Elles étaient pires la nuit.

Faile se saisit de son arc et le rejoignit avant qu'il arrive à la porte. Et Aram se leva, hésitant, dans l'ombre au pied de l'escalier. Parfois Perrin oubliait sa présence tant il était immobile. Il avait une drôle d'allure avec cette épée attachée sur le dos par-dessus sa tunique de Rétameur à raies jaunes crasseuse, ses yeux si brillants, qui n'avaient pratiquement jamais l'air de cligner, et son visage sans expression. Ni Raen ni Ila n'avaient adressé la parole à leur petit-fils du jour où il avait pris cette épée. Ni à Perrin, non plus.

« Si vous venez, venez », dit-il avec brusquerie et Aram alla se ranger derrière lui. Il le suivait comme un chien chaque fois qu'il ne harcelait pas Tam, Ihvon ou Tomas pour qu'ils lui apprennent à jouer de cette épée. C'était comme s'il avait remplacé sa famille et son peuple par Perrin. Lequel se serait bien passé de cette responsabilité s'il l'avait pu, mais voilà.

Le clair de lune brillait sur les toits de chaume. Peu de maisons avaient une lumière dans plus d'une fenêtre. Le silence pesait sur le village. Une trentaine des Compagnons montaient la garde autour de l'auberge avec leur arc, ceux qui avaient pu en trouver armés d'épées ; tout le monde avait adopté cette appellation, et Perrin lui-même s'avisait qu'il s'en servait aussi, bien qu'il en fût intérieurement contrarié. La raison pour ces gardes autour de l'auberge ou n'importe où était Perrin, se trouvait sur le Pré Communal, plus tellement encombré de moutons et de vaches. Des feux de camp se pressaient au-dessus de la Source du Vin, au-delà de l'endroit où cette bannière ridicule à tête de loup pendait mollement maintenant, flaques de lumière dans le noir entourées de capes claires miroitant sous la lune.

Personne n'avait voulu de Blancs Manteaux dans sa maison, déjà bondée, et Bornhald s'opposait d'ailleurs à ce que ses soldats soient dispersés. Il semblait croire que le village se retournerait contre lui et ses hommes à tout moment : s'ils suivaient Perrin, ils devaient être des Amis du Ténébreux. Même les yeux de Perrin ne discernaient pas les visages autour des feux, mais il avait l'impression de sentir le regard fixe de Bornhald qui le guettait, haineux.

Dannil ordonna à dix Compagnons de se préparer pour escorter Perrin, tous des jeunes gens qui auraient dû rire et festoyer avec lui, tous avec des arcs prêts à assurer sa protection. Aram ne se joignit pas à eux quand Perrin s'engagea le premier dans la rue sombre non pavée ; c'est Perrin avec qui il était et personne d'autre. Faile se maintenait juste à la hauteur de Perrin, ses yeux bruns brillant au clair de lune, scrutant les alentours comme si elle, et elle seule, était son entière protection.

À l'endroit où la Vieille Route entrait dans le Champ d'Emond, les charrettes bloquant la voie avaient été tirées de côté pour permettre l'accès du village à la patrouille de Blancs Manteaux, vingt hommes en cape neigeuse, armés de lances, qui étaient assis sur leurs chevaux en armure polie, pas moins impatients que leurs montures qui piétinaient. Ils se détachaient dans le noir pour n'importe quels yeux et la plupart des Trollocs voyaient aussi bien dans l'obscurité que Perrin, mais les Blancs Manteaux insistaient pour effectuer leurs patrouilles. Parfois, leurs reconnaissances donnaient l'alerte et peut-être que leur harcèlement déstabilisait un peu les Trollocs. Ce n'aurait pas été mal, cependant, s'il avait su ce qu'ils faisaient avant qu'ils le fassent.

Une poignée de villageois et de fermiers portant des parties de vieilles armures et quelques casques rouillés s'étaient agglomérés autour d'un homme en casaque de paysan gisant sur la route. Ils s'écartèrent devant lui et Faile, et il mit un genou en terre à côté de cet homme.

L'odeur du sang était forte ; de la sueur luisait sur son visage où passaient les ombres de la lune. Une flèche trolloque épaisse d'un pouce, pareille à une petite lance, était enfoncée dans sa poitrine. « Perrin... Les-Yeux-d'Or, murmura-t-il d'une voix rauque, respirant péniblement. Il faut que... je contacte... Perrin... Les-Yeux-d'Or.

— Quelqu'un a-t-il envoyé chercher une des Aes Sedai ? » questionna avec autorité Perrin tandis qu'il soulevait l'homme aussi doucement qu'il pouvait, soutenant sa tête avec le bras. Il n'écouta pas la réponse ; il ne pensait pas que cet homme survivrait jusqu'à l'arrivée d'une Aes Sedai. « Je suis Perrin.

— Les-Yeux-d'Or ? Je... n'y vois pas... très bien. » Son regard fixe, égaré, était posé droit sur la figure de Perrin ; s'il pouvait voir quoi que ce soit, il devait distinguer ses yeux qui brillaient comme de l'or dans le noir.

« Je suis Perrin Les-Yeux-d'Or », confirma-t-il à regret.

L'homme le saisit au col, attirant à lui son visage avec une force surprenante. « Nous... arrivons. Été envoyé... pour vous avertir. Nous arri... » Sa tête retomba en arrière, les yeux ne regardant plus rien à présent.

« Que la Lumière soit avec son âme », murmura Faile en accrochant son arc dans son dos.

Au bout d'un instant, Perrin détacha de lui les doigts de l'homme. « Quelqu'un le connaît-il ? » Les gens des Deux Rivières s'entre-regardèrent, secouèrent la tête. Perrin leva la sienne vers les Blancs Manteaux à cheval. « A-t-il dit quelque chose d'autre pendant que vous l'ameniez ici ? Où l'avez-vous trouvé ? »

Jaret Byar le dévisagea de son haut, les joues creuses et les yeux caves, l'image de la mort. Les autres Blancs Manteaux se détournaient, mais Byar s'obligeait toujours à croiser le regard des yeux jaunes de Perrin, particulièrement la nuit, quand ils luisaient. Byar grommela entre ses dents – Perrin entendit : « Engeance de l'Ombre ! » – et donna un coup de botte dans les côtes de son cheval. La patrouille pénétra au galop dans le village, aussi pressée d'être loin de Perrin que des Trollocs. Aram les regarda s'éloigner, impassible, une main par-dessus son épaule pour tâter la poignée de son épée.

« Ils disaient qu'ils l'ont trouvé à une lieue à peu près d'ici vers le sud. » Dannil hésita, puis ajouta : « Ils prétendent que les Trollocs sont tous éparpillés en petits groupes, Perrin. Peut-être sont-ils enfin en train de renoncer. »

Perrin rallongea l'inconnu sur le sol. *Nous arrivons.* « Guettez avec attention. Peut-être qu'une famille qui avait essayé de continuer à exploiter sa ferme va finalement venir. » Il ne pensait pas qu'on puisse avoir survécu par là-bas aussi longtemps, mais c'était possible. « Ne tuez personne par erreur. » Il se releva en chancelant et Faile lui posa une main sur le bras.

« Il est temps que tu sois dans ton lit, Perrin. Tu as besoin de sommeil. »

Il se contenta de la regarder. Il aurait dû s'arranger pour qu'elle reste à Tear. D'une manière ou d'une autre, il aurait dû. Si seulement il avait assez bien réfléchi, il y serait parvenu.

Un des messagers, un garçonnet aux cheveux bouclés pas plus haut que sa poitrine, se glissa entre les gens des Deux Rivières pour tirer Perrin par la manche. Perrin ne le connaissait pas ; beaucoup de familles de la campagne s'étaient repliées au village. « Il y a quelque chose qui bouge dans le Bois de l'Ouest, Seigneur Perrin. On m'a envoyé vous prévenir.

— Ne m'appelle pas comme ça », lui dit sèchement Perrin. S'il n'empêchait pas les enfants de le faire, les Compagnons allaient commencer à adopter cette habitude. « Va leur dire que j'arrive. » Le gamin prit ses jambes à son cou.

« C'est dans ton lit que tu dois être, déclara Faile d'un ton ferme. Tomas peut très bien soutenir n'importe quelle attaque.

— Il ne s'agit pas d'une attaque, sinon ce garçon l'aurait dit, et quelqu'un aurait sonné du cor de Cenn. »

Elle se cramponna à son bras, s'efforçant de l'attirer vers l'auberge et elle fut ainsi entraînée dans la direction inverse quand il se mit en route. Après quelques minutes sans résultat, elle renonça et feignit de lui avoir simplement tenu le bras depuis le début. N'empêche qu'elle parla entre ses dents. Elle semblait encore s'imaginer que si elle parlait assez bas il n'entendrait pas. Elle commença par « idiot », « tête de mule » et « du muscle à la place de la cervelle », après quoi ce fut l'escalade. Cela formait un véritable petit cortège, elle marmonnant à son côté, Aram marchant sur ses talons, Dannil et les dix Compagnons l'entourant comme une garde d'honneur. S'il n'avait pas été si fatigué, il se serait senti parfaitement ridicule.

Des hommes étaient répartis en petits groupes postés de distance en distance tout du long de la barrière de pieux aiguisés, chacun avec un gamin chargé de servir de messager. À l'extrémité ouest du village, les hommes de garde s'étaient tous rassemblés du côté intérieur de la barrière, tripotant lances et arcs en regardant attentivement le Bois de l'Ouest. Même avec le clair de lune, les arbres devaient être une masse noire pour leurs yeux.

La cape de Tomas donnait l'impression que des fragments de sa personne disparaissaient dans la nuit. Baine et Khiad étaient avec lui ; pour on ne sait quelle raison, les deux Vierges de la Lance passaient chaque nuit à cette extrémité du Champ d'Emond depuis le départ de Loial et de Gaul. « Je ne vous aurais pas dérangé, dit le Lige à Perrin, si ce n'est qu'il semble y avoir quelqu'un là-bas, et j'ai pensé que vous seriez peut-être en mesure... »

Perrin acquiesça d'un signe de tête. Tout le monde était au courant de son acuité de vision, en particulier dans l'obscurité. Les gens des Deux Rivières paraissaient croire que c'était quelque chose de spécial, quelque chose qui le désignait comme un idiot de héros. L'opinion des Liges, ou des Aes Sedai, il n'en avait aucune idée. Il était trop fatigué pour s'en préoccuper ce soir. Sept jours et combien d'attaques ?

La lisière du Bois de l'Ouest était éloignée de cinq cents pas. Même pour ses yeux, les arbres étaient un amas d'ombres. Quelque chose bougeait. Quelque chose d'assez grand pour être un Trolloc. Une grande silhouette portant... Le fardeau leva un bras. Un humain. Une haute ombre portant un être humain.

« On ne tire pas ! » cria-t-il. Il avait envie de rire ; en fait, il se rendit compte qu'il riait. « Venez ! Venez, Loial ! »

La silhouette indistincte avançait lourdement plus vite qu'un homme pouvait courir, se résolvant en l'Ogier se hâtant vers le village, portant Gaul.

Les hommes des Deux Rivières criaient des encouragements comme s'il s'agissait d'une course. « Cours, Ogier ! Cours ! Cours ! » Peut-être était-ce une course ; plus d'une attaque brusquée avait jailli de ces bois.

À l'approche des pieux, Loial ralentit en titubant ; ses grosses jambes avaient juste la place de se glisser de biais à travers cette barrière. Une fois du côté du village, il déposa l'Aiel et se laissa glisser sur le sol, s'adossant contre les pieux, haletant, ses oreilles que terminait une huppe affaissées sous l'effet de la fatigue. Gaul boitilla sur une jambe jusqu'à ce qu'il puisse s'asseoir, lui aussi, avec Baine et Khiad s'affairant au-dessus de sa cuisse gauche, où ses chausses étaient lacérées et noires de sang séché. Il n'avait plus que deux lances et son carquois béait, vide. La hache de Loial avait disparu aussi.

« Espèce de fou d'Ogier, dit Perrin avec un rire affectueux. Partir comme ça. Je devrais laisser Daise Congar vous fouetter pour vous être enfui. Au moins êtes-vous vivant. Au moins êtes-vous de retour. » Sur quoi la voix lui manqua. Vivant. Et de retour au Champ d'Emond.

« Nous avons réussi, Perrin, dit Loial d'une voix entrecoupée, qui avait une résonance lasse de tambour. Il y a quatre jours. Nous avons fermé la Porte des Voies. Il faudra les Anciens ou une Aes Sedai pour la rouvrir.

— Il m'a porté sur la plupart du trajet depuis les montagnes, dit à son tour Gaul. Un Cavalier de la Nuit et peut-être cinquante Trollocs nous ont donné la chasse les trois premiers jours, mais il les a distancés. » Il s'efforçait sans beaucoup de succès de repousser les Vierges de la Lance.

« Reste tranquille, Shaarad, ordonna sèchement Khiad, sinon je dirai que je t'ai touché armé et permis de choisir où est ton honneur. »

Faile eut un rire ravi. Perrin ne comprit pas, mais la remarque réduisit l'imperturbable Aiel à des bredouillements. Il laissa les jeunes femmes soigner sa jambe.

« Comment allez-vous, Loial ? questionna Perrin. Êtes-vous blessé ? »

L'Ogier se releva avec un effort visible, oscilla un instant comme un arbre sur le point de tomber. Ses oreilles pendaient toujours, flasques. « Non, je ne suis pas blessé, Perrin. Seulement fatigué. Ne vous inquiétez pas pour moi. Longtemps loin du *stedding*. Les visites ne suffisent pas. » Il secoua la tête comme si ses pensées s'étaient égarées. Sa large main engloutit l'épaule de Perrin. « Je me porterai comme un charme dès que j'aurai un peu dormi. » Il baissa la voix. Du moins pour un Ogier ; elle avait encore le bruissement grave d'un gigantesque bourdon. « Cela va très mal, là-bas, Perrin. Pour la plupart du temps, nous avons suivi les dernières bandes qui descendaient. Nous avons fermé la Porte, mais je pense qu'il doit y avoir déjà plusieurs milliers de Trollocs dans les Deux Rivières et peut-être bien cinquante Myrddraals.

— Oh, que non », proclama Luc d'une voix forte. Il était venu de la direction de la Route du Nord en longeant au galop les dernières maisons. Il tira sur les rênes de son étalon noir qui se cabra et s'immobilisa dans une parade spectaculaire, piaffant des sabots de devant. « Vous êtes sans doute habile à chanter pour les arbres, Ogier, mais combattre les Trollocs est bien différent. Je les estime à moins d'un millier maintenant. Une force formidable, certes, mais rien que ces défenses solides et ces hommes courageux ne peuvent tenir en échec. Un autre trophée pour vous, Seigneur Perrin Les-Yeux-d'Or. » Riant, il jeta à Perrin un sac en toile plein à craquer. Le fond luisait d'une humidité noirâtre au clair de lune.

Perrin l'attrapa au vol et, en dépit de son poids, le

lança bien au-delà des pieux. Quatre ou cinq têtes de Trollocs, sans doute, et peut-être un Myrddraal. Cet homme apportait ses trophées tous les soirs, semblant encore s'attendre à ce qu'ils soient exposés pour que chacun les admire. Une bande de Coplin et de Congar lui avait offert un festin le soir où il était rentré avec deux têtes d'Évanescents.

« Est-ce que moi non plus je n'y connais rien en matière de combat ? s'exclama Gaul impérieusement en se mettant péniblement debout. Moi, je dis qu'il y en a plusieurs milliers. »

Les dents de Luc découvrirent leur blancheur dans un sourire. « Combien de jours avez-vous passés dans la Dévastation, Aiel ? J'en ai passé beaucoup. » C'était peut-être plus un rictus qu'un sourire. « Beaucoup. Croyez ce que vous voulez, Les-Yeux-d'Or. Les jours sans fin amèneront ce qu'ils amènent, comme depuis toujours. » Il dressa de nouveau l'étalon sur ses jambes de derrière pour qu'il fasse demi-tour et s'enfonça au galop entre les maisons et les arbres qui avaient été naguère l'orée du Bois de l'Ouest. Les hommes des Deux Rivières changèrent de pied avec malaise, le suivant des yeux ou scrutant la nuit.

« Il se trompe, dit Loial. Gaul et moi avons vu ce que nous avons vu. » Son visage s'affaissait de fatigue, les coins de sa large bouche abaissés et ses longs sourcils pendant sur ses joues. Pas étonnant, s'il avait porté Gaul trois ou quatre jours de suite.

« Vous avez bien travaillé, Loial, dit Perrin, vous et Gaul, tous les deux. Une action magnifique. Je crains que votre chambre ne soit occupée maintenant par une demi-douzaine de Rétameurs, mais Maîtresse al'Vere vous préparera une paillasse. Il est temps que vous ayez un peu de ce sommeil dont vous avez besoin.

— Et temps pour toi aussi, Perrin Aybara. » Des nuages qui filaient dans le ciel dessinaient avec la lune un jeu d'ombres sur le nez fier et les hautes pommettes de Faile. Elle était si belle. Par contre, sa voix avait assez de fermeté pour fabriquer un plancher de charrette.

« Si tu n'y vas pas maintenant, je demanderai à Loial de t'emporter. Tu tiens à peine debout. »

Gaul peinait à marcher à cause de sa jambe blessée. Baine le soutenait d'un côté. Il tenta d'empêcher Khiad de s'emparer de l'autre, mais elle murmura quelque chose qui ressemblait à *gai'shain'* d'un ton menaçant et Baine rit, et l'Aiel ne s'opposa plus à ce que l'une et l'autre l'aident, grommelant avec fureur entre ses dents. Quelle qu'ait été cette allusion, elle avait bouleversé Gaul.

Tomas tapa sur l'épaule de Perrin. « Allez, mon ami. Tout le monde a besoin de dormir. » Lui-même paraissait bon pour s'en passer trois jours encore.

Perrin hocha la tête.

Il laissa Faile le guider pour retourner à l'*Auberge de la Source du Vin*, suivi par Loial et l'Aiel et Aram et entouré par Dannil et les dix Compagnons. Il n'aurait pas su dire quand les autres les avaient quittés, mais lui et Faile se retrouvèrent seuls dans sa chambre au premier étage de l'auberge.

« Des familles entières s'arrangent avec pas plus de place qu'ici », marmotta-t-il. Une chandelle brûlait sur le manteau de pierre de la cheminée au-dessus du petit âtre. D'autres s'en passaient, mais Marine en allumait une ici dès que tombait le crépuscule pour qu'il n'ait pas à être dérangé. « Je peux dormir dehors avec Dannil, Ban et les autres.

— Ne sois pas stupide, dit Faile en prenant un ton affectueux. Si Alanna et Vérine ont chacune leur chambre, tu dois en avoir une toi aussi. »

Il se rendit compte qu'elle lui avait ôté son surcot et qu'elle délaçait sa chemise. « Je ne suis pas trop fatigué pour me déshabiller moi-même. » Il la poussa dehors avec douceur.

« Enlève tout, ordonna-t-elle. Tout, tu m'entends ? Tu ne peux pas dormir confortablement vêtu de pied en cap, comme tu parais le penser.

— Entendu », promit-il. Quand il eut refermé la porte, il retira effectivement ses bottes avant de souffler la chandelle et de s'étendre. Marine n'aimerait pas des bottes poussiéreuses sur son couvre-pieds.

Des milliers, avaient dit Gaul et Loial. Pourtant combien les deux pouvaient-ils en avoir vus, se cachant en se rendant dans les montagnes, fuyant sur le chemin du retour ? Peut-être mille au maximum, prétendait Luc, mais Perrin ne parvenait pas à se fier à cet homme malgré tous les trophées qu'il rapportait. Éparpillés, selon les Blancs Manteaux. Jusqu'où avaient-ils pu s'en approcher, avec des armures et des capes brillant dans le noir comme des lanternes ?

Il y avait un moyen de le vérifier par lui-même, peut-être. Il avait évité le rêve de loup depuis sa dernière visite ; le désir de se lancer à la poursuite de ce Sanguinaire montait en lui chaque fois qu'il pensait à y retourner, et ses responsabilités étaient ici au Champ d'Emond. Mais maintenant, peut-être... Le sommeil le prit pendant qu'il réfléchissait encore.

Il était debout sur le Pré Communal baigné par un soleil d'après-midi bas sur l'horizon, avec quelques nuages blancs qui passaient. Il n'y avait ni moutons ni gros bétail autour du grand mât où une brise agitait la bannière rouge à tête de loup, mais une mouche bleue vola en bourdonnant près de sa figure. Personne parmi les maisons couvertes de chaume. Des petits tas de bois sec sur des cendres marquaient l'emplacement des feux des Blancs Manteaux ; il avait rarement vu quelque chose brûler dans le rêve de loup, seulement ce qui était prêt à brûler ou déjà carbonisé. Pas de corbeaux dans le ciel.

Tandis qu'il regardait à la recherche des oiseaux, un morceau de ciel fonça, devint une fenêtre donnant sur quelque part ailleurs. Egwene était debout au milieu d'une foule de femmes, de la crainte dans ses yeux ; lentement les femmes s'agenouillèrent autour d'elle. Nynaeve était l'une d'elles et il crut voir la chevelure d'or roux d'Elayne. Cette fenêtre disparut et fut remplacée. Mat était là nu et ligoté, rageur ; une curieuse lance avec une hampe noire avait été passée en travers de son dos derrière ses coudes, et un médaillon d'argent, une tête de renard, pendait sur sa poitrine. Mat s'estompa, et il y eut Rand. Perrin pensa que c'était Rand. Il était vêtu de guenilles avec une cape grossière et un pansement couvrait ses yeux. La troisième fenêtre s'effaça ; le ciel ne fut plus que le ciel, vide à part les nuages.

Perrin frissonna. Ces visions du rêve de loup ne semblaient jamais avoir de rapport réel avec ce qu'il connaissait. Peut-être qu'ici, où les choses pouvaient changer si vite, l'anxiété qu'il éprouvait à propos de ses amis devenait quelque chose qu'il pouvait voir. Peu importait ce que c'était, il perdait son temps à se tourmenter à cause d'elles.

Il ne fut pas surpris de découvrir qu'il portait un long gilet en cuir de forgeron et pas de chemise mais, quand il porta une main à sa ceinture, il trouva le marteau, pas sa hache. Fronçant les sourcils, il se concentra sur la longue lame en demi-lune avec sa pique épaisse. C'était ce dont il avait besoin maintenant. Le marteau changea lentement, comme s'il résistait mais, quand la hache pendit finalement dans l'épais tirant, il continua à briller dangereusement. Pourquoi le marteau luttait-il tellement contre lui ? Il savait ce qu'il voulait. Un carquois plein apparut sur son autre hanche, un arc dans sa main, un bracelet de force en cuir sur son avant-bras gauche.

Trois enjambées dont la rapidité brouillait l'aspect du paysage l'amenèrent à l'endroit où étaient supposés implantés les camps trollocs les plus proches, à un peu plus d'une lieue du village. Le dernier pas le fit atterrir au milieu de près d'une douzaine de hauts tas de bois placés sur de vieilles cendres au milieu d'un champ d'orge piétiné, les bûches mêlées à des chaises cassées, des pieds de table et même une porte de ferme. De grands chaudrons de fer noirs étaient prêts à être suspendus au-dessus des feux de cuisine préparés. Des chaudrons vides, bien sûr, n'empêche qu'il savait ce qui serait débité dedans, ce qui serait embroché sur les épaisses barres de fer plantées en travers de certains des foyers. Combien de Trollocs seraient nourris par ces feux ? Il n'y avait pas de tentes et les couvertures éparpillées, sales et exhalant la puanteur de vieille sueur acide trolloque, n'étaient pas de véritables indications ; beaucoup de Trollocs dormaient comme les animaux, directement sur le sol sans se couvrir, se creusant même un trou pour s'étendre dedans.

Par enjambées plus courtes ne dépassant pas quinze toises chacune, le paysage semblant seulement embrumé, il fit le tour du Champ d'Emond, de ferme en ferme, de pâturages en champs d'orge en sillons de plants de tabac, à travers des bosquets d'arbres disséminés, le long de chemins de terre et de sentiers, trouvant de plus en plus de groupes de foyers trollocs préparés tandis qu'il décrivait une spirale s'élargissant lentement. Trop nombreux. Des centaines de feux de cuisine. Cela devait signifier plusieurs milliers de Trollocs. Cinq mille ou dix mille ou deux fois plus – cela ne ferait guère de différence pour le Champ d'Emond s'ils survenaient tous à la fois.

Plus au sud, les traces de Trollocs disparaissaient. Des signes de leur présence immédiate du moins. Peu de maisons, de fermes ou d'écuries, n'avaient pas été incendiées. Par-ci par-là des champs de chaume carbonisé demeuraient à la place où des torches avaient été jetées dans l'orge ou les plants de tabac ; d'autres récoltes étaient piétinées sur de vastes espaces. Sans d'autre raison que le plaisir de détruire ; les gens étaient depuis longtemps partis quand la plupart de ces destructions avaient été accomplies. Une fois, il se retrouva au milieu de larges parcelles de cendres, des roues de chariot charbonneuses gardant encore çà et là des traces de couleur vive. L'emplacement de la destruction de la caravane des Tuatha'ans lui causa encore plus de chagrin que les fermes. La Voie de la Feuille devrait avoir une chance. Quelque part. Pas ici. Ne se laissant pas regarder, il bondit d'un quart de lieue ou davantage en direction du sud.

En fin de compte, il arriva à la Tranchée-de-Deven, des rangées de chaumières entourant un Pré Communal et un abreuvoir qu'alimentait une source cernée d'une margelle de pierre d'où l'eau jaillissait à travers des fentes que l'usure avait rendues plus larges qu'elles n'avaient été pratiquées à l'origine. L'auberge en haut du Pré Communal, *L'Oie et la Pipe,* était aussi couverte de chaume, pourtant de dimensions un peu plus imposantes que l'*Auberge de la Source du Vin,* bien que la Tranchée-de-Deven ait sûrement encore moins de visiteurs que le Champ d'Emond. Le village, en tout cas, n'était pas plus grand. Des chariots et charrettes rassemblés près de chaque maison indiquaient que des fermiers s'étaient réfugiés ici avec leur famille. D'autres chariots bloquaient les rues et les espaces entre les maisons situées sur tout le pourtour du village. Ces précautions étaient insuffisantes pour arrêter même une seule des attaques lancées sur le Champ d'Emond ces sept derniers jours.

En trois circuits autour du village, Perrin ne découvrit qu'une demi-douzaine de camps trollocs. Assez pour maintenir les habitants dans le village. Les parquer jusqu'à ce que le sort du Champ d'Emond soit réglé. Alors les Trollocs pourraient s'abattre sur la Tranchée-de-Deven quand ce serait le bon plaisir des Évanescents. Peut-être trouverait-il un moyen d'avertir ces villageois. S'ils fuyaient au sud, ils auraient une chance de franchir la Rivière Blanche. Même essayer de traverser la Forêt des Ombres où nul sentier n'était tracé valait mieux que d'attendre la mort.

Le soleil doré n'avait pas bougé d'un pouce. Le temps s'écoulait différemment ici.

Comme il courait vers le nord de toutes ses forces, même le Champ d'Emond lui laissa l'impression d'une image floue. La Colline-au-Guet sur son éminence arrondie était enfermée de la même façon que la Tranchée-de-Deven par des chariots et des charrettes entre les maisons. Une bannière flottait paresseusement dans la brise, au bout d'un grand mât devant *Le Sanglier*

Blanc au sommet de la colline. Un aigle rouge en plein essor sur champ bleu. L'Aigle Rouge avait été le symbole de Manetheren. Peut-être qu'Alanna ou Vérine avait narré des histoires de jadis quand elles avaient habité dans la Colline-au-Guet.

Ici aussi, il ne vit que quelques camps trollocs, assez pour confiner chez eux les gens du village. Partir d'ici serait plus facile que de tenter de passer sur l'autre rive de la Blanche, avec son interminable succession de rapides.

Vers le nord encore il continua à courir, jusqu'à Taren-au-Bac, au bord de la Tarendrelle qu'il avait appelée depuis son enfance la rivière Taren. De hautes maisons étroites bâties sur des fondations de pierre élevées afin d'échapper au débordement annuel de la Taren lorsque les neiges fondaient dans les Montagnes de la Brume. Près de la moitié de ces fondations ne supportaient que des tas de cendres et des poutres noircies dans cette immuable clarté d'après-midi. Il n'y avait pas de chariots ici, aucune trace de défenses. Et pas de camps trollocs pour autant qu'il pouvait le voir. Peut-être ne restait-il plus personne.

Au bord de l'eau s'étendait un solide appontement en bois, une corde épaisse pendante, entraînée par son poids, décrivait un arc en travers de la rivière au cours rapide. La corde passait à travers des anneaux de fer sur un bateau plat amarré solidement contre le quai. Le bac était encore là, encore utilisable.

Un saut amena Perrin de l'autre côté de la rivière, où des ornières creusées par des roues striaient la berge et des objets ménagers gisaient éparpillés. Des chaises et des miroirs sur pied, des coffres, même quelques tables et une armoire cirée avec des oiseaux sculptés sur les portes, toutes les choses que les gens pris de panique avaient tenté de sauver, puis avaient abandonnées pour fuir au plus vite. Ils répandraient la nouvelle de ce qui s'était produit ici, de ce qui se produisait dans les Deux Rivières. Certains pouvaient être arrivés maintenant à Baerlon, à quarante lieues ou plus au nord, et sûrement en tout cas aux fermes et aux villages situés entre Baerlon et la rivière. La nouvelle se propagerait. D'ici un autre mois il y avait une possibilité qu'elle parvienne à Caemlyn, à la Reine Morgase avec sa Garde et sa faculté de lever une armée. Un mois avec de la chance. Et autant pour revenir, une fois Morgase convaincue. Trop tard pour le Champ d'Emond. Peut-être trop tard pour le pays des Deux Rivières tout entier.

N'empêche, ce n'était guère compréhensible que les Trollocs aient laissé quelqu'un s'échapper. Ou au moins les Myrddraals ; les Trollocs n'avaient pas l'air de réfléchir beaucoup au-delà du moment présent. Il aurait cru que détruire le bac serait ce que les Évanescents feraient en premier. Comment pouvaient-ils être certains qu'il n'y avait pas suffisamment de soldats dans Baerlon pour leur tomber dessus ?

Il se pencha pour ramasser une poupée avec une tête en bois peinte et une flèche fila comme un éclair à l'emplacement où s'était trouvée sa poitrine.

Il se redressa d'un bond et remonta la berge vivement, masse indistincte filant comme un éclair à quinze toises dans l'intérieur des bois pour se tapir derrière un grand lauréole. Des broussailles et des arbres déracinés par l'inondation enchevêtrés avec des plantes rampantes couvraient le sol de la forêt autour de lui.

Le Sanguinaire. Perrin avait une flèche encochée et il se demanda s'il l'avait sortie de son carquois ou simplement « pensée » là. Le Sanguinaire.

Sur le point de s'éloigner encore d'un bond, il se retint. Le Sanguinaire devait savoir à peu près où il était. Perrin avait suivi sans grande peine la silhouette estompée de cet homme ; le tracé du déplacement était net quand on demeurait immobile. Par deux fois, il avait joué le jeu de l'autre et failli perdre. Que le Sanguinaire joue le sien maintenant. Il attendit.

Des corbeaux plongeaient au-dessus des cimes des arbres, cherchant et s'appelant. Pas de mouvement pour trahir sa présence ; pas un frémissement. Seuls ses yeux bougeaient, pour examiner la forêt autour de lui. Une bouffée d'air errante lui apporta une odeur froide, humaine sans l'être, et il sourit. Pas un bruit à part celui des corbeaux, cependant ; ce Sanguinaire était un bon traqueur. Par contre, il n'avait pas l'habitude d'être pisté. Qu'est-ce que le Sanguinaire avait oublié en dehors des odeurs ? Il ne s'attendait sûrement pas à ce que Perrin reste où il avait atterri. Les animaux s'enfuient devant le chasseur ; même les loups.

L'esquisse d'un mouvement et, pendant un instant, un visage surgit à une quinzaine de toises, par-dessus un sapin déraciné. La lumière oblique l'éclairait nettement. Des cheveux noirs et des yeux bleus, une face tout en plans et angles durs, évoquant irrésistiblement celle de Lan. Excepté que lors de cette brève apparition, le Sanguinaire s'humecta deux fois les lèvres ; son front était plissé et ses yeux dardaient partout des regards inquisiteurs. Lan n'aurait pas laissé voir son inquiétude aurait-il été seul contre mille Trollocs. Rien qu'un instant, et la face disparut. Les corbeaux s'élançaient et tournoyaient en l'air comme s'ils partageaient l'anxiété du Sanguinaire et craignaient de descendre au-dessous de la cime des arbres.

Perrin attendit et guetta, immobile. Silence. Il n'y avait que cette odeur froide pour dire qu'il n'était pas seul avec les corbeaux là-haut.

La face du Sanguinaire apparut de nouveau, au détour du tronc épais d'un chêne sur sa gauche. À cinq toises. Les chênes tuent la majeure partie de ce qui croît près d'eux ; seulement quelques champignons et herbes malingres sortaient de l'humus de feuilles décomposées sous ses ramures. L'homme déboucha avec lenteur dans la clairière, ses bottes ne produisant aucun son.

D'un seul mouvement, Perrin banda son arc et tira. Les corbeaux hurlèrent un avertissement et le Sanguinaire se retourna brusquement et reçut en pleine poitrine la flèche à large tête, mais pas dans le cœur. L'homme hurla, serrant la flèche à deux mains ; une pluie de plumes noires s'abattit venant des ailes que les corbeaux agitaient avec frénésie. Et le Sanguinaire s'estompa, lui en même temps que son cri, devint brumeux, transparent, invisible. Les croassements des corbeaux s'interrompirent comme coupés par un couteau ; la flèche qui avait transpercé l'homme tomba sur le sol. Les corbeaux avaient disparu, eux aussi.

Une deuxième flèche à demi prête à s'envoler, Perrin exhala son souffle avec lenteur, relâchant sa tension sur la corde de l'arc. Était-ce ainsi que l'on mourait ici ? En s'effaçant simplement, disparaissant à jamais ?

« Au moins l'ai-je liquidé », marmotta-t-il. Et ce disant laissa se détourner sa pensée. Le Sanguinaire ne participait pas aux raisons qui l'avaient induit à entrer dans le rêve de loup. Du moins les loups seraient-ils en sécurité maintenant. Les loups – et peut-être quelques autres.

Il sortit du rêve...

... et s'éveilla les yeux fixés vers le plafond, sa chemise humide de sueur lui collant au corps. La lune envoyait un peu de clarté par les fenêtres. Des violons jouaient quelque part dans le village, un air entraînant des Rétameurs. Ils se refusaient à combattre, mais ils avaient trouvé un moyen de prêter assistance en soutenant le moral des gens.

Perrin se mit avec lenteur sur son séant et enfila ses bottes dans l'obscurité mitigée par le clair de lune. Comment faire ce qu'il avait à faire ? Ce serait difficile. Il devrait se montrer rusé. L'ennui, c'est qu'il n'était pas sûr d'avoir jamais été rusé de sa vie. Se mettant debout, il tapa des pieds pour les caler dans ses bottes.

Des clameurs qui fusaient soudain au-dehors et un cliquetis de sabots qui s'éloignaient le poussèrent à s'avancer à grands pas vers la plus proche fenêtre et à relever le cadre de la fenêtre à guillotine. Les Compagnons formaient une masse fourmillante au-dessous. « Qu'est-ce qui se passe, là en bas ? »

Trente têtes se relevèrent vers lui, et Ban al'Seen cria : « C'était le Seigneur Luc, Seigneur Perrin. Il a failli renverser Wil et Tel. Je pense qu'il ne les a même pas vus. Il était tout courbé sur sa selle comme s'il était blessé et il éperonnait cet étalon tant et plus, Seigneur Perrin. »

Perrin tirailla sa barbe. Luc n'était certainement pas blessé tout à l'heure. Luc... et le Sanguinaire ? C'était impossible. Le Sanguinaire aux cheveux noirs ressemblait à un frère ou un cousin de Lan ; si Luc, avec ses cheveux blond-roux, ressemblait à quelqu'un, peut-être était-ce un peu à Rand. Les deux n'auraient pas pu être plus dissemblables. Et pourtant. Cette odeur froide. Ils n'avaient pas la même, mais l'un et l'autre avaient une odeur glacée guère humaine. Ses oreilles captèrent le bruit de chariots que l'on tire hors du chemin là-bas sur la Vieille Route, des incitations à se dépêcher. Même si Ban et les Compagnons couraient, ils ne le rattraperaient plus à présent. Des sabots galopaient à toute vitesse vers le sud.

« Ban, appela-t-il, si Luc se montre ici de nouveau, qu'il soit arrêté et mis sous bonne garde. » Il prit juste le temps d'ajouter « Et ne m'appelez pas comme ça ! » avant de rabaisser la fenêtre avec fracas.

Luc et le Sanguinaire ; le Sanguinaire et Luc. Comment pouvaient-ils être le même ? C'était *impossible*. Mais aussi, voilà moins de deux ans, il n'avait pas réellement cru à l'existence des Trollocs ou des Évanescents. Largement le temps de s'en tracasser si jamais il remet la main sur lui. Maintenant il y avait la Colline-au-Guet et la Tranchée-de-Deven et... Certains pouvaient être sauvés. Tout le monde dans les Deux Rivières n'était pas condamné à mourir.

En se rendant à la salle commune, il s'immobilisa un instant en haut de l'escalier. Aram se leva de la dernière marche, ne le quittant pas des yeux, attendant pour le suivre où il irait. Gaul était étendu sur une paillasse près de la cheminée avec un pansement épais autour de sa cuisse gauche, apparemment endormi. Faile et les Deux Vierges de la Lance étaient assises en tailleur par terre près de lui, parlant tout bas. Une paillasse beaucoup plus grande était étalée de l'autre côté de la pièce, mais Loial était assis sur un banc, les jambes allongées afin qu'elles tiennent sous une des tables, presque courbé en deux pour pouvoir griffonner frénétiquement avec une plume à la lueur d'une chandelle. Il enregistrait sans doute ce qui s'était passé au cours du voyage pour aller fermer la Porte des Voies. Et si Perrin connaissait tant soit peu Loial, l'Ogier donnerait le premier rôle à Gaul, qu'il ait tout fait ou pas. Loial ne semblait jamais penser que ce qu'il faisait lui-même était courageux ou valant la peine d'être enregistré. À part eux, la salle commune était vide. Il entendait jouer ces violons. Il eut l'impression de reconnaître l'air. Pas un chant de Rétameur, à présent. *Mon amour est une rose sauvage.*

Faile leva les yeux vers Perrin à la première marche qu'il descendit, se redressant avec grâce pour l'accueillir. Aram se rassit quand Perrin ne se dirigea pas vers la porte.

« Ta chemise est humide, dit Faile d'un ton accusateur. Tu as dormi avec, n'est-ce pas ? Ainsi qu'avec tes bottes, cela ne m'étonnerait pas. Il n'y a pas une heure que je t'ai quitté. Remonte-moi cet escalier dare-dare avant que tu t'écroules.

— As-tu vu Luc partir ? » demanda-t-il. La bouche de Faile se serra mais, parfois, ne pas lui prêter attention était l'unique solution. Elle réussissait trop souvent à avoir le dessus quand il discutait avec elle.

« Il a traversé cette salle au pas de course il y a quelques minutes et s'est engouffré dans la cuisine », finit-elle par répondre. C'étaient les mots utilisés, mais le ton de Faile indiquait qu'elle n'en avait pas fini avec lui et le lit.

« Est-ce qu'il semblait... blessé ?

— Oui, répliqua-t-elle lentement. Il chancelait et il serrait quelque chose contre sa poitrine sous sa tunique. Un pansement, peut-être. Maîtresse Congar est dans la cuisine mais d'après ce que j'ai entendu c'est tout juste s'il ne lui a pas passé sur le corps. Comment l'as-tu su ?

— Je l'ai rêvé. » Les yeux obliques de Faile s'éclairèrent d'une flamme dangereuse. Il ne fallait pas qu'elle ait le temps de réfléchir. Elle était au courant du rêve de loup ; s'attendait-elle à ce qu'il s'explique là où Baine et Khiad pouvaient entendre, pour ne pas mentionner Aram et Loial ? D'accord, peut-être pas Loial ; il était si absorbé dans ses notes qu'il n'aurait pas remarqué un troupeau de moutons déboulant dans la salle commune. « Gaul ?

— Maîtresse Congar lui a donné quelque chose pour qu'il dorme et un cataplasme pour sa jambe. Quand les Aes Sedai s'éveilleront au matin, l'une d'elles le Guérira, si elles jugent que c'est assez grave.

— Viens t'asseoir, Faile. Je voudrais que tu fasses quelque chose pour moi. » Elle l'examina d'un œil soupçonneux, néanmoins le laissa la conduire à une chaise. Quand ils furent assis, il se pencha par-dessus la table, en s'efforçant de prendre un ton sérieux sans être pressant. Surtout pas pressant. « Je veux que tu emportes pour moi un message à Caemlyn. En chemin, tu peux renseigner la Colline-au-Guet sur la situation ici. À vrai dire, le mieux serait que les gens de là-bas traversent la Taren jusqu'à ce que ce soit terminé. » Cela avait été formulé de façon judicieusement banale ; juste une réflexion émise sous l'inspiration du moment. « Je veux que tu obtiennes de la Reine Morgase qu'elle nous envoie une partie des Gardes de la Reine. Je sais que c'est quelque chose de dangereux que je demande, mais Baine et Khiad peuvent t'emmener en toute sécurité jusqu'à Taren-au-Bac, et le bac est encore là. » Khiad se leva, le dévisageant anxieusement. Pourquoi était-elle anxieuse ?

« Vous ne serez pas obligée de le quitter », lui dit Faile. Au bout d'un instant, l'Aielle hocha la tête et reprit sa place auprès de Gaul. Khiad et Gaul ? C'étaient des ennemis jurés. Rien n'avait de sens ce soir.

« Le trajet est long d'ici à Caemlyn », poursuivit à mi-voix Faile. Ses yeux ne quittaient pas les siens, mais son visage aurait pu être en bois pour l'expression qu'il avait. « Des semaines de chevauchées avant d'arriver là-bas, plus le temps que cela prendra pour joindre

Morgase et la convaincre, plus d'autres semaines encore pour revenir avec les Gardes de la Reine.

— Nous pouvons tenir facilement jusque-là », répliqua-t-il. *Que je brûle si je ne peux pas mentir aussi bien que Mat !* « Luc avait raison. Il n'y a pas plus d'un millier de Trollocs encore là-bas. » *Le rêve ?* Elle hocha la tête. Enfin elle avait compris. « Nous pouvons tenir ici très longtemps mais, pendant ce temps-là, ils brûleront les récoltes et commettront la Lumière sait quoi d'autre. Nous aurons besoin des Gardes de la Reine pour nous débarrasser d'eux complètement. Tu es la personne indiquée pour aller là-bas. Tu sais comment on parle à une reine, étant la cousine d'une reine et le reste. Faile, je sais que ce que je demande est dangereux... » Pas aussi dangereux que de rester. « ... Seulement une fois que tu auras gagné le bac, tu auras la route pour toi. »

Il n'entendit Loial approcher que lorsque l'Ogier posa son carnet de notes devant Faile. « Je n'ai pas pu m'empêcher d'entendre, Faile. Si vous allez à Caemlyn, voudriez-vous emporter ceci ? Pour qu'il soit à l'abri jusqu'à ce que je puisse venir le chercher. » Arrangeant le volume pour qu'il soit bien droit, il ajouta : « On imprime beaucoup de très beaux livres à Caemlyn. Pardonnez-moi de vous avoir interrompu, Perrin. » Cependant ses yeux grands comme des tasses à thé étaient posés sur elle, pas sur lui. « Faile est bien assortie avec vous. Vous devriez voler librement comme un faucon. » Tapotant Perrin sur l'épaule, il murmura dans un grondement grave : « Elle devrait prendre son essor librement », puis il se dirigea vers sa paillasse et se coucha face au mur.

« Il est très fatigué », dit Perrin, s'efforçant de parler juste sur le ton du commentaire. Cet idiot d'Ogier risquait de jeter à bas son plan ! « Si tu pars ce soir, tu peux être à la Colline-au-Guet à l'aube. Il faudra que tu prennes vers l'est ; les Trollocs sont moins nombreux là-bas. Ceci est très important pour moi... pour le Champ d'Emond, je veux dire. Le feras-tu ? »

Elle le considéra en silence tellement longtemps qu'il

se demanda si elle avait l'intention de répondre. Ses yeux semblaient miroiter. Puis elle se leva, vint s'asseoir sur ses genoux et lui caressa la barbe. « Elle a besoin d'être taillée. Je l'aime bien sur toi, mais je ne tiens pas à ce qu'elle te descende jusqu'à la poitrine. »

Il fut bien près de rester bouche bée. Elle changeait souvent de sujet mais d'ordinaire quand elle avait le dessous dans une discussion. « Faile, s'il te plaît. J'ai besoin que tu portes ce message à Caemlyn. »

La main de Faile se resserra dans sa barbe et sa tête se tourna vivement comme si elle discutait mentalement avec elle-même. « J'irai, finit-elle par dire, mais je demande un prix. Tu m'obliges toujours à faire les choses de la façon la plus difficile. Dans la Saldaea, je n'aurais pas eu à être celle qui demande. Mon prix est... Un mariage. Je veux t'épouser, acheva-t-elle d'une seule haleine.

— Et moi toi. » Il sourit. « Nous pouvons prononcer les vœux de fiançailles devant le Cercle des Femmes ce soir, mais je crains que le mariage ne doive attendre un an. Quand tu reviendras de Caemlyn... » Elle lui arracha presque du menton une poignée de barbe en tirant d'un coup sec dessus.

« Je te veux pour mari ce soir, dit-elle à voix basse d'un ton farouche, ou je ne partirai pas avant !

— S'il y avait un moyen, je ne demanderais pas mieux, protesta-t-il. Daise Congar me fendrait le crâne si je voulais ne pas me conformer à la coutume. Pour l'amour de la Lumière, Faile, va simplement porter le message et je t'épouserai le premier jour où je le pourrai. » Oui. Si jamais ce jour venait.

Soudain elle se concentrait sur sa barbe, la lissant et évitant le regard de Perrin. Elle se mit à parler avec lenteur, mais son débit s'accéléra comme un cheval qui s'emballe. « Je... il se trouve que j'ai mentionné... en passant... j'ai juste *mentionné* devant Maîtresse al'Vere que nous avions voyagé ensemble – je ne sais pas comment c'est venu sur le tapis – et elle a dit – et Maîtresse Congar a été d'accord avec elle – non pas que j'aie raconté ma vie à tout le monde ! – elle a dit que nous pouvions probablement – certainement – être considérés comme déjà fiancés d'après vos coutumes et que l'année requise était simplement pour s'assurer qu'on s'entendait bien ensemble, ce qui est notre cas, comme n'importe qui peut le constater – et voilà que je me montre aussi hardie qu'une péronnelle d'Arad Doman ou une de ces effrontées de Tear – si jamais tu penses seulement à Berelain – oh, par la Lumière, je parle, je parle et tu ne voudras même... »

Il lui coupa la parole en l'embrassant aussi bien qu'il savait le faire.

« M'épouseras-tu ? demanda-t-il d'une voix haletante quand il eut fini. Ce soir ? » Il avait dû mieux s'y prendre pour l'embrasser qu'il ne le croyait ; il dut répéter six fois, avec elle riant tout bas dans son cou et exigeant qu'il le redise, avant qu'elle paraisse comprendre.

Voilà pourquoi il se retrouva moins d'une demi-heure plus tard agenouillé en face d'elle dans la salle commune, devant Daise Congar et Marine al'Vere, Alsbet Luhhan et Neysa Ayellin et le Cercle des Femmes au complet. Loial avait été réveillé pour être son témoin avec Aram, et Baine et Khiad étaient les témoins de Faile. Il n'y avait pas de fleurs à mettre dans les cheveux de Faile ou dans les siens, mais Baine, guidée par Marine, passa autour de son cou un long ruban rouge de mariage, tandis que Loial en tressait un autre dans les cheveux noirs de Faile, ses gros doigts étonnamment adroits et légers. Les mains de Perrin tremblaient quand il prit celles de Faile dans les siennes.

« Moi, Perrin Aybara, j'engage ma foi envers toi, Faile Bashere, pour aussi longtemps que je vivrai. » *Pour aussi longtemps que je vivrai et après.* « Ce que je possède en ce monde, je te le donne. » *Un cheval, une hache, un arc. Un marteau. Pas grand-chose comme cadeau à une épousée. Je te donne ma vie, mon amour. C'est tout ce que j'ai.* « Je te prendrai et te garderai, t'assisterai et te soignerai, te protégerai et t'abriterai pendant tous les jours de ma vie. » *Je ne peux pas te garder ; la seule façon que j'ai de te protéger est de t'envoyer au loin.* « Je suis tien pour toujours et à jamais. » Quand il eut terminé, ses mains tremblaient visiblement.

Faile dégagea ses mains pour prendre celles de Perrin dans les siennes. « Moi, Zarine Bashere... » C'était une surprise ; elle détestait ce prénom. « ... j'engage ma foi envers toi, Perrin Aybara... » Ses mains ne tremblaient absolument pas.

54. L'Entrée dans le Palais

Assise à l'arrière de la charrette haute sur roues montant une rue tortueuse de Tanchico, tirée par quatre hommes en sueur, Elayne avait la mine maussade derrière le voile poussiéreux la couvrant des yeux au menton et tapait avec irritation de ses pieds nus. Chaque embardée sur les pavés l'ébranlait jusqu'au sommet du crâne ; plus elle se raidissait en se cramponnant aux planches rugueuses du fond de la charrette en bois, pire c'était. Nynaeve n'en paraissait pas beaucoup gênée ; elle tressautait comme Elayne mais, fronçant légèrement les sourcils et le regard perdu dans ses pensées, elle semblait à peine s'en apercevoir. Quant à Egeanine, pressée contre Nynaeve de l'autre côté, voilée et ses cheveux noirs nattés jusqu'aux épaules, elle se laissait porter par chaque cahot avec souplesse, les bras croisés. Finalement, Elayne imita la Seanchane ; elle ne réussissait pas à éviter de se heurter à Nynaeve, mais le trajet en charrette ne lui donnait plus l'impression que ses dents du bas étaient sur le point de s'encastrer dans celles du haut.

Elle aurait marché bien volontiers, même pieds nus, mais Bayle Domon avait dit que cela aurait eu l'air curieux ; des gens se seraient demandé pourquoi des femmes n'allaient pas en charrette alors que la place ne manquait pas, et la dernière chose qu'elles souhaitaient était d'attirer l'attention. Évidemment, lui n'était pas secoué comme un sac de navets ; il marchait, à la tête de la charrette avec dix des vingt marins qu'il avait amenés comme escorte. Davantage, avait-il affirmé, aurait provoqué des soupçons. Elle se doutait qu'il n'en aurait pas rameuté autant si ce n'est pour elle et ses deux autres compagnes.

Le ciel sans nuages était encore gris au-dessus de leurs têtes bien que de premières lueurs aient commencé à l'envahir avant qu'ils se soient mis en route ; les rues étaient encore pratiquement désertes et silencieuses à part le roulement de la charrette et le grincement de son essieu. Quand le soleil surgirait au-dessus de l'horizon, des gens commenceraient à se risquer au-dehors, par contre à présent le peu qu'elle voyait était des groupes d'hommes en amples chausses et bonnets cylindriques foncés, qui détalaient avec l'expression furtive de qui a accompli quelque mauvais coup pendant que l'obscurité régnait encore. Le vieux morceau de toile jeté par-dessus le chargement de la charrette était soigneusement disposé de façon que l'on voie qu'il couvrait seulement trois grands paniers, pourtant même ainsi l'un ou l'autre de ces petits groupes s'arrêtait comme une meute de chiens, les visages voilés tous rapprochés, les yeux se tournant pour suivre la charrette. Apparemment, vingt hommes avec sabre d'abordage et gourdin étaient trop nombreux à affronter, parce que tous finissaient par poursuivre hâtivement leur chemin.

Les roues plongèrent dans un grand trou d'où avaient été extraits des pavés au cours d'une des émeutes ; la charrette se déroba sous elles. Elle faillit se mordre la langue quand elle et le fond de la charrette se rencontrèrent de nouveau brutalement. Egeanine et sa façon nonchalante de se croiser les bras ! Agrippant le bord de la charrette, elle darda un regard furieux sur la Seanchane. Et la découvrit les lèvres serrées et se cramponnant aussi à deux mains.

« Pas tout à fait la même chose que d'être sur le pont d'un navire, finalement », commenta Egeanine avec un haussement d'épaules.

Nynaeve grimaça légèrement et s'efforça de s'écarter un peu de la Seanchane, encore qu'il aurait été difficile de voir comment elle le pourrait sans s'installer carrément sur les genoux d'Elayne. « Je vais dire deux mots à Maître Bayle Domon », murmura-t-elle d'un ton significatif, exactement comme si l'idée de la charrette n'était pas venue d'elle en premier. Une autre embardée rappliqua avec un cliquetis ses dents l'une contre l'autre.

Elles étaient habillées toutes les trois de laine brune terne, tissée fin mais rêche, des robes de paysannes pauvres pareilles à des sacs informes en comparaison avec les soieries moulantes du goût de Rendra. Des réfugiées de la campagne gagnant comme elles pouvaient de quoi manger ; voilà ce qu'elles étaient censées être. Le soulagement d'Egeanine en apercevant ces robes avait été évident et presque aussi étrange que sa présence dans la charrette. Elayne n'aurait pas cru cette dernière éventualité concevable.

Il y avait eu pas mal de discussion – c'est ainsi que l'avaient appelée les hommes – dans le Salon aux Pluies de Fleurs, mais elle et Nynaeve avaient surmonté la plupart de leurs objections ridicules et négligé les autres. Toutes les deux devaient entrer dans le Palais de la Panarch et cela dès que possible.

« Vous ne pouvez pas aller seules dans le palais, avait marmotté le contrebandier barbu, fixant du regard ses poings posés sur la table. Vous dites que vous ne canaliserez pas à moins d'y être obligées, de façon à ne pas alerter ces Aes Sedai Noires. » Aucune d'elles n'avait jugé nécessaire de mentionner une des Réprouvés. « Alors il vous faut des muscles pour manier une massue si besoin est, et des yeux pour surveiller vos arrières ne seraient pas de trop non plus. Je suis connu là-bas, des serviteurs. J'ai aussi donné des cadeaux à la vieille Panarch. J'irai avec vous. » Secouant la tête, il avait grommelé : « Vous m'obligez à tendre le cou sur le billot du bourreau parce que je vous ai laissées à Falme. Que la Fortune me pique si ce n'est pas ça ! Eh bien, je m'en acquitte maintenant ; vous ne pouvez pas objecter à *ça* ! J'entrerai avec vous.

— Vous êtes stupide, Illianais, avait déclaré Juilin d'un ton méprisant avant qu'elle et Nynaeve aient eu le temps d'ouvrir la bouche. Vous pensez que les Tarabonais vont vous permettre de vous balader dans le palais à votre guise ? Un minable contrebandier d'Illian ? Je connais les manières des serviteurs, comment baisser la tête et donner à croire à quelque noble à la tête vide... » Il s'éclaircit précipitamment la gorge et poursuivit précipitamment sans regarder Nynaeve – ou elle ! – ... « c'est moi qui devrais les accompagner. »

Thom avait ri au nez des deux hommes. « Vous imaginez-vous que l'un ou l'autre pourrait passer pour un natif du Tarabon ? Moi je peux ; celles-ci fourniront une bonne parade en cas de besoin. » Il avait passé un doigt replié sur ses longues moustaches. « D'ailleurs, vous ne pouvez pas courir dans le Palais de la Panarch avec un bâton ou un gourdin. Une plus... subtile méthode de protection est nécessaire. » Il eut un grand geste de la main et un poignard était apparu soudain, tournoyant entre ses doigts, puis disparut aussi vite ; dans sa manche, Elayne en était persuadée.

« Vous connaissez tous ce que vous avez à faire, avait conclu sèchement Nynaeve, et vous ne pouvez pas le faire en essayant de nous surveiller comme une couple d'oies qu'on porte au marché ! » Prenant une profonde aspiration, elle avait continué d'un ton plus doux : « S'il y avait moyen que l'un de vous puisse nous escorter, j'apprécierais une paire d'yeux supplémentaires, à tout le moins, mais c'est impossible. Nous devons aller seules, et voilà.

— Je peux vous accompagner », avait annoncé soudain Egeanine du coin de la pièce où Nynaeve lui avait ordonné de se tenir. Ils s'étaient retournés avec ensemble pour la regarder ; elle leur avait rendu leurs regards inquisiteurs comme si elle-même était un peu hésitante. « Ces femmes sont des Amies du Ténébreux. Elles devraient être traduites en justice. »

Elayne avait été simplement étonnée par cette offre, mais Nynaeve, les coins de sa bouche blanchissant, paraissait prête à lui caresser les côtes. « Vous pensez que nous nous fierons à vous, Seanchane ? avait-elle riposté froidement. Avant que nous partions, vous serez enfermée solidement dans une resserre quelque commentaire que cela suscite...

— Je jure par mon espoir d'un nom plus élevé, l'avait interrompue Egeanine en posant les mains sur son cœur, l'une par-dessus l'autre, que je ne vous trahirai d'aucune manière, que je vous obéirai et garderai vos arrières jusqu'à ce que vous soyez sorties saines et sauves du Palais de la Panarch. » Puis elle s'était inclinée trois fois, profondément et cérémonieusement. Elayne ne savait pas ce que signifiait « l'espoir d'un nom plus élevé », mais la Seanchane lui donnait bien le sens d'un engagement solennel.

« Elle en est capable », avait dit Domon sans trop d'empressement. Il avait mesuré de l'œil Egeanine et secoué la tête. « Que la Fortune me pique si je ne parierais sur plus de deux ou trois de mes hommes contre elle, à somme égale. »

Nynaeve avait regardé d'un air sombre sa main qui agrippait une demi-douzaine de ses longues nattes, puis infligé délibérément à celles-ci une brusque saccade.

« Nynaeve, lui avait dit Elayne d'une voix ferme, vous avez affirmé vous-même que vous aimeriez une autre paire d'yeux et moi j'en voudrais, c'est certain. D'ailleurs, si nous devons accomplir ceci sans canaliser, je ne demanderais pas mieux que d'avoir avec moi quelqu'un qui peut neutraliser un garde trop curieux si besoin est. Je ne suis pas capable de taper sur des hommes avec mes poings et vous non plus. Rappelez-vous comme elle sait se battre. »

Nynaeve avait dardé un regard fulgurant sur Egeanine, froncé les sourcils à l'adresse d'Elayne, puis dévisagé les hommes comme s'ils avaient monté ce complot derrière son dos. Finalement, pourtant, elle avait incliné la tête.

« Bien, avait dit Elayne. Maître Domon, cela implique trois habillements au lieu de deux. À présent, vous trois, mieux vaudrait vous en aller. Nous voulons être en route à la pointe du jour. »

L'arrêt brusque de la charrette tira Elayne de sa rêverie.

Des Blancs Manteaux qui avaient mis pied à terre questionnaient Domon. Ici, la rue aboutissait à une place derrière le Palais de la Panarch, une place beaucoup plus petite que celle de devant. Au-delà, le palais dressait ses masses de marbre blanc, ses tours sveltes cintrées d'une dentelle de pierre, ses dômes neigeux à coupole d'or surmontés de flèches ou de girouettes dorées. Les rues de chaque côté étaient plus larges que la plupart de celles de Tanchico, et plus droites.

Le lent *clop-clop* des sabots d'un cheval sur les larges dalles de la place annonça l'arrivée d'un autre cavalier, un homme de haute taille au casque poli, à l'armure luisante sous sa cape blanche avec son soleil doré rayonnant et sa houlette rouge de berger. Elayne baissa la tête ; les quatre nœuds marquant son rang sous le soleil rayonnant lui indiquaient que c'était Jaichim Carridin. Il ne l'avait jamais vue mais, s'il pensait qu'elle le dévisageait, il se demanderait peut-être pourquoi. Les sabots continuèrent leur chemin sur la place sans s'arrêter.

Egeanine avait aussi le visage vers le sol, par contre Nynaeve regarda d'un air sombre l'Inquisiteur s'éloigner. « Cet homme est très inquiet à cause de quelque chose, murmura-t-elle. J'espère qu'il n'a pas entendu... »

« La Panarch est morte ! cria une voix d'homme quelque part de l'autre côté de la place. On l'a tuée ! »

Pas moyen de dire qui avait crié, ni où. Les rues que pouvait voir Elayne étaient barrées par des Blancs Manteaux à cheval.

Regardant en arrière la rue que la charrette venait de grimper, elle souhaita que les gardes questionnent plus vite Domon. Au premier coude de la rue, une foule se rassemblait, fourmillant et regardant vers la place. Selon toute apparence, Thom et Juilin avaient avantageusement semé leurs rumeurs au cours de la nuit. Maintenant, pourvu que l'éruption ne se produise pas pendant qu'elles étaient assises là en plein milieu. Si une émeute éclatait à présent... La seule chose qui empêchait ses mains de trembler était qu'elle les agrippait toutes les deux au fond de la charrette. *Ô Lumière, des émeutiers ici et l'Ajah Noire à l'intérieur, peut-être Moghedien... J'ai peur au point d'en avoir la bouche sèche.* Nynaeve et Egeanine observaient aussi la foule qui grossissait en bas de la rue et ne cillaient même pas, et tremblaient moins encore. *Je ne veux pas être une poltronne. Je ne le veux pas !*

La charrette s'ébranla bruyamment, et elle poussa un soupir de soulagement. Il lui fallut un instant pour s'aviser qu'elle en avait entendu le double écho provenant de ses compagnes.

Devant une porte guère plus large que la charrette, Domon fut questionné de nouveau, par des hommes au casque pointu, leur cuirasse portant en relief un arbre peint à l'or. Des soldats de la Légion de la Panarch. L'interrogatoire fut plus court, cette fois ; Elayne crut voir une petite bourse changer de main, puis ils se retrouvèrent roulant avec fracas sur la cour aux pavés rugueux devant les cuisines. À part Domon, les marins restèrent dehors avec les soldats.

Elayne sauta à terre dès que la charrette s'immobilisa, frottant ses pieds nus sur le pavé ; les pierres inégales étaient vraiment dures. C'était difficile de croire que la mince semelle d'un escarpin puisse produire une telle différence. Egeanine grimpa dans la charrette pour sortir les paniers, Nynaeve prenant le premier sur son dos, une main repliée derrière elle pour en soutenir le fond, l'autre passée par-dessus son épaule pour en agripper le bord. De longs poivrons blancs, un peu desséchés par leur voyage depuis la Saldaea, remplissaient les paniers presque jusqu'en haut.

Comme Elayne se chargeait du sien, Domon retourna

vers l'arrière de la charrette et feignit d'examiner les poivrons glacés. « Les Blancs Manteaux et la Légion de la Panarch ne sont pas loin d'en venir aux coups, à ce qu'il paraît, murmura-t-il en tâtant des poivrons. Ce lieutenant dit que la Légion serait capable de protéger la Panarch à elle seule, si la plupart de ses soldats n'avaient pas été dépêchés aux forts du pourtour. Jaichim Carridin a ses entrées auprès de la Panarch, mais pas le Seigneur Capitaine de la Légion. Et ils ne sont pas contents que tous les gardes à l'intérieur appartiennent à la Garde Civile. Un homme soupçonneux dirait que quelqu'un veut que les gardes de la Panarch se surveillent mutuellement plus qu'autre chose.

— C'est bon à savoir, murmura en réponse Nynaeve sans le regarder. J'ai toujours dit qu'on peut apprendre des choses utiles en écoutant les hommes bavarder. »

Domon grommela avec humeur. « Je vais vous conduire à l'intérieur ; puis il faut que je retourne à mes hommes pour m'assurer qu'ils ne sont pas pris dans l'émeute. » Tous les matelots de tous les bateaux que Domon avait au port se trouvaient dans les rues autour du palais.

Soulevant son propre panier sur son dos, Elayne suivit ses deux compagnes derrière lui, gardant la tête baissée et grimaçant à chaque pas jusqu'à ce qu'elle soit sur les carreaux brun rouge de la cuisine. Les odeurs d'épices et de viandes, et de sauces en train de cuire, embaumaient la salle.

« Des poivrons glacés pour la Panarch, annonça Domon. Un présent de Bayle Domon, un bon propriétaire de bateaux de cette cité.

— Encore des poivrons glacés ? » dit une femme corpulente aux cheveux noirs tressés, en tablier blanc, avec l'inévitable voile, levant à peine les yeux d'un plateau d'argent où elle disposait une serviette blanche savamment pliée parmi des plats en fine porcelaine dorée du Peuple de la Mer. Il y avait une bonne douzaine de femmes en tablier dans la cuisine, ainsi que deux gamins qui tournaient des broches où étaient enfilés des rôtis dégoulinant de jus dans deux des six âtres, mais elle était manifestement la cuisinière en chef. « Eh bien, la Panarch, elle paraît avoir apprécié les derniers. Dans la resserre, là-bas. » Elle eut un geste vague vers une des portes à l'autre extrémité de la salle. « Je n'ai pas de temps à perdre avec vous maintenant. »

Elayne garda les yeux baissés vers le sol en avançant péniblement derrière Nynaeve et Egeanine, transpirant, et pas à cause de la chaleur des fourneaux et des cheminées. Une femme décharnée en robe de soie verte qui n'était pas coupée à la mode du Tarabon se tenait debout près d'une des vastes tables, grattant les oreilles d'un chat gris maigre qui lapait de la crème dans un plat en porcelaine. Le chat disait qui elle était, aussi bien que son visage en lame de couteau avec son gros nez. Marillin Gemalphin, naguère de l'Ajah Brune, maintenant de la Noire. Si elle levait les yeux de ce chat, si elle prenait réellement conscience de leur présence, point ne serait besoin de canaliser pour qu'elle sache que deux d'entre elles en étaient capables ; aussi près d'elles, cette femme serait en mesure de sentir qu'elles en avaient le don.

La sueur dégouttait du bout du nez d'Elayne quand elle referma la porte de la resserre derrière elle d'un coup de hanche. « Vous l'avez vue ? » questionna-t-elle à voix basse en laissant son panier choir à moitié par terre. Des motifs à claire-voie sculptés dans le mur recouvert de plâtre juste au-dessous du plafond donnaient passage à une faible clarté provenant de la cuisine. Des rangées de hautes étagères occupaient le sol de la vaste pièce, chargées de sacs et de filets de légumes, et de pots à épices. Des futailles et des tonneaux se dressaient partout, tandis qu'une douzaine de carcasses d'agneau toutes prêtes et deux fois plus d'oies étaient suspendues à des crocs. D'après le croquis du rez-de-chaussée que Domon et Thom avaient dessiné à eux deux, ceci était la plus petite réserve de nourriture du palais. « C'est écœurant, dit-elle. Je sais que Rendra a une cuisine bien garnie mais, au moins, elle achète ce dont elle a besoin comme elle peut. Ces gens-là ont festoyé pendant que...

— Gardez votre indignation jusqu'à ce que vous puissiez y remédier », chuchota sèchement Nynaeve. Elle avait renversé son panier sens dessus dessous par terre et se dépouillait de sa grossière robe de paysanne. Egeanine était déjà en chemise. « Je l'ai vue, effectivement. Si vous voulez qu'elle vienne ici s'enquérir de ce qui fait du bruit, continuez à parler. »

Elayne eut une petite aspiration agacée, mais ne releva pas. Elle n'avait pas été si bruyante que ça. Ôtant elle aussi sa robe, elle vida les poivrons de son panier et ce qui était caché dessous également. Entre autres, une robe blanche à ceinture verte, en fin tissu de laine brodée au-dessus du sein gauche d'un arbre vert à ramure étalée surmontant le contour d'une feuille trilobée. Son voile sali fut remplacé par un propre, en lin filé pour être presque aussi transparent que du voile de soie. Des escarpins blancs aux semelles rembourrées furent les bienvenus sur des pieds meurtris par cette marche de la charrette à la cuisine.

La Seanchane avait été la première à quitter ses vieux habits, mais elle fut la dernière dans sa tenue blanche, murmurant tout le temps quelque chose comme « indécent » et « servante », ce qui n'avait pas de sens. Ces robes étaient effectivement des costumes de servantes ; le but de la chose était que des domestiques pouvaient aller partout et qu'un palais en comptait un trop grand nombre pour que quiconque en remarque trois de plus. Quant à l'indécence... Elayne se rappelait avoir hésité un peu à porter en public la mode tarabonaise, mais elle s'y était vite habituée et même cette laine fine ne collait pas au corps autant que la soie. Egeanine semblait avoir des idées très strictes en matière de pudeur.

En fin de compte, pourtant, la jeune femme avait noué son dernier lacet et les costumes de fermière avaient été fourrés dans les paniers et recouverts de piments glacés.

Marillin Gemalphin avait quitté la cuisine, mais le chat gris aux oreilles déchirées lapait toujours de la crème sur la table. Elayne et ses deux compagnes se dirigèrent vers la porte qui conduisait au cœur du palais.

Une des aides de cuisine regardait le chat d'un air sombre, les poings sur ses hanches massives. « J'aimerais étrangler ce chat », marmotta-t-elle, et ses tresses châtain clair se balancèrent comme elle secouait la tête avec humeur. « Il mange de la crème et, parce que j'ai mis une goutte de crème sur les baies pour mon petit déjeuner, je suis réduite au pain et à l'eau pour les repas !

— Estimez-vous heureuse de ne pas être à la rue, ou pendue au gibet. » La cuisinière en chef n'avait pas un ton compatissant. « Si une noble dame dit que vous avez volé, eh bien, vous avez volé, même si c'est la crème pour ses chats, oui ? Hé, vous là-bas ! »

Elayne et ses compagnes se figèrent à cet appel.

La femme aux nattes brunes secouait dans leur direction une longue cuillère de bois. « Vous entrez dans ma cuisine et vous vous y promenez comme dans le jardin, espèces de flemmardes de biques. Vous êtes venues chercher le petit déjeuner de la Noble Dame Ispan, hein ? Si vous ne l'avez pas prêt quand elle se réveillera, vous apprendrez à presser le mouvement. Eh bien ? » Elle désigna du geste le plateau d'argent sur lequel elle s'était affairée avant, couvert maintenant d'une nappe de toile neigeuse.

Pas moyen de parler ; si l'une d'elles ouvrait la bouche, ses premières paroles démontreraient qu'elle n'était pas du Tarabon. Réagissant avec promptitude, Elayne exécuta une révérence de servante et ramassa le plateau ; une servante qui porte quelque chose s'acquitte de sa tâche et risque peu d'être interpellée ou envoyée s'occuper d'autre chose. Dame Ispan ? Pas un nom rare dans le Tarabon, mais il y avait une Ispan sur la liste des Sœurs Noires.

« Ah, tu te moques de moi, hein, petite chipie ? » rugit la corpulente cuisinière qui commença à contourner la table en brandissant d'un air menaçant sa lourde cuillère de bois.

Il n'y avait rien à faire sans se trahir ; rien que rester

sur place et être frappée, ou bien détaler. Elayne sortit comme une flèche de la cuisine avec le plateau, Nynaeve et Egeanine sur ses talons. Les cris de la cuisinière les suivirent, mais pas la cuisinière, heureusement. L'image d'elles trois courant dans le palais poursuivies par cette grosse femme donna envie à Elayne de rire nerveusement. *Se moquer d'elle ?* Elle était sûre que c'était exactement la même révérence dont l'avaient gratifiée les servantes des milliers de fois.

D'autres resserres s'alignaient le long du couloir partant de la cuisine, ainsi que de hauts placards pour les balais et les balais-éponges, les seaux et savons, le linge de table et toutes sortes de choses diverses. Nynaeve découvrit dans l'un d'eux un gros plumeau. Egeanine prit dans un autre une brassée de serviettes pliées et dans un troisième le solide pilon de pierre d'un mortier. Elle cacha le pilon sous les serviettes.

« Une trique est parfois utile, expliqua-t-elle comme Elayne haussait un sourcil, surtout quand on ne s'attend pas à ce que vous en ayez une. »

Nynaeve renifla dédaigneusement mais ne dit rien. Elle n'avait pratiquement pas tenu compte de la présence d'Egeanine depuis qu'elle avait accepté sa présence.

À mesure qu'on s'enfonçait dans le palais, les couloirs devenaient plus larges et plus hauts, les murs blancs sculptés de frises et les plafonds ornés de brillantes arabesques d'or. De longs tapis aux couleurs vives couraient sur les dalles blanches du sol. Des lampes d'or ouvragées sur des socles dorés répandaient de la clarté et l'arôme d'huile parfumée. Parfois, le corridor donnait sur des cours entourées de galeries aux fines colonnes cannelées, surmontées de balcons masqués par des claustras de pierre travaillée en filigrane. De vastes fontaines susurraient ; des poissons rouges, blancs et dorés nageaient sous les feuilles de nénuphar aux énormes corolles blanches. Pas du tout comme dans la ville au-dehors.

De temps en temps, elles voyaient d'autres domestiques, hommes et femmes en blanc, l'arbre et la feuille brodés sur une épaule, se pressant d'accomplir leurs tâches, ou des hommes dans les tuniques grises et les casques d'acier de la Garde Civile armés de bâtons ou de gourdins. Aucun ne leur adressa la parole ni même ne se retourna sur elles, trois servantes manifestement occupées à leur travail.

À la fin, elle arrivèrent à l'étroit escalier de service indiqué sur leur croquis.

« Rappelez-vous, dit à voix basse Nynaeve, s'il y a des gardes à sa porte, partez. Si elle n'est pas seule, partez. Elle est loin d'être la raison la plus importante de notre présence ici. » Elle prit une profonde aspiration, se forçant à regarder Egeanine. « Si vous laissez quoi que ce soit lui arriver... »

Le son d'une trompette au-dehors résonna faiblement. Un instant après, un gong retentit à l'intérieur et des ordres que l'on criait parvinrent jusqu'au couloir. Des hommes casqués d'acier débouchèrent un instant dans le couloir en courant.

« Peut-être que nous n'aurons pas à nous soucier de gardes devant sa porte », commenta Elayne. L'émeute avait commencé dans les rues. Les rumeurs répandues par Thom et Juilin pour rassembler les foules. Les marins de Domon pour les stimuler. Elle regrettait cette nécessité, mais le tumulte ferait sortir la plupart des gardes du palais, peut-être tous avec de la chance. Ces gens au-dehors ne le savaient pas, mais ils combattaient dans une lutte pour sauver leur ville de l'Ajah Noire et le monde du Ténébreux. « Egeanine devrait vous accompagner, Nynaeve. Votre rôle est le plus important. Si l'une de nous a besoin de quelqu'un pour protéger ses arrières, c'est vous.

— Je n'ai pas besoin d'une Seanchane ! » Plaçant son plumeau sur son épaule comme une pique, Nynaeve s'éloigna à grands pas dans le couloir. Elle n'avait vraiment pas la démarche d'une servante. Pas avec cette allure militante.

« Ne devrions-nous pas nous occuper de notre tâche

à nous ? dit Egeanine. L'émeute ne retiendra pas l'attention complètement pendant longtemps. »

Elayne hocha la tête. Nynaeve avait disparu derrière un tournant du couloir.

L'escalier était étroit et dissimulé dans le mur, afin de rendre les domestiques aussi invisibles que possible. Les couloirs du premier étage ressemblaient beaucoup à ceux du rez-de-chaussée, à ceci près que des ouvertures en double ogive donnaient presque aussi souvent sur un balcon à claustra de pierre que sur une salle. À mesure qu'elles progressaient vers la partie ouest du palais, les serviteurs étaient beaucoup plus rares et aucun ne leur accorda plus d'un coup d'œil. Miraculeusement, le vestibule devant les appartements de la Panarch était vide. Pas de sentinelles devant la large porte à deux battants ornée d'un arbre sculpté, insérée dans une embrasure à double ogive. Non pas qu'elle ait eu l'intention de battre en retraite s'il y avait eu des gardes, quoi qu'elle eût dit à Nynaeve, mais cela simplifiait la question.

Un instant après, elle n'en fut plus aussi sûre. Elle sentait quelqu'un qui canalisait dans ces pièces. Pas des flux puissants, mais le Pouvoir y était certainement tissé ou peut-être une texture maintenue. Peu de femmes connaissaient la technique pour fixer une texture.

« Qu'est-ce qui se passe ? » questionna Egeanine.

Elayne se rendit compte qu'elle s'était arrêtée. « Une des Sœurs Noires est là-dedans. » Une ou plusieurs ? Une seule en train de canaliser, c'est certain. Elle s'approcha tout contre la porte. Une femme *chantait* à l'intérieur. Elle appliqua son oreille sur le bois sculpté, entendit des paroles libertines, étouffées mais nettement compréhensibles.

Mes seins sont ronds et mes hanches aussi.
Je peux mettre à plat tout un équipage.

Surprise, elle eut un brusque mouvement de recul, les plats de porcelaine glissant sur le plateau sous la nappe.

Aurait-elle par hasard abouti à la mauvaise porte ? Non, elle se rappelait le croquis. D'ailleurs, dans l'ensemble du palais seules les portes ornées d'une sculpture de l'arbre conduisaient aux appartements de la Panarch.

« Alors nous devons la laisser, dit Egeanine. Vous ne pouvez pas agir sans avertir les autres de votre présence.

— Peut-être que si. Supposons qu'elles me sentent canaliser, elles penseront que c'est celle qui se trouve là à l'intérieur. » Fronçant les sourcils, elle se mordit la lèvre inférieure. Combien y en avait-il là-dedans ? Elle pouvait faire au moins trois ou quatre choses à la fois avec le Pouvoir, ce que seules Egwene et Nynaeve étaient capables d'égaler. Elle passa en revue une liste des reines d'Andor qui s'étaient montrées courageuses en face d'un grave danger, jusqu'à ce qu'elle s'aperçoive que c'était la liste de toutes les souveraines d'Andor. *Je serai reine un jour ; je peux être aussi brave qu'elles.* Se tenant prête, elle dit : « Ouvrez la porte, Egeanine, puis baissez-vous vite pour que je puisse tout voir. » La jeune Seanchane hésita. « Ouvrez les deux battants d'un seul coup. » Elayne fut surprise par sa propre voix. Elle n'avait pas essayé de lui donner un accent quelconque, mais cette voix était douce, calme, impérieuse. Et Egeanine inclina la tête, presque en un salut, et aussitôt rejeta de côté les deux battants à la fois.

Mes cuisses sont aussi fortes qu'une chaîne d'ancre.
Mon baiser peut briser...

La chanteuse aux tresses sombres, enveloppée dans les flots d'Air jusqu'au cou, ainsi que dans une robe en soie rouge à la mode du Tarabon salie et froissée, s'interrompit net quand les battants s'écartèrent avec fracas. Une femme de frêle apparence allongée paresseusement sur une longue banquette rembourrée, vêtue de bleu pâle à la haute encolure cairhienine, cessa de hocher la tête au rythme de la chanson et se mit debout d'un bond, l'indignation remplaçant le rictus satisfait sur son visage de renard.

L'aura de la *saidar* entourait déjà Temaile, mais elle n'avait pas une chance. Horrifiée par ce qu'elle voyait, Elayne embrassa la Vraie Source et projeta avec violence des flots d'Air qui la sanglèrent des épaules aux chevilles, tissa un écran d'Esprit et le plaqua entre la femme et la Source. L'aura autour de Temaile disparut et elle s'envola en travers de la banquette comme si elle avait été heurtée par un cheval au galop, les yeux révulsés, pour atterrir inconsciente sur le dos une demi-toise plus loin en travers du tapis vert et or. La femme aux tresses brunes sursauta quand les flots autour d'elle cessèrent d'exister, elle se tâta avec une surprise incrédule tandis que son regard allait de Temaile à Elayne et à Egeanine.

Fixant la texture maintenant Temaile, Elayne se précipita dans la pièce, cherchant du regard s'il y avait encore des membres de l'Ajah Noire. Derrière elle, Egeanine referma la porte. Apparemment il n'y avait personne d'autre. « Était-elle seule ? » demanda-t-elle d'un ton impératif à la femme en rouge. La Panarch, d'après la description de Nynaeve. Nynaeve avait effectivement mentionné quelque chose à propos d'une chanson.

« Vous n'êtes pas... avec elles ? dit Amathera avec hésitation, ses yeux noirs examinant leurs robes. Vous êtes aussi des Aes Sedai ? » Elle semblait prête à en douter en dépit de la preuve offerte par Temaile. « Mais pas de leur côté ?

— Était-elle seule ? » répéta Elayne d'un ton cassant, et Amathera eut un léger sursaut.

« Oui. Seule. Oui, elle... » La Panarch eut une grimace. « Les autres m'ont forcée à m'asseoir sur mon trône et à prononcer les mots qu'elles me mettaient dans la bouche. Ça les amusait de m'obliger tantôt à rendre la justice, tantôt à prononcer des édits d'une horrible injustice, des décisions qui causeront des conflits pendant des générations si je ne peux pas les casser. Mais elle ! » Cette petite bouche aux lèvres pleines s'ouvrit dans un accès de rage. « Elle, elles l'ont chargée de me garder. Elle me tourmente sans autre raison que de me faire pleurer. Elle m'a contrainte à manger un plateau entier de piments glacés blancs et n'a pas voulu me laisser boire une goutte avant que je l'en supplie à genoux pendant qu'elle riait ! Dans mes rêves, elle me hisse par les chevilles au sommet de la Tour du Matin et me laisse tomber. Un rêve, mais il semble réel et chaque fois elle me laisse tomber en hurlant un peu plus près du sol. Et elle rit ! Elle m'oblige à apprendre des danses lascives et des chansons obscènes et elle rit quand elle me dit qu'avant leur départ elle me fera chanter et danser pour divertir les... » Avec un feulement de chat qui saute sur sa proie, elle bondit par-dessus la banquette sur la femme garrottée, la giflant sauvagement, la martelant à coups de poing.

Egeanine, les bras croisés devant la porte, semblait prête à laisser aller les choses, mais Elayne tissa des flots d'Air autour de la taille d'Amathera. À sa surprise, elle fut capable de la soulever de dessus la femme déjà inconsciente et de la déposer sur ses pieds. Peut-être qu'apprendre de Jorine à manipuler ces lourds tissages avait accru ses forces.

Amathera lança un coup de pied à l'adresse de Temaile, tournant son regard enflammé vers Elayne et Egeanine quand ses pieds chaussés d'escarpins manquèrent leur but. « Je suis la Panarch du Tarabon et j'entends rendre la justice en ce qui concerne cette femme ! » Cette bouche en bouton de rose avait une expression boudeuse. N'avait-elle donc, cette femme, aucun sens de sa dignité, de sa situation ? Elle était l'égale du roi, une souveraine !

« Et moi je suis l'Aes Sedai qui est venue à votre secours », répliqua froidement Elayne. S'apercevant qu'elle tenait toujours le plateau, elle le déposa précipitamment par terre. Cette femme semblait déjà sans cela avoir assez de mal à voir au-delà des costumes blancs de servantes. Le visage de Temaile était vraiment cramoisi ; elle reprendrait conscience pleine de contusions. Nul doute moins qu'elle n'en méritait. Elayne aurait aimé avoir un moyen d'emmener Temaile avec elles. Un moyen d'en présenter au moins une à la justice dans la Tour. « Nous sommes venues – en prenant des risques considérables ! – pour vous sortir d'ici. Alors vous pourrez prendre contact avec le Seigneur Capitaine de la Légion de la Panarch et avec Andric et son armée, et vous chasserez ces femmes. Peut-être aurons-nous assez de chance pour en traduire quelques-unes en justice. Mais, d'abord, nous devons vous mettre à l'abri d'elles.

— Je n'ai pas besoin d'Andric », marmotta Amathera. Elayne aurait juré qu'elle avait failli dire « à présent ». « Il y a des soldats de ma Légion autour du palais. Je le sais. Je n'ai pas été autorisée à parler à aucun d'eux mais, une fois qu'ils me verront et entendront ma voix, ils feront ce qui doit être fait, oui ? Vous les Aes Sedai, vous ne pouvez pas vous servir du Pouvoir pour nuire... » Sa voix s'éteignit tandis qu'elle regardait d'un air menaçant Temaile toujours inconsciente. « Vous ne pouvez pas l'utiliser comme arme, du moins, oui ? Ça, je le sais. »

Elayne s'avisa avec surprise qu'elle tissait de minuscules flots d'Air, un pour chacune des tresses d'Amathera. Les tresses se dressèrent tout droit en l'air, et cette sotte à la mine boudeuse n'eut d'autre ressource que de se hisser sur la pointe des pieds à leur suite. Elayne l'amena ainsi, sur la pointe des pieds, jusqu'à ce qu'elle soit juste devant elle, ses yeux noirs écarquillés et remplis d'indignation.

« Vous allez m'écouter, Panarch Amathera du Tarabon, déclara-t-elle d'une voix glaciale. Si vous essayez d'aller trouver vos soldats, les petites amies de Temaile pourraient fort bien vous trousser comme une volaille et vous remettre entre ses mains. Pire, elles apprendront que mes amies et moi sommes ici, et cela je ne veux pas en entendre parler. Nous allons sortir d'ici à pas de loup et si vous n'êtes pas d'accord je vous ligote, je vous bâillonne et vous laisse à côté de Temaile pour que ses amies vous trouvent. » Il devrait bien y avoir un moyen d'emmener Temaile aussi. « Vous m'avez comprise ? »

Amathera hocha un petit peu la tête, maintenue en l'air comme elle l'était. Egeanine émit un son approbateur.

Elayne relâcha les flots d'Air ; les talons de la jeune femme retombèrent sur le tapis. « Maintenant, voyons si nous pouvons dénicher quelque chose à vous mettre qui convienne pour passer inaperçue. » Amathera hocha de nouveau la tête, mais sa bouche esquissait sa moue la plus boudeuse. Elayne espéra que Nynaeve rencontrait moins de difficultés.

Nynaeve entra dans l'énorme salle d'exposition avec sa multitude de fines colonnes, son plumeau déjà à l'œuvre. Cette collection devait toujours avoir besoin d'être époussetée, et sûrement nul ne regarderait deux fois une femme accomplissant ce qui avait besoin d'être fait. Elle regarda autour d'elle, son œil attiré vers des os reliés par des fils de fer qui ressemblaient à un cheval à longues jambes avec un cou qui dressait son crâne à trois toises de haut. La vaste salle s'étendait déserte dans toutes les directions.

N'empêche, quelqu'un pouvait survenir à tout moment ; des domestiques qui auraient reçu pour de bon l'ordre de nettoyer, ou Liandrin et toutes ses comparses afin de faire des recherches. Tenant toujours le plumeau en évidence, à titre de précaution, elle se hâta vers le piédestal de pierre blanche qui avait été le support du collier noir mat et des bracelets. Elle se rendit compte qu'elle avait retenu son souffle seulement quand elle le relâcha en voyant que ces objets étaient encore là. La vitrine aux parois de verre contenant le sceau en *cuendillar* était cinquante pas plus loin, mais ceci avait la priorité.

Enjambant la corde en soie blanche épaisse comme son poignet, elle toucha le large collier articulé. *Souffrance. Angoisse. Affliction.* Elle en fut assaillie ; elle avait envie de pleurer. Quel genre de chose pouvait absorber toute cette peine ? Retirant sa main, elle regarda avec indignation le métal noir. Prévu pour forcer à l'obéissance un homme capable de canaliser. Liandrin et ses Sœurs Noires avaient l'intention de s'en servir pour maîtriser Rand, pour le tourner vers l'Ombre, le forcer à servir le Ténébreux. Quelqu'un de son village, dirigé et utilisé par des Aes Sedai ! De l'Ajah Noire, mais des Aes Sedai aussi sûrement que Moiraine et ses intrigues ! *Egeanine, qui m'incite à avoir de l'affection pour une sale Seanchane !*

La soudaine absurdité de cette dernière réflexion la frappa ; brusquement, elle se rendit compte qu'elle se forçait délibérément à se mettre en colère, suffisamment en colère pour canaliser. Elle embrassa la Source ; le Pouvoir l'emplit. Et une servante avec l'insigne de l'arbre et de la feuille sur l'épaule entra dans la salle aux colonnes.

Vibrant du désir de canaliser, Nynaeve attendit, soulevant même le plumeau, passant les plumes sur le collier et les bracelets. La servante se mit à avancer sur les dalles de pierre blanches ; elle s'en irait dans un moment, et Nynaeve pourrait... Quoi ? Glisser les objets dans l'escarcelle qu'elle avait à la ceinture et les emporter, mais...

La servante s'en irait ? *Pourquoi ai-je pensé qu'elle s'en ira au lieu de rester pour travailler ?* Elle regarda du coin de l'œil dans la salle la femme qui arrivait dans sa direction. Bien sûr. Pas de balai ni de lave-pont, pas de plumeau, pas même un chiffon. *Quelle que soit la raison de sa présence ici, cela ne peut pas prendre lon...*

Soudain, elle vit nettement le visage de cette femme. D'une beauté robuste, encadrée par des tresses noires, souriant presque amicalement mais ne lui prêtant pas réellement attention. À coup sûr pas menaçante d'aucune façon. Pas tout à fait le même visage, mais elle le connaissait.

Sans réfléchir, elle frappa, tissant un flot d'Air dur comme un marteau pour écraser ce visage. En une seconde, l'aura de la *saidar* entoura l'autre femme, ses traits changèrent – en quelque sorte une expression plus royale, plus orgueilleuse, le visage de Moghedien reconstitué ; et stupéfaite aussi, surprise de ne s'être pas approchée sans être aperçue – et le flot de Nynaeve fut tranché avec la netteté d'une lame de rasoir. Elle trébucha sous le choc en retour, comme un coup reçu physiquement, et la Réprouvée frappa avec un tissage complexe d'Esprit panaché d'Eau et d'Air. Nynaeve n'avait aucune idée du résultat qu'il était censé obtenir ; elle s'efforça frénétiquement de le trancher comme elle avait vu l'autre femme le faire, avec un tissage affilé d'Esprit. Le temps d'un battement de cœur, elle éprouva de l'amour, de la dévotion, de l'adoration pour la femme magnifique qui daignait lui permettre de...

La texture complexe se rompit et Moghedien trébucha. Quelque chose demeura dans l'esprit de Nynaeve, une sorte de souvenir récent d'avoir envie d'obéir, de se prosterner et de plaire, la réédition de ce qui s'était produit lors de leur première rencontre ; ce qui attisa sa colère. Le bouclier affilé comme un poignard qu'Egwene avait utilisé pour désactiver Amico Nagoyin se matérialisa, plus arme que bouclier, fonça sur Moghedien – et fut bloqué, Esprit tissé s'évertuant contre Esprit tissé, juste à la limite de séparer à jamais Moghedien de la Source. La parade de la Réprouvée ne tarda pas, s'abattant comme une hache, avec l'intention d'isoler de même Nynaeve. Pour toujours. Avec l'énergie du désespoir, Nynaeve la bloqua également.

Soudain, elle se rendit compte que sous sa colère elle était terrifiée. Repousser la tentative de l'autre pour la désactiver en même temps qu'essayer de lui rendre la pareille absorbait ses ultimes réserves d'énergie. Le Pouvoir bouillonnait en elle au point de se sentir prête à exploser ; ses genoux tremblaient de l'effort de se tenir debout. Et tout passait dans ces deux choses ; elle ne pouvait en soustraire de quoi allumer une chandelle. La hache d'Esprit de Moghedien avait son tranchant qui croissait et décroissait, mais cela importerait peu si cette femme arrivait à l'assener ; Nynaeve ne voyait pas de réelle différence dans le résultat entre être désactivée par cette femme et simplement – *simplement !* – paralysée par un écran et être à sa merci. Cette chose frôlait l'afflux de Pouvoir en provenance de la Source qui entrait en elle, comme un couteau au-dessus du cou tendu d'un poulet. L'image ne convenait que trop ; elle aurait préféré ne pas y avoir pensé. Au fond d'elle-même une petite voix bégayait. *Ô Lumière, ne la laisse pas faire. Ne la laisse pas ! Ô Lumière, je t'en prie, pas ça !*

Pendant un instant, elle pensa abandonner ses propres efforts pour couper Moghedien de la Source – ne serait-ce que parce qu'elle devait sans cesse maintenir le tranchant affilé comme un rasoir ; les flots tissés ne voulaient pas conserver leur acuité –, elle pensa renoncer et utiliser cette force pour contraindre à reculer l'attaque de Moghedien, peut-être à la briser. Cependant, si elle essayait, l'autre n'aurait pas besoin de se défendre ; elle pouvait ajouter cette force à sa propre attaque. Et elle était une des Réprouvés. Pas seulement une Sœur Noire. Une femme qui avait été Aes Sedai dans l'Ère des Légendes, où les Aes Sedai avaient été capables de réaliser des choses que l'on n'imaginait même pas à présent. Si Moghedien projetait toute sa force sur elle...

Un homme survenant maintenant ou une femme incapable de canaliser, n'auraient vu que deux femmes s'affrontant par-dessus la corde de soie blanche, séparées par moins de dix pieds. Deux femmes qui se dévisageaient dans une vaste galerie remplie de choses étranges. Ils n'auraient rien vu indiquant qu'il s'agissait d'un duel. Pas de bonds dans tous les sens et de brandissements d'épée comme les hommes en sont coutumiers, rien d'écrasé ou de cassé. Juste deux femmes debout là. Pourtant c'était bien un duel, et peut-être un duel à mort. Contre une des Réprouvés.

« Tous mes projets soigneusement établis ruinés, s'exclama brusquement Moghedien d'une voix rageuse, tendue, ses mains se crispant sur sa robe avec des articulations blanchies. Au minimum, je vais être obligée à des efforts inouïs pour tout remettre en état comme avant. Cela risque de ne pas être possible. Oh, j'ai bien l'intention de vous le faire payer, Nynaeve al'Meara. C'était une cachette si confortable ici, et ces aveugles de femmes ont en leur possession bon nombre d'objets très utiles même si elles ne s'en doutent pas... » Elle secoua la tête, ses lèvres se retroussant dans un rictus qui laissait à nu ses dents. « Je pense que je vais vous emmener avec moi, cette fois-ci. Je sais. Je vais vous garder comme montoir. On vous fera venir dehors et vous agenouiller à quatre pattes pour que je passe de votre dos sur ma selle. Ou peut-être vous donnerai-je à Rahvin. Il paie toujours de retour un cadeau. Il a une jolie petite reine pour l'amuser présentement, mais les jolies femmes ont été de tout temps sa faiblesse. Il aime en avoir deux ou trois ou quatre à la fois qui soient aux petits soins pour lui. Cela vous plaira-t-il ? Passer le reste de votre existence à disputer les faveurs de Rahvin. Vous ne demanderez que cela, une fois qu'il aura mis ses mains sur vous ; il a ses petites astuces. Oui, je crois que c'est Rahvin qui vous aura. »

La colère de Nynaeve s'enfla. La sueur ruissela sur son visage et ses jambes tremblèrent comme si elles allaient s'affaisser sous elle, mais la colère lui donnait de la force. Furieuse, elle réussit à pousser son arme d'Esprit d'un cheveu plus près de séparer Moghedien de la Source avant que son adversaire l'immobilise de nouveau.

« Ainsi vous avez découvert cette petite gemme derrière vous », reprit Moghedien dans un moment d'équilibre précaire. Chose surprenante, sa voix avait presque le ton de la conversation. « Je me demande comment vous y êtes arrivée. Peu importe ? Êtes-vous là pour l'emporter ? Peut-être le détruire ? Vous ne pouvez pas le détruire. Ce n'est pas du métal mais une forme de *cuendillar*. Même le malefeu ne peut détruire la *cuendillar*. Et si vous avez l'intention de vous en servir, il a... des inconvénients, dirons-nous. Mettez le collier à un homme qui canalise, une femme qui porte les bracelets peut le contraindre à faire tout ce qu'elle désire, c'est vrai, mais cela ne l'empêche pas de devenir fou, et il y a un flux qui passe aussi dans l'autre sens. Un jour ou l'autre, il commencera à être capable de vous maîtriser, vous aussi, si bien que vous finissez par être en lutte à chaque instant. Pas très agréable quand il devient fou. Bien sûr, vous pouvez transmettre les bracelets à la ronde, pour que personne n'y soit trop exposé, mais cela implique de le confier à quelqu'un d'autre. Les hommes sont toujours si bons en matière de violence ; ils forment des armes merveilleuses. Ou deux femmes peuvent porter chacune un bracelet, si vous en connaissez à qui vous fier suffisamment ; cela diminue considérablement l'infiltration si j'ai bien compris, mais également votre maîtrise, même si vous œuvrez en parfait unisson. En fin de compte, vous vous retrouverez les unes et les autres dans une bataille pour le dominer, chacune de vous ayant besoin de lui pour ôter votre bracelet aussi sûrement qu'il a besoin de vous pour enlever le collier. » Elle pencha la tête, souleva un sourcil d'un air ironique. « Vous me suivez, j'espère ? Maîtriser Lews Therin – Rand al'Thor comme on l'appelle maintenant – serait très utile, mais cela en vaut-il le prix ? Vous comprenez pourquoi j'ai laissé le collier et les bracelets où ils étaient. »

Tremblant à force de contenir le Pouvoir, de maintenir ses flots tissés, Nynaeve fronça les sourcils. Pourquoi cette femme lui racontait-elle tout cela ? Pensait-elle que cela n'avait pas d'importance parce qu'elle allait gagner ? Pourquoi cette brusque volte-face de la colère au bavardage ? Il y avait de la sueur aussi sur le front de Moghedien. Une grande quantité, qui transpirait sur son large front et ruisselait le long de ses joues.

Soudain tout se modifia dans l'esprit de Nynaeve. La voix de Moghedien n'était pas crispée par la colère ; c'était une voix crispée par l'effort. Moghedien n'allait pas subitement projeter sa force entière sur elle ; elle la projetait déjà. Elle mobilisait autant de force qu'elle. Nynaeve affrontait une des Réprouvés et loin d'être plumée comme une oie pour le dîner, elle n'avait pas perdu une plume ! Elle se mesurait à une des Réprouvés, à forces égales. Moghedien essayait de la distraire, de trouver une ouverture avant que sa propre force cède ! Si seulement elle pouvait l'imiter. Avant que sa force à elle l'abandonne.

« Vous demandez-vous comment je connais tout ceci ? Le collier et les bracelets ont été fabriqués après que j'étais... Bah, nous ne parlerons pas de ça. Une fois libre, ma première démarche a été de rechercher des renseignements sur ces derniers jours. Ces dernières années, en réalité. Il y a ici et là bon nombre de fragments qui ne signifient rien pour quiconque ignore par où commencer. L'Ère des Légendes. Quel nom baroque vous avez donné à mon époque. Pourtant même vos contes les plus échevelés n'en reflètent pas la moitié. J'avais vécu plus de deux cents ans quand le Puits a été ouvert, et j'étais encore jeune pour une Aes Sedai. Vos "légendes" ne sont que de pâles imitations de ce que nous pouvions faire. Tenez... »

Nynaeve cessa d'écouter. Une façon de troubler l'adversaire. Même si par hasard quelque chose lui venait en tête, Moghedien repérerait la méthode qu'elle-même utilisait et saurait être sur ses gardes. Elle était incapable de puiser assez de force pour tisser un flot fin comme un fil, pas plus que... Pas plus que ne le pouvait Moghedien. Une femme de l'Ère des Légendes, une femme habituée depuis longtemps à exercer le Pouvoir Unique. Peut-être habituée à réaliser presque tout avec le Pouvoir avant d'être emprisonnée. Dans la clandestinité depuis qu'elle avait été libérée, à quel point s'était-elle habituée à agir sans l'aide du Pouvoir ?

Nynaeve laissa ses jambes fléchir. Lâchant le plumeau, elle agrippa le piédestal pour se soutenir. Point n'était besoin de se forcer beaucoup pour jouer la comédie.

Moghedien sourit et avança d'un pas. « ... Voyager vers d'autres mondes, même des mondes dans le ciel. Savez-vous que les étoiles sont... » Tellement plein d'assurance, ce sourire. Tellement triomphant.

Nynaeve saisit le collier, sans tenir compte du choc des émotions douloureuses qui se déversaient en elle, et le lança avec force, d'un seul et même mouvement.

La Réprouvée avait juste commencé à ouvrir la bouche de surprise quand le large cercle noir la frappa entre les yeux. Pas d'un coup violent, certes pas suffisant pour assommer, mais d'autre part imprévu. La maîtrise de Moghedien sur ses tissages de flots vacilla, très légèrement, rien qu'une seconde. Pourtant, en cette seconde, l'équilibre entre elles se modifia. L'écran d'Esprit s'insinua entre Moghedien et la Source ; le halo qui l'entourait s'éteignit.

Ses yeux s'exorbitèrent. Nynaeve s'attendait à ce qu'elle lui saute à la gorge, c'est ainsi qu'elle-même aurait réagi. À la place, Moghedien releva brusquement ses jupes jusqu'à ses genoux et s'enfuit.

Soulagée du besoin de se défendre, il ne fallut à Nynaeve qu'un petit effort pour tisser de l'Air autour de la fuyarde. La Réprouvée se figea en plein élan.

Nynaeve fixa hâtivement son tissage. Elle avait réussi. *J'ai affronté une des Réprouvés et je l'ai vaincue,* songea-t-elle avec incrédulité. Contempler cette femme prisonnière depuis le cou dans une gangue d'air à la consistance de pierre, même la voir courbée en avant posée sur un seul pied, c'était difficile à croire. Examinant ce qu'elle avait réalisé, elle vit que sa victoire n'était pas aussi complète qu'elle l'avait souhaité. L'écran avait émoussé son tranchant avant de se glisser en place. Moghedien était capturée et séparée de la Source mais pas désactivée.

S'efforçant de ne pas chanceler, elle contourna l'autre pour être face à elle. Moghedien avait toujours une allure de reine, mais d'une reine très effrayée, s'humectant les lèvres et jetant autour d'elle des coups d'œil affolés. « Si... si vous me li-libérez, nous pouvons conclure un... un accord. Il y a beau-beaucoup de choses que je peux vous apprendre... »

Nynaeve lui coupa la parole sans merci en tissant un bâillon d'air qui lui maintint les mâchoires ouvertes.

« Un montoir vivant. N'est-ce pas ce que vous avez dit ? Je pense que c'est une très bonne idée. J'aime aller à cheval. » Elle sourit à l'autre femme, dont les yeux semblaient prêts à lui sortir de la tête.

Un montoir, vraiment ! Une fois que Moghedien aurait passé en jugement dans la Tour et aurait été désactivée – il ne pouvait y avoir aucun doute sur la sentence concernant une des Réprouvés – elle serait sûrement mise à exécuter quelque travail utile dans les cuisines, les jardins ou les écuries, sauf quand elle serait présente pour que l'on voie que même les Réprouvés n'échappaient pas à la justice et n'étaient pas traités différemment des autres serviteurs, si ce n'est qu'ils étaient surveillés. Mais qu'elle s'imagine que Nynaeve était aussi cruelle qu'elle. Qu'elle le pense jusqu'à ce qu'elle passe pour de bon en justice...

La bouche de Nynaeve se crispa. Moghedien n'aurait pas de procès. Pas maintenant, en tout cas. Pas à moins qu'elle ne trouve un moyen de la sortir du Palais de la Panarch. Moghedien parut croire cette grimace annonciatrice de quelque chose de mauvais pour elle ; des larmes glissèrent de ses yeux, et sa bouche remua, essayant de forcer des mots à franchir le bâillon.

Dégoûtée d'elle-même, Nynaeve retourna d'un pas incertain vers l'endroit où se trouvait le collier noir, le fourra vivement dans son escarcelle avant que les émotions violentes qu'il contenait puissent davantage que l'effleurer. Les bracelets suivirent, avec les mêmes sentiments de souffrance et de chagrin. *J'étais prête à la torturer en lui laissant penser que je le ferais ! Elle le mérite sûrement, mais ce n'est pas moi. Ou bien si ? Est-ce que je ne vaux donc pas mieux qu'Egeanine ?*

Elle se retourna d'une secousse, furieuse d'avoir même pu envisager une question pareille et passa à grands pas devant Moghedien pour aller à la table supportant la vitrine. Il devait y avoir un moyen d'amener cette femme à être jugée.

Sept figurines se trouvaient dans la vitrine. Sept, et pas de sceau.

Pendant un instant, elle ne put que regarder avec stupeur. Une des figurines, un curieux animal ressemblant approximativement à un porc mais avec un large groin rond et des pieds aussi larges que ses pattes épaisses, se tenait à la place où était le sceau, au centre de la vitrine. Soudain, ses paupières se plissèrent. Il n'était pas réellement là ; cette chose était tissée d'Air et de Feu, en flots si menus qu'auprès d'eux les fils d'une toile d'araignée auraient eu l'air de câbles. Même en se concentrant, elle les distinguait à peine. Elle doutait que Liandrin ou une des autres Sœurs Noires l'aient pu. Une minuscule chiquenaude tranchante du Pouvoir, et l'animal gras disparut, à sa place était le sceau blanc et noir sur son chevalet laqué rouge. Moghedien, la dissimulatrice, l'avait caché en pleine vue. Du feu fondit un trou dans le verre de la vitrine et le sceau prit place aussi dans l'escarcelle. Laquelle était rebondie à présent et pesait à sa ceinture.

Regardant d'un air sombre la femme en équilibre sur la pointe d'un escarpin, elle s'efforça de penser à un moyen de l'emmener aussi. Seulement Moghedien ne tiendrait pas dans son escarcelle et elle se dit que même si elle avait la force de la porter, ce spectacle risquait de provoquer quelques haussements de sourcils. Néanmoins, tandis qu'elle se rendait vers la porte en ogive la plus proche, elle ne put s'empêcher de se retourner tous les deux pas. Si seulement il y avait un moyen. Elle s'arrêta dans l'embrasure pour un ultime regard de regret, puis se décida à repartir.

Cette porte donnait sur une cour avec une fontaine pleine de nénuphars. De l'autre côté de la fontaine, une svelte femme au teint cuivré dans une robe crème clair à la mode du Tarabon qui aurait fait rougir Rendra était en train de soulever une barre noire cannelée de trois pieds de long. Nynaeve reconnut Jeaine Caide. Plus encore, elle reconnut la barre.

Elle se rejeta de côté à corps perdu, avec une telle violence qu'elle glissa sur les dalles blanches et lisses jusqu'à ce qu'une des fines colonnes l'arrête avec un choc brutal. Une barre blanche de l'épaisseur d'une jambe fila dans l'espace où Nynaeve s'était tenue, comme si l'air s'était transformé en métal fondu, fendant tout sur son passage dans la salle d'exposition ; là où elle frappait, des fragments disparaissaient simplement des colonnes, des objets façonnés sans prix cessèrent d'exister. Projetant derrière elle à l'aveuglette des flots de Feu, avec l'espoir d'atteindre quelque chose, n'importe quoi, dans la cour, Nynaeve s'éloigna à quatre pattes dans la salle. Légèrement plus haut que sa taille, la barre balaya l'espace de biais comme une lame de faux, abattant un andain à travers les deux parois ; entre elles, vitrines, armoires et squelettes reconstitués avec du fil de fer tombèrent et se fracassèrent. Plusieurs colonnes tremblèrent ; certaines s'écroulèrent mais ce qui était sur le passage de cette lame terrible ne survivait pas pour écraser sur le sol objets exposés et piédestaux ; la table-vitrine s'affaissa avant que le trait en fusion disparaisse, laissant une barre violacée qui semblait brûler dans la vue de Nynaeve ; les figurines en *cuendillar* furent les seules qui émergèrent de ce trait blanc en fusion et rebondirent sur le sol.

Les figurines ne se brisèrent pas, naturellement. Apparemment, Moghedien avait raison ; même le malefeu ne pouvait détruire la *cuendillar*. Cette barre noire était l'un des *ter'angreals* volés. Nynaeve se souvenait de l'avertissement inscrit d'une plume ferme sur leur liste. *Produit le malefeu. Dangereux et presque impossible à maîtriser.*

Moghedien avait l'air de crier derrière son bâillon invisible, sa tête fouettait frénétiquement l'air d'un côté à l'autre tandis qu'elle luttait contre ses liens d'Air, mais Nynaeve ne lui accorda pas plus d'un regard. Dès que le malefeu disparut, elle se souleva suffisamment pour regarder de l'autre côté de la salle, par la fente sciée le long de la paroi. À côté de la fontaine, Jeaine Caide oscillait une main sur le front, la barre noire s'échappant presque de l'autre main. Pourtant, avant que Nynaeve ait eu le temps de la frapper, elle avait ressaisi à deux mains la barre cannelée ; le malefeu jaillit de son extrémité, anéantissant tout sur son passage dans la salle.

Nynaeve se laissa choir presque sur le ventre et rampa du côté opposé aussi vite qu'elle le pouvait parmi le fracas et le vacarme de colonnes et de maçonnerie qui s'effondraient. Haletante, elle se propulsa dans un couloir entaillé à travers ses deux murs. Impossible de dire jusqu'où le malefeu s'était frayé un chemin ; jusqu'au-dehors du palais, peut-être. Se retournant en se tortillant sur un tapis jonché de petits morceaux de pierre, elle risqua un coup d'œil par l'embrasure de la porte.

Le malefeu avait de nouveau disparu. Le silence régnait dans la salle d'exposition en ruine, sauf quand un morceau de maçonnerie ébranlé cédait et s'écrasait sur le sol jonché de décombres. Il n'y avait pas trace de Jeaine Caide, bien qu'une partie suffisante de l'autre mur fût tombée pour laisser voir nettement la cour à la fontaine. Elle n'allait pas courir le risque d'aller voir si le *ter'angreal* avait tué la femme qui l'utilisait. Elle respirait avec peine et ses bras et ses jambes tremblaient au point qu'elle était contente de rester allongée un moment. Canaliser dépensait de l'énergie autant que n'importe quel travail ; plus on canalisait, plus on usait d'énergie. Et plus on était fatigué, plus réduite était la faculté de canaliser. Elle n'était pas absolument persuadée d'être présentement en état d'affronter même une Jeaine Caide affaiblie.

Quelle idiote elle avait été ! Batailler contre Moghedien avec le Pouvoir sans s'aviser une seconde que canaliser avec cette force ferait sursauter toutes les Sœurs Noires se trouvant dans le palais. Elle avait de la chance que cette Domanie ne soit pas arrivée avec son *ter'angreal* pendant qu'elle était encore absorbée par la Réprouvée. Elles seraient très probablement mortes toutes les deux avant de se rendre compte qu'elle était là.

Soudain, elle ouvrit de grands yeux incrédules. Moghedien avait disparu ! Le malefeu ne s'était pas approché de plus de dix pieds de l'endroit où elle s'était tenue, mais elle n'y était plus. C'était impossible. Elle avait été entourée d'un écran.

« Est-ce que je sais ce qui est impossible ? marmotta Nynaeve. C'était impossible pour moi de triompher d'une des Réprouvés, mais j'y suis bien parvenue. »

Toujours aucun signe de Jeaine Caide.

Se remettant debout à la force des poignets, elle se dirigea en hâte vers le lieu de rendez-vous convenu. Si seulement Elayne n'avait pas rencontré de difficultés, elles pourraient finalement sortir d'ici saines et sauves.

55. Au plus profond d'une fosse océane

Des serviteurs fourmillaient dans les couloirs où courait Nynaeve, en échangeant à tue-tête des questions fébriles. Ils n'étaient peut-être pas capables de déceler le canalisage, mais ils avaient certainement senti que le palais était en passe d'être à moitié démoli. Elle se fraya un chemin parmi eux, juste une servante de plus prise de panique en ce qui les concernait.

La *saidar* s'affaiblit en elle tandis qu'elle se hâtait le long des corridors et traversait des cours. Rester en colère était difficile alors qu'elle était de plus en plus inquiète pour Elayne. Si les Sœurs Noires l'avaient découverte... Qui sait de quoi elles disposaient en plus du *ter'angreal* à malefeu ? La liste qui leur avait été donnée ne mentionnait évidemment pas l'usage de chacun.

Une fois, elle vit Liandrin, avec ses tresses couleur de miel clair, et Riana avec cette mèche blanche dans ses cheveux noirs qui descendaient précipitamment un vaste escalier de marbre ; elle ne distinguait pas la lueur de la *saidar* autour d'elles mais, d'après la façon dont les domestiques s'exclamaient et s'écartaient d'un bond, elles devaient s'ouvrir un passage avec le Pouvoir. Cela la rendit contente de n'avoir pas essayé elle-même de se cramponner à la Source ; elles l'auraient repérée instantanément dans la foule à cause de l'aura et, tant qu'elle n'aurait pas eu un peu de repos, elle ne se sentait pas d'attaque pour affronter l'une d'elles, et moins encore les deux. Elle avait ce qu'elle était venue chercher. Celles-là attendraient.

La cohue diminuait et avait disparu quand elle atteignit l'étroit couloir du côté ouest du palais qui était le lieu de rendez-vous. Les autres l'attendaient à côté d'une petite porte cloutée de bronze fermée par une grosse serrure de fer. Y compris Amathera, qui se tenait très droite, portant une cape de toile légère avec un capuchon rabattu sur sa tête. La robe blanche de la Panarch pouvait passer pour un costume de servante si l'on ne regardait pas d'assez près pour voir qu'elle était en soie, et le voile qui ne cachait pas sa figure n'était sûrement pas du lin de servante. Le bruit de clameurs parvint étouffé à travers la porte. Apparemment, l'émeute continuait. Voyons si seulement les hommes achevaient le reste de leur rôle.

Sans tenir compte d'Egeanine, Nynaeve enlaça Elayne et la serra rapidement dans ses bras. « J'étais si inquiète. Avez-vous eu des ennuis ?

— Rien de rien », répliqua Elayne. Egeanine remua légèrement et sa cadette lui jeta un regard significatif, puis ajouta : « Amathera a effectivement causé un petit problème, mais nous l'avons résolu. »

Nynaeve fronça les sourcils. « Des difficultés ? Pourquoi ferait-elle des difficultés ? Pourquoi vouliez-vous faire des difficultés ? » Cela s'adressait à la Panarch, qui redressait haut la tête et refusait de regarder qui que ce soit. Elayne semblait aussi réticente.

C'est la Seanchane qui répondit. « Elle a essayé de s'éclipser pour alerter ses soldats afin qu'ils pourchassent les Amies du Ténébreux. Après avoir été prévenue. » Nynaeve refusa de la regarder.

« Ne prenez pas cet air si menaçant, Nynaeve, dit Elayne. Je l'ai vite rattrapée et nous avons eu une petite conversation. Je pense qu'elle est parfaitement d'accord avec moi, à présent. »

La joue de la Panarch se contracta nerveusement. « Je suis d'accord, Aes Sedai, répliqua-t-elle vivement.

J'agirai exactement comme vous le direz et je fournirai des papiers qui permettront que même les rebelles vous laissent passer librement. Il n'y a pas besoin de plus de... conversation. »

Elayne inclina la tête comme si tout cela avait un sens et eut un geste pour que la femme se taise. Sur quoi la Panarch ferma la bouche avec obéissance. Et un brin de maussaderie, mais peut-être était-ce juste le dessin de sa bouche. Visiblement, il s'était produit de très drôles de choses et Nynaeve avait l'intention de découvrir ce qu'il en était. Plus tard. L'étroit couloir était encore désert dans les deux directions, mais des cris de panique résonnaient toujours depuis le cœur du palais. La populace grondait derrière la petite porte.

« Mais, et vous ? reprit Elayne en fronçant les sourcils. Vous étiez censée être ici il y a une demi-heure. Est-ce que vous avez provoqué tout cela ? J'ai senti deux femmes canalisant assez de Pouvoir pour que le palais s'écroule, puis peu après quelqu'un a effectivement tenté de le renverser. J'ai pensé que ce devait être vous. J'ai dû empêcher Egeanine d'aller à votre recherche. »

Egeanine ? Nynaeve hésita, puis se força à effleurer l'épaule de la Seanchane. « Merci. » Egeanine avait l'air de ne pas très bien comprendre elle-même ce qu'elle avait fait, mais elle inclina brièvement la tête. « Moghedien m'a découverte et, parce que j'étais en train de me demander comment l'emmener pour qu'elle soit jugée, Jeaine Caide a failli m'ôter la tête avec le malefeu. » Elayne poussa un petit cri aigu et elle se hâta de la rassurer. « Il n'a pas vraiment approché de moi.

— Vous avez *capturé* Moghedien ? Vous avez capturé une des *Réprouvés* ?

— Oui, mais elle s'est enfuie. » Là. Elle avait tout avoué. Consciente de leurs yeux fixés sur elle, elle changea de position avec malaise. Elle n'aimait pas être dans son tort. Elle n'aimait surtout pas être dans son tort quand c'était elle qui avait la première souligné ce qui était un tort. « Elayne, je sais que j'avais recommandé la prudence mais, une fois que je l'ai eue entre mes mains, j'ai été apparemment incapable de penser à autre chose qu'à l'amener devant la justice. » Nynaeve prit une profonde aspiration et adopta un ton d'excuse. Elle détestait cela. Où étaient donc ces idiots d'hommes ? « J'ai tout compromis parce que je ne me suis pas concentrée sur notre mission mais, je vous en prie, ne me grondez pas.

— Je ne vous adresserai aucun reproche, répliqua Elayne d'un ton ferme. Pour autant que vous vous souviendrez d'être prudente à l'avenir. » Egeanine s'éclaircit la gorge. « Oh, oui », ajouta hâtivement Elayne. L'attente semblait commencer à jouer sur ses nerfs ; il y avait des taches colorées sur ses joues. « Avez-vous trouvé le collier et le sceau ?

— Je les ai. » Elle tapota son escarcelle. Les clameurs au-dehors semblaient gagner en force. Et les cris résonnant dans les couloirs aussi. Liandrin devait retourner le palais sens dessus dessous pour découvrir ce qui était arrivé. « Qu'est-ce qui retient ces hommes ?

— Ma Légion... », commença Amathera. Elayne la regarda et elle referma promptement la bouche. Quelque conversation qu'elles avaient eue, cela avait vraiment dû être quelque chose. La Panarch avait la tête d'une petite fille qui a peur d'être envoyée au lit sans dîner.

Nynaeve jeta un coup d'œil à Egeanine. La Seanchane observait attentivement la porte. Elle avait voulu aller la chercher. *Pourquoi ne me laisse-t-elle pas la détester ? Suis-je si différente d'elle ?*

Soudain la porte s'ouvrit. Juilin retira de la serrure deux fines tiges de métal courbées et abandonna sa position accroupie pour se redresser. Du sang coulait sur le côté de son visage. « Dépêchez-vous. Il faut que nous soyons loin d'ici avant que la situation se gâte. »

Regardant derrière lui avec surprise, Nynaeve se demanda ce qu'il estimait une situation périlleuse. Les matelots de Bayle Domon, au moins trois cents d'entre eux, formaient un demi-cercle sur deux rangs autour de la porte, Domon lui-même brandissait un gourdin et leur criait des encouragements. Il était obligé de crier à cause du vacarme qui emplissait la vaste rue. Des hommes se coudoyaient, se débattaient et vociféraient en une masse surexcitée, juste maintenus à l'écart par les massues et les gourdins des matelots. Ce n'est pas qu'ils s'intéressaient vraiment aux marins. Éparpillés parmi la foule, des groupes de Blancs Manteaux à cheval assenaient des coups d'épée à des hommes qui les assaillaient avec des fourches, des douves de tonneau et leurs mains nues. Des averses de pierres tombaient autour d'eux, parfois jetant à bas un casque, mais en silence dans ce tumulte. Le cheval d'un Blanc Manteau isolé hurla subitement et se cabra, se renversa en arrière ; il se releva rapidement, moins son cavalier. D'autres montures sans cavalier se voyaient çà et là dans la masse d'hommes. Était-ce cela qu'ils avaient déclenché juste pour leur servir, à elles, de couverture ? Elle essaya de se remémorer pourquoi – posa la main sur son escarcelle pour sentir le sceau en *cuendillar,* le collier et les bracelets – mais c'était pénible. Des hommes mouraient là-bas, sûrement.

« Allez-vous bouger, vous les femmes ? » appela Thom en leur faisant signe de sortir. Il avait une estafilade qui saignait au-dessus d'un de ses sourcils broussailleux, peut-être due à une pierre, et sa cape marron ne valait plus rien maintenant même pour des chiffons. « Si jamais la Légion de la Panarch cesse de détaler, ceci risque de mal tourner. »

Amathera émit un son de surprise, juste avant qu'Elayne la pousse avec fermeté dehors. Nynaeve et Egeanine suivirent et, dès que les quatre femmes furent sorties, les marins se replièrent derrière elles en un cercle étroit qui commença à forcer un passage pour s'éloigner du palais. Nynaeve réussissait tout juste à se tenir debout, bousculée par les hommes qui essayaient de la protéger. Une fois, Egeanine glissa et faillit tomber. Nynaeve l'attrapa par le bras, l'aida à se redresser et reçut en retour un sourire reconnaissant. *Nous ne sommes pas tellement différentes,* songea-t-elle. *Pas pareilles mais pas tellement différentes que ça.* Elle n'eut pas à se forcer pour adresser un sourire encourageant à la Seanchane.

Le fourmillement de foule se poursuivait plusieurs rues au-delà du palais mais, une fois qu'ils s'en dégagèrent, les rues étroites et tortueuses étaient presque désertes. Ceux qui ne participaient pas activement à l'émeute semblaient assez sages pour s'en tenir à l'écart. Les marins reculèrent légèrement afin de laisser plus d'espace aux jeunes femmes. Néanmoins, tout traînard qui tournait les yeux dans leur direction recevait des regards durs. Les rues de Tanchico étaient toujours les rues de Tanchico. Nynaeve en fut surprise jusqu'à un certain point. Elle avait l'impression qu'elle était restée des semaines dans le palais. Sûrement que la ville aurait dû être différente.

Quand le brouhaha commença à faiblir derrière eux, Thom exécuta un salut fort élégant à l'adresse d'Amathera auprès de qui il boitillait. « Un honneur, Panarch, dit-il. Si je puis vous être de quelque service, vous n'avez qu'à parler. »

Ce fut un choc quand Amathera jeta un coup d'œil à Elayne, grimaça légèrement et répliqua : « Vous me prenez pour quelqu'un d'autre, messire. Je ne suis qu'une pauvre réfugiée de la campagne, sauvée par ces bonnes personnes. »

Thom échangea avec Juilin et Domon des regards surpris mais, quand il ouvrit la bouche, Elayne intervint : « Pourrions-nous continuer jusqu'à l'auberge, Thom ? Ceci n'est guère l'endroit pour tenir une conversation. »

Lorsqu'ils arrivèrent à la *Cour aux Trois Pruniers,* ce fut à peine moins surprenant d'entendre Elayne présenter la Panarch à Rendra comme étant Thera, une réfugiée dépourvue d'argent qui avait besoin d'une paillasse et peut-être de travail pour gagner de quoi se nourrir. L'aubergiste haussa les épaules avec résignation mais, comme elle emmenait « Thera » aux cuisines, elle complimentait déjà la jeune femme sur ses beaux cheveux et disait combien elle serait jolie une fois habillée d'une robe convenable.

Nynaeve attendit que le reste d'entre eux soit dans le Salon aux Pluies de Fleurs et la porte refermée pour s'écrier : « Thera ! Et elle accepte ça ! Elayne, Rendra l'emploiera à servir à table dans la salle commune ! »

Elayne ne parut pas surprise. « Oui, très probablement. » S'enfonçant dans un fauteuil avec un soupir, elle se débarrassa d'une secousse de ses escarpins et commença à se masser les pieds énergiquement. « Cela n'a pas été difficile de convaincre Amathera qu'elle devrait rester cachée pendant quelques jours. Il n'y a réellement pas loin de "La Panarch est morte" à "Mort à la Panarch". Je pense qu'avoir aperçu l'émeute y a été aussi pour quelque chose. Elle ne veut pas dépendre d'Andric pour la remettre sur son trône ; elle veut que ce soit ses propres soldats qui le fassent, même si cela implique de se cacher jusqu'à ce qu'elle puisse joindre le Seigneur Capitaine de la Légion. Je crois qu'Andric est loin d'imaginer ce qui l'attend de sa part à elle. C'est trop dommage que lui ne la surprenne pas. Elle le mérite. » Domon et Juilin échangèrent des regards, secouèrent la tête sans comprendre. Egeanine hocha la sienne comme si elle, au moins, savait de quoi il retournait, et approuvait.

« Mais pourquoi ? questionna impérieusement Nynaeve. Vous avez peut-être été contrariée parce qu'elle s'enfuyait en douce, mais ceci ? D'ailleurs, comment s'y est-elle prise, avec vous deux pour la surveiller ? » Les yeux d'Egeanine se tournèrent vers Elayne, si vite que Nynaeve ne fut pas vraiment sûre d'avoir bien vu.

Elayne se pencha pour frotter la plante d'un de ses pieds. Il devait la faire souffrir ; il y avait du rouge sur ses joues.

« Nynaeve, cette femme n'a aucune idée de ce qu'est la vie des gens du peuple. » Comme si elle en avait une ! « Elle paraît très sincèrement soucieuse de justice – je le crois – pourtant cela ne la gênait pas du tout qu'il y ait dans le palais des approvisionnements pour une année. J'ai mentionné les soupes populaires et elle ne comprenait pas de quoi je parlais ! Travailler quelques jours pour gagner son dîner lui fera du bien. » Étendant les jambes sous la table, elle remua ses orteils. « Oh, que c'est bon. Non pas qu'elle ait à travailler longtemps, je suppose. Pas si elle doit rallier la Légion de la Panarch pour débusquer hors du palais Liandrin et les autres. Dommage, mais c'est comme ça.

— Ma foi, elle y est obligée », rétorqua Nynaeve d'un ton ferme. C'était agréable d'être assise, mais elle ne comprenait pas la sollicitude d'Elayne pour ses pieds. Elles n'avaient pratiquement pas marché aujourd'hui. « Et le plus tôt sera le mieux. Nous avons besoin de la Panarch, et pas dans la cuisine de Rendra. » À son avis, se tracasser à cause de Moghedien était inutile. Cette femme avait eu toutes les occasions du monde de se manifester après qu'elle s'était libérée. Ce point-là l'intriguait toujours ; elle avait dû se montrer négligente quand elle avait noué l'écran. Toutefois, si Moghedien n'avait pas eu envie de l'affronter à ce moment-là, où elle devait savoir que Nynaeve était presque épuisée, elle ne pouvait pas croire que cette femme se lancerait à leur poursuite. Pas pour quelque chose qu'apparemment elle estimait n'avoir pas grand intérêt. Le même raisonnement ne s'appliquait cependant pas à Liandrin. Si Liandrin déduisait seulement la moitié de ce qui s'était passé, à coup sûr elle leur donnerait la chasse.

« La justice de la Fille-Héritière, murmura Thom, peut encore remplacer la justice de la Panarch. Il y avait des hommes qui s'engouffraient à l'intérieur par cette porte quand nous sommes partis et je crois que quelques-uns avaient déjà atteint le devant. J'ai vu de la fumée qui sortait de plusieurs fenêtres. D'ici ce soir, il ne restera guère plus qu'une ruine éventrée par le feu. Pas besoin de soldats pour attraper l'Ajah Noire et ainsi "Thera" aura ses quelques jours pour apprendre la leçon que vous voulez lui enseigner. Vous serez un jour une grande reine, Elayne d'Andor. »

Le sourire content d'Elayne s'estompa tandis qu'elle le regardait. Elle se leva et contourna la table pieds nus, fourragea dans les poches de la tunique de Thom à la recherche d'un mouchoir et commença à tamponner le sang sur son front en dépit de ses protestations. « Tenez-vous tranquille », lui dit-elle, d'un ton exact d'une mère de famille s'occupant d'un enfant turbulent.

« Pourrions-nous au moins voir ce pour quoi nous avons risqué notre peau ? » dit-il quand il devint clair qu'Elayne allait faire exactement ce qu'elle voulait.

Ouvrant son escarcelle, Nynaeve en déversa le contenu sur la table, le disque blanc et noir qui aidait à maintenir close la prison du Ténébreux, le collier et les bracelets qui lui envoyèrent une série d'ondes d'affliction avant qu'elle ait eu le temps de les poser. Tous s'approchèrent pour regarder.

Domon palpa le sceau. « J'en ai eu un comme cela, une fois. »

Nynaeve en doutait. Seulement sept avaient été fabriqués. *Cuendillar* ou non, trois étaient brisés maintenant. Un autre était entre les mains de Moiraine, quatre subsistaient. Quatre étaient-ils assez forts pour maintenir verrouillée cette prison dans le Shayol Ghul ? Une pensée qui donnait le frisson.

Egeanine toucha le collier, écarta les bracelets du collier. Si elle ressentit les émotions qui y étaient captives, elle n'en témoigna rien. Peut-être cette sensibilité allait-elle seulement de pair avec la faculté de canaliser. « Ce n'est pas un *a'dam,* dit la Seanchane. Ils sont en métal argenté et d'une seule pièce. »

Nynaeve regretta qu'elle ait parlé de l'*a'dam. Mais elle n'a jamais porté le bracelet d'un a'dam. Et elle a laissé partir cette pauvre femme dont elle nous a parlé. Pauvre femme. C'est elle – cette Béthamine – qui forçait des femmes à obéir à l'aide d'un a'dam.* Egeanine avait été plus compatissante que ne l'aurait été Nynaeve. « Cela ressemble à un *a'dam* au moins autant que nous nous ressemblons vous et moi, Egeanine. » La jeune femme parut surprise mais, au bout d'un instant, elle hocha la tête. Pas tellement différentes. Deux femmes, chacune agissant de son mieux.

« Avez-vous l'intention de continuer à poursuivre Liandrin ? » Juilin s'assit, les bras croisés appuyés sur la table, examinant les objets qui y étaient posés. « Qu'elle soit ou non chassée de Tanchico, elle est toujours là-bas. Avec les autres. Par contre, ces choses-là semblent trop importantes pour rester à tous les vents. Je ne suis qu'un preneur-de-larrons, mais je dirais qu'elles doivent être emportées à la Tour Blanche pour être mises sous bonne garde.

« Non ! » Nynaeve fut surprise par sa propre véhémence. Les autres aussi, à en juger par la façon dont ils la dévisageaient. D'un geste lent, elle ramassa le sceau et le replaça dans son escarcelle. « Ceci va à la Tour. Mais ça... » Elle ne tenait pas à toucher de nouveau ces choses noires. Si elles étaient dans la Tour, des Aes Sedai s'aviseraient peut-être de les utiliser exactement comme l'Ajah Noire en avait l'intention. Pour asservir Rand. Moiraine ? Siuan Sanche ? Elle ne voulait pas courir ce risque. « C'est trop dangereux de s'exposer à ce qu'ils retombent un jour entre les mains d'Amis du Ténébreux. Elayne, pouvez-vous les détruire ? Les fondre. Je me moque qu'ils passent à travers la table en brûlant. Anéantissez-les simplement.

— Je comprends ce que vous voulez dire », répliqua Elayne avec une grimace. Nynaeve en doutait – Elayne avait une confiance totale en la Tour – mais elle avait aussi confiance en Rand.

Nynaeve ne voyait pas l'aura de la *saidar*, naturellement, mais l'intensité avec laquelle la jeune fille fixait ces objets détestables lui indiqua qu'elle canalisait. Les bracelets et le collier gisaient là. Elayne fronça les sourcils ; son regard devint encore plus intense. Brusquement, elle secoua la tête. Sa main resta en l'air un moment avec hésitation, au-dessus d'un des bracelets avant de le ramasser. Et de le relâcher aussitôt, le souffle coupé. « Il donne l'impression... Il est plein de... » Elle respira à fond et reprit : « J'ai fait ce que vous avez demandé, Nynaeve. Un marteau aurait fondu sous le Feu que j'ai tissé dedans, mais il n'est même pas chaud. »

Donc Moghedien n'avait pas menti. Sans doute avait-elle jugé que c'était inutile, qu'elle gagnerait sûrement. *Comment cette femme s'était-elle dégagée ?* Mais comment disposer de ces objets ? Elle ne les laisserait tomber entre les mains de personne.

« Maître Domon, connaissez-vous un endroit très profond dans l'océan ?

— Oui, Maîtresse al'Meara », répliqua-t-il lentement.

Avec précaution, s'efforçant de rester insensible aux émotions, Nynaeve poussa le collier et les bracelets à travers la table vers lui. « Alors jetez ces choses-là dedans, où nul ne pourra jamais les repêcher. »

Au bout d'un instant, il hocha la tête. « D'accord. » Il les fourra précipitamment dans la poche de sa tunique, répugnant visiblement à toucher quelque chose qui devait avoir un rapport avec le Pouvoir. « Dans la fosse la plus profonde de l'océan que je connais, près de l'Aile Somera. »

Egeanine regardait par terre d'un air sombre, sans doute songeant au départ du marin d'Illian. Nynaeve n'avait pas oublié qu'elle l'avait jugé « un bel homme bien bâti ». Elle-même avait envie de rire. C'était presque fini. Dès que Domon pourrait mettre à la voile, ces abominables bracelets et collier disparaîtraient à jamais. Elles pourraient partir pour Tar Valon. Et ensuite... Ensuite revenir à Tear ou dans n'importe quel endroit où se trouvait al'Lan Mandragoran. Avoir affronté Moghedien, se rendre compte combien elle avait été près d'être tuée ou pire, ne rendait que plus pressante sa volonté de mettre les choses au point avec lui. Un homme qu'elle devrait partager avec une femme qu'elle détestait mais, si Egeanine était capable de considérer avec affection un homme qu'elle avait naguère capturé comme prisonnier – et Domon, c'est certain, lui portait de l'intérêt – et si Elayne pouvait aimer un homme voué à devenir fou, alors elle-même était bien capable d'imaginer un moyen de se satisfaire de ce qu'elle obtiendrait de Lan.

« Si nous descendions voir comme "Thera" s'accommode d'être une servante ? » proposa-t-elle. Bientôt en route pour Tar Valon. Bientôt.

56. Les-Yeux-d'Or

La salle commune de l'*Auberge de* la *Source du Vin* était silencieuse, à part le grincement de la plume de Perrin. Silencieuse et déserte à part lui et Aram. La lumière de fin de matinée formait des petites nappes de clarté sous les fenêtres. Aucune odeur de cuisson ne provenait de la cuisine ; aucun feu n'était allumé nulle part dans le village et même les braises couvant sous les cendres avaient été noyées. Inutile de mettre à portée de la main le cadeau du feu. Le Rétameur – il se demandait parfois si c'était juste de penser encore à Aram de cette façon, mais un homme ne pouvait cesser d'être ce qu'il était, avec ou sans épée – était appuyé au mur près de la porte d'entrée, observant Perrin. Qu'attendait-il ? Que voulait-il ? Plongeant sa plume dans le petit encrier de pierre, Perrin mit de côté le troisième feuillet et en commença un quatrième.

Franchissant la porte, arc en main, Ban al'Seen frotta d'un doigt du haut en bas son gros nez avec malaise. « Les Aiels sont de retour », dit-il d'un ton calme, mais ses pieds remuaient comme s'il ne réussissait pas à ce qu'ils se tiennent tranquilles. « Des Trollocs arrivent du nord et du sud. Par milliers, Seigneur Perrin.

— Ne m'appelle pas comme ça », répliqua machinalement ce dernier en regardant la page, les sourcils froncés. Il n'était pas habile à manier les mots. Il ne savait certes pas dire les choses de la manière élégante qu'aiment les femmes. Tout ce dont il était capable, c'est d'écrire ce qu'il ressentait. Trempant de nouveau sa plume, il ajouta quelques lignes.

> Je ne demanderai pas ton pardon pour ce que j'ai fait. Je ne sais pas si tu pourrais me l'accorder, mais je ne veux pas le demander. Tu es plus précieuse pour moi que la vie. Ne pense jamais que je t'ai abandonnée. Quand le soleil brille sur toi, c'est mon sourire. Quand tu entends la brise souffler à travers les fleurs de pommier, c'est moi qui murmure que je t'aime. Mon amour est à jamais à toi.
>
> Perrin

Pendant un instant, il étudia ce qu'il avait écrit. Cela ne disait pas assez, mais devrait suffire. Il n'avait pas les mots justes pas plus qu'il n'avait de temps.

Séchant soigneusement l'encre humide avec du sable, il plia les pages ensemble. Il faillit écrire dessus « Faile Bashere » avant de le transformer en « Faile Aybara ». Il s'avisa qu'il ne savait même pas si une épouse prenait le nom de son mari dans la Saldaea ; il y avait des endroits où elle ne le prenait pas. Bah, elle s'était mariée avec lui dans les Deux Rivières ; elle aurait à se conformer aux usages des Deux Rivières.

Il plaça la lettre au milieu de la tablette de la cheminée au-dessus de l'âtre – peut-être qu'elle finirait par la recevoir – et rajusta le large ruban rouge de mariage derrière son col pour que les pans tombent correctement sur les revers de sa tunique. Il était censé le porter pendant sept jours, une indication à tous ceux qui le verraient qu'il était nouvellement marié. « J'essaierai », dit-il très bas à la lettre. Faile avait voulu lui nouer un ruban dans la barbe ; il regrettait de l'en avoir empêchée.

« Pardon, Seigneur Perrin ? demanda Ban qui remuait toujours ses pieds avec anxiété. Je n'ai pas entendu. » Aram se mordait la lèvre, les pupilles dilatées et le regard effrayé.

« Temps de se mettre à l'ouvrage », dit Perrin. Peut-être la lettre lui arriverait. D'une manière ou d'une autre. Il prit son arc sur la table et l'accrocha dans son dos. La hache et le carquois étaient déjà suspendus à sa ceinture. « Et ne m'appelle pas comme ça ! »

Devant l'auberge, les Compagnons s'étaient rassemblés à cheval, Wil al'Seen avec cette ridicule bannière à la tête de loup, la longue hampe reposant sur la ferrure de son étrier. Combien de jours depuis que Wil avait refusé de porter ce machin ? Les survivants de ceux qui s'étaient joints à lui dès le premier moment en gardaient jalousement le droit à présent. Wil, avec son arc sur le dos et une épée au côté, avait l'air fier comme un imbécile.

Tandis que Ban se hissait sur sa selle, Perrin l'entendit qui disait : « Le gars est aussi calme qu'une mare en hiver. Comme de la glace. Peut-être que cela ne se passera pas trop mal aujourd'hui. » Il y prêta à peine attention. Les femmes étaient rassemblées sur le Pré Communal.

Elles formaient un cercle sur cinq ou six rangs autour du grand mât où la plus grande bannière à tête de loup rouge voltigeait dans une brise. Sur cinq ou six rangs de profondeur, épaule contre épaule, avec des armes d'hast fabriquées à partir de faux et de fourches, de haches à couper le bois et même de solides couteaux de cuisine et des couperets.

La gorge serrée, il enfourcha Steppeur et se dirigea vers elles. Les enfants étaient groupés en masse compacte à l'intérieur du cercle des femmes. Tous les enfants du Champ d'Emond.

Chevauchant lentement le long des rangs, il sentait que les yeux des femmes le suivaient, et aussi ceux des enfants. Une odeur de peur, et d'anxiété ; les enfants le laissaient voir sur leurs visages trop blêmes, mais tous émettaient cette odeur. Il tira sur ses rênes à l'endroit où Marine al'Vere, Daise Congar et le reste du Cercle des Femmes se tenaient ensemble. Alsbet Luhhan avait un des marteaux de son mari sur l'épaule, et son casque de Blanc Manteau acquis la nuit de son sauvetage était enfoncé légèrement de travers à cause de sa natte épaisse. Neysa Ayellin serrait fermement dans sa main un tranchoir à longue lame et en avait deux autres passés dans sa ceinture.

« Nous avons projeté cela », déclara Daise, la tête levée vers lui comme si elle s'attendait à une discussion et n'avait pas l'intention de s'y laisser entraîner. Elle avait en main une fourche, attachée à une perche plantée bien droite devant elle et qui la dépassait d'au moins une demi-toise. « Si les Trollocs opèrent une trouée n'importe où, vous les hommes allez être occupés, alors nous emmènerons les enfants hors du village. Les plus âgés savent ce qu'ils doivent faire et ils ont tous joué à cache-cache dans les bois. Juste pour qu'ils soient en sécurité jusqu'à ce qu'ils puissent revenir. »

Les plus âgés. Des garçons et des filles de treize et quatorze ans avaient des tout-petits attachés sur le dos et tenaient des plus jeunes par la main. Les filles ayant plus de quatorze ans étaient dans les rangs avec les femmes ; Bode Cauthon agrippait à deux mains une hache à couper le bois, sa sœur Eldrin un épieu pour la chasse au sanglier, à large pointe. Les garçons plus âgés étaient avec les hommes ou sur les toits de chaume avec leurs arcs. Les Rétameurs étaient là avec les enfants. Perrin jeta un coup d'œil à Aram, debout à côté de son étrier. Ils ne se battraient pas, mais chaque adulte, homme ou femme, avait deux bébés attachés sur le dos et un autre niché dans le creux de son bras. Raen et Ila, chacun avec un bras passé autour de son compagnon, refusèrent de le regarder. Leur conserver simplement la vie sauve jusqu'à ce qu'ils puissent s'en aller.

« Je suis désolé. » Il dut s'interrompre pour s'éclaircir la gorge. Il n'avait pas compté en venir à cela. Il avait beau y réfléchir, il n'imaginait pas ce qu'il aurait pu faire d'autre. Même s'offrir aux Trollocs ne les aurait pas empêchés de tuer et de brûler. Cela se serait terminé de la même façon. « Ce n'était pas très loyal, ce que j'ai fait avec Faile, mais j'y étais obligé. Je vous en prie, comprenez-le. J'y étais obligé.

— Ne sois pas stupide, Perrin, dit Alsbet, sa voix énergique mais son visage rond illuminé d'un chaud sourire. Je ne peux pas le supporter quand tu dis des bêtises. Croyais-tu que nous nous attendions à ce que tu agisses différemment ? »

Un lourd couperet dans une main, Marine lui tapota le genou de l'autre. « Tout homme digne qu'on lui prépare un repas aurait agi de même.

— Merci. » Ô Lumière, il était enroué. Dans une minute, il reniflerait comme une gamine. Pourtant, il ne savait trop pourquoi il ne parvenait pas à raffermir sa voix. Elles devaient le prendre pour un idiot. « Merci, je n'aurais pas dû vous tromper, mais elle ne serait pas partie si elle avait eu des doutes.

— Oh, Perrin. » Marine éclata de rire. Oui, elle rit, en dépit de tout ce qui les attendait et de la peur qui émanait d'elle ; il aurait aimé avoir la moitié de son courage. « Nous avions compris ce que tu manigançais avant même que tu l'aies hissée sur son cheval, et je ne suis pas sûre qu'elle ne l'avait pas compris aussi. Les femmes se retrouvent faire ce qu'elles ne veulent pas simplement pour vous plaire, à vous les hommes. Maintenant, va-t'en et occupe-toi de ce qui te concerne. Ceci est l'affaire du Cercle des Femmes », ajouta-t-elle d'un ton ferme.

Il se débrouilla pour lui rendre son sourire. « Oui, Maîtresse, dit-il en portant sa main repliée à son front. Je vous demande pardon. J'en sais assez pour ne pas fourrer mon nez là-dedans. » Les femmes qui l'entouraient eurent un doux rire d'amusement quand il s'éloigna sur Steppeur.

Ban et Tell suivaient juste derrière lui, il s'en avisa, le reste des compagnons en file derrière Wil et la bannière. Il appela du geste les deux à s'approcher de lui. « Si les choses tournent mal aujourd'hui, dit-il quand ils l'encadrèrent, les Compagnons devront revenir ici aider les femmes.

— Mais... »

Il interrompit net la protestation de Tell. « Faites ce

que je dis ! Si la situation devient grave, vous sortez de là les femmes et les enfants ! Vous m'entendez ? » Ils inclinèrent la tête en signe d'assentiment ; à regret, mais ils acquiescèrent.

« Et toi ? » demanda Ban à mi-voix.

Perrin n'en tint pas compte. « Aram, vous restez avec les Compagnons. »

Le Rétameur, qui avançait à grands pas entre Steppeur et la monture aux poils rudes de Tell, ne leva même pas la tête. « Je vais où vous allez. » Il le dit simplement, mais d'un ton qui ne permettait pas la discussion ; il agirait comme bon lui semblait quoi que dise Perrin. Perrin se demanda si les vrais seigneurs rencontraient de ces problèmes-là.

À l'extrémité ouest du Pré Communal, les Blancs Manteaux étaient tous en selle, les capes au soleil rayonnant impeccables, les casques et armures luisant, le fer des lances brillant, une longue colonne par quatre qui s'étirait jusqu'aux plus proches maisons. Ils avaient dû passer la moitié de la nuit à astiquer. Dain Bornhald et Jaret Byar firent pivoter leurs chevaux pour être face à Perrin. Bornhald était droit sur sa selle, mais il sentait l'eau-de-vie de cidre. La face décharnée de Byar était crispée par une rage encore plus ardente que d'ordinaire quand il regarda Perrin.

« Je pensais que vous auriez pris vos postes à cette heure », dit Perrin.

Bornhald fixa d'un air sombre la crinière de son cheval, sans répondre. Au bout d'un instant, Byar rétorqua comme s'il lui crachait au visage : « Nous partons d'ici, Engeance de l'Ombre. » Un murmure de colère s'éleva du groupe des Compagnons, mais l'homme aux yeux caves ne s'en préoccupa pas plus que du geste d'Aram passant la main par-dessus son épaule pour saisir la poignée de son épée. « Nous allons nous frayer un chemin au milieu de vos amis jusqu'à la Colline-au-Guet pour rejoindre le reste de nos hommes. »

Ils partaient. Plus de quatre cents soldats s'en allaient. Des Blancs Manteaux, mais des soldats à cheval, pas des fermiers, des soldats qui avaient été d'accord – Bornhald avait accepté ! – de soutenir les hommes des Deux Rivières partout où la bataille serait la plus rude. Si le Champ d'Emond devait avoir la moindre chance, il lui fallait retenir ces hommes. Steppeur secoua la tête et renâcla comme s'il était gagné par l'humeur de son cavalier. « Croyez-vous encore que je suis un Ami du Ténébreux, Bornhald ? À combien d'attaques avez-vous assisté jusqu'ici ? Ces Trollocs ont essayé de me tuer tout autant que n'importe qui d'autre. »

Bornhald releva lentement la tête, le regard comme obsédé et en même temps à demi vitreux. Ses mains dans les gantelets à dos renforcé d'acier se replièrent inconsciemment sur ses rênes. « Croyez-vous que je n'ai pas appris maintenant que ces défenses ont été préparées sans vous ? Elles n'ont rien à voir avec vous, oui ? Je ne veux pas maintenir mes hommes ici pour vous regarder donner vos propres villageois en pâture aux Trollocs. Danserez-vous sur un tas de leurs cadavres quand ce sera terminé, Engeance de l'Ombre ? Pas sur les nôtres ! J'entends rester en vie assez longtemps pour vous traduire en justice ! »

Perrin caressa le cou de Steppeur pour calmer l'étalon. Il lui fallait garder ces hommes. « Vous me voulez ? Très bien. Quand ce sera fini, quand les Trollocs seront vaincus, je n'opposerai pas de résistance si vous essayez de m'arrêter.

— Non ! » crièrent ensemble Ban et Tell, et derrière eux montèrent des protestations indistinctes parmi les autres. Aram leva les yeux vers lui, saisi.

« Promesse sans valeur, ricana Bornhald. Vous voulez que tout le monde meure ici sauf vous !

— Vous ne le saurez jamais si vous vous enfuyez, n'est-ce pas ? » Perrin adopta un ton dur et méprisant. « Je serai fidèle à ma promesse mais, si vous filez, vous risquez de ne jamais me retrouver. Sauvez-vous si vous voulez ! Sauvez-vous et tâchez d'oublier ce qui arrive ici ! Tous vos discours que vous protégez les gens des Trollocs. Combien sont morts de la main des Trollocs depuis votre arrivée ? Ma famille n'a pas été la première, et certainement pas la dernière. Filez ! Ou restez si vous êtes capables de vous souvenir que vous êtes des hommes. Si vous avez besoin de trouver du courage, regardez les femmes, Bornhald. Chacune d'elles est plus brave que toute votre bande, vous autres Blancs Manteaux ! »

Bomhald tressautait comme si chaque mot était un coup ; Perrin crut qu'il allait tomber de sa selle. Se redressant dans un sursaut, Bornhald le regarda fixement. « Nous resterons, dit-il d'une voix rauque.

— Mais, mon Seigneur Bornhald, protesta Byar.

— L'honneur sauf ! lui répliqua Bornhald dans un rugissement. Si nous devons mourir ici, nous mourrons l'honneur sauf ! » Il ramena avec effort sa tête vers Perrin, de la salive aux lèvres. « Nous resterons. Mais à la fin je vous verrai mort, Engeance de l'Ombre ! Pour ma famille, pour mon père, je vous... verrai... mort ! » Sciant avec rudesse la bouche de son cheval pour qu'il tourne, il repartit au petit galop vers sa colonne à cape blanche. Byar découvrit ses dents dans un défi muet à Perrin avant de le suivre.

« Vous n'avez pas l'intention de tenir cette promesse ? dit Aram avec anxiété. Vous ne pouvez pas.

— Il faut que j'inspecte tout le monde », répliqua Perrin. Peu de chances qu'il vive assez longtemps pour la tenir. « Il n'y a pas beaucoup de temps. » Il talonna les flancs de Steppeur et le cheval bondit en avant, en direction de l'extrémité ouest du village.

Derrière les pieux aiguisés plantés face au Bois de l'Ouest, des hommes étaient accroupis avec leurs lances, hallebardes et armes d'hast façonnées par Haral Luhhan, qui était là en gilet de forgeron avec une lame de faux emmanchée au bout d'une hampe de près d'une toise et demie. Derrière eux étaient postés les hommes armés d'arcs en rangs interrompus par quatre catapultes, Abell Cauthon marchant lentement le long de ces rangs pour parler à chacun.

Perrin arrêta sa monture à côté d'Abell. « On annonce

qu'ils arrivent du nord et du sud, dit-il à mi-voix, mais ayez l'œil.

— Nous y veillerons. Et je suis prêt à envoyer la moitié de mes hommes là où l'on en aura besoin. Ils s'apercevront que l'on peut se casser les dents sur les gens des Deux Rivières. » Le sourire d'Abell rappelait celui de son fils.

À la grande confusion de Perrin, les hommes poussèrent des acclamations en ordre dispersé quand il passa à cheval près d'eux, les Compagnons et la bannière sur ses talons : « Les-Yeux-d'Or ! Les-Yeux-d'Or ! » et de temps en temps un « Seigneur Perrin ». Il savait bien qu'il aurait dû refréner cela plus énergiquement dès le début.

Au sud, c'est Tam qui était en charge, plus grave qu'Abell et marchant presque comme un Lige, la main posée sur la poignée de son épée. Cette grâce farouche, redoutable, avait quelque chose d'étrange chez ce paysan trapu aux cheveux gris. Toutefois ses propos à Perrin ne différèrent guère de ceux d'Abell. « Nous autres des Deux Rivières, nous sommes plus coriaces que la plupart des gens ne l'imaginent, dit-il paisiblement. N'ayez crainte que nous ne nous montrions pas à la hauteur aujourd'hui. »

Alanna était auprès d'une des six catapultes installées là, s'occupant d'une grosse pierre qui était soulevée dans le cuilleron au bout du style – une poutre épaisse. Ihvon était en selle sur son cheval à côté d'elle dans sa cape de Lige aux couleurs changeantes, svelte comme une lame d'épée et alerte comme un faucon ; nul doute qu'il avait choisi son terrain – n'importe où se trouvait Alanna – et son combat – l'en sortir vivante à n'importe quel prix. Il regarda à peine Perrin, mais l'Aes Sedai s'immobilisa, les mains planant au-dessus de la pierre, le suivant des yeux quand il passa. Il la sentait pratiquement peser, mesurer et juger. Ces vivats le suivaient aussi.

À l'endroit où la herse de pieux courait derrière les quelques maisons à l'est de l'*Auberge de la Source du Vin,* c'est Jon Thane et Samel Crawe qui se partageaient le commandement. Perrin leur dit la même chose qu'à Abell et une fois encore reçut à peu près la même réponse. Jon, en cotte de mailles avec des trous rouillés à plusieurs endroits, avait vu la fumée de son moulin en train de brûler et Samel, avec sa face chevaline et son long nez, était sûr d'avoir vu la fumée de sa ferme. Ni l'un ni l'autre ne s'attendaient à ce que la journée soit facile, mais les deux se drapaient dans une froide détermination comme dans une cape.

C'est vers le nord que Perrin avait décidé de se battre. Tripotant le ruban pendant sur un de ses revers, il regarda dans la direction de la Colline-au-Guet, la direction qu'avait prise Faile, et il se demanda pourquoi il avait choisi le côté du nord. *Vole librement, Faile. Vole libre, mon cœur.* Il se dit que c'était un endroit aussi bon qu'un autre pour mourir.

C'est Bran qui était censé diriger ici les opérations, coiffé de son casque d'acier et vêtu de son justaucorps sur lequel étaient cousus des disques de métal, mais il interrompit son inspection des hommes postés le long de la herse de pieux pour adresser à Perrin un salut aussi profond que le permettait sa corpulence. Gaul et Khiad étaient prêts, la tête drapée dans la *shoufa* et le visage caché jusqu'aux yeux derrière un voile noir. Côte à côte, remarqua Perrin ; quel que fût ce qui s'était passé entre eux l'avait apparemment emporté sur la haine que se vouaient leurs clans. Loial avait une paire de haches de bûcheron qui paraissaient minuscules dans ses mains énormes ; ses oreilles huppées pointaient farouchement en avant et son grand visage était sévère.

Est-ce que vous croyez que je vais m'enfuir ? avait-il dit quand Perrin avait suggéré qu'il pourrait se faufiler dans la nuit à la suite de Faile. Ses oreilles s'étaient affaissées sous le coup de la fatigue et de l'amour-propre blessé. *Je suis venu avec vous, Perrin, et je resterai jusqu'à ce que vous partiez.* Puis il avait subitement éclaté de rire, un rire grave claironnant qui avait presque fait trembler les assiettes. *Peut-être que quelqu'un racontera une histoire sur moi, un jour. Nous ne sommes pas amateurs de ce genre de chose, mais il pourrait y avoir un héros ogier, je suppose. Une plaisanterie, Perrin. J'ai dit une plaisanterie. Riez. Allons, nous nous raconterons des plaisanteries, nous rirons et nous penserons à Faile qui vole librement.*

« Ce n'est pas une plaisanterie, Loial », murmura Perrin en longeant à cheval les files d'hommes, s'efforçant de ne pas écouter leurs acclamations. « Vous êtes un héros, que vous le vouliez ou non. » L'Ogier étira sa grande bouche dans un sourire tendu à son adresse avant de reporter son regard vers le terrain dégagé au-delà de la haie de pieux. Des bâtons à bandes blanches étaient plantés à cent pas d'intervalle jusqu'à une distance de cinq cents pas ; au-delà étaient des champs bigarrés, tabac et orge, la plupart piétinés lors d'attaques précédentes, des haies et des murs de pierre bas, ainsi que des bosquets de lauréoles, de sapins et de chênes.

Que de visages Perrin connaissait dans ces rangs d'hommes qui attendaient ! Le gros Eward Candwin et Paet al'Caar avec son menton en galoche qui étaient armés de lances. Buel Dowtry aux cheveux blancs, le fabricant de flèches, se trouvait parmi les archers, naturellement. Il y avait Jac al'Seen trapu et grisonnant avec son cousin chauve Wit, et le noueux Flann Lewin, un grand échalas comme tous les hommes de sa famille. Jaim Torfinn et Hu Marwin, parmi les premiers à chevaucher derrière lui ; ils s'étaient sentis trop mal à l'aise pour se joindre aux Compagnons, comme si d'avoir manqué l'embuscade dans le Bois Humide avait creusé un fossé entre eux et les autres. Elam Dowtry, DavAyellin, Ewin Finngar. Hari Coplin et son frère Darl, et le vieux Bili Congar. Berin. Thane, le frère du meunier, le corpulent Athan Dearn et Kevrim al'Azar, dont les petits-fils avaient des fils adultes, Tuck Padwhin, le charpentier, et...

Se forçant à cesser de les compter, Perrin se dirigea vers l'endroit où Vérine se tenait à côté d'une des catapultes sous l'œil vigilant de Tomas en selle sur son cheval gris. L'Aes Sedai aux formes rebondies vêtues de brun examina un instant Aram avant de lever son regard pareil à celui d'un oiseau vers Perrin, un sourcil levé comme pour demander pourquoi il la dérangeait.

« Je suis un peu surpris de voir que vous et Alanna êtes encore là, lui dit-il. Chercher des jeunes filles capables de canaliser ne peut pas valoir la peine d'être tuées. Pas plus que garder un fil attaché à un *ta'veren.*

— Est-ce ce que nous faisons ? » Croisant les mains à hauteur de sa taille, elle pencha pensivement la tête de côté. « Non, finit-elle par dire, je ne pense pas que nous puissions partir déjà. Vous êtes un sujet d'étude très intéressant, autant que Rand, à votre manière. De même le jeune Mat. Aurais-je la possibilité de me couper en trois, j'attacherais un fragment à chacun de vous et vous suivrais à tout moment du jour et de la nuit quand bien même devrais-je me marier avec vous.

— J'ai déjà une épouse. » C'était bizarre, de dire cela. Bizarre, et plaisant. Il avait une épouse et elle était en sécurité.

Elle interrompit son moment de rêverie. « Oui, certes. Par contre, vous ignorez ce qu'implique le mariage avec Zarine Bashere, n'est-ce pas ? » Elle allongea le bras pour tourner sa hache dans le tirant de sa ceinture, l'observant attentivement. « Quand allez-vous abandonner ceci pour le marteau ? »

Instinctivement, regardant avec surprise l'Aes Sedai, il tira sur la bride de Steppeur pour qu'il recule d'un pas, lui enlevant la hache des mains. Ce qu'implique le mariage avec Faile ? Renoncer à la hache ? Que voulait-elle dire ? Que savait-elle ?

« ISAM ! » Le rugissement guttural résonna comme le tonnerre, et des Trollocs surgirent, chacun une fois et demi plus grand qu'un homme et deux fois plus gros, pénétrant au pas gymnastique dans les champs et s'arrêtant hors de portée de flèche, lourde masse en cottes de mailles noires, s'étendant en profondeur et sur toute la longueur du village. Des milliers pressés les uns contre les autres, d'énormes faces déformées par des becs et des boutoirs, des têtes avec des cornes ou des crêtes de plumes, des pointes aux coudes et aux épaules, des épées courbes comme des faux et des haches d'armes à pique, des vouges à crochets et des tridents barbelés, une marée apparemment sans fin d'armes cruelles. Derrière eux, des Myrddraals galopaient de long en large sur des chevaux noirs comme la nuit, leurs capes couleur de corbeau pendant à la verticale imperturbablement quand ils faisaient tourner vivement leurs montures.

« ISAM ! »

« Intéressant », murmura Vérine.

Perrin n'aurait pas pensé que le terme était approprié. C'était la première fois que les Trollocs proféraient quelque chose de compréhensible. Non pas qu'il eût la moindre idée de ce que cela signifiait.

Lissant son ruban de noces, il se força à chevaucher calmement au centre de la ligne des Deux Rivières. Les Compagnons se groupèrent derrière lui, la brise déploya la bannière à la tête de loup rouge. Aram avait dégainé son épée qu'il tenait à deux mains. « Apprêtez-vous ! » cria Perrin. Sa voix était ferme ; il n'en croyait pas ses oreilles.

« ISAM ! » Et le flot noir déferla, poussant des cris inarticulés.

Faile était en sécurité. Rien d'autre ne comptait. Il se refusa à voir les visages des hommes dont les rangs s'étiraient de chaque côté de lui. Il entendait les mêmes rugissements en provenance du sud. Sur deux flancs à la fois. Ils n'avaient jamais essayé cette manœuvre avant. Faile était en sécurité. « À quatre cents pas... ! » Tout le long des rangs, les arcs se dressèrent avec ensemble. Elle se rapprochait, la masse hurlante, les longues jambes épaisses dévorant la distance. Se rapprochait encore. « Lâchez ! »

Le claquement des cordes d'arc se perdit dans le tonnerre trolloc, mais une grêle empennée de plumes d'oie sillonna le ciel, s'éleva et plongea dans la horde en hauberts noirs. Des pierres provenant des catapultes explosèrent en boules ardentes et en éclats aigus dans ces rangs foisonnants. Des Trollocs tombèrent. Perrin les vit s'affaisser, piétinés sous les bottes et les sabots. Même quelques Myrddraals tombèrent. Pourtant le raz de marée continua à déferler, comblant les trous et les vides, apparemment pas diminué.

Il ne fut pas nécessaire de commander une autre volée. Une deuxième suivit la première dès que les hommes purent encocher des flèches, une deuxième pluie de larges pointes de fer de flèche qui s'éleva avant que s'abatte la première, la troisième survenant derrière, une quatrième, une cinquième. Du feu éclatait parmi les Trollocs aussi vite que les treuils rabaissaient les styles des catapultes, Vérine galopant d'une catapulte à l'autre et se penchant sur sa selle. Et les énormes formes rugissantes arrivaient toujours, criant dans aucune langue que comprenait Perrin, mais criant pour du sang, du sang humain et de la chair humaine. Les hommes accroupis derrière les pieux s'apprêtèrent, soupesant leurs armes.

Perrin se sentit glacé intérieurement. Il voyait le terrain derrière la charge trolloque déjà jonché de leurs morts et de leurs mourants, pourtant ils ne semblaient guère être moins nombreux. Steppeur piaffait nerveusement, mais il n'entendait pas hennir le gris louvet dans la houle des hurlements trollocs. La hache se plaça avec aisance dans sa main, longue lame en demi-lune et pique épaisse reflétant le soleil. Pas encore midi. *Mon cœur t'appartient à jamais, Faile*. Cette fois, il ne pensa pas que les pieux réussiraient...

Sans même ralentir, le premier rang de Trollocs fonça sur les pieux aiguisés, la face déformée par des boutoirs ou des becs tordus dans des cris de souffrance stridents, hurlant en se trouvant empalés dessus, projetés à terre par d'autres énormes masses qui leur montaient sur le dos, certaines de celles-là s'affalant au milieu des pieux, remplacées par d'autres et d'autres encore. Une dernière volée de flèches frappant la cible, à bout portant, puis ce fut les lances, hallebardes et armes d'hast de fortune qui poussèrent des bottes et frappèrent d'estoc ces formes en haubert noir quasiment hautes comme des tours, parfois tombant tandis que les archers tiraient de leur mieux sur les faces inhumaines au-dessus des têtes de leurs amis, des gamins tiraient aussi du haut des toits, combat démentiel, rugissements, cris, hurlements à crever les tympans. Avec lenteur, inexorablement, la ligne des Deux Rivières se repliait dans une douzaine d'endroits. Si elle cédait, n'importe où...

« Reculez ! » ordonna Perrin de toute sa voix. Un Trolloc au boutoir de sanglier, déjà ensanglanté, se força un passage dans les rangs humains, avec des cris aigus, frappant de sa grosse épée incurvée. La hache de Perrin lui fendit la tête jusqu'au boutoir. Steppeur tentait de se cabrer, hurlant silencieusement dans le vacarme. « Reculez ! » Darl Coplin s'affaissa, les mains crispées sur une cuisse transpercée par une lance de la grosseur d'un poignet ; le vieux Bili Congar s'efforça de le traîner en arrière tout en manœuvrant maladroitement un épieu ; Hari Coplin brandit sa hallebarde pour défendre son frère, la bouche béante dans un cri qui semblait muet. « Reculez entre les maisons ! »

Il n'était pas sûr que d'autres avaient entendu et relayé l'ordre, ou simplement s'ils cédaient à la pression du poids énorme des Trollocs mais, avec lenteur, un pas fait à regret à la fois, les humains revenaient en arrière. Loial maniait ses haches sanglantes comme des maillets, sa large bouche crispée dans un rictus. À côté de l'Ogier, Bran ferraillait farouchement avec sa lance ; il avait perdu son casque d'acier et du sang coulait dans sa couronne de cheveux gris. Du haut de son étalon, Tomas creusait un espace autour de Vérine ; les cheveux en désordre, elle avait perdu son cheval ; des boules de feu filaient d'entre ses mains et chaque Trolloc frappé explosait en flammes comme s'il avait été imbibé d'huile. Pas suffisamment pour tenir. Les hommes des Deux Rivières reculaient, se bousculant autour de Steppeur. Gaul et Khiad luttaient dos contre dos ; elle n'avait plus qu'une lance et lui tailladait et frappait avec son gros poignard. À l'est et à l'ouest, des hommes s'étaient déployés en courbe au-delà des défenses qui étaient là, pour éviter que les Trollocs les prennent de flanc, et ils les arrosaient de flèches. Pas suffisant. Il fallait reculer.

Soudain, une gigantesque forme aux cornes de bélier s'efforça d'arracher Perrin de sa selle, essaya de se hisser derrière lui. Se débattant, Steppeur s'affaissa sous leurs poids combinés. La jambe coincée et douloureuse à croire qu'elle était près de se casser, Perrin se démena pour ramener sa hache à sa portée, pour écarter de sa gorge des mains plus grosses que celles d'un Ogier. Le Trolloc hurla quand l'épée d'Aram s'enfonça dans son cou. Alors même qu'il s'effondrait sur Perrin dans des éclaboussures de sang, le Rétameur pivota avec souplesse pour plonger sa lame dans le ventre d'un autre Trolloc.

Grognant de douleur, Perrin se dégagea à coups de pied, aidé par Steppeur qui se redressait, mais pas question de songer à se remettre en selle. Il roula de côté pour éviter de justesse les sabots d'un cheval couleur d'ébène qui plongeaient vers le sol à l'endroit exact où s'était trouvée sa tête. Face sans yeux, blême et ricanante, l'Évanescent se pencha sur sa selle alors que Perrin tentait de se relever et sabra de son épée noire, Perrin en sentit le vent lui effleurer les cheveux comme il se laissait retomber. Brutalement, Perrin balança sa hache et trancha une des jambes du cheval. Monture et cavalier s'affalèrent ensemble ; pendant qu'ils s'effondraient, Perrin enfonça sa hache là où auraient dû se trouver les yeux du Demi-Homme.

Il dégagea avec effort sa lame à temps pour voir les dents de la fourche de Daise Congar percer la gorge d'un Trolloc au museau de chèvre. Lequel saisit la longue hampe d'une main et frappa de l'autre avec une lance barbelée, mais Marine al'Vere lui fendit calmement le jarret d'un seul élan de son couperet, la jambe plia et Marine sectionna avec autant de sang-froid la colonne vertébrale du Trolloc à la base de sa nuque. Un autre Trolloc souleva en l'air Bode Cauthon par sa tresse ; la bouche ouverte dans un cri terrifié, elle enfonça sa hache à couper le bois dans son épaule couverte d'une cotte de mailles dans la même seconde où sa sœur, Eldrin, lui enfonçait son épieu dans la poitrine où Neysa Ayellin à la natte grise plongeait aussi un gros couteau de boucher.

D'un bout à l'autre de la ligne, aussi loin que Perrin pouvait voir, les femmes étaient là. Leur nombre était l'unique raison pour laquelle la ligne tenait encore, presque acculée contre les maisons. Les femmes au milieu des hommes, épaule contre épaule ; certaines à peine plus que de toutes jeunes filles, mais aussi certains de ces « hommes » ne s'étaient pas encore rasés. Quelques-uns n'auraient jamais à le faire. Où étaient les Blancs Manteaux ? *Les enfants !* Puisque les femmes étaient ici, il n'y avait personne pour emmener les enfants à l'abri. *Où étaient ces sacrés Blancs Manteaux ?* S'ils arrivaient maintenant, au moins pourraient-ils gagner encore quelques minutes. Quelques minutes pour mettre les enfants en lieu sûr.

Un garçonnet, le même petit coursier brun qui était venu le trouver la veille au soir, le saisit par le bras alors qu'il se tournait pour chercher les Compagnons. Il faudrait que les Compagnons fraient une voie de sortie pour les enfants. Il les enverrait, et lui se débrouillerait de son mieux ici. « Seigneur Perrin ! lui cria le gamin à travers le fracas assourdissant. Seigneur Perrin ! »

Perrin essaya de se dégager, puis l'attrapa tout trépignant sous son bras ; il devrait être avec les autres enfants. Séparés, en rangs serrés s'étirant de maison en maison, Ban, Tell et les autres Compagnons tiraient à l'arc du haut de leur selle, par-dessus la tête des hommes et des femmes. Wil avait planté la hampe de la bannière en terre pour pouvoir lui aussi se servir de son arc. Vaille que vaille, Tell avait réussi à rattraper Steppeur ; les rênes du louvet étaient attachées à la selle. Le gamin pourrait aller sur le dos de Steppeur.

« Seigneur Perrin ! Écoutez, s'il vous plaît ! Maître al'Thor dit que des gens attaquent les Trollocs ! Seigneur Perrin ! »

Perrin se trouvait à mi-chemin de Tell, clopinant sur

sa jambe meurtrie, quand le message pénétra dans son esprit. Il fourra le manche de sa hache dans sa ceinture pour soulever par les épaules le petit garçon jusqu'à sa figure. « Les attaquent ? Qui ?

— Je ne sais pas, Seigneur Perrin. Maître al'Thor a dit de vous prévenir qu'il avait cru entendre quelqu'un crier "La Tranchée-de-Deven". »

Aram agrippa le bras de Perrin et pointa sans un mot son épée ensanglantée. Perrin se retourna juste à temps pour voir une volée de flèches plonger sur les Trollocs. Venant du nord. Une autre volée montait déjà vers le sommet de sa trajectoire.

« Retourne avec les autres enfants », ordonna-t-il en reposant le gamin sur le sol. Il devait être plus haut pour voir. « Va ! Tu as bien travaillé, petit ! » ajouta-t-il en courant gauchement vers Steppeur. Le petit gars s'en fut tout souriant au galop vers le village. Chaque pas imprimait un élan douloureux dans la jambe de Perrin ; peut-être était-elle cassée. Il n'avait pas le temps de s'en préoccuper.

Saisissant les rênes que lui lançait Tell, il se hissa en selle. Et se demanda s'il voyait ce qu'il désirait voir au lieu de ce qui était là réellement.

Au-dessous d'une bannière à l'Aigle Rouge, à la lisière où s'étaient trouvés les champs, se tenaient de longues rangées d'hommes en habits de paysan qui tiraient de l'arc avec méthode. Et à côté de la bannière Faile était en selle sur Hirondelle, Baine près de son étrier. Ce devait être Baine derrière ce voile noir, et il distinguait nettement le visage de Faile. Elle avait l'air animée, tremblante, terrifiée et exubérante. Elle était belle.

Des Myrddraals essayaient de faire faire demi-tour à une partie des Trollocs, d'organiser une charge contre les hommes de la Colline-au-Guet, mais c'était sans effet. Même les Trollocs qui obtempéraient étaient fauchés avant d'avoir parcouru cinquante enjambées. Un Évanescent et son cheval tombèrent, non pas sous des flèches mais sous les lances et les mains de Trollocs pris de panique. C'étaient les Trollocs qui reculaient maintenant, puis qui couraient frénétiquement, fuyant les traits lancés des deux côtés une fois que les gens du Champ d'Emond eurent les coudées assez franches pour se servir aussi de leurs arcs, des Trollocs s'affalaient, des Myrddraals s'effondraient. Un vrai carnage, mais Perrin en avait à peine conscience. Faile.

Le même gamin apparut près de son étrier. « Seigneur Perrin ! » lança-t-il à pleine gorge. Pour être entendu maintenant par-dessus les acclamations, les hommes et les femmes criant de joie et de soulagement quand s'écroulèrent les derniers Trollocs qui n'avaient pas pu s'échapper hors de portée des arcs. Peu y étaient parvenus, de l'avis de Perrin, mais il était à peine capable de réfléchir. Faile. Le garçonnet tira sur la jambe de ses chausses. « Seigneur Perrin ! Maître al'Thor a dit de vous prévenir que les Trollocs se débandent ! Et ils crient bien "La Tranchée-de-Deven" ! Des hommes, je parle. Je les ai entendus ! »

Perrin se pencha pour ébouriffer les cheveux bouclés de l'enfant. « Quel est ton nom, petit ?

— Jaim Aybara, Seigneur Perrin. Je suis votre cousin, je crois. Plus ou moins, en tout cas. »

Perrin serra bien fort les yeux pendant un instant pour contenir ses larmes. Même quand il les rouvrit, sa main tremblait encore sur la tête du petit garçon. « Eh bien, Cousin Jaim, tu raconteras cette journée à tes enfants. Tu la raconteras à tes petits-enfants, aux enfants de tes petits-enfants.

— Je n'en aurai pas, affirma Jaim avec fermeté. Les filles sont horribles. Elles se moquent de vous et elles n'aiment rien faire qui en vaille la peine, et vous ne comprenez jamais ce qu'elles disent.

— Je pense qu'un jour tu les jugeras le contraire d'horribles. Une partie ne changera pas, mais cela si. » Faile.

Jaim n'eut pas l'air convaincu, puis il se rasséréna, un grand sourire se répandant sur son visage. « Attendez que je dise à Had que le Seigneur Perrin m'a appelé son cousin ! » Et il s'en fut comme une flèche avertir Had, qui aurait des enfants aussi, et tous les autres garçons qui en auraient un jour. Le soleil se trouvait juste au-dessus de leurs têtes. Une heure, peut-être. Cela n'avait pas pris au total plus d'une heure. Cela donnait l'impression d'avoir duré une vie entière.

Steppeur se mit en marche et il se rendit compte qu'il avait dû l'éperonner des talons. Les gens poussant des vivats s'écartèrent devant le cheval louvet, et il les entendit à peine. Il y avait de vastes trouées dans les rangées de pieux que les Trollocs avaient défoncées par le simple poids du nombre. Il en franchit une sur un monceau de cadavres de Trollocs et ne s'en aperçut pas. Des Trollocs criblés de flèches tapissaient le terrain qui avait été dégagé, et çà et là un Évanescent percé de traits comme une pelote à épingles se débattait par terre. Il n'en vit rien. Il n'avait d'yeux que pour une chose. Faile.

Elle se détacha des rangs des hommes de la Colline-au-Guet, s'arrêtant pour empêcher Baine de la suivre, et continua à cheval à sa rencontre. Elle chevauchait avec tant de grâce, comme si la jument noire était une part d'elle-même, droite et svelte, guidant Hirondelle plus avec les genoux qu'avec les rênes tenues si négligemment d'une main. Le ruban rouge des noces était encore tressé dans ses cheveux, les pans dansant par-dessus ses épaules. Il fallait qu'il lui trouve des fleurs.

Pendant un instant ses yeux en amande l'examinèrent, sa bouche... Voyons, elle ne pouvait pas être indécise, pourtant c'est l'odeur qui émanait d'elle. « J'ai dit que je partirais », finit-elle par déclarer, la tête haute. Hirondelle dansa de côté, le cou arqué, et Faile maîtrisa la jument sans paraître s'en apercevoir. « Je n'ai pas dit jusqu'où. Tu ne peux pas prétendre que je l'ai dit. »

Il était incapable d'émettre un son. Elle était si belle. Il voulait simplement la regarder, la voir, belle, vivante, avec lui. Son odeur était celle d'une saine transpiration avec juste une pointe à peine perceptible de savon parfumé aux herbes. Il ne savait pas trop s'il avait envie de rire ou de pleurer. Peut-être les deux. Il voulait emplir ses poumons de toute son odeur.

Fronçant les sourcils, elle poursuivit : « Ils étaient prêts, Perrin. Franchement, ils étaient prêts. Je n'ai pas eu à dire grand-chose pour les convaincre de venir. Ils n'avaient pratiquement pas eu d'ennuis avec les Trollocs, mais ils pouvaient voir la fumée. Nous avons voyagé sans relâche, Baine et moi, et nous sommes arrivées à la Colline-au-Guet bien avant l'aube, et nous sommes repartis dès le lever du soleil. » Son air rembruni s'effaça devant un large sourire vibrant et fier. Un si beau sourire. Ses yeux noirs étincelaient. « Ils m'ont suivie, Perrin. Ils m'ont suivie ! Même Tenobia n'a jamais conduit des hommes à la bataille. Elle l'a voulu une fois, quand j'avais huit ans, mais mon père a eu un entretien avec elle seul à seule dans ses appartements et, quand il s'en est allé à cheval vers la Dévastation, elle était restée à la maison. » Avec un sourire désabusé, elle ajouta : « Je pense que toi et lui utilisez parfois les mêmes méthodes. Tenobia l'a exilé, mais elle n'avait que seize ans et le Conseil des Seigneurs s'est arrangé pour qu'elle change d'avis au bout de quelques semaines. Elle va être bleue d'envie quand je lui raconterai. » Elle marqua de nouveau un temps, cette fois respirant à fond et plantant un poing sur sa hanche. « Ne vas-tu rien dire ? s'exclama-t-elle avec impatience. Vas-tu rester assis là comme une espèce d'empoté velu ? Je n'ai pas dit que je sortirais des Deux Rivières. C'est toi qui l'as dit, pas moi. Tu n'as pas le droit d'être en colère parce que je n'ai pas fait ce que je n'ai jamais promis ! Et toi qui essayais de m'expédier au loin parce que tu pensais que tu allais mourir ! Je suis revenue pour...

— Je t'aime. » C'est tout ce qu'il fut capable de répondre mais, chose curieuse, cela parut suffire. Les mots ne furent pas plus tôt sortis de sa bouche qu'elle approcha Hirondelle assez près pour jeter un bras autour de lui et presser son visage contre sa poitrine ; elle avait l'air de vouloir le serrer jusqu'à le casser en deux. Il caressa ses cheveux noirs avec douceur, juste conscient de leur toucher soyeux, juste conscient de sa présence.

« J'avais terriblement peur d'arriver trop tard, dit-elle dans sa veste. Les gens de la Colline-au-Guet ont marché aussi vite qu'ils le pouvaient mais, lorsque nous sommes arrivés et que j'ai aperçu les Trollocs qui se battaient en plein au milieu des maisons, tellement nombreux, comme si le village avait été enterré par une avalanche, et je ne te voyais pas... » Elle eut une aspiration tremblante, puis relâcha lentement son souffle. Quand elle reprit la parole, sa voix était plus calme. Tout juste. « Est-ce que les gens de la Tranchée-de-Deven sont venus ? »

Il sursauta et sa main interrompit sa caresse. « Oui, en effet. Comment l'as-tu su ? Avais-tu arrangé ça, aussi ? » Elle commença à être prise de secousses ; il fallut à Perrin un moment pour comprendre qu'elle riait.

« Non, mon cœur, quoique je l'aurais fait si j'avais pu. Quand cet homme est venu avec son message – "Nous arrivons" – j'avais pensé... espéré... que c'est ce que cela signifiait. » Écartant un peu de lui sa figure, elle le regarda, l'air sérieux. « Je ne pouvais pas t'en parler, Perrin. Je ne pouvais pas susciter ton espoir alors que je le supposais seulement. Ç'aurait été trop cruel si... Ne sois pas fâché contre moi, Perrin. »

Il la souleva de sa selle en riant et l'assit en travers devant lui ; elle rit en protestant et s'étira par-dessus le pommeau pour l'entourer de ses deux bras. « Je ne serai jamais, jamais fâché contre toi, je le j... » Elle l'interrompit en plaquant une main sur sa bouche.

« Ma mère dit que ce que mon père lui a fait de pire était de jurer de ne jamais se mettre en colère contre elle. Il lui a fallu une année pour l'obliger à renoncer à son serment et elle dit qu'il était pratiquement devenu invivable longtemps avant à force d'avoir gardé sa mauvaise humeur à l'intérieur. Tu seras fâché contre moi, Perrin, et moi contre toi. Si tu tiens à prononcer un autre vœu de mariage, jure de ne jamais le dissimuler quand tu le seras. Je ne peux pas venir à bout de ce que tu ne me laisseras pas voir, mon mari. Mon mari, répéta-t-elle d'un ton satisfait en se blottissant contre lui. J'aime la sonorité de ce mot-là. »

Il remarqua qu'elle n'avait pas dit qu'elle le laisserait toujours savoir quand elle-même serait en colère ; d'après ses expériences passées, il aurait à le découvrir de la façon la plus pénible au moins la moitié du temps. Et elle n'avait pas promis non plus de ne pas avoir de secrets pour lui. Présentement, peu importait du moment qu'elle était avec lui. « Je te laisserai savoir quand je serai fâché, mon épouse », promit-il. Elle le regarda du coin de l'œil comme si elle ne savait pas trop comment prendre cette promesse. *Tu ne parviendras jamais à les comprendre, Cousin Jaim, mais cela te sera égal.*

Brusquement, il eut conscience des cadavres de Trollocs qui l'entouraient comme un champ noir plein d'herbes empennées, des Myrddraals qui se débattaient refusant encore de mourir pour de bon. Il tourna lentement Steppeur. Un abattoir et un carnage d'Engeances de l'Ombre qui s'étendaient sur des centaines de pas dans toutes les directions. Des corneilles sautillaient déjà sur le terrain et des vautours planaient dans les airs en un énorme nuage tourbillonnant. Pas de corbeaux, toutefois. Et le même spectacle au sud d'après Jaim ; comme preuve, il voyait tournoyer les vautours au-delà du village. Pas assez pour venger Deselle ou Adora ou le petit Paet ou... Pas assez ; ce ne serait jamais assez. Rien ne pourrait jamais acquitter cette dette. Il serra Faile contre lui ; suffisamment fort pour qu'elle émette un son de protestation indistinct mais quand il voulut relâcher son étreinte, elle plaqua les mains sur ses bras, les agrippant avec autant de force pour les maintenir en place. Elle, c'était assez.

Des gens sortaient à flots du Champ d'Emond, Bran qui boitait et se servait de sa lance comme bâton, Marine qui souriait, un bras passé autour de lui, Daise que Wit, son mari, tenait embrassée, Gaul et Khiad la main dans la main et leur voile abaissé. Les oreilles de Loial s'étaient affaissées sous le poids de la fatigue et Tam avait du sang sur la figure, quant à Flann Lewin, il demeurait debout uniquement grâce au soutien de sa femme, Adine ; il y avait du sang sur presque tout le monde et des pansements de fortune. N'empêche, ils arrivaient en foule grandissante, Elam et Dav, Ewin et Aram, Eward Candwin et Buel Dowtry, les palefreniers de l'*Auberge de la Source du Vin* Hu et Tan, Ban et Tell et les Compagnons chevauchant toujours avec cette bannière. Cette fois, il ne vit pas les visages manquants, seulement ceux qui étaient toujours là. Vérine et Alanna à cheval, avec Tomas et Ihvon chevauchant tout près à leur suite. Le vieux Bili Congar qui brandissait un pichet contenant sûrement de l'ale ou mieux encore de l'eau-de-vie, et Cenn Buie plus noueux que jamais avec en plus des contusions, et Jac al'Seen avec un bras autour de son épouse, ses fils et ses filles autour de lui avec leurs femmes et leurs maris. Raen et Ila, toujours avec les bébés attachés sur le dos. D'autres encore. Des visages qu'il ne connaissait pas du tout ; des hommes qui venaient probablement de la Tranchée-de-Deven et des fermes d'alentour. Des petits garçons et des petites filles qui couraient parmi eux en riant.

Ils se déployèrent de chaque côté, formant un vaste cercle avec les gens de la Colline-au-Guet, Faile et lui au centre. Tous évitaient les Évanescents qui agonisaient, et c'était comme s'ils voyaient non pas les Engeances de l'Ombre gisant partout mais seulement les deux sur Steppeur. Ils observaient en silence jusqu'à ce que Perrin commence à se sentir nerveux. *Pourquoi personne ne dit quelque chose ? Pourquoi regardent-ils avec cette fixité ?*

Les Blancs Manteaux apparurent, sortant lentement à cheval du village dans leur longue colonne brillante par quatre, Dain Bornhald à leur tête avec Jaret Byar. Chaque cape était éclatante de blancheur comme fraîchement lavée ; chaque lance s'inclinait avec précision selon le même angle. Des murmures moroses se firent entendre, mais les gens s'écartèrent pour les laisser pénétrer dans le cercle.

Bornhald leva une main couverte d'un gantelet, immobilisant la colonne dans un cliquetis de brides et des grincements de selles quand il fut en face de Perrin. « C'est fini, Engeance de l'Ombre. » La bouche de Byar frémit sur le point d'esquisser une grimace hargneuse, mais le visage de Bornhald ne changea pas, sa voix ne monta pas d'un ton. « Les Trollocs sont anéantis ici. Comme nous en étions convenus, je vous arrête maintenant comme Ami du Ténébreux et assassin.

— Non ! » Faile se retourna pour regarder Perrin, le regard furieux. « Qu'est-ce qu'il raconte, *comme vous en étiez convenus* ? »

Ses paroles furent presque noyées par le rugissement montant de tous les côtés. « Non ! Non ! » et « Vous ne le prendrez pas ! » et « Les-Yeux-d'Or ! »

Sans quitter du regard Bornhald, Perrin allongea une main et le calme se rétablit lentement. Quand le silence fut total, il déclara : « J'ai dit que je ne résisterais pas si vous apportiez votre soutien. » Surprenant comme sa voix était tranquille ; intérieurement, il bouillonnait d'une lente colère froide. « Si vous prêtiez assistance, Blanc Manteau. Où étiez-vous ? » L'autre ne répondit pas.

Daise Congar sortit du cercle de la foule avec Wit, qui s'attachait à elle comme s'il avait l'intention de ne plus jamais la lâcher. D'ailleurs, le bras robuste de Daise entourait les épaules de Wit à peu près de la même façon. Ils formaient un tableau curieux tandis qu'elle plantait fermement sa fourche transformée en arme d'hast, elle le dominant d'une tête et tenant son considérablement plus petit mari comme si elle voulait le protéger. « Ils se trouvaient sur le Pré Communal, annonça-t-elle d'une voix forte, tous alignés et en selle sur leurs chevaux, beaux comme des jeunes filles prêtes pour le bal du dimanche. Ils n'ont pas bougé. C'est cela qui nous a décidées à venir... » Un farouche murmure d'assentiment provint des femmes. « ... quand nous avons vu que vous étiez sur le point d'être débordés, et qu'ils se contentaient de rester assis là comme des loupes sur une bûche ! »

Pas une seconde Bornhald ne détourna les yeux de Perrin. « Est-ce que vous vous imaginiez que je vous ferais confiance ? dit-il railleur. Votre plan n'a échoué que parce que les autres sont arrivés – oui ? – et vous ne pouvez pas prétendre vous en glorifier. » Faile bougea ; sans cesser de fixer Bornhald, Perrin posa un doigt en travers de ses lèvres juste alors qu'elle ouvrait la bouche. Elle le mordit – fort – mais elle ne dit rien. La voix de Bornhald commença finalement à s'échauffer. « Je vous verrai pendu, Engeance de l'Ombre. Je vous verrai pendu, quoi qu'il en coûte ! Je vous verrai mort, le monde devrait-il brûler ! » La dernière phrase résonna comme un cri. L'épée de Byar dégagea du fourreau sa lame sur une longueur de main ; un Blanc Manteau massif derrière lui – Farran, Perrin pensa qu'était son nom – dégaina la sienne entièrement, avec un sourire satisfait en contraste avec le rictus qui découvrait les dents de Byar.

Ils se figèrent comme des carquois cliquetaient quand des flèches en furent sorties, et des arcs se levèrent tout autour du cercle, les empennages tirés jusqu'à l'oreille, chaque pointe à large fer plat dirigée vers un Blanc Manteau. Tout le long de l'épaisse colonne, des selles aux grands arçons grincèrent comme les hommes modifiaient leur assise avec malaise. Bornhald ne montra aucun signe de peur, et de lui n'émanait pas non plus de senteur de peur ; son odeur était tout entière de haine. Il parcourut d'un regard presque fiévreux les gens des Deux Rivières qui encerclaient ses hommes et ramena sur Perrin ce regard aussi brûlant et rempli de haine.

Perrin fit un signe vers le bas et la tension fut relâchée avec répugnance sur les cordes, les arcs abaissés lentement. « Vous ne vouliez pas aider. » Sa voix était d'un froid de fer, d'une dureté d'enclume. « Depuis votre arrivée aux Deux Rivières, l'aide que vous avez apportée a été presque fortuite. En réalité, cela vous était égal que des gens soient brûlés vifs, tués, pour autant que vous pouviez trouver quelqu'un à qualifier d'Ami du Ténébreux. » Bornhald frissonna, bien qu'ayant encore le regard brûlant. « Il est temps de vous en aller. Pas seulement du Champ d'Emond. Il est temps que vous rassembliez vos Blancs Manteaux et quittiez les Deux Rivières. Maintenant, Bornhald. Vous partez maintenant.

— Je vous verrai pendu un jour », dit Bornhald à mi-voix. Il leva la main d'un geste brusque pour que la colonne le suive et talonna en avant son cheval comme pour renverser Perrin.

Perrin écarta Steppeur de son passage ; il voulait le départ de cette troupe, pas un massacre de plus. Que cet homme ait donc son dernier geste de défi.

Bornhald ne tourna pas une fois la tête, mais Byar aux joues cadavériques dévisagea Perrin avec une haine silencieuse et Farran parut le regarder avec regret pour une raison quelconque. Les autres maintenaient leurs yeux fixés droit devant eux quand ils passèrent dans un tintement de sellerie et le clop-clop des sabots. Le cercle s'ouvrit en silence pour les laisser sortir, en direction du nord.

Un groupe de dix ou douze hommes s'approcha à pied de Perrin, certains avec des bribes et des morceaux mal assortis de vieille armure, tous souriant anxieusement tandis que défilaient les derniers des Blancs Manteaux. Il n'en reconnut aucun. Un bonhomme au visage tanné, au large nez, semblait être leur chef, ses cheveux blancs à découvert mais un haubert rouillé lui descendant jusqu'aux genoux, le col d'une casaque de fermier émergeant toutefois autour de son cou. Il s'inclina gauchement par-dessus son arc. « Jerinvar Barstere, mon Seigneur Perrin. Jer, on m'appelle. » Il parlait vite, comme s'il craignait d'être interrompu. « Pardon de vous déranger. Quelques-uns d'entre nous allons suivre les Blancs Manteaux, si vous n'y voyez pas d'inconvénient. Bon nombre désirent rentrer chez eux, même si nous ne pouvons pas y arriver avant la nuit. Il y a autant de Blancs Manteaux qu'ici à la Colline-au-Guet, mais ils ont refusé de venir. Avaient des ordres de rester sur place, qu'ils ont dit. Bande d'imbéciles si vous voulez mon avis, et nous sommes plus que fatigués de les avoir chez nous, à fourrer leur nez dans la maison des gens et à tenter de nous inciter à accuser notre voisin de quelque chose. Nous allons leur faire un bout de conduite, avec votre permission. » Il adressa à Faile un regard confus, plongeant vers le bas son menton puissant, mais le flot de paroles ne ralentit pas. « Pardon, Dame Faile. Je n'avais pas l'intention de vous ennuyer, vous et votre seigneur. Juste souhaité le mettre au courant que nous sommes avec lui. Une belle femme que vous avez là, mon Seigneur. Une belle femme. Sans vouloir vous offenser, ma Dame. Eh bien, nous avons encore du jour et bavarder n'a jamais tondu de moutons. Pardon pour vous avoir importuné, mon Seigneur Perrin. Pardon, ma Dame Faile. » Il s'inclina de nouveau, imité par les autres, et ils s'en allèrent pressés par lui qui leur marmottait : « Nous n'avons pas le temps de nous imposer au seigneur et à sa dame. Il y a encore du pain sur la planche. »

« Qui était-ce ? » questionna Perrin, un peu ahuri par ce débit torrentiel ; Daise et Cenn à la fois ne pouvaient pas parler autant. « Le connais-tu, Faile ? De la Colline-au-Guet ?

— Maître Barstere est le Maire de la Colline-au-Guet, et les autres sont les membres du Conseil du Village. Le Cercle des Femmes de la Colline-au-Guet va envoyer une délégation sous la conduite de leur Sagesse une fois que l'on sera certain qu'il n'y a plus de danger. Pour voir si “ce Seigneur Perrin” convient aux Deux Rivières, à ce qu'elles disent, mais elles demandaient toutes à ce que je leur montre comment exécuter une révérence devant toi, et la Sagesse, Edelle Gaelin, t'apporte une de ses tartes aux pommes séchées.

— Oh, que je me réduise en braises ! » soupira-t-il. Cela se répandait. Il savait bien qu'il aurait dû l'interdire avec énergie dès le début. « Ne m'appelez pas comme ça ! cria-t-il aux hommes qui s'éloignaient. Je suis un forgeron ! Vous m'entendez ? Un forgeron ! » Jer Barstere se retourna pour le saluer d'un geste de la main et hocher la tête avant de continuer à presser ses compagnons.

Avec un gloussement de rire, Faile lui tira la barbe. « Tu es un charmant idiot, mon Seigneur Forgeron. Trop tard pour revenir en arrière maintenant. » Soudain son sourire devint franchement espiègle. « Mon mari, y aurait-il une possibilité que tu puisses être bientôt un moment seul avec ton épouse ? Le mariage a l'air de m'avoir rendue aussi audacieuse qu'une effontée de l'Arad Doman ! Je sais que tu dois être fatigué, mais... » Elle s'interrompit avec un petit cri aigu et se cramponna à sa tunique comme il lançait Steppeur d'un coup de talon au galop vers l'*Auberge de la Source du Vin.* Pour une fois, les acclamations qui suivirent ne le contrarièrent pas du tout.

« Les-Yeux-d'Or ! Seigneur Perrin ! Les-Yeux-d'Or ! »

Du haut de la branche épaisse d'un chêne feuillu à la lisière du Bois de l'Ouest, Ordeith contemplait le Champ d'Emond, à un quart de lieue au sud. C'était impossible. *Harassez-les. Écorchez-les.* Tout s'était déroulé conformément au plan. Même Isam s'était prêté au jeu. *Pourquoi cet imbécile a-t-il cessé d'amener des Trollocs ? Il aurait dû en faire venir assez pour que le pays des Deux Rivières en soit noir !* De la salive dégouttait de ses lèvres, mais il ne le remarqua pas, pas plus qu'il ne s'avisa que sa main tâtonnait à sa ceinture. *Harcelez-les jusqu'à ce que leurs cœurs éclatent ! Torturez-les et enfouissez-les hurlant en terre !* Tout prévu pour attirer à lui Rand al'Thor, et voilà le résultat ! Le pays des Deux Rivières n'avait même pas été égratigné. Quelques fermes incendiées ne comptaient pas ; ni quelques fermiers dépecés vivants pour les marmites des Trollocs. *Je veux que le pays des Deux Rivières flambe, flambe si bien que ce feu vive dans la mémoire des hommes pendant un millier d'années !*

Il examina la bannière flottant au-dessus du village, et celle qui n'était pas tellement loin au-dessous de lui. Une tête de loup rouge sur fond blanc bordé de rouge, et un aigle rouge. Rouge pour le sang que le pays des Deux Rivières devait verser afin de tirer des hurlements de Rand al'Thor. Manetheren. *Cela doit représenter la bannière de Manetheren.* Quelqu'un leur avait parlé de Manetheren, hein ? Qu'est-ce que ces imbéciles connaissaient des jours de gloire de Manetheren ? *Manetheren. Oui.* Il y avait plus d'un moyen de les châtier. Il rit si fort qu'il faillit choir du chêne avant de se rendre compte qu'il ne se tenait plus des deux mains, que l'une de ses mains agrippait sa ceinture à l'endroit où un poignard aurait dû être accroché. Le rire se tourna en rictus furieux quand il regarda cette main. La Tour Blanche détenait ce qui lui avait été volé. Ce qui lui appartenait de droit, un droit qui remontait aux Guerres Trolloques.

Il se laissa tomber sur le sol et grimpa sur son cheval avant de regarder ses compagnons. Ses chiens de chasse. Les quelque trente Blancs Manteaux qui restaient ne portaient plus leurs capes blanches, naturellement. De la rouille tachait leurs cottes de mailles et armures à plates ternies et Bornhald n'aurait jamais reconnu ces faces moroses, louches, sales et pas rasées. Ces humains observaient Ordeith, méfiants mais apeurés, sans même un coup d'œil pour le Myrddraal parmi eux, sa face sans yeux blême comme un ver, aussi morne et fermée que les leurs. Le Demi-Homme redoutait qu'Isam ne le découvre ; Isam n'avait pas été content du tout quand ce raid sur Taren-au-Bac avait laissé s'échapper tant de gens qui rapporteraient ce qui se passait dans les Deux Rivières. Ordeith ricana à la pensée de l'anxiété d'Isam. Cet homme était un problème à résoudre une autre fois, s'il était encore vivant.

« Nous partons pour Tar Valon », dit-il sèchement. Une chevauchée ventre à terre, pour arriver au bac avant Bornhald. La bannière de Manetheren, brandie de nouveau au pays des Deux Rivières après tous ces siècles.

Comme l'Aigle Rouge l'avait pourchassé, il y avait de cela si longtemps. « Mais Caemlyn d'abord ! » *Châtiez-les, écorchez-les !* Que le pays des Deux Rivières paie d'abord, puis Rand al'Thor, puis...

Riant, il s'enfonça au galop vers le nord à travers la forêt, sans regarder en arrière si les autres suivaient. Ils suivraient. Ils n'avaient nulle part ailleurs où aller.

57. Une scission dans la Terre Triple

Le soleil en fusion grillait le Désert, projetant des ombres sur les montagnes du nord, juste devant à présent. Les collines desséchées défilaient sous les sabots de Jeade'en, hautes et basses comme les ondulations de la houle dans un océan d'argile craquelée, lieues après lieues se déroulant en arrière. Les montagnes avaient retenu l'attention de Rand depuis qu'elles étaient apparues la veille, pas encapuchonnées de neige, pas aussi hautes que les Montagnes de la Brume, moins encore que l'Échine du Monde, mais des dalles dentelées de pierre gris et brun, striée par places de jaune ou de rouge ou de bandes de particules scintillantes, entassées pêle-mêle de sorte que l'on songerait d'abord à tenter à pied l'escalade du Rempart du Dragon. Poussant un soupir, il assura son assiette sur sa selle et ajusta la *shoufa* qu'il portait avec sa tunique rouge. Dans ces montagnes se trouvait l'Alcair Dal. Bientôt il y aurait une fin quelconque, ou un commencement. Aussi bien les deux à la fois. Bientôt, peut-être.

Adeline la blonde avançait d'une foulée aisée en avant de l'étalon pommelé, et neuf autres *Far Dareis Mai* formaient un grand cercle autour de lui, toutes avec boucliers et lances en main, l'arc dans son étui sur le dos, le voile noir dansant sur leurs poitrines prêt à être relevé. La garde d'honneur de Rand. Les Aiels ne l'appelaient pas ainsi, cependant les Vierges de la Lance venaient à l'Alcair Dal pour l'honneur de Rand. Tant de différences, et il ne reconnaissait pas la moitié de ce qui était différent même lorsqu'il l'avait sous les yeux.

Par exemple le comportement d'Aviendha à l'égard des Vierges de la Lance, et le leur envers elle. La plupart du temps, comme maintenant, elle marchait à côté de son cheval les bras enveloppés dans le châle qu'elle avait sur les épaules, ses yeux verts sous son foulard de tête fixés intensément sur les montagnes en face d'elle, elle parlait rarement aux Vierges en dehors d'un mot ou deux, mais là n'était pas la bizarrerie. Ses bras croisés ; voilà ce qui était au cœur de l'énigme. Les Vierges savaient qu'elle portait le bracelet d'ivoire, pourtant elles semblaient feindre de ne pas le voir ; elle ne voulait pas l'enlever, pourtant elle cachait son poignet chaque fois qu'elle pensait que l'une d'elles pouvait la regarder.

Vous n'avez pas de société, lui avait dit Adeline quand il avait suggéré que d'autres que les Vierges de la Lance fournissent son escorte. Tout chef, soit de clan soit d'enclos, était accompagné par des hommes de la société à laquelle il appartenait avant de devenir chef. *Vous n'avez pas de société, mais votre mère était une Vierge de la Lance.* La jeune femme blonde et les neuf autres n'avaient pas regardé Aviendha, qui se trouvait quelques pas plus loin dans le vestibule d'entrée du Toit de Lian ; elles n'avaient pas regardé exprès. *Depuis un nombre incalculable d'années, les Vierges qui ne renonçaient pas à la Lance donnaient leur nouveau-né aux Sagettes pour être confié à d'autres femmes, nulle ne sachant où allait l'enfant ni même si c'était un garçon ou une fille. Or voici que le fils d'une Vierge vient à nous et nous le connaissons. Nous irons à l'Alcair Dal pour votre honneur, fils de Shaiel, Vierge des Taardads Chumais.* Son visage était si rigide – tous l'étaient, y compris celui d'Aviendha – qu'il se dit qu'elles lui offriraient peut-être de danser la danse des lances s'il refusait.

Quand il eut accepté, elles le firent exécuter de nouveau ce rite du « rappelez-vous l'honneur », cette fois avec une boisson appelée *oosquai,* obtenue à partir de *zemai,* vidant jusqu'au fond une petite coupe d'argent avec chacune d'elles. Dix Vierges de la Lance ; dix petites coupes. Ce liquide ressemblait à de l'eau vaguement teintée de brun, en avait presque le goût – et était plus fort que de la plus pure eau-de-vie. Il avait été incapable ensuite de marcher droit et elles l'avaient mis au lit en riant, en dépit de ses protestations, pour autant qu'il pouvait protester avec elles qui toutes le chatouillaient de sorte que le souffle lui manquait à lui-même à force de rire. Toutes sauf Aviendha. Non pas qu'elle soit partie ; elle resta là à observer la scène avec un visage aussi impassible qu'une pierre. Quand Adeline et les autres l'eurent enfin bordé dans ses couvertures et s'en allèrent, Aviendha s'assit à côté de la porte, étalant ses lourdes jupes sombres, en l'observant d'un air glacial jusqu'à ce qu'il s'endorme. À son réveil, elle était encore là, l'observant encore. Et refusant de parler des Vierges ou de l'*oosquai* ou de ce qui s'était passé ; en ce qui la concernait, rien apparemment ne s'était produit. Les Vierges auraient-elles été aussi réticentes, il l'ignorait ; comment serait-ce possible de regarder dix femmes en face et de leur demander pourquoi elles vous ont enivré et fait un jeu de vous ôter vos vêtements et de vous mettre au lit ?

Tant de différences, si peu qui offraient à ses yeux un sens quelconque, et pas moyen de savoir ce qui provoquerait un faux pas et ruinerait tous ses projets. Pourtant il ne pouvait pas se permettre d'attendre. Il jeta un coup d'œil par-dessus son épaule. Ce qui était fait était fait. *Et qui peut dire ce qui va arriver ?*

Loin derrière, les Taardads le suivaient. Pas seulement les Taardads des Neuf Vallées et les Jindos, mais aussi les Miadis et les Quatre Pierres, les Chumais et les Eaux Sanglantes et davantage encore, de larges colonnes entourant les chariots cahotants des colporteurs et le groupe des Sagettes qui s'étiraient en arrière jusqu'à trois quarts de lieue dans le miroitement de la brume de chaleur, entourés par les éclaireurs et les avant-coureurs. Chaque jour, il en arrivait davantage en réponse aux messages que Rhuarc avait dépêchés le premier jour, cent hommes et Vierges de la Lance ici, trois cents là, cinq cents, selon l'importance de chaque enclos et du nombre que devait garder chaque place forte pour assurer sa sécurité.

Dans le lointain au sud et à l'ouest, une autre bande approchait à vive allure, soulevant une traînée de poussière dans sa course ; peut-être appartenait-elle à quelque autre clan en route pour l'Alcair Dal, mais il ne le pensait pas. Il y avait déjà seulement deux tiers des enclos représentés, pourtant il estimait que plus de quinze mille Aiels Taardads s'égrenaient derrière lui. Une armée en marche, et encore grandissante. Presque un clan entier venant à une assemblée de chefs, en violation de toute coutume.

Soudain Jeade'en atteignit le sommet d'une côte et là, dans une longue et large dépression, se trouvait la foire rassemblée pour la réunion et, sur les collines au-delà, les camps des chefs de clan et d'enclos qui étaient déjà arrivés.

Répartis parmi deux ou trois cents des tentes basses sans parois latérales, toutes largement espacées, il y avait des pavillons du même matériau brun grisâtre qui étaient assez hauts pour que l'on se tienne debout dessous, avec des marchandises exposées à l'ombre sur des couvertures, des poteries émaillées aux couleurs vives et des tapis encore plus colorés, des bijoux en argent ou en or. Œuvres d'Aiels principalement, mais il y aurait aussi des choses provenant d'au-delà du Désert, y compris peut-être de la soie et de l'ivoire de très loin du côté de l'orient. Personne ne semblait s'occuper d'acheter ou de vendre ; les quelques hommes et femmes en vue étaient assis dans l'un ou l'autre des pavillons, généralement seuls.

Des cinq camps disséminés sur les hauteurs autour de la foire, quatre avaient l'air aussi déserts, seulement quelques douzaines d'hommes ou de Vierges de la Lance qui se déplaçaient parmi des tentes dressées pour au moins mille personnes. Le cinquième camp s'étendait sur deux fois plus de terrain qu'aucun des autres, avec des centaines de personnes visibles et probablement encore autant sous les tentes.

Rhuarc gravit au pas de course la colline derrière Rand, avec ses dix *Aethan Dor*, des Boucliers Rouges, suivi par Heirn avec dix *Tain Shari*, Vrais Sangs, plus une quarantaine de chefs d'enclos avec leur escorte d'honneur, tous avec lances et boucliers, arcs et carquois. Cela représentait une force formidable, plus que celle qui s'était emparée de la Pierre de Tear. Certains des Aiels dans les camps et parmi les pavillons regardaient vers le sommet de la colline. Pas les Aiels rassemblés là-haut, se douta Rand. Lui ; un homme à cheval. Une chose rarement vue dans la Terre Triple. Il leur en montrerait bien d'autres encore avant d'avoir fini.

Le regard de Rhuarc s'arrêta sur le camp le plus grand, où d'autres Aiels en *cadin'sor* sortaient en foule des tentes, tous pour tourner la tête dans leur direction. « Les Shaidos, ou je me trompe fort, dit-il à mi-voix. Couladin. Vous n'êtes pas le seul à enfreindre la coutume, Rand al'Thor.

— C'est peut-être aussi bien que je l'aie fait. » Rand tira la *shoufa* qui lui enveloppait la tête et la fourra dans la poche de sa tunique par-dessus l'*angreal*, la sculpture d'un homme au visage rond avec une épée en travers des genoux. Le soleil commençait à lui recuire la tête pour lui montrer quelle protection la pièce d'étoffe lui avait apportée. « Si nous étions venus selon la coutume... » Les Shaidos s'élançaient au pas de course vers les montagnes, laissant derrière eux des tentes apparemment vides. Et causant une légère émotion dans les autres camps et dans la foire ; les Aiels cessèrent de contempler un homme à cheval pour suivre du regard les Shaidos. « Auriez-vous pu forcer un passage dans l'Alcair Dal à deux contre un sinon davantage, Rhuarc ?

— Pas avant la tombée de la nuit, répliqua lentement le chef de clan, pas même contre ces voleurs de chiens de Shaidos. Ceci est plus qu'une violation de la coutume ! Même les Shaidos devraient avoir plus d'honneur que cela ! »

Des murmures irrités d'acquiescement montèrent du groupe des autres Taardads sur le sommet de la colline. Sauf des Vierges de la Lance ; pour une raison quelconque, elles s'étaient rassemblées de côté autour d'Aviendha, discutant gravement entre elles. Rhuarc murmura quelques mots à l'un de ses Boucliers Rouges ; un homme aux yeux verts dont le visage semblait avoir été utilisé pour enfoncer les poteaux d'une palissade, et l'homme se tourna pour redescendre la pente en longues foulées rapides vers les Taardads qui arrivaient.

« Vous attendiez-vous à ceci ? » demanda Rhuarc à Rand dès que le Bouclier Rouge fut parti. « Est-ce pour cette raison que vous avez convoqué le clan entier ?

— Pas à ceci exactement, Rhuarc. » Les Shaidos commençaient à se former en rang devant une brèche étroite dans les montagnes ; ils étaient en train de se voiler. « Mais il n'y avait pas d'autre raison pour que Couladin parte dans la nuit sinon qu'il avait hâte d'être quelque part, et où pouvait-il préférer être ailleurs qu'ici, pour me causer des ennuis ? Les autres sont-ils déjà dans l'Alcair Dal ? Pourquoi ?

— Il ne faut pas manquer la chance qu'offre un rassemblement de chefs, Rand al'Thor. Il y aura des discussions à propos de contestations concernant les limites de territoire, les droits de pacage, une douzaine de choses. L'eau. Si deux Aiels de clans différents se rencontrent, ils discutent d'eau. Trois de trois clans et ils discutent de l'eau et des pâturages.

— Et quatre ? » questionna Rand. Cinq clans déjà étaient représentés, plus les Taardads qui faisaient six.

Rhuarc hésita un instant, soupesant machinalement une de ses courtes lances. « Quatre entameront la danse des lances. Toutefois, cela ne devrait pas se produire ici. »

Les Taardads s'écartèrent pour laisser passer les Sagettes, la tête couverte de leur châle, avec Moiraine,

Lan et Egwene à cheval derrière. Egwene et l'Aes Sedai portaient autour de leurs tempes ces bandes d'étoffe blanche mouillées, imitation humide des foulards de la tête des Aielles. Mat survint à cheval, lui aussi, isolé, sa lance à hampe noire en travers du pommeau de sa selle. Son chapeau à large bord voilait d'ombre son visage tandis qu'il examinait ce qui était devant.

Le Lige hocha la tête pour lui-même quand il vit les Shaidos. « Voilà qui pourrait mal tourner », dit-il à mi-voix. Son étalon noir roula les yeux en direction du pommelé de Rand ; rien que cela, et Lan observait attentivement les rangs aiels devant la brèche, pourtant il caressa le cou de Mandarb pour le calmer. « Mais pas tout de suite, je pense.

— Pas tout de suite, acquiesça Rhuarc.

— Si seulement tu... me *permettais* d'y aller avec toi. » À part cette légère hésitation, la voix de Moiraine était aussi sereine que d'ordinaire, un calme imperturbable était peint sur ses traits d'une éternelle jeunesse, mais ses yeux noirs étaient fixés sur Rand comme si son seul regard pouvait le forcer à céder.

Les longs cheveux clairs d'Amys sortant de dessous son châle oscillèrent comme elle secouait la tête d'un mouvement ferme. « La décision ne dépend pas de lui, Aes Sedai. Ceci est une affaire de chefs, une affaire d'hommes. Si nous vous laissions entrer maintenant dans l'Alcair Dal, la prochaine fois que les Sagettes, ou les Maîtresses-du-toit, se réuniraient, un chef de clan ou un autre voudra y mettre le nez. Ils pensent que nous nous ingérons dans leurs affaires et souvent ils essaient de se mêler des nôtres. » Elle adressa à Rhuarc un bref sourire destiné à lui faire comprendre qu'elle ne l'incluait pas ; le manque d'expression de son mari indiqua à Rand qu'il n'était pas de cet avis.

Mélaine serra son châle sous son menton, dévisageant Rand. Si elle n'était pas d'accord avec Moiraine, du moins se défiait-elle de ce qu'il ferait. Il avait à peine dormi depuis le départ des Rocs Froids ; si elles avaient inspecté ses rêves, elles n'avaient dû voir que des cauchemars.

« Prenez garde, Rand al'Thor, dit Bair comme si elle avait lu dans ses pensées. Un homme fatigué commet des erreurs. Vous ne pouvez pas vous payer le luxe de commettre des erreurs aujourd'hui. » Elle ramena son châle autour de ses épaules minces et sa voix grêle prit un accent presque coléreux. « Nous ne sommes pas en mesure de permettre que vous commettiez des erreurs. Les Aiels ne le peuvent pas. »

L'arrivée d'autres cavaliers au sommet de la colline avait attiré les regards vers eux. Au milieu des pavillons, plusieurs centaines d'Aiels, des hommes en *cadin'sor* et des femmes aux longs cheveux vêtues de jupes, corsages et châles, s'étaient groupés en foule attentive. Dont l'attention se déplaça quand le chariot blanc poussiéreux de Kadere apparut sur la droite derrière son attelage de mulets, le massif colporteur en surcot couleur crème sur le siège du conducteur et Isendre toute en soie blanche tenant un parasol assorti. Le chariot de Keille suivit, Natael tenant les guides à côté d'elle, ainsi que les chariots à capote de toile et finalement les trois gros réservoirs d'eau pareils à d'énormes tonneaux sur roues avec leurs longs attelages de mulets. Ils regardèrent Rand quand les chariots passèrent bruyamment dans un crissement d'essieux pas graissés, Kadere et Isendre, Natael dans sa cape de ménestrel couverte de pièces colorées, la masse volumineuse de Keille gainée de blanc neigeux, une mantille de dentelle blanche sur ses peignes d'ivoire. Rand tapota le cou cambré de Jeade'en. En bas, des hommes et des femmes commencèrent à se précipiter hors de la foire pour aller au-devant des chariots qui approchaient. Les Shaidos attendaient. Bientôt, maintenant.

Egwene approcha sa jument grise de Jeade'en ; l'étalon pommelé voulut câliner Brume et se fit mordre pour sa peine. « Tu ne m'as donné aucune chance de te parler depuis le départ des Rocs Froids, Rand. » Il ne répondit rien ; elle était une Aes Sedai, à présent, et pas seulement parce qu'elle se disait telle. Il se demanda si elle aussi avait espionné ses rêves. Ses traits étaient tirés, ses yeux noirs cernés. « Ne te replie pas sur toi-même, Rand. Tu ne te bats pas seul. D'autres luttent aussi pour toi. »

Fronçant les sourcils, il s'efforça de ne pas la regarder. Il avait pensé aussitôt à Perrin et au Champ d'Emond, mais il ne voyait pas comment elle pourrait savoir où Perrin était allé. « Qu'est-ce que tu entends par là ? finit-il par demander.

— Je me bats pour toi, expliqua Moiraine avant qu'Egwene ait eu le temps d'ouvrir la bouche, tout autant qu'Egwene. » Un coup d'œil s'échangea avec la rapidité de l'éclair entre les deux femmes. « Des gens luttent pour toi sans le savoir, de même que toi tu les ignores. Tu ne te rends pas compte de ce qu'implique le fait que tu forces le dessin de la Dentelle du temps, n'est-ce pas ? Les ondes que propagent tes actions, les ondes de ta simple existence, se propagent à travers le Dessin et changent le tissage de fils-de-vie dont tu n'auras jamais conscience. La bataille est loin d'être uniquement tienne. Pourtant, tu te trouves au cœur de cette toile dans le Dessin. Que tu échoues et tombes, tout échoue et tombe. Puisque je ne peux pas aller avec toi dans l'Alcair Dal, que Lan t'accompagne. Une paire d'yeux de plus pour surveiller tes arrières. » Le Lige se tourna un peu sur sa selle en regardant Moiraine d'un air mécontent ; avec les Shaidos qui se voilaient dans l'intention de tuer, il ne devait pas être désireux de la laisser seule.

Rand ne pensait pas être censé avoir vu ce regard échangé entre Moiraine et Egwene. Elles avaient donc un secret à lui cacher. Oui, Egwene avait des yeux d'Aes Sedai, sombres et indéchiffrables. Aviendha et les Vierges de la Lance étaient revenues près de lui. « Que Lan demeure avec vous, Moiraine. Les *Far Dareis Mai* se chargent de mon honneur. »

Les coins de la bouche de Moiraine se pincèrent, mais apparemment c'était exactement la chose à dire en ce qui concernait les Vierges. Adeline et les autres arborèrent de grands sourires.

En bas, les Aiels se pressaient autour des conducteurs des chariots qui commençaient à dételer les mulets. Tout le monde ne prêtait pas attention aux Aiels. Keille et Isendre, chacune à côté de son chariot, se dévisageaient, Natael parlant avec insistance à l'une, Kadere à l'autre, jusqu'à ce qu'elles interrompent enfin leur duel de regards. Les deux femmes s'étaient conduites de cette façon depuis quelque temps. Auraient-elles été des hommes, Rand se serait attendu à ce que cela en soit venu aux coups depuis longtemps.

« Prends garde à toi, Egwene, dit Rand. Vous toutes, tenez-vous sur vos gardes.

— Même les Shaidos ne s'attaqueront pas à des Aes Sedai, lui répondit Amys, pas plus qu'ils n'importuneront Bair, Mélaine ou moi-même. Il y a des choses que même les Shaidos n'osent pas.

— Tenez-vous bien sur vos gardes ! » Il n'avait pas eu l'intention d'avoir un ton aussi cassant. Même Rhuarc le regarda avec surprise. Ils ne comprenaient pas et il n'osait pas le leur expliquer. Pas encore. Lesquels déclencheraient leur piège les premiers ? Il était contraint de les exposer au danger en même temps que lui-même.

« Et moi, Rand ? dit soudain Mat qui faisait rouler une pièce d'or entre les doigts d'une main sans paraître en avoir conscience. Tu objectes à ce que je t'accompagne ?

— En as-tu envie ? Je pensais que tu voudrais rester avec les colporteurs. »

Mat fronça les sourcils en direction des chariots en bas, regarda les Shaidos alignés devant la trouée dans la montagne. « Je ne crois pas que sortir d'ici sera tellement facile au cas où on te tuerait. Que je brûle si tu ne t'arranges pas pour me fourrer dans la marmite à fondre les carcasses en graisse d'une manière ou... *Dovienya* », marmotta-t-il – Rand l'avait déjà entendu prononcer ce mot-là ; Lan avait dit qu'il signifiait

« chance » dans l'Ancienne Langue – et lança en l'air d'une pichenette la pièce d'or. Quand il voulut la rattraper, elle rebondit sur le bout de ses doigts et tomba sur le sol. Par hasard, ce qui n'arrive que rarement, la pièce atterrit sur la tranche et roula le long de la pente, bondissant par-dessus les fissures dans l'argile desséchée, scintillant au soleil, jusqu'aux chariots, où elle finit par s'affaisser à plat. « Que je brûle, Rand, grommela-t-il, j'aimerais que tu t'abstiennes de ça ! »

Isendre ramassa la pièce et la palpa machinalement, les yeux levés vers la crête de la colline. Les autres regardaient aussi avec surprise ; Kadere, Keille et Natael.

« Tu peux venir, dit Rand. Rhuarc, n'est-il pas temps ? »

Le chef de clan jeta un coup d'œil par-dessus son épaule. « Oui. Tout juste... » Derrière lui, des cornemuses se mirent à jouer un air de danse lente. « ... maintenant. »

Un chant s'éleva à l'unisson des cornemuses. Les jeunes Aiels cessaient de chanter en atteignant l'âge adulte sauf dans certaines occasions. Une fois qu'il était armé de la lance, un Aiel ne chantait que des chants de guerre ou des complaintes pour les morts. Il y avait sûrement celles de Vierges de la Lance dans ce chant à plusieurs voix, mais elles étaient noyées dans les basses masculines.

Lave les lances – pendant que le soleil monte au zénith.
Lave les lances – pendant que le soleil descend au plus bas.

À trente pieds à droite et à gauche, des Taardads surgirent, courant en rythme avec leur chant sur deux larges colonnes, la lance en arrêt, le visage voilé, des colonnes apparemment infinies fonçant vers les montagnes.

Lave les lances – Qui craint de mourir ?
Lave les lances – Personne que je connais !

Dans les camps des clans et dans la foire, les Aiels ouvraient des yeux stupéfaits ; quelque chose dans leur façon de se tenir dit à Rand qu'ils étaient silencieux. Parmi les conducteurs de chariot, certains restaient sur place comme pétrifiés ; d'autres lâchèrent leurs mulets et se précipitèrent sous leurs chariots. Et Keille et Isendre, Kadere et Natael observaient Rand.

Lave les lances – pendant que la vie est là.
Lave les lances – jusqu'à ce que la vie s'achève.
Lave les lances...

« Y allons-nous ? » Il n'attendit pas le hochement de tête de Rhuarc pour mettre en route d'un coup de talon Jeade'en et descendre la colline au pas, Adeline et les autres Vierges de la Lance se déployant autour de lui. Mat hésita un moment avant d'inciter de sa botte Pips à les suivre, mais Rhuarc et les chefs d'enclos tardaads, chacun avec ses dix gardes d'honneur, étaient partis en même temps que l'étalon pommelé. Une fois, à mi-chemin des tentes de la foire, Rand regarda en arrière vers le sommet de la colline. Moiraine et Egwene à cheval avec Lan. Aviendha debout avec les trois Sagettes. Tous l'observant. Il avait presque oublié ce que c'était que de n'avoir personne qui l'observe.

Quand il arriva à la hauteur de la foire, une délégation en sortit, dix ou douze femmes en jupe et corsage, et beaucoup d'or, d'argent et d'ivoire, autant d'hommes dans les nuances de gris et de brun du *cadin'sor* mais sans armes à part un poignard à la ceinture, et celui-ci généralement plus petit que l'arme à lame épaisse que portait Rhuarc. Néanmoins, ils se placèrent dans un endroit qui obligea Rand et les autres à s'arrêter, et parurent ne pas se préoccuper des Taardads voilés dont le flot passait à droite et à gauche.

Lave les lances – La vie est un rêve.
Lave les lances – Tous les rêves doivent prendre fin.

« Je n'attendais pas cela de toi, Rhuarc », dit un gros homme grisonnant. Il n'était pas gras – Rand n'avait pas vu d'Aiel gras – la lourdeur était du muscle. « Même de la part des Shaidos c'était une surprise, mais toi !

— Les temps changent, Mandhuin, répliqua le chef de clan. Depuis combien de temps les Shaidos sont-ils ici ?

— Ils sont arrivés juste au lever du soleil. Pourquoi ont-ils voyagé de nuit, qui peut le dire ? » Mandhuin fronça légèrement les sourcils en direction de Rand, pencha la tête vers Mat. « Des temps étranges, en vérité, Rhuarc.

— Qui est ici en dehors des Shaidos ? questionna Rhuarc.

— Nous les Goshiens, nous sommes arrivés les premiers. Puis les Shaarads. » Le gros homme grimaça en prononçant le nom de ses ennemis mortels, sans cesser son examen des deux natifs des Terres Humides. « Les Chareens et les Tomanelles sont venus plus tard. Et en dernier les Shaidos, comme je le disais. Sevanna a convaincu les chefs d'entrer dans l'Alcair Dal il n'y a qu'un instant. Bael ne voyait pas de raison de se réunir aujourd'hui, ni une partie des autres non plus. »

Une femme d'âge mûr au visage large, avec des cheveux plus blonds que ceux d'Adeline, posa les poings sur ses hanches dans un cliquetis de bracelets d'ivoire et d'or. Elle en portait autant, et autant de colliers, qu'Amys et sa sœur-épouse réunies. « Nous avons appris que Celui qui Vient avec l'Aube est sorti de Rhuidean, Rhuarc. » Elle regardait d'un air sombre Rand et Mat. Et la délégation entière faisait de même. « Nous avons appris que le *Car'a'carn* sera proclamé aujourd'hui. Avant que la totalité des clans soit là.

— Alors quelqu'un vous a annoncé une prophétie », dit Rand. Il toucha des talons les flancs du pommelé ; la délégation s'écarta de son chemin.

« *Dovienya,* murmura Mat. *Mia dovienya neshodin soende.* » Quelle qu'en fût la signification, cela ressemblait à un vœu fervent.

Les colonnes des Taardads étaient arrivées de chaque côté des Shaidos et se tournèrent face à eux, à une distance de quelques centaines de pas, toujours voilés, toujours en train de chanter. Ils n'exécutaient aucune manœuvre qui pouvait être considérée comme menaçante, en réalité, ils se tenaient seulement là, quinze ou vingt fois plus nombreux que les Shaidos, et chantaient en parfait accord d'une voix retentissante.

Lave les lances – jusqu'à ce que l'ombre ait disparu.
Lave les lances – jusqu'à ce que l'eau se tarisse.
Lave les lances – combien de temps loin de ton foyer ?
Lave les lances – jusqu'à ma mort !

En approchant des Shaidos voilés de noir, Rand vit Rhuarc lever une main vers son propre voile. « Non, Rhuarc. Nous ne sommes pas ici pour nous battre contre eux. » Il voulait dire qu'il espérait que cela n'en viendrait pas là, mais l'Aiel le comprit différemment.

« Vous avez raison, Rand al'Thor. Pas d'honneur aux Shaidos. » Laissant pendre son voile, Rhuarc força la voix. « Pas d'honneur aux Shaidos ! »

Rand ne tourna pas la tête pour vérifier, mais il sentit que, derrière lui, des voiles noirs s'abaissaient.

« Oh, sang et cendres ! s'exclama Mat entre ses dents. Sang et sacrées cendres ! »

Lave les lances – jusqu'à ce que le soleil refroidisse.
Lave les lances – jusqu'à ce que l'eau coule à flots.
Lave les lances...

Les rangs des Shaidos ondulèrent avec malaise. Quel que fût le discours que Couladin ou Sevanna leur avait tenu, ils savaient compter. Danser la danse des lances avec Rhuarc et ceux qui l'accompagnaient était une chose, même si c'était contraire à toutes les coutumes ; affronter assez de Taardads pour les balayer comme une avalanche en était une autre bien différente. Ils se séparèrent lentement, reculant pour laisser passer Rand à cheval, se déplaçant pour dégager une voie large.

Rand poussa un profond soupir de soulagement. Adeline et les autres Vierges de la Lance, du moins, poursuivirent leur marche les yeux fixés droit devant elles, comme si les Shaidos n'existaient pas.

Lave les lances – pendant que je respire.
Lave les lances – mon acier brille.
Lave les lances...

Le chant s'affaiblit jusqu'au murmure derrière eux quand ils pénétrèrent dans la vaste gorge aux parois vertigineuses, profonde et plongée dans l'ombre à mesure qu'elle s'enfonçait en serpentant dans les montagnes. Pendant plusieurs minutes, les bruits les plus forts furent le martèlement des sabots sur la pierre, le bruissement des bottes souples des Aiels. Brusquement le couloir s'ouvrit sur l'Alcair Dal.

Rand comprit pourquoi le canyon avait été appelé un bol, bien qu'il n'eût rien de doré. Presque parfaitement rond, sa paroi grise descendait en pente tout autour excepté à l'autre extrémité où elle se rabattait vers l'intérieur comme une vague déferlante. Des rassemblements d'Aiels parsemaient les pentes, les têtes et les visages à découvert, un nombre plus important de rassemblements qu'il n'y avait de clans. Les Taardads qui étaient venus avec les chefs d'enclos se détachèrent pour rejoindre l'un ou l'autre de ces groupes. Selon Rhuarc, le regroupement par société plutôt que par clan aidait à maintenir la paix. Seuls ses Boucliers Rouges et les Vierges de la Lance continuèrent avec Rand et les chefs taardads.

Les chefs d'enclos des autres clans étaient tous réunis par clan, assis en tailleur devant une corniche profonde sous le surplomb recourbé. Six petits groupes, dont un de Vierges de la Lance, étaient postés entre les chefs d'enclos et la corniche. Ce devait être les Aiels venus pour l'honneur des chefs de clan. Six, bien que cinq clans seulement soient représentés. Sevanna devait avoir les Vierges pour elle – mais Aviendha avait été prompte à souligner que Sevanna n'avait jamais appartenu aux *Far Dareis Mai* – par contre, les supplémentaires... Onze hommes parmi eux, pas dix. Même en n'apercevant que la nuque d'une tête à chevelure couleur de flamme, Rand fut sûr que c'était Couladin.

Sur la corniche même se tenait une femme blonde aussi couverte de bijoux que la femme là-bas près des pavillons de la foire, un châle gris drapé sur ses bras – Sevanna, bien sûr – et quatre chefs de clan, aucun armé à part son long poignard de ceinture, et un qui était l'homme le plus grand que Rand eût jamais vu. Bael, des Aiels Goshiens, d'après les descriptions données par Rhuarc ; il était plus grand d'au moins une main que Rhuarc ou lui-même. Sevanna parlait, et un effet de résonance due à la forme du canyon propageait nettement partout ce qu'elle disait.

« ... l'autoriser à prendre la parole ! » Sa voix était tendue et coléreuse. Tête haute et dos droit, elle essayait de dominer la corniche par sa seule force de volonté. « Je l'exige comme étant mon droit ! Jusqu'à ce qu'un nouveau chef soit choisi, je remplace Suladric et les Shaidos. J'exige le respect de mes droits !

— Vous représentez Suladric jusqu'à ce qu'un nouveau chef soit choisi, Maîtresse-du-toit. » L'homme aux cheveux blancs qui parlait d'un ton irascible était Han, chef de clan des Tomanelles. Le visage comme du cuir sombre ridé, il aurait été plus grand que la moyenne au pays des Deux-Rivières ; pour un Aiel, il était petit, encore que bâti en force. « Je ne doute pas que vous ne connaissiez bien les droits d'une Maîtresse-du-toit, mais peut-être pas aussi bien que ceux d'un chef de clan. Seul celui qui est entré dans Rhuidean est autorisé à parler ici – ainsi que vous qui représentez Suladric. » – Han n'en paraissait pas réjoui, mais aussi il avait l'air d'être rarement content. – « Or les Exploratrices de Rêves ont dit à nos Sagettes que Couladin s'était vu refuser le droit d'entrer dans Rhuidean. »

Couladin cria quelque chose, manifestement furieux mais impossible à comprendre – apparemment, l'effet de résonance du canyon ne se produisait que depuis la corniche – mais Erim, des Chareens, ses propres cheveux roux presque à moitié blancs, lui coupa rudement la parole. « N'avez-vous aucun respect pour la loi et la coutume, Shaido ? N'avez-vous pas d'honneur ? Gardez le silence ici. »

Quelques yeux sur les pentes se tournèrent pour examiner les arrivants. Une série de coups de coude se propageant de proche en proche fit se tourner d'autres à la vue de deux étrangers à cheval en tête des chefs d'enclos, et l'un des cavaliers suivi de près par des Vierges de la Lance. Combien d'Aiels le dévisageaient ? se demanda Rand. Trois mille ? Quatre ? Davantage ? Pas un n'émettait un son.

« Nous nous sommes rassemblés ici pour entendre une grande proclamation quand tous les clans seront là », déclara Bael. Ses cheveux roux foncé grisonnaient aussi ; il n'y avait pas de jeunes gens parmi les chefs de clan. Sa haute taille et sa voix grave attirèrent sur lui les regards. « Quand tous les clans seront là. Si ce dont Sevanna désire seulement discuter est qu'on donne la parole à Couladin, je rentre attendre dans mes tentes. »

Jheran, des Shaarads, ennemis mortels des Goshiens de Bael, était un homme élancé, avec de nombreuses mèches grises dans ses cheveux châtain clair. Élancé, comme l'est une lame d'acier ; il parla sans s'adresser à l'un des chefs en particulier. « Je dis que nous ne retournions pas dans nos tentes. Puisque Sevanna nous a amenés ici, discutons de ce qui est à peine moins important que la proclamation que nous attendons. De l'eau. Je désire discuter de l'eau à la Halte de la Crête de la Chaîne. » Bael se tourna vers lui d'un air menaçant.

« Imbéciles ! s'exclama sèchement Sevanna. J'en ai assez d'attendre ! Je... »

C'est alors que ceux qui se trouvaient sur la corniche prirent conscience des nouveaux venus. Dans un silence profond, ils les regardèrent approcher, les chefs de clan la mine sévère, Sevanna l'air furieuse. C'était une jolie femme, loin d'avoir atteint l'âge mûr – et paraissant d'autant plus jeune d'être parmi des hommes qui avaient largement dépassé ce stade – mais avec une bouche qui lui donnait une expression cupide. Les chefs de clan avaient de la dignité, même Han avec son visage revêche ; elle avait quelque chose de calculateur dans le regard de ses yeux vert clair. Au contraire de toutes les Aielles que Rand avait rencontrées, elle portait son ample corsage blanc délacé assez bas pour montrer une importante partie du sillon entre ses seins hâlés, encadré par ses nombreux colliers. À leur façon d'être il aurait reconnu les hommes comme des chefs de clan ; si Sevanna était une Maîtresse-du-toit, elle ne ressemblait strictement en rien à Lian.

Rhuarc s'avança à grands pas droit vers la corniche, confia ses lances et son bouclier, son arc et son carquois à ses Boucliers Rouges et monta sur la plate-forme. Rand tendit ses rênes à Mat – qui marmotta : « Que la chance soit avec nous ! » en examinant les Aiels autour d'eux ; Adeline adressa un signe de tête encourageant à Rand – et il passa directement de sa selle à la corniche. Un murmure surpris résonna dans le canyon.

« Qu'est-ce qui te prend, Rhuarc, d'amener ici ce natif des Terres Humides ? s'exclama Han d'un ton mécontent. Si tu ne veux pas le tuer, au moins fais-le descendre, qu'il ne se tienne pas ici comme un chef.

— Cet homme, Rand al'Thor, est venu parler aux chefs des clans. Est-ce que les Rêveuses ne t'ont pas averti qu'il m'accompagnerait ? » Les paroles de Rhuarc suscitèrent un murmure bruyant de la part de ceux qui écoutaient.

« Mélaine m'a raconté bien des choses, Rhuarc, répliqua Bael d'une voix lente, en regardant Rand d'un air sévère. Que Celui qui Vient avec l'Aube était sorti de Rhuidean. Tu ne veux pas soutenir que cet homme... » L'incrédulité étouffa sa voix.

« Si ce natif des Terres Humides peut parler, déclara vivement Sevanna, alors Couladin aussi. » Elle leva une main d'un geste souple et Couladin escalada la corniche, le visage en feu.

Han se retourna contre Couladin. « Descends, Couladin ! C'est assez fâcheux que Rhuarc viole la coutume sans que tu t'y mettes aussi !

— Il est temps d'en finir avec des coutumes désuètes ! » cria le Shaido aux cheveux d'un roux ardent en se dépouillant de sa casaque nuancée de brun et de gris. Crier était inutile – ses paroles se répercutaient dans tout le canyon – mais il ne baissa pas la voix. « Je suis Celui qui Vient avec l'Aube ! » Remontant les manches de sa chemise au-dessus du coude, il dressa les poings en l'air. Autour de chaque avant-bras s'enroulait une créature serpentine aux écailles rouge et or, avec des pieds aux luisances métalliques chacun terminé par cinq griffes dorées, la tête à la crinière dorée reposant sur le dos de ses poignets. Deux Dragons parfaits. « Je suis le *Car'a'carn* ! » Les clameurs que cela suscita en retour résonnèrent comme le tonnerre, les Aiels se levant d'un bond et poussant des cris joyeux. Les chefs d'enclos aussi étaient debout, les Taardads se regroupant avec inquiétude, les autres acclamant de toutes leurs forces.

Les chefs de clan avaient l'air abasourdi, même Rhuarc. Adeline et ses neuf Vierges soupesaient leurs lances comme si elles s'attendaient à s'en servir d'un instant à l'autre. Jaugeant du regard la gorge menant à l'extérieur, Mat enfonça son chapeau sur sa tête et guida les chevaux jusqu'à la corniche, incitant subrepticement du geste Rand à se remettre en selle.

Sevanna souriait d'un air suffisant en rajustant son châle tandis que Couladin allait se placer à grandes enjambées sur le devant de la corniche, les bras levés. « J'apporte du changement ! cria-t-il. Comme l'annonce la prophétie, j'apporte des jours nouveaux ! Nous franchirons encore une fois le Rempart du Dragon et nous reprendrons ce qui nous appartient ! Les gens des Terres Humides manquent de nerfs mais pas de fortune ! Rappelez-vous les richesses que nous avons rapportées lors de notre dernière incursion dans les Terres Humides ! Cette fois-ci nous prendrons tout ! Cette fois-ci... ! »

Rand laissa la tirade de l'autre déferler sans l'écouter. De toutes les choses possibles, jamais il n'avait imaginé celle-là. *Comment ?* Le mot ne cessait de bourdonner dans sa tête, pourtant il se sentait d'un sang-froid incroyable. Avec lenteur, il ôta sa tunique, hésitant un instant avant de repêcher l'*angreal* au fond de sa poche ; il l'inséra dans la ceinture de ses chausses, laissa choir la tunique et s'avança sur le devant de la corniche en délaçant calmement ses manches. Elles glissèrent quand il leva les bras au-dessus de sa tête.

Il fallut un moment aux Aiels assemblés pour qu'ils remarquent les Dragons enroulés aussi autour de ses bras, brillant au soleil. Leur silence s'établit peu à peu, mais il fut total. La bouche de Sevanna béa ; elle n'était pas au courant. Visiblement, Couladin n'avait pas pensé que Rand suivrait aussi vite, ne l'avait pas informée qu'un autre portait aussi les marques. *Comment ?* Il avait dû croire qu'il avait du temps devant lui ; une fois qu'il se serait imposé, Rand pouvait être chassé comme imposteur. *Ô Lumière, comment ?* Si la Maîtresse-du-toit de la place forte de Comarda était maintenant abasourdie, les chefs de clan l'étaient aussi, sauf uniquement Rhuarc. Deux hommes marqués alors que la prophétie annonçait qu'un seul pouvait l'être.

Couladin continuait ses rodomontades, agitant les bras pour être sûr que tous voyaient. « ... n'arrêterons pas aux pays des parjures ! Nous prendrons toutes les terres jusqu'à l'Océan d'Aryth ! Les hommes des Terres Humides ne peuvent résister à... » Il se rendit subitement compte du silence qui avait remplacé des acclamations passionnées. Il savait ce qui en était la cause. Sans se retourner pour regarder Rand, il cria : « Natif des Terres Humides ! Regardez ses vêtements ! Un homme des Terres Humides !

— Un homme des Terres Humides », acquiesça Rand. Il n'éleva pas la voix, mais le canyon la répercutait vers tous. Le Shaido parut surpris une seconde, puis arbora un sourire de triomphe... jusqu'à ce que Rand continue. « Que dit la Prophétie de Rhuidean ? "Né du sang". Ma mère était Shaiel, une Vierge des Taardads Chumais. » *Qui était-elle réellement ? D'où venait-elle ?* « Mon père était Janduin, de l'enclos de la Montagne de Fer, chef du clan des Taardads. » *Mon père est Tam al'Thor. Il m'a trouvé, m'a élevé, m'a aimé. J'aurais bien voulu te connaître, Janduin, mais c'est Tam mon père...* « Né du sang mais élevé par ceux qui n'étaient pas du sang. Où les Sagettes m'ont-elles envoyé chercher ? Dans les places fortes de la Terre Triple ? Elles ont envoyé chercher de l'autre côté du Rempart du Dragon, où j'ai été élevé. Selon la prophétie. »

Bael et les trois autres hochèrent lentement la tête, bien qu'à regret ; il y avait toujours la question de Couladin ayant aussi l'empreinte des Dragons et, sans doute, ils préféreraient avoir quelqu'un des leurs. Le visage de Sevanna s'était raffermi ; peu importe qui avait les vraies marques, il n'y avait pas de doute sur celui qu'elle soutenait.

L'assurance de Couladin ne vacilla pas un instant ; il se moqua ouvertement de Rand, et c'était même la première fois qu'il le regardait. « Depuis combien de temps la Prophétie a-t-elle été proclamée à l'origine ? » Il semblait encore croire qu'il était obligé de crier. « Qui peut dire si les mots n'ont pas été altérés ? Ma mère était une *Far Dareis Mai* avant de renoncer à la lance. Jusqu'à quel point le reste a-t-il changé ? Ou été changé ! On raconte qu'autrefois nous servions les Aes Sedai. Moi, je dis qu'elles veulent nous attacher de nouveau à elles ! Cet homme des Terres Humides a été choisi parce qu'il nous ressemble ! Il n'a rien de notre sang ! Il est venu avec les Aes Sedai au bout de leur laisse ! Et les Sagettes les ont accueillies comme des premières-sœurs ! Vous avez tous entendu parler de Sagettes qui peuvent accomplir des choses incroyables. Les Rêveuses se sont servies du Pouvoir Unique pour m'écarter de cet homme des Terres Humides ! Elles ont utilisé le Pouvoir, comme on raconte que le faisaient les Aes Sedai ! Les Aes Sedai ont amené cet homme des Terres Humides pour nous asservir par un trucage ! Et les Rêveuses les ont aidées !

— C'est aberrant ! » Rhuarc vint se poster à grands pas près de Rand, les yeux fixés sur l'assemblée toujours muette. « Couladin n'est jamais allé à Rhuidean. J'ai entendu les Sagettes l'évincer. Rand al'Thor y est allé. Je l'ai vu quitter le Chaendaer et je l'ai vu revenir, marqué comme vous l'avez constaté.

— Et pourquoi m'ont-elles évincé ? riposta Couladin d'une voix rageuse. Parce que les Aes Sedai le leur ont ordonné ! Rhuarc ne vous dit pas qu'une des Aes Sedai est descendue du Chaendaer avec cet homme des Terres Humides ! Voilà comment il est revenu avec les Dragons ! Grâce à la sorcellerie des Aes Sedai ! Mon frère Muradin est mort au-dessous du Chaendaer, assassiné par cet homme des Terres Humides et l'Aes Sedai Moiraine, et les Sagettes, obéissant aux ordres des Aes Sedai, les ont laissés libres ! Quand la nuit est tombée, je suis allé à Rhuidean. Je ne me suis pas fait connaître jusqu'à maintenant parce que ici est l'endroit convenable pour que le *Car'a'carn* se montre ! Le *Car'a'carn*, c'est moi ! »

Des mensonges, parsemés de juste ce qu'il faut de petites bribes de vérité. Cet homme était tout assurance victorieuse, certain qu'il avait réponse à tout.

« Vous dites que vous êtes allé à Rhuidean sans l'autorisation des Sagettes ? » questionna impérieusement Han, en fronçant les sourcils. Le géant Bael, les bras croisés, semblait aussi désapprobateur, Erim et Jheran juste un peu moins. Les chefs de clan, au moins, hésitaient encore. Sevanna agrippa son poignard de ceinture, dardant sur Han des regards furieux comme si elle aurait aimé lui plonger la lame dans le dos.

Toutefois, Couladin avait sa réponse prête. « Oui, sans elle ! Celui qui Vient avec l'Aube apporte du changement ! Ainsi parle la prophétie ! Les pratiques inutiles doivent changer, et je les changerai ! Ne suis-je pas arrivé ici avec l'aube ? »

Les chefs de clan hésitaient sur le parti à prendre, et de même tous les assistants aiels, tous debout maintenant, regardant en silence, attendant par milliers. Si Rand ne parvenait pas à les convaincre, il ne quitterait probablement pas vivant l'Alcair Dal. Mat indiqua de nouveau d'un geste la selle de Jeade'en. Rand ne prit même pas la peine de secouer la tête. Il y avait quelque chose de plus important que de s'en sortir en vie ; il avait besoin de ces gens, besoin de leur loyalisme. Il lui fallait des gens qui le suivent parce qu'ils croyaient en lui, pas pour qu'ils se servent de lui ou pour ce qu'il pouvait leur donner. Il le fallait.

« Rhuidean », dit-il. Le mot sembla remplir le canyon. « Vous prétendez que vous êtes allé à Rhuidean, Couladin. Qu'avez-vous vu là-bas ?

— Chacun sait que l'on ne doit pas parler de Rhuidean, riposta Couladin.

— Nous pouvons nous retirer à l'écart pour nous entretenir en privé, suggéra Erim, ainsi vous pourrez nous raconter... » Le Shaido lui coupa la parole, la figure enflammée de colère.

« Je n'en parlerai à personne. Rhuidean est un endroit sacré et ce que j'ai vu est sacré. Je suis sacré ! » Il brandit de nouveau ses bras marqués de Dragons. « Ceux-là me rendent sacré !

— J'ai marché au milieu de colonnes de verre derrière l'*Avendesora.* » Rand parlait calmement, mais ses paroles s'entendaient partout. « J'ai vu l'histoire des Aiels par les yeux de mes ancêtres. Qu'avez-vous vu, Couladin ? Je n'ai pas peur de parler. Vous, si ? »

Le Shaido frémissait de rage, la face presque de la couleur de ses cheveux ardents.

Des regards indécis s'échangèrent entre Bael et Erim, Jheran et Han. « Nous devons aller à l'écart pour ceci », murmura Han.

Couladin ne parut pas se rendre compte qu'il avait perdu son avantage auprès des quatre, mais Sevanna en fut consciente. « C'est Rhuarc qui lui a raconté ces choses-là, lança-t-elle avec mépris. Une des femmes de Rhuarc est une Rêveuse, une de celles qui aident les Aes Sedai ! Rhuarc le lui a dit.

— Rhuarc ne l'aurait pas fait, lui répliqua sévèrement Han. Il est chef de clan et homme d'honneur. Ne parlez pas de ce que vous ne connaissez pas, Sevanna !

— Je n'ai pas peur ! hurla Couladin. Personne ne peut me traiter de lâche ! Moi aussi j'ai vu par les yeux de mes ancêtres ! J'ai vu notre arrivée dans la Terre Triple ! J'ai vu notre gloire ! La gloire que je nous redonnerai !

— J'ai vu l'Ère des Légendes, proclama Rand, et le commencement du voyage des Aiels vers la Terre Triple. » Rhuarc lui saisit le bras mais, d'une secousse, il se dégagea de la main du chef de clan. Ce moment avait été prévu par le destin depuis le jour où pour la première fois les Aiels s'étaient regroupés devant Rhuidean. « J'ai vu les Aiels quand ils étaient appelés les Aiels Da'shains et suivaient la Voie de la Feuille.

— Non ! » Le cri monta dans le canyon et s'enfla en un rugissement. « Non ! Non ! » Jailli de milliers de gorges. Des fers de lances qu'on agitait en l'air captèrent le soleil. Même quelques-uns des chefs d'enclos taardads criaient. Adeline levait vers Rand un regard accablé. Mat cria quelque chose à Rand qui se perdit dans ce bruit de tonnerre, lui faisant des signes pressants pour qu'il se mette en selle.

« Menteur ! » La forme du canyon propagea le mugissement de Couladin, colère mêlée de triomphe, par-dessus les cris de l'assemblée. Secouant frénétiquement la tête, Sevanna s'approcha de lui. Elle devait maintenant au moins se douter que c'était lui l'imposteur, pourtant si elle réussissait à ce qu'il se taise ils pouvaient encore s'en tirer. Comme Rand l'espérait, Couladin la repoussa. Cet homme savait que Rand était entré dans Rhuidean – impossible qu'il croie la moitié de ce qu'il racontait – mais il ne pouvait pas croire cela non plus. « Il s'est prouvé un imposteur de son propre aveu ! Nous avons toujours été des guerriers ! Toujours ! Depuis le commencement des temps ! »

Le rugissement s'enfla, les lances s'agitaient, mais Bael et Erim, Jheran et Han restaient figés dans un silence de pierre. Ils savaient, à présent. Inconscient de leur attitude, Couladin brandissait ses bras encerclés par les Dragons en guise de salut aux Aiels assemblés, exultant de cette adulation.

« Pourquoi ? dit à voix basse Rhuarc à Rand. N'aviez-vous pas compris pourquoi nous ne parlons pas de Rhuidean ? Regarder en face le fait que nous étions jadis si différents de tout ce que nous croyons, que nous étions les mêmes que ces êtres méprisés que vous appelez les Tuatha'ans. Rhuidean tue ceux qui sont incapables de l'affronter. Pas plus d'un sur trois survit qui va à Rhuidean. Et maintenant vous avez parlé de sorte que tous vous entendent. Cela ne peut pas en rester là, Rand al'Thor. Cela se répandra. Combien seront assez forts pour le supporter ? »

Il vous réunira et il vous détruira. « J'apporte le changement, dit tristement Rand. Pas la paix, mais le bouleversement. » *La destruction survient sur mes talons. Y aura-t-il jamais un endroit que je ne déchire pas ?* « Ce qui sera, sera, Rhuarc. Je ne peux pas le changer.

— Ce qui sera sera », murmura l'Aiel au bout d'un instant.

Couladin allait toujours de long en large, parlant à tue-tête aux Aiels de gloire et de conquête, inconscient du regard des chefs de clan fixé sur son dos. Sevanna, elle, ne regardait pas du tout Couladin ; ses yeux vert clair ne quittaient pas les chefs de clan, les lèvres retroussées dans une grimace, les seins soulevés par une respiration anxieuse. Elle devait comprendre ce que signifiaient leurs regards et leur silence.

« Rand al'Thor », dit d'une voix forte Bael, le nom fendant les tonitruances de Couladin, coupant net comme une lame les clameurs de la foule. Il s'interrompit pour s'éclaircir la gorge, tournant la tête comme s'il cherchait un moyen de sortir de ce guêpier. Couladin fit volte-face, croisant les bras avec confiance, sans doute prévoyant une sentence de mort pour l'homme des Terres Humides. Le chef de clan de très haute taille prit une profonde aspiration. « Rand al'Thor est le *Car'a'carn.* Rand al'Thor est Celui qui Vient avec l'Aube. » Les yeux de Couladin s'écarquillèrent sous le coup d'une fureur incrédule.

« Rand al'Thor est Celui qui Vient avec l'Aube », annonça avec autant de répugnance Han au visage tanné.

« Rand al'Thor est Celui qui Vient avec l'Aube. » C'était dit stoïquement par Jheram, puis ce fut Erim : « Rand al'Thor est Celui qui Vient avec l'Aube.

— Rand al'Thor, dit Rhuarc, est Celui qui Vient avec l'Aube. » D'une voix trop basse pour porter même au-delà de la corniche, il ajouta : « Et que la Lumière nous prenne en pitié. »

Pendant un long moment qui s'étirait, le silence persista. Puis Couladin sauta à bas de la corniche avec un grondement, empoigna une lance d'un de ses *Seia Doon* et la projeta droit sur Rand. Or en même temps qu'il descendait, Adeline bondissait sur la corniche ; le fer de lance de Couladin transperça les couches de peau de bœuf du bouclier qu'elle tenait à bras tendu, la faisant tourner sur elle-même.

Ce fut le tumulte dans le canyon, les hommes criant et se bousculant. Les autres Vierges de la Lance jindos sautèrent sur la corniche à côté d'Adeline, formant un écran devant Rand. Sevanna était descendue pour admonester d'une voix pressante Couladin, suspendue à son bras alors qu'il essayait d'inciter ses Yeux Noirs shaidos à le suivre pour attaquer les Vierges postées entre lui et Rand. Heirn et une douzaine d'autres chefs d'enclos taardads se joignirent à Adeline, la lance prête, mais d'autres criaient à gorge déployée. Mat grimpa sur la plate-forme rocheuse, la main crispée sur sa lance à hampe noire avec sa pointe d'épée gravée de corbeaux, clamant ce qui devait être des jurons dans l'Ancienne Langue. Rhuarc et les autres chefs de clan élevèrent la voix, dans un vain effort pour restaurer l'ordre. Le canyon bouillonnait comme un chaudron. Rand vit des voiles relevés. Une lance fila comme l'éclair, s'enfonça. Une autre. Il devait mettre fin à ça.

Il attira à lui le *saidin*, lequel afflua en lui au point qu'il crut qu'il allait éclater s'il ne se réduisait pas d'abord en cendres ; la saleté de la souillure qui se répandait à travers lui donnait l'impression de réduire ses os en grumeaux. Une pensée planait en dehors du Vide ; une pensée froide. De l'eau. Ici où l'eau était si rare, les Aiels parlaient toujours d'eau. Même dans cet air sec il y avait de l'eau. Il canalisa, sans réellement savoir ce qu'il faisait, agit en aveugle.

Un éclair crépita sèchement au-dessus de l'Alcair Dal, et le vent s'engouffra dedans, venant de toutes les directions, mugissant par-dessus le bord du canyon et noyant les clameurs des Aiels. Le vent qui apportait de minuscules traces d'eau, de plus en plus, jusqu'à ce que se produise quelque chose que personne n'avait jamais vu à cet endroit-là. Un voile de pluie commença à tomber. Le vent au-dessus sifflait et tourbillonnait. Des éclairs déchaînés zébraient le ciel. Et la pluie devint de plus en plus serrée, devint un déluge irrésistible balayant la corniche, plaquant ses cheveux sur sa tête et sa chemise sur son dos, cachant tout à cinquante pas de là.

Brusquement, la pluie cessa de le marteler ; une coupole invisible se déploya autour de lui, repoussant Mat et les Taardads. À travers l'eau qui dévalait sur le côté, il distinguait vaguement Adeline qui jouait des poings, essayant de se frayer un passage au travers jusqu'à lui.

« Espèce de triple idiot, s'amuser à jouer avec ces autres imbéciles ! Gâchant tous mes plans et mes efforts ! »

De l'eau ruissela sur sa figure quand il se tourna pour affronter Lanfear. Sa robe blanche à ceinture d'argent était parfaitement sèche, les ondes noires de ses cheveux sans la moindre goutte de pluie parmi les étoiles et les croissants d'argent. Ces grands yeux noirs le dévisageaient avec fureur ; la colère crispait son beau visage.

« Je ne m'attendais pas à ce que vous vous montriez

déjà », dit-il d'une voix calme. Le Pouvoir l'emplissait toujours ; il surmontait les assauts de ses torrents, tenant bon avec un acharnement désespéré dont il ne laissait rien transparaître dans sa voix. Ce n'était pas nécessaire d'en attirer davantage, cela suffisait de le laisser venir au point d'avoir l'impression que ses os allaient se réduire en cendres. Il ne savait pas si elle était en mesure de l'entourer d'un écran alors que le *saidin* s'engouffrait en lui, mais il le laissait l'emplir pour le cas où elle le pourrait. « Je sais que vous n'êtes pas seule. Où est-il ? »

La bouche magnifique de Lanfear se pinça. « Je pensais bien qu'il se trahirait en venant dans votre rêve. J'aurais pu arranger les choses si sa panique...

— J'étais au courant dès le début, dit-il, l'interrompant. Je m'y attendais depuis le jour où j'ai quitté la Pierre de Tear. Pour ici, où tout le monde pouvait voir que je m'étais fixé sur Rhuidean et les Aiels. Pensez-vous que je ne m'attendais pas à ce que l'un d'entre vous me suive ? Mais le piège, c'est moi qui le tends, Lanfear, pas vous. Où est-il ? » Ces derniers mots retentirent comme un cri froid. L'émotion glissait irrésistiblement autour du Vide qui l'entourait à l'intérieur, le vide qui n'était pas du vide, le vide comblé par le Pouvoir.

« Si vous le saviez, riposta Lanfear, pourquoi l'avez-vous fait fuir avec vos histoires d'accomplir votre destinée, de faire *ce qui doit être fait* ? » Le mépris alourdissait ses paroles comme des pierres. « J'avais amené Asmodean pour vous instruire, mais il a toujours eu tendance à passer à un autre plan si le premier s'avère difficile. Maintenant, il croit avoir trouvé quelque chose de mieux pour lui à Rhuidean. Et il est parti le prendre pendant que vous restez ici. Couladin, les Draghkars, tout cela pour retenir votre attention pendant qu'il allait s'en emparer. Tous mes plans à vau-l'eau parce que vous êtes un entêté ! Avez-vous une idée de l'effort que cela demandera pour le convaincre de nouveau ? Il faut que ce soit lui. Demandred ou Rahvin ou Sammael vous tueraient avant de vous apprendre à lever une main à moins de vous avoir dressé à obéir comme un chien ! »

Rhuidean. Oui. Bien sûr. Rhuidean. À combien de semaines au sud ? Pourtant il avait fait quelque chose, une fois. S'il pouvait se rappeler comment... « Et vous l'avez laissé partir ? Après vos grands serments de m'aider ?

— Pas ouvertement, je l'ai dit. Que pourrait-il trouver dans Rhuidean qui vaille la peine que je me montre au grand jour ? Quand vous accepterez de marcher la main dans la main avec moi, ce sera bien temps. Rappelez-vous ce que je vous ai dit, Lews Therin. » Sa voix prit un ton séduisant ; ces lèvres pleines s'incurvèrent, ces yeux noirs tentèrent de l'engloutir comme des lacs sans fond. « Deux *sa'angreals* majeurs. Avec eux, ensemble, nous pouvons défier... » Cette fois, elle s'arrêta d'elle-même. La mémoire était revenue à Rand.

Avec le Pouvoir, il *pliait* la réalité, *courbait* un petit espace de ce qui était. Une porte s'ouvrit sous la coupole devant lui. C'est la seule façon de le décrire. Une ouverture dans le noir, dans quelque ailleurs.

« Vous vous souvenez d'un certain nombre de choses, semble-t-il. » Elle examina l'embrasure, reporta sur lui ce regard devenu soudain soupçonneux. « Pourquoi êtes-vous si pressé ? Qu'est-ce qu'il y a dans Rhuidean ?

— Asmodean », répliqua-t-il d'un air sombre. Pendant un instant, il hésita. Il ne voyait rien au-delà de la coupole trempée de pluie. Que se passait-il là-bas ? Et Lanfear. Si seulement il parvenait à se rappeler comment il avait élevé un écran autour d'Egwene et d'Elayne. *Si seulement je pouvais me résoudre à tuer une femme qui se contente de me regarder en fronçant les sourcils. C'est une des Réprouvés !* Ce n'était pas plus possible à présent que cela ne l'avait été dans la forteresse de la Pierre.

Franchissant l'embrasure, il laissa Lanfear sur la corniche et referma la porte derrière lui. Nul doute qu'elle savait comment s'en ouvrir une pour elle, mais le faire la retarderait.

58. Les Pièges de Rhuidean

L'obscurité l'environna dès que la porte disparut, des ténèbres s'étendant à l'infini dans toutes les directions, pourtant il voyait. Il n'éprouvait pas de sensation de chaleur ou de froid, même trempé comme il l'était ; pas de sensation du tout. Seulement qu'il existait. De simples marches de pierre grise s'élevaient devant lui, chaque marche planant sans support, et décrivaient un arc qui allait s'amenuisant jusqu'à disparaître dans le lointain. Il les avait déjà vues, ou leurs semblables ; instinctivement il savait qu'elles l'emmèneraient où il devait aller. Il escalada en courant ces marches impossibles et, chaque fois que sa botte en quittait une où elle laissait son empreinte humide, la marche s'estompait, se dissipait. Seules les marches devant lui attendaient, seulement celles qui le conduiraient où il devait se rendre. Cela aussi s'était déjà produit.

Les ai-je faites avec le Pouvoir ou existent-elles d'une autre manière ?

Parallèlement à cette pensée, la pierre grise sous son pied commença à s'effacer, et toutes les autres devant vacillèrent. Avec l'énergie du désespoir, il se concentra sur elle, pierre grise et réelle. Réelle ! Le miroitement cessa. Elles n'étaient plus si ordinaires, à présent, mais polies, le bord sculpté d'une frise fantaisie qu'il pensa se rappeler avoir déjà vue quelque part.

Sans chercher où – pas sûr d'oser y réfléchir trop

longtemps – il courut de toutes ses forces, escaladant les marches par trois à la fois dans cette obscurité infinie. Elles l'entraîneraient où il voulait aller, mais cela prendrait combien de temps ? Quelle avance avait Asmodean ? Le Réprouvé connaissait-il un moyen plus rapide de se déplacer ? Voilà le drame. Les Réprouvés possédaient tout le savoir ; lui n'avait que la désespérance.

Il regarda devant lui et tressaillit. Les marches s'étaient accommodées de ses longues foulées, avec de vastes espaces entre elles qui exigeaient ces bonds maintenant, au-dessus d'un noir aussi profond que... Que quoi ? Une chute ici risquait de n'en finir jamais. Il se força à ignorer ces vides, à continuer à courir. La vieille blessure à moitié guérie dans son côté commença à le lanciner, il en avait vaguement conscience. Seulement s'il s'en apercevait, baigné dans le *saidin* comme il l'était, la blessure devait être près de se rouvrir. *Ne t'en préoccupe pas.* Cette pensée plana dans le Vide à l'intérieur de Rand. Il n'osait pas risquer de perdre cette course, même si elle le tuait. Ces marches ne cesseraient-elles jamais de monter ? Quelle distance avait-il parcourue ?

Soudain il aperçut une silhouette dans le lointain devant lui et légèrement sur sa gauche, un homme apparemment, en tunique rouge et bottes rouges, debout sur une plate-forme argentée luisante qui fendait les ténèbres. Rand n'eut pas besoin de le voir de plus près pour être certain que c'était Asmodean. Le Réprouvé ne courait pas comme un jeune paysan à demi épuisé ; il se laissait porter sur ce on-ne-sait-quoi.

Rand s'arrêta net sur une des marches de pierre. Il n'avait aucune idée de ce qu'était cette plate-forme, brillante comme du métal poli, mais... Les marches devant lui disparurent. La dalle de pierre sous ses bottes se mit à glisser en avant, de plus en plus vite. Il n'y avait pas de vent sur son visage pour lui indiquer qu'il se déplaçait, rien du tout dans cette vaste obscurité pour repérer le mouvement – si ce n'est qu'il commençait à rattraper Asmodean. Il ne savait pas s'il faisait ceci grâce au Pouvoir ; cela semblait simplement se produire. La marche vacilla et il se contraignit à cesser de se poser des questions. *Je n'en sais pas encore assez.*

L'homme brun avait une posture pleine d'aisance, une main sur une hanche, l'autre caressant pensivement son menton. Un flot de dentelle blanche descendait de son cou ; un autre cachait à moitié ses mains. Sa tunique au col haut semblait plus brillante que du satin de soie et était bizarrement coupée, avec des basques descendant presque aux genoux. Ce qui avait l'air d'être des fils noirs, comme de beaux fils d'acier, partaient de cet homme et disparaissaient dans le noir ambiant. Ceux-là, Rand les avait déjà sûrement vus.

Asmodean tourna la tête et Rand en resta bouche bée. Les Réprouvés pouvaient changer de visage – ou du moins vous donner l'impression de voir un visage différent ; il avait vu Lanfear le faire – mais ces traits-là étaient ceux de Jasin Natael, le ménestrel. Il avait été certain que ce serait Kadere avec ses yeux de prédateur qui ne changeaient jamais.

Asmodean l'aperçut au même moment et sursauta. Le perchoir d'argent du Réprouvé fonça en avant – et soudain une énorme nappe de feu, telle une mince tranche découpée sur une flamme monstrueuse, se rabattit vers Rand, de huit cents toises de haut et huit cents toises de large.

Il canalisa avec acharnement dans sa direction ; à l'instant même où cette nappe était sur le point de l'atteindre, elle éclata subitement en fragments qui ricochèrent loin de lui et s'éteignirent. Pourtant, alors que cette nappe ardente se désintégrait, une autre surgissait vers lui. Il brisa celle-là, ce qui en révéla une suivante, il réduisit en miettes cette troisième pour se trouver face à une quatrième. Asmodean allait lui échapper, il en était sûr. Il ne voyait pas du tout le Réprouvé à cause des flammes. De la colère glissa sur l'extérieur du Vide et il canalisa.

Une vague de feu déferla sur la nappe pourpre qui accourait et l'emporta, non pas en fine tranche mais en éclaboussures houleuses comme fouettées par des vents de tempête. Rand vibrait du Pouvoir qui rugissait en lui ; sa colère contre Asmodean griffa la surface du Vide.

Un trou apparut dans l'aire en éruption. Non, pas exactement un trou. Asmodean et sa plate-forme brillante se tenaient au centre mais, quand la vague flambante s'avança, la trouée se combla. Le Réprouvé avait bâti une sorte d'écran autour de lui.

Rand se força à ne pas tenir compte de la colère lointaine à l'extérieur du Vide. C'est seulement en étant d'un calme inébranlable qu'il pouvait atteindre le *saidin* ; prêter attention à la colère détruirait le Vide. Les flots de feu cessèrent d'exister dès qu'il s'arrêta de canaliser. Il avait besoin d'attraper cet homme, pas de le tuer.

La marche de pierre fila encore plus vite dans l'obscurité. Asmodean se rapprocha.

Brusquement, la plate-forme du Réprouvé s'arrêta. Un trou lumineux se dessina devant lui et il sauta dedans ; la chose argentée disparut et la porte commença à se refermer.

Rand frappa follement avec le Pouvoir. Il fallait qu'il la maintienne ouverte ; une fois cette porte refermée, il n'aurait aucune idée de l'endroit où s'était enfui Asmodean. Le rétrécissement s'interrompit. Un carré de soleil écrasant, assez grand pour le franchir. Il devait le garder ouvert, y arriver avant qu'Asmodean puisse aller trop loin...

Au moment même où il songeait à s'arrêter, la marche s'immobilisa net. Elle s'immobilisa, mais il fut précipité en avant, passant comme une flèche dans l'embrasure. Quelque chose tira sur sa botte, alors il se retrouva culbutant sur un sol dur et finit par atterrir en tas à bout de souffle.

Luttant pour reprendre haleine, il se redressa péniblement, n'osant pas se laisser un instant réduit à l'impuissance. Le Pouvoir l'emplissait toujours de vie et de souillure ; ses contusions semblaient aussi lointaines que ses efforts pour respirer, aussi lointaines que la poussière jaune qui collait à ses vêtements humides, qui le couvrait. Et pourtant, en même temps, il avait conscience du moindre mouvement d'un air brûlant comme une fournaise, de chaque grain de poussière, de chaque minuscule fissure dans l'argile durcie par la chaleur. Déjà le soleil absorbait l'humidité, l'aspirait hors de sa chemise et de ses chausses. Il était dans le Désert, dans la vallée au-dessous du Chaendaer, à moins de cinquante pas de Rhuidean enrobé de brouillard. La porte avait disparu.

Il avança d'un pas vers le mur de brouillard et s'arrêta, soulevant son pied gauche. Le talon de sa botte avait été tranché net ; le tiraillement qu'il avait ressenti ; la porte qui se refermait. Il eut vaguement conscience de frissonner en dépit de la chaleur. Il n'avait pas su que c'était dangereux à ce point-là. Les Réprouvés possédaient toutes les connaissances. Asmodean ne lui échapperait pas. Les dents serrées, il rajusta ses vêtements, assujettit en place le petit homme sculpté et son épée, courut vers le brouillard et s'y enfonça. Une cécité grise l'assaillit. Le Pouvoir qui l'emplissait ne pouvait rien pour améliorer la vision ici. Il courait en aveugle.

Brusquement, il se jeta à terre, roulant sur lui-même dans la dernière enjambée qui le sortait du brouillard, roulant sur des pavés crissants. Étendu là, il leva les yeux vers trois rubans brillants, d'une teinte bleu argenté dans l'étrange lumière de Rhuidean, qui s'étiraient sur sa droite et sur sa gauche, flottant en l'air. Quand il se releva, ils se trouvèrent à la hauteur de sa taille, de sa poitrine et de sa gorge et si minces que, de côté, ils disparaissaient. Il voyait comment ils avaient été faits et tendus, même s'il ne le comprenait pas. Durs comme l'acier, assez tranchants pour qu'en comparaison un rasoir ressemble à une plume. Aurait-il foncé dessus, ils l'auraient découpé en tranches. Un minuscule afflux de Pouvoir et les rubans d'argent tombèrent en poussière. Une colère froide, en dehors du Vide ; à l'intérieur, une froide résolution et le Pouvoir Unique.

L'éclat bleuâtre du dôme de brouillard projetait sa

lumière sans ombre sur les palais à demi achevés en marbre, quartz et verre taillé aux flancs plats, les tours qui perçaient les nuages, cannelées et tournées en spirales. Et en bas sur la large avenue courait Asmodean, le long de fontaines à sec vers la vaste place au cœur de la cité.

Rand canalisa – cela semblait étrangement difficile ; il aspira le *saidin*, l'attira de force jusqu'à ce qu'il fasse rage en lui – il canalisa et d'épais éclairs en zigzag jaillirent des nuages du dôme. La foudre ne tomba pas sur Asmodean. Juste devant le Réprouvé, des piliers miroitants rouges et blancs, épais de cinquante pieds et hauts de près de cinquante toises, ayant des siècles d'existence, explosèrent et s'abattirent en travers de la voie en pluie de débris et nuées de poussière.

Depuis les hautes fenêtres de verre coloré, les images d'hommes et de femmes à la sérénité majestueuse paraissaient regarder Rand avec reproche. « Il faut que je l'empêche d'avancer », leur dit-il ; sa voix lui sembla résonner dans ses propres oreilles.

Asmodean s'arrêta un instant, reculant vivement devant la masse de pierre qui s'effondrait. La poussière qui volait vers lui ne toucha pas sa brillante tunique rouge ; elle s'écarta autour de lui, laissant l'air pur.

Du feu s'épanouit autour de Rand, l'enveloppa comme l'air se transformait en flamme – et disparut avant même qu'il eût conscience de la façon dont il s'y était pris pour le faire disparaître. Ses vêtements étaient secs et brûlants ; ses cheveux sentaient le brûlé et de la poussière cuite se détachait à chaque pas de sa course. Asmodean escaladait les monceaux de pierre brisée bloquant la voie ; d'autres éclairs luirent, soulevant des gouttes de pavé brisé devant lui, éventrant les murs des palais de cristal pour qu'il se heurte à une pluie de débris.

Le Réprouvé ne ralentit pas et, comme il disparaissait, des éclairs jaillirent des nuages ardents vers Rand, la foudre frappant en aveugle mais cherchant à tuer. Toujours courant, Rand tissa un bouclier autour de lui. Des fragments de pierre rebondirent dessus tandis qu'il esquivait les coups de foudre crépitants, enjambait d'un bond les trous qu'ils creusaient dans le pavage. L'air même étincelait ; les poils se dressaient sur ses bras, les cheveux sur sa tête s'agitaient.

Il y avait quelque chose de tissé dans la barrière de colonnes brisées. Il renforça le bouclier autour de lui. D'énormes tronçons accumulés en tas de pierre rouge et blanche entrèrent en éruption quand il voulut les escalader, une explosion de lumière pure et de pierrailles s'éparpillant. À l'abri dans sa bulle, il passa au travers, seulement à peine conscient du fracas de bâtiments qui s'effondraient. Il lui fallait arrêter Asmodean. Avec difficulté – cela lui demanda un surcroît d'énergie – il projeta en avant des éclairs, des boules de feu qui s'arrachaient du sol, n'importe quoi pour retarder l'homme à la tunique rouge. Il gagnait du terrain. Il pénétra sur la place seulement à une douzaine de pas derrière lui. Tout en tâchant de presser l'allure, il redoubla ses tentatives pour ralentir Asmodean et, toujours fuyant, Asmodean luttait pour tuer.

Les *ter'angreals* et autres objets précieux que les Aiels avaient apportés ici au prix de leur vie étaient projetés en l'air par la foudre, ballottés follement par des tourbillons de feu, des constructions d'argent et de cristal se brisaient, d'étranges formes de métal chaviraient quand le sol tremblait et se fendait en vastes cassures.

Cherchant éperdument, Asmodean courait. Et se jeta sur ce qui semblait le moins important dans tout ce fouillis. La sculpture d'une figurine en pierre blanche d'environ un pied de haut, étendue sur le dos, un homme soutenant une sphère de cristal dans sa main levée. Asmodean referma les siennes sur lui avec un cri de triomphe.

Un battement de cœur plus tard, les mains de Rand la saisirent aussi. Pendant le plus bref des instants, il dévisagea le Réprouvé ; il n'avait pas l'air différent de ce qu'il était sous son déguisement de ménestrel à part une expression de désespoir fou dans ses yeux noirs, un assez bel homme dans sa maturité – rien absolument pour indiquer qu'il était un des Réprouvés. Un instant infime, et tous les deux cherchèrent à atteindre à travers la figurine, à travers le *ter'angreal*, l'un des deux *sa'angreals* les plus puissants qui aient jamais été créés.

Rand eut vaguement conscience d'une immense statue à demi enterrée dans le lointain Cairhien, de l'énorme sphère de cristal dans sa main, brillant comme le soleil, vibrant du Pouvoir Unique. Et le Pouvoir afflua en lui comme toutes les mers du monde gonflées par la tempête. Avec cela, sûrement, il pouvait réaliser n'importe quoi ; sûrement il aurait même pu Guérir cette fillette morte. La souillure s'enfla autant, s'enroulant autour de chaque particule de lui-même, s'insinuant par chaque crevasse, dans son âme. Il avait envie de hurler ; il avait envie d'exploser. Pourtant il ne tenait que la moitié de ce que ce *sa'angreal* pouvait donner ; l'autre moitié emplissait Asmodean.

Ils se tiraillaient d'un côté à l'autre, trébuchant sur des *ter'angreals* éparpillés et en morceaux, tombant, aucun n'osant lâcher même d'un doigt la figurine de peur que l'autre la tire à lui. Pourtant tandis qu'ils roulaient d'un côté sur l'autre, heurtant tantôt un porche de grès rouge qui tenait on ne sait comment encore debout, tantôt une statue de cristal tombée sur le côté sans se casser, une femme nue serrant un enfant contre son sein, tandis qu'ils luttaient pour la possession du *ter'angreal*, la bataille se livrait aussi à un autre niveau.

Des marteaux de Pouvoir assez gros pour aplatir des montages frappaient Rand, ainsi que des lames qui auraient transpercé le cœur de la terre ; des tenailles invisibles cherchaient à lui arracher l'esprit du corps, s'attaquaient à son âme même. Les moindres parcelles de Pouvoir qu'il parvenait à réunir allèrent repousser ces attaques avec violence. N'importe laquelle pouvait l'anéantir comme s'il n'avait jamais existé ; il en était sûr. Où elles allaient, il n'aurait pas su le dire. Le sol bondissait sous eux, les secouait tandis qu'ils se débattaient, les projetant de côté et d'autre dans un enchevêtrement contorsionné de muscles peinant sous l'effort. Il percevait vaguement de vastes grondements, un millier de bourdonnements plaintifs comme quelque étrange musique. Les colonnes de verre, frémissantes, vibrantes. Il n'avait pas le temps de s'inquiéter d'elles.

Toutes ces nuits sans sommeil se faisaient sentir, la course qu'il avait fournie par là-dessus. Il était fatigué et, s'il s'en rendait compte même à l'intérieur du Vide, alors c'est qu'il était au bord de l'épuisement. Cahoté par la terre qui tremblait, il s'aperçut qu'il essayait non plus d'arracher le *ter'angreal* à Asmodean mais de conserver sa prise dessus. Bientôt il n'aurait plus de force. Même s'il parvenait à continuer à agripper la statuette de pierre, il serait obligé de laisser aller le *saidin* ou serait balayé par son flot, détruit aussi sûrement que voulait le faire Asmodean. Il ne pouvait plus tirer d'autre fil du Pouvoir à travers le *ter'angreal* ; lui et Asmodean étaient en position d'équilibre, chacun avec la moitié de ce que le grand *sa'angreal* du Cairhien pouvait donner. Asmodean lui haletait au visage, avec un rictus rageur ; de la sueur dégouttait du front du Réprouvé, coulait le long de ses joues. Il était fatigué, lui aussi. Mais aussi fatigué que lui, Rand ?

La terre qui se mouvait comme un fléau souleva Rand sur le dessus pour une seconde, puis juste aussi vite retourna Asmodean en haut mais, dans ce bref laps de temps, Rand sentit quelque chose pressé entre eux. La sculpture du petit homme gras avec l'épée, encore coincé dans la ceinture de ses chausses. Une chose insignifiante à côté de l'immense Pouvoir qu'ils attiraient à eux. Une tasse d'eau comparé à un vaste fleuve, à un océan. Il ne savait même pas s'il pouvait l'utiliser en même temps qu'il était relié au grand *sa'angreal.* Et s'il le pouvait ? Les dents d'Asmodean se découvrirent. Pas dans une grimace, mais un rictus las qui voulait être un sourire ; l'homme croyait qu'il gagnait. Peut-être était-ce le cas. Les doigts de Rand tremblèrent, faiblissant autour du *ter'angreal* ; il n'était pas capable de plus pour retenir le *saidin*, même relié comme il l'était à l'énorme *sa'angreal*.

Il n'avait pas vu ces choses étranges pareilles à des fils d'acier noir autour d'Asmodean depuis qu'ils avaient quitté la zone obscure, mais il était capable de se les représenter même dans le Vide, les placer en esprit autour du Réprouvé. Tam lui avait enseigné le Vide comme une aide pour le tir à l'arc, il lui avait appris à n'être qu'un avec l'arc, la flèche, la cible. Il se fit un avec ces fils d'acier noirs qu'il imaginait. Il remarqua à peine qu'Asmodean fronçait les sourcils. Il devait se demander pourquoi son visage était devenu calme ; il y avait toujours du calme dans le moment précédant le lâcher de la flèche. Il puisa à travers le petit *angreal* dans sa ceinture et un afflux de Pouvoir entra en lui. Il ne perdit pas de temps à exulter ; c'était un si petit flot en comparaison de ce qu'il contenait déjà, et ceci était son ultime parade. Ceci absorberait ce qui lui restait de force. Il le forma comme une épée de Pouvoir, une épée de Lumière, et frappa ne faisant qu'un avec l'épée, un avec les fils imaginés.

Les yeux d'Asmodean s'écarquillèrent et il hurla, un hurlement inspiré par l'horreur la plus profonde ; comme un gong que l'on heurte, le Réprouvé frémit. Pendant un instant, on aurait dit qu'ils étaient deux, s'écartant en frissonnant l'un de l'autre ; puis ils glissèrent l'un vers l'autre et redevinrent un seul. Il tomba sur le dos ; les bras écartés dans sa tunique rouge maintenant salie et déchirée, la poitrine se soulevant péniblement ; le regard levé sans rien voir, ses yeux sombres avaient une expression éperdue.

En s'affaissant, Rand perdit sa prise sur le *saidin* et le Pouvoir le quitta. Il eut juste assez de force pour serrer le *ter'angreal* contre sa poitrine et s'écarter d'Asmodean en roulant sur lui-même. Se redresser sur les genoux lui parut aussi pénible que gravir une montagne ; il se courba sur la figurine de l'homme à la sphère de cristal.

La terre avait cessé de remuer. Les colonnes de verre

étaient toujours debout – il en fut reconnaissant, les détruire aurait été comme effacer l'histoire des Aiels – et même si des feuilles trilobées jonchaient le pavage sous l'*Avendesora,* seule une branche de l'arbre majestueux pendait, cassée. Mais le reste de Rhuidean...

La place donnait l'impression qu'un géant fou avait ramassé tout ce qui s'y trouvait et l'avait jeté à l'aventure. La moitié des magnifiques palais et des tours n'étaient plus que des tas de décombres, quelques-uns se déversant sur la place ; d'énormes colonnes qui avaient basculé en abîmaient d'autres, et il y avait des murs écroulés et des vides où s'étaient dressés d'immenses vitraux colorés. Une crevasse traversait la ville entière, une fente de cinquante pieds de large dans le sol. La destruction ne s'arrêtait pas là. Le dôme de brouillard qui avait masqué Rhuidean pendant tant de siècles était en train de se dissiper ; le dessous ne luisait plus et un soleil brûlant se déversait à travers de vastes trouées nouvelles. Derrière, le pic du Chaendaer semblait différent, plus bas et, de l'autre côté de la vallée, quelques-unes des montagnes étaient nettement plus basses. Où s'était dressée une montagne, une coulée de pierre et de verre en forme d'éventail s'étalait en travers de la sortie nord de la vallée.

Je détruis. Toujours je détruis ! Ô Lumière, cela en finira-t-il jamais ?

Asmodean se roula sur le ventre, se redressa sur les mains et les genoux. Ses yeux trouvèrent Rand, et le *ter'angreal*, et il esquissa un mouvement comme pour ramper vers eux.

Rand aurait été dans l'incapacité de canaliser une étincelle, mais il avait appris à se battre avant son premier cauchemar où il canalisait. Il leva un poing. « N'y pensez même pas. » Le Réprouvé s'arrêta, vacillant de lassitude. Sa figure était affaissée, pourtant le désir et le désespoir y luttaient ; la haine et la peur étincelaient dans ses yeux.

« J'aime voir des hommes se battre, mais vous deux n'êtes même pas capables de tenir debout. » Lanfear apparut dans le champ de vision de Rand, évaluant la dévastation. « Vous avez fait cela consciencieusement. Sentez-vous les traces ? Cet endroit était protégé d'une certaine façon. Vous ne m'en avez pas laissé assez pour que je voie comment. » Ses yeux sombres soudain illuminés, elle s'agenouilla devant Rand et examina ce qu'il tenait. « Ainsi voilà ce qu'il cherchait. Je les croyais tous détruits. Seule demeure la moitié de celui que j'avais vu ; un joli piège pour une Aes Sedai pas méfiante. » Elle étendit une main et il serra plus fort contre lui le *ter'angreal*. Le sourire de Lanfear ne se refléta pas dans ses yeux. « Gardez-le, je vous en prie. Pour moi, ce n'est qu'une figurine. » Se relevant, elle épousseta ses jupes blanches bien que celles-ci n'en aient nul besoin. Quand elle se rendit compte qu'il l'observait, elle cessa de fouiller des yeux la place jonchée de décombres, accentua son sourire. « Ce que vous avez utilisé est un des deux *sa' angreals* dont je vous avais parlé. En avez-vous senti l'*immensité* ? Je me suis demandé à quoi il devait ressembler. » Elle semblait ne pas avoir conscience du désir passionné qui résonnait dans sa voix. « Avec ceux-là, ensemble, nous pouvons détrôner le Grand Seigneur de l'Ombre lui-même. Nous le pouvons, Lews Therin ! Ensemble. »

« Aidez-moi ! » Asmodean rampa en chancelant vers elle, la terreur peinte sur la face qu'il levait vers elle. « Vous ne savez pas ce qu'il a fait. Vous devez m'aider. Je ne serais pas venu ici, si ce n'est à cause de vous.

— Qu'est-ce qu'il a fait ? dit-elle d'un ton de mépris. Battu comme un chien et pas moitié aussi bien que vous ne le méritez. Vous n'avez jamais été destiné à la grandeur, Asmodean, seulement à suivre ceux qui sont grands. »

Tant bien que mal, Rand réussit à se mettre debout, tenant toujours contre sa poitrine la statuette en pierre et en cristal. Il se refusait à rester à genoux en présence de Lanfear. « Vous les *Élus*... » – il savait que se gausser d'elle était dangereux, mais il ne put s'en empêcher – « ... vous avez donné vos âmes au Ténébreux. Vous l'avez laissé s'attacher à vous. » Combien de fois avait-il rejoué son duel avec Ba'alzamon ? Combien de fois avant qu'il commence à se douter de ce qu'étaient ces fils d'acier noirs ? « Je l'ai détaché du Ténébreux, Lanfear. Je l'ai détaché ! »

Les yeux de Lanfear s'écarquillèrent sous le choc et son regard alla de Rand à Asmodean. Ce dernier se mit à pleurer. « Je ne pensais pas que c'était possible. Pourquoi ? Croyez-vous le ramener à la Lumière ? Vous n'avez rien changé en lui.

— Il est toujours le même qui s'est donné d'abord à l'Ombre, acquiesça Rand. Vous m'avez dit quel peu de confiance vous les *Élus* éprouvez les uns envers les autres. Combien de temps pourra-t-il en garder le secret ? Combien d'entre vous croiront qu'il ne s'est pas débrouillé pour le faire lui-même ? Je suis heureux que vous ayez cru que c'était impossible ; peut-être le reste d'entre vous le croiront-ils aussi. C'est vous qui m'en avez donné l'idée, Lanfear. Un homme pour m'enseigner comment maîtriser le Pouvoir. Seulement je ne voulais pas être instruit par un homme lié au Ténébreux. À présent, je n'y suis pas contraint. Peut-être est-il le même, seulement il n'a guère le choix, n'est-ce pas ? Il peut rester et m'instruire, espérer que je gagne, m'aider à gagner – ou il peut espérer que vous autres vous ne vous en servirez pas comme prétexte pour se retourner contre lui. À votre avis, quel sera son choix ? »

Asmodean, accroupi, dévisageait Rand avec des yeux affolés, puis il tendit une main suppliante vers Lanfear. « Ils vous croiront ! Vous pouvez leur dire ! Sans vous, je ne serais pas ici ! Vous devez leur expliquer ! Je suis fidèle au Grand Seigneur des Ténèbres ! »

Lanfear dévisageait aussi Rand. Pour la première fois depuis qu'il la connaissait, elle paraissait indécise. « Qu'est-ce que vous vous rappelez, Lews Therin ? Quelle part de vous êtes-vous et quelle part le berger ? C'est le genre de plan que vous auriez mis au point quand nous... » Aspirant profondément, elle tourna la tête vers Asmodean. « Oui, ils me croiront. Quand je leur raconterai que vous avez rejoint Lews Therin. Tout le monde sait que vous sauterez du côté où vous estimez que se trouve votre meilleure chance. Là. » Elle hocha la tête pour elle-même avec satisfaction. « Un autre petit cadeau pour vous, Lews Therin. Ce bouclier laissera passer un filet, assez pour qu'il vous instruise. Cela se dissipera avec le temps, mais il ne sera pas en mesure de vous défier avant des mois et, à ce moment-là, il n'aura pas d'autre choix que rester avec vous. Il n'a jamais été habile à franchir un bouclier ; on doit être prêt à accepter de souffrir pour cela, et il ne l'a jamais pu.

— Nooooon ! » Asmodean rampa vers elle. « Vous ne pouvez pas me faire une chose pareille ! Je vous en prie, Mierin ! Je vous en prie !

— Mon nom est *Lanfear* ! » La rage lui déforma la figure et la rendit laide, et l'homme s'éleva en l'air, bras et jambes écartés ; ses vêtements collaient à son corps et la chair de sa face était déformée, aplatie comme du beurre sous un caillou.

Rand ne pouvait pas la laisser tuer cet homme, mais il était trop las pour atteindre sans aide la Vraie Source ; il pouvait à peine la pressentir, une faible lueur juste hors de vue. Pendant un instant, ses mains se resserrèrent sur l'homme de pierre à la sphère de cristal. S'il atteignait de nouveau à travers lui l'énorme *sa'angreal* du Cairhien, cette somme de Pouvoir risquait de l'anéantir. À la place, il se servit de la sculpture dans sa ceinture ; avec l'*angreal*, c'était un faible afflux, un filet fin comme un cheveu en comparaison avec l'autre, mais il était trop fatigué pour en attirer davantage à lui. Il le précipita tout entier entre les deux Réprouvés, avec l'espoir au moins de détourner l'attention de Lanfear.

Une barre de feu haute de dix pieds fila comme un trait entre les deux dans un flou entouré d'un éclair bleu tout en étincelles, brûlant un sillon d'une demi-toise de profondeur à travers la place, une entaille aux parois lisses, luisant de terre et de pierre fondues ; le trait ardent frappa le mur veiné de vert d'un palais et explosa, son grondement noyé dans le fracas du marbre qui s'écroulait. D'un côté de l'entaille fondue, Asmodean tomba sur le pavé en tas frissonnant, le sang coulant de son nez et de ses oreilles ; de l'autre, Lanfear recula en trébuchant comme si elle avait reçu un coup, puis se retourna avec fureur contre Rand. Il oscillait sous l'effet de ce qu'il avait accompli et perdit une fois de plus le *saidin.*

Pendant un instant, la rage congestionna le visage de Lanfear autant que pour Asmodean. Pendant un instant, Rand fut à deux doigts de la mort. Puis la fureur s'évanouit avec une brusquerie stupéfiante, enfouie derrière un sourire séducteur. « Non, je ne le tuerai pas. Pas après que nous avons fait tant d'efforts. » Se rapprochant, elle allongea la main pour caresser le côté de son cou, où la morsure qu'elle lui avait infligée dans le rêve commençait juste à guérir ; il n'avait pas voulu que Moiraine en soit au courant. « Vous portez toujours ma marque. La rendrai-je permanente ?

— Avez-vous nui à quelqu'un dans l'Alcair Dal ou dans les camps ? »

Son visage ne cessa pas de sourire, mais sa caresse changea, ses doigts soudain dressés comme pour lui déchirer la gorge. « C'est-à-dire qui ? Je pensais que vous aviez compris que vous n'aimiez pas cette petite paysanne. Ou est-ce cette drôlesse d'Aielle ? » Une vipère. Une vipère au venin mortel qui l'aimait – *Que la Lumière me vienne en aide* – et il ne savait pas comment l'en empêcher si elle décidait de mordre, soit lui soit quelqu'un d'autre.

« Je ne veux personne en mauvais état. J'ai encore besoin d'elles. Je peux les utiliser. » C'était difficile de dire cela, difficile à cause de ce qu'il y avait de vérité dedans. Mais écarter d'Egwene et de Moiraine les crochets de Lanfear, les écarter d'Aviendha et de toute autre personne proche de lui, cela valait la peine de souffrir un peu.

Rejetant sa belle tête en arrière, elle éclata d'un rire qui résonna comme un carillon. « Je me rappelle le temps où vous étiez trop sensible pour vous servir de qui que ce soit. Retors dans la bataille, dur comme pierre et arrogant comme les montagnes, mais sincère et sensible comme une jeune fille ! Non, je n'ai fait de mal à aucune de vos précieuses Aes Sedai ni à vos précieux Aiels. Je ne tue pas sans raison, Lews Therin. Je ne fais même pas de mal sans cause. » Il eut soin de ne pas regarder Asmodean ; blême, respirant avec difficulté, celui-ci s'était soulevé sur une main et, de l'autre, essuyait le sang sur sa bouche et son menton.

Tournant lentement sur elle-même, Lanfear examina la vaste esplanade. « Vous avez détruit cette ville aussi bien que n'importe quelle armée. » Mais ce n'était pas les palais en ruine qu'elle inspectait, bien que feignant de les regarder ; c'était la place défoncée avec son fouillis inextricable de *ter'angreals* et on ne savait quoi d'autre. Les coins de sa bouche étaient pincés quand elle se retourna vers Rand ; ses yeux noirs avaient en eux une étincelle de colère réprimée. « Mettez à profit ses enseignements, Lews Therin. Les autres sont encore là au-dehors. Sammael qui vous jalouse, Demandred avec sa haine, Rahvin avec sa soif de puissance. Ils seront encore plus ardents à vous abattre, pas moins, s'ils découvrent – quand ils découvriront que vous avez ceci. »

Son regard se porta brièvement vers la figurine haute d'un pied qu'il tenait et, pendant un instant, il pensa qu'elle envisageait de la lui prendre. Non pas pour écarter de lui les autres mais parce que avec cette statuette il pourrait être trop puissant pour qu'elle le manipule. Présentement, il n'était pas certain d'être capable de l'en empêcher, n'userait-elle que de ses mains. Un moment elle se demandait si elle devait laisser le *ter'angreal* en sa possession, le suivant elle mesurait sa fatigue. Elle avait beau dire et répéter qu'elle l'aimait, elle voudrait être loin de lui quand il aurait récupéré assez de force pour utiliser ce *ter'angreal.* De nouveau, elle fouilla brièvement du regard la place, les lèvres serrées ; puis, soudain, une porte s'ouvrit à côté d'elle, non pas sur des ténèbres mais donnant acc… une salle de palais, tout en marbre blanc sculpté et rideaux de soie blanche.

« Laquelle étiez-vous ? » dit-il comme elle se dirigeait vers cette porte, et elle s'arrêta, le regardant pardessus son épaule avec un sourire presque modeste.

« Pensez-vous que je pouvais supporter d'être la grosse, la laide Keille ? » Elle glissa les mains le long de ses formes graciles et curvilignes pour le souligner. « Isendre, par contre. Svelte, belle Isendre. Je pensais que, si vous aviez des doutes, c'est sur elle qu'ils porteraient. Mon amour-propre est assez solide pour tolérer un peu de graisse quand il le faut. » Le sourire s'élargit et découvrit les dents. « Isendre pensait avoir affaire à de simples Amis du Ténébreux. Je ne serais pas surprise si en ce moment même elle n'essayait pas frénétiquement d'expliquer à des Aielles en colère pourquoi une grande quantité de leurs colliers et de leurs bracelets en or sont au fond de son coffre. Elle en a réellement dérobé quelques-uns elle-même.

— Je pensais que vous aviez dit n'avoir nui à personne !

— Voilà votre cœur sensible qui se manifeste. Je sais montrer un tendre cœur de femme quand je le veux. Vous ne serez pas en mesure de lui épargner d'être fouettée, je crois – elle le mérite ne serait-ce que pour le moindre des regards qu'elle m'a adressés – mais, si vous retournez là-bas rapidement, vous pouvez les empêcher de l'expédier à pied avec une outre d'eau jusqu'à la frontière de cette terre maudite. Ils n'ont aucune pitié pour les voleurs, semble-t-il, ces Aiels. » Elle eut un rire amusé, secouant la tête dans un mouvement de surprise. « Si différents de ce qu'ils étaient. On pouvait gifler un Da'shain et sa seule réaction était de demander ce qu'il avait fait. Frapper encore et il demandait quelle offense il avait commise. Il ne changeait pas, aurait-on continué la journée entière. » Lançant avec mépris un regard du coin de l'œil à Asmodean, elle ajouta : « Apprenez bien et vite, Lews Therin. J'ai l'intention de régner avec vous

…e regarder Sammael vous tuer ou Graen-
…outer à sa collection de beaux jeunes gens.
… bien et vite. » Elle entra dans la salle de
…blanc et de soie, et l'embrasure sembla pivoter
de …, s'amenuiser, devenir invisible.

Rand respira à fond pour la première fois depuis qu'elle était apparue. Mierin. Un nom dont le souvenir venait des colonnes de verre. La femme qui avait découvert la prison du Ténébreux lors de l'Ère des Légendes, qui avait foré un trou dedans. Avait-elle su ce que c'était ? Comment avait-elle échappé à cette fin flamboyante qu'il avait vue ? S'était-elle vouée au Ténébreux dès ce moment-là ?

Asmodean se relevait péniblement, mal affermi sur ses jambes et manquant de peu retomber. Il ne saignait plus, mais du sang traçait encore de fines lignes depuis ses oreilles et le long de son cou, laissait une macule en travers de sa bouche et de son menton. Sa tunique rouge salie avait des accrocs, sa dentelle blanche était déchirée et effrangée. « C'était mon lien avec le Grand Seigneur qui me permettait de toucher au *saidin* sans devenir fou, dit-il d'une voix enrouée. Tout ce que vous avez obtenu, c'est me rendre aussi vulnérable que vous. Vous pourriez aussi bien me laisser partir. Je ne suis pas un très bon maître. Elle m'a choisi seulement parce que... » Ses lèvres se crispèrent, essayant de rattraper les mots.

« Parce qu'il n'y avait personne d'autre », acheva pour lui Rand qui se détourna.

D'un pas chancelant, Rand traversa la vaste place, se frayant un chemin parmi les débris. Lui et Asmodean avaient été projetés autour de la forêt de colonnes de verre à mi-chemin de l'*Avendesora*. Des socles de cristal gisaient contre des statues effondrées d'hommes et de femmes, les uns réduits à l'état de fragments, d'autres sans même être écornés. Un grand anneau plat en métal argenté avait culbuté sur des sièges de métal et de pierre, des formes étranges en métal, quartz et verre, le tout mélangé en tas avec des débris, une hampe en métal noir comme une lance dressée à la verticale, en équilibre invraisemblable sur l'amoncellement. La place entière était dans cet état. En partant du grand arbre, un court temps de recherches parmi cet enchevêtrement permit de trouver ce qu'il cherchait. Rejetant du bout du pied des morceaux de ce qui semblait avoir été des tubes de verre en spirale, il repoussa de côté un siège de quartz rouge simplement taillé et ramassa une figurine d'un pied de haut, une femme revêtue d'une longue robe au visage exprimant la sérénité, sculptée dans de la pierre blanche et soutenant en l'air d'une main une sphère transparente. Intacte. Aussi inutile pour lui ou pour n'importe quel homme que son frère jumeau pour Lanfear. Il envisagea de la briser. D'un seul balancement du bras, il casserait sûrement ce globe de cristal sur les pavés.

« C'est ce qu'elle cherchait. » Il ne s'était pas rendu compte qu'Asmodean l'avait suivi. Vacillant, il se frottait la bouche. « Elle vous arrachera le cœur pour mettre les mains dessus.

— Ou arrachera le vôtre pour en avoir gardé le secret. Elle m'aime, moi. » *Que la Lumière me protège. Autant être aimé par un loup enragé !* Après un instant, il nicha la statuette de femme au creux de son bras avec celle de l'homme. Elle pouvait peut-être servir. *Et je ne veux rien détruire de plus.*

Et pourtant quand il jeta un coup d'œil autour de lui il vit quelque chose en dehors de la destruction. Le brouillard avait presque disparu de la cité en ruine ; seuls quelques voiles nébuleux se traînaient encore au milieu des bâtiments encore debout sous le soleil couchant. Le fond de la vallée s'inclinait fortement vers le sud à présent et de l'eau jaillissait de la grande cassure à travers la ville, l'entaille qui se prolongeait jusqu'à l'endroit où se trouvait cet océan d'eau caché. Déjà le bas de la vallée se remplissait. Un lac. Qui atteindrait finalement presque la ville, un lac d'à peu près trois quarts de lieue de long dans un pays où une mare de dix pas de large attirait les gens. On viendrait vivre dans cette vallée. Il voyait presque déjà les montagnes taillées en banquettes où poussaient des cultures verdissantes. Les gens soigneraient l'*Avendesora*, le dernier arbre chora. Peut-être même rebâtiraient-ils Rhuidean. Le Désert aurait une ville. Peut-être même le verrait-il de son vivant.

Avec l'*angreal*, le petit homme rond et son épée, il fut en mesure d'ouvrir une porte sur les ténèbres. Asmodean en franchit à regret le seuil avec lui, légèrement méprisant quand apparut une seule marche de pierre taillée, juste assez large pour eux deux. Toujours le même homme qui s'était voué au Ténébreux. Ses regards calculateurs du coin de l'œil étaient des rappels suffisants, si Rand en avait eu besoin.

Ils ne parlèrent que deux fois tandis que la marche s'élevait dans l'obscurité.

Une fois, Rand dit : « Je ne peux pas vous appeler Asmodean. »

L'autre frissonna. « Mon nom était Joar Addam Nesossin », finit-il par répondre. Il donnait l'impression de s'être mis à nu, ou d'avoir perdu quelque chose.

« Je ne peux pas utiliser cela non plus. Qui sait quelle bribe retient ce nom quelque part ? L'idée est d'empêcher que quelqu'un vous tue parce que vous êtes un Réprouvé. » Et d'empêcher que tout le monde sache qu'il avait un Réprouvé comme professeur. « Vous serez obligé de continuer à être Jasin Natael, je pense. Ménestrel auprès du Dragon Réincarné. Un prétexte suffisant pour vous garder à proximité. » Natael eut une grimace, mais ne dit rien.

Un peu plus tard, Rand déclara : « La première chose que vous me montrerez, c'est comment protéger mes rêves. » L'autre se contenta de hocher la tête, d'un air morose. Il susciterait des problèmes, mais ils ne pouvaient pas être aussi importants que les problèmes de l'ignorance.

La marche ralentit, s'arrêta, et Rand *replia* de nouveau. La porte s'ouvrit sur la corniche de pierre de l'Alcair Dal.

La pluie avait cessé, bien que le fond du canyon

plongé dans la pénombre vespérale fût encore détrempé, transformé en boue par les piétinements des Aiels. Moins d'Aiels qu'avant, peut-être environ un quart de moins. Mais qui ne se battaient pas. Qui regardaient la corniche où Moiraine et Egwene, Aviendha et les Sagettes avaient rejoint les chefs de clan qui étaient là, debout, s'entretenant avec Lan. Mat était assis sur ses talons un peu à l'écart, le bord de son chapeau rabattu et sa lance à hampe noire accotée sur son épaule, Adeline et ses Vierges debout autour de lui. Ils restèrent bouche bée quand Rand sortit par la porte, marquèrent un étonnement plus grand encore quand Natael suivit dans sa tunique satinée déchirée et sa dentelle de même. Mat se dressa d'un bond avec un large sourire et Aviendha leva à demi la main vers lui. Les Aiels dans le canyon observaient en silence.

Avant que personne ait eu le temps de prononcer un mot, Rand demanda : « Adeline, voulez-vous envoyer quelqu'un à la foire pour qu'on cesse de battre Isendre ? Elle n'est pas une aussi grande voleuse qu'on le croit. » La jeune femme blonde eut l'air surprise mais s'adressa aussitôt à l'une des Vierges de la Lance qui s'éloigna en courant.

« Comment savais-tu ça ? » s'exclama Egwene, en même temps que Moiraine questionnait impérieusement : « Où étais-tu parti ? De quelle manière ? » Ses grands yeux noirs se posaient alternativement sur lui et sur Natael, sans nulle trace de son calme d'Aes Sedai. Et les Sagettes... ? Mélaine à la chevelure couleur de soleil paraissait prête à extirper de lui des réponses avec ses mains nues. Bair avait l'air menaçant comme si elle entendait les obtenir à coups de baguette. Amys rajustait son châle et lissait ses cheveux clairs avec les doigts, incapable de décider si elle était inquiète ou soulagée.

Adeline lui tendit sa tunique, encore humide. Il en enveloppa les deux statuettes de pierre. Moiraine les examinait aussi. Il ignorait si même elle se doutait de ce qu'elles étaient, mais il avait l'intention de les cacher à tous du mieux qu'il le pouvait. S'il n'osait pas se fier à lui-même quand il disposait du pouvoir de *Callandor*, combien moins encore s'agissant du grand *sa'angreal* ? Il attendrait d'en avoir appris davantage sur la façon de le maîtriser, et de se maîtriser lui-même.

« Que s'est-il passé ici ? » demanda-t-il, et la bouche de l'Aes Sedai se pinça en se voyant traitée en quantité négligeable. Egwene ne semblait guère plus satisfaite.

« Les Shaidos sont partis, à la suite de Sevanna et de Couladin, répliqua Rhuarc. Tous ceux qui sont restés vous reconnaissent comme *Car'a'carn.*

— Les Shaidos n'étaient pas les seuls à avoir détalé. » Le visage tanné de Han eut une grimace morose. « Quelques-uns de mes Tomanelles les ont imités. Et des Goshiens, des Shaarads et des Chareens. » Jheran et Erim acquiescèrent d'un signe de tête avec une expression presque aussi morose que celle de Han.

« Pas en compagnie des Shaidos, précisa le géant Bael de sa voix de basse, mais ils ont décampé. Ils répandront la nouvelle de ce qui s'est produit ici, de ce que vous avez révélé. C'est ce qu'il n'aurait pas fallu faire. J'ai vu des hommes jeter leurs lances et s'enfuir ! »

Il vous liera ensemble et vous détruira.

« Pas un Taardad ne s'en est allé, déclara Rhuarc, non pas avec fierté mais énonçant simplement un fait. Nous sommes prêts à vous suivre où vous nous conduirez. »

Où il les conduirait. Il n'en avait pas fini avec les Shaidos, avec Couladin ou Sevanna. Il jeta un coup d'œil aux Aiels sur les pentes du canyon et vit des visages bouleversés, bien qu'ayant choisi de rester. Quelle mine avaient alors ceux qui avaient fui ? Toutefois, les Aiels n'étaient qu'un moyen pour atteindre un but. Il devait s'en souvenir. *Il faut que je sois plus dur qu'eux.*

Jeade'en attendait à côté de la corniche auprès du hongre de Mat. Indiquant du geste à Natael de rester à proximité, Rand se mit en selle, le paquet enveloppé dans sa tunique serré solidement sous son bras. La bouche contractée, le ci-devant Réprouvé vint se placer le long de son étrier gauche. Adeline et les Vierges de la Lance encore là sautèrent à bas de la corniche pour se déployer autour d'eux et, chose surprenante, Aviendha descendit et prit sa position habituelle à la droite de Rand. Mat enfourcha d'un bond la selle de Pips.

Rand leva les yeux vers ceux qui étaient sur la corniche, tous regardant, attendant. « La route pour revenir sera longue. » Bael détourna la tête. « Longue et sanglante. » Le visage des Aiels ne changea pas. Egwene tendit à moitié une main vers lui, du chagrin dans les yeux, mais il n'y prêta pas attention. « Quand le reste des chefs de clan viendra, cela commencera.

— Cela a commencé il y a longtemps, dit Rhuarc sobrement. La question est où et comment cela se termine. »

À cela Rand n'avait pas de réponse. Faisant tourner l'étalon pommelé, il traversa lentement le canyon, entouré par sa suite singulière. Les Aiels s'écartèrent devant lui, regardant, attendant. Le froid de la nuit se faisait déjà sentir.

le long de son [illegible] gauche. Adeline et les Vierges de la Lance encore là sautèrent à bas de la charrette pour se déployer autour d'eux et, chose surprenante, Aviendha descendit et prit sa position habituelle à la droite de Rand. Mat enfourcha d'un bond la selle de Pips.

Rand leva les yeux vers ceux qui étaient sur la charrette, tous regardant, attendant. « La route pour revenir sera longue », dit doucement la tête. « Longue et sanglante. » Le visage des Aiels ne changea pas ; Egwene tendit à moitié une main vers lui, [illegible] chacun dans les yeux, mais il n'y prêta pas attention. « Quand le reste des chefs de clan viendra, cela commencera.

— Cela a commencé il y a longtemps, dit Rhuarc sobrement. La prophétie est [illegible] et comment cela [illegible]. »

À cela Rand n'avait pas de réponse. Faisant pivoter l'étalon pommelé, il traversa lentement le convoi, [illegible] par sa seule [illegible]. Les Aiels s'écartèrent devant lui, regardant, attendant. Le froid de la nuit se faisait déjà sentir.

Et quand le sang fut répandu sur une terre où rien ne pouvait croître, les Enfants du Dragon surgirent, le Peuple du Dragon, armés pour danser avec la mort. Alors il les appela à sortir des terres stériles et ils ébranlèrent le monde sous le choc des combats.

D'après *La Roue du Temps*
par Sulamein so Bhagad
responsable en chef des Archives
à la Cour du Soleil,
en la Quatrième Ère.

Achevé d'imprimer sur les presses de

BUSSIÈRE

GROUPE CPI

à Saint-Amand-Montrond (Cher)
en avril 2002

POCKET - 12, avenue d'Italie - 75627 Paris Cedex 13
Tél. : 01-44-16-05-00

— N° d'imp. : 22159. —
Dépôt légal : mai 2002.

Imprimé en France